KB054939

남
한
산
성

100쇄 기념 아트 에디션

남한산성

김훈 장편소설

문봉선 그림

학고재

일러두기

1 이 책은 소설이며, 오로지 소설로만 읽혀야 한다.
2 실명으로 등장하는 인물에 대한 묘사는 그 인물에 대한 역사적 평가가 될 수 없다.
3 참고문헌을 뒤에 실었다. 옛 기록에 서로 다른 부분이 많다.

하는 말

허송세월하는 나는 봄이면 자전거를 타고 남한산성에서 논다.
봄비에 씻긴 성벽이 물오르는 숲 사이로 뻗어 계곡을 건너고
능선 위로 굽이쳤다. 먼 성벽이 하늘에 닿아서 선명했고,
성안에 봄빛이 자글거렸다. 나는 만날 놀았다.

옛터가 먼 병자년의 겨울을 흔들어 깨워, 나는 세계악에 짓밟히는
내 약소한 조국의 운명 앞에 무참해졌다.
그 갇힌 성안에서는 삶과 죽음, 절망과 희망이 한 덩어리로 엉켜 있었고,
치욕과 자존은 다르지 않았다.
말로써 정의를 다툴 수 없고, 글로써 세상을 읽을 수 없으며, 살아 있는
동안의 몸으로써 돌이킬 수 없는 시간들을 다 받아내지 못할진대,
땅 위로 뻗은 길을 걸어갈 수밖에 없으리.

신생의 길은 죽음 속으로 뻗어 있었다. 임금은 서문으로 나와서
삼전도에서 투항했다. 길은 땅 위로 뻗어 있으므로 나는 삼전도로 가는
임금의 발걸음을 연민하지 않는다.

밖으로 싸우기보다 안에서 싸우기가 더욱 모질어서 글 읽는 자들은
갇힌 성안에서 싸우고 또 싸웠고, 말들이 창궐해서 주린 성에 넘쳤다.
나는 아무 편도 아니다. 나는 다만 고통받는 자들의 편이다.
성 아래로 강물이 흘러와 성은 세계에 닿아 있었고, 모든 봄은 새로웠다.
슬픔이 나를 옥죄는 동안, 서둘러 작은 이야기를 지어서 내 조국의
성에 바친다.

2007년 4월
다시 봄이 오는 남한산성에서
김훈은 쓰다.

차 례

눈 보 라

서울을 버려야 서울로 돌아올 수 있다는 말은 그럴듯하게 들렸다. 임금의 몸에 치욕이 닥치는 날에, 신하는 임금을 막아선 채 죽고 임금은 종묘의 위패를 끌어안고 죽어도, 들에는 백성들이 살아남아서 사직을 회복할 것이라는 말은 크고 높았다.

문장으로 발신(發身)한 대신들의 말은 기름진 뱀과 같았고, 흐린 날의 산맥과 같았다. 말로써 말을 건드리면 말은 대가리부터 꼬리까지 빠르게 꿈틀거리며 새로운 대열을 갖추었고, 똬리 틈새로 대가리를 치켜들어 혀를 내밀었다. 혀들은 맹렬한 불꽃으로 편전의 밤을 밝혔다. 묘당(廟堂)에 쌓인 말들은 대가리와 꼬리를 서로 엇물면서 떼뱀으로 뒤엉켰고, 보이지 않는 산맥으로 치솟아 시야를 가로막고 출렁거렸다. 말들의 산맥 너머는 겨울이었는데, 임금의 시야는 그 겨울 들판에 닿을 수 없었다.

안주(安州)가 무너졌다는 장계는 청병(淸兵)이 안주를 떠난 지 사흘 만에 도착했다. 적들은 청천강을 건넜을 것이다. 바람이 몰아가는 눈보라에 말발굽이 일으키는 눈먼지를 포개며 적들은 다가오고 있었다.

     … 경들은 저 너머 겨울 들판이 보이는가? 나는 보이지 않는구나.

북방에서 오는 장계를 보고받는 자리에서 임금은 그 질문을 속으로 밀어넣으며 견디고 있었다. 임금은 늘 표정이 없고 말을 아꼈다. 지밀상궁들조차 임금의 음색을 기억하지 못했고 임금의 심기를 헤아리지 못했다. 임금은 먹을 찍어서 시부(詩賦)를 적지 않았고 사관을 가까이하지 않았으며, 양사(兩司)에 내리는 비답(批答)의 초안조차 승지들에게 받아쓰게 하여 묵적을 남기지 않았다.

…… 알았다. 물러가라.

…… 그렇겠구나.

…… 너의 말이 오활(迂闊)하다.

…… 좋지 않다. 가져가서 다시 논하라.

…… 천도(天道)는 계절을 경영하되 백성들이 여름 더위와 겨울
　　추위를 힘들어함도 또한 천도일 것이다.

…… 너는 강상을 높여서 말한다만, 강(綱)이 상(常)에 스며서
　　낮아지지 않으면 어찌 강상이라고 하겠느냐.

…… 너의 소(疏)를 읽었다. 뜻이 가파르되 문장이 순하니 아름답다.

…… 말들이 엇물리나 모두 크구나. 경들은 어지럽지 아니한가.

그것이 늘 임금의 대답이었다. 임금은 혼자 있을 때도 보료에 몸을 기대지 않고 등을 곧추세웠다. 임금의 시선은 늘 서안 너머 방바닥의 한 점을 응시했다. 목소리가 낮고 멀어서 상궁들은 허리를 숙여서 임금의 목소리를 들었고, 나이 먹어서 귀가 어두운 내시들은 옥음을 모시지 못했다. 날이 저물었으나 임금이 내관을 물리치고 내관이 별감을 모두 물리쳐 불을 켜지 못한 편전은 어두웠고, 눈 쌓인 골기와 처마 끝에 긴 고드름이 매달렸다. 삼정승과 육판서는 이미 어전에 입시했고, 비변사 당상관들이 그림자처럼 조용히 편전으로 모여들었다. 아무도 불을 켜자고 말하지 못했다.

삼정승은 적세(敵勢)가 날카롭고 다급하므로 경기 일원의 군사로 어가를 받들어 강화도로 들어가자고 졸랐고, 삼정승 뒤로 도열해 앉은 비국 당상(備局堂上)들은 두 팔로 방바닥을 짚고 고개를 숙인 채 말이 없었다.

당상들은 죄를 몸속 깊이 사무치게 하여 죗값을 받아들이고 있었다. 임금의 낮은 목소리가 울리자 당상들의 머리가 방바닥에 닿았다.

— 청천강은 얼었는가?

영의정 김류가 대답했다.

— 좀 전에 당도한 도원수 김자점의 장계에는 강이 얼었는지
여부가 아뢰어 있지 않은지라 신들은 알지 못하옵니다.
— 대동강은 어떠한가?
— 신의 생각으로는 살얼음이 잡혔다 해도 아직 얼음이 두껍지
않아서 화포와 군마를 거느린 적병이 걸어서 건너지는 못할
것이옵니다.
— 청천강을 물었다. 청천강을 내주었는가?
— 아마도 그러할 것이옵니다. 서북의 군사를 안주로 모아 깊은
산성에 의지해 있는데, 적병들은 산성을 멀리 비켜서 대로를
따라 남하하고 있다 하옵니다.
— 안주는 금성철벽(金城鐵壁)에다가 서북의
중진(重陣)이라더니…….

안주는 북쪽으로 청천강의 사나운 물줄기를 두르고 동쪽으로는 험준한 산세가 잇닿은 천험이었다. 서북의 군병들은 안주를 본진으로 삼아 도로와 읍성을 비워놓고 깊은 산성에 둔(屯)을 치고 기다렸다. 영의정 김

류가 진지전의 전략을 냈고, 도원수 김자점이 군사를 배치했다. 그러나 적들이 안주성을 멀리 돌아 빠른 기병을 앞세워 들길을 따라 달려온다면, 산성에 들어앉은 군사들은 화살 한 번 쏘지 못하고 이미 휩쓸고 지나간 적들이 일으킨 먼지를 바라보고 있을 터였다. 안주에서 평양까지는 보병 걸음으로 이틀 거리였고, 평양에서 개성까지는 큰길 가까이 배치한 군사가 없었다. 청천강을 내주고서 대동강을 지킬 도리는 없었다.

임금이 물었다. 길을 묻는 과객의 어조였다.

— 청천강 다음이 대동강이지?

김류가 대답했다.

— 전하, 적이 다시 대동강을 건넌다면 도원수와 평양과 황해의
    감사, 병마사 들의 목을 베고 그 처자식들도 군율로 연좌함이
    옳을 줄 아옵니다.

천장을 쳐다보던 시선을 거두어들이며 임금은 말했다.

— 그렇겠구나.
— ⋯⋯.
— 그렇겠어. 그러하되 적병이 이미 도성을 에워싸서 왕명이 강을
    건너지 못한다면 서북 산성에 군율이 닿겠느냐.
— ⋯⋯.

임금은 또 혼자서 중얼거리듯 말했다.

  ― 경은 늘 내 가까이 있으니 군율이 쉽게 닿겠구나.

삼정승이 이마로 방바닥을 찧었다. 편전의 어둠이 짙어지고 임금의 그림자가 어둠 속에 스러졌다. 바람이 대궐 뒤 숲을 흔들어 나무 위에 쌓인 눈덩이 떨어지는 소리가 들렸다. 김류의 목소리에 울음이 섞였다.

  ― 전하, 신은 늘 대죄하고 있사옵니다.

임금이 또 물었다.

  ― 적의 주력이 기병이라 하던가?

김류가 고개를 들고 대답했다.

  ― 그러하옵니다. 여진의 호마(胡馬) 기병을 앞세우고, 백성들의
    소달구지를 빼앗아 군수를 끌고 내려온다 하옵니다. 마초를
    구할 길 없는 겨울에 적들이 기병을 움직여 깊이 들어오니
    괴이하옵니다.
  ― 경은 그것이 괴이한가?
  ― …….
  ― 적들이 이미 청천강을 건넜으므로 그것은 괴이하지 않다.

경들은 마땅히 알라.

당상관들 속에서 관등과 소임을 밝히지 않은 자의 목소리가 들렸다.

　　— 전하, 목전에 이미 당도한 일을 어찌 괴이하다 하오리까.
　　— 적병의 수는 얼마쯤인가?

병조판서 이성구가 대답했다.

　　— 적의 대열이 들판을 뒤덮고 잇닿아 있어 그 수를 가늠하기
　　　어렵사오나, 기보(騎步)를 합쳐서 십오만 이상은 될 것이라
　　　하옵니다.

서북의 산하는 어떠한가. 청천강이 서해에 닿는 하구의 겨울은 어떠한
가……. 다시 천장을 바라보는 임금의 눈에 어느 고을 땅인지 알 수 없는
산수화의 환영이 어른거렸다. 눈이 멎고 하늘이 열리자 늙은 산이 오히
려 우뚝하게 빛나서 검은 먹이 푸른빛을 뿜어냈고, 화폭 가장자리로 물
러서는 먼 산의 잔영 너머에 석양이 깔리고 있었다. 빛나는 산하였다. 산
과 들이 시간 속에서 출렁거렸다. 임금의 환영 속에서 그 화폭의 산하는
겨울이었고 눈보라가 들판을 휩쓸고 있었다.
청병은 북서풍처럼 밀려왔다. 말의 산맥에 가로막혀 적들은 보이지 않
았지만, 말 탄 적들은 눈보라를 휘몰며 다가왔다. 고개 숙인 김류의 머릿
속에서 이를 악문 겨울 강은 옥빛으로 얼어붙었고, 그 위를 땅에 번들거

리는 청병의 군마들이 건너오고 있었다. 헐떡이는 말들의 허파 속으로
빨려들어가는 눈보라도 보였다.

경은 늘 내 가까이 있으니 군율이 쉽게 닿겠구나…….

임금의 말투는 장님이 벽을 더듬는 듯했다. 임금은 먼 곳을 더듬어서 복
심을 찔렀다. 임금의 더듬는 말투 속에 숨겨진 칼의 표적이 도원수인지,
영의정인지, 김류는 알 수 없었다. 꿇어앉은 대열의 뒤쪽에서 정삼품 당
상들은 더욱 몸을 낮추었다.

> … 부딪쳐서 싸우거나 피해서 버티거나 맞아들여서 숙이거나
> 간에 외줄기 길이 따로 있는 것은 아닐 터이고, 그 길들이
> 모두 뒤섞이면서 세상은 되어지는 대로 되어갈 수밖에 없을
> 것이옵니다…….

김류는 그 말을 참아내고 있었다. 김류는 말했다.

— 전하, 이제 평양이 무너진다면 민심은 크게 흔들릴 것이옵니다.
개성에 묻어둔 군사 일천오백을 도원수 휘하로 보내 평양을
막아야 할 것이옵니다. 윤허하여주시옵소서.

이성구의 생각은 달랐다.

— 군사들이 당도하기 전에 평양은 이미 위태로울 것이옵니다.
개성의 군사들을 임진강 이남으로 내려서 파주를 지키심이

어떠하겠습니까?

임금은 대답했다.

　　— 내가 묻고자 하였다. 경들이 영상이고 병판이며 도원수고
　　　병마사가 아니던가.

미닫이 밖에서 내관이 고했다.

　　— 좌부승지 입시이옵니다.

좌부승지가 두루마리 장계를 받들어 올렸다.

　　— 개성 유수(留守)의 치계이옵니다.

임금이 문서를 삼정승에게 내렸다. 삼정승은 머리를 맞대고 두루마리를
풀었다. 삼정승이 장계를 다 읽을 때까지 임금은 문서의 내용을 묻지 않
았다. 김류가 말했다. 목청 깊은 곳이 떨렸다.

　　— 전하, 적병이 이미 개성을 지났다 하옵니다.
　　— 임진강은 얼었는가?
　　— 치계에, 강물은 아뢰지 않았사옵니다.

22

이조판서 최명길이 삼정승 뒷자리에서 고개를 들었다. 그의 어조는 책을 읽듯 무덤덤했고 아무런 조바심도 스며 있지 않았다. 그는 평정한 말투로 다급함을 말했다.

　　— 전하, 사나운 적이 가까이 올수록 사직의 앞길은 먼
　　　　것이옵니다.
　　— 좋구나. 하나 그것은 적이 가까이 오지 않았을 때 할 수 있는 말
　　　　아닌가.
　　— 만승(萬乘)의 나라에도 한때의 약세는 늘 있었고, 군왕이
　　　　도성을 버림은 망극한 일이오나 만고에 없는 일은 아니옵니다.
　　— 강화도로 가자는 겐가?
　　— 그러하옵니다. 전하께서 연부역강하시고, 세자와 대군 또한
　　　　늠름하시니 어찌 한때의 곤궁으로 사직을 걱정하오리까.
　　　　속히 조정을 거느리고 강화도로 드옵소서.
　　— 그다음은 어찌해야 하겠는가?
　　— 강화를 방비하면서 삼남(三南)의 근왕병을 교서로 불러 모아
　　　　회복을 도모할 수 있을 것입니다. 또 신들이 적장을 대면하면
　　　　어찌 화친의 길이 없다 하겠습니까.
　　— 화친을 배격하고 오로지 대의를 곧게 하니 적들이 깊이 들어온
　　　　것 아닌가. 오늘의 일이 대의에 비추어 어떠하냐?
　　— 지금은 대의가 아니옵고 방편에 따라야 할 때입니다. 불붙은
　　　　집 안에서는 대의와 방편이 다르지 않을 것이옵니다.
　　— 그 방편이 강화도인가?

— 그러하옵니다. 한겨울에 대군을 몰아서 깊이 들어왔으니,
　　　적들도 오래 머물지는 못할 것이옵니다. 전하, 성심을 굳게
　　　하시고 머뭇거리지 마옵소서.
　　— 파천이 여염의 이사가 아닐진대, 머뭇거릴 일이 아니기로 당장
　　　결정지을 수 있는 일이겠는가.
　　— 전하, 적은 빠르기가 들짐승 같아서 개성에서 서울까지 기병의
　　　하룻길입니다. 전하, 속히 성지(聖旨)를 내려주소서.

적이 임진강을 건넜으므로, 서울을 버려야 서울로 돌아올 수 있다는 말
은 그럴듯하게 들렸다. 종묘와 사직단 사이에서 머뭇거리다 도성이 포
위되면 서울을 버릴 수 없을 것이고, 서울로 다시 돌아올 일은 아예 없을
터였다. 파주를 막아낼 수 있다면 서울로 돌아오기 위해 서울을 버려야
할 일이 없을 터이지만, 그 말이 옳은지 아닌지를 물을 수 없는 까닭은
적들이 이미 임진강을 건넜기 때문이었다. 반드시 죽을 무기를 쥔 군사
들은 반드시 죽을 싸움에 나아가 적의 말발굽 아래서 죽고, 신하는 임금
의 앞을 막아선 채 죽어서 그 충절을 후세에 전하리라는 말은 우뚝하였
으나 적들은 이미 임진강을 건넜으므로 그 말의 크기와 높이는 보이지
않았다.
서안 너머 방바닥에 시선을 고정한 임금은 독백처럼 중얼거렸다.

　　— 가야겠구나. 가자.

삼정승, 육판서, 비국당상 들이 손바닥으로 방바닥을 치며 흐느꼈다.

— 망극하오이다. 전하……. 천도는 여전히 바르고, 민심은
　　오로지 전하를 향하여 있으니 어찌 회복이 멀겠나이까…….

울음 같은 소리들이 편전의 어둠을 울렸다.

— 빈궁과 대군들은 종묘의 신주를 받들어 먼저 떠나라. 사직단의
　　위판도 함께 모셔라. 나는 세자를 데리고 뒤에서 따르겠다.
　　서둘러라.

영의정 김류가 무릎걸음으로 임금에게 다가갔다.

— 전하, 밝은 날 이어하시려면 일찍 침전에 드소서. 신들은 밤을
　　새워 대가를 갖추오리다.
— 가보니 이틀 길이더구나. 강화행궁을 불 지르지 않은 게
　　다행이로군.

언 강

가보니 이틀 길이더구나……. 스치는 바람 같은 말투로 임금은 십 년 전
정묘년의 겨울을 편전의 어둠 속으로 끌어당겨놓았다. 그해 겨울에도 후
금군(後金軍)은 황해도 평산까지 들이닥쳤고, 임금은 종묘의 신주를 받들
고 강화도로 들어갔다. 깊은 겨울에 강이 얼기를 기다려 적들은 깊숙이
들어왔고, 공세는 오직 서울을 목표로 삼아 남쪽으로 집중되었다. 적들
은 산성을 공격하지 않았고 읍성을 점령하지 않았다. 길에서 머물지 않
았고 뒤를 돌아보지 않았으며 우회하지 않았다. 적의 뒤로 처진 서북의
관군들이 뒤늦게 산성에서 나와 적의 후방을 건드렸으나, 적의 앞길은
비어 있었다. 봄에, 임금은 강화성에서 나왔다. 임금은 성문 앞에 쌓은 제
단에서 적장을 맞아 형제의 나라가 되기를 맹약하고 흰 말과 검은 소를
잡아서 피를 뿌려 하늘에 고했다. 적들은 임금에게 말 피를 마셔서 하늘
에 고한 약속을 몸속에 모시라고 요구했다. 놋사발 속에서 식은 말 피가
선지로 엉겨 있었다. 대신들이 적 앞에 나아가 임금이 상중(喪中)이어서 버
거운 의전을 감당할 수 없으며, 동방의 풍속은 짐승의 생혈을 먹지 않는
다고 간청했다. 그날, 임금은 비린 말 피를 마시지 않을 수 있었다. 적들
은 조공과 포로를 거두어 돌아갔고, 임금은 돌아가는 적들을 배웅하며
서울로 돌아왔다. 그 뒤 십 년 동안 명(明)의 대륙은 급속히 무너져갔다.
여진의 족장 누르하치는 만주의 모든 부족을 아우르고 합쳐서 국호를
후금이라 내걸고, 스스로 황제의 누런 옷을 입고 칸[汗]의 자리에 올랐다.
칸은 명의 변방을 어지럽히는 다른 부족장들의 목을 베어 명 황제에게
바쳤고, 명 황제가 상을 내리며 마음을 푼 사이에 발 빠른 군사를 휘몰
아 명의 따뜻한 들판을 빼앗았다. 칸은 충성과 배반을 번갈아가며 늙어
서 비틀거리는 명의 숨통을 조였다. 칸은 말뜻에 얽매이지 않았다. 본래

충성의 뜻이 없었으므로 명의 변방 요새들을 차례로 무너뜨려도 그것은 배반이 아니었다. 그에게 충성과 배반, 공손과 무례는 다르지 않았다. 칸은 그의 족속들과 더불어 죽이고 부수고 빼앗고 번식하는 일에 거리낌이 없었다. 늙은 칸은 등에 돋은 종기가 곪아서 죽었다. 작은 종기였다.

누르하치의 여덟째 아들 홍타이지는 아비가 죽자 형들을 죽이고 황제의 자리에 올라 국호를 청(淸)이라 내걸었다. 명령을 칙(勅)이라 하였으며, 가르침을 조(詔)라 하였고, 스스로 짐(朕)을 칭하였는데, 그의 백성들은 종족의 말 그대로 칸이라고 불렀다. 젊은 칸은 여자와 사냥개를 좋아해서 그의 진중 군막 안에는 허리 가는 미녀들이 가득했고, 사냥개들이 미녀들의 군막을 지켰다. 젊은 칸은 또 몽고 말을 귀하게 여겼다. 황제가 말의 입 속과 똥구멍을 직접 살폈는데, 입 속 냄새가 향기롭고 이빨에 푸른 기운이 돌며 입천장의 구름무늬가 선명하고, 똥이 가볍고 똥구멍의 조이는 힘이 야무진 말을 보면 여자와 바꾸었다.

칸의 눈매는 날카롭고 광채가 번득였다. 상대를 녹일 듯이 뜨겁게 바라보았다. 아무도 칸과 시선을 마주치지 못했다. 칸의 결정은 신속하고 단호했다. 칸은 구운 오리고기에서 뼈를 발라내며 군대의 진퇴를 결정했고, 입을 우물거려 오리 뼈를 뱉으며 명령을 내렸다. 그는 사냥개를 좋아해서 몽고와 티베트에서까지 종자를 구했고, 부족장들은 고을을 뒤져 영특한 개를 찾아서 바쳤다. 혓바닥이 뜨겁고 콧구멍이 차가우며 발바닥이 새카맣고 똥구멍이 분홍색이고 귓속이 맑은 개를 칸은 으뜸으로 여겼다. 개들은 깡마르면서도 날랬고, 사납고도 온순했다. 적게 먹고 멀리 달렸고, 멀리 달리고도 헐떡거리지 않았다. 개들은 자는 모습을 주인에게 보이지 않았다. 칸은 개들을 조련시켜서 수십 마리가 같은 시간에 같은 장소에 모여 똥을 누게 했다. 사냥에 나가는 아침에 개들은 일제히 똥을 내질러 몸무게를 줄였고 뒷발질로 흙을 파서 똥 무더기를 덮었다. 칸은 개들을 전쟁터에도 데리고 나갔다. 개들은 낯선 부족의 몸 냄새와 똥 냄새를 따라서 산속으로 군사들을 인도했다.

칸은 먹고 마시는 일에도 얽매임이 없었다. 싸움이 없는 날에는 진중 군막에서 하루에 여섯 끼를 먹었고, 싸움이 계속되는 날에는 말린 양고기를 말젖에 적셔 먹으며 며칠씩 버티었다. 밥을 먹을 때는 부족장들을 모아서 빙 둘러앉혔고, 먹기 전에 장수들을 끌어안고 얼굴을 비비고 등을 두드렸다. 군막 안으로 개들이 들어와 먹는 자리 옆에서 앞다리를 버티고 앉아 있어도 칸은 개들을 내쫓지 않았다. 칸이 고깃덩어리를 높이 던지면 개들이 솟구쳐 올라 고기를 받아먹었고, 칸이 빈손으로 던지는 시늉만 하면 개들은 솟구쳐 오르지 않았다. 부족장들은 허리를 꺾고 웃었다. 가을이면 들판에 가득 널린 말똥이 햇볕에 말라서 바스라졌다. 바람이 불어서 마른 말똥의 향기가 대기에 스몄고, 칸은 그 말똥 향기를 좋아했다. 개들이 코를 벌름거리면서 말똥 바람을 들이마셨다.

젊은 칸의 나라는 말 먼지 속에서 강성했다. 칸은 요동을 차지했고, 북경을 포위해서 명의 목젖을 눌렀다. 명의 숨통이 거의 끊어져갈 무렵 칸은 조선 임금에게 국서를 보내, 명의 연호를 버리고 명에 대한 사대를 청으로 바꿀 것과 왕자와 대신을 인질로 보내 군신의 예를 갖출 것을 요구했다. 머리를 길게 땋고 양가죽 옷을 걸친 사신이 호위 군사를 부려서 칸의 국서를 수레 위에 받들어 왔다. 칸의 문장은 거침없고 꾸밈이 없었으며, 창으로 범을 찌르듯 달려들었다. 그 문장은 번뜩이는 눈매에서 나온 듯했다.

내가 이미 천자의 자리에 올랐으니, 땅 위의 모든 살아 있는 것이 나를 황제로 여김은 천도에 속하는 일이지, 너에게 속하는 일이 아니다. 또 내가 칙으로 명하고 조로 가르치고 스스로 짐을 칭함은 내게 속하는 일이지, 너에게 속하는 일이 아니다.

네가 명을 황제라 칭하면서 너의 신하와 백성들이 나를 황제라 부르지 못하게 하는 까닭을 말하라. 또 너희가 나를 도적이며 오랑캐라고 부른다는데, 네가 한 고을의 임금으로서 비단옷을 걸치고 기와지붕 밑에 앉아서 도적을 잡지 않는 까닭을 듣고자 한다.

하늘의 뜻이 땅 위의 대세를 이루어 황제는 스스로 드러나는 것이다. 네가 그 어두운 산골짜기 나라에 들어앉아서 천도를 경영하며 황제를 점지하느냐. 황제가 너에게서 비롯하며, 천하가 너에게서 말미암는 것이냐. 너는 대답하라.

너의 아들과 대신을 나에게 보내 기뻐서 스스로 따르는 뜻을 보여라. 너희의 두려움을 내 모르지 않거니와, 작은 두려움을 끝내 두려워하면 마침내 큰 두려움을 피하지 못할 것이다. 너는 임금이니 두려워할 것을 두려워하라. 너의 아들이 준수하고 총명하며, 대신들의 문장이 곱고 범절이 반듯해서 옥같이 맑다 하니 가까이 두려 한다.

내 어여뻐 쓰다듬고 가르쳐서 너희의 충심이 무르익어 아름다운 날에 마땅히 좋은 옷을 입혀서 돌려보내겠다.

대저 천자의 법도는 무위(武威)를 가벼이 드러내지 않고, 말 먼지와 눈보라는 내 본래 즐기는 바가 아니다. 내가 너희의 궁벽한 강토를 짓밟아 네 백성들의 시체와 울음 속에서 나의 위엄을 드러낸다 하여도 그것을 어찌 상서롭다 하겠느냐.

그러므로 너는 내가 먼 동쪽의 강들이 얼기를 기다려서 군마를 이끌
고 건너가야 하는 수고를 끼치지 말라. 너의 좁은 골짜기의 아둔함을
나는 멀리서 근심한다.

국서를 들고 온 칸의 사신 일행은 대궐에서 가까운 별궁에 보름씩 묵으
며 기녀를 불러들여 교접했다. 정삼품 접반사가 사신 일행을 수발했다.
사신이 자색을 타박하며 기녀를 내치면 접반사가 다른 기녀를 들였다.
사신의 부관과 구종잡배들이 내쳐진 여자를 끌어들여 품었다.
조정은 얼어붙었다. 아무도 두려움을 말하지 않았다. 침묵은 얼어서 편
전 땅 밑으로 깔리고, 그 위에서 언설은 불꽃으로 피어올랐다.

   …… 전하, 적의 문서는 차마 읽을 수 없고 옮길 수 없는 것이옵니다.
       짐승을 어찌 교화할 수 있으며, 오랑캐를 어찌 예로써 대할 수
       있겠습니까. 적의 사신을 목 베고 그 머리를 국경에 효수하여
       황제를 참칭한 죄를 물으시고 대의를 밝히소서.
   …… 전하, 화친을 발설한 최명길과 그의 무리들을 모조리 목 베고
       속히 개성으로 이어하시어 결전의 진을 펼치소서.
   …… 개성은 서울에서 지척이옵니다. 팔도의 군사를 평양으로
       모으시고 전하께서도 평양으로 드시어 북방을 방비하는
       기세를 보이시옵소서.
   …… 전하, 외딴섬 강화도에 조정의 피란처를 미리 마련해놓고서야
       어찌 적을 맞아 군사와 백성들의 마음을 전하께 모을
       수 있겠습니까! 어찬(魚饌)을 줄이시고 가무를 폐하시고,

강화행궁을 불 질러 임금과 백성이 함께 싸우려는 뜻을
세우소서.

접반사와 좌부승지 외에는 칸의 사신 일행을 개별적으로 대면하지 말라
는 임금의 명령이 있었지만, 칸의 사신은 당상들을 한 명씩 별궁으로 불
러들여 술상머리에 앉혔다. 마지못해 불려간 자들도 있었고 스스로 들
락거린 자들도 있었다. 칸의 사신은 묘당의 깊은 곳을 염탐했고, 빠른 기
병들을 심양으로 띄워 칸에게 밀서를 보냈다. 칸이 보낸 통역이 압록강
을 건너왔다. 통역은 임금에게 보내는 칸의 말을 변방 수령에게 전했다.

　　…… 네가 기어이 나를 동쪽으로 부르는구나. 너희가 산성에
　　　　진을 치고 있다 하나, 나는 대로를 따라 너에게로 갈 것이니
　　　　너희들의 깊은 산성은 편안할 것이다. 너는 또 강화도로
　　　　가려느냐. 너의 강토를 다 내주고 바다 건너 작은 섬에 숨어서
　　　　한 조각 방석 위에 화로를 끼고 앉아 임금 노릇을 하려느냐.
　　　　너희 나라가 유신(儒臣)들을 길러서 그 뜻이 개결하고 몸이
　　　　청아하고 말이 준절하다 하나 너희가 벼루로 성을 쌓고
　　　　붓으로 창을 삼아 내 군마를 막으려 하느냐.

강화행궁을 불 지르지 않은 게 다행이로군……. 임금은 바람 소리 같은
중얼거림으로 지난 십 년 세월을 선명히 요약했다. 대신들은 발소리도
없이 편전에서 물러났다. 이어를 준비하는 횃불은 대궐의 어둠을 밝혔
고, 지밀나인들은 임금의 이부자리며 수저를 짐바리에 얹으면서 소리

죽여 흐느꼈다. 제조상궁이 무수리, 의녀, 어린 나인 들은 빈 대궐에 남든가 제집으로 돌아가라고 명했다. 밤새 눈이 내렸다. 골기와 지붕이 눈에 덮였고, 대전 추녀마루 위에 늘어선 손오공, 사자, 용, 잉어 들의 잡상(雜像)이 눈에 파묻혔다. 눈에 덮여서 들과 길이 지워졌고, 보름사리의 썰물이 빠져나간 강화도 쪽 한강 하구는 흐리고 아득했다.

그날, 임금은 강화도로 들어가지 못했다. 대군과 빈궁 일행을 먼저 보내고 임금은 오후에 출발했다. 기휘(旗麾)가 앞서고 사대(射隊)와 의장(儀仗)이 어가를 에워싸고 백관과 궁녀와 노복 들이 뒤따랐다. 유건을 쓴 선비들이 눈 위에 꿇어앉아 이마로 땅을 찧으며 통곡했다. 눈길에 말들이 발을 헛디뎌 가교가 흔들렸고, 깃발을 든 군사들의 몸이 바람에 쏠렸다. 행렬은 더디게 나아갔다.

흐린 날은 일찍 저물었다. 창덕궁을 떠난 행렬이 남대문을 나와 도성을 막 벗어났을 때 눈이 또 내렸다. 홍제원 쪽에서 말을 몰아 달려온 군관이 행렬 앞에 꿇어앉았다. 군관은 적의 추격이 이미 파주에 들어왔고, 기병의 선발대는 무악재 쪽으로 다가오고 있으며, 또 한 부대는 양천, 김포 쪽을 막아서 강화로 가는 길이 끊어졌다고 고했다.

어가행렬은 방향을 거꾸로 돌려서 남대문 안으로 들어왔다. 임금은 남대문 문루에 올라가 바람을 피했다. 천장에서 놀란 새들이 퍼덕거렸다. 임금은 난간에 걸터앉아 어두워지는 도성 안을 우두커니 바라보았다. 짐보따리를 메고 어가를 따르던 백성들이 문루 아래로 모여들어 통곡했다. 군사들이 창으로 백성들을 밀쳐냈다.

어디로 가려느냐……. 여기서 머물겠느냐……. 임금은 묻지 않았다. 그날 어가행렬은 강화를 단념하고 남한산성으로 향했다. 행렬이 방향을 바꾸자 백성들이 수군거렸다. 어린아이들도 강화가 아니라 남한산성으로 간다는 것을 알았다. 창졸간에 행선지가 바뀌자 기휘들이 먼저 흩어졌다. 말편자를 갈아박는 틈에 기휘들이 깃발을 팽개치고 초저녁 어둠 속으로 달아났다. 사대는 달아나는 자들을 쏘지 않았고, 달아나는 자들을 잡으러 쫓아갔던 군사들도 돌아오지 않았다. 세자가 젖은 버선을 갈아신는 사이에 견마잡이가 달아났고, 뒤쪽으로 처져서 눈 위에 오줌을 누던 궁녀들은 행렬로 돌아오지 않았다. 피란민들이 의장과 사대에 뒤섞였고, 백성들이 끌고 나온 마소가 어가에 부딪혔다. 행렬을 따라가서 살려는 자들과 행렬에서 달아나서 살려는 자들이 길에서 뒤엉켜 넘어지고 밟혔다.

행렬은 수구문으로 도성을 빠져나와 송파나루에서 강을 건넜다. 강은 얼어 있었다. 나루터 사공이 언 강 위를 앞서 걸으며 얼음이 두꺼운 쪽으로 행렬을 인도했다. 어가행렬은 사공이 흔드는 횃불의 방향을 따라서 강을 건넜다. 눈보라 속에 주저앉은 말들은 채찍으로 때려도 일어서지 않았다.

임금은 새벽에 남한산성에 들었다. 지밀상궁들은 도착하지 않았고, 당상관들이 걸레를 적셔서 행궁 안 처소의 먼지를 닦았다. 내행전 구들은 차가웠다. 군사들은 성문을 걸어 잠그고 성첩(城堞)으로 올라갔다.

이틀 뒤에 청의 주력은 송파나루를 건너왔다. 청병은 강가 삼전도 들판에 본진을 펼쳤다. 강을 따라서 시오 리에 들어선 군막이 바람에 펄럭였다. 청의 유군(遊軍)들이 남한산성을 멀리서 둘러싸고 좁혀 들어왔다. 산세가 가파른 서문 쪽으로는 보병이 다가왔고, 물이 흘러서 들에 잇닿은 동문 쪽으로는 기병이 다가왔다.

그해 겨울은 일찍 와서 오래 머물렀다. 강들은 먼 하류까지 옥빛으로 얼어붙었고, 언 강이 터지면서 골짜기가 울렸다. 그해 눈은 메말라서 버스럭거렸다. 겨우내 가루눈이 내렸고, 눈이 걷힌 날 하늘은 찢어질 듯 팽팽했다. 그해 바람은 빠르고 날카로웠다. 습기가 빠져서 가벼운 바람은 결마다 날이 서 있었고 토막 없이 길게 이어졌다. 칼바람이 능선을 타고 올라가면 눈 덮인 봉우리에서 회오리가 일었다. 긴 바람 속에서 마른나무들이 길게 울었다. 주린 노루들이 마을로 내려오다가 눈구덩이에 빠져서 얼어 죽었다. 새들은 돌멩이처럼 나무에서 떨어졌고, 물고기들은 강바닥의 뻘 속으로 파고들었다. 사람 피와 말 피가 눈에 스며 얼었고, 그 위에 또 눈이 내렸다. 임금은 남한산성에 있었다.

푸른 연기

산줄기들은 가까이 다가와 성을 겹으로 외호했고, 물은 동쪽으로 흘러서 성 밖 들에 닿았다. 산이 물러서며 성 안팎으로 길이 열리는 자리가 조붓했다. 들이 헤벌어지지 않아서 산과 들은 옷깃을 여미고 맞아들이는 형국이었다. 성안은 오목했으나 산들이 바싹 조이지는 않았다. 성안 마을은 하늘이 넓어서 해가 길었다. 순한 물은 여름에도 땅을 범하지 않았다. 성벽을 따라서 소나무 숲이 서늘했고, 작은 물줄기들은 농경지 가까이 흘러왔다. 관아가 들어서기 전부터 땅에 기갈 들린 백성들이 성안으로 모여들어 개울을 끼고 마을을 이루었다. 마을은 작지만 복작거렸다. 오일장터 옆으로 술도가, 색주가, 대장간이 들어섰고 도살장과 푸줏간은 쇠전 뒤에 있었다. 숯가마, 옹기가마, 곳집, 새남터는 산 밑으로 자리 잡았다. 서낭당은 새남터에서 상엿집으로 넘어가는 고갯마루에 있었다. 성문 밖으로 나가는 상여는 서낭당에서 쉬어 갔다. 성안 백성들과 성 밖 백성들이 달구지를 끌고 성문을 드나들며 사고팔고 바꾸고 혼인하고 짐승들을 흘레붙였다. 개울이 마을로 다가오는 물가에 빨래터가 열려서 성안으로 시집온 아낙들이 물가에서 노닥거렸고, 개울 건너 언덕에 노란 무덤들이 돋아났다. 성안 마을은 작지만 자족했다. 땅 힘이 깊어서 수목이 옹골차고 우뚝했다. 숯과 땔나무는 화력이 좋고 불이 맑았다. 대장간과 옹기가마는 늘 분주했다. 성 밖 백성들이 곡식을 들고 와서 농장기며 항아리와 바꾸어 갔다. 지방관아가 옮겨와서 삼거리 대로변에 추녀 들린 아사(衙舍), 순청과 감옥이 들어서자 성안 마을은 번듯하고 묵직했다. 죄인들은 순청 마당에서 처형되어 새남터에 버려졌다. 새남터 무당들이 굿판을 열어서 사또를 저주하며 죽은 자의 넋을 씻었는데, 관아에서는 아는 척하지 않았다.

성은 십 리 밖을 흐르는 강으로 격절되었고, 강의 여울이 사나워서 적의 대병이 건너오기 어려웠다. 성벽 밖은 산줄기가 가파르고 첩첩해서 적의 기병이 말을 몰아 다가올 수 없으며, 성 둘레는 가파르게 출렁거리며 길게 휘어져 갑자기 포위할 수가 없었다. 성벽이 급하게 휘어지는 굽이에서는 멀리 볼 수 있고 넓게 쏠 수 있어 적병이 성뿌리에 붙을 수 없고, 성 밑이 가팔라서 밖에서는 치쏘고 안에서는 내리쏘니 성뿌리에 붙는 적병이 기어오를 수가 없었다. 또 성안에 작으나마 농토와 물줄기가 있어서 오래 버틸 수 있으니, 병서에 이른 바, 편안히 진 치고 앉아서 멀리서 온 피곤한 적을 맞는 곳과 한 명이 지켜서 백 명을 물리친다는 지리(地利)의 노른자위가 바로 여기라고 지관과 병가들이 이구동성으로 말하였다. 산과 물의 형세로 보아 틀린 말이 아니었다.

성의 지세가 물을 두르고 산에 기댄 장풍국(藏風局)이라고는 하나, 규국(規局)이 작아서 품이 좁고, 안팎으로 통하는 길이 멀고 외가닥이어서 한 번 막히면 갇혀서 뚫고 나가기가 어려우며, 아군이 성문을 닫아걸고 성첩을 지키면 멀리서 깊이 들어와 피곤한 적병이 강가의 너른 들에서 진을 치고 앉아 힘을 회복할 수 있고, 성 밑이 가팔라서 안에서 웅크리고 견딜 수는 있으나 나아가 칠 수가 없으며, 좌우가 막히고 가운데가 열려 적이 열린 곳을 막으면 목이 눌리고, 목이 눌리면 안팎이 통하지 못하여 원군을 불러서 부릴 수가 없으며, 또 성이 산에 기대어 있다 하나 성 밖 산봉우리에서 성안이 손샅처럼 굽어보여 내리쏘는 적의 화포를 피할 길이 없고, 성안 농토의 소출이 백성들의 일용에도 못 미쳐서 적이 성을 깨뜨리지 않고서도 말려 죽일 수 있고, 도성과 민촌이 가까워서 멀리서 온 적들이 약탈과 노획으로 군수를 충당하며 머물 수 있으니 병서에 이른

대로, 막히면 뚫기가 어려워서 멀리 도모할 수 없고, 웅크리고 견딜 수는 있으나 나아가 칠 수 없으므로 움직이면 해롭고, 시간과 더불어 말라가니 버틸수록 약해져서 움직이지 않아도 해롭고, 버티고 견디려면 트인 곳을 막아야 하는데 트인 곳을 막으면 안이 또한 막혀서, 적을 막으면 내가 나에게 막히게 되니 막으면 갇히고, 갇혀서 마르며, 말라서 시들고, 적이 강을 차지하니 물이 적의 쪽으로 흐르고, 안이 먼저 마르니 시간이 적의 편으로 흐르는 땅이 바로 여기라고 말하는 지관들도 있었는데, 그 또한 아주 틀린 말은 아니었다. 지덕(地德)의 거룩함을 말하는 목소리는 컸고, 곤궁함을 말하는 목소리는 작았다. 큰 목소리는 높이 울리면서 퍼졌고, 작은 목소리는 낮게 스미면서 번졌다. 그해 겨울 추위는 땅속 깊이 박혔고 공기 속에서 차가운 칼날이 번뜩였다. 성첩 위 총안(銃眼) 앞에서 가리개 없는 군졸들이 눈비에 젖었다. 군졸들의 손가락 마디가 떨어져 나갔고, 손가락이 제대로 붙어 있는 자들도 언 손이 오그라져서 창을 쥐지 못했다. 청병이 강가의 본진으로 물러가 성벽을 집적거리지 않는 날, 성안은 고요했다. 내행전에서 수군거리는 임금과 대신의 말소리는 행전 장지문 밖을 넘어오지 않았고, 성첩에서 군졸들은 군호도 없이 교대했다. 성문이 닫히자 옹기가마와 술도가는 일이 없어 문을 닫았고 오일장도 열리지 않았다. 민촌에서는 아무런 소리도 들리지 않았다. 눈 덮인 들은 하얗게 비어 있었다. 새들이 빈 들에 내려와 눈을 헤집고 낟알을 찾았다. 낮닭이 길게 울어서 산봉우리 사이가 흔들렸다. 닭 울음소리는 성벽을 넘어가서 강가의 적진에까지 들렸다. 닭 우는 쪽을 향해 개들이 짖었다.

적들이 성벽으로 다가오지 않고, 지방 수령과 병사(兵使)들의 장계도 들어오지 않는 날, 임금은 초저녁에 침소에 들었다. 겨울 해가 짧아서 산에 기댄 성안은 일찍 어두웠다. 침소에 들기 전 임금은 남은 군량이 몇 날 몇 끼인지 점검했다.

> ― 먹이기를 하루 서너 홉에서 두세 홉으로 줄이면 사십오 일이나
> 오십 일은 버틸 수 있는데, 성안의 소출은 내년 가을에나
> 기약할 수 있고 성 밖의 곡식을 실어들일 길이 끊겼으니
> 얼마나 끼니를 더 연장해야 포위를 풀고 성 밖으로 나갈 수
> 있을는지, 신은 그것을 걱정하옵니다.

관량사(管糧使)는 아뢰었다.

> ― 걱정은 너의 소관이 아니다. 아껴서 오래 먹이되, 너무 아껴서
> 근력을 상하게 하지는 말아라…….

임금은 대답했다.
눈 덮인 행궁 골기와 위에서 초저녁 어둠이 새파랬다. 내행전 구들을 달 구는 장작불 연기가 퍼졌다. 푸른 연기가 흐린 어둠 속으로 흘러갔다. 삭정이 타는 냄새가 향기로웠고 침소 방바닥은 따스했다. 임금이 옷을 벗느라 버르적거리는 소리가 마루까지 들렸다. 사관이 붓을 들어서 하 루를 정리했다.

> 안팎이 막혀서 통하지 않았다. 아침에 내행전 마루에서 정이품 이상

이 문안을 드렸다. 안에서, 알았다, 마루가 차니 물러가라……는 대답이 있었다. 오늘은 아무 일도 없었다. 임금은 남한산성에 있었다.

뱃 사 공

예조판서 김상헌은 청음석실에서 급보를 받았다. 마구간에서 말을 끌어내 새벽 산책을 나가려던 참이었다. 형의 편지를 품은 노복이 밤을 새워 달려왔다. 늙은 노복의 콧수염에 눈이 엉겨 있었고, 볼이 얼어서 말을 더듬었다. 노복은 눈 위에 꿇어앉아 편지를 올렸다.

적들이 이미 서교(西郊)에 당도하였고, 조정은 파천하였다. 어가는 남대문에서 길이 끊겨 남한산성으로 향하였다. 세자는 상감을 따랐다. 나는 빈궁과 대군을 받들어 강화로 간다. 그리 되었으니 그리 알라. 그리 알면 스스로 몸 둘 곳 또한 알 것이다. 참혹하여 무슨 말을 더 하겠는가. 다만 당면한 일을 당면할 뿐이다.

김상헌의 형 김상용은 일흔다섯 살이었다. 우의정 벼슬을 내놓고 초야로 돌아갈 때 임금은 붙잡지 못했다. 적이 다가오고 대궐이 술렁거리자 김상용은 보료에서 일어섰다. 김상용은 소임이 없는 신민으로서 어가를 따라나섰다. 강화도로 가는 눈길 위에서 쓴 편지를 노복을 부려서 동생에게 전했다. 급히 휘갈겨 쓴 편지였다.

… 그리 되었으니 그리 알라. 그리 알면 스스로 몸 둘 곳 또한 알 것이다…….

양천, 행주, 김포의 눈 쌓인 벌판 위로 바싹 쫓기는 가마의 대열이 흘러가고, 그 뒤를 지팡이를 짚고 따라가는 늙은 형의 뒷모습이 김상헌의 눈앞에 어른거렸다.

— 너는 어찌하려느냐? 나를 따르겠느냐?

— 소인은 큰댁 대감께 매인 몸인지라…….

노복은 돌아갔다. 김상헌은 돌아가는 노복에게 곶감 한 접을 내주었다.
김상헌은 대청마루로 올라왔다. 김상헌은 선영이 있는 남쪽을 향해 무
릎을 꿇고 엎드렸다. 몸의 깊은 곳에서 울음이 터져 나왔다. 몸이 울음에
실려 출렁거렸다.

… 가자, 나는 인간이므로, 나는 살아 있으므로, 나는 살아 있는
인간이므로 성안으로 들어가야 한다. 삶 안에 죽음이 있듯,
죽음 안에도 삶은 있다. 적들이 성을 둘러싸도 뚫고 들어갈
구멍은 있을 것이다. 가자, 남한산성으로 가자.

김상헌의 몸속에서 울음은 그렇게 울려 나왔다.
김상헌은 혼자서 떠났다. 그의 행장은 가벼웠다. 책과 벼루를 버리고, 미
숫가루 다섯 되와 말린 호박오가리 열 근을 챙겼다. 말을 배불리 먹이고,
두꺼운 솜옷에 털모자를 쓰고 환도를 허리에 찼다. 김상헌은 삼각산을
서쪽으로 돌아서 송파나루로 향했다. 송파에 이미 적이 들어와 있으면
더 상류로 올라가 와부(瓦阜)에서 강을 건널 작심이었다.
겨울 새벽의 추위는 영롱했다. 아침 햇살이 깊이 닿아서 먼 상류 쪽 봉우
리들이 깨어났고, 골짜기들은 어슴푸레 열렸다. 그 사이로 강물은 얼어
붙어 있었다. 언 강 위에 눈이 내리고 쌓인 눈 위에 바람이 불어서 얼음
위에 시간의 무늬가 찍혀 있었다. 다시 바람이 불어서 눈이 길게 불려갔

고, 그 자리에 새로운 시간의 무늬가 드러났다. 깨어나는 봉우리들 너머로 어둠이 걷히는 하늘은 새파랬고, 눈 덮인 들판이 아침 햇살을 뿜어냈다. 숲에서 새들이 날개 치는 소리가 들렸고, 잠 깬 새들이 가지에서 가지로 옮겨 앉을 때마다 눈송이들이 떨어져 내렸다. 정갈한 추위였고, 빛나는 추위였다. 말발굽 밑에서 새로 내린 눈이 뽀드득거렸다. 말은 제 장난기에 홀려서 고삐를 당기지 않아도 앞으로 나아갔다. 말 콧구멍에서 허연 김이 뿜어져 나왔다. 김상헌은 폐부를 찌르는 새벽 공기를 깊이 들이마셨다. 몸이 찬바람에 절여지며 시간은 차갑고 새롭게 몸속으로 흘러들었다.

> … 천도가 시간과 더불어 흐르고 있으니, 시간 속에서 소생할 수 있으리.

김상헌은 채찍을 휘둘러 말을 다그쳤다. 송파에서 날이 저물었다. 강이 얼어서 나룻배 두어 척은 강가에 묶여 있었다. 청병은 아직 오지 않았는데 청병이 다가온다는 소문에 나루터 마을은 흩어졌다. 남대문에서 방향을 돌린 어가행렬이 물가에 도착하기도 전에 임금이 송파나루에서 강을 건널 것이고, 청병은 임금의 뒤를 쫓아 들이닥칠 것이라는 소문이 돌았다. 주인 없는 개들이 말을 타고 다가오는 김상헌을 향해 짖다가 달아났다. 빈 마을에 늙은 사공이 한 명 남아 있었다. 김상헌은 사공의 초가 툇마루에 걸터앉았다. 사공의 어린 딸이 끓는 물에 미숫가루를 풀어서 내왔다. 찬바람에 전 몸속으로 뜨거운 것이 찌르고 내려갔다. 사공은 김상헌의 행색을 곁눈으로 살폈다.

— 강을 건너시렵니까?

— 그렇다. 어젯밤에 어가행렬이 여기서 강을 건넜느냐?

— 그러하옵니다. 소인이 얼음이 두꺼운 쪽으로 인도했습니다.
　사람과 말이 모두 걸어서 건넜습니다.

눈이 움푹 꺼지고 솟은 이가 드러나서 늙은 사공은 들짐승처럼 보였다.

— 어가가 강을 건너서 어디로 갔다더냐? 남한산성이라 하더냐?

— 모르옵니다. 묻지 않았소이다.

미숫가루 냄새를 맡고 개들이 다가와 댓돌 아래 엎드렸다. 사공이 돌을
던져 개들을 쫓았다.

— 청병이 곧 들이닥친다는데, 너는 왜 강가에 있느냐?

— 갈 곳이 없고, 갈 수도 없기로…….

— 여기서 부지할 수 있겠느냐?

— 얼음낚시를 오래 해서 얼음길을 잘 아는지라…….

— 물고기를 잡아서 겨울을 나려느냐?

— 청병이 오면 얼음 위로 길을 잡아 강을 건네주고 곡식이라도
　얻어볼까 해서…….

…이것이 백성인가. 이것이 백성이었던가……. 아침에 대청마루에서 남
쪽 선영을 향해 울던 울음보다도 더 깊은 울음이 김상헌의 몸속에서 끓

어올랐다. 김상헌은 뜨거운 미숫가루를 넘겨서 울음을 눌렀다. 이것이
백성이로구나. 이것이 백성일 수 있구나. 김상헌은 허리에 찬 환도 쪽으
로 가려는 팔을 달래고 말렸다. 김상헌은 울음 대신 물었다.

  ― 너는 어제 어가를 얼음 위로 인도하지 않았느냐?
  ― 어가는 강을 건너갔고 소인은 다시 빈 마을로 돌아왔는데,
     좁쌀 한 줌 받지 못했소이다.

산이 멀어서 강은 더디게 저물고 있었다. 강 건너 들에서 치솟는 눈보라
속에 저녁 햇살이 들끓었다. 여울이 빠른 물목은 깊이 얼지 않아서 여기
저기 얼음이 갈라진 틈에서 강물이 비어져 나오고 있었다.

  ― 말이 건널 수 있겠느냐?
  ― 어제는 말들이 건넜으나, 오늘은 얼음이 풀려서 말은 건널 수
     없사옵니다.
  ― 내일은 어떠하냐?
  ― 내일은 청병이 올 터인데, 밤새 잘 얼는지 어떨는지…….
  ― 내 말을 주마. 오늘 나를 건네다오.

우물가에 묶인 말은 고개를 흔들어 갈기에 쌓인 눈을 털어냈다. 말은 강
건너 쪽으로 어두워지는 산들을 바라보았다. 목덜미에서 윤기가 흘렀다.

  ― 말을 다뤄본 적이 없어서…….

― 순한 말이다. 낯을 가리지 않는다. 가져라.

사공의 얼굴에 힘없는 웃음기가 스쳤다.

　　　― 고마우신 말씀이나, 천한 사공이 배를 타지 어찌 말을 타리까.
　　　　더구나 눈이 쌓여 말먹이 풀을 구할 길이 없으니…….
　　　― 말을 안 받겠느냐?
　　　― 그냥 버리고 가십시오. 강 건너까지는 제가 모시리다.

사공이 김상헌의 발 아래 엎드려 가죽신에 새끼로 감발을 쳐주었다. 김
상헌은 사공을 앞세우고 얼음 위로 나섰다. 겨울 강은 물이 낮아서 물가
쪽으로 바위가 드러났다. 낮 동안 햇볕을 받은 바위 주변은 얼음이 녹아
있었다. 사공은 바위를 피해 구불구불 얼음 위를 건너갔다. 마주 보이던
나루터 마을도 비어 있었다. 돌무더기로 쌓은 선착장에서 부서진 배들
이 눈을 뒤집어쓰고 있었다. 김상헌은 선착장으로 올라섰다.

　　　― 나는 남한산성으로 간다. 나를 따르겠느냐?
　　　― 아니오. 빈집에 어린 딸이 있으니……. 소인은 살던 자리로
　　　　돌아가겠소이다.
　　　― 그럼 가거라. 고맙다.
　　　― 산성까지는 여기서도 한참이오. 서문으로 들어가십시오. 길이
　　　　가팔라도 서문이 가깝소.
　　　― 알았다. 말은 주려서 마르기 전에 잡아먹어라.

— 소인은 큰 짐승을 잡아본 적이 없고, 백정들도 마을을
　떠났소이다.

김상헌은 돌아서는 사공을 불러 세웠다. 김상헌이 다시 물었다.

— 나를 따르지 않겠느냐? 궁색해도 너를 거두어주마.

나는 예조판서다……. 새어나오려는 말을 겨우 감추었다. 사공은 다시
대답했다.

— 아니오. 소인은 살던 자리로 돌아가겠소.

김상헌은 사공의 목덜미며 몸매를 찬찬히 살폈다. 야위고 가는 목에 힘
줄과 핏줄들이 얼기설기 드러나 있었다. 힘줄은 힘들어 보였다.
밤새 강물이 굳게 얼어붙으면 밝은 날 청병은 사공의 인도 없이도 강을
건너올 것이고, 얼음이 물러서 질척거리면 청병은 사공을 앞세워 강을
건널 것이다. 십만이라든가 십오만이라든가, 대병이 모두 강을 건너려
면 사나흘은 족히 걸릴 것이고, 그 사나흘 동안 강물은 얼고 또 녹을 것
이다.

— 가야 하겠구나. 그럼 가거라.
— 서문으로 들어가십시오. 그쪽이 빠릅니다. 그럼…….

사공은 돌아서서 얼음 위로 나아갔다. 김상헌은 환도를 뽑아들고 선착장에서 뛰어내렸다. 인기척을 느낀 사공이 뒤를 돌아보았다. 김상헌의 칼이 사공의 목을 베고 지나갔다. 사공은 얼음 위에 쓰러졌다. 쓰러질 때 사공의 몸은 가볍고 온순했다. 사공은 풀이 시들듯 천천히 쓰러졌다. 사공의 피가 김상헌의 얼굴에 튀었고, 눈물이 흘러내려 피에 섞였다. 김상헌은 소매로 눈물을 닦았다. 강 건너 마을은 어둠에 잠겨 보이지 않았다. 보이지 않는 마을에서 버려진 말이 길게 울었다. 말 울음소리가 빈 강을 건너왔다.

산성으로 가는 길은 산줄기가 겹쳐서 가팔랐다. 골짜기를 따라서 바람이 달렸다. 김상헌은 모로 걸어서 바람을 피했다. 새벽에 산성에 당도했다. 사공이 일러준 길을 따라 서문으로 들어갔다. 수문장은 김상헌을 알아보지 못하고 수어사(守禦使)에게 고했다. 일직 승지가 서문으로 달려나와 비틀거리는 예판 대감을 맞아들였다.

새벽에 눈이 내렸다. 눈이 쌓여서 사공의 시체가 언 강 위에서 하얀 봉분을 이루었다. 강 건너 사공의 마을에서 말이 밤새 울부짖었다. 그날 새벽에 강은 상류부터 먼 하류까지 꽝꽝 얼어붙었다.

대 장 장 이

대장장이 서날쇠[徐生金]는 아내와 쌍둥이 두 아들을 앞세워 남문 위쪽 성벽의 배수구로 향했다. 성 밖으로 나가는 처자식을 배수구까지 데려다줄 참이었다. 서날쇠는 삼거리에서 남문 쪽으로 뻗은 큰길을 버리고 골바람이 눈을 쓸어내리는 산길을 따라갔다. 남문부터 동쪽으로 뻗은 성벽은 긴 옹성을 밖으로 내밀며 계곡을 건너 가파른 능선을 기어올랐다. 배수구는 그 능선을 따라가는 성벽 밑이었다. 아내는 작은 옷보따리를 머리에 이었고, 쌍둥이 두 아들은 곡식 자루를 짊어지고 있었다. 쌍둥이 아들은 열다섯 살이었다. 작은 손도끼를 한 자루씩 허리에 찬 채 멀리 가는 채비를 갖춘 꼴을 보고, 서날쇠는 이 녀석들도 대가리가 컸구나 싶었다.

— 새벽에 임금이 마을에 들어왔어. 조정 신하들도 따라왔다는군.
　여기는 위태로워. 당신은 아이들을 데리고 친정으로 가야 해.
　서둘러. 머뭇거리다가는 나갈 구멍이 막힐 거야. 난 여기서
　대장간을 지켜야 하니까…….

서날쇠가 식구들에게 그렇게 말했을 때, 아내는 울지 않았고 군소리도 없었다. 아내의 친정은 조안(鳥安)이었다. 강이 얼었다면 걸어서 이틀 길이었다. 아내는 합수머리 강가에서 고기를 잡는 어부의 딸이었다. 늙은 어부는 부지런해서 물고기를 팔고 장꾼들을 건네주고 염소를 먹여서 다섯 마지기 논을 장만했다. 논은 강에 가까워서 물 대기가 쉬웠고, 강이 밖으로 굽이쳐서 여름에도 큰물이 비켜갔다. 서날쇠가 대장간에서 만든 농장기를 달구지에 싣고 인근 오일장을 돌던 시절에, 아내는 조안 장터에서 아비가 잡은 물고기를 팔던 처녀였다.

어가가 성안에 들어오던 날, 성안 마을은 적막했다. 아무도 사립문 밖으로 나오지 않았다. 개를 불러들여서 묶고 닭을 닭장으로 몰아넣었다. 쌓인 눈을 헤집는 바람 소리가 버스럭거렸다. 새벽에 백성들은 헛간 담장 너머로 머리를 내밀고, 삼거리를 지나 행궁 쪽으로 눈 덮인 오르막길을 미끄러지며 올라가는 어가행렬을 숨죽여 바라보았다.

임금이 성안으로 들어왔으므로, 곧 청병이 들이닥쳐 성을 에워싸리라는 것을 누구나 알고 있었다. 갇혀서 마르고 시드는 날들이 얼마나 길어질지 아무도 알 수 없었고, 갇혀서 마르는 날들 끝에 청병이 성벽을 넘어와서 세상을 다 없애버릴는지, 아니면 그 전에 성안이 먼저 말라서 스러질는지 아무도 알 수 없었다. 그러나 아무도 알 수 없다는 것은 누구나 알았다. 누구나 알았지만 누구도 입을 벌려서 그 알고 모름을 말하지 않았다.

농토가 없어 남의 땅을 갈아먹는 자들과 생업의 구실이 뚜렷하지 않은 자들, 성안에 뿌리를 깊게 박지 않은 자들 가운데 눈썰미가 빠르고 몸이 가벼운 자들이 먼저 짐을 꾸렸다. 남은 자들은 떠나는 자들의 행선지를 묻지 않았고, 떠나는 자들은 남은 자들의 앞날을 입에 담지 않았다. 강을 건너온 청병들은 삼전나루에 본진을 차리고 서문과 북문 쪽을 압박했으나, 남문 쪽으로는 아직 다가오지 않았다. 수어청 군사들이 남문을 지키면서 성 밖으로 나가려는 백성들을 붙잡아 곡식과 가축을 빼앗았다.

배수구는 눈에 덮여 보이지 않았다. 이고 진 백성들이 성벽에 쌓인 눈을 걷어내며 구멍을 찾고 있었다. 옹성이 급하게 돌출해서 그 아래 배수구는 성첩에 올라간 군사들의 눈에 띄지 않았다. 배수구 구멍의 크기는 큰 개가 한 마리 지나갈 정도였다. 눈을 걷어내자 배수구 구멍이 드러났다.

구멍 바닥은 얼어 있었다. 서날쇠의 아들이 손도끼로 얼음을 깨뜨렸다. 보따리를 진 백성들은 기어서 배수구를 빠져나갔다. 백성들의 짐은 크지 않았고, 작은 짐이 여러 덩어리였다. 등에 멘 보따리는 아래쪽으로 무게가 처져서 둥글게 늘어져 있었다. 서날쇠는 보따리가 늘어진 모양만 보고도 곡식임을 알 수 있었다. 쌍둥이 두 아들이 짊어진 자루도 아래쪽이 둥글게 늘어졌다.

동장대(東將臺) 쪽 성벽이 아침 햇살에 깨어났다. 눈 덮인 성벽은 능선을 따라 굽이치며 아직 어둠이 남은 청량산 쪽으로 뻗어나갔다. 성첩에 뚫린 총안마다 새파란 하늘이 한 개씩 박혀 있었다. 해가 떠오르자 소나무 밑동이 붉게 드러났다. 민촌에서 아침을 짓는 연기가 올랐다. 행궁 쪽에서도 입성(入城)의 첫 밥을 익히는 연기가 올랐다. 민촌의 연기와 행궁의 연기가 섞였다. 연기는 낮게 깔리며 골을 따라 서장대 쪽으로 흘러갔다.

> ─ 부지런히 걸어라. 낮에는 강이 녹는다. 그 전에 물가에
> 도착해야 한다. 송파로 가지 말고 와부 쪽으로 건너라.

두 아들이 먼저 배수구를 빠져나가서 어미를 받아내렸다. 구멍을 빠져나간 백성들은 지게 위에 짐보따리를 싣고 이배재 고개 쪽으로 향했다. 이배재 고개를 넘고 다시 갈마치 고개를 넘으면 판교에서 삼남으로 가는 길에 닿는다. 청병이 북쪽에서 왔으므로 백성들은 남쪽으로 갔고, 서날쇠의 식구들은 강의 상류 쪽으로 갔다.

개울을 건너서 산모퉁이를 돌아가는 식구들의 발자국을 서날쇠는 배수구 구멍 밖으로 오랫동안 바라보았다.

가까운 고을 수령들이 군사들을 거느리고 남문 쪽으로 다가왔다. 임금이 입성했다는 소문은 빠르게 퍼졌다. 임금의 유지(諭旨)가 닿기도 전에 여주, 이천, 양평, 파주의 수령들은 군사를 거느리고 서둘러 성안으로 들어왔다. 그들은 목사, 부사, 현감 들이었다. 수령들은 목민관이지만 군무를 겸하고 있었다. 남문으로 들어오는 길은 평탄하고 멀었다. 수령들은 눈길 위로 긴 행군대열을 이루며 다가왔다. 임금은 남한산성에 있고, 청병의 본진은 삼전도에 있는데, 수령과 군사는 성안으로 들어왔다. 군사는 많지 않았다. 수령들은 휘하의 군병들을 모두 끌어모으지 못하고 관아 가까이 있던 아병(牙兵) 이삼백 정도를 초관(哨官)을 부려서 인솔해오고 있었다. 수령의 식솔들과 늙은 아전 노복들이 뒤를 따랐다. 군병으로 쓸 만한 자들은 아니었다. 수령과 비장은 말을 타고 있었는데, 따르는 무리 중에는 전립도 쓰지 않은 맨머리에 토끼털 귀마개를 하고 창을 지팡이 삼아 절룩거리는 자들도 있었다. 남문 아래 언덕에서 소가 비틀거리자 군병들은 화살을 실은 달구지를 뒤에서 밀었다. 화포와 병장기를 실은 달구지들이 성안으로 들어갔다. 수문장이 발 빠른 전령을 수어사에게 보내 수령과 군사들의 입성을 알렸다. 서날쇠는 행군대열이 모두 성안으로 들어올 때까지 아래쪽을 살폈다.

　… 저것들이 겉보리 한 섬 지니지 않았구나.

서날쇠는 마을로 내려왔다. 성 안과 밖이 막혀서 농장기를 팔 수는 없을 것이었다. 봄이 와서 다시 농사일을 시작하려는 사람들이 대장간으로 몰려와 쟁기며 써레를 사갈는지도 알 수 없었다. 낫, 호미, 도끼날을 독에 쟁여서 대장간 뒤뜰에 묻었다. 쌀도 작은 항아리에 나누어 땅에 묻었다. 대장간에서 부리던 풀무장이, 숯장이 들은 아침에 성을 빠져나갔다. 서날쇠는 떠나는 자들을 붙잡지 않았다. 밀린 노임을 은전으로 지급했고, 쌀 다섯 말과 육포 두 근씩을 노자로 주어 보냈다.

서날쇠는 눈썰미가 매서운 대장장이였다. 쇠를 녹이고 두드려서 농장기와 병장기를 만들었고, 목수들의 연장까지 만들었다. 왼손잡이 목수들이나 손가락 두 개가 잘려나간 석수들을 위해 그 일그러진 손에 맞는 대패며 끌, 징, 송곳, 톱을 만들었다. 깎고 쪼고 뚫고 파고 훑고 후비고 깨고 베고 거두고 쩔고 빨고 밀고 당기는 모든 연장이 서날쇠의 대장간에서 나왔다. 서날쇠는 연장을 구하러 온 사람의 몸매와 근력, 팔다리의 길이와 허리의 곧고 굽음을 잘 살펴서 남자와 여자, 아이와 노인, 키 작은 자와 키 큰 자의 연장을 달리 만들어주었다. 돌이 많은 땅의 호미와 모래밭의 호미도 달리 만들었다. 서날쇠는 자신이 만든 연장에 이름의 가운데 글자인 날 생(生) 자를 새겨 넣었다. 사람들은 서날쇠의 연장을 생쇠라고 불렀다. 생쇠는 인근 고을의 관아와 민촌과 절간에 퍼져 나갔다. 서날쇠는 양평에까지 소달구지를 보내 참나무를 실어와서 땔나무로 쓰거나 숯을 구워냈다. 그의 불은 고요하면서 맹렬했고 맑아서 연기가 나지 않았다.

서날쇠는 성 안팎으로 멀리 다니면서 흙을 집어서 입 속에 넣어 물고 혓바닥으로 녹여서 맛을 보았다. 흙의 맛은 동네마다 다르고 산비탈마다 달랐다. 매운맛이 있고 짠맛이 있고 단맛도 있었다. 서날쇠는 맵고 떫은 맛을 내는 흙을 실어왔다. 거기에 색깔이 검다면 더욱 좋았다. 쑥이나 볏짚을 태운 재를 흙과 섞고 말똥을 덮어서 며칠 재운 다음 물을 부어 체로

걸러내고, 그 물을 끓여서 졸이면 하얀 털 같은 앙금이 잡혔다. 거기에
아교를 넣어 끓이면서 거품을 걷어내면 맑은 결정체가 생겼다. 그 결정
체는 불에 닿으면 고열과 불꽃을 일으키며 폭발했다. 서날쇠는 그렇게
만든 화약을 대장간에서 착화제로 쓰기도 하고 관아에 납품하기도 했
다. 쇠를 녹여서 총포를 만들어볼 생각이 있었으나 좋은 본보기를 구할
수 없었다.

서날쇠는 대장간뿐만 아니라 밭도 열 마지기 있었다. 성 밖에서 들어온
처가 동네 사람에게 소작을 주었다. 소화가 잘된 곱고 굵은 똥을 물에 풀
어서 일 년쯤 그늘에서 고요히 삭히면 그 위에 거품이 잡히고, 거품을 걷
어내면 맑은 똥물이 익어 있었다. 서날쇠는 익은 똥물을 밭에 뿌려서 배
추 잎을 갉아먹는 벌레를 잡았고 땅 힘을 돋우었다. 서날쇠의 대장간 뒤
뜰 오리나무 그늘에는 열 말들이 똥독 다섯 개가 묻혀 있었고, 그 독 안
에서 사철 맑은 똥물이 익어갔다. 모루 위에 달군 쇠를 올려놓고 망치로
때릴 때, 신출내기 숯장이나 풀무꾼은 불똥을 뒤집어쓰고 화상을 입기
가 십상이었다. 쥐를 잡아서 대가리와 꼬리, 다리를 자르고 내장을 발라
내고 껍질을 벗겨서 끓는 물에 고면 하얀 기름이 엉겼다. 서날쇠는 그 쥐
기름을 걷어내어 불에 덴 자리에 발라주었다. 덴 자리가 곪으면 고름 자
리에 거머리를 붙여서 썩은 피를 빨아낸 뒤 파를 으깨서 붙여주었다.

뒤뜰에 독을 파묻고서 서날쇠는 아궁이에 군불을 때고 누웠다. 뜨거운
구들에 언 몸을 지져가며 모자란 새벽잠을 마저 잤다. 처자식이 떠난 집
안은 가벼워서 홀가분했고 한갓졌다. 서날쇠는 달게 잠들었다.

그날 저녁, 삼전도 본진을 출발한 청의 기보 일만 오천이 청량산 외곽을
우회해서 성벽을 끼고 남쪽으로 내려왔다. 청병은 남문을 막았고, 남문

에서 가까운 동문을 막았으며, 성벽을 멀리서 포위했다. 청병은 남문 앞 개활지에 군막을 치고 소나무를 잘라서 군막 둘레에 목책을 세웠다. 청 병은 눈 위에 헝클어진 마른풀을 걷어서 말먹이로 쟁여놓았고, 얼어붙 은 개울을 깨뜨려서 물줄기를 찾았다. 청병은 남문과 동문 앞에서 오래 머물 채비를 갖추었다. 청병의 말 울음소리가 성안 마을까지 들렸고, 마 을의 개들이 말 울음 쪽을 향해 짖어댔다.

겨 울 비

밤에 비가 내렸다. 질기게 내려서 깊이 적셨다. 빗줄기 속에 쌀알만 한 우박이 섞였다. 쌓인 눈 위에 비가 내려서 성벽을 끼고 도는 순찰로는 얼어붙었다. 성벽은 어둠 속으로 뻗어나갔고, 성벽을 따라 이어지는 소나무 숲에 빗소리가 자욱했다. 삼전도 쪽 청의 본진은 캄캄했다. 청병은 성벽으로 다가오지 않았다. 성벽에서 가까운 어둠 속에 청의 잠병(潛兵)들이 매복해 있는지 성첩에서는 알 수 없었다. 성벽 바깥으로는 아무것도 보이지 않았다.

서장대 아래쪽으로 행궁은 밤새 불을 끄고 인기척이 없었다. 행궁 지붕에 쌓인 눈이 빗물에 씻겨 희미한 골기와 지붕이 어둠 속에 드러났다. 젖은 지붕이 번들거렸다. 새벽에는 빗줄기가 굵어졌다.

성첩을 지키는 군병들은 자정에 교대했다. 순청 앞마당에서 보리밥 한 그릇에 뜨거운 간장국물 한 대접을 마시고 군병들은 캄캄한 성첩으로 올라갔다. 성첩에서 내려온 군병들도 순청 앞마당에서 보리밥 한 그릇에 뜨거운 간장국물 한 대접을 마셨다. 올라갈 자들이 미리 가마솥에 보리를 삶아서 내려온 자들을 먹였고 저희도 먹었다. 마른 장작을 구할 길 없는 군병들은 순청 마구간에서 마초 더미를 들고 나와 불을 땠다. 수어청 군관들은 말먹이 풀을 실어내는 군병들을 말리지 못했다. 군병들은 끓인 물 한 대접에 진간장을 풀어서 마셨다. 그릇이 모자라서 먼저 먹은 자가 빈 사발을 줄 뒤로 돌렸다. 군관이 줄을 따라가며 사발마다 진간장 세 순갈씩을 나눠 주었다. 성첩에서 내려온 군병들은 손이 얼고 입이 굳어서 제 손으로 밥을 먹지 못했다. 올라갈 자들이 내려온 자들의 손발을 더운물에 담갔고 볼을 주물러주었다. 볼이 풀리자 내려온 자들은 입을 벌리고 혀를 내밀었다. 올라갈 자들이 순가락을 들어서 내려온 자들의 입 속으로 뜨거운 간장국물을 흘려 넣었다.

자정 무렵 살받이 터 총안 앞으로 올라간 군병들은 밤새도록 비에 젖었다. 군병들은 소나무 밑동을 잘라서 총안에 꽂아 버팀목을 세우고 그 위에 잔가지를 덮어서 가리개를 만들었다. 거적을 들고 올라온 자들도 있었다. 거적을 치켜들고 그 아래 대여섯 명씩 웅크렸다. 비가 계속 내려 땅에서 물이 넘쳤고, 솔가지와 거적 올 틈으로 빗물이 떨어졌다. 젖고 언 군병들은 제 사타구니와 겨드랑 밑으로 오그라진 손을 넣었다. 겨드랑까지 젖자 군병들은 언 발을 굴렀다. 비가 내려서 날은 더디 밝았다. 날이 밝자 순청 앞마당에서는 다시 교대해서 성첩으로 올라가야 하는 군병들이 가마솥에 보리를 삶았다.

아침에 예조판서 김상헌은 성첩을 순찰했다.

당상들은 자주 성첩에 올라가 살피고 달래서, 내가 군사를 자애하는 뜻을 알려라……. 입성한 다음 날 아침에 비국당상들에게 임금은 말했다. 수어사 이시백이 순찰 규칙을 정했다. 육판서는 시간과 구역을 따로 정하지 않았고, 오전에는 정삼품, 오후에는 정사품, 저녁을 먹은 뒤에는 정오품, 자정까지는 동서남북 방면별 대장들, 자정에서 일출까지는 지방수령과 비장들이 구역을 돌기로 했다. 경들의 수고가 크겠구나……. 사대부를 성첩에 올려보내는 과인의 민망함을 경들은 마땅히 알라……. 임금은 말했다.

김상헌은 행궁 뒷길을 따라 서장대로 올라갔다. 수어사가 붙여준 젊은 군관이 뒤를 따랐다. 날이 밝았으나 해가 쬐지 않아 빗줄기는 더욱 차가웠다. 김상헌은 도롱이를 걸치고 지팡이를 짚었다. 도롱이 아랫자락으로 빗물이 흘러내렸다. 성에 들어온 날 저녁에 김상헌은 여염의 사랑에서 고열로 쓰러져 누웠으나, 맑고 잡것이 섞이지 않은 그의 몸은 다음 날 씻은 듯이 깨어났다.

살받이 터 총안 앞에서 젖은 군병들이 얼어 있었다. 군병들은 도롱이를 쓴 예조판서를 알아보지 못했다. 군관이 다가가서 예판 대감의 순시를 알려도 군병들은 군례(軍禮)를 바치지 않았다. 바람에 무너진 가리개들이 흩어졌고 물 먹은 거적이 나뒹굴었다. 손에 창이나 활을 쥔 자는 아무도 없었다. 군병들은 두 손을 제 사타구니 사이에 넣고 비비며 언 발을 굴렀다. 젖은 발을 구를 때마다 빗물이 튀었다. 땅바닥에 버려진 창들이 비에 젖어 흙에 얼어붙어 있었다. 소나무 위로 기어올라간 자들은 얼어 죽었는지 두 다리가 늘어져 있었다.

김상헌은 성벽 밑 순찰로를 따라 서장대에서 북문 쪽으로 걸어갔다. 미끄러운 오르막에서 군관이 예판을 부축했다. 온 산에 찬비가 골고루 내려서 피할 곳은 없었다. 군병들은 수목처럼 젖어 있었다. 솜옷이 젖고 얼어서 몸을 움직일 때마다 얼음이 서걱였다.

군관은 등에 자루를 지고 있었다. 김상헌이 청음석실에서 가져온 곶감이었다. 곶감은 돌멩이처럼 얼어 있었다. 김상헌은 군병들에게 곶감을 나누어 줄 수 없었고, 군병을 자애하는 임금의 뜻을 전할 수 없었다. 군관이 말했다.

— 대감, 걸음이 불편해 보이십니다. 그만 내려가심이……

— 추우냐! 먼저 내려가거라.

— 대감, 이 추운 성이 버티어낼 수 있을는지……

…버티지 못하면 어찌하겠느냐. 버티면 버티어지는 것이고, 버티지 않으면 버티어지지 못하는 것 아니냐……. 김상헌은 그 말을 아꼈다. …죽음을 받아들이는 힘으로 삶을 열어나가는 것이다. 아침이 오고 또 봄이 오듯이 새로운 시간과 더불어 새로워지지 못한다면, 이 성안에서 세상은 끝날 것이고 끝나는 날까지 고통을 다 바쳐야 할 것이지만, 아침은 오고 봄은 기어이 오는 것이어서 성 밖에서 성안으로 들어왔듯 성안에서 성 밖 세상으로 나아가는 길이 어찌 없다 하겠느냐……

김상헌은 얼어서 발을 구르는 군병들의 모습을 눈여겨 마음에 담았다. 북문에서 순찰을 마치고 김상헌은 성첩을 내려왔다. 날이 밝았지만 비는 계속 내렸다. 도롱이 자락에서 고드름이 부서졌다.

김상헌은 행궁 안으로 들어갔다. 내행전 마루에 아침 문안을 드리러 온 당상들이 모여 있었다. 김상헌은 도롱이를 벗고 마루로 올라가, 당상들의 맨 앞줄에서 임금의 침소를 향해 숙배했다. 당상들도 숙배했다. 두 팔로 마룻바닥을 짚고 허리를 숙일 때, 얼어서 비틀거리는 김상헌의 몸을 뒷줄에 있던 정삼품 부제학이 부축했다.

도승지가 안쪽을 향해 고했다.

— 전하, 기침하여 계시온지요? 당상관 아침 문후이옵니다.

장지문 안쪽에서 임금이 대답했다.

— 밤새 비가 오더구나. 경들은 박복하다.

신료들이 마룻바닥에 이마를 찧었다. 김상헌이 장지문 안쪽을 향해 말했다.

> ─ 전하, 성첩을 지키는 군병들이 밤새 젖고 또 얼었나이다.
> 손가락 마디가 빠져서 창을 쥐지 못하고 언 발을 구르고
> 있사옵니다. 속히 구하지 않으면 부릴 수 없을까
> 염려되옵니다.

안에서 대답했다.

> ─ 밤새 빗소리를 들었다.

임금이 장지문을 열고 마루로 나왔다. 임금은 곤룡포를 입지 않은 바지 저고리 차림이었다. 임금은 당상들의 앞자리에 앉았다. 영의정 김류가 말했다.

> ─ 아침에 각 군영에서 보고가 있었사온데, 비에 젖은 자는 반이
> 채 안 된다 하옵니다.

임금이 대답했다.

> ─ 영상의 말은 성첩에서 멀다. 비가 온 산에 고루 내리는데,
> 가리개 없는 군병들이 어찌 반만 젖을 수 있겠느냐?

　　─ 포개어 입은 자는 속까지 젖지 않았다 하옵니다.

　　─ 군병들 중에 포개어 입은 자가 있고 홑겹인 자가 따로 있느냐?

　　─ 각자 제 요량으로 입고 있으니…….

　　─ 포개어 입은들, 밤새 내려 땅속까지 적신 비가 옷에 스미지
　　　않았겠느냐? 스몄으니 얼지 않았겠느냐? 경들의 계책을
　　　말하라. 어찌하면 좋겠느냐?

영의정 김류는 고개를 숙인 채 눈동자를 돌려서 내행전 마당에 떨어지
는 빗줄기를 힐끗거렸다. 김류가 시선을 마당에 꽂은 채 말했다.

　　─ 눈이 왔으면 차라리 나았을 것이옵니다.

임금이 말했다.

　　─ 비가 오는데 눈 얘기는 하지 마라. 어찌해야 좋겠는가?

병조판서 이성구가 말했다.

　　─ 전하, 군병의 추위는 망극한 일이오나 온 산과 들에 비가 고루
　　　내려 적병들 또한 깊이 젖고 얼었으니, 적세는 사납지 못할
　　　것이옵니다.

임금은 눈을 들어 천장을 바라보았다.

— 그렇겠구나. 그래서 병판은 적의 추위로 내 군병의 언 몸을
덥히겠느냐? 병판은 하나 마나 한 말을 하지 말라.

이성구가 엎드린 어깨를 움찔했다.

— 전하, 비가 올 만큼 왔으니 이제 해가 뜰 것이옵니다.

임금이 손바닥으로 마루를 쳤다.

— 군병이 얼고 젖으니, 병판은 해뜨기를 기다리는가?

이성구가 허리를 더욱 낮추었다.

— 전하, 백성은 사시(四時)와 더불어 사는 것이고 군병에게
풍찬노숙은 본래 그러한 것이옵니다. 해가 떠서 옷을 말리면
군사는 다시 원기를 회복할 것이옵니다. 성심을 굳게 하소서,
전하.

임금의 시선은 천장에 박혀 있었다.

— 병판이 기다리지 않아도 해는 뜬다. 떠서 적의 옷을 말릴
것이다. 어찌하면 좋겠느냐?

영의정 김류가 말했다.

— 전하, 자꾸 어쩌랴 어쩌랴 하지 마옵소서. 어쩌랴 어쩌랴
  하다 보면 어찌할 수 없는 지경에 이를 것이옵니다. 받들기
  민망하옵니다.

임금이 말했다.

— 알았다. 내 하지 않으마. 경들도 하나 마나 한 말을 하지 말라.
  그러나 어찌해야 하지 않겠느냐?

예조판서 김상헌이 고개를 들었다.

— 전하, 성첩에서 밤을 새운 군병들이 번을 교대해서 내려올
  시간이옵니다. 종친과 사대부들, 사찰의 승려와 민촌의
  백성들에게서 여벌의 마른 옷과 모자, 귀마개, 버선을 거두어
  우선 군병들을 갈아입게 하소서. 전하, 신은 통곡으로
  아뢰옵니다. 백성들의 마른 헝겊 쪼가리라도 거두어서 군병의
  언 발을 싸매소서.

이조판서 최명길이 말했다. 목소리에 울음이 섞여 있었다.

— 전하, 예판의 말이 지극히 옳습니다. 몸이 얼어들어옴은

다급한 일이옵니다. 지금 부녀자의 속곳을 벗겨서 군병을
입힌다 해도 강상을 해치는 일이 아닐 것이옵니다. 서둘러
준비하지 않으면 어찌 군병을 다시 부릴 수 있겠사옵니까.

바람이 불어서 마루에 비가 들이쳤다. 임금이 다시 마룻바닥을 치며 목
청을 높였다.

— 영상과 병판은 예판의 말대로 시행하라. 종친과 사대부들부터
　　거두어라. 서둘러라.

영의정 김류가 말했다.

— 예판의 말은 옳으나 그 헤아림이 모자랍니다. 종친의 의관을
　　거둠은 왕실의 체통을 허무는 일이옵니다. 왕실이 위엄을
　　잃으면 이 춥고 외로운 성안에서 신민들이 의지할 곳을 잃게 될
　　것이옵니다. 옷을 거둠에 종친은 제외하여주소서.

임금은 깊이 한숨지었다.

— 알았다. 다들 물러가라.

신료들은 절하고 물러났다. 승지들은 대청마루에 그대로 앉아 있었다.
산성으로 들어온 날부터 승지들은 내행전 마루 위에 자리를 잡았다. 마

루 위가 승정원이었다. 어전에서 물러난 신료들은 내행전 옆 행각(行閣)
으로 들어가 비를 피했다. 물러가는 신료들을 바라보며 임금은 혼잣말
로 중얼거렸다.

　　― 경들이 박복하구나. 어찌하랴. 내가 비를 맞으랴.

임금이 내행전 마당으로 내려섰다. 버선발이었다. 마당에는 빗물이 고
여 있었다. 임금은 젖은 땅에 무릎을 꿇었다. 임금이 이마로 땅을 찧었
다. 구부린 임금의 저고리 위로 등뼈가 드러났다. 비가 등뼈를 적셨다.
임금의 어깨가 흔들렸고, 임금은 오래 울었다. 막히고 갇혔다가 겨우 터
져 나오는 울음이었다. 눈물이 흘러서 빗물에 섞였다. 임금은 깊이 젖었
다. 바람이 불어서 젖은 옷이 몸에 감겼다. 아무도 말리지 못했다. 세자
가 달려나와 임금 옆에 무릎을 꿇고 앉았다. 승지들은 마루에서 뛰어내
려 왔지만, 임금에게 다가오지 못했다. 임금이 젖은 옷소매를 들어서 세
자의 어깨를 쓸어내렸다. 임금이 울음 사이로 말했다.

　　― 우리 부자의 죄가 크다. 하나 군병들이 무슨 죄가 있어 젖고
　　　있는가.

세자가 참았던 울음을 터뜨렸다. 임금의 울음소리는 행각에까지 들렸
다. 신료들이 마당으로 달려나왔다. 영의정 김류가 울먹였다.

　　― 전하, 옥체가 상하시면 사직이 또한 위태로우니…….

김류의 말은 임금의 귀에 들리지 않았다. 임금은 오래 울었고 깊이 젖었다. 마루 위에서, 서안 앞에 앉은 젊은 사관이 벼루에 먹을 갈며 마당에 쓰러져 우는 임금을 찬찬히 바라보았다. 사관이 붓을 들어 무어라 적기 시작했다. 사관은 울지 않았다. 낮에 비가 그쳤다.

봉 우 리

아침에 청장(淸將) 용골대(龍骨大)는 삼전도 본진을 출발했다. 조선의 겨
울은 투명했다. 추위 속에 습기가 없어서 먼 능선들이 도드라졌다. 용골
대는 산성 외곽을 수색 정찰했다. 본진에서 산성 서문까지는 경사가 가
파르고 계곡이 겹쳐서 기병이 접근할 수 없었다. 경보(輕步) 삼백과 철갑
보병 이백이 육십 명 씩 소부대로 나뉘어 여덟 방향으로 펼쳐가며 뒤를
따랐다. 용골대는 서북에서 남동으로 남한산성 성벽을 끼고 원거리로
우회했다. 멀리 앞세운 척후들이 산협 사이로 길을 더듬어 냈다. 성벽 밖
으로 매복한 조선 군병은 없었다. 척후들은 아무런 인기척도 못 느꼈다.
용골대는 문득 그 적막이 두려웠다. 척후장을 불러서 후방과 측방까지
더듬이를 분산시키도록 일렀다. 바람이 능선을 따라 치솟아서 골짜기
를 건널 때는 허리까지 눈에 빠졌고, 놀란 토끼들이 눈굴 속으로 뛰어들
어갔다. 성벽은 가파르게 휘어지면서 능선을 따라 출렁거렸다.
여진의 땅은 들이 넓어서 산이 멀고 별이 가까웠다. 요동에서 자라난 용
골대의 눈은 멀리 보고 넓게 보는 힘이 있었다. 요동의 바람에 단련된 용
골대의 눈은 두꺼운 각막으로 덮여 있었고, 눈동자는 한 방향을 바라보
다가 갑자기 다른 방향을 노려보았다. 용골대의 눈은 먼 것들을 가까이
당겨서 들여다보았고, 가까운 것들을 멀리 밀쳐내어 시야 전체를 한번
에 읽었다. 용골대는 두꺼운 각막 너머로 시선을 쏘며 하얗게 빛나는 성
벽을 찬찬히 읽어 나갔다.
아껴서 빈틈없이 다져놓은 성이었다. 급경사로 치고 올라간 구간에도
성벽의 기초가 뒤틀리지 않았고, 급히 굽이진 구간이 오히려 가벼워 보였
다. 성벽은 산의 높낮이를 따라 출렁거렸고, 성을 쌓은 자의 뜻에 따라 굽
이쳤다. 성벽이 지형을 이끌고 나가면서 땅과 더불어 노는 형국이었다.

기울거나 주저앉거나 돌의 이빨이 빠진 자리가 없었다. 평탄한 구간에서는 바깥쪽으로 옹성을 길게 내밀어, 밖을 드러내면서 안을 감추었다. 성벽을 갑자기 휘돌려서 안에서 밖을 쏘는 사각(射角)을 넓게 했고, 이쪽 성첩에서 저쪽 성벽을 기어오르는 적을 쏠 수 있게 하였다. 여장(女牆)의 기와 덮개도 모두 온전했고, 총안이 구멍마다 살아 있었다. 성벽 밖 오십 보정도까지는 나무를 모두 걷어내어 초병의 시계를 확보하고 있었다.

눈 덮인 성벽에 햇빛이 내려서 성은 파란 하늘 아래 선명하게 드러났다. 북쪽 능선을 넘어가는 성벽 위에 낮달이 떠 있었다. 간밤에 작은 교전이 있었는지 성벽에 돋아난 나뭇가지에 찢어진 시체가 몇 구 걸렸고, 시체 언저리의 눈이 빨갛게 물들었다. 멀어서 조선병인지 청병인지 식별할 수 없었다.

당기는 시선으로 성벽을 뚫으면서 용골대가 통역 정명수에게 말했다.

　　─ 단단해 보인다. 산골나라에는 저런 성이 맞겠어.
　　─ 조선은 성안이 허술합니다.
　　─ 하나 성벽은 날카롭구나. 깨뜨리기가 쉽지는 않겠어.
　　─ 바싹 조이면 깨뜨리지 않아도 안이 스스로 무너질 것입니다.
　　─ 그리 보느냐. 듣기에 좋다.

정명수는 평안도 은산(殷山) 관아의 세습노비였다. 은산은 여러 제국과 왕조의 변방이었고, 무너지는 제국과 일어서는 제국 사이에서 누구의 땅도 아니었다. 변방에 드리운 대륙의 그림자는 사위었고, 산간오지에는 수목이 무성했다. 머루넝쿨이 벼랑을 넘었고 짐승들의 번식이 순조로웠다. 조선이 현(縣)을 설치한 이후로도 호랑이 가죽이나 말린 버섯, 약초 같은 산간 특산이 서울로 올라가기는 했으나, 경래관(京來官)들은 평양쯤에서 여장을 풀고 주저앉아 이 변방 오지까지는 얼씬거리지 않았다. 은산은 현감의 나라였다.

정명수는 은산 관아의 행랑에서 태어났다. 아비와 어미가 모두 노비였으므로, 정명수는 극천(極賤)이었다. 노비가 왜 자식을 낳는 것인지 정명수는 알 수 없었다. 아비와 함께 묶여서 아전이 때리는 매를 맞고, 어미와 함께 얼어서 부둥켜안고 잠드는 날이 끝도 없이 계속되었다. 아홉 살에 얼어 죽은 여동생을 제 손으로 묻으면서 열두 살 난 정명수는 울지 않았다. 언 땅을 파고 관도 없는 시체를 내려놓으면서 정명수는 누이의 목숨이 더 이상 춥거나 주리지 않으리라는 생각에 안도했다. 그리고 더 이상 춥거나 주리지 않고 다만 흙과 더불어 얼고 녹는 목숨의 끝장이 무서웠다. 정명수의 어미는 해산 뒤끝이 덧나서 밑으로 고름을 쏟고 죽었다. 정명수의 아비는 동헌 객사를 지을 때 통나무를 나르다가 비탈에서 미끄러지는 소달구지에 치어 죽었다. 정명수는 누이의 죽음과 어미 아비의 죽음에 편안했고, 죽음으로써 혈육의 관계에서 놓여나는 끝장이 홀가분했다. 목숨을 점지하되 혈육의 관계를 맺지 않는 새나 짐승이 정명수는 부러웠다. 혈육 없는 세상은 짐을 벗어놓은 듯 가벼웠다. 어미를 묻고, 그 어미의 밑에서 나온 어린 누이를 묻을 때 정명수는 이제 죽지 말아야 한다며 이를 악물었다. 살아 있는 동안의 추위가 죽어서 흙과 더불어 얼고 녹는 추위보다 견딜 만할 것 같았다. 죽지 말아야 한다는 복받침과 닥쳐올 날들의 캄캄한 어둠이 정명수의 마음속에 포개져 있었다.

세습노비에게 나라는 본래 없었고, 태어난 자리와 고을을 버려야만 살

길이 열리리라는 예감은 운명과 같았다. 정명수가 태어난 관아의 행랑은 고향이 아니었다. 고향이 없으므로 정명수는 갈 곳이 많았다. 정명수는 젊어서 압록강을 건넜다. 눈치로 단련된 천례(賤隸)의 총기는 예민했다. 정명수는 여진말과 몽고말을 쉽게 배웠다. 사람의 마음에서 비롯하는 정처 없는 말과 사물에서 비롯하는 정처 있는 말이 겹치고 비벼지면서, 정처 있는 말이 정처 없는 말 속에 녹아서 정처를 잃어버리고, 정처 없는 말이 정처 있는 말 속에 스며서 정처에 자리 잡는 말의 신기루 속을 정명수는 어려서부터 아전의 매를 맞으며 들여다보고 있었다. 매틀에 묶여 있을 때 말이 비벼지면서 매는 더욱 가중되었다. 정명수는 빠르게 그 신기루 속을 헤집고 나가면서 여진말과 몽고말을 익혔다. 압록강 이쪽의 신기루와 압록강 저쪽의 신기루가 다르지 않았다.

청장 용골대는 조선 군영에서 도망쳐서 압록강을 건너온 투항병들, 출정군 부대를 이탈해서 흩어진 병사들 그리고 변방 지방 관리들의 탐학과 수탈을 못 이겨 강을 건너온 거렁뱅이 조선 유민들을 붙잡아 별도의 보병 부대를 편성했다. 칸이 요동에서 명군을 몰아낼 때, 조선인 부대는 공격의 선봉에서 화살을 받아냈다. 정명수는 압록강을 건넌 직후 이 부대의 최말단 사수로 편입되었다. 용골대는 정명수의 총기와 말솜씨를 한눈에 알아보았다. 용골대는 정명수에게 문신의 옷을 입히고 거북 껍질이 박힌 요대를 채워서 조선말 통역으로 삼았다. 명을 뒤집어엎기 전에 우선 조선을 복속시키려는 칸의 사업이 바빠지자 정명수는 크게 쓰였다.

정명수는 칸의 사신으로 오는 용골대를 받들어 몇 차례 조선을 다녀갔다. 정명수는 스스로 조를 일컫는 칸의 문서를 조선에 전했다. 정명수는 칸의 위엄, 칸의 용모, 칸의 인품, 칸의 소망과 근심을 자신의 말로 조선 조정에 옮겼다. 조선 조정은 정명수의 입을 통해서 칸의 표정을 더듬었다. 조선의 신료들은 은산 관아의 천례 정명수를 정대인(鄭大人)이라고 불렀고, 정명수는 조선의 유신들을 품계에 관계없이 모두 김공, 이공으로 불렀다.

서울에 머물 때 정명수는 대궐 옆 남별궁에 한 달 남짓씩 묵었다. 정삼품 접반사가 정명수의 방에 창기를 넣었다. 정명수는 씀씀이가 컸다. 조선 신료들이 사사로운 청탁과 함께 뇌물로 바친 은전들을 헤아려보지도 않고 한 줌씩 집어서 창기들에게 나누어 주었다. 정명수의 방으로 가려는 창기들은 가랑이 사이를 잘 닦고 접반사 주변에 선을 대었다. 정명수는 창기들을 벗겨서 몸을 오래 들여다보고 나서 은화를 나누어 주었을 뿐, 교접하지는 않았다. 교접할 때, 정명수는 사대부의 딸을 요구했다. 접반사가 광주 아전의 딸을 현감의 서녀라고 속여서 정명수의 방에 넣었다. 정명수는 방에 들어 있던 창기를 내쫓고 아전의 딸을 품었다. 아전의 딸은 밑이 좁아서 정명수의 몸이 저렸다. 내쳐진 창기가 사실을 정명수에게 고해바쳤다. 노한 정명수가 아전의 딸을 발길로 걷어찼다. 아전의 딸은 벌거벗은 몸을 새우처럼 꼬부리고 뒹굴었다. 명치를 차였는지 아전의 딸은 비명 한마디 지르지 못하고 숨이 막혀 죽었다. 별감이 죽은 아전의 딸을 끌어내 수구문에 버렸다. 정삼품 접반사는 정명수 앞에 얼씬거리지 못했다. 임금이 접반사를 바꾸었다. 심양으로 돌아갈 때마다 정명수는 소가 끄는 수레에 뇌물로 받은 금붙이와 약초를 가득 싣고 압록강을 건너갔다. 서북의 군장들이 구역을 교대해가며 국경까지 정명수를 호위했다.

정명수는 조선으로 진공하는 용골대를 받들어 다시 압록강을 건너왔다. 압록강을 건너서부터 용골대는 진중에서 정명수를 가까이 두었다. 정명수는 조선인 투항자들로 구성한 척후 부대를 스스로 지휘하며 뒤따르는 부대들의 길을 인도했다. 정명수는 정복자의 군대를 거느리고 은산으로 들어가고 싶었다. 청천강을 건널 때 정명수는 기병의 한 부대를 하루 거리의 동쪽으로 보내어 은산 고을과 관아를 짓밟아버리자고 용골대에게 간청했으나, 갈 길이 바쁜 용골대는 허락하지 않았다.

용골대는 성벽 가까이 다가갔다. 따르던 철갑보병들이 용골대의 앞쪽과 머리 위를 방패로 가렸다. 성첩에 올라간 조선 군병들은 여장 아래로 몸을 숨겼다. 성안에서는 군호도 나팔 소리도 들리지 않았다. 성안은 재처럼 적막했다. 햇빛을 받은 성벽은 정갈했고 여장 기와 덮개에 매달린 고드름의 대열이 영롱했다. 인기척 없는 문루에 수(帥)의 깃발이 나부꼈다. 용골대가 손을 들어서 후속 부대의 전진을 막았다.

　　— 괴이하구나. 저것이 싸우려는 성이냐?

정명수가 대답했다.

　　— 견디자는 것이지요.
　　— 견디어? 견딜 수가 있겠는가.
　　— 견딜 수 없는 것을 견디자는 것입니다.
　　— 저 안에 들어가서 대체 무엇들을 하고 있는 겐가?
　　— 안에서 저희끼리 싸우고 있을 겁니다. 견디어야 하는

놈들끼리의 싸움일 테지요.

— 그래도 저들에게 무슨 계책이 있을 것 아닌가.

— 한 가지뿐입니다. 성 밖으로 왕명을 내보내 원근에서 지방
  병력을 불러 모을 궁리를 하고 있을 것입니다.

— 안팎을 빨리 끊어야겠구나. 드나드는 구멍을 단단히
  막아야겠어.

— 막아놓고 쉬십시오. 시간이 흐르면 성안이 스스로 말라서
  시들어버릴 겁니다.

성은 서북을 천험으로 삼아 남동을 바라보고 있었다. 성안의 주력은 남
동으로 배치되어 있을 것이므로, 성을 깨뜨리는 날 사다리를 앞세운 보
병을 움직여 먼저 서북 성벽을 공격해서 성안의 주력을 급히 서북으로
돌려놓은 다음, 남동쪽에 감추어둔 포병으로 남문 언저리를 부수고 나
서 기병을 밀어넣어야 할 것이었다.

북장대를 지나자 성벽 밑은 더욱 가팔랐다. 용골대는 성벽을 멀리 돌아
서 동쪽으로 나아갔다. 따르는 군장이 성벽의 옹성, 장대, 문루의 위치와
성벽 주변의 지형을 종이에 적었다. 동장대 맞은편에, 성벽 밖으로 산봉
우리 하나가 돌출해 있었다. 높지는 않았으나 꼭대기가 평퍼짐해서 소
규모 부대가 머물 만했고 나무가 우거지지 않아서 시야가 좋아 보였으
며, 성벽에서도 가까웠다. 용골대가 철갑보병의 군장을 불렀다.

— 저 봉우리까지 길을 열어라. 군사를 풀어서 꼭대기를
  확보하라. 꼭대기에서 성안이 잘 내려다보이는지 확인해서

보고하라.

어제, 칸이 몸소 이끄는 후속 부대가 압록강을 건넜다는 전갈이 왔다. 칸이 삼전도 본진에 도착하면 용골대는 칸을 그 봉우리로 모실 작정이었다. 칸이 도착하기 전에 그 꼭대기에 성안을 겨누는 화포 진지를 설치해놓고, 칸을 가마에 태워 꼭대기로 모신 다음 거기서 칸의 깃발을 세우고 칸의 황금빛 일산(日傘)을 펼쳐서 성안에 보일 작정이었다. 봉우리에 칸의 깃발이 오를 때 성안의 조선 행궁을 조준해서 화포 수십 발을 쏘아대면 칸의 위엄에 손색이 없을 것이었다. 용골대는 저물어서 삼전도 본진으로 돌아왔다. 그날 정찰 도중에 정명수는 서문 수문장 편에 용골대의 문서를 성안으로 넣었다. 서식을 갖추지 않은 문서였다.

너희가 선비의 나라라더니 손님을 대하여 어찌 이리 무례하냐. 내가 군마를 이끌고 의주에 당도했을 때 너희 관아는 비어 있었고, 지방 수령이나 군장 중에 나와서 맞는 자가 없었다. 안주, 평양, 개성을 지날 때도 그러하였다. 그러므로 나는 칸의 뜻을 전할 길이 없어 거듭 강을 건너 이처럼 멀리 내려오게 되었다. 너희가 나를 깊이 불러들여서 결국 너희의 마지막 성까지 이르렀으니, 너희 신료들 중에서 물정을 알고 말귀가 터진 자가 마땅히 나와서 나를 맞아야 하지 않겠느냐. 나의 말이 예(禮)에 비추어 어긋나는 것이냐. 너희 군신이 그 춥고 궁벽한 토굴 속으로 들어가 한사코 웅크리고 내다보지 않으니 답답하다.

말먹이 풀

조선 군병들이 동장대 아래 암문(暗門)을 통해 성 밖으로 나왔다. 초관 세 명이 지휘하는 이백여 명이었다. 동장대에서 바라보면 낮은 산줄기들이 멀어서 시야가 트였고, 청병은 보이지 않아 포위는 허술한 듯했으나 복병이 매복해 있는지는 알 수 없었다. 군관들은 병장기를 쥐고 있었으나 지게를 진 군졸들은 낫을 들고 있었다. 조선 군병들은 가파른 경사를 내려가 얼어붙은 개울가에서 흩어졌다. 개울을 따라 지난가을에 말라버린 잡초 덤불이 눈을 뒤집어쓰고 있었다. 군관들은 개울의 위쪽과 아래쪽을 파수했고, 군졸들은 잡초 덤불을 낫으로 걷어내어 지게 위에 실었다. 마른 잡초는 덩어리가 컸다. 군졸들은 걷어낸 마른풀을 발로 누르고 새끼로 묶어서 차곡차곡 쟁였다.

개울 하류 쪽을 파수하던 군관이 호각을 불었다. 눈덩이 뒤에서 청의 복병들이 개울 쪽 조선 군병을 향해 조총을 쏘았다. 청의 매복 진지는 흩어져 있었다. 군관은 총알의 방향을 가늠하지 못했다. 청병은 보이지 않았고 눈덩이 속에서 총알이 날아왔다. 군관이 다시 호각을 세 번 불었다. 조선 군병은 지게를 버리고 성벽 안쪽으로 달아났다. 오르막이 가팔랐다. 매복했던 청병이 눈구덩이 속에서 뛰어나와 조선 군병을 추격했다. 조선 군병들은 암문 안으로 들어왔다. 쫓아온 청병들은 성벽에 가까이 다가왔다. 성벽 위에서 시야는 넓고 멀었다. 조선 초병들이 다가온 청병을 향해 화살을 쏘았다. 청병 열댓 명이 고꾸라져서 아래쪽으로 굴렀고, 비탈에서 미끄러진 조선 군졸 두 명이 청병의 창에 찍혔다. 청의 복병들은 죽은 자들의 옷을 벗기고 무기를 거두어 매복 진지로 돌아갔다. 성벽 언저리는 다시 고요했다. 개울가에 버려진 조선 군병의 지게 위에 까치가 내려앉았다. 까치들이 지게 위에 실린 마른풀 더미를 헤집고 씨앗을 쪼았다.

청장 용골대는 삼전도 본진에서 아침나절의 작은 교전을 보고받았다.

> — 말먹이를 구하고 있구나. 성벽 둘레의 마른풀을 모두 불
>   질러라.

청병 삼천이 산속으로 흩어졌다. 성벽 둘레에서 연기가 피어났다. 골바람이 치켜 불었다. 연기는 골짜기를 따라 능선 위로 올라가서 봉우리마다 치솟았다. 성첩에서 바라보면 개울과 구릉을 따라 빨간 불의 혀들이 날름거렸다. 한쪽으로 쏠리는 바람에 불이 뭉쳐서 서북풍이 마주치는 봉우리는 산불이 일었다. 강바람이 성안으로 몰려오는 저녁 무렵에 마른풀을 태우는 연기는 행궁까지 밀려왔다. 신료들은 푸른 연기가 가득 찬 내행전 마루에 꿇어앉아서 성벽 너머로 연기 나는 봉우리들을 바라보았다. 임금이 물었다.

> — 화공이냐?

병조판서 이성구가 대답했다.

> — 불길이 어찌 성벽을 넘어오리까. 화공이 아니옵고, 말먹이 풀을
>   태우고 있사옵니다.
> — 성안에 말먹이는 버틸 만한가?

관량사 나만갑이 대답했다.

> ─ 아껴 먹였으나 비가 오던 날 마초를 끌어내 불을 때어
>   군병들의 죽을 끓였기로, 말먹이는 열흘 정도 버틸 만합니다.
> ─ 어찌 말먹이로 불을 때는가?
> ─ 마른 장작을 구할 길이 없었고, 얼고 주린 군병들을 우선
>   뜨겁게 먹여야 하겠기에……

연기는 사흘 동안 계속되었다.

수어청이 먹이던 말이 이백 마리였고, 인근 수령들이 끌고 온 말이 백 마리였다. 어가행렬을 끌고 오던 말 삼십 마리는 송파에서 언 강을 건널 때 얼음 구덩이에 빠져 죽거나 달아난 자들이 몰고 갔고, 성안으로 들어온 말들은 그다음 날 다섯 마리가 죽었다. 죽지 않은 말들도 다리를 절거나 편자 빠진 발바닥으로 피를 흘려서 부릴 수가 없었다. 사지가 멀쩡해 보여도 눈보라 속에서 얼이 빠져 눈동자가 풀렸다. 마른 콧구멍으로 고열을 뿜어내며 주저앉아서 채찍을 받아도 움직이지 않았다. 수어사가 부릴 수 없는 말들을 순청 앞마당에서 삶으라고 명했다. 가마솥마다 통마늘을 두 되씩 넣었다. 성첩에서 내려온 군병들은 기름 뜬 국물을 한 사발씩 마셨다. 말을 삶는 누린내가 성안에 퍼졌다. 누린내는 바람에 번져서 성첩에 올라간 군병들의 창자 속에 스몄다. 밤에, 임금은 군병들의 창자 속으로 스미는 기름기를 생각하며 자리에서 돌아누웠다. 사대부들은 말국을 먹지 않았다.

겨울비가 내리는 며칠 동안, 말먹이 풀로 불을 때어 말을 삶고 보리죽을 끓여서 허기를 면한 군병들은 날이 개자 말먹이 풀을 찾아 나섰다.

> — 말을 살려라. 마병이 없으면 성문을 열고 나가 기습 공격을 할
>   수 없다.

영의정 김류는 수어사를 다그쳤다. 수어사 이시백은 영의정이 마병을 쓰는 기습 공격을 도모하고 있지는 않을 거라고 생각했다. 마병을 쓸 수 있는 지형은 남문 쪽뿐이었다. 남문 밖 노지에는 이미 청의 철갑 기마 부대가 장기 주둔의 형세로 진을 치고 있었다. 후속 부대들이 잇달아서 남문 밖 적세는 날로 커졌다. 성안의 마병으로 성 밖의 마병을 칠 수는 없었다. 남문 쪽은 피아간에 시계가 넓어서 복병을 묻을 수도 없었다. 개활지에서라면 마병으로 보병을 기습할 수도 있겠지만, 청의 보병은 삼전도에 본진을 두고 성의 서북 방면 매복 진지에 들어 있었다. 서북 방면은 경사가 가팔라서 마병을 쓸 수 있는 지형이 아니었다. 서북쪽의 눈 쌓인 사면에서 말들은 앞으로 고꾸라졌다.

영의정 김류는 전시의 체찰사(體察使)를 겸하고 있었다. 싸우는 것과 웅크리고 버티는 것이 모두 영의정이며 체찰사인 김류의 일이었다. 김류는 싸움의 형식 속에 투항의 내용을 키워가는 듯싶었다. 수어사 이시백은 그렇게 느꼈다. 그 두 갈림길이 부딪치면서 김류의 군령은 모질고 사나웠다.

성안의 말먹이는 동이 났고, 지방 수령들은 말먹이를 싣고 오지 않았다. 봉우리들 틈새로 햇볕이 닿는 비탈에 마른 겨울풀이 시들어 있었다. 성첩

에서 바라보아 청병이 보이지 않을 때, 조선 군병들은 성 밖으로 나가 마른풀을 걷어들였다. 성 밖에서 마른풀 태우는 연기가 오르던 사흘 동안에도 말들은 하루 종일 먹어댔다. 덤불을 태우는 불길이 멎자 눈 위로 새카만 잿더미가 드러났고, 덤불 속에 둥지를 튼 새들이 성안으로 날아왔다.

말들은 순청 앞마당에 모여 있었다. 인근 수령들이 말을 몰고 들어오자 마구간이 모자랐다. 행궁과 옥당에 딸린 말은 순청 마구간을 차지했고, 수령들의 말은 민촌의 헛간에 가두었다. 나머지 말들은 노지에서 눈비를 맞았다.

주린 말들은 묶어두지 않아도 멀리 가지 못했다. 말들은 모여 있어도 제가끔 따로따로인 것처럼 보였다. 말들은 주려도 보채지 않았다. 먹을 때나 굶을 때나 늘 조용했다. 말들은 고개를 숙여서 눈 덮인 땅에 코를 박았다. 그러고는 앞발로 눈을 헤치고 흙을 긁었다. 말들은 흙냄새 속에서 아직 돋아나지 않은 풀 냄새를 더듬었다. 말들의 뼈 위로 헐렁한 가죽이 늘어져 있었다. 언 땅 밑에서 풀 냄새는 멀었다. 말들은 혀를 내밀어서 풀뿌리를 핥았고, 서로의 꼬랑지를 빨아먹었다. 주저앉은 말들은 갈비뼈가 드러난 옆구리로 가늘게 숨을 쉬었다. 말들은 주저앉아서도 코를 땅에 박고 풀 냄새를 찾았다. 말들은 가끔씩 가죽을 실룩거려서 등허리에 쌓이는 눈을 털어냈다. 주저앉은 말들은 하루나 이틀이 지나면 옆으로 쓰러졌고, 쓰러진 말들은 앞다리를 뻗어 눈을 긁었다. 뱃가죽을 보이며 발랑 뒤집힌 말도 있었다. 자지가 오그라진 수말들이 네 다리를 들어서 허공을 긁었다. 말 다리는 곧 땅 위로 늘어졌다. 말들의 죽음은 느리고 고요했다. 말들은 천천히 죽었고 질기게 숨 쉬었다. 옆으로 쓰러져 네 다리를 길게 뻗은 말들도 사나흘씩 옆구리를 벌룩거리며 숨을 쉬었다. 숨이 다한 직후에 묵은똥이 비어져 나오고 오줌이 흘러나오는 소리 외에는, 말들은 죽을 때 아무 소리도 내지 않았다.

수어사 이시백은 성안을 뒤져서 빈 가마니를 거두어들였다. 석빙고 안에 얼음 가마니 오백 장이 쌓여 있었는데, 강에서 얼음을 실어올 길이 끊겨 석빙고는 비어 있었다. 성안 사찰에서 묵은 쌀가마니 이백 장을 거두었고, 인적이 끊긴 오일장터에서 행상들이 좌판으로 쓰던 가마니와 주인이 달아난 숯도가에서 빈 숯 가마니를 끌어냈다. 가마니 일천 장이 서장대 마당에 쌓였다. 지난 추수 때 짠 가마니는 아직도 썩지 않고 볏짚 향기가 살아 있었다. 이시백은 서장대 군병들을 풀어서 가마니를 성첩으로 올렸다. 군병들이 순찰로를 따라 가마니를 운반했다. 성첩에서 언 발을 구르며 밤을 새우는 군병들이 밟거나 깔고 앉아서 땅에서 올라오는 냉기를 막고, 눈비가 올 때는 머리 위로 뒤집어쓰게 하자는 것이었다. 가마니가 모자라서 성벽 전체에 고루 나누어 주지 못했는데, 바람이 맵고 응달진 서북 성첩에는 총안 세 구멍에 두 장씩, 햇볕이 길게 드는 남동 성첩에는 한 장씩 돌아갔고, 문루가 설치되어 비바람을 막는 자리에는 주지 못했다. 이시백은 성첩을 돌며 군병들에게 가마니 사용 수칙을 일러주었다.

　　— 돌멩이 위에 깔아서 구멍을 내지 마라. 가장자리를 밟지 마라.
　　　올이 터진다. 밤에는 깔고 낮에는 말려라. 교대할 때 정확히
　　　인계하라. 들고 내려오지 마라. 불태워서 몸을 녹이지 마라.

군관으로서 군졸의 가마니를 빼앗지 마라. 어기는 자는 모두 군율로 다스리겠다.

임금이 내행전 마루로 나와 방석 위에 화로를 끼고 앉았다. 바람이 불어서 화로 속 숯불이 할딱거렸다. 바람이 스칠 때 불은 맑은 속살을 드러내며 안으로 잦았고, 바람이 멈추면 푸른 불꽃으로 엉겼다. 임금과 신료들은 숨 쉬는 불꽃을 말없이 들여다보았다. 병조판서 이성구가 성첩에 가마니를 돌린 일을 아뢰었다.

— 수어사의 헤아림이 깊구나.

영의정 김류가 고개를 들었다.

— 전하, 지금 말들이 굶어 죽고 있으나 이제라도 먹이면 오십 마리 정도는 부릴 수 있습니다. 말은 군사의 핵심입니다. 말이 없으면 어찌 군왕의 위엄을 세울 수 있으며, 먼저 치는 싸움을 도모할 수 있겠습니까. 전하, 가마니를 거두소서. 가마니를 풀어서 죽을 쑤어 말을 먹여야 할 것입니다.

이성구가 말했다.

— 말은 많이 먹는 짐승인지라 가마니를 썰어 먹여도 결국 버티지 못할 것입니다. 군병의 추위가 더 절박한 일이오니……

김류가 이성구의 말을 가로챘다.

— 병판은 어찌 그리 아둔하오. 군병은 사람이고 말은 짐승이니,
사람은 그 뜻의 힘으로 견딜 것이고 짐승은 견디지 못하는
것이오. 병판은 마병 없이 싸우자는 게요?

임금은 여전히 화로의 불꽃을 바라보고 있었다.

— 하나, 군병의 언 몸을 덮어야 하지 않겠는가.

김류가 말했다.

— 전하, 신인들 어찌 가마니가 아니라 숯불 화로 한 개씩을
총안마다 나누어 주고 싶지 않겠사옵니까. 성첩에 가마니를
나누어 준들 곧 젖고 썩어서 못 쓰게 될 것입니다. 속히 거두어
말을 먹이게 하소서.

이성구가 말했다.

— 영상의 말씀에도 일리가 있으니, 전하, 어찌하오리까?

임금이 시선을 거두어 이성구를 바라보았다.

— 그것이 임금이 정할 일이냐?

신료들은 대답하지 못했다. 모두들 화로 속의 불꽃을 바라보았다. 불꽃
의 흰 속살이 재로 사위었다. 사위는 재 속에서 불의 씨앗이 반딧불처럼
가물거렸다.

— 예판은 어찌 생각하는가?

김상헌이 고개를 들었다.

— 나누어 주기는 쉽고 도로 빼앗기는 쉽지 않습니다. 가마니를
　다시 거두시면 어리석은 군병들이 전하께서 자애하시는 뜻을
　투정하지 않을까 염려되옵니다. 받은 자들은 이미 저희 것으로
　알고 있을 터이니 기왕 나누어 준 것을 도로 거두시면 인심을
　다치게 할 것이옵니다.

김류가 김상헌을 노려보았다.

— 예판의 말은 인의로써 합당하오. 하나 대감은 인의를 삶아서
　주린 말을 먹이려오?

임금이 부저로 재를 당겨 화로의 불씨를 덮었다.

―날이 저무는구나. 다들 물러가라.

임금은 마루에서 일어나 침소로 들어갔다. 신료들은 물러났다. 김상헌
이 내행전 마루에 혼자 남아서 장지문 너머를 향해 고했다.

　　― 전하, 성안에 백제 시조 온조왕의 사당이 있으니, 이 성은
　　　백제의 고토이옵니다. 온조왕이 환란에 쫓기다가 하남의
　　　천험을 얻어 여기에 도읍을 정하였고, 전하께서도 한때의
　　　곤고를 피해 이 성에 드셨으니, 온조왕의 신령이 반드시
　　　전하를 보우할 것입니다. 온조왕 사당에 제사를 드리게
　　　하옵소서.

장지문 너머에서 임금이 타구에 침 뱉는 소리가 들렸다. 안에서 임금이
대답했다.

　　― 그리하면 경의 마음이 편하겠는가?
　　― 전하, 어려울 때는 근본을 돌아본다고 신은 배웠나이다.
　　― 좋은 말이다. 나도 어렸을 때 그리 배웠다.
　　― 전하, 오직 근본에 기대어 회복을 도모하소서. 근본은 일월과
　　　같은 것이오니…….
　　― 뜻의 절박함을 알겠다. 관량사에 명하여 제물을 얻어주마.
　　　경의 뜻을 시행하라.

김상헌의 이마가 마룻바닥에 닿았다.

　　— 신의 뜻이 아니라, 전하의 뜻으로써 거행하겠나이다.
　　— 그리하라. 근본이라는 말이 새롭구나. 내 늘 간직하겠다.

김상헌이 일어서서 안쪽을 향해 절했다. 절하는 김상헌의 그림자가 장지문에 비쳤다. 기우는 해가 깊이 들어서 그림자가 길고 수척했다. 그림자 너머에서 임금이 말했다.

　　— 마루가 추우니 앞으로는 들어올 때만 절하고 나갈 때는
　　　절하지 마라. 예판이 삼사에 두루 일러라.

성안으로 들어온 뒤로 임금은 음식의 간을 힘들어했다. 수라간 상궁은 간을 아꼈다. 여염의 옷을 입은 상궁이 저녁상을 안으로 들였다. 흰 쌀밥에 꿩 백숙이 차려져 있었다. 이천 부사의 초관이 북장대 밑에서 잡아 행궁에 바친 두 마리를 한 솥에 고아서 임금과 세자에게 한 마리씩 올렸다. 마른 산나물 무침과 무말랭이도 딸려 있었다.

초 가 지 붕

영의정 김류는 체찰사의 명을 발동하여 가마니를 다시 거두어들였다. 김류의 명은 수어사 이시백을 거치지 않고 바로 성첩에 하달되었다. 아침 번에 교대하는 군병들이 밤새 깔고 앉았던 가마니를 들고 성첩에서 내려왔다. 가마니는 젖거나 얼어 있었다. 성안 삼거리에서 남문에 이르는 길 양지쪽에 가마니 일천 장이 널렸다. 말린 가마니들은 순청 마구간 창고에 쌓였다. 성 밖으로 달아난 백성들의 초가지붕은 이미 헐려서 말먹이로 쓰였다. 초가지붕을 먹은 말들도 며칠 뒤에 죽었다. 김류는 민촌에 남은 백성들 중에서 식구가 적은 이들을 골라 한 집으로 몰았다. 초가집 열다섯 채가 비었다. 김류는 빈집을 헐었다. 초가지붕을 벗겨서 말먹이 창고에 쌓았고, 기둥과 서까래를 뽑아서 화목 창고에 쟁였다. 군병들은 굶어 죽은 말의 시체를 응달에 펼쳐놓고 얼렸다. 말의 시체는 얼고 녹으면서 썩어서 먹을 수 없었다. 순청 마당에서 군병들은 갓 죽은 말과 곧 죽을 말을 살폈다. 굶어 죽은 말은 사지가 앙상했으나 대가리와 내장에는 뜯어먹을 것이 있었다. 군병들은 도끼로 말의 사지를 끊어냈다. 대가리를 뽀개고 내장을 발라서 가마솥에 삶았다. 말 누린내에 고양이와 개들이 몰려들었다. 성첩에서 내려온 군병들이 뜨거운 국물에 조밥을 말아먹고 말뼈를 뜯었다.

군관들은 밥을 다 먹은 군병들을 모아서 이열 종대로 세웠다. 종대는 이보 간격으로 떨어져 마주 보고 앉았다. 열 사이로 가마니가 돌려졌다. 마주앉은 군병들이 가마니 올을 풀었다. 시커멓게 썩은 지푸라기들이 부스러졌고 먼지가 일었다. 민촌에서 벗겨온 초가지붕은 지난 추수 때 이은 이엉이었다. 노란 빛깔과 향기가 살아 있었다. 군병들은 가마니를 풀어낸 시커먼 지푸라기와 노란 이엉을 작두로 썰어서 섞었다. 거기에 더운물을 붓고 밀기울을 끼얹어서 삽으로 버무려 말죽을 끓였다.

순청 마구간에 남은 말은 칠십 마리 정도였다. 오래 묶인 채 주린 말은 털에 윤기가 빠져서 거칠했고, 갈기 끝이 바스러졌다. 싸움 말이라기보다는 달구지 말에 가까웠다. 순청 나졸들이 말을 마당으로 끌어냈다. 마당에 버무려진 먹이 둘레로 말 칠십 마리가 빙 둘러섰다. 말들은 주려도 천천히 먹었다. 콧바람을 불어서 콧구멍 속에 붙은 밀기울을 털어내며, 말들은 느리게 먹었고 오래 먹었으며 양쪽 옆구리가 팽팽해지도록 먹어 댔다.

영의정 김류는 가마니를 풀어서 말죽을 끓이는 현장을 감찰했다. 동장대 비장이 김류를 수행했다. 김류는 순청 마루 위로 올라갔다. 가마니를 풀고 초가지붕을 벗겨서 말을 먹이는 자리 옆에서 번을 교대해서 내려온 군병들이 말뼈를 뜯고 있었다. 김류는 말과 군병들을 번갈아 바라보았다. 백성의 초가지붕을 벗기고 군병들의 깔개를 빼앗아 주린 말을 먹이고, 배불리 먹은 말들이 다시 주려서 굶어 죽고, 굶어 죽은 말을 삶아서 군병을 먹이고, 깔개를 빼앗긴 군병들이 성첩에서 얼어 죽는 순환의 고리가 김류의 마음에 떠올랐다. 버티는 힘이 다하는 날에 버티는 고통은 끝날 것이고, 버티는 고통이 끝나는 날에는 버티어야 할 아무것도 남아 있지 않을 것이었는데, 버티어야 할 것이 모두 소멸할 때까지 버티어야 하는 것인지 김류는 생각했다. 생각은 전개되지 않았다. 그날, 안에서 열든 밖에서 열든 성문은 열리고 삶의 자리는 오직 성 밖에 있을 것이었는데, 안에서 문을 열고 나가는 고통과 밖에서 문을 열고 들어오는 고통의 차이가 김류의 눈에는 보이지 않았다. 보이지는 않았지만 그날이 가까이 다가오고 있음을 김류는 느꼈다.

말을 삶는 김 속에서 군병들은 허겁지겁 먹었고, 말들은 느리게 먹었다. 허기를 면한 군병들이 멍석 위에 주저앉아 옷을 벗어 이를 잡았다. 지방 수령들을 따라 성안으로 들어온 토병(土兵)들이 순청 마루에 앉은 김류를 향해 이죽거렸다.

　　― 영상 대감도 말국 한 그릇 드시오. 말 내장이 아주 부드럽소.
　　― 아니, 말을 잡아주시려면 살쪘을 때 잡으시지 어찌 주려서
　　　 바싹 마른 뒤에 잡으시오.
　　― 깔개를 거두어 말을 먹이시고 또 그 말을 잡아 소인들을
　　　 먹이시니, 소인들이 전하의 금지옥엽임을 알겠소이다.

기한(飢寒)에 몰린 군병들은 겁 없이 시시덕거리며 영의정을 조롱했다. 비장이 군병을 꾸짖었다.

　　― 닥쳐라. 아가리를 찢겠다. 먹여주는 뜻을 어찌 모르느냐.

김류가 비장을 말렸다.

　　― 내버려둬라. 모두가 나의 허물이다.
　　― 대감, 언짢아 마소서. 저놈들은 어영청 군사가 아니고 무지한
　　　 향병들이옵니다.

김류는 말없이 군병들을 노려보았다. 영의정의 시선을 받으면서 이를

잡던 토병이 또 이죽거렸다.

> — 대감, 옥관자가 빛나는구려. 우리를 거느리고 성 밖으로 나가
> 한판 크게 지휘해주시오.

군병들은 낄낄 웃었다. 그날이 머지않았는데, 버티는 힘이 다해서 성문을 열고 나가 투항하는 날, 저것들을 모두 청의 포로로 내주어야 하는지 아니면 그전에 싸움터로 내몰아 모두 없애야 하는지, 그날까지 저것들을 먹일 수 있을 것인지 김류는 판단할 수 없었다. 그것은 판단할 수 있는 일이 아니라고 김류는 생각했다.

청의 무력은 대륙을 비워놓고 반도 깊숙이 들어와 있었다. 요동을 내주기는 했으나 북경 언저리로 밀려난 명이 청의 빈자리를 압박하면, 청은 남한산성을 포기하고 군사를 거두어 돌아갈 수도 있을 것이었다. 청이 돌아가면 조정은 청의 퇴로를 따라서 싸우지 않고 도성으로 복귀할 것이고, 그런 식으로 환도가 이루어진다면 성안에서 투항이나 화친을 발설하던 자들은 사직의 이름으로 휘두르는 임금의 칼에 죽어야 할 것이었다. 그리고 성안이 스스로 기진하여 문을 열고 나가는 날, 끝까지 싸우기를 발설했던 자들은 용골대의 칼 아래서 살아남지 못할 것이었다.

마당에서 이죽거리는 군병들을 노려보며 김류는 깊이 한숨지었다. 싸움의 형식을 유지하면서 그 형식 속에서 버티는 힘을 소진시키고 소진의 과정 속에서 항전의 흔적을 지워가며 그날을 맞아야 할 것인데, 그것이 가능한 일인지 김류는 깊이 신음했다.

가마니를 썰어서 말을 먹이던 날 저녁에 김류는 수어사 이시백을 체포했

다. 병조판서 이성구가 김류의 명을 받아 금군을 풀었다.

이시백은 서장대에서 저녁 번 교대를 지휘하고 있었다. 발가락이 얼어서 절룩거리는 자들과 골이 썩는지 귓구멍에서 고름을 흘리는 자들과 성첩의 어둠 속에서 헛것을 보고 총을 쏘아대는 자들을 번에서 제외시켰다. 번을 마치고 내려가는 전번의 겉옷을 벗겨서 후번에게 입혔고, 찐 메주콩을 한 줌씩 야식으로 나누어 주었다. 오동나무 잎으로 싼 메주콩은 얼어 있었다.

이시백은 서장대에서 연행되었다. 창검을 든 금군들이 들이닥치자 서장대 군관들은 물러섰다. 금군들은 인솔자를 밝히지 않았다. 수장인 듯싶은 자가 오라를 들고 있었으나, 이시백을 포박하지는 않았다. 오라를 든 자는 수어사 이시백 앞에서 말을 머뭇거렸다.

> ― 영상께서 나으리를…….
> ― 말하라.
> ― 모셔오라 하십니다.
> ― 오라로 엮어오라 하시더냐?
> ― 위엄을 갖추어 모시라 하시기에…….

김류의 명령이 임금의 윤허를 받지 않은 것은 확실했다.

> ― 영상은 어디에 계시냐?
> ― 남장대에 계십니다. 그리로 모셔오라십니다.

서장대에서 남장대까지는 성첩을 따라가는 순찰로로 연결되어 있었으나, 행궁 뒷길로 내려와서 성안 삼거리를 지나는 편이 빨랐다. 금군들은 빠른 길을 버리고 순찰로를 따라가는 성벽 길로 이시백을 호송했다.

— 왜 먼 길로 가느냐?
— 영상께서 성첩을 따라서 오라 하셨습니다.

총안 앞에서 저녁 번을 서는 군사들은 언 메주콩을 침으로 녹여가며 밤을 맞고 있었다. 순찰로를 따라 남장대까지 가려면 성첩을 따라 총안에 늘어선 군병들 곁을 지나야 했다.

— 조리 돌리는 것이냐?
— 영상께 여쭈실 일이옵니다.

군병들은 끌려가는 수어사가 앞을 지날 때 고개를 돌려 외면했고, 지나간 뒤에 수군거렸다. 순찰로를 따라 남장대 쪽으로 걸으면서 이시백은 군병들에게 말했다.

— 발밑에 마른 잎을 깔아라.
— 졸지 마라. 추우면 움직여라. 잠들면 얼어 죽는다.
— 똥오줌은 총안에서 멀리 가서 누어라.
— 콩은 한 알씩 침으로 녹여서 오래 먹어라. 먹을 것을 지니면 덜 춥다.

— 발을 늘 깨끗이 씻어라. 발이 더러우면 얼기 쉽다.

날이 저물어서 먼 숲에 어둠이 스몄고 순찰로 앞쪽이 흐려졌다. 멀리 나갔던 새들이 성안 오리나무 숲으로 돌아왔다. 달이 능선 위로 올랐다. 군병들이 내뿜는 허연 입김 속에 달빛이 어른거렸고, 어둠 속에서 성벽이 뽀얗게 드러났다.

이시백은 이경 무렵 남장대에 도착했다. 횃불을 올리지 않아서 장대는 어두웠다. 마당에 형틀이 펼쳐지고 소속을 알 수 없는 군병들이 두 줄로 도열했다. 누빈 솜옷에 가죽신을 신은 자들이었다. 김류가 체찰사의 근위로 거느린 무리인 모양이었다. 김류는 장대 마루에서 기다리고 있었다. 영상의 재가 없이 가마니를 성첩으로 올려보낸 일을 문초하려는 것인가, 김류는 말을 살려서 마병으로 싸우려는 것인가, 가마니를 먹여서 말들의 끼니를 감당할 수 있을 것인가······. 이시백은 김류의 속내를 알 수 없었다. 댓돌 앞에서 머뭇거리는 이시백을 김류는 마루 위로 올리지 않았다.

— 불러 계시옵니까?
— 칼을 풀어라.

군병들이 달려들어 이시백의 환도를 걷어냈다.

— 앉아라.

이시백은 마당에 꿇어앉았다. 김류가 말했다. 하단전에 힘을 넣은 낮은 목소리였다.

　　— 묻겠다. 청군이 남문 밖에 포진할 때 적정을 미리 파악하지
　　　못하고 허겁지겁 성문을 닫아건 까닭이 무엇이냐?

이시백이 대답했다.

　　— 척후를 세 방면으로 나누어 아홉 명을 내보냈으나, 한 명도
　　　돌아와 복명하지 않았소.
　　— 척후로 나간 자들이 누구냐?
　　— 인근 고을에서 입성한 비장과 초관들로 주변 물정에 밝은
　　　자들을 보냈소.
　　— 왜 돌아오지 않았느냐?
　　— 복명하지 않았으니, 그 까닭을 알 수 없소이다.

김류의 목소리가 노기로 떨렸다.

　　— 달아났거나 적에게 투항했거나 사로잡혔겠구나.
　　— 그러할 수도 있을 것이오.
　　— 자원한 자들이냐?
　　— 그중 여섯은 뽑은 자들이었고, 셋은 자원했소.
　　— 그렇다면 애초부터 달아날 자들을 뽑았거나 달아나려고

지원한 것이냐?

— 적을 만나 싸우다가 죽은 자도 있을 것이고, 성을 나간 뒤에
성이 포위되어 돌아오지 못한 자들도 있을 것이외다.

— 투항했거나 사로잡혔다면 성안 사정이 적에게 누설되지
않았겠느냐?

— 소직도 걱정하는 바이오.

— 걱정이라. 수어사가 한숨을 쉬는 자리더냐?

— 성안의 곤궁을 어린애까지 알게 되어 군심이 날로 들뜨니
송구하오이다.

— 송구하다?

김류는 앉은 자리에서 일어나 뒷짐을 지고 마루를 한 바퀴 돌고는 다시
자리로 돌아와 말했다.

— 남문은 마병으로 성 밖을 칠 수 있는 넓은 목이다. 이제 남문
너머는 적이 이미 들을 차지하고 지리를 누렸으니, 어찌 밖을
도모할 수 있겠느냐!

이시백은 고개를 들어 김류를 노려보았다. 마루가 멀고 어두워서 김류
의 얼굴은 보이지 않았고 옥관자에 달빛이 흔들렸다.

남문 앞을 막으려는 청병의 동태를 이미 알았다 하더라도 성 밖으로 마
병을 내보내 남문 앞 들판을 지켜낼 수는 없었다. 삼전도 본진에서 남문
쪽으로 이동한 청병은 기보 일만 오천이었다. 척후들은 복명하지 않았

지만, 이동하는 청병들이 일으킨 눈먼지는 성첩에서도 보였다. 청의 기보는 능선에 배치된 포병의 엄호를 받고 있었다. 성안 군사는 하루 삼교대로 성첩을 지키는 초병이 전부였다. 말들은 주려서 언 땅 밑의 풀뿌리를 찾고 있었다. 포위된 성안에서 성첩을 비워놓고 성 밖을 향해 병력을 집중할 수는 없었다. 김류도 그것을 모르지 않을 것이었다. 김류는 싸울 수 없던 싸움을 성안에서 다시 싸우려는 것인가, 그것이 영상의 싸움이고 체찰사의 싸움인가를 이시백은 물을 수 없었다. 척후는 끝내 돌아오지 않았다.

      ─ 시행하라.

김류의 수하들이 이시백을 곤장틀에 묶었다. 이시백은 형틀 위에 엎드렸다. 차가운 땅에서 비린 눈 냄새가 끼쳐왔다. …저녁 눈발 속으로 떠난 척후들은 적이 닿지 않은 남쪽 바닷가 어디쯤으로 갔을까. 적의 군복을 입고 적의 척후가 되어 나에게 다가오고 있는 것일까……. 이시백은 더듬어지지 않는 척후들의 자취를 더듬으며 매를 기다렸다.
나장 둘이 앞으로 나와 김류에게 읍하고 형틀로 다가갔다. 김류는 뒤로 돌아섰다. 마루 뒤편의 어둠을 향해 김류가 말했다.

      ─ 당상이니, 바지는 벗기지 마라.

나장이 곤장을 치켜들었다. 달이 남장대 용마루 위로 올라 눈 쌓인 마당에 달빛이 환했다. 성벽 밖 청의 군진에 횃불이 몇 개 떠 있었다. 곤장이 오르내릴 때, 긴 그림자가 남장대 마당에서 춤추었다. 중곤(中棍) 스무 대였다.

계집아이

묵은 눈 위에 밤새 또 눈이 내렸다. 아침에 눈이 그치자 푸른 소나무 숲 사이로 성벽이 하얗게 빛났다. 송파나루 건너편 산악에서 일어나는 바람이 낮게 깔리면서 삼전도 들판을 건너왔다. 산성 언저리부터 바람은 여러 갈래로 흩어져 계곡을 따라 치솟았다. 골바람이 밀고 올라올 때 성벽을 따라가며 눈이 날렸다. 날리는 눈가루 속으로 햇빛이 스며들어 무지갯빛을 튕겼다. 가파르게 굽이치는 성벽 위 허공에서 빛의 대열이 바람에 흩어졌다. 군병들은 눈이 부셨다.

바람이 들이쳐서 내행전 마루에 눈이 쌓였다. 늙은 상궁이 눈을 쓸었다. 상궁의 비질에서는 소리가 나지 않았다. 승정원 홍문관 정이품들이 마루에서 아침 문안을 드렸다. 방 안에서 알았다는 대답이 있었다. 세자의 방에서도 같은 대답이 있었다. 아침에 세자는 내관을 성첩에 올려보내 간밤 군병의 추위를 살폈다. 내관이 세자의 말을 성첩에 전했다.

> …… 불 땐 구들 위에서 몸을 뒤척이며 너희들의 추위를 생각했다. 마음이 다하는 지극한 자리에서 길은 열리리니, 내가 너희들과 더불어 견디지 못할 것을 견디려 한다…….

아침 수라상에 졸인 닭다리 한 개와 말린 취나물 국이 올랐다. 국은 간이 엷어서 뒷맛이 멀었다. 어가행렬이 대궐을 떠날 때 늙은 상궁들은 상식사(尙食司) 창고의 간장을 퍼서 달구지에 실었다. 송파나루에서 언 강을 건널 때 달구지 바퀴가 얼음에 빠져 간장독이 깨어졌다. 늙은 상궁들은 눈보라 속에서 울었다. 성안에 군량으로 묻어둔 간장은 골마지가 끼어서 쓰고 탁했다. 수라간 상궁이 내전 별감을 졸라서 민촌의 간장을 얻어왔다.

임금은 취나물국 국물을 조금씩 떠서 넘겼다. 국 건더기를 입에 넣고, 임금은 취나물 잎맥을 혀로 더듬었다. 흐린 김 속에서 서북과 남도의 산맥이며 강줄기가 떠올랐다. 민촌의 간장은 맑았다. 몸속이 가물었던지 국물은 순하고 깊게 퍼졌다. 국물에서 흙냄새가 났다. 봄볕에 부푼 흙냄새 같기도 했고 젖어서 무거운 흙냄새 같기도 했고 마른 여름날의 타는 흙냄새 같기도 했다. 임금은 국물에 밥을 말았다. 살진 밥알들이 입 속에서 낱낱이 씹혔다. 임금은 혀로 밥알을 한 톨씩 더듬었다. …사직은 흙냄새 같은 것인가, 사직은 흙냄새만도 못한 것인가……. 콧구멍에 김이 서려 임금은 훌쩍거렸다.

가까운 민촌에서는 일 없는 겨울 소들이 아침 여물죽을 기다리며 울었다. 소 울음소리는 내행전까지 들렸다. 느리고 긴 울음을 잇대어가며 소들은 울었다. 소 울음소리는 낮고 넓어서 멀리서 우는 소리도 가까이 들렸다. 국물을 넘기면서 임금은 소 울음소리에 귀를 기울였다. 잠저 인근 마을에 소 울음소리가 들렸던지 임금은 기억이 없었다. 대궐에는 소가 없었다. 반정으로 보위에 오른 뒤 소 울음소리를 듣기는 처음이었다. 산과 들을 쓰다듬는 소리였다. 부르는 소리인지 대답하는 소리인지 알 수 없었지만, 소들은 부르는 소리로 대답했고, 대답하는 소리로 불렀다. 여러 들판과 물굽이를 돌아가는 길이며 마을과 저자가 임금의 눈앞에 펼쳐졌다. 임금은 경서를 읽듯이 찬찬히 먹었다. 흙냄새와 소 울음 속에는 성 밖으로 나가는 길이 있을 듯싶었지만, 임금은 그 길을 더듬어낼 수 없었다.

며칠째 장계는 들어오지 않았다. 삼남과 서북에서 창의(倡義)의 구원병은 다가오고 있는 것인지, 소식을 지닌 밀사들이 포위한 성벽을 넘지 못하는 것인지, 성으로 떠난 장계가 애초에 없는 것인지를 성안에서는 알 수 없었다.

내행전 마당 오리나무 가지에서 까치가 짖었다. 어전에 모인 신료들은 까치 소리 나는 쪽을 바라보았다. 까치가 울었으니 오늘은 장계가 들어오려나 보다고 뒷마당에서 나인들은 수군거렸다. 임금은 간밤에 도착한 장계가 있는지 묻지 않았다. 소식이 없었으므로 신료들도 고하지 않았다. 임금은 신료들의 시선을 따라 까치를 바라보았다. 까치가 날아올라 눈가루가 날렸다.

병조판서 이성구가 말했다.

— 전하, 간밤에 웬 어린아이가 성안으로 들어왔나이다.
— 무슨 말이냐?
— 열 살쯤 된 계집아이인데, 남문 앞에 쓰러진 것을 수문장이
　거두어들였다 하옵니다.
— 남문 밖이면 적의 진지 아닌가?
— 이제 안팎이 막혀서 장정들도 성안으로 들어오지 못하는데,
　어린아이가 적의 숙영지를 지나서 성안으로 들었으니 필시
　상서로운 일일 것이옵니다.

까치가 다시 날아와 가지에 앉아 짖었다. 임금의 얼굴에 가벼운 경련이 일었다.

— 그 아이를 내게 보여라.

123

— 품계 없는 백성의 자식을 어찌 어전에 앉히오리까.

— 아니다. 들여라. 놀랍지 않으냐.

수문장이 언 아이를 녹여서 혼자 남문 앞까지 오게 된 연유를 들었고, 승지가 아이의 내력을 임금에게 고했다. 신료들이 함께 들었다.

아이는 송파나루 사공의 늦둥이 딸이었다. 나루터에서 태어나 이름이 나루였다. 어미는 재작년 홍수 때 떠내려가는 솥단지를 건지려다 물에 쓸려갔다. 먼 하구 쪽으로 떠내려갔는지 무당은 어미의 넋을 건지지 못했다. 오라비들은 오래전에 봇짐장꾼을 따라서 대처로 나아갔다. 아이는 늙은 아비와 둘이서 강가에서 살았다.

손님을 모시고 얼음 위로 강을 건너간 아비는 밤이 깊어도 돌아오지 않았다. 언 강이 또 얼어서 얼음 갈라지는 소리가 빈 마을을 울렸다. 손님이 버리고 간 말이 강 건너 쪽으로 목을 빼고 길게 울었다. 청병이 곧 들이닥치리라는 소문은 아이도 듣고 있었다. 아이는 아비를 찾아서 언 강을 건넜다. 물가에서 자라나 강이 무섭지 않았다. 밤에 눈이 내렸다. 어둠에 눈발이 섞여서 돌아봐도 나루터 마을은 보이지 않았다. 아이는 얼음 위에 쓰러진 아비의 시체 곁을 지났다. 시체에 눈이 쌓여 아비를 알아보지 못했다. 강을 건너자 아이의 발길은 이배재 쪽으로 향했다. 아이는 빈집의 곳간에서 새우잠을 잤다. 이튿날 청병이 강을 건너와 산속에 진지를 쳤다. 아이는 청병의 진 앞으로 걸어갔다. 청병들은 아이를 들짐승만치도 눈여겨보지 않았다. 군막으로 다가오는 아이를 청병들은 머리채를 쥐어 끌어냈다. 말린 양고기를 던져주는 자들도 있었다. 아이는 청병이 쬐다 버린 모닥불 재를 쑤셔 몸을 녹였다.

이배재 고개에서 산성이 올려다보였다. 능선과 하늘의 경계를 따라가며
성은 크고 우뚝했다. …아, 세상에 저런 곳이 있었구나…… 아이는 놀라
서 숨을 죽였다. …할머니 이야기 속 하늘나라가 저기로구나……, 아버
지는 저 안으로 들어가셨겠구나…… 아이는 빨려가듯 성을 향해 걸었
다. 아이는 남문 앞 들판 청병 진지의 가장자리를 돌았다. 청병들은 돌멩
이를 던져서 아이를 쫓았다. 아이는 작은 들짐승처럼 보였다. 남문 문루
위에서 조선 초병들은 멀리서 다가오는 아이를 멀거니 바라보았다. 아
이는 남문 지대석 앞에 쓰러졌다.

내행전 수라간에서 상궁이 물을 데워 아이를 씻겼다. 터진 손등에 낀 때
를 불려서 벗겨냈다. 상궁이 아이에게 나인의 옷을 입혔다. 남치마에 자
주색 고름이 달린 삼회장 저고리였다. 머리에 동백기름을 발라서 빗기
고 새앙머리를 틀어서 댕기를 드렸다. 아이의 자태가 피어났다. 입술이
붉고 눈빛이 또렷했다. 상궁이 아이에게 말했다.

　　— 위에서 물으시면 짧게 대답해라. 고개를 숙이고 눈을 치뜨지
　　　마라.

내관이 아이를 어전으로 인도했다. 아이는 동상이 걸린 오른다리를 절
었다. 신료들의 시선이 아이에게 쏠렸다.

　　— 가까이 오너라.

숙인 머리통에 가르마가 환했다. 이마에서 가마까지, 임금의 시선은 아

이의 가르마 자리를 따라갔다. 신료들이 아이를 들여다보며 한마디씩
했다.

　　— 여염의 자식치고는 이목이 수려하옵니다.
　　— 어린아이가 송파나루에서 예까지 적진 사이로 길을 뚫고
　　　왔으니 놀라운 일입니다. 필시 성의 신령이 가호하는 아이일
　　　것입니다.
　　— 전하, 군병들에게 널리 알려 상서로운 힘을 떨치게 하소서.

영의정 김류의 옆자리에서 예조판서 김상헌은 아이의 뒷모습을 바라보
았다. 새까만 머리채에는 윤기가 흘렀고 귓바퀴가 뽀얬다. 어린 몸에 계
집의 태깔이 박혀가고 있었다. 김상헌의 눈앞이 흐려지면서 풀잎이 시들
듯 천천히 얼음 위에 쓰러지던 사공의 모습이 떠올랐다. 김상헌은 침을
삼켰다. 임금이 아이에게 물었다.

　　— 어찌 집을 나섰느냐?

아이는 대답하지 못했다. 병조판서 이성구가 말했다.

　　— 아비를 찾아 나섰다 하옵니다.
　　— 아비가 청병에게 끌려갔느냐?

청병에게 끌려간 것이 아니옵고……. 김상헌은 침을 넘겨 말을 삼켰다.

이성구가 말했다.

— 전하께서 송파에서 언 강을 건너실 때 얼음 위로 길을 인도한
사공인데, 그다음 날 집을 나가 돌아오지 않는다 하옵니다.

임금의 말이 신음처럼 흘러나왔다.

— 이 아이가 그 사공의 딸이로구나…….

김류가 엉덩이를 밀어 임금에게 다가가며 말했다.

— 비록 천한 사공이오나 쓸모가 요긴하였습니다. 신들이 어찌
얼음길을 알았겠나이까. 이 아이가 그 아비의 충심으로
예까지 왔으니, 백성들의 마음이 오직 전하께로 향하여 있는
것입니다.

임금이 기침 끝에 타구를 당겨 침을 뱉었다. 임금이 아이에게 물었다.

— 너는 청병을 보았겠구나. 성 밖에 청병이 많더냐? 청병이
성벽에서 가깝더냐? 무얼 하고 있더냐?

예조판서 김상헌의 목소리가 눌리며 떨렸다.

— 전하, 어린아이에게 어찌 적정을 물으실 수가…….

임금의 얼굴에 열없는 웃음이 스쳤다. 임금이 신료들을 하나씩 꼽아보며 말했다.

— 경들에게 물으랴?

신료들은 대답하지 못했다. 언 몸이 풀어지면서 아이는 졸음을 견디지 못했다. 머리가 앞뒤로 흔들리더니 마침내 꿇어앉은 자세에서 옆으로 쓰러졌다. 잠든 아이가 오줌을 지렸다. 임금이 말했다.

— 어여쁘구나. 귀한 인연이다. 민촌에 들여서 길러라. 예판이
　　평소에 아이들을 지극히 아낀다고 들었다. 예판이 아이를
　　조치하라.

김상헌의 이마가 마루에 닿았다. 김상헌의 눈에 마른 눈물이 돌았다. 고개를 깊이 숙여서 김상헌의 얼굴은 보이지 않았다. 내관이 잠든 아이를 안고 물러갔다.
척후가 돌아오지 않은 죄를 물어 수어사 이시백을 곤장 친 일을 이성구가 어전에 고했다.

— 영상이 체찰사의 영으로 시행한 일이옵니다.
— 무어라? 정이품 수어사를? ……군병들 앞에서?

영의정 김류의 목소리가 높아졌다.

— 전하, 수어사를 처벌함은 민망한 일이오나 위를 벌줌으로써
당겨서 끌어가고, 아래를 상줌으로써 기뻐서 따르게 하는 것이
군율의 기본이옵니다. 그러므로 벌은 올라가서 장수에게까지
미치고, 상은 내려가서 마구간 목마병(牧馬兵)에게까지 닿아야
하는 것입니다. 지금 적은 크고 성안은 작아서 군심이 들떠
가벼이 놀라고 군의 길흉을 점치는 요사스런 말들이 퍼지고
있으니 서둘러 조이지 않으면 더욱 흔들릴까 염려하였습니다.
— 경들이 병법에 밝아서 나를 앞세우고 성안으로 들어왔는가.
무리들 앞에서 수어사를 벌주면 군심이 더욱 흔들리지
않겠는가?
— 조정의 위엄이 성첩에 떨쳐, 군병들은 새롭게 발심하고 있을
것이옵니다.

민촌에서 수탉이 울었다. 닭 울음소리는 부러지고 비틀리면서 높이 치
솟았다. 닭 소리에 성안이 흔들렸다. 닭이 우는 동안 임금도 신료도 말이
없었다. 닭 울음이 멎자 내행전 마루는 시간이 빠져나간 듯 적막했다. 임
금이 김류에게 물었다.

— 수어사의 몸을 부수었는가?
— 전하께서 심려하실 바 아니옵니다.
— 내가 물었다.

— 중곤으로 가벼이 다스렸으니 매가 뼈에 닿지는 않았을
　　것입니다. 당상인지라 아랫도리는 벗기지 않고…….

아침에 까치가 울던 날에도 장계는 들어오지 않았다. 청병이 다가오지
않아서 성첩은 고요했다. 삼전도 쪽 청의 본진도 저녁연기가 오를 뿐 고
요했다. 끌려온 조선 백성들이 얼음에 구멍을 뚫고 물고기를 잡아서 청
병들에게 바쳤다. 저녁때 관량사가 어전에 들어와 남은 군량의 끼니 수
를 아뢰었다.

— 겉곡식이 삼십 일분 남았습니다. 당하들이 데려온 노비를
　　부려서 찧고 있는데 성안에 화목이 모자라 익혀서 먹이기가
　　어렵고, 군병들에게 날곡식을 나누어 주어도 익혀 먹을 도리가
　　없으니, 전하께서 묘당에 일러 땔나무를 구하게 하소서.
　　묻어둔 숯은 지난번 비에 깊이 젖어 말리는 중이옵고, 지금
　　겨울나무를 베어내도 당장 땔 수가 없으니 아마도 성안의
　　사찰이나 향교를 헐어야 할 것이온데, 끼니가 급하니 서둘러
　　시행하게 하소서. 또 대신과 인근 수령을 따라 성안으로
　　들어온 부로(父老)와 부녀자들이 삼백오십이온데, 양식은 우선
　　군병들을 먹이고 부로들의 몫을 줄이도록 윤허하여주소서.
　　군병들도 오래 고루 먹일 수가 없으니, 가끔씩 성 밖으로
　　군사를 내보내 싸울 때 자원병을 모집해서 스스로 나가
　　싸우고 돌아온 자들은 하루에 세 끼를 먹이고 성첩에 남은
　　자들은 두 끼를 먹이도록 체찰사에게 명하여주시옵소서…….

관량사는 말을 겨우 이어나갔고, 임금도 말을 더듬었다. 임금의 말은 입 속에서 맴돌며 웅얼거렸다. 사관이 임금의 말에 귀를 기울였다.

> — 어찌 노약과 부녀들의 끼니를 줄일 수 있으며, 군병들을
> 차별하여 먹일 수 있겠느냐. 불가하다. 허락하지 않는다.
> 경은 다시 궁리하라. 나도 묘당과 더불어 모책하겠다……

어두워지자 민촌의 소들이 또 울었다.
임금이 삼경 무렵에 잠자리에서 승지를 불렀다.

> — 수어사는 어디에 있느냐?
> — 서장대에 있을 것이옵니다.
> — 내의를 깨워 수어사에게 보내라.

승지가 행각으로 건너가 내의를 깨웠다. 내의가 말린 장군풀 뿌리와 생 강즙을 싸들고 서장대로 올라갔다. 임금은 밤새 뒤척였고, 미닫이 밖 마 루에서 승지는 꿇어앉아 시린 발을 주물렀다. 달이 기울어 마루는 캄캄 했다. 사경이 지나자 첫 닭이 울었다. 임금이 다시 승지를 불렀다.

> — 어제 내가 본 아이의 이름이 무엇이냐?
> — 나루라 하옵니다.
> — 나루라면 내가 건너온 송파나루냐?
> — 사공의 자식이니, 이름이 그러할 것이옵니다.

— 밝거든 곶감을 몇 개 보내주어라.

임금은 동틀 무렵에 잠들었다.

똥

성안에는 네 아비가 없다. 네가 들어왔다는 소문이 퍼져서 모두들 알고
있는데 네 아비가 성안에 있다면 어찌 나타나지 않겠느냐. 지금 성 밖
으로 나갈 수도 없으니 너는 여기 머물러 있어라. 내가 마땅한 자리를 알
아봐주마……. 김상헌은 나루를 서날쇠에게 얹어주었다. 예판 대감의
부탁을 내칠 수도 없었지만 처자식을 성 밖으로 내보내고 홀로 된 서날
쇠는 아이를 반겼다. 오랫동안 아비를 수발해온 나루는 간단한 부엌살
림을 꾸렸다. 삭정이는 아궁이에 넣고 잉걸은 화로에 담았다. 성안의 물
정이 신기해서 나루는 아비를 잊은 듯했다. 아비가 성 밖 세상을 떠돌고
있다 해도 이야기 속 하늘나라 같은 이 성안으로 언젠가는 들어올 것이
라고 나루는 믿었다.

임금은 민촌의 인심 동태를 살피는 일을 김상헌에게 맡겼다. 김상헌이
군병을 움직여서 성문을 열고 나가 도성을 회복할 수는 없겠지만, 묘당
을 거침없이 질타하고 백성들에게 너그러운 그의 성품에 임금은 기대고
있었다. 임금에게 김상헌은 늙은 나뭇등걸처럼 보였다. 김상헌은 육품
관원들을 민촌기찰에 내보냈고, 자신도 수시로 마을을 돌아보았다. 민
촌은 관아가 들어선 삼거리를 대처로 삼아 농경지 가장자리를 따라서
자리 잡았다. 얼어붙은 개울을 사이에 두고 집들은 마주 보았다. 장정들
은 모두 성첩이나 부역에 끌려나가고 민촌에는 노약자와 불구자들뿐이
었다. 관량사가 나누어 주는 곡식, 간장, 소금, 말린 푸성귀는 어가행렬
을 따라온 종친과 호종 관원, 군병 들에게만 미쳤고, 민촌은 제 곡식을 제
가 먹거나 먹지 못했다. 기찰 나온 관원들이 조정의 뜻을 민촌에 전했다.

…… 너희들의 마을이 비록 한미하나 창망 중에 어가를 모시어

134

받들고 있으니 착하다. 환궁 뒤에 면천(免賤)과 복호(復戶)를
널리 베풀라 하시었다. 위에서 자애하시는 뜻을 깊이 새겨
너희는 더욱 견디어라…….

관원들은 가호를 돌면서 징발할 수 있는 민촌의 물력을 살폈다. 집집의
남은 곡식이며 땔나무, 이부자리, 솥단지, 간장, 가마니, 가축, 벗겨서 말
먹이로 쓸 수 있는 초가지붕 들의 개수를 문서로 정리해서 병조에 넘겼다.
민촌의 개들은 주둥이가 뾰족하고 귀가 발딱 선 노랑 개였다. 허리가 길
고 잘록해서 아이들은 개와 여우를 구분하지 못했다. 짖을 때 앞다리를
엉버티며 몸을 낮추었고, 뛰어오르며 덤벼들었다. 개들은 성안에서 흘레
붙고, 성안에서 번식했고 잡아먹혔다. 견문이 막힌 개들은 눈치가 없고
텃세가 사나웠다. 성안에서 오일장이 열리는 날이면 백성들은 개를 집
안에 묶어놓았다. 묶인 개들은 하루 종일 장꾼들을 향해 짖어댔다. 관복
입은 예조 육품들이 마을에 나타나자 빈 들에서 서로 똥구멍을 핥던 개
들이 쫓아와서 짖어댔다. 관원은 도포 자락을 말아쥐고 고함을 질렀다.
이놈아, 주인이 누구냐……. 개들은 시뻘건 아가리를 벌리고 바싹 달려
들었다. 콧잔등에 주름이 실룩거렸고, 송곳니에서 침이 흘렀다. 겁에 질
린 개주인이 달려나와 땅바닥에 꿇어앉아 관원에게 사죄하고 개를 꾸짖
어 데려갔다. 행궁 쪽 산길에서 관원들이 마을로 내려오면 백성들은 아
이와 개를 불러들이고 사립문짝을 닫아걸었다. 백성들은 관원에게 먼저
말을 걸지 않았다. 얼어붙은 징검다리 위로는 관원들만이 건너다녔다.
마을에 내려올 때마다 김상헌은 서날쇠를 눈여겨보았다. 서날쇠의 집은
마당이 깔끔했고 돌쩌귀에서 소리가 나지 않았다. 손님이 끊겨 일거리

가 없었으나 서날쇠의 대장간은 단정했다. 풀무에는 기름이 쳐져 있었고, 모루가 반들거렸으며, 화덕 밑에 묵은 재가 없었다. 크고 작은 망치며 집게가 시렁 위에 가지런히 놓여 있었다.

김상헌이 서날쇠의 마당으로 들어서면 나루가 뒤란에서 나와 절했다. 고개 숙인 목이 희고 가늘었다. 언 강 위에서 돌아서는 사공을 향해 환도를 빼들 때, 사공의 목은 가늘어 보였다. 사공을 죽이고 그 딸을 거두게 되는 인연에 김상헌은 몸을 떨었다. 남한산성을 향해 청음석실을 떠나던 날 새벽에 받은 형 김상용의 편지가 생각났다. …참혹하여 무슨 말을 더하겠는가. 다만 당면한 일을 당면할 뿐이다……. 나루의 절을 받게 되는 인연도 형이 말한 '당면할 일'인가 싶었다.

― 곱구나. 두껍게 입고 잘 여미어라.

머리를 쓰다듬으려는 팔이 나아가지 않았다.

서날쇠는 뼈가 굵었고 오금이 깊었다. 홑겹 무명 적삼을 입고도 추운 기색이 없었다. 그가 화덕 구멍에서 태어난 자식이며, 태어난 구멍에 대고 불질을 해서 몸 안에 화기가 쟁여져 추위를 타지 않는다고 마을 사람들은 말했다. 서날쇠는 이따금씩 찾아와 집 안을 기웃거리는 관원들을 반기지도 피하지도 않았다. 쌀죽을 쑤어놓고 관원들이 올 때마다 한 사발씩 데워서 내놓았더니 하릴없이 들르는 자들도 있었다. 서날쇠는 곡식과 솜옷을 바꾸어 나루에게 입혔고, 닭털을 넣은 천을 누벼 짚신 밑에 깔아주었다. 개울에 나가 얼음을 깨고 바위를 들어서 바위를 치면 잠든 개구리들이 까무러쳐 물 위로 떠올랐다. 겨울이 깊어서 깊이 잠든 개구리는 뒷다리가 찰졌다. 서날쇠는 화덕에 잉걸불을 피우고 개구리를 구워서 헛헛증을 줄였다. 물가에서 자란 나루는 개구리를 소금에 찍어 반찬으로 먹었다. 남은 개구리들은 짚으로 엮고 처마에 걸어 말렸다. 쥐들이 널름거렸으나 따먹지는 못했다.

서날쇠는 일을 두려워하지 않았다. 장작을 뽀개거나 땅을 팔 때 그의 몸은 일 속으로 녹아들어가 힘을 써도 힘이 들어 보이지 않았다.

서날쇠의 집 뒤란에 두 줄로 묻힌 장독들을 가리키며 김상헌이 물었다.

   ― 김장이냐? 많이 담갔구나. 혼자서 다 먹을 수 있겠느냐?
   ― 김치가 아니옵고…… 대감께서 아실 일이 아니옵니다.
   ― 말해라. 무엇이냐?
   ― 똥을 달래서 약을 만드는 중인데…… 지력을 돋우고 벌레를
     잡는 데 쓰이옵니다.
   ― 열어봐라.
   ― 냄새를 어찌…….

서날쇠가 장독 뚜껑을 열었다. 날이 선 악취가 김상헌의 골을 쑤셨다. 창끝처럼 벼려진 냄새였다. 냄새는 외가닥으로 깊이 찌르고 들어왔다. 김상헌은 골이 시렸다. 똥 건더기는 가라앉아서 보이지 않았고, 맑은 국물 가장자리에 앙금이 내려 있었다. 국물에서 푸른 미나리색이 비치었다.

   ― 이 추위에 어찌 얼지 않았는가?
   ― 워낙 독물인지라…….

김상헌은 푸른 똥국물을 오랫동안 들여다보았다. 관량사에 남은 군량은 하루 네 홉씩 삼십 일분이었다. 적들이 다가오지 않아 성첩이 고요한 날에도 군량은 똥이 되어 흩어지고 있었다. 적병이 넘어 들어와서 성이 깨지는 날의 새벽인지 저녁인지가 푸른 똥국물 위에 어른거리는 듯했다. 군량이 흩어져 똥이 되어도 똥을 끌어모아 군량을 만들 수는 없을 것이었다.

성안의 종친과 사대부, 군병과 백성들의 똥을 모두 거두어 성첩에 쟁여놓았다가 적병이 성뿌리에 붙어 기어오를 때 바가지로 퍼서 끼얹으면 적병들은 물러설 것이고, 요동에서 남한산성까지 먼 길을 걸어와서 여기저기 찢기고 부르튼 적병들이 똥물을 맞으면 상처가 곪고 썩어서 움직일 수 없을 것이라고 김상헌은 문득 생각했다. 병졸들은 발바닥에 종기만 돋아도 끝장일 것이었다.

　　— 네 생각은 어떠하냐?
　　— 성안의 똥을 한군데로 모으기는 어려울 것이옵니다.
　　— 그것이 어렵겠느냐?
　　— 먹을 때는 모여서 먹어도 똥은 각자 내지르는 것이옵니다.
　　　　구덩이를 파고 모여서 누라 한들 참았다가 누거나 멀리
　　　　가서 눌 수 있는 것이 아니옵니다. 더구나 똥은 독물인지라
　　　　손대기가 어렵습니다. 열 말들이 독에 담으면 무거워서
　　　　지게로는 감당할 수 없겠고, 목도에 실어서 흘리지 않고
　　　　성첩까지 올라가자면 발맞추는 목도꾼을 부려야 할 터인데
　　　　지금 성안에는 목도꾼이 없습니다. 또 똥을 성첩에 쟁여놓은들

삭지 않은 날똥이 추위에 얼어붙어서 적병들이 성벽을
기어오를 때 바가지로 퍼서 끼얹을 수 없고, 곡괭이로 찍어서
똥얼음을 던져야 하겠는데, 얼음을 던지느니 돌멩이만 같지
못할 것이옵니다.

― 그렇겠구나. ······그렇겠어.

김상헌은 똥국물에 시선을 박은 채 중얼거렸다. 사물은 몸에 깃들고 마
음은 일에 깃든다. 마음은 몸의 터전이고 몸은 마음의 집이니, 일과 몸과
마음은 더불어 사귀며 다투지 않는다······라고 김상헌은 읽은 적이 있었
다. 김상헌은 서날쇠에게서 일과 사물이 깃든 살아 있는 몸을 보는 듯했
다. 글은 멀고, 몸은 가깝구나······. 몸이 성안에 갇혀 있으니 글로써 성
문을 열고 나가야 할진대, 창검이 어찌 글과 다르며, 몸이 어찌 창검과
다르겠느냐······. 냄새는 선명하게 몸에 스몄다. 김상헌은 어지럼증을
느꼈다.

― 저 독물을 농사에 쓰느냐?
― 애벌갈이 때 물에 타서 밭에 주는데, 소인들이 명년 봄 농사를
    준비해도 좋으리까? 대감.

성벽을 넘어서 새들이 숲으로 돌아오고 있었다. 저녁 번 초병들이 줄을
지어서 북장대 쪽 성첩으로 올라갔다.

― 봄이 오지 않겠느냐. 봄은 저절로 온다.

김상헌은 똥물 위에서 땅이 열리고 꽃잎이 날리는 봄의 환영을 보았다.

김상헌은 수어청에 명하여 서날쇠의 성첩 군역을 면해주는 대신 대장간을 가동시켰다. 김상헌은 서날쇠에게 참봉을 얹어서 수어청 야장(冶匠)으로 천거했다. 병조는 군병들 중에서 쇠장이, 화부, 허드레 일꾼 오십 명을 골라 대장간에 배치했고, 동장대 밑에 묻어둔 숯 백 가마를 보내왔다. 비장들은 성첩을 돌며 망가진 조총과 창검을 거두어 대장간으로 보냈다. 서날쇠의 대장간은 화덕이 일곱 구멍이었다. 모루장이, 숯장이, 풀무꾼, 허드레꾼이 한 조가 되어 화덕 한 개씩을 맡았다. 서날쇠는 일꾼들을 지휘해서 망가진 병장기들을 고쳤다. 서날쇠의 화덕은 다시 뜨거웠다. 모루장이들은 웃통을 벗었다. 어깨에 힘을 넣고 허리를 돌려 망치를 세울 때 모루장이들은 방귀를 뀌어댔고 겨드랑에서 땀방울이 떨어졌다. 망치가 모루를 때릴 때마다 달군 쇠에서 불똥이 튀었다. 성첩에서 솎아온 일꾼들은 총의 작동을 이해하지 못했다. 서날쇠도 총을 다루어보기는 처음이었다. 서날쇠는 총을 뜯어서 한나절을 들여다보고 나니 물리를 깨쳤다. 총열이 터진 총은 화약의 폭발력이 새어나가 헛바람이 터졌고, 총열이 휘어진 총은 탄도가 구부러져 사거리가 짧았다. 총구를 떠난 총알이 땅바닥으로 박히거나 허공으로 치솟았다. 방아쇠울이 덜렁거리는 총은 공이가 탄환을 때리지 못해 격발하지 않았고, 가늠자가 비틀린 총은 탄환이 표적에서 멀리 빗나갔다. 서날쇠는 총열을 달구고 두들겨서 바로잡았고, 덜렁거리는 방아쇠울에 쐐기를 박았다. 부러지고 녹슨 창검을 녹여서 날을 세웠고 박달나무를 깎아서 자루를 박았다.
망가진 활도 대장간으로 내려왔다. 활은 대개가 뽕나무나 밤나무를 쓴 목궁들이었다. 오금은 깨어져서 튕겨내는 힘이 없었고, 시위는 늘어져 있었다. 아교를 녹여서 오금을 때우고 시위를 당겨서 걸었다.

서날쇠는 일꾼들을 데리고 들에 나가 고친 총으로 사격 연습을 시켰다. 일꾼들은 한 줄로 엎드려서 벼락 맞은 나무둥치를 향해 쏘았다. 서날쇠는 일꾼들에게 말했다.

> — 맞추어라. 잘 맞추어야 잘 고칠 수 있다. 눈으로 쏘고 눈으로 맞춘다. 눈의 힘이 가늠쇠를 지나 표적에 닿아야 한다. 눈이 몸을 부리고 몸이 총을 부린다. 눈구멍이 곧 총구멍인 것이다. 총열이 곧아야 눈구멍이 뚫린다. 총구멍을 눈구멍처럼 만들어놓아라.

고친 조총을 성첩으로 올리면 망가진 창검들이 대장간으로 내려왔다. 서날쇠는 민촌에서 근력이 남은 늙은이 열댓 명을 데려와서 숯돌장이로 부렸고, 대장간 일꾼들에게 군량을 지급해줄 것을 김상헌에게 요청했다. 김상헌이 관량사에게 일러서 하루 세 홉씩을 나누어 주었다. 세 홉에 간장 반 종지가 따라나왔다.

바 늘

동문은 앞이 트여서 개울 너머 산에서 쏘는 청병의 총알과 화살이 문루에
닿았다. 동문 쪽 성첩에 방패가 모자랐다. 병조는 성안 사찰의 마룻바닥
을 뜯어내자는 논의를 펼쳤다. 귀동냥한 별감들이 행궁 안팎을 드나들
며 말을 옮겼다. 사찰들은 시주로 받아둔 무명 열 동을 거두어 병조에 바
치고 마룻바닥을 살렸다. 갇힌 성안에서 중들은 무명을 곡식과 바꿀 수
없었다. 병조는 관아 객사와 질청(秩廳)의 문짝을 뜯어냈다. 절 마룻바닥
은 나중에 쓸 일이 있을 듯했다. 병조는 무명 열 동의 용처를 정해서 임금
에게 고했다. 다섯 동은 스무 자씩 끊어서 성 밖에 나가서 싸우고 돌아온
군병들 중에서 전과가 있는 자들에게 상으로 나누어 주고, 나머지 다섯
동은 송진을 먹여서 천막을 만들어 성첩의 눈비를 가리자는 것이었다.

— 한 동이면 얼마인가?

승지가 대답했다.

— 동이라 함은 백성들의 말이어서 일정치 않사온데, 대략 오십 필
　정도이고 한 필은 마흔 자이옵니다.
— 쓸 만하겠구나. 병조의 요량대로 시행하라.

병조판서 이성구가 숙였던 고개를 들었다.

— 전하, 무명을 누벼서 천막을 만들려면 다섯 겹을 포개서
　박음질을 해야 하는데, 마땅한 바늘이 없어서 난감하옵니다.

— 민촌에 바늘이 없겠느냐?

— 백성들의 바늘은 작고 약해서 감당할 수 없사옵니다. 다섯
　치짜리 굵은 쇠바늘이 백 개는 있어야 하겠는데…….

이성구가 손가락으로 마룻바닥에 다섯 치 길이를 그어 보였다. 임금은
이성구의 손가락을 바라보았다.

— 그것이 다섯 치냐?

— 그러하옵니다.

— 그것은 손가락 아니냐?

영의정 김류가 이성구를 나무랐다.

— 병판은 어찌 어전에서 바늘을 아뢰시오? 군왕이 옥좌 밑에
　바늘 쌈지를 깔고 앉아 있겠소?

임금이 말했다.

— 바늘을 못 내주니 과인의 부덕이다.

— 신들의 죄이옵니다.

— 하나 병판이 바느질을 아니 놀랍구나.

김상헌은 조용히 내행전에서 물러나와 서날쇠의 대장간으로 갔다. 서날

쇠는 벗었던 윗옷을 걸치고 예판을 맞았다.

　　— 쇠를 녹여서 바늘을 만들 수 있겠느냐?
　　— 예판 대감께서 어찌 바늘을······.
　　— 무명을 다섯 겹씩 누벼서 성첩의 눈비를 가리려 한다. 다섯
　　　치짜리 굵은 쇠바늘이 필요하다.
　　— 바늘은 매끄럽게 뽑아내기가 어렵사옵고······, 더구나 쇠에
　　　귀를 뚫어야 하는데 소인은 작은 구멍을 만들어본 적이
　　　없어서······.
　　— 급한 일이다. 만들어라. 백 개다.

서날쇠는 고개를 숙이고 손가락으로 이마의 마른 때를 밀었다.

　　— 어렵겠느냐?

서날쇠는 입고 있던 무명 적삼 겉섶을 다섯 겹으로 접었다. 서날쇠는 접힌 앞자락을 김상헌에게 내밀었다.

　　— 대감, 천을 시쳐서 옷을 만드는 일이 아니라 이 다섯 겹에
　　　듬성듬성 박음질을 해서 누비는 일이라면 대나무 바늘이라도
　　　족할 것이옵니다. 만들기도 대바늘이 수월하겠고······.
　　— 대바늘이 무명 다섯 겹을 뚫을 수 있겠느냐?
　　— 앞쪽을 쥐고 힘을 주면 뚫을 수 있을 것입니다. 골무가

두꺼워야 되겠습지요.

— 휘지 않겠느냐?

— 참대 밑동을 쓰면 다섯 치 길이에 휘지는 않을 것이옵니다.
  성안에 대나무는 자라지 않사오나 민가 울타리에 더러 쓰고
  있으니 바늘을 만들 만큼은 구할 수 있을 것이옵니다.

— 대장간에 죽공의 일을 시키니 무안하구나.

일꾼들이 고친 창검과 조총을 마당에 쌓아놓고 지게에 실어 성첩으로
올라갔다. 창검은 파랗게 날이 서 있었다. 날이 저물어서 성첩으로 실어
가는 창검에 노을이 번쩍였다. 서날쇠는 내보내는 병장기의 개수를 헤
아려서 장부에 적었다. 지게꾼들을 다 보낸 뒤에 서날쇠가 물었다.

— 하온데 대감, 실은 있사옵니까?

— 실 말이냐? 실이야 마을에…….

— 무명 다섯 겹을 박으려면 바느질하는 실로는 어림없고, 세
  겹으로 꼰 실이 있어야 하겠는데…….

— 그렇겠구나. 묘당에는 실이 없다.

— 하오면 소인이 노파들을 부려서 마을에서 꼬아보리다.

…전하, 사직의 백성들 중에서 바늘을 만들 줄 알고 실을 꼴 줄 아는 자
가 가까이 있으니 전하의 복이옵니다……. 김상헌은 심한 부끄러움을
느꼈다.

서날쇠는 민가 울타리에서 걷어온 참대를 젓가락 크기로 쪼갰다. 쪼갠

대쪽을 약한 불에 그슬려 거스러미를 태웠다. 일꾼들은 대쪽을 쇠가죽에 문지르고 앞끝을 줄에 갈았다. 바늘 끝에 쇠기름을 먹이고 가는 송곳을 불에 달구어 대바늘에 귀를 뚫었다. 바늘 백 개를 만드는 데 이틀이 걸렸다.

일꾼들은 대장간에서 배급받은 군량으로 세 끼를 먹었다. 민촌의 노파들이 대장간 마당에서 밥을 지었고, 무를 썰어 넣고 된장국을 끓였다. 밥 짓는 노파들은 품삯으로 다만 얻어먹을 뿐이었다. 백성들이 기르던 개를 끌고 와 대장간에 주었다. 모루장이들이 망치로 개를 쳐서 화덕에 그슬렸다. 큰 개 네 마리를 잡아야 한 그릇씩 돌아갔다. 서날쇠는 개를 삶는 솥뚜껑을 열어보았다.

　　─ 국물을 많이 잡고, 간을 짜게 써라.

성안의 개들은 대부분 대장간에서 먹었다. 개를 잡는 날이면 번을 마치고 내려온 군병들이 달려들었다. 노파들은 뜨거운 국물에 조밥을 말아서 한 그릇씩 먹였다. 나루가 쟁반으로 국을 날랐고, 빈 그릇을 거두어 닦았다. 대한이 지나자 성안에 개 짖는 소리가 끊겼다.

머리 하나

— 하루에 고작 적병 하나를 죽인다 해도 싸우는 형세를 지켜내야
할 터인데, 어제는 바람이 역(逆)으로 분다 하여 출전하지
않았고, 오늘은 일진이 나쁘다고 출전하지 않으니 갇힌
성안이 점점 더 답답해지지 않겠느냐.

— 성첩에서 유군을 솎아내기가 어렵사옵고, 한번 내보낸 유군을
잃으면 다시 솎아내기는 더욱 어려울 것이니 신은 그것이
답답하옵니다.

임금의 답답함과 영의정의 답답함은 다르지 않았다. 신료들은 끼어들지
못했다. 임금은 답답함을 향하여 더욱 나아갔다.

— 한꺼번에 군사를 몰고 나가서 적의 본진을 기습하면
어떠한가?

— 결전은 불가하옵니다. 군부를 성안에 모시고 있으니
성첩을 비울 수가 없고, 일이 잘못되어 성을 잃으면 사직과
양전(兩殿)의 향방을 차마 입에 담을 수 없겠기에 신은
머뭇거리며 답답해하는 것이옵니다. 전하.

바람이 잠들고 추위가 풀린 날, 조선 군병들은 암문으로 나가 싸웠다.
각 장대별로 몸이 성하고 담력이 좋은 자들을 골라내고, 행궁 시위대 병
력 일부를 합쳐서 유군을 편성했다. 수어사 이시백은 성첩에 남은 군병
들의 신발과 버선, 귀마개, 장갑, 방패를 거두어 유군들에게 주었다. 유
군은 조총수와 궁수를 주력으로 하여 네 방면의 척후를 딸렸다. 성 밑이

가팔라서 마병은 쓸 수 없었다. 대체로 유군은 백 명을 넘지 않았다. 군장들은 성안에 머물렀다. 초관과 비장들이 유군을 나누어 이끌고, 수어사 이시백이 거느렸다. 유군은 새벽에 나아가서 한나절쯤 싸우고 돌아왔다. 유군은 두 패로 나뉘었는데, 북쪽 암문으로 나간 부대가 청의 매복 진지를 찾아서 청병의 사격을 전방으로 유도해놓으면, 서쪽 암문으로 나간 유군들은 청병의 후방으로 화력을 집중했다. 조총수들은 다섯 명을 오(伍)로 짜서 오장이 부렸다. 발사한 사수들은 뒤로 물러나서 장약했고, 장약을 마친 사수들은 앞으로 나와 발사했다. 사수들의 손이 얼어서 화약이 약실 구멍에서 새어나왔고 조준선이 흔들렸다. 오장이 궁수들을 불러 전열에 세웠다. 궁수들은 다가가며 발사했다. 유군 부대 사이에 박힌 척후들이 점에서 선으로 이어가며 적정을 알렸다.

청병은 매복 진지의 구덩이 한 곳에 일곱 명씩 들어 있었고, 그 위를 삭정이로 가려놓았다. 삭정이 위에 눈이 쌓였다. 척후들은 눈 쌓인 산야를 오랫동안 들여다보다가 겨우 인기척을 알아차렸다. 조선 유군이 쏘면서 접근하면 청병들은 마른 섶에 불을 질러 시야를 가렸다. 청병들은 연기 사이로 달아나면서 협공을 뚫었고, 얼어붙은 개울을 따라서 퇴로를 잡았다. 조선 척후들은 개울 언저리의 고지로 선을 이었다. 개울 아래쪽에 숨어 있던 조선 유군들은 골짜기를 향해 쏘았다. 청병들은 대부분 개울에서 쓰러졌다.

개울이 넓어지고 경사가 순해지는 아래쪽에 청병은 목책을 세웠다. 목책 너머가 청의 전진 부대였다. 목책 밑으로 개구멍이 뚫려 있었고, 쫓기는 청병들은 개구멍을 기어서 목책 안으로 들어갔다. 목책 너머에서 청병들이 총통을 쏘아댔다. 조선 유군은 더 이상 쫓지 못했다.

달아날 때 청병들은 부상자를 산 채로 버려두지 않았다. 청병들은 제 편의 부상자를 모두 쏘아 죽였다. 조선 유군은 청병을 생포할 수 없었다. 청병들은 전사자들의 시체와 총검을 한사코 거두어가서, 적에게 전리품을 남기지 않았다. 삼전도 본진의 강가에 구덩이를 파고 제 편의 시체를 묻으면서 청병들은 총검을 치켜들고 노래했다.

조선 유군들이 돌아가면 청병들은 다시 매복 진지에 포진했다. 청병을 한때 쫓아버린 것은 확실했지만 조선 유군들은 전과를 확인할 수 없었다. 한나절 싸움을 끝내고 성안으로 돌아온 초관들은 전과를 과장했고, 군장들은 더욱 부풀려서 묘당에 보고했다.

> ······ 투구를 쓰고 붉은 옷을 입은 자가 멀리서 쓰러졌는데 연기에 가려 잘 보이지는 않았지만 청병 다섯이 쓰러진 자를 붙들고 쩔쩔매면서 지극히 애통해하는 꼴로 보아, 쓰러진 자는 필시 적의 장수일 것이옵니다. 또 그 자가 쓰러질 때 투구가 벗겨지면서 허수아비가 꺾이듯이 고꾸라졌으니 머리에 총을 맞고 죽은 것이 분명하옵니다······.
>
> ······ 허벅지에 화살을 맞고 절뚝거리는 청병 두 명을 다른 청병들이 쏘아 죽이고 그 시체를 끌고 갔으니, 이 또한 궁수들의 전공이옵니다. 다만 궁수 일곱 명이 한꺼번에 쏘았는데 누구의 화살에 맞은 것인지 가릴 수 없었기에 오를 모두 포상함이 옳은 줄 아옵니다······.

싸우고 돌아온 유군 전원에게 밥 한 끼를 더 주었다. 군장들의 소견에 따라 전공이 있어 보이는 자들에게는 무명 스무 자씩을 끊어 주었고, 오장들에게는 은자 세 닢씩을 주었다. 지방 수령을 따라온 노복들은 상으로 주는 무명과 은자를 내쳤다. 노복들은 삼거리 관아 앞에 모여서 종주먹을 을러대며 면천을 요구했다. 병조가 오품좌랑을 보내어 노복들을 달랬다.

　　— 묘당의 뜻도 너희와 같다. 하나, 지금 사세가 급박하므로
　　　　너희의 공을 문서에 적었다가 환궁 후에 크게 베풀려 한다.
　　— 환궁, 환궁 하지 마시오. 청병이 강가에 수도 없이 깔렸는데
　　　　토끼 잡듯 두어 마리씩 잡아서 어느 세월에 환궁하려 하오.
　　　　우리는 성안에서 죽더라도 면천하고 양민으로 죽고 싶소.
　　— 면천뿐 아니라, 과거도 널리 베풀려 한다. 비록 천출이라도
　　　　기예가 출중하면 금군이나 육품사과(六品司果)로 뽑아 쓰려
　　　　하니, 너희는 그리 알고 우선 무명을 받아라.
　　— 무명을 곡식과 바꿀 수 없으니 밑씻개를 하오리까?
　　　　겉보리라도 좋으니 곡식으로 주시오.
　　— 군량은 끼니가 아니면 내줄 수 없다. 너희가 이토록 거칠고
　　　　모질면 어찌 면천을 베풀 수 있겠느냐. 무명을 받아라. 언 발을
　　　　싸매면 좀 나을 것 아니냐.

노복들이 면천을 요구하며 소란을 떠는 동안 민촌은 조용했다. 아무도 내다보지 않았다. 저녁에 상전들이 노복들을 묶어놓고 매질했다. 매를 받아내는 울음소리가 어둠 속에서 기진했다.

날이 저물면 성안 백성들이 모여서 수군거렸다. 남문 쪽 백성들은 술도
가 행랑에 모였고, 삼거리 마을 백성들은 말 잘하는 훈장집 건넌방에 모
였다. 아침에 내행전 마루에서 임금과 신료들 사이에 오고 간 말들이 저
녁이면 민촌으로 흘러나왔다. 아이들도 남은 군량이 며칠분인지 알았
다. 성 밖 서쪽 고지로 올라가는 능선에 바람이 없는데도 눈먼지가 날리
는 걸로 보아 청의 마병들이 이미 외곽 고지들을 점령했으며, 까치가 며
칠째 남문 쪽에서 울면서 손님을 부르고 있으니 청병들이 곧 남문을 부
수고 들이닥칠 것이라는 말도 있었다. 또 임금이 성문을 열고 나가 항복
할 때 성안의 군병들은 모두 병장기를 내려놓고 적진에 따라가 엎드려
야 하는데, 그날 청병이 넘어 들어와 행궁을 불 지르고 성안을 도륙낼 것
이라는 말도 있었다. 동장대에서 성벽을 따라 남쪽으로 이백 걸음 내려
가면 돌이 비틀린 구멍이 있고 그 너머로는 청병이 보이지 않아서 지금
이라도 그 구멍을 기어서 성을 빠져나갈 수 있으며, 성 밖에서 청병과 마
주치더라도 장정은 죽이고 처녀는 끌어가는데 늙은 쭉정이는 쳐다보지
도 않는다고 심마니는 말했다. 늙은이 몇 명이 구멍을 알아보러 동장대
쪽으로 올라갔다가 초병들에게 쫓겨 내려왔다. 훈장집에서 수군거리던
말들이 술도가로 넘어갔고 다시 건너왔다. 말들은 낮게 깔려서 퍼졌고,
말로 들끓는 성안은 조용했다.

성안 백성들은 조선 유군의 싸움을 토끼 사냥이라고 불렀다. 토끼 사냥
이라는 말은 성을 멀리서 둘러싼 청병 십오만을 빗대었다. 성이 포위된
지 열흘이 지나자 성첩의 군병들은 기진했다. 상한(傷寒)에 쓰러지고 발
가락이 얼어서 떨어져 나간 자들이 허다했다. 성첩에서 유군을 솎아낼
수는 없었다. 병조는 포상을 내걸고 자원자를 모아 유군으로 부렸다.

출전하는 날, 수어사 이시백은 성벽과 목책 사이의 산야를 뒤져서 청병의 매복 진지를 부수었다. 청병들은 대오를 짓지 않고 뿔뿔이 흩어져 달아났다. 조선 유군의 화력은 분산되었다. 조선 유군은 제가끔 달아나는 청병들을 계곡 아래쪽으로 몰아 내리막 눈길에서 하나씩 쏘아 쓰러뜨렸다. 토끼 사냥은 틀린 말이 아니었다. 청병들은 덜 죽은 자를 죽여서 끌고 갔다.

> — 한 번 싸움에 하나를 잡더라도, 하나를 잡는 싸움을 싸우지
>   않으면 성은 무너진다.

이시백은 출전을 앞둔 유군들에게 그렇게 말했다. 군병들은 대열에서
언 발을 굴렀다.
다섯 번째 출전하던 날, 조선 유군은 적의 머리 한 개를 얻었다. 청병의 시체 한 구가 얼음 구덩이에 거꾸로 박혀 있었다. 등에 화살이 두 개 꽂혀 있었다. 화살은 조선 유군의 것이었다. 상반신이 물 속에 박혀 두껍게 얼어 있었다. 죽은 지 사나흘은 지난 시체였다. 머리채를 두 갈래로 땋았는데, 조선 백성의 버선과 짚신을 신고 있었다. 하급 군졸이었다. 유군들은 시체의 머리를 잘라 성안으로 들여왔다. 청병의 머리를 얻기는 처음이었다. 머리를 묘당에 보고했다.
영의정 김류가 비장에게 일렀다.

> — 호적의 머리를 삼거리에 내걸어라.
> — 단지 한 개뿐이어서 백성들 보기에 어떤지…….

— 무슨 소리냐. 한 개로써 싸움의 어려움을 알려야 한다. 한 개를
보면 다들 알 것이다.

비장이 청병의 머리를 장대에 끼워 삼거리 관아 앞에 내걸었다. 이적수
급(夷敵首級)이라는 깃발이 매달려 있었다. 눈구멍에서는 진물이 흘렀고
늘어진 머리채가 바람에 흔들렸다. 까치가 내려앉아 두개골을 쪼았고,
아이들이 돌을 던졌다. 젊은 관원들이 행궁 쪽에서 내려와 처음 보는 청
병의 얼굴을 올려다보았다.

— 머리채가 실팍한 게 젊은 놈인 모양일세.
— 뒈진 놈이 무슨 젊고 늙고가 있는가.

부녀들은 고개를 돌렸고, 늙은이들은 낄낄 웃었다.

웃 으 면 서 곡 하 기

서문으로 들어온 청장 용골대의 문서는 나흘 만에 어전에 보고되었다. 문서가 서식을 갖추지 않아서 응답하는 일은 난감했다. 예조는 품고(稟 告)를 반대했다. 법도도 없는 문서를 조정에 들일 수 없으며, 문서가 딱히 임금에게 오는 것이 아니므로 아뢸 수 없고, 보낸 자가 누구인지 명기되 어 있지 않았으므로 응답할 필요도 없고, 무례한 문서로 어전을 더럽히 고 성심을 다치게 할 수 없다고 김상헌은 말했다.

이조판서 최명길의 생각은 달랐다. 문서가 비록 무례하나 이적을 상대 로 예를 논할 수 없으며, 임금을 향한 문서가 아니므로 임금에게 욕될 것 이 없고, 보낸 자의 이름 석 자가 박혀 있지 않더라도 적진에서 성안으로 들어온 문서임에 틀림없으므로 글을 지어 응답하지 않는다 하더라도 마땅히 주달해야 한다고 최명길은 말했다.

일몰 후 영의정 김류가 홀로 청대한 자리에서 임금에게 문서의 일을 아뢰 었다. 임금이 신료들을 내행전 마루로 불러들였다. 내관이 용골대의 문서 를 쟁반에 담아 서안에 올렸다. 임금은 신료들 쪽으로 서안을 밀쳐냈다.

　　— 들어보자. 읽으라.

당상들은 고개를 깊이 숙였다. 가까운 성첩에서 총소리가 서너 번 터졌 다. 조선병인지 청병인지 알 수 없었다. 총소리에 산과 산 사이가 울렸 다. 소리의 끝자락이 산악 속으로 잦아들었다. 신료들의 귀가 소리의 끝 자락을 따라갔다. 바람이 들이쳐서 그림자들이 흔들렸다.

　　— 읽어라. 들어보자.

병조판서 이성구가 울음 섞인 목소리로 말했다.

　　— 신들은 차마 망측하여 읽을 수가 없나이다, 전하.
　　— 당상의 벼슬이 무거워서 적의 문서를 못 읽는가. 과인이
　　　경들에게 읽어주랴?
　　— 전하, 무슨 그런 말씀을…….

임금이 승지를 불렀다. 승지가 당상의 뒷전에 꿇어앉아 용골대의 문서
를 소리 내어 읽었다.

　　너희가 선비의 나라라더니 손님을 대하여 어찌 이리 무례하냐. 내가
　　군마를 이끌고 의주에 당도했을 때 너희 관아는 비어 있었고, 지방 수
　　령이나 군장 중에 나와서 맞는 자가 없었다. ……너희가 나를 깊이 불
　　러들여서 결국 너희의 마지막 성까지 이르렀으니, 너희 신료들 중에
　　서 물정을 알고 말귀가 터진 자가 마땅히 나와서 나를 맞아야 하지 않
　　겠느냐. 나의 말이 예에 비추어 어긋나는 것이냐……

승지가 마저 읽기를 머뭇거렸다.

　　너희 군신이 그 춥고 궁벽한 토굴 속으로 들어가 한사코 웅크리고 내
　　다보지 않으니 답답하다.

승지가 읽기를 마치고 물러갔다. 임금이 혼잣말처럼 중얼거렸다.

— 적들이 답답하다는구나.

이조판서 최명길이 헛기침으로 목청을 쓸어내렸다. 최명길의 어조는 차
분했다.

— 전하, 적의 문서가 비록 무도하나 신들을 성 밖으로 청하고
있으니 아마도 화친할 뜻이 있을 것이옵니다. 적병이 성을
멀리서 둘러싸고 서둘러 취하려 하지 않음도 화친의 뜻일
것으로 헤아리옵니다. 글을 닦아서 응답할 일은 아니로되
신들을 성 밖으로 내보내 말길을 트게 하소서.

예조판서 김상헌이 손바닥으로 마루를 내리쳤다. 김상헌의 목소리가
떨려나왔다.

— 화친이라 함은 국경을 사이에 두고 논할 수 있는 것이온데,
지금 적들이 대병을 몰아 이처럼 깊이 들어왔으니 화친은
가당치 않사옵니다. 심양에서 예까지 내려온 적이 빈손으로
돌아갈 리도 없으니 화친은 곧 투항일 것이옵니다. 화친으로
적을 대하는 형식을 삼더라도 지킴으로써 내실을 돋우고
싸움으로써 맞서야만 화친의 길도 열릴 것이며, 싸우고 지키지
않으면 화친할 길은 마침내 없을 것이옵니다. 그러므로 화(和),
전(戰), 수(守)는 다르지 않사옵니다. 적의 문서를 군병들 앞에서
불살라 보여서 싸우고 지키려는 뜻을 밝히소서.

최명길은 더욱 낮은 목소리로 말했다.

— 예판의 말은 말로써 옳으나 그 헤아림이 얕사옵니다. 화친을
형식으로 내세우면서 적이 성을 서둘러 취하지 않음은 성을
말려서 뿌리 뽑으려는 뜻이온데, 앉아서 말라 죽을 날을
기다릴 수는 없사옵니다. 안이 피폐하면 내실을 도모할 수
없고, 내실이 없으면 어찌 나아가 싸울 수 있겠사옵니까. 싸울
자리에서 싸우고, 지킬 자리에서 지키고, 물러설 자리에서
물러서는 것이 사리일진대 여기가 대체 어느 자리이겠습니까.
더구나……

김상헌이 최명길의 말을 끊었다.

— 이거 보시오, 이판. 싸울 수 없는 자리에서 싸우는 것이 전이고,
지킬 수 없는 자리에서 지키는 것이 수이며, 화해할 수 없는 때
화해하는 것은 화가 아니라 항(降)이오. 아시겠소? 여기가 대체
어느 자리요?

최명길은 김상헌의 말에 대답하지 않고 임금을 향해 말했다.

— 예판이 화해할 수 있는 때와 화해할 수 없는 때를 말하고
또 성의 내실을 말하나, 아직 내실이 남아 있을 때가 화친의
때이옵니다. 성안이 다 마르고 시들면 어느 적이 스스로

166

무너질 상대와 화친을 도모하겠나이까.

김상헌이 다시 손바닥으로 마루를 때렸다.

> — 이판의 말은 몽매하여 본말이 뒤집힌 것이옵니다. 전이
> 본(本)이고 화가 말(末)이며 수는 실(實)이옵니다. 그러므로 전이
> 화를 이끌어내는 것이지 그 반대가 아니옵니다. 더구나 천도가
> 전하께 부응하고, 전하께서 실덕(失德)하신 일이 없으시며 또
> 이만한 성에 의지하고 있으니 반드시 싸우고 지켜서 회복할
> 길이 있을 것이옵니다.

최명길의 목소리는 더욱 가라앉았다. 최명길은 천천히 말했다.

> — 상헌의 말은 지극히 의로우나 그것은 말일 뿐입니다. 상헌은
> 말을 중히 여기고 생을 가벼이 여기는 자이옵니다. 갇힌
> 성안에서 어찌 말의 길을 따라가오리까.

김상헌의 목소리에 울음기가 섞여들었다.

> — 전하, 죽음이 가볍지 어찌 삶이 가볍겠습니까. 명길이 말하는
> 생이란 곧 죽음입니다. 명길은 삶과 죽음을 구분하지 못하고,
> 삶을 죽음과 뒤섞어 삶을 욕되게 하는 자이옵니다. 신은
> 가벼운 죽음으로 무거운 삶을 지탱하려 하옵니다.

최명길의 목소리에도 울음기가 섞여들었다.

— 전하, 죽음은 가볍지 않사옵니다. 만백성과 더불어 죽음을
각오하지 마소서. 죽음으로써 삶을 지탱하지는 못할
것이옵니다.

임금이 주먹으로 서안을 내리치며 소리 질렀다.

— 어허, 그만들 하라. 그만들 해.

최명길은 계속 말했다.

— 전하, 그만할 일이 아니오니 신의 말을 막지 마옵소서. 장마가
지면 물이 한 골로 모이듯 말도 한 곳으로 쏠리는 것입니다.
성안으로 들어오기 전부터 묘당의 말들은 이른바 대의로
쏠려서 사세를 돌보지 않으니, 대의를 말하는 목소리는 크고
사세를 살피는 목소리는 조심스러운 것입니다. 사세가 말과
맞지 않으면 산목숨이 어느 쪽을 좇아야 하겠습니까. 상헌은
우뚝하고 신은 비루하며, 상헌은 충직하고 신은 불민한
줄 아오나 상헌을 충렬의 반열에 올리시더라도 신의 뜻을
따라주시옵소서.

김상헌이 다시 고개를 들었다.

― 묘당의 말들이 그동안 화친을 배척해온 것은 말이 쏠린 것이
아니옵고 강토를 보전하고 군부를 지키려는 대의를 향해
공론이 아름답게 모인 것이옵니다. 뜻이 뚜렷하고 근본이
굳어야 사세를 살필 수 있을 것이온데, 명길이 저토록 조정의
의로운 공론을 업신여기고 종사를 호구(虎口)에 던지려 하니
명길이 과연 전하의 신하이옵니까?

임금이 다시 주먹으로 서안을 내리쳤다.

― 이러지들 마라. 그만하라지 않느냐.

신료들은 입을 다물었다. 영의정 김류는 말없이 어두운 마당을 바라보
고 있었다. 처마 끝에서 고드름이 떨어져 내렸다. 성첩에서 다시 총소리
가 두어 번 터졌다. 임금이 김류에게 물었다.

― 영상은 어찌 말이 없는가?

김류가 이마를 마루에 대고 말했다.

― 말을 하기에는 이판이나 예판의 자리가 편안할 것이옵니다.
신은 참람하게도 체찰사의 직을 겸하여 군부를 총괄하고
있으니 소견이 있다 한들 어찌 전과 화의 일을 아뢸 수
있겠사옵니까.

최명길이 말했다.

— 영상의 말이 한가하여 태평연월인 듯하옵니다. 전하, 적들이
성을 깨뜨리려 덤벼들면 사세는 더욱 위태로워질 것이옵니다.
전하, 늦추어야 할 일이 있고 당겨야 할 일이 있는 것이옵니다.
적의 공성을 늦추시고, 늦추시는 일을 당기옵소서. 시간을
벌기 위해서라도 우선 신들을 적진에 보내 말길을 열게
하소서. 지금 묘당이라 해도 오활한 유자의 찌꺼기들이옵고
비국 또한 다르지 않사옵니다. 헛된 말들은 소리가 크고 한
골로 쏠리는 법이옵니다. 중론을 묻지 마시고 오직 전하의
성단으로 결행하소서.

김상헌이 말했다.

— 명길의 몸에 군은이 깊어서 그 품계가 당상인데, 어가를 추운
산속에 모셔놓고 어찌 임금에게 성단, 두 글자를 들이미는
것이옵니까. 화친은 불가하옵니다. 적들이 여기까지 소풍을
나온 것이겠습니까. 크게 한번 싸우는 기세를 보이지 않고 화
자를 먼저 꺼내 보이면 적들은 우리를 더욱 깔보고 감당할 수
없는 요구를 해올 것이옵니다. 무도한 문서를 성안에 들인
수문장을 벌하시고 적의 문서를 불살라 군병들을 격발케
하옵소서. 애통해하시는 교지를 성 밖으로 내보내 삼남과
양서(兩西)의 군사를 서둘러 부르셔야 하옵니다. 이백 년

종사가 신민을 가르쳐서 길렀으니 반드시 의분하는 창의의
무리들이 달려올 것입니다.

최명길이 말했다.

— 상헌의 답답함이 저러하옵니다. 창의를 불러 모은다고 꼭
화친의 말길을 끊어야 하는 것이겠사옵니까. 군신이 함께 피를
흘리더라도 적게 흘리는 편이 이로울 터인데, 의를 세운다고
이(利)를 버려야 하는 것이겠습니까?

김상헌이 말했다.

— 지금 묘당의 일을 성안의 아이들도 알고 있는데, 조정이
화친하려는 기색을 보이면 성첩은 스스로 무너질 것이옵니다.
화 자를 깃발로 내걸고 군병을 격발시키며 창의의 군사를
불러 모을 수 있겠사옵니까. 명길의 말은 의도 아니고 이도
아니옵니다. 명길은 울면서 노래하고 웃으면서 곡하려는
자이옵니다.

최명길이 또 입을 열었다.

— 웃으면서 곡을 할 줄 알아야……

임금이 소리 질렀다.

— 어허.

임금은 옆으로 돌아앉았다. 달이 능선 위로 올라 내행전 마루를 비추었다. 쌓인 눈이 달빛을 빨아들여서 먼 성벽이 부풀었다. 달빛은 눈 속으로 깊이 스몄고, 성벽은 땅 위의 달무리처럼 보였다. 추위가 맑아서 밤하늘이 새파랬다. 동장대 쪽 성벽이 별에 닿아 있었다. 김류가 임금의 고단함을 걱정했다.

— 전하, 무료한 말로 신들이 너무 오래 모시었습니다. 침소로
　드시옵소서.

임금이 옆으로 돌아앉은 채 벽을 향해 말했다.

— 마루가 차니 경들이 춥겠구나.

임금이 자리에서 일어섰다. 늙은 상궁이 물 흐르듯이 다가와 미닫이를 열었다. 침소로 들어가려다가 임금이 신료들을 돌아보며 물었다.

— 바늘은 구했는가?

김상헌은 대답하지 않았다. 병조판서 이성구가 말했다.

　　─ 민촌의 대장간에서 대바늘을 만들어 올렸사옵니다. 길이가
　　다섯 치이옵고, 대가 야무져서 쓸 만하옵니다.

이성구는 손가락으로 마룻바닥에 다섯 치 길이를 그어 보였다. 임금이
방 안으로 들어갔다. 상궁이 미닫이를 닫았다. 미닫이 안쪽에서 임금이
자리에 주저앉는 소리가 들렸다.

　　─ 마실 것을 다오.

상궁이 수정과를 들였다. 신료들은 마루에 그대로 앉아 있었다. 안에서
말했다.

　　─ 야심하다. 다들 돌아가라.

신료들은 행궁 밖으로 나와 처소로 돌아갔다. 눈길이 미끄러웠다. 별감
들이 달려나와 늙은 당상들을 부축했다.

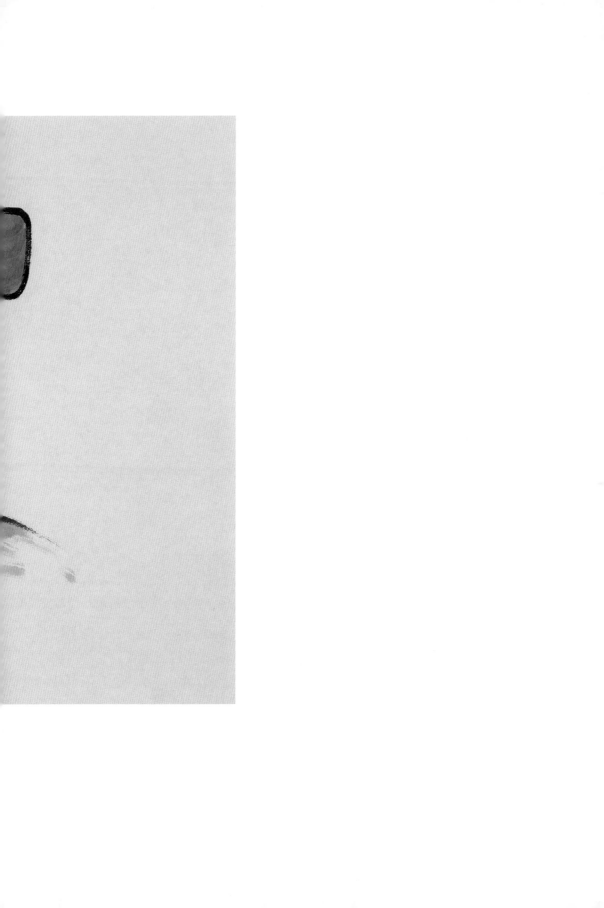

돌멩이

이경에 임금이 승지를 불렀다. 승지는 장지문 밖에서 들었다.

> — 성 밖으로 격서(檄書)를 내보내려 한다. 정원(政院)이 의논하여
>   글을 닦아라. 과인의 부덕을 앞세우고 종사의 외로움을
>   적어라. 적의 흉포함을 보이고 창의의 늦음을 꾸짖어 신민의
>   도리를 밝혀라. 아침에 글을 들여라.

삼경에 임금은 내관을 보내어 최명길을 불러들였다. 최명길은 삼거리
관아에 딸린 질청에 묵고 있었다. 임금은 사관과 승지를 물리치고 침소
에서 최명길을 맞았다. 언덕길을 걸어 올라온 최명길의 수염에 눈가루
가 맺혀 있었다. 적삼 차림으로 임금은 요 위에 앉았고, 최명길은 윗목에
꿇어앉았다. 바람이 길게 몰아가서 행전 마당 나무들이 울었다.

> — 자다가 왔는가. 추워 보이는구나.
> — 전하, 옥체가 수척하시어 민망하옵니다.

임금이 장지문 밖 기척을 살피고 목소리를 낮추었다.

> — 경이 적진에 들어가서 말길을 열 수 있겠느냐?
> — 전하……, 적의 칼에 죽기로서니 어찌 머뭇거리겠나이까.
> — 가서 무어라 하겠는가?
> — 우선 적이 얻고자 하는 바를 들어보고 적세를 염탐하려
>   하옵니다.

― 필요한 일이다. 하나 성 밖에 적병들이 깔렸다는데 삼전도

　　적진까지 갈 수가 있겠느냐?

― 신이 길을 뚫어서 갈 것이옵니다.

― 혼자서 가겠느냐?

― 적진에 다녀온 자는 사론의 지탄을 피할 길이 없을 것이오니,

　　혼자서 다녀오겠나이다.

― 성안에 역관이 있느냐?

― 호종해 들어온 자들 중에 역관은 없사옵니다.

― 통역이 없으면 어찌 말을 건네겠는가.

― 적들이 정명수를 데리고 왔사옵니다.

― 정명수가 온 줄 어찌 아는가?

― 용골대의 문서를 서문에 전한 자가 정명수이옵니다.

― 정명수가 사이에 끼면 그자에게 휘둘리지 않겠는가?

― 정명수는 오래 상종한 자이옵니다. 신이 요령껏

　　대처하겠나이다.

― 서둘러라. 떠날 때 들어와서 인사하지 마라. 조용히 다녀오라.

최명길이 헛기침으로 목청을 훑어냈다.

― 전하, 신을 적진에 보내시더라도 상헌의 말을 아주 버리지는

　　마소서.

임금의 얼굴에 웃음기가 스쳤다.

　　— 경의 말이 아름답다. 내가 경에게 하고자 했던 말이다. 아마
　　　지금쯤 상헌의 생각도 경과 다르지 않을 것이다. 내 그리
　　　짐작한다.

임금이 자리끼를 마셨다. 물이 목울대를 넘어가는 소리가 크게 들렸다.
임금은 소매로 입을 닦았다.

　　— 날이 밝겠다. 돌아가라.

달이 중천에 올랐다. 눈 쌓인 길바닥이 환했다. 산자락이 겹치는 어둠 속
까지 들여다보였다. 최명길은 큰길을 버리고 행궁 뒷담길을 따라서 처
소로 돌아갔다.

추위가 눅고 볕이 두터운 날, 늙은이들은 행궁 남쪽 담장 밑에 거적을 깔
고 모여 앉았다. 볕이 바르고 바람이 빗겨가는 자리였다. 모두 호종해 들
어온 사대부들의 권속이었다. 늙은이들은 거적 위에 둘러앉아 아랫도리
를 이불 속에 파묻었다. 담장이 볕을 빨아들여 돌은 따스했다. 늙은이들
은 행궁 담장에 등을 기대고 해가 내행전 처마를 넘어갈 때까지 볕바라
기를 하였다. 젖은 짚신이나 배급받은 겉곡식을 한 줌씩 들고 나와 햇볕
에 말렸다. 늙은이들은 펴놓은 곡식을 가끔씩 뒤척거렸다. 담장을 순시
하는 금군들은 지체 높은 늙은이들을 쫓지 못했다.
임금은 내관을 보내어 늙은이들의 일을 살폈다.

— 추운 날에 부로들이 행궁 담 아래에 모여 있다 하니 방 안에
   앉아 있기 민망하다. 모여서 무엇들을 하는지 알아보고, 딱히
   할 일이 없거든 흩어지라고 일러라.

내관이 돌아와서 아뢰었다.

— 성 밖으로 나가지 말라는 엄명이 있으니, 부로들은 성안에
   머물고 있사옵니다. 딱히 하는 일은 없사옵고, 행궁 담 벽에
   등을 기대면 전하께 가까이 기대려는 부로들의 심정이
   편안해진다 하옵니다. 또 볕이 발라서 담장이 따스하고 바람이
   빗겨가서 불기 없는 구들보다 견디기가 낫다 하옵니다.

임금이 수라간에 명하여 점심밥을 내렸다. 조밥을 만 무국이었다. 행궁
담장 밑에서 늙은이들은 수염을 적셔가며 뜨거운 국물을 마셨다.
군병들 중에서 허약한 자들이 먼저 기한으로 쓰러졌다. 긁힌 자리가 바
로 얼고 짓물러서 작은 상처에도 몸을 쓰지 못했다. 병조는 조관(朝官)들
중에서 젊고 튼실한 자들을 골라 군복을 입혀서 성첩으로 올려보냈다.
조관들은 병장기를 쥘 줄 몰랐고, 성첩에서 장대로 통하는 길을 알지 못
했다. 다만 성벽 위에 군복을 입은 사람의 형상이 얼씬거리기만 해도 적
의 산병들이 성벽을 타넘지는 못할 것이라고 이성구는 임금께 아뢰었
다. 성첩에서 조관들은 군복 위에 솜두루마기를 걸쳤다. 조관들은 마르
고 볕바른 자리를 차지했고, 군병들을 습하고 바람 받는 자리로 내몰았
다. 악에 받친 군병들이 삿대질을 하며 군장에게 대들었다.

　　　― 옥골선풍을 올려보내 성첩이 빛나오이다. 새서방들 총안 앞에
　　　　금침을 깔아주시구려.

병조는 사흘 만에 조관들을 거두어들였다. 임금이 말했다.

　　　― 무리한 일이었다. 상한(常漢)이 못 견디는 추위를 서생이
　　　　견디겠느냐.

조관을 거두어들인 날 아침에 영의정 김류는 어전에서 병조에게 지시했다.

　　　― 허수아비를 만들어서 성첩 빈자리에 세우시오.

병조판서 이성구가 대답했다.

　　　― 대감의 헤아림이 절묘하오이다.

저녁때 이성구는 묘당에 보고했다.

　　　― 성첩의 빈자리가 이백이온데, 그중 반만 허수아비로 채워도 백
　　　　개는 만들어야 하옵니다. 허수아비는 멀리서 보아도 여실해야
　　　　하므로 군복을 입히고 벙거지를 씌워야 하옵니다. 하오나
　　　　지금 군병들도 입을 옷이 없는데, 군병들을 벗겨서 허수아비를
　　　　입히오리까?

조관들이 물러난 성첩의 자리는 겨우내 비어 있었다. 성안에 도끼가 모자라서 땔나무를 장만하는 군병들은 환도로 나뭇가지를 쳤다. 겨울나무는 속으로 앙물어서 단단했다. 칼의 이가 빠지고 날이 비틀렸다. 수어사 이시백은 성첩을 돌면서 군병들을 꾸짖었다. 동장대와 암문 사이의 성첩에서 타(垜) 열 개와 총안 서른 개를 맡은 양주 초관의 구역 안에서 비틀어진 칼이 열 자루가 넘었다. 이시백이 나무라자 초관이 말대꾸했다.

　　— 도끼가 없는데 땔나무를 장만하라 하시니 칼이 그리 된
　　　것이옵니다. 적이 성을 깨뜨리면 칼에 날이 서 있다 해도
　　　십오만 적병을 감당하오리까.

이시백이 초관을 장 쳤다. 매 맞은 초관은 새벽에 성벽을 넘어서 달아났다. 이시백은 이 빠진 칼을 거두어 대장간으로 보냈다. 서날쇠는 비틀어진 칼을 두드리고 벼려서 성첩으로 올렸다.
김상헌이 대장간에 와서 도끼를 요구했다. 도끼를 만들려면 쇠가 많이 들어가므로 톱이 오히려 편할 것이라고 서날쇠는 말했다. 긴 나무를 가로로 켤 때는 톱을 쓰고, 토막을 세로로 뽀갤 때는 민촌의 작은 도끼들도 쓸모가 있을 것이었다. 생나무는 닷새를 말려야 태울 수 있고, 눈비가 내리면 마를 날을 알 수 없었다.

　　— 너무 굵은 나무를 베면 톱질도 어렵고, 뽀개서 말리기도
　　　힘드니 우선 가는 나무를 베라고 이르십시오.
　　— 그렇겠구나. 내 그리 이르마.

서날쇠는 파쇠를 녹여서 대톱, 중톱을 스무 틀씩 만들어 수어청에 보냈다. 군병들은 대톱으로 나무 밑동을 켜고 중톱으로 가지를 잘랐다.

달이 없는 밤에 성벽 밖 골짜기는 캄캄했다. 구름이 밀릴 때 땅바닥에서 묵은 눈이 희끗거렸다. 가까운 곳이 멀어 보였고, 먼 그림자가 흔들리면서 달려들었다. 조선 초병들은 원근을 식별할 수 없었다. 어둠 속은 목측할 수 없었다. 어둠 속은 고요했고 이따금씩 청병의 총소리가 들렸다. 빈 어둠은 적으로 가득 차 있는 듯 보였다. 성벽 아래 시야를 확보하려면 성벽이 굽이치는 모퉁이마다 횃불을 올려야 한다고 비장과 초관들이 병조에 진언했다. 내행전 마루에서 묘당은 한나절을 의논했다. 수세(守勢)에서는 먼저 보고 먼저 쏘는 것만이 방비인데, 성벽 밑 경사가 가파르고 깊어서 어둠의 바닥이 보이지 않으므로 장대 끝에 횃불을 달아 밖으로 내밀어서 계곡을 살펴야 한다고 젊은 비국낭관들은 소견을 올렸다.

병조판서 이성구의 말은 달랐다. 횃불은 앞을 밝혀주지만 적의 표적이 되기도 하는 것이므로 대군을 몰아 야습하는 보병의 전위에서 잠깐씩만 쓰는 것이고, 수세의 군진은 스스로를 감추어야 하는 것인데, 성벽 밖 고지에 적들이 이미 매복해 있기 때문에 성첩에 횃불을 밝히면 안에서 밖을 내다보기보다 밖에서 안을 들여다보게 될 것이라고 이성구는 말했다. 임금은 김류의 소견을 물었다. 불빛은 안팎에 고루 미치는 것이므로 성첩에 불을 밝히면 내다보기도 좋고 들여다보기도 좋을 거라고 김류는 대답했다. 묘당의 논의는 저물녘에 끝났다.

성안에는 비축해놓은 송진이나 어유(魚油)가 없었고, 젖은 겨울 소나무를 잘라서 관솔불로 쓸 수도 없었다.

청병의 주력은 강가에 있었다. 주력은 다가오지 않았지만 거두어지지 않은 힘이 성을 조이고 있었다. 분명한 것이 보이지 않았다. 성벽을 집적거리지 않는 날에도 청의 잠병들은 조선 초병의 시야 안에서 산발적으로 총포를 쏘고 연기를 올렸다. 조선 초병들이 연기를 겨누어 총포를 쏘면, 연기 속에 청병은 없었다. 청의 잠병들은 매복 진지에서 벗어나 토끼굴 같은 이동 진지를 따라 빠르게 움직였다. 연기는 곳곳에서 올랐다. 청의 잠병 부대는 조선 초병들을 성벽에 붙잡아놓았고, 병조는 전 병력을 총안 앞에 배치했다. 겨울은 깊어갔고 싸움이 없는 날에도 성은 말라갔다. 노복들을 모두 성첩으로 올려보내, 호조는 관량사에 인력을 배치할 수 없었다. 관량사는 번을 마치고 내려온 노복들을 다시 부리자고 주달했으나 병조가 반대했다. 관량사는 곡식을 찧지 못하고 겉곡식을 풀어서 배급량을 유지했다. 하루 네 홉에서 쌀을 반으로 줄이고 나머지 반은 찧지 않은 겉보리로 내주었다. 붉은 팥과 검정콩이 더러 섞였다. 찧어 먹을 도리가 없는 노복들은 배급받은 겉보리를 모았다가 알곡식과 바꾸었다. 겉보리 네 홉을 주고 쌀 한 홉을 받았다. 민촌에서 방아가 있는 백성들은 쌀을 풀어서 겉곡식을 거두어들였다. 겉보리를 방아에 찧어 껍데기를 벗겨서 알보리 두 홉과 쌀 한 홉을 다시 바꾸었다. 호조는 백성들의 사사로운 거래에 관여하지 않았다.

관량사가 민촌의 절구통 오십여 개를 거두어 장터거리로 옮겼다. 노복들은 배급받은 겉곡식을 절구터로 가져와서 각자 찧어 먹을 수 있었다. 총안으로 내다보이는 산야는 두부모를 잘라놓은 듯 네 귀가 반듯했다. 거기에 바람이 불어서 눈이 날리고 나무가 흔들렸다. 눈 쌓인 우듬지가 햇빛을 튕겨냈다. 바람이 마른 숲을 흔들면 빛의 줄기들이 부딪쳤다. 잎진 나무들은 줄기만으로도 길차고 싱싱했다. 군병들은 언 발을 굴렀으나, 산야에는 본래 추위나 더위가 없었다. 총안 너머는 요지경 속처럼 보였다. 토끼들이 일으키는 눈먼지에도 초병들은 총구를 겨누었다. 움직이는 것은 적이 아니었고, 붙박인 것도 적은 아니었다. 강을 건너오는 바람은 쉴 새 없이 숲을 흔들었다. 총안으로 내다보이는 산야는 성안과 절연된 병풍처럼 보였다. 이시백은 성첩의 군병들에게 말했다.

> — 총안 구멍만 들여다보지 마라. 쏠 때는 총안으로 쏘고 멀리
>   살필 때는 여장 너머로 봐라. 멀리 봐둬야 가까이서 쏠 수 있다.

여장 위로 내민 군병들의 머리는 바람에 움츠러들었다.

> — 멀리만 보지 말고 고개를 아래로 꺾어서 성벽 밑을 살펴라.
>   성뿌리에 붙은 적은 쏘기 어렵다.

총안은 경사가 느슨했다. 이십 보 안쪽으로 바싹 다가온 적은 근총안(近銃眼)에서 쏠 수 없었다. 근총안은 이십 보 너머를 향해 열려 있었다. 초병들이 여장 위로 몸을 내밀고 성뿌리를 수직하방으로 쏠 수도 없었다. 이시백은 서장대에서 북장대 쪽 성벽을 먼 시선으로 바라보았다. 내리막으로 곧게 뻗어나간 성벽은 북문을 지나서 다시 오르막 능선으로 치달았다. 성안의 힘이 다하는 어느 날, 성첩의 군병들이 기진해서 쓰러진 새벽에 성뿌리에 붙어서 기어오르는 십오만 청병의 환영이 성벽에서 어른거렸다. 옹성 앞쪽으로 포루가 뚫려 있었으나 화포는 녹슬어서 쓸 수 없

었고, 적병이 성뿌리에 붙으면 화포로도 쏠 수가 없고, 조총이나 화살로도 쏠 수 없을 것이었다.

성첩이 굽이치는 모퉁이마다 돌을 모아두어야 한다고 이시백은 병조에게 진언했다. 성벽을 기어오르는 적은 돌로 내리찍는 수밖에 없었다. 임금은 돌 모으기를 윤허했다. 조관들은 다시 성첩으로 올라갔고, 조관들이 배치된 자리에서 노복들이 내려왔다. 왕자와 부마의 노복을 제외하고, 어가를 따라온 사대부의 노복들과 인근에서 들어온 지방 수령의 노복들, 민촌의 부녀와 노인들이 개울가로 모였다. 비번 초관들이 개울가를 따라서 돌 캐는 구역을 정하고 인력을 배치했다. 임금이 김류에게 물었다.

  ― 성첩에서 돌을 던지면 얼마나 날아가겠는가?
  ― 돌은 발 밑의 성뿌리를 치자는 것이옵니다.
  ― 돌을 써야 할 날이 언제쯤이겠는가?

김류는 한숨을 내쉬었다.

  ― 돌을 써야 할 날은 적이 정하게 될 것이온데, 이시백은 지금
     마지막을 준비하는 것이옵니다. 돌을 써야 할 날이 온다면
     돌을 쏠 필요가 없을 터이니 돌을 써야 할 날이 없어야 할 줄
     아옵니다.

돌은 민촌의 개울가에 얼어붙어 있었다. 부녀와 노인들은 언 돌을 호미로 뜯어냈고, 노복들이 들것에 실어서 산 위로 날랐다. 아이들이 생솔가

지를 주워와 개울가에 불을 지폈다. 돌 캐는 노인들이 불가에서 언 손을 녹였다. 이시백은 돌의 크기를 정해서 초관들에게 일렀다.

　　— 멀리 던질 돌이 아니고 위에서 아래로 내리찍을 돌이다. 잔돌은
　　필요없다. 어른 주먹이나 어린애 머리통만 한 돌을 골라라.

성벽 밑이 가파른 동장대, 서장대, 북장대 쪽 세 방향으로 들것의 대열이 하루 종일 산을 오르내렸다. 성벽 밖에서는 청의 잠병들이 다가오고 물러나면서 연기를 올렸다.

사 다 리

아침에 최명길은 서장대 아래쪽 암문으로 성을 나왔다. 임금이 내관을 수문장에게 보내 최명길의 행선지를 묻지 말고 문을 열어주라고 일렀다. 서문에서 삼전도 청의 본진까지는 내리막 산길로 반나절이었다.

최명길은 광주 목(牧)의 젊은 통인을 미리 정명수에게 보냈다. 통인은 잡과에 낙방하여 역관이 되지는 못했지만 여진말을 더듬거리며 할 줄 알았다. 용골대가 칸의 국서를 받들고 서울에 와서 남별궁에 머물 때, 그 구종잡배들의 수발을 들던 자였다. 정명수는 통인 편에 만날 날짜를 알렸다. 서문 쪽으로 나와 청병의 목책 안으로 들어오면 거기서부터 정명수가 직접 삼전도 본진의 용골대에게 인도할 것이며, 산야에 매복한 청병들에게 명해서 길을 열어주겠다는 전갈이었다.

최명길은 가죽신에 발감개를 하고 눈 덮인 산길을 내려갔다. 길섶에 청병은 보이지 않았다. 아침 해가 성벽 위로 올라 거여·마천의 넓은 들이 밝았다. 비스듬한 햇살이 멀리 닿아서 들이 끝나는 가장자리가 빛났고, 들판 너머에서 크게 휘도는 강은 옥빛으로 얼어 있었다. 산야는 처음 빚어지고 처음 빛을 받는 강과 들처럼 깨어나고 있었다. 최명길은 차가운 공기를 몸 깊숙이 들이마셨다. 해가 떠올라 들을 깨우는 힘과 강이 얼고 또 녹아서 흘러가는 힘으로 성문을 열고 나올 수는 없을 터이지만, 삶의 길은 해 뜨고 물 흐르는 성 밖에, 강 너머에, 적들이 차지한 땅 위에 있을 것이었다. 청병의 매복 진지 사이로 난 산길을 최명길은 걸어 내려갔다.

정명수는 목책 안에서 기다리고 있었다. 두 갈래로 땋은 머리채에 댕기를 드리우고 허리에는 품대를 차고 있었다.

— 뵙기가 어렵소이다, 최공. 조선의 낯가림이 심하오.

— 겨울인데 깊이 들어오셨구려.

— 갑시다. 용장께서는 본진에서 기다리고 계시오.

정명수는 용골대를 용장(龍將)이라고 불렀다. 정명수가 앞서서 걸었다. 목책을 지나서부터 청군의 전진 부대 안이었다. 삼전도가 가까워지자 청병의 군막들이 나타났다. 강가를 따라 들어선 군막은 강 하류 쪽으로 펼쳐지면서 끝이 보이지 않았다. 정명수를 뒤따라 걸으면서 최명길은 청진의 구석구석을 살폈다. 정명수가 뒤를 돌아보며 말했다.

— 눈여겨봐둬야 할 게 많으시겠구려.

최명길은 대꾸하지 않았다.

짐승 가죽으로 지붕을 덮은 것도 있었지만 군막은 거의가 조선 백성들의 가옥에서 뜯어온 목재를 얼기설기 엮고, 그 위에 짚단을 올리거나 멍석을 덮은 것이었다. 강바람에 군막들이 펄럭였다. 최명길은 군막의 벌어진 틈새로 안을 들여다보았다. 군막마다 바닥에 가마니를 깔았고, 그 위에 조선 백성들의 솜이불이 펼쳐져 있었다. 학이나 거북을 수놓은 누비이불과 태극무늬로 마구리를 댄 베개도 있었다.

군막 사이에 말들이 두어 마리씩 묶여 있었다. 다리가 길고 새까맣게 윤이 나는 여진의 호마였다. 말들은 콧구멍으로 허연 김을 뿜어냈다. 김에서 누린내가 났다. 눈 위에 말 오줌이 누렇게 얼어 있었다. 병졸들은 군막 앞에서 화포를 닦거나 불을 피워서 산짐승을 구웠다. 양지쪽에서 색동 이불을 깔고 앉아 술을 마시는 자들은 지체가 높아 보였다. 말 탄 군장들이 여진말로 뭐라 소리 지르며 병영 안을 달렸다. 군장들은 교대 병력을 산 위로 몰고 갔다.

강 너머의 뗏목들이 얼음 위로 강을 건너왔다. 한강 유역의 조창(漕倉)과 도성 안의 경창(京倉)에서 턴 곡식과 피륙, 육포, 어포, 간장독, 술독 들이 뗏목에 실려와 청의 군영에 닿았다. 조선인 포로들이 언 강 위로 뗏목을 끌었다. 뗏목 한 척에 포로 오십여 명이 붙어 있었다. 조총을 멘 청병들이 포로를 부렸다. 청병들은 쓰러진 포로들을 뗏목에서 떼어내어 얼음이 깨진 물구덩이 속으로 밀어넣었다.

강 상류 쪽에서도 뗏목이 내려왔다. 포로들은 상류 쪽 양평 산악에서 잘라낸 통나무를 뗏목으로 엮어서 언 강을 따라 밀고 내려왔다. 청병들이 채찍으로 포로들을 갈겼다. 뗏목들은 삼전도나루에 닿았다. 나루터 모래벌판에서 포로들이 통나무로 사다리를 만들고 있었다. 포로들은 긴 장나무 사이에 삼줄로 가로대를 묶었다. 사다리의 길이는 스무 자가 넘어 보였다. 성을 타고 넘어 들어가서 깨뜨릴 때 성벽에 걸치는 운제(雲梯)였다.

용골대의 군막은 병영 한가운데 있었다. 군막 주위로 토담을 쌓아서 바람을 막았고, 여러 군장의 군막이 그 앞으로 도열하듯 들어서 있었다. 토담을 따라 누런색, 흰색, 붉은색, 푸른색의 깃발이 휘날렸다. 여진의 사냥개들이 짖어댔다. 용골대는 군막 안에서 최명길을 맞았다. 군막 안은 넓어서 별실이 있었고, 바닥에 돌로 구들을 깔고 그 밑에 마른 말똥을 태웠다. 군막 안은 훈훈했다.

용골대와 최명길이 마주 앉았고, 정명수가 옆으로 비켜 앉아 말을 옮겼다.

— 추운 계절에 대군을 몰아 이처럼 깊이 들어오니 황당하다.

— 대륙은 추운 땅이다. 남쪽으로 깊이 내려오니 따뜻하다.

— 대군의 귀로를 보살피려 한다.

— 귀국이 여러 창고에 잘 준비해주어서 견딜 만하다.

여자들이 술상을 들였다. 찹쌀막걸리에 어란과 말린 문어가 나왔다. 술상을 들고 온 여자들은 방글방글 웃었다. 머리를 틀어 올려서 목을 드러냈고, 조선옷을 입고 있었다. 옷자락이 흔들릴 때마다 향기가 났다.

— 성안은 지내기가 어떤가?

— 걱정해주니 고맙다.

최명길이 용골대의 잔에 술을 따랐다. 개가 군막 안으로 들어왔다. 용골대가 안주를 집어서 개에게 던졌다.

— 귀국은 싸우자는 것인가? 돌담을 믿고 이러는 것인가?

— 우선은 지키고 있다. 그러나 귀국과 싸우려고 성안으로 들어온 것은 아니다. 대병이 밀어닥치니 우선 피했다.

— 그렇다면 왜 그 토굴에 들어앉아서 나오지 않는가? 그 안에 무슨 좋은 일들이 많은가?

— 좋은 일은 없다. 대군이 성을 에워싸고 있으니 나오지 못한다.

— 그러면 어쩌자는 것인가? 그 안에다 한 세상 차리자는 것인가? 나는 귀국을 위해 묻고 있다.

최명길이 잔을 들어 마셨다. 차가운 술이 창자를 훑고 내려갔다.

— 성 밖으로 나올 방도를 귀국에게 묻고자 한다.
— 좋은 말이다. 방도가 있다. 귀국의 세자와 대신들을 우리
　군영으로 보내라. 그리고 칸의 조칙을 받아라.
— 전에는 왕자들 중 한 명을 들이라 했다. 이제 세자를 보내라니
　따르기 어렵다. 왕자들은 강화도로 들어간 뒤 소식이
　돈절되었고, 동궁은 성안에 계시나 동궁 또한 임금이다.

정명수가 조선말로 최명길에게 소리 질렀다.

— 이거 보시오, 최공. 우리가 심양에서 말할 때는 왕자를 보내라
　했지만, 여기까지 왔으니 세자로 올리는 것이 마땅하지
　않겠소! 우리가 바람을 쐬러 이 먼 데를 온 줄 아시오.

정명수는 최명길에게 한 말을 여진말로 용골대에게 옮겼다. 용골대는
크게 웃었다. 벌건 입 속이 들여다보였다. 용골대가 말했다.

— 그럼 어쩌자는 것인가. 돌담을 사이에 두고 겨루자는 말인가?
　귀국의 뜻에 따르겠다. 원하는 바를 말하라.
— 우리가 따를 수 있는 방도를 말해달라.
— 나는 이미 말했다.
— 하나, 세자와 조칙은 따르기 어렵다.

— 귀국은 명의 조칙을 받아오지 않았는가. 황(皇)이 바뀌면 조가
  바뀌는 것이다. 여름에 겨울옷을 입는가? 어찌 그리 답답한가.
— 나도 답답하다.
— 귀국이 서울을 버린 뒤에도 우리는 귀국의 대궐을 불 지르지
  않았다. 칸의 뜻을 귀국은 깊이 헤아리라.
— 그런데 어찌 사다리를 만드는가? 칸의 뜻인가?

용골대가 술잔을 내려놓고 낄낄거렸다. 정명수가 따라서 웃었다. 정명
수는 입으로 술을 뿜어내며 허리를 꺾고 웃었다. 용골대가 말했다.

— 칸의 뜻이 아니라, 나의 뜻이다. 사다리가 두려운가. 귀국이
  토굴에서 나오지 않고 성문을 열어주지도 않으니 사다리를
  만들고 있다. 그러니 나의 뜻도 아니고 귀국의 뜻으로
  사다리를 만들고 있다.

용골대는 또 한바탕 웃었다. 개가 웃는 용골대를 향해 짖었다.

— 오늘은 이만하자. 육포를 싸줄 터이니 돌아가는 길에 먹어라.
— 고맙다. 또 오겠다.
— 확답이 없다면 올 필요없다. 그러나 서둘러라. 칸이 오고 있다.

정명수가 최명길을 군막 밖으로 데리고 나왔다. 정명수의 군막은 용골
대의 군막 바로 옆이었다. 정명수의 군막 안에서도 조선 여자 두 명이 술

시중을 들었다. 정명수가 여자를 불렀다. 얼굴이 희고 어깨가 좁은 여자들이었다.

　— 인사드려라. 조선국의 이판이시다.

여자들이 최명길에게 절했다. 정명수가 말했다.

　— 서울 광교통 사대부가에서 데려온 여자들이오.
　— 미색이 수려하오.

정명수가 여자들을 물리쳤다.

　— 지금 칸이 심양을 떠나서 삼전도로 오고 있소. 칸이 오기 전에
　　조선의 세자와 대신들이 먼저 와 있어야 모양이 좋을 것이오.
　　이판이 용장의 체면을 좀 세워주시구려. 칸이 왔을 때 용장이
　　빈손으로 맞는다면, 사세는 더 어려워질 것이오. 어찌 그만한
　　눈치가 없으시오.

정명수의 군막 안에 호조좌랑과 품계를 알 수 없는 관원 한 명이 와 있었다. 좌랑은 최명길을 보자 빙긋이 웃었다. 호조의 관원들로, 창고의 곡식과 군비의 재고를 관리하던 자들이었다. 어가가 성안으로 들어온 지 사흘 뒤에, 관원들은 도성 안 경창들 중에서 적에게 털리지 않은 창고를 찾아서 곡식을 북한산으로 옮겨야 한다고 묘당에 진언했다. 임금은 관

원들의 갸륵한 충심을 기리며 출성을 윤허했다. 임금은 떠나는 관원들에게 은자 열 냥과 미숫가루 두 되를 내렸다. 동문 밖이 아직 막히지 않았으므로 관원들은 동문으로 성을 나갔다. 그들은 서울로 가지 않고 삼전도로 와서 청의 군영에 투항했다. 정명수가 투항자들을 제 군막에 가두고 심문했다. 심문 내용은 도성 안 경창들의 위치와 재고, 품목, 묘당에서 싸우기를 주장하는 신료들의 신원, 성이 포위된 뒤 성 밖으로 내보낸 자들의 명단과 임무, 성안의 군량과 화약의 재고량, 성 주변의 산세와 물의 흐름새, 성첩의 구간별 지휘 계통과 교대 시간, 성안 조선 군병들의 사기와 군심의 동태, 성안의 행궁, 관량사 창고, 화약고, 관아, 사찰, 우물, 마구간, 매탄장의 위치, 성첩의 장대, 옹성, 포루, 암문의 위치, 여장의 높이와 타의 길이, 성 밖 고지에 설치된 봉수대의 위치와 신호 연결 계통이었다. 투항한 관원들은 도면을 그려가며 진술했다. 관원들은 여진의 차림새에 손목이 결박되어 있었다. 정명수가 수하를 불러서 투항자들을 군막 밖으로 내보냈다. 정명수가 최명길에게 차를 권했다.

— 저자들이 와 있어서 성안 사정은 우리도 대충은 알고 있소.
　이판을 여기 모시고 여쭈어보면 더 소상하겠지만, 그리하지는
　않겠소.
— 성안 사정은 나보다도 용장께서 더 잘 아시겠구려.

정명수는 히히 웃었다. 돌아가는 길에 정명수가 최명길을 목책까지 배웅했다. 헤어질 때 정명수는 용골대가 주는 육포를 최명길에게 건넸다. 정명수가 말했다.

— 자주 오시오. 그게 좋을 거요.

최명길은 오르막 산길을 걸어서 성으로 향했다. 겨울 해는 일찍 저물었다. 눈 덮인 산속의 어스름은 차고 새파랬다. 하얀 성벽이 노을 속으로 뻗었고 먼 노을에 닿은 북장대 쪽 성벽은 붉고 선명했다.

밴댕이젓

임금은 내행전 마루에서 하루 종일 바빴다. 상궁은 불이 사위는 화로를 자주 바꾸었다. 아침마다 별감들은 마당의 눈을 쓸었고, 나인이 마루를 걸레로 닦고 나면 정이품들이 문안을 드렸다. 수라상을 물리면 삼정승 육판서와 비국당상들이 어전에 모였다. 당상들은 수염이 길었고 헛기침이 잦아졌다. 임금은 오품, 육품 들의 청대까지 받아들였고, 내관을 보내 불러들이기도 했다. 성첩의 군장들이나 지방 수령들도 행궁을 드나들며 임금을 쉽게 대면할 수 있었다.

— 전하, 빙고를 정리하다가 밴댕이젓 한 독을 찾아냈사온데, 씨알이 굵고 삼삼하게 삭아 있사옵니다. 마리 수가 넉넉지 못하오니 어명으로 분부하여주소서.

— 한 독이면 몇 마리냐?

— 백여 마리 남짓이옵니다.

— 종실들 처소에도 찬물이 없다고 들었다.

— 세자궁에 보내고 왕손들께도 보내드리면, 선왕의 후궁들과 부마들은 어찌하오리까?

— 부마는 빼더라도 후궁들에게는 보내라. 신료들도 식솔이 있으니 먹어야 하지 않겠느냐?

— 물량이 많지 않사온데, 신료라 하오심은 당상이옵니까, 당하까지옵니까? 무반과 외직들은 어찌하오리까?

— 호조에 의논해라.

— 이미 의논하였사옵니다. 물량뿐 아니라 예법에 관계된 일이온지라, 전하께 분부받으라 했습니다.

— 토막을 치면 어떠냐?

— 밴댕이는 작은 생선이오니, 토막을 쳐서 어떨는지…….

저녁때 내관들이 행궁과 성안을 돌며 밴댕이젓을 나누어 주었다. 삭은 생선 두어 마리를 나뭇잎에 싸서 전했고, 젓국은 반 홉씩 국자로 떠주었다.

— 전하, 성첩에 돌을 모으고 있사온데, 개수로 헤아려 일을
    시키니 공깃돌만 한 잔돌들이 올라와 있사옵니다. 병조에
    명하여 돌의 굵기를 단속하여주소서.

— 수어사에게 말해라.

— 수어사가 여러 번 꾸짖었으나, 군관들이 개수만 채우고
    있사옵니다.

— 수어사의 명이 허술하단 말인가?

— 성안 개울을 다 파헤쳤사온데, 굵기가 마땅한 돌은 이미 다
    올라갔다 하옵니다.

— 돌은 저절로 생겨나는 것인데, 백성들이 닭 알 낳듯 마땅한
    돌을 낳을 수 있겠느냐? 지금 무슨 말을 하자는 것이냐?

— 잔돌이 많아서 걱정하는 것이옵니다.

— 걱정하지 말고 물러가라.

개울은 산 위에서 동문 앞까지 파헤쳐져 물컹거리는 흙이 드러났고, 바닥에는 옮길 수 없는 바위들만 남았다. 이시백은 노복들을 데리고 동문 쪽 산으로 올라가 무너진 절터를 파헤쳐 깨진 기와 조각을 모아서 성첩

으로 올렸다.

　　— 전하, 백성들의 헛간을 헐어서 성첩에 바람막이를 지으려
　　　하오니 묘당에 명하여주소서.
　　— 백성들이 원망하지 않겠느냐?
　　— 군병의 추위가 급하옵니다.
　　— 환궁 후에 갚아주겠다고 말해서 백성들을 달래라. 몇 채나
　　　지으려느냐?
　　— 서너 채쯤 될 것이온데, 남쪽 성벽은 바람이 맞닥뜨리나 햇볕이
　　　잘 들고, 북쪽은 바람이 없으나 햇볕이 안 드니 어느 쪽에
　　　지어야 하오리까?
　　— 한쪽에 짓더라도 남벽 군병들과 북벽 군병들을 교대로 바꾸어
　　　세우면 어떻겠느냐?
　　— 군병들은 성벽 밖의 나무나 바위를 표지로 적을 식별하는데,
　　　자리가 바뀌면 다가오는 적을 알아차리지 못하옵니다.
　　— 경들이 이미 사문(四門) 대장들 아닌가. 그 일은 다시 말하지
　　　말라.

난리통에 얼어 죽고 굶어 죽고 말발굽에 밟혀 죽은 아이들의 넋이 임금
을 따라서 성안으로 들어오려고 눈보라 속을 헤매다가 송파나루에서
날이 저물어 어린 귀신들끼리 끌어안고 울고 있는데, 언 강을 건너가는
웬 계집아이가 있어 그 아이의 몸에 씌었고, 이 계집아이가 원통한 귀신
들을 몰아서 성안으로 들어왔으니 임금에게 살(煞)이 붙었다고 새남터

무당이 말을 퍼뜨렸다. 수어청 비장이 무당을 끌어와 장을 쳤다. 매 맞은 무당이 마을로 돌아오자 말은 더욱 퍼졌다. 성안으로 들어오지 못한 아이들의 원귀가 밤마다 성벽을 타넘다가 미끄러져 떨어지고, 성안으로 들어온 원귀들은 행궁 담 밑에서 곡을 하니, 나루를 죽여서 성첩에 피를 발라야 임금이 성 밖으로 나갈 수 있다고 무당과 백성들이 함께 수군거렸다. 말이 퍼지자 수어청 비장은 말 퍼뜨린 자를 잡아낼 수 없었다. 임금이 환궁할 때 아이를 대궐로 데리고 들어가 아이가 크기를 기다려 빈 첩으로 삼을 것인데, 원귀들이 모두 그 소생으로 태어나 대궐 기둥을 갉아먹을 것이라는 말도 있었다.

신료들이 물러간 저녁나절에 임금은 때때로 나루를 불러들였다. 수라간 상궁이 씻기고 입혔고, 김상헌이 마루로 데리고 올라갔다. 계집아이는 입술이 붉고 눈이 맑았다. 아이는 추위 속에서 영글어가는 열매처럼 보였다.

　　─ 편히 앉아라.

임금이 곶감을 내렸다. 아이는 먹지 않고 주머니에 넣었다.

　　─ 곱구나. 몇 살이냐?

아이는 대답하지 못했다. 김상헌이 말했다.

　　─ 열 살이라 하옵니다.

마루가 어두워질 때까지 임금은 아이를 앉혀놓고 들여다보았다. 김상헌은 백성의 자식을 글 읽듯이 들여다보는 임금의 모습에 목이 메었다. 임금이 물었다.

— 아이의 아비는 찾았는가?

송파나루에서 언 강을 건네주고 돌아서던 사공의 가는 목이 김상헌의 눈앞에 떠올랐다.

— 성안에는 없는 듯하옵니다.
— 이 아이의 아비가 얼음 위로 길을 인도해준 사공이
  틀림없는가?
— 밤에 강을 건너실 때 나루터 마을에 사공이 한 명뿐이었으니,
  아마도 그 사공일 것이옵니다.

송파에서 강을 건널 때, 어둠 속을 휘몰아오던 눈보라와 얼음 위에 주저앉아서 채찍으로 때려도 일어나지 못하던 말들을 임금은 돌이켰다.

— 영리해 뵈는구나. 네가 다 자란 모습이 보이는 듯하다.
— 전하의 백성들이 스스로 고우니 종사의 홍복이옵니다. 고운
  백성들과 더불어 회복할 수 있을 것이옵니다. 눈이 녹고 언
  강이 풀려서 물은 흐를 것이옵니다. 신은 그 분명한 것을
  믿사옵니다, 전하.

임금의 눈꺼풀이 떨렸다.

　　― 저 아이를 보니 그렇겠구나 싶다.

임금이 아이에게 물었다.

　　― 아비가 사공이니 물가에서 자랐겠구나. 송파강에는 물고기가
　　　많으냐? 무슨 고기가 잡히는고?

아이가 처음으로 말문을 열었다.

　　― 쏘가리, 배가사리, 어름치, 껄지…….

임금이 웃었다. 성안에 들어와서 처음으로 웃는 웃음이었다. 임금은 소
리 없이 표정만으로 웃었다. 임금의 눈이 먼 곳을 보듯 가늘어졌다.

　　― 아하, 그러냐. 그게 다 생선 이름이구나. 이름이 어여쁘다.
　　　껄지란 무슨 생선이냐?

아이가 팔을 뻗어 생선의 길이를 가늠해 보였고, 입 속으로 뭐라고 종알
거렸다. 아이의 말은 임금에게 들리지 않았다. 김상헌이 머리를 숙여서
아이의 말을 듣고 임금에게 전했다.

　　― 강 가장자리 쪽에서 사는 생선인데, 꼬리가 둥글고 아가미가
　　　　무지갯빛이라 하옵니다.

임금이 또 웃었다.

　　― 아하, 그렇구나. 맛은 어떠하냐?

아이가 또 뭐라고 종알거렸다. 김상헌이 아이의 말을 임금에게 전했다.

　　― 맛은 달고 고소한데, 잔가시가 많아서 어린아이에게는 먹이지
　　　　않는다 하옵니다.
　　― 아하, 그러냐. 너는 열 살이니 먹어도 되겠구나.

임금이 아이를 가까이 불러서 머리를 쓰다듬었다. 김상헌은 뜨거워지는
눈을 옆으로 돌렸다.
임금이 아이에게 물었다.

　　― 송파강은 언제 녹느냐?
　　― 봄에……, 민들레꽃 필 때…….

김상헌의 목소리에 울음기가 스며 나왔다.

　　― 전하, 이제 안으로 드시옵소서.

행궁 굴뚝에서 저녁연기가 퍼졌다. 수라간 상궁이 닭다리 두 개를 간장에 졸였다. 상궁이 저녁상을 안으로 들였다. 번을 교대하는 군병들은 행궁 뒷담을 돌아서 서장대로 올라갔다. 산길이 미끄러워 군병들은 나무에 매어놓은 줄을 잡고 올라갔다.

소 문

초겨울에 내린 눈이 겨우내 녹지 않았다. 언 눈 위에 새 눈이 내렸다. 물기가 없는 가루눈이었다. 눈은 가벼워서 작은 바람에도 길게 날렸다. 내려앉은 눈이 바람 자락에 실려 칼날처럼 일어서서 길게 흘렀다. 주린 노루들이 마을로 내려가다가 눈 속에 대가리를 처박고 얼어 죽었다. 청병들은 죽은 노루를 성첩에서 보이는 자리로 옮겨놓고 바위 뒤에 숨어서 기다렸다. 조선 군병들이 죽은 노루를 주우려고 성 밖으로 나갔다가 청병의 총에 맞아 죽었다. 수문장이 죽은 군병들의 초관을 장 쳤다.

성안에 말 울음소리와 개 짖는 소리가 끊겼다. 개들은 소리에 소리로 응답하며 짖어대더니 한쪽 소리가 사라지자 혼자서 짖던 소리도 사라졌다. 수라상에 졸인 닭다리 두 개가 오르던 다음 날부터 성안에서 닭은 울지 않았다.

한밤중에 임금은 어두운 적막의 끝 쪽으로 귀를 열었다. 적막은 맹렬해서 쟁쟁 울렸다. 적막의 먼 쪽에서 묘당의 들끓던 말들이 몰려오는 듯싶었다. 말들은 몰려왔는데 들리지는 않았다. 바람이 마른 숲을 흔들어 나무와 눈이 뒤엉켰다. 눈에 눌린 나뭇가지 찢어지는 소리가 장지문 창호지를 흔들었다. 바람이 골을 따라 휩쓸고 내려가면 바람의 끝자락에서 나무들이 찢어졌다. 새벽마다 내관이 나인을 깨워 내행전 아궁이에 장작을 밀어넣었다.

밝음과 어둠이 꿰맨 자리 없이 포개지고 갈라져서 날마다 저녁이 되고 아침이 되었다. 남한산성에서 시간은 서두르지 않았고, 머뭇거리지 않았다. 군량은 시간과 더불어 말라갔으나, 시간은 성과 사소한 관련도 없는 낯선 과객으로 분지 안에 흘러들어왔다. 저녁이 되고 아침이 되니, 아침이 되고 저녁이 되었다. 쌓인 눈이 낮에는 빛을 튕겨냈고, 밤에는 어둠을 빨아들였다. 동장대 위로 해가 오르면 빛들은 눈 덮인 야산에 부딪혔다. 빛이 고루 퍼져서 아침의 성안에는 그림자가 없었다. 오목한 성안에 낮에는 빛이 들끓었고 밤에는 어둠이 고였다. 짧은 겨울 해가 넘어가면 어둠은 먼 골짜기에서 퍼졌다. 빛이 사위어서 물러서는 저녁의 시간들은 느슨했으나, 어둠은 완강했다. 먼 산들이 먼저 어두워졌고 가까운 들과 민촌과 행궁 앞마당이 차례로 어두워졌다. 가까운 어둠은 기름져서 번들거렸고, 먼 어둠은 헐거워서 산 그림자를 품었다. 어둠 속에서는 가까운 것이 보이지 않았고, 멀어서 닿을 수 없는 것들이 가까워 보였다. 하늘이 팽팽해서 별들이 뚜렷했다. 행궁 마당에서 올려다보면 치솟은 능선을 따라가는 성벽이 밤하늘에 닿아 있었고, 모든 별이 성벽 안으로 모여서 오목한 성은 별을 담은 그릇처럼 보였다. 별들은 영롱했으나 땅 위에 아무런 빛도 보태지 않아서, 별이 뚜렷한 날 성은 모든 별을 모아 담고 캄캄했다. 어둠 저편 가장자리에 보이지 않는 적들이 자욱했다. 이십만이라고도 했고, 삼십만이라고도 했는데, 자욱해서 헤아릴 수 없었다. 적병은 눈보라나 안개와 같았다. 성을 포위한 적병보다도 저녁이 되고 아침이 되면서 종적을 감추는 시간의 대열이 더 두렵다는 것을 누구나 알고 있었다. 아무도 아침과 저녁에서 달아날 수 없었다. 새벽과 저녁나절에 빛과 어둠은 서로 스미면서 갈라섰고, 모두들 그 푸르고 차가운 시간의 속을 들여다보고 있었다. 임금은 남한산성에 있었다.

칸이 청천강을 건넜다는 소문이 성안에 돌았다. 소문은 낮게 깔려서 들끓었다. 묘당은 행각 구석방에 모여 문을 걸어 잠그고 칸의 일을 논의했으나, 민촌과 군병들이 먼저 수군거렸다. 성 밖에서 안으로 들어온 사람이 없어도 소문은 북서풍을 타고 성벽을 넘어 들어오는 듯싶었다.

칸이 삼전도에 당도하면 성문은 깨뜨리지 않아도 저절로 열리고 임금은 성 밖으로 나가야 할 것이며, 칸이 오기 전에는 임금은 기어이 성안에 눌러앉아 있을 것이므로, 어쨌거나 칸이 와야만 포위가 풀려서 성 밖으로 나가게 될 것이고, 칸이 와서 성 안팎이 통하려면 세자가 먼저 나가서 기다리고 있다가 칸을 맞아야 할 것이라고 동장대 쪽 늙은 군병들은 양지쪽에 모여서 말했다.

용골대가 길을 열어놓아서 칸의 이동 속도는 매우 빠르며, 칸은 사만의 증원군을 몰아 대동강을 건너서 임진강을 향하고 있는데, 칸이 삼전도에 당도하면 성을 깨뜨리지도 못하고 세자를 잡아놓지도 못한 용골대의 목을 베어서 그 머리를 조선 임금에게 보내고 몸소 군사를 몰아 성을 부술 것인데, 그날이 세상의 종말이라고 삼거리 훈장집 헛간에 모인 민촌의 늙은이들은 수군거렸다.

칸이 오면 성이 열린다는 말과 칸이 오면 성이 끝난다는 말이 뒤섞였다. 칸이 오면 성은 밟혀 죽고, 칸이 오지 않으면 성은 말라 죽는다는 말이 부딪쳤는데, 성이 열리는 날이 곧 끝나는 날이고, 밟혀서 끝나는 마지막과 말라서 끝나는 마지막이 다르지 않고, 열려서 끝나나 깨져서 끝나나, 말라서 열리나 깨져서 열리나 다르지 않으므로 칸이 오거나 안 오거나 마찬가지라는 말도 있었다.

칸은 서쪽으로 명을 몰아대고 있으므로 요동을 비우고 오기가 어려워 심양에 머물면서 소문만 내려보낸 것인데, 소문의 뒤를 따라 칸이 올지 안 올지 알 수 없고, 알 수 없으므로 온 것보다 무섭고 오지 않는 것보다도 무서우며, 소문이 이미 당도하였으므로 칸이 오지 않더라도 이미 온 것과 다름없다는 말은 삼거리 북쪽 술도가 쪽에서 흘러나왔는데, 사람들은 대부분 무슨 말인지 알아듣지 못했다.

청이 왕자가 아니라 세자로 인질을 높여서 요구했으니, 세자가 적진으로 나가 묶이면 적들은 다시 임금을 요구할 것이며, 임금이 묶이면 성문은 저절로 열리고 적병들은 성안을 도륙하여 칸의 위무(威武)를 증명할 것이므로, 임금이 묶이나 세자가 묶이나 양전이 모두 묶이나 모두 성안에 주저앉아 있으나 다 마찬가지라는 말도 있었는데, 사람들은 그 또한 무슨 말인지 알아듣지 못했다. 알아듣지는 못했지만 낮게 깔려서 뒤섞이고 부딪치는 말들은 대부분 '마찬가지'로 끝났다. 신료들 몇 명이 행각 골방에서 그렇게 수군거렸고, 민촌도 그렇게 수군거렸다. 어전에서, 차마 입에 담지 못할 말이오나……를 앞세우며 신료들이 세자의 출성을 입에 담기 시작하면, 묵은 감기를 앓고 있는 세자는 콧물을 훌쩍이며 자리에서 물러났다. 젊은 간관들이 이마로 마루를 찧으며 통곡했다.

> …… 전하께서 승지와 사관조차 물리친 자리에서 명길을
> 인대(引對)하시고, 명길을 적진에 보내 삶을 구걸하시니, 삶이
> 구걸로써 얻어지는 것이며 이백 년 종사가 야심한 침소의
> 귓속말로 결단이 나오리까.
> …… 명길은 본래 이적의 무리와 밀통한 자이옵고, 이제 귓속말로
> 전하를 미혹하고 적의 말을 옮겨서 전하를 협박하는
> 자이옵니다. 명길이 사직을 헐어서 적의 마구간을 짓고, 백성의
> 나락을 거두어 적의 말먹이 풀로 내주려 하니 명길이 과연
> 누구의 신하이옵니까.

…… 지금 성안의 백성들은 명길을 빗대어 용골대의 아들 용골소(龍骨小)라고 부르고 있으니, 민심은 이미 명길이 누구의 신하인지 가린 것이옵니다.

…… 동궁을 적진에 던지려는 묘당의 논의가 새어나가 군병들이 병장기를 내려놓고 양지쪽에 모여 이를 잡고 있으니, 성첩은 이미 무너진 것이옵니다. 우선 명길의 죄를 물으시고, 전하께서 친히 성첩에 오르시어 군병들을 꾸짖고 쓰다듬어 싸워서 지키려는 뜻을 보이셔야만 성첩이 다시 설 것이옵니다.

…… 전하, 태평성대에도 역적은 있사오만, 어찌 군부를 적의 아가리에 밀어넣으려는 명길 같은 자가 있었겠습니까? 명길의 목을 베어 그 머리를 적진에 보내시고 그 간을 으깨고 염통을 부수어 성첩에 바르소서.

임금은 대답했다.

― 언관들의 말이 심히 가파르나 대의를 밝혀 아름답다.

개울에 돌이 바닥나자, 이시백은 노복과 백성들을 부려 성첩 위로 물을 퍼 날랐다. 여장이 무너지고 돌이 빠져나간 자리에 흙을 쌓아 가마니를 덮고 그 위에 물을 부었다. 흙에 스민 물이 얼어서 얼음벽은 화살과 총알을 막아낼 만했고, 적병이 기어붙지 못했다. 성첩에는 우물이 없었고 고지의 샘은 말라 있었다. 백성들은 마당의 언 우물을 깨고 물을 길어 올렸다. 오지항아리에 물을 담아 산 밑까지 옮겨놓고 거기서부터 성첩까지는 노복들을 한 줄로 세워 팔에서 팔로 물동이를 건네 옮겼다. 겨울 우물은 수량이 많지 않았다. 비는 얼어서 스미지 않았고, 눈은 녹지 않았다. 민촌의 우물들이 말라붙었다. 밤새 고인 물 몇 동이가 아침이면 성첩으로 올라갔다.

바람이 멎어서 화약이 날리지 않는 날에, 조선 유군들은 성문을 나가서 싸웠다. 남문 앞은 적세가 컸고, 동문 앞은 산세가 컸다. 조선 유군들은 북문으로 나갔다. 청의 복병들은 매복 진지를 거점으로 모여 있다가 이동 진지로 흩어졌다. 적들이 물고기처럼 모여들고 물고기처럼 흩어진다고 조선 군병들은 말했다. 물고기들은 연기 속으로 흩어지고 연기 속으로 모여들었다. 연기가 곳곳에서 솟아올라 어느 연기 속에 물고기가 모여 있는지 알 수 없었다. 조선 군병들은 이쪽 연기를 향해 쏘다가 저쪽에서 연기가 솟아오르면 달아났다.

초관들이 군병을 인솔해서 나아가고, 군장은 성첩에서 내려다보며 싸움을 지휘했다. 비장들이 군장 곁에서 군령을 받들었다. 청병들이 왼쪽, 오른쪽 연기 속에서 번갈아 쏘아댈 때 조선 군병들의 조준점이 흔들리고 화력이 갈라졌다. 초관이 소리 질러 병력을 산개했다. 군병들은 흩어져 뒤로 달아났다. 성첩에서 내려다보던 군장이 달아나는 자를 가리키며 비장에게 명령했다.

— 참퇴(斬退)하라. 뒤를 쳐서 앞으로 내몰라.

비장이 성벽을 뛰어내려가 달아나는 자를 붙잡아 목을 베었다. 성안으로 돌아오던 비장은 성벽을 기어오르다가 청병의 총에 맞아 골짜기 아래로 굴러떨어졌다.

조선 군병들은 끼니를 몸에 지니지 못했다. 군병들은 아침에 나갔다가 낮에 돌아오거나, 낮에 나갔다가 저녁에 돌아왔다. 돌아온 군관들이 부상자들을 골라냈다. 성한 자들은 삼거리로 내려와 죽을 먹었고, 부상자들은 사찰 요사채로 옮겨져 굶고 얼었다. 절뚝거리며 내려온 자들도 산밑에서부터는 똑바로 서서 삼거리 쪽으로 걸어가 죽을 먹고 쓰러졌다. 성 밖으로 나가 싸우고 돌아온 날 저녁에 신료들은 어전에 나아가 싸움의 일을 아뢰었다.

— 차가운 날씨에 어찌 먹이고 있는가?
— 쌀죽에 간장을 풀어서 한 그릇씩 먹였사옵니다.
— 물을 많이 붓더라도 고루 먹이고 뜨겁게 먹여라. 뜨거워야
　몸이 풀린다.
— 가마솥에 끓여서 퍼주고 있는데, 솥이 모자라 허기진 군병들이
　줄지어 기다리고 있으니 딱하옵니다.
— 민촌에 솥이 없겠느냐!
— 백성들의 솥은 작아서 쓸 수가 없고, 사찰에서 열 말들이
　가마솥을 몇 개 징발했사온데, 화덕을 더 만들 수는 있으나
　솥이 모자라……

이조, 호조, 예조, 병조가 관량사의 말을 막았다.

— 어전에서 어찌 솥과 화덕의 일을 아뢸 수가 있으시오!

임금이 물었다.

— 때맞추어 싸우고 있으니 적세는 줄어들고 있는가?

병조가 대답했다.

— 적의 주력은 삼전도에 있사옵고, 성벽에 가까이 온 적병들을
 잡고 있사온데, 한 번 싸움에 예닐곱씩 죽여도 적세는
 줄어들지 않고 있사옵니다.
— 하나, 가까이 다가온 적을 잡아야 성첩이 버틸 것 아닌가.
— 그러하오나 적을 예닐곱 죽이려면 우리도 죽거나 다쳐야
 하는데, 한 번 다친 자는 다시 부릴 수 없으니 죽은 자와
 마찬가지이옵니다. 적병은 많고 우리는 적으니 싸움이
 계속되면 성첩이 엉성해질까 염려되옵니다.
— 여기서 오래 머물기야 하겠느냐.

임금의 말은 시간이 행궁 지붕을 스쳐가는 소리처럼 들렸다. 임금의 말
이 아니더라도, 성안에 오래 머물지 못하고, 그 '오래'가 오래지 않을 것
임을 민촌의 아이들도 알고 있었다.

길

시간은 하릴없었고, 묘당은 하릴없는 시간과 더불어 하루 종일 바빴다. 적이 멀리서 둘러싸고 성을 말려 죽이려 하니, 임금이 성 밖에 머무르는 도원수, 유도대장, 삼남과 양서의 병사(兵使)와 수령들에게 보내는 유지를 가짜로 만들어 적에게 흘리자는 논의가 일었다. 논의는 낮은 목소리로 격렬하게 전개되었다.

비록 창졸한 곤경을 피해 산중에 잠시 머물고 있으나 양전께서 모두 늠름하시고 성안에 군량과 화약이 넉넉하며, 군심이 오로지 임금께 향하고 있으니 오래 견딜 만하다. 종사의 위난을 다투어 구하려는 충심을 모르지 않거니와 병가(兵家)의 일은 충절에도 계책이 따라야 하는 법이니 도원수와 모든 지방 병사, 수령 들은 눈보라 속으로 군마를 몰아붙여 상하게 하지 말고 볕바른 진지에 둔치고 힘을 보존하고 있다가, 적이 스스로 기진할 때를 기다려 편안히 달려오라. 또 봄이 와서 강이 녹으면 적들은 돌아가려 해도 퇴로가 막힐 것이니, 제장(諸將)들 중에서 멀리 있는 군사들은 남한산성으로 오지 말고 임진·대동·청천 강가에 미리 포진하고 있다가 하늘이 내리는 기회를 누릴 수도 있을 것이다. 제장들은 충정으로 조바심쳐 서둘지 말고, 성안과 성 밖에서 의각지세(犄角之勢)를 이루며 때를 기다리라……

이런 내용의 교지를 가짜로 만들고 옥새를 찍어서 성 밖 산길에 흘려놓거나 밀사에게 주어 청진에 투항시키면, 멀리 와서 고단한 적들이 오래 견디지 못할 것을 알고 스스로 군사를 거두거나 화친의 조건을 낮출 것이라는 말이었다. 말을 낸 자는 초시에 합격한 생원으로, 육순 나이에 호종해 들어온 늙은 유생이었다. 생원은 가짜 유지의 문안까지 지어서 병조 좌랑에게 올렸고, 병판이 어전에 아뢰었다.

논의는 저물녘까지 계속되었다. 승지들이 생원의 문안을 다듬었고, 당하관들까지도 글 닦는 일을 거들었다. 문서에 청병을 가리켜 오랑캐 적(狄) 자를 쓰면 실없이 적을 노하게 할 것이므로 맞상대 적(敵) 자가 마땅하고 또 화친을 염두에 둔다면 북래군(北來軍)이나 외병(外兵)이 합당할 것이라고 호조는 말했다.

문서가 비록 거짓이나 임금이 여러 장수에게 보내는 유지이므로 오랑캐 적이나 맞상대 적을 써야 여실해 보이고, 외병 두 글자를 쓰면 적이 오히려 의심할 것이라고 병조는 말했다.

여진이 이미 스스로 청이라 칭하고 있으며, 여진의 이름을 여진이 지어 부르는 것은 여진에 속하는 일이므로, 여진의 군대를 청병이라고 적는 것은 여진이 조선 군대를 조선병이라고 부르는 것과 마찬가지여서 매끄럽고 무탈할 것이라고 이조는 말했다.

비국의 말은 전혀 달랐다. 성 밖으로 도망쳐나가 적에게 투항하거나 생포된 자가 한둘이 아니므로 적은 이미 성안의 궁핍을 모조리 알고 있을 터이니 가짜 문서로 적을 속이거나 겁줄 수가 없고, 적이 옥새가 찍힌 가짜 문서를 입수하여 조선인 투항자들을 첩자로 부려 각지의 장수들에게 돌리면 가짜 문서가 진짜 문서로 바뀌어 구원병은 고향으로 돌아가고, 적은 대군을 몰아서 성을 공격할 것이라고 비국당상들은 말했다.

내행전 마루에서 말들은 부딪치고 뒤엉키며 솟구쳐오르다가 가라앉았다. 말들이 가라앉는 침묵 속에서 신료들은 목젖을 떨며 헛기침을 내뱉었다. 김상헌은 마룻바닥에 시선을 박고 최명길의 말을 기다렸다. 최명길은 말하는 자들의 입을 번갈아 쳐다보며 아무 말도 하지 않았다. 임금이 팔을 뒤로 돌려 아픈 허리를 두들겼다. 임금 옆자리에서 세자가 콧물을 훌쩍였다.

저녁을 맞는 상궁이 수라간으로 들어가 쌀을 씻었다. 군량에서 받은 묵은 쌀은 낟알이 말라서 가볍고 딱딱했다. 상궁은 찰기 없는 쌀을 물에 불렸다. 마른 쌀이 쉽게 들떠서 조리를 깊이 담그지 못했다. 상궁은 조리를 가볍게 흔들어 쌀을 일었다. 상궁은 쌀 위에 손을 덮어 물을 가늠했다. 성안으로 들어온 뒤 손등에 살이 빠진 듯싶어서 물 한 종지를 더 부었다. 마른 쌀알은 한소끔에 무르지 않았다. 상궁은 장작을 꺼내 불을 줄이고, 잉걸불을 솥뚜껑 위에 올려놓고 쌀알을 익혔다. 밥물은 한소끔을 더 뿜어내고 잦아들었다. 상궁은 말린 산나물과 밴댕이젓으로 저녁 수라상을 차렸다. 산나물을 데쳐서 통깨를 뿌리고, 실고추와 미나리로 밴댕이젓 위에 고명을 올렸다. 빨간 실고추와 파란 미나리가 밴댕이젓 위에서 색동으로 피어났다.

영의정 김류가 하루의 논의를 정리했다.

> ─ 전하, 옥새를 찍어야 가짜 문서를 만들 수 있사온데, 옥새를
> 찍으면 진짜 문서가 되니 옥새의 지중함을 알겠나이다.
> 하오니 가짜 문서에는 본래 옥새를 찍을 수 없을 것으로
> 사료되옵니다.

그날 남대문에서 어가를 돌릴 때, 사지(死地)를 찾아 남한산성으로 들어온 것이라는 말도 있었다. 죽음을 통과해서 삶의 자리로 나아가려는 뜻

이 없고, 물러섰다가 몰아치려는 계책도 없이 목전의 화급을 피하여 한 줌의 군마를 모아 외지고 오목한 산속으로 들어와 갇혀서 통할 길이 없고, 적의 화력은 한 점 성으로 집중되는데, 성안의 화력은 팔방으로 흩어지니 성벽이 밖을 막기보다 안을 먼저 막아서 열고 나아갈 수가 없고, 열고 나아가도 밖의 길들과 닿지 않으니, 곤지(困地)가 말라서 사지가 되는 것이라고 민촌 사랑에 모인 늙은 유생들은 말했다. 유생들은『육도삼략(六韜三略)』이며『무경칠서(武經七書)』를 끌어댔고, 동치미 국물에 젖은 수염을 소매로 닦아냈다.

곧 섣달그믐이 다가오는데, 달 없는 밤에 미복 차림의 임금과 세자를 정예 사수 이백으로 호위하여 동문 아래 암문으로 빠져나가게 하여 동남으로 산길을 잡아 양지말을 지나서 번천천을 따라 여주에 이르고, 거기서부터 양전을 가마에 태워 전주나 나주쯤에 모셔놓고 삼남의 근왕병을 모아 수륙으로 진격하되, 수군은 서해를 거슬러 한강으로 들어가 행주나루에 상륙해서 도성으로 향하고, 육군은 중로와 서로 두 갈래로 북상해서 강이 풀릴 무렵 송파나루를 막아 삼전도의 적을 하남에 가두어놓고 삭게 하자는 계책은 병조 육품들의 것이었다. 임금과 세자가 성안에 있는 것처럼 속여야 적의 주력을 삼전도에 붙잡아놓을 수 있을 것이므로 모사와 거동이 은밀해야 하며, 근위 사수들에게조차 임무와 행선지를 알리지 말아야 한다고 병조 육품들은 목소리를 낮추었다.

비국당상들이 병조 육품들의 그 부박하고 우원한 언동을 꾸짖었다. 이미 말이 나와 중론에 부쳐졌으니 은밀할 도리가 없고, 양전이 성을 빠져나가는 날 적보다 성안이 먼저 알아서 군병들이 주저앉고 성벽은 서 있으되 무너져서 적들이 성안으로 나들이하듯 걸어 들어오고 삼남을 뒤져 임금을 잡으려 할 것이니, 객쩍은 소리로 성첩을 흔들지 말라고 비국당상들은 젊은 육품들을 꾸짖어 가라앉혔다.

성안의 시간은 빛과 그림자에 실려 있었다. 아침에는 서장대 뒤쪽 소나무 숲이 밝았고, 저녁에는 동장대 쪽 성벽이 붉었다. 빛들은 차갑고 가벼웠다. 아침에는 소나무 껍질의 고랑 속이 맑아 보였고, 저녁에는 성벽에 낀 얼음이 노을에 번쩍였다. 해가 중천에서 기울기 시작하면 밝음의 자리와 어둠의 자리가 엇갈리면서 북장대 쪽 골짜기에 어둠이 고였다. 행궁 마당에는 생선가시 같은 비질 자국이 선명했고, 저녁의 빛들이 가시무늬 속에서 사위었다. 오목한 성안은 시간의 그림자가 자, 축, 인, 묘의 눈금을 따라가다가 하지에 짧아지고 동지에 길어지는 해시계처럼 보였다. 동지 언저리의 그림자는 길었다. 저녁이면 늙은 신료들이 긴 그림자를 끌면서 행궁 마당을 지나 처소로 돌아갔다.

자리에 들기 전 임금은 때때로 오품, 육품 지방 수령들을 불러들여 성 밖의 길들을 물었다.

　　…… 세상의 길이 성에 닿아서, 안으로 들어오는 길과 밖으로
　　　　나가는 길이 다르지 않을 터이니, 길을 말하라.

수로로 말하자면, 서문에서 시오 리를 산길로 내려가면 송파나루에 닿고, 거기서부터 물길을 따라 내려가면 도성으로도 갈 수 있고 강화도로도 갈 수 있으며, 서해로 나아가서 양서로도 갈 수 있고 압록강 어귀로도 갈 수 있으나, 강은 지금 얼어 있고 서문에서 강까지의 시오 리가 적병들로 막혀 있으니, 강이 녹아도 수로를 따라 나아가기 어렵고, 육로로

말하자면, 남문 밖 십 리 안쪽에 검단산과 이배재 고개의 능선이 잇닿아 있고, 능선 아래로 길이 숨어 있어 수레는 못 다녀도 가마는 지날 만하며 이배재 고개와 갈마치 고개가 한길로 이어져서 판교에 가깝고, 판교부터는 기호와 삼남으로 향할 수 있는데, 성 밖을 다녀온 중들의 말이 삼전도 적진의 한 부대가 이배재 고개로 몰려가 고갯마루에 목책을 치고 있다 하니, 이는 반드시 남한산성으로 향하는 삼남의 창의군을 고개 위에서 맞아서 깨뜨리려는 태세인 것이라고 지방 수령들은 말했다. 물길이 열리는 시오 리 밖 송파나루는 서장대에서 내려다보였고, 산길이 열리는 검단산은 남장대에서 빤히 바라다보였다.

말　먼지

임금이 사인교에 올랐다. 사복(司僕)들이 고함을 질러 어가의 출발을 고했다. 창검을 든 금군들이 가마를 호위했다. 무반의 융복(戎服)을 빌려 입은 신료들이 걸어서 뒤를 따랐다. 임금이 가마에서 고개를 내밀어 신료들을 돌아보았다. 융복 차림의 늙은 문신들이 철릭 자락을 걷어쥐고 조심조심 걸었다. 영의정 김류는 융복에 화살통까지 메고 있었다. 김상헌은 군장처럼 손에 등채를 쥐고 있었다. 임금의 눈에 융복을 입은 김상헌이 갑자기 늙어 보였다. 최명길은 이조판서의 조복 차림이었다. 무반들도 구군복(具軍服)을 온전히 갖춘 자가 드물어서 최명길은 융복을 빌릴 수 없었다. 행궁을 나온 어가는 산길을 따라 서장대로 향했다. 신료들은 품계에 따라 정(正), 종(從)의 이열 종대를 이루며 산길을 올라갔다. 어전에서 명길의 목을 베라고 통곡하던 젊은 간관들도 대열 후미에서 따라왔다. 산길이 미끄러워 신료들은 나뭇가지를 꺾어서 언 땅을 짚었다. 임금이 가마를 세우고 승지를 불러서 산길이 미끄러우니 노신들은 돌려보내라고 일렀다. 행렬 뒤쪽에서 기침을 콜록거리던 늙은 호조 사품 두 명이 멈칫거리다가 돌아갔다.

어가가 서장대 마당으로 들어왔다. 사복들이 고함을 질러 어가의 도착을 알렸다. 이시백이 도열한 군병들 앞에서 임금에게 절했다. 군병들은 수어사를 따라서 땅에 엎드렸다.

임금이 가마에서 내려 서장대 마루 위로 올라갔다. 임금은 방석 위에 앉았고, 신료들은 임금 뒤쪽에 두 줄로 앉았다. 금군들이 처마 밑으로 도열했다.

장대에 오른 임금은 한동안 말없이 앉아서 군병들을 바라보았다. 사영(四營) 대장들이 순령수를 거느리고 대열 앞에 나왔고, 그 뒤로 비장과 초관들이 인솔한 대오가 늘어섰다. 조복을 갖춰 입은 자도 있었고, 두루마기에 짚신 차림인 자도 있었고, 어깨에 처네를 두르고 남바위를 쓴 자들도 있었다. 모두 얼굴들이 얼어서 벌겋고 퍼렇게 부어 있었다. 바람이 산을 치달아 올라, 성벽을 따라가며 눈이 회오리쳤다.

김류가 군병들 앞으로 나아가 임금의 교시를 읽었다.

> 저 이적의 무리들이 황제의 존호를 참칭하고 종사를 능멸하니 내가 천하의 대의를 밝혀 저들의 사자(使者)를 압록강 밖으로 내쫓고 정대한 길을 향함으로써 이 환란이 닥친 것이다. 대저 인의와 자존의 길은 멀고 험난한 것이니……

임금의 뒷자리에서 최명길은 고개를 돌려 서장대 담장 너머로 삼전도 쪽을 바라보았다. 거여·마천의 들은 인기척 없이 얼어붙었고, 강 언저리에는 희뿌연 눈보라가 일었다. 바람이 부는지 청의 기병이 이동하는지 멀어서 알 수 없었다. 하얀 길들이 갈라지고 이어지면서 들판을 건너가 송파나루에 닿고 있었는데, 길들이 나루에 닿는 먼 끝은 흐려져서 보이지 않았다. 김류가 읽어내려가는 임금의 교지를 들으면서 최명길은 울음 같은 말들을 참아내고 있었다. 담장 너머로 삼전도 쪽 들길이 점점 흐려졌다.

> … 전하, 지금 성안에는 말[言] 먼지가 자욱하고 성 밖 또한
> 말[馬] 먼지가 자욱하니 삶의 길은 어디로 뻗어 있는 것이며,
> 이 성이 대체 돌로 쌓은 성이옵니까, 말로 쌓은 성이옵니까.

적에게 닿는 저 하얀 들길이 비록 가까우나 한없이 멀고, 성
밖에 오직 죽음이 있다 해도 삶의 길은 성안에서 성 밖으로
뻗어 있고 그 반대는 아닐 것이며, 삶은 돌이킬 수 없고 죽음
또한 돌이킬 수 없을진대 저 먼 길을 다 건너가야 비로소 삶의
자리에 닿을 수 있을 것이옵니다. 그 길을 다 건너갈 때까지
전하, 옥체를 보전하시어 재세(在世)하시옵소서. 세상에
머물러주시옵소서…….

바람에 교지 두루마리가 감겼다. 비장이 달려와 종이를 폈다. 김류는 목
청을 쓸어내리고 계속 읽어나갔다.

조정이 가난하여 너희들의 추위를 덮어주지 못하니 나의 부덕이다.
너희들이 이 외로운 산속에서 얇은 옷에 떨고 거친 밥에 주리며, 살이
얼어 터지고 발가락이 빠지는 추위에 알몸을 드러낸 채 성을 지키고
있으니, 나는 온몸이 바늘로 찔리듯 아프다.

김상헌은 최명길 옆자리에 앉아 있었다. 김상헌은 고개를 숙이고 김류
가 읽는 임금의 교지에 귀를 기울였다. 성 밖의 창의를 부르는 격서와 성
안의 군병을 쓰다듬는 교지를 작성하라는 어명이 내린 지 나흘 만에 정
원이 글을 닦아 올렸고, 임금은 다시 글을 예조에 내려 김상헌이 마지막
으로 다듬어낸 문장이었다. 바늘 끝으로 온몸이 찔리듯이 아프다는 임
금의 말에 김상헌은 온몸이 바늘로 찔리듯이 아팠다. 김상헌은 눈을 들
어 남쪽 성벽 너머로 검단산 쪽을 바라보았다. 삼남의 창의가 당도하는

날 이배재 고개에서 검단산까지 능선 길이 열리고, 산 위의 봉화와 성안의 봉화가 서로 응답하는 모습이 김상헌의 머리에 떠올랐다. 검단산 쪽산악은 남문에서 겨우 십 리 안쪽이라 했지만, 산줄기들이 포개져 멀고가까움을 가늠할 수 없었다. 십 리가 얼마나 먼 거리인지, 십 리는 얼마나 가까운 거리인지 김상헌은 생각했다. 생각은 겹친 산줄기로 포개져어두워졌다. 검단산에서 이배재 고개까지, 이배재 고개에서 갈마치 고개를 지나 판교까지, 능선 아래로 이어져 있다는 길도 겹친 산줄기에 가려보이지 않았다. 길은 사람의 마음속에 있는 것이며, 마음의 길을 마음 밖으로 밀어내어 세상의 길과 맞닿게 해서 마음과 세상이 한 줄로 이어지는 자리에서 삶의 길은 열릴 것이므로, 군사를 앞세워 치고 나가는 출성과 마음을 앞세워 나가는 출성이 다르지 않을 것이라고 먼 산줄기를 바라보면서 김상헌은 생각했다.

김류는 교지를 계속 읽어나갔다.

> 이제 적들은 차마 옮기지 못할 말로 야만의 무도한 속내를 드러내니 견양(犬羊)을 어찌 인의로 꾸짖을 수 있겠느냐. 저들 마음의 어둡기가 짐승 같아 말길이 막히고 화친의 길이 끊어졌으니, 오직 싸움이 있을 뿐이다. 군신상하가 한몸으로 성을 지키고 창의를 몰아오는 구원병과 함께 떨쳐 일어서면 대의가 이미 우리와 함께했으니, 깊이 들어와 의지할 곳 없는 오랑캐를 국경 밖으로 몰아낼 수 있을 것이다.

김류가 교지 읽기를 마쳤다. 임금이 성 밖으로 내보내는 격서를 김류에게 건네고 군병들 앞에서 읽으라고 말했다. 김류가 격서를 펼쳐들고 읽었다. 바람이 목소리를 휩쓸고 가 소리가 똑똑히 들리지 않았다. 군병들은 대열 뒤쪽에서 들리지 않는 목소리를 비처럼 머리에 맞으며 언 땅에 엎드려 있었다.

> 고립된 성은 위태롭기가 머리카락과 같고…… 개미 새끼 한 마리 구원하는 자가 없으니…… 군부의 위급함이 이 지경에 이르러 신민의 충정에 기대려 함은…… 삼남의 군사들은 밤을 새워 달려오라. 너희 의로운 신민들은 달려오고 달려오라.

그날, 임금은 군사를 호궤(犒饋)했다. 서장대 마당에서 돼지를 잡아 국을 끓이고 쌀밥에 삶은 콩을 버무려서 군병들을 먹였다. 민촌 백성들이 조 껍데기로 담근 술이 익어서 한 사발씩 돌렸다. 언 몸에 찬술이 들어가자 군병들은 몸이 풀려 노곤했다. 임금이 승지에게 말했다.

> — 도성을 떠나 야지에 나와 있어 기름지게 먹이지 못하나, 너희가 뜨거운 국물을 마시니 내 몸이 훈훈하다. 너희 몸이 내 몸임을 알겠으니, 너희도 그리 알라.

승지가 마당으로 내려와 임금의 말을 사영 대장들에게 전했고, 초관이 군병들에게 전했다. 김류는 찬술을 들이켜는 군병들이 불안했다. 김류가 임금에게 아뢰었다.

> — 전하께서 출좌해 계시니 밥을 먹는 군병들이 어려워하옵니다.

그만 행궁으로 드시옵소서.

임금은 김류의 말을 물리치고 대열이 술과 밥을 다 먹도록 서장대 마루
에 앉아 있었다. 임금이 승지에게 말했다.

　　― 오늘 모처럼 군병을 가까이 대했으니 저들의 말을 듣게 하라.

김류가 임금을 만류했다.

　　― 전하, 군병은 초관에게 말하고, 초관은 군장에게 말하는
　　　것이옵니다. 또 저들이 술을 마시고 있으니…….
　　― 아니다. 술이 적어서 목을 겨우 축였을 것이다. 말할 자를
　　　데려와라.

승지가 대열 속으로 들어가 어명을 전했다. 동문 초관이 대열 앞으로 나
와 땅에 엎드렸다. 양주 참봉으로 수령을 따라 성안에 들어온 자였다.
초관이 말했다.

　　― 전하, 이제 화친의 길을 끊고 싸움의 길로 나섰으니 한 사람의
　　　목을 베어 길을 분명히 밝혀주소서.

임금이 말했다.

— 그 한 사람이 누구냐?
— 이조판서 최, 명, 길이옵니다.

임금의 뒷자리에서 신료들의 얼굴이 하얗게 질렸다. 최명길은 마당에 엎
드린 초관의 머리통을 바라보았다. 봉두난발이 바람에 흔들리고 있었
다. 다시 말했다. 초관의 목소리에 울음이 배어 있었다.

— 최, 명, 길이옵니다. 전하 뒤에 앉아 있는…….

임금이 말했다.

— 네 뜻을 내가 이미 알고 있다. 물러가라.

북문 쪽에서 번을 서는 잡색군 한 명이 앞으로 나와서 엎드렸다. 늙은 군
졸이었다. 군졸이 말했다.

— 소인들은 본래 겁이 많고, 또 얼고 주려서 두 발로 서기가
어려운데, 예판 김상헌 대감께서 싸워서 지키려는 뜻이 장하다
하니 예판 대감을 군장으로 삼아 소인들을 거느리고 나가서
싸우게 하시면 적을 크게 물리칠 것이옵니다.

김류가 늙은 군졸의 말을 막았다.

　— 군장을 정하는 일은 군병이 말할 수 없다. 체찰사는 나다.

군졸이 또 말했다.

　— 예판 대감께서 마침 군복을 입고 계시어 그 모습이 또한
　　늠름하신지라 소인들은 예판을 군장으로 모시고 성을
　　나가서……

김류의 눈이 마당에 엎드린 군병들의 대열을 빠르게 훑었다. 대열 후미에서 엎드린 등짝 몇 개가 흔들렸다. 웃음을 참으며 낄낄거리는지 감기에 걸려 쿨룩거리는지 소리는 들리지 않았다. 등짝들은 후미에서 횡렬로 번지며 흔들렸다. 김상헌은 미동도 하지 않았다. 융복의 무게가 어깨를 짓눌렀다. 김상헌은 여전히 검단산 쪽을 바라보고 있었다.
임금이 군졸에게 물었다.

　— 너는 어느 군영 소속이냐?
　— 북영이옵니다.
　— 너는 너의 대장을 따르라.

저물녘에 어가는 행궁으로 돌아왔다. 신료들이 품계대로 늘어서서 가마 뒤를 따랐다. 김상헌은 최명길 옆에서 걸었고 최명길의 뒤로 젊은 간관들이 따라왔다. 내리막 산길에 얼음이 잡혀서 가마가 흔들렸다. 가마 지붕 위로 내려앉으려는 까치를 사복들이 막대기를 휘둘러 쫓았다. 행

렬 맨 뒤에서 따르던 노신 두 명이 얼음길에 넘어져 금군들이 들것에 실어 내려왔다. 행궁 굴뚝에서 저녁 짓는 연기가 올랐다. 저녁에 임금이 승지를 사영 대장에게 보내 낮에 어전에서 발언한 초관과 늙은 잡색군을 매질하지 말라고 일렀다.

망 월 봉

삼전도 본진을 출발한 청의 보병 일천이 동장대 쪽으로 다가왔다. 대열 후미에는 바퀴 달린 중화포를 끄는 포병들이 따라왔다. 말들이 화포를 끌었다. 청병은 동장대 밖에서 진로를 바꾸어 산봉우리 뒤쪽 사면을 타고 망월봉으로 올라갔다. 청의 매복 부대들이 미리 조선인 포로를 부려서 망월봉 꼭대기로 통하는 길을 닦아놓았다. 용골대의 특명으로 길을 내는 공사는 빠르게 진행되었다. 포로들은 나무를 잘라내고 그루터기를 파내고 언 땅을 깎아서 길을 넓혔고, 돌을 모아 구덩이를 메웠다. 공사에 동원된 포로들은 대부분 현장에서 죽었다. 말 한 마리가 끄는 수레나 가마가 지날 만하게 길이 열렸다. 길은 봉우리 뒤쪽으로 뚫려서 성안에서는 보이지 않았다.

망월봉은 성의 외곽 봉우리들 중에서도 낮은 봉우리였다. 야트막한 흙무더기에 불과했으나 성벽에서 가까웠고 시야가 열려 있었다. 꼭대기에서 보면 시야를 가리는 장애물이 없어 성안이 환히 내려다보였고, 서장대 아래쪽으로 들어선 조선 행궁이며 삼거리 쪽 관아가 장거리 화포의 사정거리 안에 있었다. 용골대가 삼전도 본진에 도착한 직후 남한산성 외곽을 정찰하며 눈여겨보아둔 봉우리였다. 길을 닦을 때 용골대는 조선 군병의 격렬한 저항 공격을 예상해서 매복병 이천을 배치했으나, 조선군의 저항은 없었다. 망월봉을 차지하면 보병을 부려서 성벽을 타 넘지 않더라도 성 밖에서 화포만으로 성의 핵심부를 부술 수 있었다. 표적이 명료했고 장애물이 없어서 조준이 흔들리지 않을 것이었다. 또 꼭대기에 닿는 길이 가팔라서 일단 고지를 선점하고 목책이나 토성을 쌓으면 아래쪽에서 공격해 올라오기가 쉽지 않았다. 이 작고 보배로운 고지를 내버리듯 넘겨주는 조선군을 용골대는 이해할 수 없었다. 도로 공사가 진행되는 보름 동안에도 조선의 성 쪽에서는 아무런 소리도 들리지 않았고, 성문 밖으로 나오는 군사도 없었다. 용골대는 그 적막이 오히려 두려워서 성 밖 동남쪽 산협 일대에 병력을 증강했으나, 끝내 아무런 교전도 없었다.

망월봉 위로 올라간 청병들은 칠부 능선 아래에 매복 진지를 구축해서 장기 주둔의 채비를 갖추었다. 산 아래부터 꼭대기까지 조선인 포로들이 식량과 땔감과 병장기를 운반했다. 청병들은 봉우리 꼭대기 둘레의 나무를 베어내어 시계를 넓혔고, 꼭대기를 파헤쳐서 땅을 평평하게 고르고 포대를 설치했다. 포구를 성안 행궁과 관아 쪽으로 돌려놓고 조준을 고정시켰다. 포로들이 포탄을 운반하여 포대 마당에 쌓았다. 포대와 진지가 완성되던 날 용골대는 망월봉을 시찰했다. 정명수가 용골대를 수행했고, 삼전도 청진에 투항한 호조 관원 두 명이 끌려왔다. 용골대는 눈을 가늘게 뜨고 먼 곳을 당겨서 성안을 찬찬히 살폈다. 하얀 들판 위에서 조선 행궁의 돌담이 선명했다.

용골대의 눈에 조선 행궁의 용마루 선과 지붕물매의 기울기는 수줍어 보였다. 몇 년 전에 칸의 사신 자격으로 조선을 드나들며 대궐을 본 적은 있지만, 산봉우리 위에서 조선의 행궁과 민촌 전체를 내려다보기는 처음이었다. 성은 산천이 빚어내는 샘이나 꽃처럼 보였다. 성은 오목하고 단아했다. 어디선가 향 사르는 냄새가 나는 듯도 했다. 눈 쌓인 행궁 지붕 골기와가 햇빛에 반짝거려, 마치 갓 잡아올린 생선 비늘처럼 보였다. 행궁 아래쪽으로 작은 길들이 교차하는 언저리에 거뭇거뭇한 기와집들이 들어서 있었고, 민촌은 산 밑에 낮게 엎드려 있었다. 능선을 따라가는 성벽은 가파른 지점에서 오히려 가벼워 보였고, 성문 위에 설치된 문루는 사방이 터져서 성을 방비하는 진지라기보다는 손님을 맞는 사랑처럼 보였다. 성벽이 가까워서 동장대 쪽 순찰로를 따라 이동하는 조선 군병들의 모습까지 보였다. 성문을 걸어 잠그고 저 안에 들어앉아 대체 무얼 하자는 것인지 알 수 없었으나, 성안은 조용했고 햇빛이 밝았다.

용골대가 정명수에게 말했다.

> ─ 성이 오목하고 작지만 편안해 보인다. 나도 나이 먹으면
>   어디 심양 가까운 데서 저런 성이나 하나 차지해서 물러앉고
>   싶구나.
> ─ 하하하, 어려운 일은 아니지만 아직은 이르옵니다.
> ─ 조선 관아는 다 저러하냐?
> ─ 그러하옵니다. 제가 어려서 종살이하던 은산 관아도
>   저러했습니다. 지붕이 밋밋하고 추녀가 조금 들렸습지요.

투항한 호조 관원들이 성안을 가리키면서 옹성과 포루, 사찰과 관아의 위치와 접근로를 설명했다. 정명수는 투항자들을 시켜서 고지에서 내려다보이는 성안의 지형과 시설물을 도면으로 그렸다. 용골대는 망월봉 꼭대기에서 성안이 가장 잘 들여다보이는 서쪽 사면에 돌로 단을 쌓고, 단 아래로 계단을 만들라고 지시했다. 칸을 모실 자리였다. 정월 초하루가 다가오고 있었다. 칸이 당도하면 성안이 내려다보이는 그 자리에 모셔놓고 행궁 쪽으로 화포를 쏘아 위의를 갖추며 원단의 하례를 올릴 작정이었다.

임금의 유지와 격서가 공포되자 말들은 다시 일어났다. 일어선 말들은 한 골로 모여서 높고 뜨거웠다.

성에서 가까운 경기 일원에 밀사를 보내 수원, 양평, 여주, 이천, 죽산, 파주, 용인의 남은 군병들을 즉각 어명으로 입성시키고, 삼남과 양서, 강원도의 관군과 민병들을 가까이 불러들여 성 밖의 여러 고지에 진을 쳐서 적을 여러 갈래로 흩어지게 하여, 성 안과 밖이 합쳐서 결전을 도모하자는 주장에는 반대하는 자가 없었다. 삼남의 구원병을 맞으려면 이배재 고갯길을 열어놓아야 하므로 정예 포수와 사수를 뽑아서 이배재 고개의 적을 소탕하고 추가 병력을 내보내 고개 양쪽 산속에 밀영을 설치하고 길을 확보해야 한다는 주장에도 반대하는 자가 없었다. 수성에서 가장 큰 문제는 성벽을 집적거리는 적의 소규모 부대가 아니라, 성 밖에서 화포로 성안을 겨누고 있는 망월봉 위의 적들이므로, 망월봉에 군사를 보내 정상 주변을 지속적으로 장악해야 한다는 말은 옳고도 시급했다. 모든 말은 체찰사 김류에게 집중되었다. 김류의 대답은 짧고 명료했다.

— 군부를 성안에 모시고 있으니 군병을 함부로 움직이지 못한다. 화(和)가 죽음이면 전(戰) 또한 죽음이다.

그리고 그 모든 말의 끝에는 최명길을 베어야 한다는 부르짖음이 후렴으로 매달려 있었다.

지난해부터 조정의 젊고 경박한 신진 서생 무리들이 사세를 멀리 살피고 깊이 들여다보는 식견 없이 오직 대의를 내세워 화친을 배척하는 준절한 언사를 쏟아내어 청의 대군을 국경 안으로 불러들인 것이라고 늙고 게으른 권신들이 이제 와서 말을 일으키고 있으나, 이는 대명의 천조(天朝)를 받들어 종사를 온전히 보존하려는 임금의 거룩한 뜻이었고, 이제 화친의 길조차 없어진 자리에까지 쫓겨와서 다시 최명길이 화친을 내세워 임금을 협박하고, 또 그 화 자 한 글자가 온 세상에 퍼져서 성안의 군병들은 적병이 다가와도 고변포(告變砲)를 쏘지 않고, 성 밖의 구원병은 멀리서 머뭇거릴 뿐 다가오지 않으며, 백성들은 신민의 도리를 저버리고 제 집 구들 위에 엎드려 있고, 도성에 남은 부녀들은 화친의 날을 기다리며 피란하지 않고 있다가 지아비와 자식들이 보는 앞에서 적병들에게 발가벗겨져 능욕당했으니, 최명길을 베어서 그 머리를 온 세상에 쳐들어 보이지 않고서야 싸울 길도 없고 지킬 길도 없으며 화친의 길 또한 없다는 말들이 내행전의 차가운 마루를 달구었다. 임금은 말했다.

— 애초에 화친하자는 명길의 말을 쓰지 않아서 산성으로
　　쫓겨오는 지경이 되었다고들 하면서, 이제 명길을 죽여서 성을
　　지키자고 하니 듣기에 괴이하다.

돼 지 기 름

최명길은 한동안 어전회의에 나가지 않았다. 임금은 최명길을 부르지 않았고, 다른 대신들도 최명길을 찾지 않았다. 성안으로 들어온 뒤 최명길은 질청에 딸린 한 칸 온돌방에 머물렀다. 질청은 서른 평 대청마루를 가운데로 해서 온돌방이 동서로 다섯 칸씩이었다. 호종해 들어온 당상들 중에서 내직 문관들이 온돌방을 한 칸씩 차지했고, 젊은 육품 간관과 호조의 관원들은 사랑채와 행랑을 차지했다.

부리던 노복이 성첩으로 끌려간 뒤 최명길은 손수 걸레를 빨아서 방바닥과 툇마루를 닦았고, 문풍지로 바람구멍을 막았다. 최명길의 방 한 칸은 세간이 없어 뒷박처럼 보였다. 지필묵이 놓인 서안 한 개와 횃대에 걸린 조복 한 벌이 전부였다. 한 칸 방은 정갈했고, 비어서 삼엄했다.

질청에서 기식하는 신료들은 아침에 행궁으로 들어갔다가 오후에 돌아왔다. 대낮의 질청은 조용했고 햇볕이 마루 깊숙이 들어왔다. 최명길은 마루를 물걸레로 닦고 마당의 눈을 쓸고 아궁이의 재를 긁어냈다. 김상헌의 처소는 동쪽 세 번째 방으로, 최명길의 방과 대청을 건너 마주 보고 있었다. 신료들의 퇴청 시간은 일정치 않았다. 임금이 자리에서 일어서면 신료들은 대낮에도 질청으로 돌아왔다. 신료들은 이 방 저 방의 눈치를 힐끗거리면서 방마다 모여 수군거렸다. 최명길은 묘당의 당상들을 방으로 들이지 않았다. 저물어서 돌아오는 김상헌은 마당을 쓸거나 아궁이를 청소하는 최명길과 마주쳤다. 둘은 멀리서도 서로의 기척을 알아차리는 듯싶었다. 김상헌이 질청 문을 들어서면 인기척을 내지 않아도 최명길은 일손을 멈추고 김상헌을 맞았다. 이조판서와 예조판서는 질청 마당에서 서로 허리를 굽혀 예를 갖추었다. 김상헌이 마루 위로 올라서 방으로 들어가면 최명길은 다시 아궁이의 재를 긁어냈다.

어전에 나가지 않는 날, 최명길은 성안 민촌과 성첩을 돌아보았다. 백성들은 별감의 두루마기를 빌려 입은 이조판서를 인근 고을에서 들어온 서생쯤으로 알았다.

민촌에는 생업이 끊겨 대낮에도 통행인이 없었다. 날이 저물면 성의 운명을 귀동냥하려는 마실꾼들이 어깨를 움츠리고 골목을 오갔다.

아이들이 개울에 나와 언 바닥을 깨고 모래를 들쑤셔 무언가를 건져 올렸다. 아이들은 개울에 내려앉은 새떼처럼 보였다. 개울 바닥은 성안 토박이 아이들의 차지였다. 성 밖에서 들어온 아이들은 개울 안으로 내려오지 못하고 개울가 둔덕에 앉아 있었다. 둔덕 쪽 아이들이 개울로 발을 들여놓으면, 개울 안 아이들이 돌을 던져 쫓았다. 둔덕 쪽 아이들은 나무토막으로 만든 도마만 한 방패로 돌을 막았다. 둔덕 쪽 아이들도 돌팔매로 맞섰다. 개울 안 아이들이 일제히 돌을 던지며 달려들었다. 둔덕 쪽 아이들이 달아났다. 방패 없는 아이들이 먼저 달아났고, 방패를 쥔 아이들은 돌을 던지며 뒷걸음으로 물러났다. 최명길이 뭐라고 소리 질렀으나, 아이들의 싸움을 말릴 수는 없었다. 최명길 쪽으로도 돌멩이 몇 개가 날아왔다. 최명길은 덤불 뒤로 피했다.

둔덕 쪽 아이들이 모두 달아나자 성안 아이들은 다시 개울로 내려가 바닥을 쑤셨다. 최명길은 아이들에게 다가갔다. 때가 엉킨 머리털이 어깨를 덮었고 손등이 터져 있었다. 아이들의 오지그릇 안에는 손가락만 한 물고기 몇 마리가 아가미를 벌럭거리고 있었다.

방앗간 집 며느리가 해산을 했는지 사립문짝에 금줄이 걸렸고, 갓난아이 울음소리가 들렸다. 댓돌에 짚신 두 짝이 놓여 있었는데, 마당에 쌓인 눈에는 발자국이 없어서 아이 울음소리는 혼자서 우는 소리처럼 들렸다. 빈 텃밭에서 노란 겨울배추 싹이 올라왔고, 배추 뿌리를 파낸 자리에 흙이 들떠 있었다. 신발 안에서 시린 발가락을 꼼지락거리면서 최명길은 질청으로 돌아왔다.

격서가 공포되자 당상들의 성첩 순시가 잦아졌다. 임금이 자리에서 일어서면 어전회의는 끝났다. 성 밖에서 성안으로 흘러드는 소문과 가까운 성 밖을 다녀온 승려나 정탐이 전하는 사소한 적정을 놓고 적의 전체를 따지고 더듬는 논의가 어전에서 이어졌다.

> …… 적들이 삼전도에 들어온 이후 날마다 하루에 두 번씩 연기가 올랐는데, 닷새 전부터는 하루에 한 번씩 오른다 하니 아마도 적들도 군량이 다해가는 듯하옵니다.
>
> …… 밥은 한 번 지어서 두 끼를 먹을 수도 있고 또 여진은 날곡식도 잘 먹는다 하니 어찌 연기의 횟수로 적의 군량을 가늠할 수 있겠나이까. 또 바람이 낮게 깔리면서 강 쪽으로 불어가면 불을 때도 연기는 멀리서 보이지 않을 것이옵니다…….

그렇겠구나……. 임금은 자리에서 일어났다. 대낮에 행궁을 나온 당상들은 문신의 조복 차림으로 성첩에 올랐다. 문신들은 싸워서 지키려는 임금의 뜻을 전했고, 군병들의 병장기를 검열했다. 성벽 밖에서 이따금씩 작은 교전이 벌어질 때 문신들은 군장의 방패로 몸을 가리고 성 밖을 향해 고함을 지르며 독전했고, 동작이 굼뜬 초관들을 가리키며 군장을 나무랐다. 문신들은 성첩에서 본 일들을 어전에 고했다.

…… 동장대 암문에서 남문 사이의 성첩에는 총에 탄약을 재지 않은
　　자가 이십이었고, 총열이 깨진 자가 다섯, 화약주머니가 없는
　　자가 일곱이었사옵니다.
…… 싸워서 지키려는 전하의 뜻이 군병들을 격발시켜 대의를
　　위해 죽으려는 듯 장하오나, 손이 얼어서 총을 쥐지 못하니
　　딱하옵니다.

병조판서 이성구가 어전에 아뢰었다.

　　— 지금 사대부들이 성첩에 올라와서 한 가지를 보면 열 가지를
　　　말하고, 문자를 써서 무식한 군병들을 꾸짖고 조롱하며,
　　　주역을 끌어대며 군의 길흉을 입에 올려 군심을 불안케 하니,
　　　사대부들의 성첩 출입을 금하여주소서.

임금이 대답했다.

　　— 내 짐작했다. 체찰사가 조치하라.

성안에는 사약이 없으므로 최명길은 삼전도 적진이 내려다보이는 서장
대 마당에서 참수로 처형될 것이며, 이시백이 나장들을 지휘해서 사형을
집행할 것이라는 소문이 성첩에 돌았다. 격서가 이미 공포되었으므로
소문은 어명보다도 더 확실하게 닥쳐올 사실로써 성안을 침묵시켰다.
이시백이 군병들을 꾸짖고 벌하였으나, 소문은 막을 수 없었다.

이시백은 사람을 보내 최명길을 서장대로 청했다. 마땅히 내려가봐야 하겠지만, 군장으로서 장대를 비울 수 없으니 성첩으로 올라와달라는 전갈이었다. 이시백은 최명길보다 다섯 살 연상이고, 둘은 청년 시절 동문수학한 벗이었다. 이시백은 문과에 급제한 유생이었지만 일찍이 문한의 나른함과 풍류의 어지러움을 떨쳐내고 뒤엉킨 세상의 한복판으로 걸어 나와 무인다운 삶을 열어나갔다. 둘은 서로 예를 갖추어 어려워했고, 만나서 문장을 논하지 않았다. 성안으로 들어온 뒤 묘당의 논의들이 어지럽게 엉키자 둘은 한 번도 사사로운 자리에서 만나지 않았다.

최명길은 행궁 뒷담을 돌아서 서장대로 올라갔다. 이시백은 서장대 마당에서 비장 세 명을 데리고 동상에 걸린 군병들의 상처를 싸매고 있었다. 임금이 격서를 공포하고 군사를 호궤하던 날, 이시백은 돼지를 삶은 가마솥에 엉긴 기름을 걷어내고 무명천을 그 기름에 쟁여놓았다. 동상에 걸린 군병들이 줄지어 늘어섰고, 비장들이 기름 먹은 무명천을 잘라서 환부를 싸매주었다. 손발을 들이미는 자도 있었고, 고개를 돌려 귀를 들이대는 자도 있었다. 이시백이 대열을 호령하여 환부에 따라 줄을 갈라놓았다. 서장대 문 앞에서 최명길은 이시백의 군사들을 멀리 바라보았다. 동상자의 대열은 마당을 빙 돌아서 뒷문 쪽으로 이어지고 있었다. 봉두난발에 누더기를 걸친 군병들은 상처 입은 야생동물처럼 보였다. 최명길이 다가가자 이시백은 허리를 굽혀 절했고 두 손을 내밀어 맞잡았다. 이시백의 비장들이 최명길에게 군례를 바쳤다.

　— 돼지기름이 효험이 있소?
　— 나는 의술을 모르오만, 내의가 그리 일러주었소.

이시백은 최명길을 장대 마루 옆에 딸린 온돌방으로 인도했다. 비장이 군졸을 시켜서 술상을 차려왔다. 조 껍데기 술에 돼지비계가 안주로 나왔다.

> — 군영에 아직도 술이 있구려.
> — 지난번 호궤 때 쓰고 남은 것이오.

최명길이 술잔을 받아 마셨다. 차가운 술에 오장이 진저리를 쳤다.

> — 어찌 부르시었소?
> — 아무 일도 아니오. 소문이 하도 흉해서 갑자기 대감의 얼굴이
>   보고 싶어지더이다.
> — 수어사께서 내 목을 집행하리라는 소문은 나도 들었소. 나도
>   수어사가 보고 싶었소.
> — 서로 보고 싶었다니, 소문이 들어맞을 모양이오.

둘은 껄껄 웃었다. 웃음 끝자락이 허허로웠다. 최명길이 말했다.

> — 내 목이 성을 지킬 만한 값이 나가겠소?
> — 아마도 못 미칠 것이오. 하나 어찌 대감께서 뜬소문을
>   옮기시오? 수성은 오직 출성을 위한 것이오.

최명길의 얼굴에 흐린 웃음기가 번졌다.

— 그럼 내 머리를 들고 출성을 하면 어떻겠소?

— 말씀이 너무 거칠구려. 지금 싸우자고 준열한 언동을 일삼는
   자들도 내심 대감을 믿고 있는 것 같았소. 충렬의 반열에
   앉아서 역적이 성을 열어주기를 기다리는 것 아니겠소. 이 성은
   대감을 집행할 힘이 아마도 없을 것이오.

— 수어사는 어느 쪽이오?

이시백이 대답했다.

— 나는 아무 쪽도 아니오. 나는 다만 다가오는 적을 잡는
   초병이오.

최명길의 목구멍 안에서 뜨거운 것이 치밀어 올랐다.

… 조선에 그대 같은 자가 백 명만 있었던들…….

최명길이 다시 잔을 들어 마셨다. 술은 차가웠고 몸에 다급했다. 둘은
한동안 말없이 마주 앉아 있었다.

이시백은 삼전도 청병의 진지에 정탐을 운영하고 있었다. 성 밖으로 내
보낸 정탐은 돌아오는 자도 있었고, 적진에 투항해 적의 정탐이 된 자도
있었고, 종적을 감춘 자도 있었다. 성안에 처자식이 있는 자들만을 골라
서 내보내도 여러 정탐은 돌아오지 않았다. 아침에 돌아온 정탐은 청병
들이 통나무 속을 파내서 구유통 같은 기물을 만들고 있다고 보고했다.

적진에 매우 가까이 다가간 정탐이었다. 적병 수만 명이 강가에 앉아서 저마다 구유통 같은 것을 하나씩 만들면서 머리에 썼다 벗었다 했는데, 아마도 성뿌리에 붙어 성벽을 기어오를 때 머리에 쓰고 돌을 막으려는 물건이 틀림없다고 정탐은 보고했다.

또 삼전도에서 산성 서문에 이르는 길의 중간 지점까지 대형 사다리를 옮겨놓았고, 그 위쪽으로 포로들을 부려서 길을 내고 있는데, 사다리를 성벽 밑까지 옮기려는 작업일 것이라고 정탐은 보고했다. 망월봉 쪽은 이미 청병이 꼭대기를 삭평(削平)하고 들여앉힌 포대가 성안에서도 보였으므로 정탐을 보낼 필요가 없었다. 이시백은 정탐이 전하는 적의 동태를 최명길에게 설명했다. 최명길이 물었다.

　　— 묘당에 알렸소?
　　— 아침에 병판 편에 어전에 아뢰었소.
　　— 뭐라고들 했답니까?
　　— 비국과 간관들이 몰려와 서둘러 대감을 베어야 한다고들…….

창밖으로 번을 교대하는 군병들의 발소리가 들렸다. 동상 걸린 환부를 돼지기름에 절인 무명천으로 싸맨 군병들이 서장대 마당을 나와서 성첩으로 올라갔다. 눈 위로 짚신 끄는 소리가 북장대 쪽으로 이어졌다. 이시백이 숨을 길게 내쉬며 말했다.

　　— 마음 쓰지 마시오. 무서워서 언설 뒤로 숨으려는 자들이오.
　　— 간관의 말은 그러해야 마땅할 것이오. 한데, 격서는 성 밖으로

내보냈소?

— 아직 나가지 못했소. 사람을 찾고 있는데, 임금의 문서를 들고
　삼남까지 다녀올 장재(將材)가 성안에는 없는 듯싶소.

취기가 돌아서 최명길의 얼굴이 벌겋게 달아올랐다. 최명길의 눈에 이시
백의 크고 강파른 몸매는 성뿌리에 박힌 바윗돌처럼 보였다. 북장대로
올라가는 발소리가 끝날 때까지 둘은 저녁 어스름 속에 말없이 앉아 있
었다. 최명길이 물었다.

— 곧 들이닥칠 모양인데, 혼자서 지켜낼 수 있겠소?
— 모르오. 다만 지킬 뿐이오. 성안이 날마다 기진해가니,
　오려거든 빨리 왔으면 좋겠소.
— 그게 장수의 말이오? 그다음은 어찌 되는 것이오?
— 나는 모르오. 모르오만, 나의 길이 있는 것이오. 그다음은
　묘당에 가서 말하시오.
— 묘당이라…….

저녁 번 교대를 점검할 시간이었다. 이시백은 자리에서 일어나 성첩으로
올라갔고, 최명길은 서장대에서 내려왔다. 이시백이 술 취한 최명길에게
군졸을 붙여서 산길을 부축했다. 최명길은 군졸을 돌려보내고 혼자서
걸었다. 최명길이 행궁 뒷담을 돌아나올 때, 하루의 논의를 마친 당상들
이 행궁 대문에서 나와 각자의 처소로 향했다. 최명길은 당상들의 뒤로
멀리 떨어져 걸었다. 산길에 긴 그림자들이 늘어졌다.

격 서

군병을 호궤한 뒤 닷새 동안 임금은 격서의 뒷일을 묻지 않았다. 임금은 신료들이 먼저 말을 꺼내기를 기다렸다. 신료들은 아뢰지 않았다. 삼남의 관군과 창의를 시급히 불러들여야 한다고 울음으로 진언하던 당상들도 격서의 뒷일을 입에 담지 않았다. 격서는 눈비에 젖지 않게 초로 밀봉되어 승정원에 보관되어 있었다. 닷새가 지나서 임금이 먼저 물었다.

— 유지는 성 밖으로 나갔는가?

이성구가 대답했다.

— 아직…….
— 유지가 나가지 못했다면 격서가 아니라 종이란 말인가.
— 다녀올 사람을 찾고 있사온데…….
— 쉽지가 않겠구나. 사람이 없던가?

삼남과 양서라고 했지만 딱히 어디로 가야 하는 격서인지 아무도 말할 수 없었다. 달이 없는 밤에는 먼 지방의 병사들이 보낸 밀사가 적진의 바닥을 기어서 성안으로 들어와 장계를 전했다.

종사가 위난 속에 고립되어 있으니 불에 타들어가는 시간의 다급함을 신들이 어찌 모르오리까. 이미 군사를 몰아 남한산성으로 향하였으나 적에게 진로가 막혀 나아가지 못하고 멀리 전하를 우러러 통곡하며 발을 구르고 있나이다. 적이 마병으로 들을 가로막고 있어 보병으

258

로 부딪치지 못하고 산속에 둔치고 있으니, 적세가 약해지는 틈을 타서 인접 고을과 힘을 합쳐 달려가려 하옵니다. 옥체를 강건히 하소서.

장계를 전한 밀사들은 군장이 보내는 꿩 두어 마리와 가래떡 몇 줄을 어전에 바쳤다. 성안으로 들어온 밀사들은 지방 군장들의 비장이나 초관들이었다. 먼 길을 달리고 걷고 기어 온 밀사들은 다치고 얼어서 임지로 돌아갈 수 없었고, 돌아가는 밀사 편에 격서를 전할 수 없었다. 산성으로 향하는 지방 군장들이 적에게 가로막혀 있다 하나, 조정이 적과 화친하리라는 소문이 돌아서 저들이 양지쪽에 둔치고 주저앉아 산성이 아니라 고향으로 돌아갈 날을 기다리고 있는 것이 아닌지 묘당은 의심했다. 의심을 발설하는 자는 없었으나, 의심은 고루 퍼졌고, 의심과 확신은 구별할 수 없었다. 격서를 보내 화친의 길이 끊어졌음을 알리는 일은 시급했다. 화친의 길을 이미 끊었으므로 성문이 열리는 날이 바싹 다가온 것이 아닌지 모두들 의심했으나 아무도 발설하지 않았다.

장계가 출발한 지 이미 며칠이 지났으므로 장계를 보낸 군장이 아직 그 자리에 머물고 있는지 묘당은 판단할 수 없었다. 성 밖으로 나가는 임금의 밀사는 삼남과 양서 이 고을 저 고을의 산악과 분지를 수소문해서 둔치고 있는 감병사(監兵使)를 찾아내 임금의 문서를 전하고, 그 감병사가 다시 인근 부대에 격서를 돌려야 할 것이었다.

임금의 밀사를 천거하는 일은 수어사 이시백과 사영 대장들이 인선을 맡았고, 묘당이 감독했다.

성안의 사대부는 당상이거나 당하이거나 내직이거나 외직이거나 젊거나 늙거나 일을 감당할 수 없었다. 호종해 들어온 사대부들은 성안의 길조차 더듬거렸다. 금군과 경병(京兵)들이 성안에 들어와 있으나, 금군은 대궐 밖을 몰랐고 경병은 서울 밖을 알지 못했다. 인근 경기 지역 고을에서 들어온 향병과 잡색군들 중에서도 먼 남쪽의 물정을 아는 자가 없었고, 군병들은 이미 기진해서 체력과 담력을 갖춘 자를 고를 수가 없었다. 가까운 성 밖으로 내보낸 정탐들 중에는 여진의 군복을 갖추어 입고 성벽으로 다가오는 자들도 있었다. 다가와서 조총을 몇 발 쏘고 삶은 돼지 다리를 뜯어먹으면서 성첩의 초병들을 향해 고함쳤다.

— 나야 나, 푸줏간 큰노미일세. 거기서 떨지 말고 삼전도로
　오라구. 다 끝난 일 아닌가. 야! 늬들, 정신 차려!

임금의 밀사가 다시 성안으로 돌아올는지, 성 밖으로 나가 종적을 감출 것인지, 임금의 문서를 들고 삼전도로 갈 것인지, 아무도 입을 열어 말하지 않았다. 임금은 혼잣말처럼 중얼거렸다.

— 격서가 문장이 좋더구나.

이성구가 울음 섞인 목소리로 대답했다.

— 전하, 들어온 자는 상해서 다시 내보낼 수 없고, 내보낸
　자들 중에는 돌아오지 않는 자가 허다하니, 품계 없는 천한
　군병에게 어찌 유지를 맡기오리까. 신은 그것을 염려하여……
— 품계 높은 사대부는 길을 몰라 갈 수 없고, 품계 없는 군병은 못

　　　믿어서 못 보내면 까마귀 편에 보내려느냐?
　　— 전하, 신들을 죽여주소서.
　　— 경들을 죽이면 혼백이 날아가서 격서를 전하겠느냐?

임금이 자리에서 일어나 침소로 들고, 신료들은 돌아갔다.
밤중에 예조판서 김상헌이 서날쇠의 대장간을 찾아왔다. 잠자리에 들었던 서날쇠가 마당으로 달려나와 김상헌의 지팡이를 받았다. 서날쇠는 이부자리를 접고 김상헌을 안방으로 모셨다. 초를 켜지 못해 방 안은 캄캄했으나 달빛이 뿌옜다. 나루가 동치미 국물을 떠서 방 안으로 들였다. 어두운 방 안에서 둘은 희끄무레한 그림자처럼 마주 앉았다. 동치미 국물을 넘기는 김상헌의 목울대가 흔들렸다.

　　　— 대감, 야심하온데…….

김상헌은 어두워서 보이지 않는 서날쇠의 얼굴을 힘주어 바라보았다.

　　　— 나루는 무탈하냐?
　　　— 대감께서 어찌 아이의 안부를…….

서날쇠는 예판이 찾아온 용무를 먼저 묻지 않았다. 달이 처마를 넘어 방안이 캄캄해졌다. 한참 뒤에 김상헌이 말했다. 김상헌이 처음으로 서날쇠의 이름을 불렀다.

— 날쇠야…… 내 처음부터 너를 눈여겨보았다. 한 번만 나를
　따라다오.
— 성이 갇혔는데, 밖으로 출타하시렵니까?
— 나는 아니고, 너 혼자서 가야 할 일이다.

김상헌은 격서가 성 밖으로 나가지 못하는 사정과 격서가 시급히 당도
해야 하는 사정을 서날쇠에게 설명했다. 어둠 속에서 서날쇠가 말했다.

— 제가 돌아오지 못하면 어찌하시렵니까?
— 네가 돌아와야 문서가 전해졌음을 알 수 있다. 갔다가 돌아올
　수 있겠느냐?
— 갈 수 있는지, 갔다가 돌아올 수 있는지는 나가봐야 알 수 있을
　것입니다.
— 그렇겠구나. 그래서 가겠느냐?
— 적이 왔다 해도 온 땅이 다 막히지는 않았을 것입니다. 철물
　행상질을 오래 해서 먼 곳 물정은 좀 아오만…….
— 다녀오겠느냐?
— 조정의 막중대사를 대장장이에게 맡기시렵니까?
— 민망한 일이다. 하지만 성이 위태로우니 충절에 귀천이
　있겠느냐?
— 먹고살며 가두고 때리는 일에는 귀천이 있었소이다.

김상헌이 엉덩이를 밀어서 서날쇠에게 다가갔다.

— 이러지 마라. 네 말을 내가 안다. 나중에 네가 사대부들의 죄를
묻더라도 지금은 내 뜻을 따라다오.

설거지를 하는지, 부엌에서 달그락거리는 소리가 들렸다. 서날쇠가 방
밖으로 소리쳤다.

— 나루야, 그만하고 들어가서 자거라.

김상헌이 말했다.

— 날 보고 가라는 말처럼 들리는구나.
— 아니올시다. 소인이 어찌…….
— 말해라. 다녀오겠느냐?
— 소인이 임금의 문서를 지닌 채 적에게 사로잡히면
어찌하시겠습니까?
— 안 될 말이다. 그러니 너에게 간청하는 것이다.

서날쇠가 어둠 속에서 소리 없이 웃었다. 서날쇠의 웃음은 김상헌의 눈
에 보이지 않았다. 성의 남은 날이 다해가므로 나갔다가 다시 성안으로
들어오더라도 성 밖 어디엔가 살 자리를 보아두기는 해야 할 것이었다.
청병이 몰려왔다니 여진의 얼굴이며 갑옷, 병장기와 수레바퀴 살과 텟
쇠, 말안장과 재갈과 고삐가 어떻게 생겼는지 한번 보고 싶기도 했다. 여
러 고을을 돌아나가며 이어지는 고갯길과 들길, 강나루와 여울이 서날

쇠의 마음속에 떠올랐다. 길들은 멀었지만 어둠 속에서 선명했다. 바람이 잠든 날 눈이 내리면 숲에서는 길이 먼저 하얘지고, 들에서는 언덕이 먼저 하얘졌다. 바람 부는 날 눈이 내리면 산에서는 골짜기와 먼 바위가 먼저 하얘졌고, 마을에서는 초가지붕과 나무 꼭대기가 먼저 하얘졌다. 그리고 눈보라가 일면 모든 길이 지워져서 보이지 않는 곳으로 불려갔고, 눈보라가 멎으면 길들은 마을 사이로 돌아왔는데, 바람이 잠들고 눈이 멎으면 하얀 길들이 햇살을 받아 반짝거렸다. 지금 그 길에는 인적이 끊겨 짐승의 발자국이 찍혀 있을 것이다. 격서가 전달되면, 그 먼 길들을 따라서 남한산성으로 향하는 군사들의 기치창검이 이어지는 것인가. 서날쇠가 말했다.

> — 대감, 어찌 대장장이를 믿으십니까? 삼전도에는 적에게 붙은
>   사대부들도 많다던데…….
> — 그렇다. 그러니 너에게 말하는 것 아니냐.

다시 송파나루 언 강을 건너던 밤에 칼을 맞고 얼음 위로 쓰러지던 사공의 모습이 김상헌의 눈앞에 떠올랐다.
…나는 남한산성으로 간다. 나를 따르겠느냐? …아니오. 소인은 살던 자리로 돌아가겠소이다……. 살던 자리로 가겠다는 백성이 왜 칼을 맞아야 했던가. 쓰러지던 사공의 목은 야위었고 늘어진 가죽 위로 힘줄이 드러나 있었다.

> — 말해라. 다녀오겠느냐?

서날쇠는 무덤덤한 목소리로 대답했다.

　　— 나라에서 하라시니, 천한 백성이 어쩌겠습니까.

'나라'라는 말이 천 근의 무게로 김상헌의 어깨를 짓눌렀다. 다녀오너라. 다녀오면 전하께 아뢰어 우선 종구품 참봉을 제수하고, 환궁 후에는 정칠품 참군으로 올려서 어영청에⋯⋯. 터져 나오려는 말을 김상헌은 겨우 눌러서 속으로 밀어넣었다. 김상헌은 심한 부끄러움을 느꼈다. 김상헌은 다급했다.

　　— 나라 얘긴 하지 마라. 그런 말이 아니다. 나를 도와다오.
　　— 하기사, 포위가 풀려서 조정이 돌아가야 성안 백성들이
　　　　농사를 지을 수 있고, 저도 대장간을 굴려서 먹고살 수 있을
　　　　터이니⋯⋯.

김상헌이 서날쇠의 두 손을 잡았다.

　　— 그렇다. 조정이 나가야 성안이 산다. 다녀오거라.

삼경 무렵 김상헌은 처소로 돌아갔다. 추위가 팽팽해서 별들이 닿을 듯했다. 가까운 별들이 성안에 가득 차서 아른거렸다.

아침에 김상헌은 서날쇠를 묘당에 천거했다. 품계 없는 대장장이에게

임금의 문서를 맡길 수 없으며, 서날쇠가 비록 노비의 신분은 면했으나 삼 대째 쇠를 두들기는 천골(賤骨)로서, 이미 제 처자식을 성 밖으로 내보냈으므로 믿을 수 없고, 또한 먼 지방의 군장들이 대장장이가 들고 온 문서를 믿지 않을 것이라는 말이 일었다. 문서를 맡겨 멀리 내보내려면 먼저 품계를 내려서 보내야 한다는 말과 돌아올지 안 돌아올지 알 수 없으므로 돌아온 후에 품계를 내려야 한다는 말이 부딪쳤다. 또 돌아왔다 하더라도 격서를 전하고 왔는지 들판을 빈둥거리다가 왔는지 알 수 없으므로 구원병들이 당도할 때까지 가두어놓아야 한다는 말도 있었다. 임금이 말했다.

　　— 예판의 뜻을 따르겠다. 이 일은 더 이상 말하지 말라.

서날쇠는 새벽에 떠났다. 김상헌이 떠나는 서날쇠를 성벽까지 따라갔다. 동쪽 성벽은 옹성을 지나서 오르막으로 치달았고, 그 아래에 배수구가 뚫려 있었다. 서날쇠는 배수구를 향해 산길을 걸었다. 지팡이가 눈 속으로 빠져서 김상헌은 자주 비틀거렸다. 서날쇠가 김상헌을 부축했다.

　　— 대감, 여기서부터는 더 가팔라집니다. 그만 돌아가십시오.
　　— 아니다. 떠나는 걸 보고 싶다.

서날쇠의 행장은 가벼웠다. 초로 봉한 격서를 기름종이에 싸서 저고리 속에 동였다. 등에 진 바랑 하나가 전부였다. 바랑 안에는 가죽신 세 켤레와 버선 한 죽, 호미 한 개, 칼 한 자루가 들어 있었다. 서날쇠는 먹을 것을 지니지 않았다. 김상헌은 서날쇠의 바랑 속이 궁금했다.

> ─ 끼니거리는 지녔느냐?
> ─ 먼 길을 가니, 한두 끼를 지녀서 될 일이 아니옵고…….
> ─ 어찌하려느냐?
> ─ 백성들이 아직 살아 있으니 얻어먹을 수 있을 것입니다. 또 빈
>   밭을 파면 뿌럭지들이 나옵니다.

김상헌의 목젖이 뜨거워졌다. …날쇠야, 너는 갈 수 있고, 너는 돌아올 수 있다…….

김상헌은 서날쇠의 방향과 행선지를 묻지 않았다. 그것을 물어야 하는 수치심을 견디기 어려웠다. 서날쇠는 산길을 버리고 능선을 따라 이배재 고개를 넘어서 판교를 지나 천안 쪽으로 길을 정해놓고 있었다. 천안은 대처이므로, 거기서 지방 군장들의 군영을 수소문해서 다시 길을 떠날 작정이었다.

서날쇠가 바랑에서 호미를 꺼내 배수구 앞에 쌓인 얼음과 잡석을 걷어냈다. 배수구 구멍 밖으로 날이 밝아오고 있었다.

> ─ 대감, 제가 없는 동안 나루 혼자 있으니…….
> ─ 알았다. 내 거두마.
> ─ 그럼 대감…….

서날쇠가 눈 위에 꿇어앉아 김상헌에게 큰절을 올렸다. 김상헌이 땅에

엎드려 맞절로 받았다. 예조판서의 머리와 대장장이의 머리가 닿을 듯이 가까웠다. 새가 나뭇가지를 흔들었다. 엎드린 김상헌의 등에 눈덩이가 떨어져 내렸다. 김상헌이 일어섰다. 서날쇠가 일어섰다. 서날쇠는 바랑을 벗어서 앞으로 밀면서 기어서 배수구를 빠져나갔다.

김상헌은 성첩으로 올라갔다. 밤을 새운 초관이 예조판서를 알아보고 군례를 바쳤다. 성벽을 빠져나간 서날쇠는 개울을 건너 수수밭 언저리를 돌아 마른 숲 속으로 들어가고 있었다. 서날쇠가 산자락을 돌아갈 때까지 김상헌은 성첩에 서서 눈 위에 찍히는 서날쇠의 발자국을 바라보았다. 일출을 맞는 먼 봉우리들이 새벽빛 속에서 깨어났다. 눈 덮인 봉우리들의 꼭대기가 붉었고, 빛이 스미는 어둠이 봉우리 사이로 낮게 깔렸다. 다가오는 빛과 물러서는 어둠 사이로 뻗은 흐린 길의 저쪽 끝으로 서날쇠는 나아갔다.

온 조 의 나 라

김상헌은 조복을 갖추어 입고 백제 시조인 온조왕의 사당으로 올라갔다. 온조왕의 사당은 삼거리에서 오 리 안쪽이었다. 볕바른 언덕은 앞이 터졌고, 숲을 벗어난 소나무 몇 그루가 사당 마당에 높이 솟아 있었다. 솟을삼문을 들어서자, 오랫동안 인적 없고 불기 없던 건물의 스산한 기운이 끼쳐왔다. 맞배지붕의 흘러내린 각도가 마당을 눌렀다. 마당에서 별감이 노복들을 부려 제사를 준비하고 있었다. 노복들은 처마에 매달린 고드름을 걷어내고 두리기둥이며 정자살문의 먼지를 닦아냈다.

임금이 관량사에 명하여 수퇘지 한 마리와 쌀 한 되를 제수로 내렸다. 별감은 성안 사찰에서 초와 향을 구해왔다. 별감은 돼지를 잡아 염통을 꺼내 탕국을 끓이고, 몸통과 내장은 토막 쳐서 사영 대장들에게 돌렸다. 김상헌이 마당으로 들어서면서 먼저 와 있던 두 당상들에게 허리 숙여 인사했다. 김류와 최명길이 쪽마루에서 일어서서 답례했다. 당상들의 인사는 깊고도 느렸다. 김상헌의 주청을 받아들여 임금의 명으로 시행되는 온조왕 제사에는 영의정 김류가 초헌을 올리고, 이조판서 최명길이 아헌을, 예조판서 김상헌이 종헌을 올리게 되어 있었다. 온조의 혼령에게 바치는 술 석 잔을 위하여 임금이 삼헌관(三獻官)을 지명했다. 삼헌관을 김류, 최명길, 김상헌으로 지명한 임금의 뜻을 세 당상은 모두 알 듯했다. 김상헌이 신을 벗고 마루로 올라가 상 위에 제물을 진설했다. 큰 놋주발 속의 새빨간 돼지 염통은 살아서 뛰듯 싱싱해 보였다. 흰 쌀밥에서 윤기가 흘렀고 더운 김이 올랐다. 김류와 최명길이 돗자리를 맞잡아 전돌 위에 깔았다. 위패를 모신 마루 안쪽은 어둡고 차가웠다. 김상헌이 위패 앞에 향을 살라 온조의 혼령을 불렀다. 향 연기가 낮게 깔리면서 쌀밥의 김 속으로 흘러들었다.

일천육백 년 전 계묘(癸卯)년에, 적의에 찬 세상의 침학(侵虐)과 박해에 쫓기는 젊은 온조가 한 줌의 무리를 거느리고 이 하남의 산성 자리에 당도하여 마을을 길러 나라를 열었는데, 사나운 외적에 둘러싸인 온조의 나라는 늘 위태로웠으나 젊은 임금은 군사를 몰아 강가에 나가서 적을 맞아 싸웠고, 백성들은 나뭇가지를 꺾어서 목책을 쌓았으며, 임금과 백성이 죽음에 죽음을 잇대어가며 달아나고 또 무찔러서 온조의 나라는 위난 속에서 오히려 강성하였으며, 기근과 살육의 땅 위에 봄마다 배꽃, 살구꽃이 흐드러지게 피었고 기러기들이 왕궁 숲에 깃들여 돌아가지 않았다……라고 사서에 적혀 있었다.

김류가 앞으로 나아가 잔을 바쳤다. 일천육백 년 전의 무덤 속에서 피어오른 온조의 혼백이 일천육백 년을 건너서 이쪽으로 다가오지 않고 더 아득한 태고 속으로 사라지는 환영을 김류는 느꼈다. 김류의 환영 속에서 흙에 박힌 성뿌리가 뽑혀 허공으로 떠오른 남한산성이 태고 속으로 사라지는 온조의 혼령을 따라가고 있었다. 남은 날들이 며칠일까를 생각하면서 김류는 천천히 무릎을 꿇었다. 김류의 뒤쪽에서 최명길과 김상헌이 절을 올렸다.

…온조의 나라는 어디에 있는가……. 최명길의 이마가 차가운 돗자리에 닿았다. 왕조가 쓰러지고 세상이 무너져도 삶은 영원하고, 삶의 영원성만이 치욕을 덮어서 위로할 수 있는 것이라고, 최명길은 차가운 땅에 이마를 대고 생각했다. 그러므로 치욕이 기다리는 넓은 세상을 향해 성문을 열고 나가야 할 것이었다. 최명길은 오랫동안 엎드려 있었다. 김상헌이 종헌을 올렸다. 잔을 올리고 물러나 절할 때, 비틀거리는 김상헌을 최명길이 부축했다.

향 연기 속에 떠오른 온조의 혼령이 일천육백 년의 시간을 건너서 이쪽으로 다가오는 환영을 김상헌은 느꼈다. 침탈과 살육과 기근과 유랑의 들판을 가벼운 옷자락으로 스치며 혼령은 한 줄기 피리 소리처럼 이쪽으로 다가오고 있었다. 성안으로 들어오던 새벽에, 새로 내린 눈 위에 빛나던 새로운 햇빛과 새로운 시간들, 서날쇠가 떠나던 새벽에 서날쇠가 나아가는 쪽에서 아침의 빛으로 깨어나던 봉우리들을 김상헌은 생각했다. 시간은 흘러서 사라지는 것이 아니고, 모든 환란의 시간은 다가오는 시간 속에서 다시 맑게 피어나고 있으므로, 끝없이 새로워지는 시간과 더불어 새롭게 태어나야 할 것이었다. 모든 시간은 새벽이었다. 그 새벽의 시간은 더럽혀질 수 없고, 다가오는 그것들 앞에서 물러설 자리는 없었다. 이마를 땅에 대고 김상헌은 그 새로움을 경건성이라고 생각하고 있었다.

별감이 제상을 거두었다. 세 당상이 쪽마루에 둘러앉아 퇴주를 데워서 음복했다. 별감이 삶은 돼지 염통을 저며서 안주로 내놓았다. 살아서 벌떡거리던 염통이 살의 무늬를 드러내며 쪼개졌고, 혈관 구멍이 숭숭 뚫려 있었다.

김류가 안주 한 점을 입에 넣으면서 말했다. 안주를 씹는 입놀림이 목소리에 섞여들었다.

— 두 대감께서 참으로 고생이 많소이다.

김류의 말은 안주를 씹는 소리와 다르지 않게 들렸다. 최명길이 대답했다.

　　— 영상과 예판 김 대감께서 수성하고 계시니, 나야 무슨 수고가
　　　있겠소이까.

김상헌이 말했다.

　　— 이판 최 대감께서 삼전도를 오가며 출성 준비를 하시느라
　　　노고가 크신 줄 아오.

김류가 김상헌의 말을 막았다.

　　— 아하, 또들 이러시오? 출성과 수성은 결국 다르지 않을 것이오.
　　　그만 내려가십시다.

세 당상이 사당에서 나와 처소로 향했다. 당상들은 행궁 뒷담길을 돌아 삼거리로 내려왔다. 김류가 앞에서 걸었고, 지팡이를 짚은 김상헌이 뒤에서 따라왔다. 얼음 낀 내리막을 지날 때, 최명길이 뒤를 돌아보며 김상헌을 살폈다. 산길을 내려오면서 당상들은 아무 말도 하지 않았다.

쇠 고 기

아침마다 이시백의 물동이가 성첩으로 올라갔다. 서쪽 성벽으로 향하는 물동이는 행궁 뒷담길을 따라 서장대로 올라갔다. 민촌 우물의 수량이 많지 않아 노복들이 밤새 고인 물 한 동이씩을 지게에 지고 산길을 올랐다. 겨울이 깊고 추위가 영글어서 얼음으로 버티는 성첩의 구간은 단단했다.

물동이가 올라가는 아침에, 정이품 내직들이 내행전 마루에서 문안을 올렸다. 임금이 안에서 대답했다.

> — 새벽에 멀리서 총성이 들리더구나. 군병들이 상하지
> 않았느냐?

이성구가 장지문 안쪽을 향해 대답했다.

> — 사경 무렵에 적병이 다가와서 몇 방 쏘고 갔는데, 총알이
> 미치지 못해 군병은 상하지 않았나이다.
> — 알았다. 마루가 추우니 물러가라.

정이품들이 물러나와 동궁에 문안을 올렸다. 안에서 세자가 말했다.

> — 조정이 야지에 나와 있어 예법을 줄여야 할 터이니, 전하께만
> 문안 여쭙고 내게는 오지 마라.

김류가 대답했다.

— 저하, 야지에서 한때 곤고하기로 남한과 강화에서 종사가 온전하온데 어찌 신성(晨省)을 폐하오리까. 분부를 거두어주소서.

성 밖 마천골에 사는 땅꾼이 삼전도 청의 본진에 끌려가 통나무 켜는 노역을 하다가 도망쳐서 성안으로 들어왔다. 애꾸눈에 절름발이였다. 땅꾼은 절름발이 걸음으로 산길을 나는 듯이 달렸다. 어렸을 때부터 뱀을 잡으러 온 산을 헤집고 다녀서 산속의 토끼굴이며 벌집까지도 알고 있었다. 담력 좋은 땅꾼은 대낮에 서쪽 성벽으로 다가와서 성벽을 넘어갈 터이니 쏘지 말라고 초병들에게 고함쳤다. 청병 몇 명이 땅꾼을 잡으러 총을 쏘며 쫓아왔으나, 조선 초병의 사격을 받고 물러섰다. 수문장이 유생 한 명을 데리고 땅꾼을 심문했다. 수문장이 묻고 땅꾼이 대답하고 유생이 기록했다.

삼전도 청진에는 조선인 부녀들이 수없이 끌려와 있는데, 젊고 미색이 있는 여자들은 여러 군장의 군막 안에서 몸시중과 술시중을 들고, 늙고 추한 여자들은 군막 밖에서 청병의 끼니를 익혀내며 허드렛일을 하고 있다고 땅꾼은 말했다. 끌려오는 여자들이 강을 건널 때 청병들이 등에 업힌 아이를 빼앗아 언 강에 던져서, 송파나루 앞강에는 머리가 처박히고 다리가 처박힌 어린아이들의 주검이 얼음에 줄지어 꽂혀 있다고 땅꾼은 말했다.

이제 송파강은 얼음이 굳어서 소달구지도 건너다닐 수 있고, 도망쳐나오기 이틀 전에 청의 대군이 다시 강을 건너 삼전도에 당도했다고 땅꾼은 말했다.

— 청의 대군이 강을 건널 때, 네가 본 것을 모두 말해라.

— 삼층 누각처럼 높은 가마가 맨 앞에서 강을 건너왔는데, 가마
  지붕에 오색 깃발이 펄럭였고, 말 탄 자들이 가마를 호위했고,
  그 뒤로 헤아릴 수 없이 많은 깃발이 강을 건너왔소. 개 떼들이
  따라왔소.

— 높은 가마가 나루에 닿았을 때는 어떠했느냐?

— 가마가 나루에 닿기 전부터 청병들이 강가에 모닥불을 질러
  불꽃을 올리고 나팔을 불어댔으며, 모두들 머리를 땅에 박고
  가마를 기다리고 있었소.

— 가마가 나루에 닿은 뒤 어디로 향하더냐?

— 멀어서 잘 보이지는 않았는데, 가마는 나루에서 하류 쪽으로
  오 리쯤 내려가는 듯싶었소. 그 자리에 며칠 전부터 청병들이
  땅을 골라 잡석을 파내고 구들을 앉혀서 큰 군막을 짓고
  있었소.

— 청병의 대열이 얼마나 되더냐?

— 강 건너 둑길까지 이어졌는데, 그 끝은 보이지 않았소. 수레에
  화포와 짐바리를 실었는데, 수레를 끄는 큰 짐승의 등에 혹이
  나 있고 목덜미가 늘어져서 괴이했소.

수문장이 땅꾼에게 그 괴이한 짐승의 이름을 가르쳐주었다.

— 그것이 필시 낙타라는 짐승일 것이다.

수문장이 마지막으로 물었다.

— 너는 왜 성안으로 들어왔느냐?
— 청병은 포로들에게 밀기울로 밥을 주고 한뎃잠을 재우는데,
　조금만 비틀거려도 죽여버렸소. 나는 무서워서 도망쳐왔소.

유생은 외눈박이 땅꾼의 진술을 기록했다. 수문장이 기록을 수어사에게 올렸고, 수어사가 읽고 병조에 넘겼고, 병조가 묘당에 올렸다. 당상들이 외눈박이 땅꾼의 진술을 돌려 읽었다. 청의 대군이 다시 강을 건너 삼전도에 당도한 것은 틀림없어 보였으나, 심양에서 떠난 증파 병력인지 경기·충청 일대의 군사들이 삼전도로 모이는 보충 병력인지 묘당은 판단할 수 없었다. 증파 병력이라면 칸이 왔을 수도 있지만, 칸이 왔는지 다른 피붙이가 왔는지 빈 가마가 왔는지 묘당은 분간할 수 없었다. 외눈박이 땅꾼은 삼층 가마 속까지 들여다보지 못했고, 들여다보았던들 누구인지 알 수 없었을 것이었다. 애꾸눈에는 세상 물정이 모두 비틀려 보이고, 크고 작고 멀고 가까운 것이 뒤섞여 보이므로, 멀리서 외눈으로 보고 와서 주절거리는 진술은 모두 믿을 수 없다는 말도 있었다. 임금은 아무 말도 하지 않았다.

땅꾼이 성안으로 들어온 날 밤부터 삼전도 청진에는 불빛이 깔렸다. 청진의 불빛들은 서장대에서 내려다보였다. 군막마다 모닥불을 올리는 불빛이 강을 따라 길게 이어져 하류 쪽으로 내려갔고, 강 건너 쪽 언덕과 거여·마천 들판의 마을과 빈 논바닥에서 불빛들이 깜박거렸다. 바람이 산을 쓸어내리면 먼 산등성이를 따라 이어진 불빛들이 바람 쪽으로

쏠리면서 길게 솟구쳤다. 성첩에서 바라보면 청병은 보이지 않았고, 바람에 솟고 잦는 먼 불빛들이 떼지어 다가왔고 또 물러갔다. 야간 순찰을 돌면서 이시백은 밤새도록 삼전도의 불빛을 바라보았다.

대한이 지나고 세모가 다가왔다. 날들은 불에 타들어가듯 했으나, 성안에는 아무 일도 없었다. 삼전도 청진에서 버리는 쓰레기 더미에 까마귀들이 모여들었다. 찌꺼기를 파먹고 살 오른 까마귀들이 성안으로 날아왔다. 까마귀들은 민촌에서 짖어댔고, 행궁 숲에서 퍼덕거렸다. 나인이 내행전으로 날아드는 까마귀를 쫓아냈다. 날이 저물면 까마귀들이 떼지어 삼전도 쪽 쓰레기 더미로 돌아갔다. 까마귀 떼가 돌아가고 나면 어두워지는 성안에는 아무 소리도 들리지 않았다. 민촌에서 늙은이가 죽어서 초상이 났다. 곳집에 넣어둔 상여가 부서졌고, 관을 짤 수가 없었다. 마을 사람들이 가마니에 싼 시신을 새끼줄로 묶어서 끌고 나왔다. 시신은 성 밖으로 나가지 못하고 새남터에 묻혔다. 땅이 얼어서 깊이 파지는 못하고 겨우 흙을 덮었다.

당상들이 날마다 어전에 모였다. 내행전 마루에서 말들이 부스러졌고, 부딪쳐서 흩어졌다. 사관은 서안 앞에 앉아서 말하는 신료들의 이 입 저 입을 바라보았다. 사관은 묘당의 말들을 기록할 수 없었다. 저녁때 사관은 붓을 들어 겨우 적었다.

......임금은 남한산성에 있었다.

까마귀가 돌아간 저녁나절에 마른 숲을 스치는 바람 소리가 버스럭거렸고, 임금은 내행전에 있었다. 날이 저물면 신료들은 더 이상 말이 없었다.

임금이 말했다.

> — 해가 또 바뀌어 원단이 되려 하는데, 아무리 적이기로서니 멀리
> 와서 고단하고 또 성 밖에 이웃해 있으니 세찬(歲饌)을 보내려
> 한다.

이성구가 말했다.

> — 적들이 화친을 구걸하는 줄로 여길까 염려되옵니다. 또 지금
> 격서를 내보내 구원병을 부르고 있는데, 세찬을 주고받았다는
> 소문이 돌면 각 지방의 군심이 느슨해질 것이옵니다.

임금이 말했다.

> — 세찬을 보내기로 싸우기를 단념하는 일이겠는가. 예판은
> 소견을 말하라.

김상헌이 대답했다.

> — 그러하옵니다. 세모에 영신(迎新)의 예를 갖춤은 적의 일이
> 아니라, 우리의 일이옵니다. 전하의 뜻대로 시행하소서.

임금이 말했다.

— 보내라. 동방의 예법을 보여서 저들이 이웃임을 스스로 알게
　　하라.

김류가 말했다.

— 사신의 품계를 당상으로 하오리까? 당하로 하오리까?

임금이 말했다.

— 경들이 정하라. 다만 적장을 만나서 싸움이다 화친이다 말하지
　　말고 이웃 간에 송구(送舊)의 예법이라고만 말해라. 또 눈썰미
　　밝은 자를 보내서 칸이 정말로 왔는지를 살피라.

호조가 민촌에서 은전을 주고 소 두 마리를 사들였다. 소 주인은 소 값으
로 은전을 마다하고 곡식을 요구했다. 성안에서 은전을 주고 바꿀 수 있
는 물건은 없었다. 환궁 후에 후히 쳐줄 터이니 우선 은전을 받으라…….
호조 관원이 소 주인을 달랬다. 난리통에도 더운 쇠죽을 먹여서 소는 제
법 살이 올라 있었다. 백정이 소를 잡아 각을 떴다. 관량사가 맑은 술 열
병을 내놓았다. 호조 관원 두 명이 노복들을 데리고 서문을 나와 삼전도
로 향했다. 노복들은 지게 위에 각 뜬 쇠고기와 술병을 싣고 따라왔다.
청장 용골대는 관원들을 군막 안에 들이지 않았다. 노복들이 군막 앞마
당에 지게를 내려놓았다. 용골대가 관원들에게 삿대질하며 여진말로 고
함쳤다. 정명수가 용골대의 말을 옮겼다.

— 성안에 소가 있었더냐? 가져가라. 너희가 돌구멍 속에 박혀서 얼고 주린 지 오래니, 가져가서 너희 백성들을 먹여라. 칸의 뜻이다.

관원이 말했다. 정명수가 옮겼다.

— 도성을 떠나 있어 고루 갖추지 못했으나 조선 임금이 보내는 세찬이다. 받아야 하지 않겠는가.
— 가져가서 너희 임금을 봉양해라. 우리는 넉넉해서 있으나 마나 하지만 너희에게는 요긴할 것 아니냐.
— 국왕이 하정(賀正)하신 예물이다. 어찌 되돌릴 수 있는가.
— 가져가라. 나중에 크게 하정할 일이 있을 것이다. 그때 받으마. 우선은 너희 임금을 먹여라.

용골대는 조선 관원들을 마당에 세워둔 채 군막 안으로 들어갔다. 정명수가 관원들에게 말했다.

— 못 보던 어르신들인데 품계가 어찌 되시오?

관원이 대답했다.

— 임금의 사신이니, 품계는 따질 것 없소.

정명수가 발끈 화를 냈다.

　　— 웬 시러베 말직들이 고깃점을 들고 와서 용장을 능멸하느냐.
　　돌아가라. 사신이라니 가두지는 않겠다.

관원들은 산성으로 돌아갔다. 소대가리며 넓적다리가 실린 지게를 다
시 지고 노복들이 뒤를 따랐다. 대열은 서문을 향해 산길을 올랐다. 올
때는 가벼울 줄 알았는데 이 무슨 지랄인가……. 이 고기는 종친들이 먹
을라나 사영 대장들이 먹을라나……. 뒤처진 노복들이 지게를 벗어놓고
쉬면서 투덜거렸다.

붉은 눈

호조가 세찬이 되돌아온 일을 어전에 아뢰었다. 임금의 목소리가 떨렸다.

— 용골대가 뭐라 하더냐?

호조 관원은 내행전에 불려와 더듬거리는 목소리로 용골대의 말을 전했다. 임금의 머리가 천천히 숙여지더니 서안에 닿았다. 임금이 두 팔을 서안 위로 뻗었다. 호판이 울먹였다.

— 전하, 신들이 죽어야 할 날이옵니다.

임금은 오랫동안 서안에 엎드려 있었다. 임금의 어깨가 흔들렸다. 신료들은 입을 열지 않았다. 김상헌이 말했다.

— 전하, 적들이 비록 세찬을 내쳤으나 전하께서는 곤궁 속에서도 선린의 법도를 보이셨으니, 전하께서 이기신 것이옵니다. 힘은 선한 근본에 깃드는 것이라고 신은 배웠나이다. 성심을 편히 하시고 더욱 방비에 힘쓰시옵소서.

임금의 어깨가 더욱 흔들렸다. 내관들이 임금 곁으로 다가갔다. 내관은 임금 양쪽에서 머뭇거리기만 할 뿐, 흔들리는 임금의 어깨에 손대지 못했다. 최명길이 말했다.

— 전하, 죽음은 견딜 수 없고 치욕은 견딜 수 있는 것이옵니다.

그러므로 치욕은 죽음보다 가벼운 것이옵니다. 군병들이
기한을 견디듯이 전하께서도 견디고 계시니 종사의
힘이옵니다. 전하, 부디 더 큰 것들도 견디어주소서.

임금이 자리에서 일어섰다. 임금은 소매로 얼굴을 가리고 안으로 들어
갔다. 밤에 임금이 승지를 불러, 세찬이 돌아온 일을 함구하도록 삼사에
일렀다. 짐꾼으로 삼전도에 다녀온 노복들이 말을 퍼뜨렸다. 임금이 보
낸 세찬이 돌아왔으므로, 조정은 화친을 구걸하나 청은 공성(攻城)을 벼
르는 것이라고 군병들은 수군거렸다. 청이 공성을 하기로 한다면 우선
세찬을 받아먹고 조정을 안심시킨 연후에 갑자기 들이칠 것이므로, 세
찬이 돌아왔다고 해서 공성이 임박한 것은 아니라는 말도 있었다.
돌아온 쇠고기는 관량사 창고에 쌓여 있었다. 젊은 간관들이 임금의 울
음을 따라 울면서 청의 무례를 응징하는 일전을 졸라댔다. 간관들은 임
금의 울음 위에 자신들의 울음을 포갰다. 김상헌이 어전에 아뢰었다.

　　— 젊은이들의 말이 옳은 것으로 아옵니다. 적이 세찬을 돌려보내
　　　우리를 시험하니, 지금 크게 한번 치지 않으면 적이 우리를
　　　업신여겨 화친의 길조차 영영 끊어질 것이옵니다.
　　— 이판은 어찌 보는가?

최명길이 대답했다.

　　— 예판의 말이 틀리지 않으나, 반드시 이기는 싸움이라야

할 것이옵니다. 또 성 밖으로 양도(糧道)를 이을 수 없으니
속전으로 마무리해야 할 것이옵니다.

임금이 싸움을 윤허했다.

— 체찰사가 속히 날을 잡아 시행하라.

안으로 열리든, 밖으로 열리든 성의 인력과 물력이 기진한 연후에야 성
문은 열리게 될 것이라고 김류는 문득 생각했다. 김류가 말했다.

— 신이 비록 미거하오나 체부(體府)의 직을 맡고 있으니 군령으로
어명을 받들겠나이다.

병자년이 끝나가고 있었다. 섣달 스무여드렛날 저녁에 김류는 군병 삼
백을 북장대 마당에 모았다. 체찰사 직속 부대의 정예 포수 이백에 성첩
에서 골라낸 유군 일백이었다. 삼전도에서 되돌아온 쇠고기와 술을 풀
어서 김류는 군병들을 먹였다.

— 마지막 소다. 많이들 먹어라.

허기진 군병들은 두 손에 소뼈를 쥐고 뜯어댔다. 언 몸에 찬술이 들어가
자 두어 잔에 취해버린 자들이 마당에 쓰러졌다. 그날 밤 군병 삼백은 북
영에서 노숙했다. 아침에 김류는 남은 내장과 선지를 다시 먹이고 군병

삼백을 북문 밖으로 내보냈다. 별장과 북영 초관이 군병을 인솔해서 나아갔고, 김류는 북문 문루 위에 북과 깃발을 펼쳐놓고 독전의 자리에 올랐다. 병방 비장이 김류 옆에 시립했다.

북문 밖은 가파른 내리막이었고, 내리막이 끝나는 언저리에 개울이 굽이쳤다. 개울을 따라 청병이 목책을 세웠다. 목책 너머로 작은 들판이 펼쳐졌고, 들판을 지나면 다시 오르막 산등성이었다.

북문 밖 계곡과 들에 청병은 보이지 않았다. 연기도 오르지 않았다. 개울가 목책 앞에 풀어둔 소 세 마리가 어슬렁거렸다. 계곡은 고요했다. 바람이 잠들어서 화약을 재기에 좋은 날이었다. 꿩 짖는 소리가 허공을 찍었고, 길게 우는 소 울음이 계곡을 따라 흘렀다. 청병은 보이지 않았다. 김류가 문루에 서서 도열한 군병을 향해 말했다.

> — 지금 적의 형세가 매우 허술하다. 나아가서 소를 끌어들이고
> 목책에 불을 질러 길을 열어라. 복병을 만나면 물러서지 말고
> 산 쪽을 의지해서 싸워라. 내가 문루에서 북으로 진퇴를
> 알리겠다.

군병들이 성문 밖으로 나아가기 직전에 사영 대장들이 문루로 뛰어올라와 김류를 에워쌌다. 남영 대장이 말했다.

> — 지금 성 밖이 비록 고요하나 음험하옵니다. 적들이 목책 너머
> 산속에 매복해 있고, 소를 풀어서 우리를 꾀어내는 것인데 어찌
> 저 좁고 오목한 골짜기로 군사를 내몰 수 있겠습니까. 영을

거두어주소서.

김류가 노한 목소리로 고함쳤다.

— 너희가 지금 군령을 시비하는 것이냐. 북을 울려라!

김류의 비장이 북을 때렸다. 북문으로 나간 군병들은 아래로 내려가지 않았다. 비장이 다시 북을 때렸다. 군병들은 움직이지 않았다. 김류가 환도를 풀어서 비장에게 내주었다.

— 체찰사의 칼이다. 뒤를 쳐서 앞으로 내몰라.

비장이 김류의 칼을 들고 성문 밖으로 나아가 칼을 빼들고 머뭇거리는 군병들의 후미부터 쳐나갔다. 군졸 다섯이 비장의 칼에 쓰러졌다. 문루 위에서 김류는 계속 북을 울렸다. 군병들은 산비탈 아래로 몰려 내려갔다. 소들이 놀라서 달아났다. 초관이 소리쳤다.

— 소를 죽여라. 죽여놓고 저녁때 각 떠서 가져가자.

군병 몇이 달아나는 소를 쏘아 쓰러뜨렸다. 개울까지 나아간 조선 군병들이 마른 섶을 태워 목책에 불을 질렀다. 개울을 따라 연기가 올랐다. 조선 군병들은 불타버린 목책을 넘어서 들판으로 나아갔다. 청병은 기척도 없었다. 별장은 들판에 사주경계 대형으로 군병을 배치했고, 첨병을 풀어서 인근 산악을 수색할 참이었다.

들판에 잇닿은 산허리에서 청병이 쏘는 대포 소리가 울렸다. 청의 철갑기병들이 산자락을 돌아나왔다. 기병들은 빠르게 펼쳐지며 들판 가장자리를 포위했다. 산 중턱에서 내려온 청의 보병들이 기병 뒤쪽에 포진했다. 개활지에는 엄폐물이 없었다. 밀집한 조선 군병의 대오 안으로 포탄이 날아왔다. 초관이 기를 흔들어 군병을 산개했다. 군병들은 흩어지면서 개울 쪽으로 물러섰고, 청병은 파상 대형으로 다가왔다. 일파가 엎드려서 쏘면, 이파가 앞으로 달려나와 엎드렸다. 목책을 이미 태워서 조선 군병들은 의지할 곳이 없었다. 조선 군병들은 개울을 건너가 바위 뒤에 붙어서 발포했다. 청병들이 일제히 땅에 엎드렸다. 청의 야포가 들로 내려왔다. 야포는 개울 건너 조선 군진을 포격했다. 개울을 사이에 두고 싸움은 한나절을 넘겼다. 화약이 떨어져 조선 군병의 사격이 뜸해졌다. 조총을 내던진 군졸들이 창을 들고 청진으로 돌격하다가 총알을 받고 쓰러졌다. 조선 군병들의 사격이 뜸해지자 청의 기병들이 개울가로 다가왔다. 철갑기병들은 마상에서 발포했다. 군졸들이 초관에게 소리쳤다.

— 화약, 화약…….

초관은 문루 쪽을 바라보았다. 문루에서 김류는 싸움을 내려다보고 있었다. 비장이 김류에게 말했다.

— 화약을 더 내보내야겠습니다.

김류가 말했다.

— 이미 늦었다. 불러들여라.

비장이 북을 울려서 퇴각 신호를 보냈다. 초관이 기를 흔들어 신호를 받았다. 돌아선 군병들이 가파른 오르막으로 붙었다. 북문은 가까웠으나 올려다보기에 멀었다. 김류가 북을 울려 퇴각을 재촉했다. 청의 기병들이 야포를 끌고 개울을 건너왔다. 조선 군병 몇이 화약 주머니를 털어 돌아서서 쏘았다. 조준선이 흔들렸고, 쏘던 군병들이 쓰러졌다. 청의 포격이 오르막 쪽으로 집중되었다. 포탄이 멀리 날아와 조선 군병들의 앞을 막았고, 청의 보병들이 뒤로 달려들었다. 북문으로 가는 오르막에서 조선 군병들은 줄지어 고꾸라졌다. 고꾸라진 사체가 눈에 미끄러져 아래쪽으로 흘렀다. 묘당의 대신 몇 명과 비국당상들이 북문 문루에 나와 있었다. 문신들은 김류 옆에서 싸움을 내려다보며 싸움의 고비마다 무릎을 쳤다.

— 아이쿠, 저런. 왼쪽으로 빠져야지!
— 아하, 저래가지고서야…….

날이 저물었다. 북쪽 성벽은 해거름이 일렀다. 문신들은 마을로 내려갔다. 성 밖 개울가에서 청병들은 죽은 소를 각 떠서 한 무더기씩 지고 돌아갔다. 북영 초관이 살아남은 군졸 열댓 명을 인솔해서 북문 안으로 들어왔다. 김류가 초관을 결박했다.

― 죽더라도 들판에서 일대일로 맞잡고 싸우다가 죽을 일이지.
　어쩌자고 개울 건너로 군사를 물렸느냐!
― 화약이 모자랐고, 창검으로는 적의 기병에 맞설 수가 없었소.

김류가 비장에게 명했다.

― 장틀을 갖추라.

비장이 북장대 마당에 형틀을 펼쳤다. 김류가 나장에게 명하여 북영 초
관을 장 쳤다. 중곤(重棍)으로 내리치는 팔십 대였다. 초관은 엉치뼈가 흩
어지고 허리가 부러졌다. 매질이 끝나고도 초관은 기절해 늘어져 있었
다. 나장이 초관을 떠메고 나갔다. 그믐달이 올랐다. 북문 밖은 다시 고
요했다. 비탈에 쓰러진 사체 주변의 눈이 붉게 물들었다. 덜 죽은 자들
이 북문을 향해 눈비탈을 기어오르다가 아래로 굴러떨어졌다. 어두워서
골짜기 너머 청진은 보이지 않았다. 그날 밤 김류는 북장대에 머물렀다.
김류는 혼자서 폭음했다.

설 날

동장대 위로 오른 아침 해는 맞은편 서벽 쪽 숲의 어둠을 먼저 걷어냈다. 아침 햇살이 행궁 지붕에 닿으면 골기와에 덮인 눈이 부풀어 보였다. 흰 봉우리들을 스쳐오는 햇살에는 푸른 기가 돌았다. 달 없는 밤의 어둠 속에서 보이지 않던 성벽은 아침마다 세상으로 끌려나오듯 빛과 어둠의 경계를 따라서 능선 위로 드러났다. 비스듬한 햇살이 깊이 와 닿는 성벽이 먼저 드러났고, 북벽과 남벽이 길게 잇대어 어둠 속에서 깨어났다.

간힌 성안에 해가 바뀌었다. 정축년 설날 아침은 맑았다. 하늘이 새파랗고 성벽이 또렷했다. 서장대 뒤 소나무 숲이 짙은 향기를 뿜어냈고 둥치가 아침 햇살에 붉었다.

설날 아침에 광주 목사가 쌀 한 말로 가래떡을 뽑아, 행궁에 열 가래를 올리고 백관들에게 한 가래씩 돌렸다. 수라간 상궁이 떡국을 끓였다. 맑은 간장으로 간을 맞추고 쌀독에 박아두었던 달걀 한 개를 풀었다. 임금이 관량사에게 명하여 찐 콩을 성첩에 내렸다.

민촌에서 설날 아침을 준비하는 연기가 올랐다. 끼니거리가 없는 백성들도 빈 솥단지에 불을 때서 연기를 올렸다. 민촌의 연기가 행궁 쪽으로 번져왔다. 아침 수라상에 떡국이 올랐다. 떡국을 넘기면서 임금은 민촌에서 퍼져오는 연기 냄새를 맡았다. 멀리서 끼쳐오는 연기 냄새 속에 산천과 마을이 펼쳐지는 듯했다.

설날 아침에 세자와 종친들이 내행전 마루에서 세배를 올렸다. 임금은 세찬을 내리지 못했다. 세자 일행이 물러나자 당상들이 세배를 올렸다. 절을 마친 당상들은 품계대로 도열해 앉았다.

— 북문 밖에서 죽은 군병들은 처자식을 성안에 두고 있는가?

김류가 대답했다.

> — 처자식들은 성 밖에 있고, 모두 홀몸으로 들어온
>   자들이옵니다.
> — 성첩에서 사체가 보이는가?
> — 눈에 묻혀 있을 것이옵니다.
> — 사체를 묻어야 하지 않겠는가. 이름은 적어두었는가?

김상헌이 말했다.

> — 전하, 설날이옵니다. 동지 때 사라진 해가 다시 떠오는
>   날이옵니다. 죽은 군병들의 일은 신들에게 맡기시고 성심을
>   새롭게 하소서.

성첩에 올라간 군장과 병졸들이 땅바닥에 엎드려 행궁을 향해 절했고,
까치 떼들이 동트는 동장대 쪽의 벌건 노을을 향해 짖어댔다.
임금이 곤룡포에 면류관을 쓰고 마당으로 내려섰다. 마당에 넓은 멍석
이 깔려 있었고, 종친들은 오른쪽에, 조복 차림의 신료들은 왼쪽에 도열
했다. 사신이 다녀오려면 석 달이 걸리는데 북경이 얼마나 먼 곳인지 임
금은 더듬을 수 없었다. 정축 원단에 남한산성 내행전 마당에서 조선 국
왕이 북경을 향하여 명의 천자에게 올리는 망궐례(望闕禮)가 열렸다.
망궐례에는 임금과 세자가 무도(舞蹈)를 거행하는 절차가 있었다. 조정
이 야지에 나와 있으니『의주(儀註)』대로 예법을 행할 수는 없고, 더구나

세자는 작년에 모후를 여의고 상중에 있으므로 몸을 열어서 춤출 수 없으니, 임금이 무도를 거행할 때 그 뒤에 서 있는 것이 마땅하다고 예조좌랑이 아뢰었다. 무도에는 악(樂)을 베풀어야 하는데, 지금 행궁에는 악기도 없고 악공도 없으므로 악 없는 무도는 폐하는 것이 오히려 의주에 맞는 것이라고 이조좌랑이 아뢰었다.

비록 야지에서 『의주』대로 따를 수는 없으나, 곤궁할수록 존명(尊命)의 대의가 새로운 것이므로 무도를 폐할 수는 없고, 악이 없고 세자가 따를 수 없어도 임금 혼자서라도 무도를 거행해야 한다고 예조참판이 아뢰었다. 면류관을 쓴 임금은 명석 위에 서 있었다.

김상헌이 앞으로 나아가서 아뢰었다.

　　— 전하, 예는 지극한 마음에서 비롯된다 하였으니, 악이
　　　 없더라도 뜻으로써 거행할 수 있을 것이옵니다.
　　— 알았다. 내 혼자 하마. 세자는 따르지 말라.

임금이 명석 한가운데로 나아갔다. 북경은 삼전도 송파강 너머, 임진강 너머, 예성, 대동, 청천, 압록강 너머, 다시 여진의 땅을 건너서 그 너머의 너머였다. 북경의 황성은 보이지 않았다.

북쪽 성벽에서 눈먼지가 일었다. 임금은 두 팔을 쳐들어 허공에서 원을 그리고 가슴 위로 거두어들이며 무릎을 꿇어 절했다. 세자와 종친과 신료들이 따라서 절했다. 임금이 다시 일어섰다. 임금은 춤추었다. 임금은 반걸음씩 나아가면서 두 팔을 쳐들어 하늘을 받들어 안고 왼쪽으로 돌았다. 다시 임금이 오른쪽으로 돌면서 두 팔을 펼쳤다. 임금이 펼친 두

팔로 해와 달을 받들어 품고 허리를 숙이며 반걸음씩 뒤로 물러섰다. 곤룡포 소맷자락이 펄럭였고, 면류관의 청옥과 백옥이 반짝였다. 당상들은 김류의 뒤쪽으로 꿇어앉아 있었다. 김상헌은 임금의 춤이 멀고 아득한 것들을 가까이 끌어당기는 환영을 느꼈다. 최명길은 멍석 위에서 펼쳐지고 접혀지며 다가오고 물러가는 임금의 춤 그림자를 들여다보고 있었다. 해가 높이 올라서 성 밖 봉우리들이 가까워 보였고, 하얀 성벽이 쟁쟁 울리듯이 선명했다.

— 걸어서 가겠다. 조선의 땅을 밟으려 한다.

칸은 가마를 물리쳤다. 망월봉 꼭대기에서 조선의 산성과 행궁을 내려다보면서 신년 하례를 올리고 싶다는 용골대의 청을 칸은 받아들였다. 선발대가 이틀 전에 망월봉에 올라가 하례식을 준비했고, 용골대는 군장들을 호령해서 삼전도 들판에 행군대열을 갖추었다. 심양에서 삼전도까지 삼층 가마를 타고 내려와서 칸은 무릎이 쑤시고 허리가 결리던 참이었다. 증파 병력으로 보병과 기병 오만이 삼층 가마의 뒤를 따랐다. 한 번의 교전도 없어서 진군대열은 한가했고, 행군 속도는 하루 백오십리를 넘었다. 가마에서 흔들리며 칸은 이 무력하고 고집 세며 수줍고 꽉 막힌 나라의 아둔함을 깊이 근심하였다. 칸은 저녁 무렵 송파강 건너편에 당도했다. 용골대는 횃불을 든 보병 일천에 기병 오천을 인솔하고 강을 건너가 칸을 맞았다.
정축 원단의 새벽에 망월봉으로 가는 칸의 대열은 삼전도에서 출발했다. 기치 부대가 대열의 맨 앞에 섰고, 철갑 융복에 화창(火槍)을 멘 칸의 뒤로 보병과 기병 일만이 따랐다. 칸은 걸어서 갔다. 대열은 남한산성 북쪽 외곽 산악을 우회해서 망월봉 후면에 닿았다. 거기서부터 꼭대기까지는 용골대가 조선인 포로들을 부려서 닦아놓은 길이 열려 있었다. 길은 갈지자로 산허리를 돌아서 꼭대기에 닿았다. 망월봉 뒷면 도로는 남한산성 행궁에서 보이지 않았다.

선발대가 망월봉 꼭대기 단 위에 스무 평짜리 일산을 펼쳤다. 황제의 황색 일산이었다. 칸이 일산 아래로 들어섰다. 용골대가 군장들을 거느리고 단 아래에 도열했다. 여진의 군장들이 가운데를 차지했고, 몽고와 한족의 군장들이 양옆으로 비켜섰다. 기치 부대가 팔색기를 좌우로 펼쳤고, 군사들은 팔부 능선 위로 포진했다. 단 앞쪽으로 나무를 걷어낸 개활지에 야포 다섯 문이 설치되어 있었다. 각 포마다 부장이 한 명씩 기립했다. 야포들은 남한산성의 조선 행궁 쪽으로 조준을 고정해놓고 있었다. 망월봉에서 행궁 사이에는 앞을 가리는 장애물이 없었다.

제관이 수말 한 마리를 단 앞으로 몰고 나왔다. 아직 흘레하지 않은 어리고 깨끗한 수컷이었다. 제관이 칼을 휘둘러 말의 목을 베었다. 용골대가 쓰러진 말 앞에 절하고 말 피를 그릇에 받아서 칸에게 올렸다. 칸이 단에서 내려와 말 피를 동서남북으로 뿌렸다. 칸은 땅에 무릎을 꿇고 앉아 두 팔을 하늘로 쳐들어서 원단의 해를 맞았다. 군사들이 창검을 흔들며 함성을 질렀다. 칸이 군사들에게 술과 고기를 풀었다. 망월봉 꼭대기까지 따라온 사냥개들이 뼈다귀를 뜯었다. 망월봉 꼭대기에서 칸은 원단의 찬술을 마셨다. 조선의 산성과 행궁이 빤히 내려다보였다. 오목한 분지 안에 마을이 엎드려 있었다. 흰 성벽은 단정하고 날카로웠다. 흙이 맑았다. 성은 유년의 설화처럼 보였다. …조선은 저러한 나라였구나. 성이 이야기 속 같을수록 성문이 스스로 열리기는 쉽지 않겠구나……. 칸은 생각했다.

성안을 살피던 칸이 눈에 힘을 주며 찌푸렸다. 멀리 행궁 마당에서 움직이는 것들이 보였다. 뭔가 펄럭거리는 것 같기도 했고, 사람들이 그 주위에 모여 있는 것 같기도 했다. 칸이 용골대에게 물었다.

　　— 저것이 무엇이냐?

용골대는 대답하지 못했다. 용골대가 정명수에게 물었다.

　　— 저것이 무엇이냐?

정명수가 대답했다.

　　— 조선 국왕이 무리를 거느리고 명을 향해 원단의 예를 행하는
　　　것이옵니다.

칸의 목소리가 낮게 깔렸다.

　　— 무어라. 명에게…… 북경 쪽으로…….

대청 황제 칸이 이역만리 조선 땅에 와 일월성신의 신년을 영접하는 봉우리 아래에서, 갇힌 성안의 조선 국왕이 명에게 예를 올리고 있었다. 용

골대는 무참했다. 칸의 진노가 떨어질 듯 등줄기가 시렸다. 용골대가 단
앞에 엎드렸다.

　　— 폐하, 소장의 무능이옵니다.
　　— 뭐, 그렇기야 하겠느냐. 저들이 제 짓을 하는 것이겠지.
　　— 지금 포를 쏴서 헤쳐버릴까 하옵니다.
　　— 사정거리가 닿겠느냐?
　　— 홍이포(紅夷砲)는 닿고도 남습니다.

사냥개 한 마리가 칸 옆으로 다가와 앉았다. 개가 칸의 신발을 핥았다.
칸이 개의 대가리를 쓰다듬었다. 개가 벌건 아가리를 벌려서 하품했다.
칸이 빙그레 웃었다.

　　— 쏘지 마라. 저들이 예법을 행하고 있지 않느냐.
　　— 폐하께서도 신들의 예를 받고 계시옵니다.
　　— 쏘지 마라. 정초에 화약 냄새는 상서롭지 못하다.
　　— 신은 차마 볼 수가 없나이다.
　　— 냅둬라. 저들을 살려서 대면하려 한다. 발포를 금한다.

행궁 마당이 조용해질 때까지 칸은 성안을 내려다보았다.
임금이 무도를 마치고 다시 북경을 향해 절했다. 종친과 신료들이 임금
을 따라서 절했다. 절을 마치고 남쪽으로 돌아앉을 때, 최명길은 망월봉
꼭대기에서 펄럭거리는 황색 일산을 보았다. 최명길이 김상헌의 소매를

당겼다.

— 저 꼭대기에 누런 게 보이시오?

김상헌이 실눈을 뜨고 망월봉을 바라보았다.

— 황색 일산이구려.

임금과 신료들이 일제히 망월봉 쪽을 바라보았다. 일산 둘레에서 펄럭이는 팔색 깃발도 보였다. 저물녘에 일산이 걷혔다.

냉이

묵은 눈이 갈라진 자리에 햇볕이 스몄다. 헐거워진 흙 알갱이 사이로 냉이가 올라왔다. 흙이 풀려서 빛이 드나드는 틈새를 싹이 비집고 나왔다. 바늘끝 같은 싹 밑으로 실뿌리가 흙을 움켜쥐고 있었다. 행궁 뒷마당과 민촌의 길바닥에, 산비탈이 흘러내려 들에 닿는 언덕에, 냉이는 지천으로 돋아났다.

민촌의 아이들과 성첩의 군병들이 호미로 언 땅을 뒤져 냉이를 캤다. 냉이는 본래 그러하듯이 저절로 돋아났는데, 백성들은 냉이가 다시 겨울을 견디었다고 말했다. 냉이의 말이 아니라 사람의 말이었다. 뿌리가 깊어야 싹을 밀어올린다, 봄은 지심(地心)에서 온다고, 냉이를 캐던 새남터 무당이 말했다.

임금과 신료들, 백성과 군병과 노복들이 냉잇국에 밥을 말아 먹었다. 언 땅에서 뽑아낸 냉이 뿌리는 통째로 씹으면 쌉쌀했고 국물에서는 해토머리의 흙냄새와 햇볕 냄새가 났다. 겨우내 묵은 몸속으로 냉잇국 국물은 체액처럼 퍼져서 창자의 먼 끝을 적셨다. 쌀뜨물에 토장을 풀어 냉이 뿌리를 끓인 다음 고춧가루를 한 숟갈 뿌렸는데, 도살장 계집종의 솜씨와 수라간 상궁의 솜씨가 다르지 않았다. 태평성대에는 냉잇국에 모시조개 서너 개를 넣었는데, 정축년 정월의 남한산성 안에는 모시조개가 없었다. 냉잇국을 넘기면서 임금은 중얼거렸다. 백성들의 국물에서는 흙냄새가 나는구나…….

서날쇠가 떠난 뒤 김상헌은 나루를 데려와서 질청 행랑의 계집종들 틈에 두었다. 나루가 끓여오는 냉잇국을 김상헌이 마셨다. 국에 만 보리밥에 무말랭이를 얹어서 먹었다. 김상헌의 목구멍 속에서 산과 들로 펼쳐지는 강토가 출렁거렸고, 온조 이후의 아득한 연월이 지금 이 시간 속으

로 흘러들어왔다. …날쇠야 죽지 마라, 날쇠는 살아서 돌아오라…… 국
그릇을 두 손으로 들어 국물을 마실 때 더운 김이 올라 김상헌의 눈앞이
흐려졌다. 서날쇠는 어디쯤 간 것인지 김상헌은 더듬을 수 없었다. 질청
앞 삼거리 공터에서, 장대 마당 쪽에서 군병들은 냉잇국을 먹었다.

청장 용골대는 삼전도 본진의 주력을 남한산성 쪽으로 근접배치했다.
칸은 이동을 명령하지 않았으나, 먼 길을 무료하게 내려온 칸에게 용골
대는 애써 군사의 활력을 보였다. 칸은 자신이 심양에서 몸소 몰고 온 증
원 병력 사만까지도 용골대의 휘하에 주었다. 용골대가 하루 안에 장악
가능한 거리까지 산성 쪽으로 주력을 압박배치하자고 진언했을 때, 칸
은 말했다.

　　— 군사는 장수가 부리는 것이다. 하나, 사다리를 쓰지는 말아라.
　　　처서 빼앗기는 쉬울 것이나 내 바라는 바 아니다.

산성 쪽 고지에서 흘러내리는 작은 물줄기들은 탄천에 모여서 송파강에
합쳐졌다. 물길의 바닥은 말라 있었다. 용골대의 군사는 그 물줄기를 거
슬러서 남한산성 쪽으로 이동했다. 이동을 마친 병력은 물가를 따라서
군막을 세우고 목책을 쳤다. 이동은 나흘 동안 계속되었다.
산성 쪽으로 이동하는 청병의 행군대열은 서장대에서 내려다보였다. 바
람이 며칠째 산성에서 강 쪽으로 불었다. 높이 달리던 바람이 들로 내려
와서는 바닥을 쓸어갔다. 구릉과 능선에 쌓인 눈이 강 쪽으로 불려갔다.
눈보라를 뚫고 대열은 다가왔다. 바람이 들을 쓸어갈 때, 눈먼지에 가리

어 군마는 보이지 않았다. 앞선 바람이 눈을 멀리 쓸어가고, 뒤따르는 바람이 채 당도하지 않은 사이사이로 청병의 군마가 잠깐씩 보였다. 다시 바람이 눈을 몰아 들이닥치면 군마의 대열은 보이지 않았다. 보이고 또 보이지 않는 대열은 눈보라의 바닥에 붙어서 산성 쪽으로 다가왔다.

청병이 다가오는 저녁에 이시백은 최명길과 김상헌을 서장대로 청했다.

　　— 대감들께서 봐두셔야 할 일이기에······.

서장대 뒤 성벽에서 두 당상은 눈보라 속으로 다가오는 청병의 대열을 말없이 내려다보았다. 먼 대열은 안개처럼 자욱했다. 이시백이 말했다.

　　— 적의 주력이 다가오고 있소이다. 보신 대로 어전에
　　　아뢰어주시오.

김상헌은 시선을 거두어 성 안쪽으로 몸을 돌렸다. 총안 아래로 주저앉으면서 김상헌이 말했다.

　　— 적의 주력이 삼전도에 머무르나 가까이 다가오나 우리의 길은
　　　따로 있는 것이오.

이시백이 말했다.

　　— 소장에게는 성첩만이 보이고 길은 보이지 않소이다.

이시백은 저녁 교대가 시작되는 북문 쪽으로 내려갔다. 최명길은 아무 말도 하지 않았다.

> … 아마도 길은 적들 속으로 뻗어 있을 것이오. 적을
>   통과해야만…….

최명길은 그 말을 견디고 있었다.

칸의 문서가 성안으로 들어온 적이 없고, 아무도 칸을 보았다는 자가 없 었지만 칸은 일월처럼 확실하게 성 밖에 와 있었다. 칸의 존재는 망월봉 위의 황색 일산과 도망쳐온 땅꾼의 진술에 실려 성안으로 들어왔고, 성 안으로 들어온 칸의 그림자는 다시 풍문으로 풀어졌다. 서장대에서 내 려다보이는 청군의 접근으로 풍문은 또 확실해졌는데, 확실한 것이 다 시 풍문으로 떠다녔다.
청군의 근접배치가 끝나던 날, 냉잇국으로 아침을 먹은 신료들은 어전 에 모였다. 신료들은 입을 다물었고 임금이 먼저 말을 꺼냈다.

> — 칸이 오기는 왔다는 것인가?

김상헌이 말했다.

> — 칸이 여기까지 오기도 어렵거니와 칸이 왔다 한들 아니 온 것과
>   다르지 않사옵니다.

— 다르지 않다니? 같을 리가 있겠는가?

— 우리의 길은 매한가지라는 뜻이옵니다.

최명길이 말했다.

— 제발 예판은 길, 길 하지 마시오. 길이란 땅바닥에 있는 것이오.
가면 길이고 가지 않으면 땅바닥인 것이오.

김상헌이 목청을 높였다.

— 내 말이 그 말이오. 갈 수 없는 길은 길이 아니란 말이오.

임금이 손사래를 쳤다.

— 이러지들 마라. 우선 칸이 왔다면 문서라도 보내서 예를
보여야 할 것 아닌가?

김상헌이 말했다.

— 군왕끼리의 예는 국경을 사이에 두고 멀리서 마주 보는
것입니다. 이 일은 용골대에게 세찬을 보낸 것과는 다른
일이옵니다. 사전에 문서도 사신도 없이 군사를 몰아서 불쑥
왔다면 이미 예를 논할 수 없사옵니다.

최명길이 무릎걸음으로 앞으로 나아가 말했다.

　　— 칸은 비록 황제라 하나 몸을 가벼이 움직이는 자이옵니다.
　　　배후에 명이 있으니, 칸은 삼전도에 오래 머물지는 못할
　　　것이옵니다. 칸이 머무르는 동안 성을 나가는 길을 여소서.
　　　칸이 돌아가면 그다음은 더욱 어려워질 것이옵니다.

김상헌이 말했다.

　　— 칸이 왔다면 빈손으로 돌아가려 하지 않을 것이오. 그가
　　　취하려는 바가 뭐라고 이판은 생각하시오?

최명길이 말했다.

　　— 그게 무엇인지를 예판은 모르시오? 아마 전하께서는 아실
　　　것이오.

김상헌이 말했다.

　　— 전하, 명길은 전하를 앞세우고 적의 아가리 속으로 들어가려는
　　　자이옵니다. 죽음에도 아름다운 자리가 있을진대, 하필 적의
　　　아가리 속이겠나이까?

최명길의 목소리가 더욱 낮아졌다.

— 전하, 살기 위해서는 가지 못할 길이 없고, 적의 아가리 속에도
  삶의 길은 있을 것이옵니다. 적이 성을 깨뜨리기 전에 성단을
  내려주소서.

임금이 김류를 바라보았다. 김류는 감았던 눈을 뜨면서 임금의 시선을
받았다. 임금의 시선은 말을 요구하고 있었다. 김류가 말했다.

— 칸이 왔다면 어쨌거나 성이 열릴 날이 가까이 온 것이옵니다.
— 그게 무슨 말이냐?
— 날짜가 다가옴을 아뢴 것이옵니다.

임금이 천장을 바라보았다.

— 영상의 말은 나무랄 데가 없구나.

젊은 낭청과 교리들이 행궁으로 몰려왔다. 승지가 고하기도 전에 당하
관들은 내행전 마루 앞 땅바닥에 엎드렸다. 당하들은 이마를 땅에 대고
흐느꼈다. 당하들도 풍문으로 떠도는 칸을 사실로 받아들이고 있었다.

…… 전하, 명길을 베어 머리를 삼군에 돌리소서.
…… 전하, 오직 죽을 사(死) 속에 수, 전, 화의 길이 모두 있을

것이옵니다. 화를 논할진대 어찌 사를 논하지 않으시옵니까.

마루에서 최명길은 젊은 당하들을 내려다보았다. 당하들의 울음은 반듯하고 단정했다. 문과에 급제하고 벼슬길에 갓 나온 젊은이들이었다. 울음 사이에 고개를 들어서 말을 할 때 목소리에는 울음기가 빠져서 발음이 또렷했고, 말을 마치면 다시 어깨가 흔들렸다. 삼백 년 종사가 길러낸 임금의 금지옥엽들이었다. 임금이 말했다.

　　— 젊은이들의 말이 준열하구나. 그대들의 말이 그대들의
　　　뜻인가?

최명길이 임금의 말을 받았다.

　　— 두려움이 말을 가파르게 몰아가는 것이니 너무 나무라지
　　　마소서.
　　— 경을 베라고 하는구만.
　　— 옳은 말이오나 지금은 아니옵니다. 지금은 이르옵니다. 환궁
　　　후에 베소서.

임금이 금군위장을 불렀다.

　　— 당하들을 끌어내라. 내 저들의 말을 다 알고 있다.

담장에 붙어 있던 금군들이 마당 안쪽으로 다가왔다. 금군들이 창대를 눕혀서 당하들을 밀어냈다. 임금이 다시 말했다.

— 아니다. 그냥 둬라. 저들은 저래야 저들일 것이니…….

임금이 안으로 들어가고 마루 위의 당상들이 돌아간 뒤에도 당하들은 이마를 땅에 대고 오랫동안 내행전 앞마당에 꿇어앉아 있었다.

물비늘

해토머리에 흙이 풀려서 이시백의 얼음벽이 녹아내렸다. 남장대에서 동문 사이의 볕바른 쪽이 먼저 무너졌다. 얼음의 힘이 빠지면서 얼었던 흙은 죽처럼 흘러내렸다. 흙이 흘러내린 성벽에 돌 빠진 자리마다 구멍이 드러났다. 구멍 언저리에서 냉이가 올라왔다. 구멍 너머로 보이는 초봄의 마른 숲에 뽀얀 안개가 서려 있었고, 청병의 위장 진지에서 연기가 올랐다. 이시백이 군병을 산속으로 보내 나무 밑동을 잘라냈다. 목책을 엮어서 구멍마다 틀어막을 참이었다.

내행전 마당에서 흐느끼면서 죽을 사를 말하던 당하관 두 명이 다음 날 새벽에 얼음벽이 무너진 구멍으로 성을 빠져나갔다. 달아난 자들은 성안 어디에서도 보이지 않았다. 이시백이 비장을 보내 달아난 자들의 거처를 수색했다. 처자식을 성 밖에 두고 홀몸으로 호종해 들어와서 사찰 요사채에 기거하던 자들이었다. 달아난 자들의 방은 뒷박처럼 비어 있었고, 붓으로 옮겨 쓴 『경국대전(經國大典)』과 『근사록(近思錄)』이 버려져 있었다. 아무도 달아난 자들의 일을 입에 담지 않았다.

정축년 정월 초순의 끝물에 송파강이 풀렸다. 갈라진 얼음장이 하류로 떠내려갔다. 얼음에 박혀 있던 주검들과 바퀴 빠진 달구지와 망가진 화포들이 물 밑으로 가라앉았다. 김상헌의 칼에 맞고 쓰러진 사공의 시체도 겨우내 눈을 뒤집어쓰고 얼어 있다가 얼음 풀린 물 밑으로 가라앉았다.

눈 녹은 물이 인마의 시체로 썩어가던 물을 밀어내고 강을 가득 채웠다. 새 물로 흘러가는 강은 향기로웠다. 강물은 먼 산악 속의 비린 봄 냄새를 실어왔다. 어린 물고기들은 햇볕이 쪼이는 따스한 물가 가장자리로 몰려들었다. 심양에서 삼전도까지 따라온 여진의 개들이 강가에 나와 콧구멍을 벌름거리며 물 냄새를 맡았다. 개들의 젖은 코끝이 봄빛에 반들거렸다. 봄은 알아들을 수 없는 이야기를 끝없이 조잘대는 듯싶었다.

　　― 조선의 봄은 어린 계집과도 같구나.

군막 너머로 봄이 오는 강을 바라보며 칸은 중얼거렸다.

병력을 남한산성 쪽으로 전진배치하고 나서 칸은 삼전도 본진에 머물렀다. 칸의 황색 군막을 위병들이 삼중으로 호위했고, 군막으로 오르는 계단 양쪽에 팔색기가 펄럭였다.

송파강의 여울은 빨랐다. 지저귀는 물 위로 물비늘이 튀었다. 풀리는 강을 바라보면서 칸은 망월봉 꼭대기에서 내려다본 조선 행궁의 망궐례를 생각했다. 홍이포의 사정거리 안에서 명을 향해 영신의 춤을 추던 조선 왕의 모습은 칸의 마음에 깊이 박혀들었다. …난해한 나라로구나……. 아주 으깨지는 말자……. 부수기보다는 스스로 부서져야 새로워질 수 있겠구나…….

강가에서 야영으로 겨울을 난 용골대의 군장들은 조선의 봄이 노곤했다. 십오만 병력을 멀리 옮겨놓고서도 소규모 부대로 성벽에 다가가 토끼 사냥하듯 투닥거리는 싸움이 군장들은 지루했다. 전공은 없고, 약탈로 놀고먹는 날들이 민망했다. 군장들은 용골대에게 몰려와 공성을 진언했다. 왜 사다리를 수없이 만들어놓고서도 성벽에 들이대지 않는지 군장들은 용골대를 몰아붙였다. 주력을 성의 동서남북 문과 그 사이사이의 여덟 방면으로 분산시켜서 방면별로 시차를 두고 공격하면, 성안의 조선 병력은 제 일차 공격 방면과 제 이차 공격 방면으로 몰릴 것이므로, 후발 공격대가 성벽을 타 넘어 들어가기는 걸어 들어가는 것과 다름없다고 군장들은 도면을 들이대며 설명했다. 공성은 야습이 마땅하며, 후발 공격대는 어둠 속에 감추어놓아야 하는데, 달이 보름을 향해 점점 커지고 있으니 하루가 급한 일이라고 군장들은 소리쳤다. 내일이라도 성을 깨뜨려서 조선 행궁을 불 지르고 조선 왕과 그 무리들을 붙잡아 마지막으로 명을 향해 춤추게 한 다음, 춤추던 그 자리에서 모조리 도륙을 내든지, 묶어서 달구지에 실어 끌고 가든지 속히 원정을 끝내고 고향으로 돌아가자고 군장들은 졸라댔다. 용골대의 생각도 군장들의 소망과 다르지 않았다. 용골대가 군장들의 뜻을 칸에게 고했다. 칸은 허락하지 않았다. 칸이 군장들을 달랬다.

    — 너희는 내가 여기까지 온 것과 오지 않은 것의 차이를 깊이
      생각해라. 너희들끼리라면 성을 깨뜨려서 취하는 쪽이
      용맹하다 할 것이다. 그러나 내가 이미 왔으므로 군사를
      몰아서 성을 취함은 아름답지 않다. 내가 저 춥고 가난한 성을
      얻기 위하여 군사를 보내 성벽을 타 넘어야 하겠느냐. 그것을
      황제의 위의라 할 수 있겠느냐. 저들이 완강하고 편벽할수록
      제 발로 걸어 나와야 황제의 존호는 빛날 것이다. 하나, 바싹
      조여라. 오래 걸리지는 않을 것이다.

용골대가 머리를 들었다.

    — 신들의 헤아림이 모자랐사옵니다. 하오나 홍이포를 몇 발

성안으로 쏘아 넣으면 어떻겠나이까?
— 망월봉 꼭대기의 그 야포 말이냐?
— 그러하옵니다. 시야가 트여서 사격 연습하듯 쏠 수가
　있습니다.
— 조선 왕의 거처를 정조준하지는 말아라. 그 언저리에 몇 방은
　장수가 알아서 하라.

망월봉에서 조선 왕의 춤을 바라본 뒤 칸은 군사를 거두어 돌아갈 수 있
는 날이 가까웠음을 알았다. 조선 왕의 춤이 돌아갈 날짜를 일러주는 듯
싶었다. 칸은 오직 조선 왕과 그 무리들이 성안에서 자진하는 사태를 염
려하였다. 저들이 자진하고 나면 제 발로 걸어 나와 안기는 모습을 천하
에 보일 수 없고, 군사를 몰아서 적막한 성안으로 넘어 들어가기는 쑥스
러울 것이었다. 이미 무너져버린 저들의 강토를 난도질하기는 황제로서
싱거운 일일 것이며, 오히려 저들의 결연한 죽음의 비애를 애달파하는
후세의 언설을 모아주기 십상일 것이었다. 성안이 바싹 말라버린 뒤에
조선 왕과 그 무리들이 굶어 죽지 않을 만큼의 양식을 하루에 하루치씩
성안으로 넣어주어야 할 건지를 칸은 생각하고 있었다.
또 멀리서 남한산성을 향해 다가오고 있을 조선의 지방 병력도 칸의 근
심거리였다. 조선 조정이 갇힌 성안에서 지방군에 선을 대고 진퇴를 지
휘하고 있는 것인지, 칸은 정보가 없었다. 성을 둘러싸기는 했지만 안에
서만 열 수 있는 구멍과 감추어진 길은 어디나 있는 것이어서 들짐승의
길을 따라 조선 왕의 밀사가 성을 드나들 수는 있었다. 드나드는 것인지
드나들지 못하는 것인지 알 수 없었지만, 드나들지 못함을 확인할 수 없

을 때는 드나들고 있다고 칸은 믿는 쪽이었다. 조선의 지방군이 다가오
더라도 싸움의 큰 틀 전체를 경영할 만한 지휘계통은 작동하지 못할 것
이고, 여기저기서 산병들을 끌어모은 소규모 독립부대들일 것이었다.
하지만 여러 방면에서 한꺼번에 달려들 때는 힘들어질 수도 있었다. 조
선의 강들이 풀리고 있었다. 함경도, 평안도, 황해도 쪽에서 내려오는 조
선 지방군은 한강 유역에서 저지할 수 있겠지만, 남쪽에서 올라오는 병
력은 이배재 고개나 그 너머의 평야에서 막아내야 할 것이었다.

칸은 이배재 고개 팔부 능선을 따라 화포 진지를 들여앉히고 보병 사수
들을 증강했다. 고개로 통하는 모든 샛길을 목책으로 막고 고개 너머 평
야지대에 기병의 군진을 펼쳤다.

칸은 머지않아 군사를 거두어 돌아갈 일을 대비했다. 조선 왕실과 그 떨
거지들, 떨거지들의 시중꾼과 시중꾼의 구종잡배들을 심양까지 끌고
가야 했다. 또 춥고 먼 원정길에서 아랫도리가 헛헛해진 여러 군장이 끌
어모은 조선의 미색들 그리고 포로와 전리품을 옮겨야 했으므로, 돌아
갈 때의 군수는 더욱 무겁고 행군대열은 길 것이었다. 조선의 무지한 향
병이나 민병들이 산발적으로 기습해올 수 있으므로, 귀로의 행군대열
은 이동대열을 여러 토막으로 나누고 토막의 앞뒤를 전투대열로 엄호해
야 할 것이었다. 십오만 군사에 화포, 탄약, 군량, 군마, 말먹이 풀을 끌고
강을 건너려면 뗏목과 배가 있어야 했다. 강들은 남쪽부터 차례로 녹고
있었다. 풀어지는 강은 조선 지방군들의 진로를 막아주었지만, 칸의 귀
로 또한 막았다. 조선의 산성 안에 뗏목이나 배가 있을 리 없었고, 지니
지 않은 것을 빼앗을 수는 없었다. 칸은 삼전도 본진의 병력을 풀어서 뗏
목을 만들었고, 지나온 강들의 나루터마다 떼어놓고 온 후방 부대들에

전령을 보내어 조선 백성들의 어선과 나룻배를 끌어모아 정비하고 대형 뗏목을 만들도록 명했다.

그러나 알 수 없는 것은 조선이었다. 송파강은 날마다 부풀었다. 물비늘이 반짝이는 강물을 바라보며 칸은 답답했다. 저처럼 외지고 오목한 나라에 어여쁘고 단정한 삶의 길이 없지 않을 터인데, 기를 쓰고 스스로 강자의 적이 됨으로써 멀리 있는 황제를 기어이 불러들이는 까닭을 칸은 알 수 없었고 물을 수도 없었다. 스스로 강자의 적이 되는 처연하고 강개한 자리에서 돌연 아무런 적대행위도 하지 않는 그 적막을 칸은 이해할 수 없었다. 압록강을 건너서 송파강에 당도하기까지 행군대열 앞에 조선 군대는 단 한 번도 얼씬거리지 않았다. 대처를 지날 때에도 관아와 마을에는 인기척이 없었다. 조선의 누런 개들이 낯선 행군대열을 향해 짖어댈 뿐이었다. 도성과 강토를 다 비워놓고 군신이 언 강 위로 수레를 밀고 당기며 산성 속으로 들어가 문을 닫아걸고 내다보지 않으니, 맞겠다는 것인지 돌아서겠다는 것인지, 싸우겠다는 것인지 달아나겠다는 것인지, 지키겠다는 것인지 내주겠다는 것인지, 버티겠다는 것인지 주저앉겠다는 것인지, 따르겠다는 것인지 거스르겠다는 것인지 칸은 알 수 없었다. 조선 조정이 황제가 성 밑에까지 온 것을 알고 있는지 모르고 있는지, 모르고 있다는 것조차 모르고 있는지 칸은 알지 못했다. 황제가 이미 왔음은 돌이킬 수 없는 것이므로, 조선이 염탐질로 황제가 온 것을 알아차리게 하기보다는 이쪽에서 넌지시 알리는 것이 황제다우리라고 칸은 생각했다.

성벽 쪽의 작은 싸움들은 저녁 무렵이면 끝났다. 칸은 하루의 전과를 보고받지 않았다. 저녁 무렵 칸은 때때로 위병들을 떼어놓고 혼자서 강가를 어슬렁거렸다. 해가 하류 쪽으로 내려앉으면 강물은 붉은 노을 속으로 흘렀다. 칸은 물 가운데로 돌팔매질을 했고, 바지춤을 내리고 강물 위로 오줌을 갈겼다. 조선은 봄이 일러서 일찍 발정한 여진의 개들이 저무는 강가에서 흘레붙었다. 꽁무니를 붙인 개들이 새빨간 혀를 빼물고 헐떡거렸다. 털갈이를 시작한 개들이 뒷발로 옆구리를 긁어댔다. 강물 위로 개털이 날렸다. 긁기를 마친 개들이 강물로 뛰어들어 헤엄치면서 근지러운 살갗을 적셨다. 칸은 돌을 던져서 헤엄치는 개들을 멀리 내몰았고, 다시 휘파람을 불어 불러들였다. 뭍으로 올라온 개들은 몸을 흔들어 물을 털어내고 칸에게 뛰어올랐다.

설이 지나고 나서 문안이라는 명목으로 삼전도에 내려온 조선의 사신을 칸은 만나지 않았다. 조선의 목적이 문안이 아니라 염탐이라고 칸은 짐작했다. 용골대가 조선 사신들을 군막 안에서 면대했다. 칸은 용골대에게 황제가 왔음을 귀띔해주라고 일렀다. 칸을 만나지 못하고 돌아온 사신들이 칸이 있다더라는 말을 전하면, 왔는지 안 왔는지를 놓고 성안은 더욱 뒤엉킬 것이었다. 그리고 그 뒤집히고 자빠지는 말들의 아수라 속에서 황제의 위의는 두렵고도 뚜렷해질 것이었다.

용골대는 통역 정명수를 사이에 놓고 조선 사신들에게 말했다.

— 칸이 왔다고 너희 조정에 전하라.
— 뵙게 해다오. 뵙고 가서 전하겠다.
— 왕이 아니면 가까이 갈 수 없다.
— 칸 앞에 발을 내리면 어떻겠느냐?

— 필요없다. 안 보여도 너희는 뵌 것과 다름없다. 날이 밝으면
해가 뜬 것 아니냐.
— 조선 임금이 칸에게 올리는 문안의 뜻을 지니고 왔다.
— 너희가 칸이 온 줄 어찌 알았느냐?
— 멀리서 황색 일산을 보았다.
— 일산이 문안을 받겠느냐. 문안은 놓고 가라. 내가 올려주마.
— 칸을 뵙고 출성과 화친의 길을 물으려 한다.
— 너희의 일을 왜 칸에게 묻는가. 돌아가라. 가서 좀 더 견디라고
너희 왕에게 말해라. 길어지지는 않을 것이다. 그리고 너희는
칸이 부르지 않는 한 다시는 오지 마라.

조선 사신들을 돌려보낸 지 이틀 뒤에 칸은 심양에서 데려온 문한관들
을 군막 안으로 불러들였다. 명조에서 한림원 하위직을 지내다가 누르
하치가 명의 변방 요새 무순(撫順)을 무너뜨리자 여진으로 투항한 한족
문인들이었다. 황제가 온 것과 오지 않은 것의 차이를 성안이 스스로 알
때가 되었으므로, 칸은 황제가 온 것을 확실히 알려주기로 작정했다.
칸은 문한관들에게 남한산성 안으로 들여보낼 문서를 작성하라고 명했
다. 문서는 대청 황제가 조선 국왕에게 내리는 조유의 형식을 갖추고, 조
선 국왕을 '너'라고 칭할 것을 지시했다.
칸은 문한관들에게 산성을 바라볼 때 느끼는 황제의 답답함을 소상히
말해주었고, 그 답답함을 문서에 적어서 조선 조정에 물으라고 일렀다.
칸은 붓을 들어서 문장을 쓰는 일은 없었으나, 문한관들의 붓놀림을 엄
히 다스렸다. 칸은 고사를 끌어대거나, 전적을 인용하는 문장을 금했다.

칸은 문체를 꾸며서 부화한 문장과 뜻이 수줍어서 은비한 문장과 말을 멀리 돌려서 우원한 문장을 먹으로 뭉갰고, 말을 구부려서 잔망스러운 문장과 말을 늘려서 게으른 문장을 꾸짖었다. 칸은 늘 말했다.

— 말을 접지 말라. 말을 구기지 말라. 말을 펴서 내질러라.

칸의 뜻에 따라 글을 짓는 일에는 시간이 오래 걸리지 않았다. 문한관들은 다음 날 아침에 문서를 올렸다.

네가 기어이 나의 적이 되어 거듭 거스르고 어긋나 환란을 자초하니, 너의 아둔함조차도 나의 부덕일진대, 나는 그것을 괴로워하며 여러 강을 건너 멀리 내려와 너에게 다다랐다.

나의 선대 황제 이래로 너희 군신이 준절하고 고매한 말로 나를 능멸하고 방자한 침월(侵越)로 나를 적대함이 자심하였다. 이제 내가 군사를 이끌고 너의 담 밑에 당도하였는데, 네가 돌구멍 속으로 들어가 문을 닫아걸고 싸우려 하지 않는 까닭이 무엇이냐.

네가 몸뚱이는 다 밖으로 내놓고 머리만을 굴속으로 처박은 형국으로 천하를 외면하고 삶을 훔치려 하나, 내가 너를 놓아주겠느냐. 땅 위에 삶을 세울 수 있고 베풀 수 있고 빼앗을 수 있고 또 구걸할 수 있다. 그러나 삶을 훔칠 수는 없고 거저 누릴 수는 없는 것이다.

너는 명을 아비로 섬겨, 나의 화포 앞에서 너의 아비에게 보이는 춤을 추더구나. 네가 지금 거꾸로 매달린 위난을 당해도 너의 아비가 너의 춤을 어여삐 여기지 않고 너를 구하지 않는 까닭이 무엇이냐.

너는 스스로 죽기를 원하느냐. 지금처럼 돌구멍 속에 처박혀 있어라.
너는 싸우기를 원하느냐. 내가 너의 돌담을 타 넘어 들어가 하늘이 내
리는 승부를 알려주마.
너는 지키기를 원하느냐. 너의 지킴이 끝날 때까지 내가 너의 성을 가
두어주겠다.
너는 내가 군사를 돌이켜 빈손으로 돌아가기를 원하느냐. 삶은 거저
누릴 수 없는 것이라고 나는 이미 말했다.
너는 그 돌구멍 속에 한세상을 차려서 누리기를 원하느냐. 너의 백성
은 내가 기른다 해도, 거기서 너의 세상이 차려지겠느냐.
너는 살기를 원하느냐. 성문을 열고 조심스레 걸어서 내 앞으로 나오
라. 너의 도모하는 바가 무엇인지를 말하라. 내가 다 듣고 너의 뜻을
펴게 해주겠다. 너는 두려워 말고 말하라.

칸은 문서를 다시 문한관들에게 내려 소리 내어 읽도록 했다. 듣기를 마
치고 칸이 말했다.

— 뻗쳐서 씩씩하다. 국새를 찍어라.

용골대가 정명수를 서문으로 보내 조선 관원들을 삼전도로 불러냈다.
조선 관원들이 칸의 군막을 향해 네 번 절하고 문서를 받아갔다.

이 잡기

봄은 빠르게 다가왔다. 추위는 온 적이 없다는 듯이 물러나고 있었다. 날들은 지나간 모든 날들과 무관한 듯싶었다. 성벽은 며칠째 조용했고 밀사는 들어오지 않았다. 저녁이면 당상들은 긴 그림자를 앞세우고 내행전에서 나왔다. 민촌의 마당에 빨래가 널렸다. 녹은 골짜기들이 안개를 뿜어냈고 물오른 나뭇가지에 김이 서렸다. 내리막 구간의 성벽은 안개에 잠겨 보이지 않았고, 능선 쪽으로 올라가는 성벽이 물방울에 젖어서 번쩍거렸다. 흐르는 안개 속에서 성벽은 숨고 드러났다. 성 밖의 먼 숲에 뿌연 기운이 서려서 봄은 멀리 와 있는 듯했으나, 성 밖에서 들여다보면 봄은 성안에 먼저 와 있었다. 양지쪽 숲이 벌렁거렸고, 겨우내 돌을 캐낸 개울 바닥에는 눈 녹은 물이 흘렀다.

이시백은 나무를 잘라 목책을 엮는 군병들의 동작에서 갑작스런 활기를 느꼈다. 몸놀림이 가벼웠고 볼멘소리가 줄어들었다. 초관이 악다구니를 하지 않아도 제자리를 지켰다. 군병들의 몸이 땅과 같아서 추위가 물러가니 활기가 솟는 것인가 싶어 이시백은 봄볕이 안쓰러웠다.

군병들은 총안 아래 앉아서 찐 콩으로 점심을 먹었다. 초관들이 나뭇잎에 싼 콩찌니를 나누어 주었다. 관량사는 콩을 찔 때 간을 짜게 쳤다. 군병들은 찐 콩을 삼키고서 물을 많이 마셨다. 이시백은 성첩을 돌면서 급식을 감독했다. 겨울을 살아남은 군병들은 군복을 제대로 걸친 자가 없었고, 수염이 자라고 머리털이 늘어져서 늙은 들짐승처럼 보였다.

여러 고을의 향병들이 누비옷을 벗어 이를 털면서 노닥거렸다.

— 칸이 편지를 보냈디야.
— 자네가 봤는가? 뭐라고 썼다던가?

— 그걸 꼭 봐야 아는가. 빨리 풀고 나오라는 얘기겄지.

— 풀고 나가려면 서울서 끝내지 왜 들어와서 이 고생인가. 이 뭔 지랄이여.

— 그게 아녀. 들어왔으니까 나가야지. 여기서 틀고 앉아 뭉갤 수는 없을 것 아니여.

— 니미, 갓 쓴 놈들 오금탱이가 저리겄구만.

— 아녀. 좀 저리겄지만 좋아들 하고 있을 테지.

— 출성이 다가온 거여. 열어야지 어쩌겄나. 안에서 못 열면 밖에서 열 테지. 다 끝나가는 거라 이 말이여. 다들 쫌만 더 견디라구.

— 근데 조정이 나가면 칸이 죽이지 않을란가?

— 죽이지는 않을 거여. 계집도 초장에 대주는 년보다 뻗대다가 벌리는 년이 더 예쁘지 않던가. 맛도 더 좋고.

— 근데, 너무 오래 뻗댄 거 아녀?

— 그니까 빨리 벌려야지.

— 그려. 벌릴 바에야 활짝 벌려야 혀.

— 아녀. 활짝은 안 되어. 조신하게 찬찬히 벌려야 혀. 그래야 쫄깃하지.

— 콩찌니 먹고 헛좆들 세우지 말어.

양지쪽에서 군병들은 버선을 벗고 동상에서 흐르는 진물을 봄볕에 말렸다. 마주 보며 서로의 머리에서 서캐를 뽑아내는 자들도 있었다. 이시백이 다가가면 군병들은 입을 다물었고, 이시백이 지나가면 다시 입심을 풀어냈다. 이시백은 떠들어대는 입들을 꾸짖지 못했다. 이시백은 성첩에서 멀리 떨어진 자리에서 혼자 콩찌니를 먹었다. 이시백은 알았다. 봄이 아니라 칸의 문서가 눈구덩이 속에서 겨울을 난 저들을 위로하고 있었다. 봄비에 씻긴 성벽은 정갈했다. 눈이 씻긴 자리에 돌의 결이 드러났다. 성첩에서 성문이 열리는 날이 보이는 듯싶었다.

이시백은 밥을 먹은 군병들을 다시 모아 나무 밑동을 잘라냈다. 토막 낸 나무에 홈을 파서 칡넝쿨로 동이고 대못을 질러서 목책을 엮었다. 이시백은 얼음벽이 녹아내린 구멍들을 목책으로 막았다. 해를 길게 받는 남장대에서 동문 사이에 구멍이 가장 많았다. 응달진 북벽도 머지않아 여기저기 녹아내릴 것이다. 구멍 하나가 뚫려서 적들이 기어들어 오면 초병들이 뚫린 구멍 쪽으로 몰려들어 적을 찍는 사이에 다른 쪽 구멍으로 적은 또 기어들어 올 것이었다.

　— 단단히 박아라. 하나가 뚫리면 모조리 뚫린다.

목책이 한꺼번에 뚫리는 날은 어떠한 하루가 될 것인지 이시백은 짐작할 수 없었다. 그날은 어느 방향에서 시작하여 어떤 모습으로 끝날 것인가. 그날이 저물면 혹은 밝으면 성은 어떠한 모습으로 남게 되는 것인가. 돌담에 시체들이 걸려도 성벽은 아무 일도 없었던 것처럼 계곡을 건너 능선을 오를 것이었다. 적들이 사다리를 걸치고 또 성뿌리에 붙어 기어오르면 목책으로 막아놓은 아래쪽 구멍을 지켜낼 수 있을 것인가. 적들이 바짝 다가와 근총안의 사각을 벗어나면, 조총이나 화살로는 겨눌 수 없고 오직 돌멩이로 찍어내려야 할 것이었다. 적의 사다리가 성벽에 닿을 때 아래쪽 가로대에 갈고리 밧줄을 걸어서 사다리를 성벽 안으로 끌어들일 수는 없는가. 성안 개울 바닥의 돌멩이를 모두 성첩으로 올렸으나, 남쪽 성벽에는 돌멩이가 모자랐다. 북벽 밑은 가팔라서 무거운 돌멩이로 내리찍을 수 있으나, 남벽 앞은 넓게 트여서 가벼운 돌멩이가 필요했다. 남벽에서 쓸 수 있는 돌멩이의 무게는 얼마라야 마땅한 것인지, 이시백은 남벽 성첩에서 성 밖으로 돌멩이를 던져서 가늠해보았다. 남벽 밖으로 지게 진 군병들을 내보내 돌멩이를 더 끌어모아야 할 것이고, 갈고리 밧줄로 사다리를 끌어들이는 훈련을 시켜야 할 것이었다. 이시백은 남장대에서 동문 쪽으로 군병을 몰아나가면서 구멍마다 목책을 세웠다. 절뚝거리면서, 시시덕거리면서 군병들은 따라왔다. 숲이 풀어내는 물기 속에서 먼 성벽이 흔들려 보였다. 해토머리에 땅이 부풀어서 성벽이 모두 무너져 내리는 환영에 이시백은 진저리쳤다.

민촌의 노인들이 논둑에 나와 앉아 볕바라기를 했다. 눈 녹은 논바닥에 물기가 잡혔고 진한 흙냄새가 바람에 실려왔다. 성문이 열리면 청병들이 성안으로 몰려들어 온다는데 농사를 시작해야 할 것인지, 노인들은 알지 못했다. 올봄은 해가 곱구나, 꼭 저승에 내리는 햇볕 같구만……. 기침을 쿨럭이는 늙은 옹기장이가 말했다. 서당 접장이 앞장서서 노인들을 행궁 언덕길로 데리고 갔다. 노인들은 행궁으로 올라가는 김류의 앞을 가로막았다. 김류의 비장이 환도를 빼들고 앞으로 나섰다. 김류가 비장을 나무랐다.

　　— 칼을 접어라. 마을 노인들 아니냐.

비장이 물러섰다. 노인들이 김류 앞에 꿇어앉았다.

— 웬 소란이냐?

접장이 머리를 들고 말했다.

— 영상대감께 여쭐 일이 있사오이다.
— 말하라.
— 소인들은 동문 안쪽에 사는 백성들이옵니다. 비탈 밭에
　봄보리라도 심으려면 이제 애벌갈이를 시작해야 하는데,
　금년에 농사를 지어도 좋을는지 어떨는지…….
— 농사일을 나에게 묻느냐?
— 묘당에 여쭙는 것이옵니다.
— 농사는 대본이라 절기에 따르는 것이다. 너희들이 농사꾼
　아니냐.

비장이 노인들을 밀치고 길을 열었다. 김류는 행궁으로 들어가고 노인
들은 다시 논둑으로 내려왔다. 노인들은 날이 저물도록 빈 논바닥을 들
여다보며 봄볕을 쪼였다. 소, 말, 개, 닭 들의 울음이 끊겨서 민촌의 봄은
고요했다.

답 서

칸의 문서가 들어오던 날, 관량사는 군량 방출 계획을 수정했다. 김류와 이시백이 관량사의 수정안에 동의했고, 임금이 윤허했다. 동상이 짓물러서 다리를 저는 자들과 손가락이 떨어져 나가서 총을 쥐지 못하는 자들을 성첩에서 솎아내 부상자들을 수용하는 사찰 마당으로 내려보냈다. 관량사는 부상자들에게 지급하는 곡물을 하루 세 홉 반에서 세 홉으로 줄이고 잡곡의 비율을 절반으로 올렸다. 춘궁기에 양식이 떨어진 민촌의 노약자들에게 주던 곡물 배급을 끊고, 싸우고 돌아온 자들에게 주던 포상 급식을 폐지했다. 그렇게 해서 스무 날 치 군량을 스물다섯 날 치로 늘릴 수 있다고 관량사는 어전에 고했다. 김류가 아뢰었다.

　　— 전하, 몫을 줄이면 날짜가 늘어나고 날짜를 줄이면 몫이
　　　　커지는 것이온데, 끝날 날짜를 딱히 기약할 수 없으니 몫을
　　　　날짜에 맞추기도 어렵고 날짜를 몫에 맞추기도 어렵사옵니다.

임금이 말했다.

　　— 그렇겠구나. 경들의 뜻대로 시행하라…….

당하들은 칸의 문서를 적서(敵書)라고 불렀다. 당하들은 행궁 밖 사찰의 요사채와 질청 행랑, 관아의 헛간에 모여서 적서에 답신을 보내야 할 것인지를 수군거렸다. 당상들은 칸의 문서를 흉서(凶書)라고 불렀다. 누가 먼저 부르기 시작했는지는 알 수 없지만, 흉서는 내행전 마루에서 쓰기에 맞춤한 말이었다. 칸은 누런색을 좋아해서 황금빛을 황제의 색깔로

삼고 있었다. 칸의 문서는 누런 비단 두루마리에 적혀 있었다. 임금은 그 문서를 황서(黃書)라고 불렀다. 전하, 황서가 아니라 흉서이옵니다……. 아무도 아뢰지 않았지만, 황서가 임금의 입에 편안할 것임을 당상들은 다들 알고 있었다.

관량사가 물러간 뒤, 묘당은 어전에서 황서의 일을 논의했다. 내행전 마루에 봄볕이 깊이 들었다. 빛이 찌를 듯하여 늙은 신료들은 눈을 찌푸렸다. 나인이 처마 밑에 발을 내렸다. 임금이 말했다.

— 답서를 보내야 하지 않겠는가?

신료들이 침묵했다. 행궁 뒤 숲에서 발정한 암컷 산비둘기들이 앓는 소리를 구구거렸다. 한참 뒤에 김류가 말했다.

— 전하의 뜻을 말씀하셔야 신들이 글을 닦아 올릴 수 있을
  것이옵니다.
— 경들의 뜻은 어떠한가?
— 신들의 소견은 중요하지 않사옵니다. 전하께서 요리하신다면
  어찌 길이 없겠나이까. 성지를 밝혀주소서.

비둘기들이 마른 흙을 파헤치며 퍼덕거렸다. 퍼덕이는 소리가 내행전까지 들렸다. 임금이 천천히 말했다.

— 칸이 여러 가지를 묻더구나. ……나는 살고자 한다. 그것이

나의 뜻이다.

김상헌이 말했다.

　　— 살고자 하시는 뜻은 거룩한 것이옵니다. 신들은 전하의 뜻에
　　　따를 것이옵니다. 살고자 하실진대, 답서를 보내지 마옵소서.

임금이 한동안 김상헌을 바라보았다. 김상헌이 임금의 시선을 피해 고
개를 숙였다. 임금이 말했다.

　　— 예판의 문장이 단정하고 우뚝하더구나. 답서를 지으면
　　　어떻겠는가.

김상헌의 얼굴이 하얗게 질렸다.

　　— 아아, 전하, 신은……
　　— 말하라. 역적이 되기가 두려운가.
　　— 전하, 어찌…… 신은 죽음으로…….
　　— 살려 하는데 왜 죽음을 입에 담는가.

최명길이 말했다.

　　— 전하, 삼백 년 종사가 선비를 길러왔으니 어찌 상헌만을

문장이라 하겠나이까. 부디 상헌의 아름다움을 지켜주소서.
먼 후세에 상헌의 우뚝한 이름이 남한산성을 빛내게 해주소서.

김상헌이 이마로 마루를 찧으며 울었다. 울음이 끊어지는 사이사이에
김상헌은 말했다.

— 전하, 명길은 지금 어전에서 신을 조롱하는 것이옵니다.
  신이 홀로 면해서 홀로 우뚝하자는 것이 아니옵고, 전하께서
  살고자 하시는 뜻에 미력을 보태려는 것이옵니다. 적이
  말했듯이 삶은 거저 누릴 수가 없는 것이오니, 살고자 하는
  뜻을 더욱 굳건히 하옵소서.
— 뜻을 정했다고 이미 말했다.
— 적의 문서를 삼남에 돌려, 격분한 군사들을 불러 모으소서.
  이미 격서가 성 밖에 나가 있으니……

임금이 말했다.

— 이판의 말이 옳다. 문장이 어찌 예판뿐이겠느냐. 예판은
  울음을 거두라.

김상헌이 두 팔을 내밀어 마룻바닥을 짚었다.

— 전하, 지금 군신 간에 문장을 논하는 것이옵니까? 그런 것이

아니옵고…….

김류가 말했다.

　　— 비록 야지에서 곤고하나 이 나라는 전하의 나라이옵니다.
　　　중론을 묻지 마시고……
　　— 묻지 말고, 어쩌라는 말이냐?

아무도 대답하지 않았다. 민촌의 들에 쥐불을 놓는 연기가 행궁으로 흘러들었다.

밤중에 임금이 최명길을 침소로 불러들였다. 질청에 기거하는 정칠품들이 자정 무렵에 승지를 따라 행궁으로 올라가는 최명길을 문틈으로 내다보았다.
늙은 당하관 세 명이 내행전 마루에 먼저 와 있었다. 정오품 교리, 정오품 정랑, 정육품 수찬 들이었다. 나이 들어서 급제한 뒤 유배와 좌천과 파직을 거듭해온 노신들이었다. 환갑이 넘은 나이에 품계는 당하에 머물렀으나 벼슬길이 험난할수록 그들의 문장은 말을 다져서 단아하고 명료했다. 호종해서 성안으로 들어온 뒤 관등은 있고 보임은 없어서 민촌의 사랑에 기식하며 조석으로 행궁을 향해 절하면서 군량을 축내던 문한들이었다.
늙은 당하관 세 명의 면면을 보면서 최명길은 임금이 밤중에 부른 뜻을 짐작할 수 있었다. 최명길이 도착하자 임금은 신료 네 명을 방 안으로 들였다. 임금은 요 위에 앉고, 신료들은 윗목에 앉았다. 임금이 승지를 물리쳤다. 초 한 자루가 켜져 있었으나 방 안은 어두웠다. 얼굴들은 보이지 않고 목소리만 들렸다. 임금의 목소리가 낮게 깔리자 신료들의 목소리는 더욱 낮아졌다. 임금은 사흘 안으로 칸에게 보낼 국서를 지어서 올리라고 명했다. 당하관 세 명이 각각 글을 짓고, 최명길이 당하관들의 일을 독찰해서 마무리 짓고, 최명길 자신도 답서를 지어 올리라고 했다. 벽 위에서 임금의 그림자가 입을 열어 말했다.

> ― 저들이 나를 성 밖으로 나오라고 하는구나. 지켜서는 살 수가 없고 살려면 허물어야 하는데…… . 문구를 공손히 해서 저들이 돌아가기를 바라는 내 뜻을……

최명길이 임금의 말을 막았다.

> ― 전하, 말씀 마오소서. 신들이 이미 알고 있으니…….

정육품 수찬이 말했다.

> ― 신들은 늙고 병들어 사리에 어두우니 막중한 국사를 면하여주소서.

임금이 말했다.

— 아니다. 경들은 이미 늙고 병들어 살 날이 많지 않으니 스스로
　욕됨을 감당하라.

정오품 교리가 말했다.

— 문장은 여러 사람의 것을 뒤섞을 수 없는 것이옵니다. 당상들
　중에서 한 사람을 골라 분부하옵소서. 소신들은 당하로서
　경륜이 천하고 글이 각져서 감당할 수 없나이다.
— 아니다. 여럿이 해야 할 일이다. 내가 여럿의 글을 보고 하나를
　취하려 한다. 재론하지 않겠다. 이판이 두루 챙겨서 시행하라.

신료 네 명은 시차를 두고 한 사람씩 행궁을 나와 처소로 돌아갔다. 서
쪽 성벽에서 윤방(輪放)으로 잇달아 쏘아대는 총성이 들렸다. 다시, 더 먼
곳에서 한꺼번에 응사하는 총성이 들렸다. 가까운 총성이 멎고, 먼 총성
이 멎었다. 동장대 위로 하현달이 올랐다. 숲의 바닥이 환했고 성벽은 달
무리처럼 떠 보였다.

문 장 가

정육품 수찬은 밤새 잠들지 못했다. 호종해서 산성으로 들어온 일에 뼈가 저렸다. 임금의 파천 소식을 듣고 행주에서 홑몸으로 걸어서 산성으로 들어올 때는 호종만이 우러르고 배운 바 사람의 길이었다. 산성으로 가는 길은 멀고도 추웠다. 지금 다시 성을 빠져나갈 도리는 없었다. 정육품은 밤새 뒤척였다. 동틀 무렵 정육품은 자리에서 일어났다. 마당으로 내려가 찬물에 얼굴을 씻었다. 정육품은 갓에 도포를 차려입고 서안 앞에 앉았다. 아침 햇살이 장지문을 비추었다. 정육품은 붓을 들어 쓰기 시작했다. 임금에게 올리는 차자(箚子)였다.

신은 어려서 공맹(孔孟)과 퇴율(退栗)을 읽었으나 먼 말류를 더듬었고, 나이 들어서는 성은으로 출사하여 어두운 두메에서 목민(牧民)하였으나 아무런 치적이 없었나이다. 공 없이 늙어가는 천한 몸에 병마저 깊어서 하릴없이 성안에 들어와 곡식을 축내며 죽을 날을 기다리고 있사옵니다. 몸 안에 물기가 다 말라서 살갗이 비듬으로 부서져 흩어지고, 물을 자꾸 마셔도 이내 오줌으로 다 나와서 몸 안에 머물지 못하옵니다. 음식을 보아도 입안이 말라서 침이 고이지 않는데 잠 잘 때는 공연히 침이 흘러나와 베개를 적시니 추악하옵고, 울 때는 눈물이 나오지 않는데 웃을 때는 겨우 눈물이 나오니 괴이하옵니다. 또 가끔씩 자다가 아래가 저절로 열리고 대소변이 새어나와 더러운 거름 위에 뒹굴고 있으니 어찌 국서를 적을 수 있으며, 어찌 어전에 나아갈 수 있겠나이까. 며칠 전에는 성첩을 살피러 올라갔다가 빙판에 넘어지면서 인사불성이 되어 들것에 실려 내려왔사온데, 그 뒤로 눈이 핑핑 돌고 오장에서 화기가 들끓어 앉도 서도 못 하며 밤낮으로 망령이 보여 식은땀을 흘리며 헛소리를 주절대고 있나이다. 정신이 혼미하고 몸이 아득해서 이미 문자를 다 잊어버렸고, 서책을 덮은 지 오래되어 장구 (章句)를 엮어낼 도리가 없사옵니다. 더구나 빙판에서 넘어질 때 오른쪽 어깨를 삐어서 밥숟가락조차 들기가 어렵나이다.

신의 더럽고 잔약한 육신을 불쌍히 여기시어 국서를 지으라시는 분부를 거두어주시고, 어명을 받들지 못하는 죄를 따로 다스려주소서. 신의 몸에 내리시는 벌조차도 성은일진대, 신은 죽음을 무릅쓰고 아뢰나이다.

아침에 임금이 정육품 수찬의 차자를 읽었다. 임금은 한동안 천장을 올려다보았다. 임금이 김류와 최명길을 불러서 정육품의 차자를 보였다. 김류가 나장을 보내 정육품을 묶어서 북장대로 끌어왔다.

— 네가 너의 분뇨와 액즙의 일을 문장으로 적어서 어전에
　고하였느냐?

나장이 정육품을 장 쳤다. 다섯 대를 내리치자 볼기 사이에서 똥물이 비어져 나왔다. 날카로운 악취가 김류의 코를 찔렀다. 각지고 사나운 냄새였다.

— 과연 더러운 놈이다. 매우 쳐라.

똥물이 피와 뒤섞였다. 곤장이 볼기를 칠 때마다 똥물이 튀었고, 곤장이

치솟을 때마다 피똥이 허공에 흩어졌다. 중곤(重棍) 스무 대에 정육품은 실신했다. 벌어진 입에서 거품이 끓어나왔다.

— 몸속에 물기가 많은 놈이로구나. 끌어내라.

눈을 겨우 뜬 뒤에도 정육품은 두 발로 서지 못하고 뒹굴면서 오줌을 지렸다. 나장이 정육품을 들것에 실어서 부상자들을 수용한 사찰 마당으로 옮겼다.
임금이 최명길에게 말했다.

— 추하고 안쓰럽다. 육품 수찬의 일을 면해주어라.

최명길이 대답했다.

— 육품 수찬이 이미 곤장으로 몸이 망가져 붓을 쥘 수 없으니,
　수찬은 제 뜻을 이룬 것이옵니다.

임금이 말했다.

— 그렇겠구나……. 내가 졌다. 이판도 졌고…….

정육품 수찬이 매를 맞던 날 저녁에 정오품 교리가 죽었다. 칸에게 보낼 국서를 지어 올리라는 어명에 교리는 눈앞이 캄캄했다. 승지와 사관을

물리친 자리의 밀명이기는 했으나 일을 맡은 사람이 네 명이어서 기밀을 유지하기는 틀린 일이었다. 묘당과 질청의 당하들도 임금의 밀명을 눈치 채고 있었다. 문장이 떠오르지도 않았지만 글이 간택되어 칸에게 보내지면 후세 만대로 이어질 치욕이 교리의 눈앞을 절벽으로 막았다. 임금이 정한 시한은 사흘이었다. 첫째 날 교리는 한 줄도 쓰지 못했다. 교리는 지팡이를 짚고 밖으로 나와 저무는 논둑을 거닐었다. 주저앉을 듯이 다리가 후들거렸고 심장이 벌렁거렸다. 교리는 물웅덩이 옆에 주저앉아 숨을 몰아쉬었다. 교리는 오래된 협심증을 앓고 있었다. 얼굴빛이 수시로 붉었다가 파래졌고, 손등과 팔다리에 검은 핏줄이 불거져 나왔다. 심기가 허해서 잠을 청하고 누워 있으면 한없이 먼 곳으로 끌려가는 듯했다. 양기가 쇠진한 지 오래되었으나 가끔씩 꿈속에서 귀신과 교접하였다. 협심증을 앓는 노인들은 대체로 겨울에 죽었는데, 정오품 교리는 그해 겨울을 남한산성에서 살아냈다.

교리는 논둑에 주저앉아 고향을 생각했다. 교리의 고향은 낙동강 상류의 산간오지였다. 이 대째 벼슬이 끊긴 잔반의 장자로 태어났다. 삼 년에 한 번씩 식년시를 향해 다섯 번 문경새재를 넘었고, 빈손으로 넘어왔다. 새재 마루는 늘 구름 속에 잠겨 있었다. 새재를 되넘어 고향으로 돌아올 때, 고개 너머 서울을 아예 잊으려 작심했으나 다시 삼 년이 지나면 교리는 새재를 넘어갔다. 교리는 마흔이 훨씬 넘어서야 소과에 급제했다.

정육품 수찬이 차자를 올린 일로 매를 맞았다는 소문이 성안에 돌았다. 수찬이 차자를 올려서 국서를 짓는 일을 면제 받으려 했던 것인지, 아니면 일부러 똥오줌과 침과 눈물의 더러움을 적어 올려서 매를 맞고 반죽음이 되어 모면하려 했던 것인지는 알 수 없었으나, 수찬은 국서를 쓰지 않았다.

교리는 논둑에 주저앉아서 매를 맞는 수찬의 모습을 떠올렸다. 자신이 매를 맞듯이 온몸이 저렸고 항문이 옴질거렸다. 새재 너머 고향 마을에도 청병이 들어온 것인지, 교리는 알지 못했다. 처자식을 서울에 떼어놓고 어가를 따라 성안으로 들어왔으나 국서를 쓰라는 어명을 받고 나서 성안과 성 밖이 다르지 않음을 교리는 알았다.

달이 저물었다. 교리는 한기를 못 이겨 지팡이로 땅을 밀고 일어섰다. 일어선 교리는 허리를 펴기도 전에 다시 땅으로 쓰러졌다. 교리의 심장이 터졌다. 교리는 논둑에서 죽었다. 예순일곱 살이었고, 비첩 소생인 막내딸이 삼전도 청진 정명수의 군막에 끌려와 있었다. 교리는 막내딸 소식을 모른 채 죽었다. 성첩에서 내려온 군병들이 교리의 사체를 처소로 옮겼다. 교리는 민촌 사랑에 기식하고 있었다.

최명길이 교리의 사체가 옮겨진 방으로 달려갔다. 사체에 도포가 덮여 있었다. 도포 소매 밖으로 나온 손등에 핏줄이 굳어졌다. 사체 머리맡에 놓인 서안에는 하얀 종이 위에 붓 한 자루가 놓여 있었다. 종이 위에는 아무런 글자도 씌어 있지 않았고, 벼루 바닥은 말라 있었다.

최명길이 임금에게 정오품 교리의 죽음을 아뢰었다.

　　— 본래 심근이 부실한 자로, 천명이 다한 것이옵니다.

　　— 겨울을 용케 났구나. ……국서는 썼다던가?

　　— 종이를 펼쳐놓고, 먹은 갈지 않았사옵니다.

　　— 시작은 한 것인가?

　　— 종이를 펼쳤으니…….

임금이 혼자서 중얼거리듯이 말했다.

— 교리가 복이 많구나.

임금이 무명 열 자를 내렸다. 민촌의 노인들이 서안 위의 종이를 찢어서
사체의 겨드랑이며 사타구니의 추깃물을 닦아내고, 임금이 내린 무명으
로 염했다. 사체는 거적에 말려서 지게에 실려 나갔다. 교리는 남문 안쪽
비탈에 묻혔다. 흙이 풀려서 삽을 깊게 받았다. 봉분이 없는 평토장(平土
葬)이었다.

정오품 정랑은 하루 종일 방 밖으로 나가지 않았다. 칸에게 보낼 국서를
쓰라는 어명을 받은 줄 성안이 모두 알아서 정랑은 외출할 수 없었다. 질
청의 당하관들은 정랑의 방을 흘깃거렸으나 아무도 찾아오지는 않았
다. 명을 받은 네 사람 중 수찬은 매를 맞아 초주검이 되었고, 교리는 때
가 되어 죽었다는 소식을 질청 노복이 전해주었다. 국서를 쓰는 일은 정
랑을 더욱 조여왔다. 임금이 정한 시한은 하루가 남았다. 정랑은 매를 맞
을 수도 없었고, 죽을 수도 없었다. 화친이 성립되어 칸이 군사를 거두어
돌아가고 임금이 환궁한 연후에 산성 안에서 목숨을 구걸하는 글을 쓴
자는 살아남기 어려워 보였다. 또 글이 간택되어 칸에게 간 뒤에 칸이 더
욱 노하여 성을 으깨버리면 산성과 행궁과 종사가 모두 없어진 풀밭에
글 쓴 자의 오명만이 전해질 것이었다.
지켜서는 살 수가 없고, 살려면 허물어야 하는데……. 임금의 말에 정랑
은 매달려 있었다. 자리에 누워 천장을 바라보면서 정랑은 임금의 말을

곱씹었다. 임금은 살려는 것이었다. 이판과 예판이 다르지 않을 것이고, 당상·당하와 성첩의 군병들과 마구간 노복이 다르지 않을 것이었다. 죽을 수도 없고 살 수도 없었지만, 정랑은 글을 쓸 수 없었다. 나라가 없고 품계가 없는 세상에서 정랑은 홀로 살고 싶었다. 정랑의 몸은 남한산성에 있었다. 임금이 곶감을 보내 정랑의 노고를 위로했다. 정랑은 곶감을 윗목으로 밀쳐놓고 먹지 않았다.

정랑은 간택되지 않을 글을 지어서 바칠 수밖에 없었다. 그것만이 살 길이었고, 달리 길은 없었다. 정랑은 붓을 들어서 썼다. 글은 쉽게 풀려나왔다.

또 대륙과 소방(小邦)의 역사를 살피건대, 지금부터 일천 년 전에 당의 황제가 고구려를 징치하고자 친히 군사를 거느리고 요동으로 건너와 안시성을 포위했습니다. 그때 성안의 고구려 군사들은 황제의 깃발을 향해 욕을 해대며 성 밖으로 몰려나와 황제의 토성 진지를 무너뜨렸습니다. 싸움은 석 달 동안 계속되었는데 공방 간에 승부를 가릴 수 없었고, 요동에 겨울이 일찍 와서 풀이 마르고 눈이 내리자 황제는 군사를 거두어 돌아갔습니다. 돌아갈 때 황제는 고구려 군병들의 용맹을 가상히 여겨 비단 백 필을 내려주었고, 안시성 성주 양만춘은 장대에 올라가서 돌아가는 황제에게 절하며 전송의 예를 갖추었으니, 돌아가고 또 보내는 예법이 아름다움을 알 것입니다. 하물며 이 작은 산성은 황제의 일산을 향해 욕을 한 적이 없었고 삼전도 본진을 겨누지도 않았으며……

정랑은 노복을 시켜서 글을 최명길에게 보냈다. 쓰기를 마치고 정랑은 자리에 누웠다. 초저녁부터 정랑은 깊이 잠들었다.

정랑은 남한산성에 갇혀서 안시성을 끌어대고 있었다. 안시성과 남한산성은 무엇이 같고 무엇이 다른가를 더듬어나가려는 생각을 최명길은 내버렸다. 정랑은 왜 칸에게 보낼 문서에서 안시성을 들먹이는 것일까. 남한산성은 안시성에 이어진 성벽인가. 최명길은 정랑의 생각을 생각했다. …정랑이 미쳤나? 정랑이 미쳤구나. 늙어서 병들고, 무거워서 일어설 수 없고, 갇혀서 내디딜 수 없고, 막혀서 보이지 않아 정랑은 미쳐버렸구나……. 정랑은 안시성과 남한산성 사이에서, 천 년의 이쪽과 저쪽 사이에서 미친 척하고 있는 것일까. 일어설 수 없고 내디딜 수 없고, 본다고 보이는 것이 아니라 보여야 보는 것인데 볼 수도 없고 보이지도 않아서 정랑은 미친 척을 하고 있는 것인가. 미친 척을 하고 있다면 정랑은 미치지 않았겠구나. 정랑은 제정신으로 제 앞을 내다보고 있겠구나. 임금은 또 지는구나. 정랑이 이기는구나. 정랑이 임금을 이기고 묘당을 이기고 남한산성을 이기고 칸을 이기는구나. 매 맞은 정육품 수찬이 이기고, 죽은 정오품 교리가 이기고, 미치지 않은 정오품 정랑이 이기는구나…….

역적

최명길이 먹을 갈았다. 남포석 벼루는 매끄러웠다. 최명길의 시선이 벼루와 먹 사이에서 갈렸다. 새카만 묵즙이 눈에서 나오는가 싶었다. 묵즙이 흘러서 연지에 고였다. 최명길이 붓을 들었다. 최명길이 붓을 적셨다. 최명길이 젖은 붓을 종이 위로 가져갔다.

소방은 바다 쪽으로 치우친 궁벽한 산골로, 시문과 담론에 스스로 눈이 멀어 천명의 순환에 닿지 못했고 천하의 형세를 살피지 못하였습니다. 캄캄한 두메에서 오직 명을 아비로 섬겨왔는데, 그 섬김의 지극함은 황제께서 망월봉에 오르시어 친히 보신 바와 같습니다.

소방의 몽매함은 그러하옵고, 이제 밝고 우뚝한 황극(皇極)이 있는 곳을 벼락 맞듯이 깨달았으니, 새로운 섬김으로 따를 수 있는 길이 비로소 열리는 것이옵니다.

소방의 군신들이 들불처럼 휘몰아오는 황군의 위무를 차마 영접하지 못하고 우선 몸을 피해 산성으로 들어왔으나 어찌 감히 대국에 맞서려는 뜻이 있겠나이까. 쫓기는 작은 짐승이 굴속으로 숨어든 일을 황제께서 기어이 군사를 움직여 꾸짖으신다면, 소방은 황제의 은덕에 닿지 못하여 오직 죽음이 있을 뿐이옵니다.

또 성벽에서 닭싸움하듯 소소한 다툼이 없지는 않았으나, 그 또한 한 줄기 허술한 돌담을 지켜보려는 미망이었을 뿐 어찌 황제의 군사에 대적할 뜻이 있었겠나이까.

황제께서 친히 여러 강을 건너시어 이 궁벽한 산골로 내려오시니, 오셔서 소방의 죄를 물으시더라도 복되고 또 기뻐서 달려나가 배알하려 하나 황제의 크신 노여움과 깊으신 근심이 또한 두려워서 소방은 차마 나아가지 못하고 돌담 안에서 머리를 조아릴 뿐이옵니다.

이제 스스로 새로워지고 기뻐서 따르려는 소방의 뜻이 돌담 안에서 시들지 않도록 살펴주시옵고, 모든 생령의 살고자 하는 기운을 거두어서 기르시는 황제의 천하에 소방이 깃들게 하여주시옵소서……

구들이 일찍 식었고 노복은 잠들었다. 붓끝이 얼어서 종이가 서걱거렸다. 연지에 고인 묵즙에도 살얼음이 잡혔다. 최명길은 곱은 손을 비볐다. 붓끝의 얼음을 털어내고 다시 묵즙을 찍어서 최명길은 써나갔다. 붓끝이 자주 굳었고, 글은 더디게 나아갔다.

황제께서 끝내 노여움을 거두지 아니하시고 군사의 힘으로 다스리신다면 소방은 말길이 끊어지고 기력이 다하여 스스로 갇혀서 죽을 수밖에 없으니, 천명을 이미 받들어 운영하시는 황제께서 시체로 가득 찬 이 작은 성을 취하신들 그것을 어찌 패왕의 사업이라 하겠나이까. 황제의 깃발 아래 만물이 소생하고 스스로 자라서 아름다워지는 것일진대, 황제의 품에 들고자 하는 소방이 황제의 깃발을 가까이 바라보면서 이 돌담 안에서 말라 죽는다면 그 또한 황제의 근심이 아니겠나이까. 하늘과 사람이 함께 귀의하는 곳에 소방 또한 의지하려 하오니 길을 열어주시옵소서……

쓰기를 마치고 최명길은 방 밖으로 나왔다. 툇마루에 걸터앉아 최명길은 성벽 너머 먼 산악 쪽에서 동 터오는 새벽을 바라보았다. 임금이 정한 시한의 마지막 날이었다. 일찍 깬 새들이 지저귀었다. 먼 봉우리들이 깨어나고 안개가 골짜기 아래로 깔렸다. 새벽빛이 닿은 숲이 열려서 젖은 향기를 풀어냈다. 열리는 숲에서 새들이 날개 치는 소리가 퍼덕거렸다. 해가 성벽 위로 올라올 때까지 최명길은 툇마루에 앉아서 동트는 새벽을 바라보았다. 햇살이 퍼져서 질청 마루에 닿았다. 최명길은 글자가 적힌 종이를 들고 나와 마루 위에 펼쳤다. 마지막 몇 글자가 마르기 전에 얼어서 종이가 오그라져 있었다. 최명길은 아침 햇살에 글자들을 녹여서 말렸다.

임금의 밀명은 묘당에 퍼졌고, 행궁 담을 넘어서 민촌에 기거하는 당하들까지도 알았다. 임금이 야심한 시간에 네 사람을 침소로 불러들였고, 승지와 사관을 물리친 자리였다는 것을 민촌의 백성들도 알았다. 당하들이 행궁 담 밑에 모여 이마로 돌담을 찧으며 울었다.
임금은 문서를 감출 수가 없었다. 묘당은 최명길이 쓴 문서를 돌려서 읽었다.

> …… 전하, 최명길의 글이 칸을 황극이라 일컫고 있으니 만고에
> 없는 일이옵고, 명에게도 바치지 않았던 말이옵니다.
> …… 또 명길이 칸의 나라를 가리켜 '하늘과 사람이 함께 귀의하는
> 곳'이라 하였는데, 천인소귀(天人所歸)는 하늘을 칸에게
> 내주자는 뜻으로, 이는 칸의 신하라 해도 입에 담을 수 없는
> 말이옵니다. 문서를 칸에게 보내기 전에 우선 명길을 문초하여
> 삼전도를 오가면서 용골대에게 무슨 밀약을 받았는지를 먼저
> 알아내야……

시선을 서안 너머 마룻바닥에 고정시킨 채 임금은 고요했다. 신료들의 목소리가 합쳐져서 누구의 말인지 임금은 분간할 수 없었다.
김상헌이 앞으로 나왔다.

　　— 전하, 뜻을 빼앗기면 모든 것을 빼앗길 터인데, 이 문서가 과연
　　　살자는 문서이옵니까?

임금은 대답하지 않았다. 김상헌이 다시 임금을 다그쳤다.

　　— 전하, 이제 칸을 황극으로 칭하였으니 문서가 적에게 가면
　　　전하는 칸의 신이 되고, 신들은 칸의 말잡이가 되며, 백성들은
　　　칸의 종이 되는 것이옵니까?

임금은 대답하지 않았다. 김상헌이 다시 말했다.

　　— 적이 비록 성을 에워쌌다 하나 아직도 고을마다 백성들이 살아
　　　있고 또 의지할 만한 성벽이 있으며, 전하의 군병들이 죽기로
　　　성첩을 지키고 있으니 어찌 회복할 길이 없겠습니까. 전하,
　　　명길을 멀리 내치시고 근본에 기대어 살 길을 열어나가소서.

최명길이 말했다.

　　— 상헌은 제 자신에게 맞는 말을 하고 있는 것이옵니다.

이제 적들이 성벽을 넘어 들어오면 세상은 기약할 수 없을
것이온데, 상헌이 말하는 근본은 태평한 세월의 것이옵니다.
세상이 모두 불타고 무너진 풀밭에도 아름다운 꽃은 피어날
터인데, 그 꽃은 반드시 상헌의 넋일 것이옵니다. 상헌은 과연
백이(伯夷)이오나, 신은 아직 무너지지 않은 초라한 세상에서
만고의 역적이 되고자 하옵니다. 전하의 성단으로, 신의
문서를 칸에게 보내주소서.

김상헌이 두 손으로 머리를 싸쥐고 소리쳤다.

　　— 전하, 명길의 문서는 글이 아니옵고……

최명길이 김상헌의 말을 막았다.

　　— 그러하옵니다. 전하, 신의 문서는 글이 아니옵고 길이옵니다.
　　전하께서 밟고 걸어가셔야 할 길바닥이옵니다.

김류가 말했다.

　　— 명길이 제 문서를 길이라 하는데 성 밖으로 나아가는 길이
　　어찌 글과 같을 수야 있겠나이까. 하지만 글을 밟고서 나아갈
　　수 있다면 글 또한 길이 아니겠나이까.

임금이 겨우 말했다.

　　— 영상의 말이 어렵구나. 쉬고 싶다. 다들 물러가라.

밤중에 임금이 승지를 불러서 문서에 국새를 찍었다.

새벽에 서날쇠는 동쪽 성벽 밑에 도착했다. 서날쇠는 바랑에서 호미를
꺼내 나갈 때 구멍을 막았던 흙을 긁어냈다. 서날쇠는 배수구 구멍을 기
어서 성안으로 들어왔다. 성첩의 초병들은 구멍으로 기어드는 서날쇠를
보지 못했다.

빛가루

김상헌은 행궁에서 나와 서날쇠의 대장간으로 갔다. 오랫동안 불길이 닿지 않은 화덕 아궁이 속으로 찬 바람이 빨려들었고, 바람에서 매캐한 불 냄새가 났다. 서날쇠는 진흙을 이겨서 무너진 아궁이 안쪽을 바르고 있었다. 서날쇠의 몸에서는 먼 길의 한기가 풍겼으나 피로의 기색은 없었다. 서날쇠가 김상헌을 방 안으로 모셨다.

— 나루는 내가 건사했다. 몸이 성해 뵈니 안심이다. 다녀온 일은 어찌 되었느냐?

서날쇠는 이배재 고개 너머 경기, 충청의 여러 고을을 다녀온 일과 봄이 오는 들과 마을의 모습을 김상헌에게 고했다. 서날쇠는 고갯길을 버리고 팔부 능선의 잡목 숲을 가로질러 이배재 고개를 넘었다. 청의 기병들이 평야를 가로막고 있었다. 기병이 이동한 길을 따라 말똥이 흩어져 있었다. 더운 똥도 있고 언 똥도 있었다. 서날쇠는 언 똥이 깔린 길을 골라서 남쪽으로 내려갔다. 청의 기병 진지에 가로막히면, 추수가 끝난 빈 논 위에 낟가리를 덮고 엎드려서 청병의 경계가 허술해지는 틈을 기다렸다. 서날쇠는 안성, 평택, 수원, 오산, 입장, 천안을 거쳐서 추풍령 아래 영동에서 길을 돌려 다시 남한산성 쪽으로 향했다. 돌아오는 길에 수원에서 안성 쪽으로 길 없는 산속을 헤집고 나갈 때, 거기까지 올라온 전라 감사의 군진을 만났다. 전라 감사는 주리고 지친 군사 오백을 거느리고 있었다. 광주에서 안성까지 올라온 전라 감사는 도원수의 지휘에 닿지 못했다. 남한산성이 멀지 않았으나 전라 감사는 소규모 부대로 산속에 포진한 채 나아갈 방향을 알지 못했다. 양도가 끊어진 군사들이 겨울 산의 양지쪽 사면을 뒤져서 밤을 줍고 있었다. 서날쇠는 전라 감사에게 임금의 격서를 전했고, 전라 감사가 다시 멀고 가까운 지방 관군 부대들에 격서를 돌렸다.

서날쇠는 또 말했다. 남쪽에는 눈이 녹아서 개울물이 불었고 산수유 꽃망울이 맺혀서 산들이 구름처럼 부풀었으며, 청병이 들어오지 않는 오지 마을들은 비탈 논에 쥐불을 놓고 두엄을 실어냈고 두 살배기 어린 소를 빈 논으로 끌고 나와 매질을 해서 농사일을 가르쳤다. 영동 구름재 아랫마을에서는 술도가 집 아들과 심마니 딸이 산비탈 돌부처 앞에서 혼례식을 올렸고, 그 윗동네에서는 화전에 수수를 심은 노인이 죽었는데 산이 가팔라서 상여가 올라가지 못해 노인은 살던 너와집 앞마당에 묻혔다.

　　— 전라 감사가 문서를 전하지는 않더냐?
　　— 문서는 없었사옵고, 여러 고을의 감병사들이 이미 남한산성을
　　　향해 출병했으나, 도원수의 지휘에 닿지 못해서 진로가 엇갈려
　　　부대를 합치지 못했고, 또 청의 기병이 들을 가로막아 뚫고
　　　나갈 길을 찾고 있다고 전하라 하였사옵니다.

김상헌이 서날쇠의 두 손을 잡았다.

　　— 장하다. 내 너를 천거하여…….

김상헌이 스스로 말을 끊었다. 서날쇠가 물었다.

— 성안은 별고 없으셨나이까?

국서가 이미 삼전도로 떠났다는 말을 김상헌은 하지 못했다. 말해주지 않아도 서날쇠는 곧 알게 될 것이었다. 김상헌은 말했다.

— 아무 일 없으나, 갇혀서 답답하구나.
— 봄에는 조정이 나가는 것이옵니까? 조정이 비켜줘야 소인들도 살 것이온데…….

김상헌은 대답하지 못했다.

서날쇠가 전라 감사에게 전한 격서가 여러 군진을 돌았다. 밀사들이 산악과 들판을 오가며 선을 이었다. 강원도 관찰사가 향병 일천을 이끌고 남한산성 동쪽 이십 리 들에 이르렀다. 날이 저물었다. 관찰사는 야습을 피해 군진을 고지로 옮겼다. 고지 위에 청의 포병이 매복하고 있었다. 강원도 군사들은 계곡을 따라 고지로 향했다. 계곡은 좁았다. 위에서 내리쏘는 포격에 강원도 군사는 육부 능선에서 함몰되었다.

경상 좌·우의 절도사들이 부대를 합쳐서 남한산성 동남쪽 삼십 리에 이르렀다. 경상도 군사들은 이배재 고개로 향했다. 청의 정탐이 고개 위로 달려와 조선군의 진격을 알렸다. 청의 기병들이 들판 가장자리 산 뒤에서 나타났다. 조선 군사들은 앞쪽으로 밀렸다. 능선 쪽에서 청의 포병들이 일제히 발사했다. 절도사들은 죽고 군사들은 흩어졌다.

충청 감사가 거느린 사수, 궁수 오백은 남한산성 남쪽 삼십 리 밖에서 청의 기병대열에게 진로가 막혔다. 충청도 군사들은 고지로 올라갔다. 아직 진지를 파기 전에, 청의 보병들이 산을 에워싸고 아래서 위로 쳐올라왔다. 싸움은 저녁부터 아침까지 계속되었다. 청병이 모두 죽고, 조선 군사들도 모두 죽었다. 양쪽의 피가 섞여서 계곡물에 흘러들었다. 다시 날이 저물고, 청병이 진 쳤던 빈 들에서 말들이 서성거렸다.

성 밖의 먼 고지에서 싸움이 벌어지는 밤에, 남한산성 서장대에서는 먼 고지의 어지러운 불빛들이 보였다. 불빛들은 빛의 가루처럼 가물거렸다. 고지의 위쪽과 아래쪽에서 대열을 이루며 가까워지던 불빛들은 쫓고 쫓기면서 뒤섞이다가 하나둘씩 꺼졌다.

칸은 조선 왕이 보낸 문서를 군장들 앞으로 내던졌다. 군막 바닥에서 종이가 풀어졌다. 엎드린 군장들은 두루마리를 줍지 못했다.

　　― 조선의 말이 사특하다. 이것이 대체 무슨 말이냐?

용골대는 대답하지 못하고 머리를 조아렸다.

　　― 말하라. 너희들은 알겠느냐? 나는 모르겠다. 이것이 뭐라고
　　　해대는 말이냐?

정명수가 뒤쪽에서 말했다.

　　― 저들이 삶을 구걸하면서도, 스스로 죽을 수밖에 없다고

하였으니……

— 거기까지는 나도 알겠다. 그래서 어쩌자는 말이냐?

— 폐하께서 군사를 거두어 돌아가주십사는 뜻으로 아옵니다.

칸은 자리에서 일어섰다. 두 주먹으로 탁자를 내리치며 노한 목소리로
고함쳤다.

— 그 말이냐? 그 말이 이리도 요사스러우냐?

— 저들의 말이 본래 그러한지라…….

칸이 바닥에 펼쳐진 조선의 국서를 밟고 군막 밖으로 나갔다. 개들이 칸
을 따라갔다. 엎드린 군장들이 칸이 나가는 쪽으로 몸을 틀었다. 칸이
돌아보며 다시 고함쳤다.

— 너희들이 이런 종이를 받아서 나에게 들이미느냐? 종이를
　　돌려보내라.

칸은 강가로 나왔다. 칸은 돌멩이를 집어서 물 위로 던졌다. 개들이 돌멩
이를 따라 물에 뛰어들어 헤엄쳤다. 다시 군막으로 돌아온 칸은 조선의
문서를 접수한 문한관 두 명을 목 베었다.

용골대는 위병들을 거느리고 망월봉으로 올라갔다. 정명수가 따라왔
다. 망월봉 꼭대기에는 포병들이 군막에 상시 주둔했고, 보병들의 참호

진지가 팔부 능선을 따라 봉우리를 돌아나갔다.

화포들은 조선 행궁과 부속 건물들, 성안의 관아, 장대, 사찰을 향해 조준을 고정시켜놓고 있었다. 화포들은 기름에 번들거렸다. 포병 군장이 군막에서 달려나와 용골대에게 군례를 바쳤다. 용골대는 포루 위로 올라갔다.

용골대는 조선의 성안을 살폈다. 눈을 가늘게 떠서 먼 곳들을 당겼다. 성안은 고요했다. 연기 한 줄 오르지 않았고, 논밭에도 인기척이 없었다. 오목한 성안에 아지랑이가 끓어서 논둑이며 길이 흔들렸고, 조선 행궁 지붕이 공중에 떠 보였다. 용골대가 정명수에게 물었다.

　　— 조선 왕의 처소가 어디냐?
　　— 저쪽, 산기슭 쪽으로 가운데 건물이옵니다.
　　— 늘 저 안에 들어앉아 있느냐?
　　— 아마 그러할 것이옵니다.

홍이포는 포루의 맨 앞줄에 배치되어 있었다. 용골대가 포병 군장에게 명했다.

　　— 오늘 몇 방을 보내야겠다. 포탄을 얹어라. 조선 왕의 처소는
　　　부수지 말고, 그 언저리를 바싹 겨누어라.

포병들이 달려왔다. 포병들은 조준 각도를 점검하고 홍이포 다섯 문에 장전했다.

― 방포하라.

포탄이 날아갔다. 홍이포가 뒤쪽으로 반동했다. 포병들이 달려들어 물러난 포신을 제자리로 끌어놓고 다시 불을 당겼다. 포탄이 날아갔다. 용골대의 찌푸린 시선이 탄도를 따라갔다. 포탄은 성안의 농경지 위를 길게 건너갔다. 내행전 오른쪽 건물이 포탄 세 발을 맞고 부서졌다. 먼지가 일었다. 하얀 행궁 마당에서도 먼지가 일었다. 사람의 모습은 보이지 않았다.

― 조준이 좋구나. 좀 더 쏴라.

다시 다섯 발이 동시에 날아갔다. 행궁 돌담이 무너져 내렸다. 사람의 모습은 여전히 보이지 않았다.
용골대가 정명수에게 물었다.

― 빈 성이냐? 왜 사람은 보이지 않느냐?
― 아마도 먼지 속에서 갈팡질팡하고 있을 것입니다.

용골대가 포병 군장에게 명했다.

― 더 이상은 쏘지 마라. 잘 들여다보고 있다가 징조가 특이하면
   전령을 보내라.

용골대는 한나절 만에 망월봉에서 내려왔다.

홍 이 포

칸이 용골대를 불러들였다. 칸은 군막 안 철판 온돌에 누워 등을 지지고
있었다.

　　— 강화도는 어찌 되었느냐?
　　— 조선 왕의 어린 원손과 그 어미 그리고 왕자 두 명이 사대부와
　　　　약간의 군사를 거느리고 섬으로 들어가 나오지 않고
　　　　있사온데, 강화는 농지가 넓고 물산이 많아 오래 버틸까
　　　　걱정이옵니다.
　　— 너의 군사는 가까이 있느냐?
　　— 섬으로 건너가는 월곶나루에 보병과 기병 도합 일만이
　　　　대기하고 있사옵니다.
　　— 조선이 섬을 믿고 이러는구나. 군사를 움직여서 섬을 힘껏
　　　　부수어라. 섬을 현지 군장의 처분에 맡긴다. 하나 조선
　　　　왕족들은 살려서 내 앞으로 끌고 오라.
　　— 황명을 곧 월곶에 전하겠나이다.
　　— 그리고 저 돌담의 한쪽 구석을 헐어내라. 날이 풀리고 흙이
　　　　들떠서 어렵지 않을 것이다. 헐어내고, 넘어 들어가지는
　　　　말아라.

전령단 기병 이백이 월곶으로 떠났다.
용골대는 경포(輕砲)와 보병 정예 삼천을 군진 마당에 모았다. 남한산성
의 성벽을 뭉개러 올라갈 병력들이었다.

칸이 문한관 세 명을 불러들였다. 조선의 국서를 접수한 문한관 두 명이 처형된 뒤, 문신들은 칸의 군막 둘레에 대죄하고 있었다. 칸은 남한산성 으로 들여보낼 문서를 다시 작성하라고 일렀다.

나를 따르려는 너의 기쁨을 참되게 드러내 보여라. 내가 너의 기쁨의 참 됨을 알게 하라. 내가 너의 신생(新生)의 참됨을 알게 하라. 나로 하여금 알게 하면 너의 왕 노릇을 빼앗지 않겠다. 너와 너의 세자 그리고 신하들 은 성문을 열고 산길을 걸어서 내 앞으로 나와 얼굴을 보이고 나의 조칙 을 받으라. 내 앞에 오기 전에 먼저 너의 신하들 중에서 나에게 거역하고 맞서기를 극언했던 자들을 네 손으로 묶어서 나에게 보내라. 네가 나에 게 보낸 문서는 무슨 뜻인지 알 수 없어서 돌려보낸다……. 이러한 뜻을 분명히 적어 올리라고 칸은 명했다. 칸은 말했다.

— 글을 곧게 써라. 그래야 저들이 알아듣는다.

문한관이 글을 지어 올렸다.

네가 사특한 입질과 기름진 붓질로 몽롱한 문장을 지어서 나를 속이 려 하니 나를 따르겠다는 너의 기쁨이 대체 무엇이냐. 너의 문서는 돌 려보낸다. ……너의 신하들 중에서 나를 적대하고 능멸해서 결국 너 를 그 돌구멍 속으로 몰아넣은 자들을 너의 눈으로 찾아내고, 너의 손으로 묶고, 너의 군사에게 끌리게 해서 나에게 보내라. 죽여서 그 머 리를 높이 걸어 너희 나라의 후세 만대를 가르치려 한다.
만일 보내지 않으면 내가 너의 성을 깨뜨리는 날에 나는 내 손으로 너

의 성을 뒤져 그자들을 찾지는 않겠다. 그날, 나는 너의 성안에 살아
있는 모든 자들에게 나를 능멸한 죄를 묻게 될 것이다.

용골대가 조선 관원들을 불러서 칸의 두 번째 문서를 주었고, 돌아가는
관원들 편에 조선 왕의 국서를 돌려보냈다.

칸이 정명수를 불러들였다. 칸이 정명수를 가까이 부르기는 처음이었다.

　　— 너는 지금 산성으로 올라가라. 가서 저들을 불러내어, 내가
　　　군사를 모두 조선에 두고 곧 심양으로 돌아가려 한다고 말을
　　　퍼뜨려라.

정명수가 엎드린 채 고개를 들어 칸을 올려다보았다.

　　— 폐하, 어찌 조선 왕이 나오기 전에…….
　　— 내 심중을 묻지 마라. 너는 가서 그렇게 전해라.

정명수가 위병 오십을 거느리고 남한산성 서문 쪽으로 올라갔다.
강화도를 부수고 남한산성 성벽의 구간 두어 군데를 헐어내고 또 황제
가 돌아가려 한다는 소문을 성안에 전하면, 성은 오그라들고 일은 신속
히 끝날 것이었다.
칸은 군막 밖으로 나왔다. 강물이 불어서 모래톱으로 넘어 들어왔다.
…조선의 강들이 다 녹았구나……. 돌아갈 먼 길과 건너야 할 많은 강을

생각하면서 칸은 물 위로 돌멩이를 던졌다.

망월봉에서 터지는 화포 소리는 내행전 마루에서 들렸다. 임금과 신료들이 망월봉 쪽을 바라보았다. 새카만 점들이 빠르게 날아오면서 커졌다. 행궁 담장이 무너졌다. 돌덩이가 튀고 먼지가 일었다. 신료들은 임금을 에워싸고 행궁 뒷문으로 빠져나가 산으로 올라갔다. 포탄은 계속 날아왔다. 임금은 바위에 앉고, 신료들은 그 둘레에 주저앉아 몸을 낮게 웅크렸다. 금군들이 달려와 임금의 앞뒤에 도열했다. 김상헌이 임금의 몸앞을 막아섰다.

　　— 전하, 적들이 이리도 무도하나 스스로 망할 것이옵니다. 오직
　　　성심을 굳게 하소서.

포격이 뜸해졌다. 망월봉 위에서 푸른 화약 연기가 길게 흘러갔다. 병조판서 이성구가 아뢰었다.

　　— 지금 터지는 화포는 홍이포라는 것이옵니다. 홍이포는 길이가
　　　두 장 반에 무게는 삼천 근이고, 포탄은 수박만 한데, 곧게 이십
　　　리를 날아가 표적을 맞춘다 하니 천하에 장한 무기이옵니다.

다시 포탄이 날아와 행궁 마당에 떨어졌다. 행전 기둥이 흔들리면서 기와가 흘러내렸다. 마당이 파였고 흙이 튀었다. 새들이 비명을 지르며 날아올랐다. 이성구는 또 말했다.

— 신미년에 진위사(陳慰使)를 따라 북경에 다녀온 역관이
　　전하기를, 중원에서 서양은 구만 리 상격으로 걸어서 삼
　　년이 걸리는데, 그 서쪽 끝에 화란(和蘭)이라는 나라가
　　있다 하옵니다. 화란 사람들의 얼굴이 붉어서 홍이(紅夷)라
　　일컫는데, 홍이들이 화포를 만들어 명에게 팔았고, 청이 다시
　　명으로부터 빼앗은 것이옵니다.

다시 다섯 발이 날아와 행궁 담장 밖 길 위에 떨어졌다.
김류가 말했다.

— 그러니 본래는 명이 청을 쏘던 무기이옵니다.

임금의 시선이 탄도를 따라갔다. 임금이 말했다.

— 경들이 해박하구나.

포격이 끝나고서도 임금은 한나절을 산에 머물렀다. 금군들이 무너진
돌더미를 들것으로 실어내고 파인 마당을 메웠다. 이시백이 서장대 군
병들을 데리고 행궁으로 내려왔다. 이시백은 무너진 행궁 담장을 목책
으로 막았다. 저녁에 임금과 신료들은 내행전으로 돌아왔다.
칸이 군사를 조선에 놓고 곧 돌아가리라는 말을 서문 대장이 묘당에 올렸
다. 칸이 돌아가고 나면 말길은 아주 끊기고 성 밖은 용골대의 세상이 될
것이므로, 칸이 돌아가기 전에 성 밖으로 나아갈 길을 열어야 한다고 최

명길은 말했다. 살려는 뜻은 나에게 있고 적에게 있는 것이 아니므로, 칸이 돌아가거나 돌아가지 않거나 아무런 차이가 없는 것이라고 김상헌은 말했다. 칸이 온 것과 칸이 돌아가는 것은 똑같이 두려운 일이라고 김류는 말했다. 마당에 들뜬 흙을 바라보면서 임금은 아무 말도 하지 않았다.

저녁 밀물에 청병 일만이 월곶나루를 건너갔다. 척후병 열 명이 먼저 경선(輕船)을 몰아서 강화 쪽 나루에 닿았다. 언덕에 매복한 조선 초병 두 명이 청의 척후들을 조준했다. 화약이 젖어서 조총은 발사되지 않았다. 조선 초병은 달아났다. 달아나던 초병들이 총을 맞고 거꾸러졌다. 청의 척후들은 나루에서 돈대까지의 경사지를 정찰했다. 조선 관군은 보이지 않았다. 강화 쪽 물가는 조용했고, 물새들이 울었다. 청의 척후들이 물 건너 월곶나루의 본진을 향해 깃발을 흔들었다. 군선 사십 척이 발진했다. 월곶 쪽 포루에서 홍이포가 선단을 엄호했다. 포탄은 물을 건너서 섬 안쪽으로 날아갔다. 섬에 상륙한 청병은 강화산성으로 향했다.
강화 검찰사 김경징은 배를 내어 달아났다. 조선 관군은 해안 돈대에 배치되어 있었다. 관군들이 산성으로 집결하기 전에 청병이 산성을 포위했다. 산성 안에는 원손과 빈궁, 왕자와 원로대신 들이 들어와 있었고, 피란민들이 성첩을 지켰다. 늙은 원임 대신 김상용이 싸움을 지휘했다.

— 성을 지켜라. 물러서지 마라.

김상용은 지팡이를 짚고 성첩을 돌며 소리쳤다. 빈궁과 숙의와 사녀와 나인 들이 끌어안고 통곡했다. 동쪽 성문이 깨지면서 청병이 몰려들어

왔다. 성문에서 정전正殿 쪽으로 칼날의 대열이 번뜩이며 다가왔다. 청장은 정전에 자리 잡았다. 청병들이 성첩으로 올라왔다. 청병은 성첩을 돌며 청소하듯 도륙해나갔다. 김상용은 쫓기면서 남문 문루 위로 올라갔다. 종이 따라왔다. 문루 위에 미처 쓰지 못한 화약 더미가 쌓여 있었다. 김상용이 화약 더미로 다가갔다. 종이 김상용의 도포 자락을 잡았다.

— 대감, 어찌…….
— 당면한 일을 당면하려 한다. 너는 돌아가라.

종은 돌아가지 않았다. 김상용이 화약 더미에 불을 붙였다. 종이 김상용의 몸을 덮쳐서 끌어안았다. 화약이 터졌다. 문루가 무너져 내렸고, 김상용의 육신이 흩어졌다. 종이 함께 죽었다.
위패를 받들고 강화도로 들어온 늙은 선비가 행랑에서 목을 매어 자살했다. 선비가 종에게 유서를 남겼다.

아들아, 너는 목숨을 귀하게 여겨 몸을 상하게 하지 마라. 아아, 너희들은 생명에 칼질을 하지 마라. 고향에 조용히 엎드려서 세상에 나오지 마라.

성을 빠져나온 피란민들은 밤중에 마니산으로 들어갔다. 횃불을 든 청병들이 마니산을 포위하고 세 방향에서 조여 들어갔다. 피란민들은 계곡을 따라서 정상 쪽으로 쫓겼다. 청병들은 능선을 따라 정상으로 올라갔다. 날이 밝았다. 정상은 넓지 않았다. 키 작은 관목들이 돋아났고 시야가 트여서 숨을 곳이 없었다. 산 아래쪽으로 아침 썰물에 옹진 쪽 갯벌이 넓게 드러났다. 피란민들은 정상으로 몰렸다. 피란민들은 건너갈 수 없는 갯벌을 바라보며 발을 굴렀다. 청병들이 정상으로 올라왔고, 피란민들은 끌어안고 뒤엉켰다. 모두들 머리를 안쪽으로 틀어박고 부둥켜안았다. 청병들이 피란민들을 밖에서부터 쳐나갔다. 청병이 들어오지 않은 옹진 쪽에서 고깃배 몇 척이 바다로 나갔다. 청병들은 정상에서 말린 말고기로 점심을 먹고 하산했다.

청병은 조선 왕자 두 명과 빈궁, 숙의, 사녀 들을 붙잡아 배에 싣고 다시 물을 건넜다. 청병은 삼전도로 향했다.

반 란

이시백이 북영 병력을 서장대로 불러들였다. 청병들은 횡렬 대형으로 다가왔다. 대오를 숨기려는 기색이 없었다. 방패를 든 보병 사수들이 앞에 섰고, 포로들이 경포를 지게에 지고 따라왔다. 북문에서 서문에 이르는 성첩이 일제히 발포했다. 전열의 청병 몇이 쓰러졌다. 다시 성첩이 발포했다. 탄환은 방패를 뚫지 못했다. 청병의 전열이 근총안의 사각을 넘어 들어왔다. 전열이 성뿌리에 붙었다. 성첩에서 돌로 아래쪽을 내리찍었다. 청병들은 방패로 머리 위를 가렸다. 청병들이 성첩 틈에 지렛대를 박았다. 눈 녹은 자리는 헐거웠다. 밑돌이 흔들렸고 성벽이 비틀렸다. 포탄이 날아와 비틀린 자리를 부수었다. 잡석이 쏟아져 내리고 목책이 튕겨져 나갔다. 총을 버린 초병들이 바위를 들어서 아래로 던졌다. 전열이 무너지자 제 이열이 성뿌리에 붙었다.

북영에서 전령이 달려왔다. 북벽으로도 청병이 접근했다. 이시백은 북영 병력을 북장대로 돌려보내고, 남영 병력을 북벽으로 옮겼다. 북벽 암문이 무너져 내렸다. 초병들이 통나무 가로대로 무너진 자리를 막았다.

싸움은 새벽에 끝났다. 청병은 돌아갔고 성벽 두 군데가 무너져 내렸다. 무너진 자리로 멀리 거여·마천의 들이 내려다보였다. 어둠 속에서 강이 깨어나고 있었고 새들이 빈 들 위를 날았다.

성첩에 시체들이 걸렸다. 동장대 쪽에서 먼동이 텄고, 덜 죽은 자들이 꿈틀거렸다. 아침에 동영, 남영에서 살아남은 군병들이 병장기를 버렸다. 훈련도감과 어영청 군사들도 병장기를 던졌다. 군병들은 성첩에서 내려와 행궁 앞으로 모여들었다. 초관과 감군들도 섞여 있었다. 이시백은 직할 부대 군병들을 서장대 마당에 가두었다. 이시백이 성첩을 버리는 군병들의 동태를 김류에게 알렸다. 김류는 대답하지 않았다. 장대에서 사영 대장들이 깃발을 흔들어서 군병들을 불렀다. 군병들은 성첩으로 돌아가지 않았다. 금군들이 행궁 밖으로 나와 담장을 에워쌌다. 어영청 군사들이 금군을 밀쳐내고 행궁 문짝을 흔들었다. 양주 초관이 앞으로 나와 금군위장에게 말했다.

> — 성을 지키는 까닭은 성을 나가기 위함이다. 우리는 살고자
> 한다. 묘당은 죽고자 하는가. 성을 지켜서 살 수 없다면 성을
> 열어서 살게 해다오. 묘당에 전하라. 우리는 영상을 만나고자
> 한다.

금군위장이 내행전으로 들어와 행궁 밖의 소란을 고했다.
임금이 말했다.

> — 영상이 나가서 저들을 달래 성첩으로 올려보내라.

김류가 대답했다.

> — 신은 체찰사의 직을 맡아 군무를 총괄하고 있사옵니다.
> 저들의 죄는 모조리 참(斬)에 해당하는데, 신이 저들 앞에
> 나가서 지금 군율을 시행할 수 있겠나이까. 신은 저들 앞에
> 나가기가 합당치 않사옵니다.

임금이 도승지를 군병들 앞으로 내보냈다. 파주 감군이 말했다.

> — 싸우기를 극언한 신하들을 적에게 보내어 성을 나갈 길을
> 열어주시오.
> — 죄 없는 사대부를 적에게 내줄 수는 없다. 전하의 근심이
> 크시다.
> — 하오면 그들을 장수로 삼아 소인들과 함께 출전시켜주시오.
> — 사대부가 어찌 싸움의 일을 알겠느냐.
> — 이도 저도 아니면 어쩌자는 것이오?
> — 너희들은 성첩으로 올라가라. 환궁 후에 너희들을 면천
> 복호하고 과거를 베풀어주겠다. 화살은 스무 발에 한 발,
> 조총은 열 발에 한 발을 맞히면 급제시켜주겠다.

뒤쪽의 군병들이 낄낄 웃었다. 파주 감군이 말했다.

> — 우리는 이미 팔다리에 얼음이 박혀서 백 발에 한 발도 맞힐
> 수가 없소.

도승지가 금군위장의 칼을 빌려 빼들었다. 뒤쪽 군병들이 또 낄낄 웃었다.

> — 물러가라. 너희들이 어찌 군인으로서 성첩을 비우고 내려와 궐
> 앞에서 소란을 떨어 천위(天威)를 범하느냐.
> — 승지가 칼을 빼니 산천이 떠는구려. 그 칼을 들고 적 앞으로

나아가시오. 우리가 따르리다.

날이 저물었다. 도승지가 행궁 안으로 돌아갔다. 군병들은 밤새도록 궐
문 앞에서 돌아가지 않았다. 술 취한 자들의 고함 소리가 임금의 침소에
들렸다.

　　― 무지한 향병들이 말을 알아듣지 못하오나 지금 군법을
　　　　시행하기는 불가하옵니다…….

김류는 장지문 안쪽으로 고했다. 당상들은 군병들의 소란에 얼씬거리
지 않았다.

출 성

삼경 무렵 임금이 승지를 침소에 불렀다. 늙은 승지가 소리 없이 장지문을 열고 들어왔다. 임금은 서안 앞에 곧게 앉아 있었다. 승지가 눈을 들어 임금을 바라보았다. 촛불에 임금의 그림자가 흔들렸다. 승지의 눈에는 이 세상에 임금이 홀로 앉아 있고, 임금의 그림자가 홀로 살아서 흔들리는 것처럼 보였다. 어둠 속에서 임금의 안광이 빛났다. 임금은 파리하고 또 우뚝해 보였다. 임금이 입을 열었다.

　— 송파강은 녹았느냐?

임금이 무엇을 묻고 있는지, 승지는 어리둥절했다. 승지는 가슴이 터질 듯 답답했다. 승지는 숨을 몰아쉬었다.

　— 며칠 전 성첩에 올라가서 삼전나루 쪽을 살폈사온데, 물빛이
　　푸르게 살아났고 먼 상류부터 물 위에서 햇빛이 튕기면서
　　흘러내려 왔으니, 송파강은 이미 녹은 것으로 아옵니다.

임금이 말했다.

　— 그렇구나…….

승지의 목소리에 울음이 섞여들었다.

　— 전하, 봄에 강이 녹는 것은……

승지는 말끝을 맺지 못했다.

임금이 승지를 바라보았다. 임금의 눈동자에서 촛불 불빛이 타올랐다. 임금이 말했다.

— 사흘 뒤에 성을 나가겠다. 승지는 오늘 밤 안에 내 뜻을 삼사에
 알리고 세자에게도 그리 전하라. 야심하다. 서둘러라.

마루에서 사관이 장지문 안쪽으로 귀를 기울였다. 임금의 목소리는 들리지 않았다. 승지가 밤새도록 성안을 돌면서 당상들의 처소를 찾아다녔다. 이른 아침부터 묘당은 내행전으로 몰려들었다.

성을 나가기 전에, 화친을 배척했던 사대부들 중에서 묶어서 적 앞으로 보낼 신하를 골라내라고 임금은 김류에게 명했다. 칸이 돌아가기 전에……. 임금은 말끝을 흐렸다.

— 세자는 나와 함께 갈 채비를 갖추라.

최명길이 말했다.

— 강한 자가 약한 자에게 못 할 짓이 없고, 약한 자 또한 살아남기
 위하여 못 할 짓이 없는 것이옵니다.

최명길이 울었다. 울음을 멈추고 최명길이 또 말했다.

― 전하, 뒷날에 신들을 다 죽이시더라도 오늘의 일을
　　감당하여주소서. 전하의 크나큰 치욕으로 만백성을
　　품어주소서. 감당하시어 새날을 여소서.

아하……. 김상헌이 낮게 신음하면서 자리에서 일어나 행궁 밖으로 나
갔다. 임금이 말했다.

― 출성의 일은 재론하지 말라.

삼사의 당하들이 내행전 마당으로 몰려왔다. 당하들은 청대를 요구했
다. 임금은 응하지 않았다. 임금은 침소에서 나오지 않았다. 승지가 장
지문 앞을 서성거렸다. 마루 왼쪽 구석에서 사관은 조용히 먹을 갈았다.
사관의 귀는 임금의 침소 쪽을 향해 있었다. 방 안에서는 아무 소리도 들
리지 않았다. 저녁을 준비하는 나인들이 수라간에서 달그락거렸다. 날
이 저물어 새들이 행궁 뒤 숲으로 날아들었다. 내행전 마당에서 당하들
이 울부짖었다. 당하들은 밤새도록 돌아가지 않았다.

…… 양전이 함께 나아가시면 종사를 들어서 적에게 바치고 적의
　　수레에 실려 북으로 가시렵니까?
…… 성 밖 시오 리에 큰 강이 있으니 수군에 명하여 삼남 해안의
　　판옥전선(板屋戰船)을 모두 한강으로 불러 모으시고,
　　경강(京江)을 따라 마포나루로 드시옵소서. 장사를 뽑아서
　　좌우 복병 삼백을 거느리고 성을 빠져나가면 전하께서는 배에

오르실 수 있사옵니다.

…… 아니옵니다. 판옥전선은 바다에서 쓰는 배이고, 무거워서
얕은 여울을 거슬러 올라오지 못하옵니다. 또 남해안의 배가
한강에 닿기를 어찌 기다릴 수 있겠습니까. 오히려 상류 쪽
진포(津浦)에 명하여 강선(江船)을 부르소서.

…… 전하, 지금 수군을 부리자는 말은 모두 오활한 백면들의
잠꼬대이옵니다. 적이 삼문으로 쳐들어오면 나머지 일문으로
빠져나가 호남으로 향하시어 의로운 백성들과 더불어 회복을
도모하소서.

…… 임금에 욕이 미치면 신하는 죽어야 하는 것이온데, 신들은
어찌하오리까.

…… 전하, 한번 나가시면 돌이킬 수 없으니 성을 나가지 마옵소서.

당하들은 밤새도록 행궁 마당에서 물러가지 않았다. 행궁 담 밖에서, 성
첩에서 내려온 군병들도 돌아가지 않았다. 군병들의 고함과 당하관들
의 울음이 뒤섞였다. 군병들은 나가자고 고함치고, 당하관들은 나가지
말자고 울었다. 임금은 당하와 군병들을 내몰지 않았다. 임금은 내다보
지 않았다.

김상헌은 사직 상소를 올리고 어전에 나아가지 않았다. 김상헌이 노복
을 보내 조카 두 명을 처소로 불렀다. 조카들이 마당으로 들어왔다.

— 불러 계시옵니까?

김상헌이 미닫이를 열고 마루로 나왔다. 풀 먹인 무명 옷자락이 서걱거렸고 갈아 신은 버선코가 반듯했다. 김상헌이 말했다.

— 너희도 새 옷으로 갈아입고 오너라.

김상헌은 마루에 서서 기다렸다. 옷을 갈아입은 조카들이 다시 마당으로 들어섰다. 흑립에 도포 차림이었다.

숨이 끊어질 때까지 시간은 오래 걸리지 않을 것이었다. 성안에 들어와서 견디어낸 날들에 비하면 죽음에 이르는 시간은 견딜 만하리라. 그 짧은 동안을 견디면, 무엇을 부술 수 있고 무엇을 부술 수 없는지 선명히 드러날 것이었다. 그 지난한 것들의 가벼움에 김상헌은 안도했다. 삼전도로 가는 임금의 발 아래 시체를 깔아놓고 시체가 되어 임금을 전송해야만 세상의 길은 열릴 것이었는데, 임금의 출성이 임박했으므로 일을 서둘러야 했다. 김상헌은 마당에 서 있는 두 조카를 향해 말했다.

— 때가 되었다. 나는 죽으니, 너희는 그리 알라. 너희는 방 밖에 정히 앉아서 나를 보내라.

김상헌은 방 안으로 들어갔다.

조카들이 마당에 자리를 깔고 꿇어앉았다. 방 안에서 김상헌이 또 말했다.

— 나루라는 계집아이를 아느냐?
— 삼거리 대장간에 엎혀 있는 아이옵니까?

— 고운 아이다. 너희들이 그 아이를 살펴서 건사해라.

김상헌은 또 말했다.

— 그뿐이다. 내가 일을 다 마칠 때까지 너희는 진중하라.

김상헌이 방문을 닫았다. 김상헌이 들보에 목을 매었다. 버선발이 공중에 떴다. 매달려서 버둥거리는 그림자가 창호지에 비쳤다. 마당에서 조카들이 일어섰다. 조카들은 두 손을 앞으로 모으고 절했다. 느리고 긴 절이었다.

도승지가 사직을 윤허하는 임금의 뜻을 전하러 김상헌을 찾아왔다. 도승지는 방 안으로 뛰어들어 무명 끈을 끊었다. 김상헌의 몸이 방바닥으로 떨어졌다. 도승지가 김상헌의 목에 감긴 끈을 풀었고, 노복들이 달려와 팔다리를 주물렀다. 김상헌은 죽지 않았다. 도승지가 조카들을 나무랐다.

— 자네들은 어찌 숙부의 위급을 구하지 않는가. 어찌, 향하여
  절을 할 수 있는가.

큰조카가 대답했다.

— 어른의 뜻이 늘 지엄하신지라 저희들은 거스르지 못하여…….

도승지가 김상헌의 죽음을 구한 일을 임금에게 아뢰었다. 임금은 서문에서 삼전도로 가는 산길을 생각했다. 산길은 떠오르지 않았다. …상헌이 나를 보내주려 하는구나……. 상헌이 나를 배웅하는구나…….
김류가 말했다.

— 상헌은 묶어서 청진에 보내야 할 자인데, 스스로 목숨을 끊으면 전하를 배반하는 일이옵니다. 그 조카들에게 명하여 상헌을 잘 감시하도록 하겠나이다.

자결에 실패한 뒤 상헌은 곡기를 끊고 누워 있었다. 조카들이 곁을 지켰다. 큰조카가 김류의 감시 명령을 김상헌에게 전했다.

— 조정이 척화신을 찾고 있다 하옵니다.

아직 죽을 때가 오지 않았음을 김상헌은 알았다. 김상헌의 몸은 남한산성에 있었다. 죽기 전에 감당해야 할 일이 남한산성에는 남아 있었다. 묶여서 삼전도로 끌려가서 거기서 적의 칼에 죽는다면, 아마도 사공이 죽은 자리에서 가까울 것이었다.
김상헌이 윗몸을 일으켜서 앉았다.

— 알았다. 당분간 살아 있으마. 미음을 가져와라.

김상헌은 요 위에 앉아서 미음 그릇을 들여다보았다.

밤중에 다시 어전에 모인 묘당은 성의 사후 대책을 논의했다. 임금과 세자가 신료를 거느리고 출성한 뒤에 청병이 성을 넘어 들어올 것인지는 성을 나가봐야 알 수 있는 일이었다. 용골대는 출성대열을 오백으로 제한했다. 성안에 들어온 사대부와 그 권속들을 모두 데리고 나갈 수는 없었다. 군병들 중 경병은 서울로 데려가고, 향병은 고향으로 돌려보내야 할 터인데 우선은 성안에 두고 나갈 수밖에 없었다.

조정이 성 밖으로 나간 뒤에 청병이 성안으로 들어오지 않는다면, 풀어진 군사들이 난병으로 돌변해 성안에 남은 사대부와 사녀들을 약탈할지도 알 수 없었다. 출성하기 전에 성안에 남은 군병들을 무장해제시켜야 할지도 결론을 내지 못했다. 무기를 거둔 채 빈손인 군병들을 청병 앞에 내어줄 수도 없었고, 무기를 거두고 나서 데리고 나갈 수도 없었다. 날이 밝을 때까지 내행전 마루에서 신료들은 수군거렸다.

출성대열이 서문을 나갈 때 성첩의 군병들은 모두 땅바닥에 앉아서 고개를 숙이고 떠나는 대열을 내려다보지 말 것, 삼사의 문서는 청을 적이라 칭하고 있으므로 모두 모아서 태워 없앨 것, 이시백이 군장 몇 명을 데리고 성안에 남아 뒷일을 감당할 것을 묘당은 결정했다.

아침에 호조 관원들이 삼사의 문서를 행궁 뒷마당에서 불 질렀다. 연기가 행궁을 덮었고 불똥이 높이 날아서 성첩 위로 흘러갔다. 상궁이 나인들을 데리고 버선과 이부자리를 보따리에 동였다. 대궐로 돌아가는 것인지, 심양으로 끌려가는 것인지 상궁이 별감에게 묻고, 별감이 승지에게 물었지만 승지는 임금에게 묻지 못했다. 조정이 나가면 청병이 성안으로 들어올 것이라는 소문이 민촌에 퍼졌다. 조정이 나간 뒤에도 군사들이 성안에 남게 되므로 청병은 반드시 쳐들어와서 겨우내 투항하지 않고 버틴 앙갚음으로 성안을 도륙낼 것이라고 도축장 마당에서 노파들이 수군거렸다.

출성이 통고된 뒤에도 청병은 성 밖 고지에서 성안으로 야포를 쏘아댔고, 포격이 끝나면 대열을 이루어 다가왔다. 성벽이 무너진 자리 너머로 물오르는 숲이 뿌옇게 흐려 보였다. 민촌은 술렁거렸으나 소리가 들리지 않아서 고요했다. 양지쪽에 나와 앉은 늙은이들이 말없이 행궁 쪽을 바라보았다. 아직 근력이 남아 있는 자들은 밤새 보따리를 꾸렸다.

두 신하

새벽에 서날쇠는 동벽 배수구로 성을 빠져나갔다. 나루를 삼끈으로 동여서 업고 나루의 등에 바랑을 지웠다. 바랑 속에는 톱 한 자루와 자귀한 자루가 들어 있었다. 성을 빠져나가려는 사람들 몇 명이 배수구 앞에 엎드려서 차례를 기다렸다. 불구자들 같기도 했고, 배수구 앞에 모인 병정들 같기도 했으나 어두워서 보이지 않았다. 병정들 중에는 어가를 따라 삼전도로 가게 된 자들도 있었고, 성안에 남게 된 자들도 있었다. 어디로 가려는 것인지 아무도 묻지 않았다. 청병들은 능선 아래로 물러가 있었다.

배수구를 빠져나와서 서날쇠는 동쪽으로 나아갔다. 거문다리를 지나서부터는 나루를 등에서 내려서 걸렸다. 서날쇠는 검단산 남쪽 기슭을 돌아서 강가로 나왔다. 청병은 보이지 않았으나 강가 마을은 비어 있었다. 불타버린 초가지붕에서 풀싹이 돋아났고, 겨우내 얼었던 시체들이 녹으면서 악취를 풀어냈다. 우물이 시체로 메워졌고, 무너진 우물 옆에서 매화가 꽃망울을 밀어내고 있었다. 마을 앞을 흐르는 물은 강폭이 아득히 넓었다. 봄물이 부풀어서 강은 가득 차 흘렀다. 물 위로 먼 산악의 봄냄새가 실려왔다. 강 건너가 처가 마을 조안이었다.

나루터에 삭은 배가 한 척 묶여 있었다. 줄을 당기자 배 바닥이 무너지고 고물이 떨어져 나갔다. 서날쇠는 불타다 만 초가집의 목재를 헐어냈다. 바랑 안에서 톱과 자귀를 꺼내어, 톱으로 기둥을 자르고 들보로 가로대를 받쳐서 삼줄로 나무토막을 묶었다. 뗏목을 만드는 데 한나절이 걸렸다. 서날쇠는 자귀로 서까래 끝을 넓게 깎아내어 노를 만들었다. 서날쇠는 뗏목에 나루를 태우고 노를 저어서 물 위로 나왔다. 물살이 빨라서 뗏목은 자주 아래쪽으로 쏠렸다. 날이 저물고 물 위로 노을이 깔렸다. 노가 물을 헤칠 때마다 빛들이 부서졌다. 서날쇠는 저녁 무렵 조안나루에 닿았다. 조안에는 청병이 들어오지 않았다. 나루터에서 개들이 짖었고, 산 아래쪽 마을에서 연기가 올랐다.

교리 윤집과 부교리 오달제가 척화신으로 묶여서 청진에 가기를 자청하는 차자를 올렸다. 젊은 당하관들이었다. 처자식을 성 밖에 두고 혼자들어와 있었다. 임금이 차자를 읽었다.

> 신들이 극언으로 화친을 배척하여 성총을 흐리고 나라를 그르쳤으니, 신들을 보내어 적의 요구에 응하시고 사직과 강토를 보전하소서. 미거한 신들이 죽음의 자리를 찾았으니, 그 또한 삶의 자리일 것이옵니다.

임금의 팔이 떨렸다. 임금은 두 당하관의 얼굴이 기억나지 않았다. 윤집, 오달제는 성에 들어온 뒤 한 번도 어전에 나아가지 않았다. 임금도 두 당하를 부른 적이 없었다. 윤집, 오달제는 동문 안 민촌에 기식했으며, 배급 곡식으로 연명하며 책을 읽었다. 대문 밖 출입이 없어서 둘이 성안에 들어와 있는지를 아는 사람이 민촌에 많지 않았다.

　　─ 두 사람을 불러오너라.

승지가 밖으로 나갔다. 김류가 말했다.

— 당하는 품계가 낮아서 적이 흡족히 여기지 않을 것이옵니다.

임금이 차자를 밀쳤다. 김류가 임금의 시선을 피했다. 임금이 말했다.

— 그래서 어쩌자는 것인가. 영상이 가겠는가?
— 그것이 아니옵고, 화친을 배척한 자들은 지금 성안에 많이
  들어와 있사옵니다. 모두 다 묶어 보내야 후일을 위해
  편할는지 아닐는지…….
— 대체 무슨 말을 하자는 겐가?
— 후일의 사론을 재우려면 김상헌도 의당 보내야 할는지…….
  또 둘만 보내면 반드시 죽일 것이오나 여럿을 보내면 끌려가도
  혹 죽음을 면할 수 있을는지…….
— 마저 말하라.
— 신이 가늠하기 어려워 여쭙는 것이옵니다.

임금이 김류의 얼굴을 노려보며 말했다.

— 죽이고 안 죽이는 것을 경이 정하는가. 자청한 사람들만
  보내라.

윤집, 오달제가 내행전으로 들어왔다. 임금이 주전자를 들어서 술을 따
랐다. 당하들이 두 손으로 잔을 받아 마셨다. 임금이 두 당하들의 신상
을 물었다. 윤집은 서른 살이었고 처와 세 아들이 남양(南陽)으로 피란을

400

갔는데 남양이 적에게 함몰되어 생사를 모르고, 오달제는 스물일곱 살로 성 밖에 노모와 임신한 처가 있다고 했다.

윤집, 오달제는 두 손을 앞으로 모으고 곧게 앉아서 임금을 응시했다. 임금이 고개를 돌렸다. 임금이 숨죽여 울먹였다.

— 참혹하다. 어찌 이런 일이 있는가.

윤집이 말했다.

— 전하, 말씀이 구구하시옵니다.

오달제가 말했다.

— 신들이 먼저 나가서 전하의 길을 열겠사오니, 전하께서는 신의
 뒤를 따라서 삼전도로⋯⋯

임금이 서안에 쓰러져 오열했다.
최명길이 임금을 달랬다.

— 군신이 함께 삼전도로 가더라도 전하의 길이 있고, 저 두
 사람의 길이 따로 있는 것이옵니다. 그리고 전하, 먼 후일에 그
 두 길이 합쳐질 것이옵니다.

임금이 고개를 들었다. 눈물이 턱으로 흘러내렸다.

— 누가 인도하려는가.

최명길이 말했다.

— 신이 가겠나이다.

윤집, 오달제가 임금에게 절하고 마당으로 내려왔다. 금군위장이 윤집, 오달제를 묶었다. 최명길이 앞장섰다. 포승을 쥔 금군 다섯이 뒤를 따랐다. 대열은 서문을 나와 삼전도로 향했다. 모두 말이 없었다.

흙 냄 새

임금은 새벽에 성을 나섰다. 신료와 호행의 대열이 행궁 마당에 도열해 있었다. 어두워서 신료들의 얼굴은 보이지 않았다. 임금이 내행전에서 마당으로 내려섰다. 임금은 대열 가운데를 지나서 행궁 대문으로 나갔다. 임금의 걸음은 빨랐다. 신료와 호행들이 뒤를 따르며 대열을 이루었다.

대열은 행궁을 나와 서문으로 올라갔다. 임금과 세자는 말을 탔고, 신료들은 걸었다. 안개가 자욱했다. 성벽이 안개 속으로 사라지고 성 밖의 계곡과 들판도 보이지 않았다.

성안에 남는 사대부와 궁녀들이 서문 앞에 모여 통곡하며 절했다. 임금은 돌아보지 않았다. 서문은 홍예가 낮았다. 말을 타고 홍예 밑을 지날 때 임금은 허리를 숙였다. 서문 밖은 내리막 경사가 가팔랐다. 말이 앞쪽으로 고꾸라질 듯이 비틀거렸다. 말은 힝힝거리며 나아가지 않았다. 임금은 말에서 내려 걸었다.

임금은 내리막 산길의 중턱쯤에서 걸음을 멈추고 땅바닥에 앉아 쉬었다. 강의 먼 하류 쪽부터 날이 밝아왔다. 빛들이 강물 위에 실려서 상류 쪽으로 퍼져갔다. 안개가 걷히고, 물러서는 어둠의 밑바닥에서 거여·마천의 넓은 들판이 드러났다. 임금은 오랫동안 밝아오는 강과 들을 바라보았다. 강과 들은 처음 보는 산천처럼 새롭고 낯설었다. 멀리 삼전도 쪽에서 청의 기병들이 말을 몰아 달려왔다. 기병대열 뒤로 먼지가 일었다. 청의 기병들이 임금과 세자를 둘러쌌다. 청병들이 임금을 호마 위에 태웠다. 청병에 둘러싸인 임금의 대열은 다시 삼전도를 향해 들길을 건너갔다.

칸은 구층 단 위에서 기다렸다. 황색 일산이 강바람에 펄럭였다. 칸은 남향으로 앉아서 기다리고 있었다.

강화도에서 끌려온 빈궁과 대군과 사녀 들이 칠층 단 서쪽에 꿇어앉았고, 구층 단으로 오르는 계단 양쪽에 청의 왕자와 군장들이 깃발을 세우고 도열했다. 철갑무사들이 방진(方陣)으로 단을 외호했고, 꽃단장에 머리를 틀어 올린 조선 기녀 이백 명이 단 아래서 악기를 펼쳤다.

들을 건너오는 조선 왕의 대열이 한낮의 아지랑이 속에서 흔들렸다. 구부러진 들길을 따라서 대열은 길게 이어졌다. 야산 모퉁이를 돌아서 대열은 다가왔다. 대열은 느리게, 천천히, 물 흐르듯 다가왔다. 칸은 실눈으로 대열을 살폈다. 조선 왕은 청병의 푸른 군복을 입고 칸이 보낸 호마 위에 올라 있었다. 칸이 용골대에게 물었다.

— 조선 왕은 거동 때 깃발을 쓰지 않느냐?
— 의물을 일절 쓰지 말라고 일렀사옵니다.
— 어허, 뭐 그럴 것까지야…….

대열이 삼전도 청진 안으로 들어왔다. 청의 포병들이 강 쪽으로 홍이포를 쏘아서 조선 왕의 도착을 알렸다. 조선 왕의 대열이 구층 단 아래 도착했다.

조선 왕이 말에서 내렸다. 조선 왕은 구층 단 위의 황색 일산을 향해 읍했다. 멀어서 칸의 얼굴은 보이지 않았다. 단 위에서 칸이 말했다. 말은 들리지 않았다.

정명수가 계단을 내려와 칸의 말을 조선 왕에게 전했다.

— 내 앞으로 나오니 어여쁘다. 지난 일을 말하지 않겠다. 나는
너와 더불어 앞일을 말하고자 한다.

조선 왕이 말했다.

— 황은이 망극하오이다.

정명수가 계단을 뛰어 올라가 조선 왕의 말을 전했다.
청의 사령이 목청을 빼어 길게 소리쳤다.

— 일 배요!

조선 왕이 구층 단 위를 향해 절했다. 세자가 왕을 따랐다. 조선 기녀들
이 풍악을 울리고 춤추었다. 기녀들의 소맷자락과 치마폭이 바람에 나
부꼈다. 풍악 소리가 강바람에 실려 멀리 퍼졌다. 홍이포가 터지고, 청의
군장들이 여진말로 함성을 질렀다.
조선 왕은 오랫동안 이마를 땅에 대고 있었다. 조선 왕은 먼 지심 속 흙
냄새를 빨아들였다. 볕에 익은 흙은 향기로웠다. 흙냄새 속에서 살아가
야 할 아득한 날들이 흔들렸다. 조선 왕은 이마로 땅을 찧었다.
청의 사령이 다시 소리쳤다.

— 이 배요!

조선 왕이 다시 절을 올렸다. 기녀들이 손을 잡고 펼치고 좁히며 원무를 추었다. 풍악이 자진모리로 바뀌었다. 춤추는 기녀들의 동작이 빨라졌다. 속곳이 펄럭이고 머리채가 흔들렸다. 다시 홍이포가 터지고 함성이 일었다. 조선 왕이 삼배를 마쳤다.

칸이 조선 왕을 가까이 불렀다. 조선 왕은 양쪽으로 청의 군장들이 도열한 계단을 따라 구층 단으로 올라갔다. 세자가 따랐다. 조선 왕이 칠층을 지날 때, 강화에서 끌려온 사녀들이 손으로 입을 틀어막으며 울음을 참았다.

조선 왕은 황색 일산 앞에 꿇어앉았다. 술상이 차려져 있었다. 칸이 술을 내렸다. 조선 왕은 한 잔에 세 번씩 다시 절했다. 세자가 따랐다. 개들이 황색 일산 안으로 들어왔다. 칸이 술상 위로 고기를 던졌다. 뛰어오른 개가 고기를 물고 일산 밖으로 나갔다.

　　— 아, 잠깐 멈추라.

조선 왕이 절을 멈추었다. 칸이 휘장을 들치고 일산 밖으로 나갔다. 칸은 바지춤을 내리고 단 아래쪽으로 오줌을 갈겼다. 바람이 불어서 오줌 줄기가 길게 날렸다. 칸이 오줌을 털고 바지춤을 여미었다. 칸은 다시 일산 안으로 들어와 상 앞에 앉았다. 칸이 셋째 잔을 내렸다. 조선 왕은 남은 절을 계속했다.

정명수가 꿇어앉은 조선 왕과 세자 앞으로 나와 칸의 조칙을 읽었다.

　　　내 너희들의 나라를 다시 일으켜 세우니 너희는 나의 정삭(正朔)을 받들어 스스로 새로워져라. 너희의 세자와 공경과 그 부녀들과 구종들은 내가 데리고 갈 터인즉, 너희는 황제의 크나큰 애휼(愛恤)에 안기는 것이니 사사로운 정한으로 황제의 귀로를 소란케 하지 마라. 또 너희의 성벽을 새로 쌓거나 수리하는 일을 허락하지 않으며……

긴 하루가 저물었다. 그날 저녁에 임금은 나룻배로 송파강을 건너 도성으로 향했다. 부푼 강은 물살이 빨랐다. 사공은 물살을 빗겨서 노를 저었다. 배는 더디게 나아갔다. 강폭이 넓어서 강 건너 쪽 산과 들이 어스름 속에서 끝도 없이 넓어 보였다. 저무는 물 위에서 작은 물고기들이 뛰어올랐다. 나루가 알려준 물고기 이름이 임금은 떠오르지 않았다.

새벽에 임금은 도성에 도착했다. 동대문 밖을 지날 때 사람의 시체를 뜯어 먹고 미쳐버린 개들이 임금의 대열을 가로막고 짖어댔다. 인왕산 위쪽에서 동이 트고 있었다. 아침 햇살에 인왕산 치마바위가 푸른빛을 품어냈다. 최명길은 별감과 내시들을 부려서 대궐을 청소했다. 살찐 쥐들이 들끓었고, 도성 안 개들이 대궐로 들어와 어슬렁거렸다. 임금은 편전으로 들어가 다시 서안 앞에 앉았다. 최명길이 임금에게 절을 올렸다.

　— 전하, 아침 문안이옵니다.

칸의 군장들은 삼전도에서 춤추던 조선 기녀 이백 명을 나누었다. 방면장(方面將)들이 먼저 고르고, 병과(兵科)별 대장들이 나중에 골랐다. 정명수는 셋을 차지했다.

칸의 군사들은 세 방면으로 나누어 철수했다. 임금이 길에 나와 돌아가는 칸을 전송했다. 끌려가는 세자와 빈궁과 왕자들과 호행들이 칸의 뒤쪽 수레에 실려 있었다.

임금이 세자의 손을 잡았다.

칸이 말했다.

— 슬퍼 마라. 너희의 성심을 본 후에 돌려보내마.

포로들이 구십 리에 이어졌다. 청병 대열의 사이사이에서 포로들은 걸어서 북으로 갔다. 임금이 양서의 지방 수령들에게 명하여 철수하는 청병들에게 군량과 말먹이와 나룻배를 내주었다. 칸이 지나가는 길목에 지방 수령들이 백성들을 모았다. 백성들이 돌아가는 칸의 대열에 절하며 청병들을 배웅했다.

정명수의 수레는 무거웠다. 소 두 마리가 수레를 끌었다. 비단과 은화 자루 위에 조선 여자 셋이 올라타 있었다. 정명수의 수레는 포병대열의 후미에서 연신내 쪽으로 나아갔다. 정명수의 여자들은 화장이 짙었고, 틀어 올린 머리 아래로 목이 길었다. 수레 위에서 여자들은 깔깔거렸다. 여자들이 길가에 엎드린 백성들을 향해 손을 흔들었다.

성안의 봄

용골대는 칸의 명령에 따라 남한산성 주변에 배치한 군사를 거두었다. 청병은 산성 안으로 들어오지 않았다.

조정이 성을 나가자 군병들은 성첩에서 내려왔다. 군병들은 사찰 마당에 누워 낮잠을 자거나 민촌을 기웃거리며 밥을 얻어먹었다.

이시백은 병장기를 회수했다. 조총과 창을 거두어 성안 무기고에 넣었다. 관량사 창고에는 닷새 치의 군량이 남아 있었고, 내행전 수라간에는 밴댕이젓이 한 항아리 남아 있었다. 이시백은 남은 곡식을 털어서 군병들을 먹였다. 성안으로 들어온 뒤 군병들은 처음으로 포식했다. 이시백은 쌀밥을 따로 짓고, 밴댕이젓을 얹어서 질청에 누워 있는 김상헌에게 보냈다.

이시백은 군병들을 해산했다. 향병들은 삼거리에 모여서 출신 고향별로 정렬했다. 수원, 용인, 천안에서 온 자들은 대열을 지어 남문으로 나갔다. 양평, 용문, 이천, 여주는 동문으로 나갔다. 경병들은 서문으로 나가 송파나루를 건넜다. 사찰 마당에 수용되었던 부상자들은 고향별로 들것에 실려 보냈다. 초관들이 앞장서서 대열을 끌고 나갔다. 비틀거리면서, 주절거리면서 군병들은 성을 떠났다.

분뇨와 액즙의 일을 차자로 올렸다가 매를 맞은 정육품 수찬은 사찰 마당에서 죽었다. 매 맞은 자리가 곪고 구더기가 슬었다. 정육품은 끝내 두 발로 서지 못했다. 정육품은 사찰 마당을 기어다니다가 죽었다. 이시백은 정육품 수찬의 시체를 남문 안 비탈에 평토장으로 묻었다. 서안 위에 종이를 펼쳐놓은 채 심장이 터져서 죽은 정오품 교리의 무덤 옆이었다. 평토장 무덤들은 야산의 흙더미와 구분되지 않았다. 칸에게 보낼 문서에서 안시성을 논했던 정오품 정랑은 귀향하는 군병들의 대열을 따라 고향으로 돌아갔다.

민촌의 노인들이 성첩으로 올라와서 봄나물을 캤고, 군병들이 버린 옷가지와 가마니를 거두었다. 빈 내행전 마루에 다람쥐가 뛰어다녔다. 성안에 봄빛이 가득했다.

이시백은 서장대 뒤쪽의 빈 성첩을 어슬렁거렸다. 김상헌이 지팡이를 짚고 따라왔다. 이시백이 김상헌을 부축했다. 성벽 아래로 끊어진 팔다리가 흩어져 있었다. 내려다보이는 삼전도 쪽 들판에 청병의 군진은 보이지 않았고, 연기도 오르지 않았다. 구름 그림자를 벗어나면서 강물이 반짝였다. 이시백이 물었다.

> — 대감, 이제 어디로 가시려오?

김상헌은 우선 강화도로 가서 폭사한 형의 유골을 수습하고 관향인 안동으로 내려갈 작정이었다. 김상헌은 대답하지 않았다. 이시백이 넘겨짚어서 말했다.

> — 우선 강화로 가서야 하지 않을는지……
> — 아마 그리해야 되겠지…… 수어사는 어디로 가시려오?
> — 저야 대궐에 매인 몸이니, 다시 도성으로…… 전하께 성의
> 뒷일을 아뢰어야 하므로…….

이시백이 김상헌의 여장을 챙겨주었다. 이시백과 김상헌은 서문을 나와 송파나루로 향했다. 이시백의 비장이 김상헌의 보따리를 지고 부축해서 따라왔다.

송파나루에서 강선을 타고 내려가서 이시백은 마포나루에서 내려 도성
으로 들어가고, 김상헌은 하류 쪽으로 더 내려가 행주나루에서 강화도
로 가는 배로 갈아탈 작정이었다.

청병이 물러가자 송파나루에는 상류 쪽 강선이 들어와 있었다. 비장이
사공에게 쌀 세 말을 뱃삯으로 주었다. 비장이 먼저 배에 올라 김상헌의
손을 잡아 배 위로 이끌었다. 사공이 돛을 세웠다.

물이 불어서 송파강은 숨이 찼다. 김상헌은 먼 상류 쪽을 바라보았다.
산자락들을 돌아서 물은 흘러오고 있었다. 사공이 쓰러진 자리가 어디
쯤인지 김상헌은 기억할 수 없었다. 송파에서 안동은 얼마나 먼가…….
문경새재를 넘어가는 구비 길들이 물 위에 비치는 듯했다. 그 먼 구비 길
들을 다 걸어갈 수 있을는지……. 길들은 아득해서 조령관(鳥嶺館) 너머
는 보이지 않았다. 물 위에 어른거리는 길들을 바라보면서 김상헌은 성
안에서 목을 매달았을 때 죽지 않기를 잘했다고 생각했다. 김상헌은 남
은 날들이 아까웠다.

배가 마포나루에 닿았다. 이시백이 비장을 데리고 배에서 내렸다.

> ― 그럼 대감, 새재를 어찌 다 넘으시려는지…….
> ― 가서 최명길에게 안부 전하시오.

이시백이 나루터에 엎드려 뱃전에 걸터앉은 김상헌에게 절했다. 배 위에
서 김상헌이 맞절로 받았다. 김상헌을 태운 배가 마포나루를 떠났다. 바
람에 돛폭이 가득 부풀었다. 배는 하류 쪽으로 내려갔다.

서날쇠는 다시 남한산성을 향해 송파강을 건넜다. 아내와 쌍둥이 두 아들과 나루를 배에 태웠다. 서날쇠의 짐 보따리는 가벼웠다. 연장을 담은 바랑 한 개가 전부였다. 산성 마을로 돌아가는 백성들이 몇 명 나룻배에 타고 있었다. 성을 빠져나갔던 농사꾼들과 미장이, 심마니 들이었다. 사공이 쓰러진 자리는 흔적이 없었다.

서날쇠는 서문으로 들어와 행궁 뒷담길을 따라서 대장간으로 돌아왔다. 불길이 끊긴 화덕이 썰렁했고, 오소리가 굴을 뚫었다. 서날쇠는 진흙을 이겨서 화덕 안쪽의 구멍을 막았다.

백성들이 날마다 몇 명씩 성안으로 돌아왔다. 봄농사를 시작하기가 너무 늦지는 않았다.

서날쇠는 뒷마당 장독 속의 똥물을 밭에 뿌렸다. 똥물은 잘 익어서 말갛게 떠 있었다. 쌍둥이 아들이 장군을 날랐고, 아내와 나루가 들밥을 내왔다. 다시 대장간으로 돌아온 날 나루는 초경을 흘렸다.

나루가 자라면 쌍둥이 아들 둘 중에서 어느 녀석과 혼인을 시켜야 할 것인지를 생각하며 서날쇠는 혼자 웃었다.

못다 한 말

1 　말, 길 그리고 침묵

말[言]의 길은 마음속으로 뻗어 있고, 삶의 길은 땅 위로 뻗어 있다.

삶은 말을 온전히 짊어지고 갈 수 없고 말이 삶을 모두 감당해낼 수도 없다. 말의 길과 삶의 길을 이으려는 인간의 길은 흔히 고통과 시련 속으로 뻗어 있다. 이 길은 전인미답이고, 우회로가 없다.

임금은 성안으로 쫓겨 들어왔다가 끌려나갔고, 폐허의 봄에 냉이가 돋았다. 흩어졌던 사람들이 다시 그 성안에 모여들어서 봄 농사를 준비하고 나루가 초경을 흘리는 대목으로 내 소설은 끝났다. 나는 정축년(1637년)의 봄을 단지 자연의 순환에 따른 일상의 풍경으로 묘사했다. 이념의 좌표가 없는, 진부한 결말이지만 억지로 몰아갈 수는 없었다. 나는 일상의 구체성 안에서 구현될 수 없는 사상의 지표들을 신뢰하지 않는다.

고립무원의 성안에서 많은 언어와 지표들이 뒤엉켰는데, 말, 그 지향성 안에는 길이 없었고, 말의 길을 이 세상의 땅바닥으로 끌어내리는 곳에서 걸어갈 수 있는 길은 겨우 생겨났다. 그 길은 산성 서문에서 삼전나루, 수항단으로 이어지는 하산의 길이었다. 그 길은 문명의 흔적이 없는 황무지를 건너가는 길이었고, 아무도 디딘 적이 없는 땅에 몸을 갈면서 나아가야 하는 길이었다. 저 가엾은 임금은 이 하산의 길을 걸어 내려가면서 비로소 고해의 아비가 되어가고 있었다. 내리막길에는 눈이 얼어 있었고 말이 미끄러졌다. 나는 이 아비를 사랑한다. 미워하지 않는다.

고립무원의 성안에서, 많은 말들이 피를 튀기며 부딪쳤으나, 더 많은 사람들은 아무 말도 하지 않고 침묵 속에서 그 겨울을 보냈다. 나는 그들의 침묵에 관하여 아무것도 쓸 수 없었다.

침묵하는 사람들의 내면이 어떤 것인지를 나는 상상할 수 없었다. 그 침묵 속에는 더 절박한 언어들이 들끓고 있을 테지만, 나는 나의 언어로 그 침묵 속의 언어에 접근할 수는 없었다. 이 침묵에 관한 한 나의 소설은 미완성의 습작이다.

졸작 소설 『칼의 노래』에서도 나는 백의종군하는 이순신의 침묵의 내면에 대해서 아무 말도 할 수 없었다. 그는 연전연승의 바다에서 체포되었고, 사십여 일간 의금부에서 문초를 당했다. 군인의 명예를 짓밟히고 삼도수군통제사의 지위를 박탈당했다. 그는 무등병으로 가석방되어 다시 남쪽 바다를 향해 걸어간다. 걸어갈 때, 그가 임금과 정치권력에 관해서 어떤 생각을 품고 있었는지를 아무도 알지 못한다. 바다의 사실과 사실의 기록을 사랑했던 그는 자신이 의금부에서 당한 고문이나 모욕의 내용, 거기에 대한 자신의 감정에 관해서는 한 줄도 쓰지 않았다. 부하들과의 술자리에서도 일언반구도 입 밖에 내지 않았다. 침묵을 이끌고, 그는 남행길을 걸어간다. 다시 그는 그 침묵을 이끌고, 명량에서 이기고 또 노량에서 이긴다. 그는 노량 바다의 마지막 싸움터에서까지 그 침묵을 훼손하지 않은 채 적탄에 맞아 숨을 거두었다. 그가 전사하던 날에 칠 년 전쟁은 끝났다. 아마도 그는 조선 정치권력의 핵심을 이루는 문신 통치배들에 대한 적개심을 일본 군대를 향해 퍼부어댄 것이 아닐까. 나는 한때 그런 상상을 한 적도 있지만 옮겨 쓰지는 못했다. 그것은 위태로운 상상이었고 또 그가 그 깊은 곳에 관하여 일언반구도 발설하지 않았으므로 나로서는 기댈 언덕이 없었다. 그렇게 해『칼의 노래』에도 가장 핵심적인 부분은 누락되어 있다.

졸작 소설『흑산(黑山)』은 신유년(1801년)에 벌어진 천주교도 박해사건 중에서 극히 일부를 소재로 삼은 글이다.

형틀에 묶인 정약용은 하느님과 신도들을 배반했다. 그의 배교는 매에 못 이긴 것이라기보다는 매우 적극적이고 기획적인 것으로 보인다. 그는 황사영의 존재를 발고했고, 천주교도를 효과적으로 색출할 수 있는 방법을 형리들에게 알려주었다. 실제로 그의 발고로 검거된 교인이 수백 명에 달하는 것으로 알려졌다. 이 배교는 정약용의 마음의 역사에서 가장 격렬한 고비를 이룰 터이다. 그의 형 정약종은 잔혹한 매질을 온몸으로 받아내면서 신앙을 증거했고, 서소문 형장에서 참수되어 순교했다.

정약용은 그 후 오랜 유배생활에서 자신의 배교에 관해서 일언반구도 입 밖에 내지 않았다. 그가 자신의 배교와 형의 순교에 대해서 어떤 생각을 가지고 있었는지는 아무도 모른다. 그는 방대한 저술에서 자신의 배교에 관해 기술한 적이 없었고, 흑산도로 유배된 형 정약전과의 잦은 편지 교류에서도 약종의 순교에 관해서 아무 말도 하지 않았다. 그는 죽는 날까지 그 무겁고 무서운 침묵을 보존했다. 나는 정약용의 배교와 침묵이 하느님의 세상과 인간의 세상이 갈라서는 교차로이며, 신유박해의 가장 인간적 국면이라고 생각한다.

정조 임금은 젊은 정약용을 지극히 총애했다. 군신이 마주 앉아서 치세(治世)를 논했고 시서화를 함께 즐겼다. 젊은 정약용을 중심으로 신진사류는 서울의 북촌에 모여서 엘리트의 풍류 그룹을 이루었다. 그들은 매화 피면 모이고, 국화가 피면 모이고, 첫눈 오면 모이고, 친구가 먼 곳으로 전근 가면 모이고, 아들이 과거에 합격하면 모여서 술 마시며 시회를 열었다. 젊은 날의 정약용은 사직의 총아였다. 그의 정신은 나이를 먹어갈수록 체제 쪽으로 굳어져가는 것이 아니라 점점 더 과격한 개혁주의로 무르익어갔다. 강진 유배 십팔 년 동안 그는 현실의 무대에서 소외되어 있었지만 그의 정신은 오히려 현실의 한복판으로 집중되어 있었고, 당대의 비리, 수탈, 탐학, 억압, 부패를 현장의 시선으로 고발했고 그 대안을 제시했다. 농지 소유 관계의 모순과 신분 차별 제도가 조선의 앞날을 가로막는 최대의 장애물이라고 그는 설파했는데, 이 양대 장애물은 조선왕조의 물적, 정치적 존립의 토대를 이루는 조건들이었다. 정약용의 마음속에서 자신의 배교로 인한 긴장이 개혁을 향한 추동력으로 작동하고 있었던 것이 아닐까. 하느님 나라의 정의를 땅 위에서 실현하려는 소망으로 그는 그 어두운 마음을 위로하면서 한평생의 침묵을 이끌고 살아갔던 것이 아닐까라는 나의 상상은 근거가 없고 비빌 언덕이 없었다.

나는 『흑산』에서 정약용의 침묵의 내면에 관해서는 한 줄도 쓰지 못했다. 그의 침묵을 들여다보면서 그 안쪽의 풍경을 드러내기에는 나의 언어는 허약했다. 말하여지지 않는 것에 비하면 말하여지는 것은 얼마나 작은가. 나에게는 늘, 쓸 수 있는 것보다 쓸 수 없는 것들이 더 많다. 앞으로도 그러할 것이다.

『흑산』 쓰기를 마치고 나는 매에 못 이겨 배교한 사람들, 처자식이 매 맞는 꼴을 보다 못해 배교한 사람들, 겁에 질려서 매 맞기 전에 미리 배교한 사람들, 배교하고 나서 다시 입교했다가 다시 붙잡혀 와서 배교한 사람들, 배교를 선언하고 풀려났으나 이미 맞은 매에 골병이 들어서 죽은 사람들, 세속적 삶의 유혹을 이길 수 없어서 배교한 사람들의 모든 영혼을, 모든 거룩한 순교자들의 영혼과 함께 하느님께서 가슴에 품어주십사 하고 기도했다. 내가 사는 동네의 젊은 신부에게 하느님이 나의 기도를 들어주실 것인지를 물어봤는데, 신부는 웃으면서 대답하지 않았다.

『남한산성』을 탈고한 지 몇 년 후 초겨울에 나는 전라남도 해남 우수영에서 열린 명량대첩 축제를 구경 갔다. 우수영에서 바라보는 진도와 해남반도 쪽 바다는 물과 섬과 육지가 숨바꼭질하듯 숨고 또 드러나면서, 산하가 연주하는 음악 소리가 들리는 듯싶다.

이 아름다운 물길이 열두 척 이순신의 싸움터 명량이고, 졸작 『칼의 노래』의 한 배경이다. 그날 축제에서는 진도대교 아래 울돌목 물길에서 선박 수십 척이 모여 깃발을 펄럭이고 총포를 쏘고 연막을 뿜으면서 명량 전투를 재연했다. 축제는 장관을 이루었고, 퇴임하신 김대중 전 대통령이 이 축제를 참관하고 있었다.

서울로 돌아올 때 나는 목포에서 KTX 열차를 탔다. 내 자리는 9호차나 10호차쯤 되는 열차 후미였다. 상경하는 이 KTX 1호차에는 김대중 전 대통령 일행이 타고 있었다. 내가 이 열차에 타고 있는 것을 대통령 일행 중 누군가가 보았던 모양이다. 내 자리로 대통령 비서관이 오더니 "1호차에 대통령께서 타고 계신데 잠깐 보자고 하신다"고 말을 전했다.

김대중 대통령께서 나를 찾으시다니. 이것이 무슨 일인가. 나는 비서관에게 "아니, 왜지요?"라고 물었다. 그는 "그냥 좀 얘기나 하시자는 뜻입니다"라고 말했다.

나는 객차 아홉 칸을 건너가서 그분이 계신 자리로 갔다. 그분은 마주보는 자리를 손으로 가리키며 나에게 앉으라고 했다. 나는 앉았다. 노(老) 대통령은 나를 부른 이유가 『남한산성』에 관해서 대화하고 싶어서였다고 말했다. 그분은 소설의 구석구석을 기억하고 있었다. 그분이 나에게 물었다.

"김 작가는 김상헌과 최명길, 둘 중에서 어느 편이시오?"

나는 대답이 궁색해서 우물쭈물하였다.

"작가는 아무 편도 아닙니다."

그분은 희미하게 웃었다. 그리고 말했다.

"나는 최명길을 긍정하오. 이건 김상헌을 부정한다는 말은 아니오."

나는 지금 그분의 말씀을 육성대로 기록하지는 못한다. 그분은 김상헌의 우뚝한 뜻을 치하하면서도 현실의 땅 위를 걸어간 최명길을 긍정하는 취지로 말씀하셨다. 그리고 병자호란 후에 패전국의 정치가로서 최명길이 패자의 치욕을 감당하면서 나라의 생존을 도모해나간 노력들을 소상히 말씀하셨다. 그분은 최명길이 조선시대의 가장 훌륭한 정치가 중 한 명이라고 말했다. 나는 조용히 듣기만 했다. 그분은 말씀 중에 가끔씩 눈을 감았다.

불굴의 민주투사 김대중이 주화파 최명길에 대해서 그토록 긍정적인 이해를 갖고 있다는 사실에 나는 놀랐다. 나는 듣기만 했다. 기차가 대전을 지날 때 비서관이 나에게 "대통령께서 피곤해하신다"고 말했다. 나는 인사를 드리고 다시 객차 아홉 칸을 건너서 내 자리로 돌아왔다. 타협할 수 없는 이념의 지향성과 당면한 현실의 절벽 사이에 몸을 갈면서 인고의 세월을 버티어내며 길을 열어간 그분의 생애를 나는 생각했다. 용산역에서 그분은 수행원들의 부축을 받아가며 역 구내를 빠져나갔다. 나는 노(老) 대통령의 뒷모습을 오랫동안 바라보았다.

2 추운 겨울, 끓는 언어

남한산성 서문은 산성의 성문 네 개 중에서 가장 초라하다. 출입문의 높이가 낮아서 말을 타고서는 통과할 수 없다. 폭도 좁아서 임금은 좌우에 의장을 거느릴 수 없고 인마(人馬)는 일렬종대로 이 문을 지나가야 한다. 서문 아래는 좁고 가파른 내리막길이 이어져서 송파나루 삼전도에 닿는다. 정축년 음력 1월 30일, 임금이 통곡하는 대열을 거느리고 이 문을 나설 때, 길바닥에는 얼음과 잔설이 깔려 있었다. 깃발도 의장도 없이, 대열은 느리게 움직였다. 들끓는 말이 부딪치던 산성을 나와서 세상으로 뻗은 이 내리막길은 서울, 평양, 의주를 거쳐서 압록강을 건너고 요동반도를 건너서 심양에까지 닿아 있었다. 임금은 삼전도에서 항복했고, 받아들일 수 없는 것을 받아들였다. 조선은 청의 신하가 되었고, 주권은 능욕당했다. 치욕은 크고 깊었다. 견딜 수 없는 것을 견디어야 하는 것이 삶의 길이라면, 견딜 수 없는 것은 없는 것인가. 삶 속으로 뻗은 이 내리막길은 삼전도에서 끝난 것이 아니고, 임진강, 대동강, 청천강, 압록강을 건너고, 요동을 건너서 심양에까지 이어졌다. 소현세자(昭顯世子)와 세자

빈, 봉림대군(鳳林大君)이 볼모로 끌려갔고, 끝까지 싸워서 지키기를 절규했던 조선 선비 홍익한(洪翼漢), 윤집(尹集), 오달제(吳達濟)는 황제에게 거역한 죄와 조선 임금을 오도한 죄를 뒤집어쓰고 묶여서 끌려갔다.

약탈품을 가득 실은 청군의 수레가 끝없이 이어졌고 그 뒤를 조선인 포로 오십만여 명이 산과 들을 가득 메우고 끌려갔다. 포로들은 하루에 삼사십 리씩 북쪽으로 걸어갔다. 어른들이 끌려가서 조선 땅에는 고아들이 넘쳐났다.

그해 겨울, 북쪽에는 2월 중순까지 눈이 내렸고, 날이 저물면 포로들은 길에서 누웠다.

나는 중학교 3학년 때 남한산성으로 가을소풍을 가서 처음으로 산성을 보았다. 그때 산성은 지금처럼 복원되지 않았고, 여장이 무너지고 석축이 내려앉은 돌무더기였다. 역사 선생님이 사백여 년 전에 이 성안에서 어떤 일이 벌어졌던가를 설명해주었다. 약자의 생존과 독자성을 인정하지 않고, 단지 복종하지 않는다는 이유만으로 짓밟아버리는 그 거대한 폭력의 작동 방식에 나는 치를 떨었고 겁에 질려 있었다. 그때 나는 그 비극의 전모를 알지는 못했고, 거기에 말이 얽혀 있었다는 것도 알 수는 없었지만, 무너진 산성의 그 길고 긴 돌무더기는 소년의 마음에 짙은 그림자를 드리웠다. 그 산성의 폐허는 내 소년시절을 지배했던 몇 개의 무서움들 중 하나였고, 산성의 이미지는 내 마음속에 오래 남아 있었다. 그로부터 오십여 년이 지나서야 나는 비로소 연필을 쥐고 『남한산성』을 쓰기 시작하였으니, 문장 몇 줄 이루기의 이 더딤은 너무 심하다.

쓰다가 지치면 나는 남한산성에 가서 서문의 기둥 밑돌을 만지면서 나

자신을 꾸짖었다. 서문의 문루와 여장은 그 후에 새로 지은 것이지만, 문 기둥의 아래쪽 큰 돌은 모두 옛것으로, 병자년 겨울에서 정축년 초봄에 이르는 풍상을 겪은 돌일 터이다. 돌은 시커멓고, 정교한 끌질을 받지 않아서 울퉁불퉁하다. 나는 돌을 만지면서 산성에서 심양에 이르는 멀고 먼 길을 생각했다. 나는 죽은 많은 사람들과 또 살아서 견디어낸 더 많은 사람들을 생각했고, 산성에서 돌아와서 겨우 몇 줄을 이어갔다.

지금 서울 송파구, 강동구 쪽에서 남한산성에 오는 등산객들은 대부분 서문 쪽 코스로 올라온다. 고가 브랜드가 붙은 등산복 차림에 카메라, 보온병을 멘 시민들이 서문을 지나서 성안으로 들어가고, 젊은이들은 문루 기둥 뒤에서 키스한다.

끌려가는 소현세자 일행은 정축년 2월 8일 서울을 떠났다. 소현이 떠날 때 임금은 서울 서쪽 교외 창릉(昌陵, 경기도 고양시)에까지 배웅 나갔다. 끌려가는 백성들이 임금을 바라보며 통곡했다. 임금은 청장(淸將)에게 "아들이 병약하니 가는 동안 온돌방에서 재워달라"고 부탁했다. 청장은 알았다고 대답했다. 소현과 봉림은 임금에게 절하고 하직했다. 소현 일행은 3월 3일 압록강을 건넜고 4월 10일 심양에 도착했다.

나는 2015년 여름에 중국 동북지방을 여행하다가 압록강 다리의 단둥〔丹東〕 쪽 입구를 답사했다. 거기에는 1950년 겨울, 한반도로 진공하는 중공군 대열을 새긴 거대한 청동 부조가 전시되어 있었고, 그 옆에는 한반도 진공을 명령한 모택동의 작전 지휘서가 부조로 새겨져 있었다. 여기가 서울 서대문 밖 영은문과 심양을 잇는 길의 국경 지점이다.

홍익한, 윤집, 오달제는 심양으로 끌려가서 황제 앞에서 청의 무도한 침략 행위를 꾸짖고 조선 선비의 대의(大義)를 밝히면서 처형당했다. 송시열은 이 세 사람의 행적과 언설, 그들이 남긴 소장(疏狀)을 수집해서 『삼학사전』을 후세에 전했다. '삼학사(三學士)'라는 로고가 붙어서 이 세 조선 선비는 충절의 영원한 아이콘이 되었다. 삼학사는 조선 성리학의 이념적 절정이었다. 그들은 관념 속으로 뻗은 언어의 길을 땅 위로 끌어내리려 했는데, 그 결과는 정복자의 칼 앞에서 곧게 서서 정의롭고 문명한 '말'을 격렬하게 토해내다가 베어지는 죽음이었다. 그들은 명과 청의 거대한 충돌, 청과 조선의 갈등을 힘 대 힘, 실체 대 실체의 관계로 파악하지 않았다. 그들은 그 모순을 문명 대 야만, 화하(華夏) 대 이적(夷狄)의 관계로 이해했고, 다른 여지는 없었다. 그들은 그 관념의 힘으로, 거대하고도 강력하게 존재하는 힘의 실체를 부정할 수 있었다. 이 관념의 치열함, 그 순정성, 혹은 그 맹목, 이것이 그들의 사유와 행동의 비극적 절정을 이룬다. 그들은 조선 성리학의 금지옥엽이었다. 그들이 임금에게 올린 척화소(斥和疏)는 모두 춘추대일통(春秋大一統)의 세계관을 들이대며 천하의 정통은 오직 명(明)일 뿐, 이적과는 말을 섞을 수 없다는 주장이었다.

그들의 언어는 극준(極峻)하였고 찬란했으며, 거침없이 쏟아져 나와서 여백이 없었다. 대체로 젊은 신진사류는 이 빛나는 언설을 편들었는데 정의롭고 늠름한 말들이 합치고 증폭되면서 거대한 집단 담론을 이루어 조정을 압박하였다.

임금이 삼전도에서 투항한 후 이백오십여 년 동안 조선은 청에게 복속되어 사대의 예를 바쳤고 이 관계는 구한말 때 청일전쟁에서 청이 패함으로써 동북아의 패권구도가 바뀔 때까지 계속되었다. 그리고 이 이백

오십여 년 동안 조선 조정과 지식인들은 오래전에 멸망한 명에 대한 존숭과 그리움의 정한에서 벗어나지 못했고, 삼학사의 위상은 불멸하는 충절의 깃발을 펄럭이면서 자기분열의 표상으로 바뀌어갔다.

오달제는 스물여덟 살로 생을 마감했다. 그는 홍문관 수찬으로 언관(言官)직에 있을 때 적과의 강화를 도모하던 최명길을 통렬한 언사로 규탄했다. 그때 최명길은 노성한 원로대신이었다.

"대각의 공론은 매우 중하여 비록 대신이라 할지라도 맞서지 못하는 것입니다. 최명길이 대체 어떤 사람이기에 잘못했으면 사직하고 물러날 일이지 공론을 두려워하지 않고 이같이 방자한 것입니까."

젊은 언관의 이 격렬한 문장에 임금은 진노했다. 임금은 대답했다.

"최명길은 일품중신인데, 설사 그 말이 틀리더라도 모욕을 가하는 것은 옳지 못하다. 더구나 젖내 나는 어린아이[黃口小兒]가 대신을 모욕하니 나라의 풍속이 한심하다. 오달제를 파직하라."

'젖내 나는 어린아이'는 즉각 파직되었다. 파직된 오달제는 임금을 따라서 남한산성 안으로 들어갔다. 오달제는 성안에 들어와서도 화친의 길을 모색하는 최명길을 목 베라고 임금에게 주청했다. 그는 최후의 날을 대비하고 있었다.

정축년 1월 중순부터 적 앞에 나가서 죽어야 할 사람을 선발하는 일로 조정은 지옥을 헤매고 있었다. 오달제는 직위가 높지 않았고 또 척화파의 수장급이 아니었지만 죽음의 길에 자원했다. 오달제가 끌려갈 때 그의 부인 남(南)씨가 배 속에 아이를 가지고 있었으나 이 아이는 요절했다. 오달제는 매화 그림 몇 점을 남겼다. 후세에 숙종과 영조가 이 그림에 어제시(御製詩)를 내려서 젊은 선비의 넋을 기렸다. 어제시가 붙은 오달제의 매화 그림은 우뚝하고 단순하다. 화폭의 구도를 이루기 위한 선 두어 개만이 배치되어 있고 빈 공간은 이 단순성이 내뿜는 힘으로 가득 차 있다. 고목 둥치에서 새 가지가 몇 개 위로 치솟고 그 꼭대기에 꽃이 두어 개 달려, 가지가 주는 느낌은 대나무와 같다. 오달제의 매화는 꽃이 아니라 꽃이 피게 되기까지의 행로(行路)를 그린 그림처럼 보인다. 그는 꽃이 아니라, 꽃에 의탁해서 타협할 수 없는 지고한 내면 풍경을 그렸다. 최후의 날이 다가오는 성안의 어느 누추한 민가 토담방에서 젊은 오달제는 입을 굳게 다물고 유서를 쓰듯이 매화를 그리고 있었던 것이 아닐까. 그때가 겨울의 끝자락이어서 성안에 매화는 피었을 것이었다. 나는 그런 상상을 작동해보았으나 소설로 옮겨 쓰지는 못했다.

이육사(李陸史)는 독립투쟁 과정에서 열일곱 차례 투옥되었고, 1943년 가을에 서울에서 일본 헌병대에 체포되어 북경으로 압송되었다. 절창 「광야」는 그 압송 열차 안에서 구상한 것으로 알려져 있다.

> 지금 눈 내리고
> 매화 향기 홀로 아득하니
> 내 여기 가난한 노래의 씨를 뿌려라
>
> 다시 천고(千古)의 뒤에
> 백마(白馬) 타고 오는 초인(超人)이 있어
> 이 광야에서 목놓아 부르게 하리라
>
> ─「광야」에서

이육사의 '매화'는 광야에 뿌려진 자유의 씨앗이며 천고의 뒤에 피어날 미래의 꽃이다. 오달제의 매화 그림을 볼 때마다 내 마음속에서 이육사의 '매화'가 겹쳐진다. 오달제는 1637년 심양성 서문 밖 처형장에서 참수되었고 이육사는 1944년 북경 감옥에서 숨을 거두었다.

윤집은 오달제와 함께 심양성 서문 밖에서 참수되었다. 향년 삼십일 세. 윤집은 스물두 살에 소과에 급제했고 사간원 정언, 이조좌랑 등 청요직을 역임했는데, 남루한 옷과 거친 음식을 부끄러워하지 않았다. 윤집은 최명길이 언관들의 공론을 무시하고 청과의 화의를 도모하자 극간으로 최명길을 규탄하고, 목을 베자고 주장하다가 파직되었다. 주화파들은 그를 '부박하고 이름을 드러내기 좋아하는 자[浮薄好名之人]'라고 비난했다. 그는 임금의 수레를 따라서 산성 안으로 들어갔고 임금이 출성할 때 죽음의 심양길을 자원했다.

윤집은 젊어서 죽임을 당했는데, 국립중앙박물관이 소장한 그의 초상화는 눈 아래 주름이 처지고, 뺨에 기미가 끼어 노성한 선비의 가파른 풍모를 보여준다. 성리학은 원리와 현상이 다르지 않고, 현상은 원리에 따르는 것이라고 가르친다. 그러한 배움이 영혼과 육신에 젖어들어서 젊은이들은 일찍부터 숙성했고 젊어서 일가를 이루었는데, 윤집의 풍모가 그러하다. 윤집은 청음 김상헌의 조카딸과 혼인했으니, 김상헌의 사위뻘이다.

홍익한은 산성 안에 들어오지 못했다. 홍익한은 적의 진공로인 평양의 서윤으로 내몰려 있다가 철수하는 청군에게 붙잡혀서 끌려갔다. 홍익한은 이때 쉰두 살로 젊은 오달제, 윤집과는 나이 차가 크다.

홍익한은 1615년(광해 7년)에 소과에 합격했고, 인조반정 이후 환로에 들어섰다. 1636년 봄에 청장 용골대가 조선에 사신으로 와서 군신관계를 강요하며 임금을 겁박했을 때 홍익한은 칭제하는 청의 참월을 통렬히 규탄하고 용골대의 목을 베어서 청으로 보냄으로써 대의를 밝히자고 주장했다.

홍익한이 끌려가기 전에 두 아들과 사위가 적의 칼에 베어졌고, 아내와 며느리는 이 살육의 자리에서 자결하였다.

3   죽기와 죽이기

홍익한, 윤집, 오달제는 심양에서 참수되기 전에 문초를 받았다. 이 문초를 통해서 그들은 자신의 언어와 삶의 길을 일치시키는데, 그 결과는 죽음이었고 목이 베임으로써 칼로 베이지 않는 정신의 고결함을 후세에 전했다. 그들은 죽어서 자손만대의 추앙을 받아 마땅하겠지만, 임금이 만백성을 거느리고 그들의 뒤를 따라갈 수는 없었다. 임금의 길과 삼학사의 길은 크게 엇갈렸으나 멀리 가야 하는 길에서 결국은 다르지 않았다. 최명길이 성문을 열어서 세상으로 나가는 길을 냈고 임금과 세자, 김상헌과 오달제, 윤집 등이 모두 이 긴 길을 따라서 하산했다.

청은 홍익한을 별관에 가두고 조석으로 성찬을 내려서 회유했으나 홍익한은 먹지 않았다. 그는 말했다.

"한 번 죽음이 있을 뿐인데 어찌 먹겠는가."

청장 용골대가 홍익한을 심문했다.

"너는 어째서 끌려왔는가!"

"나는 앞장서서 화친을 배척했다."

"너의 나라 신하들 중 화친을 배척한 자가 어찌 너 하나뿐이랴!"

"나는 죽음이 두려워서 남을 끌어들이지는 않는다."

"숨기지 말고 그자들의 이름을 대라."

"지난봄에 네가 우리나라에 사신으로 왔을 때 너의 머리를 베자고 주장한 사람은 나뿐이다."

용골대는 웃으면서 심문을 마쳤다.

청 태종이 군사의 위세를 펼쳐놓고 홍익한을 불렀다. 황제의 마당 위에 홍익한은 똑바로 섰다. 황제는 진노했다.

"너는 어째서 무릎을 꿇지 않느냐?"

"이 무릎을 너에게 굽히겠는가!"

황제는 기가 막혔다.

"너는 앞장서서 화친을 배격했는데 어째서 우리 대군이 출병했을 때 막지 못하고 도리어 붙잡혔는가?"

"나는 대의를 말할 뿐, 성패존망을 말하지 않는다. 우리나라 신민의 뜻이 나와 같게 되면 너희 나라의 멸망은 머지않았다. 너희 나라의 사형은 난도질을 한다던데, 어서 빨리 난도질을 쳐라."

황제가 좌우를 돌아보며 말했다.

"이 사람은 어렵구나!"

황제가 물었다.

"내가 어째서 황제가 될 수 없단 말이냐?"

"너는 천조(天朝:明)의 역적이니 어찌 황제가 될 수 있겠느냐?"

황제는 격노했다. 형리가 홍익한의 양팔을 끌고 나가 목 베었다.

윤집과 오달제는 함께 심문을 받았다.

용골대가 황제의 뜻을 전했다.

"너희들은 척화의 우두머리가 아니다. 꼭 죽이자는 것은 아니다. 너희들의 처자를 데리고 여기 와서 살아라."

"불가하다. 어서 죽여라. 우리는 처자식이 죽었는지 살았는지를 모른다."

세자를 따라온 시강원의 조선 관리들이 이들의 심문, 처형 과정에 입회했고, 보고 들은 바를 기록해서 본국에 보고했다.

4   경(經)과 권(權)

남한산성에서 나온 뒤 최명길은 임금을 따라 대궐로 들어갔고 김상헌은 안동으로 몸을 숨겼다. 투항한 뒤에도 패배자의 조정에서 주화파와 척화파의 권력투쟁은 치열했다. 척화파는 그 빛나는 이상과 명분에도 불구하고 패전과 치욕을 불러들인 죄로 주화파의 공격을 받았고 주화파는 척화파의 명분이 쇠퇴한 자리의 권력을 차지했으나 이 길항관계는 세월 속에서 엎치락뒤치락하였다. 대체로 말해서, 조선 성리학의 지성은 주화파가 만들어놓은 현실의 질서와 속박 속에서 척화파의 대의를 흠모하는 고통스런 자기분열의 길을 걸어갔다.

1639년 김상헌은 일흔의 노구로 청에 압송되어 심양 감옥에 갇혔다. 최명길은 강화 후에 영의정 자리에 올랐다. 이때 조선의 반청적(反淸的) 움직임이 발각되어 최명길도 청에 끌려가서 심양 감옥에 갇혔다.

두 사람은 적의 감옥에서 창살을 사이에 두고 나란히 갇혔다. 늙어서 이루어진 이 만남은 두 사람의 생애의 한 절정을 이룬다. 옛 기록을 보건대, 대체로 이 두 사람은 양극단의 사상과 현실관으로 대척점에서 맞서 싸워왔지만 서로의 인격을 신뢰했고, 그 깊은 곳을 훼손하지는 않았다. 최명길은 김상헌이 이름을 드러내려는 욕심이 있다고 의심한 적도 있었으나 죽음 앞에 의연한 그의 절의에 탄복하였고 김상헌도 최명길의 뜻이 오랑캐를 받들고 오랑캐를 위함이 아니었음을 알게 되었다고 한다. 최명길이 이 두 마음이 작동하는 풍경을 시로 적었다.

> 그대 마음 돌 같아서 돌리기 어렵고
> 나의 도는 고리 같아서 때에 따라 돈다
> 君心如石終難轉 吾道如環信所隨

'돌'이거나 '고리'이거나 마음의 길은 멀고 아득한 삶을 향하여 죽음을 통과해나가는 방향으로 뻗어 있었다.

심양 감옥에서 두 사람은 경(經: 바뀌지 않는 원리)과 권(權: 현실에 맞게 일을 처리함)에 대하여 시를 지어서 담론하였다. 김상헌이

> 권은 어진 이도 그르칠 수 있으나
> 경은 누구도 어길 수 없다

　　　　權或賢猶誤 經應衆莫違

라고 써서 보여주자 최명길은

　　　　하는 일이 어쩌다가 때에 따라 다를망정
　　　　속마음이야 어찌 정도에서 어긋나랴
　　　　事或隨時別 心寧與道違

라고 대답했다. 이때 심양에 끌려와 있던 이경여(李敬興)가 시를 지어서
두 사람에게 보냈다.

　　　　두 어른의 경과 권이 모두 나라 위함인데
　　　　하늘을 떠받치는 큰 절개요(經: 김상헌)
　　　　한때를 건져낸 큰 공적일세(權: 최명길)
　　　　이제야 원만히 마음 합치니
　　　　남관의 두 늙은이 모두가 백발일세
　　　　二老經權各爲公 擎天大節濟時功
　　　　如今爛熳同歸地 俱是南館白首翁
　　　　(남관: 김상헌과 최명길이 억류되어 있던 심양의 거처)

김상헌과 최명길은 적의 감옥에서 화해했다. 이 화해는 각자의 마음을
스스로 배반하는 것은 아니었다. 그들은 자아를 훼손하지 않으면서 상
대를 긍정했다.

한 시대의 시련과 고통을 최전선에서 헤쳐나온 두 사람은 이제 백발노인이 되었다. 적의 감옥에서 이루어진 이 만남과 화해의 풍경은 조선의 마음의 역사 속에서 장관을 이룬다. 이 장관은 슬프고, 아프고, 아름답다.

5   글쓰기와 글씨 쓰기

병자호란의 고난과 치욕은 서울 송파구 삼전동 〈삼전도비〉(사적 101호)에 새겨져 후세에 전한다. 이 비석의 정식 명칭은 〈대청황제송덕비〉이다. 높이 395센티미터, 폭 140센티미터.

이 비문은 청나라 황제의 자애로운 은덕을 칭송하고, 거기에 저항했던 조선의 어리석음을 사죄하고 청에게 기꺼이 복속할 것임을 선포하고 있다. 이 거대한 비석은 지금도 삼전도 한강가에 세워져 있다. 여기가 조선 임금이 언 강을 건넌 자리이고, 뒤쫓는 청군이 조선 임금을 잡으러 강을 건넌 자리이고, 조선 임금이 이마를 땅에 찧으며 항복한 자리이다. 조선시대의 삼전도는 강을 남북으로 건너고 상류와 하류를 연결하는 번창한 나루였으나 잠실대교가 개통된 이후로 나루의 기능은 소멸되었고, 강남의 주택가로 변모했다.

지금 〈삼전도비〉 주변은 주택과 어린이놀이터, 초등학교 들이 들어서서 중산층의 마을을 이루고 있다. 비석은 이 자리에서 삼백팔십여 년 풍상을 견디어왔고 지금은 그 앞에 조선 임금이 청 태종에게 투항하며 머리를 찧는 광경이 부조로 새겨져 있다.

〈삼전도비〉는 청 태종이 군사를 몰아서 돌아간 직후 청의 강압에 의해서 세워졌다. 비석 세울 자리가 저지대였으므로 장마 때 침수되지 않도록 돌로 단을 쌓았고, 한강 상류에서 석재를 운반해 왔다. 폐허가 된 조선 조정으로서는 감당하기 어려운 토목공사였다. 경기도 백성들은 이미 전란에서 크게 희생되었으므로 노역에서 제외되었고, 전라도 백성들이 주로 징발되었다. 노역은 백성들의 수난이었고, 비문을 짓는 일은 사대부의 치욕이었다. 노역에 끌려온 백성들은 고향으로 돌아가면 그만이지만 글을 써서 비문에 채택되는 사대부는 그 치욕이 돌에 새겨져서 후세에 전해질 판이었다. 비문은 조선 조정에서 작성해서, 돌에 새기기 전에 청의 재가를 받게 되어 있었다.

임금은 장유(張維), 이경전(李慶全), 조희일(趙希逸), 이경석(李景奭), 이 네 명의 신하에게 비문을 지어 바치라고 명했다. 이들은 모두 당상관이며 당대의 최고 문장가들이었다.

이경전은 이 난국을 회피하기 위해 상소문을 올렸다.

> 신은 나이 팔십에 정신은 혼미하고
> 문자를 내버린 지 오십 년이 넘었습니다.
> 바라옵건대 신은 제외시켜주십시오.

이경전은 며칠 후에 자연사로 삶을 마감했으니, 복이 많은 사람이다.

조희일은 채택되지 못할 문장을 일부러 엉터리로 써서 치욕을 모면하였다.

장유는 비문 짓기를 면해달라고 상소를 올렸으나 허락받지 못했다. 장유가 글을 지어 바쳤는데 비유가 온당치 못하고 잘못 쓰인 부분이 있어서 퇴짜를 맞았다. 임금은 이경석의 글을 청으로 보내 재가를 받았고 그의 글은 돌에 새겨졌다.

이경석은 주자학의 명분론에 얽매이지 않고 현실적이고 실리적인 입장에서 전후 처리에 진력하면서 인조, 효종, 현종 삼 대를 거치면서 이조판서, 좌의정, 우의정, 영의정을 역임했다. 그러나 그의 글이 〈삼전도비〉에 새겨짐으로써 그는 후배 세대인 송시열 일파의 정치적 공격을 받아 당쟁에 휘말렸으니, 식자 노릇의 어려움을 알 것이다.

〈삼전도비〉의 글씨는 오준(吳竣)이 썼다. 오준은 왕희지체 예서의 대가로, 전국 각지의 여러 중요한 비석에 글씨를 남겼다. 오준은 젊었을 때 충남 아산 이순신 장군 묘역에 세운 〈충무공이순신비〉의 글씨를 썼고, 늙어서는 〈대청황제송덕비〉의 글씨를 썼다. 한 생애에 영광과 치욕이 공존하는 모습을 나는 미워하지 않는다. 오준은 〈삼전도비〉의 글씨를 쓴 일로 한을 품고 죽었다고 후인이 기록했다.

일제 강점기에 조선총독부는 이 〈삼전도비〉가 중국을 숭모하고 일본을 업신여기는 사상을 조장한다는 이유로 비석을 뽑아서 땅에 파묻었다. 그 후에 총독부는 다시 비석을 파내서 세웠는데, 조선은 오래전부터 타 민족에게 예속되어왔다는 것을 증명하기 위함이었다.

해방 직후에는 이 비석이 민족의 수치라고 해서 다시 땅에 파묻혔고, 그 후 홍수로 흙이 씻겨내리면서 쓰러진 비석이 드러났다. 지금은 다시 제 자리에 세워져 있으나, 몇 년 전에 누군가가 빨간 페인트를 비석에 뿌려서 문화재 당국이 지우느라고 애를 먹었다.

이 비석의 운명은 병자년 겨울에서 정축년 초봄까지 고립무원의 산성 안에서 벌어졌던 말과 길의 싸움이 그 후 삼백팔십여 년을 이어져왔음을 보여준다. 인간세의 시비는 한이 없고 끝이 없다.

비문 짓기를 서로 피하려는 사대부들의 다툼은 투항 후 성 밖에서 일어난 일이었으나 나는 이 사건을 성안에서 항복문서 쓰다가 일어난 일로 바꾸어서 소설화하였다.

6   서날쇠와 정명수

나는 졸작『남한산성』을 쓰면서 서날쇠가 나오는 대목이 가장 신났다. 소설 속의 서날쇠는 성안에 사는 대장장이인데, 점쟁이, 무당, 땅꾼, 기와장이, 옹기장이, 농사일을 모두 겸한다. 그는 자연환경을 자신의 몸 안으로 받아들여서 그 직접성의 관계 위에 삶을 건설하는 자이다. 그의 삶의 모든 무늬와 질감은 노동하는 근육 속에 각인되어 있다.
소설 속에서 서날쇠는 김상헌의 뜻을 받들어 임금의 격서를 지방의 근왕병에게 전하는 임무를 수행한다. 그는 고립무원의 성안에서 유일한 영웅이고 실천가이다. 나는 서날쇠의 행위를 '애국'이나 '충군'의 이념이 아니라 삶에 대한 순수한 '본능'이거나 김상헌에 대한 선의의 '동의' 정도로 그리려고 애썼다.
서날쇠의 실제 모델은 서흔남(徐欣男)이다. 서흔남은 남한산성 서문 밖 '널무니' 마을의 사노(私奴)였다. 대장장이와 기와장이, 무당, 장돌뱅이로 생계를 이어갔다. 천민이었으므로 그의 생애에 대해서 자세한 기록은 없고, 이야기의 파편들이 구전되고 있다.

나만갑(羅萬甲)은 남한산성 안에서 양향사(糧餉使)의 직책을 맡아 군량 수급을 담당하였다. 그는 이 전쟁의 핵심부에 있었다. 그가 쓴 『병자록(丙子錄)』에 서흔남이라는 천민의 이야기가 나온다.

서흔남은 정축년 1월 12일에 임금의 유지를 가지고 각 도로 나갔다가 1월 26일에 돌아왔다. 서흔남은 수원, 청주, 이천, 여주 쪽 적군의 동태와 지방군의 대응 태세를 보고했다. 서흔남은 이 같은 성 밖 출입을 여러 번 했던 것으로 보인다.

서흔남은 산성으로 돌아오는 길에 적진을 통과했다. 그는 다 떨어진 옷을 입고 기어가면서 불구자와 정신이상자 행세를 했던 모양이다. 그는 그때 홍타이지를 보았다. 구슬 달린 면류관을 쓰고 누런 옷을 입은 사람이 누런 장막 안에서 철판 위에 앉아 있고 그 밑에 숯불을 피워서 난방을 하고 있었다고 그는 보고했다. 면류관과 누런색은 황제만의 것이었다. 홍타이지가 서흔남의 행색을 보고 불쌍한 생각이 들었던지 먹을 것을 주라고 명령했다. 서흔남이 개처럼 입을 대서 먹고 자리에다 오줌을 쌌더니 적들은 서흔남을 미치광이로 알고 아무 의심도 하지 않았다. 서흔남은 무릎걸음으로 적진을 빠져나와 목책을 넘어서 산성 안으로 들어왔다. 서흔남은 천재적인 임기응변의 생존술을 몸에 붙이고 있었다. 성 안의 사대부들은 말을 했을 뿐, 어느 누구도 서흔남의 역할을 대신할 수 없었다. 임금의 격서를 지방군에 전하는 그 막중한 사명을 무당이며 대장장이인 서흔남이 수행했다.

조정은 이 천민에게 종이품 가의대부(嘉義大夫)의 품계를 내렸다. 그의 지

대한 공로를 조정은 알았던 것인데, 사관은 기록하지 않았다. 서흔남은 1667년에 죽어서 남한산성 문밖인 광주시 중부면 검복리 병풍산에 묻혔고, 그 후 화장했다고 전해진다. 그의 묘비는 지금 남한산성 동문 쪽 지수당 연못가로 옮겨져 있다. 묘비는 위쪽이 떨어져 나갔는데 '가의대부 동지중추부사서공지묘(嘉義大夫同知中樞府事徐公之墓)'라는 글자는 희미하게 남아 있다. 나는 소설을 쓰면서 산성 부근의 원로 주민들을 상대로 서흔남 후손의 행방을 탐문했으나 소득이 없었다. 내 소설의 말미에서 서날쇠(서흔남)는 대장간 아궁이의 오소리구멍을 막으면서 봄일을 준비한다. 그는 뛰어난 장인이고 광대였고, 생존 기술자였으며, 건강한 백성이었다. 지금 남한산성 유적 관리 당국은 해마다 여러 가지 축제와 기념행사를 하는데, 서흔남을 캐릭터로 삼은 연극이나 서흔남 흉내 내기, 마라톤, 서흔남배쟁탈씨름대회 같은 행사를 만들면 아름답지 않겠는가. 나는 여러 번 제안했으나 늘 받아들여지지 않았다. 소설에서 서날쇠에게 더 바싹 다가가서 더 자세히 쓰지 못한 게으름을 나는 뉘우치고 있다.

평안도 은산(殷山)은 대동강 상류의 산간 오지이다. 군사 편제로는 성천진관(成川鎭管)에 속한다. 서울에서 칠백 리, 평양에서 백이십 리이다. 새벽에 평양에서 떠나 부지런히 걸으면 밤늦게 은산에 이른다. 종육품 현감이 다스린다. 영조 대에 편찬된 『여지도서(輿地圖書)』에 따르면 이 관아에는 관노(官奴) 마흔다섯 명, 관비(官婢) 서른다섯 명이 딸려 있었다.
정명수(鄭命壽)는 이 은산의 관노였는데, 1619년 강홍립(姜弘立)의 군사로 징집되어 후금(後金) 토벌 작전에 동원되어 참전했으나 강홍립의 부대는 후금에 투항했다. 이때 정명수도 후금으로 끌려갔는데, 거기서 여진말을 배워서 청과 조선 사이를 통역하는 청나라 쪽 역관(譯官)으로 출세했다. 정명수는 청 황제의 뜻이나 침략군 사령관 용골대와 마부대의 뜻을 조선 조정에 전할 수 있는 유일한 조선인이었고 청국 관리였다. 그의 위세는 하늘을 찔렀다. 그는 말을 타고 조선 왕궁을 드나들었고, 조선의 삼공육경(三公六卿)을 면전에서 모욕했고 하급 관료들을 폭행했다. 그는 조선 조정의 고위 인사에 개입했고 수많은 뇌물과 여색을 수탈했다. 조선 조정은 그의 위세 앞에 쩔쩔맸고, 그의 출신지인 은산의 지위를 부(府)로 승격시켰다. 그는 심양에 끌려온 소현세자와 시강원 관리들을 협박해서 공물을 갈취했다. 역사 속에서 그는 '민족 반역자'로 규정되었으나, 그에게는 애초에 반역할 민족조차 없었다. 그는 조선의 극천(極賤)으로서 조선 임금을 겁박할 수 있는 권력의 자리에까지 올랐다.

그는 조국에게서 받은 것이 없었기 때문에 그의 행위가 반역인지 아닌지는 아리송하다. 정명수는 나의 소설 중에서 가장 묘사하기 쉬운 성격이었다. 그는 단순명료하다. 그는 사상이 없고 인격이 없고 망설임이 없고 연민이 없다. 그는 오직 욕망과 복수심만으로 형성된 인물이었다. 나는 그의 한없는 욕망 추구, 권력 과시, 야만적 살육 행위 중 극히 일부만을 쓸 수 있었다.

서날쇠와 정명수는 둘 다 극천이었지만 삶의 길은 정반대였다. 서날쇠는 삶의 현실에 대한 본능적 애정이 있었지만 정명수는 현실에 대한 적개심으로 가득 차 있었다.

청이 회군해서 돌아간 후에도 정명수는 자주 조선에 와서 청제(淸帝)의 뜻을 앞세워 조선 조정을 겁박했다.

1641년 의주부윤 황일호(黃一皓)가 최효일(崔孝一)과 함께 명나라 상선과 접촉한 사실이 탄로 났다. 청은 진상을 조사하고 문책하기 위해 조선에 사신을 보냈는데, 정명수는 이때 사신을 따라왔다. 정명수는 단순한 통역이 아니라 심판관이며 집행자로 행세했다. 조선 임금은 뇌물을 많이 주며 정명수를 회유했으나 먹히지 않았다. 정명수는 서울 도심 거리에 사형장을 설치하고 황일호 등 관련자 십여 명을 참살했다. 이 자리에는 조선의 영의정 등 고위직 신료들이 강제로 끌려나가 정명수의 야만적 위세를 참관했다. 거리에 피가 흘러내렸고, 정명수는 이날 저녁 연회를 받아먹고 방기(房妓)를 품었다.

시강원의 조선 신료 정뇌경(鄭雷卿)과 강효원(姜孝元)은 정명수를 죽여서 원수를 갚으려고 절치부심하고 있었다. 정명수는 조선이 청으로 보낸 세폐(歲幣)를 훔쳤다. 정뇌경이 이 사실을 알고, 청의 황실에 정명수를 고발했다. 정뇌경은 청의 손을 빌려서 정명수를 죽이려 했던 것이다. 청 황실이 진상을 조사할 때 정뇌경은 정명수의 죄상을 적극적으로 증언했다. 그러나 조사 결과가 뒤집혀서 오히려 정뇌경이 죄를 뒤집어쓰게 되었다. 정뇌경은 1639년 4월 18일 심양 사형장에서 처형되었다. 정뇌경은 서른두 살에 죽었다. 이날 강효원도 함께 처형되었다. 소현세자가 입고 있던 옷을 벗어서 정뇌경의 시신을 덮어 염을 했다.

정명수의 최후가 어떠했는지는 알 수 없다. 그가 어떤 죽음을 죽었는지는 아무도 모른다. 아마도 그는 사랑이나 연민, 희망이나 그리움, 우정이나 기쁨 같은 인간다운 가치가 아예 발생하지 않는 세상을 살다가 간 것이 아닐까. 나는 그가 악독한 만큼 가엾다. 그러나 그는 나의 연민이 필요없을 것이다.

7　소현

소현세자는 병자호란 때 스물네 살이었다. 소현은 부왕을 따라서 남한산성 안으로 들어갔으나 주화, 척화의 대립에서 어느 쪽에도 가담하지 않았다. 성안에서 소현은 침묵으로 일관하다가 최후의 날이 다가오자 볼모가 되어 심양으로 가기를 자원했다.

소현은 아버지 세대로부터 물려받은 굴종과 치욕을 현실의 땅 위에서 감당해냈다. 소현은 구 년 동안 심양에서 억류되어 있으면서 승자에 대해 패자가 치러야 할 수난과 모욕을 감내했다. 그는 청이 조선 선비들을 죽이고 심문하는 자리에 조선의 대표로서 입회해야 했고, 청 황실의 대소사에 참여해 의전을 바쳤고, 청 황제의 낚시질이나 사냥을 수행했다. 그는 그 굴종을 지불해가면서 조국의 이익을 방어했다. 그는 청이 조선에 강요하는 인력과 말[馬], 식량, 종이, 생강, 그 밖의 수많은 품목의 물량을 줄였고, 청 황실의 내부 동향을 파악해서 본국 조정에 보고했다. 그는 포로로 끌려간 조선인들의 몸값을 깎았고 조선으로 달아난 포로들을 다시 잡아들이라는 청의 요구에 저항하고 또 순응했다. 심양에서 소현은 조선과 청의 관계를 조정하는 외교관의 소임을 맡으면서 청의 황족이나 고위 관리들과 친교를 맺고 소통의 길을 열었다. 청은 조선 국왕을 직접 상대하기보다는 소현을 통해서 양국간의 문제를 조정해나갔으므로 소현의 정치적 위상은 점차 격상되었다. 조선 조정이 서울과 심양에 두 개 있다는 말이 나돌 정도였으니 인조의 불안은 컸다. 인조는 볼모로 끌려간 아들을 감시하기 위해 심양에 밀정을 파견했으니 또 다른 비극은 이미 성숙해 있었다.

소현은 당대의 국제 정세 속에서 조선이 처한 위치를 정확하고 객관적으로 파악했다. 그는 김상헌과 최명길의 그 피 튀기는 대결이 빚어낸 현실을 언어와 사변으로 윤색하지 않고, 현실 그 자체로서 수용했다.

소현은 1642년 5월 5일, 무너져가는 명나라의 도독(都督) 홍승주(洪承疇)가 투항해와서 청나라의 황제(홍타이지)에게 머리를 조아리는 항복식을 참관했다. 참관은 황제의 명이었고, 소현은 이 자리를 거절할 수 없었다. 홍타이지는 여러 황족과 군사들을 좌우에 벌려놓고 명장(明將) 홍승주의 항복을 받았다.

홍승주는 조선 임금이 삼전도에서 항복할 때처럼 청나라의 푸른 군복을 입고 나와서 홍타이지에게 세 번 절하고 아홉 번 이마를 땅에 찧었다 [三拜九叩禮]. 그때 소현이 무슨 생각을 했을는지는 짐작할 수 있다. 소현은 이 세계를 지배하는 청의 실체를 확인했을 것이고, 세계를 문명 대 야만의 대립으로 이해하는 인식의 틀에서 돌연 벗어나기 시작했을 것이다. 명(明)은 하늘이 아니고, 대통(大統)이 아니고, 문명과 규범의 원천이 아니었다. 명은 더 큰 세력 앞에서 무너져야 할 하나의 거대한 힘에 불과했다. 그리고 세자는 삼전도에서 이마를 땅에 찧으며 홍타이지에게 투항하던 부왕을 생각했을 것이다. 그때, 이 자비 없는 세계의 질서 앞에서 약소국의 세자는 얼마나 괴롭고 외로웠으랴.

1644년 4월에 청은 명의 잔존세력을 박멸하기 위해 북경으로 진격했다. 청은 이 군사작전에 소현이 종군하기를 요구했다. 소현은 청의 요구에 따랐다. 청은 소현에게 천하의 유일대통(有一大統)인 대명(大明)이 멸망하는 최후의 모습을 보여주려 했던 것이다.

청군은 4월 25일 산해관을 열고 북경 황성 안으로 진군했다. 명장 이자

성(李自成)은 적군 앞에서 반란을 일으켰고, 산해관 총병(摠兵) 오삼계(吳三桂)는 스스로 관문을 열어서 청군을 끌어들였다. 수십 리 들판이 시체로 덮였다. 명의 황제와 황후, 비빈들은 모욕을 당하기 전에 자살했다. 명은 멸망했고, 그 혼백은 조선으로 건너와서 수많은 시문과 비석에 새겨졌고 이백오십 년 이상 제사상을 받았다.

1644년 4월 25일 북경 진공 작전에 종군할 때 소현은 갑옷에 투구 차림이었다. 소현의 처소 근처에까지 포탄이 떨어졌다. 소현은 명이 멸망하는 모습을 전투의 최일선에서 목격했다. 소현의 처신에는 현장을 목격하고 체험한 자의 현실감각이 있었다.

소현은 명이 멸망한 직후인 1645년에 귀국했다. 그는 2월 18일 서울에 도착해서 4월 23일 급환으로 병석에 누웠고 4월 26일에 죽었다.

소현이 귀국했을 때 조정의 반응은 싸늘했고 영접하는 의전은 초라했다. 조선은 멸망해버린 명의 망령에 사로잡혀 있었고 명, 청 사이에서 갈팡질팡했다. 인조는 아들이 북경에서 가져온 서양의 첨단 과학 기자재와 신문물, 신사상에 관한 서적들을 혐오했다. 돌아온 소현이 정치적으로 운신할 수 있는 입지는 전혀 없었다. 소현이 죽자 인조는 사인을 규명하지 않고 서둘러서 입관했다. 죽은 소현의 몸에서는 구멍마다 피가 흘렀고 시신 전체가 새카맣게 변했다고 사관은 기록했다. 사관의 글은 소현이 독살되었음을 강력히 암시하고 있다. 소현이 죽자 인조는 소현의 빈이며 자신의 며느리인 강씨를 역모로 몰아서 죽였고, 강씨가 낳은 두 아들, 강빈의 친정 오라비들, 강빈을 가까이 모셨던 궁녀들을 모두 죽였다. 소현의 갑작스런 죽음의 배후가 인조라는 추정은 합리적 근거가 있고 정황 증거도 성립된다. 삼학사는 심양에서 적의 칼에 베였고, 그 죽음의 뒤로 이어진 길을 헤치고 나갔던 소현은 고향에 돌아와서 독살되었다. 소현은 서른세 살에 죽었다. 아아, 땅 위로 뻗은 길은 어찌 이리 험난한가.

8   하구에서

서울 사람들은 한강 수계의 서울 구간을 경강(京江)이라고 부른다. 암사동은 경강 상류의 남쪽 유역인데, 기원전 오천 년의 신석기 유적지이다. 구석기도 출토되니까 마을은 그보다 더 오래되었을 것이다. 그 하류 쪽 6~8킬로미터 유역에 몽촌토성과 풍납토성의 유적이 남아 있다. 여기는 서기 1세기부터 5세기 사이의 마을로, 초기 백제의 세력 거점이다.

암사동에서 몽촌토성까지 육 킬로미터를 강을 따라 내려오면서 마을을 건설하는 데 오천 년 이상이 걸렸다. 작은 마을들은 성벽과 목책 같은 방어 시설을 갖추고 있으니 전쟁과 약탈은 이미 제도화되어 있었다. 여기서 죽은 권력자들은 모두 방이동 백제 고분군에 묻혔는데, 풍납동에서 가깝다. 무덤들은 지금 봄볕이 스며서 포근하다. 불꽃놀이 하는 석촌호수공원과 서울놀이마당이 무덤 옆이다.

〈삼전도비〉는 풍납토성에서 가깝다. 주택가 한복판인데, 이제는 찾는 이가 많지 않다. 거기에 새겨진 부조가 역사에 바쳐야 하는 인간의 목숨과 피눈물이 얼마나 모진 것인가를 말해준다. 얼마나 큰 야만의 바다를 건너야 인간은 대안(對岸)의 기슭에 도달할 수 있는 것인가.

거기서부터 한강은 이십여 개의 교량 밑을 흐르면서 대도시 서울을 펼쳐놓는다. 지금 한강은 상류가 댐으로 막히고 양쪽 유역이 강변도로로 막혀 있다. 도심의 한강은 굽이쳐서 유역을 적시지 못하고, 우리에 갇힌 짐승처럼 온순하게 엎드려 있다.

행주대교를 지나면서 한강은 자유파행의 흐름을 회복한다. 강은 넓은 습지를 펼치면서 굽이치는데, 그 아래쪽 하구는 군사분계선으로 막혀 있다. 큰 강은 적막해서 새소리가 멀리까지 들리고, 고깃배 한 척도 얼씬 못하는 하구에 바닷물이 드나들고 물고기가 들끓는다. 김포 북단 조강나루에서 바라보면 강 건너 북쪽 조강리가 아지랑이 속에서 흔들려 보인다. 갈 수 없는 대안의 기슭은 이처럼 가까웠다. 이 세계가 영원히 불완전하리라는 것은 확실하다. 사랑과 언어는 이 불완전성의 소산이다.

2017년 5월
김훈은 쓰다.

부 록

남한산성 지도

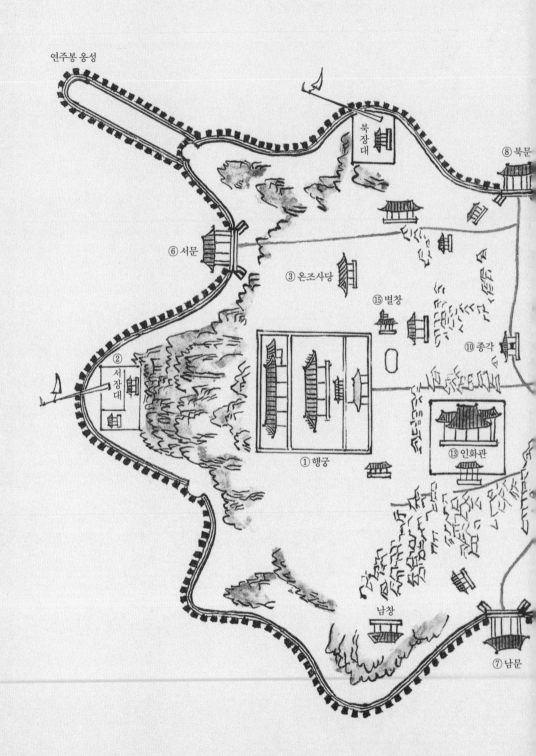

연주봉 옹성

북장대

⑧ 북문

⑥ 서문

③ 온조사당

⑮ 별창

⑩ 종각

② 서장대

① 행궁

⑬ 인화관

남창

⑦ 남문

이 지도는 〈남한산성 고지도〉(18세기 후반, 32.3×46.2cm, 채색필사본, 영남대학교 박물관 소장)를 기초로 하여 재편집했습니다.

동장대

⑫ 망월사

⑤ 영고

④ 연병관

동창

⑭ 지수당

⑨ 동문

⑪ 개원사

남장대

남포루

옹성

옹성

① 행궁

인조 2년(1624) 남한산성을 쌓을 때 현재 위치에 건립했다. 경내에는 내행전(상궐)과 외행전(하궐)이 있다. 동서로 세 구역으로 나뉘며 문이 세 개로, 규모는 작아도 조선의 정궁(正宮)인 경복궁의 법식을 따랐다. 평상시에는 광주 지방관의 집무실로 사용하였고, 전란 때는 임금과 조정의 피란처이자 항쟁의 지휘부가 되었다.

② 서장대

남한산성의 주봉인 청량산 정상에 있는 수어사의 지휘본부이며 관측소다. 성안의 전·후·좌·우·중의 다섯 군영이 수어청에 딸려 있었다. 처음 지을 때는 단층이었으나, 영조 27년(1751)에 이층으로 증축하고 수어장대(守禦將臺)로 이름을 바꾸었다.

③ 온조 사당

백제 시조인 온조왕의 사당으로, 정조 19년(1795)에 사액(賜額)하여 숭렬전(崇烈殿)이라고 부른다. 온조의 도읍지가 남한산성 일대라는 학설이 있다.

④ 연병관

군사 훈련 시설. 정조 19년(1795)에 '연무관'으로 이름을 바꾸었다. 정조는 여주 영릉에 참배하러 갈 때 이곳에 들러 군사를 사열하고 화력을 점검했다.

⑤ 영고

산성 안에 건립한 많은 창고들 중에서 가장 컸다. 곡식을 보관하는 곳이 창(倉)이고, 무기를 보관하는 곳이 고(庫)다. 영고는 1900년대 초까지 남아 있었던 것으로 전한다.

⑥ 서문

산성의 서쪽 사면은 경사가 가팔라 우마차가 다닐 수 없지만 송파, 거여, 마천, 광진 방면으로 가는 가장 빠른 길이다. 인조 15년(1637) 1월 30일 아침에 임금과 세자와 신료들은 서문으로 나와서 삼전도 청진에 투항했다.

⑦ 남문

산성의 정문이다. 정조 3년(1779) 성곽을 개축하면서 '지화문(至和門)'으로 이름을 바꾸었다. 인조는 남문으로 성안에 들어왔다.

⑧ 북문

갇힌 성안에서 김류가 지휘하는 정예병 삼백여 명이 북문을 열고 나가 싸웠다. 조선군이 성문을 열고 나가서 싸운 유일한 전투다. 김류의 군사는 전멸했다. 최대의 전투이자 최대의 참패였다.

⑨ 동문

인조 15년(1637) 1월 18일 청병이 동문에 몰려와서 "투항하든지 나와서 싸우든지 결판을 내자"며 협박했다. 조정은 응답하지 않았다. 한말에는 천주교인들이 동문 밖에서 처형되었다.

⑩ 종각

지금의 산성 로터리에 종이 매달려 있어

시간을 알렸다. 이곳은 산성 안 교통과 도로의 중심지로, 동·서·남·북의 네 문과 행궁으로 올라가는 교차점이다. 지금도 산성 안 원로 주민들은 이 로터리를 '종로'라고 부른다. 종은 없어지고 표지석이 세워졌다.

⑪ 개원사

남한산성을 쌓을 때 일하러 온 팔도의 승병들을 총괄 지휘하던 본부로, 병자호란 때는 승군의 사령부였다. 포위된 임금은 선친인 원종(元宗)의 영정을 이 절에 안치하고 제사를 모셨으나, 며칠 뒤 땔감이 모자라자 절의 행랑을 헐어서 불을 땠다.

⑫ 망월사

산성을 쌓기 전에 창건한 사찰로, 성안의 아홉 군데 사찰 가운데 가장 오래된 절이다. 그 뒷산인 망월봉에 청군의 포대가 설치되었다.

⑬ 인화관

행궁에 딸린 객사 건물로, 서울에서 내려오는 관리나 외국 사신이 묵었다. 1900년대 초에 이미 무너졌고, 지금은 그 자리에 식당이 있다.

⑭ 지수당

동문 안쪽의 연못으로, 고관들의 낚시터였다. 서쪽에서 동쪽으로 흐르는 개울물을 가두고 정자를 지었다.

⑮ 별창

행궁에서 쓰는 물자를 따로 보관하던 창고로, 지금은 터만 남았다.

그 밖에 성안에는 지방 관아, 대장간, 술도가, 포도청, 사형장, 장터, 우시장, 방앗간, 활터, 서낭당, 굿당, 매염처(소금을 묻어두던 곳), 매탄처(숯을 묻어두던 곳), 빙고(얼음 창고)가 갖추어져, 남한산성은 자족한 마을을 이루었다.

1616년, 광해 8년
누르하치가 여진의 부족을 합쳐 후금을
세우고 칸의 자리에 오르다.

1618년, 광해 10년
명이 후금을 치기 위해 조선에 파병을 요
청하다. 후금이 조선에 파병 철회를 요청
하다.

1619년, 광해 11년
강홍립이 일만 병력으로 명을 위해 출병
했으나 후금에 투항하다.

1623년, 인조 1년
능양군(인조)이 광해를 폐하고 왕위에 오
르다.(인조반정)

1624년, 인조 2년
이괄의 반란을 진압하고 남한산성 축성
에 착수하다.

1627년, 인조 5년
후금이 삼만 병력으로 조선을 침공, 임금
은 강화로 피란가다.(정묘호란)

1636년, 인조 14년
누르하치의 아들 홍타이지가 국호를 청
으로 바꾸고 황제의 자리에 오르다.
용골대가 청의 사신으로 조선에 왔으나,
조선은 국서를 접수하지 않다.
청군이 침입하여 임금과 세자는 남한산
성으로, 빈궁과 왕자들은 강화도로 피란
가다.(병자호란)

1637년, 인조 15년
인조, 삼전도에서 투항하고 세자 일행은
심양으로 끌려가다.
명의 연호를 폐지하고 청의 연호를 쓰기
시작하다.

1641년, 인조 19년
척화신 김상헌이 심양에 끌려가 투옥되다.

1642년, 인조 20년
주화파 최명길이 심양에 끌려가 투옥되다.

1644년, 인조 22년
청이 명을 멸망시키고 중국 대륙을 지배
하기 시작하다.

인조 14년, 1636년 병자 12월 14일
(이하 모두 음력)
적병이 송도를 지나자 파천하기로 하고
종묘사직의 신주와 함께 빈궁을 강화도로
보내다. 최명길을 적진에 보내 강화를 청
하여 진격을 늦추도록 하다. 임금이 수구
문으로 나가 남한산성에 도착하다. 김류
가 임금에게 강화도로 피할 것을 권하다.

12월 15일
임금이 새벽에 산성을 출발하여 강화도
로 향하다가 성으로 돌아오다. 최명길이
적진에서 돌아와 왕제(王弟)와 대신을 인
질로 삼기를 요구한다고 전하다. 임금이
수어사 이시백의 청에 따라 체찰사 이하
모든 장수를 불러 유시하다. 눈이 많이
내리고 유성이 나타나다.

12월 16일
임금이 남한산성에 있다. 성첩을 순시하
고 사졸을 위로하다. 유성이 나타나다.

12월 17일
임금이 남한산성에 있다. 김류와 홍서봉
이 강화를 청하다. 예조판서 김상헌이 화
의의 부당함을 극언하다.

12월 18일
임금이 남한산성에 있다. 김상헌, 장유,
윤휘를 비국당상으로 삼다.

12월 19일
임금이 남한산성에 있다. 적병이 남벽에
육박하자 화포로 물리치다.

12월 20일
임금이 남한산성에 있다. 오랑캐 사신 세
명이 성 밖에 도착하다. 임금이 각 도의
군대를 선발해 적을 치게 하라고 명하다.

12월 21일
임금이 남한산성에 있다. 김신국, 이경직
등이 오랑캐 진영에서 돌아와 사정을 아
뢰다.

12월 22일
임금이 남한산성에 있다. 삼사가 주화(主
和)를 내세운 사람을 참하도록 청하다.

12월 23일
임금이 남한산성에 있다. 자모군(自募軍)
등이 출전하여 오십 명 가까운 적을 죽
이다.

12월 24일
임금이 남한산성에 있다. 신하를 거느리
고 망궐례를 치르다. 진눈깨비가 그치지
않자 임금이 세자와 승지, 사관을 거느리
고 날씨가 개기를 빌다.

12월 25일
임금이 남한산성에 있다. 예조가 온조 사
당에 제사를 지내자고 아뢰다.

12월 26일
임금이 남한산성에 있다. 강원도 영장(營
將) 권정길이 병사를 거느리고 검단산에
도착했으나 습격을 받고 패하다.

12월 27일
임금이 남한산성에 있다. 이기남이 소 두 마리, 돼지 세 마리, 술 열 병을 오랑캐 진영에 가지고 가서 전했으나 받지 않다.

12월 28일
임금이 남한산성에 있다. 최명길이 강화에 대해 아뢰다. 선전관 민진익이 성 밖으로 나가 각지의 군중(軍中)에 명을 전하고 돌아오다. 임금이 입은 옷을 벗어 그에게 내리다.

12월 29일
임금이 남한산성에 있다. 북문 밖으로 출병하여 진을 쳤는데 적이 싸우지 않다. 날이 저물 무렵 적이 엄습하여 별장 신성립 등 여덟 명이 죽고 사졸의 사상자도 매우 많다.

12월 30일
임금이 남한산성에 있다. 간관이 오랑캐 진영에 사람을 보내지 말기를 청하니, 임금이 윤허하지 않다.

인조 15년, 1637년 정축 1월 1일
임금이 남한산성 행궁에 있다. 백관을 거느리고 망궐례를 행하다. 비국낭청 위산보를 파견하여 쇠고기와 술을 가지고 오랑캐 진영에 가서 새해 인사를 하고 형세를 엿보게 했으나, 청나라 장수가 "황제가 이미 왔으므로 마음대로 받지 못한다"며 되돌려보내다. 일식(日蝕)이 있다. 삶은 고기와 찐 콩을 성첩의 장졸에게 내리도록 명하다.

1월 2일
홍서봉, 김신국, 이경직 등이 오랑캐 진영에 가서 칸의 글을 받아 오다. 이성구가 장유, 최명길, 이식으로 하여금 답서를 작성할 것을 청하다. 완풍부원군(完豊府院君) 이서가 군중(軍中)에서 죽다.

1월 3일
동양위(東陽尉) 신익성이 오랑캐의 글을 태워버리자고 상소하다. 홍서봉, 김신국, 이경직 등이 최명길이 지은 국서를 들고 오랑캐 진영에 가다.

1월 4일
김상헌이 "오랑캐에게 답서를 보내는 것이 급한 일이 아니라, 한뜻으로 싸우고 지키는 데 대비해야 한다"고 아뢰고, 사간 이명웅, 교리 윤집, 정언 김중일, 수찬 이상형 등이 "최명길의 죄를 다스려 군사들의 마음을 진정시키라"고 아뢰다. 선전관 민진익이 여러 진의 근왕병들에게 조정의 명을 전하겠다고 청하여 적의 화살을 맞으면서 세 번이나 나갔다 들어오다.

1월 5일
자원 출전한 김사호가 성 밖을 순찰하다 도망하는 군사를 붙잡아 효시하다. 전라병사 김준룡이 군사를 거느리고 광교산에 주둔하며 전황을 알리다.

1월 6일
함경 감사 민성휘가 군사를 거느리고 강원도 금화현에 도착했다는 장계가 들어오다. 사방에 안개가 끼어 지척을 분간하지 못하다.

1월 7일
임금이 성첩을 지키는 장졸을 위로하다.

1월 8일
임금이 대신들을 불러 계책을 묻다. 관량사 나만갑이 남은 군량미가 이천팔백여 석이라고 아뢰다. 예조가 "날짜를 다시 받아 온조왕의 제사를 정성껏 치르자"고 청하다.

1월 9일
김류, 홍서봉, 최명길이 사신을 보내 문서를 오랑캐 진영에 전하다. 예조판서 김상헌이 사신 파견을 반대하다.

1월 10일
(기록 없음)

1월 11일
해가 뜰 무렵, 임금이 원종대왕(元宗大王)의 영정에 제사를 지내다. 김류, 홍서봉, 최명길 등이 글을 보낼 것을 굳이 청해 임금이 열람하고 고칠 곳을 묻다. 최명길이 문장의 자구를 고치다. 푸르고 흰 구름한 가닥이 동방에서 일어나다.

1월 12일
(기록 없음)

1월 13일
홍서봉이 "정명수에게 뇌물을 주고 강화를 하자는 의견이 있다"고 하자 임금이

비밀리에 정명수에게 은 일천 냥을, 용골대와 마부대에게 삼천 냥씩 주게 하다. 임금이 세자와 성을 순시하고 장사들을 위로하다. 동풍이 크게 불다. 헌릉(獻陵)에 불이 나 사흘 동안 화염이 끊이지 않다.

1월 14일
날씨가 매우 추워 성 위에 있던 군졸 가운데 얼어 죽은 자가 있다.

1월 15일
남병사 서우신과 함경 감사 민성휘가 군사를 합쳐 양근에 진을 쳤는데, 군사가 이만 삼천이라고 일컬어지다. 평안도 별장이 팔백여 기병을 거느리고 안협에 도착하다. 경상 좌병사 허완이 군사를 거느리고 쌍령에 도착했으나 싸우지도 못한 채 패하고, 우병사 민영은 싸우다가 죽다. 충청 감사 정세규가 용인의 험천에 진을 쳤으나 패하여 생사를 모르다.

1월 16일
오랑캐가 '초항(招降)'이라는 두 글자를 기폭에 써서 보이다. 용골대가 홍서봉, 윤휘, 최명길에게 "새로운 말이 없으면 다시 올 필요가 없다"고 하다.

1월 17일
홍서봉 등이 무릎을 꿇고 칸의 글을 받아 돌아오다. 그 글에 "그대가 살고 싶다면 빨리 성에서 나와 귀순하고, 싸우고 싶다면 속히 일전을 벌이도록 하라. 양국의 군사가 서로 싸우다 보면 하늘이 자연 처분을 내릴 것"이라고 씌어 있다.

1월 18일
임금이 적진에 보낼 문서를 읽고 최명길에게 온당하지 않은 곳을 감정하게 하다. 최명길이 수정한 글을 보고 예조판서 김상헌이 통곡하며 찢어버리고 "먼저 신을 죽이고 다시 깊이 생각하라"고 아뢰다. 김상헌의 말뜻이 간절하고 측은해 세자가 임금 곁에서 목 놓아 울다. 눈이 크게 오다.

1월 19일
오랑캐가 보낸 사람이 서문 밖에 와서 사신을 보내라고 독촉하다. 우상 이홍주와 최명길, 윤휘를 보내 오랑캐 진영에 가게 하다. 오랑캐가 성안에 대포를 쏘아 죽은 자가 생기자 사람들이 두려워하다. 정온이 문서에 '신(臣)'이라 언급한 것을 들어 "백성들에게 두 임금이 없는데 최명길은 두 임금을 만들려 한다"는 내용의 차자를 올리다.

1월 20일
대사헌 김수현, 집의 채유후, 장령 임담, 황일호 등이 청대하여 "국서에 신이라고 일컬으면 다시는 여지가 없게 된다"고 아뢰다. 최명길이 "늦추는 것은 빨리 일컫는 것만 못하다"고 말하다. 이홍주 등이 지난번 국서를 가지고 오랑캐 진영에 가서 답서를 받아 오다. 그 글에 "그대가 성에서 나와 귀순하려거든 먼저 화친을 배척한 신하 두세 명을 묶어 보내도록 하라"는 내용이 있다.

1월 21일
이홍주 등이 "화친을 배척한 신하를 우리가 다스리도록 결재해달라"는 내용의 국서를 들고 오랑캐 진영에 가다. 저녁에 용골대가 서문 밖에서 국서를 돌려주며 "그대 나라가 답한 것은 황제의 글 내용과 달라 받지 않는다"고 말하다.

1월 22일
최명길이 "다시 문서를 작성해 회답하자"고 아뢰다. 화친을 배척한 사람에게 자수하도록 하다. 세자가 봉서(封書)를 비국에 보내어 "죽더라도 내가 성에서 나가겠다는 뜻을 전하라"고 하다. 오랑캐가 군사를 나누어 강화도를 범하겠다고 큰소리치다. 오랑캐 장수 구왕(九王)이 군사 삼만을 거느리고 갑곶진에 주둔하면서 홍이포를 발사하자 수군과 육군이 겁에 질려 접근하지 못하고, 적이 이 틈을 타 급히 강화도로 건너오다. 전 우의정 김상용이 죽다. 강화도가 함락되던 날, 유사(儒士)와 부녀 중에 자결한 자와 굴복하지 않고 죽은 자가 이루 기록할 수 없을 정도로 많다.

1월 23일
김상헌이 적진에 나아가 죽게 해줄 것을 청하다. 밤중에 적이 서쪽에 육박하자 수어사 이시백이 힘을 다해 싸워 적이 무기를 버리고 물러가다. 전 교리 윤집, 전 수찬 오달제가 척화신으로 오랑캐의 칼날을 받겠다고 상소하다.

1월 24일
적이 망월봉에서 발사한 포탄이 행궁으로 떨어지다.

1월 25일
대포 소리가 종일 그치지 않고 성첩이 탄환에 맞아 허물어져 군사들의 마음이 흉흉하다. 용골대와 마부대가 "국왕이 성에서 나오지 않으려거든 사신은 다시 오지 말라"고 하며 그동안의 국서를 모두 돌려주다.

1월 26일
훈련도감의 장졸과 어영청의 군병이 대궐 밖에 모여 화친을 배척한 신하를 오랑캐 진영에 보낼 것을 청하다. 이때 처음으로 강화도가 함락되었다는 보고를 듣고 임금이 울면서 말을 하지 못하다. 삼사가 통곡하며 성성을 만류하자 임금이 "군정(軍情)이 변했고 사태도 달라졌다. 나의 자부(子婦)들이 모두 잡혔고 백관의 족속들도 북으로 끌려가게 되었으니 혼자 산들 무슨 면목으로 지하에서 보겠는가"라고 말하다.

1월 27일
이홍주, 김신국, 최명길이 글을 받들고 오랑캐 진영에 가다. 그 글에서 "조지(詔旨)를 분명하게 내려 신이 안심하고 귀순할 수 있는 길을 열어달라"고 하다.

1월 28일
문서를 거두어 모두 태우다. 정온이 칼로 스스로 배를 찌르고, 김상헌이 목을 맸으나 죽지 않다.

1월 29일
윤집, 오달제가 하직 인사를 하자 임금이 오열하며 술을 내리다. 최명길이 두 사람을 이끌고 청나라 진영에 가다.

1월 30일
삼전도에서 임금이 세 번 절하고 아홉 번 머리를 조아리는 예를 행하다. 임금이 밭 한가운데 앉아 진퇴를 기다리다 해질 무렵 비로소 도성으로 돌아가게 되다. 임금이 송파나루에서 배를 타고 건너는데 백관들이 앞 다투어 어의(御衣)를 잡아당기며 배에 오르다. 사로잡힌 부녀들이 "우리 임금이시여, 우리 임금이시여, 우리를 버리고 가십니까" 하며 울부짖다. 인정(人定) 때가 되어 창경궁 양화당으로 들어가다.

2월 1일
몽고병들이 남한산성 안에 있었는데, 살림집이 대부분 불타고 시체가 길거리에 널리다. 용골대와 마부대가 임금에게 "황제가 내일 돌아갈 예정이니 나와서 전송하라"고 요청하다. 왕세자와 빈궁, 봉림대군과 부인은 청나라 진중에 머물고 인평대군과 부인은 돌아오다.

2월 2일
칸이 삼전도에서 철군하자 임금이 전곶장에 나가 전송하다.

이 내용은 『조선왕조실록』 중에서 「인조실록」 부분을 짧게 정리한 것입니다.

ㄱ

· 간관(諫官) 사헌부와 사간원에 속해 임금의 잘못을 간하고 백관의 비리를 규탄하던 벼슬.
· 감병사(監兵使) 감사(관찰사)와 병사(병마절도사)를 함께 이르는 말.
· 강상(綱常) 삼강(三綱)과 오상(五常)을 아울러 이르는 말. 사람이 지켜야 할 도리.
· 관량사(管糧使) 작전 지역의 군량을 관리하던 벼슬.
· 교리(校理) 집현전, 홍문관, 승문원, 교서관 등에 속하여 문한(文翰)의 실무를 맡아 보던 문관 벼슬로 정오품 또는 종오품 관직.
· 구종잡배(驅從雜輩) 벼슬아치를 모시고 다니던 하인과 잡인들.
· 규국(規局) 풍수에서 산천의 외형과 규모를 이르는 말.
· 금군(禁軍) 왕궁을 수비하고 왕을 호위하던 부대.
· 금성철벽(金城鐵壁) 쇠로 만든 성과 철로 만든 벽. 공격하기 어려운 성을 말함.
· 기치창검(旗幟槍劍) 군대에서 쓰는 깃발, 창, 칼 등을 통틀어 이르던 말.
· 기휘(旗麾) 진두를 지휘하는 깃발.

ㄴ

· 낭청(郎廳) 본래는 각 관서의 당하관을 가리켰으나, 명종 이후에는 비변사, 선혜청, 준천사, 오군영 등에서 실무를 맡아 보던 정삼품부터 종구품까지의 관직임.

ㄷ

· 두리기둥 둘레를 둥그렇게 만든 기둥.

ㅁ

· 만승(萬乘) 천자(天子) 또는 천자의 자리를 이르는 말.
· 망궐례(望闕禮) 임금을 공경하고 충성심을 표시하기 위한 의식으로, 임금을 직접 배알하지 못하는 지방 관리들이 행했다. 나무에 '궐(闕)' 자를 새겨 객사에 봉안하고 궁을 향해 예를 올렸다. 임금이 정월 초하루나 동지, 성절(聖節, 중국 황제의 생일), 천추절(千秋節, 중국 황태자의 생일)에 왕세자와 조정의 신료들을 거느리고 황제가 있는 북경 쪽을 향하여 예를 올리던 의식도 망궐례라고 하는데, 이 책에서 망궐례는 후자에 해당한다.
· 모루 쇠를 두드릴 때 받침으로 쓰는 쇳덩이.
· 목도 무거운 물건을 밧줄에 묶어서 몽둥이로 꿰어 나르는 일.
· 묘당(廟堂) 나라를 다스리는 조정 또는 의정부를 달리 이르는 말.
· 미복(微服) 몰래 민심을 살피러 다닐 때 입는 허름한 옷차림.

ㅂ

· 발신(發身) 몸을 일으킴.
· 별장(別將) 조선시대 지방의 산성과 나루, 포구, 보루(堡壘), 소도(小島) 등의 수비를 맡아 보던 종구품 무관 벼슬.
· 복호(復戶) 특정한 사람에게 부역이나 조세를 면제하는 일.
· 비국당상(備局堂上) 비변사의 당상

관을 이르던 말.
· 비 답 (批答) 임금이 상소 말미에 가부에 대한 답을 적은 것.

ㅅ

· 삼 남 (三南) 충청·전라·경상도 세 지방.
· 삼 사 (三司) 사헌부, 사간원, 홍문관 세 관아를 이름.
· 상 식 사 (尙食司) 사옹원. 궁중 음식에 관한 일을 맡아 보던 관아.
· 상 한 (常漢) 상놈.
· 서 교 (西郊) 서울의 서대문 밖.
· 성 첩 (城堞) 성벽 위에 낮게 쌓아 총알과 화살을 막는 담.
· 솟 을 삼 문 맞배지붕 대문에서 가운데 문의 지붕을 좌우 대문보다 한 단 높게 세운 대문.
· 수 구 문 (水口門) 광희문의 옛 이름. 서소문과 함께 도성 안 시신을 밖으로 내보내던 문.
· 수 어 청 (守禦廳) 남한산성을 지키고 경기도 광주, 죽산, 양주 등의 여러 진을 다스리던 군영. 인조 4년(1626)에 설치하여 고종 21년(1884)에 폐지됨.
· 수 찬 (修撰) 조선시대 홍문관의 정육품 벼슬.
· 순 령 수 (巡令手) 대장의 전령과 호위를 맡고 영기(令旗) 따위를 받들던 군사.
· 신 성 (晨省) 아침 일찍 부모의 침소를 찾아뵙고 밤사이 안부를 살피는 일.

ㅇ

· 아 병 (牙兵) 군진에서 대장이 직접 통솔하던 병사.
· 아 헌 (亞獻) 제사 지낼 때 두 번째로 술잔을 올림.
· 암 문 (暗門) 적의 눈에 띄지 않게 성벽에 감추어놓은 문.
· 양 도 (糧道) 군량을 대주는 보급선.
· 양 사 (兩司) 사헌부와 사간원을 아울러 이르는 말.
· 양 서 (兩西) 황해도와 평안도를 아우르는 말.
· 양 전 (兩殿) 임금과 세자.
· 여 장 (女牆) 성가퀴. 성 위에 낮게 쌓은 담으로, 여기에 숨어서 적을 감시하거나 공격함.
· 오 활 (迂闊) 에돌아서 실제와 거리가 멂.
· 육 품 사 과 (六品司果) 조선시대 벼슬의 여섯 번째 품계인 육품과 오위(五衛)에 둔 정육품 군직(軍職)을 통틀어 칭함.
· 윤 방 (輪放) 조별로 돌아가며 차례대로 발포하는 것.
· 융 복 (戎服) 철릭과 주립으로 된 군복으로, 평소에는 무신만 입었지만 전쟁이 나거나 임금을 호종할 때는 문신도 입음.
· 의 각 지 세 (犄角之勢) 양쪽에서 잡아당겨 찢으려는 듯한 형세.
· 의 주 (儀註) 국가 전례의 절차를 주해하여 적은 책.

ㅈ

· 잡 상 (雜像) 전각 지붕 위 추녀마루에 한 줄로 세워놓은 여러 장식물.
· 장 계 (狀啓) 지방 신하가 중요한 일을 임금에게 보고하는 일이나 문서.
· 장 풍 국 (藏風局) 풍수에서 바람의 기

운을 잘 갈무리하는 형국으로, 산으로 둘러싸인 분지를 말함.
· 접반사(接伴使) 외국 사신을 접대하던 관직. 정삼품 이상의 신료 가운데 임시직으로 임명.
· 정랑(正郎) 조선시대 육조에 둔 정오품 벼슬.
· 정원(政院) 승정원.
· 정자 살문(井字-門) 문살을 우물 정(井)자 모양으로 촘촘히 짠 문.
· 조창(漕倉) 세곡(稅穀)의 수송과 보관을 위해 물가에 지어놓은 곳집.
· 종헌(終獻) 제사를 지낼 때 올리는 세 잔 가운데 마지막 잔을 올림.
· 중곤(中棍) 죄인의 볼기를 치던 중간 크기의 곤장. 버드나무로 만들며 길이는 다섯 자 네 치 정도임.
· 진위사(陳慰使) 조선시대에 중국 황실에 상사(喪事)가 있을 때 파견하던 사절.
· 질청(秩廳) 고을 관아에서 구실아치가 일을 보던 곳.

ㅊ
· 차자(箚子) 신하가 임금에게 올리던 간단한 서식의 상소문.
· 참군(參軍) 조선시대에 한성부에 둔 훈련원의 정칠품 관직.
· 창의(倡義) 나라를 위해 의병을 일으킴.
· 천례(賤隸) 천민과 노예.
· 체찰사(體察使) 조선시대 전시 총사령관. 비상시에 임시로 설정하는 직책으로 영의정이 겸함.
· 초(哨) 약 백 명을 한 단위로 하는 군대의 편제.
· 초관(哨官) 하나의 초를 거느리던 정구품 무관 벼슬.
· 초헌(初獻) 제사 지낼 때 술잔을 첫 번째로 신위에 올림.
· 총안(銃眼) 몸을 숨긴 채 총을 쏘기 위해 성벽이나 보루 따위에 뚫은 구멍.
· 치계(馳啓) 장계 따위를 빨리 전함.

ㅌ
· 타(垜) 총안 세 개가 뚫린 성벽의 한 구간.
· 통인(通引) 지방 관아에서 수령의 잔심부름을 맡아 보던 사람.

ㅍ
· 편전(便殿) 임금이 평상시에 거처하는 궁전.

ㅎ
· 호궤(犒饋) 임금이 군사들에게 음식을 나누어 주며 위로함.
· 홍예(虹預) 윗부분을 무지개 모양으로 반쯤 둥글게 만든 문.

참고문헌

시대의 흐름과 사실관계를 이해하기 위해 참고한 자료는 다음과 같다. 기록이
부분적으로 중복되므로 구체적 쪽수와 행을 밝히지 못한다. 여러 저자와 번역자에게
감사한다.

책
『인조실록(仁祖實錄)』
『국역 연려실기술』(이긍익, 민족문화추진회, 1977) 중에서 「仁祖朝故事本末」
『임진왜란과 병자호란』(정약용 저, 정해렴 역주, 현대실학사, 2001)
『병자호란 1·2』(한명기 저, 푸른역사, 2013)
『병자록(丙子錄)』(나만갑 저, 윤재영 역, 명문당, 1987)
『산성일기(山城日記)』(작자미상, 김광순 역, 서해문집, 2004)
『심양장계(瀋陽狀啓)』(소현세자 시강원 저, 정하영 외 역주, 창비, 2008)
『조선후기지성사』(정옥자 저, 일지사, 1991)
『여지도서 평안도 편』(이철성 역주, 디자인흐름, 2009)
『亂中雜錄』(조경남)
『南漢山城 文化遺蹟 지표조사보고서』(토지박물관 학술조사총서 제7집,
광주군·한국토지공사 토지박물관, 2000)
『南漢山城 行宮址 시굴조사보고서』(토지박물관 학술조사총서 제6집,
광주군·한국토지공사 토지박물관, 1999)
『譯註 丙子日記』(南平 曺氏 지음, 전형대·박경신 역주, 예전사, 1991)
『南漢日記』(석지형 지음, 이종훈 옮김, 광주문화원, 1992)

논문
「삼전도비수립시말(三田渡碑竪立始末)」(김성균)
「이경석의 정치적 생애와 삼전도비 건립 시비」(이은순)

편집자의 말

올해로 소설『남한산성』이 나온 지 십 년째다. 십 년에 걸쳐 100쇄를 찍었다.
이 책은『남한산성』100쇄에 맞추는 아트 에디션이다. 초판과 다른 만듦새에,
발간부수를 한정하고, 애착이 가게 꾸몄다. 작가 김훈이 십 년 세월을 지나
비로소 털어놓는 말이 뒤에 실려 있다.

아트 에디션에 선보인 그림은 화가 문봉선이 그렸다. 작가 김훈은 연필로
『남한산성』을 썼고, 화가 문봉선은 붓으로『남한산성』을 그렸다. 그림은
반드시 소설을 설명하지 않는다. 소설의 장면이 진경(眞境)으로 나타나고
소설의 여운이 형상으로 드러난다. 글이 모두 표출하지 못하는 이미지들을
화가가 성심으로 찾아냈다.

책의 꾸밈새는 '홍디자인'이 맡았다. 처음『남한산성』이 나왔을 때 깊은 사랑을
품었던 디자이너 그룹이다. 소설은 새 모습을 보여주고 그림은 손색없이
살아나는 디자인이 아트 에디션다운 격조이다.

『남한산성』출간 이후 많은 상찬이 있었고 비판도 있었다. 모두에게 감사한다.
문봉선의 그림을 합쳐서 100쇄를 발행하는 오늘,『남한산성』이 새롭게
독자에게 다가가기를 바란다.

2017년 5월
학고재 고문 손철주

남한산성

ⓒ 김훈·문봉선, 2017

2007년 4월 14일   초판 1쇄 발행
2016년 4월 14일   초판 99쇄 발행
2017년 6월 5일   100쇄 기념 아트 에디션 발행

지은이   김훈
그린이   문봉선
디자인   홍디자인(홍성택·박선주)
펴낸이   우찬규·박해진
펴낸곳   도서출판 학고재(주)

등록   2013년 6월 18일 (제2013-000186호)
주소   서울시 마포구 양화로 85 (서교동) 동현빌딩 4층
전화   편집 02-745-1722 마케팅 070-7404-2810
팩스   02-3210-2775

ISBN   978-89-5625-352-7 03810

이 책은 저작권법에 의해 보호를 받는 저작물입니다.
이 책에 수록된 글과 이미지를 사용하고자 할 때에는 반드시 저작권자와
도서출판 학고재의 서면 허락을 받아야 합니다.

국립목포해양대학교
해양문화정책연구센터
해양학술연구총서 2

조지프 니덤의

동양항해선박사

조지프 니덤 지음
왕링(王鈴), 루구이전(魯桂珍) 공동연구
김주식(金州植) 옮김

건축 분야에서 중국인보다 더 훌륭한 노동자는 전 세계에 없다.
— 갈레오테 페레이라(Galeote Pereira, 1577) —

중국인은 모든 분야에서 발명의 재능을 갖고 있다.
— 도밍고 데 나바레테(Domingo de Navarrete, 1676) —

중국은 세계에서 가장 우수한 인민과 최고의 문화를 보유한 나라이다.
여러 개의 큰 강이 흐르고 있으며, 통상의 편의를 위해 많은 운하가 건설되어 왔다.
가장 주목할 만한 것은 이른바 대운하인데,
이 운하가 중국 전역을 관통하고 있다.
— 드니 디드로(Denis Diderot, 1752) —

9개의 강과 4개의 호수에 있는 제방과 수로를 보호하고 관리하는 사람들이
자신들의 일을 위대한 우왕(禹王)이 아니라 물에서 배웠으며, 이것은 모든 시대에 같다.
— 『신자(愼子)』(4세기) —

선박을 조종할 줄 아는 사람은 그 조종술을 선원이 아닌 선박에서 배웠다.
생각할 수 있는 사람은 성인(聖人)에게서 배우는 것이 아니라 스스로 배워나간다.
— 『관윤자(關尹子)』(8세기) —

지챠오띵(冀朝鼎) 박사

중국의 수로와 수리 사업을 연구하는 역사가
자링지앙(嘉陵江)에 거주하는 친구
꿈틀거리는 대지(resurgent land)의 경제 재정 분야 지도자

허버트 채틀리(Herbert Chatley) 박사

탕산대(唐山大) 공학교수
황푸(黃浦)관리국 주임기사
중국 인민들로부터 '중국의 노동자(Old China Hand)'로 호칭

두 분을 기리며
이 책을 그들에게 바친다.

1장 서론 • 63

2장 범선 형태의 비교와 발달 • 73

3장 정크와 삼판의 구조적 특징 • 103

4장 중국 선박의 자연사 • 159

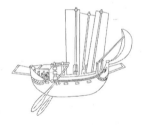

〈그림 936〉 앞에서 본 푸저우(福州)의 목재 운송용 정크, 화비고(花屁股)

〈그림 937〉 항저우만(杭州灣)의 화물선인 샤오싱선(紹興船)이 정박해 있는 모습

〈그림 938〉 산터우(汕頭) 지방 화물선의 갑판

〈그림 939〉 『유구국지략(琉球國志略)』(1757)에서 볼 수 있는 대양 항해용 정크

〈그림 940〉 항저우(杭州) 부근 첸탕강(錢塘江)의 소형 화물선

〈그림 941〉 손으로 쓴 가장 중요한 조선술 설명서인 『민성수사각표진협전초척도설 (閩省水師各標鎭協戰哨隻圖說)』에 있는 선박 그림

〈그림 942〉 『민성수사각표진협전초척도설(閩省水師各標鎭協戰哨隻圖說)』에 있는 선체 구조의 상세도

〈그림 943〉 명대 초기의 대운하에서 활동하던 곡물 수송선

〈그림 944〉 흘수선을 기준으로 한 수평 종단면(水平縱斷面)

〈그림 945〉 Issac Vossius, *Variarum Observationum Liber*(1685)에서 발췌한 그림과 기사

〈그림 946〉 케임브리지(Cambridge) 막달렌 대학(Magdalene College)의 페피스 도서관(Pepysian Library)에 있는 것으로 베이커(Matthew Baker)의 1586년도 수고본 원고의 한 쪽

〈그림 947〉 홍콩의 조선소에서 수리중인 남중국 화물선이나 트롤선의 선미 좌현을 촬영한 사진

〈그림 948〉 마르코 폴로(Marco Polo)가 찬사를 보낸 수많은 중국 선박에 대한 한 실례를 보여주고 있는 사진

〈그림 949〉 『무경총요(武經總要)』(1044)의 1510년도판에 실려 있는 전선

〈그림 950〉 1628년『무비지(武備志)』에 그려져 있는 장쑤성 스타일의 소형 전선(沙船)

〈그림 951〉 쓰촨성(四川省) 중부의 쯔류징(自流井) 즉 자공(自貢)의 강에서 사용되는 노선(櫓船)의 비틀어져 있는 선수

〈그림 952〉 쓰촨성 동부의 푸저우(涪州) 즉 푸링(涪陵)의 강에서 사용되는 정크인 왜비고(歪屁股)의 비틀어진 선미

〈그림 953〉 왜비고(歪屁股)의 모형

〈그림 954〉 16세기 말 군사적 목적으로 사용되고 있는 연결식 거룻배

〈그림 955〉 고대 이집트 선박의 두 가지 기본 유형 : a) 나카드형(Naqad) b) 호루스 형(Horus)

〈그림 956〉 제6왕조시대의 부장품인 고대 이집트의 호루스형 선박 모형

〈그림 957〉 새벽에 구이린(桂林)에서 탄강(灘江) 하류를 향해 출발하는 정크

〈그림 1023〉 자동반전식 스컬링 노를 이용하여 움직이는 (아마 광둥 지방의) 작은 거룻배

〈그림 1024〉 충칭(重慶) 근처 양쯔강 협곡에 있는 한 급류에서 상류로 올라가기 위해 밧줄로 끌고 가는 보트

〈그림 1025〉 이숭(李嵩)이 1200년에 그린 파선하협도(巴船下峽圖)

〈그림 1026〉 항저우만(杭州灣) 화물선의 타와 타 손잡이

〈그림 1027〉 산터우(汕頭)의 화물선 갑판을 앞에서 바라본 장면

〈그림 1028〉 광둥(廣東) 지방 콰일람 정크(Kwailam junk)의 타와 타 손잡이

〈그림 1029〉 손잡이가 달려 있는 선미 대도

〈그림 1030〉 유럽에서 선미재 타나 선미타가 묘사된 가장 오래된 두 가지 자료 중 하나

〈그림 1031〉 조선 서해안의 경기도 강화도에 있는 작은 포구에서 건조된 중간 크기(약 57피트) 전통 어선의 종단면도

〈그림 1032〉 지삭(支索)으로 고정된 쌍각범주(雙脚帆柱, bipod-mast)가 있는 여객용 강선(江船) 2척이 저녁 안개 속에서 성벽 밖에 계류하고 있는 모습

〈그림 1033〉 a. 단노우라(壇浦) 전투(1185)를 묘사한 두루마리 그림에 묘사되어 있는 대형 군선.
b. 「몽고습내회사(蒙古襲來繪詞)」(1281)의 두루마리 그림에 그려진 선박

〈그림 1034〉 1125년 장택단(張擇端)이 그린 「청명상하도(淸明上河圖)」에서 볼 수 있는 화물선의 균형타 시스템에 대한 상세도

〈그림 1035〉 고개지(顧愷之)가 380년에 그렸고 조식(曹植)이 230년에 화제를 쓴 「낙신부(洛神賦)」의 선박 그림

〈그림 1036〉 광저우(廣州)에서 출토된 1세기 회색 도기선(陶器船)을 선미에서 바라본 모습

〈그림 1037〉 앞 그림에서 타의 형상과 설치법

〈그림 1038〉 900년경 유배를 가는 우대신(右大臣) 수가와라 노 미치자네(菅原道眞)를 태운 선박

〈그림 1039〉 알하리리(al-Hariri)의 저서 『산문으로 쓴 역사 일화(Maqāmāt)』의 1237년 사본에 그려져 있는 선박

〈그림 1040〉 홍콩을 비롯한 중국 남부 항구들의 화물선이나 곡물 수송선

〈그림 1041〉 푸저우(福州)의 목재 수송선 화비고(花屁股)에 있는 타의 그림

〈그림 1042〉 정박 중인 푸저우(福州)의 목재 수송선인 화비고(花屁股)의 선미루에 올

〈표〉 목록

일러두기 —

1. 이 책은 Joseph Needham, with the collaboration of Wang Ling & Lu Gwei-Djen, *Science and Civilisation in China*, Volume 4 : *Physics and Physical Technology*, Part III : *Civil Engineering and Nautics*, Cambridge University Press, 1971, pp. 379-699를 번역한 것이다.

2. 번역할 때 일역본(ジョセフ・ニーダム著, 協力 王鈴, 飜譯 : 坂本賢三・橋本敬造・安達裕之・松木 哲, 『中國の科學と文明』, 第11卷 : 航海技術, 思索社, 東京, 1981)을 참고하였다.

3. 저자 서문은 원문에 없기 때문에 Joseph Needham, with the collaboration of Wang Ling & Kenneth Girdwood Robinson, *Science and Civilisation in China*, Volume 4 : *Physics and Physical Technology*, Part I : *Physics*, Cambridge University Press, 1962, pp xxiii-xxxiv에 있는 Author's Note로 대체하였다.

4. 한국, 중국, 일본의 고문헌에서 발췌한 인용문의 경우, 원서에는 영역문만 있으나, 한자 원문을 찾아 번역문과 병기했으며, 이때 일역본을 많이 참고하였다.

　예) 그는 치저우(處州)의 지사로 근무할 때 큰 선박을 만들고 싶다는 생각을 했다. 그러나 고문들 중에는 비용을 계산할 수 있는 사람이 없었다. 그리하여 그는 고문들에게 작은 모형선을 만드는 방법을 보여주고, 그 치수를 10배로 확대하여 현 치수로 선박을 만드는 비용을 잘 계산해낼 수 있었다.

　　再知處州 嘗欲造大舟 幕僚不能計其直 (張)燾敎以造一小舟 量其尺寸 而十倍算之(『宋史』, 卷三百七十九, 張燾傳)

5. 용어의 정의와 우리말화를 위해 필요시 한문과 영어표기를 병기했으며, 독자의 편의를 위해 이 병기를 간혹 반복하기도 하였다.

　예) 수군편람(水軍便覽, naval handbooks), 균형판(均衡板, balance-board)

6. 본문에서 거론되지만, 번역 범위가 아닌 다른 권(Volume)이나 편(Part)에 게재되어 있는 <그림>을 독자의 이해를 위해 번역본에 삽입하였다.

　예) <그림 146> 1103년 『영조법식(營造法式)』에서 인용한 경표판(景表版)과 망통(望筒)

7. 원서의 <그림>과 <표>는 <Fig. 929>와 <Table 71> 등으로 표기되어 있는데, 원서를 참고할 때 도움을 주고 원서의 다른 volume이나 part에 있는 <그림>과 <표>와 혼동을 주지 않기 위해 <그림 1>이나 <표 1>로 시작하지 않고 원서의 번호를 그대로 표기하였다.

　예) <그림 938> 산터우(汕頭) 지방 화물선의 갑판

8. 중국의 인명, 지명, 선박명, 고전의 제목 등과 같은 고유명사는 한자음으로 표기하고 ( ) 안에

한문을 병기했으며, 신해혁명 이후의 것들은 현대중국어 표기법에 따라 현지음대로 표기하되 처음 등장할 때에만 ( )에 한자를 표기하였다.

　예) 화비고(花屁股), 장택단(張擇端), 루구이전(魯桂珍), 왕링(王鈴)

9. 일본의 인명과 지명은 일본어의 우리말 표기와 한자를 병기하였다. 단, 각주에 등장하는 일본인명의 경우는 한자명을 표기하고 우리말 표기를 ( )에 표기하였다.

　예) 단노우라(壇浦), 수가와라 미치자네(菅原道眞)

　　今堀誠二(이마보리 세이지), "淸代以後にずける黃河の水運について", 「史學硏究」, 1950, no.72, 23.

10. 학술잡지명은 원서대로 약어로 표기하고, 약어 목록을 제시하였다.

　예) *CMB　Canterbury Museum Bulletin* (New Zealand)

11. 원서의 본문과 각주에서 약어로 표기되어 있는 참고문헌은 원문을 찾아 표기하였다.

　예) Peri(2) → N. Peri, *Northern India according to the 'Shui Ching Chu'*, 1st peril Medio ed estremo Oriente, Rome, 1950.

　　Imabori Seiji(1) → 今堀誠二(이마보리 세이지), "淸代以後にずける黃河の水運について", 「史學硏究」, 1950(no. 72), 23

12. 본문 안에 있는 참고문헌은 가능하면 각주로 이동하였다.

　예) in the report of Worsley(1)

　　→ 위슬리의 보고에서(주)

　　(주) P. M. Worsley, "Early contacts with Ausrtalia", *PP*, 1955(no. 7).

13. 원서의 pp.707~830에서 제시되고 있는 참고문헌은 생략하였다. 생략한 이유는 위 11항에서 본 것처럼 약어로 표기된 참고문헌을 원문을 찾아 표기했기 때문에 불필요하다고 판단하였고 또한 원서의 참고문헌에 토목공학 관련 참고문헌이 약 절반가량 차지하고 있기 때문이다.

14. 원서의 목차는 29장이지만, 역서에서는 단행본으로 간주하여 각 절을 장으로 표기하였다.

15. 역자주는 가급적 피했으며, 필요시에는 <역자주 :　>의 형태로 간단하게 표기하였다.

16. <그림 711>, <그림 989a>, <그림 989b>는 원서의 그림목차(List of Illustrations)에 표기되어 있고 해당 쪽도 'facing page 1'과 'facing page 560'이라고 적혀 있으나 원서에 이 세 그림이 누락되어 있고, 그 대신 일역서인 第10卷 : 土木工学(p.4와 p.5 사이의 간지)과 第11卷 : 航海技術 (p.170과 p.171 사이의 간지)에 수록되어 있어 일역서의 그림을 전재하였다.

신념과 열정으로 쓴
『중국의 과학과 문명』의 4권 3편을 번역하면서

1. 조지프 니덤의 일생과 학술 활동

조지프 니덤(Joseph Needham)의 공식 이름은 Noel Joseph Terence Montgo-mery Needham이며, 중국식 이름은 리위에써(李約瑟)이다. 그는 1900년 12월 9일 런던에서 태어나 1995년에 사망한 영국 과학자이자 과학사가이다. 그의 아버지는 마취전문의였고, 어머니는 피아니스트 겸 작곡가였다. 그는 1918~22년에 케임브리지 대학의 곤빌앤카이우스 칼리지(Gonville and Caius College)에서 생리학을 전공하고 생화학을 부전공으로 공부했으며, 대학을 우등생으로 졸업하였다. 그 후 대학원을 졸업한 그는 1924년에 모교의 특별원구원이 되었고, 1928년에는 정식 교수로 선임되었다. 니덤은 수정란이 복잡한 유기체로 진화하는 것을 연구하고서 발생학적 진화를 화학작용으로 설명하려 했다. 1933년에는 생화학과의 주임교수(Sir William Dun reader)가 되었다.

1930년대 좌파 과학(red science)의 핵심은 역사와 공적 행동주의였다. 좌파 과학자들은 스스로 급변기에 살고 있다고 생각했기 때문에 역사를 중시했다. 시간이 흐르면서 모든 것이 변한다는 것과 생명의 기원에 대한 생각은 생물학자들로 하여금 학문 간의 유대를 추진하게 했다. 니덤은 좌파과학자 중에서도 급진적인 행동과 신념을 결합하는 능력이 범상치 않아 가장 흥미로웠던 사람이었다. 1931년 런던에서 국제과학사회의(International Congress on the History of Science)가 열렸다. 소련 대표단은 이 회의에서 과학과 사회의 관계에 대한 마르크스주의적 전망을 발표하여 영국인들에게 깊은 인상을 주었으며, 니덤도 예외가 아니었다.[1] 1937년 생화학을 공부하려는 중국인 3명(선스장<沈詩章>, 왕잉라이<王應來>, 루구이전<魯桂珍>)이 유학을 와 케임브리지 대학에서 박사과정을 이수하고 있었다. 당시 서양에서는 중국의 과학을 하찮은 것으로 여기고 있었다. 그러나 니덤은 그들로부터 특히 루구이전으로부터 중국 과학의 우수성을 들어 알게 되었다. 니덤은 이 만남을 계기로 중국의 과학을 공부하기 위해 1938년부터 같은 학교의 노교수(Gustav Haloun)에게 중국어와 중국 사상을 배웠으며, 함께 중국 고전을 강독하기도 했다. 그는 이때부터 중국의 대학교에 원조를 해야 한다고 주장했으며, 실제로 1939년에는 그의 부부가 중국에 가서 대학교의 재건을 돕기도 했다. 이러한 그의 활동은 제2차 세계대전이 발발하면서 중단되었다.

그는 1942~46년의 기간 동안 왕립협회의 지시에 따라 주중 영국대사관에 신설된 중영과학협력사무소(Sino-British Cooperation Office)의 소장으로 임시수도인 충칭(重慶)에 파견되었다. 영국인 6명과 중국인 과학자 10명으로 구성된 이 사무소 직원들은 중국의 과학, 기술, 의학 분야의 학회와 연구원들을 조사하고, 그들에게 필요한 장비, 약품, 서적, 정기간행물 등을 제공하는 임무를

---

1 Eric Hobsbawm, "Era of Wonders," *London Review of Books*, http://www.lrb.co.uk/v31/n04/eric-hobsbawm/era-of-wonders.

수행하였다. 이 기간 동안 그는 중국을 여러 차례 여행하여 역사 유적지를 답사하고 여러 분야의 중국인 학자들을 많이 만날 수 있었다.

1946년에는 생물학자이자 유네스코의 초대 사무총장이었던 줄리언 헉슬리(Julian Huxley)의 요청으로 파리에 있는 유네스코 자연과학분과의 초대 분과장으로 근무했다. 1948년에 귀국한 그는 케임브리지 대학에 복귀하여 중국이 과학과 문명에 기여한 역사를 연구하고 집필하는데 전력하였다. 1966년부터 1976년까지 약 10년 동안 곤빌앤카이우스 칼리지의 학장직을 맡았다. 1971년에는 영국학사원(British Academy)의 회원으로 선출되었다. 그는 1936년에 설립된 과학사강의위원회(History of Science Lectures Committee)의 창립회원이 되었고, 종전 직후부터 1971년까지 과학사위원회(History of Science Committee)와 과학역사철학위원회(History and Philosophy of Science Committee)의 회원으로 활동했다. 1969년부터 1977년까지는 그가 국제과학역사철학연합(International Union of the History and Philosophy of Science)의 산하 과학사분과위원회(Council of the Division of the History of Science)에서 일했고, 그 중 1972년부터 1974년까지 위원장이 되었다. 또한 1972년부터 1975년까지는 연합의 회장을 겸직하기도 했다.

1994년 중국과학원은 1990년에 은퇴한 그에게 외적원사(外籍院士)를 수여했다. 그에게 중국학과장직(Chair of Chinese)을 맡긴 적이 없었던 케임브리지 대학은 2008년에 그 학과장 명칭을 중국의 역사와 과학 및 문명에 대한 조지프 니덤의 교수직(Joseph Needham Professorship of Chinese History, Science and Civilisation)으로 바꾸었다. 그리고 2009년 8월 31일부터 10월 10일까지 5천 6백 명의 중국인들이 투표로 중국의 10대 외국인 친구(中國緣十大國際友人)를 뽑았는데, 니덤은 그 중 한 명으로 뽑혔으며, 그의 득표수는 5위였다.[2]

1924년 모교의 특별연구원으로 근무할 때, 그는 같은 특별연구원이었던

---

2 http://en.wikipedia.org/wiki/Joseph_Needham.

도로시(Dorothy Mary Moyle)와 결혼했다. 그들은 부부가 영국학술원의 회원이 된 최초의 사례가 되었다. 니덤은 1937년 루구이전을 만나고서 사랑에 빠졌으며, 도로시도 그녀를 인정했다. 이 3명은 수년 동안 케임브리지에서 살았으며, 이 삼각관계는 평생 동안 유지되었다. 부인이 1987년에 사망하자, 그는 2년 뒤인 1989년에 루구이전과 결혼했으며, 루구이전은 1991년에 사망했다. 1982년부터 파킨슨병으로 고생하던 니덤은 94세의 나이로 자택에서 사망했다. 니덤의 삶에 가장 큰 영향을 준 것은 1931년 국제과학사회의와 1937년 중국 유학생들을 통한 중국의 발견이었다.

니덤의 정치적 성향은 좌파였다. 그는 노동당원이었으며, 1930년대에는 노동당의 대학집행위원회에서 일했고, 1933년에는 노동당 좌파의 사회주의동맹(Socialist League) 케임브리지지부장이 되었다. 또한 그는 1930년대에 케임브리지사회주의반전단체(Cambridge Scientists Anti-War Group)의 회원으로 활발하게 활동하였다. 1937~39년에는 스페인 내란에 참전했다가 사망한 모교 출신 2명을 기리는 추모사업회(Conford-Maclaurin Memorial Committee)에서 일했다. 2차 대전이 발발했을 때에는 공산당원과 다른 좌파들과 영국의 참전 논쟁에 참여했다. 1941년 독일이 소련을 침공하자, 그는 중국으로 떠나기 전까지 영국과 소련의 우호관계를 증진시키기 위해 활동했다.

전후에는 평화와 군축캠페인을 지지했다. 그는 중국에 대한 강한 동경을 바탕으로 중영친선협회(Britain-China Friendship Association)를 창설하여 스스로 회장이 되었으며, 이 친선협회는 1965년에 외교관 출신이었던 브레이언(Derek Brayan)과 함께 중영우애협회(Society for Anglo-Chinese Understanding)로 바뀌었다. 1952년에는 저우언라이(周恩來)의 권유로 6 · 25전쟁 기간 동안 미국이 북한과 중국에서 세균을 사용했는지를 조사하는 국제조사위원회에서 활동하였다. 그는 미국이 세균을 사용했다는 보고서를 제출했는데, 이 보고서 때문에 영국에서 심한 비난을 받았다. 그는 베트남전도 반대했으며, 미국 정부는 60년대와 70년대 초에 강연을 위한 그의 초청을 허락하지 않았다. 그러나 냉전 기간 동안 공산주의자들은 그를 많이 이용했다. 그밖에도 그는 국내외에서 인권과 시민의 자유를 위해 일했으며, 과학자의 사회적 책임도 강력하게 주장했다.

니덤은 대학생 시절에 고교회파(high church Anglican)였지만, 이 종교를 사회 정의에의 헌신과 결합시켰다. 1935년에는 논쟁거리였던 서적으로 기독교와 마르크스주의의 유사성을 강조한 『기독교와 사회혁명(*Christianity and the Social Revolution*)』의 특별편집위원으로 일하면서 '찬양, 수평파 그리고 거장 (Laud, the levellers and the Virtuosi)'이라는 제목의 장을 집필했다.[3]

그와 관련된 출판물은 다음과 같다.

『과학, 종교, 현실(*Science, Religion and Reality*)』(1925)

『기계 인간(*Man a Machine*)』(Kegan Paul, 1927)

『화학적 발생학(*Chemical Embryology*)』(C.U.P., 1931)

『대형 양서류 : 과학이 지배하는 세계에서 종교의 위치에 대한 4강좌
　　　　　(*The Great Amphibium : Four Lectures on the Position of Religion
　　　　　in a World Dominated by Science*)』(1931)

『발생학의 역사(*A History of Embryology*)』(C.U.P., 1934)

『질서와 삶(*Order and Life*)』(The Silliman Lectures, 1936)

『생화학의 전망 : 프레데릭 고우랜드 홉킨스 경을 기념하기 위한 전, 현직
　　　　　실험실 요원들의 논문 31편 모음집 (*Perspectives in
　　　　　Biochemistry : Thirty-One Essays Presented to Sir Frederik Gowland
　　　　　Hopkins by Past and Present Members of His Laboratory*)』(1937)

『생화학과 형태발생(*Biochemistry and Morphogenesis*)』(1942)

『시간 : 정화되고 있는 강, 1932-42년의 에세이와 편지(*Time : The Refreshing
　　　　　River, Essays and Addresses 1932-1942*)』(1943)

---

3 http://www.a2a.pro.pro.uk/html/012-ncuacs54395__1.htm(영국 공문서보관청<Public Record Office> 홈페이지).

『중국 과학(*Chinese Science*)』(Pilot Press, 1945)

『역사는 우리 편이다(*History is on Our Side*)』(1947)

『과학의 전초기지 : 중영과학협력사무소의 보고서, 1942-6(*Science Outpost : Papers of the Sino-British Science Co-Operation Office 1942-1946*)』(Pilot Press, 1948)

『중국의 과학과 문명(*Science and Civilisation in China*)』, 7 Volumes(C.U.P., 1954-?)

『천체시계장치(*Heavenly Clockwork*)』(1957)

『중국 철강기술의 발전(*The Development of Iron and Steel Technology*)』(1958)

『위대한 적정 : 동, 서양의 과학과 사회(*The Grand Titration : Science and Society in East and West*)』(Allen & Unwin, 1969)

『4개의 바다에서 : 동, 서양의 대화(*Within the Four Seas : The Dialogue of East and West*)』(1969)

『중국과 서양의 점원과 장인 : 과학기술사의 강의와 연설(*Clerks and Craftsmen in China and West : Lectures and Addresses on the History of Science and Technology*)』(C.U.P., 1970)

『중국 과학 : 고대 전통의 탐구(*Chinese Science : Explorations of an Ancient Tradition*)』(ed. Shigeru Nakayama & Nathan Sivin, Cambridge & MIT Press, 1973)

『이해의 틀 : 자연철학의 패턴(*Moulds of Understanding : A Pattern of Natural Philosophy*)』(Allen & Unwin, 1976)

『중국의 과학과 문명 소고(*The Shorter Science and Civilisation in China*)』, 5 Volumes(Colin Ronan 간추림, 1980-95)

『전통적인 중국에서의 과학 : 비교 전망(*Science in traditional China : A Comparative Perspective*)』(1982)

『천문시계 : 중세 중국의 위대한 천문시계(*Heavenly Clockwork : The Great Astronomical Clocks of Medieval China*)』(C.U.P., 1986)

『천문기록보관실 : 한국의 천문기구와 시계, 1380-1780(*The Hall of Heavenly Records : Korean Astronomical Instruments and Clocks, 1380-1780*)』(C.U.P., 1986)[4]

2. 『중국의 과학과 문명』의 기획과 간행

이 책은 1948년 조지프 니덤이 기획하여 케임브리지 대학 출판국으로부터 단 수 주일 만에 허락을 받아 출판되었다. 그가 이 책을 기획하고 발간할 수 있었던 것은 무엇보다도 많은 중국인의 도움 덕분이었다.

1942~6년 중영과학협력사무소 소장으로 근무할 때 중국을 두 차례 여행했으며, 그 때 저우언라이 같은 정치가와 우쭤런(吳作仁)과 같은 서화가 및 주커젼(竺可楨) 같은 학자를 만났다. 주커젼은 후에 니덤에게 2,000권 이상의 중국 서적을 보내주기도 했다. 그밖에 니덤이 이 기간 동안 만나고 교류한 중국인 학자는 다음과 같았다.

쿤밍(昆明) - 역사학자 : 레이하이종(雷海宗)・원이두어(聞一多), 과학자 : 치엔린쟈오(錢臨照)・화뤄겅(華羅庚)・징리빈(經利彬), 역사고고학자 : 궈모뤄(郭沫若), 재정학자 : 지챠오띵(冀朝鼎), 고전학자 : 허우와이루(侯外盧)

충칭(重慶) - 사회경제사가 : 타오싱즈(陶行知)・덩추민(鄧初民)・린주한(林祖涵), 화학자 : 장즈공(張資珙), 의학자 : 천방시엔(陳邦賢)・주헝비(朱恆璧), 생물학자 : 장멍원(張孟聞),

청두(成都)와 지아띵(嘉定) - 도가 : 궈번다오(郭本道)・황팡깡(黃方剛)・쩡융셔우(曾永壽), 유교 : 왕싱공(王星拱), 철학자 : 펑여우란(馮友蘭), 병리학

---

4 http://en.wikipedia.org/wiki/Joseph__Needham.

자 겸 의학사가 : 허우바오장(侯寶璋)

바오지(寶鷄) – 화학사가 : 리상지에(李相傑) 샨시(陝西) – 정치학자 : 왕야난
(王亞南), 사회학자 : 우다쿤(吳大琨)

베이징(北京) – 화학사가 : 장즈가오(張子高) · 쩡쟈오룬(曾昭掄), 사회학자 :
리챠오핑(李喬苹)

꾸이저우(貴州) – 기상학자 : 주커전(쯔可楨), 수학사가 : 첸바오총(錢寶琮),
화학사가 : 왕진(王璡)

서적 기증자 – 물리학자 : 황즈칭(黃子卿), 신경학자 : 탕위에(唐鉞), 역사가
: 푸스녠(傅斯年), 기상학자 : 주커전(쯔可楨)

1952년 미군의 세균무기 사용 여부를 조사하기 위해 중국에 갔을 때에도,
그는 다음과 같은 중국인들을 만났다.

베이징(北京) – 기상학자 : 주커전(쯔可楨), 공학사가 : 류산저우(劉仙洲), 건
축사가 : 량쓰청(梁思成), 지질학자 : 리쓰광(李四光) · 위안푸리(袁復禮),
화약군사학자 : 펑푸리(馮復禮), 항해사가 : 왕전두어(王振鐸), 의학사가
: 리타오(李濤)

그에게 특히 도움을 많이 준 중국인은 왕링(王鈴)이었다(본명은 왕징닝<王靜
寧>이다). 니덤은 1943년 쓰촨의 리좡(李庄)에 임시로 피난 와 있던 국립중앙
연구원의 역사연구소에서 과학사에 대해 강의한 적이 있었다. 그때 강의를
들었던 왕링은 중국의 과학사를 공부하기로 작정하고서 중국의 화약과 화기
를 연구하기 시작했으며, 1946년부터 1953년까지 8년 동안 케임브리지 대학
으로 유학을 왔다. 니덤은 왕링과 함께 주철, 보습, 등자, 화약, 인쇄, 자기나침
반, 시계 탈진기 등을 포함한 중국이 발명한 모든 기계와 추상적 개념의 목록
을 작성했다. 당시 서구인들은 이 모든 것이 서구에서 발명된 것으로 알고
있었다. 또한 그녀는 『중국의 과학과 문명』 제1권(Volume I)에 인용되는 중국

문헌의 번역을 거의 도맡다시피 했다. 니덤이 1권의 서문에서 그녀에게 감사의 말을 포함시킨 것은 이 때문이었다.[5]

『중국의 과학과 문명』이 현재까지 발간된 현황은 다음과 같다.

Volume	Part	chapter	내용	발간년도	공동집필 혹은 협력자
I 서론		1	서문	1954	Wang Ling
		2	작업 계획		
		3	참고문헌 주해		
		4	지리 개관		
		5	역사 개관: 선진시대		
		6	역사 개관: 통일제국		
		7	중국과 유럽 간 과학사상과 기술의 교류 실패		
II 과학 사상사		8	서론	1962	Wang Ling
		9	유가와 유교		
		10	도가와 도교		
		11	묵자와 명가		
		12	법가		
		13	중국 과학의 기본 사상		
		14	준과학과 회의론적 전통		
		15	불교 사상		
		16	진과 당 사이의 도가와 송대의 신유가		
		17	송과 명대의 관념론자와 중국 고유의 자연주의		
		18	중국과 서양에서 인간의 법과 자연의 법칙		

---

5 이상은 조지프 니덤 著, 李錫浩·李鐵柱·林禎岱 譯, 『中國의 科學과 文明 I』, 乙酉文化社 1985, pp.10~16에서 발췌하여 정리하였다.

III 수학과 천문 지리학		19	수학	1959	Wang Ling
		20	천문학		
		21	기상학		
		22	지리학과 지도학		
		23	지질학		
		24	지진학		
		25	광물학		
IV 물리학과 물리기술	1	26	물리학	1962	Wang Ling, Kenneth Girdwood Robinson
	2	27	기계공학	1965	Wang Ling
	3	28	토목공학	1971	Wang Ling, Lu Gwei-Djen
		29	항해선박사		
V 화학과 화학기술	6	30	군사기술: 미사일과 포 위작전	1994	Robin D. S. Yates, Kryzysztof Gawlikowski, Edward McEwen, Wang Ling
	7		군사기술: 화약	1986	Ho Ping-Yü, Lu Gwei-Djeon, Wang Ling
	9	31	직조기술: 실짓기와 실 켜기	1988	Dieter Kuhn
	1	32	종이와 인쇄술	1985	Tsien Tsuen-Hsuin
	2	33	연금술과 화학	1974	Lu Gwei-Djen
	3			1976	Ho Ping-Yü, Lu Gwei-Djeon
	4			1980	Ho Ping-Yü, Lu Gwei-Djeon, Nathan Sivin
	5			1983	Lu Gwei-Djeon,
		34	화학공학		
	12	35	세라믹 기술	2004	Rose Kerr, Nigel Wood, Ts'ai Mei-fen,

				Zhang Fukang
13	36a	광업	1999	Peter J. Golas
11	36b	철야금학	2008	Donald B. Wagner
	37	소금 산업		
	1	38	식물학	1986	Lu Gwei-Djen, Huang Hsing-Tsung
		39	동물학		
	5	40	발효와 식품학	2000	H. T. Huang
VI 생물학과 생물기술	2	41	농업	1984	Francesca Bray
	3	42	농공산업 : 사탕제조기술과 임학	1996	Christian Daniels, Nicholas K. Menzies
		43	의학연구소, 해부학, 생리학, 발생학		
	6	44	의학	2000	Lu Gwei-Djen. Nathan Sivin
		45	약학		
VII 사회적 배경		46	중국 과학의 특징에 대한 회고적 조사		
		47	지리적 요인		
		48	사회경제적 요인		
	1	49	중국 전통에서 언어와 논리학	1998	Christoph Harbsmeier
	2	50	총 결론과 그 반향	2004	Kenneth Girdwood Robinson, Ray Huang, Mark Elvin

이 책은 50개 장으로 구성되었고, 이를 7권으로 발간하도록 계획되어 있었다. 그러나 작업 과정에서 일부 권들은 여러 편(parts)으로 나뉘었다. 각 편마다 단행본으로 발간되는 것을 원칙으로 삼았지만, 일부 편은 두 권으로 나누어 발간되기도 했다. 이 책은 장 순서대로 발간되지 않고 원고가 준비 되는

순서대로 발간되어 왔으며, 1954년부터 현재까지 약 60년 동안 24권이 발간되었다. 그중에서 니덤이 살아있을 동안 발간된 것은 15권이다. 그가 사망한 후에는 니덤연구소(The Needham Research Institute)의 출판국이 이 책의 출판업무를 수행하고 있다. 니덤연구소는 1985년 필립 경(Duke of Edinburg, Price Philip)에 의해 설립되었으며, 중국과학사의 연구에 전념하는 것을 목적으로 삼고 있다.

이 책을 공동 집필하거나 협력한 사람은 현재까지 23명인데, 그중에서 왕링이 8권 그리고 루구이전이 7권의 발간에 참여하였다. 왕링은 1권부터 7권까지 계속 참여했으며(1954~1971), 1994년에도 참여했다. 반면에 루구이전은 1971년부터 2000년까지 참여한 것으로 나타난다. 따라서 초기에는 왕링이 중기부터는 루구이전이 이 책의 집필에 참여한 경우가 많았음을 알 수 있다. 후기에는 세계의 많은 전문가들이 이 책의 발간에 참여했다.[6]

이 책의 1권은 발간되자 "한 사람이 시도한 것 중 가장 위대하고 유일한 역사적 종합과 지적 대화"가 이루진 책으로 평가되었다.[7] 그는 수많은 사료들을 이용하여 중국인들도 알지 못했던 엄청난 양의 과학기술적 전통과 발전의 증거를 찾아 적어도 고대 이래로 13~14세기까지는 과학 기술 분야에서 중국이 서양에 크게 앞서 있었음을 분명하게 보여주었다. 이 책은 서구 중심의 세계관에 대한 결정적인 전환점을 마련해 주었으며, "중국에 대한 서양의 접근 각도와 연구 관점을 획기적으로 변화시킨 20세기의 역작이었다." 이 책의 발간은 "서구인에게는 세계에 대한 무한한 동경심을, 중국인에게는 잃었던 자존심을 되찾게 해준 계기가 되었다."[8]

---

6 우리나라에서는 Volume I : *Introductory Orientations*이 조지프 니덤 著, 李錫浩·李鐵柱·林禎岱 譯, 『中國의 科學과 文明』 I-III, 乙酉文化社 1985으로 번역되어 발간되었을 뿐이다.

7 Eric Hobsbawm, "Era of Wonders," *London Review of Books*, http://www.lrb.co.uk/v31/n04/eric-hobsbawm/era-of-wonders.

8 송진웅, "조지프 니덤−중국의 과학과 문명," 2004년 12월 6일 게재, http://blog.naver.com/PostPrint.nhn?blogId=pilest&dogNo=100008317255

그러나 이 책에 대한 비판이 없는 것이 아니며, 우리나라에서도 비판이 제기되어 왔다. 2001년에 제기된 한 비판에 따르면, 니덤이 중국을 충분히 이해하지 못했을 때 발간된 제1권과 제2권은 지금까지 수정되거나 보완되지 않고 있다. 발간 규모가 확대되고 많은 연구자들이 참여하게 되자 책 전체의 일관성이 약화되고 있다. 중국 과학 그 자체를 보지 않고 현대 과학의 틀 안에서 이해하고 평가하려 하고 있다. 예를 들면, 천문이나 풍수지리가 사이비 과학으로 간주되어 제대로 고찰되지 않았다.[9] 2004년에 제기된 비판에 따르면, 과학이 보편적인 발전 유형을 따라 진보한다는 신념 때문에 과학사를 현대 과학의 관점에서 바라보고 있으며, 그리고 중국의 전통 과학을 서구의 과학 발전 단계에 대응시켜 비교하고 분석하려는 경향이 있다. 또한 중국의 과학 기술에 대한 예찬이 지나쳐 동아시아의 과학기술사 전체를 중국의 관점에서 바라보려는 경향이 있다.[10]

3. 니덤의 명제

베이컨(Francis Bacon)이 서구의 암흑시대였던 중세를 근대 세계로 전환시킨 것으로 간주했던 화약, 자기나침반, 종이와 인쇄술은 모두 중국의 발명품이었다. 니덤은 이처럼 중국에서 일찍이 과학 기술이 발전했음에도 불구하고 서구에게 추월당한 이유가 무엇인지 알고 싶어 했다. 이 의문이 바로 니덤의 명제이며, 영어로는 Needham's Grand Question이나 The Needham Question으로 또한 중국어로는 니덤의 난제(李約瑟難題)로 표기되고 있다. 그는 이 의문을

9 이문규, "조지프 니덤의 『중국의 과학과 문명』(Science and Civilisation in China, 1954)," 2001년 06월 27일 교수신문 게재, http://blog.naver.com/PostPrint.nhn?blogId=tnt62sik&dogNo=120011424030

10 송진웅, "조지프 니덤―중국의 과학과 문명," 2004년 12월 6일 게재, http://blog.naver.com/PostPrint.nhn?blogId=pilest&dogNo=100008317255

1969년에 다시 "자연과학의 수식화라는 현대과학과 발전된 과학 기술이 갈릴레오 시대의 서양에서 갑자기 출현한 이유는 무엇일까?"로 바꾸었다.[11]

이러한 의문은 유럽에서 17세기 말부터 간간히 제기되어 왔었다. 1698년 프랑스의 예수회 수사(Dominicus Barrenin)는 프랑스 과학협회 회장(Dortous de Mairan)에게 보낸 편지에서 "중국 과학의 발전을 방해한 요소가 무엇인가?"라고 자문한 후, 뒤얽혀 있는 많은 요소들이라고 스스로 답했다. 이 문제에 대해 17세기에 독일의 라이프니찌(C. W. Leibniz)는 「최신 중국 뉴스(Novissima Sinica)」에서 중국인들이 수학을 중시하지 않았기 때문이라고 답했다. 한편 사회학자 흄(D. Hume)은 교양과 학문의 발전이 충분하지 않았기 때문이라고 답했다.

중국에서도 그러한 움직임이 있었다. 중국 현대 과학의 선구자 중 한 명인 런홍쥔(任鴻雋)은 "중국이 과학을 보유하지 못하는 이유"라는 제목의 논문에서 중국인들이 귀납법을 사용하지 않았기 때문이라고 말했다(Science, vol. 1). 1920년에 량치차오(梁啓超)는 과학을 중시하지 않은 전통 윤리 때문에 자연과학이 발전하지 않았다고 주장했다(『淸代學術槪論』). 1944년에는 중국과학협회의 창설 30주년을 맞이하여 중국에서 자연과학이 발전하지 못한 이유가 위트포겔(A. Wittfogel)에 의해 번역되어 서양에 소개되었다(Science Times).

니덤은 『중국의 과학 문명』에서 이 명제에 대한 답을 찾으려고 노력했다. 그는 『중국의 과학과 문명』을 계속 발간하면서 중국과학사의 연구가 축적되자 다음의 결론을 내렸다. "중국의 전통 사회에서 과학이 계속 발전했지만, 르네상스 이후 근대 과학이 급속도로 발전함에 따라 유럽에게 추월당했다. 중국은 항상 정적이었을 뿐, 정체되어 있지는 않다."[12] 그러나 중국은 경험

---

11 Joseph Needham, *The Great Titration : Science and Society in East and West*, Press of Univ. of Toronto, 1969, p.16.
12 Joseph Needham, *Science and Civilisation in China*, Volume VII, Part 2, University of Cambridge, 2004.

을 바탕으로 한 기술 발명을 기술 혁신으로 전환시키지 못했다. 중국의 인구
는 13세기까지만 해도 유럽의 두 배였으며, 신기술의 창출 가능성이 그만큼
컸다. 14세기 이후에는 중국 인구가 기하급수적으로 증가했지만, 혁신에 의
한 발전 가능성은 오히려 더 적어졌다. 인구가 더 적었던 유럽은 17세기에
과학혁명에 따라 과학과 기술을 통합하기 시작했다. 과학혁명이 근대 기술
발전의 우위를 유럽에게 부여했던 것이다.[13] 미국인 시빈(Nathan Sivin, 중국명
시원<席文>)은 이를 비유적으로 표현했다. "중국이 과학혁명 때 유럽을 왜
이기지 못했을까 라는 의문이 그 어떤 일이 역사에서 왜 발생하지 않았을까
라는 질문으로 공공연하게 나타나는 것은 놀라운 일이 아니다. 이 질문은
여러분의 이름이 왜 오늘 신문 3쪽에 나타나지 않았을까 라는 질문과 비슷하
다."[14]

많은 사람이 니덤의 명제에 대한 답을 제시하였다. 1968년에는 전제국가
때문이라는 주장이 제기되었다. 중국이 전제국가였기 때문에, 국가는 국민
생활의 모든 면을 통제했으며 또한 개인이 자신을 더 나은 상태로 만들거나
혁신할 수 있는 인센티브를 심각하게 방해했다. "중국인은 자신들의 재주와
창의력으로 중국을 더 부유하게 만들고 근대 산업의 문턱에까지 이르게 만들
었지만, 숨이 막힐 정도의 국가 통제 때문에 그 문턱을 넘지 못했다." 이
주장은 중국에서 기술의 발전을 죽인 것이 국가였다는 결론을 내리고 있다.[15]
2007년에는 중국에 재산권이 없었고, 황제만이 재산권을 보유할 수 있었기

---

13 Lin Justin, "The Needham Puzzle : Why the Industrial Revolution Did Not Originate in China,"
    Economic Development and Cultural Change, 1995, 43(2), pp.269~292.

14 Nathan Sivin, *Science in Ancient China*, Aldershot, Hants : Variorum, 1995, ISBN 978-0-86078-492-0의
    Chapter 7 : Why the Scientific Revolution did not take place in China or didn't it? 니덤의 명제에
    대한 여기까지의 기술은 Liu dun, "A new survey of the Needham Question," *World Conference on
    Science : Science for the Twenty-First Century : a New Commitment*, 2000, pp.88~90을 주로 참고하였다.

15 Etienn Balazs, "La bureaucratie celeste : recherches sur l'économie et la société de la Chine
    traditionnelle," Presentation de Paul Demieville, 1968.

때문이라는 주장이 제기되었다. 이 주장에 따르면, 과학 기술이 황족의 필요성에 따라 좌우되었고, 새로운 발견과 그 용도도 정부에 의해 좌우되었다. 이 제한적인 재산권이 중국의 과학 혁명을 방해했다.[16]

니덤이 보기에, 중국은 음양의 변증법이 발생한 곳이었다. 또한 정신과 물질을 구분하려는 열의가 거의 없고 작은 우주들이 조화를 이루어 대 우주가 형성되었다는 철학이 발생한 곳이었다. 그러나 18세기 프랑스 사상가들이 유럽의 절대주의와 비교하여 중국을 동양적 전제주의(oriental despotism)로 본 것과 달리, 그는 중국 사회를 직접 경험한 다른 많은 사람들처럼 삶의 민주적 이원성(democratic duality of life)의 입장에서 중국을 보려고 했다. 특히 그는 중세 중국에서 과거를 통해 채용된 옛 학자층(old scholar-gentry)의 전통을 중시했다. 유학자들의 집단 여론을 형성한 그들은 황제가 독자적이고 관념적인 권위로 전통에 내재되어 있는 가치를 공격할 때 이에 저항하는 힘을 항상 가지고 있었다. 이러한 시각 때문에, 마르크스주의들은 니덤을 중국사의 객관적인 연구에 가장 큰 피해를 주었다고 비판하기도 했다.[17]

4. 니덤 명제의 세계적 의미

니덤은 과학을 인류와 불가분한 것으로 간주했다. 그의 주장에 따르면, 과학은 미술이나 문학처럼 전 인류의 공동 재산이며, 자연의 결속이 과학의 결속에 반영되어 있고, 과학의 결속이 인류의 결속을 확인할 수 있게 해주고 있다. "여기에서 채택된 입장은 자연 현상을 조사할 때 모든 인간이 동등하며,

---

16 Liu Yingqui & Liu Chunjiang, "Diagnosing the Cause of Scientific Standstill, Unravelling the Needham Puzzle," *China Economist*, 10, 2007, 10, pp.83~96.

17 Eric Hobsbawm, "Era of Wonders," *London Review of Books*, http://www.lrb.co.uk/v31/n04/eric-hobsbawm/era-of-wonders.

근대 과학의 보편성이 모든 사람이 이해하고 말할 수 있는 모든 보편적 언어를 포함하고 있으며, 민족적 특징이 분명히 존재했음에도 불구하고 고대와 중세의 과학이 동일한 자연 세계와 연관되어 있어 동일하고 보편적인 자연현상으로 관찰될 수 있고, 물이 바다를 뒤덮듯이 모든 사람을 포함하는 세계적인 협력국가가 나타날 때까지 이것은 인간 사회의 조직과 통합이 성장하는 속도에 맞추어 계속 성장할 것이라는 점이다."[18] 그는 결론적으로 서양 문화가 아닌 다른 어떤 문화도 더 이상 후진적인 문화로 취급되어서는 안 되며, 현대 과학을 여러 문명의 과학 지식이 통합된 것으로 보아야 한다고 생각했다.

니덤의 명제는 중국은 물론 국제적인 관심을 끌었다. 1996년 9월 '과학—생기를 찾아주는 강(Science—the Refreshing River)'이라는 주제로 인도의 뉴델리에서 국제회의가 열렸다. 이 회의의 주관자들은 이 회의의 주제가 니덤의 학문 연구와 헌신으로부터 받은 영감을 반영한 것이며, 그를 본받아 학문분야와 정치적 성향이 서로 다른 전문가들을 초청했다고 밝히면서 니덤에게 경의를 표했다. 실제로 이 회의에서 니덤과의 대화, 니덤 독설의 수정, 세계 과학사 소개, 니덤의 기이한 문제, 세계 과학사에 대한 니덤의 은유, 유럽 이외에서 과학의 근대화, 중국 수학사와 니덤, 인도에서 니덤 과학사의 미출현 등과 같은 소주제들이 발표되었다.

1997년 7월에는 벨기에의 리에즈(Liège)에서 '과학의 세계사(Global History of Science)'라는 주제로 제20회 국제과학사회의(International Congress on History of Science)가 개최되었는데, 이 회의 자체가 니덤에게 헌정되었다. 이 회의의 간사였던 제이미(Catherine Jami)는 『중국의 과학과 문명』 제1권이 발간된 후 그동안 주로 연구되어온 서구가 아닌 다른 지역 과학사에 회의의

---

18 Joseph Needham, *The Roles of Europe and China in the Revolution of Oecumenical Science*, 1966, reprinted in 1976 in *Clerks and Craftsmen in China and the West*, Cambridge Univ. press, pp.396~418.

초점을 맞추었다고 밝혔다. 그녀의 주장에 따르면, '암흑 대륙(dark continent)'을 고찰한 니덤의 책은 서양 과학사를 연구하는 대부분의 연구자들에게 많은 정보와 근본적인 방법론적 문제 및 사료 편찬의 문제를 제기하였다. 이어서 그녀는 새로운 과학사의 구축에 대한 니덤의 공헌을 자세히 설명하고 또한 새로운 과학사가 모든 문명의 과학 발전을 고려하도록 노력하겠다고 다짐했다.[19]

많은 연구물이 니덤의 명제로부터 영향을 받았다. 예를 들면, 1995년에 윌리(P. E. Willi)는 중국과 일본의 과학사를 연구하여 다음의 결론을 도출했다. 상식적인 기준으로 볼 때, 1850년 이전의 아시아에는 진정한 의미의 과학이 존재하지 않았다고 하더라도, 국가와 지역에 따라 상당히 다양하지만 본질적으로 인상적인 수준의 현대화 움직임이 있었다.[20] 니덤의 명제가 학계에 끼친 영향은 유네스코와 국제과학연합이사회(International Council for Scientific Unions)가 2000년에 부다페스트에서 공동 주최한 세계과학회의(World Conference on Science)에서 천명되었다. 니덤의 명제는 과학사를 전반적으로 더 정확하게 설명할 수 있도록 하기 위해 비서구적 전통과 업적을 과학사에 통합한다는 점에서 선구자적 역할을 했다. 모든 문화에는 형태가 어떻든 간에 항상 과학이 존재해 왔다. 현대 중국 사회에서 과학 연구의 진전을 방해한 요소들에 대한 고찰은 과학적 진보의 본질에 대한 몇 가지 교훈을 제공하였다. 왜냐하면 중국 사회가 정치적으로, 사회적으로, 역사적으로 형성되었기 때문이다.[21]

19 C. Jami, "Introduction to Science and Technology in East Asia," Proceedings of the 20th ICHS, Liège, Belgium, July 1997.
20 P. E. Willi, "Modernization-less Science? Some Reflections on China and Japan before Westernization," In ed. K. Hashimoto, East Asian Science : Tradition and beyond, Kansai University Press, Osaka, 1995, pp.33~48.
21 Paul Hoyningen-Huene, "Thematic meeting report," Science for Twenty-First Century : A New Commitment, World Conference on Science by UNESCO & ICSU, 2000, pp.90~91.

5. 『조지프 니덤의 동양 항해선박사』

이 책은 Joseph Needham, *Science and Civilisation in China*, Volume 4 : *Physics and Physical Technology*, Part III : *Civil Engineering and Nautics*, Cambridge University Press, 1971, pp.379~699를 번역한 역서이다. 제목만 보아서는 중국의 항해술사만 다룬 책으로 보이기 쉽지만, 실제로는 그렇지 않다. 물론 중국의 역사가 중심을 차지하고 있지만, 한국, 일본, 동남아와 같은 주변국의 역사도 그에 못지않게 서술되어 있다. 또한 인도, 서남아시아, 유럽, 아프리카, 호주, 아메리카의 역사도 고찰되어 있다. 이 역서의 범위는 원서의 29장에 한정되어 있다. 29장의 원서 제목은 Nautical Technology이다. 따라서 이 장이 항해술이나 항해기술만 다루고 있는 것처럼 보일 수도 있지만, 선박과 항해술의 역사가 주로 기술되어 있고, 해전술, 잠수기술, 양식기술 등도 부수적으로 간단하게 기술되어 있다. 따라서 여기에서도 우선 역서의 제목을 『동양의 항해선박사』로 생각해 보았다. 그런데 이 가제는 『중국의 과학과 문명』이라는 원서명과 너무나 달라 이 두 가지가 전혀 다른 별개의 책인 것처럼 보이는 단점을 드러내는 것으로 보였다. 역서의 최종 제목을 『조지프 니덤의 동양항해선박사』로 달은 것은 역서가 조지프 니덤이 발간한 『중국의 과학과 문명』의 일부라는 점을 암시할 수 있다고 보았기 때문이다.

불과 1개의 장만 번역했기 때문에 분량이 얼마 되지 않을 것으로 보이지만, 실제 내용은 방대한 양과 높은 수준의 질을 동시에 보여주고 있다. 이 책의 참고 문헌은 동북아 4개국(한국·중국·일본·대만 외 홍콩·마카오·상해), 동남아 6개국(베트남·싱가포르·미얀마·말레이·인도네시아·캄보디아), 인도 2개국(인도·스리랑카), 서남아시아 1개국(터키), 아프리카 3개국(이집트·모잠비크·탄자니아), 남태평양 3개국(호주·뉴질랜드·피지), 아메리카 5개국(미국·캐나다·콜롬비아·페루·칠레), 유럽 14개국(영국·프랑스·스페인·독일·네덜란드·벨기에·스웨덴·덴마크·포르투갈·이탈리아·체코·오스트리아·러시아·그리스) 등 총 38개국의 자료로서 3,351점이다. 그중에서

1800년 이전 중국 자료는 540점이고, 1800년 이후 중국과 일본의 자료는 363점이다. 서구의 자료는 2,448점이다. 또한 이 책에는 1,973개의 각주가 달려 있으며, 137점의 <그림>과 2개의 <표>가 내포되어 있다. 이러한 수치는 이 역서의 내용이 그만큼 확실한 근거가 있는 것임을 알 수 있게 해준다.

이 역서는 일차적으로 선박과 항해의 역사를 개관할 수 있게 해준다. 다음으로 서양과 동양 혹은 중국과 그 밖의 지역과의 비교를 통해 지역 간의 차이와 그에 따른 중국의 특징을 돋보이게 하고 있다. 결론에서 중국 역사가 서양의 역사보다 우월했던 점들을 나열하고 있는 것은 이러한 작업의 결과이다.

니덤은 한국의 과학사도 연구했다. 그는 고려 말의 서운관(書雲觀)과 조선의 관상감(觀象監)을 연구하여 『천문기록보관실 : 한국의 천문기구와 시계, 1380~1780(The Hall of Heavenly Records : Korean Astronomical Instruments and Clocks, 1380-1780)』(C.U.P., 1986)[22]을 출판하였다. 우리나라의 역사에 대한 해박함은 이 역서에서도 드러난다. 예를 들면, <그림 985>는 이회(李薈)와 권근(權近)이 제작한 세계 지도인 「혼일강리역대국도지도(混一疆理歷代國都地圖)」를 소개하고 있다. 그런데 이 <그림> 밑에는 수 쪽에 걸친 설명문이 붙어 있다. 이 설명에 따르면, 이 지도는 중국 문화권의 상당히 진보된 수준의 지리 지식을 보여주고 있다. 이 지도는 동아시아의 세계 지도를 완전히 새로운 수준으로 높였다. 이 지도는 정화 시대에 유럽인들이 중국과 조선에 대해 알고 있었던 것보다 중국인과 조선인이 유럽에 대해 훨씬 더 많이 그리고 자세하게

---

22 이 책은 Lu Gwei-Djen, John H. Combridge, John S. Major와 공동으로 저술했으며, 원서 속표지에는 『朝鮮 「書雲觀」 天文儀器與計時機』라는 한자로 된 서명이 쓰여 있다. 우리나라에서는 이 책의 역서가 Joseph Needham, Lu Gwei-Djen., John H. Combridge, John S. Mayor 지음, 이성규 옮김, 『조선의 수운관』, 살림, 2010으로 발간되었다. 수운관은 1425년(세종 7)에 관상감(觀象監)으로 명칭이 변경되었으며, 연산군 치하 때 사력서(司曆署)로 그리고 중종 치하 때 다시 관상감으로 명칭이 바뀌었다.

알고 있었음을 보여주고 있다.

그러나 이 역서는 한계도 동시에 보여주고 있는데, 다음의 문장을 예로 들 수 있다. "이순신 제독이 건조한 많은 거북선은 제물포 해전과 부산만 해전에서 그 효과가 매우 좋다는 것이 입증되었다." 충각을 설명하는 항에 들어있는 이 문장은 역사적 사실에 대한 오류가 들어있다. 이순신이 제물포에 간 적이 없었으며, 그의 함대가 제물포에 간 적은 더더욱 없었다. 제물포 해전은 임진왜란 당시 존재하지도 않았던 것이다. 이 사례는 이 책의 집필에 협력한 사람이 왕링과 루구이전으로 중국인밖에 없었기 때문에 나타난 오류로 볼 수 있다. 이 두 중국인 여성은 한국의 역사를 잘 모르고 있었던 것으로 보인다.

이 역서의 가장 큰 단점은 중국 기술의 업적을 과장하는 경향이 강하고, 거의 모든 것의 기원을 중국에서 찾으려는 경향을 보여주고 있다는 사실이다. 이 사실은 이 역서에서도 예외가 아님을 알 수 있으며, 이 점은 1993년에 지적된 적이 있다. "니덤의 중국항해술에 대한 기념비적 작업물은 중국의 조선업과 항해술이라는 주제에서 가장 훌륭한 학문적 통합을 제시하고 있다. 그가 중국 이외의 세계에 대한 중국 기술의 우월성을 일관되게 언급하는 것과 모든 사물을 처음 만든 사람들을 중국인으로 보려는 경향은 이따금 자신의 주장을 해치고 있다."[23] 그러나 이 단점들은 사소한 것에 불과할 뿐이다. 역서가 전반적으로 보여주고 있는 치밀하고, 방대하며, 동양과 서양을 마음대로 오가면서 이루어지는 비교 연구 방법과 연구 결과는 그 단점을 덮고도 남는다.

역자는 이 책을 번역하면서 많은 어려움을 겪었다. 우리나라에는 존재하지

---

23 Pierre-Yves Manguin, "Trading Ships of the South China Sea, Shipbuilding Techniques and Their Role in the History of the Development of Asian Trade Network," *Journal of the Economic and Social History of the Orient*, Vol. 36, No. 3, 1993, pp.253~280.

않는 많은 용어들을 우리말로 어떻게 표현해야 할까? 한 단어가 한자와 영어로 표기될 때 느껴지는 뉘앙스의 차이를 어떻게 극복할 수 있을까? 지명, 인명, 국명, 서명 등 중국의 고유명사를 우리말로 어떻게 표기해야 할까? 항해 경험이 그리 많지 않은 내가 선박과 항해에 대한 설명을 잘못 이해하고 있는 것은 아닐까? 이 많은 어려움은 해군사관학교 정진술 명예교수와 목포해양대학교 김성준 교수가 초고를 일독하고 많은 오류를 지적해주어 크게 줄어들었다. 김성준 교수는 이 역서가 출판될 수 있는 기회를 역자에게 주기도 했다. 두 교수에게 감사를 드린다. 그리고 아내 김경희는 여느 때처럼 이 책의 번역에도 큰 힘을 보탰다. 그녀는 역자의 아내이자 연구 동반자이다.

이 역서는 한국의 항해선박사와 해양사를 연구하는 사람이 반드시 읽어야 할 필독서이자 연구할 때에도 참고하고 인용해야 할 일종의 바이블이라 할 수 있다. 비록 번역하는 데 부족한 점이 있다는 것을 알고 있지만, 역자는 연구자와 관심 있는 독자들이 이 책을 하루라도 빨리 읽을 수 있도록 하기 위해 출판을 진행했다. 역자가 이 책을 읽거나 참고하지 않고서는 우리나라의 항해선박사를 논할 수 없을 것이라고 감히 말한다고 해도, 이 책을 본 독자들은 역자의 말뜻을 이해해주리라 믿는다.

2015년 2월 설 전날
역자 김 주 식

추기 : 번역 원고를 출판사에 넘긴 지 1년이 지났다. 장기간의 번역과 교정을 본 탓인지 눈이 많이 나빠졌다. 그동안 여러 가지 사정으로 출판이 지연되었으나 지금이라도 이 책이 출판될 수 있어 기쁠 뿐이다.

2016년 4월 역자 올림

　중국을 제외한 나머지 세계에 널리 알려져 있지도, 인식되어 있지도 않은 중국 과학사라는 끝없는 동굴을 탐사하고 있는 우리는 이제 중국의 빛나는 물리학과 물리 기술(physical technology)의 발전 상황을 살펴보려 한다. 제4권(Volume 4)의 주제는 한 가지이지만, 별도의 3개 편(3 Parts)으로 구성되어 있다. 제1편은 중국의 물리학 그 자체를, 제2편은 물리학이 기계공학의 많은 분야에 다양하게 적용되는 것을, 제3편은 토목공학과 수리공학 및 항해술을 고찰하고 있다.

　제4권의 첫 장(chapter)을 통해 우리 자신이 이 연구의 중심에 있음을 알 수 있는데, 무엇보다도 기계학과 역학이 현대 과학에서 중요하기 때문이다. 기계학이 시발점이 되는 이유는 인간이 직접 처하고 있는 환경에서 먼저 겪는 물리적 경험의 대부분이 기계와 관련된 것들이며 또한 수학을 기계학에 적용하는 것이 비교적 단순하기 때문이다. 그러나 고대와 중세의 중국에서는 가설의 수학이 현대 과학을 탄생시킬 만큼 아직 성숙하지 못했으며, 르네상스 이전 중국에서 홀대받은 과학적 사고는 흥미와 연구를 불러일으키는 데 충분하지 못하였음을 입증한다. 물리학의 세 분과인 광학(光學), 음향학(音響學), 그리고 자기학(磁氣學)은 괄목할 만하게 발전하였다. 그러나 중국에서 기계학은 거의 연구되지도 공식화되지도 못했으며 또한 역학은 거의 존재하지 않는 상태였다. 이러한 경향에 대해서는 몇 가지 설명이 제시될 수 있지만, 설득력이 그리 크지 않기 때문에 이처럼 불충분한 설명을 더 잘 이해하게 해줄 수 있는 차후의 연구가 기대된다. 중국에서 과학의 발전 순서가 다른 것은 유럽과 대조적인데, 가히 충격적이라 할 수 있다. 왜냐하면 유럽에서는 비잔틴 시대와 중세 말기에 기계학과 역학이 상당히 발전했지만, 자기(磁氣) 현상에 대해서는 알려진 것이 거의 없었기 때문이다.

중세 중국인은 광학 분야에서 경험상으로 거의 아랍인과 어깨를 나란히 했지만, 아랍인이 그리스의 귀납기하학을 계속 받아들인 것에 비해 중국인은 그것을 알지 못했으므로 이론 분야에서 대단히 열등하였다. 한편, 중국인은 시각이 눈에 들어오는 광선이 아니라 눈에서 방사된 광선에 의해 야기된다는 이상한 헬레니즘의 착오를 결코 염두에 두지 않았다. 음향학 분야는 고대 음악이 지닌 독특하고 개성에 넘친 특징 덕분에 중국에서 독자적인 방식으로 발전하였다. 따라서 중국은 매우 흥미로울 뿐만 아니라 다른 문명과 비교할 때에도 전적으로 뒤지지 않은 교리 덕분에 원리를 창출할 수 있었다. 서양에 알려지지 않은 종(鐘)과 매우 다양한 타악기를 발명한 중국인들은 이론적으로나 실제적으로도 음색과 음질에 관해서 깊은 관심을 보여 8음계가 아닌 12음계의 틀 내에서 자신들만의 독특한 선율 구성(melodic composition) 이론을 개발하였다. 16세기 말 중국의 수리음향학(mathematical acoustics)은 등분평균율(equal temperament)의 문제를 서구보다 수십 년 먼저 해결하였다. 마지막으로 자기 현상과 그것의 현실 응용에 관한 중국의 연구는 참으로 한 편의 서사시였다. 중국인들은 서구인이 나침반을 소유하기 이전부터 자침의 편차가 발생하는 이유에 대하여 논쟁을 하고, 그것을 항해에 이용하였다.

시간에 쫓기는 독자들은 다음 몇 가지 제안을 다시 한 번 환영할 것이다.

현재 우리가 살펴보고 있는 몇 개의 장에서는 중국 물리학의 사상과 실제에 관한 탁월한 전통을 인지할 수 있을 것이다. 분명히 중국의 수학이 기하학보다 대수학으로 더 잘 간주될 수 있는 것처럼, 중국의 물리학은 전형적인 파동설(wave-theory)과 결부되어 있으며, 원자학적 사고를 지속적으로 거부했으며, 거의 스토아적 연속체(stoic continum)와 가까운 것들을 항상 관찰하여 왔다. 이러한 내용은 본서의 섹션 26(Section 26)에서 볼 수 있을 것이며, 이어서 장력(張力, tension)과 열극(裂隙, fracture) 그리고 음 진동(sound vibrations)에 관한 설명을 볼 수 있을 것이다. 기(氣)[24]에 대한 고대 관념의 응용을 충실히 발전시켜 기(氣)의 관점에서 사고하는 것은 중국이 지속적으로 발전시킨 또 다른 분야이다. 이는 음향학 분야에서 가장 두드러지게 발현되었는데, 자연스러운 현상이다. 그러나 복동형 피스톤 방식의 풀무(double-acting piston-bellows)와 회전식 키질 송풍기(rotary winnowing-fan), 그리고 수력을 이용한 야금 송풍기관(water powered metallurgical blowing-engine, 증기기관의 직접적 조상), 이러한 것들의 발명은 이 기술 분야의 빛나는 성공과 연관된다. 이것은 또한 항공학이 등장하기 이전의 시대(aeronautical pre-history)에 대한 비범한 성찰과 예견을 할 수 있게 하였다. 이 분야에서 유럽의 전통과 정반대이면서 동등할 정도로 강력했던 중국의 전통은 순수 기술 영역에서 고유의 모양새를 갖추어 나갔던 것이다. 이처럼 중국인은 모든 바퀴와 기계를 언제든지 수직적으로 설치할 수 있었지만, 수평으로 설치하는 것을 더 선호하였다. 이에 대해서는 본서의 섹션 27(Section 27)에 설명되어 있다.

독자들을 이러한 견해 이상의 것으로 안내하는 것은 너무나 다른 많은 선입관과 연관되기 때문에 아주 비실용적이라고 생각되었다. 육로 수송의 역사에 관심이 있는 사람은 수송 도구와 마구(馬具)에 대한 논의를 읽을 수

---

[24] George Sarton, *Introduction to the History of Science*, vol.3, Williams & Wilkins, Baltimore, 1947, p.905 의 각주를 참조.

있을 것이며(Section 27), 리바이어던(Leviathan)처럼 심해(深海)를 즐기는 사람은 중국의 선박과 조선기술에 관한 설명에 귀를 기우릴 것이다. 항해사들은 나침반으로부터 천문항해술의 전체적인 맥락에 이르기까지 관심을 갖게 될 것이다. 이집트의 피라미드를 능가하는 대수로(大水路)의 역사를 조사하는 것에 매료된 토목공학자는 섹션 28(Section 28)에서 그와 관련된 내용을 보게 될 것이다. 민속학자와 민속지학자들은 나침반의 자침과 같은 현대 과학을 구성하는 판독 포인터(read-pointer)를 찾아내는 가장 고전적인 방식이 점성가의 탁자에 던져진 체스의 말에 의해 시작되었다고 가정하는 알려지지 않은 역사를 알게 될 것이다. 사회학자는 중세 봉건사회에서 장인과 기술자의 위상 외에 다른 많은 것들에 대해서도 관심을 갖게 될 것이다. 본서는 노동절약형 기술, 인력, 노예의 지위 등과 특히 동물에 씌었던 갑옷, 육중한 석조물, 노를 이용한 추진, 그리고 수력을 이용한 맷돌과 방직 기계류와 관련된 문제들을 과감하게 제기할 것이다.

본서는 여러 가지 측면에서 앞서 발간된 권들과 연관되어 있다. 본서에 서술되어 있는 발견과 발명에서 명백하게 드러나고 있는 중국의 철학적 영속성(philosophia perennis)을 찾는 것은 명민한 독자들의 몫이다. 하지만 본서는 수학, 도량형학 그리고 천문학이 미터법의 기원, 렌즈의 발명, 조율피리(pitch-pipe) 음량의 측정, 천문시계(astronomical clocks)의 등장, 다양한 원근법 개념, 관개수로공사의 계획 등에서 큰 반향을 일으켰다는 것을 지적할 것이다. 이와 비슷하게 본서의 많은 내용은 앞으로 고찰하게 될 주제들을 암시하고 있다. 중세 중국의 기계공학에서 금속의 이용은 야금술의 발전과 함께 논의할 수밖에 없으며, 이에 관한 참고 문헌은 1958년 『뉴코멘 강좌(Newcomen Lecture)』[25]용으로 조만간 발간될 예정인 별도 논문집 『중국 철강기술의 발전

---

25 Joseph Needham, *The Development of Iron and Steel Technology in China*, Newcomen Soc., London, 1958.; Idem, "Remarks on the History of Iron and Steel Technology in China," In *Actes du Colloque International*

(*The Development of Iron and Steel Technology*)』에서 볼 수 있을 것이다. 광산업과 염전업은 다음 권(卷)에서 총체적으로 다루어질 것이다. 물을 끌어올리는 모든 기술은 식물의 재배라는 농업의 기본 목적을 상기시켜 줄 것이다.

인류의 업적에 영구적인 발자취를 남긴 발견과 발명에 대한 중국의 공헌을 여기에서 요약하는 것은 불가능하다. 아마도 가장 새롭고 놀라울만한 의외의 사실은 14세기를 전후한 시기에 나타난 중국의 기계식 태엽 장치가 유럽의 태엽장치보다 앞서 발명되었지만, 600년 동안 밝혀지지 않은 채로 있었다는 점이다(이것은 예기치 못했던 것으로 본서의 제1권에서 언급했던 내용을 번복하게 만들었다). 이 책의 관련 부분은 현재 예일 대학(Yale University)에서 강의하고 있는 친구 프라이스(Derek J. de Solla Price) 교수[26]와 함께 1957년에 『천체시계 장치(*Heavenly Clockwork*)』라는 저서를 발간했을 때 미처 입수하지 못한 훨씬 새롭고 낯선 자료들을 통합하여 주제를 압축적으로 다루고 있기 때문에, 신선하게 보일 것이다. 부산했던 19세기 서구인들에게 시간을 고려하지 않는 민족이라고 널리 알려졌던 중국인이 산업사회 이전의 농경 문명 시대에 탈진기(脫進機, escapement)를 발명한 것도 여전히 놀라운 사실이다.[27] 중국이 이와 비슷하게 중요할 정도로 세계에 공헌한 것은 많다. 나침반의 개발, 첫 인공 두뇌 기계의 발명, 두 가지 유형의 능률적인 마구, 운하의 갑문(canal lock-gate),[28] 철제 체인으로 만든 현수교(iron-chaine suspension bridge), 최초의 크랭크(crank), 선미재 타(stern-post rudder), 인간이 띄우는 연 등 중국의 공헌을 모두 헤아리

'*Le Fer à traverse les Ages*', Nancy, Oct. 1955를 참조.

26 Joseph Needham, Wang Ling & D. J. de S. Price, *Heavenly Clockwork : the Great Astronomical Clocks of Mediaeval China*, Cambridge, 1960.; Joseph Needham, "The Missing Link in Horlogical History; a Chinese Contribution," *PRSA*, 1959, 250.

27 Joseph Needham, "Time and Knowledge in China and the West," Art. in *The Voices of Time : a Cooperative Survey of Man's Views of Time as expressed by the Sciences and the Humanities*, ed. J. T. Frazer, Braziller, New York, 1966.; Idem, "Time and Eastern man," *RAI / OP*, 1964.

28 Idem, "China and Invention of the Pound-Lock," *TNS*, 1964, 36.

는 것은 불가능하다.

이러한 상황으로 미루어 볼 때, 중국이 순수과학이나 응용과학에 아무런 공헌을 하지 못했던 이유를 찾기 위해 기술사가(技術史家)들이 동분서주하고 있는 사실은 믿기 어려운 것으로 보인다. 혹자는 8세기를 전후한 도가(道家) 서적 『관윤자(關尹子)』에서 인용한 '현세와 현세에서의 활동에 대한 동양의 거부'와 같은 인용구를 과학사 관련 유명한 최근 사화집에 있는 구절들의 첫 부분에서 접하게 될 것인데, 이것은 종교와 진보 사상에 관한 흥미로운 글에서 인용한 것이다. 그 인용구는 1930년대에 널리 알려져 있었지만, 여전히 자극적이다. 오역이 없진 않으나 위그너(Fr. Wiegner)가 오래전에 번역한 것에 따르면, 그 서적의 저자는 "그러한 믿음이 사회 활동에 대한 기초도 물질 문명의 진보에 대한 특혜도 제공할 수 없다는 것은 명백하다"라고 서술하였다. 물론 그는 기독교의 물질 세계 수용과 도가 철학자들이 신봉했건 것으로 생각되는 동양의 다른 세계성(worldliness)을 대조하는 데 주의를 기울였다. 여기에서 설명하고 있는 발명과 발견은 거의 모두 도가(道家) 그리고 묵가(墨家)와 긴밀히 연관되어 있다. 공교롭게도 본서를 집필할 때에도 『관윤자』의 구절과 초기 단계의 번역문을 참고했으며, 그 과정에서 위그너의 번역본[29]이 심하게 왜곡되어 있음을 알 수 있었다. 이 텍스트는 몽매한 자들이 (원작자에 의해서도 전혀 들어보지 못한 개념인[30]) 자연 법칙의 존재를 부정하거나 실제와 이상을 혼동한 글이 아니라 도의 본질과 시공의 변이로부터 비롯되는 자연의 질서와 물질이 흩어져 전혀 새로운 형태가 되는 것에 관한 내재적인 도(道)를 찬양하는 한편의 시였다. 그것은 도가의 상대주의가 충만하고 신비롭지만 결코 반과학적이거나 반기술적이지 않으며, 오히려 진실을 알고

---

29 L. Wiegner, *Histoire des Croyances Religieuses et des Opinions Philosophiques en Chine depuis l'Origine jusqu'á Nos Jours*, Mission Press, Hsienhsien, 1917, p.548.

30 Joseph Needham, *Science and Civilization in China*, Vol.2, Section 18.

이해한 자연에 대한 준 마법적이고 준 이성적인 통제를 예언하고 있다. 따라서 엄밀하게 연구하면 동양적 사고의 철학적 취약성을 드러내려는 목적이 내포된 주장은 단지 서구에서 상상에 의해 날조된 것에 지나지 않는 것으로 판명되었다.

다른 방법은 중국이 과학을 전혀 언급하지 않은 만족할 만한 이유를 찾고 있었다는 것을 인정하는 것이다. 따라서 파리에서 최근 발간된 간략한 과학사는 고대와 중세에 중국과 인도의 과학이 고유의 문화와 강하게 연관되어 있었기 때문에 그 문화에 대한 이해가 없으면 과학을 이해할 수 없다고 주장하고 있다. 그러나 고대 그리스 세계의 과학은 문화 구조에 예속되지 않았고 또한 추상적 순수성을 추구하려는 인간의 노력에 대한 이야기를 시작하는 데 초점이 맞추어진 그러한 과학이었다. 우리가 헬레니즘시대 과학과 기술의 사회적 배경을 당연시하는 것은 학창시절부터 줄곧 그것에 친숙했기 때문이다. 반면에 중국과 인도에서 과학의 사회적 배경에 대해서는 아직 모르는 것이 많기 때문에 관련 지식을 더 많이 알기 위해 노력해야 한다고 말하는 편이 훨씬 더 정직할 것 같다. 물론 실제로 고대나 중세의 과학과 기술이 민족적 특수성과 별개의 것이 될 수 없지만,[31] 르네상스 이후의 과학은 실로 전 세계화되어 탄생 배경에 대한 지식이 없어도 역사적으로 이해될 수 있다.

마지막으로 문화 간의 접촉, 전달 그리고 영향을 연구하려는 사람이 많다. 이것에 대해서는 구세계의 양 끝에서 거의 동시에 발생한 수수께끼와 같은 발명의 사례들, 예컨대 회전식 맷돌과 물레방아와 같은 것들만 언급하려 한다. 중국과 고대 알렉산드리아는 종종 발전 속도가 같았으며, 중국의 기술은 르네상스 이전의 유럽에 계속해서 큰 영향을 주었다. 수력공학(水力工學) 분야의 중요한 발명품이 서구로 전래되었고, 동양으로부터 받아들인 몇몇 항해 기술은 서구 선원들의 보수적 성향이 예견됨에도 불구하고 지난 20세기 내내

---

31 Joseph Needham, *Science and Civilization in China*, Vol.3, p.448을 참조.

유럽에서 계속 볼 수 있었다.

1959년 바르셀로나(Barcelona)에서 열린 제9차 세계 과학사 대회에서 걸출한 논문을 발표한 하트너(Willy Hartner) 교수는 어떤 한 사람이 다른 사람을 얼마나 앞설 수 있는가 하는 난제를 제기하였다. 선구자나 전임자가 된다는 것은 무엇을 의미할까? 문화 간의 전파에 관심이 있는 사람들에게 이것은 극히 중요한 문제이다. 유럽 역사에서 이 문제는 뒤앙(Duhem) 학파가 도렘(Nicholas d'Oresme)과 중세 학자들을 코페르니쿠스(Copernicus), 브루노(Bruno), 프란시스 베이컨(Francis Bacon), 갈릴레오(Galileo), 페르마(Fermat), 헤겔(Hegel)의 선구자로 간주하여 갈채를 보낸 후 민감한 형태가 되었다. 여기에서 어려움은 모든 정신이 당대의 지적인 매체와 매우 유사해 보인다는 명제가 시대가 다르면 반드시 같은 의미를 가질 수 없다는 것이다. 발견과 발명은 분명히 그것들이 출현한 환경과 유기적으로 연관된다. 유사성은 순수하게 우연한 것일지도 모른다. 그러나 독창성이 절대적인 우선순위나 예측을 의미하지 않는 이상, 갈릴레오와 그 동료들의 진정한 독창성을 확인하는 것이 항상 선구자들의 존재를 부인하는 것만은 아니다. 같은 관점에서 훗날 인정된 과학 법칙의 윤곽을 밝힌 선구자나 전임자가 중국에 많은데, 허튼(Hutton) 지질학, 혜성 꼬리의 법칙, 혹은 자침의 편차를 즉각 떠올리는 사람도 있을 것이다. 순수과학이라면 몰라도 응용과학에서는 주저할 필요가 없다. 예컨대, 바퀴를 이용하여 물의 흐름이나 낙차를 이용하여 힘을 얻는 것은 단 한 번의 성공만으로도 가능하다. 이러한 발명은 얼마 지나지 않아 다른 장소에서도 독자적으로 한두 번 나타날 수 있지만, 계속해서 발명될 수는 없을 것이다. 따라서 모든 성공은 반드시 사건에서 비롯되어야만 한다. 이러한 경우에 순수과학인지 응용과학인지를 구별하는 것은 사학자들의 몫이며, 따라서 그들은 선구적인 것과 그에 뒤이어 나타나는 위대한 업적 간에 얼마나 많은 유전적 연관성이 있는지 명백히 밝혀야 한다. 역사가가 모종의 실제 문서를 알고 있었을까? 그들이 소문을 통해서 연구했을까? 그들이 생각해낸 아이디어를 후에 확인한 것은 우연이었을까? 하트너가 말한 것처럼, 변종은 그 범위의 폭이 일정 수준부터 무한대에까지 이른다.[32] 소문은 종종 새롭고 다른 해결책을 야기하는 것 같다. 독자들은 본서에 제시되어 있는 것을 통해 본서가 유전적 관계를 사실상 정립하지 못한 경우가 아주 빈번하다는 것을 알게 될 것이다(예컨대 정원<丁緩>과 Jerome Cardan의 현가장치<懸架裝置>나 혹은 마균<馬鈞>과 Leonardo의 회전식 노포<弩砲> 등). 또한 일반적으로 중간 세기에 더 크게 확산되고 해결책이 매우 유사할 때에는 사상이나 발명의 독자성을 주장하고자 하는 사람들에게 그것을 입증할 책임이 부여되어야 한다는 것도 알게 될 것이다. 반면에 계통적 친연성(genetic connection)을 정립할 수 있을 때가 종종 있다(예컨대 등분 평균율, 해상 운송, 연과 낙하산, 헬리콥터). 경우에 따라서는 수차식 탈진시계에 관한 것처럼, 강한 의구심이 드는 것들도 있다.[33]

여기에서 다루는 분야의 최신 연구들을 참고하여 모든 것을 시도하려 했지만, 애석하게도 1960년 3월 이후의 연구에 대한 언급은 대체로 할 수 없었다.

본서의 제1권(Vol.1)이 발간된 이후 여태껏 연구 과제의 총 목차를 마련하지 못했으나, 그것을 안내서 형태로 수정하여 발간하는 것이 바람직하다고 생각해왔다. 많은 작업이 다음 권(卷)들을 발간하기 위해 실시되어 왔기 때문에, 7년 전보다 훨씬 더 자세한 요약 부제(outline subheadings)를 제공할 수

---

32 놀라운 것이 얼마나 많은지 모른다. Ibn al-Nafīs(1210~1288)가 肺循環을 명확하게 묘사한 것을 1924년 Al-Tatāwī가 발견한 후(M. Meyerhof, "Ibn al-Nafīs(13th century) and his Theory of the Lesser Circulation," *ISIS*, 1935, 23.; Idem, "Ibn al-Nafīs und seine Rheorie d. Lungenkreislaufs," *QSGNM*, 1935, 4.; Sami I. Haddad & Amin A. Khairallah, "A Forgotten Chapter in the History of the Circulation of the Blood," *ASURG*, 1936, 104를 참조), 이에 대한 힌트가 르네상스 시대에 같은 것을 발견했다는 사실들(Miguel Servatus)을 보여주는 것은 오랫동안 지극히 불가능하다고 간주되어 왔다(O. Temkin, "Was Servetus influenced by Ibn al-Nafīs?," *BIHM*, 1940, 8을 참조). 그러나 이제 C. D. O'Malley, "A Latin Translation(1547) of Ibn al-Nafīs, related to the Problem of the Circulation of the Blood," *JHMAS*, 1957, 12는 1547년에 출판된 Ibn al-Nafīs의 저서에 대한 라틴어 번역서를 발견하였다.

33 대체로 과학사와 기술의 계통적 친연성의 기준에 대해서는 Joseph Needham, "Poverties and Triumphs of the Chinese Scientific Tradition," Art. in *Scientific Change : Historical Studies in the Intellectual, Social and Technical Conditions for Scientific Discovery and Technical Invention from Antiquity to the Present*, ed. A. C. Crombie, Heinemann, London, 1963을 보라.

있었다. 아마 여러 권으로 구분하는 것이 더욱 중요할 것이다. 전후를 참조할 필요성이 있기 때문에, 이어지는 섹션들(sections)의 원래 순서는 바꾸지 않았다. 원래 계획에 의하면, 물리학, 모든 분야의 공학, 군사 기술, 직조 기술, 제지 기술과 인쇄 기술이 포함되어 있었다. 하지만 후에 보겠지만, 제4권의 편들(parts)은 「물리학과 물리기술」, 「화학과 화학 기술」 그리고 「생물학과 생물 기술」이라는 부제가 달려있다. 이는 논리가 정연한 구분이다. 제4권은 항해학도 포함하고 있는데, 고대와 중세의 항해술이 거의 전적으로 물리적인 것이었기 때문에 매우 타당한 조치인 것으로 생각된다. 제5권은 군사기술로 시작하고 있는데, 당시 이 분야에서는 반대의 경우도 가능했다. 화학과 관련된 요소들은 본질적인 것이었다. 우리는 이점에서 철강야금학을 구체화시킬 수밖에 없었다(그렇기 때문에 제목을 약간 바꾸었는데, 이것은 중요했다). 뿐만 아니라 서양보다 5세기나 일찍 발견되어 발전한 최초의 폭발물인 화약에 대한 장구한 이야기를 하지 않은 채 중국 군사기술의 역사를 집필할 수도 있었다. 직조학과 다른 기술들에도 똑같은 논리가 적용되는데, 왜냐하면 (침수[浸水] 처리, 축융[縮絨], 염색, 염료 제조와 같은) 수많은 과정들이 물리학이 아닌 화학과 연관되어 있기 때문이다. 물론 이러한 원칙을 항상 고수할 수는 없다. 예를 들면, 렌즈에 대한 논의는 유리 기술에 관한 지식이 어느 정도 있어야만 가능하며, 따라서 이를 본서의 앞부분에서 소개하였다. 나머지 광업, 제염, 그리고 요업 기술을 제5권에 위치시키는 것은 전체적으로 자연스럽다. 단 한 가지 다른 점은 제4권과 제6권의 첫 번째 부분에서 기초과학을 다루고 있는 반면에, 제5권에서는 기초과학인 화학이 그 선구인 연금술과 함께 두 번째 부분에서 논의되고 있다는 점이다. 이는 그다지 중요한 문제가 아닌 것으로 보인다. 깊게 생각하면서 편안한 저녁 독서를 하기에는 제3권이 너무나 무겁고 부피가 크다는 불만이 있어, 케임브리지대학 출판사측이 제5권을 3개의 섹션(Sections)으로 분할하여 출간하기로 결정하였고, 각 편은 독립적이고 완전한 내용을 갖추고 있다.

본서의 제1권에서 줄곧 고수해왔던 연구 계획(규약, 참고문헌, 색인 등)을 상세히 밝힌 바 있고, 마지막 권에서 그동안 이용한 중국 원전의 목록을 제공 하겠다고 약속하였다. 그러나 더 이상 기다리는 것이 바람직하지 않다고 생각 하여, 중국어를 아는 독자들의 편의를 위해 본서에서 현재까지 참고한 서적들 의 잠정적인 목록을 부록으로 달았다. 연구를 위해 많은 관련 서적을 정리해 준 캔버라의 캘러헌(Léonie Callaghan) 양에게 감사드린다. 두 가지를 더 언급하 면, 우선 본 권(卷)과 계속되는 권들에서 언급되는 중국 문헌이 좌우 글자 없이 둥근 괄호 안에 위치하는 경우가 있는데, 이는 구판이 아닌 신판을 가리키는 것이다. 다음으로 본서에서 두 가지 설명이 불일치할 때에는 최근 의 문헌이 더 유력한 것임을 상기하기 바란다. 경험이 우리를 가르친다 (Experientia docet).

유럽인에게 중국은 수많은 농부, 예술가, 은둔자, 철학자, 관리 그리고 소매 상인과 같은 소수의 도시인으로 구성되어 있으며, 마치 항상 같은 부분만 보여주는 달(月)과 같았다. 이와 같이 문명에 대해 고정 관념을 갖기 마련이다. 본서는 언어학적 자원이라는 우주선의 날개를 들어 올려 기술적 이해라는 로켓을 타고, (아랍의 수사학을 이용하여) 그 달의 또 다른 면을 보고, 또한 3000년간의 중국 문화의 기술자, 공학자, 조선기술자, 연금술사를 보려 하고 있다.

제3권 시작 부분의 짧은 각주에서 오래된 과학 서적과 그속에 담겨 있는 기술 용어를 번역하는 원칙에 대해 언급할 기회가 있었다.[34] 제4권이 응용과 학을 주로 다루는 첫 번째 권이기 때문에, 기술사의 현 위치에 대한 반향을 여기에 삽입할 수밖에 없었는데, 이 원칙은 아마도 알고 있는 사람과 기록하 는 사람 혹은 행동가와 기록자 간의 무시무시한 이분법 때문에 과학사보다 더 시달림을 받아왔을 것이다. 약점이 많더라도 과학 교육을 받은 사람이

---

[34] Joseph Needham, "The Translation of Old Chinese Scientific and Technical Texts," Art. in *Aspects of Translation*, ed. A. H. Smith, Secker & Warburg, London, 1958.

과학사와 의학사에 대해 전문 역사가보다 훨씬 더 많이 기여한다고 한다면(이는 명확한 사실이다), 대체로 역사 연구의 도구와 기술, 언어, 자료 비판, 기록된 증거를 이용할 수 있는 기술자의 능력은 역사가보다 많이 떨어진다. 그러나 자신이 연구중인 기술과 수공업을 실제로 잘 이해하지 못하는 역사가의 연구물보다 더 황량한 것은 없다. 어떠한 문헌 연구가이더라도 물체(things)와 물질(materials)의 유사성, 가능성(possibilities)과 개연성(probabilities)에 대한 분별력, 크든 작든 간에 연구실이나 공장에서 열심히 일하고 있는 모든 이들에게 적용되는 자연의 법칙, 이러한 것들을 이해하는 것은 어려운 일이다. 필자는 빛을 통과하는 거울(透光鑑) 즉 연마된 표면으로부터 빛을 반사하고 그 이면이 고르지 않게 디자인된 청동거울에 관한 중세의 중국 서적을 공부했던 때를 항상 기억한다. 과학적 지식이 없었던 친구는 송(宋)나라 기술자들이 빛을 통과하는 금속을 제조하는 방법을 발견했다고 확신했지만, 나는 달리 설명할 수 있다는 것을 알았고, 결국 적절하게 설명할 수 있었다. 과거의 위대한 인본주의자들은 이 방면에서 자신들의 한계를 명확히 깨닫고 있었으며, 필자의 친구이자 스승인 할로운(Gustav Haloun)은 반쯤은 재치 있게 반쯤은 아이러니하게 실물 교재(realia)로 불리는 것을 항상 가능한 최대로 알고 싶어 했다. 앞에서 이미 언급한 한 구절에서 또 다른 저명한 중국학자였던 허스(F. Hirth)는 중국의 도서를 번역하는 서구인들이 번역뿐만 아니라 자료의 감정까지 표현해야 하며, 단지 언어를 아는 것만으로 그치지 않고 그 언어로 이야기되고 있는 것들을 모으는 수집가도 되어야 한다고 역설하였다. 그러한 신념은 지나치다 할만하다. 자기나 칠보와 같은 것은 (당대에 어쨌든) 비교적 쉽게 수집할 수 있거나 볼 수 있겠지만, 만일 선반을 다루거나, 톱니바퀴를 조정하거나, 증류하는 것을 해보지 않은 이들이라면 기계류, 제혁법(製革法), 불꽃 제조술을 이해하기가 얼마나 어렵겠는가?

서구의 인본주의자들에게는 종종 자신들의 저서가 지난 시대의 기술에 대한 유일한 접근 수단이 된다는 것이 사실이며, 이것은 중국의 역대 학자들에게도 마찬가지이다. 장인과 기술자는 문맹이거나 적어도 표현력이 부족하더라도 자신이 하고 있는 것에 대해 잘 알고 있었다. 반면에 관변학자들은 매우 세련된 표현력을 갖고 있었으나, 조악한 기계들을 너무나 자주 경시하면서 어떠한 이유에서든 그 기능에 대해서만 이따금 기록해왔을 뿐이다. 이렇기 때문에 작가의 말이 귀중한 것으로 간주되는 오늘날에는 기계와 그 조작 절차에 대한 작가의 상세한 설명보다 그 문체에 더 많은 관심이 기울어지곤 한다. 이러한 경향은 관아(官衙)의 뒷방이나 차지하고 있던 (수학자 같은) 전문 가들 즉 기술자들 사이에서도 널리 알려져 있었다. 때때로 그들은 기계의 정확한 세부적 묘사를 보여주기보다는 매력적인 그림을 그리는 데 더 많은 흥미를 가졌으며, 그 덕분에 지금은 그림을 비교하여 기술적 내용을 정확히 파악할 수 있게 되었다. 이와 동시에 한대(漢代)의 장형(張衡), 송대(宋代)의 심 괄(沈括), 청대(淸代)의 대진(戴震)과 같은 위대한 학자이면서 관료였던 사람도 많았는데, 중국사 전체에서 당대의 과학과 장인이 과학을 실제에 적용하는 것에 대해 완전히 통달한 그들은 고전 문헌에 대한 완벽하고 전문적인 지식을 당대의 과학과 결합시킬 수 있었다.

이 모든 이유들 때문에 증가된 추론들이 가득 차 있는 광활한 목초지와 같은 것이 경제사에서 지극히 중요하지만, 우리의 기술 발전에 대한 지식은 여전히 통탄하리만큼 후진 상태에 머물러 있다. 이 분야에서 그 누구보다도 많은 업적을 이룩한 화이트(Lynn White) 교수는 최근의 편지에서 우리 역시 전적으로 동의할 수밖에 없는 기억할만한 말을 남겼다. "기술의 역사가 전반 적으로 너무나 조악하기 때문에 우리가 할 수 있는 것은 단지 열심히 연구하 고 다른 학자의 오류를 수정하면서 행복해 하는 것뿐이다."[35] 그러나 함정(陷

---

35 참으로 이 卷의 모든 결론은 잠정적인 것으로 간주된다. 비교 방법은 충실하게 적용할 수 있지만, 우리의 최종 평가는 안개 속에서 희미하게 나타나고 또한 폭이 너르나 안전하지 못한 부두 위에 건설하는 교량일 뿐이다. 새롭고 중요한 한 가지 사실은 아주 안정된 패턴 으로 보였던 것의 양상을 완전히 바꿀 수 있다는 것이다. 기술자들은 이러한 것들을 더 명 확하게 볼 수 있겠지만, 어떤 일이 일어날지는 알라신만이 알고 있다.

箏)은 어디에나 산재해 있기 마련이다. 최근의 가장 권위 있고 감탄할 만한 공동 논문집의 한 페이지에서 당대 최고의 기술사가(技術史家) 중 한 명은 『기체학(氣體學, *Pneumatica*)』이 우리에게 전해진 적이 없지만, 헤론(Heron)의 장난감 풍차가 아랍의 보간법(補間法, interpolation, <역자주 : 두 가지 결과가 있을 때 그 사이의 값을 추정하는 것>)이라고 생각했으며 또한 400년에 중국을 여행했던 사람들이 중앙아시아에서 풍력전경기(風力轉經器, wind-driven prayer-wheels)를 보았다고 주장했는데, 이는 지금으로부터 꼭 125년 전에 이루어진 오역을 근거로 한 이야기이다. 마찬가지로 권위 있는 한 논문집에서는 기원전 1세기에 켈트족의 사륜마차가 롤러베어링(roller-bearing)이 장착된 바퀴통을 가지고 있었다고 밝혔는데, 처음에는 우리들도 이 견해를 수용하였다. 그러나 우리는 얼마 후 코펜하겐(Copenhagen)에 보존되어 있는 실물을 조사하여 이것이 매우 비현실적이며, 덴마크어로 쓰인 참고문헌에는 발굴된 바퀴통으로부터 나온 나무 조각이 롤러와 같은 것이 아니라 평평한 것으로 묘사되어 있다는 사실을 밝혔다. 그리하여 우리는 실수를 간신히 면할 수 있게 되었다. 우리가 그것들에 주의를 기울이는 것은 비판 정신이 아닌 연구의 어려움을 나타내기 위한 것이다.

안전을 확실하게 보장해주는 장치는 항상 노력을 통하여 얻을 수 있다. 세계의 유명한 박물관이나 고고학적 의미가 깃든 유적지를 실제로 직접 보거나 기술자와 개인적인 친분을 맺는 것만큼 좋은 것은 없다. 어떤 특별한 연구의 학문적 기준을 명백히 하는 것은 반드시 그것이 다루고 있는 토대 위에서 이루어져야 한다. 로젠(Rosen)이 얽힌 뿌리와 같았던 안경 렌즈의 연원을 명백하게 밝힌 것이나 드라크만(Drachmann)이 로마식 유압 장치를 연구했던 것처럼, 집약적인 방법을 이용하는 전문가만이 본질적인 문제에 접근하여 진실을 캐낼 수 있다. 우리는 이러한 방법을 중세 중국의 태엽 장치와 같이 매우 한정된 분야에만 적용해 왔는데, 그 이유는 우리의 목표가 본질적으로 집약적이면서 선구적이기 때문이다. 아무런 증거도 없이 그대로 믿어야 하는 것들이 많다는 것은 피할 수 없는 현실이다. 서구의 고고학이 다루는 대상에 대한 지식이 부족하다면, 이는 우리의 책임이다. 왜냐하면 우리가 중국 문화권의 고고학적 지식을 연구해왔기 때문이다. 데이비에르그(Dejbjerg)의 사륜마차가 보존되어 있는 코펜하겐의 박물관을 그 당시 방문했었더라면, 현재의 학설을 받아들이는 데 더 신중했을 것이다. 그러나 기술은 오래가지만, 인생은 짧다. 한편 1958년 루구이전(魯桂珍) 박사와 함께 중국에 있는 유명 박물관과 고고학적 유적지를 여러 차례 방문했을 때 모든 편의를 제공해 주었던 중국중앙연구원(Academia Sinica)의 원장과 이사회에게 깊은 감사를 드리는 바이다.

그러나 고고학자와만 이야기를 나누어서는 안 된다. 우리는 반드시 카이우스 대학(Caius College)에 근무하는 하비(William Harvey) 박사의 사례를 따를 필요가 있다. 17세기 오브리(John Aubrey)는 배운 것은 적으나 실제 경험과 지식이 풍부했던 파종하는 촌부와 대화한 사실을 언급한 적이 있다. 그 촌부는 하비 박사를 만나 두서너 시간 대화를 나누었다. 그는 만일 하비 박사가 경직되고 고집이 센 그런 몇몇 학자였다면 아는 것이 촌부들보다 더 없게 되었을 것이라고 오브리에게 말했다.[36] 간쑤성(甘肅省)의 사륜마차는 우리 시대의 마구뿐만 아니라 한대와 당대의 사륜마차까지 밝혀주고 있으며, 쓰촨성(四川省)의 철강공은 기모회문(綦母懷文)이 545년 이후에 어떻게 합금을 만들었는지에 대한 우리의 이해를 도와주고 있으며, 베이징의 연(鳶) 제작자는 단면의 중심에 있으면서 위로 볼록한 날개와 프로펠러의 비밀을 연을 이용하여 간단하게 밝혔는데, 이것은 현대 항공과학의 중심을 차지하고 있다. 기술자가 자신이 속해있는 문명을 경시할 수 없는 것은 2000년 혹은 그보다 훨씬 전인 제(齊)나라 장인들에 의해서 바퀴가 어떻게 접시형으로 되었는지를 전통적인 서리(Surrey)형 이륜마차 제작자가 설명하고 있는 사실을 통해 알 수 있다. 아연 산업에 종사하는 한 친구는 오늘날 세계 도처에서 사용되고 있는 친숙한

---

36 Sir Geoffrey Keynes, *The Life of William Harvey*, Oxford Univ. Press, Oxford, 1966, pp.422, 436, 437을 참조.

호텔용 칼이 원래 중세 중국의 백동(白銅) 합금으로 만들어졌음을 밝혔으며, 그리니치(Greenwich)의 한 항해학자는 중국의 앞선 포앤애프트세일 범장(fore-and-aft sailing)의 중요성에 대해 설명했으며, 토목공학자들은 토사가 함유된 강물에 대한 한대 측량술의 진정한 가치를 알아 보았다. "세 사람이 가면 그중에 반드시 스승이 있다(三人行必有我師)"는 공자(孔子)의 말처럼, 함께 걷는 세 사람들 중 반드시 누군가는 나를 가르칠 수 있을 것이다.[37]

　과학과 기술의 명백한 연속성과 보편성은 마지막에 관찰하게 될 것이다. 얼마 전에 전적으로 적대적이었던 것만은 아닌 한 비평가는 앞서 출판된 섹션들(Sections)이 제시하는 근거가 본래 온당치 못하다는 점을 지적하였다. 본 저자는 (1) 인간 사회의 진화가 자연에 대한 지식과 외부 세계에 대한 통제력을 단계적으로 증대시킬 것이며, (2) 이러한 과학이 궁극적인 가치가 되고 또한 서로 다른 문명들의 (양립할 수 없고 서로 이해되지 않는 유기체처럼 격리되지 않는) 비슷한 성과들이 바다에서 만나게 되는 강물처럼 흐름으로써 과학의 응용이 오늘날 하나의 통일체를 형성하며, (3) 이러한 진보적 과정을 거쳐 인간 사회가 더 거대한 통일체, 복잡성 그리고 유기체를 지향하게 된다고 믿고 있다. 우리는 이러한 것들을 무효로 만드는 것이 우리 자신임을 잘 알고 있다. 따라서 우리가 오래전의 비텐베르크(Wittenberg)의 문(門)과 같은 것을 가지고 있다면, 우리는 그것을 못질하여 폐쇄해버리는 데 주저하지 않을 것이다. 어떠한 비평가도 더 정확한 분석에 대한 우리의 믿음을 굴복시킬 수 없다. 그렇지만 1595년에 마테오 리치(Matteo Ricci)가 중국인들이 향유하고 있던 우주론에 대한 질문이 어리석다는 내용이 담긴 고향으로 보낸 그리 신통치 않은 편지가 생각나기도 한다.[38] 중국인들은 견고한 크리스탈 같은 천구(solid crystalline celestial spheres)를 믿지 않았으며, 하늘이 공허하다고 말하

---

37 『論語』, 第七篇, 第二十一節.
38 Joseph Needham, *Science and Civilization in China*, Vol.3, p.438.

였으며, 진실과 이성이 공명(共鳴)한다고 생각했으며, 전 세계적으로 인식되던 4원소 대신 5원소를 믿고 있었던 것으로 보인다. 하지만 이것은 우리 의견만 주장하는 것에 불과하다.

그동안 많은 결실을 거두었던 10년간의 공동 연구는 1957년 초 왕링(王鈴, 원명 王靜寧) 박사가 케임브리지 대학으로부터 캔버라(Canberra)의 호주국립대학(Australian National University)으로 떠나 고등학술연구소(Institute of Advanced Studies)의 중국학 연구책임자(Professorial Fellow)로 활동하게 됨으로써 끝나고 말았다. 우리의 조직이 자리를 잡아가면서 해결해야 할 문제가 수도 없이 많았던(당시의 장비는 현재보다 훨씬 더 부적절하였다) 연구 초기 시절을 우리는 결코 잊을 수 없을 것이다. 이 책에서 왕 박사의 협력은 섹션 28(Section 28)과 섹션 29(Section 29)에서 특별히 의미가 있고 유익하였다. 그가 떠났음에도 불구하고, 중국학자와의 공동 연구는 1956년 말 더 오랜 친구인 루구이전(魯桂珍) 박사가 합류함으로써 계속될 수 있었다. 루 박사는 상하이 헨리 레스터 의학연구소(Henry Lester Medical Institute)의 연구원(research associate)과 난징(南京) 진링대학(金陵大學)에서 영양학(營養學) 교수를 역임하였으며, 후에 파리에 있는 유네스코 본부의 자연과학분과(Department of Natural Sciences) 협력사무국(Field Cooperation Offices Services)의 책임을 맡게 되었다. 그녀는 영양생물화학과 임상연구의 폭넓은 경험을 바탕으로 섹션 6의 생물학과 의학 부분에서 선구적인 연구를 하였다. 아마도 우리의 편찬 사업에서 중국 의학사만큼 어려운 단일 주제는 없을 것이다. 아직은 드러나지 않은 중국 약학의 진수를 보기 위해서는 문학적 소양의 풍부함, 서양의 것과는 너무 다른 개념의 체계화, 미묘하고도 정확한 기술적 용어의 구성을 위한 특별한 관점에서 통상적이고 철학적인 단어의 사용, 중요한 치료법의 의외성에 대한 이해 등과 같은 엄청난 노력이 필요하다. 진짜 해저 지도를 만들기 위해 측심 활동을 할 수 있는 시간이 주어져 얼마나 다행인지 모른다. 이와 동시에 루 박사는 본 권(卷)의 출판을 위해 집중적인 수정 작업도 해주었으며, 그녀가 한 작업에는 관개기술과 해운(shipping)과 같은 아주 생소한 분야까지 포함되었다.

일 년 후(1958년 초반) 싱가포르의 말라야 대학(Univ. of Malaya) 물리학 교수인 호평유(Ho Ping-Yu, 何丙郁) 박사가 우리의 연구에 동참하게 되었다. 경험이 풍부한 우주물리학자이자 『진서(晉書)』의 천문학 부분을 번역한 그는 연금술과 초기 화학을 연구하는 데 헌신함으로써 기꺼이 과학사에 대한 경험을 넓히고자 하였으며, 제5권의 초안을 집필하는 데 도움을 주었다. 이러한 연구는 상하이에 있는 중국중앙연구원(Academia Sinica)의 생화학연구소에 복귀하기 전 카이우스 대학 연구원으로 일하고 있었던 또 다른 동료인 카오덴킨(曹天欽) 박사에 의해 수년 전부터 시작되었다. 카오덴킨 박사는 필자의 전우 중 한 명이었으며, 케임브리지 대학에 있는 동안 『도장(道藏)』[39]의 연금술 서적에 대한 가장 가치 있는 연구를 했다. 호평유 박사는 여러 방면에서 큰 성공을 거두어 이 연구를 확대할 수 있도록 해주었다. 호 박사가 현재 비록 콸라룸푸르(Kuala Lumpur)에 있는 말라야 대학에서 중문학 교수로 재직하고 있지만, 화학과 화학 기술을 다루는 서적의 집필을 준비하기 위해서 상당히 오랫동안 케임브리지 대학의 우리들과 힘을 다시 합칠 수 있었다.

본서의 제5권과 제6권의 중요한 부분들이 상당부분 이미 집필되었다는 사실은 주목할 만하다. 그 중 일부를 초고 형태로 발간한다면, 많은 비판뿐만 아니라 다른 분야 전문가들의 조언도 많이 받을 수 있을 것이다.

마지막으로 본서의 표지에 명기되어 있는 서구의 공동연구가 로빈슨(Kenneth Robinson)은 중국학 지식과 음악 지식을 가장 비범한 방법으로 조합하였다. 그는 전문 교육자로서 말레이시아에서 교육 경험을 쌓았으며, 사라와크(Sarawak)의 교육감(Director of Education)으로서 다야크족(Dayak)과 다른 민족들의 촌락과 공동주택을 여러 차례 방문했는데, 사라와크의 훌륭한 관현악단을 보고서 주대(周代)와 한대(漢代)의 음악에 관심을 갖게 된 것 같다. 그가

---

39 Joseph Needham, *Science and Civilization in China*, Vol.1, p.12를 참조.

난해하지만 매혹적인 물리음향학(physical acoustics)에 관한 부분의 초고를 기꺼이 맡아준 것은 우리에게 실로 큰 행운이었으며, 그 분야는 중국 중세시대 과학적 사고의 주된 관심사항 중 하나이기 때문에 빼놓을 수 없는 분야이다. 따라서 그는 현재까지 연구 활동뿐만 아니라 집필 활동까지 직접 참여한 유일한 연구 참여자이다. 다른 유럽인 동료로 캠브라이드(John Cambride)가 있다. 그는 중앙우체국(General Post Office) 기술과(Engineering Department)에서 재직하고 있는데, 특히 작동하는 모델로 실험을 해줌으로써 중세 중국의 태엽 장치를 이해하는 데 커다란 도움을 주었다.

서로 다른 분야에서 도움을 주었던 사람들에게도 공식적으로 감사의 뜻을 표시하려 한다. 먼저 우리에게 생소하였던 언어학과 문학 분야에서 조언을 해준 저명한 아랍어 교수 던럽(D. M. Dunlop), 산스크리트어의 베일리(Shackleton Bailey) 박사, 일본어의 셸던(Charles Sheldon) 박사 그리고 한국어의 레디야드(G. Ledyard) 교수에게 감사를 드린다. 다음으로 우리에게 특별한 조언과 충고를 아끼지 않았던 기계공학의 스터랜드(E. G. Sterland), 운송사(運送史)의 루어렁방(羅榮邦) 교수, 수리학의 스켐턴(A. W. Skempton) 교수와 고(故) 채틀리(Herbert Chatley) 박사, 항해학의 밀스(J. V. Mills), 선박의 내쉬(George Naish) 제독과 워터스(D. W, Waters) 제독에게 감사의 말씀을 드린다. 세 번째로 초고 작업이나 교정 단계에서 원고를 읽어 준 독자들과 친절한 비평가들도 감사받을 사람들의 명단에 포함시켜야 할 것 같다. 왕립학술원 회원(FRS, Fellow of the Royal Society)이었던 도로시 니덤(Dorothy Needham)은 본서의 모든 글을 감수해주었으며, 따라서 그녀에 대한 빚은 갚을 길이 없다.

본서의 출판 업무를 위해서 너무나 절실하고 세심하게 도움을 주었던 앤더슨(Margaret Anderson) 부인과 우리를 대신하여 홍수처럼 밀려드는 과학기술사와 고고학 관련 중국 서적을 관리해준 커웬(Charles Curwen)과 맥마스터(Ian McMaster)에게 다시 한 번 진심으로 감사드린다. 셰링엄(Walter Sheringham)은 이 연구 총서에 대해 아무런 보수 없이 전문가로서 평가해주는 큰 은혜를 베풀었다. 모일(Muriel Moyle) 양은 여러 차례 검토 작업을 거쳐 탁월한 색인을 만들어주었다. 이 프로젝트가 지속됨에 따라 타자와 비서 업무의 비중이 생각했던 것 이상으로 커졌으며, 우리는 훌륭한 필경사야말로 성서(Holy Writ)에 언급된 '무엇보다도 귀중한 배우자(spouse)'와 같다고 수도 없이 생각해왔다. 고(故) 메이(Betty May) 부인, 웹(Margaret Webb) 양, 플랜트(Jenni Plant) 양, 비브(Evelyn Beebe) 부인, 루이스(June Lewis) 양, 브랜드(Frank Brand) 씨, 미첼(W. M. Mitchell) 부인, 보턴(Frances Boughton) 양, 릭케이센(Gillian Rickaysen) 부인과 매켄지(Anne Scott McKenzie) 부인의 도움에도 무한한 감사를 드린다.

재정적 그리고 기술적 관점에서 보면, 이 작업에서 출판사와 인쇄소가 맡은 역할은 연구, 조직 그리고 저술 활동만큼이나 중요하였다. 많은 저자들은 동료 이사와 집행위원보다는 케임브리지 대학 출판부의 특별평의원(Syndics)과 직원들에게 더욱 큰 감사의 뜻을 표현해야 할 것이다. 케임브리지 대학 출판부 직원들 가운데 우리의 친구인 켄던(Frank Kendon)은 서기보(Assistant Secretary)로 오랫동안 재직하였는데, 제3권이 출간된 후 작고하였다. 높은 수준의 성과를 낸 시인이자 문학자로서 여러 부문에서 유명인사였던 그에게는 본서에 포함되어 있는 시들의 함축적인 의미를 간파하는 능력이 있었고, 이러한 그의 식견은 내용에 가장 잘 들어맞는 표현을 찾아내려면 끝없는 고통이 따른다는 것을 알게 해주었다. 그는 필자를 비롯한 공저자들 그리고 무엇보다도 중요한 전 세계의 독자들에게 가장 만족할만한 수준의 장서를 제공하기 위해 다채롭게 구성된 견본판(trial volumes)에 묻혀 수 십 일 동안이나 살았으며, 『중국의 과학과 문명(*Science and Civilisation in China*)』이 이러한 과정을 거쳐 출판되었음을 필자는 영원히 잊지 않을 것이다. 현재 케임브리지 대학 출판부에서 제작 책임자(Production Manager)로 있는 우리의 친구 버비지(Peter Burbidge)에게도 도저히 갚을 수 없는 빚을 졌다. 그는 이 사업이 시작될 때부터 따뜻한 이해와 열정을 갖고서 일련의 저술들이 출판될 때마다 편집자로서 복잡한 산고를 겪었다. 이에 비하면, 다른 문제들은 그 어떤 것도 대단한 것이 아니다.

곤빌앤카이우스 대학(Gonvile and Caius College)으로 일컬어지는 홀 오브더

어넌시에이션 홀(Hall of the Annunciation)의 학장과 교수들에게도 동료들이지만, 무한한 감사의 말씀을 드린다. 나는 이 작업을 하는 데 이곳보다 더 완벽한 환경이 없었다고 생각한다. 지리적으로 이 평화로운 작업장은 대학과 대학 내 모든 도서관의 중심에 위치하고 있으며, 총장의 사과나무(President's apple-tree)와 명예의 문(Porta Honoris) 사이에 있다. 특별히 우리의 중국 선박 연구가 여기에서 이루어졌으며, 그 결과는 본서에 소개되어 있다. 이 연구실들은 필자의 스승인 하디 경(Sir William Bate Hardy)이 전에 사용하던 곳이며, 왕립학술회원이었던 하디는 발견자, 조직가, 현대 세포학과 생물물리학 및 식품보존기술의 창시자 중 한 명으로서 오랫동안 과학사의 발전에 기여하였다. 그는 생전에 선장(master-mariner)으로서 명성을 얻기도 했다. 그는 카이우스 박사(Dr. Caius, <역자 주 : 1510~73, 영국 물리학자로서 Gonville and Caius College의 창설자>)가 분명히 열어두었던 건물 내부의 코트(court)에 바다의 향기가 침투하고 있는 것을 알면 좋아했을 것이다. 그리하여 수학자이자 지도 제작자(mathematical practitioner)였으며 1587년부터 1596년까지 선임연구원(Fellow)이었던 라이트(Edward Wright)는 『항해상의 몇 가지 오류(Certain Errors in Navigation)』를 저술하여 엘리자베스(Elizabeth) 시대의 가장 위대한 과학자 중 한 명이 되었다. 그동안 특별히 영국 왕립학술원 회원들이 매일 보내준 비평과 격려의 말은 우리가 이 작업의 난관을 극복하는 데 큰 도움이 되었다. 또한 필자는 생화학과(Department of Biochemistry) 학과장과 교직원들이 소위 자신들과 다른 세계에서 일하는 동료들 즉 우리에게 보여준 관대한 이해에 대해 어떻게 감사드려야 할지 모르겠다.

위의 구절은 필자가 학장(Master)의 책임을 맡기 전에 쓴 것이다. 그러나 이 작업이 계속되었음에도 불구하고 변한 것은 없으며, 필자는 오히려 동료들에게 더 많은 감사를 드리는 바이다.

이 프로젝트에서 재정 부분은 항상 어려웠으며, 아직까지도 심각한 문제로 남아있다. 그렇지만 웰컴 트러스트(Wellcome Trust)에 크게 감사드려야 한다. 이 트러스트의 이례적이고 관대한 지원은 생물과 의학분야 서적의 출판과 관련된 모든 어려움을 해결해주었다. 이에 대해 우리는 메리트 훈장(O. M.)을 받은 영국 왕립학술원 회원이자 과학자문위원(Scientific Consultant)인 데일(Henry Dale) 회장에게 심심한 사의를 표하는 바이다. 볼링겐 재단(Bollingen Foundation)의 기부는 다른 곳에서 고마움을 표시했지만, 여러 권들을 계속 출판할 수 있게 해주었다. 화학분야의 연구비는 싱가포르의 리콩치안(李光前) 전 수상(Dato)의 기부로 충당될 수 있었다. 그리고 그 권(卷)을 위한 호핑유(何丙郁) 박사의 연구는 그가 휴가를 얻어 말라야 대학을 떠나 있었기 때문에 가능하였다. 훌륭한 의사이자 조국에 대한 봉사자였던 엠마누엘 대학(Emmanuel College) 우롄더(伍連德) 교수의 영전에도 찬사를 보낸다. 그는 이미 청나라가 멸망하기 전에 육군 의료군단(Medical Corps)의 군단장이었으며, 훨씬 전에는 만주 페스트 예방시설(Manchuria Plague Prevention Service)의 설립자였고, 중국 공중위생사업의 선구자이기도 했다. 만년에 그는 우리 프로젝트의 기금 확보를 도우려고 노력했다. 이에 대해 그가 보여준 친절함은 우리의 마음을 항상 훈훈하게 만들었다. 우리 계획에 호의를 보인 사람들은 장차 필요하게 될 재정을 확보하기 위해 '프로젝트의 친구들(Friends of the Projects)'이라는 모임을 만들었다. 이 모임의 명예회장직을 기꺼이 받아들인 우리의 오랜 벗이자 성 미카엘과 성 조지 작위(C.M.G.)를 받은 퍼셀(Victor Purcell) 박사에게 최대의 감사를 표하고 싶다. 이 작업을 계속 감독해준 풀리뱅크(E. Pulleybank) 교수, 왕립학술원 회원인 애쉬비 경(Sir Eric Ashby), 왕립학술원 회원인 카(E. H. Carr) 박사에게도 진심으로 감사드린다. 이 책에서 연구되고 있는 모든 시기에 대한 재정적 지원은 대학의 중국위원회(China Committee)와 홀트 가(Holt family)의 유언에 의해 기금관리위원(Trustees of funds)이 된 오션 기선회사 사장(Manager of the Ocean Steamship Company)으로부터 받았다. 최근에는 미국철학회(American Philosophical Society)의 지원을 받기도 했다. 이 모든 분들에게 최고의 감사 말씀을 드리는 바이다.

제1장

서론

17세기 말 루이 르콩트(Louis Lecomte)는 항해에 대해 다음과 같이 서술하였다.[1]

항해술은 중국인의 우수성을 보여주는 또 다른 분야이다. 오늘날과 같은 유능하고 모험적인 선원들이 유럽에 항상 있었던 것은 아니다. 고대인들은 육지가 보이지 않는 바다로 장기간 동안 나가려 하지 않았다. (아직 나침반의 사용법을 몰랐기 때문에) 선원들은 방향을 잘못 잡을 위험을 두려워하여 신중하고 사려 깊게 행동하였다.

구세주 그리스도(Saviour Christ)가 탄생하기 훨씬 이전부터 중국인이 인도양을 구석구석 항해하고 희망봉(Cape of Good Hope)을 발견했다고 주장하는

---

1 Louis Lecomte, *Nouveaux Mémoires sur l'État présent de la Chine*(Anisson : Paris, 1698), p.230.

사람도 있다. 어쨌든 중국인이 옛날부터 튼튼한 선박을 만들어 사용하고 있었던 것은 확실하다. 그럼에도 불구하고 중국인은 항해술을 완성하지 못했으며, 과학도 완성시키지 못하였다. 그러나 그들은 항해술을 그리스인과 로마인보다 더 잘 알고 있었으며, 오늘날에도 포르투갈인만큼이나 안전하게 항해하고 있다.

이 책을 거의 다 읽을 때쯤이면, 이 평가가 놀라울 정도로 들어맞는다는 것을 분명히 알 수 있게 될 것이다.[2] 이 책의 전반부(수리학)에서 우리는 상상이기는 하지만 항저우(杭州)와 취안저우(泉州)의 교량 위에 서서 제방과 수문에 부딪혀오는 바다와 강의 맹위를 수세기 동안 지켜본 사람들이 했던 것과 똑같은 걱정을 하였다. 이제 선박을 타고 세차게 흐르는 물을 치고 나가 기항지에 도착하곤 했던 중국의 선원들이 항해술과 조선술의 발달에서 어떤 역할을 했는지 검토하기에 적당한 때가 되었다.

선박과 보트에 대해서는 이미 본서에서 여러 차례 언급해왔다. 전국(戰國)시대에 장자(莊子)는 어떤 사람이 가져온 보트에 대해 말한 바 있다.[3] 양(梁)나라에서는 무역선이 유리로 만든 렌즈를 운반했으며,[4] 후에 『관자(關子)』의 저자는 선원들의 경험주의(empiricism)에 대해 찬탄하였다.[5] 송대(宋代)에 이르러서는 항해용 자기나침반이 사용되었다는 증거를 볼 수 있는데,[6] 이에 대해서는 이미 상세하게 연구되어 있다.[7] 명대(明代)의 해상 원정에 대해서는 이따금

---

2 서양의 우수성을 과소평가하는 경향을 보이지 않았던 키플링(Rudyard Kilpling)도 항해 분야의 발명에 관한 자신의 뛰어난 시 '정크와 다우(The Junk and the Dhow)'(한정판, p.738)에서 이러한 견해를 형식은 다르지만 강하게 표현하였다.

3 Joseph Needham, *Science and Civilization in China*, Vol.2, p.66.

4 Joseph Needham, *Science and Civilization in China*, Vol.4, pt.1, p.114.

5 Joseph Needham, *Science and Civilization in China*, Vol.2, p.73.

6 Joseph Needham, *Science and Civilization in China*, Vol.2, pp, 361, 494; Joseph Needham, *Science and Civilization in China*, Vol.3, pp.541, 559, 576.

7 Joseph Needham, *Science and Civilization in China*, Vol.4, pt.I, pp.289 이하.

언급해왔다.[8] 중국인이 항해 민족(sea-going people)이었던 적은 없었던 것으로 생각되지만, 이것이 잘못된 생각이지 않을까 하고 생각한 적은 여러 차례 있었다.

이제 이 책의 목적은 세계의 다른 지역에서 발달한 선박을 연관시켜 중국의 정크[9]와 삼판[10]을 가능한 한 올바르게 위치시키는 것이 될 것이다. 중국 항해술(nautical technology)의 역사는 비교하는 방식으로 서술될 때만 의미를 갖게 될 것이며, 그리하면 중국 문명의 독특한 기여를 알게 될 것이다. 중국 항해술의 역사는 고유의 특징을 보여주고 있다. 중국 선박은 다른 모든 수운도구(水

---

8 Joseph Needham, *Science and Civilization in China*, Vol.1, p.143에 있는 '역사적 서론'과 Joseph Needham, *Science and Civilization in China*, Vol.3, pp.556 이하에 있는 지리학 부분을 참조

9 H. Yule & A. C. Burnelldo, *Hobson-Jobson : being a Glossary of Anglo-Indian Colloquial Words and Phrases* …; Murray, London, 1886에 의하면, 중국 선박을 지칭하는 junk는 유라시아의 어휘 중 가장 오래된 것 중 하나이다. 이 어휘는 Odoric of Pordenone(1330)과 Ibn Battûtah(1348)의 여행기에서 나타나며, 후술할 카탈로니아 지도(Catalan Atlas, 1375)에는 *Iúchi*로 나타난다. 이 어휘는 중국어의 船(*chhuan*)이나 자바어와 말레이어인 *jong*과 *along*에서 유래했음은 의심의 여지가 없다. 艦隊나 戰隊를 의미하는 艐(*tsung*)에서 유래했다는 주장도 있다. 包遵彭, 『鄭和下西洋之寶船考』, 中華叢書, 臺北 香港, 1961, p.491.

10 이 어휘는 일반적으로 3장의 판자를 의미하는 三板(san-pan)에서 유래한 것으로 일컬어지고 있다. 이 어휘는 방언으로 사용되다가 서구에서 차용어가 되었다. 중국에서 소형 보트를 가리키는 일반명사는 划子(*hua tzu*)나 艇子(*thing tzu*)이다. N. Peri, "A Propos du Mot 'Sampan'", *BEFEO*, 1919, 19(no.5), p.13은 17세기 말 중국 서적에서 三板이라는 표현이 澎湖列島(Pescadores Islands)에서 일종의 상륙용 소형 보트에 대해 최초로 사용되었다고 주장하였다. 몇몇 중국학자는 이 어휘가 말레이어라고 그리고 현대의 동남아 전문가들은 중국어라고 확신하고 있다. Peri는 이 어휘가 남미의 콜롬비아 인디언의 언어로서 소형 보트를 지칭하는 chamban에서 유래했으며, 태평양 서쪽과 필리핀을 경유하여 스페인인들과 함께 중국으로 건너왔다고 믿었다. 그러나 이 경로는 우연의 일치이거나 다른 경로로 건너왔던 것으로 생각된다. 왜냐하면 L. Aurousseau, "Le Mot Sampan est-il Chinois?," *BEFEO*, 1920, 20이 8세기와 13세기의 시에서 三板의 용례를 2가지나 찾았기 때문이다. 여기에다가 吳自牧이 1274년에 杭州에 대해 쓴 글에서 어선을 三板船으로 호칭한 사례를 추가할 수 있다(『夢梁錄』, 卷十二, p.15). F. Hirth, "Über den Shiffsverkehr von Kinsay and Marco Polo's Zeit', also 'er Ausdruck So-Fu' and 'Das Weisse Rhinoceros,'" *TP*, 1894, 5, 386은 이 사실이 훨씬 오래 전에 각주에 기록되어 있는 것을 발견하였다. Joseph Needham, *Science and Civilization in China*의 앞부분에서 인용한 『南沽月集』에 게재되어 있는 1210년경의 시를 참조하라. 당시 이 어휘는 실제로 선원들의 언어에 지나지 않았으며, 활자화된 경우는 극히 드물었을 것이다. 이러한 전반적인 상황에 대해서는 후에 다시 언급할 예정이다.

運道具, water-borne creations)와는 전혀 다른 위치를 차지하는 것으로 간주되어 왔다. 설령 아이디어였을 뿐이더라도 애초에 우선순위가 다른 사람들에게 전달된 것을 내포하고 있는지 여부는 다시 뚜렷하게 부상할 문제이겠지만, 최종 답을 찾는 것은 불가능할 것이다. 다양성(diffusion)과 수렴(convergence)을 연구하는 민족학자(ethnologists)와 기술사가(技術史家)는 선박과 선구(船具)에 더 주목해야 한다. 왜냐하면 고도로 복잡하기는 하지만,[11] 그와 관련된 자료가 때때로 이상할 정도로 정확하며 또한 그 자료의 극단적인 복잡성이 이중으로 혹은 동시에 발명되었을 가능성을 희박하게 하는 데 유용할 것이기 때문이다.[12]

선박에 대한 정보를 제공하는 중국 문헌은 이 책에서 앞으로 분명하게 밝혀지겠지만, 방대한 문헌이 아직 충분히 연구되지 않은 상태로 남아있기 때문에 극히 소수의 문헌만 선택할 수 있다. 문헌에서 발췌되는 자료는 실제로 수없이 많고, 종류도 다양하다고 할 수 있다. 왜냐하면 농학이나 약학과는 달리, 항해를 체계적으로 다룬 자료들이 중국 문화에서 나타나지 않았으며, 나타난다고 해도 인쇄되지 않은 상태이기 때문이다.[13] 따라서 중국 참고 문헌

---

11 또한 특수한 전문 용어 때문에 해상 생활의 경험이 없는 사람에게는 그 어휘가 어느 정도 접근하기 어려운 것임을 인정하지 않을 수 없다. 그러나 이용할 수 있는 용어 해설이 많다. 예를 들면, A. Jal, *Glossaire Nautique : Repertoire Polyglotte de Termes de Marine Anciennes at Modernes*, Didot, Paris, 1848.; R. Gruss, *Petit Dictionnaire de la Marine*, Challamel, Paris, 1945.; A. Ansted, *A Dictionary of Sea Terms*, Gill, London, 1898.; A. G. Course, *A Dictionary of Nautical Terms*, Arco, London, 1962.; Adm. W. H. Smyth, *The Sailor's Word-Book*, Blackie, London, 1867.; C. W. T. Layton, *A Dictionary of Nautical Words and Terms*, Brown & Ferguson, Glasgow, 1955가 있다.

12 Sir Water Raleigh는 이 문제들을 심사숙고하고 했다. "… 나는 다뉴브족이나 골족 중 누가 카누를 고안했던지 간에 아메리카 인디언이 이 두 민족과 통상을 하지 않았음을 확신하며, 이러한 유형의 보트가 Frobishers Straits에서 Straits of Magalaine까지의 바다에서 보이며, 그 중에서 어떤 카누는 한 현측에 20개의 노를 설치할 정도로 컸다. 모든 나라가 멀리 떨어져 있어도 이성을 가지고 동일한 상상과 몽상에 빠져 있던 사람들이 자신의 방법과 재료를 가지고 고안해 만들었다는 것이 진실이다."

13 예를 들면, 1961년에 간행된 『中國叢書綜錄』에서는 해당 항목과 관련하여 중요하지 않은 후세의 저술이 3, 4가지만 보인다.

의 다양성을 간단히 살펴보려 하는데, 먼저 술어를 고찰하고 이어서 선박 일반, 항해술, 조선술을 차례로 살펴볼 것이다.

물론, 오래된 사전과 백과사전[14]은 항해 용어(sea terms)의 가장 중요한 보고(寶庫)이다. 그러나 8세기에 『일체경음의(一切經音義)』를 저술한 승려 현응(玄應)과 혜림(慧琳)이 입증해주고 있듯이, 여러 경향을 보이는 모든 시대의 사전 편찬자들도 항해 용어를 아는 데 도움을 줄 것이다. 천년이 지나서도 선원들과 그들의 작업에 대한 연구는 계속 이어지고 있다. 뛰어난 학자였던 홍양길(洪亮吉)은 18세기 말에 항해 용어에 대한 논저인 『석주(釋舟)』를 간행하였다. 언어 외에 도해(圖解)의 전통도 발전했는데, 이 전통은 민간 무역선보다 전선(戰船, warships) 분야에서 더 강하게 나타났다. 왜냐하면 전자가 개인적인 일과 관련된 것들을 다룬 반면에 후자는 관료 국가의 관심사를 다루었기 때문이다. 이러한 경향을 보이는 것 중 가장 오래된 도해는 일종의 실용적인 백과전서로서 증공량(曾公亮)이 1044년에 간행한 『무경총요(武經總要)』이다. 후에 보게 되겠지만, 『무경총요』에서 볼 수 있는 선박 묘사는 759년에 편집된 『태백음경(太白陰經)』까지 거슬러 올라간다. 증공량의 저서는 참으로 중요한 위치를 차지한다. 왜냐하면 그의 저서가 1628년의 『무비지(武備志)』와 같은 후대의 수군편람(水軍便覽, naval handbooks)의 토대가 되었을 뿐만 아니라 그 내용이 대규모 백과사전에 게재된 수군관련 항목에서도 오랫동안 이어졌기 때문이다.[15] 이어서 이것들은 18세기 일본 서적들[16]에 집성되었는데, 이 일본 서적에는 완전히 다른 선박 건조의 전통을 가진 선박 즉 이 도서 문화의 선박들에 대한 그림들도 함께 수집되어 있다.

---

14 『爾雅』, 『方言』, 『說文』, 『廣雅』 등.

15 『三才圖會』(1609), 『圖書集成』(1726) 등을 참조.

16 니시카와 조겐(西天如見)이 1708년에 간행한 『華夷通商考』나 보다 우수한 서적으로 가나자와 가네미쓰(金澤兼光)가 1766년에 간행한 『和漢船用集』을 그 예로 들 수 있다. 모토키 마사히데(本木正榮)가 1808년에 간행한 『軍艦圖解』에도 근대 기술의 여파가 여러 곳에 녹아 있다.

각종 선박에 대한 기사들은 정사(正史)는 물론 정사를 기초로 한 편찬물, 『당어림(唐語林)』과 같은 비공식 기록의 집성물, 학자들의 사적인 회고록 등 거의 모든 중국 사서에서 찾아볼 수 있다.[17] 회고록 중 주목할 만한 사례는 1119년에 쓰인 『평주가담(萍州可談)』인데, 광둥의 항만을 담당하는 관리였다가 후에 태수(太守)가 된 부친을 둔 저자는 11세기 말 수십 년 동안 연안지방의 해상 생활을 서술하였다. 외국을 다루거나, 외국으로 가는 길을 기술한 문헌에는 당연히 선박에 대한 이야기가 많이 있다. 3세기에 저술된 『남주이물지(南州異物志)』와 『오시외국전(吳時外國傳)』은 모두 중요한 정보를 포함하고 있다. 1124년에 고려에 파견된 중국 사절을 기록한 서긍(徐兢)[18]의 기록도 그러하다. 중국의 대양 항해선에 대한 고전적인 묘사 중 가장 뛰어난 것은 앞서 말한 백과사전들이 아니라 18세기에 주황(周煌)이 유구국을 방문한 후 집필한 민족학적 보고서인 『유구국지략(琉球國志略)』에 들어있다(<그림 939>).

항해술과 조선술은 주목할 만한 필사본 자료(manuscript material)에 다시 의존하게 된다. 그러나 항해용 나침반이 중국 선박에서 일반적으로 사용된 후 남송과 원 및 명에서 항해서(rutters)와 수로지(sailing directions)가 어떻게 보존되기 시작했는지를 앞에서 보았다.[19] 17세기까지의 항해술에 대한 내용이 풍부하게 들어있는 서적인 장섭(張燮)의 『동서양고(東西洋考)』와 이케다 고운(池田好運)의 『원화항해서(元和航海書)』가 1618년 중국과 일본에서 동시에 간행되었다.[20] 물론 초기의 서적들이 좀 더 흥미롭다. 그러한 문헌 중 하나는 옥스퍼드(Oxford)에 보존되어 있는 필자 미상의 초고 『순풍상송(順風相送)』인

---

17 물론 해전전략전술, 해전, 상업관련사건, 경제 사건들에 대한 아주 방대한 자료에서 선박 관련 기술정보를 추려내는 것은 어려운 작업이다.

18 『宣和奉使高麗圖經』(1167).

19 Joseph Needham, *Science and Civilization in China*, Vol.4, pt.I, pp.284 이하.

20 이 서적들을 자세히 비교하고 또한 아랍과 유럽의 유사 서적과 대조하는 것은 흥미로운 일일 것이다. 이 분야에서는 J. V. Mills의 연구가 크게 기대된다. 사카베 고한(坂部廣胖)이 1816년에 저술한 『海路安心錄』도 언급할 수 있지만, 이 서적은 전통적이다.

데, 아마 정화(鄭和)가 활동한 대항해 시대였던 15세기 전반에 간행되었을 것이다.[21] 이 서적에 대한 분석은 후에 할 예정이다.

조선술에 대해서는 (현재 독일의 마르부르크<Marburg>에 있는) 훌륭한 필사본 중 믿을 만한 것이 있다. 18세기 말에 집필된 저자 미상의 『민성수사각표진협영전초선척도설(閩省水師各標鎮協營前哨船隻圖說)』이 그것인데, 그러나 이 필사본은 시대가 훨씬 더 내려간다. 그 밖의 유용한 자료로는 중국의 디드로(Diderot)로 불리는 송응성(宋應星)의 『천공개물(天工開物)』(1637)을 들 수 있다. 또한 100년 이상 정화 선단을 형성했던 선박들 중 대부분을 건조한 난징(南京) 부근 조선소에 대한 16세기 기록이 있는데,[22] 아직 본격적으로 연구되지 않은 상태로 있다. 중국의 조선공학을 체계화한 학자로서 이계(李誠)와 같은 인물을 찾을 수 없는 것은 무척 애석한 일이다. 어쨌든, 명나라의 선장(shipwrights)은 모든 시대와 모든 문명에서 가장 훌륭한 장인이었지만, 문맹이었기 때문에 자신의 모든 기술을 기록하지 못했다고 하는 것이 옳을 것이다.

문헌에 대한 고찰은 이것으로 마치려 한다. 곧 알게 되겠지만, 고고학상의 자료는 흔히 모형과 모습이라는 두 가지 형태면에서 도움이 된다. 이에 대해서는 앞으로 논할 예정이다.

중국 문헌에서 선박의 구조를 다룬 저서는 많지 않다. 그러나 해양문명학자와 선원의 저서에는 그와 관련된 자료가 많다. 선박에 대한 개설과 통사로서는 J. Charnock, *An History of Marine Architecture*, 2 vols, Faulder et al., London, 1800-2; A. Jal, *Archéologie Navale*, 2 vols, Arthus Bertrand, Paris, 1840; F. Moll, *das Schiff in der bildenden Kunst vom Altertum bis zum Ausgang des Mitteralters*, Schroeder, Bonn, 1929 혹은 G. la Roërie & J. Vivielle, *Navires et Marines, de la Rame à l'Hélice*, 2 vols. Duchartre & van Buggengoudt, Paris,

---

21 Joseph Needham, *Science and Civilization in China*, Vol.1, p.143.; Vol.3, pp.556 이하를 참조.
22 이 자료는 李昭祥이 쓴 『龍江船廠志』(1553)이다.

1930이 있다. 항해술에 대해서는 F. Marguet, *Histoire Générale de la Navigation du 15e au 20e siècles*, Soc. d'Ed. Geor. Maritime et Colon, Paris, 1931.; J. B. Hewson, *A History of the Practice of Navigation*, Brown & Ferguson, Glasgow, 1951이 있다. 조선술에 대해서는 Sir Westcott Abel, *The Shipwright's Trade*, Cambridge, 1948과 E. van Konijnenburg, *Shipbuilding from its Beginnings*, 3 vols, Exec. Cttee. of the Permanent International Association of Congresses of Navigation, Brussels, 1913이 있다.[23] 약 100년 전의 Admiral F. E. Paris, *Essai sur la Construction Navale des Peuples Extra-Européens*, Arthus Bertrand, Paris, n.d.(1841-3); F. E. Paris, *Souvenirs de Marine : Collection de Plans ou Dessins de Navires et de Bateaux Ancienes ou Modernes, Existants ou Disparus*, 6 vols, Gauthier-Villars, Paris, 1882~1908이 아시아의 선박에 대한 우리 지식의 기초가 되었으며, 그러한 작업은 재능이 풍부한 현대의 동명이인(P. Paris)에 의해 계속되었다.[24] 중국의 전통 선박에 대한 상세한 분석은 워터스(D. W. Waters) 해군중령, 도넬리(I. A. Donnelly), 러브그로브(H. Lovegrove) 등의 수많은 논문에서 시도되었으며, 그 중에서 G. R. G. Worcester, *Junks and Sampans of the Upper Yangtze*, Inspectorate-General of Customs, Shanghai, 1940; Idem, *Notes on the Crooked-Bow and Crooked-Stern Junks of Szechuan*, Inspectorate-General of Customs, Shanghai, 1942; Idem, *The Junks and Sampans of the Yangtze : A Study in Chinese Nautical Research*, Inspectorate-General of Customs, Shanghai, 1947~8은 250가지 선박 유형에 대한 일련의 훌륭한 축척도와 기술(記述)을 제시하였다. 또한 명료하고 아름다운 도면과 스케치를 그려 넣어 주목받은 오드마르(L. Audemard) 해군중령의 업적도 들

---

[23] G. G. Toudouze et al., *Histoire de la Marine*, l'Illustration, Paris, 1939와 같은 화집도 유용하다.

[24] F. E. Paris에 대해서는 E. Sigaut, "François Edmond Paris : French Admiral 1806 à 1893," *MMI*, 1961, 47, 255를 참조. Pierre Paris의 전기는 P. Paris, "Esquisse d'une Ethnographie Navale des Pays Annamites," *BAVH*, 1942(no.4, Oct. and Dec.), 351의 제2판에 있다.

수 있다.[25] 이리하여 중국에 대한 기초가 확실하게 다져질 수 있었다. 그러나 모든 문화에서 선박과 보트의 구조에 대한 보편적인 분류는 생물학자인 브린들리(H. H. Brindley)와 어업감독관 호넬(J. Hornell)[26]과 같은 다른 저자들에 의해 크게 발전하였다. 한편 범(帆)과 삭구(索具)에 대한 비슷한 연구가 무어경(Sir Alan Moore), 스미스(H. W. Smyth), 보웬(R. le Baron Bowen)에 의해 실시되었다. 인도 항로를 왕래하는 선박에 대한 푸자드(J. Poujade)의 작업은 표현이 다소 미숙하다는 점과 문헌과 연대에 대한 언급이 거의 없다는 점에서 대단한 것으로 평가되지 않고 있지만, 이 주제에 대해 현재까지 서술된 가장 독창적이고 자극적인 서적 중 하나로 평가되고 있다. 무엇보다도 다행스러운 것은 우리가 비문과 문헌에 나타나는 몇 가지 중요한 사료를 공간적인 분포와 민족학상의 성과와 함께 보유하고 있다는 것이다. 이에 대해서는 적절한 곳에서 검토할 것이다. 그러나 우선 선박과 보트의 형태에 대한 일반적인 발달사를 알 필요가 있다.

---

25 이것과 동일저자의 많은 전공 논문은 드물게 한자가 있다는 점에서 아주 유익하다는 장점을 갖고 있다. 불행하게도 후에 대령이 된 Audemard의 논고에 삽입되어 있는 중국 선박의 유형을 정리하려는 편집 노력은 별로 성공적이 못하다. 그러나 그 자신의 많은 고찰은 후대의 백과사전류에 있는 선박 그림을 통해 중국 선박의 역사를 개설한 논고에 비해 거의 문제시되지 않는다. 후자에는 탁월한 인물에 대한 전기가 서문에 있다.
26 I. H. Burkill, "James Hornell 1865 to 1949," *PLS*, 1949, 161, 2442에 있는 간략한 전기를 참조.

제2장

범선 형태의 비교와 발달

인류가 사용해온 모든 형태의 선박과 중국의 정크는 어떤 관계에 있을까? 이를 가장 잘 이해하려면 호넬(Hornell)의 조사를 기초로 한 <표 71>을 참고하는 것이 좋을 것 같다.[1] 여기에서는 먼저 이 도표에 따라 선체 구조를 고찰한 후, 다음 절에서 추진 방법에 대해 살펴보려 한다.

장래를 기대할 수 없었지만 역사에서 나름대로의 역할을 해온 수많은 원시적 형태의 선박 중 몇 가지를 간단히 자리매김할 필요가 있다. 도표를 보면 즉시 알 수 있듯이, 이 도표는 고대인들이 물에 뜨는 것을 보고 그것에 올라타

---

1 이 도표에 그 책의 해당 페이지를 표기해 두었는데, 이는 이 분류 데이터를 더 잘 알고 싶어 하는 독자에게 도움을 주기 위함이다. 이와 유사한 H. H. Brindley, "Primitive Craft : Evolution or Diffusion," *MMI*, 1932, 18, 203의 도표도 유용하겠지만, 우리가 살펴보려는 내용에는 그다지 도움이 되지 못한다. 이 두 도표의 선구자적 역할을 하는 도표는 A. H. Lane-Fox Pitt-Rivers, "On Early Modes of Navigation," *JRAI*, 1874, 4, 399에 있는데, 읽어볼 가치가 있다.

스스로 움직여 나가려 했던 각종 자연적인 물체와 인공적인 물체로 구성되어 있다. 예를 들면, 물에 뜨는 바구니(籠)는 수많은 소형 선박의 원조가 되었으며, 그 중 몇 가지는 오늘날에도 사용되고 있다.[2] 이 바구니의 틈을 메우는 데에는 이라크의 쿠파(quffa)나 히스비아(hisbiya)[3]처럼 역청이 사용되거나 인도차이나의 통킹(Tongking) 지방에서처럼[4] 진흙이 사용되기도 하였다. 이 간단한 형태의 선박이 중국에서 사용되었다는 명백한 증거는 없으며, 일본의 전설에서 등장하는 마나시카타마(無目籠)가 이에 해당한다. 이 바구니를 짐승 가죽으로 싸면 널리 알려진 코러클(coracle)이나 커라크(curragh)가 된다.[5] 이 선박의 분포는 시간상으로나 공간상으로나 생각하는 것보다 더 광범위하다. 아시리아의 많은 부조[6]에서 볼 수 있는 것처럼, 그 기원은 분명히 메소포타미아에 있다. 이러한 특징을 보유한 보트는 티베트에서 시작하는 큰 강 상류의 급류에서도 사용되고 있다. 가죽으로 싼 코러클은 바탕(巴塘) 근처, 압록강,

---

2 이에 대한 총론은 J. Hornell, "Primitive Type of Water Transport in Asia : Distribution and Origins," *JRAS*, 1946, 124에 포함되어 있다.

3 J. Hornell, 1, *op. cit.*, pp.57과 102.; Shinji Nishimura, *A Study of Ancient Ships of Japan*, Soc. of Naval Architects, Waseda University, Tokyo, 1917~30.

4 J. Hornell, *op. cit.*, p.109.; Shinji Nishimura, *op. cit.*; G. Dumoutier, "Essai sur les Tokinois," *RI*, 1907, 454, p.138.; J. Poujade, *La Route des Indes et Ses Navires*, Payot, Paris, 1946, p.183. 몇몇 저술가들은 안남 지방의 *ghesong, ghe-gia, ghe-nang*과 같은 색다른 돛단 보트들을 기록하고 있다(P. Paris, "Eaquisse d'une Ethnographie Navale des Pays Annamites," *BAVH*, 1942(no.4, Oct. and Dec.), 351, pp.27 이하.; J. Poujade, *op. cit.*, pp.183과 188). 이 보트들은 선수재, 선미재, 횡량(橫梁)으로 지지되는 외판을 가지고 있고, 때로는 칸막이용 벽도 있는 것으로 보인다. 선저는 수지(樹脂)와 우황(牛黃)의 혼합물로 틈을 메운 바구니 세공품에 지나지 않는다. 이러한 보트의 발명가 중 한 명의 이름이 전해지고 있는데, 그는 968년 전후에 활약했던 트란 응롱(陳應龍)이다 (G. Dumontier, "Les Cultes Annamites," *RI*, 1905, 690, Sep. pub. Schneider, Hanoi, 1905, p.97 이하.; P. Huard and M. Durand, *Connaissance du Viêt-Nam*, Ecole Française d'Extr. Orient, Hanoi, 1954, pp.61 과 228을 참조). 이러한 보트들은 생각하는 것보다 훨씬 더 큰 내항성을 보유하고 있었으며, 인도차이나 해변의 상어잡이 어부들도 틈이 메워진 바구니 세공품의 선체를 가진 돛단 보트를 사용하고 있다.

5 J. Hornell, *op. cit.*, pp.111과 133.

6 R. J. E. C. Lefebvre des Noëttes, *De la Marine Antique à la Marine Moderne; La Révolution du Gouvernail*, Masson, Paris, 1935, figs 21과 21.

양쯔강, 메콩강 상류에서도 볼 수 있다.[7] 서구의 여행자와 중국의 여행자가
모두 이를 기술하고 있다. 예를 들면, 1845년에는 요영(姚瑩)이 이 선박에
대해 기술했으며, 최근에는 워드(Kingdon Ward)[8]가 이 보트의 연구 결과를
발표하였다. 중국에서는 이것이 피선(皮船)[9]으로 알려져 있는데, 티베트 변경
지방 외에 만주의 차하(扎哈)와 한국에서도 사용되고 있었다. 니시무라(西村眞
次)는 일본의 전설에 등장하는 하가미노부네(蘿蘑船)가 코러클이었다고 생각
하고 있으며, 『포박자(抱朴子)』(4세기)에도 어떤 남자가 남주(藍舟)를 타고 바다
를 건넌 사실이 기록되어 있다.[10] 장주(莊周)는 4세기에 사람이 가지고 다닐
수 있는 선박을 언급했는데, 이 선박도 코러클이었을 것이다.[11] 갈홍(葛洪)의
시대 직후에 후연(後燕)의 초대 황제였던 모용수(慕容垂)는 386년경 황하에서
의 군사작전[12] 때 위장공격을 하기 위해 엄청난 수의 코러클을 사용하였다.
수대(隋代)의 천불동(千佛洞) 벽에도 3척의 코러클이 그려져 있다.[13] 또한 몽고
가 13세기에 원정했을 때 이러한 형태의 선박을 대량으로 사용한 명백한
증거가 있다.[14] 그러나 중국 문화권에서 이러한 종류의 선박은 에스키모와

---

7 J. Hornell, *op. cit.* 1, p.99.; W. W. Rockhill, "Notes on the Ethnology of Tibet," *ARUSNM*, 1893,
  669.; Sir Eric Teichmann, *Travels of a Consular Officer in Eastern Tibet*, Cambridge, 1922.; Rin-Chen
  Lha-Mo, *We Tivetans*, London, 1926; I. A. Donnelly, "Strange Craft of Chinese Inland Waters," *MMI*,
  1924, 10, 4.

8 F. Kingdon Ward, *The Land of the Blue Poppy; Travels of a Naturalist in Eastern Tibet*, Cambridge, 1913,
  p.129와 pl.25. 姚瑩에 대해서는 ed. A. W. Hummel, *Eminent Chinese of the Chhing Period*, 2 vols,
  Library of Congress, Washington, 1944, p.239를 참조.

9 중국의 백과사전들은 피선을 병사들의 도하 수단으로 기록하고 있다. 예를 들면, 『圖書集
  成』, 「戎政典」, 卷九十八, 水戰部, 彙考二, p.4를 들 수 있다. 물고기와 가재를 올가미(筍)로
  잡는 어부들도 이것을 사용하였다(『藝術典』, 卷十四, 王部, 彙考, pp.15, 16). 이것에 대한
  많은 기사가 『格致鏡原』, 卷二十八, p.12에 있다. 군사용 코러클에 관한 가장 오래된 그림
  은 의심할 것도 없이 『武經總要』(全集), 卷十一, pp.16, 17에 있다.

10 『佩文韻府』, 卷二十六 上, p.1336.1.

11 tr. J. Legge, *The Texts of Taoism*, Vol.1, Oxford, 1891, p.243.

12 『晉書』, 卷一百二十三, p.8.

13 제303호 동굴.

14 D. Sinor, "On Water-Transport in Central Eurasia," *UAJ*, 1961, 33, 156을 참조.

시베리아 북방 민족에게서 볼 수 있는 정교한 기술을 사용한 것으로서 갑판에 가죽을 댄 긴 선박으로 발전하지 못했다.[15] 나무껍질로 만든 카누[16]도 별로 연관이 없지만, 호넬(Hornell)의 연구는 이것을 통나무배(刳舟)의 원형 중 하나로 간주하는 근거[17]를 보여준다는 점에서 흥미롭다. 왜냐하면 선저를 관통하여 양현으로 올라가도록 가로로 부조 형태로 판 늑골 모양의 내부 융기가 남아있음을 일부 지역에서 볼 수 있기 때문이다.

다른 바구니 모양의 물체도 물에 뜰 수 있다. 벵갈(Bengal)에서처럼[18] 큰 도자기 그릇도 사람을 수송하는 데 사용될 수 있었다. 중국에서는 나무로 만든 대야가 사용되었는데, 이에 대한 자료는 많다.[19] 이것은 호선(壺船) 즉 주전자 선박으로 불렸으며, 식용 수생식물을 채취할 때 많이 사용되었다. 일본의 전설에는 대야 모양의 선박 즉 반주(盤舟)로 나타난다.

다소 둥근 부유물체는 또 다른 계통을 보여주고 있다. 박(瓜)이나 부풀린 가죽(皮袋)에 의지하여 헤엄치는 사람은 기원전 9세기 아시리아의 부조에 잘 나타나 있다.[20] 이 방법은 여러 세기 동안 세계 각지에 남아있었으며,[21] 몽고에서처럼 특별히 군사적인 목적에 사용된 적도 있었다. 이에 대한 기록은

---

15 J. Hornell, *Water Transport : Origins and Early Evolution*, Cambridge, 1946, pp.155, 163; H. H. Brindley, "Notes on the Boats of Siberia," *MMI*, 1920. 이러한 조선술이 일본에 영향을 주지는 못했다. 그러나 일본인이 그 방법을 알고 있었음을 고대 회화를 통해 일 수 있다(니시무라). 그렇게 해석할 수 있는 북방 민족의 선박에 대한 812년의 기사가 중국에도 있다(『通典』, 卷二百, p.1084.1). D. Sinor, *op. cit.*, p.161을 참조.

16 J. Hornell, *op. cit.*, p.182.

17 *Ibid.*, p.187.

18 J. Hornell, *op. cit.*, p.98.

19 G. R. G. Worcester, *The Junks and Sampans of the Yangtze : a Study in Chinese Nautical Research*, Vol.2, Inspectorate-General of Customs, Shanghai, 1947, pp.290, 370.; J. Hornell, *op. cit.*; J. Hornell, "Primitive Types of Water Transport in Asia : Distribution and Origins," *JRAS*, 1946, 124.

20 R. J. E. C. Lefebvre des Noëttes, *De la Marine Antique à la Marine Moderne : la Révolution du Gouvernail*, Masson, Paris, 1935, fig. 21.; J. Hornell, *Water Transport : Origins and early Evolution*, Cambridge, 1946, p.1.

21 J. Hornell, *op. cit.*, pp.6 이하.

〈표 71〉 선체 구조의 발달도

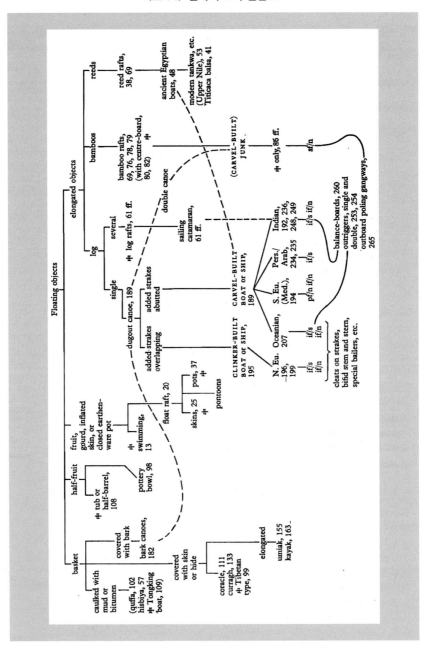

개요와 각주

if / s : 늑재(肋材)를 뒤로 삽입한다. 뱃전판은 앞에서 봉합된다.

if / n : 늑재(肋材)를 뒤로 삽입한다. 뱃전판은 앞으로부터 못, 핀, 장붓구멍으로 연결된다.

pf / n : 늑재(肋材)를 미리 조립한다. 뱃전판은 못이나 핀으로 연결된다.

sf / n : 가로대, 격벽, 늑재를 미리 조립한다. 뱃전판은 못이나 걸쇠로 연결된다.

中 : 중국 문화권에서 나타나는 선박. 숫자는 J. Hornell, *op. cit.*의 페이지를 가리킨다.

중국의 정크와 삼판을 전 세계의 모든 전통 선박과 구별하게 해주는 주요 특징이 방수용 횡격벽(橫隔壁) 시스템(system of transverse water-tight bulkhead)이라는 것을 알 수 있다. 표에서 보는 것처럼, 이것은 동아시아의 도처에 있는 자연적인 모델 즉 세로로 쪼갠 대나무에서 유래하였다. 이 표는 앞으로 계속 설명될 것이며, 점선의 의미는 그에 대해 논의할 때 명확해질 것이다. 그러나 주변 화제(話題)에 대해서는 약간의 언급이 필요하다.

예를 들면, 균형판(均衡板, balance-board)은 양현에 상당히 길게 돌출하여 가로질러 있는 두꺼운 판자로 만들어진다. 오늘날에도 소말리아 해안의 앞바다, 인도와 실론 사이(J. Hornell, *op. cit.*, p.260. : Idem, "The Origins and Ethnological Significance of Indian Boat Designs," *MAS / B*, 1920, 7, pp.255 이하), 또한 안남(P. Paris, "Esquisse d'une Ethnographie Navale des Pays Annamites," *BAVH*, 1942, no.4, Oct. and Dec., 351, p.46)에도 존재한다. 한 명 이상의 선원이 풍상측에 타고 하중을 가하면, 바람에 대해 효과적으로 균형을 잡는 추 역할을 할 수 있다. 우리가 알기로, 중국에서는 이것이 사용된 적이 없었다. 그러나 균형판처럼 현외(舷外)에 돌출되어 있는 횡목(橫木)에 설치한 일종의 플로트(float)로서 지나치게 가늘어 불안정하기 때문에 장기간 항해를 할 수 없는 선박에 안정성을 제공하는 현외부재(舷外浮材, outrigger)와 복잡한 관계가 있다(J. Hornell, *Water Trans port : Origins and Early Evolution*, 1946, pp.253 이하.; Idem, "Balancing Devices in Canoes and Sailing Craft," *ETH*, 1945, 1. 1.; Idem, "The Outrigger-Nuggar of the Blue Nile," *AQ*, 1938, 12, 354를 참조). 현외부재는 한쪽 현만 있는 경우와 양현에 모두 있는 경우가 있다. 서쪽으로는 아프리카 그리고 동쪽으로는 폴리네시아까지 확대된 현외부재의 기원은 인도네시아에서 찾을 수 있으며, 호넬(Hornell)은 담수(淡水)에서 시용한 기술에서 현외부재의 아이디어를 얻었을 것으로 추정하고 있다. 호넬(J. Hornell, *Water Transport : Origins and Early Evolution*, 1946, p.265)은 중국 남부의 강에서 사용된 선박들의 오래된 특징인 현외 상앗대(outboard poling) 혹은 상앗대 통로(poling gangway) 즉 현측 보판(舷側步板)이 이것이라고 믿고 있다(〈그림 966〉). 그것은 현 끝 부분이 높고 선체를 가로질러 있으면서 수많은 돛을 펴는 데 이용되는 하활(booms)의 가장자리 돌출부분 위에 있는 단순하고, 가벼우며, 좁은 플랫폼(platform)에 불과하다. 이것과 양현 현외부재의 사이에는 중간 단계가 있다. 그 중에서 가장 흥미로운 것은 현외부재마다 패들을 젓는 사람이 많이 배치되는 것이다. 그러므로 이러한 관점에서 보면, 양현 현외부재의 유래는 인도양의 초기 대양 항해선에 부착되어 있는 균형판과 인도차이나 문화 접촉지역의 현측 보판이다. 한쪽 현의 현외부재는 그 분포 지역의 양 끝단 즉 마다가스카르와 폴리네시아에서 악천후에 대한 내항성을 증대시키기 위해 동시에 고안된 것을 일부 개량한 결과였다.

현측에 동여매여 있지만 롤링에 의해 기울지 않는 한 물에 닿지 않고 대나무와 발사나무

등으로 만든 긴 부재로서 공중부양하는 현외부재로 부를 수 있는 것을 보유한 몇 가지 보트가 (인도차이나와 남아메리카의 하천에) 있는 것으로 알려져 있다(J. Hornell, *op. cit.*, p.267 이하). 선체 양현의 가장 윗부분에 매달은 원통형 대나무 묶음(橐)이 파도를 막는다(拒浪)는 내용이 1124년에 저술된 『고려도경(高麗圖經)』(卷三十四, p.5)에 기록되어 있는 점은 흥미롭다. 이 기록은 고려로 사절단을 수송하는 선박에 대한 묘사에 포함되어 있다(Joseph Needam, *Science and Civilization in China*, Vol.4, pt.1, p.280).

돛을 단 뗏목 혹은 쌍동선(雙胴船, 타밀어로 묶은 통나무를 뜻하는 kattu-maran)은 인도의 평장선(平張船)과 점선으로 연결되어 있다. 왜냐하면 유럽 최고의 평장선이 이집트의 갈대 뗏목에서 유래하는 한편, 인도의 보트 중 몇 가지가 목재 뗏목에서 유래했었을 수 있다는 점이 고려될 가치가 있기 때문이다. 중앙을 용골과 거의 같은 수준으로 가장 낮게 많은 통나무로 뗏목을 만드는 경향이 말라바르(Malabar)와 코로만델(Coromandel) 및 인도 반도의 해안에 있었다(J. Hornell, *op. cit.*, pp.62, 71, 194, 198.; E. R. A. de Zylva, *The Mechanisation of Fishing Craft and the Use of Improved Fishing Gear*, Fisheries Research Station, Colombo, 1958, fig. 8을 참조).

11세기에 간행된 『무경총요(武經總要)』[22] 이후의 중국 병서에서 나타나며, 후대의 백과사전[23]에서도 계속 기록되어 왔다(浮囊法). 인도의 산치(Sanchi)에 있는 부조에도 이것을 사용하는 사람들이 나타났다.[24] 그보다 4세기 이전에 장주(莊周)가 언급한 바에 따르면, 명가(名家)의 혜자(惠子)는 위왕(魏王)에게서 커다란 호리병(瓠)을 빌렸지만, 사용법을 알지 못하였다.[25] 대단히 실용적이었던 장자(莊子)는 큰 강(大河)을 건널 때 이를 이용하면 좋다고 가르쳤다.[26]

일본의 전설에서는 박을 지칭하는 히사고(瓠), 부풀린 사슴 가죽을 지칭하는 하코노가와(鹿皮), 밀폐된 진흙 배를 지칭하는 하니부네(埴土舟)가 나타난다

---

22 「前集」, 卷十一, pp.15, 16.

23 예를 들면, 『圖書集成』, 「戎政典」, 卷九十八, 水戰部, 彙考二. p.3을 들 수 있는데, 이것은 J. Hornell, *op. cit.*, p.13에 있는 도표의 원형이다.

24 Radhakamud Mukerji, *Indian Shipping : a History of the Sea-Borne Trade and Maritime Activity of the Indians from the Earliest Times*, Longmans Green, Bombay and Calcutta, 1912, p.32.

25 Joseph Needham, *Science and Civilization in China*, Vol.2, p.189.

26 第1篇.; tr. J. Legge, *The Texts of Taoism*, Vol.1, Oxford, 1891, p.172.

(Shinji Nishimura, *A Study of Ancient Ships of Japan*, Waseda University, Tokyo, 1917~30). 12세기 중국에서는 이러한 유형의 선박이 요주(腰舟)로 알려졌으며,[27] 일본에서는 오늘날에도 해녀들이 이 선박을 사용하고 있다.

엄밀한 의미에서 주정(craft)으로 부를 수 있는 선박으로의 이행은 물에 뜨는 뗏목을 만들기 위해 목재 골격에 많은 부유물체를 붙였을 때 나타났다. 이러한 유형의 뗏목에 대한 분포 상황을 조사한 라게르크란츠(Lagercrantz)의 연구[28]는 그 기원을 중앙아시아에서 시작되는 강의 급류 지역에서 찾았다. 13장의 산양 가죽으로 만든 피벌자(皮筏子)는 중국 서부의 황하와 그 지류에서 흔히 볼 수 있다.[29] 필자도 그것을 타고 간쑤(甘肅) 지방을 여행한 적이 몇 차례 있었다(<그림 927>). 오늘날에도 란저우(蘭州)의 성벽 밑에서 이것을 짊어지고 운반하는 사람을 쉽게 볼 수 있다. 그러나 필자는 니시무라(西村)가 기술한 대형 뗏목을 본 적이 없다. 그 뗏목은 700장의 양가죽으로 만들었으며, 각 양가죽마다 낙타의 털이나 양모가 들어있었다.[30] 밀폐된 도자기로 만든 선박은 현재 중국에서 사용되지 않고 있으나 고대에는 확실히 존재했었다. 한(漢)나라 장수 한신(韓信)이 이러한 뗏목 즉 목예(木罌)를 이용하여 황하에서 군대를 도하시킨 유명한 고사가 그 증거이다.[31] 이러한 장치는 1044년의 『무경총요(武經總要)』[32]는 물론 후대의 백과사전[33]에도 기록되어 있다.

---

27 程大昌, 『演繁露』, 卷十五.

28 S. L. Lagercrantz, "Influenced Skins and Their Distributions," *ETH*, 1944, 2.

29 Sir Eric Teichman, *Travels of a Consular Officer in Northwest China*, London, 1921, pp.169, 177.; I. A. Donnelly, "Strange Craft of Chinese Inland Waters," *MMI*, 1936, 22, 410.; G. R. G. Worcester, "The Inflated Skins Rafts of the Huang Ho," *MMI*, 1957, 43, 73.; D. Sinor, "On Water-Transport in Central Eurasia," *UAJ*, 1961, 33, 156을 참조. 황하의 굴곡 부근에서 흔히 볼 수 있는 선박에 대해서는 今堀誠二(이마보리 세이지), "清代以後にずける黄河の水運について," 「史學研究」, 1950(no.72), 23을 보라.

30 J. Hornell, *op. cit.*, p.25. 기원전 2세기 무렵의 것으로 생각되는 『淮南萬畢術』에는 기러기털로 채운 가죽으로 강을 헤엄쳐 건널 수 있다고 기록되어 있다(『說郛』, 卷十一, p.32에 인용되어 있는 『易林』.; 『太平御覽』, 卷七百四, p.3과 卷九十六, p.9).

31 『史記』, 卷九十二, p.5.

〈그림 927〉 란저우(蘭州) 근처에서 염소 가죽 뗏목을 타고 황하를 건너는 모습(Gordon Sanders 촬영, 1944)

　　많은 사람은 거의 모든 선박의 기원에서 진정한 요점이 무엇인지 알기 위해 물에 떠있는 통나무를 관찰해야 하며 또한 통나무를 타기 편리한 것으로 바꾸기 위해 좁고 가늘게 파내 카누를 만들었다고 생각한다.[34] 이어서 당연히

---

32 「前集」, 卷十一, p.17, 18.

33 『三才圖會』, 「器用」篇, 卷四.; 『圖書集成』, 「戎政典」, 卷九十八, 水戰部, 彙考二, p.5.

34 『淮南子』(卷十六, p.9)는 다음과 같이 말하고 있다. "물에 떠있는 가운데가 비어있는 통나무를 (처음) 본 사람이 배 만드는 방법을 알게 되었다(見竅木浮水 知爲周)." 劉安時代와 그보다 훨씬 이전에 속을 파낸 카누의 실제 샘플이 중국에서 나타나고 있다. 필자는 常州에서 출토되고 길이가 약 35피트인 전국시대의 속이 빈 카누를 1958년 南京博物館에서 본 적이 있다. 하나의 나무줄기를 카누 형태로 만든 것은 巴와 蜀에서도 장례용으로 사용되었다. 이러한 주정들의 선수미가 뾰족하지 않고 둥글게 되어있는 것은 흥미롭다. 일본에서 발굴된 신석

껍질을 벗긴 판자를 붙여 건현(乾舷, freeboard)을 크게 만드는 방법을 생각해냈다. 그 후에 뱃전판을 위쪽으로 겹쳐 현측을 만드는 방식을 고안해냈다.[35] 이처럼 속을 파낸 카누의 흔적은 많은 선박의 용골 형태로 남아있다. 그러나 용골이 필요한 횡방향의 강도를 제공하고 또한 선체 밑으로 더 뻗어 있을 경우에는 범주의 성능에 중요한 영향을 주기 때문에 실제로는 그 흔적이 남아 있지 않다. 초기의 제작 방법은 나무를 쪄서 속을 파낸 카누의 수면하 부분을 밖을 향해 열리게 한 후 형태를 보존하기 위해 U자 형태의 늑재를 삽입하는 것이었다. 마지막으로 용골은 순수하게 보(beam)가 되었다. 용골의 앞쪽 끝 부분에서는 선수재가 뻗어있고, 뒤쪽 끝 부분에서는 선미재가 뻗어있다. 이후의 조선기술은 명확하게 구분되는 두 가지 전통으로 발전하는데, 하나는 뱃전판을 서로 겹쳐 쌓아올리는 전통이고 다른 하나는 뱃전판의 끝 부분들을 붙여 쌓아올리는 전통이었다. 이 두 가지 전통은 각각 클링커 이음법(clinker-built)과 카벨 이음법(carvel-built)으로 불린다.

이 특별한 분류가 세계의 모든 선박에 적용되지만, 이것이 전부는 아니다. 대체로 클링커 이음법은 유럽에서만 사용되었고, 지중해, 페르시아, 아랍 문화권, 인도, 오세아니아, 중국과 같은 곳에서는 모두 카벨 이음법을 사용하였다.[36] 그 밖에도 뱃전판을 식물 섬유[37]로 봉합하는 방법, 못을 박는 방법,

---

기시대의 속을 파낸 카누는 Shinji Nishimura, *op. cit.*와 N. Matsumoto et al., *Kamo : a Study of the Neolithic Site and a Neolithic Dugout Canoe discovered in Kamo, China Prefecture, Japan*, Mita Shigakikai, Tokyo, 1952에 기록되어 있다.

35 대부분의 전문가들은 이러한 경로를 인정하고 있다. 그 예로 J. Hornell, *op. cit.*, pp.189 이하.; H. H. Brindley, "The Evolution of the Sailing Ship," *PRPSG*, 1926, 54, 96.; J. Poujade, *La Route des Indes et Ses Navires*, Payot, Paris, 1946, pp.187과 214 이하를 들 수 있다. 오늘날에도 세계의 여러 곳에서 이 경로를 실제로 볼 수 있는데, 이에 대해서는 A. C. Haddon and J. Hornell, *Canoes of Oceania*, Bernice P. Bishop Museum, Honolulu, Hawaii, 1936, 3 vols.을 참조.

36 J. Hornell, "Origins of Plank-built Boats," *AQ*, 1939, 13; H. H. Brindley, "Primitive Craft : Evolution or Diffusion?," *MMI*, 1932, 18, 303. 이 문제에 관해서는 언제나 그러하듯이 예외가 있었다. 그러나 예외가 거의 없을 때도 종종 있다. 갠지스 강에서 사용되는 *patela, melni, ulakh* 같은 선박들은 클링커 이음법을 사용하고 있다(J. Hornell, *op. cit.*, p.250.; Idem, "Primitive Types of

나무못으로 고정시키는 방법이 있었다. 늑재(肋材, frames)와 조골(助骨, ribs), 횡량(橫梁, thwarts)과 종통재(縱通材, longitudinal stretchers)가 먼저 만들어지고, 이어서 뱃전판(外板, strakes)이 붙여진다. 이와는 달리 널빤지가 먼저 붙여진 후 늑재가 삽입되기도 한다. 두 번째 방식은 북유럽 고대인들이 바이킹 시대 내내 사용하던 방식이었다. 기원전 4세기 알스(Als)의 선박으로부터 9세기의 오세베르그(Oseberg)와 고크스타(Gokstad)의 선박까지 겹쳐진 뱃전판은 후에 모양을 잡을 때 안쪽을 파서 남겨진 삭이(索耳, cleats)를 이용하여 횡조골(橫助骨, transverse framing)에 묶인다.[38] 바이외(Bayeux) 지방의 태피스트리에 묘사되고 가로돛을 가진 11세기 후반의 장선(長船)은 여전히 바이킹 형식에 가깝지만,[39] 그 무렵까지 사용되던 원래의 봉합선 구조를 대신하여 근대식 클링커 이음법과 마찬가지로 못이 사용되었음이 분명하다. 그러나 늑재를 삽입하는 것은 인도,[40] 아라비아,[41] 오세아니아[42]에서 카벨 이음법과 함께 사용되고 있

Water Transport in Asia : Distribution and Origins," *JRAS*, 1946, 124.; Idem, "The Significance of the Dual Element in British Fishing-Boat Construction," *FLV*, 1946, 10, 113). 그 선박들은 중국식 균형타를 갖고 있다는 점에서도 이례적이다. 클링커 이음법이 실제로 대형 선박에는 결코 적합하지 않았기 때문에, 초기에는 남유럽의 시스템이 북으로 확산되었다. Zuyder Zee에서 발굴된 난파선(G. D. van der Heide, "Archaeological Investigations on New Land : II, The Excavation of Wrecked Ships in Zuyder Zee Territory," *AQSU*, 1959, 31을 참조)이 이것을 밝혀줄 것으로 기대된다.

37 중국인들이 이 방법을 일찍부터 알고 있었지만, 결코 사용한 적이 없었음을 후에 알게 될 것이다. 13세기 유럽인 여행자는 이 사실을 처음 알았을 때 자신의 선조들도 사용했었다는 사실을 모르고서 경시하였다. 봉합선(縫合船)의 천연색 사진에 대해서는 E. M. Eller, "Troubled Waters East of Suez," *NGM*, 1954, p.519를 보라. 이에 대한 더 상세한 언급은 G. F. Hourani, *Arab Seafaring in the Indian Ocean in Ancient and Early Medieval Times*, Princeton Univ. Press, Princeton, N.J., 1951, p.92에 있다.

38 A. W. Brogger and H. Shetelig, *The Viking Ships*, Oslo, 1951.; R. Anderson and R. C. Anderson, *The Sailing Ship : Six Thousand Years of History*, Harrap, London, pp.55, 66 이하.; J. Hornell, *Water Transport : Origins and Early Evolution*, Cambridge, 1946, pp.200 이하.; P. Gille, "Les Navires des Vikinga," *MC /TC*. 1954, 3, 91.; G. J. Marcus, "Mast and Sail in the North," *MMI*, 1952, 38, 140.

39 R. Anderson and R. C. Anderson, *op. cit.*, p.80.; R. J. E. C. Lefebvre des Noëttes, *De la Marine Antique à la Marine Moderne : La Révolution du Gouvernail*, Masson, Paris, 1935, fig. 65.; Bayeux에 있는 panels 4, 5, 24, 35.

었으며, 이집트, 페니키아, 그리스, 로마에서도 마찬가지였다. 지중해에서 우선 늑재로 골격을 만든 후 뒤에서부터 그 골격에 널빤지를 대고 못을 박는 작업이 이루어진 것은 훨씬 후대인 중세였다.[43] 현측 뱃전판을 직접 연결하는

---

40 J. Hornell, *op. cit*, pp.236, 248, 249.

41 *Ibid.*, pp.193, 235.

42 *Ibid.*, p.207. 이 분야에서 가장 주목받은 사실을 발견한 것 중 하나는 스칸디나비아와 오세아니아의 선박 구조에서 광범위한 유사성을 명백하게 밝힌 J. Hornell, "Construction Parallels in Scandinavian and Oceanic Boat Construction," *MMI*, 1035, 21, 411이다. 이 지역들에서 아직도 사용되고 있는 선박들 중 어떤 것들은 바이킹의 롱쉽과 비슷할 뿐만 아니라 뱃전판을 橫助骨에 素耳로 결부시키는 방법도 동일하다. 두 갈래의 선수미, 특수한 유형의 선박에서 물을 퍼내는 사람, 그리고 선박을 이용한 장례 관습도 두 지역의 공통점이다. 그러한 기술들의 복합 현상이 개별적으로 발달했다고 생각되지는 않는다. 그러나 시대가 지나치게 오래된 사실로서 북서부에서 동남부로의 선사시대 폰투스의 이주(Pontic Migration)에 의한 것 외에는(R. von Heide-Geldern, "Prehistoric Research in the Netherlands East Indies," In *Science and Scientists in the Netherlands Indies*, Ed. P. Honig & F. Verdoorn, *Board for the Netherlands Indies, Surinam and Curaçao*, New York, 1945.; R. von Heide-Geldern, "Die asiatische Herkunft d. südamekanische Metalltechnik," *PAI*, 1954, 5, 347.; R. von Heide-Geldern, "Das Tocharerproblem und die Pontische Wanderung," *SAE*, 1951, 2, 225), 한 지역에서 다른 지역으로 전래가 이루어졌다는 설명은 거의 만족스럽지 못하다. 또한 놀라운 것은 두 갈래의 선수미를 가진 보트가 중국에 현존하고 있다는 사실이다. 항저우 근처에서 사용되고 있는 삼판 중에 그러한 유형의 보트가 있다(G. R. G. Worcester, *The Junkman Smiles*, Chatto & Windus, London, 1959, p.98.; 미발표자료 no.21). 참된 용골 형태를 띤 衝角(rams)이 중국 선원들에 의해 도입되었는데, 그들은 그것을 자신들의 어깨에 메고 다녔다. 이것은 어떤 나라로부터 언제 영향을 받은 것일까? 두 갈래 선수미의 일반적인 사항에 대해서는 C. Nooteboom, *Trois Problèmes d'Ethnologie Maritime*, Museum voor Land-en Volken-Kunde & Maritiem Museum Prins Hendrik, Rotterdam, 1952를 보라. 그러한 선수미는 속을 판 카누에 파도막이용 판자를 덧붙이는 과정에서 극히 자연스럽게 고안된 것이었겠지만, 그 형태를 신화에 나타나는 동물의 입과 머리로 발전시킬 기회가 토착문화의 상징주의자들에게 너무나 매력적이었을 것이라고 그는 생각하였다. 선박을 이용한 장례가 특히 기원전 4세기 이전 중국 四川의 巴蜀 지방에서 있었던 사실도 기록되어 있다(馮漢驥, "四川古代的船棺葬,"「中國考古學報」, 1958, no.2, 77). 魯 박사와 필자는 1958년에 충칭(重慶)에서 남아있는 잔재를 직접 연구할 기회가 있었다.

43 이 때문에 영국 선박들의 기원은 이중적이다. 몇 가지 요소는 북유럽에서 유래했으며, 어떤 요소는 지중해의 영향을 받았다. J. Hornell, "The Significance of the Dual Element in British Fishing-Boat Construction," *FLV*, 1946, 10, 113.; Idem, "Evolution of the Clinker-built Fishing Lugger," *AQ*, 1936, 10, 341.; A. Davies and H. Robinson, "The Evolution of the Ship in Relation to its Geographical Background," *G*, 1939, 24, 95를 참조. 이 변화는 유럽에서 언제 발생했으며, 확대되었을까? 7세기부터 15세기 사이였음이 분명하다. 유럽의 항해 기술이 여러 분야에서 동양의 영향을 받았음을 알고 있다. 이 변화도 격벽부터 먼저 만든다는 중국 조선술의 영향

방식은 유럽의 카벨 이음법에서 없었지만, 아시아에서는 봉합하거나 여러 종류의 죔쇠(clamp)와 못을 이용하여 연결하는 식으로 종종 행해지고 있었다.[44] 우리가 지금까지 해온 구별에 따르면, 자세한 것들은 모두 상대적으로 중요하지 않다. 왜냐하면 동아시아의 선박 발달사가 단순히 물에 뜨는 속빈 통나무 이론에 의해 설명될 수 없다는 것이 명확하기 때문이다. 대나무는 원래부터 선박 재료였지만, 목재는 결코 그렇지 않았다. 후에 알게 되겠지만, 중국 선박의 선체가 (현측이 있으나) 대나무 줄기처럼 몇 개의 횡격벽(橫隔壁, transverse bulkheads)으로 이루어진 가늘고 긴 구조이기 때문인데, 식물학자들은 격막(膈膜)으로 부를 수 있다. 격막은 대나무 아과(亞科)를 구성하는 수질성 풀의 줄기 마디마다 연결되어 있는 횡단일체로 일컬어진다. 이러한 건조 방식

이나 자극을 받아 일어난 것이라고 생각하는 것도 가능할지 모르겠다.

44 Gujerati의 배목수들이 사용한 은촉붙음 이음법(tongue-and-groove seams)에 대해서는 J. Hornell, "The Tongue and Groove Seam of Gujerati Boatbuilders," *MMI*, 1930, 16, 309를 그리고 중국 정크에서 사용되는 각종 죔쇠와 머리 부분에 사선으로 홈이 파진 못에 대해서는 G. R. G. Worcester, *Notes on the Crooked-Bow and Crooked-Stem Junks of Szechuan*, Inspectorate-General of Customs, Shanghai, 1941.; L. Audemard, "Les Jonques Chinoises; *Les Jonques Chinoises : II. Construction de la Jonque*, Rotterdam, 1959를 참조. 여기에서 유럽은 고전고대시대 이후의 유럽을 지칭한다. 근래에는 로마와 헬레니즘 시대의 배목수가 外殼의 강도(skin strength)에 크게 의존했었음을 보여주는 증거가 해저에서 많이 나오고 있다. 그들은 마치 '일체형 동체 제작(monocoque fuselage construc tion)'처럼 선체의 외판을 무수하고 아주 가느다란 구멍을 통해 점차 고정시켰다. 이 선체는 동으로 만든 못을 나무못의 중심에 박는 방법으로 늑재에 부착되었다. 이 모든 것은 지중해에 침몰한 난파선들에 대한 체계적인 연구에 의해 밝혀졌다. Honor Frost, *Under the Mediterranean : Marine Antiquities*, Routledge & Kegan Paul, London, 1963, pp.225 이하.; F. Benoit, "Nouvells Épave de Provence," *GAL*, 1958, 16, 5.; J. Benoit, "Fouilles Sous-Marine : l'Épave du Grand Congloué à Marseille," *GAL*, 1961, Suppl. 14, 1-211.; L. Casson, *The Ancient Mariners : Sea-farers and Sea Fighters of the Mediterranean in Ancient Times*, Gollancz, London, 1959, p.195.; Idem, "Ancient Shipbuilding : New Light on an Old Source," *TAPA*, 1963, 94, 28.; Idem, "Odysseus Boat," *AJP*, 1964, 85, 61.; Idem, "New Light on Ancient Rigging and Boat-building," *ANEPT*, 1964, 24, 81.; G. F. Bass, *Underwater Excavation at Yassi Ada : a Byzantine Shipwreck, JDAI / AA*, 1962, 538.; O. Hasslö f, "Wrecks, Archives and Living Tradition : Topical Problem in Marine Historical Research," *MMI*, 1963, 49, 162.; O. Hasslöf, "Sources of Maritime History and Methods of Research," *MMI*, 1966, 52, 127.; O. Hasslöf, "Carvel Construction Technique : its Nature and Origin," *FLV*, 1957~8, 21~22, 49를 보라.

은 중국 선박을 세계의 다른 지역 선박들과 구별해주고 있다.

원시인들이 통나무를 파내 카누를 만드는 대신 여러 개의 통나무를 묶으면 상당히 큰 선박을 만들 수 있다고 아주 일찍부터 생각했음에 틀림없다. 갈대 다발과 골풀 다발로 만든 뗏목에는 관심을 보일 필요가 없다. 뗏목은 이집트 와 신세계(New World)에서 범선이 발달하는 데 그만큼 중요하였다.[45] 그러나 이것이 포벌(蒲筏)[46]로 알려져 있었던 중국에서는 중요한 것으로 간주되지 않았다. 묶는 방법이 여러 가지였던 통나무 뗏목은 널리 분포하고 있어 많은 사람들에 의해 사용되고 있었다. 특히 인도와 동인도제도(East Indies)의 해안에는 돛을 단 쌍동선 형태가 아주 흔했다.[47] 중국에서는 바다에서 거의 사용되지 않았지만, 양쯔강과 그 지류에서는 오늘날에도 아주 큰 뗏목이 다니고 있음을 볼 수 있다.[48] 확실하게 묘사되어 있는 것은 충칭(重慶)까지 내려가는 소나무 목재로 만든 삼목벌자(杉木筏子),[49] 관현(灌縣)에 설치되어 있는 토목 시설을 잘 빠져나가야 하는 민강(岷江)의 뗏목,[50] 양쯔강 하류의 거대한 목비 (木箄),[51] 꾸이저우(貴州)에서 묘족이 사용하던 소형 뗏목 등이 그러한 뗏목에 속한다.[52] 주대(周代)에는 그것들의 원형이 사용되지 않았음이 분명하다. 적어

45 J. Hornell, *Water Transport : Origins and Early Evolution*, Cambridge, 1946, Rev. M. J. B. Davy, N, 1947, 159, pp.41, 48, 53.; J. Poujade, *La Route des Indes et Sea Navires*, Payot, Paris, 1946, p.199.; G. A. Reisner, *Models of Ancient Egyptian Ships and Boats*, Cat. Gen. des Antiq. Eg. du Mus. du Caire, Inst. Fr. d'Archéol. Orient, du Caire, Cairo, 1913.; C. Boreaux, *Études de Nautique Égyptienne*, Instit. Française d'Archéol. Cairo, 1924.

46 『武經總要』(前集), 卷十一, p.13, 14를 참조.

47 J. Hornell, *op. cit.*, pp.61 이하.

48 1956년에 Nieuhoff는 淮安 부근의 황하에서 '떠있는 마을' 즉 거대한 대나무 뗏목을 스케치 하여 동판화로 만들었다. B. Rudofsky, *Architecture without Architects : an Introduction to Non-Pedigreed Architecture*, Museum of Modern Art, Doubleday, New York, 1964, fig. 3에 전재되어 있다.

49 G. R. G. Worcester, *Junks and Sampans of the Upper Yangtze*, Inspectorate-General of Customs, Shanghai, 1940, p.70.

50 *Ibid.*, 1, p.86, 290.

51 G. R, G. Worcester, *The Junks and Sampans of the Yangtze : a Study in Chinese Nautical Research*, Inspectorate-General of Customs, Shanghai, 1947~8, vol.2, p.388.

도 한대(漢代)에 이르러서야 이에 대한 기록이 나타난다. 만주족 애뇌(哀牢)의 왕자였던 현율(賢栗)은 47년에 녹다족(鹿茤族)을 공격하기 위해 뗏목 즉 비선(革船)을 사용하라는 명령을 내렸다.[53] 니시무라(Shinji Nishimura, *op. cit.*)는 일본의 전설에서 나무로 만든 뗏목이 아메노우키하시(天浮橋)와 우키다카라(浮寶)라는 명칭으로 기록되어 있음을 보여주고 있다. 그러나 중국의 나무로 만든 뗏목은 발생사적인 면에서 중요하지 않으며, 대나무로 만든 뗏목이 훨씬 더 중요한 데, 이에 대해서는 곧 다시 언급하려 한다.

이제 중국의 정크와 삼판의 기본적인 특징에 대해 언급할 때가 되었다.[54] 이를 위해서는 지금까지 여러 쪽에서 언급한 것들을 모두 뒤로 미루어야 한다. 왜냐하면 중국 이외의 지역에서 나타난 조선술들이 고대인들이 선박을 만들 수 있는 방법을 다 망라하고 있지 않기 때문이다. 유럽과 남아시아에서 는 선수재와 선미재를 만들기 위해 바닥보(basal beam)인 용골의 양 끝에 튼튼한 보를 별도로 위쪽으로 끼워 넣었으며, 그것들과 연결되는 선체의 뱃전판들은 휘어진 목재로 만든 내부용골(internal skeleton)에 의해 원하는 형체가 잡히도록 하나씩 붙여졌다. 그러나 가장 오래되고 최소한으로 변형된 유형을 사례로 살펴보면, 정크는 다른 지역에서 불가결한 것이었던 용골, 선수재, 선미재

---

52 *Ibid.*, vol.2, p.470.

53 『後漢書』, 卷一 下, p.17.; 같은 책, 卷一百十六, p.17. 羌族에 대한 전쟁(88년)에서 도하작전을 한 별개의 사례가 『後漢書』, 卷四十六, p.10에 보인다. 이 때 사용되었던 뗏목에는 가죽으로 만든 防波壁도 있었던 것으로 보인다. 거의 같은 시기의 문헌인 『越絶書』(8卷, p.4)에는 월나라의 구천(句踐)이 472년에 2,800명으로 구성되고 뗏목들로 편성된 대규모 함대에 대해 기록되어 있다(Joseph Needham, *Science and Civilization in China*, Vol.2, pp.275, 555 이하를 참조). 그 뗏목들은 돛으로 추진되었을 가능성이 크다.

54 정크의 구조 원리에 대한 정확한 지식은 고전적인 논문인 J. Hornell, "The Origin of the Junk and Sampan," *MMI*, 1934, 20, 331에 힘입은 바가 크다. Idem, "Origins of Pank-built Boats," *AQ*, 1939, 13, 35.; Idem, *Water Trasport : Origins and Early Evolution*, Cambridge, 1946, pp.86 이하를 참조. 물론 중국의 기술도 많지만, 그 중 몇 가지는 후술할 것이다. 그러나 중국의 저술가들은 세계 다른 지역의 조선술에 대해 잘 알지 못했기 때문에 자기 선조들의 독창성을 인식하지 못하였다.

이 세 가지가 완전히 결여되어 있는 카벨 이음법의 선체로 설계되어 있음을 알 수 있다.[55] 선저는 평저(平底)이거나 살짝 둥글고, 외판은 선미를 향할수록 좁아졌다가 돌연히 끊기지만, 곧은 판자로 만든 단단한 트랜섬(transom)으로 채워지지 않으면 열려 있게 될 한 개의 공간을 제공한다. 대부분의 고전적인 유형에는 선수재(stem)가 없지만, 사각형의 선수 트랜섬(rectangular transom bow)은 있다. 선체는 양끝을 향해 휘어 올라가고 또한 그 양 끝이 마지막 격벽에 막혀있는 반원통형이나 평행육면체로서 세로로 쪼갠 대나무처럼 보인다. 게다가 골격과 늑재는 선수미 트랜섬들이 외형상의 구성 단위로 간주될 수 있는 (나무줄기의 마디 막과 유사한) 단단한 횡격벽으로 대체된다.[56] 이것은 분명히 다른 문명에서 볼 수 있는 것보다 훨씬 견고한 구조 방식이다.[57] 동일한 강도와 강성(剛性)을 보유하기 위해서는 격벽이 늑재나 조골보다 적어야 한다. 게다가 이 격벽을 수밀격벽으로 사용할 수 있음은 분명하며, 따라서 수선(水線) 밑에서 손상이 발생하고 누수가 된다고 해도 격벽은 선박의 부력을 잃지 않게 하는 구획이 될 수 있다. 뿐만 아니라 이 격벽구조는 대단히 중요한 몇 가지 필연적인 결과를 포함하고 있으며, 기본적인 수직부재(essential vertical components)를 제공하고 있다는 사실을 한 예로 들 수 있다. 이 수직부재는 경첩으로 연결된 선미타가 출현하는 데 반드시 필요한 것이었다. 이에 대해서는 (놀라울 정도로 이른 시대의) 돛에 의한 추진 분야에서 나타난 같은 종류의 발명들과 함께 검토하려 한다. 따라서 여기에서는 이에 대한 논의를 잠시 중단하고 중국 선박의 격벽 구조와 중국 건축에서 횡방향 칸막이나 골조의

---

55 수 세기에 걸친 문화적 접촉이 특히 중국 문화권의 남부에서 중국 선박의 설계에 큰 영향을 주었기 때문에, 이러한 유보가 필요하다. 이러한 혼합형에 대해서는 뒤에서 약간 더 부언할 예정이다.

56 순수한 격벽 구조는 주로 내륙 수로에서 사용되는 선박에서 볼 수 있다. 대양용 선박은 종종 肋材나 半隔壁에 의해 더 보강된다.

57 현대에는 그것이 Admiral F. E. Paris, *Essai sur la Construction Navale des Peuples Extra-Européens*, Arthus Bertrand, Paris, n.d.(1841~3)에 의해 충분히 평가되고 있다.

현저한 유사성에 주목하려 한다. 횡방
향 칸막이나 골조가 세로 방향의 전망
을 막고 지붕의 고전적인 곡선을 가능
하게 했다면, 격벽 구조는 선창(船倉)을
칸막이하여 선체를 지극히 강하게 만
들고[58] 또한 선수미가 부풀어진 모습을

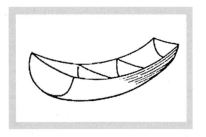

띠게 하였다. 부풀어진 형태의 선수미는 중국의 대형 선박에서 전형적인 모습
이었다. 이 두 가지 시스템은 모두 여러 가지의 용도[59] 때문에 중국인에게
대단히 친숙해져 있는 마디가 있는 대나무를 보고 생각해낸 것으로 간주될
수 있다. 삼판(舢)은 정크와 마찬가지로 대나무 줄기를 생각하게 한다. 삼판은
갑판이 없는 펀트(punt, <역자주 : 삿대로 움직이는 사각형 평저선>)와 유사한
스키프(1인용 소형 보트, skiff)이고, 평면도로 보면 쐐기모양이고, 폭이 좁고,
용골이 없고, 선미 폭이 아주 넓고, 현연재(舷緣材, gunwale rail)와 현측 외판(舷
側外板, side strakes)이 종종 선미쪽으로 뻗어 있어 위로 휘어진 돌출부를 형성
하고, 그 선박에 측면이나 날개가 있는 것으로(with cheeks or wings) 생각하게
한다.[60] 이 돌출부 사이의 공간에 지붕을 이으면 정크의 돌출되어 있는 선미

---

58 한국의 조선술에서는 선체의 강도를 높이기 위해 橫隔壁材(transverse bulkhead timbers)를 '구
부리는' 즉 위로 휘어지게 하고, 양쪽 끝 부분을 각각 뱃전판에 삽입하여 용수철처럼 누르
는 교묘한 방법을 사용하였다. H. H. Underwood, "Korean Boats and Ships," *JRAS / KB*, 1933, 23,
p.26과 figs. 27c와 30을 보라.

59 Joseph Needham, *Science and Civilization in China*, Vol.4, pt.2, p.64.

60 G. R. G. Worcester, *The Junks and Sampans of the Yangtze : a study in Chinese Nautical Research*, vol.2,
Inspectotate-General of Customs, Shanghai, 1947~8, pp.316, 373에 그 실례가 있다. 이것이 고대의
특징 중 하나라는 점은 많은 고대 회화를 통해 확실하게 알 수 있다. 唐代에는 敦煌 벽화와
O. Sirén, *History of Early Chinese Painting*, vol.1, van Oest, Paris & Beussels, 1927, pl.58에 게재되어
있는 王維의 그림, 宋代에는 A. Waley, *An Introduction to the Study of Chinese Painting*, Benn, London,
1923, pl.43에 게재되어 있는 夏珪의 그림, 元代에는 A. Waley, *op. cit.*, pl.42.; O. Sirén, *op. cit.*, vol.2,
pl.59.; L. Binyon, *Chinese Paintings in English Collection*, Van Oest, Paris & Brussels, 1927, pl.17에 게재
되어 있는 馬遠의 그림과 O. Sirén, *op. cit.*, vol.2, pl.123에 게재된 吳鎭의 그림이 있다.

전망대(stern gallery)가 된다.

정크와 삼판의 기원에 대해서는 몇 가지 주장이 있다. 어떤 사람은 그 선박들의 디자인이 쌍동선 카누에서 비롯되었다고 주장하고 있다.[61] 이 주장에 따르면, 두 개의 선체를 약간의 거리를 두고 나란히 놓은 후 판자로 연결하여 새로운 사각형 선저가 만들어졌다. 그러나 이러한 유형의 선박은 어디에서도 보이지 않는다. 이러한 방식을 탄생시킨 종방향 격벽에 대한 증거도 없다. 반면에, 쌍동선 카누는 세계 도처에 존재하였었고, 현재도 존재하고 있다.[62] 그런데 횡량재로 나란히 묶이거나 잡아매어진 두 척의 선박을 지칭하는 황(艎), 방(方), 방(舫), 방(艕), 황(瀇) 그리고 후에 항해를 지칭하는 일반명사가 될 항(航)과 항(舫)과 같은 많은 고어가 중국어에 있는 것은 기이하다.[63] 게다가 이러한 유형의 선박은 현재 중국에서 특히 수송하기 위해 강을 내려오는 갈대 다발을 묶은 선박과 어주(漁舟, 宜昌의 Watershoes)로도 사용되고 있다.[64]

---

61 이 설은 C. E. Gibson, *The Story of the Ship*, Schuman, New York, pp.16, 32에서 호의적으로 설명되고 있다.

62 J. Hornell, *Water Transport : Origins and Early Evolution*, Cambridge, 1946, pp.44(Pru), 78(Fiji), 191과 248(India), 263(Polynesia). 쌍동선은 航海史 전체를 통해 여러 가지 목적으로 사용되고 있다(Sir Wikkiam Petty의 1622년 발명을 참조). 오늘날의 쾌속유람선도 쌍동선이다(C. B. Brown, "Sediment Transportation," Article in *Engineering Hydraulics*, Ed. H. House, Wiley, New York, p.769.). 그런데 *The Times*는 그러한 선박의 사진을 게재하고서 카타마란(catamaran)으로 호칭하였다 (1958년 6월 2일자). 이는 "흔히 발생할 수 있는 개탄스러운 오류"이다(Hornell). 왜냐하면 카타마란이라는 명칭이 쌍동선 카누(double-canoes)와 현외부재가 달린 카누(outrigger-canoes)에 사용되지 않고 통나무 뗏목(rog rafts)에만 사용되기 때문이다.

63 이 고어들에 대한 정의는 『說文』, 『爾雅』 등에 있다. 『淮南子』, 第9篇, p.12에는 典據의 句節이 있다.

64 G. R. G. Worcester, *op. cit.*, vol.2, pp.488, 491.; I. A. Donnelly, "Strange Craft of Chinese Inland Waters," *MMI*, 1936, 22, 410. 일본 승려 엔닌(圓仁)의 목격담을 통해 이것이 唐代에 보급되고 있었음을 알 수 있다. 엔닌은 838년의 일기에서 자신의 일행을 대운하에서 수송한 선박이 두, 세 척을 한 척으로 만든 것이라고 기록하고 있다(tr. E. O. Reischauer, *Ennin's Diary : the Record of Pilgrimage to China in Search of the Law*, Ronald Press, New York, 1955, p.16). 대규모의 군사적 실례와 떠있는 포대에 대해서는 후에 보게 될 것이다. 『圖書集成』, 「戎政典」, 卷九十七, p.28(L. Audemard, *Les Jonques Chinoises : I Histoire de la Jonque*, Museum voor Land-en Volken-Kunde & Maritiem Museum Prins Hendrick, Rotterdam, 1957, p.97에 전재된 텍스트를 참조).

그럼에도 불구하고 이러한 접근 방법은 설득력이 없다.

이에 대한 수정된 주장은 오늘날 실론(Ceylon)에서 그물을 끄는 선박을 만드는 것과 같은 방식으로 만들어졌다는 것이다. 이것은 필요한 만큼 안을 파낸 긴 선체를 세로로 두 개로 나누고, 골격을 필요한 너비의 선체 폭에 연결한 후, 그 사이에 넣은 선저 목판(bottom-planks)을 못으로 골격에 연결하는 방식이다.[65] 그러나 어느 때이던지 간에 중국에서 그러한 방식을 이용했다는 증거는 없다. 게다가 중국 문화권의 어느 곳에서도 속을 파낸 카누가 없었다고 말할 수 없지만, 그러한 카누 유형의 존재와 분포는 보기 어렵다.[66] 달리 말하면, 속을 파낸 카누는 중국에서 한대(漢代)나 그 이전에 사라진 것으로 보인다.[67]

그런데 호넬(J. Hornell)[68]이 내린 결론은 완전히 다르다. 그는 정크와 삼판의 기원으로 대나무 뗏목을 주목해야 한다고 확신하였다.[69] 그는 타이완(Taiwan 즉 Formosa)에서 구세계(Old World)의 돛을 단 대양 항해용 뗏목(sea-going sailing-raft)[70]이 최고로 발달했던 것으로 간주했다(<그림 928>).[71]

---

65 J. Hornell, *op. cit.*, p.89.

66 Worcester는 그 자신이 타이완을 방문할 때까지 아무것도 몰랐다(G. R. G. Worcester, *The Junkman Smiles*, Chatto & Windus, London, 1959, p.79를 참조). 漢水의 지류인 乾祐河의 속을 파낸 카누를 연구한 I. A. Donnelly, "Strange Craft of Chinese Inland Waters," *MMI*, 1936, 22. 410은 더 연구될 필요가 있다. F. H. Wells, "How much did Ancient Egypt Influence the Design of Chinese Junk?," *CJ*, 1933, 19, 300은 황하의 속을 파낸 카누를 연구했는데, 상세한 기록이 거의 없다. A. Tisdale, "Down the Yalu in a 'Jumping Chicken'," *ASIA*, 1920, 20, 902는 만주와 한국의 경계선상에 있는 鴨綠江의 속을 파낸 카누를 연구하였다. 몽고에 대해서는 D. Sinor, "On Water-Transport in Central Eurasia," *UAJ*, 1961, 33, 156을 보라.

67 중국 문헌에는 속을 파낸 카누에 관한 기록이 거의 없다. 그러나 몇 명의 병사는 특히 당나라 시인 常建(727년에 활약)이 속을 파낸 카누를 대단히 좋아했던 것으로 전해진다. 의심할 바 없이 속을 파낸 카누가 道敎의 단순함과 소박함에 대한 상징으로 간주되었던 것 같다. 상건이 속을 파낸 카누를 타고 있는 모습은 전통 회화나 조각에서 종종 보인다(R. Soame Jenyns, "The Chinese Rhinoceros and Chinese Carving in Rhinoceros Horn," *TOCS*, 1954, 29, 31과 Joseph Needham, *Science and Civilization in China*, Vol.2, pp.99).

68 J. Hornell, "The Origin of the Junk and sampan," *MMI*, 1934.

69 J. Poujade, *La Route des Indes et Ses Navires*, Payot, Paris, 1946, p.246도 같은 견해를 보여주고 있다.

선체에 18피트 길이의 대나무 삿대가 9~11개 있으며, 선체가 전체적으로 선수를 향해 많이 휘어져 있지만, 선미는 그 정도로 휘어져 있지 않다. 현측도 위를 향해 휘어 있기 때문에 가로세로 모두 약간 구부러져 있다.[72] 앞의 끝 부분은 대나무의 가는 끝 부분이 앞쪽을 향해 있기 때문에 뒤쪽보다 폭이 더 좁다. 대나무로 만든 대(臺, platform)를 가로지르고 있는 8개의 곡재(曲材, curved wooden bars)에 대나무가 묶여 있으며, 그런 까닭에 각 지점마다 필요한 횡단면을 얻게 된다. 한편 대나무로 만들고 가로로 놓인 한 쌍의 현장(舷牆, bulwark rails)이 돛대와 선수의 중간 지점부터 시작하여 양 현측을 따라 설치되어 있으며, 삼판의 측면처럼 선미에서 약간 돌출되어 있다. 높이가 17피트이고 활대(batten)가 들어있는 전형적인 중국식 러그세일(lug-sail)[73]이 있는 돛대는 튼튼한 목제 블록(wooden block)에 끼워진다. 패들이 2개 있고, 선체 후부나 선미에 한, 두 개의 조타용 노(steering-oars)가 있으며, 바람에 밀리는 것을 막고 또한 보조타 기능을 하는 센터보드(centre-board, 下垂龍骨)가 최소한 6개

---

70 *tek-pai* 즉 竹排, 竹筏, 帆筏로 불리었다. 이에 대해서는 기록이 많다(Shinji Nishimura, *op. cit.*; G. R. G. Worcester, "Four Small Craft of Thaiwan," *MMI*, 1956, 42, 302 등). 그러나 가장 완벽한 최신 연구는 凌純聲, "臺灣的航海帆筏及其起源," 「中央研究院民族學研究所專刊」, 1956(no.1), 1이다. J. Hornell, *op. cit.*, pl.XIIIA에는 유명한 모형이 게재되어 있다. 이 선박은 주로 원양어업에 사용되었다.

71 그러나 이 형태는 安南 북부 지방(베트남)의 뗏목이 갖고 있는 특징이기도 했다. 안남의 뗏목은 독특한 모습으로 구부러진 3개의 돛대가 있고, 틈이 있는 3~4개의 구멍에 날씨에 따라 1개의 橫材(thwartwise timber)를 세울 수 있었다. 자세한 설명은 J. Y. C. Claëys, "L'Annamite et la Mer," *BIIEH*, 1942.; J. Y. C. Claëys, with Công-van-Trung & Pham-van-Chung, "Les Radeaux de Pêche de Luong-nhiêm en Bambous flottants," *BIIEH*, 1942.; P. Paris, "Esquisse d'une Ethnographie Navale des Pays Annamites," *BAVH*, 1942(no.4, Oct. and Dec.), 351, pp.59이하, fig. 45에서 52까지 그리고 fig. 233.; P. Huard and M. Durand, *Connaissance du Viêt-Nam*, Ecole Française d'Extr. Orient, Hanoi, 1954, figs. 106과 107에 있다. 고인이 된 Paris의 호의덕분에 정보가 담긴 편지와 3개의 돛대를 가진 뗏목(piétri)의 사진을 얻었다. 비율면에서 이 선박은 5개의 돛대를 가진 太湖의 선박을 연상하게 한다(<그림 1017>). 돛이 달린 인도차이나의 뗏목은 작은 타를 갖고 있는 경우가 종종 있다.

72 이러한 경향은 일본의 나무 뗏목 중 *nabe-buta*(냄비뚜껑)로 불리는 뗏목에서도 나타난다(Shinji Nishimura, *op. cit.*).

73 타이완형 중 하나는 스프리트세일(sprit-sail)을 달고 있다.

있다.[74]

타이완의 돛 달린 뗏목은 옛 중국 문헌에서 종종 언급되고 있으며, 특히 12세기 타이완 원주민이 중국 연안에 침입한 것을 기록한 문헌에 들어있다. 1225년경 타이완 남부인들인 비사야(毗舍耶)를 언급한 조여괄(趙汝适)은 다음과 같이 기록하였다. "그들은 정크를 타고 돛으로 항해하거나 노를 젓지 않고 대나무를 묶어 뗏목을 만들고 있다. 이 뗏목은 천막처럼 말아 올릴 수 있으므로 갑자기 추격을 당할 때면 뗏목을 말아 올려 헤엄쳐 갈 수 있다."[75] 이와 비슷한 언급이 『송사(宋史)』[76]에도 있는데, 여기에는 1174년부터 1189년 사이에 중국 연안을 습격한 해적이었던 류쿠도민(琉球島民)이 사용한 돛으로 항해하는 뗏목에 대해서도 기록되어 있다. 이러한 종류의 선박에 대한 가장 오래된 그림[77]은 훨씬 후대인 1803년에 일본인 선원 하다 사다노리(秦貞廉)가 그린 것이다.

---

74 일반적으로 그 중 3개만 동시에 사용된다. 필자는 스프리트 세일을 중국 문화권의 발명 중 하나라고 생각한다.

75 『諸蕃志』, 卷一, p.39b.; tr. F. Hirth and W. W. Rockhill, *Chau Fu-Kua : His Work on the Chinese and Arab Trade in the 12th and 13th centuries, entitled 'Chu-Fan-Chi,'* Imp. Acad. Sci., St. Petersburg, 1911, p.165.

76 卷四百九十一, p.1b.

77 이 그림은 凌純聲, *op. cit.*에 게재되어 있다.

〈그림 928〉 타이완과 중국 문화권 동남부의 돛으로 항해하는 대양 항해용 뗏목. 출처는 凌純聲, "臺灣的航海帆筏及其起源,"「中央研究院民族學研究所專刊」, 1956(no.1)이다. 대나무로 만든 대(臺, platform)를 구부리기 위한 한 개의 곡재가 선수에 보인다. 끌어 올린 몇 개의 센터 보드, 파도를 막기 위해 대나무로 만든 양현의 현장, 활대가 있는 전형적인 중국식 러그 세일을 주목하라.

〈그림 929〉『도서집성(圖書集成)』(1726)에 수록되어 있는 대나무 뗏목의 그림.『삼재도회 (三才圖會)』(1609)에서 전재한 것이다. 대나무로 만든 현측 난간(side-rails)을 주목하라. 이 것은 선수미의 호깅(hogging)을 막기 위한 트러스(truss)가 될 수 있었다.

만약 대나무 뗏목에서 정크로 발달했다고 상상한다면, 목재 횡량(木材橫梁)의 격벽으로의 전환, 선저와 양현에 있는 대나무의 판자로의 교체, 갑판의 추가 확장을 제시하는 것만 필요하다. 이러한 과정은 마드라스(Madras)의 쌍동 통나무 뗏목(catamaran log rafts)에서 현재 진행되고 있음을 볼 수 있으며, 그 중 몇 가지는 양 현측의 뱃전판이 나무 못으로 고정되어 있다.[78] 많은 중국 선박 특히 광둥(廣東)의 육봉선(六蓬船)에서는 돛으로 항해하는 뗏목의 형태가 유지되고 있으며, 과장되기도 한다.[79] 횡격벽의 개념은 대나무 마디의 격벽에서 자연스럽게 발전했을 것이다. 사실 한 개의 대나무를 세로로 반으로 잘라 물 위에 띄우는 것은 모든 중국 선박의 구조 원리에 대한 주목할 만한 모델이 되고 있다.

타이완의 돛을 달고 대양 항해용으로 만드는 대나무 뗏목을 모든 정크의 유일한 원조라고 고집할 필요는 없다.[80] 왜냐하면 다른 형태의 많은 대나무

---

78 J. Hornell, "Origins of Plank-built Boats," *AQ*, 1939, 13, 35.

79 G. R. G. Worcester, "Six Craft of Kuangtung," *MMI*, 1959, 45, 130.

80 우리가 보았듯이, 인도차이나 해안에서는 대단히 유사한 선박이 사용되었다. 이 모든 것은 아메리카 인디언 문화권 특히 페루와 에콰도르의 잉카 해안과 브라질 북부 해안의 유명한 발사목 혹은 통나무로 만든 돛을 단 뗏목과 밀접한 연관성을 보여주고 있다(S. K. Lothrop, "Aboriginal Navigation of the North-west Coast of South America," *JRAI*, 1932, 62, 237.; J. Hornell, *op. cit.*, pp.81 이하.; Idem, "South American Balsas : the Problem of Their Origin," *MMI*, 1931, 17, 347.; T. Heydahl, *American Indians in the Pacific : the Theory behind the Kon-Tiki Expedition*, Allen & Unwin, London, 1952, pp.513 이하.; P. Clissold, "Early Ocean-going Craft in the Eastern Pacific," *MMI*, 1959, 45, 234 등을 참조). 그렇지만 전통적인 형태를 보면, 아메리카 인디언의 돛을 단 뗏목은 센터보드만 사용할 뿐, 조타용 노나 타는 알지 못하였다. 凌純聲, *op. cit.*는 동아시아, 폴리네시아, 아메리카 인디언의 돛을 단 뗏목과의 관계라는 어려운 주제를 연구하고서 타이완형과 에콰도르-페루형의 놀라운 유사성을 지적하였다. 또한 그는 서태평양과 남태평양의 뗏목 명칭도 중국에서 유래했다고 주장하고 있지만, 이 주장은 언어학상으로 설득력이 없다. 게다가 기본적으로 중국어에서 유래한다는 그의 주장 중 일부는 중국 전설상에 나타나는 황제와 문화 영웅(culture-heroes)에 관한 기원전 3천년과 4천년이라는 연대에 대한 인정을 근거로 하고 있다. 그럼에도 불구하고 여러 가지 이유 때문에 센터보드를 보유한 돛을 단 뗏목이 아시아에서 아메리카로 태평양을 횡단해 갔다고 주장하는 것이 그 반대 방향을 주장하는 것보다 가능성이 훨씬 더 큰 것으로 생각된다. P. Paris, "Esquisse d'une Ethnographie Navale des Pays Annamites," *BAVH*, 1942(no.4, Oct.-Dec.), 351, pp.34, 64, 67도 같은

뗏목이 오늘날에도 중국의 강과 하천에서 일반적으로 사용되고 있기 때문이다.[81] 가장 흥미로운 것 중 하나는 쓰촨의 야강(雅江)에서 사용되고 있는 뗏목인데, 이 뗏목은 야저우(雅州)와 지아띵(嘉靖) 사이의 험난한 수로를 100마일가량 오르내리면서 티베트 무역에 이용되고 있다.[82] 이 죽벌선(竹筏船)은 세계에서 가장 가벼운 홀수를 지닌 잡화 수송선(general cargo-carries) 중 하나임에 틀림없다. 어쨌든 7톤의 화물을 실어도 대나무의 부력덕분에 홀수선 밑의 깊이는 대체로 3인치정도이고, 6인치를 넘는 경우는 결코 없다. 절대 침몰하지 않는 이 뗏목의 길이는 20피트에서 100피트까지 다양한데, 전체가 직경 1피트와 높이 80피트 정도까지 자라는 큰 남죽(南竹, dendrocalamus giganteus)으로 만들어져 있다. 선수가 좁은데다가 가열하여 위쪽으로 구부려 놓았기 때문에, 이 뗏목은 수면과 같은 높이의 바위도 아슬아슬하게 넘어가는 것이 가능하다(<그림 930>). 다른 지방에도 대나무 뗏목(竹牌)[83]이 있으며, 그중 어떤 것은 선수가 위로 구부러져 있다(<그림 931>).[84] 게다가 쓰촨성 서부의

견해를 보여주고 있다. J. Hornell, "South American Balsas : the Problem of Their Origin," *MMI*, 1931, 17, 347도 참조하라. R. le B. Bowen, "Eastern Sail Affinities," *ANEPT*, 1953, 13, p.108도 이 주장을 뒷받침하고 있다.

81 게다가 오랫동안 사용되어오기도 했다. 『圖書集成』, 「考工典」, 卷一百七十八, p.12에서 전재한 <그림 929>를 참조. 원전은 『三才圖會』이다.

82 G. R. G. Worcester, *Junks and Sampans of the Upper Yangtze*, Inspectorate-General of Customs, Shanghai, 1940, pp.91 이하.; G. R. G. Worcester, *The Junks and Sampans of the Yangtze : a study in Chinese Nautical Research*, Inspectorate-General of Customs, Shanghai, 1947~8, Vol.1, p.222.; G. R. G. Worcester, *The Junkman Smiles*, Chatto & Windus, London, 1959, pp.179 이하.; I. A. Donnelly, "Strange Craft of Chinese Inland Waters," *MMI*, 1936, 22, 410. 이러한 뗏목 중 어느 한 가지에 의한 항해에 관해서는 B. Llewellyn, "A Chinese Cyclops : Down the Rapids in Chinese Tibet," *CR / BUAC*, 1949, 2(no.3), 8에 자세히 언급되어 있다.

83 G. R. G. Worcester, *The Junks and Sampans of the Yangtze : a study in Chinese Nautical Research*, Inspectorate-General of Customs, Shanghai, 1947~8, vol.2, pp.304, 440.; 揚子江에 관해서는 L. Audemard, *Les Jonques Chinoises : VI. Bas Yang-tse Chiang*, Museum voor Land-en Volken-Kunde and Maritiem Museum Prins Hendrik, Rotterdam, 1965, pp.74이하를 그리고 寧夏에 관해서는 I. A. Donnelly, "Strange Craft of Chinese Inland Waters," *MMI*, 1936, 22, 410.; W. E. Fischer, "Wings over China," *CJ*, 1937, 26, 250.; R. D. Thomas, *A Trip on the West River from Canton to Wuchow and Return*, China Baptist Publication Society, Canton, 1903, p.47을 참조.

신박자(神駁子)와 같은 선박[85]은 급류를 내려갈 때 선미에 파도를 뒤집어쓰지 않기 위해 오래 연구된 안을 도입한 것으로 생각된다.

〈그림 930〉 쓰촨성(四川省)의 야수(雅水)에서 볼 수 있는 2척의 대형 뗏목(출처 : J. E. Spencer, "The Junks of the Yangtze," *ASIA*, 1938, 38, 466)

---

84 廣東省의 강에서 다니는 뗏목과 대단히 닮은 그림이 J. Eigner, R. Alley et al., "China's Inland Waterways Photographs," *CJ*, 1937, 26, 250에 게재되어 있다.

85 G. R. G. Worcester, *Junks and Sampans of the Upper Yangtze*, Inspectorate-General of Customs, Shanghai, 1940, p.47.

호넬(Hornell)은 중국에서 정크가 뗏목으로부터 발전했다고 전승되어 오고 있다는 사실을 전혀 몰랐다. 3세기나 4세기에 간행된 『습유기(拾遺記)』에는 "헌원이 뗏목을 띄우는 습관을 바꾸어 주(舟)와 즙(楫, oar)을 발명했다(軒轅 … 變乘桴以造舟楫)"는 구절이 있다.[86] 사서 편찬자가 이것에 붙인 주석에 의하면,[87] 사람들은 주(舟)가 나타나기 이전에 부(桴)를 이용하여 강을 건넜다. 부(桴)와 벌(筏)의 의미가 같기 때문에, 이 뗏목은 황제(黃帝)[88]의 시대 이전부터 알려져 있었음에 틀림없다. 현재는 대나무와 나무로 만든 뗏목이 패(桴)로 불리는 것으로 전해지고 있다. 고어에서 위(葦)는 대나무 뗏목을 의미하였다. 『시경(詩經)』에는 "나는 갈대(단)로 강을 건넜다(一葦杭之)"[89]라는 시가 있으며, 송대(宋代)에는 소동파(蘇東坡)에게서 볼 수 있는 것처럼 시어(詩語)로도 계속 사용되었다. 공자와 초나라 시인들은 모두 뗏목에 대해 관심을 갖고 있었다. 공자는 자신의 도덕·사회적 가르침이 동시대인들에게 수용되지 못하는 것을 탄식하면서 "이야기를 들어줄 사람을 찾기 위해 뗏목을 타고 나가 9개 만족(蠻族)을 방문하였다"고 말했다.[90] 그로부터 2세기 이후 (『초사(楚辭)』의) 『구장(九章)』의 저자 중 한 명은 "뗏목을 타고 물을 따라 내려가(乘泛泭以下流

---

86 卷一, p.2b. J. C. Fergusan, "Transportation in Early China," *CJ*, 1929, 10, 227이 이 구절에 대한 주의를 환기시켜 주었다.

87 『三才圖會』, 「器用」篇, p.19 이하. 『稗編』의 해당 항목도 참조.

88 軒轅은 전설에 나타나는 皇帝인 黃帝의 여러 명칭 중 하나이었다.

89 「毛詩」, 第六十一. tr B. Karlgren, *The Book of Odes : Chinese Text, Transcription and Translation*, Museum of Far Eastern Antiquities, Stockholm, 1950, p.41.; tr. J. Legge, *The Chinese Classics, etc. : Vol.4, Pts. 1 and 2, "Shih Ching" : The Book of Poetry*, Lane Crawford, Hongkong, 1971, p.104가 있다.

90 『論語』, 公冶長篇, 第七, 蠻族의 부분은 『說文』의 해당 항목에서처럼 후대의 주석자가 덧붙여 넣은 것이다. tr. J. Legge, *op. cit.*에서는 공자가 뗏목을 타고 목표도 없이 떠나려 했다고 해석하고 있다. 그가 돛을 단 훌륭한 뗏목의 존재를 알지 못했음은 의심할 여지가 없지만, 중국에 대한 서양의 불필요하고 독선적인 개념을 또 하나 만들어낸 것은 애석한 일이다. 실제로는 아직 미신을 맹신하는 사람들에게 합리적인 사회 질서를 교육하려고 성인이 거친 파도를 무릅쓰고 높은 러그세일을 단 뗏목에 탄 모습은 참으로 장엄하게 생각된다. 그 뗏목은 보다 후대에 선박을 지칭하는 星槎라는 용어에 어울렸을 것이다. 그리고 멕시코 해안까지 충분히 항해할 수 있었을 것이다.

〈그림 931〉 장시성(江西省) 북부의 포양호(鄱陽湖) 남쪽에 있는 후앙진부(黃金埠) 부근 신강(信江)으로 불리는 하천에서 가마우지 잡이에 사용되고 있는 대나무 뗏목(저자가 1946년에 촬영)

舟)"라고 기록하였다.[91] 정크가 대나무 뗏목으로부터 발달했다는 견해는 성인들이 "통나무를 파내 보트를 만들고, 나무를 그을려 견고하게 하여 즙(楫)을

---

91 「惜往日の賦」(『楚辭補註』, 卷四, p.27.; tr. D. Hawkes, 'Chhu Tzhu' : the Songs of the South-an Ancient Chinese Anthology, Oxford, 1959, p.76).

만들었다(剜木爲舟 剡木爲楫)"라는 『역경(易經)』의 유명한 구절과 모순되지 않는다.[92] 통상적인 번역에서는 나누는 것, 파내는 것, 몇 부분으로 분할하는 것, 동물을 베어 반으로 가르는 것 등의 의미가 있는 고(剜)라는 첫 단어의 의미에 무게를 둔다. 여기에서는 나무를 잘라 판자로 만든다는 것과 같은 의미로 간주될 수 있다. 뒤에서 곧 보겠지만, 고대 상형문자에서 나타나는 舟의 양쪽 끝은 사각형이었고, 뾰족하지 않다.[93] 게다가 고대 서적 중 몇 권이 주(舟)를 만들 때 큰 대나무를 사용한 사실을 언급하고 있는 것도 시사하고 있는 바가 많다.[94]

---

92 「繫辭傳」, 第二.; tr. R. Wilhelm, 'I Ching' : Das Buch der Wandlungen, vol.2, Diederichs, Jena, 1924, p.254.

93 橫隔壁의 아이디어가 속을 파낸 카누의 제작자들 중 일부에게 영향을 준 것으로 보인다. 북한의 鴨綠江과 豆滿江에서 속을 파낸 커다란 나무가 강을 건널 때 주로 사용되고 있으며, 게다가 더 튼튼하게 하기 위한 칸막이도 남아있다(H. H. Underwood, "Korean Boats and Ships," JRAS / KB, 1933, 23, p.6과 fig. 1).

94 『山海經』, 卷十七, p.1.; 『述異記』, 卷三, 『筍譜』, p.11에서 인용.; 『竹譜』, pp.1, 3.; 『淵鑑類函』, 卷四十七, p.3.

제3장

정크와 삼판의 구조적 특징

우리가 현재까지 보아온 것보다 더 나아가는 가장 좋은 방법은 소수의 전형적인 조선 사례(造船事例)를 상세하게 검토하는 것이다. 동시에 배대목(船匠)과 선원이 사용했거나 현재 사용하고 있는 가장 중요한 몇 가지 전문 용어를 통해서도 아이디어를 얻을 수 있다.

1. 유형의 표본

먼저 양쯔강 상류의 화물선인 마앙자(麻秧子, <그림 932>와 <그림 933>)부터 살펴보자.[1] 다른 강들의 정크와 마찬가지로, 마앙자의 크기는 여러 가지이

---

1 왜냐하면 이렇게 하는 것이 편리하기 때문이다. 그러나 필자는 개인적인 의무감 때문에도

며, 선수(舳, 艙, 艒)에서 선미(舳, 艒)까지의 길이는 35피트에서 100피트까지 다양하고, 150피트 길이까지 만들어진 적도 있었다. 이 선박의 종단면에서 볼 수 있듯이, 서로 분리된 선창(holds) 즉 창(艙)은 격벽(bulkhead)에 해당하는 양두(樑頭)가 14개나 있는 것으로 보아 14개였다고 할 수 있다. 가장 오래되고 특징적인 구조를 보유한 마앙자에는 기본적인 종강도부재(縱強度部材, longitudinal strengthening members) 즉 용골이 없다. 종강도를 지탱하는 것은 격벽에 못으로 연결된 외판과 현측의 아주 견고한 요판(腰板, wales)뿐이며, 이 요판은 '선변협대근(船邊夾大筋)' 즉 문자 그대로 '꼭 잡아 지탱해주는 힘줄(strakes) 즉 건(腱)'이다. 요판은 뱃전판들(來筋) 사이에 위치해 있으며, 오늘날에도 여전히 보인다. 그러나 현대화 작업이 진행됨에 따라 오늘날에는 외딴 강에서 사용되는 선박조차 용골을 갖고 있는 경우가 종종 있다. 그렇지 않으면 선저가 구부러지는 부분의 판자(彎角板) 내부에 1개의 내용골(內龍骨, kelson)과 두 개의 현측 내용골(舷側內龍骨, side kelson)이 있을지 모른다.[2]

　격벽 사이에는 늑재(肋材, frames), 반늑재(半肋材, half-frames), 혹은 조골(助骨, ribs) 즉 알옥(軋玉)이 있는데, 그 기원이 고대인지 여부는 알 수 없다. 선창(船艙)의 바닥(底板)은 구조적인 선저판(船底板, bottom planking)의 이러한 부재들 위에 놓여 있다. 격벽 자체는 거의 항상 수직부재(垂直部財, vertical members)나 보강재(補强材, stiffening) 즉 양두협판(樑頭夾板)을 포함하고 있다. 중국 선박의 많은 형태는 18세기 유럽의 선박들처럼 현측 상부가 안쪽으로 많이 휘어진 텀블홈(tumblehome)을 갖고 있는데, 이는 터릿 구조(turret-built)로 불리며, 마

그렇게 하려 한다. 지난날 필자는 이러한 형태의 선박을 타고 여러 번 여행을 하였다. 중국의 강에서 다니는 선박의 조종술에 대한 필자의 이해는 四川 지방의 巫 선장의 도움 덕분이다. 이 선박에 대한 묘사는 G. R. G. Worcester, *Junks and Sampans of the Upper Yangtze*, Inspectorate-General of Customs, Shanghai, 1940, p.21에 있다. P. Claudel and H. Hoppenot, *Chine*, Ed. d'Art Albert Skira, Paris, 1946, pl.31은 마앙자의 모형과 그것을 만드는 사람들의 멋진 사진이 실려 있다.
2 G. R. G. Worcester, *op. cit.*, p.37.

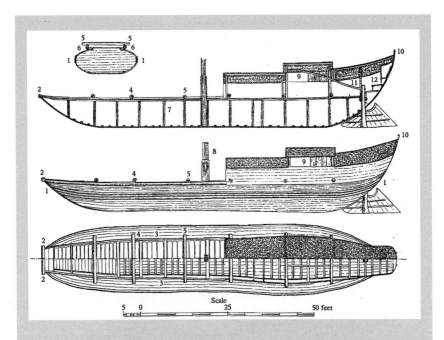

〈그림 932〉 양쯔강 상류에서 사용하는 정크 마양자(麻秧子). 마양자는 모든 중국 선박의 원형으로 언급되고 있다(출처 : G. R. G. Worcester, *op. cit.*).

1. 선수에서 선미까지 전장(全長)에 걸쳐 있는 길고 무거운 요판(腰板)
2. 선수 트랜섬(transom)에서 돌출되어 있는 횡량(橫梁)
3. 선수에서 갑판실까지 낮은 코밍(coaming, <역자주 : 물이 들어오지 못하게 갑판 주위에 두른 테두리>)
4, 5. 율로(yulohs, <역자주 : 전통적인 동양식 노>)를 위해 놋좆(thole-pins)을 단 돌출된 횡량(橫梁)
6. 트랜섬(transom, <역자주 : 선미의 윗부분을 지지하는 횡강력재>)
7. 단단한 나무로 만든 권양기(捲揚機, capstan)
8. 소나무로 만든 80피트 길이의 돛대와 돛줄용 삭이(索耳, cleat)
9. 전방을 볼 수 있는 조타실(타 손잡이가 갑판실 위로 올라와 있으며 그 위에 가로 놓인 통로 위에서 조작하는 형태도 있다)
10. 예비용 대나무 로프가 감겨져 있으며 높이가 높은 두 개의 밧줄걸이(pins)
11. 25피트 길이의 균형타 손잡이(<그림 1043>을 참조)
12. 후부 선실(선장실과 거실)

〈그림 933〉 마앙자(麻秧子)(Maze Collection, Science Museum, Kensington). Anon, Illustrated Catalogue of the Maze Collection of Chinese Junk Models in the Science Museum, London, Pr. pr. Shanghai; pr. bub. London, 1938, no.5. 보통은 강력한 선수에서 노를 젓는데(bow-sweep), 이 모형에도 그것이 보인다.

앙자가 그 같은 경우에 해당된다. 그러므로 그 갑판(梠面板)이 선폭 전체를 차지하고 있는 것은 결코 아니다. 거의 모든 중국 선박이 그러하듯이, 상부 구조물은 주돛대(艢)의 후방에 있으며, 상부 현측 외판(上部舷側外板, topside planking) 즉 한피(旱舷)는 난간(rails)이나 현장(舷墙, bulwarks)에 이어져 있다. 그런데 이 상부 구조물은 바다를 항해하는 선박에서 많이 보이며, 강을 항해하는 정크에는 상부 구조물이 돛대 앞쪽에 사실상 없기 때문에 노젓기, 예선

(曳船) 장비 조작(tracking gear) 등에 방해를 받지 않는다. 갑판은 선체의 상단을 따라 간격을 두고 있고 횡량(橫梁, transverse beam)을 뜻하는 거량(柜樑)에 의해 지탱된다. 현측 밖으로 돌출되어 있는 몇 개의 횡량은 여러 종류의 노에 대한 지렛목으로 사용되어 보조 갑판(guard deck)이나 귀갑형(龜甲形) 갑판(whaleback) 즉 구부러진 선체 상부의 판자(船外柜面板)를 아무런 장애물이 없는 상태로 둘 수 있다. 사각형 선체의 끝 부분에는 거대한 가로보(cross-beam) 즉 윤(輪)이 있으며, 그 용도는 여러 가지이다. 창구연재(艙口緣材, hatch coaming)에 해당하는 창구변판(艙口邊板)은 선수에서 갑판실까지 이어져 있고, 갑판 판자는 창구연재 위

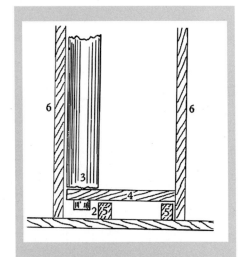

〈그림 934〉 전형적인 중국 선박의 돛대 받침대(출처 : G. R. G. Worcester, *op. cit.*). 돛대의 끝 부분(heel, 3)에 붙어있는 1개의 장부(tenon)는 수평재(horizontal timber, 4)의 한 구멍(socket)에 확실하게 삽입되어 있다. 이 수평재는 늑재(ribs, 5) 위에 얹혀 있으며, 격벽(bulkheads, 6) 사이에 꼭 끼워있다. 이것은 돛대의 끝 부분이 앞으로 움직이지 못하게 하며, 추력(thrust)을 분산시키는 데도 도움을 준다. 〈그림 935〉와 후술할 17세기의 기록을 참조.

에서 현측에서 현측으로 선체를 가로지르고 있다.[3]

돛대는 80피트 길이의 소나무로 만들며, 갑판에서 6피트 정도 위로 돌출해

---

3 중국 선박의 선체 구조에 대해서는 L. Audemard, *Les Jonques Chinoises : II. Construction de la Jonque*, Museum voor Land-en Volken-Kunde & Maritiem Museum Prins Hendrik, Rotterdam, 1959, pp.10 이하를 보라. 그는 돛대와 동 받침대에 관해서도 잘 설명하고 있다.

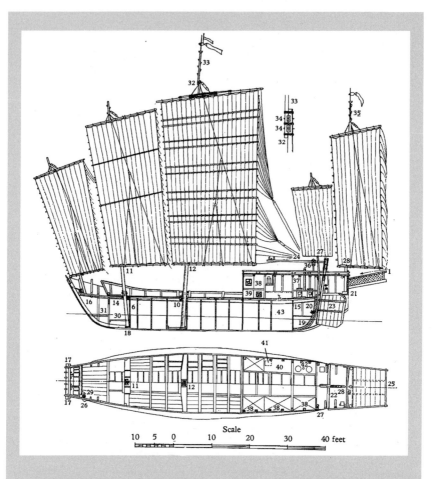

〈그림 935〉 사선(沙船) 즉 장쑤성의 화물선으로 모든 중국 선박의 모형이었던 것으로 추정되는 대양 항해용 정크(출처 : G. R. G. Worcester, *op. cit.*, Vol.1). 전장이 200피트에 이르는 경우도 종종 있으며, 그 크기가 명나라 수군의 대형 목조선과 거의 같았다. 그러나 여기에 묘사되어 있는 그림은 85피트이다.

1. 미즌 세일(mizen sail, <역자주 : 뒷돛대에 치는 세로돛>)의 구역과 여러 개의 아딧줄 (multiple sheets)
6. 제1내부격벽(first internal bulkhead)
10. 여러 개의 견고한 갑판량(甲板梁, deck beams) 중 하나
11. 46피트 길이의 선체 중앙의 앞돛대(midship foremast) : 앞을 향해 기울어져 있다
12. 70피트 길이의 주돛대(main mast) : 선미쪽으로 약간 기울어져 있다
14. 거주 구역(living quarters)과 삭구 창고(cordage)로 사용될 수 있는 전방 구획

15. 12번째이자 마지막 내부 격벽보다 뒤에 있는 후방 구획
16. 선체 형태를 이루고 있는 3개의 종선수늑재(縱船首肋材, fore-and-aft stem ribs)
17. 선수의 가로보(橫梁, cross beam)
18. 앞돛대의 하단부(heel of foremast)
19. 선미를 형성하고 있는 종선미부재(縱船尾部材, fore-and-aft stern timbers)
20. 뭉툭하고 둥근 트랜섬 선미(transom stern)
21. 가선미(假船尾, false stern). 양 현측이 트랜섬 너머로 8피트까지 확대되어 있고, 짧은 가(假)트랜섬(false transom)으로 마무리된다.
22. 타를 감아올리기 위한 권양기(捲揚機, windlass)
23. 쇠가 씌워져 있는 불균형한 타
24. 16피트 길이의 타 손잡이(tiller)
25. 10피트 길이의 선미 전망대(stern gallery)
26. 31피트 길이의 좌현 앞돛대(port foremast) : 앞으로 기울어짐
27. 28피트 길이의 좌현 뒷돛대(port mizen mast)
28. 수직으로 서 있고, 48피트 길이의 선미뒷돛대(aft mizen mast) : 선체 중앙에서 약간 좌현으로 기울어짐
29. 좌현 앞돛대(port foremast)의 돛대 꽂는 구멍(tabernacle) : 방파벽(bulwarks) 내부
30, 31. 선체 중앙에 있는 앞돛대의 하단부를 지탱하는 종양재(縱梁材)
32. 주돛대 꼭대기의 튀어나온 돌기(hounds)
33. 주돛대의 가벼운 중간돛대(light topmast)
34. 양 돛대를 통과하고 이중적인 마룻줄 도르래(halyard sheaves)를 보정시키는 도르래 핀(sheave pins)
35. 선미 뒷돛대(aft mizen mast)의 가벼운 뒷돛대(topmast)
36. 항해등
37. 전망대(gallery)
38, 39. 침실과 미닫이문이 있는 선실
40. 쌀통과 창고
41. 관음상을 모시는 사당
42. 취사용 스토브
43. 갑판 밑 거주 구역

있는 높은 받침대(tall tabernacles)에 세워져 있다. 돛대의 끝 부분에 있는 장부는 대단한 강도의 이동 가능한 늑재(movable timber)에 만들어진 구멍에 삽입되어 있으며, 이 이동 가능한 늑재는 밑에서 반늑재(half-frames)로 지탱되고 격벽의 양끝에 꼭 끼워져 있어 추력(推力, thrust)을 분산시켜준다(<그림 934>). 근대적인 구조에서는 기름 탱크의 수밀 이중 격벽인 코퍼댐(coffer-dams) 즉 짐을 싣지 않은 작은 구획이 격벽 사이에 설치되어 있기 때문에

〈그림 936〉 앞에서 본 푸저우(福州)의 목재 운송용 정크인 화비고(花屁股). Greenwich에 있는 National Maritime Museum의 Waters Collection에 있으며, 선수의 복잡한 구조를 보여주고 있다. 선수에 있는 양현 현측판(horn of two wings)은 갑판 위로 10피트가량 높다. 돛대가 4개 이상 있는 경우가 드물지만, 이러한 선박도 전장은 약 200피트에 이른다(선수에서 보이는 2명의 선원에 주의). 이 선박의 축적도는 G. R. G. Worcester, *op. cit.*, vol.1, p.50에 실려 있다.

선저의 오수를 대나무 펌프를 이용하여 그 가운데로 배수시킬 수 있다. 타(舵, 舳, 柁, 柮)에는 타판(舵板, rudder blade)의 일부가 타축(舵軸, rudder axis) 앞에 있는 균형타이기 때문에 25피트 길이의 타손잡이(tiller)가 있음을 알 수 있다. 이 타를 힘겨운 급류에서 조작하려면 3명이 필요할 것이다. 또한 선수 대도(船首大櫓, bow-sweep)도 있다. 돛대에는 단 1개의 러그세일(lug-sail)을 아주 높이 단다. 강에서 사용하는 이러한 유형의 대형 정크에서 고정 선원은 단지 8명인 반면, 경우에 따라서는 50명이나 60명 이상의 인력이 고용되기도 한다. 강을 거슬러 올라가기 위해 선박을 끌 때에는 400명의 인부가 필요하게 된다.

이러한 종류의 선박으로는 타롱자(舵籠子)와 남하선(南河船)과 같은 변형이 있는데, 이 변형들은 충칭(重慶)의 서부 지방에서 사용되고 있다.[4] 남하선에서는 대단히 무겁고 큰 선수 대도를 타와 함께 사용한다.

대양을 항해하는 정크의 유형 표본(type-specimen)으로는 장쑤성(江蘇省)[5]의 화물선인 사선(沙船)을 들 수 있다.[6] 이전에는 사선의 크기가 170피트까지 큰 경우도 있었다. 소나무 목재로 만든 선체(hull) 즉 선각(船殼)은 평저(平底)이며(<그림 935>를 참조), 중앙의 종통재(縱通材, longitudinal timber)는 다른 종통재보다 다소 크기 때문에 용골을 대신하고 있다. 격벽이 앞에서 언급한 강 상류에서 사용하는 선박만큼이나 많고, 현측은 요판(wales)으로 보강되어 있다. 터릿(turret) 구조로 된 선체의 곡선이 선수와 선미에서 모아지기 때문에, 가장 앞부분과 후부 격실들은 선체 구조의 최고 걸작이라 할 수 있다.[7] 그리고

---

4 G. R. G. Worcester, *op. cit.*, pp.61과 98.

5 北直隸省으로 불리는 때도 있었다.

6 G. R. G. Worcester, *The Junks and Sampans of the Yangtze : a study in Chinese Nautical Research*, vol.1, Inspectorate-General of Customs, Shanghai, 1947~8, p.114.; D. W. Waters, "Chinese Junks : the Pechili Trader," *MMI*, 1938, 24.

7 예를 들면, 福州의 목재 운송용이며 삿대를 사용하는 정크(pole-junk, 花屁股)의 선수가 보이는 <그림 936>을 보라. G. R. G. Worcester, *op. cit.*, vol.1, p.139.; I. A. Donnelly, "Fuchow Pole Junks," *MMI*, 1923, 9를 참조. 杭州灣의 화물선에 대해서는 <그림 937>과 G. R. G. Worcester, *op. cit.*, vol.1, p.137을 참조.

〈그림 937〉 항저우만(杭州灣)의 화물선인 샤오싱(紹興船)이 정박해 있는 모습(Greenwich의 National Maritime Museum에 있는 Water Collection). 선수의 모양을 잘 볼 수 있다. 선수의 뭉툭한 트랜섬이 앞에 어렴풋이 나타나고, 선박을 가로지르는 판자들이 위로 솟아오른 선저 종통재(船底縱通材)의 둥근 끝단 위에 얹혀 있되, 약간 뒤에 있다. 선수는 항상 밝은 색으로 얼굴이 그려져 있거나, 양현에 눈 대신 팔괘와 음양의 상징(Joseph Needham, *Science and Civilization in China* Vol.2, pp.273, 312)이 그려져 있다. 접혀져 있는 사조묘(四爪錨)와 말아 거두어진 채로 활대가 있는 앞돛대의 돛(furled batten foresail)을 주목하라. 이러한 형태의 선박은 전장이 90피트를 넘는 경우가 거의 없으며, 돛대는 일반적으로 3개이다. 이 그림에서는 보이지 않지만, 측판(側板) 즉 리보드(leeboard)가 있다. G. R. G. Worcester, *op. cit.*, vol.1, p.48에 이러한 선박의 축적도가 실려 있다.

구부러진 갑판량(甲板梁, deck beams)은 선체의 구부러진 늑재(frames)에 아주 교묘하게 단단히 은촉꽂이이음(rabbet)으로 고정되어 있다.[8] 실제로 선수와 선미의 늑재 즉 종통부재 중 몇 개가 선박 형태를 이루고 있다.[9] 선수와 선미가 넓고 뭉툭하며 악천후에 잘 견딜 수 있지만, 가선미(假船尾, false stern)에 해당하는 타루(舵樓)는 최종 선미판(final transom) 너머까지 상승곡선으로 선체의 양현을 늘리는 방식으로 건조되고 있으며, 흘수선 위 약 7피트 지점에 위치한 더 짧은 최종 선미판으로 끝난다. 이러한 구조의 갑판 표면(decked surface)은 갑판실을 연장하고 있으며, 그 위에는 타를 오르내리는 권양기 (windlass)가 설치되어 있다. 타는 이 폐쇄된 공간 안에 매달려 있다. 이러한 배치는 수 세기 동안 특히 중국 선박의 특징적인 모습이었다. 타주(舵柱, rudder-post)는 3개의 구멍이 있는 목제 축받이(open-jawed wooden gudgeons)에 꽂히며, 키 손잡이(tiller)는 갑판실의 지붕이나 갑판실 안에서 조작된다. 가선미의 뒤에는 긴 선미 전망대(stern gallery)가 하나 있다.

5개가 있는 돛대를 주목해보자. 왜냐하면 (곧 보게 되겠지만,) 이 시스템이 13세기 유럽인들에게 놀라운 것이었으며 또한 그 이후 유럽 선박의 설계에 큰 영향을 준 것으로 보이기 때문이다. 대체로 어떤 크기이던지 간에 대양을 항해하는 모든 정크는 돛대를 많이 보유하고 있으며, 강에서 사용되는 선박 중에서는 돛대를 3개 이상 보유한 것을 보기 어렵다. 그러나 중국 문화권 밖에서는 돛대를 좌현과 우현에 멋지게 배열하는 시스템이 확산되어 있었다.[10] 이리하여 오늘날 앞돛대(foremast) 즉 두외(頭桅)는 중앙이 아닌 좌현에

---

8 Smyth가 p.82에서 홀란드 선박에 대해 다음과 같이 언급하고 있는 것이 여기에 해당한다. "중국의 정크와 마찬가지로 상부 구조가 뭉툭하여 보기는 좋지 않아도, 선저의 선(船底線)은 일반적으로 아주 아름답고, 해신인 넵춘(Neptune)은 위대하지만 완벽하게 아름다운 곡선을 가져야 한다는 생각을 갖고 있다."

9 주목할 만한 道家風의 방법이지만, 유럽의 선장(船匠)들도 사용하였다.

10 이것은 삭구의 조작과 화물의 선적을 위해 가능한 한 넓은 공간을 확보하려는 목적에서 비롯되었을지 모르지만, 그러나 주로 화물선에 사용된 작은 돛은 다른 돛에 의해 방해받지

그리고 두 번째 앞돛대(二檣)는 중앙에 위치하며, 두 가지 모두 앞으로 기울어져 있다. 주돛대(main mast) 즉 중대외(中大檣)는 중앙에 있으면서 약간 뒤로 기울어 있으며, 뒷돛대(mizen mast) 즉 사외(四檣)는 더 한층 앞으로 기울어 있고, 마지막으로 보나벤투라 마스트(bonaventure mast) 즉 미외(尾檣)는 뒷돛대보다 훨씬 더 크지만 전혀 기울어져 있지 않다. 모든 선박의 기울기가 같았던 것은 아니지만, 일반적인 경향은 돛대들을 부채살처럼 퍼져 있게 하는 것이었다.[11] 또한 돛을 꽂는 구멍(tabernacles)의 구조도 다양하다. 중국의 전통적인 대양 항해선에서는 거의 모두 돛대를 고정시키는 굵은 밧줄 즉 지삭(支索, stays)이 돛대에 전혀 없다.[12] 그러나 몇 가지 유형에서는 거대한 주요 돛대들이 돛의 압력 중 일부를 선체와 전방에 있는 격벽들의 접합부에 전달하는 단 한 개나 Y자 모양의 받침대(struts)를 갑판층(deck level)에 갖추고 있다(<그림 938>).[13] 모든 돛대에는 균형 잡힌 러그세일[14]이 달려 있고, 그 중 몇 개는 중간돛대(top-mast)에도 있다. 현재는 중세와 마찬가지로 적절한 범주 조건(帆

않은 채 바람을 받을 수 있었다. 돛을 지그재그로 배치하는 원리는 현대의 요트 설계자들에게 매력적일 것 같다(Wells Coates가 보내온 개인 편지).

11 한국의 선박에서는 이러한 경향이 더 강력하게 나타난다(H. H. Underwood, "Korean Boats and Ships," *JRAS / KB*, 1933, 3, p.18과 fig. 18과 fig. 19). 이 경향은 『和漢船用集』, 卷三, pp.19 이하에 있는 福建의 무역선도에 잘 나타나 있다.

12 이것이 종범 항해 기술(fore-and-aft sailing techniques)의 발달에 큰 영향을 주었음에 틀림없다. 그러나 강에서 예인선으로 사용하는 선박의 돛대에는 지삭이 있으며(<그림 933, 957, 971, 1047>), 지삭이 많은 경우도 있다(<그림 976, 1024, 1032>). 돛대 밧줄(shrouds)은 아주 드물다(<그림 972>).

13 때로는 몇 개의 긴 나무를 묶어 철사로 감아 만드는 방법으로 거대한 돛대들이 만들어지기도 한다. 1842년 영국의 해군 장교는 상해 정크의 주돛대를 보고 그 크기에 경악하였다. 갑판 위로 약간 올라와있는 있는 부분의 둘레는 11피트 6인치였고, 높이는 141피트였으며, 큰 돛대의 활대(main yard) 길이는 111피트였다. 거대한 돛에는 대단히 견고한 圓材(spars)가 필요하며, 돛대 밧줄(shrouds, <역자주 : 돛대에서 갑판이나 레일로 리드하는 줄이며 돛대의 측면을 지지해준다>)이나 지삭(stays)은 없었다. W. D. Bernard, *Narrative of the Voyages and Services of the Nemesis from 1840 to 1843, and of the combined Naval and Military Operations in China*, vol.2, Colburn, London, 1844, p.365를 참조.

14 주돛대와 앞돛대의 돛은 항상 누름대로 보강되어 있다. 나머지 돛들도 그랬을 것이다.

走條件) 하에서 중간돛(topsails)이 펼쳐진다. 오늘날 약 20명의 선원을 태우고 있는 이러한 정크는 송대(宋代)에 인도양을 항해한 정크의 원형과 상당히 유사했던 것으로 생각된다.[15] 모든 돛을 펼쳤을 때의 아름다운 광경은 보는 사람으로 하여금 감탄을 자아내게 한다.[16]

2. 전문 용어

이미 지적한 것처럼, 중국의 조선 용어와 항해 용어를 설명하는 데에는 몇 가지 어려움이 따른다. 우리가 알고 있는 한, 이 주제에 대해서는 건축 분야의 뛰어난 문헌인 『영조법식(營造法式)』에 상응하는 문헌이 중국에 존재하지 않고 있다. 더욱 애석한 점은 현장에서 일하던 사람들이 기록을 전혀 남기지 않았으며 또한 저술가들이 조선과 선박 조종에 대해 아무것도 모르거나 지식을 거의 갖고 있지 않았다는 것이다. 그들은 자신들의 선조들도 이해할 수 없었던 전문 용어의 주석만 남겼다.[17] 일반적으로 선박 용어에 대한

---

15 G. S. Laird Clowes and C. G. Trew, *The Story of Sail*, Eyre & Spottiswoode, London, 1936, p.81에 게재되어 있는 대양 항해용 정크의 복원에 대해 한마디 하려 한다. 왜냐하면 그 정크가 아주 훌륭한 다른 화집들에서도 보이기 때문이다. 필자는 그 정크가 Adm. F. E. Paris, *Souvenirs de Marine : Collection de Plans ou Dessins de Navire et de Bateaux Anciens ou Modernes, Existants ou Disparus*, Gauthier-Villars, Paris, pt.IV를 기반으로 한 것이라 생각한다. 그러나 타 구멍(rudder slit)은 지나치게 좁고, 양현의 전망대(galleries)는 너무 길게 돌출되어 있다. 여러 개의 아딧줄(帆脚索, sheets)이 잘못 그려져 있고, 선체도 잘못 그려져 있다.

16 F. D. Ommanney, *Fragrant Harbour : a Private View of Hongkong*, Hutchinson, London, 1962, p.111을 참조

17 다른 문화권에도 조선술에 관한 중요한 원고와 서적이 많이 있지만, 서양 언어로 번역된 것이 전혀 없어 충분히 논의되지 않은 것으로 보인다. 예를 들면, Bhŏja Narapati에 의해 편찬되고 Dhara의 Râjâ Bjôja(1050)가 인용했던 *Yuktikalpataru*가 있지만, 이 자료는 현재 사본밖에 없다(Radhakamud Mukerji, *Indian Shipping : a History of the Sea-Borne Trade and Maritime Activity of the Indians from the Earliest Times*, Longmans Green, Bombay and Calcutta, 1912, p.19). 일본에는 풍부한 그림과 흥미로운 내용을 많이 포함하고 있는 金澤兼光(가나자와 가네미쓰)의 『和漢船用集』(1766)이 있다. 이 그림 중 몇 개의 다른 버전들은 西川如見(니시카와 조겐), 『華夷通商考』

〈그림 938〉 산터우(汕頭) 지방 화물선의 갑판(출처 : Greenwich에 있는 National Maritime Museum의 Waters Collection). 돛이 받는 풍압(風壓)의 일부를 선체와 전방 격벽(bulkheads forward)에 분산시키기 위한 주돛대의 받침대(strut)가 눈길을 끈다. 돛대에는 철사와 쐐기 중 한 가지가 보인다. 양현에는 아딧줄용 윈치(halyard winches)도 보이는데, 좌현의 아딧줄용 윈치가 벗겨져 있음을 알 수 있다.

(1708)에 들어 있다. 그로부터 1세기 이후 本木正榮(모토키 마시히데)은 서양의 군함에 대해 『軍艦圖解』를 기술하였다.

항목이 『이아(爾雅)』 이후의 중국 백과전서들에 몇 가지 포함되고 있으나,[18] 대부분 맹(艋), 주(舼), 동(舸), 당(艚) 등처럼 이미 사용하지 않은지 오래된 (혹은 쉽게 알아볼 수 없는) 형태의 선박에만 관심을 기울이고 있는 것이 눈에 띤다. 선박의 각 부분과 삭구에 대한 전문 용어의 수는 적다. 게다가 대부분 방언의 어구(語句)나 지방 어법(語法)의 식별에 할애되고 있기 때문에, 역사상의 어느 주어진 시대에 어떤 특정 기술의 존재를 실제로 입증할 수 있는 정보를 내포하고 있는 항목들을 뽑기 위해서는 장기간의 연구가 필요할 것이다. 이 분야가 대단히 매력적임에도 불구하고, 우리가 여기에서 시도하지 못하는 것은 당연하다. 예를 들면, 임광(任廣)이 1126년에 편찬한 『서서지남(書敍指南)』 15권에는 선박 용어에 관한 설명이 일부 있지만, 지금까지 연구되지 않았다. 이를 조사하기 위해서는 18세기의 가장 훌륭한 논고인 홍양길(洪亮吉, 1746~1809)의 『석주(釋舟)』[19]도 참고해야만 한다. 이 서적은 늑판(肋板, floors) 이나 격벽(bulkheads)에 대해 령(笭), 뱃전판(strakes)에 대해 예(栧) 등과 같은 진기한 용어를 사용하고 있다. 여기에서 예(栧)는 현재 긴 노(long oar)를 의미하는데, 임광은 분명히 조타용 노(steering-oar)라고 생각했었을 것이다.

서양의 중국학(中國學)은 그 이상 도움이 되지 않는다. 에드킨스(J. Edkins)나 둘리틀(J. Doolittle)[20]의 연구에는 배울 점이 약간 있지만, 더 알려면 사전류를 조사할 수밖에 없다. 중국학 학자들이 지난 수 백 년 동안 문학 서적을 번역하는데 들인 노력의 1 / 10만이라도 중국의 기술 발달과 진보를 조사하는 데 할애했더라면 여건이 지금보다는 나아졌을 것이다. 그러나 현실은 그 반대였으며, 우스터(G. R. G. Worcester)의 상세하고 세심한 저서조차도 중국의 전문

---

18 예를 들면, 『三才圖會』, 「器用」篇, 卷四, p.9 이하.

19 『卷施閣文甲之集』, 卷三에 포함되어 있다.

20 J. Edkins, "Chinese Names for Boats and Boat Gear : with Remarks on the Chinese Use of the Mariner's Compass," *JRAS / NCB*, 1877, 11.; J. Doolittle, "Glossary of Chinese Shipping and Nautical Terms," In J. Doolitle, *A Vocabulary and Handbook the Chinese Language*, vol.II, Rozario & Marcal, Fuchow, 1872, p.557.

용어를 보여주지 않고 있는 것은 언뜻 보기에도 너무한 것처럼 보인다.[21]
그러나 생각지도 못한 어려움들도 있다. 첫째, 솜씨가 가장 좋은 조선기술자
(船匠)도 그리고 함께 작업을 한 선장(船長)도 대개 글을 몰랐으며, 선원과 그
가족들도 글을 몰랐다. 따라서 기록 형태는 전혀 존재하지 않았고, 구전하는
선박 용어가 많이 있었음에 틀림없다.[22] 그러므로 후에 알게 되는 것처럼,
18세기 서상관(書狀官, official scribe)은 자신의 해양관련 정보 제공자들이 사용
한 전문 용어들을 표기하기 위해 문자를 고안해내지 않으면 안 되었다. 둘째,
유럽인들이 삭구의 아주 세밀한 부분에 이르기까지 전문 용어를 무한히, 상세
하게, 멋지게 만들어낸 것에 반해, 중국의 선원들은 이 분야에서 별로 노력하
는 모습을 보여주지 않았다.[23] 마지막으로, 이 용어들은 항구마다 각각 차이

---

21 중국의 도구와 기술 과정에 대한 Hommel의 또 다른 탁월한 저서에도 동일한 결함이 있음을
지적한 부분이 있다(Joseph Needham, *Science and Civilization in China*, Vol.4, pt.2, p.50). 동일한 설
명을 제시하고 있지만, Hommel은 한자를 전혀 표기하지 않았다는 비판을 흔쾌히 받아들이
고 있다. 여기에서 Worcester의 논문에 나타나는 중국사 이론이 항상 믿을 수 있는 것은 아
니었음을 부언해두려 한다. 불행하게도 그는 중국인 역사가의 협조를 받지 않았기 때문에
전설적이거나 준전설적인 자료를 다소 포함시켜버렸다. 그러나 학문상의 훈련을 받은 학자
가 선박과 같이 지저분하고 천한 물건에 관심을 갖기는 쉬운 일이 아니었다. Chchen
Chen-Han 박사는 중국 선박사를 집필하겠다고 1944년에 필자에게 말했는데, 그러길 바란다.
영국의 선박 만드는 장인의 도구에 대해서는 R. A. Salaman, "Tools of the Shipwright, 1650 to
1925," *FLF*, 1967, 5를 보라.

22 필자는 특히 개인적인 경험상 북부 지방의 방언에서 이를 확신할 수 있었다. 현재의 중국에
서는 지방 선박에 대한 관심과 존중이 커졌기 때문에 오래된 선박 용어를 기술 사전에 기재
하여 남길 수 있는 새로운 한자가 만들어지는 것을 기대해도 좋을 것 같다.

23 Worcester가 보낸 개인 편지에 의하면, 그것은 적어도 그 자신이 30년 동안 겪은 경험을 바
탕으로 한 결론이었다. 이러한 차이가 중국 선원과 유럽 선원 사이에 존재하게 된 이유는
무엇일까? 아마 세부적인 명명법에 대한 유럽인의 관심은 최근 3세기 동안 과학적인 세계
관이 우월해진 것의 직접적인 결과였을 것이다. 적절한 과학적 명명법의 발달 부진이 유럽
중세 과학의 특징이 되었으며 또한 르네상스의 높은 파도를 한쪽으로 쓸어버린 제한적인
요인 중 하나가 된 이유에 대해서는 별도로 언급하였다(Joseph Needham, *A History of Embryology*,
Cambridge, 1934, p.71; Joseph Needham, "Limiting Factors in the Advancement of Science as observed
in the History of Embryology," *YJBM*, 1935, 9). 앞에서(Joseph Needham, *Science and Civilization in
China*, Vol.2, pp.43, 260) 道家를 언급할 때 이와 동일한 것을 살펴보았다. 만약 이것이 사실이
라면, '경사진 주요 돛풀음줄(main spencer outhaul)' 즉 주돛대의 경사진 큰 돛을 펼치는데 사

가 있었던 것으로 나타난다.[24]

그러므로 역사적인 방법과 민족학적 방법을 사용하는 것은 불가결하다.[25] 물론 이 방법은 유럽의 어떤 전통 기술과 산업에 대해서도 마찬가지로 필요할 것이다.

(역사가가 아직 정리하지 않은) 대량의 정보는 조선술을 특별히 취급하지 않았음에도 불구하고 앞서 언급한 적이 있는 양쯔강 유역의 조선소에 관한 서적으로서 이소상(李昭祥)이 1553년에 서술한『용강선창지(龍江船廠志)』에서도 보인다. 이에 관한 논의는 뒤에서 하게 될 것이다. 이 서적에는 선박의 그림이 많이 들어있는데, 용어를 설명하는 데 도움이 되는 것은 그 중 한, 두 개이고, 나머지는 아주 조잡한 스케치에 불과하다.[26] 중국 문헌에서 보이는 가장 훌륭한 그림은 주황(周煌)이 1757년에 펴낸『유구국지략(琉球國志略)』[27]에 게재되어 있는데, 본서의 <그림 939>가 바로 그 그림이다.[28] 이 그림이 특히 중요한 것은 그림을 그린 사람이 많은 기술적 용어를 첨가하였기 때문이다(첨부된 설명표를 참조). 선수와 선미의 트랜섬은 물론 선체의 종통강도부재(縱通强度部材, longitudinal strengthening member) 즉 용골(龍骨)도 분명히 보인다.

용하는 삭(索)은 鼠徑鎌狀膜(inguinal aponeurotic falx)과 마찬가지로 복잡한 것을 분석적으로 표현한 것이다.

24 홍콩의 선박에 대한 Barbara Ward 여사의 현장 연구 성과가 발표되기만을 흥미롭게 지켜보고 있다. 그 연구에는 전통적인 기술 용어와 현재까지 사용되고 있는 기술 용어가 모두 풍부하게 포함되어 있다. 그동안에는 B. E. Ward, "A Hongkong Fishing Village," *JOSHK*, 1954, 1을 보라. 실생활에서 나타나는 중국 선원들의 용어에 관한 유사 연구는 G. R. G. Worcester, *The Junkman Smiles*, Chatto & Windus, London, 1959에 있다.

25 그러나 이 두 가지를 혼동해서는 안 된다. G. R. G. Worcester, *Sail and Sweep in China : the History and Development of the Chinese Junk as illustrated by the Collections of Models in the Science Museum*, London, HMSO, London, 1966의 표제가 보여주듯이, 과학박물관에 있는 정크 모형을 이용하여 중국 선박사를 서술하는 것은 불가능하다.

26 현재 그것들에 대한 가장 훌륭한 연구는 包遵彭,『鄭和下西洋之寶船考』, 中華叢書, 臺北 & 香港, 1961이다.

27 그는 한 해 전인 1756년에 공식적인 사절로 동료와 함께 琉球國에 간 적이 있었다.

28 「圖彙」(卷一의 앞 부분), pp.33, 34.

돛대가 4개이며, 활대 달린 독특한 연범(筵帆, mat-and-batten sail)도 잘 그려져 있으며, 앞돛대의 돛과 주돛에는 토핑리프트(topping lifts, <역자주 : 돛의 활대나 활죽 등 원재<圓材>를 끌어올리는 밧줄>)가 달려 있으며, 앞돛대의 돛에는 여러 개의 아딧줄(帆脚索)도 보인다. 마르코 폴로(Marco Polo) 시대처럼 보조 돛들과 그 돛들을 설치할 돛대나 원재(圓材, spars)도 있다. 제1사장(第1斜檣, bowsprit)의 돛,[29] 스피네이커(spinnaker, 큰 삼각돛), 톱세일(topsail, 중간돛대의 돛), 바람을 가득 받은 미즌세일(mizen-sail)이 바로 그것인데, 이 모든 돛은 목면(木棉)으로 만들고 수직 삭구(vertical roping)로 보강되어 있다. 이것은 현대의 경주용 요트에서 볼 수 있는 것과 같은 것으로서 부풀어 오른 스피네이커(spinnaker)와 팽팽하게 당겨진 주돛대 종범(fore-and-aft main sail)의 조합을 생각나게 한다. 또한 횡범이 지배적이었고 선미에만 종범이 있었던 르네상스시대 유럽의 전장범선(全裝帆船, full-rigged ship)과의 대조도 생각나게 한다. 여기에서 제시되고 있는 범선은 분명히 순풍을 받고 항해 중이다. 돛을 올릴 때 갑판의 윈치(deck winches, 繚)를 사용한다는 것을 <그림 940>에서 알 수 있다. 물속에 내린 타가 받는 물의 저항을 줄이려 할 때 타를 약간 들어 올리는 데 사용되는 도르래 장치(tackle)가 선저 밑에 있는 타의 밑 부분부터 선수루(船首樓, forecastle)의 권양기까지 달려있는 사실도 주목할 필요가 있다. 타는 이 도르래 장치에 의해 트랜섬으로 고정되며, 나무로 만든 구멍(jaws) 안에서 회전한다. 이에 대해서는 17세기에 르콩트(Lecomte)가 언급한 적이 있다. 갈고리가 4개 있는 사조묘(四爪錨)가 선수에서 2개 보이며, 닻장(stock) 즉 크로스바(cross-bar)가 없는 닻이 별도로 좌현 선수 쪽에 있다. 현창(舷窓, portholes)도 있다.[30]

---

29 第1斜檣의 상활(yard)에 붙어있는 작은 橫帆.
30 이것도 역시 13세기 유럽인을 놀라게 한 것 중 하나였다는 사실이 흥미롭다.

〈그림 939〉『유구국지략(琉球國志略)』(1757)에서 볼 수 있는 대양 항해용 정크. 중국 스타일로 만든 중국 선박에 대한 문헌에서 가장 훌륭한 그림 중 하나이다.

봉주(封舟) : 관선
두건(頭巾) : 머리에 쓰는 사각천이나 두건 혹은 큰 삼각돛인 스피네이커(spinnaker)
두집(頭緝) : 추적자(pursuer) 또는 제1사장의 돛(water-sail이나 bowsprit-sail). 서양에서 제
    1사장의 돛은 로마시대 아르테몬 돛(artemon sail)의 후신이다(C. Torr, *Ancient Ships*,
    Cambridge, 1894.; E. K. Chatterton, *The Ship under Sail*, Fisher Unwin, London,
    1926, p.112를 참조. 콜럼버스(1492)의 산타 마리아호(*Santa Maria*)에는 이 돛이 있
    었지만, 16세기 말까지는 서양 선박에 보급되지 않았다.
면조패(免朝牌) : '예의회피(avoidance of courtesy)'를 하라는 경고 즉 '중요한 공무수행
    중'임을 알리는 패
두봉(頭蓬) : 앞돛대의 연범(筵棒帆, mat-and-batten sail)
봉고(蓬裤) : '바지', 앞돛대의 범각(帆脚), 혹은 앞돛대 돛의 하활(foresail boom)
정(椗) : 닻
토륵(肚肋) : 타를 잡아당기는 도르래 장치

121

용골(龍骨) : '용의 등뼈', 선체의 중앙을 가로지르는 종통강화부재(縱通強度部材)
상료(上繚) 혹은 대료(大繚) : 앞돛대와 뒷돛대의 돛을 오르내리는 돛줄(halyards)을 위한
　　윈치(winches)나 와인더(winders)
봉군(蓬裙) : '치마(skirt)', 주돛의 범각(帆脚), 혹은 주돛의 하활(boom)
대봉(大蓬) : 주돛(대나무로 만든 거적과 누름대)
삽화(揷花) : 삽입되어 있는 함정 깃발
두건정(頭巾頂) : 중간돛(topsail, 천이나 캔버스로 제작)
일조룡(一條龍) : 함정의 용기(龍旗)
신당(神堂) : 사당
신기(神旗) : 신의 깃발
장대(將臺) : 선미루
미송(尾送) : 뒷돛
신등(神燈) : 신의 등
침방(針房) : 나침반실
철력타(鐵力舵) : 단단한 재질의 타

　　중국의 조선술과 관련하여 출판된 문헌은 없지만,[31] 유용한 필사본 자료는
몇 가지 있다. 또한 아직까지 이용되지 않고 있는 자료가 지방의 문서관리소
에 많이 남아있다. 유럽에서는 독일 마르부르크(Marburg)에 있는 도서관에
아주 흥미로운 사본이 소장되어 있는데,[32] 푸젠성(福建省) 관리를 위한 관선(官
船)의 조선(造船)과 유지(維持)에 관한 편람이었던 것 같다. 대단히 불충분하지
만 몰과 로턴(Moll & Laughton)[33]은 이 문헌에 대해 언급하면서 1850년경의

---

31 물론 선박 그림이 중국 문헌에 실려 있는 경우도 종종 있다. 예를 들면, 1721년에 편찬된
　　徐葆光의 『中山傳信錄』에 상당히 복잡한 선박 그림이 있다. 이 그림들은 도상학적 전통에
　　서 볼 때 초기에 해당하는 것들이며, 그 절정은 <그림 939>일 것이다. 『水事紀要』의 일부
　　는 1세기 전에 러시아로 번역되어 K. A. Skachkov, "O Voenno-Morskom Depe I Kitaiskev"[On
　　the warships of China : a MS. or printed book entitled *Shui Shih Chi Yao*(Essential of Sea Affairs), N
　　18/162 in the Library of the Rumiantzov Museum], *MSB*, 1858, 37(no.10)로 출판되었지만, 중국
　　자료에는 그에 관한 기사가 보이지 않을 뿐만 아니라 그 문서 자체도 아직 보지 못했다.
32 Hirth Collection의 no.5이며, 전에는 Berlin의 Royal Library에서 소장하고 있었다. 우리는 W.
　　Seuberlich 박사 덕분에 마이크로필름을 볼 수 있었다.

자료라고 주장하였다. 마이크로필름 형태로 되어있지만, 이 자료를 검토한 결과 그보다 50년 이상 소급되어야 할 것으로 보인다.[34] 어쨌든, 이 자료는 중국학과 기술에 모두 정통한 편집자들이 출판한 것이기 때문에 충분한 가치가 있다. 5가지 선박 유형의 선체 구조에 대한 그림이 60장 정도 포함되어 있는 이 자료는 건축 분야에서 이계(李誠)에 의해 훨씬 전에 편찬된 규준서(規準書) 즉 『영조법식(營造法式)』에 필적할 만한 조선 분야의 개론서이다. 수식어가 없는 서술 방식도 이계의 스타일을 연상하게 한다.[35]

이 사본의 표제는 『민성수사각표진협영전초척도설(閩省水師各標鎭協營戰哨隻圖說)』이다. 먼저 5가지 유형의 소형 코르베트(corvettes)에 대한 그림이 있고, 이어서 세부적인 등록사항(船隻號數), 각 부분의 명세서(欵項名目), 조선방법 그리고 치수(做法尺寸)가 기록되어 있다.

5가지 유형의 선박은 다음과 같다.

(1) 간회선(赶繪船) : 40피트 × 12피트에서 83피트 × 21.2피트

(2) 쌍봉선(雙篷船) : 34피트 × 9피트에서 61.6피트 × 16.6피트 이 두 유형은 1688년에 최초로 확정되었다.

(3) 평저선(平底船) : 42피트 × 11피트에서 48피트 × 14.8피트 안정성이 훌륭하며, 노를 사용하기에 적합하지만, 대양을 항해할 수는 없다. 이 유형의 설계는 1730년경에 확정되었다.

(4) 화좌선(花座船) : 치수가 나타나지 않고 있다.

---

33 轉載된 선박과 각 부분도는 상태가 좋지 않았으며, 한자로 표기되어 있는 것이 아니라 의미를 알 수 없는 로마 문자로 쓰여 있었다. 그 때문에 많은 部材와 그 기능을 확실히 알 수 없었다. 게다가 번역된 것마저 축약되고 오류가 많았다.

34 이 사본에 기록되어 있는 최신 연대가 1730년이었고, 1688년이라는 주장을 여전히 권위 있는 것으로 인용하고 있다.

35 이와 동시에, 선박을 만드는 목수가 설명한 것을 이 문헌을 집필한 관리가 항상 완전히 이해하고 있었던 것으로는 보이지 않는다.

(5) 팔장선(八樂船) : 32.9피트 × 9피트에서 40피트 × 12피트 이 두 유형의
   설계는 1728년에 확정되었다.

  명칭과 치수가 각각이지만, 이 5가지 유형은 모두 앞돛대와 주돛대를 보유
하고 있으며, 선미루의 좌현에 돛이 없는 작은 돛대가 세워져 있다. 이 선박들
은 모두 견고한 종통선저부재(縱通船底部材, longitudinal hull bottom members)를
보유하고 있지만, 예외적으로 세 번째 경우만은 <그림 941>에서 볼 수 있다.
선체의 각 부분에는 대단히 명확한 명칭이 기록되어 있기 때문에 중요한
용어를 많이 확인할 수 있다. 예를 들면, 봉삭(篷繂, sheets), 상하봉담(上下篷檐,
yard and boom), 대소요우(大小繚牛, halyard winches), 녹이(鹿耳, tabernacle), 외립
(桅笠, crowsnest) 등이 있다. 선수 트랜섬(transom bow)의 선저는 탁랑판(托浪板,
wave-lifting board)으로 불리고 있다. 그러나 이미 변해버려『강희자전(康熙字
典)』에도 없는 문자도 몇 개 있다. 초(樐)는 분명히 선수의 대도(大櫂, bow-
sweep)를 가리키는 용어이다. 피막(舭艨)은 갑판 위의 포를 보호하는 현장(舷
墙)을 수직으로 지지하는 부재(vertical supporting timbers)이며,[36] 총안(銃眼,
loopholes) 즉 포안(炮眼)이 설치되어 있다. 이 선박들은 모두 15칸으로 구획된
격벽(艙牛) 구조로 되어 있다(<그림 942>). 선체 구조에서 타를 적당한 위치에
유지하는 데 사용되는 도르래 장치를 선수에 확고하게 고정시키는 방법도
언급되어 있다. <그림 941>에서 후갑판의 수직 지지대(vertical gantry)는 내
린 돛을 끌어올리기 위한 몇 가지 골격(frames) 중 하나이며, 봉가(篷架)로 불린

---

36 우리의 콜렉션 중에는 1929년 廣東의 어떤 강에서 촬영한 전통적인 전투용 정크의 상갑판
사진이 한 장 있다. 그러나 그 정크는 작은 선박에 의해 예인되는 여객선인지도 모른다. 왜냐하
면 그러한 여객선도 무장하고 있었기 때문이다(G. R. G. Worcester, 미발표자료, no.109). 전투용
정크의 갑판 위에서 찍은 사진 중 가장 좋은 것은 Aleko E. Lilius, *I Sailed with Chinese Pirates*,
Arrowsmith, London, 1930에 있다. 1920년대에 Bias Bay 즉 다아만(大亞灣)의 주민들을 조사한
이 핀란드 저널리스트는 해적선의 여성 선장에 대해 생생하게 기록했지만, 안타깝게도 여선
선장과 그 동료들이 잘 알고 있던 항해술에 대해서는 별다른 관심을 보이지 않았다.

〈그림 940〉 항저우(杭州) 부근 첸탕강(錢塘江)의 소형 화물선(1964년 필자 촬영). 돛대가 3개이다. 선원들은 중국 선박의 특징인 횡단식 마룻줄(transverse halyard)을 이용하여 주돛을 감아올리고 있다(〈그림 939〉를 참조). 사조묘(四爪錨), 어안(魚眼, oculus), 타루(steerman's shelter)를 볼 수 있다. 등록번호판에는 '절강범(浙江帆) 23' 즉 '저장성 항저우의 제23호 범선'이라 쓰여 있다.

다. 이 자료가 이러한 문제들을 더 연구하는 데 가치가 있음은 분명하다.

중국 문헌에는 교육 목적으로 모형 선박을 만드는 것에 관한 흥미로운 보고가 있다.[37] 1158년 장중언(張中彦)은 여진족의 금나라에서 일하고 있었는데, 그에 대해 다음의 기사가 있다.[38]

---

37 우리는 오락용 모형에 대해 이미 약간 언급한 적이 있다. Joseph Needham, *Science and Civilization in China*, Vol.4, pt.2, p.162.
38 『金史』, 卷七十九, p.9.

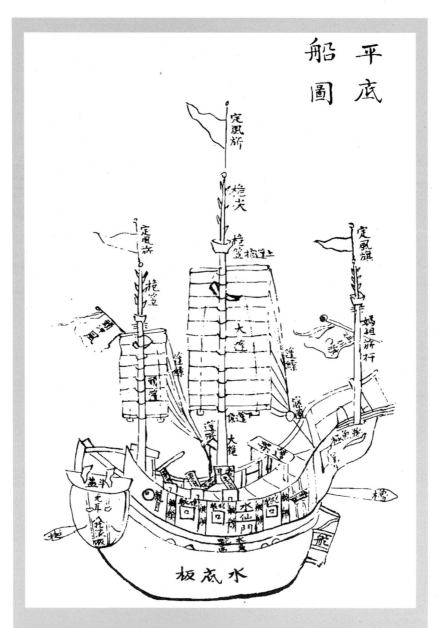

〈그림 941〉 필사본 형태의 가장 중요한 조선술 설명서인 『민성수사각표진협전초척도설(閩省水師各標鎭協戰哨隻圖說)』에 있는 선박 그림(Marburg의 Prussian Staatsbibliothek 소장).

이 사본은 19세기 중엽에 만들어진 것이며, 그 내용은 18세기 전반의 것이다. 이 평저선은 〈그림 939〉와 아주 비슷하다. 중국의 전문 용어 중 몇 가지에 대한 설명은 본문을 보라. 그러나 이 사본에서 보이는 모든 것이 가장 좋은 사전들에서 반드시 인정되거나 그것들을 읽을 수 있는 것은 아니다. 그러나 선체 구조에 대한 많은 도해는 종종 그 실태를 전하고 있으며, 문헌학이 기피하고 있던 항해 용어의 인정을 가능하게 한다. 그 밖에도 이 그림에서 주목해야 할 점은 풍향기(weather-vane pennants) 즉 정풍기(定風旗), 선미에 있는 여신 마조(媽祖)의 깃발, 타와 스컬링 노(sculling oar), 어안(魚眼) 즉 용안(龍目), 현장문(舷墻門, bulwark gate) 즉 수선문(水仙門)이다.

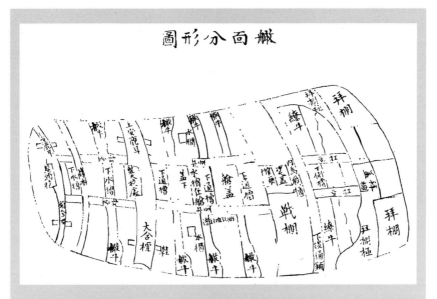

〈그림 942〉 『민성수사각표진협전초척도설(閩省水師各標鎭協戰哨隻圖說)』에 있는 선체 구조의 상세도. 갑판이나 수선(水線)의 평면도이며, 선수가 왼쪽이고, 선미는 오른쪽이다. 선미의 폭이 커지고 있는 모습을 확연히 볼 수 있다. 선수와 선미의 트랜섬(transom)을 계산에 넣지 않고도 7개의 격벽이 있는 것으로 보이며, 그 중 4개는 표시되어 있다(艢牛). 왼쪽에서 오른쪽으로 보면, 먼저 가장 앞에 있는 앞돛대의 좌대(emplacement)와 받침(tabernacle) 즉 수두외(豎頭桅), 주돛대의 받침 즉 수대외처(豎大桅處), 선체 중앙에 있는 일련의 선창(船倉)과 해치, 그리고 양현에 있는 2개의 수조(水槽) 즉 수궤(水櫃)가 보인다. 선미쪽에는 전투갑판실(combat deckhouse) 즉 전붕(戰棚)으로 표기된 구획이 있는데, 아마 비교적 안전한 장소였을 것이다. 또한 선미쪽에 마룻줄(halyard)과 윈치(winch)가 있다(〈그림 941〉의 선박과 동일하지 않다). 선미에는 전용실(stateroom) 겸 사당 즉 배붕(拜棚)으로 가는 입구가 있으며, 배붕에는 나침반이 설치되어 있다.

127

〈그림 943〉 명대 초기의 대운하에서 활동하던 곡물 수송선. 1637년에 편찬된『천공개물(天工開物)』에 묘사되어 있는 조방(漕舫)인데 청대의 그림이다.

　직인이 선박을 만들기 시작했을 때, 그들은 그 건조법을 알지 못하였다. 그래서 장중언은 스스로 길이가 수(십) 촌인 작은 선박을 만들었으며, 그 선박은 풀이나 칠을 사용하지 않고서도 선수에서 선미까지 꼭 들어맞았다. 그는 이것을 '설명용 모형'이라고 명명하였다. 놀란 직인들은 최대의 존경심을 그에게 보였다. 그의 지혜와 기교는 이와 같았다.

　거대한 선박이 준공되고, 이어서 진수되었다. 그 선박을 물에 띄우기 위해 사람들이 주변에서 왔는데, 중언은 수십 명의 직인에게 명령하여 강으로 내려 갈 비탈길을 만들게 하였다. 그런 후 새로운 기장대(벼이삭 줄기)를 모아 경사면에 두껍게 쌓아올리고, 그 양측을 큰 나무로 지탱하였다. 아침 일찍 서리가 내렸을 때, 그는 사람들을 선박을 끌어 진수시켰는데, 미끄러지기 쉬웠기 때문에 많은 노력 없이 그 일을 수행할 수 있었다.

> 始製匠者 未得其法 (張)中彦手製小舟 纔數寸許 不假膠漆 而首尾自相鉤帶 謂之
> 鼓子卯 諸匠無不駭服 其智巧如此
> 浮梁巨艦畢功將發 旁郡民曳之 就水 (張)中彦召役夫數十人 治地勢順下 傾瀉于
> 河 取新秫稭 密布於地 復以大木限其旁 凌晨督衆 乘霜滑曳之 殊不勞力而致 (『金
> 史』, 卷七十九, 張中彦傳)

같은 시기에 남송에는 장학(張鬐)이 있었다.[39]

그는 치저우(處州)의 지사로 근무할 때 큰 선박을 만들고 싶다는 생각을 했다. 그러나 막료들 중에는 비용을 계산할 수 있는 사람이 없었다. 그리하여 그는 막료들에게 작은 모형선을 만드는 방법을 보여주고, 그 치수를 10배로 확대하여 현 치수로 선박을 만드는 비용을 잘 계산해낼 수 있었다.

> 再知處州 嘗欲造大舟 幕僚不能計其直 (張)鬐教以造一小舟 量其尺寸 而十倍算
> 之(『宋史』, 卷三百七十九, 張鬐傳)

이 텍스트는 직인들이 사원 정원(temple park)의 벽 건축비를 8만 관(貫)으로 계산하는 절차를 계속해서 보여주고 있다. 그러나 그는 2만 관으로 10피트 길이의 벽을 만들 수 있음을 직인들에게 보여주었다. 분명히 그는 가볍게 볼 수 없는 인물이었다.

항해 기술에 대한 얼마 되지 않는 문헌 중 하나는 1637년 송응성(宋應星)이 편찬한 『천공개물(天工開物)』의 한 장(中卷, 舟車第九)에 있다. 이 자료는 대단히

---

39 『宋史』, 卷三百九十七, p.13.

많은 것을 가르쳐주고 있기 때문에 그 실례를 인용하고 넘어가려 한다.[40]
송응성은 명나라 말기 대운하의 전형적인 양선(糧船)이었던 조방(漕舫)[41]에 대
해 최초로 언급하였다(<그림 943>). 이어서 대양 항해 선박이 간단하게 언급
되어 있다. 이 선박은 우스터(Worcester)의 근대 회화에서 이미 조사한 적이
있는 정크(<그림 935>)와 유사하였다.[42]

송응성이 말하는 바에 의하면, 표준적인 내륙수운선 즉 평저범선(平底帆船)
의 설계 시기는 해로에 의한 양곡 수송선의 손해 때문에 대운하를 이용하는
정책으로 되돌아간 영락년간(永樂年間) 즉 15세기 초로 소급된다. "그러므로
흘수가 얕은 강에서 사용하는 현재의 선박은 평강백(平江伯)의 진(陳)이라는
사람에 의해 도입되었다(平江伯陳某 始造平底淺船)."[43]

---

40 第九卷, p.1 이하에서 볼 수 있다.

41 이 문제에 대해서는 G. M. H. Playfair, "The Grain Transport System of China : Notes and Statistics taken from the *Ta Chhing Hui Tien*," *CR*, 1875, 3이 여전히 읽을 가치가 있다. 그는 대운하의 곡물 수송 업무에 종사한 인원의 수와 직분, 세곡(稅穀)의 상세한 내용, 곡물 운송에 사용한 정크의 건조와 유지 등에 관한 공식적인 규정과 관련된 기사를 많이 번역하였다.

42 이 책은 먼저 Ting & Donnelly에 의해 번역되었다(전자가 탁월한 지질학자였던 딩원장(丁文江 : 1887~1936)이었음은 거의 확실하다. 그는 宋應星의 전기를 집필하여 이 책의 가장 양호한 판본에 첨부하였다). 그러나 딩원장은 선박 조종술에 대해서는 거의 몰랐으며, Donnelly 는 중국어 문헌을 검증할 능력이 없었다. 따라서 의미가 불확실한 곳이 많고, (이유 없이) 첨부에 관한 길고 흥미로운 구절들을 완전히 생략한 곳도 있다. 극히 최근에 이 텍스트의 번역서는 tr. Sun Jen I-Tu and Sun Hsüeh-Chuan, *Thien Kung Khai : Wu, Chinese Technology in the Seventeenth Century, by Sung Ying-Hsing*, Pensyvania Univ. Press, Univ. Park and London, 1966으로 다시 출판되었다. 그들은 단어 하나하나를 번역했지만, 영어의 올바른 전문 용어를 사용하려는 노력은 거의 하지 않았다. 보다 깊이 이해하려면 일어 번역판인 ed. Yabuuchi Kiyoshi(藪內淸), *Kung Khai Wu' Yen-Chiu Wên Chi* by Chang Hsiung(章熊) & Wu Chieh(吳樸), Co.. Press, Peking, 1961 과 그 주석 및 p.168 이하를 함께 보라(중국어 번역본은 北京版, p.190 이하와 타이완-홍콩 판, p.193 이하).

43 이는 진선(陳瑄)을 지칭한다. 그는 여러 남방 민족의 군사령관으로 명성을 날렸지만, 나중에 는 주로 水利技師로서 특히 淮河 유역에서 일하였다. 그는 그 지역에서 대운하를 위해 제방 을 제외하고도 약 50개의 수문을 만들었다. 그는 1403년이나 그 직후에 蘇州와 관련된 작위 를 받았으며, 1415년에는 곡물을 내륙에서 수송하는 범선을 3,000척 건조하라는 명령을 수 령하였다(『大明會典』, 200卷). 그의 지휘 하에 만들어진 선박 모형이 2세기 이상 계속 권위 를 유지했음을 알 수 있다. 오늘날에는 실제로 그것이 그의 선임자였던 宋禮(『明史』, 卷七十

대략 강에서 사용하는 선박의 구조는 다음과 같다(고 송응성은 계속해서 말하고 있다).[44] (견고한 판자를 댄) 선저는 기초 역할을 하며, 건물의 벽(牆)과 유사한 (가로세로의) 목재(枋)가 있고,[45] 이른바 지붕에 해당하는 (선창을 덮는) 죽즙(竹茸) 즉 음양죽(陰陽竹)[46]이 있다. 돛대의 골조(mast framework) 즉 복사(伏獅,[47] 돛대의 받침이나 부속 구조물) 중 앞부분은 정문(正門)과 같고, 그 후부는 침대와 같다. 돛대(桅)는 노(弩)의 가로대(stock of a crossbow)와 같고, 헬야드(弦, halyard)[48]와 돛(篷)은 날개와 같다. 또한 노(櫓)는 (동력도 있고) 수레에 맨 말과 같고, 잡아당기는 케이블(曹緧)은 보행자의 신발과 같다. 삭구(索具, cordage) 즉 진삭(緯索)은 매의 뼈와 근육과 비슷한 강도를 갖게 해준다. 선수의 큰 노(bow-sweep) 즉 초(招)[49]는 창끝처럼 앞으로 나가게 하고, (선미에서 배의 방향을 정하는) 타는 장군과 같으며, 닻은 군대에서 야영할 때 '멈추어라'라고 명령하는 것과 같다.

九, p.2와 卷一百五十三)에게까지 거슬러 올라간다는 것을 알고 있다. 그리고 본래 그것이 훨씬 더 오래된 전통을 갖고 있다는 藪內淸의 견해는 올바르다. 그러나 조선인 여행자였던 崔溥(卷十, p.480을 참조)는 1487년에 陳瑄의 명성에 대한 기록을 남겼다(tr. & ed. J. Meskill, *Chhoe Pu's Diary : a Record of Drifting across the Sea*, Univ. Arozona Press, Tuscon, Ariz., 1965, p.106).

44 tr. Ting Wên-Chiang and I. A. Donnelly, "'Things Produced by the Works of Nature', published 1639, tr. by Dr V. K. Ting," *MMI*, 1925, 11.; Sun Jen I-Tu & Sun Hsüeh-Chuan, *Chinese Social History : Translations of Selected Studies*, Amer. Council of Learned Societies, Washington, D. C., 1956을 보충하고 있다.

45 宋應星은 육지인의 용어로 설명하고 있다. 만약 우리가 건축 기술에 대해 연구한 적이 없었다면, 우리는 枋이 선체 구조를 따라 그리고 한 현측에서 다른 현측으로 존재하는 연결보(繫梁, tie-beams)를 의미하는 줄 모르게 되었음에 틀림없다. 대부분의 서양 서적에서는 枋의 이러한 가장 중요한 의미를 빠뜨리고 있다.

46 절반으로 쪼갠 대나무를 비늘 모양으로 늘어놓는다는 점에서 이렇게 불렸다.

47 글자 그대로 '사자를 길들이는 것'으로 악천후에 견디는 것이라는 의미이기 때문에 적절한 명칭인 것 같다.

48 이 용어는 물론 활의 현이나 악기의 현을 의미하는데, 바로 弧의 현이라는 의미가 여기에서 유래하였다. 그러나 (hsüan으로 발음하기 때문에) 직각삼각형의 사변에도 사용되었다(Joseph Needham, *Science and Civilization in China*, Vol.3, pp.22, 96, 104, 109 등을 참조). 여기에서는 마룻줄(halyards)에 대해 사용될 수 있는 대단히 적합한 용어이다. 왜냐하면 삼각형의 다른 두 변이 돛대와 마룻줄 윈치(halyard winch) 사이의 갑판 거리와 돛대가 되기 때문이다. 宋應星 자신은 이것을 별도로 분석하고 있다.

49 이 용어는 이상하다. 청대의 삽화에는 없지만, 명대의 삽화에는 분명하게 그려져 있다.

원래의 사양(仕樣)에 의하면, 양곡을 운반하는 선박은 길이가 52피트이고, 판자의 두께는 2인치이다. 가장 좋은 목재는 남목(楠木)[50]이며, 다음으로 좋은 목재는 밤나무(栗)[51]이다. 선수와 선미는 각각 길이가 9.5피트,[52] 선저 폭의 중앙이 9.5피트, 선수가 6피트, 선미가 5피트이다.[53] 앞돛대의 돛대 꽂는 구멍 (tabernacle)에서 선폭은 8피트, 주돛대의 돛대 꽂는 구멍에서 선폭은 7피트이다.[54] 14개의 격벽(梁頭)이 선체를 가로질러 설치되어 있고,[55] (주요 해치 앞쪽의) 용의 입이라 불리는 격벽(龍口梁)은 10 × 4피트, (주돛대 옆의) '바람을 이용하는' 격벽(使風梁)은 14 × 3.8피트, 그리고 선미 근처의 '물결을 헤쳐 나가는 부분(斷水梁)'은 9.5 × 4.5피트이다.[56] 2개의 곡물 창고(厫)의 너비는 7.6 피트이다.

凡船制底爲地 枋爲官墻 陰陽竹爲覆瓦 伏獅前爲閥閱 後爲寢堂 桅爲弓弩弦 篷爲翼 櫓車馬 簦綯爲履鞋 緯索爲薦蓰筋骨 招爲先鋒 舵爲指揮主帥 錨爲筍軍營寨 糧船初制 底長五丈二尺 其板厚二寸 探巨木楠爲上 栗次之 頭長九尺五寸 梢長九尺五寸 底闊九尺五寸 底頭闊六尺 底梢闊五尺 頭伏獅闊八尺 梢伏獅闊七尺 梁

---

50 *Persea nanmu*(B11, 512). 월계수이며, 종종 서양삼나무나 떡갈나무 등으로 잘못 불리고 있다. *Machilus nanmu*(R502, Wang Kung-Wu. "The Nanhai Reade : a Study of the Early History of Chinese Trade in the South China Sea," *JRAS/M*, 1958, 31(pt.2), p.106을 참조.

51 *Castanea vulgaris*, 유럽에 있는 것과 같다(B11, 494). 조선용 목재에 대한 유럽의 고전적인 기록은 Theophrastus, v, viii, 1-3에 있다.

52 가장 앞쪽부터 선수의 홀수선까지의 길이나 전부용골의 gripe(선수재와의 접합부)에 상응하는 곳까지의 길이, 그리고 "필요한 만큼 변경하여(*mutatis mutandis*)" 선미에 대해서도 같은 추정이 가능하다.

53 텍스트가 선수와 선미의 폭을 바꾸었다고 의심할 여지는 있을 것이다.

54 후에 보겠지만, 100피트 이상의 선박은 2개 이상의 돛대를 반드시 설치해야만 하였다. 그러나 그림에서 보듯이, 그 절반 길이의 선박에 2개의 돛대가 세워져 있다. 돛대의 높이는 청대보다 명대에 더 세분화되었다.

55 명대에는 격벽의 수가 앞서 언급한 현대 선박과 동일하다는 점을 주목해야 한다.

56 이 치수들은 어느 정도의 터릿식 조선(turret-build)을 의미하고 있는지 모른다. 그러나 Donnelly는 이 치수를 이용하여 터릿식 조선이 아닌 방법으로 복원하였다. 이 복원선의 외형은 오늘날 강에서 사용하는 정크와 아주 유사하며, 아마 선폭이 약간 더 넓고 선체 중앙이 약간 낮을 것이다.

頭一十四座 龍口梁闊一丈 深四尺 使風梁闊一丈四尺 深三尺八寸 後斷水梁闊九尺
深四尺五寸 兩廠共闊七尺六寸 (『天工開物』, 舟車第九)

이와 같이 기본 계획에는 용골이 없고 선저가 평저(平底)이며 또한 특별한
명칭으로 불리는 많은 횡격벽(橫隔壁)이 있었으며, 항상 변하지 않았다.

이러한 선박은 거의 2천석의 쌀[57]을 실을 수 있었지만(실제로는 각 선박
당 5백석밖에 수송하지 못했다),[58] 후에 군 수송부대가 독립적으로 설계한
별개 유형의 선박은 전장이 200피트였으며, 선수미의 각 폭이 2피트로 넓어
졌고, 따라서 3천석을 실을 수 있었다. 그러나 (대)운하에서 갑문 입구의 폭은
겨우 12피트였으며, 그러므로 이 선박들은 이곳을 간신히 통과할 수 있었다.
현재 관용객선(官用客船) 즉 관좌선(官坐船)은 (화물선)과 같은 유형이다. 하지
만 창과 문 그리고 통로가 다소 넓고, 우아하게 도색되어 있으며, 또한 마감
작업이 잘 되어 있다는 점이 다르다.[59]

載米可近二千石 (交兌每隻止足五百石) 後運軍造者 私增身長二丈 首尾二尺餘
其量可受三千石 而運河閘口原闊一丈二尺 差可度過 凡今官坐船 其制盡同 第窓戶
之間 寬其出徑 加以精工彩飾而已 (『天工開物』, 舟車第九)

이 수치들은 19세기의 다른 선박들의 수치와 비교하면 흥미로워진다.[60]
2천석의 화물은 약 140톤이다. 플레이페어(G. M. H. Playfair)[61]에 의하면,

---

57 혹은 비단과 같은 다른 조세 물품
58 宋應星 자신이 달은 각주
59 tr. Ting Wên-Chiang and I. A. Donnelly, *op. cit.*; Sun Jen I-Tu & Sun Hsüeh-Chuan, *op. cit.*을 보충해
주고 있다.
60 선박 톤수에 대한 문제는 이 장에서 종종 나타난다. Joseph Needham, *Science and Civilization in
China*, Vol.10, p.408과 Joseph Needham, *Science and Civilization in China*의 본권, p.74, 90, 111, 113,
128, 162, 269, 318, 322를 참조. 이것은 가장 고찰하기 어려운 역사 문제 중 하나이다.

1874년에 670척의 정크가 136만석(96,000톤)의 곡물을 수로로 운반했기 때문에[62] 한 척당 적재량은 약 143톤이 된다. 이처럼 선박의 평균 크기는 17세기 초와 같았지만, 실제로는 15세기 초의 수준에 머물러 있었다. 수문(水門, pound-lock)의 발명에 대한 증거를 앞서 보여준 것처럼, 11세기 중엽에 이미 이러한 수치의 톤수에 도달해 있었다. 그러나 해상 항로가 지배적이었던 3세기에 톤수가 크게 적어진 것은 틀림없다. 사실 송응성은 2천석의 숫자를 거론한 후 실제 행해지고 있던 것과 명세표를 비교하여 적재량이 일반적으로 5백석(약 35톤)을 넘지 않았음을 발견했다고 각주에 덧붙였다.

송응성은 조선소를 방문했을 때 본 것도 기록하였다.[63]

선박의 건조는 먼저 밑바닥부터 시작된다.[64] 선체[65]의 뱃전판(strakes, 檣)[66]

---

61 G. M. H. Playfair, "The Grain Transport System of China : Notes and Statistics taken from the *Ta Chhing Hui Tien*," CR, 1875, 3.

62 이것은 唐代의 옛 대운하가 735년에 수송하고 있던 화물양의 절반을 간신히 넘는 양에 해당한다.

63 第九, p.2. tr. Ting Wên-Chiang and I. A. Donnelly, *op. cit.*; Sun Jen I-Tu & Sun Hsüeh-Chuan, *op. cit.*에서 보충할 수 있다.

64 선박을 만드는 목수의 도구에 대해서는 L. Audemard, *Les Jonques Chinoises : II. Construction de la Jonque*, Museum voor Land-en Volken-Kunde & Maritiem Museum Prins Hendrik, Rotterdam, 1959, p.18.; R. P. Hommel, *China at Work : an Illustrated Record of the Primitive Industries of China's Masses, whose Life is Toil, and thus an Account of Chinese Civilisation*, Bucks County Historical Society, Doylestown, Pa., 1937.; H. C. Mercer, *Ancient Carpenter's Tools illustrated and explained, together with the Implements of the Lumberman, Joiner, and Cabinet-Maker, in use in the Eighteenth Century*, Bucks County Historical Society, Doylestown, Pennsylvania, 1929에 기록되어 있다. G. R. G. Worcester, *Junks and Sampans of the Upper Yngtze*, Inspectorate-General of Customs, Shanghai, 1940.; Idem, *The Junks and Sampans of the Yangtze; a study in Chinese Nautical Research*, Inspectorate-General of Customs, Shanghai, 1947~8.; D. W. Waters, "Chinese Junks : the Antung Trader," MMI, 1938, 24.; Idem, "Chinese Junks : the Pechili Traders," MMI, 1939, 25는 쇠로 만든 여러 종류의 걸쇠(clamps)와 못(釘, nails)에 대해서도 자세히 기술하고 있다. 쇠로 만든 잠금 장치(fastenings)가 중국 선박에 처음 사용된 연대가 언제인지는 풀기 어려운 문제이다. 필자는 그 점에 관해 J. V. Mills와 종종 의논했는데, 그는 당나라 시대였다고 생각하고 있다.

65 (구부러져 있지만) 수직으로 된 단단한 막대(bars)나 빌지부 늑골(bilge frames)이 덧대어 있었을 가능성이 아주 크다(G. R. G. Worcester, *The Junks and Sampans of the Yangtze : a study in Chinese*

은 선저(판)에서부터 양현의 (미래의) 갑판(棧)과 비슷한 높이까지 쌓아 올린다. 격벽(bulkheads, 梁)을 적당한 간격으로 설치하고, 선박을 (개별 구획들로) 나누며, (선창<船倉, holds>에는) 장(檣)이라 불리는 거의 수직 측판(vertical sides)이 있다. 선체의 상단(上端, top)은 커다란 종통재(縱通材, longitudinal members) 즉 정방(正枋)[67]으로 덮여있다. 핼야드(용총줄, halyard)를 지칭하는 현(弦)을 위한 권양기(winches)가 이것들 위에 고정되어 있다. 어느 한 격벽 바로 앞에 있는 돛대의 위치는 닻을 위한 단(anchor-altar) 즉 묘단(錨壇)으로 불린다. 그 밑에서 돛대의 밑 부분을 고정하는 수평봉(horizontal bars) 즉 횡목(橫木)은 지룡(地龍)이라 불린다. 이것들은 복사(伏獅)로 불리는 부재와 연결되어 있고, 그 밑에는 노사(弩獅)라는 부재가 별도로 있다.[68] 복사의 아래쪽에는 봉두목(封頭木, closer pieces)이 있고, 연삼방(連三枋, tripkle tie-bars)이라는 별칭으로 불리기도 한다.[69] 선수와 가까운 갑판 위에는 사각형의 승강구(昇降口, hatchway) 즉 수정(水井)이 있으며, (그 안에 삭(索)과 그물 및 여러 종류의 삭구가 들어있다.) 각 현측의 앞 부분(forward quarter) 즉 미제(眉際, eyebrows)[70]에는 2개의 (견고한) 기둥이 대칭으로 서 있어 그물 등을 고정시키는 기둥(bollards)으로 사용되고 있다. 이것들은 장군주(將軍柱, two generals)로 불린다. 선미의 경사면 중 위로 올라간 부분은 초혜저(草鞋底, grass-sandal bottom)로 불린다. 그것은 선미의 상단을 덮는 짧은 횡재(橫材, transverse timbers) 즉 단방(短枋)으로 구성되어 있다. 그 밑에는 선미의 트랜섬(transom) 혹은

Nautical Research, Vol.2, 1947, p.39를 보라).

66 宋應星은 이 용어를 牆과 바꾸어 쓸 수 있는 것으로 사용하고 있다. 그러나 선원들은 그렇지 않았을 것이다. 왜냐하면 그 용어의 실제 의미가 mast, yard, boom이었기 때문이다.

67 腰板(wale)이나 상층부의 목재를 지칭함에 틀림없다. G. R. G. Worcester, *Junks and Sampans of the Upper Yangtze*, 1940, p.7, 39; Idem, *op. cit.*, p.39를 보라.

68 아마 돛대 기저부의 구멍에 장부를 고정시키기 위한 목재였을 것이다.

69 이것들은 모두 돛대를 세우기 위한 구조물의 部材로서 추진력을 분산시킨다. Worcester의 <그림 934>는 번역하는데 상당한 도움을 주었으며, 여러 가지 부재에 관해 정확하게 식별을 할 만큼 자세히 설명되어 있지는 않다.

70 이 표현은 중국 선박의 선수에 너무 자주 魚眼(oculus)이 그려져 있기 때문에 특별한 의의를 갖는다.

백단향 목재로 만든 격벽(sandal-strap bulkhead) 즉 만각량(挽脚梁)이 있다. 선미의 갑판에는 조타수가 타를 조종하는 장소가 있으며, 그 위에는 대나무 단(bamboo platform) 즉 야계봉(野雞篷)[71]이 있다. (돛을 올리고 있을 때 한 명이 그 위에 앉아 풍향에 따라 봉삭<篷索, sheets>[72]을 조작한다.)

凡造船先從底起 底面傍靠牆 上承棧 下親地面 隔位列置者曰梁 兩傍峻立者曰 牆 蓋牆巨木曰正枋 枋上曰弦 梁前豎桅位曰錨壇 壇底橫木夾桅本者曰地龍 前後維 曰伏獅 其下曰弩獅 伏獅下封頭木曰連三枋 船頭面中缺一方曰水井 (其下藏纜索等 物) 頭面眉際 樹兩木以繫纜者曰將軍柱 船尾下斜上者曰草鞋底 後封頭下曰短枋 枋下曰挽脚梁 船梢掌舵所居 其上曰野雞篷 (使風時 一人坐篷巓 收守篷索) (『天工 開物』, 舟車第九)

금세기 중국의 조선술에 대해서는 목격자의 보고가 많고, 그 중 많은 것은 송응성의 기록을 보충하고 있다. 많은 관찰자들의 주목을 끈 것은 중국의 전통적인 선장(船匠)이 형판(型板)이나 설계도를 사용하지 않고, 그 대신 노련한 경험을 가진 직인의 숙련도와 정확한 눈썰미에만 의지한다는 사실이었다. 지금까지 본 것처럼, 기술에 관한 입문서는 몇 개 존재하지만, 대체로 조선업이 우두머리의 전승(傳承) 비결을 기초로 하고 있음에 틀림없다.[73] 송응성은 사람들이 조선소가 아닌 장소에서 마무리 작업을 하고 있음을 보았다.[74]

---

71 종종 단순한 골조에 불과한 선미 갑판실(pheasant's roost 혹은 poop deck-house)을 지칭하는 이 명칭은 혼동을 일으키기 쉽다. 이 혼란은 篷이 돛과 함께 대나무 매트를 의미하는 데에서 비롯되었다.

72 이러한 것들은 <그림 941>에 확실히 기록되어 있다.

73 물론 이것은 유럽에서도 산업혁명까지 마찬가지였다. 영국의 선박 만드는 목수가 이용한 설계도로 알려진 것 중 가장 오래된 것은 16세기 마지막 4반세기 Matthew Baker의 도면이다.

74 第九, p.4. 마지막 한 문장은 p.5에 있으며, tr. Ting Wên-Chiang and I. A. Donnelly, op. cit.; Sun Jen I-Tu & Sun Hsüeh-Chuan, op. cit.에서 보충할 수 있다.

외판(planks)의 결합 부분(縫)은 먼저 백마(白麻)[75]로 만든 실을 풀어 끝이 뭉툭한 끌로 물이 새지 않도록 틀어막는다. 그런 후 잘 거른 석탄과 동백 기름(桐油)[76]을 섞어 (퍼티<putty>처럼) (빈틈을 메워 작업을 완성한다.)[77] 원저우(溫州), 타이저우(台州), 푸젠(福建), 그리고 광둥(廣東)에서는 석탄대신 굴 껍질로 만든 재를 시용한다. … 대양을 항해하는 선박(海舟)에는 … 생선 기름과 동백 기름을 섞은 것으로 틈을 메우는 데, 그 이유는 나도 모른다.

凡船板合隙縫 以白麻斵絮爲筋 鈍鑿扱入 然後飾過細石灰 和桐油舂杵成團調艌 溫台閩廣卽用礪灰 … 凡海舟 … 艌灰用魚油和桐油 不知何義 (『天工開物』, 舟車 第九)

이어서 그는 비품을 살펴보고 있다.[78]

---

75 이것은 '中國 黃麻' 혹은 '天津 黃麻' 즉 *Abutilon Avicennae*(Malvaceae), R274로서 아주 오래된 중국의 섬유 물질을 말한다(Joseph Needham, *Science and Civilization in China*, Vol.6의 38장을 참조).

76 *Aleurites Fordii*(Euphorbiaceae), R. 321.

77 이것은 중국에서 틈을 메우는 전통적인 재료이며, 선박뿐만 아니라 四川의 製鹽工場에서도 사용된다. Lecomte는 1698년에 다음과 같이 언급하였다. "그들은 틈을 메우기 위한 Okam으로 녹인 역청과 타르를 사용하지 않고 석탄과 석유의 혼합물이나 대나무 섬유와 樹脂의 혼합물을 사용하였다. 이 재료는 화재의 원인이 되는 경우가 드물고 또한 대단히 우수하여 전혀 물이 새지 않는다고 할 수 있다. …" 그는 적절하게 표현하고 있으며, 그보다 훨씬 전에 Marco Polo도 이 재료를 칭찬한 적이 있다. 초기의 유럽인 여행자들은 모두 그 재료에 감명을 받았다. 예를 들면, Mendoza는 다음과 같이 기록하였다. "이 왕국에는 (이것이) 풍부하다. 그들이 Iapez로 부르는 이 물질은 석탄, 생선기름, Uname로 불리는 물질로 만들어진다. 그것이 아주 견고하기 때문에, 벌레의 침입을 전혀 받지 않는다. 그 때문에 그들의 선박은 우리 것보다 두 배나 더 오래 지탱된다." 생선 기름은 원래 중국이 아닌 인도네시아나 인도차이나에서 사용되었다(凌純聲, "臺灣的航海帆筏及其起源," *AS / BIE*, 1963, no.16, 1). 그렇지만 위에서 말한 혼합물은 오늘날 중국에서 chunam(油石灰)으로 알려져 있다. 그 물질의 성질은 아주 양호하다. Lovergrove가 말한 것처럼, 그 물질은 마르면 돌처럼 굳어져 30년 동안 유지된다는 것이 입증되었다. L. Audemard, *op. cit.*, p.20을 참조.

78 第九, p.4, 5. tr. Ting Wên-Chiang and I. A. Donnelly, *op. cit.*; Sun Jen I-Tu & Sun Hsüeh-Chuan, *op. cit.*에서 보충할 수 있다.

범선용 목재는 보통 전나무(杉木)[79]이며, 줄기가 곧고 상처가 없는 완전한 것을 사용한다. 만약 목재의 길이가 돛대를 만들 수 있을 만큼 길지 않다면, 2개의 목재를 이은 후 일련의 철사로 군데군데 결합 부분의 주위를 둘러맨다. 갑판은 돛대를 세우기 위해 열린 공간으로 남겨둔다. 주돛대를 세우기 위해 여러 척의 큰 보트를 나란히 세우며, 그 위에 돛대의 상단을 눕히고, 위쪽을 긴 로프로 (정해진 위치에) 들어 올린다.

선체와 격벽은 남목(楠木),[80] 장목(樟木),[81] 유목(榆木), 저목(櫧木)[82] 혹은 괴목(槐木)[83]으로 만든다(장목이라도 봄이나 여름에 벌목한 것은 자칫하면 벌레에 먹히기 쉽다).[84] 갑판용으로는 어떤 나무도 사용된다. 타의 축은 유목이나 낭목(榔木)[85] 혹은 저목으로 만든다. 타의 손잡이는 주목(欘木)[86] 혹은 낭목을 사용하고, 노는 삼목이나 회목(檜木)[87] 혹은 추목(楸木)[88]을 사용해야 한다. 이러한 것들이 중요한 사항들이다.

운반된 봉삭(篷索, sheet나 halyard)[89]은 물에 씻어 부드러워진 아마(火麻, 별칭은 大麻)[90]의 섬유를 직경 1인치 이상이 될 때까지 모아서 꼰다. 그리하면

---

79 *Cunninghamic sinensis*, 때로는 *Cryptomeria japonica*(R 786 b; B II, 228)이다.

80 *Persea* 혹은 *Machilus nanmu* (R502; BII, 512). 현재는 *Phoebe nanmu*(陳嶸, 『中國樹木分類學』, Agricultural Association of China Series, Nanking, 1937, p.345).

81 *Laurus*. 이제는 Cinnamomun Camphora(R 492; BII, 513). 남방의 여러 도시에서 그 향기가 거리를 메우고 있다. 필자는 桂林에 있었던 1944년을 항상 상기하곤 한다.

82 일종의 떡갈나무. *Quercus Sclerophylla*(R 616; BII, 539).

83 *Sophora japonica* (BII, 288, 546). yellow-berry나 pagoda tree(R 410). 이에 대한 기록은 중국 문헌에서 종종 볼 수 있다. Joseph Needham, *Science and Civilization in China*, Vol.4, pt.1, p.73을 참조.

84 宋應星 자신이 붙인 주석이다.

85 일종의 느릅나무. *Ulmus parvifolia*(R 608; BII. 304).

86 일종의 떡갈나무. *Quercus glauca* (R 614; BII. 538).

87 *Juniperus sinensis* (R 787; BII. 506).

88 *Catalpa kaempferi* (R 99; BII. 506).

89 宋應星이 여기에서 말하는 것은 돛의 삭구류 일반에 관한 것이다. 그의 기술적인 용어법은 전혀 일관되지 않다. 왜냐하면 halyard를 弦으로 그리고 sheet를 篷索이라 하고 있기 때문이다. 한편 여기에서는 후자의 용어가 모든 것을 지칭하지만, 다른 곳에서는 halyard에 대해서만 사용하고 있다. topping lift에 대해서는 언급하지 않고 있다.

90 물론 Cannabis sativa를 뜻한다. Joseph Needham, *Science and Civilization in China*, Vol.6, pt.1의 38장을 보라.

로프는 1만 균(鈞)[91]의 무게를 견딜 수 있다. 닻 케이블은 청죽(靑竹)의 바깥부분을 가늘게 쪼갠 것으로 만든다. 이것을 물에 끓인 후 꼰다. 예인용 케이블(簹)도 같은 방식으로 만든다. 100피트 이상의 케이블은 몇 개의 그물 끝을 고리로 삼아 연결시킨다.[92] 이렇게 해 두면, 장애물에 마주쳤을 때 곧 풀어지게 된다. 대나무의 성질은 '곧기' 때문에(즉 인장 강도가 크다) 한 조각으로도 1천 균의 무게를 견딜 수 있다. 선박이 양쯔강(揚子江) 계곡에서 쓰촨(四川)으로 올라갈 때는 꼬아 만든 케이블을 사용하지 않고 그 대신 대나무를 1인치 정도로 쪼갠 후 이를 연결하여 길게 만든 막대기(즉 막대의 고리)를 만들어 사용한다. 이것은 꼬아 만든 케이블이 날카로운 바위에 의해 쉽게 잘라지거나 끊어지기 쉽기 때문에 필요하다.[93]

凡木色 榳用端直杉木 長不足則接 其表鐵箍逐寸包圍 船窓前道 皆當中空闕 以便樹榳 凡樹中榳 合併數巨舟承載 其末長纜繫表而起

梁興枋牆 用楠木櫧木樟木楡木槐木 (樟木春夏伐者 久則粉蛀) 棧板不拘何木 舵桿用楡木榔木櫧木 關門棒用椆木榔木 櫓用杉木檜木楸木 此其大端云

凡舟中帶篷索 以火麻稭해 (一名大麻) 絢紋 粗成徑寸以外者 卽係萬鈞不絶 若繫錨纜 則破析靑篾爲之 其篾線入釜煮熟 然後糾紋 拽縴簹亦煮熟篾線絞成 十丈以往

---

91 이 두 가지 추정치는 흥미롭다. 1鈞은 30斤의 중량이며, 명대에는 약 50파운드에 해당하였다. 따라서 최초의 추정치는 180톤 그리고 두 번째 추정치는 18톤 정도가 된다. 그가 삭의 단면에 관해 자세하게 기록하지 않았기 때문에, 그가 언급한 것을 평가하는 것은 어려운 일이다. 그러나 Joseph Needham, *Science and Civilization in China*, Vol.4, pt.2, p.64의 기록을 통해 알 수 있듯이, 현대의 평가에 의하면 강도는 평균 3.3톤 / 평방인치였다(동으로 만든 와이어와 같은 수준이다). 따라서 그는 역류를 거슬러 항해할 수 있는 선박의 톤수를 크게 생각했었을 가능성이 아주 크다. 재료의 강도에 대한 현대식 용어가 아니었던 것은 확실하다. Sun Jen I-Tu & Sun Hsüeh-Chuan, *op. cit.*은 鈞을 위험하게도 catties로 번역하고 있는데, 이는 혼동에서 비롯된 것 같다. 만약 그렇다면, 최초의 것은 5.9톤이고, 두 번째 것은 0.59톤을 뜻하게 된다. 이 수치들은 현대식 테스트에 의한 수치와 가까워 매력적이지만, 텍스트를 그대로 이해하지 않는 것이 좋을 것 같다.

92 아마 留木으로 연결되었을 것이다. L. Audemard, *op. cit.*, pp.48 이하를 참조.

93 이 견고한 성질이 가공되지 않은 대나무 줄기에 천연으로 포함되어 있는 硅素와 관계가 있다는 것은 의심의 여지가 없다.

中作圈爲接彊 遇阻礙可以招斷 凡竹性直 篾一線千鈞 三峽入川上水舟 不用糾絞簹
纜 卽破竹闊寸許者 整條以次接長 名曰火杖 蓋沿崖石稜如刃 懼破篾易損也 (『天
工開物』, 舟車第九)

마지막으로 그는 내륙 수로를 운항하는 선박의 의장(艤裝)에 대해 언급하고
있다.[94]

　　길이가 100피트 이상인 선박은 돛대를 2개 세워야 한다. 주돛대(中桅)는
중앙에서 그 격벽만큼 앞쪽에 세우고, 앞돛대(頭桅)는 10피트 이상 전방에
세운다. 식량을 운송하는 선박에서는 주돛대의 높이가 약 80피트이며, 그보다
10~20% 정도 짧은 목재도 사용한다. 밑 부분은 10피트 정도 선체 안에 들어
가 있다. 돛의 위치 즉 헬야드 도르래(용총줄 활차, halyard-blocks)의 위치는
50피트나 60피트 정도의 높이에 있다. 앞돛대의 높이는 주돛대의 절반에도
미치지 못하며, 돛의 크기도 앞돛대 주돛의 1/3에 해당한다. 후저우(湖州)와
쑤저우(蘇州)의 6개 군[95]이 보유한 미곡 운반선은 돌로 만든 아치형 다리 밑을
통과해야 하고, 수로에는 양쯔강과 한수이(漢水) 같은 큰 강의 위험이 없기
때문에 돛대와 돛의 크기가 상당히 작아져 있다. 후난, 후베이, 장시의 여러
성을 항해하는 선박은 큰 호수와 강을 횡단하여 예상할 수 없는 풍파를 헤쳐
가야 하기 때문에 규격에 따라 정확하게 조정할 수 있는 닻, 그물, 돛, 돛대를
보유해야 한다. 그러면 염려할 필요가 없을 것이다.[96]

　　凡舟身將十丈者 立桅必兩樹 中桅之位 折中過前二位 頭桅又前丈餘 糧船中桅

---

94 第九, pp.2, 3.; tr. Ting Wên-Chiang and I. A. Donnelly, *op. cit.*; Sun Jen I-Tu & Sun Hsüeh-Chuan,
　　*op. cit.*에서 보충할 수 있다.
95 江蘇省에 있다.
96 Donnelly에 의하면, 오늘날에도 이 여러 성들의 선박은 돛대를 다른 곳보다 높이 세우고 있
　　다. 그러나 수위가 낮을 때 높은 제방을 넘어 불어오는 바람을 받기 위해 그렇게 했다고
　　그는 생각한 것 같다.

長者以八丈爲率 短者縮十之一二 其本入窓內亦丈餘 懸篷之位約五六丈 頭椀尺寸
則不及中椀之半 篷縱橫亦不敵三分之一 蘇湖六郡運米 其船多過石甕橋下 且無江
漢之險 故椀與篷尺寸全殺 若湖廣江西省舟 則過湖衝江 無端風浪 故錨纜篷椀 必
極盡制度 而後無患 (『天工開物』, 舟車第九)

대양을 항해하는 선박에 대해서는 그가 조금밖에 기록하고 있지 않지만(분명히 그의 경험 밖에 있었기 때문이다), 흥미로운 몇 가지의 명칭을 언급하고 있다.[97]

대양을 항해하는 정크(海舟)는 원대와 명대 초기의 곡물 수송에 사용되었다. 그 유형 중 하나를 차양천선(遮洋淺船, shallow-draught ocean ship)이라 했으며, 별개의 유형은 찬풍선(鑽風船, boring-into-the-wind ship)[98] 또는 해추(海鰍, sea-serpent)[99]라고 하였다. 그 선박들의 항해는 해안을 따라 1만 리(里)를 넘는 경우가 없었으며, 흑수양(黑水洋)[100]과 샤먼도(沙門島)[101]를 통과하는 경우도 없었다. 커다란 항해 위험이 없었던 것이다.[102] 무역하기 위해 일본, 류쿠, 자바, 보르네오를 항해하는 정크에 비하면, 이 (연안 수송) 선박은 크기와 비용이 1/10에 불과하다.

---

97 第九, p.5, 6.; tr. Ting Wên-Chiang and I. A. Donnelly, *op. cit.*; Sun Jen I-Tu & Sun Hsüeh-Chuan, *op. cit.*에서 보충할 수 있다.

98 활짝 편 돛으로 바람을 향해 항해할 수 있는 능력에서 이 명칭이 유래하였다.

99 이 명칭은 南宋時代까지 올라감에 틀림없다. 왜냐하면 女眞族의 金에 대한 1161년 采石戰鬪에서 (대형 蒙衝과 함께) 海鰍가 戰艦으로 사용되었기 때문이다. 楊萬里, 『海鰍賦後序』(『誠齊記』, 卷四十四, p.6 이하)를 인용하고 있는 『文獻通考』, 卷一百五十八, p.1382를 보라. 두 가지 유형 모두 발로 밟아 움직이는 外輪을 갖고 있었다. Joseph Needham, *Science and Civilization in China*, Vol.4, pt.2, pp.421, 724를 참조. 海鰍는 보통 고래를 의미하였다.

100 黃海를 의미한다. 포르투갈들이 초기에 두려워한 *mare tenebroso*(어두운 바다)를 연상할 수 있을 것이다.

101 山東 앞바다에 위치해 있다.

102 완곡어법이다. tr. H. R. Schurmann, *Economic Structure of the Yuan Dynasty : a translation of chs. 93 and 94 of the 'Yuan Shih*,' Harvard Univ. Press, Cambridge, Mass., 1956, pp.111, 122 등을 참조.

첫 번째 유형의 대양 항해용 정크(遮洋淺船)의 구조는 운하용 정크와 유사하며, 길이는 16피트이고 폭은 2.5피트였다. 타의 축을 철력목(鐵力木)[103]으로 만들어야 하는 것 외에는 모두 같았다.[104]

외국으로 항해하는 선박(外國海舶)도 모두 그 모습이 (위에서 말한 큰) 대양 항해용 정크와 유사하다.[105] 푸젠(福建)의 하이덩(海澄) 그리고 광둥(廣東)의 마카오를 모항으로 하는 선박은 대나무를 절반으로 쪼개 만든 낮은 방파용 벽을 갖고 있기 때문에 이것으로 파도를 막는다. (山東의) 덩저우(登州)와 라이저우(萊州)의 선박은 다른 유형에 속한다. 일본 선박에는 노 젓는 사람이 완전히 차폐된 곳 밑에 있지만, 조선(朝鮮)의 선박에서는 그렇지 않다. 그러나 어떤 유형이던 간에 선박은 모두 항해용 나침반(mariner's compass)을 2개씩 갖고 있는데, 하나는 선수에 그리고 다른 하나는 선미에 있고, 모두 침로를 가리키고 있다. 그 선박들은 요타(腰舵, waist-rudders) 즉 리보드(leeboard)도 공통으로 갖고 있다. … 그러한 (대양 항해용) 선박은 선원 전부가 2일간 충분히 사용할 수 있는 민물을 여러 섬에서 대나무 통에 넣어 갖고 다니며, 다른

---

103 廣東과 安南에서 자라는 종려나무의 한 종류. Sagus Rubphii, Arenga Engleri, 기타(R 715, 716, G. A. Stuart, *Chinese Materia Medica; Vegetable Kingdom, extensively revised from Dr F. Porter Smith's Work*, Amer. Presbyt. Mission Press, Shanghai, 1911, p.389). 1562년에 편찬된 『籌海圖編』에 의하면, 廣東의 정크는 이 튼튼한 나무로 만들기 때문에 福建이나 日本의 선박과 충돌해도 상대방이 더 큰 피해를 입었다. 卷十三, p.2 이하, J. V. Mills, Translation of part pf ch. 13 of the *Chhou Hai Thu Pien*(on shipbuilding, etc.), Unpub. MS.; 『圖書集成』, 「戎政典」, 卷九十七, p.11의 抄錄.; L. Audemard, *Les Jonques Chinoises : I. Histoire de la Jonque*, Museum voor Land-en Volken-Kunde & Maritiem Museum Prins Handrik, Rotterdam, 1957, p.49.; 『格致鏡原』, 卷六十六, p.5의 기록 등을 참조
　이 나무는 식별하기 어렵다. 만약 종려나무가 아니라면, *Mesua ferra*였을지 모른다. 陳嶸, 『中國樹木分類學』, p.849를 보라. 이 나무는 100피트까지 자라며, 대단히 튼튼하여 내구성이 좋아 건축과 가구용으로 사용된다. 廣西省에서 자생하고 있다. 또한 鐵力木은 *Tsuga sinensis*의 지방명칭인지도 모른다.
104 이후에는 틈을 메우는 방법에 대한 기록이 이어지고 있다.
105 이와 관련하여, 3개의 돛대(그리고 뒷돛대에 삼각돛)를 가진 유럽 선박이 『圖書集成』, 「考工典」, 卷一百七十八, 彙考, p.24에 묘사되어 있어 흥미롭다. 그러나 필자는 宋應星이 외국 선박에 대해 언급하고 있는 것이 아니라는 Sun Jen I-Tu & Sun Hsüeh-Chuan, *op. cit*.의 주장에 동의한다. 이것은 China Clippers가 중국 선박을 의미하지 않는 것과 같다.

섬에 도착할 때마다 다시 물을 채운다.

섬을 향한 방향은 자기나침반(magnetic compass)을 이용하여 알 수 있다. 실제로 이것은 인간의 능력을 거의 능가하는 놀라운 발명이다. (이러한 항해를 하는) 조타수(helmsman), 선원(crew), 선장(master)은 정확한 판단력과 고도의 침착성을 갖고 있어야 한다. 맹목적인 용감성은 쓸모가 전혀 없다.

凡海舟 元朝與國初運米者 日遮洋淺船 次日鑽風船 (卽海鰍) 所經道里 止萬里長灘黑水洋沙門島等處 若無大險 與出使琉球日本曁商賈爪哇篾泥等舶制度 工費不及十分之一

凡遮洋運船制視漕船長一丈六尺 闊二尺五寸 器具皆同 唯舵桿必用鐵力木

凡外國海舶 制度大同小異 閩廣 (閩由海澄開洋 廣由香山嶴) 洋船 截竹兩破 排棚樹於兩傍以抵浪 登萊制度又不然 倭國海舶 兩傍列櫓手 欄板抵水 人在其中運力 朝鮮制度又不然 至其首尾 各安羅經盤以定方向 中腰大橫梁出頭數尺 貫揷腰舵 則皆同也 … 凡海舟以竹筒貯淡水數石 度供舟內入兩日之需 愚島又汲

其何國何島 合用何向 針指示昭然 恐非人力所祖 舵工一羣主佐 直是識力造死生揮忘地 非鼓勇之謂也 (『天工開物』, 舟車第九)

정크의 구조에 관해 지금까지 언급한 것은 모두 갑판의 유무와 무관하게 크고 작은 삼판에도 적용할 수 있다. 이점은 몇몇 사람들에 의해 연구되어오고 있으며, 그들의 흥미로운 연구기록은 기술적인 부분을 알고 싶어 하는 독자들을 만족시켜줄 것이다.[106] 이러한 선박들은 위용이 가장 큰 전통적인

---

106 예를 들면, G. R. G. Worcester, *Junks and Sampans of the Upper Yangtze*, 1940.; Idem, *The Junks and Sampans of the Yangtze : a study in Chinese Nautical Research*, 2 vols, 1947~8.; Idem, "The Amoy Fishing Boat," *MMI*, 1954, 40; Idem, "Six Craft of Kuangtung," *MMI*, 1959, 45.; Idem, "Four small Craft of Thaiwan," *MMI*, 1956, 42, 302.; Idem, "Some Brief Notes on Fishing in China," *MMI*, 1958, 44, 49.; ADM. A. L. B. Carmona, *Lorchas, Funcos e outros Barcos usados no Sul da China, a Pesca em macau e Arredores*, Impresa nacional, Macao, 1954.; D. W. Waters, "Some Coastal Sampans of North China : I. The sampan of the Antung Trader," *MS*.; Idem, "Some Coastal Sampans of North China : II. The 'Duck,' 'Chicken,' and 'Open Bow' Sampans of Wei-Hai-Wei," *MS*가 있다.

중국 선박에도 뒤지지 않으며, 어업, 여객 수송, 화물 수송 등에 아주 적합하기 때문에 다른 문화권에 속하는 선원들로부터 격찬을 받았다.

3. 선체의 형상과 그 의의

대략적으로 횡단면이 직사각형이고 모서리가 구부러진 선박은 실제로 장래성이 있었다. 삽화가 포함되어 있으며 가장 근래에 편찬된 백과사전을 보면, 이것이 현대 철강증기선의 형태와 같다는 것을 잘 알 수 있을 것이다. 이러한 형태의 단면이 특히 적재시의 안정성이라는 장점을 지니고 있다는 것은 150년 전 차노크(Charnock)와 동시대인들에 의해 이미 밝혀졌다.[107] 그러나 중국의 정크가 별도의 특징을 지니고 있기 때문에, 정크를 처음 본 유럽인들은 놀랄 수밖에 없었다. 그런데 그 특징은 (극단적인 형태는 아니었어도) 유럽인들에게 곧 받아들여졌으며, 그 예로 흘수선 중 폭이 가장 큰 부분을 선체 중앙보다 선미쪽에 위치하게 하는 선체 구조를 들 수 있다.

선체의 형태를 만드는 방법은 무한하지만, 선수 부분이 큰 선형과 선미 부분이 큰 선형으로 양분하는 아주 간단한 구분법이 있다. 전후가 가장 대칭적인 선형은 마스터커플(master-couple, 선폭이 가장 큰 부분의 늑골)이 선체 중앙부 늑골(mid-ship frame)과 일치하며, 그곳에서부터 선미나 선수 방향으로 점차 좁아져 가는 선형이다. 선수나 선미가 큰 선형은 한 쪽을 다른 쪽보다 훨씬 완만하게 줄여나가면서 둥글게 함으로써 만들어진다. 그러나 가장 극단적인 선형은 마스터커플이 선체 중앙보다 훨씬 더 선수나 선미 쪽에 있는 선형이다. 대체로 유럽에서는 선수 부분을 항상 크게 만들었지만, 중국에서는 선미 쪽을 크게 만드는 경향이 있었다.[108] 전자가 대단히 자연스러운 현상이

---

107 J. Charnock, *An History of Marine Architecture*, vol.3, Faulder et al. London, 1800~2 1, p.340을 참조.

었기 때문에, 드라이든(John Dryden)은 다음과 같이 기술하였다.

> 자연의 손으로 이루어지는 기술을 보면,
> 작게 시작한 것들이 커져 웅장한 것이 된다.
> 선박은 먼저 물고기처럼 보이며,
> 꼬리는 타가 되고, 머리는 뱃머리가 된다.[109]

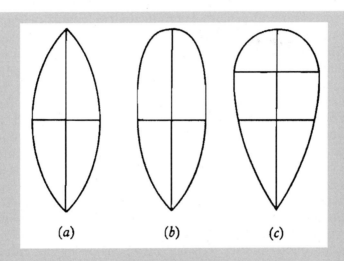

〈그림 944〉 흘수선을 기준으로 한 수평종단면(水平縱斷面)

a. 전후 대칭도
b. 선수(또는 선미)가 더 큰 선형
c. 선수쪽(또는 선미쪽)에 있는 마스터커플
   (master-couple)

---

108 J. Poujade, *La Route des Indes et Sea Navires*, Payot, Paris, 1946, p.210.
109 *Annus Mirabilis*(1667)의 'On Shipping, Navigation and the Royal Society.'

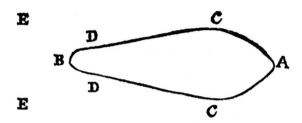

A fit prora, B puppis. Aquæ itaque motu navis congeftæ
& coacervatæ ad proram A, primo quidem fegnius defluunt
ad utrunque navis latus C C, defcenfu vero ipfo augent ce-
leritatem, donec perveniant ad D D, ubi intenfiffimus eft
aquarum lapfus. Inde repulfæ occurfu aquarum pone
relabentium declinant ad E E, ubi demum fiftuntur & lo-
cum dant aquis à tergo & utroque latere venientibus. Sed
vero conftat gubernacula non ab infequentibus, fed ab
affluentibus à prora regi undis, unde planum fit aptius collo-
cari ad D D, quam ad B, quo vix attingunt fubterlabentes
undæ, cum ad D D maxima fiat percuffio & fufficiens ad
regendam totam navem, quæ quanto longior eft tanto faci-
lius regitur, & quanto velocius procedit tanto magis obfe-
quitur gubernaculis, & hinc eft quod longæ naves facilius
& citius convertantur & circumagantur, quam minus lon-
gæ, & quod minutæ etiam cymbæ, majori egeant guber-
naculo, quam quævis maximæ naves, cum enim non
alte aquam fubeant, nec multas propellant undas, utique
etiam imbecillis eft aquarum relabentium affluxus, qua-
propter regi vix poffunt, nifi enorme habeant guberna-
culum.

〈그림 945〉 Issac Vossius, *Variarum Observationum Liber*(1685)라는 텍스트에서 발췌한
그림과 기사. 그는 De Triremium et Liburnicarum Constructione라는 제목이 달린 한 장에
서 마스터커플이 앞 부분에 있는 선체의 그림을 제시하고 있다. 이 텍스트는 타를 선미에 설치하
는데 찬성하는 방향으로 논의를 전개하고 있다.

〈그림 946〉케임브리지(Cambridge) 막달렌 대학(Magdalene College)의 페피스 도서관 (Pepysian Library)에 있는 것으로 베이커(Matthew Baker)가 1586년에 쓴 수고본. 물고기 형태가 선체에 겹쳐서 당시 유명한 배대목(船匠)의 격언인 '대구 머리와 고등어 꼬리'를 보여주고 있다.

마스터커플의 가장 좋은 위치에 대한 논의는 고대의 조선술에 대한 해설서를 집필한 17세기의 보시우스(Issac Vossius)까지 소급된다.[110] 차노크는 자신의 생각을 설명하기 위해 한 개의 표를 제시하고 있다.[111] 어떤 유럽 항구나 해군박물관에 있는 선박 모형들을 조사하면, 선수가 가장 넓어야 한다는 생각이 얼마나 널리 우세했는지 알 수 있다. 1586년에 작성된 베이커(Baker)의

---

110 *De Triremium et Liburnicarum Constructione*, in *Variarum Observationum Liber*, pp.59 이하. master-couple 이 선수 부분에 위치한 선형의 도해는 p.135의 〈그림 945〉에 게재되어 있다.
111 J. Charnock, *op. cit.*, vol.1, p.103.

원고에 들어있는 한 도표는 "대구 머리와 고등어 꼬리(a cod's head and a mackerel tail)"라는 유명한 격언에 따라 선체의 수면 아래 부분을 물고기 형태와 비교하고 있다(<그림 946>).[112] 이러한 비교는 서양의 고대 문헌에서 많이 볼 수 있는 것이었다. 푸자드(Poujade)[113]는 이를 기반으로 유럽인이 물고기 모양으로 선박을 만들었고, 중국인은 새가 수면에서 수영하는 모습을 보고 선박을 만들었다고 생각하였다.[114] 이 중요한 차이점을 알게 된 최초의 인물은 파리 제독(Adm. Paris)이었는데, 그는 1840년에 다음과 같이 서술하였다.[115]

어떤 사람들은 용골을 凸 모양으로 만들고, 어떤 사람들은 凹 모양으로 만든다. 어떤 사람들은 선미보다 선수를 더 낮게 하여 선체를 떠오르게 하며, 어떤 사람들은 폭이 가장 큰 부분이 선수나 중앙 혹은 선미 부분이 되도록 만든다. 우리는 물고기를 가장 좋은 선형의 모델로 삼아왔다. 그러나 중국인은 자연을 모방하여 폭이 가장 큰 곳이 뒷부분이 되게 하여 헤엄치는 물새를 모방하였는데, 그 이유는 다소 불분명하다. 바로 이 점 때문에, 중국인의 안목이 높았다고 할 수 있다. 왜냐하면 물고기가 물속을 헤엄쳐 다니지만, 물새는 선박과 마찬가지로 물과 공기의 두 물질 사이에서 나아가기 때문이다. 이처럼 불가사의한 중국인들은 대륙의 다른 한 쪽에 있던 유럽인들과는 모든 점에서 정반대의 방식으로 일을 진행시킨 것 같으며, 나아가 자연을 모방하여 이른바 견인력(tractive force)을 선수에 작동시키고 선미에서는 최대의 추진력(propulsion)이 작동하도록 하였다. 그 결과, 중국인들은 물새의 물갈퀴 발을 모방하여 선미에 강력한 패들(paddles, 櫓)을 달아 사용하였다. 그 위치는 새가

---

112 G. S. Laird Clowes, *Sailing Ship : their History and Development as illustrated by the Collection of Ship Models in the Science Museum*, Pt.1, *Historical Notes*, Science Museum, London, 1932, p.69.

113 J. Poujade, *op. cit.*, pp.210, 248.; J. Charnock, *op. cit.*, vol.3, p.402를 참조.

114 J. Charnock, *op. cit.*, vol.3, p.364에 전형적인 실례가 있다.

115 Admiral F. E. Paris, *Essai sur la Construction Navale des Peuples Extra-Européens*, Arthus Bertrand, Paris, n.d.(1841~3), p.3.

수영할 때 아주 중요한 곳이었음에 틀림없다. 왜냐하면 지상에서 쉽게 걸을 수 있는 능력을 물새에게서 없애버렸기 때문이다. (중국인이 사용해온 것에 대한) 이처럼 대단히 솔직한 고찰은 언젠가 증기선에 응용될 것이다. 바람처럼 외부의 힘이 아니라 내부의 힘으로 움직이고 또한 물새와 동일한 상황에 놓이기 때문에, 증기선은 물새와 아주 유사한 형태가 되면 이점이 많을지 모른다.

파리 제독의 이러한 예언은 20년도 채 되지 않아 스크류 프로펠러의 도입에 의해 올바르다는 것이 입증되었다. 사실 위 인용문이 서술되기 한 해 전에 이미 스미스(F. P. Smith)의 45마력짜리 스크류 기선인 아르키메데스호(*Archimedes*)가 시운전을 하였다.[116] 선형에 대해서는 고어(Gore)가 1797년에 실시한 선구적인 수조 실험에서 선수가 큰 선형의 우월성이 입증되었는데, 그의 실험 모형은 전체가 물속에 잠겨 있었다.[117] 오늘날에는 그 반대가 진실이라는 것을 정확하게 알 수 있다. 훌륭한 범선은 최대의 마스터커플이 선체 중앙에서 후방으로 3~8% 사이에 놓여 있는 것이다.[118] 이것은 19세기 말

---

116 스크류의 역사에 대해서는 R. de Loture & L. Haffner, *La Navigation à travers les Ages : Évolution de la Technique Nautique et de ses Application*, Payot, Paris, 1952, p.203.; F. M. Feldhaus, *Die Technik der Vorzeit, der Geschichtlichen Zeit, und der Naturvölker*, Englemann, Leipzig and Berlin, 1914.; J. McGregor, "On the Paddle-Wheel and Screw Propeller, from the Earliest Times," *JRSA*, 1858, 6.; A. E. Seaton, *The Screw Propeller, and other Competing Instruments for Marine Propulsion*, Griffin, London, 1909.; William Bourne, *A Regiment for the Sea, conteining very necessary matters for all sorts of Seamen and Travellers* ···, East & Wight, London, 1580.; G. S. Graham, "The Transition from Paddle-Wheel to Screw Propeller," *MMI*, 1958, 44를 참조. 18세기의 70년대와 80년대라는 주장도 있다. C. E. Gibson, *The Story of Ship*, Schuman, New York, 1948, p.148을 참조. 그러나 그것들이 실용화되지는 못했다. Joseph Needham, *Science and Civilization in China*, Vol.4, pt.2, p.125를 참조.

117 J. Charnock, *op. cit.*, vol.3, pp.377 이하에 언급되어 있다.

118 이는 물론 난해한 문제이다. 왜냐하면 가장 훌륭한 선박의 모양이 항해 속도에 따라 다르기 때문이다(D. H. C. Birt, *Sailing Yacht Design*, Ross, Southampton, 1951의 논의를 보라). 중국 선형의 우수성은 저속 상태에서 진가를 드러냈다. 고속 상태에서는 거의 대칭적인 선형의 효율성이 더 크다.

경주용 요트였던 아메리카호(*America*)에 의해 증명되었다.

중국 선박의 선체선(船體線)에 대한 그림에서 가장 큰 폭이 후방에 있는 선형을 볼 수 있는 것은 파리 제독이 정확한 도면들에서 마음껏 사용한 데이터보다 훨씬 광범위하게 우스터(Worcester)에 의해 확인되었다. 35개 유형의 선박이 이러한 방식으로 건조되었음이 피상적인 조사에 의해 드러났다. 어떤 유형들은 단순히 마스터커플이 선체 중앙에서 후방까지 다양한 길이로 이어지고 있으며,[119] 다른 몇 가지 유형들은 마스터커플 자체가 선미 부분에 있었음을 분명하게 보여주고 있다.[120] 모든 종류의 마앙자(麻秧子)는 이러한 방식으로 건조되었으며, 그 명칭 자체도 '대마의 싹(hemp sprout)' 즉 한쪽 끝이 다른 쪽 끝보다 더 솟아있다는 것을 뜻한다. 강에서 사용되는 정크에 대한 흔한 명칭 중 몇 가지도 선미가 불룩한 형태를 보여주고 있다. 그 예로 마유호자(麻油壺子, hempseed oil bottle), 금은정(金銀錠, ingot), 홍수혜(紅銖鞋, slipper), 파리 제독이 알았더라면 기뻐했을 것이 분명한 압초(鴨梢, duck's tail) 등을 들 수 있다.

중국의 배대목(船匠, shipwrights)은 실제로 자신들이 하는 일이 어떤 것인지 잘 인식하고 있었다. 양몽룡(梁夢龍)은 『해운신고(海運新考)』(1579)에서 원대의 유명한 배대목이었던 나벽(羅璧)에 대해 언급하고 있는데,[121] 그가 건조한 정크는 의미심장하게 해붕(海鵬)으로 불렸다. 이것은 『장자(莊子)』에 등장하는 유명한 새의 명칭으로서 바다에서 날아올라 남쪽으로 비상하는 거대한 새였

---

119 G. R. G. Worcestor, *Junks and Sampans of the Upper Yangtze*, pp.38, 51, 63, 81.; Idem, *The Junks and Sampans of the Yangtze : a study in Chinese Nautical Research*, vol.1, pp.126, 134, 137, 139, 200, 203.; *Ibid.*, vol.2, pp.276, 279, 284, 288, 321, 322, 336, 421, 436, 463, 466, 489.

120 G. R. G. Worcestor, *Junks and Sampans of the Upper Yangtze*, pp.21, 65, 68, 80; Idem, *The Junks and Sampans of the Yangtze : a study in Chinese Nautical Research*, vol.2, pp.295, 393, 408, 422, 429, 456, 494. 많은 선형은 거의 대칭선형이지만, 가장 큰 폭이 앞에 있는 선형은 단 한 가지밖에 없다(Idem, *The Junks and Sampans of the Yangtze : a study in Chinese Nautical Research*, vol.2, p.457).

121 卷一, p.32. 羅璧이 船長으로서 활동한 것에 대해서는 후술할 예정이다.

다.[122] 나벽의 좌우명은 몸이 거북이 같고 머리가 뱀과 같다라는 뜻을 가진 구신사수(龜身蛇首)였다. 이보다 더 결정적인 표현은 상상할 수 없었을 것이다.

4. 수밀구획(水密區劃)

유럽인이 중국으로부터 받아들인 또 하나의 귀중한 조선 기술을 인정해야 하는데, 그 기술은 수밀구획(水密區劃, water-tight compartments)이었다.[123] 지금까지 언급한 것들을 통해 격벽 구조가 중국 조선술의 기본적인 원리였음은 명백해졌을 것이다(<그림 947>을 참조). 수밀구획은 격벽 구조의 당연한 결과였다. 이것은 그 장치가 만들어지기 시작한 연대를 정확하게 알 수 있는 사례들 중 하나이다.[124] 그것이 유럽에 전파된 것은 18세기 마지막 수 십 년 동안이었으며, 그 시대의 거의 모든 문헌은 그것이 중국에서 사용되었던 것임을 상기시켜 주고 있다. 1787년 프랭클린(Benjamin Franklin)은 미국과 프랑스 사이의 정기우편선 운행 계획에 대해 편지를 썼는데, 그는 그 편지에서 다음과 같이 말하고 있다.

　　이 선박들이 화물을 싣지 않기 때문에, 선창(船艙)을 중국식으로 나누어 독립된 구획으로 만들어도 불편을 느끼지 않으며, 방수를 하기 위해 각 구획

---

122 卷一, tr. J. Legge, *The Texts of Taoism*, vol.1, Oxford, 1891, p.164.; Joseph Needham, *Science and Civilization in China*, Vol.2, p.81을 참조.

123 이것은 S. C. Gilfillan, *Inventing the Ship*, Follet, Chicago, 1935와 L. Audemard, *Les Jonques Chinoises : II. Construction de la Jonque*, Rotterdam, 1959에 의해 종종 지적되고 있다.

124 Leonard da Vinci가 구멍이 열릴 위험을 최소화하기 위해 이중 구조로 된 舷側을 제안한 것은 사실이다(ed. G. Ucelli de Nemi, *La Gallerie di Leonardo da Vinci nel Museo Nazionale della Scienza e della Tecnica {Milano}*, Museo naz. d. Sci. e. d. Tecn., Milan, 1956, no.82를 참조). 그러나 이 아이디어가 실행에 옮겨지는 일이 없었을 것이지만, 水密縱隔璧이라기 보다 앞서 논한 바 있는 雙胴船에 가깝다.

의 틈을 잘 메우면 좋을 것이다. 그리하면 어느 한 구획이 침수된다 해도 … 이것이 알려지면, 승객들은 크게 안심할 것이다.[125]

구피(Guppy)는 1845년에 철제기선(鐵製汽船) 그레이트 브리튼호(Great Britain)의 시험 항해에 대한 논문을 런던토목기사협회(Institution of Civil Engineers in London)에서 발표하였으며, 이어서 행해진 토론에서는 조선술에서 개선해야 할 점을 논한 이미 고인이 된 벤담 경(sir Samuel Bentham, 1757~1831)[126]의 편지가 벤담 여사(Lady Bentham)에 의해 낭독되었다. 따라서 '고정된 수밀격벽의 위대한 개선에 대한 최초의 도입'이라는 공적은 그에게 돌아가야 한다고 생각한다.[127] 그는 1795년에 해군성(Admiralty)의 최고위원들(Lords Commissioners)에 의해 6척의 선박에 대한 설계와 건조를 위임받았다. 그는 현재 중국에서 행해지고 있는 것처럼 격벽을 갖춘 선박들을 만들었다. 격벽은 선체 강도를 강화하는 데 기여했으며 또한 침수와 침몰을 방지하여 안전성을 높이는 역할을 하였다.

벤담이 이 새로운 구조를 도입한 이유는 기술의 전파라는 점에서 대단히 흥미롭기 때문에 보다 상세하게 고찰할 필요가 있다.[128] 그가 초기에 기록한 일기를 바탕으로 벤담 부인이 직접 쓴 전기(1862)를 읽으면, 벤담은 생애 후반기에 오랫동안 영국 해군의 기사장(技師長, chief engineer)이자 건축가였지만, 젊었을 때에는 러시아에서 군 복무를 했으며, 준장으로 퇴역했음을 알 수

---

125 G. M. H. Playfair, "Watertight Compartments in Chinese Vessels," *JRAS / NCB*, 1886, 21, 106에 인용되어 있다. 같은 문제에 관한 Franklin의 별도 편지가 J. Charnock, *An History of Marine Architecture*, vol.3, Faulder et al., London, p.361에 인용되어 있다. 1786년에 출판된 Franklin의 *Maritime Observations*, p.301을 보라.
126 Jeremy의 동생이다.
127 실제로 Captain Schanck과 같은 조선술을 개선한 많은 사람들이 그것을 제안하였다. J. Charnock, *op. cit.*, vol.3, p.344를 참조.
128 Samuel Bantham이 중국을 접촉한 것에 대해 우리의 주의를 환기시켜 준 것에 대해 D. R. Bebtham에게 감사드린다.

〈그림 947〉 홍콩의 조선소에서 수리중인 남중국 화물선(freighter) 또는 트롤선(trawler)의 선미 좌현을 촬영한 사진(출처 : Waters Collection, National Maritime Museum, Greenwich). 4, 5개의 격벽이 보이며, 최후의 격벽은 선체의 외판을 떼어내고 있기 때문에 특히 잘 보인다. 휘어져 올라간 선미의 내부에서 보강용 늑재(肋材, ribs)나 조골(肋骨)이 5개 보이며, 이것들은 앞쪽의 격벽 사이에서 여러 가지로 조합되어 있다. 〈그림 936〉에서 본 것처럼, 푸저우(福州)의 화물선은 약 15개의 격벽과 37개의 늑재를 갖고 있었던 것으로 보인다. 이 사진에서는 선미 전망대(stern gallery)의 돌출부 밑에서 타를 위한 구멍을 볼 수 있다. 옆에 있는 인물로 선박의 크기를 알 수 있다.

있다. 그는 1782년 실시한 시베리아 여행 도중 중국과의 국경 지역인 캬흐타 (Kiachta)에서 중국 지방 관리를 만났으며, 그곳에서 실카(Shilka) 강에 떠있는 대형 선박들을 보았다.[129] 그 선박들 중 모두는 아니더라도 몇 척은 일상적인 횡격벽(橫隔壁, transverse bulkheads)을 갖고 있었던 것으로 보인다.

(그의 처가 훨씬 후에 서술한 것에 의하면) 이것은 벤담 장군의 발명이 아니었다. 그는 그것이 "고대인과 마찬가지로 오늘날 중국인에 의해서도 실시되고 있을 것"이라고 스스로 공언하였지만, 그래도 수밀구획의 우수성을 평가하고 도입한 공적은 그 덕분이다. 배대목(船匠)들은 아마 고대부터 전승되어 온 것을 몰랐을지 모르지만, 그들이 중국 선박에서 그처럼 흔한 방책을 몰랐을 수 있었을까?[130]

더욱 흥미로운 것은 벤담이 다른 중국 기술도 모방했다는 사실이다. 그는 크림 반도(Crimea)에서 연대장으로 근무하던 1789년에 버미큘러호(*Vermicular*)를 건조하였다. 이 선박은 얕은 여울을 벗어나 강을 지그재그로 내려가는 천연산물 운반선이었다.[131] 곧 보게 되겠지만, 이 선박의 건조 방식은 중국 조선술의 특징이었으며,[132] 앞서 살펴본 것과 유사한 경우이다.[133]

「메카닉스 매거진(*Mechanics Magazine*)」의 1824년도판 필진 중 한 명은 다음과 같이 서술하였다(Anon, "On Watertight Compartments in Ships," *MCMG*, 1824, 2, 224). "선박이 침몰하지 않는 방법이 있는데,[134] 고대인들은 이를

---

129 Lady M. S. Bentham, *Life of Sir samuel Bentham*, ···; Longman Green, London, 1862, pp.49, 51. 이곳은 Nerchinsk에서 약 10km 떨어진 곳에 있었다. 오늘날 만주와 시베리아의 국경선은 더 남동쪽에 있는 Argun 강이다.

130 Lady M. S. Bentham, *op. cit.*, p.107.

131 이 선박은 7개의 구획으로 나누어지되 각 구획이 서로 연결되어 있으며, 길이가 252피트, 폭이 16피트, 흘수가 4인치였다.

132 Samuel Bentham이 시베리아와 만주 사이의 강에서 유사한 선박을 보았다는 것은 실제로 가능했던 것처럼 보인다.

133 실제로 그러했다면, 17세기 초기의 Simon Stevin(Joseph Needham, *Science and Civilization in China*, Vol.4, pt.1, p.227)은 돛을 이용하여 운반한다는 아이디어와 음악에 평균율(equal temperament)이라는 수학 공식의 도입이라는 두 가지를 차용하였다.

134 이것은 분명히 잘못된 생각이다.

알고 있었으며, 오늘날에는 중국인이 그 방법을 사용하고 있다. 그것은 선창 (船倉)을 여러 구획으로 나누는 것이었다. 그리하면 선박에 틈이 생기거나 현측에 구멍이 나도 …" 뜰 수 있을 것이다. 이것의 전파에 대해 주목할 만한 사실은 서양에서 이 방법을 채택하는 데 오랜 시일이 걸렸다는 것이다. 마르코 폴로가 중국 선박의 수밀구획을 정확하게 묘사한 것은 1295년경이며, 이 정보는 1444년에 콘티(Nicolo de Conti)에 의해 다시 전파되었다. "이 선박 들은 몇 개의 방(chambers)으로 이루어져 있으며, 그 중 하나가 파괴된다 해도 다른 방들이 있어 계속 항해할 수 있다."[135] 그러므로 이 실용적이고 안전한 장치가 유럽에 최초로 전파된 지 500년이 지난 후에야 비로소 채택되었다는 크레시(P. F. Cressey, "Chinese Traits in European Civilisation : a Study in Diffusion," *AMSR*, 1945, 10, 595)의 주장은 전적으로 맞는 말이다.

별로 알려져 있지 않지만 흥미로운 사실은 몇 가지 유형의 중국 선박에서 선수 구획이 (흔치는 않지만 선미 구획도) 물이 자유롭게 출입할 수 있도록 되어 있었다는 점이다. 이 때문에 외판(planking)에 구멍이 나 있다.[136] 쓰촨(四 川)의 쯔류징(自流井)에서 급류를 내려오는 소금배, 포양호(鄱陽湖)의 곤돌라 같 은 배, 많은 대양 항해용 정크 등이 그러한 유형의 선박에 해당한다.[137] 쓰촨 의 선원(boatman)은 이것 때문에 선박의 저항이 최소화된다고 말하지만, 배가 급류에서 크게 흔들릴 때 선수와 선미에 받는 강한 충격을 이 장치가 완화시 키는 것은 틀림없는 사실이다. 왜냐하면 파도의 충격에 대항할 수 있는 최적

---

135 Nicoló de Conti, *In the most Noble and Famous Travels od Marco Polo, together with the Travels of Nicoló de Conti, edited from the Elizathan Translation of J. Frampton(1579), etc.*, by N. M. Pewzer, Argonaut, London, 1929, p.140.

136 때로는 '뻘닻(stick-in-the-mud anchor)'도 통과할 수 있다.

137 G. R. G. Worcestor, *Notes on the Crooked-Bow and Crooked-Stem Junks of Szechuan*, Inspectorate-General of Customs, Shanghai, 1941, p.25.; Idem, *The Junks and Sampans of the Yangtze* … , vol.1, p.41.; Ibid., vol.2, p.414.; D. W. Waters, "Chinese Junks : the Hangchow Bay Trader and Fisher," *MMI*, 1947, 33, 28.

의 시기에 밸러스트 물(water ballast)을 신속하게 채우거나 빼낼 수 있기 때문이다. 선원들은 정크가 바람에 의해 날아오르는 것을 이 장치가 막아준다고 말하고 있다. 5세기에 유경숙(劉敬叔)이 『이원(異苑)』에서 기술한 다음의 이야기가 사실이었는지도 모른다.[138]

부남(扶南, Cambodia)에서는 항상 거래가 금으로 이루어진다. 어느 날 임대한 선박으로 이곳저곳을 돌아다닌 사람들이 사전에 계약한 금액을 지불할 때가 되었는데, 선박이 아직 목적지에 도착하지 못했다. 그러자 그들은 금액을 깎으려 했다. 선장이 트릭을 써서 배 밑바닥에 물이 들어와 고이게 했으며, 그러자 선박은 곧 침몰할 것 같았고, 앞으로도 뒤로도 움직일 수 없는 상태가 되어버렸다. 모든 승객이 두려워하면서 금을 전액 지불하자, 선박은 원상태로 되돌아갔다.

扶南國治生皆用黃金 傲舡東西遠近 雇一斤時 有不至所屆 欲減金數 舡主便作幻詆 使舡底砥析狀 欲淪海中 進退不動 衆人驚怖 還請賽 舡合如初也 (『太平御覽』, 卷七百六十九, 引異苑)

그렇지만 이 선박에는 제어용 구멍이 있었으며, 뒤에서 펌프로 배수했을 것으로 보인다.[139]

자유 충수 구역(自由充水區域, free-flooding portion)을 내포한 수밀구획을 사용하는 한 가지 이유는 어선이 잡은 생선을 산채로 항구로 운반하여 팔기 위함

---

138 tr. P. Pelliot, "Quelques Textes Chinois concernant l'Indochine Hindouisée," *In Études Asiatiques publié es à l'Occasion du 25e Anniversaire de l'École Française d'Extrême-Orient*, van Oest, Paris, 1925, 11, 243.
139 물론 제어할 수 있는 밸러스트 물은 유럽의 잠수함 발달 과정에서 부수적으로 발생한 중요한 발명 중 하나였다(Bushnell은 1775년 그리고 Fulton은 1800년). R. de Loture and L. Hafner, *La Navigation à travers les Ages : Évolution de la Technique Nautique et de ses Application*, Payot, Paris, 1952, p.261 이하를 참조.

이었다. 중국에서는 이 장치가 간단하게 실현되었다.[140] 이 장치는 영국에도 알려져 있었으며, 이 구획을 수조(水槽, wet-well)로 부르고 이 장치가 있는 선박을 스맥선(well-smack, <역자주 : 活魚槽가 있는 소형 돛배>)이라 불렀다.[141] 이러한 유형의 선박이 유럽에서 1712년부터 사용되었다는 주장이 옳다고 하더라도, 먼저 17세기 말에 중국의 격벽 원리가 유럽의 소형 연안어선에 도입되었으며, 이어서 1세기 후에 대형 선박으로 전파되었다. 이 격벽 원리는 2회에 걸쳐 유럽에 도입되었다고 할 수 있다.

---

140 水槽(wet-well)가 있는 어선은 특히 廣東의 入江(G. R. G. Worcester, 미발표자료, np.100)과 홍콩에서 자주 보였다(B. Ward의 개인 편지).

141 E. W. White, *British Fishing-Boats and Coastal Craft : Pt.I, Historical Survey*, Science Museum, London, 1950, p.23.

제4장

중국 선박의 자연사

1669년 나바레테(Domingo de Navarrete)는 다음과 같이 서술하였다. "알려진 나머지 세계에 있는 것보다 더 많은 선박이 중국에 있다고 단언하는 사람들이 있다. 많은 유럽인은 이것을 믿기 어려울지 모르지만, 중국 선박의 1/8도 보지 못한 나는 세계 각지를 여행한 후 이것이 확실하다고 생각하게 되었다."[1]

---

1 *Tratados … de la Monarchia de China*, Cummins ed., vol.2, p.227. G. R. G. Worcester, *The Junks and Sampans of the Yangtze : a study in Chinese Nautical Research, 1947~8*은 이것을 Gabriel de Magalhaens, *New History of China*(1688)에서 인용하고 있지만, 우리는 이 책을 찾을 수 없었다. 이 주장은 Trigault(tr. L. J. Gallagher, *China in the 16th Century : the Journals of Matthew Ricci, 1583~1610*, Random House, New York, 1953, pp.12, 13)와 Pasquale d'Elia, *Fonti Ricciane : Storia dell Introduzione del Cristanesimo in China*, vol.1, Libreria dello Stato, Rome, pp.20, 23에 있는 Ricci의 주장과 비슷하다. 다른 인용문은 L. Audemard, *Les Jonques Chinoises : I. Histoire de la Jonque*, 1957, pp.19 이하에서 볼 수 있다. 근세 유럽에서 최초의 서술은 Cristovâo Vieira가 廣東에서 1524년 편지에 "나는 무수한 선박"을 보았다고 쓴 것이다(D. Ferguson. "Letters from Portuguse Captives in Canton,?" *IAQ*, 1901, 30, p.19). Barrow도 1804년에 똑같이 감명을 받았다(John Barrow, *Travels in China*,

마르코 폴로(Marco Polo)와 이븐 바투타(Ibn Battutah) 이후 얼마 되지 않은 시기에 중국을 여행하는 사람들은 예외 없이 선박이 많다는 사실에 크게 놀랐다(<그림 948>을 참조). 따라서 중국에서 여러 가지 유형의 선박들이 발달한 것은 당연한 것이었으며, 현대에는 연구자들이 그 선박들의 분석과 분류를 연구하는 데 많은 시간을 할애하고 있다. 우리는 준거의 틀 때문에 그 업적을 재검토할 수 없지만, 문헌에 대한 몇 가지 조언을 할 것이며, 주목해야 할 약간의 선박에 대해서도 언급하려 한다.

선박 유형에 대한 체계적인 목록은 각 시대마다 중국 문헌에 몇 차례 나타나며, 그 중 몇 가지는 이 책에서 별도로 언급되고 있다. 전선(戰船, warship)의 분류에 대한 현존하는 가장 오래된 기록은 군사(軍事)와 조선(造船)과 관련하여 759년(唐代)에 도가(道家) 계열의 백과사전편찬자가 편찬한 저서(『太白陰經』)이다. 이 서적은 전선의 장갑(裝甲, armour)에 대한 역사를 다루고 있는데, 전문은 뒤에서 보게 될 것이다. 선박 유형에 대한 송대(宋代)의 묘사도 존재한다. 명대(明代)의 것으로는 16세기 말인 1586년에 쓰인 왕학명(王鶴鳴)의 『수전의상론(水戰議詳論)』이 있으며, 여기에는 9가지의 전선 유형이 상세하게 기록되어 있다.[2] 같은 시기에 왕기(王圻)는 여러 연안 지방을 방어하는 데 대한 서로 다른 선박 유형들의 적합성 여부를 기술하였다.[3]

송응성은 1637년에 앞서 언급한 인용문의 결론에서 9가지의 서로 다른 선박 유형을 계속해서 묘사하였다. 그 과정에서 그는 자동반전식 추진 노(自動

London, 1804, p.399). William Bourne은 Regiment for the Sea(1580)에서 John Dee가 大汗國(Great Khan)의 깃발을 계양한 수많은 선박을 기술한 Marco Polo의 구절을 보여줌으로써 Cathay를 향한 그의 항해 계획을 격려하는 모습을 전하고 있다.(ed. E. G. R. Taylor, 'A Regiment for the Sea', and other Writings on Navigation, by William Bourne of Gravesend, a Gunner(1535 to 1582), Cambridge, 1963, p.313을 보라).

2 이것은 『續文獻通考』, 卷一百三十二, p.3972 이하에 상세하게 인용되어 있다. 이때에는 이미 서양의 영향이 나타나며, 기술된 것 중 두 가지 유형이 龍骨을 지니고 있었다. 또한 어떤 것은 포르투갈식 컬버린포(culverines)로 무장하고 있었음을 보여주고 있다.

3 『續文獻通考』, 卷一百三十二, p.3974 이하를 참조.

反轉式推進櫓, self-feathering propulsion oar), 첸탕강(錢塘江)의 포범(布帆, cloth sails), 광둥 지방의 강에서 사용하는 선박의 쌍각 돛대(雙脚雙柱, bipod masts)에 대해서도 기술하고 있다. 이러한 것들은 남부 지방에서만 볼 수 있다. 도넬리 (Donnelly)[4]에 의하면, 대영박물관에 소장되어 있고 약 1700년의 것으로 보이는 2가지의 중국 필사본(MSS)[5]에는 84척 정도의 선박이 그려져 있는데, 이 자료에 대해서는 아직 학문적인 연구가 되어 있지 않다. 메이어스(Mayers)[6]는 거의 한 세기 이전의 선박 35종류에 대한 명칭과 간단한 묘사를 제시하였다. 그보다 앞서 스카시코프(K. A. Skachkov)[7]는 별로 알려지지 않은 한 논문에서 루미안초프(Rumiantzov) 박물관이 소장하고 있는 『수사집요(水事輯要)』의 필사본이나 간행본에 대해 논하였다. 그런데 그 자료는 보기에 전통적인 유형의 전선에 관한 것처럼 보이지만, 중국학에서는 정체를 알 수 없는 문헌일 뿐이다. 최근에 많은 유형을 자세하게 묘사한 연구들이 나타나고 있지만,[8] 그중에

---

4 I. A. Donnelly, "Early Chinese Ships and Trade," *CJ*, 1925, 3. 190.

5 Lonsdown no.1242와 Egerton no.1095.

6 W. F. Mayers, "Chinese Junk Building," *NQCJ*, 1867, 1, 170.

7 K. A. Skachkov, "O Voenno-Morskom Depe i Kitaiskev," *N* 18 / 162 in the Library of the Rumiantzov Museum, *MSB*, 1858, 37(no.10), 289.

8 예를 들면, L. Audemard, "Quelques Notes sur les Jonques Chinoises," *BAMM*, 1939, 9(no.1), no.33.; Idem, *Les Jonques Chinoises : IV. Description des Jonques*, Rotterdam, 1962.; Idem, *Les Jonques Chinoises : V. Haut Yang-tze Kiang*, Rotterdam, 1963.; Idem, *Les Jonques Chinoises : VI. Bas Yang-Tse Chiang*, Rotterdam, 1965.; C. Farrère and C. Fouqueray, *Jonques et Sampans*, Horizons de France, Paris, 1945.; 마카오 부근의 고유 선박에 대해서는 Adm. A. L. B. Carmona, *Lorchas, Joncos e outros Barcos usados no Sul da China, a Pesca em Macau e Arredores*, Imprensa Nacional, Macao, 1954.; 북부의 安東, 北直隷, 杭州의 무역선에 대해서는 특히 D. W. Waters, "Chinese Junks : the Antung Trader," *MMI*, 1938, 24, 49.; Idem, "Chinese Junks : the Pechili Trader," *MMI*, 1939, 25, 62.; Idem, "Chinese Junks, an Exception : the Tongkung Trader," *MMI*, 1940, 26, 79.; Idem, "Chinese Junks : the Twaqo," *MMI*, 1946, 32, 155.; Idem, "Chinese Junks : the Hanchow Bay Trader and Fisher," *MMI*, 1947, 33, 28.; 靑島의 화물선에 대해서는 E. Sigaut, "A Northern Type of Chinese Junk," *MMI*, 1960, 46, 161.; 揚子江과 福建의 선박에 대해서는 I. A. Donnelly, *Chinese Junks and other Native Craft*, Kelly & Walsh, Shanghai, 1924.; Idem, *Chinese Junks, a Book of Drawings in Black and White*, Kelly & Walsh, Shanghai, 1924.; Idem, "River Craft of the Yangtzekiang," *MMI*, 1924, 10, 4; Idem, "Fuchow Pole junks," *MMI*, 1923, 9, 226.; 남부의 廣東과 西江 水界의 선박에 대해서는 H. Lovegrove, "Junks

서 우스터(Worcestor)의 콜렉션은 작은 삼판부터 큰 대양 항해용 정크에 이르
기까지 최대 243척의 선박을 분석하고 있다. 사우스 켄싱턴(South Kensington)
의 과학박물관에 있는 마제 콜렉션(Frederick Maze collection)에 포함되어 있는
중국 선박의 모형에 대한 목록[9]이 훌륭한 사진을 포함하여 간행되었기 때문
에, 자료는 더 늘었다.[10]

〈그림 948〉 마르코 폴로(Marco Polo)가 찬사를 보낸 수많은 중국 선박에 대한 한 실례를
보여주고 있는 사진. 쓰촨(四川省)의 쯔류징(自流井, Joseph Needham, *Science and
Civilization in China*, Vol.4, pt.2, p.129를 참조)에서 화물을 실은 소금 수송선들. 오른쪽
지붕 위에 있는 사원과 목골석조(木骨石造)의 가옥(〈그림 796〉을 참조)과 나란히 위치한 성벽
이 돌출되어 있는 사원은 대단히 전형적인 쓰촨풍(四川風)이다(Jukes Hughes가 염관(鹽官)
의 집에서 1920년 촬영).

of the Canton River and the West River System," *MMI*, 1932, 18, 241.; C. Nooteboom, *Tentoonstelling
van Chinese Scheepvaart*, Museum voor Land-en Volken-Kunde, Rotterdam, 1950의 카달로그를 보라.

9 Anon, *Illustrated Catalogue of the Maze Collection of Chinese Junk Models in the Science Museum*, London, Pr.
  pr. Shanghai, 1938.

10 故 Frederick Maze 경에 대해서는 G. R. G. Worcestor, "Appreciation of the late Sir Frederick Maze,
   K.B.E., K.C.M.C.," *MMI*, 1959, 45, 90을 그리고 江西省의 정크에 대해서는 Idem, "Four Junks
   of Chiangsi," *MMI*, 1961, 47을 참조.

서양인이 중국 선박을 그린 것은 매카트니(Macartney) 사절단(1793)을 수행한 알렉산더(William Alexander)의 훌륭한 채색화가 최초였는데, 이것은 지난 세기의 초기(1801)에 출현하였다.[11] 그 후 파리 제독[12]의 아름다운 데생과 도해 그리고 톰슨(J. Thomson)[13]의 주목할 만한 초기 사진이 나타났는데, 그 중에는 대양 항해용 정크의 아름다운 사진이 최소한 2장 포함되어 있다.[14] 근대보다 훨씬 이전인 중세 말기에 유럽에서 그려진 세계 지도에도 중국 선박의 스케치가 있었으며, 이에 대해서는 좀 더 역사적인 맥락에서 짧게 언급하는 것을 잠시 유보해 놓으려 한다.

항해와 관련된 중국 도해의 전통에 대해 연구가 거의 이루어지지 않고 있다. 우리가 언급한 것처럼, 여기에서 중심에 있는 것은 1044년의『무경총요(武經總要)』[15]이며, 증공량(曾公亮)은 6가지 유형의 전선을 조심스럽게 묘사하고 있다. 이 문헌은 그보다 훨씬 빠른 759년에 이전(李筌)이 편찬한『태백음경(太白陰經)』[16]을 기초로 하고 있다. 이전의 서적은 812년 두우(杜佑)가 편찬한『통전(通典)』[17]에도 인용되어 있는데, 두 서적에서 약간의 차이가 있는 것은 어쩔 수 없는 일이다. 이 6가지 유형의 선박은 그 후 10세기 동안 반복해서 나타나는데, (크기순으로 정리하면) 다음과 같다.[18]

---

11 이 그림들은 손쉬운 형태로 복원되고 있다(Anon, "George III's Embassy under Chinese Convoy," *ASIA*, 1920, 20, 877). Capt. Drummond의 그림도 거의 같은 시기에 그려진 것이다. George Chinnery(1774~1852)에 대해서는 H. Berry-Hill and S. Berry-Hill, *Artist of the China Coast*, S. Lewis, Leigh-on-Sea, 1963을 보라.

12 Adm. F. E. Paris, *Essai sur la Construction Navale des Peuples Extra-Européens*, Arthus Bertrand, Paris, n.d.(1841~3).; Idem, *Souvenirs de Marine : Collection de Plans ou Dessins de Navires et de Bateaux Anciens ou Modernes, Existants ou Disparus*, VI Vols, Gauthier-Villars, Paris, 1882~1908.

13 J. Thompson, *Illustrations of China and its People : a Series of 200 Photographs with Letterpress descriptive of the Places and the People represented*, 4 vols, Sampson Low, London, 1873~4.

14 Joseph Needham, *Science and Civilization in China*, Vol.1, fig.14와 Vol.2, fig.46에 있다.

15 「前集」, 卷十一, p.4 이하.

16 卷四十, p.10 이하.

17 卷一百六十, p.16.

18 열거 순서는 자료에 따라 다르다.『武經總要』에서 巡視船 즉 遊艇에 대한 기술은 전혀 다른

〈그림 949〉『무경총요』(1044)의 1510년도판에 실려 있는 전선(樓舡). 설명은 본문을 참조.

(1) 누선(樓船, tower-ships) : 상부 구조가 요새화되어 있는 전선

(2) 전선(戰船, combat-junks) 혹은 투함(鬪艦) : 경장비선

(3) 해골(海鶻, sea-hawk ships) : 개장한 상선

(4) 몽충(蒙衝, covered swoopers) : 고속 구축함

유형의 선박으로 鉤竿을 장비한 五牙艦에 포함되어 있다. 이 선박은 楊素가 595년경에 隋의 高祖를 위해 건조한 것이었다. 이것은 『太白陰經』이 아닌 다른 자료에서도 나타난다. 『四庫全書』에 포함되어 있는 『武經總要』의 그림은 5개의 깃발을 지닌 巡廻船임을 보여주고 있지만, 遊艇으로 잘못 표기되어 있다. 『三才圖會』는 이 혼동을 바로 잡으려 하고 있지만, 『圖書集成』은 그것을 제멋대로 해석하여 원래의 상태로 되돌려 놓고 말았다.

(5) 주가(走舸, flying barques) : 소형 고속정

(6) 유정(遊艇, patrol boats) : 순시선

불행하게도 이것에 대응할 수 있는 당대(唐代)의 그림은 하나도 없는 것 같으며, 『무경총요』에 포함되어 있는 2장의 그림은 분명히 훨씬 후대에 그려진 것이다. 최근에 복원된 1510년도판 그림은 다분히 동시대 즉 명대의 것으로 대단히 중요하지만, 황실도서관(Imperial Library)의 사본(오래 되었으나 제작 연대는 알 수 없다)을 본뜬 『사고전서』의 그림은 1780년대의 것이며, 고쳐서 더 나빠졌다. <그림 949>는 명대의 누선 즉 요새화되고 또한 좁은 칸막이가 여러 층을 이루고 있는 상부 구조물이 있는 전선이다.[19] 이 그림을 그린 화가는 군사적 측면에 몰두하여 돛대와 돛을 생략했으며, 균형타(均衡舵, balanced rudder)를 아주 보잘것없이 묘사하였다. 그러나 상부 갑판(top deck) 위에 평형추가 달린 투석기(counterweighted trebuchet)는 빼놓지 않았다.[20]

17세기 초부터 군사용 그리고 민간용 백과전서는 모두 이 오래된 자료를 계속 베꼈으며, 그 과정에서 선박 유형에 대한 새로운 묘사와 보고를 많이 추가하여 증보하기도 했다. 1609년에 왕기가 펴낸 『삼재도회』는 30개의 항목을 증가했는데,[21] 여기에는 9척의 민간인 선박과 쌍각(雙脚) 돛대를 지닌 한 척의 선선(仙船, ship of the immortals)에 대한 기술이 포함되어 있다. 선선[22]은 로맨틱한 이름과는 달리 고위 관리들의 운송선으로서 남부 지방의 강과

---

19 중국 그림에서 상부 구조물이 항상 선체 중앙에 그려지고, 반면에 중세 유럽의 함선에서 艦首樓(fore-castles)와 艦尾樓(after-castles)가 대조를 이루고 있는 모습은 흥미로운 일이다.

20 18세기의 畫工은 여기에서 갈피를 잘 잡지 못하고, 버팀목(crutch)으로 지탱되고 비스듬하게 놓여 있는 기둥 끝에 있는 깃발로 보이게 만들었다. 후대의 『武經總要』와 『圖書集成』에 있는 그림들은 L. Audemard, Les Jonques Chinoises : I. Histoire de la Jonque, Rotterdam, 1957, pp.35 이하에 실려 있다. 그곳에는 Shih Chun-Shêng et al이 번역한 『圖書集成』의 텍스트가 첨부되어 있다.

21 「器用」篇, 卷四, p.19 이하.

22 『圖書集成』, 「戎政典」, 卷一百七十八, p.18 이하에 설명과 함께 실려 있다.

호수에서 시용된 선박이었다. 왕기가 증보한 항목 중 20여 가지는 모원의(茅元儀)가 집필한 『무비지(武備志)』(1628)[23]의 34항목에 포함되어 있다. 『무비지』는 완전히 전선들에 관한 서적이지만, 대부분의 판본에 있는 그림들이 대단히 복잡하게 나타나며 또한 화가들이 묘사하려는 선박들을 정확하게 구분할 수 있을 만큼 항해 지식을 갖고 있지 않았던 것으로 생각된다. 그러나 한 세트의 러그세일(lug-sails)이 달린 장쑤성 연안의 사선(沙船, <그림 950>)처럼, 몇 가지는 복원되었다.[24] 다른 그림들은 선미와 마찬가지로 선수에도 타가 있는 것으로 보이는 선박(鷹船과 兩頭船)이 보이고 있다.[25] 분명히 수 세기 동안 강에서 다니는 선박에 있던 선수 대도(船首大櫂, bow-sweep)와 혼동하는 경우도 있었겠지만, 오히려 선미에 1개의 타가 있고 또한 아주 많이 앞쪽에 있거나 선수재(船首材, stempost) 위에 미끄러져 있는 1개의 센터보드(下垂龍骨, centre-board)가 있는 유형의 선박(오늘날에는 주로 인도차이나에서 볼 수 있다)과 관련된 것으로 보인다.[26] 다른 한 그림은 한 개나 여러 개의 포탑을 위에 설치하고 나란히 붙들어 맨 두 척의 거룻배(barges)를 보여주고 있다. 이 선박은 원앙장선(鴛鴦槳船)이라 불리는데, '원앙새가 노를 젓는 돌격용 주정(mandarin-duck rowed assault boat)'이라는 뜻이다.[27] 물론 폭약을 실은 뗏목(破船筏), 화룡선(火

---

23 卷一百十六－卷一百十八.

24 『圖書集成』, 「戎政典」, 卷九十七, p.25에 있는 이와 관련된 텍스트는 L. Audemard, *op. cit.*, pp.68, 70에서 Shih Chun-Shêng et al.에 의해 번역되었다. 沙民(sand-folk)은 주변 해안의 어부와 선원을 가리키는 용어였다.

25 『圖書集成』, 「戎政典」, 卷九十七, pp.21과 24에 있는 이와 관련된 텍스트는 L. Audemard, *op. cit.*, pp.68, 70에서 Shih Chun-Shêng et al.에 의해 번역되었다. 兩頭船(double-headed ships)에 대한 기술은 1480여년에 발간된 丘濬의 『大學衍義補』의 한 구절에 기초하고 있다. 이 서적은 火藥의 역사를 고찰할 때 다시 다루게 될 것이다. Joseph Needham, *Science and Civilization in China*, Vol.4, pt.2, p.430, Fig. 638.

26 P. Paris, "Esquisse d'une Ethnographie Navale des Pays Annamites," *BAVH*, 1942(no.4, Oct. and Dec.), 351, pp.50 이하, 69, figs 102와 155를 참조.

27 『圖書集成』, 「戎政典」, 卷九十七, p.28에 있는 이와 관련된 텍스트는 L. Audemard, *op. cit.*, pp.68, 70에서 Shih Chun-Shêng et al.에 의해 번역되었다. 敵船에 접근할 때, 승조원들은 2척의 거룻배를 풀어 양쪽에서 적선으로 향해 쳐들어간 것으로 추정된다.

〈그림 950〉 1628년 『무비지』에 그려져 있는 장쑤성 유형의 소형 전선(沙船). 여러 개의 아딧줄(帆脚索, sheets)이 달린 누름대 달린 러그세일(batten lug-sails)이 대단히 복잡하지만, 사실적으로 그려져 있다. 연안 경비용 순시선이었을 것으로 생각되는 이 선박은 선수에 1개의 소형 투석기(small bombard)를 싣고 있다. 〈그림 979〉를 참조.

龍船, fire-ships) 등에 대한 그림도 있다. 왕기의 그림 10장과 모원의의 그림 2장은 1726년에 편찬된 대백과전서인 『도서집성』의 「고공전(考工典)」에 실려 있다.[28] 그러나 이 『도서집성』은 1637년에 편찬된 『천공개물(天工開物)』[29]의 초판본에서 발췌한 훨씬 좋은 상태의 그림 2장도 포함하고 있다. 또한 1672년에 편찬된 남회인(南懷仁)의 『곤여도설(坤輿圖說)』[30]에서도 3개의 돛대가 있는 유럽 선박의 그림을 선정하여 추가하고 있다. 『도서집성』의 「융정전」은 31가지의 선박 그림을 제시하고 있는데, 대부분 수군 함선이지만, 모두가 그런 것만은 아니다. 그러나 이 서적은 17세기 초에 편찬된 서적들에서 이미 나왔던 것들만 포함하고 있다.[31]

(이용할 수 있는 중국 문헌을 모두 망라한 것으로 볼 수는 없지만,) 이 귀중한 자료들은 특히 제대로 분석되어 있지 않다. 오래 전에 크라우제(Krause)[32]는 『통전(通典)』의 짧은 기사를 번역하였다. 기본 자료라 할 수 있는 『태백음경』의 번역문은 후술할 예정이다. 왜냐하면 이 서적이 중국 수군사에서 함선의 장갑과 (백병전술과 반대되는) 포격 전술을 논하기에 더 적합하기 때문이다. 중국의 전투용 정크를 연구한 우스터[33]는 크라우제의 저서를 모르고 있었던 것 같다.[34] 한층 더 안타까운 것은 오드마르(Audemard)도 크라우제의 저서를 알지 못했다는 점이다. 사후에 간행된 오드마르의 저서[35]에는 사순생(史諄生, Shih Chun-Shêng)에 의해 번역된 『도서집성』의 관련 부분을 완역한 것이 있다.[36] 오드마르는 현명하게도 사순생과 함께 연구한 문헌과 그림에 대해 주의

---

28 卷一百十八, 彙考, p.5이하. 이 보트들은 어로 수단과 관련되어 「藝術典」, 卷十四, 玉部, 彙考, p.4 이하에서도 보인다.

29 卷九, p.10 이하.

30 p.250. <그림 988>을 보라.

31 11세기의 것으로 보이는 그림들은 兪冒會의 『防海輯要』, 卷十五에 훨씬 도식적인 다른 그림들과 함께 나란히 실려 있다. 『防海輯要』는 1842년까지만 해도 沿岸防禦에 대한 귀중한 서적으로 간주되었다.

32 F. Krause, "Fluss- und Seegefechte nach Chinesischen Quellen aus der Zeit der Chou- und Han-Dynastie und der Drei Reiche," *MSOS*, 1915, 18, 61.

33 G. R. G. Worcester, "The Chinese War-Junk," *MMI*, 1948, 34, 16.

34 그는 『三才圖會』와 『圖書集成』의 그림만 연구했을 뿐, 그 그림들의 역사적 배경에는 분명히 관심을 갖지 않았던 것 같다. G. R. G. Worcester, *The Junks and Sampans of the Yangtze : a study in Chinese Nautical Research*, vol.2, *The Craft of the Lower and Middle Yangtze and Tributaries*, Shanghai, 1947~8, pp.350 이하를 참조.

35 L. Audemard, *Les Jonques Chinoises : I. Histoire de la Jonque*, Rotterdam, 1957.

36 「戎政典」뿐이다. L. Audemard, op. cit.(Shih의 조력을 받았다)는 다른 백과사전을 이용하지 않았다. 그러나 이 서적의 익명으로 된 編者는 『三才圖會』의 기록을 덧붙였으며 또한 18세기

깊게 연대를 보충하였지만, 760년 직전까지 소급되는 가장 귀중한 문헌을 알지 못한 채 1780년경에 편찬된 텍스트를 기초로 '정크의 역사'를 서술하려는 시도가 헛된 일이라는 것을 곧 알 수 있었을 것이다. (특히 옛 시대의 화가들에게 기계를 정확하게 묘사할 능력이 없었고 또한 그렇게 하려는 의지도 없었다는 점을 생각하면)[37] 그러한 방식은 서양의 독자들로 하여금 중국 기술을 완전히 오해하게 만들 것이다. 왜냐하면 8세기에 칭찬받을 수 있었던 것이 18세기에는 (다른 지역과 마찬가지로 '정체된' 중국에서도) 불명예스러운 것이 되었기 때문이다. 게다가 『도서집성』의 제목을 번역하는 데 백과사전이라는 용어를 사용하는 것은 관습이라 하기에 부적절하다. 그 이유는『브리태니커 백과사전(Encyclopaedia Britannica)』과 같은 근대 서적과 비교하게 만들기 때문이다. 『도서집성』의 편자는 모든 주제에 대해 가장 새로운 정보를 제공할 수 있는 참고 서적이 아니라 남아있는 모든 고전과 사서의 거대한 문집(Anthology)이나 사화집(詞華集, florilegium)을 편찬하려고 하였다. 『흠정고금도서집성(欽定古今圖書集成)』이라는 중국어 제목의 본래 의미를 망각하지 않도록 노력해야 한다. 『도서집성』에 나타나는 선박 디자인들이 1726년(혹은 1426년이라 해도 무방하다) 중국의 항해 개념이나 당시의 관례를 보여준다고 주장하는 것은 통상적으로 서양인들이 자기 만족을 할 수 있는 역사적으로 부당한 근거를 제공할 뿐이다. 사실, 더 연구해야 할 거대한 바다가 우리 앞에 펼쳐져 있다.

중국 연안에서 발견되는 선박을 구분하는 데 지리적 요소들이 큰 영향을 주어왔다. 이것은 지방 관습을 예리하게 관찰한 사람들에 의해 이미 17세기와 18세기에 밝혀졌다.

그 시대의 학자였던 사점임(謝占壬)은 고염무(顧炎武)가 1673년에 완성한

『四庫全書』의 『武經總要』에 나와 있는 그림도 보충하였다. 이 편자는 『圖書集成』의 다른 판본에 대한 번역도 조한 것으로 보인다. 그러나 불행하게도 그 결과를 전반적으로 신뢰할 수 없으며, 때때로 중대한 오류도 발견된다.

37 이에 대해서는 Joseph Needham, *Science and Civilization in China*, Vol.4, pt.2, pp.1, 373을 참조

『일지록(日知錄)』의 한 구절을 주석을 붙여 다음과 같이 서술하였다.[38]

　　강남의 대양 항해용 선박은 사선(沙船)으로 불리었으며, 그 이유는 선저가
평평하고 넓기 때문에 사주(沙洲) 위를 다니고, 사주 부근에 정박하며, 모래(沙
質)나 갯벌(泥質)로 되어있는 강 입구와 항구에 좌초되지 않고 자주 출입할
수 있기 때문이다. … 저장(浙江)의 선박도 … 사주가 있는 곳을 항해할 수
있지만, 사선보다 무거워 수심이 얕은 곳에서는 항해하지 않는다. 그러나 푸
젠(福建)과 광둥(廣東)의 대양 항해선은 선저가 둥글고 갑판이 높다. 선저에는
삼단으로 나뉜 큰 나무의 부재(部材)가 있는데, 용골(龍骨)로 불린다. 만약 (이
선박들이) 얕은 바다나 사주에 들어가면 용골이 사주에 박혀버리기 때문에
바람과 조류가 순조롭지 않으면 벗어나가 어렵다. 그러나 남양(南洋)을 항해할
때에는 바다에 섬과 바위가 많기 때문에, 용골이 있는 선박은 회전할 수 있기
때문에 그것들을 쉽게 피할 수 있다.

　　江南海船 名曰沙船 以其船底平闊 沙面可行可泊 稍擱無凝 … 浙江海船 亦能過
沙 然不敢貼近淺處 以船身重於沙船故也 惟閩 廣海船 底圓面高 下有大木三段 貼
於船底 名曰龍骨 一遇淺沙 龍骨陷於沙中 風潮不順 便有疏虞 蓋其行走南洋 山礁
叢雜 船有龍骨 則轉灣趨避 (『日知錄集釋』, 29卷, 謝占壬注)

　여기에서는 분명히 선체가 깊고 센터보드가 있는 선박의 우수한 항해 성능
이 언급되고 있다. 이 구절을 염두에 두고 <그림 939>를 다시 살펴보자.
이 그림에서 용골은 둥근 선저와 높은 갑판이 있는 푸젠과 광둥 지방 대양
항해용 정크의 선체 중심에 있는 보강부재(補强部材, strengthening member)를
뜻한다. 오늘날 중국의 조선기술자들(船匠)은 이 목재를 용골이라 부르고 있는
데, 유럽적인 의미의 용골(keel)로 볼 수는 없다(이 두 가지는 종종 같은 용어로

---

38 卷二十九, p.89. 羅榮邦의 엽서로 보충할 수 있다.

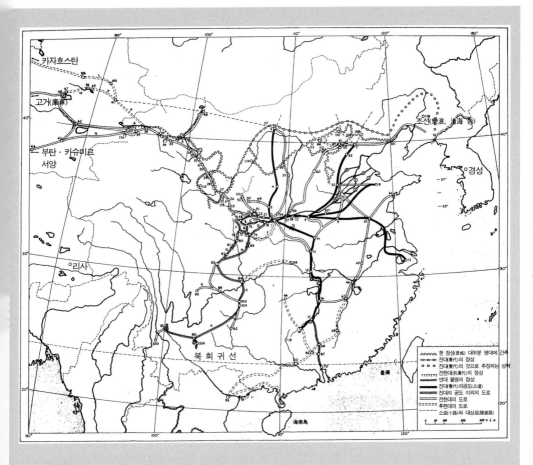

<그림 711> 고대 중국의 도로망과 만리장성을 보여주는 지도(축척 - 1 : 7,500,000)

불리고 있다). 왜냐하면 이 용골이 선박의 종통부재(縱通部材)가 아니기 때문이다. 오히려 그 기능은 선체의 홀수선이나 그 밑 부분에 덧붙여진 3개 이상의 거대한 견목요판(堅木腰板, hardwood wales)에 의해 발휘된다.[39] 위 인용문의 진정한 가치는 역사적으로 중국 문화권에서 남부와 북부의 지리적 차이에 의해 나타난 선형의 차이를 지적하고 있는데 있다. 항저우만(杭州灣) 북쪽(북위

30도, <그림 711>[40]을 참조)에서는 연안 항해선과 대양 항해선의 선저가 모두 평편하며, 선저에 오르내릴 수 있는 비교적 크고 무거운 사각형 타가 있고, 선저와 현측의 접합부는 각져 있다. 이 선박들은 이처럼 조수간만의 차이가 큰 북부의 얕은 항구와 갯벌이 많은 하구에서 접안하기(beaching)에 적합하다. 한편 바다에서는 이 타가 효율적인 자재용골(自在龍骨, drop-keel)의 역할을 하는데, 자재용골은 횡풍(橫風)에 의해 풍하로 흘러가는 것을 막기 위한 장치이다. 항저우만 남쪽의 연안 수역은 수심이 훨씬 깊고 또한 강 입구와 섬이 피요르드처럼 많다. 여기에서는 흘수선 아래의 선체 선이 점차 곡선이 되며, 선박들의 선수가 더 가늘고, 선저가 더 매끄러우며, 선미가 더 둥글다. 동시에 흔히 센터보드(下垂龍骨)로 보충되어 있는 타는 때때로 폭이 더 좁아지고 또한 깊이가 더 깊으며, 구멍이 있는 타 즉 유공타(有孔舵, fenestrated)이거나 직사각형처럼 보이는 마름모꼴 즉 장사방형(長斜方形, rhomboidal) 타를 사용하는 경우도 종종 있다. 이 모든 것은 사점임(謝占壬)의 언급에서 알아 볼 수 있다.

평저(flat bottom)와 사각형으로 된 횡단부(cross-section)의 선체 구조가 현재 전 세계의 철제기선(iron steamships)에 널리 도입되고 있다는 점은 흥미롭다. 목선이었던 중세 선박에서는 중국 선박만이 이 구조로 되어 있었다. 그러나 앞서 말한 것처럼, 중국 선박이 항상 평저였던 것은 아니다. 실제 용골이 없지만, 현측이 가장 낮은 부분의 주요 종통재(縱通材)에서부터 완전히 구부러져 올라와 있는 경우가 종종 있었다. 이것은 아주 이른 시대의 문헌인 『선화봉사고려도경(宣和奉使高麗圖經)』(1124)을 통해 알 수 있다. 서긍(徐兢)은 이 서적에서 자신이 탔던 신주(神舟, Sacred Ship)보다 상당히 작고 수행원들이 탔던

---

39 G. R. G. Worcester, *The Junks and Sampans of the Yangtze : a study in Chinese Nautical Research*, vol.1, pp.140, 141을 참조.

40 <역자주 : 원서의 <그림> 목차(List of Illustrations, P-xiii)에는 'facing page 1'이라고 표기되어 있지만, 이 쪽은 물론 다른 어느 쪽에도 <그림 711>은 없다. 그런데 일역서(東畑精-藪內清 共訳, 中國の科學と文明』, 第10卷 : 工木工學, 東京 : 思索社, 1979), p.4와 p.5 사이 간지)에는 수록되어 있다. 따라서 이 책에는 일역서의 <그림 711>을 재록하였다.

선박으로서 복건에서 건조된 여객선에 대해 다음과 같이 서술하였다.[41]

이 선박의 상층 부분(갑판)은 편평하고 수평이며, 하층 부분은 칼날처럼 비스듬하게 우뚝 솟아있다. 이것은 파도를 가르고 나아갈 수 있게 하는 것이기 때문에 중요하다.[42] … 선박이 바다로 나가면, 선원들은 수심이 깊은 것보다 얕은 곳을 더 두려워한다. 왜냐하면 선저가 편평하지 않아 간조 때 여울에 얹히면 넘어져버리기 때문이다. 이러한 이유로 선원들은 항상 긴 로프에 무거운 납을 단 도구로 수심을 측정하였다.

上平如衡 下側如刃 貴其可以破浪而行 … 海行不畏深 惟懼淺閣 以舟底不平 若潮落 則傾覆不可救 故常以繩垂鉛硾以試之 (『宣和奉使高麗圖經』, 34권)

이러한 선체 모습은 근대에도 중국 선박의 몇 가지 유형에서 볼 수 있었다. 예를 들면, 대선(對船, pairers)[43]으로 불리는 저우산(舟山) 지방의 어선과 청대 말까지 사용된 수군의 소형 정크인 쾌도(快渡)[44]가 그러한 선체 모습을 띠고 있었다.

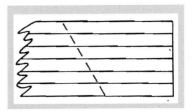

양쯔강 상류 지역의 구부러진 선수와 선미를 가진 선박들은 모든 중국 선박의 가장 기이한 유형에 속하는데, 이에 대해서는 특별히 연구된 논문이

---

41 卷三十四, pp.4, 5.

42 tr. L. G. Paik, "From Koryu to Kyung by Soh Keung, Imperial Chinese Envoy to Korea in 1124 A.D.," *JRAS / KB*, 1933, 23은 이 부분을 "풍상으로 거슬러 올라가는 선박의 성능"으로 번역하였다. 중국 선박이 그렇게 할 수 있었으며, 실제로도 그러했었던 것은 확실하다. 그러나 그것은 이 특수한 구절의 의미가 될 수 없다.

43 G. R. G. Worcester, *The Junks and Sampans of the Yangtze : a study in Chinese Nautical Research*, vol.1, p.134를 참조.

44 Idem, *The Junks and Sampans of the Yangtze : a study in Chinese Nautical Research*, vol.2, p.353을 참조.

있다.[45] 구부러진 선미를 가진 정크 즉 왜비고(歪屁股)는 충칭(重慶)의 동쪽에 위치한 공탄(龔灘) 하구의 푸저우(涪州)에 많이 있다. 그러나 구부러진 선수를 가진 선박은 훨씬 서쪽에 위치한 쯔류징(自流井)으로부터 소금을 싣고 항해할 수 없는 강을 내려가기 위해서도 사용되고 있다. 이 두 경우는 모두 사각형으로 된 선수나 선미의 한쪽 끝이 선박의 중심축(main axis)을 향해 약간 둥글게 미끄러져 있다. 푸저우에서는 선저판(bottom planks)을 장축(長軸, long axis)에 직각이 아닌 60도 정도로 열과 증기를 이용하여[46] 구부러지게 하는 방식이 사용되고 있다. 게다가 끝 부분의 격벽도 완전한 수직 상태가 아니다. 최종적인 결과는 <그림 951>과 <그림 952>에서 볼 수 있다. 쯔류징의 노선(櫓船)은 선수만 비틀어져 있고, 푸저우의 후판(厚板)이나 황선(黃鱔)은 선미만 비틀어져 있다. 이러한 유형의 선박은 모두 아주 큰 선미 대도(船尾大櫂, stern-sweepers)인 후초(後梢)를 가지고 있다.[47] 푸저우의 왜비고는 선미 대도를 2개 가지고 있는데, 비틀어져 있기 때문에 한 개의 선미 대도가 다른 선미 대도의 조작에 방해가 되지 않는다(<그림 953>). 비대칭적인 선 때문에 선박의 전체 균형이 급류에서 항해하기에 아주 유리하다고 말할 수 있을 정도로 큰 영향을 받는지의 여부는 과학적으로 조사되지 않았지만,[48] 선원들은 그렇다고 주장하고 있다. 어쨌든, 이 기이한 선체 구조가 아주 오래 전부터 존재했

---

45 G. R. G. Worcester, *Notes on Crooked-Bow and crooked-Stem Junks of Szechuan*, Inspectorate-General of Customs, Shanghai, 1941. 또한 Idem, *Junks and Sampans of the Upper Yangtze*, Shanghai, 1940, pp.51 이하.; Idem, "The Chinese War-Junk," MMI, 1948, 34, pp.202 이하와 230 이하; H. F. Carey, "Romance on the Great river," CJ, 1929, 10도 참조.

46 朝鮮에서의 선박 건조 순서는 H. H. Underwood, "Korean Boats and Ships," *JRAS / KB*, 1933, 23, p.24에 기술되어 있다. 약간 비틀어지거나 구부러진 선수와 선미도 朝鮮에 널리 알려져 있었다(*Ibid.*, pp.7, 11). 타이완에서는 돛으로 항해하는 뗏목을 만들 때 대나무를 증기로 구부린다(凌純聲, "臺灣的航海帆筏及其起源,"「中央研究院民族學研究所專刊」, 1956, no.1).

47 後梢의 길이는 선박 길이와 같다.

48 모형을 이용한 실험은 그런 주장이 옳다는 것을 보여주고 있다(G. R. G. Worcester의 개인적인 편지).

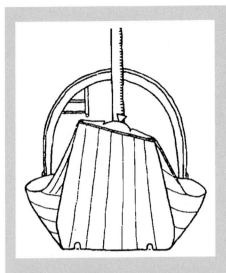

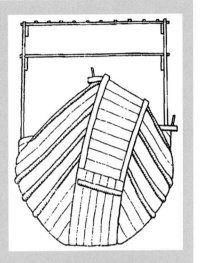

〈그림 951〉 쓰촨성(四川省) 중부의 쯔류징(自流井) 즉 자공(自貢, 〈그림 948〉을 참조)의 강에서 사용되는 정크인 노선(櫓船)의 비틀어져 있는 선수. 설명은 본문을 보라. 출처 : G. R. G. Worcester, *Notes on the Crooked-Bow and Crooked-Stem Junks of Szechuan*, Shanghai, 1941.

〈그림 952〉 쓰촨성 동부의 푸저우(涪州) 즉 푸링(涪陵)의 강에서 사용되는 정크인 왜비고(歪屁股)의 비틀어져 있는 선미. 설명은 본문을 보라. 출처 : G. R. G. Worcester, *Notes on the Crooked-Bow and Crooked-Stem Junks of Szechuan*, Shanghai, 1941.

다는 것을 부정할 근거는 없다. 이에 대한 가장 명료한 설명은 알 수 없는 그 어느 때부터인가 이 지방들에서 일상적인 트랜섬 선미(transom stern)의 중앙에 설치하여 얻을 수 있는 것보다 선박의 전체적인 구조와 더 밀접하게 연결되고 더 견고한 선미 대도의 받침점을 더 필요로 했다는 것이다. 그러한 견해는 축을 이루는 기둥이 선미에 있는 타를 훨씬 일찍 발명한 것과 모순되지 않는다. 왜냐하면 선미타가 반드시 중국 서부 지방에 전파되지 않았기 때문이다. 이 선박이 오르내려야 했던 급류가 어떤 곳인지를 알려면 우스터 (Worcester)의 생생한 묘사를 참고해야만 한다.

주목할 만한 다른 한 선박은 대운하에서 작업하고 있는 양절두(兩節頭) 즉

〈그림 953〉 왜비고(歪屁股)의 모형(Maze Collection, Science Museum, Kenshington)

연결형 정크이다.[49] 이 선박은 홀수가 얕고, 가늘고, 길며, 폭이 좁은 거룻배 (barge)이다. 또한 이 선박은 두 부분으로 나누어져 있어 분리가 가능하다. 선수부와 선미부의 결합과 분리는 외이어 베킷(wire becket)과 핸드스파이크 (handspikes)를 이용하여 간단하게 이루어진다. 리보드(側板, leeboards)와 접을 수 없는 돛대 1개가 있다. 이 연결법의 발명은 아마 대운하에 진흙이 쌓였을 때 이루어졌을 것이다. 왜냐하면 선박을 반으로 분리하면, 큰 배가 지나갈 때 수위가 높아지기를 기다려야 하는 곳에서도 얕은 수로를 따로따로 통과할 수 있었기 때문이다. 분리된 부분들은 가로로 나란히 놓을 수 있다. 이 발명은 아주 오래되지 않은 것 같지만, 그 연결 원리의 최초 이용 사례는 그 원리가 중요해진 철도 시대였다.[50] 어쨌든, 이것이 18세기 초기보다 이전의 시기로

---

49 G. R. G. Worcester, *op. cit.*, vol.2, p.333.
50 모든 연결 차량이 그 원리의 사례임을 보여주고 있지만, 특히 스위스 기술자 Anatole Mallet

〈그림 954〉 16세기 말 군사적 목적으로 사용되고 있는 연결식 거룻배. 출처는 케임브리지 대학 도서관(Cambridge University Library)이 소장하고 있는 동일저자의 동종사본인 『무비제승(武備制勝)』이다. 이러한 선박들 즉 양절두(兩節頭)나 연환주(聯環舟)는 폭약을 설치하는 데 사용되었다. 앞부분에 도화선을 설치하여 목표물 옆에 놓아두고 뒷부분을 타고 신속하게 후퇴하였다.

에 의해 1888년 최초로 도입되었다.

소급되는 것은 확실하다. 왜냐하면 그것이 『도서집중』[51]에 수록되어 있는 군사용 연결형 정크의 그림에서 나타나기 때문이다. 이 그림에는 폭탄과 화약이 앞부분에 실려 있고, 후반부에 승조원과 전투원이 타고 있다. 아마 어두운 밤에 작은 강에서 이 선박(여기에서는 연환주<聯環舟>로 불리고 있다)을 타고 가 성벽이나 다리 밑에서 도화선을 설치한 후 분리하거나 철수하기 위해 이 선박을 고안하였을 것이다. 이 선박은 『무비지』에 같은 명칭을 붙인 그림이 포함되어 있는 것으로 보아 16세기 말경에 처음 고안되었던 것으로 생각된다.[52] <그림 954>는 케임브리지 대학 도서관(Cambridge University Library)이 소장하고 있는 동일저자의 동종사본인 『무비제승(武備制勝)』에서 인용한 것이다.

1. 유사형과 혼합형

중국 선박과 이집트 선박 사이에 어떤 관계가 있다는 주장을 부정하는 것은 어쩌면 경솔한 행동인지 모른다.[53] 잘 알려진 것처럼, 가장 전형적인

---

51 「戎政典」, 卷九十七, 「水戰部」, 彙考一, p.33.; L. Audemard, *Les Jonques Chinoises : I. Histoire de la Jonque*, Rotterdam, 1957, p.84 이하를 참조.

52 이 구절을 서술한 직후, 필자는 Magdalene College의 강벽에 대한 보수 공사를 하고 있던 청부업자가 3척을 2척으로 연결하여 사용하는 거룻배를 보고 흥미를 느꼈다. 2차 세계대전 동안에는 군사 기술자들이 이러한 유형의 거룻배를 많이 사용하였다. 이 아이디어가 Samuel Bentham에 의해 18세기 말 유럽에 도입되었음은 이미 언급한 바 있으며, 그가 그 이전에 중국을 접촉했었다는 것도 보았다. G. G. Toudouze et al., *Histoire de la Marine*, l'Illustration, Paris, 1939, p.323은 Robert Fulton이 1803년에 이와 동일한 것을 제안했다고 말하면서 그 그림까지 보여주고 있다. 마찬가지로 James White도 1795년에 구불구불한 운하에서 운항하는 선박의 특허를 냈다. James White의 제안은 견인하려는 노력을 줄이는 방식으로 연결된 일련의 거룻배였으며, 그는 이것을 몇 차례 실험하여 분명히 성공한 것 같다(R. L. Dickinson, "Sketching Boats on the China Coast," *PCC*, 1931, 7, 97, p.5를 참조). 이와 같이 이 아이디어는 당시 널리 유포되어 있었다.

53 F. H. Wells, "How much did Ancient Egypt influence the Design of the Chinese Junk?," *CJ*, 1933,

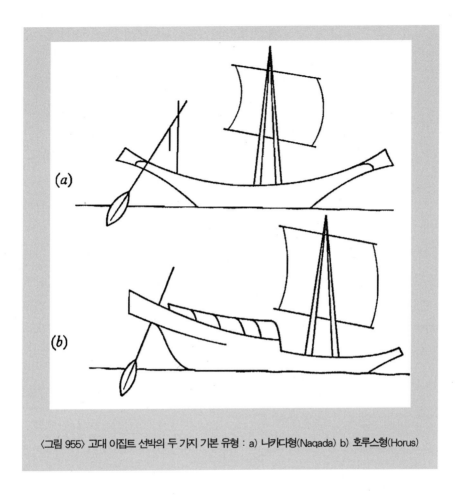

〈그림 955〉 고대 이집트 선박의 두 가지 기본 유형 : a) 나카다형(Naqada) b) 호루스형(Horus)

이집트 선박은 대단히 긴 선수와 선미를 가지고 있으며, 그 선수와 선미는 흘수선에서 현측으로 높이 솟아올라 있다. 물에 뜨는 곳의 길이(flotation length)는 전체 길이의 절반가량이다. 그러나 이것이 고대 이집트에서 알려진

19는 중국과 이집트의 항해 기술이 유사성을 보여준다는 논문을 작성하였다. 그는 이 논문에서 공통점이 거의 없다고 결론을 내리고 있는데, 그의 분석은 상당히 피상적인 수준에 머물러 있다.

유일한 유형은 아니다. 특히 제6왕조시대(기원전 2450년경)에는 전혀 다른 유형의 선박이 많이 사용되었으며, 오늘날 중국의 몇몇 강에서 사용되고 있는 정크와 놀랄 정도로 비슷하다. 보뢰(Boreux), 라이스너(Reisner), 클렙스(Klebs) 같은 이집트 학자들은 이 선박을 나카다형(Naqada)과 호루스형(Horus) 두 가지로 분류하고 있다. 왜냐하면 전자가 선왕조시대 나카다(Naqada)의 도자기 디자인으로까지 거슬러 올라가며[54] 또한 동방에서 온 후자가 호루스(Horus) 신을 믿는 정복민과 결부되기 때문이다. 이 두 유형의 선박이 한 조각물에 그려져 있는 것도 종종 나타난다(<그림 955>). 예를 들면, 데이르 알 제브라위(Deir al-Gebrawi) 묘소의 조각에는 나카다형으로 짚을 묶은 장례용 선박 2척이 횡범을 펼친 호루스형 선박에 의해 예인되고 있다.[55] 높은 선미, 선미 전망대, 낮은 선수, 비교적 짧게 다듬어진 양끝, 중앙보다 앞부분에 세워진 돛대가 있는 이 호루스형 선박과 유사한 선박을 찾으려면, 중국 선박과 비교하는 것이 좋다.[56] 모든 마앙자(麻秧子)가 이와 일치하고 있다. 특히 남하선(南河船)이 비슷하지만, 다른 많은 것들도 관련이 있다.

---

54 C. Boreux, *Études de Nautique Égyptienne*, Inst. Français d'Archéol. Orient, Paris, 1913, p.17. 이 디자인들은 인도차이나의 청동으로 만든 북에 새겨진 선박과 다소 비슷하며, 선수가 샴족의 현존하는 속을 파낸 카누와 비슷하다. 중요한 중간 위치를 차지하고 있지만 그 디자인들보다 훨씬 더 오래된 것은 아주 적은 수만 남아있는 Mohenjodaro의 선박 그림이다. 그 중 하나는 분명히 나카다형이며, 다른 것도 그와 비슷하다(R. Le B. Bowen, "Boats of the Indus Civilisation," *MMI*, 1956, 42를 참조).

55 C. Boreux, *op. cit.*, p.153. 그리고 많은 호루스형 선박들이 호위하고 있다(p.158). 이에 대한 논의는 p.491에서 그리고 다른 호루스형 선박은 L. Klebs, "Die Reliefs des alten Reichs : Material zur ägyptischen Kulturgeschichte," *AHAW/PH*, 1915, no.3, p.105. fig. 86; Idem, "Die reliefs und malereien des mittleren Reiches : Material zur ägyptischen Kulturgeschichte," *AHAW/PH*, 1922, no.6, p.138, fig. 102에서 다시 볼 수 있다. 후자는 중왕국시대 초기(기원전 2200년경)의 선박이다. H. E. Winlock, *Models of Daily Life in Ancient Egypt, from the Tomb of Maket-Rē at Thebes*, Harvard Univ. Press, 1955도 참조.

56 G. R. G. Worcester, *Junks and Sampans of the Upper Yangtze*, Shanghai, 1940, p.45의 반대쪽, pp.21, 78.; Idem, *The Junks and Sampans of the Yangtze : a study in Chinese Nautical Research*, vol.2, pp.350, 428, 430, 463, 486, 494.

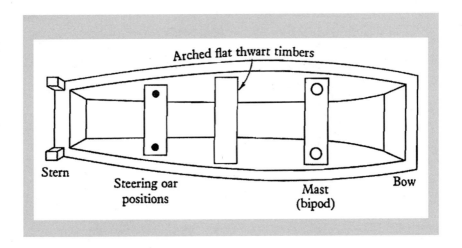

다행스럽게도 묘지의 부장품에서 나오는 많은 선박 모형이 있기 때문에,[57] 라이스너(Reisner)와 푸쟈드(Poujade)[58]는 이 모형들을 선박고고학(naval archaeo logy)의 관점에서 검토해오고 있다. 한 가지 중요한 것은 모든 중국 고유의 선박들과 마찬가지로 호루스형 선박의 끝이 사각형으로 되어 있다(<그림 956>)는 점이다.[59] 그러나 (많은 모형이 견고한 블록으로 만들어져 있기 때문에) 격벽의 사용 여부를 알 수 없는 것은 분명하다. 어쨌든, 가운데가 텅 비어있는 모형의 경우에는 아치 모양의 편평한 횡재(橫材, flat thwart timbers)만 몇 개 있을 뿐이다.[60] 그 중에서 가장 앞에 있는 횡재에는 쌍각 돛대를 끼우는 2개의 구멍(two sockets for the two posts)이 있으며, 2개의 조타용 노(steering-oars)도

57 호루스형은 카이로 박물관의 유물 4802, 4882, 4886, 4887, 4888, 4910, 4918, 4955를 그 예로 들 수 있다.(G. A. Reisner, *Models of Ancient Egyptian Ships and Boats, Cat. Gen. des Antiq. du Mus. du Caire*, Cairo, 1913, pp.XIII, XIV)

58 G. A. Reisner, *op. cit.*; J. Poujade, *Trois Flotilles de la VIe Dynastie des Pharaons*, Publication du Centre de Recherche Culturelle de la Route des Indes, Gauthier-Villars, Paris, 1948.

59 마찬가지로 Memphis 왕조의 제5왕조시대 왕들에 의해 돌로 건조된 의식용 선박들도 그러하다. C. Boreux, *Études de Nautique Égyptienne*, Insis. Fr. d'Archàeol. Orient, Cairo, 1924, p.104.

60 G. A. Reisner, *op. cit.*, p.53. 이것은 no.4882와 관련되어 있다.

〈그림 956〉 제6왕조시대의 부장품인 고대 이집트의 호루스형 선박 모형(출처 : J. Poujade, *Trois Flotilles de la Vle Dynastie des Pharaons*, Paris, 1948). 전형적인 중국식 선체 구조와 놀랄 정도로 유사하다.

〈그림 957〉 새벽에 구이린(桂林)에서 탄강(灘江) 하류를 향해 출발하는 정크(출처 : G. W. Groff & T. C. Lau, "Landscaped Kuangsi : China's Province of Pictorial Art," *NGM*, 1937, 72). 이 지역 선박의 특징인 쌍각 돛대는 고대 이집트 선박의 돛대를 연상시킨다.

여기에 설치된다(위 <그림> 참조). 선미 전망대(stern gallery)는 선수미의 트랜섬(transom stem and stern)과 마찬가지로 중국 선박의 고유 특징이다. 보뢰(Boreux)는 호루선형 선박과 중국 선박의 현저한 구조적 유사성을 보지 못했지만, 호루스형 선박을 건조한 사람들이 메소포타미아(Mesopotamia)에서 왔다고 믿었다.[61] 이 경우에 중국 조선술의 몇 가지 요소는 메소포타미아에서 초기 중국 문명으로 전파된 것으로 보이는 원시적 과학물질과 결합되었을지 모른다.[62] 보뢰와 라이스너의 의하면, 호루스형 선박은 기원전 2000년 이전에 사라져버렸으며, 그 이후는 조각이나 부장품에서 모습을 드러내지 않는다고 보는 것이 아마 더 타당할 것이다.

푸자드[63]는 쌍각 선단(雙脚船壇, bifod rostrum) 즉 스톨로스(stolos)가 있고 또한 앞으로 구부러져 올라간 선미(forward-curving stern)가 있는 아테네의 갤리선과 같은 모양이며, 유약을 바르지 않고 구워 만든 아름다운 토기 램프[64]를 상기하게 만들고, 지중해에서 유래한 것으로 생각되는 선박 구조의 사례를 동남아시아 전역에서 찾을 수 있었다.[65] 지중해의 영향을 받은 유일한 중국 선박은 쓰촨 지방의 대영하(大寧河)를 오가는 부채꼬리 모양의 정크 신박자(神

---

61 C. Boreux, *op. cit.*, p.517.
62 예를 들면, 천문학의 원리(Joseph Needham, *Science and Civilization in China*, Vol.2, pp.353 이하), 적도계 천문학(Joseph Needham, *Science and Civilization in China*, Vol.3, pp.254 이하), 음향학의 기본 원칙(Joseph Needham, *Science and Civilization in China*, Vol.4, pt.1, pp.176 이하)이 그러하다. 게다가 청동기술, 차륜, 이륜마차와 같은 것들은 말할 것도 없다. Hornell의 竹筏起源說이 호루스형 선박에도 적용될 수 있는지는 의문이다. 품질이 불량한 대나무는 아프리카와 아시리아(Assyria)에 알려져 사용되고 있었다(R. Campbell Thompson, *A Dictionary of Assyrian Botany*, Brit. Acad., London, 1949를 참조).
63 J. Poujade, *La Route des Indes et Ses Navires*, Payot, Paris, 1946, pp.275, 277 이하.
64 R. J. E. C. Lefebvre des Noëttes, *De la Marine Antique à la Marine Moderne : la Révolution du Gouvernail*, Masson, Paris, 1935, fig. 50. 그것은 아테네 국립박물관에 있다. stolos는 선수에 있는 선박의 부리(beak) 즉 함수 돌출부 중 상층 부분을 뜻한다.
65 예를 들면, Burma 왕실의 거룻배, Madura 섬의 이중이각(二重二脚, doublu bifid) 카누, Bawean 섬의 카누, 놀라울 정도로 그리스풍을 보여주는 Talaud 섬의 카누가 그러하다. 이 모든 지역은 자바(Java) 지역에 있다.

駁子)인데, 이 선박은 선미가 앞으로 휘어져 올라가 있다.[66] 그러나 이것도
역시 이집트의 유산일지 모른다.[67]

중국 남부 지방에서 선박의 쌍각 돛대(<그림 957>)에 대해서는 이미 언급
하였다.[68] 호넬(Hornell)은 이러한 돛대가 고대 이집트 선박의 특징이었던 사
실을 주목하였다.[69] 전파주의자들의 예리한 눈이 이 유사성을 간과하지 않았
던 것이다.[70] 이 특징이 고대에 동양으로 전파되었을 가능성을 인정하지 않을
이유는 실제로 없는 것 같다. 만약 그렇다고 한다면, 그것이 중국 문화권에서
북쪽으로 확대되지 않거나 남아있지 않는 것은 기이한 일이다. 물론 쌍각
돛대가 단순히 역사적으로 드물다는 것은 결코 아니며, 공학적인 관점에서
볼 때 우수한 것이었기 때문에 금속관(金屬管) 시대에 다시 나타났다. 더구나
현대의 요트 설계자들은 돛의 앞쪽 끝 부분에서 공기의 흐름에 의한 간섭을
피할 수 있게 해주는 것으로 쌍각 돛대를 권장하고 있다.[71] 거대한 원재(圓材,

---

66 G. R. G. Worcester, *Junks and Sampans of the Upper Yangtze*, Shanghai, 1940, p.47.; J. Poujade, *op. cit.*,
pp.285 이하.

67 이 지역의 船匠들은 唐代나 그 이전에 神駁子의 건조법을 가르쳐준 道家의 한 고승 王爺에
대한 기억을 간직하고 있다.

68 여기에서는 桂林 근처 灘江의 사진(<그림 957>)을 게재하려 한다(G. W. Groff & T. C. Lau,
"Landscaped Kuangsi : China's Province of Pictorial Art," *NGM*, 1937, 71). 그곳에서 더 내려간
곳에 위치한 陽朔의 선박에 대한 더 좋은 사진은 W. Forman and B. Forman, *Das Drachenboot*,
Artia, Prague, 1960, p.179에서 볼 수 있다. E. Schulthess, *China*, Collins, London, 1966, p.165를
참조

69 J. Hornell, "The sailing Ship in Ancient Egypt," *AQ*, 1943, 17.; C. Boreux, *op. cit.*; G. A. Reisner,
*op. cit.*을 보라. Mohenjodaro 문화에는 쌍각 돛대에 대한 암시가 보인다(기원전 1800년경). R.
Le B. Bowen, "Boats of the Indus Civilisation," *MMI*, 1956, 42를 보라.

70 Sir Grafton Elliot-Smith, "Ships as Evidence of the Migrations of Early Culture," *JMEOS*, 1916. 그러나
호루스형 선박과 강에서 사용되는 중국 정크의 유사성은 간과되고 있다. 예를 들면, 紅海의
선박이 기원전 7세기에 중국 해안에 도착했다는 것과 같은 그의 많은 견해는 오늘날 전혀
받아들여지지 않고 있다. 또한 그는 고대 동아시아의 선박이 태평양을 횡단하여 아메리카
대륙으로 건너가는데 성공했다고도 주장하고 있다. Heyerdahl 이전에는 이 주장도 수용할
수 없었다. 오늘날 그의 주장을 인정할 수 있는지 여부에 대해서는 간단히 후술하려 한다.

71 Manfred Curry, *Yacht Racing : the Aerodynamics of Sails, and Racing Tactics*, tr. from the German. Bell,
London, 1928, p.81.

massive spar)를 사용하지 않을 때에는 더 적은 2개의 원재를 대용할 수 있다. 물론 단순한 발명의 실용적 가치가 크면 클수록 독자적으로 만들어질 가능성이 더 크다고 말할 수 있지만, 발명이 얼마나 단순해야 할까? 선수 부분의 양현에 눈을 그려 넣는 어안(魚眼, oculus)의 경우가 그러하다.[72] 이것은 분명히 고대 이집트나 메소포타미아에서 각지로 확산되었다. 그것이 중국에 도래한 시기는 알 수 없으며, 그것이 남부와 중부 지역에 한정된 사실은 한대(漢代) 이후에야 비교적 느리게 전래되었음을 시사해주고 있다.

이제 몇 가지 일반적인 질문을 해보자. 중국 문화권의 선박에서 용골, 선수재(船首材, stem post) 혹은 선미재(船尾材, stern post)가 없는 선박들의 기본 원리에 어떤 예외들이 있을까? 어떤 한 가지의 예외적인 경우는 아주 흥미롭다. 단오절(端午節)[73] 때 시인 굴원(屈原, 기원전 288년 사망)[74]을 기념하기 위한 보트 경주(<그림 958>)에 사용하는 용선(龍船)[75]은 (적어도 많은 경우에) 진정한 용골

---

72 oculus에 대해서는 J. Hornell, *Water Transport : Origins and Early Evolution*, Cambridge, 1946, p.285 이하에서 검토되고 있다. J. Hornell, "Survivals of the Use of Oculi in Modern Boats," *JRAI*, 1923, 53도 참조. 그것의 전파에 대해서는 당연히 Sir Grafton Elliot-Smith, *op. cit.*에서 언급되고 있다. 그것은 근년에 R. Le B. Bowen, "Maritime Superstitions of the Arabs," *ANEPT*, 1959, 19과 C. Quigly, "Certain Considerations on the Origin and Diffusion of oculi," *ANEPT*, 1955, 15가 대단한 논쟁을 벌였다. 전자는 그것이 1세기 로마(실제로는 Graeco-Syrian과 Graeco-Egyptian)의 무역을 매개로 삼아 Mesopotamia나 Egypt에서 India로 전파되었다고 주장하며, 후자는 기원전 3000년대의 Masopotamia와 Mohenjodaro의 해양 접촉이나 기원전 2000년대의 페니키아인이나 이슬람이 등장하기 이전 아라비아인의 영향을 통해 훨씬 전에 동쪽으로 전파되어갔다고 주장한다. L. Audemard, *Les Jonques Chinoises : III. Ornementation et Types*, Museum voor land-en Volken-Kunde & Maritiem Museum Prins Hendrik, Rotterdam, 1960을 참조. 고대 중동의 선박에 대한 최근의 개설로는 R. D. Barnett, "Early Shipping in the Near East," *AQ*, 1958, 32.; Mirko Šmid, "Prvni Plavci na Širém Moři : Plavidla a Objevné Plavy Foinčanů," *NVO*, 1960, 15(no.6)를 참조.

73 필자는 1944년 廣西省 柳州에서 보트 경주를 본 적이 있는데, 결코 잊지 못할 장면이었다. 이것의 민간전승에 대해서는 Chao Wei-Pang, "The Dragon-Boat Race in Wu-ling, Hunan," *FLS*, 1943, 2.; W. Z. Mulder, "Het Chineesche Drakenbootfest," *CI*, 1944, 6에 자세히 설명되어 있다.

74 중국 문명의 고대 '원시타이적(proto-thai)' 요소(Joseph Needham, *Science and Civilization in China*, Vol.1, p.89)인 물에 관한 신들을 기리는 실제 배경은 文崇一, "九歌中的水神與華南的龍舟賽神," *AS/BIE*, 1961(no.11), 51에 설명되어 있다.

(keel)이나 내용골(kelson)[76]을 보유하고 있다. 이 용선에는 선박의 길이만큼 긴 한 개의 삼목(杉木) 장대가 있다. 그 길이는 약 115피트로서 영국의 8인승 보트와 비슷하지만, 훨씬 더 가늘고 길다.[77] 이 용선에서 패들을 젓는 사람의 수는 36명이거나 그 이상이었던 것 같다. 격벽이 내용골에 끼워 맞춰져 있음에도 불구하고, 우리는 여기에서 중국 문명에 들어와 융화되어버린 오래된 문화 구성 요소 중 한 가지를 분명히 볼 수 있다. 이것은 롱하우스(long-houses)와 용선에 대한 비숍(Bishop)의 민족학적 연구[78]를 통해 잘 알 수 있다. 문제시되고 있는 이 문화는 사실 동남부의 말레이 - 인도네시아 문화(Malayo-Indonesian culture)이다. 그러나 특별히 더 흥미로운 것은 그렇게 좁고 긴 선박에서

75 G. R. G. Worcester, *Junks and Sampans of the Upper Yangtze*, pp.31 이하.; J. Poujade, *La Route des Indes et Ses Navires*, pp.288 이하.; G. R. G. Worcester, *The Junks and Sampans of the Yangtze*, vol.1, pp.220, vol.2, p.490.; J. Audemard, *Les Joques Chinoises : III. Ornementation et Types*, pp.23 이하에 묘사되어 있다. 엄밀하게 말하면, 이것은 의식용 선박이다. 그렇지만 龍船이라는 용어가 이처럼 대단히 가늘고 긴 경주용 카누를 반드시 의미한다고는 생각되지 않는다. 왜냐하면 선수에 커다란 龍頭像을, 중앙에는 亭子를, 선미에 끝이 뾰족한 꼬리를 갖고 있으며, 폭이 훨씬 넓고, 장식을 한 선박이 (항상 보통 큰 황제의 오락과 관련하여) 종종 건조되었기 때문이다(J. Audemard, *op. cit.*, pp.29 이하.; Lin Yu-Thang, Imperial Peking : Seven Centuries of China, Elek, London, 1961, fig. 72를 참조). 이 선박들도 역시 龍船으로 불렸다. 알려진 것 중 가장 오래된 묘사는 王振鵬의 (1312년부터 1329년 사이에 그려진) 그림이다. 그는 당나라 왕국 옆에 있는 호수에 떠있던 3척의 龍船을 그렸다(L. Sickman et al., *Chinese Painting and Calligraphy from the Collection of John M. Crawford Jr.*, Arts Council of Gt. Britain, Victoria and Albert Museum, London, 1965, p.36, no.44를 보라). 자신이 1656년에 본 것을 J. Nieuhoff, *L'Ambassade de la Compagnie Orientale des Provinces Unies vers l'Empereur de la Chine* ···, de Meurs, Leiden, 1665. p.147에서 보여주고 있는 것은 아마 그러한 종류의 선박이었을 것이다. 어떤 지방에서는 축제 때 燈을 달고 강을 떠내려가는 뗏목에 실었던 큰 종이로 만든 선박도 龍船으로 불렸다. 『淮南子』, 第8篇, p.9; tr. E. Morgan, *Tao the great Luminant : Essays from 'Huai Nan Tzu,'* with introduction articles, notes and analyses, Kelly & Walsh, Shanghai, n.d.(1933?), p.94를 참조. 특히 隋 煬帝(재위 605~616)의 龍船이 유명하다. 『說郛』, 卷五十七, p.30.; 『類說』, 卷四, p.18에 있는 『大業雜記』를 참조.
76 內龍骨(internal keel)이며, 선체 내부에 있는 용골을 뜻한다.
77 평균 폭은 4피트이다. 어느 한 연구에 의하면, 선저가 밑에서 현저하게 구부러져 현대의 경주용 모터보트처럼 생겼지만, 이것이 일반적인 특징이었던 것은 분명히 아니다. G. R. G. Worcester, 미발표자료, no.31.
78 C. W. Bishop, "Long-houses and Gragon-boats," *AQ*, 1938, 9.

〈그림 958〉홍콩의 용선 경주

호깅(hogging)[79]을 방지하기 위해 대나무로 만든 긴 케이블이 내용골의 돌출되어 있는 선수쪽 끝 부분에서 선미까지 매달아져 있는 모습이다. 이러한 모습은 분명히 고대 이집트 선박에서 볼 수 있는 것과 같은 것이다.[80] 이 호깅방지용 트러스(anti-hogging truss)는 아마 이른 시기에 동쪽으로 전파되었을 것이며, 따라서 아주 고풍스러운 형태로 발견된다 해도 그리 놀라운 것은 아니다.[81] 용선은 뗏목 파생형들(raft-derivates)의 세계에서 유일하게 남은 카누

---

79 선박의 선수와 선미 부분이 늘어지는 것
80 그 예로 C. Boreux, *op. cit.*, p.475; A. Neuburger, *op. cit.*, p.479.; L. Klebs, "Die Reliefs des alten Reiches : Material zur ägyptischen Kultur-geschichte," *AHAW / PH*, 1915, no.3, p.103, fig. 85.; H. E. Winlock, *Models of Daily Life in Ancient Egypt, from the Tomb of Meket-Rē at Thebes*, Harvard Univ. Press, 1955.; E. K. Chatterthon, *The Ship under Sail*, Fisher Unwin, London, 1926, p.20을 보라.
81 J. Poujade, *La Route des Indes et Ses Navires*, pp.277 이하는 많은 아시아 선박의 선수미 장식에서 그리고 중국의 강에서 사용되는 몇 가지 유형의 정크를 예인할 때 사용되는 선미를 포함한 돛대의 支索(stern-embracing mast-stay)에서 호깅방지용 트러스의 흔적을 인정할 수 있다고 생

의 파생형(canoe-derivate)으로 실제 묘사될 수 있을 것이다.[82]

가능성이 있는 다른 예외는 피츠제럴드(Fitzgerald)[83]가 묘사하고 있는 것으로서 윈난성(雲南省) 남서부의 호수인 얼하이(洱海)의 선박들이다. 이 선박들에는 격벽이 없고 늑재(frames)만 있는 것처럼 보이지만, 용골의 존재 여부는 더 많은 조사가 이루어져야 알 수 있다. 이 지역은 아주 오지이기 때문에 인도의 영향을 받았을지도 모른다.

사각형의 선체 구조는 중국에서 다른 곳으로 얼마나 전파되었을까? 이에 대해서는 정보가 부족하지만, 확실한 것은 17세기 이전의 모든 일본 선박이 중국의 조선술에 따라 건조되었다는 것이다(<그림 1038>을 참조).[84] 클로우스와 트루(Clowes & Trew)는 파리 제독의 도면을 기초로 삼아 중세 일본의 선박을 복원하고 있다. 영국의 조선공(造船工)인 아담스(Will Adams)는 17세기

각하였다. J. S. Morrison 박사는 이 트러스가 기원전 4세기 고대 그리스에서 표준이었던 3단 노선(trireme)이 보유하고 있던 索具 중 하나였다고 필자에게 말해주었다. 훨씬 더 놀랐던 경우는 그것의 한 형태가 Mississipi 강의 船尾外輪汽船(stern-wheeler steamboats)의 구조에 남아있음을 알았을 때였는데, 그 기선에는 보일러가 선수 부분의 한가운데에 그리고 기관이 선미의 한가운데에 각각 설치되었다(W. A. King-Webster, "Experimental Nautical Research : −3rd Millennium Egyptian Sails," *MMI*, 1960, 46). 또한 기차역으로 가서 보기 철도 차량(bogie goods trucks)과 화차의 골격 밑에서 반대로 되어 있는 사다리꼴 트러스를 보면, 그 한 형태를 볼 수 있을 것이다.

82 앞에서 언급한 적이 있는 속을 파낸 카누를 상기해야만 한다. 龔灘江에서 화물선과 여객선으로 남아 이용되는 독특한 蛇船도 있다(G. R. G. Worcester, *Junks and Sampans of the Upper Yangtze*, p.56). 蛇船은 선수미가 높고 좁으며, 용골이 없고, 격벽이 없다는 점에서 특이하다.

83 C. P. Fitzgerald, "Boats of the Erh Hai lake, Yunnan," *MMI*, 1943, 29.

84 어쨌든, 이것은 F. P. Purvis, "Ship Construction in Japan," *TAS / J*, 1919, 47.; N. Peri, "Essai sur les Relations du Japon et de l'Indochine au 16e et 17e siècles," *BEFEO*, 1923, 23.; F. Elgar, "Japanese Shipping," *TJSL*, 1895, 3과 같은 서양학자들의 일반적인 견해였다. 그러나 『和漢船用集』(1766)에 실려 있는 아주 많은 선박 그림은 선수재(stem-posts)를 확실하게 묘사하고 있으며, 특히 5장과 6장에 있는 강에서 사용하는 선박과 조선소의 그림(3장, pp.6, 7과 4장, pp.2, 3) 및 진짜 용골을 보유한 선박의 훌륭한 단면도(16장, p.12)에서 그 선수재를 볼 수 있다. 北齊의 「富嶽百景」(1834)에 특히 ii, 10, 19와 iii, 27에 묘사된 선박도 같은 현상을 보여준다. 그 선박들은 船首材와 함께 平底, 트랜섬 船尾, 돌출해 있는 舵를 같이 보여주고 있다. F. V. Dickins, *Fugaku Hiyaku-Kei : or, A Hundres Views of Fuji*, by Hokusai; Introduction and Explanatory Prefaces, with Translations from the Japanese, and Descriptions of the Plates, Batsford, London, 1880을 참조

초기에 20년 동안 일본에서 일했으며, 그 이후의 선박은 종종 서양 선박 특히 러시아의 스쿠너(schooners)를 모방하였다.

훨씬 더 하찮은 것이지만 상당히 흥미로운 점은 오늘날 서양 각국에 알려져 있는 펀트(punt)의 기원과 관련된 문제이다. 세계 도처에 존재하는 펀트 즉 사각형 평저선이 중국의 삼판(sampan)과 유사함에도 불구하고 그 기원을 조사한 사람이 전혀 없다는 것은 이상하다. punt라는 용어 자체는 물론 다리(橋梁)를 의미하는 라틴어 pons에서 유래하였다. 로마시대에 다리를 의미하는 용어로 pontones(단수는 ponto)가 있었다. 서로 다른 선박들의 명칭과 그림을 많이 포함하고 있는 튀니스(Tunis)의 알티부루스(Althiburus)에 있으며 2세기에 만들어진 주목할 만한 모자이크[85]를 보면, 이것은 분명히 상선이었다.[86] 카이사르(Caesar)는 갈리아의 수송선에 대해 이 명칭을 사용하였으며,[87] 앨프릭(Aelfric)은 1000년경에 pontonium이라는 명칭을 사용하였다. pontebots라는 용어가 동부 앵글족(East Anglian)의 기록에 나타나기 시작하는 것은 1500년경이다. 1371년 런던의 판례보고서(law case report)에서도 punt가 언급되고 있다.[88] 우리가 찾아낸 가장 오래된 펀트 그림은 비엔나(Vienna)에 보존되어 있는 막스밀리안 1세(Maxmilian I, 1459~1519) 황제의 『어업지(漁業誌, Fischereibuch)』에 있다. 그리고 세비야의 이시도레(Isidore of Seville)는 630년에 ponto를 경사진 현측과 평저가 있는 간단한 사각형 노선으로 기술했으며,[89] 533년도의 『법전(Pandects)』(VIII, 3, 38)에는 이 용어가 여객 수송선에 사용되었다고 기술되어

---

85 L. Bonnard, *La Navigation Intérieure de la Gaule à l'Époque Gallo-Romane*, Picard, Paris, 1913, pp.151, 154.

86 C. Torr, *Ancient Ships*, Cambridge, 1894, p.121. punt(특히 quay-punt)라는 용어를 용골이 있고 앞 부분의 끝이 솟아 있는 선박에 사용하는 것은 오늘날까지 방언으로 계속 이어지고 있다. E. W. White, *British Fishing-Boats and Coastal Craft : Pt.I, Historical Survey*, Science Museum, London, 1950, pp.19, 22, 30, 32, 35, 48을 참조.

87 De Bello Civili, III, 209.

88 G. Callendar, "Punts and Shouts," *MMI*, 1923, 9.

89 Etymologiarum sive Originum, XIX, 1, 24.

있다.

유사성과 전파 문제는 이처럼 더 모호하다. 클로우스(Clowes)는 브린들리(Brindley)[90]에 대한 논의에 주석을 달아 펀트가 카시미르(Kashmir)와 인더스강(Indus) 상류 계곡에서 널리 사용되고 있었음을 암시하였다. 만약 중국의 조선술이 박트리아(Bactria) 시대에 이미 육로로 전파되었다고 한다면, 펀트는 로마제국에 존재하고 있었다고 말할 수 있다. 다른 한편으로, 같은 명칭을 가진 로마 선박들이 펀트로 부를 수 있는 것이 아니었다면, 세인트 이시도레(St Isidore)가 말한 펀트는 비잔틴과의 접촉을 통해 도입된 것인지 모른다. 그렇지 않다면, 몽고군을 따라 온 중국 기술자가 13세기 유럽에서 용골이 없는 사각형의 군사용 선박을 만들었을지도 모른다.[91] 실제로 석궁(石弓, crossbow)처럼 펀트도 여러 차례에 걸쳐 도입되었는지 모른다.[92] 아니면 유럽

---

90 H. H. Brindley, "Primitive Craft : Evolution or Diffusion?," *MMI*, 1932, 18.

91 杭州의 西湖에서 상앗대(punt-poles)를 이용하여 추진되는 平底船에 대해서는 Marco Polo가 기술하였다. J. Gernet, *La Vie Quotidienne en Chine à la Veille de l'Ibvasion Mongole(1250 à 1276)*, Hachette, Paris, 1959, p.59를 참조.

92 독특한 중국식 선체 구조를 생각나게 하는 흥미로운 혼합형 선박(hybrid craft)이 구세계(Old World)의 유럽에서 국지적으로 존재하고 있다. 여행 도중에 보았던 그러한 선박들 중 두 가지는 언급할 가치가 있어 보인다. 1957년 필자는 오스트리아의 Hallstättersee 호수의 전통적이면서 기이한 fuhr로 불리는 곤돌라식 선수가 있는 punt를 루구이전(魯桂珍) 박사와 연구할 기회를 가졌다. 그 punt에는 트랜섬 선수미가 있고, 용골이 없다. 그러나 (약간 위로 솟아있는) 선수가 아주 가늘고 길기 때문에, 앞부분 트랜섬은 아주 작다. 이 선박은 외판(strake)과 일체가 된 높은 노걸이판(rowlock-boards)의 구멍에 동여매인 4개의 삽모양 패들(spade-shaped paddles)로 추진된다. 1960년에는 포르투갈의 Nazaré 해안에서 chata 혹은 xavega라는 平底漁船을 D. W. Waters 해군중령과 함께 조사할 기회가 있었다. 이 선박들의 선수미는 많이 휘어진 채로 올라가 있었고, 선미는 1개의 트랜섬(transom, 船尾肋板)으로 되어 있으며, 선수에는 유사 선수재(pseudo-stempost)가 현측 접합점에서 거의 수직으로 서있었다. 이 접합점에는 선박을 해안으로 끌어당길 때 사용하기 위한 고리(hook)가 한 개 붙어 있었다. 용골은 보이지 않았다. 이 선박의 멋진 모형은 Lisbon의 민속민예박물관(Ethnological and Folk Art Museums)에 있다. 전체적인 형태가 fuhr와 xavega와 유사한 선박은 일본의 옛 그림에서도 나타난다. 특히 가마우지가 물고기를 잡는 것을 그린 15세기 토사 유키히데(土佐行秀)의 그림이 그러하다. 그러나 화가가 트랜섬 구조를 분명하게 그리지 않았는데, 솟아오른 선수가 트랜섬을 덮어 숨겨져 있는 것처럼 보인다. F. Beaudouin, "Recherches sur l'Origine de deux Embarcations Portuguaises," *AHES / AESC*, 1965, 20은 Nazaré의 netinha와 barco do condil 구조의 기원을 연구하

의 펀트가 상기한 고대 이집트의 사각형 선박의 후예로 존재해왔는지도 모른다.[93]

중국, 인도, 그리고 토착적인 영향이 혼합된 동남아 지역에서 혼합형 선박이 발달했을까? 우리가 파리(P. Paris)의 철저한 조사 보고서를 통해 알 수 있듯이, 혼합형 선박은 풍부하게 많다. 각 선박의 특징에 대해서는 푸자드(Poujade)와 피에트리(Piétri) 등에 의해 조심스럽게 서술되었다.[94] 용골은 전파되어 채택된 직후의 형태였을 것이다.[95] 격벽은 싱가포르(Singapore)의 투와코(twaqo)에서처럼 만시(彎柴, rib frames)를 위해 포기되었다. 말레이시아의 통쿵(tongkung)처럼[96] 중국인이 설계하고, 건조하며, 소유하고, 운용했던 선박임에도 불구하고, 그 구조와 의장(艤裝)은 완전히 유럽식인 경우도 있다. 그러나 중국 돛들은 큰 효율성 때문에 마지막으로 사라진 것 중 하나이다. 마카오(澳門)와 홍콩(香港)의 유명한 포르투갈식 화정(划艇, lorcha, <역자주 : 서양식 선체의 중국 선박>)처럼,[97] 중국식 돛은 16세기 이후 유럽 표준형의 가느다란 선체

였으나, 우리의 연구에 도움이 될 만한 것은 하나도 없다. P. R. V. Marsden and M. Bonino, "Roman Transom Sterns," *MMI*, 1963, 49를 참조.

93 그 후예들은 일반적으로 인정되고 있는 것 이상으로 훨씬 더 널리 퍼져 있는 것 같다. 왜냐하면 중국을 제외하면, 그 후예들이 소형 보트급 이상으로 발전한 적이 없기 때문이다. Ceylon에는 縫合船體構造(sewn hull construction)를 가진 punt가 있다(Science Museum의 사진 SM 2720, 2721, 2722). E. R. A. de Zylva, *The Mechanisation of Fishing Craft and the Use of Improved Fishing Gear*, Fisheries Research Station, Colombo, 1958, figs. 6, 1.; B. Greenhill, "A Boat of the Indus," *MMI*, 1963, 49를 참조.

94 P. Paris, "Esquisse d'une Ethnographie Navale des Pays Annamites," *BAVH*, 1942(no.4, Oct. and Dec.), 351.; J. Poujade, *Les Jonques des Chinois du Siam*, Paris, 1946.; J. B. Piétri, *Voiliers d'Indichine*, S.I.L.I., Saigon, 1943.

95 돛대가 3개인 厦門의 어선(G. R. G. Worcester, "The Amoy Fishing Boat," *MMI*, 1954, 40) 그리고 南海島와 廣東省의 많은 곳에 있는 대양 항해용 정크에서 분명하게 나타난다(Idem, "Six Craft of Kuangtung," *MMI*, 1959, 45). Maze Collection에는 106피트의 廣東 貨物船(Anon, Illustrated Catalogue of the Maze Collection of Chinese Junk Models in the Science Museum, London, Pr. pr. Shanghai, 1938, no.3)의 멋진 모형이 있는데, <그림 1040>을 참조하라.

96 D. W. Waters, "Chinese Junks, an Exception : the Tongkung," *MMI*, 1940, 26.

97 Adm. A. L. B. Carmona, *Lorchas, Juncos e outros Barcos usados no Sul da China, a Pesca em macau e Arredores*, Imprensa Nacional, Macao, 1954.; G. R. G. Worcester, *The Junks and Sampans of the Yangtze : a study*

(slender hull)와 함께 공존해오고 있다.

---

in *Chinese Nautical Research*, vol.2, pp.375 이하. 이 매력적인 선형에 대한 기록은 1605년에도 나타난다(N. Peri, "Essai sur les Relations du Japon et de l'Indochine au 16e et 17e siècles," *BEFEO*, 1923, 23, p.107). 이것은 선체가 帆裝(rigs)보다 변화하기 쉽다는 것에 대한 주목할 만한 사례이다(J. Poujade, *La Route des Indes et Ses Navires*, Payot, Paris, 1946, pp.170, 177). Poujade는 船匠과 돛을 다루는 직인이 별개의 사람이기 때문이라는 사회학적 이유로 그것을 설명하고 있다. 일반적으로 선체가 通商의 영향을 많이 받지만, 범장이 뱃사공들(sea-faring folks)의 전통과 생활과 더 밀접하게 결부되어 있어 정치적 지배 하에서만 변화했다고 그는 말하고 있다. 그러나 이와 반대되는 증거가 많기 때문에, 이 분야에서는 모든 규정이 아직 확정되지 않았다고 할 수 있다.

제5장

문헌학과 고고학상의 중국 선박

만일 단순히 필경사(scribes)의 임의적인 관습일 뿐이었던 것에 너무 많은 비중을 두는 것이 아니라면, 선박을 나타내는 상대(商代, 기원전 1600~1046)와 주대(周代, 기원전 1046~771)의 문자 형태는 중국 선박의 특징적인 구조가 이미 상고시대에 발달했음을 보여주고 있다. 끝이 뾰족한 선박의 디자인이 너무 어려워 그리지 못하는 경우가 없었음에도 불구하고, 이 문자들은 선박이 기본적으로 장방형이었다는 것을 보여주는 주목할 만한 회화적 표현을 하고 있는 것처럼 보인다.[1] 갑골문자에서 볼 수 있는 것처럼, 舟라는 문자의 가장

---

1 H. E. Gibson, "Communications in China during the Shang Period," *CJ*, 1937, 26과 G. R. G. Worcester, *The Junks and Sampans of the Yangtze : a study in Chinese Nautical Research*, vol.1, p.6은 이 오래된 문자 형태를 주목할 것을 권장하고 있지만, 이상하게도 그 선박 형태의 중요성을 누락하고 있다.

이른 형태(Rad. no.137; K 1084)는 예리한 선수와 선미가 없는 채로 트랜섬과 격벽 구조가 아니라 적어도 가로지른 부재(thwartwise members)가 있고 약간 구부러진 장방형의 뗏목을 보여주고 있다. 船(K 229e, f)이라는 문자에서는 다른 구성 요소의 의미를 알 수 없지만, 입을 뜻하는 口자는 승조원을 그리고 2개의 선은 해안을 표시하였을 것 같다. 般(K 182a, b, c)이라는 문자는 결국 (일반적으로 수송하는 것, 장소를 바꾸는 것, 회전하는 것 등) 여러 의미를 갖게 되지만, 舟자 옆에서 노(櫓)와 손(手)을 뜻하는 글자를 분명히 볼 수 있다. 에드 킨스(Edkins)[2]가 알았듯이, 사실 그 문자는 옛날에 타수가 사용하던 것이었으며, 오늘날에도 搬이라는 문자로 사용되는 경우가 많다. 반초(搬梢)는 선미 대도(船尾大櫂, stern-sweep)나 조타용 노(steering-oar)를 자기 쪽으로 끌어당기는 것을 의미하며, 추초(推梢)는 그것을 우현 쪽으로 미는 것을 의미한다.[3] 朕(K 893f-i)이라는 문자는 𦩋으로 쓰였다. 오늘날 이 문자는 갈라진 틈을 의미하지만, 원래의 의미는 선박의 틈을 메우는 것이었다. 왜냐하면 아마 틈을 메우기 위해 끌을 쥔 두 개의 손이 실제로 舟 옆에 그려져 있었기 때문일 것이다.[4] 수취한다는 의미의 受라는 문자도 전에는 선박 모양의 물체와 2개의 손을 그리는 형태로 쓰였지만(K 1085), 엮어 만든 셔틀(shuttle)이었을 가능성이 크다. 만약 그렇다면, 이 상형문자(pictogram)는 혹자가 생각하는 것처럼 선박의 화물과 화물을 내리는 행동을 표시한 것이 아니라고 할 수 있다. 중국 문화권의 사람들은 다른 문명에서 앞부분 끝이 솟아 있는 선박을 볼 때마다 항상

---

2 J. Edkins, "Chinese Names for Boats and Boat Gear : with Remarks on the Chinese Use of the Mariner's Compass," *JRAS / NCB*, 1877, 11.
3 이 표현들이 얼마나 오래전부터 사용되기 시작했는지는 알 수 없다. 문헌에는 좀처럼 나타나지 않는 것으로 보이지만, 고대의 口傳에 속할지 모른다.
4 후대에는 이 문자가 舟 대신 月을 붙여 사용되었다. 이것은 변질이다. 결국 그 문자는 황제가 사용하는 인칭대명사(제위에 오른 사람이 공식적으로 자기를 표시하는 imperial We)로 사용하게 되었으며, 그 어원은 잊혀져버렸다. 갈라진 틈을 메운다는 의미를 지닌 이 문자가 『周禮』에도 나타나는데, 이는 세계의 몇몇 지방에서 縫合船이 널리 존재한다는 관점에서 흥미롭다.

놀랐다. 예를 들면, 자국 외교사절단에 포함된 적이 있는 금달단족(金韃靼族, Chin Tartar)의 조고 손중단(烏古 孫仲端)은 1220년경 서양의 이슬람지역 국가 (印都回紇) 여행기에서 "그들의 선박이 셔틀(梭)과 비슷하다"고 기술하였다.[5] 1259년 상덕(常德)은 망구 칸(Mangu Khan)에서 훌라구 칸(Hūlāgu Khan)으로 가는 사절이 되어 시르 다리아(Syr Daria) 강을 건널 때 선박이 "뾰족하고 초승달 모양의 중국 여성의 신발과 비슷하다(船如弓鞋)"는 것을 보고 크게 놀 랐다.[6]

K 1084   K 229 e, f   K 182 a, b, c   K 893 f–i

K 1085

---

5 그의 『北使記』를 번역한 E. Bretschneider, *Notes on Chinese Mediaeval Travellers to the West*, American Presbyterian Mission Press, Shanghai, and Trübner, London, 1875, p.105를 참조. Joseph Needham, *Science and Civilization in China*, Vol.3, p.522를 참조.

6 그의 『西使記』를 번역한 E. Bretschneider, *Mediaeval Researches from Eastern Asiatic Sources* …, vol.1, Trübner, London, p.130을 참조. Joseph Needham, *Science and Civilization in China* Vol.3, p.523을 참조.

1. 고대에서 당대까지

『시경(詩經)』이나 다른 고전들의 선박과 관련된 언급 중에서 흥미로운 사실을 보여주는 것은 없는 것처럼 보인다. 『좌전(左傳)』의 수전(水戰)에 대한 설명도 별로 도움을 주지 못한다. 그럼에도 불구하고, 기원전 486년 오(吳)가 제(齊)를 공격하기 위해 서승(徐承) 장군 휘하의 함대를 북부로 보낸 사실을 의심할 근거는 어디에도 없다.[7] 아마 그가 지휘했던 것은 여러 개의 노로 추진되는 대형 카누였을 것이고, 그중에는 궁수(弓手)가 위치할 선루(船樓, deck-castles)가 있을 정도로 큰 선박도 있었을 것이다. 그 선박들이 해안에 아주 가깝게 접근했던 것은 확실하다.[8] 남부지방의 국가인 월(越)나라의 왕에 의해 기원전 472년에 건조되었고 돛으로 추진되는 뗏목들로 이루어진 대함

---

7 『左傳』, 哀公 10年(tr. F. S. Couvreur, 'Tch'ouen Ts'iou' et 'Tso Techouan : Texte Chinois avec Traduction Française, vol.3, Mission Press, Hochienfu, 1914, p.659를 참조). 그러나 徐承의 수륙양면 작전은 실패하였다. 徐中舒, "古代灌漑工程源起考," AS / BIHP, 1935, 5에 주석이 있다. 吳나라 수군의 활동에는 오랜 배경이 있었다. 예를 들면, 襄公 24년(기원전 548) 吳는 楚와 水戰을 하여 패배하였다(tr. F. S. Couvreur, op. cit., vol.2, p.412). 昭公 17년(기원전 524) 吳와 楚는 결전이 아닌 長岸戰鬪를 했으며, 그때 吳軍은 기함인 餘艎을 빼앗겼지만, 후에 유명한 과감한 행동을 하여 되찾았다(tr. F. S. Couvreur, op. cit., vol.3, p.282 이하). 定公 6년(기원전 503) 吳는 결국 楚의 함대를 전멸시켰다(tr. F. S. Couvreur, op. cit., vol.3, p.530). 전설에 의하면, 오나라 수군의 우위는 재상이었던 伍子胥(기원전 530년 활약, 기원전 484년 사망. Joseph Needham, Science and Civilization in China, vol.3, pp.485 이하와 vol.4, pt.1, p.269 등에서 이미 언급된 인물)의 조직력 덕분이었다. 물론 그는 중국인의 원시타이적(proto-thai) 요소가 내포된 선박에 대한 전통적인 지식을 갖고 있었을 것이다.

　　楚와 吳의 艦隊는 越 水軍의 선조격이었다. 越 水軍은 越王 勾踐時代(기원전 496~470년 재위)까지 8천명의 병력을 태울 수 있는 300척의 戰船(문자 그대로 矛槍을 설치한 戈船)과 3천명 이상의 인원을 태울 수 있는 갑판이 있는 (혹은 船樓<deck-castle>가 있는) 선박(樓船)으로 함대가 편성되었다(『吳越春秋』, 卷十).

8 후대의 문헌, 예를 들어 『越絶書』와 같은 後漢時代의 문헌조차 길이가 120피트인 긴 범선을 戰國時代의 것으로 간주하고 있다. 또한 필자는 일반적인 발달이 아니기 때문에 이와 같이 말하고 있다. 그러나 당시 상당히 큰 범선이 건조되는 경우가 종종 있었으며, 餘艎은 그 중 하나였을 것이다. 필자는 전국시대 수군 선박과 가장 가까운 것이 바이킹의 longship이라고 생각한다. 이 바이킹선은 10세기 이전에 길이가 80피트를 넘는 경우가 없었다. 戈船은 50피트였고 또한 樓船은 70피트였다는 것이 타당한 추정이라 생각한다.

대에 대해서는 이미 언급한 적이 있다. 그러나 전국시대의 선박이 모두 수군 선박이었던 것은 아니다. 우리는 적어도 시베리아, 한반도, 인도차이나의 해안을 따라 교역을 하기 위한 원정이 실시되었음을 분명히 알 수 있을 것이다.[9] 또한 태평양 자체에 대한 탐험도 몇 차례 실시되었다. 물론 내륙 수운도 여전히 실시되었다.[10]

한대(漢代)에 대해서는 정보가 더 많지만, 극소수의 정보만 언급할 수밖에 없다.[11] 기원전 219년 진 시황제(秦始皇帝)는 남부의 월나라를 정복하기 위해 조타(趙佗)와 도휴(屠睢)의 지휘 하에 대규모 원정군을 파견하였다.[12] 주력은 선루(船樓)가 있는 누선(樓船)에 탄 병사들이었다. 그로부터 한 세기 후 조타가 점령한 곳 중 하나가 영구적인 독립 왕국이 될 전망이 보이자,[13] 한 무제(漢武帝)는 기원전 112년에 원정군을 다시 파견했으며, 이때에도 (갑판이 1개 이상이거나) 선루가 있는 화난지방(華南地方)의 선박(南方 樓舡)으로 편성된 함대가 동원되었다.[14] 이 전투의 지휘관은 양복(楊僕)과 노박덕(路博德)이었으며, 그들이

---

9 이와 관련된 문헌은 衛聚賢, 『中國人發現澳洲』, Wei-Hsing, 香港, 1960, p.5 이하에 있다. 그러나 그의 결론에는 주의와 유보가 필요하다.

10 Lo Jung-Pang, *Communications and Transport in the Chhin and Han Periods*, Unpub. MS, p.29는 司馬遷의 선조인 司馬錯 장군 휘하의 秦軍이 기원전 312년과 311년 楚를 침략했을 때를 주목하고 있다(E. Chavannes, *Les Mémoires Historiques de Se-Ma Ts'ien*, vol.2, Leroux, Paris, 1895~1905, p.274). 이에 대한 주요 사료는 『史記』, 卷七十, pp.10, 11 그리고 『華陽國志』, 卷三이다. 水軍은 法家 출신의 유명한 대신이었던 張儀에 의해 조직되었다(Joseph Needham, *Science and Civilization in China*, Vol.2, p.206). 전해진 바에 의하면, 십만 척의 雙胴船(舫船)에 각각 50명씩의 병사가 타고 강을 3천리나 내려갔으며, 1만 척의 소형 화물선이 6백만 bushels의 군량을 운반하였다. 이 수치들을 통해 1척당 평균 적재량이 16.35톤이었으며, 그러므로 선박의 크기를 상상할 수 있다. 楚의 국력은 이 전쟁 때문에 크게 쇠퇴하였다.

11 F. Kraus, "Fluss- und Seegefechte nach Chinesischen Quellen aus der Zeit der Chou- und Han-Dynatie und der Drei Reiche," *MSOS*, 1915, 18은 수군의 전쟁이 기록되어 있는 漢代와 三國時代의 몇 가지 문헌들을 수집하여 번역과 주석을 달았다.

12 『史記』, 卷一百十二, p.10. 이것은 위대한 기술자였던 史祿이 靈渠運河를 만들어 북부 지방에서 수송 보급로를 관통시킨 시기였다. L. Aurousseau, "La Première Conquête Chinoise des Pays Annamites," *BEFEO*, 1923, 23을 참조.

13 H. Cordier, *Histoire Générale de la Chine*, vol.1, Geuthner, Paris, 1920, pp.235 이하.; C. P. Fitzgerald, *China : a Short Cultural History*, Cresset Press, London, 1935, p.181을 참조.

제독(提督)의 칭호를 갖고 있는 것은 조선기술(naval techniques)의 중요성이 그 만큼 더 커졌음을 의미하는 것일 것이다.[15] 그 칭호 중 하나는 당시 중요했던 특수한 선박 조종술을 유익하게 일별할 수 있게 해준다.[16] 그 후 강과 연안을 경비하는 별도의 대규모 함대가 조직되었으며, 이 함대는 한설(韓説)[17]의 지휘 하에 월(越) 동부 지방의 반란을 진압하기 위해 파견되었다. 또한 기원전 108 년에는 양복이 위만조선(衛滿朝鮮)을 공격할 때 해군력을 동원하였다.[18] 이와 같이 한 무제 치하에서 상당히 대규모의 수군 작전이 전개되었던 것으로 보인다.[19]

---

14 『史記』, 卷三十, p.17(tr. E. Chavannes, *Les Mémoires Historiques de Se-Ma Ts'ien*, vol.3, Leroux, Paris, 1895~1905, p.592), 卷一百十三, p.7 이하.; 『前漢書』, 卷六, p.19 이하(tr. H. H. Dubs, *History of the Former Han Dynasty*, by Pan Ku, a Critical Translation with Annotations, vol.2, Waverly, Baltimore, 1938, pp.79 이하). 또한 卷二十四, p.16(tr. Nancy L. Swann, *Food and Money in Ancient China : the earliest Economic History of China to 25*, Princeton Univ. press, Princeton, 1950, p.306)도 참조. 특히 몇 페이지 앞(p.15; tr. Nancy L. Swann, *op. cit.*, p.298)에는 軍旗로 장식된 이 선박들을 이용하여 기원전 115년에 호수인 昆明池에서 실시한 연습 장면이 기록되어 있지만, 「食貨志」였던 이 책의 해당 권수는 또 다른 황실의 낭비 사례가 주로 기록되어 있다. 연습 대상국이었던 南越에 대해 원정이 감행된 것은 齊의 부유한 상인이었던 卜式이 많은 그 지방 출신의 전문 기술자와 함께 함대로 원정을 가서 南越과 전쟁하기를 원했던 시기였다(『史記』, 卷三十九, p.17.; tr. E. Chavannes, *op. cit.*, vol.3, p.594). 그러나 卜式의 요청은 받아들여지지 않았다. 卜式에 대해서는 다시 한 번 언급할 예정이다. 이 원정은 완전히 성공했으며, 南越의 丞相이었던 呂嘉는 남은 선박들과 함께 서쪽으로 도주했으나 붙잡혔다.

15 그 예로, 楊僕에 대해서는 樓船將軍(戰船의 사령관), 路博德에 대해서는 伏波將軍(波濤를 정복한 사령관), 그리고 漢에 항복한 嚴이라는 이름을 가진 越나라의 候에 대해서는 戈船將軍(戰艇의 사령관) 등의 호칭이 사용되었다. 伏波에 대해서는 M. Kaltenmark, "Le Dompteur des Flots," *HH*, 1948, 3(nos. 1-2)을 참조.

16 祖廣明이 下瀨將軍(奔流下의 사령관)에 임명되었다. 그가 중국 하천의 아주 많은 급류에서 선박을 조종할 수 있는 전문가였음은 의심의 여지가 없다. 『前漢書』, 卷十四, p.1을 참조.

17 그의 칭호는 橫海將軍(海洋을 횡단하는 사령관)이었다. 『前漢書』, 卷六, p.21(tr. H. H. Dubs, *op. cit.*, vol.2, p.82).

18 『前漢書』, 卷六, p.24(tr. H. H. Dubs, *op. cit.*, vol.2, pp.90 이하). 이 원정은 성공했으며, 그 결과 衛滿朝鮮은 4郡으로 분할되었다. 그러나 楊僕의 손실은 대단했으며, 그 자신도 왕의 은총을 잃고 해임되었다.

19 『前漢書』, 卷九十五는 전쟁과 그 정치적 배경을 상세하게 설명하고 있으며, 서양의 독자들은 고풍스런 역서인 tr. A. Pfizmaier, "Die Eroberung der beiden Yue und des landes Tschao Sien durch Han," *SWAW/PH*, 1864, 46만 이용할 수 있다.

후한대(後漢代) 초기에 공손술(公孫述)은 사천에 독립 왕국을 건설하려 했다. 그의 군사 기술자 3명은 부교와 방책(boom)으로 떠 있는 요새를 후베이(湖北) 지방에 만들었는데, 이것은 많은 누선을 포함한 수천 척의 함대에 의해 파괴되었다. 이 전투에 참가한 선박들이 흥미롭기 때문에, 이 전투는 뒤에서 다시 언급될 것이다. 이 전투는 기원후 33년에 발생하였다. 그로부터 10년 후에 마원(馬援)이 2천 척의 누선이 포함된 함대를 이용하여 교지(交趾, Tongking)로 원정을 갔다.[20] 그 후 중국과 참파(Champa, 현 Annam의 林邑王國) 사이에 벌어진 여러 차례의 해전은 사서에 기록되어 있다.[21] 대형 전선을 뜻하는 누선이라는 용어는 그 후 수 세기 동안 사용되었다. 당대(唐代)의 가장 훌륭한 자료에 의하면, 누선에는 현장(舷墻, bulwarks), 무기(arms), 깃발(flags), 쇠뇌(catapults)가 들어있는 3층 갑판이 8세기까지 있었지만, 악천후 때에는 선박 조종이 매우 어려웠다. 한설의 원정이 악티움(Actium) 해전보다 50여 년 전에 발발했음을 생각할 때, 이러한 한대(漢代)의 전선에 대해 알고 싶은 것은 당연지사이다. 또한 (예를 들어) 제1차 포에니 전쟁(First Punic War, 기원전 260~240) 때 로마의 수군 병사(marines)가 사용한 접현전술(接舷戰術, boarding tactics)과 한대(漢代)의 전술을 어느 정도까지 비교할 수 있는지 알고 싶을 것이다. 중국인들이 그리스의 3단노선(trireme)처럼 충각 전술(衝角戰術, ramming)로 공격하는 방법을 사용했다는 증거도 몇 가지 있다.

광둥(廣東), 인도차이나, 말라야(Malaya)와의 해상 교통(sea communications)은 서기(西紀)가 시작될 때부터 중요해졌다. 기원후 2년 왕망(王莽)은 이 지역에 사는 코뿔소를 조공으로 받았는데, 일부 수송 구간에서 그 코뿔소가 선박으로

---

20 『後漢書』, 卷五十四, p.10, 卷四十三, p.22 이하의 公孫述傳을 참조.
21 상세한 내용은 G. Ferrand, "Le K'ouen-Louen et les Anciennes Navigations Interocéaniques dans les Mers du Sud," *JA*, 1919, 13을 참조. 그 시기는 248년, 359년, 407년 등이다. 431년에는 상부 구조물이 있는 참파 선박 100척이 交趾 지방을 휩쓸고 다녔지만, 최후에는 멸망하고 말았다.

운송되어 온 것이 확실하다.[22] 이 공물은 84년과 94년에도 왔으며, 조공은 당대까지 계속되었다. 『전한서(前漢書)』에는 한(漢)나라와 남쪽 바다들의 교역을 묘사한 흥미로운 한 구절이 있다.[23]

> 일남(日南, Annam)의 경계나 쉬원(徐聞)과 광둥(廣東)의 허푸(合浦)로부터 선박으로 4개월 간 가면 도원왕국(都元王國)이 있다. … [이어서 한 무제(漢武帝) 시대 이후 공물을 헌상한 4개 왕국이 거론되고 있다.]
>
> 일종의 관리(黃門)[24]인 통역장(通譯長) 즉 역장(譯長)이 있고, 선원을 모집하며, 아름다운 진주, 유리,[25] 진기한 보석, 진기한 산물을 구하여 바다로 나가며, 금과 비단으로 교환한다. 그들 중 관리와 그 부하들은 도착한 나라에서 먹을 것과 시녀를 제공받는다. 야만인의 상선(賈船)이 (도중에) 그들을 고국으로 수송할지도 모른다. 더 많은 이익을 얻기 위해 (때때로) 물건을 도둑질하고, 사람을 살해하기까지 한다. (여행자는) 태풍을 만나거나 익사하기도 한다. (이러한 것들 중) 어떤 것이 발생하지 않아도, 몇 년이 지나면 귀환할 수밖에 없다.
>
> 둘레가 2인치나 되는 큰 진주도 있다. …

自日南障塞徐聞合浦 先行可五月 有都元國 … (邑盧沒國 諶離國 夫甘都盧國

---

22 『前漢書』, 卷二十, p.2, 卷二十八 下, pp.39, 40. J. J. L. Duyvendak, *China's Discovery of Africa*, Probsthain, London, 1949를 참조.

23 卷二十八 下卷, p.39. P. Pelliot, Note on Han relations with South-East Asian countries, with tr. of a passage from *Chhien Han Shu*, ch. 28B, in review of Hirth & Rockhill, TP, 1912, 13.; G. Ferrand, *op. cit.*; J. J. L. Duyvendak, *op. cit.*; Wang Kung-Wu. "The Nanhai Trade : a Study of the Early History of Chinese trade in the South China Sea," JRAS / M, 1958, 31(pt.2)을 참조.

24 이 흥미로운 용어에 대해서는 Joseph Needham, *Science and Civilization in China*, Vol.3, p.358을 참조.

25 『璧流璃』, Joseph Needham, *Science and Civilization in China*, Vol.4, pt.1, p.105를 참조. Pelliot는 이 용어가 산스크리트어의 vaiḍūeya에 속하며, 여기에서는 유리를 뜻한다고 생각하였다. 인도 차이나의 유리에 대해서는 O. R. T. Janse, *Archaeological Research in Indo-China*, vol.1, Harvard Univ. Press, Cambridge, Mass., 1947 and 1951, pp.51 이하를 참조.

黃支國이 거론되고, 自武帝以來皆獻으로 이어지고 있다)

   見有譯長 屬黃門 與應募者 俱入海 市明珠璧流離奇石異物 齊黃金雜繒 而往所
至國 皆稟食耦蠻夷賈船 轉送致之 亦利交剽殺人 又苦逢風波溺死 不者數年來還
大珠至圍二寸以下 … (『前漢書』, 28卷下, 地理志 下)

아마 이 구절은 반고(班固)가 저술하던 시대(기원후 90년)보다 2세기 앞선
시대의 일을 언급하고 있는 것으로 여겨지기 때문에 기원전 1세기 혹은 실제
로 한 무제 시대까지 소급하여 적용할 수 있을 것 같다. 이 텍스트에서 가장
먼 나라가 12개월 정도 항해를 해야만 갈 수 있는 곳이고 또한 이 구절에
전설적인 내용이 전혀 없기 때문에, 펠리오(Pelliot)는 이 시대에 중국 사절이
인도양 서쪽 경계까지 갔다고 생각하였다.[26] 이처럼 광범위한 접촉에 대한
증거는 동남아시아의 고고학 자료를 통해서도 얻을 수 있다. 예를 들면, 1세
기의 첫 번째 4반세기 동안 중국의 경화(硬貨)가 동손(Dôngsón, Annam 북부)의
분묘에서 발굴되고 있다.[27] 전한(前漢)시대의 도기(陶器)가 수마트라, 자바, 보
르네오에서 발굴되었는데,[28] 그 중 한 파편에 기원전 45년이라는 연대가 기록
되어 있었다. 수마트라의 돌조각 중에는 한대(漢代)의 것과 흡사한 것이 있
다.[29]

  실제로 이 해상 교역의 기초가 전국시대 월나라 사람들에 의해 이미 확립되

---

26 이 추측이 중국인의 원거리 항해가 시작된 연대를 통설(Joseph Needham, *Science and Civilization
in China*, Vol.1, p.179)보다 2, 3세기 빠른 것으로 보고 있다는 점에 주목하고 싶다. 그러나
이 텍스트는 중국 선박 자체가 모든 여정을 항해로만 갔다는 것을 반드시 의미하는 것은
아니다. 그럼에도 불구하고 중국인 상업 관리가 그리스, 시리아, 이집트에서 온 로마 시민과
함께 Arikamedu(Virapatnam)의 부두를 거닐었다고 생각해보는 것은 아주 매력적인 일이
다.(Joseph Needham, *Science and Civilization in China*, Vol.1, p.178과 Sir R. E. M. Wheeler, *Rome beyond
the Imperial Frontiers*, Bell, London, 1954, pp.137 이하를 참조)
27 V. Golouber, "L'Age du Gog an Magog," *VMAWA*, 1883, 3(no.5).
28 E. W. V. O. de Flines, "De Keramische Verzameling," *KBGJ*, 1936, 3.
29 A. N. J. Th. À Th. van der Hoop, *Megalithic Remains in South Sumatra*, Zutphen, 1932.

었다는 것은 단순한 가능성 이상이다. 『장자(莊子)』의 다음 구절은 종종 오해되고 있지만,[30] 그 증거로 인용해도 좋을 것 같다. 속세를 떠난 도가의 서무귀(徐無鬼)는 위(魏)의 무후(武候)와 만나 대면하면서 환영을 받는 이유에 대해 무후의 대신과 논의하였다.

[그는 묻는다.] 당신은 월나라 방랑자에 대해 들은 적이 없습니까? 그들은 며칠 동안 자신의 나라를 떠나 있을 때, 자기의 일을 아는 사람을 만나면 대단히 기뻐합니다. 몇 주나 몇 개월 동안 떠다니고 있노라면, 자신이 전에 자기 나라에서 본 적이 있는 사람을 만나도 행복해 합니다. 그러나 1년 간 자기 나라를 떠나 있을 경우에는 단지 같은 나라 사람인 것처럼 보이는 사람만 만나도 기뻐합니다. 자기 나라를 오래 떠나 있으면 있을수록 자기나라 사람에 대해 애정을 갖게 됩니다. 그렇게 생각하지 않으십니까?

子不聞夫越之流人乎 去國數日 見其所知而喜 去國旬月 見所嘗見於國中者喜 及其年也 見似人者而喜矣 不亦去人滋久 思人滋深乎 (『莊子』, 徐無鬼篇)

무후는 진정한 도(道)가 실행되던 고향에서 멀리 떠나 있었다. 그러므로 그가 고향에서 온 사람을 환영하는 것은 이상할 것이 없었다. 그러나 우리에게는 동인도제도(isles of the Indies)를 항해하고 다니던 상인이 더 흥미롭다.[31] 동인도제도에서만 그러한 것은 아니었을 것이다. 한(漢)의 사절단이 에티오피아(Ethiopia)의 악숨 왕국(Axumite kingdom)까지 갔을 가능성도 여전히 남아

---

30 第二十四篇(『補註』, 卷八 下, p.3). tr. J. Legge, *The Texts of Taoism*, vol.2, Oxford, 1891, p.93에서 보충할 수 있다. 『呂氏春秋』, 65篇(Joseph Needham, *Science and Civilization in China*, vol.1, p.126)의 한 구절이 선원(seafarers)를 의미하고 있음은 분명하다.

31 Wang Kung-Wu, *op. cit.*은 기원전 220년부터 기원후 960년까지 중국의 남양 무역에 대해 최근 발표된 유익한 논문이다. 이 논문은 馮承鈞, 『中國南洋交通史』, 商務印書館, 上海, 1937을 업데이트한 것이다.

있다. 앞에서 인용한 『전한서』의 구절을 다시 보면, 다음과 같다.[32]

평제(平帝) 치세 하의 원시(元始) 년간(1~6년)에 섭정을 하고 있던 대신 왕망(王莽)은 천하의 덕을 찬양하고 싶었다. (그러므로) 그는 황지(黃支)[33]의 왕에게 많은 선물을 보내고, 코뿔소 같은 공물과 함께 사절을 파견하라고 명령하였다. 황지 왕국으로부터 8개월 동안 선박으로 항해하면 피종(皮宗)의 땅에 도착한다. 다시 2개월을 더 항해하면 일남(日南)의 상림(象林) 지역 변경에 도착한다. 황지의 남쪽에 사정불(巳程不)이라는 국가가 있는 것으로 전해진다. 한의 통역 사절(譯使)은 그곳에서 돌아왔다.

平帝元始中 王莽輔政 欲燿威德 厚遣黃支王 令遣使獻生犀牛 自黃支船行可八月 到皮宗 船行可二月 到日南象林界云 黃支之南 有巳程不국 漢之譯使自此還矣 (『前漢書』, 28卷 下, 地理志 下)

이 나라들 중에서 일부에 대해서는 아직 명확하게 검증이 되어 있지 않지만, 황지(黃支)는 일반적으로 칸치푸라(Kāncipura, 오늘날 Madras의 Conjeveram, 당시는 Pallava Staye의 수도였다)였던 것으로 간주되고 있다.[34] 이것은 앞에서 본 인용문에서 생략한 4개의 왕국을 지나는 여정을 묘사하고 있다. 왜냐하면 그것이 수개월 간의 항해 중 10일간의 육상 여행을 포함하고 있고 또한 남부 샴 지방의 크라(Kra) 지협(地峽)의 횡단으로 해석하는 것이 대단히 합리적이기 때문이다. 그러나 헤르만(Herrman)[35]은 주어진 시간을 갖고 판단하여 황지가

---

32 卷二十八 下, p.40. P. Pelliot, *op. cit.*; J. J. L. Duyvendak, *op. cit.*에서 보충할 수 있다. 인도양 한가운데에 Annam이 있다는 기록은 당혹스럽게 만들며, 항로 전체를 설명한 사람이 없다.
33 앞의 한 구절에서 언급되고 있는 왕국 중 하나이다.
34 이에 대해서는 다음처럼 많은 논문이 있다. Wang Kung-Wu, *op. cit.*, pp.16 이하.; Lo Jung-Pang, "Chinese Explorations of the Indian Ocean before the Advent of the Portuguese," Unpub. MS.; J. J. L. Duyvendak, *op. cit.*; Yu Ying-Shih, *Trade and Expansion in han China : a Study in the Structure of Sino-Barbarian Economic Relations*, Univ. Calif. Press, Berkeley and Los Angeles, 1967, pp.172.

아둘리스(Adulis, 현 홍해의 Massawa) 항구이며, 사정불(巳程不)이 동아프리카에 대한 가장 오래된 중국의 기록이 될 것이라고 말했다. 중국 지리학자들 (sinological geographers)은 전부는 아니지만 대부분 이 견해를 선뜻 받아들이지 않고 있으며, 따라서 여전히 논란의 대상이 되고 있다.

전국시대와 한대의 선박을 묘사한 그림은 최근까지 아주 드물었다. 아주 작은 선박 중 몇 가지는 효당산사(孝堂山祠)와 무량사(武梁祠)의 (125년과 150년 사이에 건축한) 묘지 사당(tomb-shrines) 부조에 보인다. 그 부조에 새겨진 선박 은 모두 2, 3명이 탈 수 있는 삼판이었다.[36] 그 선박들의 성격을 확실하게 밝히는 것은 어려운 일이다. 어떤 것은 속을 파낸 선박이었을지 모르지만, 다른 어떤 것은 갈대를 엮은 소형 선박과 유사하다. 그리고 그 중 몇 척에 선수재(stem-post)와 선미재(stern-post)가 확실히 있었다는 파리(P. Paris)[37]의 주 장은 지나친 감이 있다. 전국시대와 한대 초기의 청동기에 묘사되어 있는 군사용 선박(war-boat)이 훨씬 더 흥미로운데, 그 선박에서는 노수 위에 있는 상갑판에서 창과 방패를 든 사람들과 활을 든 사람들을 선명하게 볼 수 있다. 이는 앞서 언급한 누각(樓閣)이 있는 선박 즉 누선(樓船)에 대한 최초의 사례이 다. 앞서(Joseph Needham, *Science and Civilization in China*, Vol.4, pt.1) 다른 목적으 로 북경의 고궁박물관(古宮博物館, Imperial Palace Museum)이 소장하고 있는 기원전 4세기의 청동 꽃병 연악어렵호(燕樂漁獵壺)를 <그림 300>에서 살펴 보았다.[38] 왼쪽 하단에는 수전(水戰) 장면이 묘사되어 있다. 선박 2척이 선수를 서로 교차하고 있으며, 노수가 중국 특유의 자세로 앞을 향해 서 있고, 긴

---

35 A. Herrman, "Ein Alter Seeverkehr zw. Abessinien u. Süd-China bis zum Beggin unserer Zeitrechnung," *ZGEB*, 1913, 553.

36 『金石索』(石索, 卷一, pp.110 이하, 114 이하.; Lo Jung-Pang, *op. cit*.; J. J. L. Duyvendak, *op. cit*.; Yu Ying-Shih, *op. cit*., pp.172 이하 등을 참조.

37 P. Paris , "Quelques Dates pour une Histoire de la Jonque Chinoise," Paper at Congrès International d'Ethnographie Brussels, 1948.

38 楊宗榮, 『戰國繪畫資料』, 古典藝術出版社, 北京, 1957, 圖版 20.

〈그림 300〉 청동으로 만든 연악어렵도호(燕樂漁獵圖壺)에 묘사되어 있는 전국시대(기원전 4세기) 관현악단. 베이징 고궁박물관 소장. 위에서 4번째 줄 오른쪽에서 3명이 종(鐘)을, 1명이 매달려있는 경석(磬石)을, 1명이 큰 북을, 각 1명씩이 관악기를 각각 연주하고 있다. 악기의 받침대는 2마리의 큰 새에 의해 지탱되고 있으며, 그 바로 오른쪽에는 무릎을 꿇고 어(敔, tiger-box)를 연주하는 사람이 있다. 2마리의 거북과 작은 새는 같은 줄의 왼쪽에 수렵지와 포획지에서 떨어져 있는 것처럼 보이지만, 사슴과 비슷한 짐승이 악대에 맞추어 반응을 보이고 있으며, 긴 소매의 무용수는 어를 연주하는 사람의 위로 도약하고 있다. 楊宗榮, 『戰國繪畫資料』, 古典藝術, 北京, 1957(원전 : Joseph Needham, *Science and Civilization in China*, Vol.IV, pt.1. p.144).

깃발들이 휘날리고 있다. 선수에 있는 병사는 단검을 가지고 싸우고 있으며,

긴 자루가 달린 '청동 꺾창(dagger-axe)'을 가진 병사들(halberdiers)이 그들을 엄호하고 있다. 반면에 오른쪽 선박의 선미에는 작은 사람이 큰 북을 치고 있다. 휘어져 아치 모양으로 덮여있는 선미는 주목할 가치가 있다. 그 밑에는 물고기 사이를 수영하고 있는 사람이 있다. 이와 비슷한 그림이 청동기에도 나타나는데(<그림 959>),[39] 이 전한대(前漢代)의 그림에서는 궁수들이 훨씬 더 두드러져 보인다.[40] 대략 기원전 700년경 니네베(Nineveh)의 세나케리브 (Sennacherib) 궁전에 조각된 페니키아나 그리스의 선박들이 유사한 선체 구조를 지닌 이후,[41] 이러한 기원전 3세기의 중국 선박에서는 특별히 진보적인 요소는 보이지 않았던 것 같다.

한대(漢代)의 누선에 대한 정보는 인도차이나에서 발견된 것으로서 같은 시대의 청동제 큰북에 새겨진 조각에서도 간접적으로 얻을 수 있다. <그림 960>은 동손(Dôngsón) 문화의 독특하고 특징적인 양식을 보여주는 군용 선박에 대한 그림이다.[42] 이 그림에서도 상부 구조물이 보인다. 이 상부 구조물은 유럽의 조선술에서 훨씬 후대인 바이킹의 롱십(long-ship)이 중세 선박으로

---

39 孫海波, "河南吉金圖志贖稿," 『考古學社專刊』, no.19, 北平, 1939.

40 이것은 A. Bulling, "Descriptive Representations in the Art of the Chhin and Han Period," Inaug. Diss., Cambridge, 1949, fig. 338에서도 묘사되고 또한 설명되고 있다.

41 G. C. V. Holmes, *Ancient and Modern Ships*, Chapman & Hall, London, 1906, p.26.; R. Anderson and R. C. Anserson, *The Sailing Ship : Six Thousand Years of History*, Harrap, London, 1926, p.35.; R. J. E. C. des Noëttes, *De la Marine Antique à la Marine Moderne : La Révolution du Gouvernail*, 1935, figs. 23, 24.; Mirko Ŝmid, "Prvni Plavci na Ŝirém Moŗi : Plavila a Objevné Plavy Foiničanů," *NVO*, 1960, 15(no.6). 이와 비슷한 연대의 에트루리아(Etruria)의 꽃병에도 보인다. 상갑판에 병사가 그려져 있는 그리스 그림은 G. la Roërie & J. Viviell, *Navires et Marines, de la Rome à l'Hélice*, vol.1, Duchartre & van Buggengoudt, Paris, 1930, p.45에 있다. R. J. E. C. des Noëttes, *op. cit.*, fig. 32를 참조.

42 H. Parmentier, "Anciens Tambours de Bronze," *BEFEO*, 1918, 18(no.1).; V. Golouber, "L'Age du Bronze au Tonkin et dans le Nord Annam," *BEFEO*, 1929, 29를 참조. 이 그림들은 죽은 사람의 영혼을 수송하든가 죽은 자의 영혼과 통하기 위해 사용된다. 의식용으로 사용되는 영혼의 선박(spirit-boats)으로 간주하는 사람도 있다(A. Christie, "The Sea-Locked London; the Diverse Traditions of Southeast Asia," Art in The Dawn of Civilisation, ed. s. piggot, Thames & Hudson, London, 1961). 그러나 실제 사용되는 선박을 나타내고 있음은 의심의 여지가 없다.

〈그림 959〉 전한대(前漢代, 기원전 2세기나 기원전 1세기)의 평평한 청동감(青銅鑑) 즉 잔감(盞鑑)에 그려진 누선의 그림(孫海波, "河南吉金圖志賸稿,"「考古學社專刊」, no.19, 北平, 1939, 圖版 146(a)에 도시되고 설명되어 있는 것을 전재). 선내에는 4명의 선원이 있으며, 모두 앞을 향해 노를 젓고 있다. 중국에서 흔히 볼 수 있는 모습이지만, 그들은 단검이 들어있는 칼집을 허리에 차고 있다. 상갑판의 병사는 전형적인 단검부형(短劍斧型)의 모창(矛槍) 즉 과(戈)뿐만 아니라 활까지 무장하고 있다. 이 조각과 아주 유사한 것으로서 오래된(기원전 4세기) 〈그림 300〉에서 볼 수 있는 청동에 묘사된 것과 마찬가지로, 선미에는 큰 북을 치는 고수(鼓手)가 1명 있는데, 여기에서는 크고 작은 북 2개를 치고 있다. 선미에는 1명이 여러 마리의 물고기 속에 있는 것처럼 보이는데(여기에서는 보이지 않는다), 그가 군용 선박을 추진시키고 있는 것으로 보인다. 그는 아마 전사(戰士)를 돕는 수호신이었을 것이다.

변했을 때 나타난 것으로 생각되는[43] 선수루(fore-castles)와 선미루(after-castles)

---

43 12세기와 13세기 같은 후대에 나타난 것으로 보인다. Dover와 Sandwich의 印章(1238), R. J.

의 전신이다. 청동제 큰 북에 새겨져 있는 선박은 (선수에서 보이는 물체가 닻이 아니라면) 선수와 선미에 조타용 노(steering-oars)를 비치했었을 것으로 보인다. 병사들은 양 현측에 숨겨진 노수들보다 모두 훨씬 선명하게 나타난다. 특히 누(樓)에는 궁수가 배치되어 있으며, 일종의 '마력을 발휘하는 팔라디온(magic Palladium)'이나 '계약의 궤(Ark of the Covenant)' 즉 항해 안전의 수호물로 갖고 다녔던 청동제 큰 북이 있었던 것으로 보인다. 돛대와 돛은 보이지 않는다.[44] 이 큰 북이 기원전 1세기의 것으로 보이는 점을 감안할 때, 이 선박들 중에서 가장 오래된 것은 중국이 정복 활동을 전개한 것과 같은 시대인 기원전 111년의 것으로 보이며, 후대의 것은 침략의 굴레를 벗어난 기원후 43년의 것으로 보인다. 이와 같이 양식화된 표현들은 복파장군 노박덕과 마원이 연이어 전쟁을 하면서 사용해야만 했던 군용 선박이 어떤 것이었는지 알 수 있게 해주는 상당히 귀중한 기록이 될 수 있다. 동손의 큰 북은 지금까지 생각한 것 이상으로 중국 문화와 밀접하게 결부되어 있다. 왜냐하면 이와 아주 유사하지만 한편으로 이보다 더 훌륭한 디자인과 주조술(鑄造術)을 보여주는 청동기가 전(滇)나라 왕묘들에서 대량으로 발굴되었기 때문이다. 이 왕묘들은 윈난성(雲南省) 쿤밍호(昆明湖) 호반의 진닝(晉寧)과 가까운 석채산(石寨山)에 있었다.[45] 이 발굴 자료들은 기원전 1세기와 기원전 2세기의 것으로 추정되며, 따라서 동손 문화의 연대와 그 문화에 대한 중국의 정복은 같은

E. C. Lefebvre des Noëttes, *op. cit.*, fig. 67.; G. C. V. Holmes, *op. cit.*, p.67.

44 <그림 960>에서는 선체 중앙의 바로 앞부분에 돛대받침(tabernacle)과 같은 이상한 것이 있다.

45 고고학상의 보고는 『雲南晉寧石寨山古墳羣發掘報告』, Yunnan Provincial Museum, Wên-Wu, Peking, 1959를, 영어로 된 간단한 설명은 Wang Chiung-Ming, "The Bronze Culture of Ancient Yunnan," *PKR*, 1960(no.2), 18을 참조. 이 발견은 가장 중요한 것에 속한다. 왜냐하면 당시까지 예상할 수 없었던 비교적 높은 문화의 존재를 분명히 알 수 있게 해줄 뿐만 아니라 滇의 문양(style)이 유라시아 스텝 지역의 동물 문양(Joseph Needham, *Science and Civilization in China*, Vol.1, pp.159, 167)은 물론 남동쪽으로 산맥을 넘어 南越의 예술과 마찬가지로 Mayas와 Aztecs의 예술과도 대단한 유사성을 보여주고 있기 때문이다.

〈그림 960〉 인도네시아 동손(Dôngsón) 문화 시대의 청동제 큰 북에 묘사된 군용 선박(H. Parmentier, "Anciens Tambours de Bronze," *BEFEO*, 1918, 18(no.1).; V. Golouber, "L'Age du Bronze au Tonkin et dans le Nord Annam," *BEFEO*, 1929, 29의 사진을 복사하였다). 기원전 1세기 조각에 나타나는 이러한 독특한 양식을 통해 선미에서 조타용 노를 잡고 있는 타수, 선미루 내부에 있는 의식용 큰 북, 그 지붕 위의 궁수, 선수 부분에서 창 (spears)과 단창(javelins)을 들고 있는 전사, 선수의 늘어져있는 돌로 만든 닻 등을 쉽게 식별할 수 있다. 선수의 복잡한 구조에는 1개의 어안(魚眼)과 약간 뒤에서 마법을 걸고 있는 마술사로 보이는 한 사람이 확연하게 보인다.

연대로 나타난다.[46] 그러나 책자로 간행된 탁본에 의하면,[47] 군용 선박은 동손의 큰 북에 새겨진 연해지역 선박보다 작고, 정교하지도 않았다.

최근까지 한대(漢代)의 고분에서는 선박 모형이 출토되지 않는 것으로 생각

---

46 기원전 109년에 漢武帝가 준 滇王의 金印(『史記』, 卷一百十六, p.5)도 발견되었다.
47 『雲南晉寧石寨山古墳群發掘報告』, 圖版 126.

되었지만, 창사(長沙)의 기원전 1세기 전한기(前漢期) 왕후묘(王侯墓)에서 훌륭한 표본이 발굴되었다(<그림 961>).[48] 강에서 사용되었던 목선(木船)의 모형인 이 출토물은 길이가 4피트 3인치였으며, 16개의 노와 이 노의 두 배 길이인 한 개의 큰 선미 대도(船尾大櫂)도 함께 완전한 상태로 발굴되었다. 전형적인 중국식 선체 구조를 보여주고 있는 이 발굴품은 선수와 선미가 사각형이며, 선저가 평저(平底)이고, 수면 위로 솟아 있는 선수 부분이 아주 길다. 그런데 안타깝게도 이 모형에는 돛대와 돛이 없는데, 만일 있었더라면 아주 중요한 정보를 제공했을 것이다. 공간(公刊)된 사진에 의하면, 선체의 각 부분을 조립하는 방식이 크게 달라 보인다. 어떤 복원품에는 두 개의 갑판실(deckhouse)이 상하로 겹쳐져 있으며, 다른 복원품에는 앞뒤로 나란히 늘어서 있다. 전자에는 큰 선미 전망대(stern-gallery)가 한 개 있는데, 이것은 대양항해용 정크의 타루(舵樓, rudder housing)를 비롯한 복잡한 선체 구조의 전신이다. 후자에는 선미가 갑판실에 막혀 선박을 조종하는 타수(steersman)가 있을 곳이 전혀 없기 때문에 믿을 수 없는 자료이다. 또 다른 복원품에는 파도를 막기 위한 난간(bulwark pieces)이 있으며, 그리고 노 구멍(oar-ports)이 아주 낮고 양현에서 노수들을 보호해야 하기 때문에 위아래가 확연하게 거꾸로 되어 있다.[49] 오늘날 세부적으로 이와 유사한 중국 선박을 찾기는 어렵지만, 벵갈(Bengal)의 말라르 판시(malar panshi)[50]와 같은 몇 가지 인도 선박들에서 보이는 길게 돌출한 선수와 선미에는 고대적인 (실제로 이집트적인) 요소가 있다. 그러나 인도 선박은 나카드형에 더 가깝고, 중국 선박은 호루스형에 가깝다. 그리고 인도 선박은 마앙자(麻秧子)를 연상시킨다. 명문이 새겨진 출토품을

---

48 Hsia Nai, "New Archaeological Discoveries," *CREC*, 1952, 1(no.4).; 『長沙發掘報告』, Acad. Sinica Achaeol. Inst., Kho-Hsüeh, Peking, 1957, p.154와 fig. 103을 참조.

49 아마 쑹彭의 선원들이 같은 경우였을 것인데, 이에 대해서는 후술할 예정이다.

50 그 중 하나가 H. Warington Smyth, *Mast and Sail in Europe and Asia*, Blackwood, Edinburgh, 1906, p.365에 있다.; J. Hornell, *Water Transport : Origins and Early Evolution*, Cambridge, 1946, p.249와 <그림 969)도를 참조.

통해 창사의 선박 모형이 기원전 49년의 것이라고 추정할 수 있다.

아주 다행스럽게도 1954년 이후 광저우(廣州)의 발굴 현장에서 기원후 1세기의 주목할 만한 선박 모형이 출토되었으며, 이것은 강에서 사용하는 선박을 보충할 수 있게 해주었다. 그 선박들은 분명히 강 하구와 바다에서 사용되는 것들이었다.[51] 그 중 몇 가지는 약간 조잡하게 마무리된 적색 도기 제품(陶器製品)인데(<그림 962>),[52] 전형적이고 둥그스럼한 사각형의 선수와 선미 그리고 평저를 보여주고 있다. 횡량(橫梁, thwart timbers)이 양현에 걸쳐 있고, 아치형의 갑판에는 4명의 노수가 타고 있으며, 돛대는 없다. 선수와 선미에는 최상부의 외판재(外板材, strake timbers)가 길게 연장되어 난간(galleries)을 형성하고 있다. 선수의 난간은 의심할 여지없이 닻을 조작하는 곳이며, 선미의 난간은 조종 장치를 고정시키는 곳이다. 그러나 조종 장치가 어떠했는지는 이 모형만으로 알 수 없다.

---

51 오늘날 기원후 1세기 것으로 보이는 廣東의 분묘에서 長沙의 선박과 유사하지만, 크기가 더 작은 선박 모형이 출토되었다. 그 중 한 사진은 Hsia Nai, "Tracing the Thread of the Past," *CREC*, 1959, 8(no.10)에 실려 있다. 상세한 것은 麥英豪, "廣州皇帝岡西漢木槨墓發掘簡報,"「考古通訊」, 1957(no.4), p.26 이하, 圖版 8과 5에서 볼 수 있다. 길이는 약 2피트 7인치이다.
52 필자는 魯桂珍 박사와 함께 1958년 廣州市博物館에서 그 중 하나를 조사할 기회를 가졌다. 그 모형은 시의 북쪽에 위치한 구릉인 越秀山에 있고 또한 1380년경에 건립된 明代의 멋진 5층 건물인 王海樓에 보관되어 있다. 관장인 Wang Tsai-Hsin 박사와 박물관 직원인 Tsêng Hai-Shêng과 Liao Yen-Yu가 귀중한 사진을 준비해주고 대단히 친절하게 대해 준 것에 감사드린다.

〈그림 961〉 강에서 사용하던 전한대(前漢代) 선박의 목제 모형. 창사(長沙)에서 기원전 1세기의 왕묘에서 발굴된 부장품(『長沙發掘報告』, 圖版 103). 길이는 4피트 3인치이다. 각 부분을 어떻게 조립했는지에 대해서는 약간 논란이 있다. 여기에서 보이는 방식은 북경의 국립역사박물관에서 1964년에 채택한 배치와 거의 같지만, 항해 전문가의 시각으로 보면 수긍하기 어렵다. 왜냐하면 조타수와 노수가 있을 공간이 전혀 없기 때문이다(선체 중앙의 검은 물체는 3개의 갑판실 중 가장 작은 곳이다). Hsia Nai, "New Archaeological Discoveries," *CREC*, 1952, 1(no.4)에서 주장하는 배치가 옳은 것 같다. 여기에서는 후부 갑판실을 에워싸고 있는 U자형의 부품이 난간으로 선미에 돌출되어 있으며, 선미 대도(船尾大櫂)나 조타용 노(櫓)를 중앙부의 홈에 두고 조작하려 했던 것 같다. 선미 끝 부분의 홈을 통해 조작하려 했다고 주장하는 사람도 있을 수 있다. 2개의 대형 갑판실은 겹쳐져 있었으며, 가장 작은 갑판실은 선수나 선미로 이동되어 있어야 한다. 마지막으로 파도를 막는 난간은 거꾸로 되어있다. 왜냐하면 노를 위한 현측 홈이 위쪽 끝이 아니라 아래쪽 끝에 있는 것이 틀림없기 때문이다. 이것은 홈(ports)이 있는 쪽의 끝이 똑바르게 되어 있는 것에 비해, 다른 쪽의 끝이 약간 凸모양으로 구부러져 있는 것으로 증명된다. 그 밖의 부품은 필자가 본 어떤 재조립품에서도 보이지 않았다. 특히 4번째 선실이나 갑판실의 일부, 방패처럼 보이는 계란형 물체, L자형 물체, 용도 불명의 잡다한 판자, 〈그림 960〉의 선수상(船首像, figurehead)이나 〈그림 964〉의 선수 멍에(prow-yoke)로 간주되는 기묘한 형태의 나무조각 부품 등이 보이지 않는다. 격벽은 분명히 없다.

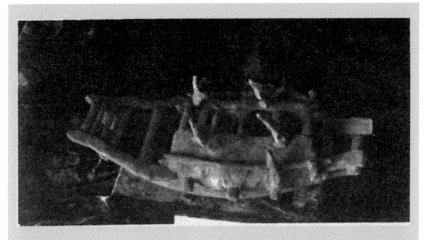

〈그림 962〉 기원후 1세기 적색 도기로 만든 후한대(後漢代) 선박 모형. 광저우시박물관 소장 (1964년 필자가 촬영). 길이 1피트 4인치. 4개의 인물상(俑)은 승조원이다. 자세한 설명은 본문을 참조.

〈그림 963〉 기원후 1세기 와질토기의 후한대(後漢代) 선박 모형. 전자와 마찬가지로 광저우시 지하에 있는 묘에서 발굴되었다(廣州市博物館에서 촬영). 이것은 조선사(造船史)에서 아주 중 요한 자료이다. 〈그림 1036〉을 참조. 이 사진은 우현에서 바라본 모습이다. 돌출해 있는 선미 루(poop)나 타루(舵樓, false stern) 밑에 매달려 있는 타, 지붕으로 덮여 있거나 거적으로 덮여 있는 갑판실, 〈그림 966〉의 긴 현측 보판(舷側步板, poling gallery), 계선주(繫船柱, bollards)나 놋좆핀(橋杭, thole-pins), 닻이 늘어져 있고 돌출되어 있는 선수 등이 보인다. 돛대는 갑판실 바로 앞에 세워졌을 것이다.

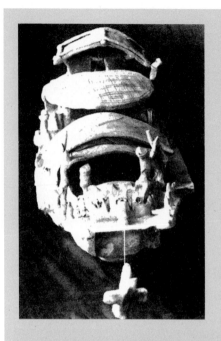 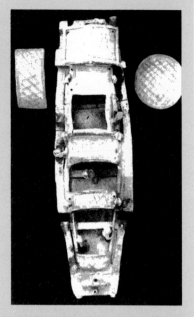

〈그림 964〉 앞 그림의 선박 모형을 선수에서 바라본 모습(廣州市博物館 촬영). 닻이 계선주에 늘어져 있으며, 약간 뒤에 인도차이나 선박의 '선수 멍에(prow-yoke)'를 연상시키는 장식 구획이 있다. 측면의 돌출 부분은 선체 밖 갑판마루장(outboard decking)과 계주(繫柱, bitt) 혹은 돛자락을 펴기 위해 선체에서 뻗어 나온 짧은 막대(棒) 즉 범프킨(bumpkins)을 지탱하고 있다. 선수 트랜섬(transom stern)이 확실하게 보인다.

〈그림 965〉 앞 그림의 선박 모형을 위에서 바라본 모습(광저우시박물관 촬영). 아래가 선수이고, 지붕을 떼어낸 부분이 선실(船室, cabins)이나 선창(船倉, holds)이다. 넓은 현측 보판(poling galleries)은 한 곳에서 끊어져 있는데, 그 곳에 돛대가 세워져 있었을 것이다. 그러나 돛대 받침대(tabernacling)는 없었던 것으로 보인다.

이 특별한 의문점에 대해서는 보다 큰 와질토기의 선박 모형(廣州市博物館 소장)이 시원한 답을 주고 있지만, 타와 그 기원에 대한 사항이기 때문에 여기에서 언급하지 않으려 한다. 광저우시(廣州市) 동쪽 외곽의 후한대 묘에서 출토된 선박 중 한 척의 전체적인 모습은 우측에서 촬영한 <그림 963>에 잘 나타나 있다.[53] <그림 964>에서 볼 수 있듯이, 선체는 중국의 표준형이다. 이 사진에서는 선수가 보이며, 또한 장식부재(裝飾部材, ornamental structure)의 전방에 있는 계주(繫柱, bollard)에서 내려뜨려져 있는 닻도 보인다. 이 장식부재는 인도차이나 선박에서 오늘날에도 널리 보이는 선수 멍에(prow-yokes)의 전신(前身)이라 할 수 있다.[54] 그 뒤에는 앞부분의 凹갑판(well-deck)을 보호하기 위해 대나무 거적(筵)으로 만든 것으로 보이는 일종의 덮개가 보인다.[55] 그곳으로부터 양현에 각각 3개의 계주나 놋좆핀이 있고, 그 중간에 두 명이 서 있다. 선체는 전장의 2/3가 (아마 筵으로 만들어졌을) 반원통형 지붕으로 덮여 있으며, 그 위에 3개의 갑판실이 있고, 후미의 것은 조타실(steersman's cabin, 舵樓)[56]이었음이 분명하다. 덮여있는 부분의 측면에는 기능을 알 수 없는 수직으로 높게 솟아 있는 3개의 목재[57]와 그리고 횡량(橫梁, thwart timbers)의 돌출 부분을 지지해주는 현측 보판(舷側步板, outboard poling galleries)이 있으며, 그 보판의 우현 쪽에 또 한 명의 선원이 서 있다. 돛대가 세워져 있던 곳으로서 확실하지 않지만 가능성이 가장 큰 곳은 현측 보판(위에서 촬영한 <그림 965>를 참조)이 끝나는 곳 즉 덮여있는 갑판의 바로 앞에 있는 틈일 것 같다. 돛대와 범장(帆裝, rig)에 대한 증거가 모두 사라진 것은 애석한 일이지만, 몇 년 전까지 상류에서 사용되던 광동의 전통 선박과

---

53 전장은 1피트 9.25인치이다. 이 아름다운 모형을 발견한 중국인은 간략하게 기술하였다(『廣州市東郊東漢磚室墓清理紀略』). L. Lanciotti, "L'Archeologia Cinese, Oggi," *CINA*, 1958, 4에는 아무런 언급 없이 사진만 실려 있다. 유리 받침대 위에 놓고 촬영한 『中國』(1959), 圖版 444a는 타가 있는 쪽이 잘못 되어 있어 받침대가 없는 것처럼 보인다. 항해사적인 측면에서는 이것에 대한 적절한 연구가 아직 나오지 않고 있다.

54 P. Paris, "Esquisse d'une Ethnographie Navale des Pays Annamites," *BAVH*, 1942(no.4, Oct. and Dec.), 351, pp.56 이하, 특히 figs. 67, 169, 172를 참조.

55 이것은 중세 후기의 중국 선박이 그려져 있는 회화에서 종종 보이며, 오늘날에도 여전히 사용되고 있다.

56 이것의 우현에 요리실 즉 廚房(galley)이 있고, 선미에 화장실(latrine)이 붙어 있다.

57 그 목재들은 돛, 노, 삿대(punt-poles)를 놓아두는 곳의 지지용 골조(gantry framework)였을 것이다.

〈그림 966〉 현측 보판(舷側步板, poling gallery)을 이용하는 모습. 곡강(曲江)의 곡구이(谷篁)에서 베이강(北江)을 항해중인 광동 선박 옆으로 지나가는 삼판에서 필자가 1944년에 촬영. 바람이 없는 날 상류로 올라가는 데 대단한 중노동이 필요하였다.

의 대략적인 유사성을 <그림 966>에서 찾아볼 수 있다.[58]

삼국시대인 기원후 3세기는 조선사(造船史)에서 풍요로운 시대이지만, 불행하게도 연대기 편찬자들은 선박 자체에 대한 상세한 내용을 기술하지 않았다. 의심할 여지없이 누선(樓船)이 이 시대에 대형화되었지만, 몽충(蒙衝), 주가(走舸), 투함(鬪艦) 등으로 불리던 고속전선(高速戰船)도 알려지기 시작하였다.[59]

---

58 현측 보판이 붙어있는 선박의 사진 중 양호한 것은 그밖에 W. Forman & B. Forman, *Das Drachenboot*, Artia, Prague, 1960, pl.179.; E. Schulthess, *China*, Collins, London, 1966, pls. 166, 167에서도 볼 수 있다.

216

현장(舷墻, bulwarks)은 불화살과 화공을 받아도 큰 피해를 당하지 않도록 젖은 짐승 가죽으로 덮여 있었다. 조조(曹操)의 함대가 대패한 적벽 대전(赤壁大戰, 207년)의 사례에서 볼 수 있는 것처럼, 이 전법은 때때로 아주 효과적이었다.[60] 강에서 사용하는 선박은 물론 대양 항해용 선박도 발달하고 있었음에 틀림없다. 왜냐하면 233년 오나라의 함대가 황해에서 태풍을 만나 침몰했기 때문이다.[61] (훨씬 더 이후인 중세까지 알려지지 않았던) 노대(弩隊, detachments of crossbowmen)가 종종 접현전(接舷戰, boarding)이나 충각전(衝角戰, ramming)보다 더 중요한 역할을 했던 사실이 많은 자료에서 나타난다.[62]

삼국시대에는 대양 항해선과 정크를 지칭하는 박(舶)이라는 문자가 출현하였다. 오나라의 지배 체제를 유지하기 위해 260년 동남아시아의 여러 왕국을 순회했던 강태(康泰)는 『오시외국전(吳時外國傳)』을 남겼는데, 그 단편들이 백과사전류에 포함되어 있다. 이 자료덕분에 당대의 말라야 왕자들이 인도-스키타이족(Indo-Scythians) 즉 월씨(月氏)[63]로부터 말을 입수하고 있었던 사실을 알 수 있다.[64] 250년경 캄보디아 국왕 범전(范旃)이 인도 왕국인 천축(天竺)에 대사로 파견한 소물(蘇物)이 진송(陳宋)이라는 한자 이름을 가진 인도 사절을 데리고 훌륭한 월씨의 말 4마리와 함께 인도에서 돌아왔던 사실도 알 수

---

59 이러한 유형의 선박들이 처음 출현한 사례는 荊州知事 劉表(208년 사망)가 魏를 세운 曹操와 전투하기 위해 건조한 함대이다. 『文獻通考』, 卷一百五十八, p.1379를 참조. 劉表는 天文學과 占星術의 후원자였다. Joseph Needham, *Science and Civilization in China*, Vol.3, p.201을 참조.

60 『三國志』, 卷三十二, p.8.; 이 이야기는 卷五十四, p.2 이하에도 설명되어 있다. 222년에 魏나라의 장군(諸葛虔과 王雙)이 사용한 火船(油船)의 사례는 『三國志』, 卷五十六, p.12에 있다. 그러나 실패하였다.

61 『三國志』, 卷二十六, p.12. 이것은 魏나라에 대한 전투였다.

62 『三國志』, 卷五十五, p.10에 있는 사실로서 黃祖와 싸웠던 孫權(208)을 예로 들 수 있다. 黃祖에 대해서는 뒤에서 다시 언급하려 한다. Joseph Needham, *Science and Civilization in China*, Vol.5, Section 30에서 후술할 전술의 충격 사이클(shock cycle) 그리고 발사 사이클(projectile cycle)과 비교하라.

63 『太平御覽』, 卷三百五十九, p.1.

64 Joseph Needham, *Science and Civilization in China*, Vol.1, pp.173 이하.

있게 되었다.[65] 또한 나가(nāga) 공주와 결혼하여 황조를 연 힌두 문화 사절 카운디냐(Kaundinya, 混塡)가 그보다 일찍 캄보디아(扶南)에 도착했다는 사실도 알 수 있게 되었다.[66] 강태의 저서 중 잃어버린 또 하나의 서적인 『부남전(扶南傳)』은 인도를 자주 왕래하던 중국의 상인 가상리(家翔梨)가 인도에서 돌아오는 길에 범전을 만나 들은 인구가 많은 그 나라의 풍습과 불교의 융성 상황을 장황하게 설명해놓은 책이다.[67] 그들은 모두 박(舶)을 타고 여행하였다. 당시 중국인들에게는 선수재(stem post)와 선미재(stern post)가 있고 끝 부분이 뾰족하게 마무리된 선박을 건조하는 것이 단지 의례적인 기념 행위에 불과했었다. 그러한 선박이 전면적으로 사용되고 있음을 중국인들에게 알리는 역할을 했다.[68]

부남 왕국에서는 나무를 베어 선박을 만든다. 긴 것은 12패덤(약 70피트)에 이르고, 폭은 6인치이다. 선수와 선미는 물고기와 비슷하다. 선박은 쇠로 만든 장식물로 장식된다.[69] 큰 선박은 100명을 운송할 수 있다. 사람마다 긴 노, 짧은 노 즉 패들, 삿대를 각각 1개씩 가지고 있다. 선박의 크기에 따라 50명 내지 40명 이상이 선수에서 선미까지 탄다. 전속력을 내야 할 경우에는 긴 노를 사용한다. 앉아서 노를 저을 때는 패들을 사용한다. 수심이 얕을 때는 삿대를 이용하여 나아간다. 모두가 (노를) 올렸다가 목소리를 맞추어 일제히 노를 젓는다.

---

65 『梁書』, 卷五十四, p.22 이하.; tr. P. Pelliot, "Le Fou-Nan," *BEFEO*, 1903, 4, p.271.

66 『梁書』, 卷五十四, p.8 이하.; tr. P. Pelliot, *op. cit.*, p.265. 『太平御覽』, 347卷, p.7에도 이 이야기가 있다. R. Grousset, *Histoire de l'Extrême-Orient*, Geuther, Paris, 1929, pp.557 이하를 참조.

67 『水經注』, 卷一, p.9. 번역서는 L. Petech, *Northern India according to the 'Shui Ching Chu,'* 1st. Ital. per il Medio ed Estremo Oriente, Rome, 1950, p.240.; P. Pelliot, "Le Fou-Nan," *BEFEO*, 1903, 3, p.277을 참조.

68 『太平御覽』, 卷七百六十九, p.5; 단축된 구절은 『南齊書』, 卷三百四十七, p.7에도 있다. tr. P. Pelliot, "Quelques Textes Chinois concernant l'Indochine Hindouisée," in *Études Asiatiques publiées à l'Occasion du 25e Anniversaire de l'École Française d'Extrême-Orient*, van Oest, paris, 1925.

69 이것은 外板들을 서로 접합시키는 거멀쇠(iron clamps)를 의미할 것이다.

扶南國伐木爲舡 長者十二尋 廣肘六尺 頭尾似魚 皆以鐵鑷露裝 大者載百人 人
有長橈及篙各一 從頭至尾 面有五十人作 或四十二人 隨舡大小 立則用長橈 坐
則用短橈 水淺乃用篙 皆當上應聲如一 (『太平御覽』, 769卷, 舟部 2)

이러한 선박이 중국의 용선(龍船)과 관계가 있는 것은 명백하다. 이 선박들
은 수세기 동안 동남아시아에서 계속 사용되었다. 파르망티에(Parmentier)와
파리(P, Paris)는 반띠어이 치마(Banteai-Chmar)와 (아마 1177년부터 샴에 대한
크메르인의 승리를 기념하기 위해 만든 유적으로 보이는) 앙코르 톰(Ankor Thom)
의 바이욘(Bayon)에 있는 얕은 양각의 부조들을 서술하고 있다. 그들의 서술에
따르면, 그 부조에는 대형 선박이 묘사되어 있는데, 그 안에는 20명 정도의
노수와 선박을 조종하기 위한 패들이 선미에 있었다.[70] 그 선박들은 원래
선폭이 더 넓은 바이킹의 롱쉽과 다소 유사성이 있으며, 상갑판에 전사가
타고 있었다면 전국시대와 한대 초기의 군용 선박을 대형화한 것이라 말할
수 있다.[71] 그 선박들과 전(滇)의 동손이 사용했던 군용 선박의 관계도 명백하
다. 이 모든 것은 기원후 1천 년 동안 중국인이 이룩한 조선술의 위대한 발전
을 명백하게 보여주고 있다.

1297년 주달관(周達觀)은 캄보디아에 관해 언급하면서 크메르의 조선술에
대해 다음과 같이 서술하였다.[72]

거대한 선박은 나무로 만들어진다. 목수가 톱이 아닌 손도끼를 사용하여

---

70 이 유사성을 주목한 것은 G. Groslier, *Recherches sur les Cambodgiens*, Challamel, Paris, 1921, p.109이
다. 康泰는 船樓에 대해 분명하게 기술하지 않았지만, 그가 말하는 것 속에 포함되어 있다.
크메르인과 샴족의 선박은 前減代의 의미로 보면 우선이었음에 틀림없다. 필자는 1958년
현지에서 이 선박들을 연구할 기회를 가진 바 있다.
71 전국시대의 선체가 선수재와 선미재를 향해 솟아 있었다거나 전통적인 중국식으로 양 끝이
사각형이었는가는 우리가 알 수 없는데, 이는 당연한 일이다.
72 『說郛』, 卷三十九, p.25에서 인용한 『眞臘風土記』.; tr. P. Pelliot, "Mémoiree sur les Coutumes
de Cambodge," *BEFEO*, 2, 1902, p.32.

작업하기 때문에, 널빤지 한 장을 만드는 데 많은 목재와 노력이 소요된다. 집을 지을 때에도 나이프가 사용된다. 선박을 건조할 때, 그들은 쇠못을 사용하고, 그것을 교(茭)의 잎사귀[73]로 덮고 (즉 지붕을 올리고), 빈랑수(檳榔樹)[74]의 나뭇조각으로 고정시킨다. 이 선박은 신나(新拿)로 불리는데, 노를 저어 나간다. 틈새를 메울 때에는 생선기름과 석탄을 사용한다. 작은 선박은 큰 나무를 불(또는 물)로 유연하게 만들어 스쿠프(scoop) 즉 조(槽)의 형태로 파고, 늑골까지 연장한다. 그러므로 이 선박은 중앙의 폭이 넓고, 양쪽 끝이 솟아있다. 돛 즉 연(筵)이 없으나, 여러 명이 탈 수 있고, 그들이 노를 저어 간다. 이 선박들은 피란(皮闌)으로 불리고 있다.

巨舟以硬樹破版爲之 匠者無鋸 但以斧鑿之開成版 旣費木且費工也 凡要木成叚 亦只以鑿鑿斷 起屋亦然 然船亦用鐵釘 上以茭葉蓋覆 谷以檳榔木破片壓之 此船名 爲新拿 用權 所粘之可載數人 止以權劃之 名爲皮闌 (『眞臘風土記』)

속을 파낸 선박과 늑골에 대한 그의 기술은 그것들이 당시 중국인에게 낯익은 것이 아니었음을 보여주고 있다.

인용하지 않으면 안 되는 또 하나의 자료로서 3세기의 텍스트가 있다. 그 텍스트는 포앤애프트 세일링(fore-and-aft sailing)의 초기 발달 연대를 확정하는 데 아주 중요하지만, 돛으로 추진하는 방식의 역사를 논할 때까지 고찰을 보류하려 한다.

수대(隋代)와 당대(唐代) 즉 6~10세기에 대해서는 자료 수집이 어렵다. 중국 이외의 비문들을 조사하고 또한 중국 이외의 선박들에 대해 중국인이 어떻게 기술하고 있는지를 연구하는 것이 더 용이한 방법이다. 파리(P. Paris)와 쿠와

---

73 틀림없이 Pandanus spp(screw-pins, I. H. Burkill, *A Dictionary of the Economic Products of the Malay Peninsular*, vol.2, Crown Agents for the Colonies, London, 1935, pp.1644 이하를 참조)라는 식물로 만든 말레이시아의 매트인 kajang 즉 茭葦을 지칭하고 있다.
74 Areca Catechu, 빈랑나무(batel-nut palm, R719). <그림 990>을 참조.

바라(桑原)[75]는 인도의 전도사들과 불교 순례자들이 (5~7세기에) 인도, 페르시아, 말레이(Malay, 崑崙)의 선박을 종종 언급하고 있으나, 중국 선박을 탔다고 말하는 사람이 거의 없다는 것에 의미가 있다고 지적하였다. 중국 선박이 완전하게 발달하는 것은 분명히 이 시대의 말기부터이며, 실제로 파리가 대양 항해용 대형 정크가 가장 신속하게 발달한 시기를 9세기부터 12세기 사이로 간주한 것은 상당히 올바른 견해였던 것 같다. 마르코 폴로(Marco Polo), 포르데노네(Pordenone)의 오도릭(Odoric), 이븐 바투타(Ibn Baṭṭūṭah)는 모두 중국 선박을 탔다. 그러나 양소(楊素)는 그들보다 이른 587년경에 높이가 100피트 이상이고 5층 갑판을 보유한 선박을 건조하였다.[76]

송대(宋代)의 왕당(王讜)이 당대(唐代)의 자료를 기초로 하여 편찬한 『당어림(唐語林)』의 중요한 한 구절을 주목한 사람이 없는 것 같은데, 전문(全文)을 인용할 가치가 있다.[77] 다음 인용문은 8세기에 관한 것이다.

> 동남 지역에는 수운 수단이 없는 곳이 없다. 그러므로 상업 물자가 대개 선박으로 수송되고 있다. 매년 운송을 담당하는 관리는 200만 석(약 141,000톤)의 쌀을 관중(關中, 陝西의 수도)으로 옮긴다. 어느 선박이나 통제거(通濟渠)라는 운하를 통해 황하로 진입한다. 그러나 화이난(淮南)의 선원들은 황해를 항해할(문자 그대로 진입할) 수 없다. (여러 지방 중에서) 가장 위험한 곳은

---

75 P. Paris, "Quelques Dates pour une Histoire de la Jonque Chinoise," Paper at Congrès International d'Ethnographie Brussels, 1948.; Jitsuzo Kuwabara, "On Phu Shou-Kêng, a Man of the Western Regions … ," *MRDTB*, 1928, 2.

76 『隋書』, 卷四十八, p.3. 이에 대한 抄錄은 『武經總要』(前集), 卷十一, p.6을 참조. 이 선박들은 갈고리를 보유하고 있는 五牙艦이라는 軍船이었다. 이 선박에는 선원 이외에 800명의 병사가 타고 있었다.

77 『唐語林』, 卷八, p.23 이하. 그러나 A. C. Moule, "The Bore on the Ch'ien-Tang River in China," *TP*, 1923, 22, p.183에 번역되어 있는 8세기의 『唐國史補』, 卷三, p.21 이하에 비슷한 구절이 있다. 전반적으로 내용은 같다. tr. F. Hirth and W. W. Rockhill, *Chou Ju-Kua : His work on the Chinese and Arab Trade in the 12th and 13th Centuries*, entitled 'Chu-Fan-Chi,' Imp. Acad. Sci., St Petersburg, 1911, p.9를 참조.

(揚子江의) 쓰촨(四川)의 싼샤(三峽)와 산시(陝西)의 산먼(三門), 푸젠(福建)과 광둥(廣東)의 유어시(惡溪), 난캉(南康)에 있는 감석(贛石)의 조뢰(早瀨)이다. 이 장소들에서는 그 지방민이 (물길 안내 같은) 일을 한다. …

양쯔강(揚子江)과 첸탕강(錢塘江)에서는 조류의 간만을 이용하여 항해하고, 장시(江西)는 수운이 가장 번영한 곳이다.

돛은 들풀(蒲)로 만들고, 가장 큰 것은 80폭 이상이다. 북동풍이 불 때, 이 선박은 백사(白砂)에서 상류로 거슬러 올라간다. 이것은 신풍(信豊, 확실한 계절풍)이라 불린다.[78] 7월과 8월에는 위쪽으로 부는 계절풍이 있다. 3월에는 이동하는 새들을 의지하고, 5월에는 밑에서 불어오는 바람을 찾는다. 캐터펄트 구름(catapult clouds)은 태풍이 올 조짐이다.[79]

선원은 (바람과 파도의 여신인) 자관(姿官)에게 제물을 바치고, 승려들에게 자신들을 위해 빌어달라고 요청한다.

선원들에게는 "물은 만(萬)을 운반하지 않는다"는 속담이 있다. 이는 큰 선박이라도 화물이 8천석에서 9천석(즉 562톤에서 635톤)을 넘지 않는다는 의미이다.[80]

---

78 북동 몬순이 부는 겨울철에 鄱陽湖에서 출발하여 揚子江을 거슬러 올라가는 것에 대해 언급하고 있는 것으로 보인다. Joseph Needham, *Science and Civilization in China*, Vol.3, p.463을 참조

79 기상학의 경우는 Joseph Needham, *Science and Civilization in China*, Vol.3, p.470을 참조

80 이 기록은 중요하다. 뒤에서 보겠지만, 13세기에 Marco Polo는 224톤에서 672톤에 이르는 화물을 실은 강의 정크를 기술하였다. 宋應星에 의하면, 17세기에 대운하에서 곡물 수송용으로 사용된 선박은 훨씬 더 작았으며, 평균 140톤에서 210톤의 적재량을 보였다. 왕당이 기록하고 있는 당대 선박의 길이는 주목할 가치가 있다. 만약 그 수치를 믿는다면, 당시 놀랄 정도의 큰 선박이 존재했다는 이야기가 되기 때문이다.

잘 알려져 있듯이, 고대와 중세의 톤수에 대한 해석은 아주 어렵다(C. E. Gibson, *The Story of the Ship*, Schuman, New York, 1948.; G. S. Laird Clowes, *Sailing Ships : their History and Development as illustrated by the Collection of Ship Models in the Science Museum*, Pt.1, Historical Notes, Science Museum, London, 1932.; J. Lyman, "Registered Tonnage and its Measurement," *ANEPT*, 1945, 5.; P. Gille, "Jauge et Tonnage des Navires," Art. in 1st International Colloqium of Maritime History, Paris, 1956.; F. Braudel, *La Méditerranée et le Monde Méditerranéen à l'Epoque de Philippe II*, Colin, Paris, 1949, pp.249 이하 등을 참조). tuns burthen과 tuns tunnage는 12세기 Bordeaux 지역 포도주의 교역으로부터 유래한 용어이다. 전자는 선박이 운반하는 통이나 통의 수를 그리고 후자는 통 사이의 공간까지 포함하였다. 이러한 짐(packing) 문제에 대한 중국의 유사한 사례는 Joseph Needham,

Science and Civilization in China, Vol.3, pp.142 이하를 참조. 1 tun(큰 통)은 60입방피트(cu.ft)나 2,000파운드(lb)로 계산되었다. 거슬러 올라가 王讜, Marco Polo, 宋應星이 거론한 수치는 tuns and tunnage와 가까운 것으로 보아야 한다. 안타까운 점은 옛 기록의 톤수 계산법이 반드시 명시되어 있는 것이 아니라는 것이다. 만약 배수량에 따라 선박의 중량을 표시하는 방법(화물이 없으면 배수톤수<displacement tonnage>, 화물이 있으면 재화중량톤수<deadweight tonnage>)은 19세기 중엽 이후에 확정되었음을 이해하지 않으면, 오늘날 여러 가지로 정의되는 톤수와 혼동하게 될 것이다. 중세의 수치와 비교해 볼 때 가장 적절한 단위는 다분히 총톤수(gross tonnage) 즉 100입방피트=1톤으로 계산하여 선박의 차폐 공간에 대한 전체 적재량(입방피트)을 톤수로 환산한 것이다. 이러한 비교는 기관이 차지하는 공간 때문에 계산하기 어려우며, 순톤수(net tonnage)나 등록톤수(registered tonnage)에는 이 공간이 포함되지 않는다.

200 tuns and tunnage의 화물선은 14세기 유럽에서 예외적으로 큰 선박이었다(G. S. Laird Clowes, *op. cit.*, p.56 이하.; C. E. Gibson, *op. cit.*, p.110을 참조). 그 다음 세기 엔리케(Henrique) 왕자의 유명한 카라벨(caravels)은 약 50톤이었던 것으로 보이며, caravela redonda만 그 이상이었다(tr. Quirno da Fonseca, *Os Navios do Infante Dom Henrique*, Comissão Executiva das Comemorações do Quinto Centenario da Morte do Infante Dom Henrique, Lisbon, 1958.). Vasco da Gama의 선박은 어느 것이나 300톤 이상인 경우가 없었으며, 몇 척은 그보다 작았다(E. Prestage, *The Portuguese Pioneers*, Black, London, 1933). Columbus의 Santa Maria호가 280톤이었다는 주장도 받아들일 만하다(F. Braudel, *La Mediterranée et le Monde Mediterranéen à l'Epoque de Philippe II*, Colin, Paris, 1949). 한편, 8세기 중엽 중국 선박은 거의 600 tuns and tunnage에 이르렀으며, 13세기 중엽에는 700톤에 이르렀다. 이러한 크기의 선박은 15세기의 가장 큰 선박인 Venetia의 캐랙(carracks)과 거의 같다(F. C. Lane, *Venetian Ships and Shipbuilders of the Renaissance*, Johns Hopkins Univ. Press, Baltimore, Md., 1934, pp.42, 102, 246 이하). 1588년 영국 함대의 각 함선별 평균톤 수가 177톤이었던 것에 비해, 스페인 무적함대의 각 함선별 평균 톤수는 528톤(tuns and tonnage)에 불과하였다(J. Charnock, *An History of Marine Architecture*, vol.2, Faulder et. al., London, 1800~2, pp.11, 66). 스페인 함선 132척 중에서 1,000 tun 이상인 것은 겨우 7척에 불과하다. 1602년 영국 해군에서 가장 큰 함선은 995톤이었다. 13세기(Marco Polo시대)부터 18세기까지의 시기에는 그 이상 큰 선박이 흔했을 것이다. L. Casson, "The Isis and her Voyage," TAPA, 1950, 81은 Lucianos 시대(2세기)의 로마 곡물선이 1,200톤이었다고 주장하는데, 이는 논란의 대상이 되고 있다. 1500년경의 유럽에서는 그보다 큰 선박이 극소수의 베네치아 군함뿐이었다(F. C. Lane, *op. cit.*, pp.47 이하). 414피트 와 8,000톤이라는 예외적으로 큰 선박이 있었는데, 19세기 중엽 서양에서 목제 선체의 범선이 보여주는 실제 상한선은 약 3,100톤이었다(C. E. Gibson, *op. cit.*, pp.110 이하, 121 이하, 129). 그러나 만약 J. V. Mills, "The Largest Chinese Junk and its Displacement," *MMI*, 1960, 46에서 이루어지고 있는 논의가 옳다면(우리는 그렇게 믿고 있다), 15세기 전반 정화가 지휘하던 명나라 수군의 대형선(寶船)은 이 상한선에 이르고 있다. 왜냐하면 합리적으로 가정할 때 이 정크들이 약 2,500톤의 화물을 실었고 또한 배수량이 3,100톤이었다는 결론에 이르기 때문이다. 1438년의 목격자였던 Nicolo de Conti는 돛대가 5개인 중국의 대형 정크를 약 2,000톤으로 계산하였다(ed. N. M. Penzer, *The Most Noble and Famous Travels of Marco Polo*, together with the Travels of Nicolò de Conti, edited from the Elizabethan translation of John Frampton(1579) …, Argonaut, London, 1929, p.140). 대체적으로 중세 전반을 통해 중국

대력(大歷) 년간(766~779)과 정원(貞元) 년간(785~804)에 유대낭(兪大娘)이라 불리는 (대형) 선박이 있었다.[81] 이 선박의 선원들은 선박에서 생활하고, 살며, 결혼하고, 죽었다. 선박에는 소위 (주거 공간 사이에) 작은 길이 나있고, (선박 위에) 정원까지 있었다고 한다. 그 선박에는 수백 명의 선원이 있었다. 남쪽은 장시(江西)로부터 북쪽은 후아이난(淮南)까지 매년 여러 방향으로 여행하여 많은 이익을 얻었다. 그 선박은 거의 10,000석을 운송할 수 있을 정도로[82] 컸다.

후베이(湖北) 지방에서는 많은 사람이 완전하게 수상 생활을 하고 있으며, 선박 안은 가옥의 거의 절반에 이르는 크기이다. 큰 선박은 항상 상인이 소유하고 있으며, 선박에는 악단과 여성 노예들이 있고, 이 모든 사람들은 선미루 밑에서 살고 있다.

대양 항해용 정크(海舶)는 외국 선박이다. 그 정크들은 매년 광저우(廣州)와 안이(安邑)에서 오고 있다. 실론(Ceylon)에서 오는 선박이 가장 크며, 갑판 승강구의 계단만 해도 수십 피트나 된다. 여러 종류의 상품들이 모든 곳에 쌓여 있다. 이러한 선박이 도착하는 곳에서는 군중이 몰려와 읍 전체가 대단히 소란스러워진다. 외국인을 단속하고 담당하는 사람 즉 번장(番長)이 있었다. 무역장관인 시박사(市舶使)[83]는 상인의 이름과 운반된 상품을 기록하고, 관세를 거두며, 진주(와 진기한 물건의) 판매를 금지하는 일을 한다.[84] 상인 중에는 사기를 쳐서 감옥에 가는 사람도 있다. 이 선박들이 항해할 때에는 흰 비둘기

의 선박은 일관되게 유럽의 선박보다 컸던 것으로 보인다.

81 이 이름을 보유한 여성은 船主, 船長, 船匠, 女神 중 어디에 속한 인물인지 모른다. 아니면 이 대형 선박명의 유래가 된 어떤 사람이었을지도 모른다.

82 이것은 Louis Lecomte, *Nouveaux Mémoires sur l'État présent de la Chine*, Anisson, Paris, 1696, p.233에 있는 주장을 설명해주고 있다. 그는 악마를 쫓는 문구를 오해한 것 같다. 水神이 10,000석을 한계치로 삼았을지도 모른다.

83 이 관청은 700년경에 처음 설치되었다. 후에는 많은 우수한 인물들에 의해 운영되었다. 예를 들면, 11세기 말 나침반의 역사에서 중요한 『萍州可談』을 저술한 朱彧의 부친 朱服에 의해(Joseph Needham, *Science and Civilization in China*, Vol.4, pt.1, p.279) 그리고 13세기 말에는 蒲壽庚에 의해(Jitsuzo Kuwabara, *op. cit.*의 고전적인 논문을 참조) 운영되었다.

84 짐작컨대, 이것들은 궁정을 위한 것들이었다.

를 가져갔으며, 조난을 당했을 때 메시지를 달아 돌려보냈다.[85]

凡東南郡邑無不通水 故天下貨利 舟楫居多 轉運使歲運米二百萬石 以輸關中
皆自通濟渠入河也 淮南篙工 不能入黃河 蜀之三峽 陝之三門 閩越之惡溪 南康贛
石 皆絶險之處 自有本土人爲工 …

揚子錢塘二江 則乘兩潮發棹 舟船之盛 盡于江西

編浦爲帆 大者八十餘幅 自白沙泝流而上 常待東北風 謂之信風 七月八月有上
信 三月有鳥信 五月麥信 暴風之候 有拋車雲

舟人必祭婆官而事僧伽

江湖語曰 水不載萬 言大船不過八九千石

大歷貞元間 有兪大娘航船最大 居者養生送死婚嫁 悉在其間 開港爲圃 操駕之
工數百 南志江西 北至淮南 歲一往來 其利甚大 此則不啻萬也

洪鄂水居頗多 與一屋殆相半 凡大船必爲富商所有 奏聲樂 役始婢 以據舵樓之下

海舶外國船也 每歲至廣州安邑獅子國船最大 梯上下數丈 皆積百貨 至則本道輻
輳 都邑喧闐 有番長爲主人 市舶使籍其名物 納船脚 禁珍異 商有以欺詐入牢獄者
船發海路 必養白鴿爲信 船沒則鴿歸 (『唐語林』, 8卷)

이 문장은 활대 달린 연범(筵棒帆, mat-and-batten sail)이 사용되었고 또한
장시성(江西省)과 안후이성(安徽省) 사이를 왕래하는 아주 큰 강을 오가는 정크
가 있었다는 것을 입증해주고 있다. 또한 선미타가 사용되었다는 것도 말해주
고 있다. 뿐만 아니라 이 선박들이 완전히 성공적이지는 않았으며, 이 책
저자가 살던 시대에 비교적 소형 선박으로 대체되었다는 사실도 시사해주는

---

85 저자는 그렇게 서술하고 있다. 그러나 J. Hornell, "The Role of Birds in Early Navigation," *AQ*,
1946, 20이 초기의 항해에서 새의 중요한 역할에 관한 흥미로운 논문에서 주장하고 있듯이,
인도인들은 기원전 5세기부터 항해할 때 새를 가져갔으며(Sanskrit어와 Pali어로 된 많은 기
록이 있다), 통신용으로 사용하기보다 위치가 모호할 때 해안을 확인하는 데 이용하였다.
Pliny, Nat. Hist., VI, 22를 참조.

것 같다. 라이샤워(Reischauer)[86]가 수집한 증거는 아라비아, 페르시아, 실론 신할라족(Sinhalese)의 상인들이 양저우(揚州) 이북으로 가지 않았으며, 한편 산둥성(山東省)의 항만과 회하(淮河)의 오래된 하구가 신라인과 일본인의 기항지였음을 보여주고 있다. 라이샤워의 자료에는 당대(唐代)에 일본과 통상을 했으며 또한 조선기사로도 알려진 장지신(張支信)이라는 이름의 선장(船長)이 나타난다. 왕당의 언급을 보고서 연안과 해양을 항해하는 선박이 모두 외국선박이라고 추론하는 것은 잘못이다. 왜냐하면 8세기 초기부터 곡물과 같은 물자를 대량으로 남부에서 거란(契丹)과 신라인에게 위협당하고 있던 북부의 허베이(河北) 지방으로 운반하는 것이 관행이었기 때문이다.[87]

실제로 이 시기에 중국과 한국 및 일본의 해상 교섭(maritime intercourse)은 전성기였다.[88] 많은 일본인 학자와 승려가 몇 년간이나 중국 종교와 학문의 중심지에 거주하였다(예를 들면, 엔닌<圓仁>은 838년부터 847년까지 중국에 있었다[89]). 일본 사절이 여러 차례 파견되었고, 상업 활동도 계속 활발하게 전개되었다. 당시 가장 화려한 인물 중 한 명은 대선주(great shipowner)이자 무역왕(merchant prince)이었던 신라인 장보고(張保臯, Chang Pogo)였다. 중국에서 장수가 되어 부의 기반을 닦았으며, 828년에 신라로 돌아가 한반도의 서남쪽 끝에 있고 또한 중국과 일본의 해상 교통에서 전략적 요충지에 해당하는 완도(莞島,

---

86 E. O. Reischauer, "Notes on Thang Dynasty Sea-Routes," *HJAS*, 1940, 5.
87 몇 가지 증거가 E. G. Pulleyblank, The Background of Rebellion of An Lu-Shan, Oxford, 1954, pp.80, 159에 요약되어 있다.
88 현재는 本宮泰彦(기미야 야수히코), 『日華文化交流史』, 富山房, 東京, 1955에 의해 한·중·일 삼국의 문화교류사가 훌륭하게 기술되었고, 한편으로 遣唐使에 대해서는 森克己(모리 가쓰미), 『遣唐使』, 至文堂, 東京, 1955에서 주의 깊게 검토되었다. 신라의 국왕은 이미 300년에 숙련된 船匠들을 일본에 파견하였다. 『日本紀』, tr. W. G. Aston, 'Nihongi,' *Chronicles of Japan from the Earliest Times to 697*, Kegan Paul, London, 1896, vol.1, p.269; 田村專之助(다무라 센노스케), 『東洋人の科學與技術』, 淡路書房新社, 東京, 1958, p.117).
89 엔닌(圓仁)은 항해관련 기록을 수없이 남겨놓았다. 그 중 하나에 대해서는 이미 보았지만, 후에 더 중요한 사례를 들 예정이다.

Wando Island)에 정착하였다. 그러나 처음에는 신라 농민들을 노예로 약매하는 것을 막기 위한 청해진(淸海鎭, Chhŏnghaejin)의 대사(大使, Commissioner)였다가 결국에는 왕위를 찬탈하려는 사람에 대해 승리한 국왕 옹립자(king-maker)가 된 그는 말년에 신라의 정치에 말려들었다. 841년 그는 정치적 목적으로 암살되었으며, 그 후 그가 구축한 해상 교역망도 붕괴되었다.[90] 해양 활동에 대한 그의 경력은 삼국 간의 9세기 해상 무역에서 신라인들의 중요성을 상징하고 있다. 안타깝게도 장보고의 선박이 어떤 것이었는지 묘사한 그림이 나타나지 않지만, 아시아의 다른 지역에서는 당대(唐代)의 선박과 관련된 귀중한 자료들이 존재한다.

대단히 흥미로운 것은 아잔타(Ajanta) 동굴의 한 벽면에 그려진 선박인데 (<그림 967>), 야즈다니(Yazdani)와 비년(Binyon)에 의해 칼라 사진이 문헌에 실려 있다.[91] 만약 하산(Hadi Hasan)이 옳다면,[92] 이 선박 그림은 628년 직전에 데칸(Deccan) 왕국 플라케신 2세(Pulakēşin II)의 궁정에 페르시아 사절을 수송해온 선박과 거의 비슷하다. 이 그림이 그려진 것은 훨씬 후대가 아닐 것이다. 그 그림들이 앞 세기의 초기일 것으로 생각하는 사람도 있다.[93] 그러나 그것이 어느 나라의 항해 전통에 속하는지에 대해서는 구체적으로 말하는 사람이 전혀 없다.[94] 선수의 돛은 선수사장(船首斜檣, bowspirit)과 앞돛대(foremast) 사

---

90 張保皐의 생애와 업적에 대해서는 tr. Reischauer, *Ennin's Diary : the Record of a Pilgrimage to China in Search of the Law*, Ronald Press, New York, 1955, p.100과 pp.287 이하에 서술되어 있다. 이에 대한 1차 사료는 12세기의 『三國史記』, 卷十, 卷十一, 卷四十四이다. 한국의 水軍史에 대해서는 海軍本部, 『韓國海洋史』, 서울, 1955를 참조.

91 No.2 동굴. Joseph Needham, *Science and Civilization in China*, Vol.2, 도면 42. F. Moll, *Das Schiff in der bildenden Kunst vom Altertum bis zum Ausgang des Mittelalters*, Schroeder, Bonn, 1929,, A, II, a, 12는 4개의 돛대를 잘못 보여주고 있는 판본이다.

92 Hadi Hasan, *A History of Persian Navigation*, Methuen, London, 1928.

93 Radhakamud Mukerji, *Indian Shipping : a History of the Sea-Borne Trade and Maritime Activity of the Indians from the Earliest Times*, Longmans Green, Bombay and Calcutta, 1912, p.39.

94 이와 다소 비슷한 모호성을 보이는 문헌은 54년에 Ceylon의 Taprobane에 대한 문헌인 Cosmas Indicopleustes의 한 구절일 것이다. "가장 먼 나라 즉 Tzinista(중국)의 교역지에서 비단, 알로

이에 있는 원재(圓材, spar) 즉 로마의 아르테몬(artemon)과 아주 유사한 것에 펼쳐져 있다.[95] 선체는 신할라식으로 건조된 것으로 보인다.[96] 양 현에서 어떤 기계 장치에 의해 연결되어 있는 선미의 조타용 패들(quarter steering-paddles)은 고대 이집트의 패들과 비슷하다.[97] 그 뒤에는 지붕만 있고 벽면이 없이 자루나 병이 놓여 있는 공간이 있다. 선수와 선미의 난간(galleries)은 오히려 중국식이다. 가장 알 수 없는 것은 3개의 돛대이다. 돛의 폭이 좁고 높지만, 확실히 평형 러그세일(balanced lug-sail)인지 여부를 판단할 수 있을 정도로 명확하게 묘사되어 있지 않다.[98] 이 문제에 대한 의미는 뒤에서 다시 충분히 언급할 예정이기 때문에, 여기에서는 다만 아잔타(Ajanta) 선박을 염두에 두고 이 문제를 다시 생각하려 한다. 만약 돛이 한 줄로 늘어서있는 것이 돛자리와 활대로 이루어진 연봉(筵棒) 시스템(mat-and-batten system)과 합치되지 않는다면, 분명히 돛대 받침대(tabernacle)에 꽂혀 있고, 살이 부채꼴 모양으로 펼쳐져 있으며, 징검다리처럼 놓여 있는 돛들은 또 다른 단서가 된다. 아마 이 그림을 그린 화가는 깊이 생각하지 않은 채 본 적은 있으나 확실하게 관찰하지는 않은 여러 대양 항해용 선박들의 특징을 합쳐 놓았을 것이다. 그러므로 이 그림에서 중국적 요소가 보이는 것은 이상한 일이 아니다.[99]

에, 정향(丁香), 白檀 등의 산물이 그곳에서 도입된다."(tr. J. W. McCrindle, *The Christian Topography of Cosmos, an Egyptian Monk*, London, 1897, pp.365 이하). 이 비단은 중국 상인이 도중에 다른 산물을 수집하면서 자국 선박으로 가져온 것일까? 불행하게도 우리는 그것을 알 수 없다.

95 R. le B. Bowen, "Maritime Superstitions of the Arabs," *ANEPT*, 1955, 15도 이를 지적하고 있다.
96 R. le B. Bowen, "Eastern Sail Affinities," *ANEPT*, 1953, 13, p.194를 참조.
97 예를 들면, R. J. E. C. des Noëttes, *L'Attlage et le Cheval de Selle à travers las Ages : Contribution à l'Histoire de l'Esclavage*, Picard, Paris, 1931, figs. 12, 16을 보라.
98 R. le B. Bowen, "Maritime Superstitions of the Arabs," *ANEPT*, 1955, 15는 그 가능성을 강력하게 주장하고 있다. 그러나 이러한 형태의 中國式 橫帆에 대해서는 <그림 971>을 보라.
99 Ajanta 선박과 관련이 있겠지만, 동일하게 해석하는 것이 곤란한 선박은 Auranabad와 Wllora의 조각에 나타난다. 이와 관련된 문헌과 논의에 대해서는 P. Paris, "Quelques Dates pour une Histoire de la Jonque Chinoise," *BEFEO*, 1952, 46를 보라.

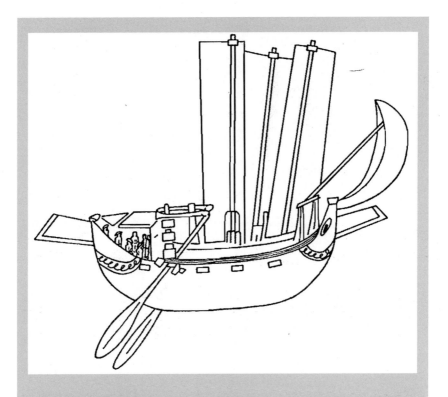

〈그림 967〉 아잔타(Ajanta) 선박(G. Yazdani & L. Binyon. *Ajanta : Colour and Monochrome Reproduction of the Ajanta Frescoes based on photography*, with explantory text and introduction, 4 vols, Oxford, 1930~55에 게재되어 있는 그림을 인용). 이 벽화는 6세기나 7세기 것으로 알려져 있다.

 의견이 그 정도로 분분하지 않고 또한 중국 문화의 특징이라고 단언할 수 없지만, 아잔타 벽화를 보완할 수 있는 자료는 간쑤성(甘肅省) 둔황(敦煌)의 동굴 사원(莫高窟 즉 千佛洞)의 벽화에 나타나는 아름다운 소형 범선이다. 이러한 종류의 소형 선박은 많이 있으며, 모든 종류의 텍스트에서 보인다. 예를 들면, <그림 968>에 나타나는 선박은 불교의 신앙심을 분명하게 보여준다. 악령들이 뒤에서 바라보면서 선박이 해안을 떠나는 것을 보고 미친 듯이

〈그림 968〉 둔황(敦煌) 동굴 사원의 벽면에 그려져 있는 가장 큰 선박(千佛洞 제55호 동굴에서 촬영, Pelliot Collection, Musée Guimet). 본문의 설명을 참조. 전경(위의 직사각형들에는 글자가 적힌 장방형 장식물이다)은 환상적인 해안에서 아미타불을 향해 출범하는 불교계의 선박.

날뛰고 있다. 이 선박의 행선지는 배경에 보이는 대로 아미타불(阿彌陀佛)이 존재하는 서방정토(西方淨土)였음에 틀림없다.[100] 이러한 당대 초기(7세기) 선

---

100 제55호 동굴. P. Pelliot, *Les Grottes de Touen-Hoang : Peintures et Sculptures Bouddhiques des Époques des Wei, des T'ang et des Song*, Mission Pelliot en Asie Centrale, 6 portofolios of pirates, Paris, 1920~4, pl.237.; Pelliot가 촬영한 사진은 Musée Guimet(Pars)의 collection no.451531 / 45, B 237 △ A / 84 에 있다. 선수에서 분명히 아마추어처럼 노를 젓고 있는 3명의 모습은 균형이 있어 보이나, 돛대와 돛은 견고한 돛대받침대의 골조와 전혀 어울리지 않아 보인다.

〈그림 969〉 벵갈(Bengal) 지방의 말라르 판시(malar panshi). H. Warington Smyth, *Mast and Sail in Europe and Asia*, Blackwood, Edinburgh, 1906에 있는 그림이며, 〈그림 961〉과 〈그림 968〉과 비교하기 위해 게재하였다. 횡범의 범각삭(帆脚索, sheets)은 돈황 벽화의 영향을 확실하게 보여주고 있다.

박의 사각형 선수와 선미는 중국식 경향이 강하며, 가장 위에 있는 종재(縱材, uppermost longitudinal timbers)가 선미로 뻗어있는 것도 특징 중 하나이다. 그러나 갑판실이라고 생각할 수 있는 짚으로 만든 벌집 모양의 오두막을 제외하면,[101] 중국적인 요소는 이것으로 끝이다.[102] 부풀어 있는 스퀘어세일(square-

---

101 건축 기술과 관련이 있는 장의 <그림 779>를 참조
102 그리고 헬야드 윈치(halyard winches)를 생각나게 하는 것으로서 2개의 선박조종용 노 옆에

sail)은 갠지스(Ganges) 강의 선박에 어울리지만, 대단히 비중국적인 돛이다. 갠지스 강의 선박이라면 돈황의 벽화에 그려진 것과 아주 유사한 조타용 선미 패들(quarter steering-paddles)의 조종 장치도 있었을 것이다. 그 유사성은 말라르 판쉬(malar panshi)에 대한 스미스(Smyth)의 스케치[103]와 이 사진을 비교함으로써 알 수 있다. 아마 인도에서 육지를 여행하고 중국의 바다와 큰 강을 본 적이 없었던 이 승려이자 화가였던 사람은 틀림없이 중국 선박이 아닌 벵갈 만(Bengal)의 선박을 떠올리면서 그림을 그렸을 것이다.[104]

둔황의 모든 선박 그림은 이와 동일한 패턴을 따르고 있다. 다른 한 대형 범선의 그림은 8세기나 9세기에 그린 것으로 보이지만, 보존 상태가 상당히 좋지 않은 제45호 동굴에 있다. 거의 마찬가지로 극단적으로 앞 부분에 세워진 돛대와 거의 비슷하게 두드러질 정도로 불룩해진 돛이 균형을 잘 잡고 있다는 점을 제외하면, 이 선박 그림은 앞에서 언급한 그림과 아주 비슷하다.[105] 돌출해있는 상부 외판(upper strakes)을 보유한 상자 형태의 선체는 당대 초기의 다른 회화들에서도 잘 볼 수 있다.[106] 그것은 인도의 위대한 아소카왕

가로놓인 막대.

103 H. Warington Smyth, *Mast and Sail in Europe and Asia*, Blackwood, Edinburgh, 1906.

104 Ajanta와 敦煌에서 이와 같은 것은 J. Hornell, "The Origins and Ethnological Significance of Indian Boat Designs," *MAS / B*, 1920, 7, p.188에도 있었다.

105 필자는 1958년에 개인적으로 연구한 적이 있다. Anil da Silva 부인이 촬영한 사진이 있다. P. Pelliot, *op. cit.*, pl.248.; Pelliot의 사진은 Musée Guimet(Paris)의 Collection no.451531 / 56, B 248에 있다.

106 제323호 동굴에 있으며, 1958년에도 보였다. 葉淺予, 『敦煌壁畵』, 朝花美術出版社, 北京, 1957, 第9圖와 O. Sirén, *Chinese Painting : Leading Masters and Principles*, Lund Humphries, London, 1956, pl.63에 게재되어 있다. 이 이야기는 Asóka 왕 시대의 것으로 생각되는 두 개의 조각(Vispaśyn과 Kāśyapa)이 어부에 의해 발견되었던 313년의 사건을 말하고 있을 가능성이 가장 크다(E. Zürcher, *The Buddhist Conquest of China : the Spread and Adaption of Buddhism in Early Mediaeval China*, Brill, Leiden, 1959, p.278을 참조). 그로부터 2, 3년 후 Asóka 왕의 조각이 비슷한 상황에서 발견되었는데, 이 발견은 우리의 오랜 친구이자 군인 통치자였던 도간(陶侃)을 당혹스럽게 만들었다(Joseph Needham, *Science and Civilization in China*, Vol.4, pt.1, p.62와 E. Zürcher, *op. cit.*, pp.243, 279, 405를 참조). 작은 돛을 펼치고서 불사리탑(佛舍利塔)을 운송하는 이와 유사한 한 척의 여객선은 제468호 동굴에서 보이는데, 8세기(中唐)의 것으로 생각된다.

〈그림 970〉 청두(城都)의 만복사(萬福寺)에서 발견된 유송(劉宋)이나 양왕조(梁王朝) 시대
(5~6세기)의 불교계 비석에 조각되어 있는 선박

(Aśoka, 阿育王) 시대의 불상을 실은 여객선이 도착했다는 전설을 보여주고
있다. 이처럼 팽팽하게 부풀고, 가늘며, 긴 인도식 스퀘어세일은 당대(唐代)와

233

〈그림 971〉 첸탕강(錢塘江)의 목재 운반선. 제방을 보강하는 데 사용되는 섶나무단을 운송하는 데 종종 사용된다. 횡범을 사용하는 비교적 진기한 중국 선박이다. 앞 돛대에 펼쳐진 작은 스프리트세일(sprit-sail)도 주목하라(R. F. Fitch, "Life Afloat in China," *NGM*, 1927, 51에서 인용)

송대(宋代)에 돈황의 화가가 그린 소규모 삼판에서도 볼 수 있다.[107] 그러나 불교계 선박 중에서 가장 선박다운 것은 천불동(千佛洞)에 없고, <그림 970>에 보는 것과 같이 (6세기) 양대(梁代)의 부조에서 나타난다. 선체 구조가 멋지게 표현되어 있다.[108] 앞부분에는 돛대가 경사져 있으며, 바람의 요정들은 균형이 잘 잡힌 횡범을 쉽게 부풀리고 있다. 그러나 아무리 해도 의문이 남아 없어지지 않는다. 만약 이 선박들이 중국의 것이라 한다면, 팽팽하게 당겨져 있는 거적과 판자로 만든 돛을 상당히 오래 된 것으로 생각하게 하는 다른 증거와 모순되어 보인다. 아마 이 두 가지의 타입이 여러 세기 동안 공존하였을 것이다. 외국의 영향을 받지 않은 중국의 전통적인 선박에서 느슨한 횡범이 사용되었다는 설은 알려진 바가 없다. 만약 첸탕강(錢塘江)의 선박이 오늘날과 마찬가지로 당대(唐代)에도 천으로 만든 돛을 달고 있었다면, 이러한 묘사들의 모델 역할을 한 것은 당연할 것이다<그림 971>을 참조). 송대(宋代)의 회화에서도 종종 이 선박들이 그려져 있지만, 시대가 흐름에 따라 평편한 러그(flat lugs)로 바뀌었다.[109]

---

107 예를 들면, 제323호 동굴(唐 初期)을 들 수 있는데, 이 그림은 『敦煌壁畵集』, 北京, 1957, 圖版50에 게재되어 있다. 제126호 동굴(唐 中期), 제98호 동굴(五代), 제61호와 제146호 동굴(宋 初期)도 예로 들 수 있다. 시대가 흐름에 따라 삼판의 앞을 향해 있는 난간(forward-pointing cheeks)이 점점 더 과장되어 나타난다. 돛의 활대(yards)는 항상 분명하게 나타나지만, 때때로 하활(boom)이 보이기도 한다.

108 필자와 魯 박사는 1958년 成都의 四川大學校 박물관에서 그에 관한 훌륭한 탁본을 발견하는 기쁨을 맛보았다. 친절하게 환영해주고 사진까지 준 FêngKuo-Ting 박사와 Chou Lo-Chhin에게 감사드린다. 이 부조는 狄平子, 『漢畵』, 上海, n.d.(1928?), 1권, p.34로 출판되었는데, 현재 어디에 있는지는 알 수 없다. 그 부조를 劉宋時代(5세기)의 것으로 간주하는 사람도 있다. 이 부조처럼 명확하게 새겨져 있지는 않지만, 아주 유사한 선박이 萬佛寺에서 발견된 六朝時代의 다른 불교 碑石에 있는데, 이 비석은 현재 成都市 박물관에 있다.

109 1964년의 여행 때 필자는 선박이 새겨져 있는 2개의 청동거울을 보았다. 두 가지 모두 양식이 아주 비슷했기 때문에 연대가 가까운 것으로 추정되었다. 하나는 西安 陝西省博物館에 있으며(그림 972>), 다른 하나는 京都의 스미토모(住友) Collection에 있다. 京都의 거울에 대해서는 住友友純(스미토모 토모즈미), 瀧精一(타키 세이치), 內藤虎次郎(나이토 도라지로), 『泉屋淸賞』, 第10卷, 大阪, 1918~26, no.137과 濱田耕作(하마다 코사쿠), 原田淑人(하라다 요시토), 梅原末治(우메하라 수에지), 『泉屋淸賞解說』, 大阪, 1923, no.137의 해설; 瀧精一(타키

〈그림 972〉 청동 거울의 이면에 새겨진 거친 바다를 항해하는 선박. 오대(五代)나 송대(宋代) 즉 9~12세기의 것으로 추정된다(西安 成都博物館의 탁본을 촬영). 바람을 팽팽하게 받은 횡범에 봉상현 천흥시 순시관(鳳翔縣天興市巡視官)이라 쓰여 있다(이름은 판독이 불가능하다). 중국 선박에서는 아주 진기한 장막(shrouds)을 주목하라.

세이치), 內藤虎次郎(니이토 도라지로), 濱田耕作(하마다 코사쿠), 『刪訂泉屋淸賞』, 京都, 1934, p.217, 登錄番號 132를 보라. 우수한 固定索(standing rigging)에 의해 (대단히 비중국적인 방식으로) 고정된 것이 뚜렷하게 드러나는 1개의 돛대를 가지고 있고 또한 폭이 넓은 선박이 대양을 질주하고 있다. 선원 중 3명은 선박 조종용 노를 가지고 선미에 위치하고 있다. 선수에는 순례자로 간주되는 인물이 3명 있다. 한편 2개의 갑판실 창에서는 각각 1명의 선원이 망을 보고 있다. 西安의 거울에는 부풀어 오르고, 가늘며, 긴 횡범에 (이름은 알 수 없지만) 鳳翔縣天興市巡視官이라는 글이 새겨 있는 것을 볼 수 있다. 京都의 거울에서는 돛의 밑 부분(foot of the sail)이 고정되어 있지 않고 또한 돛이 바람을 타고 수평으로 펼쳐져 있음을 볼 수 있다. 이 거울들은 불교 순례자나 사절인 순시관이 여러 가지의 위험을 무사히 극복한 것을 이야기하는 것으로 보인다. 연대를 보면, 西安博物館은 (의심할 여지없이 충분한 미술사적 이유를 근거로) 宋代인 1100년 전후라고 주장하고 있다. 그러나 기술사적인 측면에서 보면, 五代나 後唐에 속하는 900년경으로 보는 것이 더 적절할 것 같다. 아마 宋代의 직공이 의식적으로 고풍스럽게 새겼을 것이다. 반면에 京都의 학자들은 이 거울이 高麗의 것이며 또한 연대가 668년 이전이라고 주장하고 있다. 京都 학자들은 약간 지나치게 오래된 것으로 간주하는 것 같다.

대단히 흥미로운 것은 자바의 보로보두르(Borobodur)에 있는 대규모 기념비의 벽면에서 보이는 여러 개의 선박 부조이다. 이 부조의 연대 중 가능성이 가장 큰 것은 800년이거나 그보다 약간 앞선 시대일 것이다.[110] 7척의 선박이 있는데, 그 중 5척은 분명히 같은 유형이라 할 수 있다(<그림 973>을 참조).[111] 이 선박들은 순수하게 인도네시아적 특성을 가진 것으로[112] 현재 직접적인 관심을 끌지 못하지만,[113] 마다가스카르(Madagascar)를 식민지로 만들 때 틀림없이 사용했었을 선박을 상기시킨다. 그럼에도 불구하고 상세하게 조사해볼 가치가 있다. 외관으로 미루어 볼 때, 선체는 못을 박은 것이 아니라 봉합되어 있는 것으로 보인다. 선수재와 선미재는 크게 강조되고 있다. 만약 필요하다면, 안전성을 증대시키기 위해 선원이 올라갈 수 있는 크고 복잡한 현외부재(舷外浮材, outriggers)가 선체에 붙어있다.[114] 각 선박에 설치된 2개의 돛대는

---

110 이 부조의 사진집으로 출판된 N. J. Krom & T. van Erp, *Barabodur : Archaeological and Architectual Description*, 3 large portfolios and 3 vols. text Nijhoff, The Hague, 1927 and 1932에 의거하였다.

111 가장 훌륭한 것은 Krom, Ser. 1b, pl.XLIII, fig. 86이다. 또한 이것은 Radhakamud Mukeerji, op. cit., 1의 권두삽화로 사용되었으며, p.48, no.3는 그 자신이 직접 그린 것이다. Krom, Ser. 1b, pl.XLIV, fig. 88은 상세하지 않아 분명하지 않다. 필자는 이것이 Radhakamud Mukerji, *op. cit.*, p.46, no.1이라고 생각한다. 큰 돛이 달려있고 또한 소형 선박의 뒤에 그려져 있는 선박은 Krom, Ser. Ib, pl.LIV, fig. 108과 Radhakamud Mukerji, *op. cit.*, p.48, no.6(다시 그린 것)에, 그리고 돛을 단 귀중한 사례는 Krom, Ser. II, pl.XXI, fig.41과 Radhakamud Mukerji, *op. cit.*, p.48, no.6(다시 그린 것)에 있다. 선수를 반대쪽으로 향하고 있는 다섯 번째의 선박은 Krom, Ser. Ib, pl.XXVII, fig. 53이며, J. Hornell, *Water Transport : Origins and early Evolution*, Cambridge, 1946, pl.XXXIIIB에도 있다. 이와 비슷한 유형의 훨씬 작은 선박도 있으며, Radhakamud Mukerji, *op. cit.*, p.46, no.2에도 다시 그려져 있다. 일반적인 형태는 J. Hornell, "Sea Trade in Early Times," *AQ*, 1941, 15, fig. 5에 복원되어 있다.

112 J. Hornell, "The Origins and Ethnological Significance of Indian Boat Designs," *MAS / B*, 1920, 7, p.221도 이에 찬성하고 있으며, R. le B. Bowen, "Eastern Sail Affinities," *ANEPT*, 1953, 13; Ibid., "The Origins of Fore-and-Aft Rigs," *ANEPT*, 1959, 19도 같은 의견을 보이고 있다.

113 Radhakamud Mukerji, *op. cit.*와 다른 연구물들은 Borobodur의 선박을 당시 인도 선박으로 간주하고 있다. 그러나 조각가가 Java를 식민지로 만들기 위해 출범한 인도 탐험가들을 묘사한 것이라 해도(J. P. Vogel, "The Ship of Boro-Budur," *JRAS*, 1917, 367이 보여주듯이, 실제로는 거의 그러하지 않았다), 그들이 잘 알고 있던 선박을 새긴 것뿐이었다고 볼 수 있다. 게다가 이 선박들에는 인도네시아적 특성이 압도적으로 강력하게 나타나고 있다.

〈그림 973〉 자바 보로보두르(Java Borobodur) 대사원에 부조된 전형적인 인도네시아 선박. 800년경의 선박이다(Krom and van Erp 촬영). 봉합된 선체, 확실하게 두드러져 있는 선수재와 선미재, 커다란 현외부재(舷外浮材, outrigger), 두 개의 돛대, 아르테몬(artemon) 등이 특징적인 인도네시아의 경사진 횡범과 함께 보인다.

(적어도 몇 가지 경우에는) 쌍각(雙脚)이나 삼각(三脚)의 형태로 묘시되어 있다.[115]

---

114 선수가 어느 쪽이던 간에, Borobodur의 부조에 outrigger가 보이고 있는 점은 주목할 만하다. 삭구(gear)가 양현에 붙어 있었음을 이 부조가 보여주고 있다고 생각할 수 있을까? 아니면 이 선박들이 역방향으로 돌아왔을까? Borobodur 선박과 상당히 유사한 선박이 오늘날 존재하고 있다. 아니면 바야흐로 최근까지 남아있었다. 예를 들면, 신할라어(Sinhalese)로 yathra dhoni와 yathra oruwa로 불리는 선박 혹은 연안 선박은 J. Hornell, *Water Transport : Origins and Early Evolution*, p.257, fig. 60,; Idem, "Sea Trade in Earky Times," *AQ*, 1941, 15, pp.247, dig. 4에서 볼 수 있다.

115 J. Hornell, "The Sailing Ship in Ancient Egypt," *AQ*, 1943, 17, p.39에서 볼 수 있는 것처럼, 고대 이집트 선박과 현대 廣東 선박 사이에 중간 연결이 여기에 있다.

그 돛대에는 인도네시아 유형의 특징인 대단히 길고 경사진 스퀘어세일 (square-sail)이 달려 있다. 후에 언급하겠지만, 이것이 중요성을 갖는 것은 포앤드애프트세일링(fore-and-aft sailing)의 발달사에서 가장 오래된 것임에 틀림없기 때문이다. 돛을 말아 올린 선박도 있는 것으로 보아, 그 어떤 형태의 롤러-리핑(roller-reefing)의 방법이 사용된 것을 추론할 수 있다. 게다가 돛이 펼쳐졌을 때 팽팽하게 부풀어있기 때문에, 짠(matting) 돛으로 간주한 파리(Paris)의 생각[116]은 올바르지 않다. 모든 경우에 로마 스타일의 작은 아르테몬이 달려있다.

그러나 이 선박들이 보르보두르에 묘사된 선박의 전체가 아니다. 근본적으로 다른 형태의 선박도 새겨져 있다.[117] 아주 많은 수의 선원이 타고 있는 한 척의 선박이 있는데, 다른 어떤 선박과도 공통성이 전혀 없다. 이 선박에는 현외부재(outrigger)와 판자붙임(panelling)이 없으며, 선미재(stern-post)가 과장되지 않았지만 횡량재(橫梁材, thwart timbers)가 두드러지지 않고, 아주 견고한 원재(圓材, stout spar)로 만든 한 개의 돛대가 있다. 상부에서는 짠 천으로 만들었음이 분명하게 보이고 융통성이 없는 한 개의 중국식 러그세일을 알아볼 수 있다(<그림 974>). 이 조각가는 돛대의 약간 앞쪽에 있는 돛의 가장자리(luff of the sail)를 보여주는 데 실패했지만, 종범의 특징만을 강조하였고,[118] 다른 선박에서 보이는 돛과의 차이는 특별하다. 그리 대단한 것은 아니지만, 역사상 최초의 대양 항해용 중국 선박을 이 부조에서 볼 수 있다.[119]

---

116 P. Paris, *op. cit.*

117 (Krom & van Erp의) Krom, Ser. Ib, pl.XII, fig. 23.; Radhakamud Mukerji, *op. cit.*, p.48, no.4(다시 그린 것).

118 Krom은 vol.2, p.238에서 인정하고 있다. van Erp도 마찬가지인데, vol.2, p.235에 있는 그의 요약을 보라. 조각은 미완성이었던 것으로 보인다.

119 Java는 늦어도 5세기부터 중국인에게 널리 알려져 있었다(tr. F. Hirth & W. W. Rockhill, *Chau Ju-Kua : His Work on the Chinese and Arab Trade in the 12th and 13th Centuries*, entitled 'Chu-Fan-Chi', Imp. Acad. Sci., St. Petersburg, 1911, p.78; 馮承鈞, 『中國南洋交通史』, 商務印書館, 上海, 1937, p.132 이하를 참조). 그러나 교역 관계를 별도로 하더라도, 남반구의 별자리를 관측하여 星

〈그림 974〉 보로보두르(Borobodur) 대사원에 부조된 다른 유형의 선박. 800년경의 선박이
다(Krom and van Erp 촬영). 이것이 중국 선박이라고 생각하는 이유는 본문을 참조하라.
예를 들면, 돛이 거적과 판자로 만든 러그세일이며, 선미가 사각형인 것으로 보인다.

8세기 조선술에서 중국과 동남아시아 사이에는 무엇인가 상호 영향을 주었
던 것으로 보인다. 보로보두르의 부조를 건축한 시기보다 반세기 이전에 비나
야 법규집(Vinaya Canon)의 주석서인 『일체경음의(一切經音義)』[120]에 중국인이

圖를 제작하기 위해 724년 南海에 파견된 大相과 元太가 지휘하는 천문조사대의 일을 상기
하면, 가슴이 뛴다(Joseph Needham, *Science and Civilization in China*, Vol.3, pp.274, 293). 이 조사대
는 Sumatra와 Java를 방문했겠지만, 그 시대는 Borobodur를 건축한 시대에서 그리 멀지 않은
때였다.
120 TW2178.; N1605.;『國譯一切經』, 緯篇, p.155a. 이것은 649년에 활약했던 玄應이 기술한 것

남양의 선박에 대해 기술한 흥미로운 기록이 있다. 혜림은 이 자료에서 다음과 같이 기술하였다.

[텍스트에 대한 주석]

파박(破舶, Pho-Po). 두 번째 글자는 백(白, Po)으로 발음한다. 사마표(司馬彪)[121]는 『장자』의 주석에서 "바다에서 사용하는 선박 중 큰 것은 박(舶)으로 불린다"고 말하고 있다.

『광아(廣雅)』에 의하면, 박(舶)은 대양 항해선이다.

(이 선박들은) 물속에 6, 7피트 가라앉는다. 이 선박들은 빠르고, 화물 외에도 1,000명 이상을 운송한다.[122] 그 선박들은 곤륜선(崑崙船)[123]으로도 불린다.

을 慧琳이 증보한 것이다.

121 이 학자는 240~305년 동안 살았다. 주석이 없다. 특히 舶이라는 글자가 『莊子』에 나타나지 않기 때문에, 오늘날 어떤 구절에 대해 주석을 달 것인지 누구도 추측할 수 없다.

122 이것은 분명히 과장된 것이다. 교정되지 않은 텍스트의 앞부분에는 69~70척으로 기록되어 있다.

123 이 단어는 骨論과 마찬가지로 말레이시아인을 의미하였다. tr. F. Hirth & W. W. Rockhill, *op. cit.*, pp.32. 84.; Sir Aurel Stein, *Ruins of Desert Cathay : Personal Narrative of Explorations in Central Asia and Westernmost China*, Macmillan, London, pp.65 이하.; A. E. Link, "Biography of Shih Tao-An," *TP*, 1958, 46, pp.9 이하를 보라. 崑崙이라는 용어는 원래 태고의 chaos(Joseph Needham, *Science and Civilization in China*, Vol.2, pp.107, 114, 119 이하의 「混沌」을 참조) 사상과 결부되기 때문에, 고대 우주론의 중심인 산 즉 중국의 崑崙山(Chinese Mt Meru, Joseph Needham, *Science and Civilization in China*, Vol.3, pp.565 이하)을 의미하게 되었다. 이어서 Pulo Kohnaong이 음역되어 Poulo Condor Island로도 사용되었기 때문인지(tr. F. Hirth & W. W. Rockhill, *op. cit.*, p.50) 아니면 타이인(Thai People)을 지칭하는 Komr나 Krom이 되었기 때문인지는 몰라도 일반적으로 Malaya와 Malys를 의미하게 되었다(G. Ferrand, "Le K'ouen-Louen et les Anciennes Navigations Interocéaniques dans les Mers du Sud," *JA*, 1919, 13을 참조). 이 의미에 대한 최초의 사례 중 하나는 530년 慧皎가 저술한 『高僧傳』, 「道安傳」에 나타나는데(Joseph Needham, *Science and Civilization in China*, Vol.3, p.566), 그곳에서는 道安이 의심할 여지없이 그 자신의 안색 때문에 적에 의해 崑崙子 즉 검은 꼬마로 불리고 있다. 까무잡잡한 곤륜의 남방인을 표현하고 있는 것처럼 보이는 당대의 소형 조각상들이 오늘날까지 남아있다(J. E. Lips, "Foreigners in Chinese Plastic Art," *ASIA*, 1941, 41). 崑崙이 중앙아시아에서 동남아시아로 옮겨진 것을 설명하는 다른 한 이론에서는 다음과 같이 말하고 있다. 최초에 그것은 Tibet의 산을 돌아 陸路로 중국에 도착한 인도 상인과 결부되며, 다음으로 통상이 海路로 이동했을 때 이 용어가 인도인이나 인도 무역 혹은 인도 상인과 결부되었다(H. Maspero, *Études Historiques : Mélanges Posthumes*

이 선박들의 선원과 기술자는 골론(骨論) 사람들이다.

그들은 야자나무(椰子)[124] 중에서 섬유가 많은 껍질로 선체의 각 부분을 결합시켜 새끼줄을 만든다. 그리고 이음새를 막고, 침수를 방지하기 위해 갈람(葛覽)[125]으로 만든 풀로 틈을 메운다. 철이 가열되어 화재를 발생할 수 있기 때문에 못과 꺾쇠는 사용되지 않는다.[126]

(선박은 몇 개의) 두꺼운 측면 판자(side-planks)를 조립하여 건조된다.[127] 왜냐하면 판자가 얇으면 무너지지 않을까 두렵기 때문이다. (이 선박들은) 길이가 수 리(數里)이고,[128] … 길고, 전후가 3부분으로 나뉘어 있다. 바람을 이용하기 위해 돛을 걸었고, (실제로 이 선박들은) 사람의 힘(만)으로는 나아가지 않는다.[129]

破舶 下音白 司馬彪注莊子云 海中大船日舶

廣雅 舶海舟也

入水六十尺 馱使運載千餘人 除貨物 亦日崑崙舶 運動此船多骨論爲水匠

用椰子皮索連縛 葛覽糖灌 塞令水不入 不用釘鍱 恐鐵熱火生

纍木枋而作之 板薄恐破 長數里 前後三節 張帆使風 亦非人力能動也 (『一切經

sur les Religions et l'Histoire de la Chine, vol.3, ed. P. Demiéville, Civilisations du Sud, Paris, 1950. 이것은 Christie가 발전시킨 주장이다).

124 Cocos nucifera (R 720).

125 이 葛覽은 아마 橄欖(Canarium album, 중국의 올리브, p.337)이나 甘藍(Brassica deracea, kohlrabi, 평지기름, p.475)의 오류이다. 어쨌든 乾性油를 조제할 수 있는 식물이다. 그러나 이 식물들은 어떤 것이든 간에 唐代까지의 藥典에 나타나지 않는다.

126 『嶺表錄異』(895)에 이와 유사한 기술이 있다. 이것은 8세기 중국 선박에서 흔히 볼 수 있는 철로 만든 잠금장치가 보이기 때문에 중요하다.

127 이에 대해서는 후술할 Marco Polo를 참조.

128 텍스트에는 里(0.5km)로 표기되어 있는데, 후대에 삽입되었던지 아니면 이 승려가 과장하여 표기했던지 둘 중 하나이다. Wang Kung-Wu, "The Nanhai Trade : a Study of the Early of Chinese Reade in the South China Sea," JRAS / M, 1958, 31은 쿠와바라(桑原)의 주장을 근거로 200피트로 해석하고 있다.

129 tr, P. Pelliot, "Quelques Textes Chinois concernant l'Indichine Hindouisée," In Études à l'Occasion du 25e Anniversaire de l'École Française d'Extrême-Orient, van. Oest, paris, 1925.

音義』, 6卷)

이 문헌은 틀림없이 남방(인도차이나, 말레이, 인도네시아)의 선박을 언급한
것이며, 현외부재를 언급하고 있지 않지만, 이 기술은 주요 유형의 보로보두
르 선박<그림 973>과 완전히 다른 것이 아니다. 그러나 이 경우에 동남아시
아의 봉합식 선체에 중국식 격벽이 설치되어 있었을지도 모른다. 돛에 대해서
는 그와 관련된 명확한 증거(3세기)를 후술할 때 다시 언급하려 한다.

그리하여 동인도제도와 남중국해의 돛대가 많은 선박이 800년까지 거의
1천년 동안 계속 발달하고 있었다고 생각해도 좋을 것 같다. 크리스티(Christi
e)[130]에 의하면, 오늘날까지도 모든 주석자를 곤혹스럽게 만드는 『에리트레아
해 항해지(Periplus of Erythraean Sea)』(110년에 서술)[131]의 한 표현에서 이 선박들
을 인식할 수 있다.[132] 동남아시아의 대형 대양 항해선을 지칭하는 콜란디오
폰타(kolandiophonta)는 곤륜박(崑崙舶)의 퇴화된 그리스식 형태일 뿐이었다.

2. 당대에서 원대까지

전문적으로 연구하면 8세기부터 12세기까지 항해 기술에 대한 흥미로운
것을 수없이 발견하겠지만, 아직은 몇 개의 주석만 제공되고 있을 뿐이다.
전선(戰船, warships)에 대한 가장 오래되고 상세한 기술은 769년 직전의 것인
데, 이 텍스트의 번역문은 선박의 장갑 문제를 고찰할 때 보게 될 것이다.
770년경에 운하와 하천용 선박의 건조가 아주 활발했으며, 이러한 조선
활동은 10개의 조선소를 만들고 경쟁을 시켜 보수를 주었던 유안(劉晏)이라는

---

130 A. Christie, "An Obscure Passage from the Periplus," *BLSOAS*, 1957, 19.
131 Joseph Needham, *Science and Civilization in China*, Vol.1, p.178을 참조.
132 또한 Sir Aurel Stein, *op. cit.*, pp.65 이하도 참조.

〈그림 975〉 자야바르남 7세(Jayavarnam VII) 시대에 해당하는 1185년경 캄보디아 앙코르 톰(Ankor Thom)의 바이욘(Bayon) 사원에 조각되어 있는 중국 상선(J. Y. C. Claëys & M. Huet, *Ankor, Hoa-Qui*, Paris, n.d.(1948)에서 인용). 조선사(造船史)의 중요한 자료이다. 이에 대해서는 본문에서 몇 차례 언급하고 있다. 여러 개의 아딧줄이 달려 있는 짜서 만든 돛, 선저보다 깊이 내려가 있는 선미타, 닻과 닻을 끌어올리는 윈치, 독특한 깃발 등은 주목할 가치가 있다. 그 외에도 여러 척의 선박이 이 기념비에 조각되어 있는데, 상당히 큰 선박도 모두 손으로 젓는 카누형이다.

사람의 이름과 관련이 있다.[133] 오대(五代) 시대의 전투에서는 주영빈(朱令贇)이 사용한 것과 같은 여러 층의 갑판을 보유한 전선이 사용되었다.[134] 송의 초대 황제는 선박 건조를 중시하여 조선소를 종종 방문하였다.[135] 송 황제의 조선 장(造船長, chief shipwrights) 중에서 번지고(樊知古)라는 이름이 우리에게 전해지고 있다. 1048년 요(遼)나라는 해양력(海洋力, sea-power)이 아닌 강력(江力, river-power)을 중시하고서 갑판 밑에 말을 싣고 갑판 위에 병사를 실을 수 있는 선박을 130척 건조하라고 야율탁진(耶律鐸軫)에게 명령하였다. 이 선박들은 황해 연안에서 전개된 작전들에서 상륙 주정(上陸舟艇, landing-craft)의 역할을 효과적으로 수행하였다. 1124년에는 고려(高麗)에 사절을 보내기 위해 2척의 대형 선박을 건조했는데, 이 선박들이 고려에 도착했을 때 이를 본 사람들의 흥분하는 모습이 기록으로 남아있다.[136] 1170년 한 여행자는 양쯔강에서 길이가 100피트이고 누각과 탑이 있는 700척의 함선이 깃발을 나부끼고 큰 북을 울리면서 실시한 수군의 기동 훈련을 지켜보았다. 그 함선들은 물길을 거슬러 가면서도 빠른 속력으로 항해하였다. 이 관찰자는 열광하면서 기록하였다.[137]

12세기에 대해서는 그림과 문헌으로 이루어진 중요한 기록들이 무더기로 남아있다. 우선 중국의 자료를 제쳐두고 캄보디아의 앙코르 톰(Ankor Thom)에 있으며 자야바르만 7세(Jayavarman VII)에 의해 건립된 바이욘(Bayon) 사원의 부조부터 고찰해보자(<그림 973>).[138] 1185년에 만든 것으로 보이는 이 아름다운 부조는 기념비에 새겨진 다른 어떤 선박과도 완전히 다르다. 기념비

---

133 『唐語林』, 卷一, p.23.
134 『釣磯立談』, p.30.
135 『事物紀原』, 卷十, p.5.
136 『高麗圖經』, 卷三十四, p.4.
137 『入蜀記』, 卷四, p.12.
138 J. Y. C. Claëys & M. Huet, *Angkor*, Hoa-Qui, Paris, n.d.(1948)처럼, 이 부조의 사진으로서는 이것이 종종 전재되고 있다. C. Carpeaux, *Le Bayon d'Angkor Thom : Bas-Rekiefs publiées … d'après les documents recueillis par le Mission Henri Dufour*, Leroux, Paris, 1910, pl.XXV, fig. 32.; Henri Marchal, *Les Temples d'Ankor*, Guillot, paris, 1955, p.84가 그러하다. P. Paris, "Les Bateaux des Bas-Reliefs Khmers," *BEFEO*, 1941, 41의 pl.XLVIII; Ec. d'Éxtr. Or. photos 5063, 5064, 그리고 확대한 사진 5627을 참조.

에 새겨져 있는 선박은 이미 언급한 적이 있는 것들과 유사하며, 패들로 젓고, 카누와 같다. 이 선박이 광둥(廣東)이나 통킹(Tongking)에서 온 중국 정크를 보여주고 있다는 주장은 일반적으로 인정되고 있다.[139] 카벨 이음(Carvel built, <역자주 : 平張 혹은 은 平接方式으로도 번역된다>)으로 이어진 뱃전판들(strakes)이 분명하게 보이며, 선수 트랜섬(transom bow)은 남중국 정크의 전형적인 형태로 변화되어 있다. 선미 전망대(stern-gallery)는 진정한 중국식으로 돌출되어 있다. 돛대가 2개 있는데, 각 돛대마다 짜서 만든 중국식 연범(筵帆)이 달려 있다. 돛은 리(悝)와 쌍(艭)으로 불리었으며, 각 돛마다 6~8개의 활대(battens)가 있었다. 돛을 만든 천은 아름답게 복원되어 있다. 이 부조를 새긴 사람은 일련의 돛을 조작하는 여러 개의 아딧줄(帆脚索, sheets)을 빼놓지 않고 표현하였다.[140] 돛대 끝에는 중간 돛대의 돛 즉 톱세일(topsails)이나 바구니로 된 망대(basketwork crowsnests)로 볼 수 있는 2개의 사각형 물체가 있다. 선수루와 선미루(bow and poop)에는 가장자리가 톱니바퀴 모양인 전형적인 중국식 깃발을 달고 있는 깃대들이 있다.[141] 선수에는 가늘고 긴 돌을 닻장(stock)으로 사용한 닻이 걸려 있으며, 이 닻은 권양기(windlass)에 의해 감아올려진다. 가장 흥미로운 것은 선저보다 더 내려가 있으며, 길고 폭이 좁은 선미타이다.

---

139 P. Paris, *op. cit.*; Idea, "Quelques Dates pour une Histoire de la Jonque Chinoise," *BEFEO*, 1952, 46.; G. Groslier, "La Batellerie Cambodgienne du 8e au 13e siècle de Notre Ère," *RA*, 1917, 5.; J. Poujade, *Les Jonques des Chinois du Siam*, Gauthier-Villars, Paris, 1946.

140 활대(batten)는 없으나 여러 개의 아딧줄이 달린 같은 종류의 돛은 보트 경주를 하고 있는 다른 3척의 소형 선박에서도 보인다(Ec. Fr. s'Extr. Or. photos 5377, 5378). 이 모든 돛은 Borobodur에 있는 중국식 돛과 아주 비슷하지만, 돛대 앞부분의 러그세일이 달린 더 작은 부분을 묘사하는 데에는 실패했으며, 종범(縱帆)의 특징을 강조하고 있다는데 주목해야 한다. 오늘날 福州에서 돛으로 항해하는 삼판의 돛은 멀리서 볼 때 이 조각의 돛과 너무나 같아 보인다(G. R. G. Worcester, 미발표 자료, no.64를 참조).

141 비교하려면 趙伯駒(1127~1162)가 그린 '秦 首都에 들어간 漢 高祖'라는 그림을 보라. 깃발이 아주 비슷하다. O. Sirén, *History of Early Chinese Painting*, vol.2, Medici Society, London, 1933, pls. 40, 41, 42. 그는 돈황 벽면에 그려져 있는 몇 가지의 깃발을 재현하고 있다. 葉淺子, 『敦煌壁畵』, 朝花美術出版社, 北京, 1957, 圖 33을 참조.

이것에 대해서는 이 위대한 발명의 역사를 논할 때 더 자세하게 언급할 예정이다.[142]

푸쟈드(Poujade)[143]는 샴(Siam)에서 중국인에 의해 건조되어 사용되고 현재까지도 항해중인 선박 유형과 바이욘의 정크를 자세히 비교하였다. 그의 주장에 따르면 이 선박은 바이욘에 묘사되어 있는 대부분이 정크와 비슷했으며, 선체가 혼합형이었고, 격벽이 용골, 선수재, 선미재와 함께 공존하였다.[144] 푸자드는 바이욘의 선체가 이러한 의미에서 이미 혼합형이었다고 믿었다. 갑판실의 위치도 마찬가지이다. 그러나 오늘날 중국-샴식 정크는 이 선박에서 볼 수 있는 것보다 훨씬 더 큰 돛을 달고 있다. 그 돛의 세로 가장자리(leeches)는 둥글다.[145] 전체적으로 바이욘의 선박은 모든 점에서 참으로 중국 선박이었지만, 이른 시기에 혼합형이 되지 않았다는 주장이 훨씬 더 개연성이 있어 보인다.[146]

바이욘의 정크에 대한 조각이 만들어지기 60년 이전에 주욱(朱彧)은 『평주가담(萍州可談)』을 편찬하였다(1119년). 그의 부친은 광저우(廣州)의 시박사(市舶使, Superintendent of Merchant Shipping)였으며, 그의 주석은 1086년 이후에 쓴 것이다. 우리는 항해용 나침반의 사용에 대한 그의 언급을 이미 언급한

---

142 필자는 1958년 여름 魯 박사와 함께 현장에서 이 훌륭한 조각을 연구할 기회를 갖는 행운을 누렸다.

143 J. Poujade, *op. cit.*

144 H. Warington Smyth, *Mast and Sail in Europe and Asia*, Blackwood, Edinburgh, 1906, p.474(Maxwell Blake의 그림들도 있다)가 기술하고 있는 Singapore의 정크도 마찬가지이다. D. W. Waters, "Chinese Junks, an Exception : the Tongjung," *MMI*, 1940, 26.; P. Paris, "Esquisse d'une Ethnographie Navale des Pays Annamites," *BAVH*, 1942(no.4, Oct. and Dec.)를 참조.

145 이 선박들은 약 25톤이다. Bayon 선박의 부조가 만들어진지 100년 후, 周達觀은 자신이 『眞臘風土記』에 기술한 선박들이 각각 50톤의 蜜蠟을 중국에 가져왔다고 기록하였다(tr. P. Pelliot, "Mémoire sur les Coutimes de Cambodge," *BEFEO*, 1902, 2, p.167.; Ibid., *Mémoire sur les Coutumes de Cambodge de Txheou Ta-Kouan*, Maisonneuve, Paris, 1951, p.26).

146 이 상인들이 어디로 항해했는지에 대한 부차적이지만 흥미로운 사실은 최근에 Sarawak의 고고학 연구를 통해 밝혀지고 있다. Tom Harrison과 鄭德坤 박사는 당, 송 시대에 분명히 중국인에게 점령되어 있던 汕頭灣 製鐵所의 유적과 항구를 발견했다고 보고하였다.

적이 있다(Joseph Needham, *Science and Civilization in China*, Vol.4, pt.1, p.279). 그가 말한 내용은 다음과 같다.[147]

대외무역 감독관의 시박정(市舶亭, Pavilion of the Inspector of Foreign Trade)은 해산루(海山樓) 근처의 물가에 있으며, 오주(五洲, Five Islands)를 마주보고 있다. 시박정 밑의 강은 작은 바다로 불린다. 상선(舶船)은 수심이 10피트인 강의 중류에서 출항한다. 이곳의 물은 나쁘지 않지만, 다른 지역의 물과 보통 우물의 물은 어떤 것이던 간에 (선박 안에) 저장할 수 없다. 왜냐하면 그 물에서 벌레가 생기기 때문이다. 나는 왜 그런지 모른다.[148]

선박은 북풍(북동 몬순)을 이용하기 위해 11월이나 12월에 출항하고, 남풍(남서 몬순)을 이용하여 5월이나 6월에 돌아온다.

이 선박은 직사각형 모양의 곡물 용기(斛)처럼 사각형으로 건조되고 있다.[149]

바람이 없을 때에는 이 선박이 움직일 수 없다. 돛대들(檣)이 견고하게 세워져 있고, 그 옆에서 돛들이 끌어올려지고 있다. 돛의 한쪽 끝은 돛대에 붙어있고, 돌쩌귀의 문짝처럼 (돛대 주위를 돈다).[150] 돛(帆)은 돛자리(席, matting)로 만들어져 있다.

이 선박들은 방언에서 가돌(加突)[151]로 불린다.

해상에서는 순풍뿐만 아니라 해안이나 근해에서 부는 바람도 이용한다.

---

147 『萍州可談』, 卷二, p.1 이하 ' tr. F. Hirth & W. W. Rockhill, *Chau Fu-Kua : His Work on the Chinese and Arab Trade in the 12th and 13th Centuries, entitled 'Chu-Fan-Chi'*, Imp. Sci., St. Peterburg, 1911.

148 아마 선원들은 마시기에 너무 짜지 않고 또한 해조류와 생물의 성장을 억제하는데 충분할 정도로 염분이 포함되어 있는 물을 수원지에서 가져와 사용했을 것이다.

149 이것은 직사각형 구조의 특징을 설명한 놀라운 구절이다. Osbeck이 후에 말한 것처럼(1751, p.190), "빵 반죽 그릇(baking-trough) 같은" 것이었다.

150 이것은 縱帆을 묘사하고 있는 구절이며, 아마 러그세일이었을 것이다.

151 이 용어에 대해서는 설명이 없다. 廣東 사람들은 오랫동안 외국인과 교섭해왔기 때문에 외국에서 유래한 용어인지 모르지만, 추측하기가 불가능하다.

이용할 수 없는 바람은 (직접적인) 역풍뿐이다. 이것은 '세 방향의 바람을 이용한다(使三面風)'고 일컬어지고 있다. 바람이 앞으로 불지 않을 때에는 닻을 내리고 정지한다. … [152]

대양 항해선에 대한 관청의 규정에 따르면, 대형선은 수 백 명을 태울 수 있고, 소형선은 100명이상 태울 수 있다. … [153]

대양 항해선의 폭과 깊이는 수 십 패덤에 이른다.

대부분의 화물은 도자기이고, 큰 물품 사이에는 작은 물품들이 작은 틈새도 없게 채워져 있다.

바다에서는 (선원들이) 바람과 파도를 두려워하지 않지만, 좌초되는 것은 두려워한다. 왜냐하면 좌초될 경우 암초를 벗어날 방법이 없기 때문이다. 선박에서 갑자기 침수가 발생하면 안에서 수리하는 것이 불가능하며, 새까만 외국 노예(鬼奴)[154]에게 끌과 뱃밥을 주어 외부에서 수리하게 한다. 왜냐하면 외국 노예들이 수영을 잘 하고 물속에서도 눈을 감지 않기 때문이다.[155]

廣州市舶鼎枕水 有海山樓 正對五洲 其下謂之小海 中流方丈餘 舶船取其水저
以過海則不壞 逾此丈許取者 幷汲井水 皆不可貯 久則生蟲 不知此何理

舶船去以十一月十二月 就北風 來以五月六月 就南風

船方正若一本斛

非風不能動 其檣植定 而帆側掛 以一頭就檣柱 如門扇 帆席

謂之加突 方言也

海中不唯使順風 開岸就岸風皆可使 唯風逆則倒退爾 謂之使三面風 逆風尙可用

---

152 이어서 지방 장관이 바람을 기원하는 기도를 정기적으로 했다는 기록이 나온다.

153 이후 상인과 승조원의 조직에 대한 기록이 나타나는데, 이것은 Joseph Needham, *Science and Civilization in China*, Vol.4, pt.1, p.279에서 언급한 적이 있다. 이어서 남쪽 바다의 여러 왕국들과의 교역에서 발생하는 어려움들이 설명되고 잇다.

154 의심할 여지없이 崑崙人을 말한다.

155 이후에는 이미 인용한 적이 있는 나침반의 사용에 대한 구절이 이어지고 있다. 텍스트의 全文은 물고기를 잡는 것, 龍을 보는 것, 무사귀환을 바라고 승려에게 제물을 바치는 것에 대한 상세한 언급으로 끝난다.

可石不行 …

　甲令 海舶大者數百人 小者百餘人 …

舶船深闊各數十丈

貨多陶器 大小相套 無少隙地

　海中不畏濤 唯懼靠閣 謂之湊 淺則不復可脫 船忽發漏 旣不可入治 令鬼奴持刀
絮 自外補之 鬼奴善遊 入水不瞑 (『萍州可談』, 2卷)

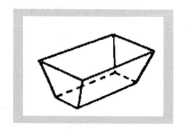

　바이욘 정크에 대한 이 구절은 아주 흥미
롭다. 왜냐하면 이 구절이 11세기 말부터 12
세기 초기까지의 격벽 구조, 러그세일(유럽
에서는 1500년경까지 나타나지 않았다), 팽팽
한 연범(筵帆, taut mat-sails)의 사용, 바람을
거슬러 항해하는 것 등을 보여주고 있기 때
문이다. 잎서 언급한 적이 있는 1124년의 『고려도경(高麗圖經)』과 같은 동시
대의 다른 문헌들도 이를 뒷받침하고 있다.[156]

　주욱의 기술과 거의 같은 시대의 것으로서 강에서 사용하는 중국 선박에
대한 중요한 기록이 남아있는 것도 행운이다. 그것은 장택단(張擇端)이 그린
「청명상하도(淸明上河圖)」인데, 수도였던 카이펑(開封)이 금(金)나라의 달단족
(韃靼族)의 수중에 떨어진 1126년보다 조금 앞선 시기에 완성되었다. 이 그림
에서 강에서 사용하는 선박과 관련된 부분은 <그림 976>인데, 세세한 부분

---

156 Joseph Needham, *Science and Civilization in China*, Vol.4, pt.1, p.280. 이 자료는 돛과 선미타를
고찰할 때 다시 볼 것이다. 선박에 관한 이 흥미로운 서적의 여러 페이지가 tr. L. G. Paik,
"From Koryu to Kyung by Soh Keung, Imperial Chinese Envoy to Korea in 1124 A.D.," *JRAS / KB*,
1933, 23에 번역되어 있는데, 그는 몇 가지 기술적인 문제에 대해 오류를 범하고 있다. 또한
福建과 浙江의 知事들이 그 건조 책임자였다는 기록이 텍스트에 있음에도 불구하고, 이 중국
사절의 대형 선박은 그가 궁정을 高麗의 궁정으로 해석했기 때문에 고려의 선박이 되어버렸다.

〈그림 976〉 1125년 장택단(張擇端)이 그린 「청명상하도(清明上河圖)」에 있는 여객선용 정크 (鄭振鐸, 『宋張擇端淸明上河圖卷』, 文物出版社, 北京, 1959에서 인용). 이것은 가이펑(開封) 근교 수로의 한 모습이다. 아마 변거(汴渠)의 정경일 것이다. 선박 위의 인물들로 볼 때, 전체 길이는 65피트였을 것이다. 이 선박은 5명의 남성에 의해 상류로 예항(曳航)되고 있으며(이 화면에는 보이지 않는 좌측), 쌍각(雙脚) 돛대가 여러 개의 밧줄로 고정되어 있다. 늘어뜨려진 큰 균형타를 특히 주목할 필요가 있다. 현측 보판은 선수의 좌현과 유현에서 사용되고 있다. 선장 일행은 상갑판에서 점심을 중단하고 대형 선박(이 화면의 좌측에 튀어나온 곳)의 선원들에게 큰 소리로 경고하고 지휘하고 있다. 그 선박은 〈그림 826〉에 보이며, 돛대를 내리고 큰 다리 밑을 빠져나가려는 정크와 겹치는 것처럼 보인다.

에 이르기까지 마치 화가가 후대 기술사가(技術史家)를 친절하게 고려했다고 생각할 수 있을 정도로 세밀하게 묘사되어 있다.[157] 한 척은 큰 다리 밑을 통과하기 위해 쌍각 돛대를 낮게 내리고 있으며, 다른 한 척은 하안(河岸)에서 화물을 내리려 하고 있고, 그밖에 상류로 예항(曳航)되는 선박도 있다. 이 정크들은 크게 보아 선미가 좁은 화물선과 넓은 선미를 가진 여객용 선박과 소형 선박 즉 두 가지 형태로 구분된다. 두 가지 모두 돌출된 상태로 매달려 있는 대형 방향타가 있다. 이 타들은 모두 균형이 잡혀 있는데, 이에 대해서는 후에 다시 논할 것이다. 2, 3개의 선박에서는 거대한 선수 대도(船首大櫂, bow-sweeps)와 선미 대도(船尾大櫂(stern-sweeps)가 사용되고 있으며, 이 대도를 조작하는 사람이 8명가량인 경우도 있다.[158]

장택단의 훌륭한 작품에 대한 역사는 학자들에 의해 많이 논의되고 있다.[159] 원나라 황제가 자신이 소유하고 있던 복사본에 한편의 시를 써 넣은 것은 너무나 유명하다. 현존하는 이 그림의 복사본 중 가장 오래된 것(<그림 826>, <그림 923>, <그림 976>, <그림 1034>에 다시 제시되고 있다)은 쩡젠두어(鄭振鐸)[160]에 의해 발간되었다. 고궁박물관에 소장되어 있는 이 비단책은 송대(宋代)의 것으로 생각되며, 그 복사본 중 하나는 이 그림이 완성된 지

---

157 제5폭과 제13폭 사이에서 25척 이상의 정크와 소형 선박이 그려져 있다.

158 현재 이 그림에 대응할 만한 흥미로운 자료는 江蘇省 贛縣에서 미곡 운반용으로 이용되는 정크인데(G. R. G. Worcester, *The Junks and Sampans of the Yangtze : a study in Chinese Nautical Research*, vol.2, p.41에 이 선박 모형에 대한 설명이 있다), 제2차 세계대전 기간에 발간된 C. Beaton, *Chinese Album*, Batsford, London, 1945에 사진이 실려 있다.

159 예를 들면, A. Waley, "A Chinese Picture," *BUM*, 1917, 30과 오늘날 Roderick Whitfield, *Chang Tsé-Tuan's 'Chhing Ming Shang Ho Thu,'* Inaug. Disss., Princeton, 1965에 의한 철저한 논의가 있다. 후대의 사본이 아주 많으며(주로 明代의 것이다), 그 중 몇 개는 L. Binyon, *The George Eumorthopoulos Collection : Catalogue of the Chinese, Korean and Siamese Paintings*, Benn, London, 1928, pl.XLII와 (부분적이지만) F. Moll, *Das Schiff in der bildenden Kunst vom Altertum bis zum Ausgang des Mittelalters*, Schroeder, Bnn, 1929, A, v. 8에서 볼 수 있다. 가장 훌륭한 것은 仇英(1510~60 활약)이 편찬한 것인데, 이 자료가 A. Priest, *Chhing Ming Shang Ho : a Scroll Painting …*, Metropolitan Museum of Art, New York, 1948에 의해 밝혀진 사실이다. 이 모든 것은 宋代 말부터 元代까지 선미가 훨씬 높게 올라가 있었음을 보여주고 있다. 한 척은 앞돛대, 주돛대, 뒷돛대에 여러 개의 아딧줄이 매달려 있는 돗자리 형태의 러그 세일을 가장 높이 올려 상류로 거슬러 올라가고 있다. 다른 선박들은 제방을 따라 왕래하거나 계류하고 있으며, 그 중 한 척은 돛을 아코디언처럼 겹치면서 내리고 있다. 훨씬 먼 곳에서는 2척의 선박이 상류를 향해 예인되는 모습을 볼 수 있다.

160 鄭振鐸 編, 『宋張擇端清明上河圖卷』, 文物出版社, 北京, 1959.

60년 후인[161] 1186년이라는 연대가 나타나는 것으로 볼 때 여진족 국가인 금나라의 한 학자가 편찬한 것으로 보인다. 따라서 학자들은 이것이 틀림없이 원화(原畵)일 것으로 추정하고 있다. 어쨌든 이것은 12세기의 조선 기술을 증명하는 자료라 할 수 있다. 두 번째로 오래된 복사본은 1190년에 다른 학자가 쓴 시인데, 여기에 인용할 만하다.

> 화차와 말들이 덜커덕거리며 거리에 밀어닥치니,
> 선화(宣和) 치세로 돌아간 것만 같구나.
> 어느 날, 한림학자가 그림을 바쳤는데,
> 평시의 생활과 일을 후세에 전하기에 충분하구나.
> 수문을 나와 동쪽으로 가면 수나라 운하에 이른다.
> 거리와 농지가 모두 유례가 없는 것이로다.
> 노자는 원래 영화를 경계하였고,
> 오늘날에는 모두 황무지가 되었음을 알겠도다.
> 그러나 만 리를 가는 선박은 초나라 재목으로 만든 타와 오나라에서 만든 돛대를 사용한다.
> 다리의 북쪽과 남쪽의 아름다운 경치는
> 종종 평온한 날들의 꿈을 회상하게 하고,
> 들려오는 피리와 북소리에 누각들은 손에 잡힐 듯 가까워 보이는구나.

> 通?? 車馬正喧闐　祇是宣和第幾年
> 當日翰林呈畵本　昇平風物正堪傳
> 水門東去接隋渠　井色魚鱗比不如

---

[161] 보통 1125년의 것으로 일컬어지고 있는데, 그 이유는 이 수도가 1126년에 함락되었으며 또한 이 그림이 1120년의 궁정 목록(『宣和畵譜』)에 들어있지 않기 때문이다. 그러나 Whitfield가 지적하고 있듯이, 이 그림에 묘사된 번영한 모습을 근거로 그보다 앞선 1110~1115년의 것으로 추정하는 것이 좋을 것 같다. 목록에 이 그림이 들어있지 않는 것에 대해서는 이 화가가 너무 젊었다거나 그의 정치적 심정 때문이라고 설명할 수 있을 것 같다.

老氏從來戒盈滿 故知今日變邱處
楚施吳檣萬里船 橋南橋北好風煙
喚廻一餉繁華夢 簫鼓樓台若箇邊[162]

수십 년 후(1178년)에 주거비(周去非)는 남부 지방의 대양 항해선에 대해 다음과 같이 서술하였다.[163]

남해와 그 남쪽을 항해하는 선박은 집과 같다. 돛을 펼치면, 공중에 떠있는 큰 구름처럼 보인다. 치(柂)는 길이가 수십 피트이다. 한 척으로 수백 명을 운송할 수 있으며, 선창(船倉, stores)에는 1년분의 곡물이 저장되어 있다. 선상에서 돼지를 사육하며, 술을 발효시킨다. 사람들이 푸른 바다로 다시 나가면, 생사를 알 수 없으며, 본국에 귀환할 수 있을지도 모른다. 일출 때 징소리가 들리면, 동물들은 배를 채우고, 선원과 여객은 모든 위험을 잊는다. 넓은 하늘, 산, 표시물, 외국, 모든 것이 승선한 사람들에게서 점차 희미해져 간다. 선장은 다음과 같이 말할 것이다. "이러저러한 나라에 도착하려면 순풍을 받아도 여러 날들이 소요되며, 이러저러한 산들을 볼 때 타를 요리저리 조종해야 한다." 그러나 갑자기 바람이 불지 않거나 너무 강하게 불어 그 산을 정해진 날에 볼 수 없을 수도 있다. 그리고 선박은 (육지 표시물을) 너무 지나쳐버려 방향을 잃기도 할 것이다. 동풍이 불어 선박이 이곳저곳으로 날리고, 여울에 얹히고, 암초에 걸리고, 때로는 (갑판실의) 지붕까지 무너지는 일이 발생할 수 있을 것이다. 화물을 무겁게 선적한 대형 선박은 높은 파도를 두려워하지 않지만, 얕은 바다에서는 비극을 맞이할 수 있다.[164]

---

162 tr. Roderick Whitfield, *op. cit.*
163 『嶺外代答』, 6卷, p.7.; tr. F. Hirth & W. W. Rockhill, *op. cit.*
164 초기 항해에 대한 진실을 훌륭하게 주장하는 것은 연안 항해(coasting voyages)가 안전하다는 환상에 사로잡혀 있는 육지인들에 의해 너무 자주 무시당했다.

　　浮南海而南 舟如巨室 帆若垂天之雲 柂長數丈 一舟數百人 中積一年糧 豢豕釀
酒其中 置死生於度外 徑入阻碧 非復人世 人在其中 目撃牲酣飲 迭爲賓主 以忘其
危 舟師以海上隱隱有山 辨諸蕃國 皆在空端 若曰 往其國順風幾日 望某産舟當轉
行其方 或過急風 雖未足日 已見某山 亦當改方 苟舟行太過 無方可返 飄至淺處
而遇暗石 則當瓦解矣 蓋其舟大載 重不憂巨浪 而憂淺水也 (『嶺外代答』, 6卷)

　　이 인용문은 기술 정보를 상대적으로 아주 조금밖에 담고 있지 않고 있으
며, 다른 구절들도 같은 결함을 지니고 있다. 예를 들면, 1225년 조여괄(趙汝
适)은 외국 국가들과 그 국가들의 대중국 수출품에 대해서는 언급했지만, 선
박 자체에 대해서는 거의 언급하지 않았다.[165] 그러나 소말리(Somali) 해안
즉 중리(中理)에서 틈을 메우는 데 석탄과 고래 기름을 사용하는 사실[166] 그리
고 하이난도(海南島)의 정크 명칭과 크기는 기록하였다.[167] 이 시대는 해상 교역
이 활발하던 시기였다. 우리가 그것을 충분히 알 수 있게 된 것은 구와바라(桑
原)[168]의 포수경(蒲壽庚)에 대한 연구 덕분이다. 포수경은 아라비아인이나 페르
시아인의 조상을 가진 중국인으로서[169] 1250년부터 1275년 사이에 취안저우
(泉州)의 시박사[170]였는데, 그 시기 말에 그는 몽골에 항복한 후 저명한 지방
명사로 사망하였다. 마르코 폴로(Marco Polo)가 중국에 머물었던 시기는 그보

---

165 『諸蕃志』.

166 tr. F. Hirth & W. W. Rockhill, *op. cit.*, pp.131, 132.

167 Ibid., p.178.

168 Jitsuzo Kuwabara, "On Phu Shou-Kêng, a man of the Western Regions, who was the Superintendent of the Trading Ships' Office in Chhüan-Chou towards the end of the Sung Dynasty … ," *MRDTB*, 1928, 2. 오늘날에는 沈裕菁의 중국어 번역서(『蒲壽庚考』, 1929)가 있고, 羅香林, 『蒲壽庚研究』, 中國學社, 香港, 1959의 연구도 있다. 물품 자체에 대해서는 P. Wheatley, "Geographical Notes on some Commodoties involved in Sung Maritime Trade," *JRAS/M*, 1959, 32(pt.2)을 보라.

169 蒲는 아마 Abū에서 유래했을 것이다.

170 그의 임무는 관세를 징수하고, 면허를 주고(Joseph Needham, *Science and Civilization in China*, Vol.4, pt.1, p.279), 외국 상인을 돕고, 통화의 수출을 금지하는 것이었다. 이 관청은 700년경에 설립되었으며, 초기의 장관으로는 周慶立이 있었다. 周慶立은 Joseph Needham, *Science and Civilization in China*, Vol.1, p.188에서 언급한 페르시아 승려 及烈의 친구였다.

다 조금 후였다.

이 구절을 논할 때 직면하는 어려움 중 하나는 이 주제에 대한 중국 학자들의 체계적인 논문이 없기 때문에 많은 사람이 중국의 항해 기술에 대해 여러 시기에 일반적으로 기술한 자료들을 의지할 수밖에 없다는 점이다. 그들의 말에 내포된 맥락을 엄밀하게 일치시키면서 분류한다면, 중국인이 말하는 이른바 "특별한 색채"가 사라져버린다. 지금까지는 가장 오래된 왕당(王讜)과 혜림(慧琳), 더 나아가 주욱(朱彧), 주거비(周去非), 송응성(宋應星)의 말에 귀를 기울여왔다.[171] 여기에서는 적어도 송응성보다 더 오래 전에 활동한 2명의 항해가 즉 마르코 폴로와 이븐 바투타의 이야기를 상세하게 살펴보려 한다.

마르코 폴로는 1275년부터 1292년까지 중국에 머물렀으며, 이하의 기록은 그가 1295년 이탈리아로 귀국한 후 서술한 것이다.[172] 귀국 길에 그는 호르무즈(Hormuz)에서 그 자신이 "최악의 선박"이라고 지칭한 페르시아 만의 봉합선(縫合船, sewn ships)을 보았다.[173] 야자나무의 잎이나 열매에서 뽑은 실과

---

171 Marco Polo가 도착하기 직전인 1274년 杭州의 海運 상황을 기술한 吳自牧의 『夢梁錄』에 있는 장문의 설명을 인용하는 것도 가능하다. 이 설명의 주문(주文)은 F. Hirth, "Über den Schiffsverkehr Chinas im Altertum bach chinesischen Quellen," GZ, 1896, 2에 포함되어 있으며, 그 일부는 Joseph Needham, *Science and Civilization in China*, Vol.4, pt.1, p.284에서 이미 인용한 적이 있다.

172 ch 15, 16; ed. N. M. Peter, *The Most Noble and Famous Travels of Marco Polo, together with the Travels of Nicolo de Conti*, edited from the Elizabethan translation of John Framption(1579) … , Argonaut, London, 1929, pp.265. ed. Sir Henry Yule, *The Book of Ser Marco Polo The Venetian*, …… cordier, London, 1903, p.108의 각주들은 읽을 가치가 있다. 그는 타의 역사를 밝히기 위해 놀라운 노력을 했지만, 타와 추진용 노를 구별하지 못한 것이 한계가 되었다.

173 오늘날 인도에서 사용 중인 縫合船의 칼라 사진을 E. M. Eller, "Troubled Waters East of Suez," *NGM*, 1954, 105, p.519에서 참조. 이 선박의 실질적인 航洋性(ocean-going capacities)에 대해서는 아직 논의가 없다(G. W. van Beek, "Ancient South Arabian Voyages to India," *JAOS*, 1958, 78과 G. F. Hourani 간의 논의를 참조).

　　이와 관련하여 Dakar의 R. Mauny 박사는 두 가지의 흥미로운 텍스트를 보여주었다. al-Ya'qūī는 889년에 서술한 『諸國에 관한 書(Kitāb al-Buldān)』에서 다음과 같이 서술하였다. "Massa에 있는 Bahūl의 모스크 근처 Ubulla에서 만들어져 중국까지 항해한 봉합선의 정박지가 있다"(tr. G. Wiet, *Les Pays [Ahmad ibn Wādih al-Ya'qūbi's Kitāb al-Buldān]*, Cairo, 1937, p.226). 오늘날 Massa는 모로코의 대서양 연안 Agadir와 Cape Nun 사이에 있다. 여기에서 아라비아의 선박이 이 해안에 대한 포르투갈인의 탐험보다 550년 전에 Canaries 제도의 지역과 중국을

꼰 실이 사용되었으며, 틈을 메우는 데에는 역청 대신에 뱃밥과 생선기름이 섞인 물체가 사용되었다. 이 선박들에는 돛대가 1개뿐이었고, 갑판도 1개 있었고, 타도 1개밖에 없었다. 이와는 대조적으로, 모든 종류의 중국 선박에 대한 그의 찬사는 끝이 없었다. 그는 "멋진 대형 선박(marvellous great shipping)"이라는 문구를 여러 번 사용했으며, 양저우(揚州)와 쑤저우(蘇州) 두 도시의 풍요로움에 대해 서술하였다.[174] 양쯔강에 대해서는 "기독교 국가의 모든 하천은 물론, 모든 바다를 왕래하는 선박들을 합친 것 이상으로 귀중하고 가치가 있는 선박들이 강을 왕래하고 있다"고 묘사하였다. 그는 이 강의 하류 지역에서 운행되던 양질의 목재로 만든 많은 뗏목을 계산하지 않더라도

연결하고 있었지 않았을까 하는 점에 대해 생각해보자. 또 하나의 놀랄만한 진술은 al-Mas'ūdī의 『황금의 초원(Murūj al-Dhahab)』에서 보인다. 그는 구멍이 뚫려 야자 섬유로 연결된 두꺼운 티크목 판자가 Crete 섬의 해안에 난파된 선박에서 보이는데, 이 선박은 인도양에서 건조되었음이 틀림없다고 한 후, 지중해와의 접촉이 있었다고 결론지었다. 사실 우리는 홍해부터 Nile 강까지의 운하가 7세기에 재개되었음을 알고 있다. L. Casson, "New Light on Ancient Rigging and Boat-building," ANEPT, 1964, 24를 참조.

이 운하에 대한 고대사는 閘門(lock-gate)의 기원과 관련하여 이미 우리의 관심을 불러일으켰다. 제2대 정통 칼리프였던 Umar I(634~644년 재위)는 641년 이집트를 정복한 후 Amribn al-Āṣ를 설득하여 이 운하를 재개하였다. 이 운하는 Trajanus 황제의 재위기간인 2세기에 노선이 재설정되었으며, 6세기 말까지 사용되었다. 그 목적은 Hedjaz 왕국의 기근을 구제하는 것이었으며, 그 목적은 달성되었다. Umar II(717~729년 재위)의 시대 이후에 이 운하는 흘러든 모래 때문에 다시 막혀버렸으며, 761년경 칼리프 al-Manṣūr는 운하를 폐쇄하고 메워버리라고 명령했지만, 그것은 앞 목적과는 정반대인 이유 즉 Medina의 Alid(시아파)의 지도자 Muhammad에 대한 보급을 단절시키기 위한 조치였다. 그 후, 이 정도로 다시 중요하게 된 경우는 없었지만, Suez 운하의 건설보다 훨씬 옛날에 그러한 수로가 존재했던 것은 항해라는 관점에서 동서 교류를 생각할 때 항상 유의해야 한다. 아라비아인에 의한 운하의 재개에 대해서는 P. K. Hitti, History of the Arabs, Macmillan, London, 1949, pp.165, 290 그리고 특히 Prince Omar Toussoun, "Mémoire sur les Anciennes Branches du Nil," MIE, 1922, no.4, pp.171 이하, pl.v.; Idem, "Mémoire sur l'Histoire du Nik," MIE, 1925, nos. 8-10, pp.230 이하, pl.XVI를 보라. 이 운하는 Bubastis(현 Zagazig)보다 약간 상류인 델타 지역 즉 나일강의 페르시아 지류나 오늘날 그와 병행하는 Trajanus 운하로부터 모든 도로, 철도, 수도 등이 놓여 있는 것과 같은 코스로 남쪽으로 내려간 후, Bitter 호수를 거쳐 홍해에 이르렀다. 이 유적의 일부는 아직도 남아있다.

174 tr. and annot. A. C. Moule & P. Pelliot, Marco Polo : The Description of the World, 2 vols, Routledge, London, 1938.; ed. ed. N. M. Penzer, The Most Noble and Famous Travels of Marco Polo, ⋯ , Argonaut, London, 1929, p.303

15,000척의 선박이 항해하고 있는 것으로 추정하였다.

　　그리고 이 강의 모든 대형 선박은 다음과 같이 건조되었다. 그 선박들은 갑판이 1개였으며, 1개의 돛이 달린 1개의 돛대만 있고, 적재량이 크다. 이것은 그 대부분의 선박이 우리 베네치아(Venice)식으로 계산하여 4,000퀸탈 (1quintal = 100kg)에서 12,000퀸탈(그 중 몇 척은 그 정도였다)까지의 무게가 나가는 짐을 싣는다. 선박은 크기에 따라 이 수치 내에서 짐을 싣고 오간다. ... 175

　　사실 돛대와 그 돛대에 달린 돛을 가지고 있다는 것을 제외하면, 모든 선박이 로프와 대마로 만든 모든 삭구를 갖고 있지 않다는 것을 이제 알아야한다.176 그 대신 선박에 굵은 밧줄 즉 나무줄기단으로 만든 예인용 밧줄이 있으며, 선박을 상류로 예인해갈 때 사용된다. 이 강을 항해하는 선박들은 강을 거슬러 올라가며, 흐름이 강할 때에는 예인되기도 하며, 그렇지 않고서는 나아갈 수 없다는 것을 알 수 있다. 앞에서 말한 적이 있지만, 이 밧줄은 크고 길어서 15걸음(paces) 정도의 길이인 것도 있다.177 줄기를 모아 한쪽에서 다른 쪽으로 여러 개로 나누어 가늘게 만들고, 그 끝과 끝을 이어 원하는 길이의 밧줄을 만들고, 300걸음 길이의 밧줄도 만든다. 그것은 삼으로 만든 로프보다 훨씬 튼튼하기 때문에, 세심한 주의를 기울일만하다.178

　　그러므로 마르코 폴로는 강에서 사용하는 정크의 대규모 수송 능력과 대나무로 만든 케이블을 보고 주로 감명을 받았다.
　　자이톤(Zayton) 즉 푸젠의 취안저우에 대한 묘사와 연관하여 서술한 대양

---

175 만약 1quintal을 112파운드와 같은 무게라고 한다면, 주어진 2개의 수치는 각각 224톤과 672톤이 될 것이다.
176 그는 많은 케이블이 대나무로 만들어졌다고 말하면서 그것을 vane(줄기)로 부르고 있다.
177 이탈리아어의 pace를 여러 가지로 해석할 수 있지만, 중국의 double-pace처럼 약 5피트 전후였다.
178 Ch. 147.

항해용 정크에 대한 설명은 대단히 흥미롭기 때문에 전문을 인용하지 않을
수 없다.[179]

먼저 상인들이 타고 인도양을 지나 인도제국(諸國)에 출입하는 대형 선박에
대해 말해보자. 이제 이 선박들이 지금부터 말하려고 하는 방법으로 건조되었
다는 것을 이해할 수 있을 것이다.

그 선박에는 갑판으로 불리는 마루가 있고, 갑판에는 보통 총 60개 정도의
작은 방이나 선실이 있는데, 그 수는 선박의 크기에 따라 어떤 때는 훨씬
많고 어떤 때는 훨씬 적다. 상인들은 그곳에서 쾌적하게 지낸다.

선박에는 세인들이 타로 부르는 한 개의 멋진 대도(大櫂, sweep)나 타륜(舵
輪, helm)이 있다.

그리고 4개의 돛대와 4개의 돛이 있으며, 종종 2개의 돛대가 추가되기도
하는데, 이는 기후에 따라 원할 때마다 돛을 세우거나 내린다.

어떤 선박 즉 보다 큰 선박은, 약 13개의 선창(船倉, holds) 즉 구획(divisions)
이 있고 또한 튼튼한 판자로 나뉘어 있기 때문에, 선박이 암초에 얹히는 것
같은 사고로 선체에 구멍이 생기면, … 그 경우 그 구멍으로 들어온 물이
아무 것도 쌓여 있지 않은 공간으로 흘러간다. 그 구멍이 발견되면, 선원들은
파손된 선창에 있는 물건들을 다른 선창으로 옮긴다. 왜냐하면 참수된 물이
어느 한 선창에서 다른 선창으로 들어갈 수 없도록 강력한 방지장치가 있기
때문이다. 선원들은 선박을 수리한 후 옮겨두었던 화물을 원래 보관했던 곳으
로 옮긴다.

---

179 이것은 ed. tr. and annot. A. C. Moule & P. Pelliot, *op. cit.*; ed. N. M. Penzer, *op. cit.*, p.314. C.
R. Beazley, *The Dawn of Modern Geography*, vol.3, Murray, London, 1897 and 1901, pp.126 이하를
참조. Mukerji와 같은 저자들은 이 글이 당시 인도 선박을 생각하고 있는 것으로 믿고 있지
만, Marco Polo가 인도제국(諸國) 즉 Indies로 표기한 용어를 모호하게 사용한 것에 의해 오해
하였다. 당시 중국은 극동인도(Further Indies)의 일부였다. 그리고 다른 증거로 볼 때, 이 글은
분명히 중국의 선박을 묘사한 것으로 보는 것이 당연하다고 생각할 수 있는 여러 가지 특징
을 보여주고 있다. 이 오해는 J. Hornell, "The Origins and Ethnological Significance of Indian Boat
Designs," *MAS / B*, 1920, 7, p.203에 의해 해소되었다.

이 선박들은 실제로 1장의 판자에 다른 2장의 판자를 겹치게 하는 방식으로 선체를 건조하면서 못질을 하였다.

그리고 판자들(boards)은 안팎에서 물이 새지 않도록 되어 있다. 우리나라 선원들이 공통적으로 말하고 있는 것처럼, 모든 틈이 안팎에서 메워지며, 판자는 안팎에서 철제 핀으로 못질이 되어 있다. 판자에는 역청이 칠해져 있지 않다. 왜냐하면 그 지방에 역청이 없고 또한 역청보다 오늘날처럼 기름을 칠하는 것이 더 좋다고 생각했기 때문이다. 석탄, 잘게 부순 마(麻), 나무에서 채취한 기름, 이 세 가지 재료를 잘 섞어두면 아주 끈적거려 끈끈이처럼 물건을 둘러붙게 만든다. 이 혼합물을 선체에 바르면, 역청과 거의 비슷한 효과를 낸다.

게다가 이 선박들이 크기에 따라 대략 300명, 200명, 150명, 아니면 그 이상이나 이하의 선원을 필요로 한다는 점을 말해두고 싶다.

이 선박들은 우리나라 선박보다 더 많은 화물을 운반한다.

그리고 과거에는 이러한 선박들이 오늘날의 선박들보다 더 컸다. 오늘날에는 거친 바다가 몇몇 장소에서 섬들을 분리시켜 많은 곳의 수로 넓이가 대형 선박의 통항을 가능하게 할 정도로 크지 않기 때문에, 선박이 작아졌다. 그러나 오늘날의 선박은 작아졌다고 하더라도 대체로 큰 편이며, 5,000바구니나 6,000바구니의 후추를 운반하는 선박도 있다.[180]

이 선박들은 종종 대도(大櫂, sweeps) 즉 큰 노(great oars)를 갖고 있으며, 4명의 선원이 한 개의 노를 젓는다.

대형 선박은 약 1,000바구니의 후추를 운반할 수 있는 대형 부속선을 가지고 있다. 이 부속선의 선원은 크기에 따라 40명, 50명, 60명, 80명, 100명으로 다양하다. 경우에 따라 노를 젓거나 돛을 펼쳐 나아간다. 바람이 보(beam) 방향에서 팽팽하게 분다면, 부속선은 노를 젓거나 돛을 펼쳐 로프 즉 대삭(大

---

180 바구니(basket) 한 개의 무게와 용적을 정말 알고 싶다. 다른 곳(ed. R. E. Latham, *The Travels of Marco Polo*, Penguin, London, 1958, p.224)에서 Parco Polo는 중국 대양 항해선의 흘수가 4걸음 (paces) 즉 약 20피트였다고 서술하였다.

索)을 이용하여 대형 선박의 예인을 돕는다. 다시 말하면, 부속선이 앞으로 나가 로프로 연결된 대형 선박을 끌어당긴다. 그러나 바람이 곧바로 불거나 선미에서 불 경우에는 그렇지 않다. 왜냐하면 대형 선박의 돛이 방해하여 부속선의 돛이 바람을 받지 못하고, 오히려 대형 선박이 부속선을 앞질러버리기 때문이다. 대형 선박은 이처럼 부속선을 2~3척 보유하고 있는데, 그 중 한 척이 다른 한 척보다 크다. 대형 선박은 우리가 보트(boats)로 부르는 소형 선박을 약 10척 정도 따르게 하고 있다. 이 보트는 닻을 내리고, 물고기를 잡는 등 여러 가지 용도로 대형 선박을 위해 사용된다. 대형 선박은 이 보트들을 현측에 묶고 가다가 필요시 물 위에 띄우고, 2척의 큰 부속선을 선미에 연결하여 끌고 다닌다. 보트와 부속선에는 모두 선원과 돛은 물론 다른 필요한 것들도 모두 갖추어져 있다. 앞서 말한 부속선들에도 작은 보트들이 실려 있다.

대형 선박을 치장하려고 할 때 즉 수리하려고 할 때 그리고 혹은 장거리 항해(great voyage)를 한 후나 1년 이상 항해를 한 후 수리가 필요할 때에는 다음과 같이 수리한다. 원래의 판자를 떼어내지 않고 앞서 말한 것처럼 2장의 판자 위에 새로운 1장의 판자를 덧댄 후 못질을 한다. 그리하여 2장의 판자에 1장의 판자가 더해져 판자가 3중이 된다. 못질을 한 후에는 앞서 말한 혼합물질을 발라 틈을 메운다. 이것이 중국인들의 수리 방법이다. 그리고 2년째 되는 해 후반기에 두 번째 수리를 한 후, 그들은 원래 있던 판자를 그대로 두고서 다시 한 번 1장의 판자를 대고 못질을 한다. 그리하면 판자가 4중으로 겹쳐지게 된다. 그들은 판자가 6중이 될 때까지 매년 이러한 방법으로 수리를 한다. 이런 식으로 판자를 계속 붙여 6중이 되면 노후 선박으로 간주되며, 그러한 선박은 거친 외양으로 나가지 못하며, 그 대신 날씨가 좋을 때와 근해에서만 항해하며, 짐을 지나치게 많이 싣지 않는다. 그러나 이러한 선박이라도 사용할 수 없다고 생각될 때까지 아니면 가치가 없다고 생각될 때까지 이용되며, 그런 후에야 해체된다.

따라서 마르코 폴로의 이 증언은 선실(이 선박을 타고 여행하는 상인들이 당연히 가장 먼저 신경 쓰는 것), 타(유럽에서 사용되기 시작한지 80년이 경과),

여러 개의 돛대(당시 유럽에서는 아직 사용되지 않은 것), 격벽 구조가 13세기의 정크에 있었음을 보여주고 있다. 그는 틈이 메워진 외판의 새로운 층을 계속 겹치게 하는 수리 방식을 특별히 지적하고 있다.[181] 이처럼 판자를 겹치게 하는 수리 방법은 18세기와 19세기 초기의 유럽 군함에서도 사용되었다.[182] 여행자였던 마르코 폴로는 동백기름(桐油)과 석회(油石灰)를 사용하고 있음을 언급하고[183] 또한 선박의 크기와 톤수와 같이 중요한 사항에 대해 감탄사를 연발하고 있는데, 그 이유는 그것들이 아주 뛰어난 것들이라고 생각했기 때문이다.[184] 인용문만으로는 확실하지 않지만, 4명이 저었던 것은 아마 노(櫓)였을 것 같다. 항해를 살펴보면, 어떤 이유인지는 몰라도 소형 선박이 대형 선박보다 풍상을 향해 잘 나아갈 수 있었으며, 그러한 경우마다 대형 선박이 작은 부속선들에 의해 예인되었던 것으로 보인다. 마르코 폴로는 피니스(pinnace, 쌍돛대의 소형 부속선)나 딩기(dinghie, 소형 부속선)에 해당하는 여러 척의 소형 선박이 대형 선박을 뒤따르고 있는 모습을 보고 너무 놀란 것 같다. 그가 놀란 것으로 볼 때, 당시 지중해에서는 그러한 선단 편성을 보기 어려웠다고 생각할 수 있게 한다.

마르코 폴로가 중국을 떠나던 1292년(공주를 호위하는 황제의 사절로 출발했

---

181 이것은 후대의 몇몇 여행가와 저술가에 의해서도 언급되고 있다. 그 예로 Jordanus Catalanus(1322), de Contu(1438), Duarte Barbosa(1520), de Castanheba(1554)를 들 수 있다. 층수는 7층까지 가능했다. 엔닌(圓仁)의 저서(tr. E. O. Reischauer, *Ennin's Diary : the Record of a Pilgrimage to China in Search of the Law*, Ronald Press, New York, 1955, p.8)에서 알 수 있듯이, 이러한 수리 방법은 적어도 9세기까지 소급된다.

182 G. C. V. Holmes, *Ancient and Modern Ships*, Chapman & Hall, London, 1906, p.113.; Adm. W. H. Smyth, *The Sailor's Word-Book*, Blackie, Londom, 1867, p.258.

183 이것만으로도 Marco Polo의 선박이 출항한 문화권이 어느 곳인지 아는데 충분할 것이다. 왜냐하면 동백기름을 사용했던 곳이 이곳 외에는 없었기 때문이다.

184 Nicolò de Conti도 그렇게 생각하였다. "그들은 우리보다 더 큰 선박을 건조한다. 즉 그들의 선박 중에는 2,000톤이 나가고, 돛이 5개이며, 돛대도 여러 개인 것도 있다"(ed. N. M. Penzer, *op. cit.*, p.140). H. Cordier, "Deux Voyageurs dans l''Extrême Orient au 15e et 16e siècles," *TP*, 1899, 10을 참조.ㄴ

지만, 17년 동안 살았던 곳을 떠나는 것은 틀림없이 힘든 일이었을 것이다), "위대한 칸은 14척의 대형 선박을 무장하여 출항하게 했는데, 각 선박마다 4개의 돛을 가지고 있었다. … 각 선박마다 600명을 태우고 2년치의 식량을 실었다. …"[185] 사절단의 출항은 에드워드 1세(Edward I) 시대의 영국과 루이(Louis) 시대의 프랑스를 비롯한 유럽 국가들이 이러한 상황에서 보냈을 함대보다 훨씬 더 용감한 행동이었음에 틀림없다.

마르코 폴로의 말이 우리에게 신선한 것으로 생각되지만, 그보다 반세기 이후인 1347년에 중국에 머물렀던 아라비아의 위대한 여행가 이븐 바투타(Ibn Baṭṭūṭah)의 설명을 주목해보자.[186] 그가 모두에 한 주장이 의미가 있다.

중국의 바다에서는 중국 선박으로만 항해할 수 있다. 관찰한 순서대로 중국 선박을 열거해보자.

3가지의 선박이 있다. 가장 큰 것은 조누크(jonouq)로 불리되 단수일 경우에는 종크(jonq)로 불리며(船이 틀림없다), 중형 선박은 자우(zaw)로 불리며(艚나 艘), 가장 소형인 선박은 카람(karam)[187]으로 불린다.

대형 선박에는 1척당 12개의 돛이 달려있으며, 소형 선박에는 3개밖에 없다. 돛은 대를 가늘게 쪼개 만든다. 선원들은 (항해할 때) 이 돛을 결코 내리지 않으며,[188] 바람이 어느 방향에서 불어오는가에 따라 침로가 바뀐다. 돛은 닻을 내릴 때에도 그대로 바람을 맞으며 펼쳐져 있다.[189]

---

185 ed. N. M. Penzer, *op. cit.*, p.24.; tr. et annot. A. C. Moule & P. Pelliot, *op. cit.*, vol.1, p.90.

186 tr. C. Defrémery & B. R. Sanguinetti, *Voyages d'Ibn Batoutah*, vol.4, Soc. Asiat., Paris, 1853~9, pp.91 이하.; tr. S. Lee, *The Travels of Ibn Battutah*, Royal Asiatic Soc., London, 1829, p.172.

187 이 용어는 舸船(ko-kang)에서 유래했는지 모른다. 또한 사실 이탈리아어의 coccask 프랑스어의 coque에서 유래했는지도 모른다. 선박 명칭인 coq와 비교할 필요가 있다.

188 이 훌륭한 해석은 P. Paris, "Quelques Dates pour une Histoire de la Jonque Chinoise," Paper at Congrès International d'Ethnographie Brussels, 1948을 근거로 하고 있다.

189 이것은 미풍이 불 경우 선수가 닻을 내리기 전에 바람을 향해 정지해있는 것을 의미할 것이다. 그런 경우라면, 선원들은 바람이 그쳐도 돛을 내리는 수고를 하지 않아도 되었을 것이다. 그러나 항구에서도 돛을 항상 높이 올리고 있었다는 것을 의미하는 것은 아닐 것

각 선박마다 600명의 선원과 400명의 병사, 총 1,000명의 인원이 일하고 있었고, 병사 중에는 방패를 든 활과 석궁의 사수들 그리고 나프타를 투척하는 병사들이 포함되어 있다.

대형 선박인 경우에는 각 선박마다 니스피(nisfi), 소울티(thoulthi), 로우비(roubi)의 3가지 선박이 뒤따른다.[190]

이 선박들은 중국의 자이톤(Zayton), 취안저우(泉州)[191]나 신알신(Sïn al-Sïn, 廣州)에서만 건조될 수 있다.

다음은 그 선박들을 건조하는 방법이다. 아주 두꺼운 목재(外板)로 2개의 벽이 (평행되게) 세워지고, 아주 두꺼운 판자들(隔壁)이 그 사이의 공간을 가로지르게 하며, 길이가 3엘(ells)[192]인 큰 못으로 보강한다. 이렇게 현측이 만들어지면, 하갑판을 끼워 맞추고, 상갑판을 완성하기 전에 선박을 진수시킨다.

홀수선 근처에 있는 몇 개의 목재와 선체 부분들은 선원들이 몸과 발을 씻는 데 사용된다.[193]

이 목재의 양쪽에는[194] 노가 설치되어 있다. 이 노는 돛대만큼 크며, 각각 10~15명이 서서 이 노를 젓는다.[195]

갑판이 4층이며, 갑판에 상인들의 선실과 라운지가 있다. 이 미스리야(misriya) 즉 상등 선실 중 몇 개는 찬장과 그 밖의 다른 편의 시설이 구비하고 있다. 잠글 수 있는 문이 있으며, 사용자는 열쇠를 지니고 있다. (상인들은)

이다.

190 이 부속선들 중 繼觧은 대형 선박으로부터 해안을 오가는 pinnace였으며, 柁觻은 한 개의 타가 달려 있는 소형 보트였고, 橈觻는 노를 젓는 보트였을지 모른다.

191 그는 다른 곳에서 다음과 같이 기술하였다. "Zayton은 세계에서 가장 큰 도시 중 하나이다. 아니 내가 틀린 것 같다. 그곳은 모든 항구 중에서 가장 큰 곳이다. 나는 100척의 대형 정크와 무수한 소형 선박을 보았다." tr. C. Defrémery & B. R. Sanguinetti, *op. cit.*, vol.4, p.269.; tr. S. Lee, *op. cit.*, p.212.; D. H. Smith, "Zayton's Five Centuries of Sino-Foreign Trade," *JRAS*, 1958, 165를 참조.

192 Ibn Baṭṭūṭah가 긴 꺾쇠(long clamps)를 언급하고 있는 것이라면, 이것은 얼핏 보아 그리 과장된 것으로 보이지 않는다.

193 이것이 선미 전망대(stern-gallery)를 의미하지 않는다면 모호하다고 할 수밖에 없다.

194 이것은 舷緣 즉 뱃전(gunwales)을 의미함에 틀림없다.

195 아마 yulohs(자체 페더링<self-feathering>으로 추진되는 노)를 의미할 것이다.

처첩들을 데리고 다닌다. 그 선박에 탄 다른 사람이 모르게 혼자서 선실에만
있을 수 있기 때문에, 항구에 도착할 때까지 누구도 그를 보지 못하는 경우도
있을 수 있다.[196]

선원들도 선실에 아이들을 태울 수 있고,[197] (선박의 일부 공간에서) 원예용
약초, 야채, 생강 등을 나무통에 재배한다.

그러한 선박의 지휘자는 일종의 위대한 왕(Emir)이다. 그가 상륙할 때에는
그 앞에서 사수와 에티오피아인들(Ethiops)이 투창과 검을 들고 북을 치고,
나팔을 불면서 행진한다.[198] 그가 영빈관에 도착하면, 문 양쪽에 창을 세워두
고 방문 기간 내내 경비를 선다.

중국의 주민들 중에는 여러 척의 선박을 소유하고 그 선박으로 외국에
대리인을 보내는 사람들도 있다. 그 때문에 세계 어디를 가더라도 중국인들보
다 더 풍요로운 사람을 찾을 수 없을 것이다.

이븐 바투타는 이 선박들과 관련된 여러 가지 경험을 하였다. 이 불운한
남성은 인도의 어느 한 항구에서 많은 첩을 데리고 정크에 승선했는데, 모든
고급 선실이 중국 상인에 의해 예약되어 있었다. 그리하여 이븐 바투타 일행
은 승선할 선박을 카람(karam)으로 옮겼다. 그가 승선하기 전에 황제에게 전할
선물이 실려 있던 정크들은 폭풍 속을 항해하다가 모두 침몰해버렸다. 그리고
이 카람의 선장도 그를 남겨놓고 출항해버렸기 때문에, 결국 그는 아내와
귀중품을 다시 찾을 수 없었다. 그는 귀국 도중 태풍을 만났는데, 조난(rukh,
遭難)은 면했다.

이 무어인은 선실, 많은 돛대, 격벽 등의 특징을 베네치아어로 확인해주고

---

196 분명히 그 선박의 事務長(pursers)은 航海部(navigation department)와 마찬가지로 효율적이지
못했다.
197 이것은 오늘날 많은 중국 선박도 마찬가지이다. 선장실은 선장 가족의 주거지이다. 양쯔
강 상류의 정크에서 巫 선장의 경우가 그러하였다.
198 앞서 살펴본 '검은 노예(black slaves)'를 참조. Ibn Baṭṭūṭah의 시대에 이 무장한 남성들은
말레이인들이었을 것이다.

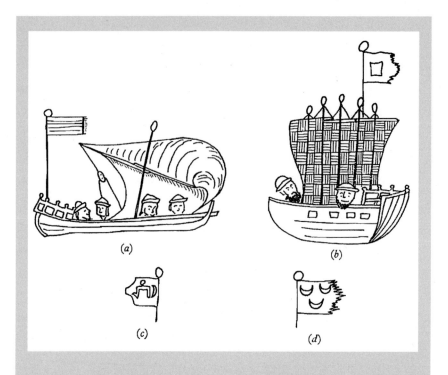

〈그림 977〉 1375년 카탈로니아 세계 지도에 나타나는 중국 선박과 서양 선박(출처 : M. Visconde de Santarém, *Atlas Composé de Mappemondes et de Cartes Hydrographiques et Historiques*, Maulde & Renou, Paris, 1845).

a : 카나리 제도(Canary Is.) 근처에 있는 유럽 선박
b : 동반구의 바다에 있는 대형 정크 중 한 척, 모두 돛대가 5개이고, 돛대마다 편평한 돛들이 달려 있다.
c : 카스피 해(Caspian Sea)의 정크 모양 선박에 걸려있는 깃발, 러시아-몽골의 모든 도시에서 볼 수 있다.
d : 자이톤(Zayton)에서 로프(Lop)까지 모든 중국 도시에 표시되어 있는 3개의 초승달이 그려진 깃발

있는데, 그는 자기 자신이 광둥의 조선소를 방문한 것처럼 말하고 있다.[199] 또한 그는 부속선들의 수에 대해서도 놀랐다. 그러나 그는 마르코 폴로가 기술한 것을 가장 유효하게 보충하고 있다. 그는 당시 유럽과 아라비아의

어떤 선박보다도 훨씬 많고 짜서 만든 돛과 모든 방향에서 부는 바람을 이용
할 수 있는 능력을 증명해보이고 있다. 그리고 그는 몇 사람이 조작하는 거대
한 노— 이야기의 전개에서 알 수 있듯이 틀림없이 율로(yulohs)였을 것이
다[200] — 에 관해 다음과 같이 기술하였다.[201]

> (중국으로 가는 도중) 이 바다는 그렇게 넓은데도 불구하고 바람, 파도,
> 움직임이 없다. 따라서 중국 정크들은 각각 앞서 언급한 3척의 선박을 동반하
> 고 있다. 이 선박들은 노를 젓거나 끌면서 모선(母船)이 나아가는 것을 돕는다.
> 게다가 정크에는 돛대만큼 큰 노가 20개 정도 있고, 서로 마주보게 두 줄로
> 늘어선 30여 명의 남성들이 노를 젓는다. 곤봉처럼 보이는 노에는 2개의 튼튼
> 한 그물이나 큰 새끼줄이 붙어있고, 두 줄의 남성 중 한 줄이 그 줄을 잡아당겼
> 다가 놓아주고, 그 후에는 다른 쪽에서 다시 당겼다가 놓는다. 그리고 노를
> 저을 때 이 남성들은 보통 '라. 라. 라, 라(la, la, la, la)'라고 소리를 지르면서
> 큰 소리로 박자를 맞춘다.

로프 연결 방식을 보고 분명히 구분할 수 있다.

여하튼 간에, 마르코 폴로가 전해주는 정보(그리고 그 밖의 별로 중요하지
않은 사람들의 정보)는 유럽에 전파되어 있었다. 1375년에 제작된 유명한 카탈
로니아(Catalonia) 세계 지도[202]와 1459년에 제작된 프라 마우로 카말돌레세

---

199 그는 다른 곳에서 杭州의 선박 누수 방지 작업장에 대해 말하고 있다.(tr. S. Lee, *The Travels of Ibn Battutah*, Royal Asiatic Soc., London, 1829, p.219)

200 I. McRobert, "The Chinese Yuloh," *MMI*, 1940, 26은 이 문장을 주목하고 있다. 이 문장에 대해 의문을 제기하는 경우도 있지만(D. W. Waters, "The Chinese Yuloh," *MMI*, 1946, 32), 그의 주장은 옳은 것처럼 보인다.

201 tr. C. Defrémery & B. R. Sanguinetti, *op. cit.*, vol.4, p.247.; tr. S. Lee, *op. cit.*, p.205.

202 Carta Catalana는 Paris의 Bibliothèque Nationale에 있는 Mazarin Gallery에 있다(MS. Espagnol 30; Sir Henry Yule, *Cathay and the Way Thither : being a Collection of Mediaeval Notices of China*, Hakluyt Society Pubs., London, 1913~15, vol.1, pp.299 이하.; Anon, *Prince Henry the Navigator and Portuguese Maritime Enterprise : Catalogue of an Exhibition at the British Museum, Sept. to Oct. 1960*, BM, London, 1960,

(Fra Mauro Camaldolese)[203]의 세계 지도가 이 정보를 기초로 하고 있다는 것은 일반적으로 인정되고 있다. 여기에서 관심이 있는 것은 지리학의 자료가 아니라 아주 운 좋게도 두 자료에 나타나는 작은 선박의 그림이다.[204] <그림 977>은 산타렘(Santarem)의 서적에서 인용한 것이다.[205]

카탈로니아 지도에서 동반구의 해상에는 3척의 대형 선박이 그려져 있는데, 세부적인 내용은 약간 다르다(그림 977>을 보라). 이 선박들은 분명히 정크이다.[206] 이 선박들에는 선미와 선수의 트랜섬(transom bow and stern), 선미 갤러리의 난간(rails of a stern-gallery), 현창(portholes)[207]이 있다. 화공들이

p.14를 참조). 이 지도는 프랑스왕 Charles V를 위해 Majorca의 위대한 유대인 출신 지도 제작자이자 도예가였던 Abraham Cresques에 의해 제작되었다. 그의 아들 Jafuda(Maestre Jacome de Malhorca)가 1425년에 포르투갈에서 일하고 있었기 때문에, 항해왕 엔리케(Prince Henry the Navigator)를 위해 일했음이 틀림없다. 이 지도의 복사본 중 양호한 것은 Barcelona의 Maritime Museum에 있다. Marco Polo 외에 Pordenone의 Odoric(Joseph Needham, *Science and Civilization in China*, Vol.1, pp.189 이하를 참조)은 Cresques의 또 다른 정보원이었을 것이다. 이 세계 지도에 나타나는 동아시아의 지명에 대해서는 H. Cordier, "L'Extrême Orient dans l'Atlas Catalan de Charles V, Roi de France," *BGHD*, 1895, 1과 P. Hallberg, *L'Extrême-Orient dans la Littérature et la Cartographie de l'Occident des 13e, 14e et 15e siècles : Etudes sur l'Histoire de la Géographie*, Inaug. Diss., Upsala Zachrisson, Göteborg, 1907의 전문 용어 해설을 보라.

203 D. P. Zurla, *Il Mappamonde di Fra Mauro Camaldolese*, Venice, 1806을 보라. Marco Polo 외에 Nicolò de Conti(Sir Henry Yule, *op. cit.*, vol.1, pp.174 이하를 참조)도 Fra Mauro의 중요한 전거가 되었다. 이 지도에 나타나는 동아시아의 지명도 Hallberg의 용어 해설에 포함되어 있다.

204 Modena의 Estense Library에 있고 1445년에 제작된 세 번째 지도는 K. Kretschmer, "Die Katalanische Weltkarte d. Biblitheca Estense zu Modena," *ZGEB*, 1897, 32에 의해 연구되었다. 이 지도는 Fra Mauro의 지도와 비슷한데, 선박 그림은 그만큼 명확하지 않다. 그러나 이 그림들은 "이 바다를 4개의 돛대로 항해하는 선박 즉 …"라는 Fra Mauro의 기술과 일치하고 있다.

205 M. Visconde Santarem, *Atlas Composé de Mappamondes et de Cartes Hydrographiques et Historiques*, Maulde & Renou, Paris, 1845.

206 D. W. Waters, "Chinese Junks : the Pechili Trader," *MMI*, 1939, 25.; G. R. G. Worcester, *The Junks and Sampans of the Tangtze : a study in Chinese Nautical Research*, vol.1, p.16에서 종종 인정된 것과 A. Jal, *Achéologie Navale*, vol.1, Arthus Bertrand, Paris, 1840, pp.39 이하는 100년 이상 이후에 한 것과 거의 같았다. 그러나 그는 14세기의 화가에게 지나치게 많은 것을 요구했으며, 지도에 그려진 두 유형의 선박을 유럽 선박인지 중국 정크인지 식별하는 것을 거부하였다.

207 G. S. Laird Clowes, "Ships of Early Explorers," *GJ*, 1927, 69에 의하면, 유럽 선박보다 최소한 1세기정도 빨랐다.

〈그림 978〉 1459년 프라 마우로(Fra Mauro)의 세계 지도에 그려진 중국 선박과 서양 선박 (출처 : M. Visconde de Santarém, *Atlas Composé de Mappemondes et de Cartes Hydrographiques et Historiques*, Maulde & Renou, Paris, 1845)

a-d : 유럽의 바다에 그려진 선박
e-g : 동반구의 바다에 그려진 선박
a : 포르투갈 서해안 앞바다에 그려진 선박. 돌출한 선수재, 주돛대와 뒷돛대에 펼쳐진 횡범이 보인다.
b : 스페인 북서쪽 앞바다에 그려진 선박. 선수재가 확실하게 보이고, 선미가 기묘한 모습 으로 그려져 있고, 스프리트세일이 표현되어 있다.
c : 발트 해(Baltic Sea)에 그려져 있는 선박의 부풀어 있는 횡범(橫帆)
d : 이집트 앞바다에 그려져 있는 선박. 라틴세일의 경사진 활대를 볼 수 있다.
e : 실론 서쪽의 인도양에 그려진 선박. 2개의 돛대, 트랜섬 바우(transom bow), 돌출한 타가 보인다.
f : 좀 더 북쪽에 그려진 같은 유형의 선박. 상부 구조물이 솟아 있다.
g : 산둥성 북부의 황해에 그려져 있는 끝이 사각형인 정크. 마르코 폴로가 기술한 것처 럼 보트 1척을 예인하고 있다.

이 선박의 의장(艤裝)과 형태를 분명하게 이해하지 못했음에도 불구하고, 특히 활대 달린 연범(筵帆, mat-and-batten sails)을 단 돛대가 5개 있다.[208] 그는 그 선박들이 인디즈(the Indies, <역자 주 : 갠지즈강 니머의 아시아 지역>)의 어느 바다에 놓여야 할 것인지에 대해 애매한 태도를 보였다. 1척은 자바(Java) 앞 바다에, 다른 1척은 쿠치 습지(Ran of Cutch, Gujerat)에, 마지막 1척은 카스 피 해(Caspian)에 그려져 있다. 앞의 2척은 사각형 문양의 깃발을 휘날리고 있는데, 이것은 페르시아의 모든 도시에서 볼 수 있는 깃발이다. 중국 도시들 에 있는 선박에서는 3개의 초승달 문양이 있는 깃발이 휘날리고 있다. 카스피 해에 그려진 선박은 아라비아 문자처럼 보이지만 판독을 할 수 없는 기호 문양이 있는 깃발을 휘날리고 있다. 이러한 깃발은 러시아(혹은 몽골일까?)의

---

[208] 아마 그는 횡범이 아닌 다른 돛을 상상할 수 없었을 것이다.

모든 도시에서 흔히 볼 수 있다. 정크의 구조가 잘못되어 있지 않기 때문에, 이러한 혼란은 너무 중요한 것으로 여기지 않는 것이 좋을 것 같다. 다행스러운 것은 이 화공이 후세를 위해 아프리카의 카나리아 제도(Canaries) 부근에 유럽 선박의 그림을 그려 놓았다는 점이다. 이 선박은 베이유 벽걸이(Bayeux Tapestry)에서 보이는 노르만족 선박과 비슷하며, 바이킹 선박(longship)에서 유래했음이 분명한 선박이다. 선수재와 선미재가 확실하게 그려져 있고, 정크의 대단히 평평한 돛과는 대조적으로 크게 부풀은 횡범이 그려져 있다.

다음 세기에 제작된 프라 마우로의 지도도 마찬가지로 대조를 보여주고 있다(<그림 978>). 서반구 부분에는 포르투갈 해안의 1척과 발트 해의 1척을 포함하여 횡범을 달고 선수가 높이 솟은 몇 척의 선박이 그려져 있다. 스페인 북서쪽 바다에서는 포앤드애프트 스프리트세일(fore-and-aft sprit sails)[209]을 2장 단 것으로 생각되는 이상한 선박이 보이며, 이집트 해역에서는 큰 삼각돛을 단 경사진 활대가 보인다. 그러나 동반구에도 여러 척의 선박이 있다.[210] 이 선박들에 대해 가장 눈에 띄는 것은 유럽의 선박들보다 모두 상당히 크다는 점이다.[211] 그 선박에는 직사각형으로 솟아오른 선수와 아주 큰 타가 있었음에 틀림없다. 돛대는 4개 이상이다.[212] 갑판실이 솟아있는 모습도 보인다.

---

209 이 선박이 유럽에 출현한 연대가 대체로 1416년이나 그보다 약간 빠른 시기로 간주되고 있기 때문에, 이것은 놀라운 일이 아니다. 외관이 매우 비슷한 터키 선박에 대해서는 Sir Alan Moore, "Last Days of Mast and Sail : an Essay in Nautical Comparative Anatomy," Oxford, 1925, figs. 152, 154를 보라.

210 이 선박들은 오랫동안 정크로 인식되어 왔으며, 그 예로 G. S. Laird Clowes, *op. cit.*를 들 수 있다.

211 1325년 Jordanus Catalanus의 기록에 따르면, "Cathay에서 항해하는 선박은 대단히 크고, 선실이 100개 이상 있다. 순풍이 불 때에는 10개의 돛을 올린다. 선체가 대단히 두꺼운 판자로 만들어지는데, 3층이다. 1층의 판자는 우리나라의 가장 큰 선박과 마찬가지로 선수미 방향으로, 2층은 그것에 직각으로, 3층은 다시 선수미 방향으로 전개되어 있다. 이 선체는 정말 아주 견고하다." tr. Sir Henry Yule, '*Mirabilia Descriptio' : the Wonders of the East*, London, 1863, pp.54 이하를 참조

212 사실 漢과 동시대인 Āndhra 왕조(기원전 230~225)의 硬貨를 가지고 판단하면, 돛대를 2개 이상 사용하는 오래된 전통이 아시아에 있었다(Radhakamud Mukerji, *Indian Shipping : a History*

반면, 이탈리아의 화가는 카탈로니아 화가와 마찬가지로 짜서 만든 돛이 정크에 있다는 것을 이해하지 못했던 것 같다. 왜냐하면 부풀어 오른 스퀘어세일이 정크에 달려 있는 것으로 그려졌기 때문이다. 이러한 선박은 인도양에서도 볼 수 있다. 그보다 훨씬 북쪽에 있는 황해에서도 동일 유형의 소형 선박을 볼 수 있는데, 이 선박은 마르코 폴로에게 감명을 주었던 부속선이나 피니스(pinnaces) 중 한 척을 뒤에서 끌고 있다. 사실 가장 잘 그려진 2척의 정크 바로 옆의 인도양 중앙에는 두루마리 명문이 있는데, 그 명문에는 마르코 폴로의 글에서 비롯되었음이 분명해 보이는 한 문장이 기록되어 있다.

많은 돛대가 있는 선박이 실제로 건조되어 유용하게 사용되었다는 것을 유럽인이 발견한 사실의 중요성은 실제로 클로우스(Clowes)에 의해 강조되었다.[213] 물론 헬레니즘 시대(기원후 1~3세기)에도 2개나 3개의 돛대를 보유한 선박이 있었다고 할 수 있다. 왜냐하면 아르테몬(artemon)으로 불리는 경사진 제1사장(raking bowsprit)이 서서히 앞돛대(foremast)로 바뀌어가고 또한 작은 뒷돛대(mizzen-mast)가 선미에 있었기 때문이다.[214] 그러나 로마 제국에서는 이것들이 사용되지 않았다. 유럽에서 최초의 정확한 연대를 결정할 수 있는

---

of the Sea-Borne Trade and Maritime Activity of the Indians from the Earliest Times, Longmans Green, Bombay and Calcutta, 1912, p.50.; W. H. Schoff, 'The Periplus of the Eruthraean Sea : Travel in the Indian Ocean by a Merchant of the First Century, translated from the Greek and annotated, etc., Longmans Green, New York, 1912, p.244.; P. C. Chakravari, The Art of War in Ancient India, Uni. of Dacca Press, Ramma, Dacca, 1941, p.59). Pulumāyi 왕의 치세(기원후 100년) 때의 것으로 보이는 몇 개의 경화에는 돛대가 2개인 선박이 새겨져 있다. 3세기에는 萬震과 康泰가 최소한 4개의 돛대에 7개의 돛을 단 선박을 언급하였다.

213 G. S. Laird Clowes, op. cit. 아래에서 인용한 그의 말은 현대 지식에 적합하도록 수정되어 왔다.

214 Ostia의 모자이크 세공품과 Etruria의 고분 벽화에서도 이것들이 보인다(M. Moretti, Tarquinia : la Tomba delle Nave, Lerici, Milan, 1961). 로마인과 인도인이 통상을 했던 연대를 고려한 R. le B. Bowen, "The Origins of Fore-and-Aft Rigs," ANEPT, 1959, 19, pp.274 이하(Joseph Needham, Science and Civilization in China, Vol.I, pp.176 이하)는 이 경우에도 여러 개의 돛대와 많은 아딧줄을 설치한다는 아이디어가 인도양에서 서양으로 전파되었다고 믿고 있다. 이와 반대로, artemon은 Ajanta와 Borobodur에서 모두 나타나고 있다(<그림 967>과 <그림 973>).

3개의 돛대를 가진 중세 선박은 프라 마우라와 같은 시대인 1466년 부르봉 (Bourbon) 왕조 루이(Louis) 왕의 인장에서도 볼 수 있다.[215]

15세기 말 발견을 위한 대항해 즉 콜럼버스(Columbus)의 서인도 제도(West Indies)를 향한 항해, 바스코 다 가마(Vasco da Gama)의 인도(India)를 향한 항해, 캐벗 일행(Cabots)의 뉴펀들랜드(Newfoundland)를 향한 항해를 가능하게 한 것은 역풍이 불 때에도 앞으로 나아갈 수 있는 3개의 돛대가 있는 개량된 선박을 도입한 것이었다(고 Clowes는 말하고 있다).[216] 그리고 이 위대한 발전이 인도양에서 아주 효율적으로 교역 활동을 하고 있던 중국 정크에 대한 이야기가 유럽에 전래된 덕분이었을 것이라고 생각하는 것은 이상하다. … 어쨌든, 뒤에서 부는 바람을 받아 항해하고 돛대가 1개였던 1350년의 선박이 본질적인 범장 원리(帆裝原理) 측면에서 돛대가 3개였던 17세기 범선과 아주 유사하게 돛대가 3개나 4개였던 1500년의 선박[217]으로 — 겨우 150년 동안에 — 이상하게 급속히 발달한 원인을 만족스럽게 설명하는 것은 사실

---

215 포르투갈의 대형 카라벨(caravel)에는 이미 1436년에 3개의 돛대가 설치되었다는 몇 가지 증거가 있다(Quirino da Fonseva, *Os Navios do Infante Dom Henrique*, Lisbon, 1958을 보라). Prince Henrique가 사망할 때까지 대형 삼각돛이 대형 카라벨에서 항상 사용되었으며, 그 후에는 대형 삼각돛과 횡범을 조합한 혼합형 돛이 사용되었다. 돛대가 2개인 선박은 유럽에서 13세기로 소급된다(Alfonso X의 Lapidario에서 인용한 T. C. Lethbridge, "Shipbuilding [in the Mediterranean Civilisation and the Middle Ages,]" Art. in *A History of Technology*, ed. C. Singer et al., Vol.2, Oxford, fig. 533을 보라). 이 선박의 앞돛대는 고대 로마의 artemon에서 파생된 것으로 보인다(1174년의 것으로 추정되는 Pisa의 종루에서 인용한 T. C. Lethbridge, *op. cit.*, fog. 530a를 보라).

216 이것은 뒷돛대가 횡범만 있었을 때보다 더 잘 바람을 헤치고 나갈 수 있는 대형 삼각돛을 이용할 기회를 제공하기 때문이다. 이것은 최소한 전문가들의 견해이다. 그러나 뒷돛대의 삼각돛(mizen lateen)이 대형 선박의 조종을 용이하게 해주지만, 역풍을 거슬러 항해할 수 있게 한 것은 아니라고 생각하는 사람들도 있다(그 예로 George Naish 해군 중령의 개인 편지를 들 수 있다). P. Adam & L. Denoix, "Essai sur les Raisons de l'Apparation du Gouvernail d'Etambot," *RHES*, 1962, 40, p.103은 그 발전 과정에서 선미타의 중요성을 강조하고 또한 선미타의 도입을 유럽 선박에 여러 개의 돛을 사용하게 된 주요 원인 중 하나로 보고 있다.

217 G. S. Laird Clowes, *Sailing Ships : their History and Development as illustrated by the Collection of Ship Models in the Science Museum*, Pt.1, Historical Notes, Science Museum, London, 1932, p.71을 참조.

상 아직 그 어떤 사람에게도 가능하지 않다.

이와 관련하여 엔리케 항해왕이 살아 있던 15세기 전반에 정화(鄭和)의 지휘 하에 중국 대양 항해선들의 새로운 발견을 위한 항해가 절정에 이르렀었다는 사실을 상기해야 할 것이다. 이 주목할 만한 사실에 대해서는 약간 뒤에서 언급하려 한다. 이 항해를 할 수 있도록 매개체 역할을 한 사람들은 누구였을까? 아마 (1438년에 남중국을 방문했었을) 콘티(Nicoló de Conti)와 당대의 다른 여행자들이었을 것이다.[218]

유럽인들이 중국 선박의 크기를 보고 충격을 받았듯이, 중국인들도 유럽 선박이 자신들의 선박보다 크다는 인상을 받았다(혹은 받고 있었다)는 것은 흥미로운 사실이다. 1178년에 주거비(周去非)는 다음과 같이 기술하였다.[219]

아라비아 제국의 서쪽에 있는 대양 너머에는 셀 수 없이 많은 나라가 있는데, 목란피(木蘭皮)는 아라비아인들의 대형 선박(巨艦)이 방문하는 유일한 국가이다. 목란피의 선박(舟)은 모든 선박 중에서 가장 크다. 아라비아 국가에 있는 타반지(陀盤地)를 출항하면 서쪽으로 항해한지 백일 만에 그 곳에 도착한다. 한 척당 1천명의 사람들이 타고 있나. 선박 위에는 술과 일용품 창고가 있고, (방직용) 직기와 북, 그리고 시장도 있다. 만약 선박이 순풍을 만나지 못하면 몇 년 동안이나 항구로 돌아갈 수 없다. 아주 커다란 선박을 제외하고

---

218 1450년부터 1550년 사이에는 돛대 수의 증가에 따라 유럽 선박의 톤수가 대폭 증가한 것으로 생각된다. 이러한 경향을 통계적으로 고찰하는 것은 흥미가 있을 것이다. S. E. Gibson, *The Story of the Ship*, Schuman, New York, 1948, pp.110 이하, 121 이하를 참조. 두 가지 모두 Anon, "Deux Études Nouvelles sur les Techniques Maritimes aux 14e et 15e siècles," *MC/TC*, 1952, 2에 논평되어 있다. E. Baratier & F. Reynaud, *Histoire du Commerce de Marseille 1291~1480*, 2 vols, Paris, 1951.; M. Mollat, *Le Commerce Maritime Normand à la Fin du Moyen Age*, Paris, 1952를 참조.
219 『嶺外代答』, 卷三, p.4와 卷六, p.8.; tr. F. Hirth & W. W. Rockhill, *Chau Ju-Kuai : His Work on the Chinese and Arab Trade in the 12th and 13th Centuries*, entitled Chu-Fan-Chi, St. Petersburg, 1911. p.34, 142.

는 어떤 선박도 그러한 항해를 할 수 없다. 그래서 오늘날 목란선(木蘭船)이라는 용어는 중국에서 가장 큰 종류의 정크를 가리키는 데 사용되고 있다. 만약 대형 선박에 대해 말한다면, 목란선만큼 큰 선박은 없다.

大食國西有巨海 海之西有國 不可勝計 巨艦可至者 木蘭皮國爾 蓋自大食之陁盤地國 發舟正西 涉海一百日而至之 一舟容容數千人 舟中有酒食肆機杼之屬 言舟之大者莫木蘭若也 今人謂木蘭舟 得非言其莫大者乎 (『嶺外代答』, 3卷)

그리고 이 모든 언급은 1225년 조여괄(趙汝适)에 의해 되풀이되었다.[220] 그러나 조여괄의 언급에는 일견 전설적인 것으로 보이는 요소가 내포되어 있다고 할 수 있다. 왜냐하면 이어서 길이가 3인치 정도인 밀알, 둘레가 6피트인 멜론(melons), 그리고 때에 따라 외과적 수술로 지방을 떼어놓을 수 있는 양(羊)에 대해 언급하고 있기 때문이다. 구세계의 양 끝에 있던 사람들은 서로 다른 쪽 끝에 있는 사람들이 가장 큰 선박을 가지고 있다고 생각했는데, 객관적으로 볼 때 유럽인들의 생각이 옳았고 중국인들의 생각이 틀렸던 것처럼 보인다.[221]

아니면 중국인이 옳았을까? 목란피에 대한 이야기에는 눈에 보이는 것 이상의 것이 내포되어 있었을지 모른다. 중국학자들이 일반적으로 목란피로 인정하는 장소는 스페인이며, 그 명칭은 알무라비툰(al-Murābitūn)의 알모라비드(Almoravid) 왕조(1061~1147)에서 유래한 것으로 간주되고 있다. 그러나 식물학자인 리후이린(Li Hui-Lin)[222]은 지중해를 동서로 횡단하는 데 100일이

---

220 『諸蕃志』, 卷一, p.30. 약간 과장되어 있다. 예를 들면, '수천 명'을 들 수 있다(Joseph Needham, *Science and Civilization in China*에 인용한 『嶺外代答』에서는 이미 '수천 명'으로 되어 있다).

221 C. N. Parkinson, *Trade in the Eastern Seas, 1793~1813*, Cambridge, 1937, p.321을 참조. 그곳에는 "유럽인들은 중국의 정크보다도 훨씬 못하며, 크기도 작고, 물이 새는 불안한 선박을 타고 16세기 초에 도착했다"고 기술되어 있다.

222 Li Hui-Lin, "Mu-Lan-Phi : a Case for Pre-Columbian Transatlantic Travel by Arab Ships," *HJAS*,

나 걸렸다는 것을 지나친 것으로 생각하고[223] 실제로 이 항해가 대서양 횡단
이었을 것이며 또한 거기에 쓰여 있는 특이한 동식물의 이면에는 아메리카의
고유 종(種)이 포함되어 있다는 점을 시사하고 있다.[224] 만약 그의 의견대로
그 묘사를 진지하게 받아들인다면, 그렇게 오랫동안 저장할 수 있는 거대한
곡식이 옥수수였음에 틀림없고, 멜론으로 표기된 것은 240파운드의 무게가
나가는 색동호박(Cucurbita Pepo)이었을 것이며, 들은 적이 없는 과일은 파인
애플이나 아보카도였을 것이다. 그리고 키가 큰 '양(sheep)'은 아마 라마
(llamas)와 알파카(alpacas)였을지도 모른다. 리후이린은 아라비아인의 대서양
횡단 발상을 10세기 스페인의 무슬림 선원들이 리스본(Lisbon)에서 서쪽으로
항해에 나섰다가 돌아오지 못했다는 알이드리시(al-Idrísi)의 보고와 결부시키
고 있다.[225] 그러나 리후이린의 설명을 수긍하는 데 최대의 난점은 항해 기술
부분에서 나타난다. 아라비아 문화의 봉합선(縫合船, sewn ships)에 대한 모든
지식으로 미루어 볼 때, 아라비아인이 대서양 횡단을 왕복하는 데 견딜 수
있을 만큼 튼튼한 선박을 건조할 수 있었다는 것은 믿기 어렵다. 또한 이슬람
교도 선원들은 유럽으로 돌아오려면 대서양의 해류와 바람의 규칙 등을 알았
어야 하는데, 그것들은 그로부터 5세기가 지나서야 비로소 포르투갈인들에
의해 명확하게 밝혀졌을 뿐, 아라비아인들이 그것들을 알고 있었다는 증거는
전혀 존재하지 않는다. 따라서 현재로서는 주거비(周去非)와 조여괄(趙汝适)이
대서양이 아니라 지중해에 대해서 언급하고 있으며, 그곳을 항해한 선박들이
느리지만 컸다는 것을 말하고 있다는 견해를 받아들일 수밖에 없다.

아마도 송대(宋代)와 원대(元代)의 중국을 여행한 사람들 중에는 남송 시대에

1961, 23.

223 그는 阤盤地를 Dimyāt(Nile 강의 델타 연안에 있는 Damietta라는 도시)로 보고 있다. 그러나
그의 설명에서는 「木蘭皮」라는 명칭을 확인할 수 없다.

224 Columbus 이전 시대의 아메리카 대륙과의 접촉에 관해 곧 언급할 예정이다.

225 tr. R. Dozy & M. J. de Goeje, *Description de l'Afrique et de l'Espagne par Idrisi*, Leiden, 1866.

중국 수군(水軍)의 창설이라는 중대한 사건이 일어났다는 것을 충분히 알고 있는 사람은 없었을 것이다.[226] 남부에서 수운의 발달은 북부의 전쟁, 침략, 정치적 불안, 또는 기후 변화의 사회적인 결과였다. 그러한 요소들은 대단히 많은 사람들을 수많은 강, 피요로드, 항구, 개천 등이 있는 푸젠(福建)과 광둥 (廣東)의 연안 지방으로 남하하게 했다. 이 연안 지방에서는 농업이 북부에서 만큼 쉽게 인구를 부양할 수 없었기 때문에 국가의 지원을 적극적으로 받은 상업 도시들이 번영하기 시작하고, 그리하여 조선술(造船述)과 항해술 그리고 교역과 방위(防衛)를 위해 선박을 타고 바다로 나갈 때 필요한 그 밖의 모든 분야에서 산업이 발전할 수 있었다. 따라서 카이펑(開封)이 함락되고 항저우(杭 州)로 천도가 이루어진 이후인 12세기의 전반기에 정부가 중국의 남동 지방에 중심을 두었을 때, 상비수군(常備水軍, permanent navy)이 처음 창설되었다. 1131년 장의(章宜)는 이제 중국이 바다와 강을 만리장성(Great Wall)으로 여기 고 망루(望樓, watch-towers)를 전선(戰船, warships)으로 대체해야 한다고 서술하 였다.[227] 그 다음해에 연해제치사사(沿海制置使司, 연안 지역의 관제와 조직을 위 한 왕립 병참지)라는 이름으로 최초의 수군성(水軍省, Admiralty)이 딩하이(定海) 에 설립되었다.[228] 이 수군은 원래 11개의 전대(squadrons)와 3,000명의 병력 을 보유했지만, 1세기 만에 상하이(上海)에 기지를 둔 20개의 전대와 52,000 명의 병력으로 발전하였다. 정규 타격 부대(regular striking force)는 필요할 때 상선의 지원을 받을 수 있었다. 따라서 1161년 양쯔강(揚子江)의 전투 때 약 340척의 전선이 참가하였다. 이 시기는 혁신이 계속되던 시기였다. 1129년에 화약탄(gunpowder bombs)을 던지는 투석기(trebuchets)를 모든 전선의 표준 장

---

226 이 과정에 대한 주목할 만하며 선구적인 연구인 Lo Jung-Pang, "The Emergence of China as a Sea-Power during the late Sung and early Yuan Periods," *FEQ*, 1955, 14의 도움을 많이 받았다. 또한 아직 보지 못한 Din Ta-San & F. Olesa Munido, *El Poder Naval Chino desde su Origine hasta Caida de la Dinastia Ming*, Barcelona, 1965도 참조.
227 『歷代名臣奏議』, 卷三百三十四, p.5.
228 『宋史』, 卷一百六十七, 三葉裏

비로 갖추라는 칙령이 시달되었다.[229] 1132년과 1183년 사이에는 발로 밟아 운행되는 외륜선(treadmill-operated paddle-wheel craft)이 크고 작은 것을 포함하여 아주 많이 건조되었는데, 이 외륜선에는 (뛰어난 기술자였던 조저[高宜]가 발명한) 선미 외륜선(stern-wheelers)과 한쪽 현(舷)에 11개의 외륜이 설치된 외륜선 등이 포함되어 있었다.[230] 그리고 그 중 몇 척은 1203년에 (또 다른 뛰어난 조선공[造船工]이었던 진세보[秦世輔]의 설계에 의해) 철판(iron plates)으로 장갑되었다.[231] 고종(高宗)의 치세인 1150년경에 실제로 오(吳)와 월(越)의 고대 정신(ancient spirit)이 진가를 발휘했다고 말할 수 없지만, 중국인은 이전에는 볼 수 없었던 해양지향적(sea-minded) 사고를 갖고 있었다.[232] 그래서 국자감좨주(國子監 祭酒, Director of the Imperial University)였던 막급(莫汲)과 같은 전형적인 남송(南宋)의 학자는 관직을 떠났을 때 항해하러 나가곤 했는데, 선원들에게 북쪽으로 먼 곳까지 자신을 따라오게 했다.[233] 요약하자면, 남송의 수군은 동중국해를 완전히 장악했으며, 거의 2세기에 걸쳐 금(金)과 몽골의 군대가 접근하지 못하게 하였다. 그 후계자인 원(元)의 수군은 역시 남중국해를 지배하고 있었으며, 명(明)의 수군은 인도양을 지배하였다.

3. 원대에서 청대까지

원 왕조 때 몽골인의 지배 하에서 수군의 활동이 특별히 두드러졌다.[234]

---

229 『宋會要稿』(丙篇), 卷二十九, pp.31, 32. 이 문제 전반에 대해서는 뒤에서 다시 살펴볼 것이다.

230 Lo Jung-Pang, "China's Paddle-Wheel Boats : the Mechanised Craft used in the Opium War and their Historical Background," *CHJ / T*, 1960(n.s.), 2(no.1)를 보라. 이 사화는 이미 앞에서 살펴본 적이 있다.

231 中國 水軍史와 韓國 水軍史에서 金屬 武裝의 발전에 대해서는 후술할 것이다.

232 월나라 국민들의 항해지향적 특성(sea-faring qualities)을 보여주는 고대 텍스트들의 흥미로운 모음집은 衛聚賢, 『中國人發現澳洲』, Wei-Hsing, 香港, 1960, pp.47 이하에서 볼 수 있다.

233 莫汲에 관한 설명은 『齊東野語』, 卷十七, p.22 이하에 있다.

먼저, 국가의 성격 때문에 남부 지방에서 송군(宋軍)의 저항을 진압하기 위해서는 강이나 해안에서 전투를 할 필요가 있었다. 1277년의 전투는 양쪽 모두 대규모 함대를 동원하였고, 2년 후의 송나라의 임시 수도였던 광저우(廣州) 부근에서 발생한 최후의 수전(水戰)에서는 800척 이상의 함선이 몽골군에게 나포되었다. 이 때 9살 먹은 황제와 그의 신하들은 가족들과 함께 사망하였는데, 이는 그들이 탄 정크가 너무 큰데다가 짐을 너무 많이 싣고 있어서 안개 속에서 나머지 함선들을 피할 수 없었기 때문이었다. 그러나 이 모든 것은 놀랄 정도로 해양지향적이던 몽골 정부가 펼친 해상 활동의 시작에 불과하였다. 남중국에서 송과 전쟁을 하는 동안 쿠빌라이 칸(Khubilai Khan)의 세계 지배욕은 그로 하여금 일본에 대한 일련의 가공할 원정에 나서게 하였다. 1274년 원정 때 그는 900척의 전함으로 함대를 편성했으며, 이 함대는 25만 명의 병사를 바다를 건너 일본으로 수송하였다. 1281년에는 4,400척의 대함대가 출항하였다. 매번 일본은 태풍과 악천후의 도움으로 침략군을 물리쳤으며, 침략군에게 막대한 손해를 입히는데 성공하였다.[235] 원나라 황제는 1283년에 다시 세 번째 공격을 감행할 의도를 가지고 있었지만, 민중의 반대가 너무 강하여 한발 물러날 수밖에 없었다. 그러나 그는 단념하지 않고 방향을 돌려 1282년에 참파(Champa)로 또한 1292년에 자바(Java)로 (1,000척의 전선으로 편성된) 원정대를 파견했지만, 아무런 결실을 거두지 못하였다. 이 원정들은 대규모 작전이었지만, 그들이 본국으로부터 너무 멀리 가야 했기 때문에

---

234 적당한 요약이 H. Cordier, *Histoire Générale de la Chine*, vol.2, Geuthner, Paris, 1920, pp.296 이하에 있다. 1270년에 이미 당시 대신이었던 劉整은 강력한 해군의 건설을 주장하고 있었다(『元史』, 卷一百六十一, p.12 이하). 1283년에만 4,000척 이상의 전선이 건조되었다.

235 원나라 수군의 선박에 대한 흥미 있는 그림이 같은 시대의 일본 화가인 竹崎秀長(다케자키 수에나가)가 그린 『蒙古襲來繪詞』라는 화집에 있다. 그 일부는 池內宏(이케우치 히로시)), 『元寇の新硏究』, 2 Vols, 東京, 1931에 다시 실려 있다. 이것은 火器의 역사에서 대단히 중요한 화집이다. 작은 발췌본이 F. P. Purvis, "Ship Construction in Japan," *TAS / J*, 1919, 47, fig 8에 수록되어 있다.

영구적인 효과를 전혀 거둘 수 없었다. 마지막으로 1291년에 류쿠(琉球) 제도를 점령하려고 시도했지만, 실패로 끝났다. 불행하게도 원대의 광범위한 수군 활동을 보여주는 역사적 자료는 지금까지 항해술의 관점에서 연구된 적이 없는데, 만약 이러한 시도가 이루어진다면 많은 것을 기대할 수 있을 것이다. 어찌되었든, 원대의 수군을 송대에 창설된 수군이 계속 발전한 것으로 간주하고 또한 명대 초기에 영광을 누렸던 수군을 수군의 선구로 생각하는 우리의 견해는 틀림없이 옳은 것 같다.

송나라가 마침내 정복되었을 때, 몽골군에 종사했던 선원들은 새로운 임무 즉 남부 지방으로부터 북부에 있는 수도(首都)로 곡물을 수송하는 임무를 수행하도록 요청받았다.[236] 멀리 수나라 시대부터 공납 곡물들이 상당히 잘 정비된 수로 시스템을 통해 난징(南京) 지역으로부터 북서쪽으로 운반되고 있었지만, 1264년에 쿠빌라이 칸은 수도를 훨씬 북쪽 즉 지금의 베이징(北京) 근처로 정하였다. 새로운 수송 조건을 충족시키기 위해 대운하가 재정비될 때까지,[237] 새로운 왕조의 안정은 대운하를 대신하는 루트의 성공 여하에 달려 있었다. 해상 항로가 실제로 큰 성공을 거두자, '해상 항로(blue water route)'와 '운하 항로(canal route)'를 주장하는 사람들 사이에 대논쟁이 벌어졌는데, 이 논쟁은 위대한 칸(Great Khan)의 통치 기간보다도 훨씬 긴 50년 동안 계속되었다. 우리가 이것을 알 수 있는 것은 원래는 『원경세대전(元經世大典)』과 보다 작은 책자인 위소(危素)의 『원해운지(元海運志)』의 일부였던 『대원해운기(大元海運記)』라는 제목의 공식 자료집이 남아 있었기 때문이다.[238]

---

236 이것은 8세기에 행해지고 있던 것을 재개한 것이다 해상 항로의 역사에 대해서는 吳緝華, 『明代海運及運河的硏究』, 中央硏究院歷史言語硏究所, 臺北, 1961에서 언급되어 있다.

237 이 이야기는 이미 앞에서 간단히 언급한 적이 있다.

238 이 자료들과 다른 자료들은 Lo Jung-Pang, "The Controversy over Grain Conveyance during the Reign of Khubilai Khan," *FEQ*, 1953, 13에서 훌륭하게 분석되고, 인용되었다. 기본적인 사료인 『元史』, 93卷, p.14 이하의 번역문이 게재되어 있는 tr. H. F. Schurmann, *Economic Structure of the Yuan Dynasty : a translation of chs. 93 and 94 of the Yuan Shih*, Harvard Univ. Press, Cambridge, Mass.,

해상 수송이 최초로 성공한 것은 1282년이었다. 146척의 선박으로 이루어진 함대가 (송과의 해전에서 몽골군편에서 싸웠던) 전직 해적 두목인 주청(朱淸)과 장선(張瑄), 그리고 또 한 명의 수군 장수인 나벽(羅璧)의 지휘 하에 있었다.[239] 산둥 지방의 한 항구에서 겨울을 지낸 후, 그들은 현재 텐진(天津) 근처에 있는 웨이허(衛河)의 하구에서 약 3,230톤의 짐을 하역하였다. 수군에 의한 곡물 수송량은 수로로 운반되는 양과 비슷한 19,800톤이 되었다. 붕당 정치가 강화되고 또한 1286년의 태풍으로 대규모 곡물 수송 함대를 잃는 사건이 발생하자, 주(朱)와 장(張)은 사령관직에서 해임되었으며, 한편 운하의 이용이 보다 적극적으로 추진되었다. 그럼에도 불구하고 원대에는 전 기간 동안 해로가 보다 더 효과적이었고, 1291년에는 제독이 된 두 명의 옛 해적이 해상 수송을 다시 장악하였다.[240] 그들은 위대한 칸이 사망한 후 오래 살지 못했지만, 그들의 후계자인 코비스(Qobis, 和必斯)와 무하마드(Muhammad, 瑪哈默德)가 그 임무를 그 때까지보다도 더 효과적으로 수행하였으며, 그 결과 1329년에는 약 247,000톤이라는 기록적인 연간 수송량을 달성하고 있다.[241] 그 해 이후에는 해상 수송이 점차 감소하였다. 그 이유는 먼저 운하의 사용 빈도가 늘었기 때문이었고, 다음으로 외국 해적 때문이었다. 그리고 명(明) 왕조가 되면서 수도가 다시 난징(南京)으로 이동했다.[242] 그러나 1409년에 수도가 다시 베이징(北京)으로 이동한 후대에도 해로는 원나라 수군이 활동하던 때의 전성기로 다시는 돌아가지 못하였다.[243]

1956, pp.108 이하도 보라.

239 이미 앞에서 그들 탁월한 造船技術者로 언급하였다.

240 1293년 이후 함대는 山東半島의 동쪽 해상을 항해하여 揚子江과 天津 사이의 항해 소요 시간을 10일로 줄였다. 여기에서는 이미 고찰한 적이 있는 水路誌가 의미 있을 것이다. 이 무렵, 대양 항해용 대형 정크는 약 640톤의 화물을 운반하고 있었다.

241 이 수치를 735년경 기록의 수치 즉 운하로 운반된 총량 165,000톤과 비교해보면 흥미롭다.

242 나중에 보게 되겠지만, 수도가 북쪽으로 이동한 후 운하 수송이 우선시된 것은 대양 항해용 선박의 조선을 중지시켰으며, 결과적으로 鄭和의 항해를 중단시키는데 중요한 역할을 하였다. 明代의 운하 항로와 비교한 해상 항로 문제에 대해서는 吳緝華, *op. cit.*를 보라.

이 시대에 고고학계의 주목을 끈 자료들은 본고를 처음으로 서술한 1953년에는 전혀 알려지지 않은 것들이었다. 왜냐하면 그것들이 위난(沂南)에서 약 200마일 떨어진 량산현(梁山縣)에 있는 황하 지류의 늪지대 진흙 속에 깊이 묻혀있었기 때문이다. 그것들은 본고를 서술한지 3년 후에 연뿌리를 심던 시골 사람에 의해 발견되었다. 그 마을의 교장은 그것을 14세기의 완전한 선체로 가치가 있는 것임을 알아차렸고, 그 지방의 고고학자들이 도착했을 때에는 농민들이 진흙을 열심히 파내고 있었다. 이 선체는 현재 위난에 있는 산둥성박물관(山東省博物館)의 특별관에 보존되어 있다(<그림 979>).[244] 이 발굴 선박의 연대 추정에는 의심할 여지가 없다. 왜냐하면 닻에 1372년이라는 명문(銘文)이 있고, 청동제 총통에는 1377년이라는 명문이 있기 때문이다. 선체는 전형적인 중국식이다. 13개의 격벽이 있고, 양 끝이 휘어져 솟아 있으며, 대단히 가늘고 길어 선수에서 선미까지는 약 66피트이고 또한 폭은 약 10피트이다. 사람들은 두 개의 돛대 흔적과 늘어뜨려진 타도 식별할 수 있다. 그 선박은 속력을 내기 위해 만들어진 것처럼 보이고[245] 또한 철모와 다른 장비들의 유물이 선박 안에서 발견되고 있으므로, 그 선박은 대운하에서 그리고 그것과 연결된 수로에서 활동하던 수군의 순시선이었던 것으로 믿어지고 있다. 그 당시의 대형 선박들 중의 하나는 아니지만, 이 유물은 흥미로운 것이다. 왜냐하면 카탈로니아 세계 지도와 동시대의 것이면서 이븐 바투타가 중국에 있었던 때로부터 겨우 수십 년 뒤의 것이기 때문이다.

---

243 명나라에서도 청나라에서도 선박에 의한 1년간의 수송량은 106,000톤을 넘지 않았다. 증기선에 의한 수송 기록은 1909년에 212,000톤이었다. 이러한 수치는 元代의 해운력에 관해 강렬한 인상을 준다. 14세기 이후는 만주에 있는 遼寧 지방의 곡물을 대량으로 공급하였다.

244 그곳에서 필자는 1958년 6월 魯桂珍 박사와 함께 이 선박을 연구하는 기쁨을 누렸다. 그곳에서 받은 친절한 도움에 대해 부관장인 Chhin Kang-Chhing 박사에게 깊이 감사한다. 梁山船에 대해서는 劉桂芳, "山東梁山縣發現的明初兵船," 「文獻參考資料」, 1958(no.2), 51)에 쓰여 있고, 아무리해도 알 수 없는 사진이 『歷史敎學』, 1958年 5月號(705)에 실려 있다.

245 船底의 폭은 좁아 겨우 3피트 정도에 불과하였다.

15세기 초에 명나라가 평화로운 해상 원정으로 성취한 것에 대해서는 이미 많은 논의가 있어 왔다.[246] 이제는 이와 거의 동시에 진행되었던 포르투갈의 원정 항해라는 또 다른 관점에서 간단히 살펴보아야 하겠지만, 여기에서는 정화가 지휘하고, 일반적으로 생각되는 것보다 훨씬 더 큰 영향을 유럽에 주었던 주목할 만한 수군 조선술의 몇 가지 사항을 상세하게 언급하려 한다. 정학성(鄭鶴聲)[247]은 난징(南京) 근처 양쯔강 유역에 있었던 대부분의 조선소가 1403년과 1423년 사이에 전성기를 누리고 있었다는 사실을 밝혔다. 그 조선소들은 보선창(寶船廠)으로 불리었다. 그 조선소가 받은 최초의 주문은 이전에 만들어진 것보다 훨씬 큰 선박(艦舶)을 250척 건조해달라는 것이었다.[248] 그 임무를 관할하는 자는 무관(軍衛有司)이었다가 문관(工部)으로 바뀌었다. 다른 조선소들도 역시 애써 일한 덕분에 1405년과 1407년 사이에 푸젠, 저장,

---

246 특히 Joseph Needham, *Science and Civilization in China*, Vol.1, pp.143 이하와 Vol.3, pp.556 이하에 있다.

247 鄭鶴聲, 『鄭和』, Victory Pub., 重慶, 1945.

248 嚴從簡, 『殊域周咨錄』, 卷八, p.25에는 적어도 그렇게 쓰여 있다. 그러나 『明史錄』, 卷二十-116—百十六卷은 보다 훌륭한 典據이다. 이 공식 기록들로부터 우리는 1403년과 1419년 사이에 중국 정부의 조선소가 94척의 1등급 寶船(Treasure-ships)을 포함하여 2,149척의 대양 항해용 선박을 건조했음을 알 수 있다. 이것 외에도 381척의 화물선이 곡물 수송 업무를 벗어나 인도양과 아프리카 해역에서 수군 업무를 수행할 수 있는 선박으로 개조되었다. 1403년에 137척의 대양 항해용 선박을 건조해달라는 주문이 福建의 조선소에 있었고, 南京에 있는 조선소에 대한 첫 주문은 그 다음해에 50척을 건조해달라는 것이었다. 아마도 嚴從簡은 1407년에 곡물 수송선 249척을 外洋에서 사용할 수 있도록 하라고 都指揮인 汪造에게 하달된 칙령을 생각하고 있었던 듯하다. 어찌되었든 1403년에 건조된 정확한 척수는 250척이 아닌 361척이었다. 이 공식 기록들에 대한 연구의 성과를 제공해준 羅榮邦 박사에게 많은 빚을 지게 되었다. 1419년 이후 조선소에 대한 주문이 거의 중단되었다. 이것은 앞에 상세히 기록되어 있는 기술자 宋禮가 원나라 대운하의 정상 부분을 완성하여 4계절 내내 충분히 사용할 수 있도록 만드는데 성공한 것과 어떠한 관계가 있음에 틀림없다. 이것은 1411년의 일이었으며, 그 직후인 1415년에는 해로에 의한 곡물 수송이 완전히 중단되었다(『明史紀事本末』, 第二十四卷, p.26). 동시에 平江伯인 陳瑄은 운하에서 사용할 흘수가 낮은 돛단배 3,000척을 건조할 권한을 부여받았다. 이렇게 하여 국가의 造船 분야 에너지는 별도의 대상으로 전환되고 또한 깊은 바다에서의 곡물 수송 임무를 위한 선원 양성소도 일시적으로 해산되었으며, 그 결과 조선소가 할 일이 없어졌다. 이 모든 것은 다가오는 권력 투쟁에서 바다를 중요시하는 당파를 약화시켰다.

〈그림 979〉 1377년의 관청 순시선. 량산현(梁山縣) 근교의 진흙 속에서 발굴되어, 현재는 웨난(沂南)의 산둥성박물관이 소장하고 있다(劉桂芳, "山東梁山縣發現的明初兵船,"「文物參考資料」, 1958 (no.21), 51에서 인용).

광둥에서 다양한 등급의 선박 1,365척이 건조될 수 있었다. 1420년에 대형 선박의 조선술은 일종의 청(廳, Board)에 해당하는 대통관제거사(大通關提擧司)를 신설하게 만들었다. 우리는 중요한 설계가이자 조선가(造船家)였던 김벽봉(金碧峰)을 알게 되는데, 그는 많은 시공도(施工圖)인 도양(圖樣)을 작성하였다. 보선창(寶船廠, Treasure Ship Yards)은 대단히 유명해져서 나중에 나무등(羅懋登)이 1597년에 저술한 소설에 묘사될 정도였다.[249] 선박을 진수시키기 위한 길일을 택하기 위해 도사(道士)가 임명되었고,[250] 목수와 금속 기술자 등을 데리고 다양한 일을 하는 관청도 있었다. 시험으로 뽑힌 최고의 직인들이

---

249 「三寶太監下西洋記通俗演義」.
250 오늘날 홍콩에도 이와 동일한 일들이 벌어지고 있다.

궁전이나 절을 수리하고 건축하던 다른 작업장들에서 왔다. 130개의 지방이 특별세를 납부하였다. 정크의 크기에 대해서는 믿을 만한 『명사(明史)』의 「정화전(鄭和傳)」[251]이 말해주고 있는데, 62척의 가장 큰 선박은 길이가 440피트였고, 폭 중에서 가장 넓은 곳은 180피트였다고 쓰여 있다.[252] 각 선박마다 450~500명의 승조원을 태웠다.[253] 선미에는 3층 갑판이 있고, 주갑판 밑에는 여러 층의 갑판이 있었다. 다른 사료에 의하면, 가장 큰 보선(Treasure-ship)에는 돛대가 9개 이상이나 있었다.[254]

이 대형 선박들의 실제 크기는 조선공학(naval archaeology)의 중요한 문제가 되었으며, 많은 토론을 불러 일으켜 왔다. 어떤 사람들은 치수를 줄이기 위해 선폭의 수치가 돛을 현측 밖으로 가장 멀리까지 펼쳤을 때 현측 밖의 부분까지 포함하고 있을 것으로 의심하고 있지만, 그렇지 않은 것 같다. 중국의 전형적인 선체 구조에서 상갑판과 선미루가 선저재(船底材)로부터 전체 길이의 30%정도 더 뻗어 있기 때문에 여기에 주어진 치수를 감안할 때 선저의 길이가 약 310피트이고 또한 개개의 목재 길이가 80피트에 이른다고 추정하는 것이 훨씬 더 적절한 것 같다. 선박의 모양은 폭이 대단히 넓지만(길이와 폭의 비율이 2.45 : 1), 이 수치는 돛대가 8개인 2등급 선박(second-rate 8-masted ships) 즉 마선(馬船)의 길이가 370피트이고 너비가 150피트라는 별개 사료의 데이터에 의해 확인되고 있다.[255] 흘수에 대해서는 어떤 사료도 구체적으로 언급하고 있지 않지만, 몇 개의 보다 더 비공식적인 사료들이 『명사(明史)』에 있는 치수를 확인시켜 주고 있다. 바오준펑(包遵彭)[256]은 이것들을 모두 모아

---

251 『明史』, 卷三百四, p.2.
252 明代의 단위(1.02피트) : 우리의 길이로는 각각 449피트와 184피트
253 이 수치가 병사와 다른 승객을 포함하고 것인지 아니면 또 그만큼의 사람이 더 있었다는 것을 의미하는지는 알 수 없다.
254 包遵彭, 『鄭和下西洋之寶船考』, 中華叢書, 臺北 & 香港, 1961.
255 『客座贅語』, 卷一, p.29. J. J. L. Dnyvendak, "The True Dates of the Chinese Maritime Expeditions in the Early Fifteenth Century," TP, 1939, 34, p.357을 참조.

아마 정화 함대 선박들의 표준 크기를 목록별로 밝혀주고 있다. 그 선박들은 23개 등급으로 분류되는데, 돛대가 9개인 가장 큰 선박으로부터 길이가 최대 선박의 1/10이고 돛대가 1개인 선박까지이다. 그리고 주어진 선폭의 수치를 보면, 길이와 폭의 비율이 항상 같은 것으로 나타난다.

대형 보선의 수치에 대한 신뢰성에 대해서는 바오준펑뿐만 아니라 밀즈(Mills)와 루어렁방(羅榮邦)[257]에 의해서도 논의되고 있는데, 그들이 말하고 있는 것은 총톤수에 대한 부분과 관련지어서 고찰되어야 한다. 밀즈에 의하면, 『명사(明史)』에 나타나는 수치는 약 2,500톤의 적재량과 3,100톤의 배수량이다. 그러나 다른 사료는[258] 그 원정에 사용되었던 가장 큰 선박이 2,000료(料)의 가치를 가졌음을 보여주고 있다. 만약 료(料)를 거의 500파운드와 같은 화물 단위로 간주하는 나영방의 해석이 옳다면, 이 수치는 적재량이 500톤(즉 배수량이 겨우 800톤)이었음을 의미한다. 그러나 그렇다고 해도 당시 포르투갈 선박의 적재량보다는 훨씬 크다. 루어렁방은 정화 함대의 각 선박에 타고 있던 승조원과 병사의 수를 가지고 이 결론을 입증하고 있다.[259] 동시에 그는 송대(宋代)의 선박 중 몇 척이 훨씬 더 크기 때문에 1275년의 『몽양록(夢梁錄)』[260]에 언급된 5,000료(1,250톤의 적재량)의 선박도 실제로 존재했던 것으로 믿는 것 같다. 이것은 거의 같은 시대에 마르코 폴로가 제시한 증거와 잘 부합한 듯하지만, 정확하게 해석하기는 어렵다.

---

256 包遵彭, *op. cit.*

257 J. V. Mills, "The Largiest Chinese Junk and its Displacement," *MMI*, 1960, 46.; 羅榮邦, "中國之車輪船," *CHJ / T*, 1960(n.s.), 2(no.1).; Lo Jung-Pang, *Ships and Shipbuilding in the Early Ming Period*, Unpub. MS를 참조.

258 특히 『龍江船廠記』와 그리고 현재는 존재하지 않는 管勁承, "鄭和下西洋的船," 「東方雜誌」, 1947, 43(no.1).; 徐玉虎, 『鄭和評傳』, 臺北, 1958에 기록되어 있는 鄭和의 石碑를 참조.

259 이 문제에 관해서는 包遵彭, *op. cit.*이 설명하고 있는데, 그 결론은 추론의 영역을 벗어나지 못한다. 왜냐하면 기본 데이터의 서로 다른 아이템들이 각 항해와 관련된 기사에 결여되어 있기 때문이다. 이 어려운 문제에 관해 편지를 교환해준 羅榮邦 박사에게 감사한다.

260 『夢梁錄』, 卷十二, p.15.

놀랄만한 새로운 사실이 1962년에 드러나게 되었다. 그 해에 정화의 보선 중 한 척의 실제 타주(舵柱, rudder-post)가 난징(南京) 근처의 명대(明代) 조선소 터에서 발견되었다. 저우시더(周世德)[261]가 묘사한 바에 의하면, 길이가 36.2피트이고 직경이 1.25피트인 이 커다란 목재에는 19.7피트 길이의 타를 달 수 있었다. 이것은 보통 중국 타의 길이와 폭의 비율이 7:6임을 감안할 때 452평방피트(sq.ft)가 넘는 면적을 의미한다. 그러므로 저우시더는 일반적으로 사용되고 있는 공식을

〈그림 980〉 정화(鄭和, 1420년경)의 대형 선박 중 한 척의 복원된 타. 1962년 난징(南京) 부근에서 발견된 실제 타주(舵柱)의 치수에 따랐다. 크기는 밑에 있는 사람의 모습을 통해 상상할 수 있을 것이다.

이용하여 그 타가 달렸던 선박의 대략적인 길이를 480피트로 계산하였고, 흘수에 대한 별도의 가정을 통해 536피트의 길이를 계산하였다.[262] 이 타주의 발견은 명대의 문헌이 정화 함대의 기함에 대해 믿을 수 없을 정도의 치수를 보이더라도 '완전한 허풍은' 아니라는 것을 알 수 있게 해주었다.[263]

그리고 다음에 우리가 보게 될 것처럼, 정책이 1450년 이전에 근본적으로 변했다. 이유는 아직 분명하게 밝혀지지 않았지만, 장거리 항해는 궁정에서

---

261 周世德, "從寶船廠舵杆的鑑定推論鄭和寶船,"「文獻參考資料」, 1962(no.3).
262 일상적인 명나라 도량형이 아니라 淮尺(1.12피트)이 사용되었다. 이것을 영국의 도량형으로 계산하면 각각 538피트와 600피트이다.
263 이 선박들이 어떠한 모양이었는지 알기 위해서는 <그림 986>과 <그림 987>을 보라.

반해양파(anti-maritime party)가 우위를 차지하게 되면서 종료되었다. 그러나
해양의 전통(traditions of the sea)이 완전히 사라져 버린 것은 아니었으며, 이는
1553년에 정화의 조선소들에 대한 정식 역사가 기술된 사실로 입증된다. 난
징 근처에서 이소상(李昭祥)이 기술하였고 또한 이미 언급된 적이 있는 『용강
선창지(龍江船廠志)』는 이렇게 하여 발간되었다.[264] 이 문헌은 중국 과학 기술
문헌의 보물 중 하나로 생각된다.[265] 이것은 명대의 조선술에 대한 간단한
역사로부터 시작하여 조선소의 조직을 담당한 관리에 대한 기록까지 포함하
고 있다. 그리고 많은 선박의 삽화와 설명이 나오지만,[266] 그것들은 건조된
선박의 크기가 작아졌음을 보여준다. 왜냐하면 1척만이 4개의 돛대가 설치된
해선(海船)이었고,[267] 많은 수가 2개의 돛대가 설치된 선박(大黃船, 四百料戰座船
이나 四百料巡座船)이었으며,[268] 1개의 돛이 설치된 강에서 사용하는 소형 보트
(boat)와 소형 주정(舟艇, craft)도 많았기 때문이다.[269] 이 문헌의 제4장에는
조선소에 관해 기술되어 있고, 평면도(<그림 981>)가 게재되어 있다. 다음으
로 은(銀) 단위로 표시된 재료의 가격과 치수, 설계 명세서와 특별한 작업에
필요한 선장(船匠)과 작업원의 수가 표로 정리되어 있다. 마지막으로 제8장과
마지막 장은 모든 중국 문헌에 나타니는 선박과 해운에 관한 문헌 자료와

---

264 龍江船廠에 있었던 도크의 흔적은 오늘날에도 아직 남아 있다. 1964년에 필자는 Sung Po-Yin
박사와 Yao Chhien 박사와 함께 그곳을 방문할 수 있었으며, 그들에게 깊이 감사드린다. 그
곳에 있던 6개의 커다란 연못은 더 이상 양쯔강과 연결되어 있지 않았고, 각 연못의 길이는
600야드였고 또한 폭은 100야드였다. 바로 여기서 대형 舵柱(<그림 980>), 닻, 그 밖의 철제
물건, 틈을 메우는 물질을 만드는 데 사용되었던 돌절구와 절구공이가 발견되었다.
265 이 책을 가장 먼저 주목한 것은 W. Franke, *Preliminary Notes on Important Literary Sources for the
History of the Ming Dynasty*, Chhêngtu, 1948, no.256이었다.
266 2卷, p.12 이하.
267 2卷, p.36 이하.
268 羅榮邦의 견해와는 달리, 이 원문의 400料는 물론 화물의 톤수라기보다는 필요한 목재량
을 뜻할 것이다. 卷二, p.17, 23.
269 텍스트들이 沈岱의 『南船記』를 상당히 길게 인용하고 있는 경우가 대부분이다. 이 책은
아마 현재 남아 있지 않을 것이기 대문에 더 조사가 필요하다.

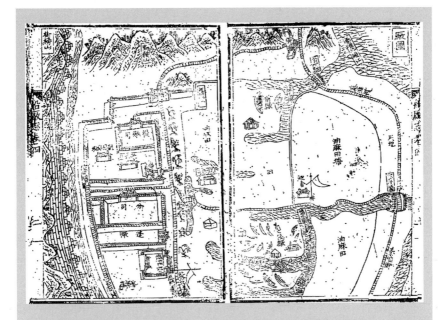

〈그림 981〉난징(南京) 근처 조선소의 평면도 중 하나. 여기에서 정화 함대의 대형 선박이 건조되고 의장(艤裝)되었다. 출처는 『용강선창지(龍江船廠志)』, 卷四, pp.1, 2.

조선소의 일부를 보여주는 이 광경은 왼쪽 난징시의 성벽과 오른쪽 밑 양쪽강으로 흘러들어가는 친화이하(秦淮河, 오른쪽 위에 있는 제명(題銘)) 사이에 있는 가늘고 긴 토지를 남쪽에서 바라본 것이다. 친화이하는 장닝(江寧)을 지나고, 성벽 바깥쪽인 난징시의 남쪽을 돌은 후, 남쪽 부분을 휘돌아 흐른다. 그 강의 이름은 진대(秦代)에 처음으로 운하가 되었다는 믿음에서 비롯되었다. 그 강은 사람이 살기 좋은 곳이라 할 수 없지만, 둥근 만곡부의 한쪽 끝에서 다른 한쪽 끝까지 정박되어 있고 가희(歌姬)를 태운 채색 선박(painted boats)으로 유명하였다. 그러나 그 강의 입구는 15세기의 원양항해용 보선의 대형 선체를 물에 떠오르게 할 수 있을만큼 충분히 컸다. 이 평면도의 제일 위쪽에 마안산(馬鞍山)이 있는데, 지금은 성벽 안쪽에 있다. 그 왼쪽의 성벽 안에는 괘방산(掛榜山)이라고 표기되어 있는데, 이것은 지원자 중 합격자의 명단을 걸어두던 산이었다. 그림 좌측 절반의 위에서부터 아래까지의 부분에서 우리는 다음의 것들을 알아낼 수 있다. 우선 중요한 문이었던 대문(大門), 감독관의 사무실이었던 제거사(提擧司), 십장(什長)의 작업장이었던 작방(作房), 다양한 행정부서들이 있었던 분사(分司), 돛을 보관하는 창고인 봉창(逢廠), 그리고 깃발로 표시되어 있으며 수군연락사무소였던 취휘지(聚揮指)를 식별할 수 있다. 주위는 모두 넓은 벌판(油麻田)인데, 그곳에서는 틈을 메우는 뱃밥을 만들기 위해 마가 재배되고 있었다. 그림의 오른쪽 절반에는 두 개의 조선소가 보이는데, 경사로와 도크가 있다. 위쪽이 전창(前廠)이고, 아래쪽이 후창(後廠)이다. 그 사이에는 다른 깃발로 표시되어 있고 경비소였던 순사(巡舍)가 있다. 수로의 입구에는 두 개의 부교(孚橋)가 있는데, 상대적으로 작은 소부교(小孚橋)가 위쪽에 그리고 큰 대부교(大孚橋)가 아래쪽에 있다.

그리고 친화이허(秦淮河)의 제방을 따라 도로가 나있다.

　도크와 조선소의 유적은 오늘날에도 중바오쿤(中保村) 근교에서 찾아볼 수 있다. 높은 제방에 의해 양쯔강과 분리되어 있었으며, 현재도 양쯔강과 연결되어 있지 않다. 이곳의 발굴은 귀중한 결과를 가져다주고 있다(〈그림 980〉을 참조).

역사 자료를 모아놓은 가장 훌륭한 컬렉션을 제공해주고 있다.[270]

　이와 관련되어 거의 같은 시대에 발간된 서적으로는 1501년 석서(席書)가 편찬하고, 1544년 주가상(朱家相)이 증보한 『조선지(漕船志)』가 있다. 이 책은 국내의 여러 지역에 있는 조선소를 다루고 있고 또한 정크의 종류에 대한 목록을 제공해주지만, 삽화가 전혀 없다. 이 서적의 내용은 일반적으로 기술이 아닌 행정에 관한 것이다.[271]

　전성기였던 1420년경 명나라 수군은 아마 역사상 다른 어느 시대의 아시아 국가 수군보다 훨씬 뛰어났었을 것이다. 또한 그 당시 유럽 국가의 어떤 수군이나 그 수군들을 모두 합쳐놓은 것을 능가했을지도 모른다. 영락제(永樂帝) 치하에서 수군은 모두 3,800척의 전선으로 편성되어 있었다. 그 중 1,350척의 순시선과 1,350척의 전선이 방어 기지(衛나 所)나 도서 기지(寨)를 보호하기 위해 파견되었고, 400척의 전선으로 이루어진 주력 함대가 난징 부근의 신장 꺼우(新江口)에 기지를 두고 있었으며, 또 400척의 곡물 수송용 화물선도 있었다. 게다가 250척 이상의 장거리 항해용 보선(Treasure-ship 즉 galleons)이 있었는데, 평균 선원 수가 1403년에 450명이었다가 1431년에 690명 이상이 되었고, 가장 큰 선박의 경우는 1,000명 이상이었음에 틀림없다. 또한 3,000척의 상선이 항상 예비로 준비되어 있고, 많은 소규모 주정들이 급파용 보트와

270　이 저서에 관해 상세하게 기술하고 있는 것은 包遵彭, op. cit.이다.
271　明代의 서적이다. 陣沂, 『金陸古今圖考』도 참조. 南京의 지리지 중에서 조선소가 있다는 사실이 눈을 끈다.

순시선의 임무를 담당하고 있었다.[272] 1130년에 시작된 이 발달의 절정은 1433년이었으며, 정책이 크게 바뀐 후 수군은 성장할 때보다 훨씬 더 빠르게 쇠퇴하였고, 16세기 중엽에는 과거의 영광이 거의 아무것도 남아 있지 않게 되었다.[273]

서양과의 교섭이 긴밀해졌던 17세기와 18세기에 이르면, 우리의 고고학 편력도 끝나게 된다. 이때의 중국 문헌은 선박 건조 즉 조선(造船, building of ships)과 선박 조종 즉 조선(操船, handling of ships)에 대해 많은 것을 전해주고 있는데, 그것에 관해서는 편의상 이 책의 다른 부분에서 설명하려 한다. 16세기 말이 되면서부터는 곡물 수송 문제와 해상 항로의 상대적 이점에 대한 기록이 문헌에 많이 나타나며, 이것들은 당시 관료 사회에서 계속 논쟁거리가 되었다.[274] 1579년 양몽룡(梁夢龍)의 『해군신고(海軍新考)』가 그에 대한 한 가지 실례가 될 수 있을 것이다.[275] 그리고 17세기 초기의 수 십 년간은 이미 앞에서 언급한 기술백과전서들이 나타난 시기였으며,[276] 간단하게 설명될 수 있는 몇 개의 중요한 항해 편람도 남아 있다.[277] 18세기 초의『도서집성(圖書集成)』(1726)에도 중세의 선박에 관한 정보가 많이 실려 있고, 후기에는

---

272 이 단락과 앞 단락에서 말한 많은 정보에 관한 사료는 鄭鶴聲,『鄭和』, Victory Pub., 重慶, 1945와 羅榮邦, "中國之車輪船," CHJ / T, 1960(n.s.), 2(no.1).; Lo Jung-Pang, "The Decline of Early Ming Navy," OE, 1958, 5에 의해 수집되었다.

273 1368년부터 1575년까지의 수군에 관한 많은 정보는『續文獻通考』, 132卷에 수록되어 있다. B. von Wiethof, "On the Structure of the Chinese Private Trade with overseas about 1550," With chart. Proc. 14th Conference of Junior Sinologists, Breukelen, 1962.; Ibid, Die Chinesische Seeverbotspolitik und der private Überseehandel von 1368 bis 1567, Wiesbaden, 1963을 참조.

274 이것에 관한 元代의 배경에 대해서는 tr. H. F. Schurmann, Economic Structure of the Yuan Dynasty : a translation of chs. 93 and 94 of the Yuan Shih, Harvard Univ. Press, Cambridge Mass., 1956, ch.6의 설명을 보라.

275 이 저서는 杭州와 天津 사이의 해안에 대한 2장의 지도를 포함하고 있고, 航程(권一, p.23 이하), 新造한 선박의 試驗航海(p.32), 船匠들의 이름을 보여주는 표(p.32) 등도 포함되어 있다.

276 1609년의『三才圖會』1628년의『武備志』, 1637년의『天工開物』등.

277 특히 1618년의『東西洋考』을 참조

『유구국지략(琉球國志略)』과 같은 귀중한 여행기도 편찬되었다. 18세기 말에는 홍양길(洪亮吉)의 서지학적 연구와 푸젠(福建) 지방의 조선(造船)관련 입문서도 있었다. 이 몇 세기를 통해 중국의 선박은 동남아시아의 해상 교역에서 대단히 중요한 역할을 계속하여 맡았다. 이것에 대한 연구는 인러강(因汝康)[278]의 작지만 유익한 단행본들에 의해 시작되었다.

18세기에는 유럽인들이 실제로 사용되고 있는 많은 중국 선박들을 보기 시작하였다. 때로는 중국인 조선기술자들을 고용하는 경우도 있었다. 1788년 아메리카의 북서 해안을 탐험하기 위해 마카오(Macao)를 출항한 미어스(John Meares)는 그들을 데리고 갔다. 물론,

이 분야의 중국인 명장들(artificers)은 우리의 조선 방식을 전혀 알지 못했다. 중국의 인접 해역을 항해하는 선박은 독특한 구조를 가지고 있었다. 수천 톤의 적재량을 가진 선박에도 철이 전혀 사용되지 않았고,[279] 그들이 사용하는 닻은 나무로 만들어져 있으며, 그들의 거대한 돛은 짜서(matting) 만든 것이었다. 그러나 목재로 된 이 물에 뜨는 선체는 험한 날씨에도 견딜 수 있고, 상당한 바람을 받으면서도 돛으로 잘 달릴 수 있다. 그들은 그러한 설비(facility)와 수의(care)만으로도 유럽의 선원들을 놀라게 했다.[280]

바로 이것이 그 세기 말에 영국인 대항해가가 갖고 있던 견해였다.

마지막 한 장면이 이 이야기를 완결시켜 줄 수 있을 것 같다. 「일러스트래티드 런던 뉴스(Illustrated London News)」의 독자들은 1848년 3월 28일에 중국의

---

278 因汝康, "十七世紀至十九世紀中葉中國帆船在東南亞洲航運和商業上的地位," *LSYC*, 1956, 2(no.8).; J. K. Thien, "Two Kuching Jars," *SMJ*, 1949, 5.

279 여기서 그는 확실히 과장하고 있다.

280 John Meares, *Voyages made in the Years 1788 and 1789, from China to North-west Coast of America* …; Walter, London, 1790, p.88. ed. J. L. Cranmer-Byng, *An Embassy to China : being the Journal kept by Lord Macartney during his Embassy to the Emperor Chhien-Lung, 1793 and 1795*, Longmans, London, 1962, pp.81, 179, 200, 274 이하에 있는 Macartney(1794년)의 기사를 참조.

정크가 태평양과 대서양을 성공적으로 횡단하여 템스 강(Thames)에 도착했다
는 사실을 알게 되었다. 이 선박은 광저우(廣州) 지사(知事)이면서 외국인과의
교섭에 호의적인 청조(清朝)의 외교관이었던 기영(耆英)의 이름을 본 따 키잉호
(Keying, 耆英號)로 불리고 있었다.[281] 이 선박은 무게 750톤, 길이 160피트,
폭 33피트, 수밀구획 15개를 보유한 티크재로 만든 정크였다. 주돛대의 높이
는 90피트, 앞 돛대는 75피트, 뒷 돛대는 50피트였고, 주돛의 활대(mainsail
yard) 길이는 67피트이고, 러그 세일(lugsail)에는 3피트 간격으로 활대(battens)
가 붙어 있었다. 주돛은 무게가 9톤이고, 돛을 올리는 데는 시간이 좀 걸리지
만, 내리는 것은 거의 즉시 할 수 있었다. 타는 고전적인 방식으로 걸려 있었
다. 선장인 켈리트(C. A. Kellet)는 그 선박에 대해 "훌륭한 대양 항해용 선박이
며, 놀랄 정도로 누수가 없다"고 묘사하였다.[282] 그러나 이 선박은 두 번 다시
영국을 떠나지 못하였고, 결국 부서져 버렸다. 다른 장거리 항해들이 중국의
정크에 의해 이루어졌는데, 예를 들면 1908년 홍콩(香港)에서 시드니(Sydney)
로 항해한 왕호호(*Whangho*), 1912년부터 1913년에 걸쳐 상하이(上海)에서 켈
리포니아의 산 페드로(San Pedro)로 항해한 닝포호(*Ningpo*)가 있다.[283] 현대의
선원들에게[284] 중국 선박의 내항성(耐航性, seaworthiness)이 입증되었다.[285] 이

281 키잉호(Keying)의 항해에 대해서는 H. H. Brindley, "The Keying," *MMI*, 1922, 8.; Chhen
Chhi-Thien, *Tsêng Kuo-Fan : Pioneer Promotor of the Steamship in China*, Dept. of Economics, Yenching
Univ., Vetch, Peiping, 1935.; I. A. Donnelly, "Fuchow Pole Junks," *MMI*, 1923, 9; J. Orange, *The
Charter Collection : Pictures Relation to China*, Hongkong, Macao, 1655 to 1860, with Historical and
Descriptive Lettepress … , Butterworth, London, 1924, pp.440, fig. 13.; L. Audemard, *Les Jonques
Chinoises : III. Ornementation et Types*, Museum voor Land-en Volken-Kunde & Maritiem Museum Prins
Hendrik, Rotterdam, 1960, pp.32 이하.; Anon, *Description of the Junk 'Keying'*, printed for the Author,
and Sold on Board the Junk, Such. London, 1848을 보라.
282 "중국을 출발한 이래 물이 한 방울도 스며들지 않았다. 누수가 전혀 없었다. 대단히 아름
답고, 편안한 대양선(sea-boat)이다"(Anon, *London as it is Today : Where to go and What to see during
the Great Exhibition*, Clarke, London, 1851, p.282).
283 L. A. Pritchard, "The 'Ningpo' Junk", *MMI*, 1923, 9에 상세하게 쓰여 있다. 이 선박은 복건의
花屁股(목재 운송 정크)와 같은 형태를 보여주는데, 19세기 초의 것으로 생각할 수 있다.
284 가장 위대한 항해자 중 한 사람. Joshua Slocum 선장의 의견도 생략할 수 없다. 그는 소형

러한 항해는 여전히 계속되고 있다. 본서의 서술이 완료되기 조금 전인 1959
년 9월 바르셀로나(Barcelona)에서 열린 국제과학사학회의(International Cong
ress of the History of Science)의 참석자들은 그 항구에 루비오호(*Rubio*)가 도착하
는 것을 볼 좋은 기회를 가질 수 있었다. 남중국의 전형적인 형태로서 가장자
리가 둥근 돛(round-leeched sails)을 단 60톤의 이 선박은 호세-마리아 테이
플라나스(José-Maria Tey Planas) 선장의 지휘 하에 홍콩으로부터 성공적으로
항해해 왔다.

4. 중국인이 항해한 바다

코르디에(Cordier)는 다음과 같이 서술하고 있다. "서구인들은 이상하게도
세계 역사의 범위를 이스라엘, 그리스, 로마를 둘러싼 인류의 발전으로 좁혀
버렸다. 따라서 그들은 선박을 타고 중국해와 인도양의 파도를 넘어 나아가거
나 말을 타고 광대한 중앙아시아를 횡단하여 페르시아 만까지 갔던 여행자와
탐험가들의 활동을 무시해버렸다. 사실 고대 그리스와 로마와는 다르지만
전혀 뒤지지 않는 문화를 지니고 있던 지구상의 광대한 지역은 스스로 세계의

---

sloop였던 *Spray*호를 만들어 단독으로 세계를 일주한 최초의 인물이었다(1895~98년). 그러나
그 이전에 그는 barque였던 *Aquidneck*호를 잃은 후, 1888년 브라질에 있는 Guarakasava에서 대
를 이용하여 만든 (활대 승강용 고리[parrel]와 과 여러 개의 아딧줄[sheet]을 포함한) 러그세
일(lugsail), 유럽식 선체, 그리고 유공타(有孔舵, fenestrated rudder)를 달고 있고, 35피트의 돛대
가 3개 있는 선박을 건조했다. 그는 나중에 '그 선박의 艤裝(rig)이 중국 삼판의 양식이었
는데, 그것을 세상에서 가장 편리한 것이라고 나는 생각한다'고 말했다. 그는 이 Liberdade호
를 타고 그 해가 끝나기 전에 가족과 함께 워싱턴까지 안전하게 여행하였다. 젊었을 때, 그
는 종종 중국의 해안을 방문했었다.
285 그러한 실험 중 가장 새로운 것은, 1934년 Bisschop과 Tatibouét의 실험이었다(R. J. E. C.
Lefebvre des Noëttes, *De la Marine Antique à la Marine Moderne : La Révolution du Gouvernail*, Masson,
Paris, 1935, p.141을 보라) 하지만 그들은 매달아져 있는 타 때문에 어려움을 겪었다. 다른
또 한 가지 예는 1953년에 정크로 태평양을 횡단한 E. A. Petersen, *In a Junk across the Pacific*,
Elek, London, 1954에 의해 묘사된 것이다.

역사를 쓰고 있다고 생각하면서 좁은 세계의 역사를 서술한 서양인들에게
알려지지 않은 채 남아 있었다."[286] 그러므로 항해 분야를 관찰하고 있는
이 장에서 그 불균형을 바로 잡고, 중국의 선장들이 자기나라를 떠나 얼마나
멀리까지 포도주색의 어두운 바다를 항해할 준비가 되어 있었는가를 살펴
보려고 한다. 앞에서 인용한 적이 있는 기본(Gibbon)의 다음과 같은 언급이
다시 생각난다. "만약 중국인들이 그리스인과 페니키아인의 천재성을 가지고
있었더라면, 발견 범위를 남반구까지 넓힐 수 있었을 것이다."[287] 남반구가
대부분 대양이라는 사실을 생각하면, 확실히 중국인은 그렇게 했을 것이다
(<그림 989>의 지도를 참조).

　아시아의 선원들은 기술 장비가 아닌 용기의 부족 때문에 희망봉을 돌아온
적이 없었다는 말이 있었다.[288] 그들이 그곳을 돌아오지 않았다고 하더라도,
이 전제들 중 어느 한 가지라도 어떤 의미에서 사실이었는지는 지극히 의심스
럽다. 아라비아와 인도의 봉합선들이 실제로 장거리 항해를 하기에는 안심할
수 없었던 것은 확실하지만, 인도네시아인들은 바다를 경유하여 마다가스카
르(Madagascar)를 식민지화하는 데 성공하였다.[289] 중국의 대형 선박이 아프리
카의 서해안과 오스트레일리아 대륙을 발견하지 못했을 이유는 거의 없다.
아니 전혀 없다. 사실은 항해 기술보다는 사회적 또는 정치적인 분위기들이
그러한 활동을 방해하는 요인이었다. 중국 깃발을 달고 가장 멀리 항해하는

---

286 H. Cordier, Histoire *Générale de la Chine*, vol.1, p.237.

287 Joseph Needham, *Science and Civilization in China*, Vol.4, pt.1, p.231. E. Gibbon, *Decline and Fall*, vol.7, p.95. 그는 다음과 같이 덧붙이고 있다. "나는 성격상 페르시아 만이나 희망봉까지 먼 거리를 항해했다는 것을 조사할 자격이 없으며, 믿으려는 생각도 없다." 이러한 그의 견해 는 이어진 쪽들에서도 계속 비중 있게 다루어지고 있으나, 적절하지 못한 것이다.

288 C. N. Parkinson, *Trade in the Eastern Seas, 1793~1813*, Cambridge, 1937, p.6. Smyth는 전혀 다른 견해를 보였다. "중국인에 이어, 아라비아인이 고대 동양에서 가장 교묘하고 대담한 뱃사람 들이었다. …" H. Warington Smyth, *Mast and Sail in Europe and Asia*, Blackwood, Edinburgh, 1906, 1st ed., p.301과 1929, 2nd ed., p.346.

289 W. H. Moreland, "Ships of the Arabian Sea about 1500 A.D.," *JRAS*, 1939, 63 and 173을 참조.

데 바스라(Basra)에서 보르네오(Borneo)까지 그리고 잔지바르(Zanzibar)에서 캄챠카(Kamchatka)까지의 거리는 결코 대수롭지 않은 것이 아니었다. 그리고 그들의 용기에 대해서는 덜 언급하는 것이 더 나을 것 같다. 현대의 어떤 항해가라도 불교 순례자와 14세기 자이톤(Zayton)의 에미르(Emir)가 탔던 선박과 장비를 가지고 항해에 나선다면 그들과 비슷한 감정을 갖게 될 것이다.

정화의 거대한 바크형 범선들(great barques)이 통과하는 것을 볼 수 있었던 광둥(廣東)과 푸젠(福建)의 해안을 거닐고 또한 포르투칼 타구스(Tagus) 강둑의 벨렘탑(Tower of Belem)과 프라이아 드 레스텔로(Praia de Restelo)를 한눈에 내려다 볼 수 있는 언덕에 오르는 행운을 가진 사람이라면, 중국인들과 포르투갈인들이 위대한 발견을 위해 실시한 항해들에서 기이한 동시대성을 느껴 깊은 인상을 받지 않을 수 없을 것이다. 극동으로부터 포르투갈인들의 탐험 조류가 거대한 흐름이 되기 시작한 바로 그 시기에 극동으로부터 중국인들의 장거리 항해가 최고조에 이르렀던 것은 놀라운 역사적 일치이다.[290] 이러한 두 가지 조류는 아프리카 대륙의 해안이라는 한 곳에서 거의 만났다. 그들에게 바람의 천사들(wind-angels)이자 동시에 그들을 격려했던 사람들은 모두 항해에 적극성을 보였던 놀라운 두 부류의 사람들이었다. 한 부류는 항해자들을 후원한 왕실이었고, 다른 한 부류는 궁정의 환관(eunuch), 대사(ambassador) 그리고 제독(admiral)이었다. 이 대조는 불가피하다. 왜냐하면 그 대조하려는 시기가 중국 해양 진출(maritime enterprise)의 절정기였기 때문이다.

---

290 이것은 훨씬 전에 W. F. Mayers, "Chinese Explorations of the Indian Ocean during the 15th Century," *CR*, 1875, 3에 의해 지적되었다. Mayers는 15세기 초기 중국인의 대항해는 "포르투 갈의 왕자였던 항해왕 엔리케에 의해 지구 반대편에서 촉진된 영웅적인 시도와 시기적으로 기묘하게 일치하고 있다 …"고 말했다(1875년). 마찬가지로 S. Lévi, "Ceylon et la Chine," *JA*, 1900, 15도 60년 전에 이처럼 유사한 움직임들이 "역사의 리듬에 의해 발생하였다"고 말하 였다.

1) 삼보제독(三寶提督)

이 책을 성실하게 읽은 독자들은 정화와 그의 부관들이 낯설게 느껴지지 않을 것이다. 왜냐하면 여러 문화 사이의 상호 접촉을 논할 때와 지리학과 지도학을 논할 때, 그들의 공적을 언급한 적이 있었기 때문이다.[291] 1767년에 칙령에 의해 학자들이 편찬한 『역대통감집람(歷代通鑑輯覽)』[292] 의 한 구절을 다시 인용해보자.

영락(永樂) 3년(1405)에 궁궐의 환관(中官)인 정화(鄭和; [주석] 일반적으로 삼보대감<三寶太監>으로 알려져 있는 윈난성<雲南省> 출신의 인물)[293]는 (국가의) 사절로 서양(西洋)에 파견되었다.

〔주〕 성조(成祖) 황제는 자신의 (조카인) (이전) 황제 건문제(建文帝) 즉 혜제(惠帝)가 바다 저쪽으로 도망간 것이 아닌가하고 의심하여, 그 흔적을 추적하기 위해 정화, 왕경홍(王景弘), 그 밖의 사람들을 파견하였다.[294] 막대한 양의 금과 다른 보물을 가지고 또한 자신의 휘하에 37,000명 이상의 장졸로 편성된 부대를 이끌고, 그들은 대형 선박(大舶, 수는 62척)을 만들어 쑤저우(蘇州)의 유가항(劉家港)[295]에서 출항하였다. 그들은 그곳에서 푸젠(福建)을 거쳐 점성(占城, 인도차이나의 Champa)까지 간 다음, 서양 해역을 항해하기 시작하였

---

291 Joseph Needham, *Science and Civilization in China*, Vol.1, pp.143 이하.; Joseph Needham, *Science and Civilization in China*, Vol.3, pp.556 이하 등.

292 卷二百, p.4 이하.; W. F. Mayers, "Chinese Explorations of the Indian Ocean during the 15th Century," *CR*, 1875, 3과 1875, 4를 참조. 이 번역은 Joseph Needham, *Science and Civilization in China*, Vol.3, p.557의 것을 부연한 것이기 때문에 그 잘못을 바로 잡는다.

293 鄭和의 유명한 직함(다른 2, 3개의 고위 궁정 관직도 보유하고 있었다)은 강력한 불교적 배경을 지니고 있다. 왜냐하면 「三寶」(三保)가 '三位一體의 御名'에 상당하는 3가지 보물 즉 佛, 法, 僧을 의미하기 때문이다. 하지만 鄭和가 이슬람교도 출신이라는 것은 의심할 여지가 없다. 중국의 민간 종교에는 이처럼 융합적인 경향이 있었다. 다분히 영적인 보물이 현세의 보물과 혼동되기도 했을 것이다.

294 이 텍스트는 弘을 잘못하여 和라고 하고 있다.

295 현재의 上海 근처에 있다.

다.[296]

이곳에서 천자의 칙령을 알리고, 폐하의 위대함과 덕(威德)을 해외에 널리 전파하였다. 그들은 현지의 왕과 통치자들에게 선물을 주고(賜), 복종하기를 거부하는 사람들에게는 무력을 과시하였다(不服則以兵懾之). 모든 국가가 황제의 명령에 복종하게 되었고, 정화가 귀국할 때는 그를 따라 공물을 바칠 특사를 보냈다. 황제는 대단히 기뻐하였고, 곧 정화에게 다시 해외로 나갈 것을 명령하였고, 여러 나라에 많은 선물을 보냈다(徧賚諸邦). 이에 따라 황제 앞에 스스로 나타나는 외국인의 수가 훨씬 많아졌다.

정화는 외교 사절의 임무를 7회 수행하였고, 외국의 수장(Chief, 누구를 가리키는지는 후술할 예정이다)을 3번이나 포로로 사로잡았다. 그의 공적은 옛날부터 그때까지 필적할만한 것이 없을 정도였다. 동시에 중국 상품의 이익에 끌려 많은 나라의 사람들이 무역을 목적으로 서로 왕래하는 일이 확대되었으므로, 왕래가 끊이지 않았다. 따라서 당시 "삼보 환관(Three-Jewel Eunuch)이 서양으로 갔다(三保太監下西洋)"는 구절이 속담으로 쓰일 정도였다. 나중에 해상으로 여러 나라에 파견된 사람들은 정화의 이름을 이용하여 자신을 외국에 과시하였다.

(永樂 三年 夏 六月) … 遣中官鄭和(雲南人 世謂之三保太監) 使西洋

(注) 帝疑建文帝亡海外 命和及王景和等及跡之 多齎金幣 率兵三萬七千餘人 造大船(凡六十有二) 由蘇州劉家港泛海 至福建 頒天子詔 宣示威德 因給賜其君長 不服則以兵懾之 諸邦咸聽命 比和還 皆遣使者隨和朝貢 帝大喜 未幾和往 徧賚諸邦 由是來朝者益衆

---

296 지금까지 주석은 正史인 『明史』, 「鄭和傳」, 卷三百四, p.2 이하를 따르고 있는데, 이 이후는 짧게 요약한 것이다. 이 鄭和伝은 P. Pelliot, "Les Grands Voyages Maritimes Chinois au Début du 15e Siècle," TP, 1933, 30, pp.273 이하, 277 이하, 290 이하, 299, 300 이하 및 302에 번역되어 있다. 正史에는 37,000명이 아니라 27,800명으로 기술되어 있고, 가장 큰 선박의 寸法이 기록되어 있다. 이 점은 나중에 다시 볼 것이다. 惠帝에 관해 언급한 후, "외국의 국가들에게 중국의 힘과 영광을 과시한 것으로 생각하고 있었다"고 덧붙이고 있다.

和先後凡七奉使 三擒番長 (註釋 省略) 爲古來宦官未有 而諸蕃利中國貨物 益互
市通商 往來不絶 故當時有三保太監下西洋之說 而後祉奉命海表者 莫不盛稱和以
誇外蕃 (『御批歷代通鑑輯覽』, 200卷)

이 흥미로운 인용문 중에서 항해의 초기 동기를 엿볼 수 있다. 퇴위한 황제
를 찾는 것이 동기였지만, 그 이면에는 이미 알고 있는 세계의 한계 너머에
있는 국가들에서 중국의 이미지를 정치, 문화의 지도적인 강대국으로 각인시
킨다는 바람이 있었다. 또한 해외 무역의 장려라는 동기도 있었다. 송나라의
위대한 황제이면서 중국 수군의 창시자이기도 했던 고종(高宗)은 다음과 같이
말하였다.[297] "해외 무역에서 얻는 이익이 대단히 크다. 적절하게 관리되기만
하면, 이익이 백만(현금다발)을 넘을 것이다. 이것이 백성들에게 세금을 매기
는 것보다 낫지 않은가?" 그것은 항저우(杭州)로 물러난 정부가 처음으로 수군
력의 중요성을 완벽하게 인식하게 되었던 1145년의 일이었다.[298] 그러나 그
것은 그때에도 유효하였다. 왜냐하면 그 때 타메를란(Tamerlane)의 티무르 랑
(Timūr Lang)[299]이 서아시아 전역을 모두 유린하였고 또한 투르케스탄

---

297 『宋會要稿』, 卷四十四, pp.20, 24.; Lo Jung-Pang, "The Emergence of China as a Sea-Power during the late Sung and early Yuan Periods," *FEQ*, 1955, 14.
298 물론 이미 1000년 동안에 걸쳐 남해와의 준공적(準公的)인 교역 관계가 있었다(Joseph Needham, *Science and Civilization in China*, Vol.1, sect. 7과 2년부터 960년까지 조공 사절의 명단이 첨부된 Wang Kung-Wu, "The Nanhai Trade : a Study of the Early History of Chinese Trade in the South China Sea," *JRAS / M*, 1958, 31(pt.2)의 논문을 참조). 987년 송나라 조정은 약물, 상아, 코뿔소의 뿔, 진주 등을 구입하기 위해 남해의 여러 나라로 (동남아시아와 아마 인도까지도) 4척의 함대를 이용하여 8명의 관리를 파견한 일이 있었다. 그들은 중국으로 통상 사절의 파견을 요청받은 국가들의 통치자에게 줄 아무것도 쓰이지 않은 특허장을 가지고 갔다. 원나라 정부도 또한 1278년 이래 많은 사절을 해외로 보냈다. 귀국하는 Marco Polo를 태우고 1294년에 Ormuz에 도착한 14척의 대형 선박으로 편성된 함대에 대해 기억하고 있을 것이다. 25척의 선박으로 편성된 동일한 함대가 1301년에 Ormuz에 도착하였다. 이러한 사실은 정화의 항해에 비해 원칙적으로나 본질적으로 새로운 것은 어느 하나 없었다는 것을 명확히 해준다. 이 시도의 규모와 행동의 광범위함은 전례가 없는 것이었다.
299 1335년에 태어난 이 유명한 정복자는 1365년에 Transoxina의 술탄을 사로잡았고, 15년 후 일련의 전투에서 페르시아, 아프가니스탄, 이라크, 시리아, 터키 등을 제압했으며, 대규모

(Turkestan)의 모든 토지와 도로가 중국 무역에 폐쇄되어 버렸기 때문이다.

그 장거리 항해는 최소한 세 가지의 특별한 활동이 포함되어 있었다. 수군의 측면에서는 그 당시 최대의 선박이었던 정크로 편성된 대규모 함대를 지휘하여 중국 함대가 가본 적이 없는 지역까지 수천 리 이상을 가는 활동이었다. 그들은 말라야(Malaya)에서 아프리카(Africa)까지 외양(外洋)으로 가는 직선 항로뿐만 아니라 동남아시아 제도의 좁은 수역에도 많은 선박을 이용하여 거의 알려져 있지 않은 항구와 피항지를 안전하게 출입하였다.[300] 군사적인 측면에서는 해상과 해변에서 활동할 수 있는 포수(gunners)와 해병(marines)의 조직이 함대에 있었다. 우리가 보게 될 것처럼 함대의 임무가 주로 의례적인 것이었지만, 그 지휘관들은 예기치 못한 실전에서 대단히 효율성이 크고 뛰어난 인물들이었음이 입증되었다. 외교 즉 국가의 위신을 과시하는 기능 측면에서 보면, 정화 함대가 실제로 해야 했던 일은 사절단이 모든 방문국의 통치자들에게 많은 선물을 제공하고, 그 외국 통치자들에게 중국 황제의 명목상의 종주권(suzerainty)이나 대군주의 지위(overlordship)를 승인하게 하며, 가능하다면 중국 궁정으로 사절단을 공물과 함께 파견하게 만드는 것이었다. 조공이라는 명목 하에 대량의 국영무역(國營貿易, state trading)이 이루어지고 있었으며, 그 밖에 사적인 무역상과 상인의 활동을 활발하게 만들고 싶은 욕구도 얼마간 있었을 것이다. 마지막으로 원시과학적인 기능도 있었다. 중국 문화권 내의

파괴와 막대한 수의 인명을 살상하였다. 1398년에 인도에 침입하여 나중의 Delhi를 중심으로 한 Mogol제국의 기초를 확립하였다. 鄭和의 제1차 원정이 실시된 바로 그 해에 그가 사망했으며, 모든 사람은 그때에서야 안도하였다. P. Grousset, *Histoire de l'Extrême-Orient*, vol .1. Geuthner, Paris, 1929, p.487.; P. K. Hitti, *History of the Arabs*, 4th ed., Macmillan, London, 1949, pp.699 이하.; D. H. Smith, "Zayton's Five Centuries of Sino-Foreign Trade," *JRAS*, 1958, 165, p.252.; 보다 해박한 것으로서는 H. Hookham, *Tamburlaine the Conqueror*, Hodder & Stoughton, London, 1962를 참조.

300 이 탐험에서 인명 피해가 어느 정도였는가를 사료에서 알아보는 것은 정말 어려운 일이다. 왜냐하면 그 피해가 海禁派(anti-maritime party)의 선전 때문에 과장되어 있기 때문이다 (Joseph Needham, *Science and Civilization in China*, Vol.3, p.557를 참조).

해안과 섬들에 관한 지식의 증가가 추구되고, 극서 지방(Far West)으로 가는 항로가 조사되었다. 게다가 모든 종류의 진기한 물품에 대한 탐색이 활발하게 전개되었으며, 보석, 미네랄, 식물, 동물, 약품 등이 수집되어 왕실 창고에 쌓였다. 이 모든 기능은 동기의 표현이었다. 그 기능들은 포르투갈 선구자들과 비교할 때 다시 살펴보게 될 것이다. 탐험을 하면 할수록 정화 함대는 점점 멀리 나아갔으며, 진기한 자연 산물의 수집이 중요해질수록 공물을 바치는 지위를 확보하는 것의 중요성이 현지 군주들(local princes)에게 부여되었고, 실종된 전 황제의 탐색은 점차 흐지부지 되었다는 생각이 들게 한다.

중국으로부터의 7차에 걸친 원정은 점점 서쪽으로 더 멀리까지 확대되어 갔다. 1차(1405~1407) 때에는 인도차이나의 참파(Champa), 자바(Java), 수마트라(Sumatra)를 방문한 후, 항로를 바꾸어 실론(Ceylon)과 인도 서부 해안의 캘리컷(Calicut)까지 갔다. 2차(1407~1409) 때에는 정화가 직접 가지 않고 다른 지휘관의 지휘 하에 샴(Siam)을 방문했으며, 코친(Cochin)을 인도의 기항지에 추가했다.[301] 3차 때에는 함대가 말라카(Malacca)를 기지로 사용하여[302] 동인도의 모든 장소에 갔으며, 인도 서남부의 퀼론(Quilon)을 기항지에 추가했고, 실론에서는 괴롭지만 우습기도 한 사건들에 연루되었다(1409~1411). 이때에는 환관이었던 후현(侯顯)이 세 번째의 유능한 지휘관으로서 정화 그리고 왕경

---

301 鄭和가 이 탐험에 참가하지 않았다는 것은 J. J. L. Duyvendak, "The True Dates of the Chinese Maritime Expeditions in the Early Fifteenth Century," TP, 1939, 34, pp.363 이하의 결론인데, 사실인지는 대단히 의심스럽다. 徐玉虎, 『鄭和評傳』, 臺北, 1858.; 鄭鶴聲, 『鄭和』, Victory pub., 重慶, 1945.; 羅榮邦(사적인 편지)과 같은 현대 중국 학자들은 다른 모든 주요한 탐험과 마찬가지로 鄭和가 이 탐험도 지휘했음을 보여주는데 적절한 증거를 발견하고 있다(Ceylon의 石碑에 새겨져 있는 연대를 참조).

302 1403년 환관이었던 尹慶이 외교 사절의 임무를 성공함으로써 그 기반이 다져졌다(『明史』, 卷三百二十五, p.6. V. Purcell, The Chinese in Malaya, London, 1948, p.17을 참조). 왕자인 Paramésvara와 대중의 우호적인 감정이 15세기 내내 중국인의 항만 시설 이용을 보장해주었다. 3세기 전의 al-Irisi시대에 Almaid섬은 "중국 선박이 무리를 지어 정박하는 곳이었다"(tr. P. A. Jaubert, Géographi d'Edrisi, traduite de l'Arabe en Français, vol.1, Impr. Roy., Paris, 1836, pp.89 이하). 그러나 이 섬을 확인하는 것은 어려울 것으로 보인다.

홍과 합류하였다. 1413~1415년의 제4차 원정 때에는 다른 항로를 택했기 때문에 인도가 관심 밖으로 밀려났다. 몇몇 소함대가 다시 동인도 전체를 방문하는 동안, 다른 소함대들은 (실론을 기지로 하여) 벵갈(Bengal), 몰디브 (Maldive) 제도 등을 탐험하였으며, 오르무즈(Ormuz)의 페르시아령 국가에 도달하였다. 당시 동아프리카 해안의 아라비아인 도시 국가를 비롯한[303] 아라비아 문화권에서 중국에 대한 관심이 대단히 커졌기 때문에, 1416년에 수많은 사절단이 난징(南京)으로 몰려들었으며, 그 결과 그들을 고국으로 데려다주기 위해 대규모 함대가 편성되기에 이르렀다. 태평양으로 항해해 간 전대들 (Pacific squadrons)이 자바, 류큐(Ryukyu), 브루네이(Brunei)까지 갔던 1416년과 1419년 사이의 시기동안, 인도로 항해해 간 전대들(Indian squadrons)은 오르무즈에서 아덴(Aden)까지의 항로를 개척하고서 소말리랜드(Somaliland)의 모가디슈(Mogadishiu), 몸바사(Mombasa) 북쪽의 말린디(Malindi)[304] 그리고 잔구에바르(Zanguebar) 해안의 다른 지역들을 방문하였다. 이 때 기린(麒麟)을 베이징으로 가져와 상서로운 존재로서 궁궐 사람들을 기쁘게 하였고, 중국의 자연학자들에게도 기쁨을 주었다. 제6차 원정은 그 이전의 원정(1421~1422년)과 같은 지역에 대해 실시되었는데, 아라비아 남부의 알아사(al-Ahsā)와 자파르(Zafār)[305] 및 동아프리카 해안의 브라와(Brawa)에 들르는 것도 포함하고 있었

---

303 아라비아측이 정화 함대를 어떻게 바라보았는가에 대해서는 Ahmad Darrag, *L'Egypte sous le Règne de Barsbay*, Inst. Fr. de Damas, Damascus, 1961, pp.196 이하, 217 이하에서 살펴볼 수 있다.
304 Malindi는 운명적인 장소였다. 그로부터 수 십 년 후 Vasco da Gama가 자신의 선박을 Calicut 까지 바다를 가로질러 안내해 줄 아랍인 항로 안내인을 구했던 곳이 이곳이었으며, 따라서 아시아의 바다가 유럽인의 침입로가 되게 해준 곳도 이곳이었다.
305 어떤 사람은 이곳을 페르시아 만 안의 Bahrein 섬과 가까운 현재의 al-Hufif로 생각하고 있으며, 어떤 사람은 Muscat라고 생각하고 있다. J. J. L. Duyvendak, "Desultory Notes on the Hsi Yang Chi," *TP*, 1953, 42의 토론도 참조. J. V. Mills는 이곳을 Mukalla 서쪽의 Hadhramaut였다고 믿고 있다. Al-Idrisi는 1154년과 1161년에 제작한 자신의 세계 지도에서 이 지점에 Lass'a와 Lis'a라는 지명을 표기하였다(Joseph Needham, *Science and Civilization in China*, Vol.3, <그림 239>를 참조).

다. 이와 같이 동쪽으로는 보르네오로부터 서쪽으로는 잔구에바르에 이르기
까지 36개국을 2년 만에 방문한 사실은 함대가 여러 전단(groups)으로 나누어
져 있었음에 틀림없다는 것(집결하기가 매우 어려웠을 것이다) 그리고 단 한
번 파견된 외교 사절로서는 무역의 진흥뿐만 아니라 과학적인 기능까지 수행
하기에 불충분했음을 시사해준다.[306] 그런 후 1424년에 명나라 수군이 장차
맞이하게 될 재난을 보여주는 최초의 징후가 나타났다. 영락제가 사망하자
해금파(海禁派, anti-maritime party)에게 크게 의지하였던 후계자인 인종(仁宗)은
그해에 실시할 예정이었던 원정 항해를 최소해버렸다. 그러나 인종은 곧 사망
하였다. 그의 뒤를 이은 선종(宣宗)은 마지막이자 가장 멋진 항해를 할 대규모
보선 함대(Grand Treasure-Ship Fleets)에 대한 지휘권을 넘겨받았다. 이 함대의
사령관들은 1431년 출항하여 1433년 귀국할 때까지 27,550명의 장졸과 함께
자바에서 니코바르(Nicobar) 제도를 거쳐 북쪽으로는 메카(Mecca)까지 그리고
남쪽으로는 동아프리카의 알잔즈(al-Zanj) 해안까지 20개 이상의 국왕과 술탄
이 다스리는 국가들과 관계를 맺었다. 이 중국 원정대가 이 해안을 따라 얼마
나 멀리까지 진행해 갔는가는 정확하게 알 수 없지만, 이 문제에 대해서는
곧 후술할 예정이다. 그러나 페르시아 만과 홍해에 대한 중국인의 방문에
대해서는 15세기에 처음 시작된 것이 아니라[307] 중국 선박이 이미 이 해로를
1천년 동안 왕래하고 있었다는 사실을 상기해야만 한다. 완전히 새로운 것으
로 간주될 수 있는 것은 단순히 한 척의 소형 상선이 아니라 대형 정크들로
이루어진 조직적인 수군이 출현한 것이었다. 이 관점에서 보면, 명나라 항해
의 근본적인 평화적인 성격은 훨씬 두드러져 보인다. 정화와 그의 선박들이

---

306 주요 집결 항구는 어떠한 경우에도 Malacca였을 것으로 생각된다. 실제로 『瀛涯勝覽』에도
확실히 그렇게 기술되어 있다(pp.36, 37). 물론 중국인이 오늘날 그곳에 많이 살고 있는데,
1511년에 시작된 포르투갈 지배 시대 이전에는 이주민이 있었다고 해도 아주 조금밖에 없
었다는 증거가 있다. V. Purcell, *The Chinese in South-East Asia*, Oxford, 1951, pp.282 이하와 Idem,
The Chinese in Malaya, Roy. Inst. Intern. Affairs & Inst. of Pacific Relations, London, 1948을 보라.
307 Joseph Needham, *Science and Civilization in China*, Vol.1, pp.179 이하를 참조.

귀국한지 2년 후에 선덕제(宣德帝)가 사망하자, 중국 수군은 마침내 기진맥진하게 되었다. 영종(英)과 그 후계자들이 유교적인 '농본주의자'(Confucian agriculturists)이거나 학자풍 지주(scholar-landlords)였기 때문에, 공식적인 해상활동은 해안선과 곡물 수송선을 왜구(그리고 종종 왜구라 자칭한 해적)의 약탈에서 지키는 데 필요한 최소한의 규모로 축소되었다. 이것은 중국뿐만 아니라 세계 역사에도 중대한 결과를 가져온 결정이었다.

중국의 대규모 함대 즉 대종(大艍)은 특별한 임무를 띤 몇 개의 전대로 나뉘었다(分艍). 각 전대는 여러 해외 항구를 기지로 이용했지만, 해외 항구에서 군사적 수단에 의해 요새와 조선소를 설치하여 오래 머물려고 한 적은 결코 없었다. 말라카, 실론(아마 Galle 항구가 아닌 Beruwala였을 것이다), 캘리컷, 아덴은 분명한 그러한 외국 항구들이었다. 게다가 원정 함대는 원대(元代)부터 계속 증강시켜온 수군 외교 사절의 임무를 수행할 뿐이었으며, 그것은 육상을 통해 서구의 국가들로 가는 사절의 임무와 같은 것이었다. 정화의 뒤를 이어 두 번째로 가장 중요한 외교관(正使太監)이었던 것으로 생각되는 후현(侯顯)은[308] 특별한 임무를 띠고 1407년에 티베트, 1413년에 네팔, 1415년에는 뱅갈로 갔다. 1403년에 마빈(馬彬)은 비슷한 방법으로 타밀－코로만델(Tamil-Coromandel, 현 Madras)의 콜라(Chola) 왕을 많은 선물을 가지고 방문하였다.[309] 1413년에는 양민(楊敏) 그리고 1421년에는 양경(楊慶)이 뱅갈을 방문하였다.[310] 또 다른 환관이었던 홍보(洪保)는 1412년에 샴을 방문했으며, 1432년에

---

308 그의 전기는 『明史』, 「鄭和傳」의 바로 뒤에 실려 있다. 第三百四卷, p.4 이하. 그것에 관해서는 P. Pelliot, "Les Grands Voyages Maritimes Chinois au Début du 15e Siècle," TP, 1933, 30, pp.314, 320.; Ibid, "Notes Additionneles sur Tcheng Houo et sur ses Voyages," TP, 1934, 31, p.286을 보라.

309 P. Pelliot, "Les Grands Voyages Maritimes Chinois au Début du 15e Siècle," TP, 1933, p.328.

310 Ibid. 30, pp.240, 272, 319, 321, 342.; Idem, "Notes Additionneles sur Tcheng Houo et sur ses Voyages," p.311.; Idem, "Encore à Propos des Voyages de Tcheng Houe," p.214.; J. J. L. Duyvendak, op. cit., p.380.

는 메카로 가는 중요한 사절단[311]을 조직하였다. 상극경(常克敬)과 오빈(吳賓)은 퀼룽의 통치자와 교섭하기 위해 노력하였고, 주만(周滿)은 아덴의 통치자와 교섭하는 임무를 수행하였다.[312] 이 사람들의 대부분은 부대사(副大使)였으며, 대환관(大宦官, 副使太監)의 지위에 있었다. 예외적으로 왕경홍은 원래 수군 사령관이었으며, 또한 이홍(李興), 주양(朱良), 양진(楊眞), 장달(張達), 오충(吳忠) 등의 인물들도 같은 역할을 했던 것으로 보인다. 해병준장(Brigadiers of Marines)에 해당하는 도지휘(都指揮)의 직위에 있던 사람들의 이름으로는 주진(朱眞), 왕형(王衡) 등이 전해지고 있다. 풍수가, 천문학자[313], 의사[314] 등이 선박에 타고 있었음에 틀림없다. 그러나 오늘날 잘 알려져 있는 사람들은 대부분 비서나 통역관들이며, 그들이 기술한 자료들은 가장 중요한 것에 속한다.

저장성(浙江省) 콰이지(會稽) 출신으로서 언어학자이자 정화와 같은 이슬람 교도였던 마환(馬歡)[315]은 최초로 저서를 편찬한 인물이다. 그의 원정기는 1416년에 집필되기 시작하여 1435년경에 완성되었는데, 인쇄되지 못하다가

---

311 P. Pelliot, "Les Grands Voyages Maritimes Chinois au Début du 15e Siècle," *TP*, 1933, pp.342 이하.

312 J. J. L. Duyvendak, *op. cit.*, p.386.

313 劉銘恕, "鄭和航海事蹟之再探," 「中國文化硏究會刊」, 1943, 3은 중요한 '陰陽家'가 林貴和였던 것으로 간주하고 있다. 임귀화는 그 위대한 제독이었던 정화와 함께 5번이나 항해를 하였으며, 일기 예보와 다른 기상학과 역사학에 대한 문제들을 담당했었을 것임에 틀림없다. 여러 가지 특별한 시도의 가부가 점으로 결정되었을 것이다. 또 천문학의 항법과도 관련을 맺고 있었을 것이다. 이러한 인물이 함대의 항해 중에 관측되는 모든 자연 현상에 대해 큰 흥미를 보이지 않았다고 하면, 대단히 놀라운 점이 될 것이다.

314 크게 주목할 만한 것인데, 대단히 많은 伝記가 전해지고 있다(『圖書集成』, 「藝術典」, 卷五百三十一, 卷五百三十二, 卷五百三十四를 참조). 여러 차례에 걸친 항해의 醫官 중 한 명은 시인이자 화가로도 알려진 궁정의사 陳以誠이었음에 틀림없다. 해상 임무 때문에 고위직으로 승진한 또 한 명의 인물은 郁震이었다. 彭正과 張世華와 같은 船醫 중 많은 수는 費信의 고향이자 함대의 연해 기지 중 하나였던 蘇州 인근 출신이었다. 1425년부터 1435년까지 3회에 걸쳐 해외에 간 陳常도 또한 항해술에 관심을 보이고서 나중에 그것에 관해 논하였다. 鄭和의 함대에 많은 박물학자가 타고 있었다는 것은 되돌아보아야 할 정도로 대단히 중요한 사실이다. 어떤 항해에는 180명의 醫官이 참가하기도 했다(徐玉虎, 『鄭和評傳』, p.26).

315 鄭和 밑에서는 馬씨로 활동했지만, 황제로부터 鄭씨 성을 하사받았다. 그의 부친이 Mecca를 순례한 적이 있었음을 안다면, 서아시아의 대규모 접촉을 총괄하는 적임자로 임명하게 만든 그의 자질 중 적어도 하나는 이해할 수 있을 것이다.

1451년에 이르러서야 『영애승람(瀛涯勝覽)』이라는 제목으로 출판되었다.[316] 다음 세기에 이 조잡한 교재가 문학의 기준을 결여하고 있다는 것이 발견되었다. 그리하여 장승(張昇)이라는 학자에 의해 고전적인 문체로 다시 쓰였고, 1522년에 이르러 약간 다른 제목으로 다시 출판되었다.[317] 그러는 동안 대항해시대는 끝을 향하여 갔다. 바로 이 무렵 두 명의 다른 서기들이 귀중한 책들을 집필하였다. 공진(鞏珍)은 1434년에 서양 해역에 있는 여러 외국에 대한 기록인 『서양번국지(西洋番國志)』[318]를 집필했으며, 비신(費信)은 1436년에 로맨틱한 표제의 『성차승람(星槎勝覽)』[319]을 집필하였다. 「성차(星槎)」는 사절단을 운송하는 선박을 지칭하는 문학 용어였다. 실제로 원정에 참가했던 사람들에 의해 쓰인 다른 책들이 있지만, 아직 빛을 보지 못하고 있다.[320] 그러나 보다 후기의 어떤 학자들은 정화의 업적에 관한 자료를 모으기 위해 노력했는데, 이러한 인물로는 특히 황성증(黃省曾)이 유명하다. 그는 1520년에 『서양조공전록(西洋朝貢典錄)』이라는 귀중한 문헌을 집필하였다.[321] 다른 하나인 축윤명(祝允明)의 『전문기(前聞記)』는 1525년경에 서술되었는데, 선박 승무

---

316 부분 번역은 W. P. Groeneveldt, "Notes on the Malay Archipelago and Malacca," In *Miscellaneous Papers relating to Indo-China*, 2nd series, 1887, vol.1, p, 126과 G. Phillips, "The Seaports of India and Ceylon … ," *JRAS / NCB*, 1885, 20과 Idem, "Précis Translations of the Ying Yai Shêng Lan," *JRAS*, 1895, 529에 되어 있다. P. Pelliot, "Les Grands Voyages Maritimes Chinois au Siècle," *TP*, 1933, 30, pp.241 이하를 참조. J. V. Mills씨의 번역도 기대한다.

317 『瀛涯勝覽』, W. W. Rockhill, "Notes on the Relations and Trade of China with the Eastern Archipelago and the Coast of the Indian Ocean during the 15th Century," *TP*, 1914, 15의 번역도 이 텍스트를 사용하고 있다. 풍부한 발췌문은 『圖書集成』, 「邊裔典」, 卷五十八一一百六에 있다.

318 최근까지 인용문들만(P. Pelliot, *op. cit.*, p.340을 참조) 알려져 있지만, 오늘날에는 向達에 의해 완전한 사본으로부터 편집되고 있다.

319 *Ibid.*, p.264 이하를 참조.

320 馬歡의 서적에 포함되어 있는 後序에는 이슬람교도의 협력자인 郭崇禮에 관한 언급이 있다. 이것은 아마 1416년 Siam에 있던 郭文이었을 것이다(*Ibid.*, p.263).

321 W. F. Mayers, "Chinese Exploration of the Indian Ocean during the 15th Century," *CR*, 1875, 3.; P. Pelliot, "Les Grands Voyages Maritimes Chinois au Début du 15e Siècle," *TP*, 1933, 30, p.344 이하를 참조

원의 구성, 선박의 명칭과 등급, 항구에서 항구까지의 여러 종류의 항해에 필요한 정확한 시간에 관해 상세한 내용을 전해주고 있어 중요하다.[322] 이와 같은 저서들 이외에 물론 관찬 출판물(『明史』, 『明實錄』 등)도 있다. 이용할 수 있는 모든 문헌은 동양과 서양의 중국학자들에 의해 자세하게 연구되고 있다.[323] 하지만 사람들은 그 이상의 것을 발견하려고 할 것이다. 만약 명나라 수군의 공문서가 후대에 고의로 파괴되지 않았더라면, 훨씬 더 풍부한 자료가 남아있었을 것이다. 그러나 남아있는 것만으로도 포르투갈의 탐험과 동일한 정도로 중국의 탐험에 관해 풍부한 지식을 얻을 수 있다. 대단히 기이하게도 포르투갈의 탐험에 대해서도 역시 심각한 기록상의 틈새가 존재하고 있는 것이다.

비록 포르투갈인의 발견이 유럽 전역에 지식을 보급한 것보다 작은 규모이기는 하지만, 정화 시대의 원정은 중국 문학에도 상당한 영향을 미쳤다. 몇 가지의 항해 지침서가 우리에게 전해지고 있는데, 위에서 언급한 저서 중

---

322 P. Pelliot, *op. cit.*, pp.305 이하를 보라. W. F. Mayers, "Chinese Porcelain in East Africa and on the Coast of South Arabia," *ORA*, 1956(n.s.), 2를 부연한 것이다.

323 W. F. Mayers, *op. cit.*와 W. W. Rockhill, *op. cit.* 같은 초기 연구를 기초로 한 P. Pelliot, "Les Grands Voyages Maritimes Chinois au Début du 15e Siècle."; Idem, "Notes Additionneles sur Tcheng Houo et sur ses Voyages."; Idem, "Encore à Propos des Voyages de Tcheng Houe."; J. J. L. Duyvendak, *China's Discovery of Africa*, Probsrhain, London, 1949.; Idem, "The True Dates of the Chinese Maritime Expeditions in the early Fifteenth Century," *TP*, 1939, 34; Idem, "Ma Huan Re-examined," *VKAWA / L*, 1933(n.s.), 32, no.3.; Idem, "Voyages de Tchêng Huou à la Côte Orientale d'Afrique, 1415 à 1433," In Yusuf Kamal, *Monumenta Cartographica*, 1939, vol.4, pt.4, pp.141 이하.; J. V. Mills, "Notes on Early Chinese Voyages," *JRAS*, 1951, 17 등을 보라. Hsiang Ta, "A Great Chinese Navigator," *CREC*, 1956, 5(no.7)을 참조. 중국어로 쓰인 가장 훌륭한 정화 전기는 鄭鶴聲, 『鄭和』, Victory Pub., 重慶, 1945이다. Idem, 『鄭和遺事纂編』, 上海, 1948을 참조. 지도와 항로는 范文濤, 『鄭和航海圖考』, 商務印書館, 重慶, 1943과 周鈺, 『鄭和航路考』, Hai-Yün, 臺北, 1959에서 집중적으로 연구되고 있다. 또한 劉銘恕, "鄭和航海事蹟之再探," 「中國文化硏究會刊」, 1943, 3도 참조. 馮承鈞, 『中國南洋交通史』, 商務印書館, 上海, 1937은 이 항해를 남해에 대한 중국인의 지식이라는 일반적인 문맥에 넣고 있다. T. Filesi, *I Viaggi dei Cinesi in Africa nel medioevo*, Ist. Ital. per l'Africa, Rome, 1961.; Idem, *Le Relazioni della Cina con l'Africa nel Medio-Evo*, Giuffré Milan, 1962는 그 항해들을 Marco Polo의 언급을 기초로 하여 검토하고 있다.

어느 것에도 지도가 첨부되어 있지 않다. 그러나 확실하게 중국 스타일의 귀중하고 수많은 포르톨라노 해도(Portolans)나 경로도(route-maps)가 『무비지(武備志)』[324]에 남아 있다. 이 책은 모원의(茅元儀)에 의해 편찬되어 1628년 황제에게 헌상된 것이다. 이 지도들은 의심할 여지없이 정화를 수행한 지도 제작자들이 작성한 지도들에서 유래한 것들이며, 이에 대해서는 앞에서[325] 확실하게 논하였다. 이시대의 지도를 내포하고 있는 지리백과전서는 정화가 가지고 돌아온 신지식의 영향을 크게 받고 있다. 그 한 예로 아마 학식이 깊었을 명나라 왕자였던 주권(朱權, 寧獻王)[326]의 감독 하에 1420년부터 1430년 사이에 편찬된 것으로 생각되는 『이역도지(異域圖志)』를 들 수 있다. 이 책에 대해서도 이미 앞에서 언급하였다.[327] 매우 유사한 제목을 가진 또 다른 서적이었던 『이역지(異域誌)』는 14세기 말 이전에 서술된 것으로서 고박(古朴)에게 자극을 주었다. 그는 (친구였던 陸廷用의 요청에 따라) 마환의 『영애승람』에 대한 후기(後記)를 썼는데, 그 문장은 외국 지역에 대한 당시 중국인의 열린 태도를 보여주고 있어 인용할 가치가 있다.[328]

젊었을 때[그는 말했다] 『이역지(異域誌)』와 같은 책을 읽고서, 나는 천하

---

324 그리고 施永圖의 『武備秘書』와 같은 후대의 유사책자에도 남아 있다.

325 Joseph Needham, *Science and Civilization in China*, Vol.3, pp.559 이하. F. Debenham, *Discovery and Exploration : an Atlas-History of Man's Journeys into the Unknown*, Stuttgart, 1960, p.122의 대중용 책자에서 취급하고 있듯이, 이 지도들의 가치가 오늘날 인정받는 것을 보는 것은 기쁘다. 新版은 向達, 『鄭和航海圖』를 참조.

326 煉丹術師, 植物學者, 鑛物學者, 藥學者, 音律家에 대해서는 Vol.1, p.147과 sections 33과 38을 참조

327 Joseph Needham, *Science and Civilization in China*, Vol.3, p.512 이하.

328 J. J. L. Duyvendak, "Ma Huan Re-examined," *VKAWA/L*, 1933, 32, no.3, p.11.; P. Pelliot, "Les Grands Maritimes Chinois au Début du 15e Siècle," *TP*, 1933, 30, p.260을 참조. 『四庫全書總目提要』, 卷七十八, p.3. 『異域誌』의 원 제목은 『嬴蟲錄』이고, 1366년 전후에 周致中에 의해 쓰인 것으로 생각된다. 이 제목은 분명히 1400년 직전 관리였던 開濟의 兄에 의해 바뀐 것이 틀림없다. 아마 그가 原著를 바꾸어 쓰든가 증보했을 것이다.

의 광대함, 관습의 차이, 인간의 다양함, 자연 산물의 다양성을 배울 수 있었는데, 모든 것이 놀랍고, 사랑스럽고, 칭찬할 만하며, 감명을 주는 것들이었다. 그러나 나는 이 책들이 너무 많은 상상력의 산물이 아닐까 하는 의심을 하게되었고, 그러한 것들이 정말로 존재하고 있을까에 대해 의심을 가졌었다. 그러나 이제 마종직(馬宗直) 즉 마환(馬歡)과 곽숭례(郭崇禮) 등이 외국에서 적어두었던 기록을 읽었고, 『이역지』가 보여주고 있 것이 우화가 아닌 신뢰할만하고 가치가 있는 것임을 깨달았다.

余少時觀異域誌 知天下輿圖之廣 風俗之殊 人物之姸媸 物類之出産 可驚可喜
可愛可愕 尙疑好事者爲之 而竊意其無是理也 今觀馬君宗直 郭君崇禮所紀經歷諸
蕃之事實 始有以見夫異域誌之所載信不誣矣 … (『瀛涯勝覽』, 古朴後序)

마지막으로 이 대항해들은 명대의 유명한 소설 중 하나로서 나무등(羅懋登)이 집필하여 1579년에 편찬된 『서양기(西洋記)』의 자료를 제공하였다. 듀이벤닥(Duyvendak)이 보여준 것처럼,[329] 많은 우화적인 자료를 포함하고 있는 그것은 또한 안경, 포술 등에 관한 흥미롭고 기술적인 세부 사항과 함께 조공 사절단의 편성과 그들이 가져온 선물에 대한 믿을만한 정보의 원천으로 간주되고 있다.[330]

동남아시아에서 정화와 그의 동료들의 명성이 대단히 컸기 때문에, 그들은 마침내 관우(關羽)처럼 영웅적 성인의 반열에 오르게 되었다. 왜냐하면 이 제독은 말레이시아 이주민의 화교 사회에서 수호신으로 간주되었으며, 오늘날에도 말라카의 삼보태신(三寶太神) 사원에서 향이 태워지고 있기 때문이다.[331]

---

329 J. J. L. Duyvendak, "Desultory Notes on the Hsi Yang Chi," *TP*, 1953, 42.
330 그 정식 제목은 『三寶太監下西洋記通俗演義』이다. Joseph Needham, *Science and Civilization in China*, Vol.4, pt.1, p.119와 section 30을 참조. 아마 이 항해들을 매개로 실제로 안경이 중국에 도입되었을 것이다.

2) 중국과 아프리카

그러나 중국과 동아프리카와의 관련은 정화 시대보다도 훨씬 더 오래된 것이었다. 고대 이집트 시대부터 동아프리카 해안을 따라 교역이 이루어졌었고, 프톨레마이오스(Ptolemy)의 프라숨 곶(Promontorium Prassum)은 아마 델가도 곶(Cape Delgado)이었을 것이다. 토착민이 아닌 사람의 영구적인 정착은 720년경의 소말리랜드(Somaliland)의 모가디슈(Mogadishiu), 780년경 잠베지(Zambezi) 강의 소팔라(Sofala)와 같은 아라비아인의 교역 중심지가 설립됨에 따라 8세기에 시작되었다. 이 지역들은 점차 상업 도시 국가로 발전해갔고,[332] 아랍에 대한 탐험이 그곳들에서 확대되었으며, 마다가스카르(Madagascar)와 모잠비크(Mozambique) 해협에 있는 코모로(Comoro) 제도가 9세기에 알려지게 되었다. 훨씬 더 예기치 못한 것은 이 지역(Azania, al-Zanj)에 대한 묘사가 860년경의 중국 문헌에서 발견되고 있는 사실이다.[333] 단성식(段成式)이 『서양잡조(西陽雜俎)』를 편찬했을 때, 그는 발발력(撥拔力, Po-Pa-Li)에 관한 외국 기록의 흥미로운 한 구절을 포함시켰는데, 그것은 아덴(Aden) 만 남쪽 해안의 베르베라(Berbera)에 관한 것이었다.[334] 그 후 다양한 천자와 상세한 사항들이

---

331 V. Purcell, *The Chinese in Malaya*, London, 1948, pp.17, 123.

332 G. A. Wainwright, "Early Foreign Trade in East Africa," *MA*, 1947, 47.; G. Mathew, "The East Coast Cultures," *AFS*, 1958, 2(no.2).; G. S. P. Freeman-Grenville, *The East African Coast : Select Documents from the 1st to the Earlier 19th Centuries*, Oxford, 1962를 참조. 또 하나의 예로서 Malindi 남쪽에 있는 Gedi는 1100년에 만들어졌고, 그것의 최초의 모스크(mosque)는 1450년에 건축되었다(J. S. Kirkman, *The Arab City of Gedi : Excavations at the Great Mosque*, Oxford, 1954).

333 F. Hirth, "Early Chinese Notices of East African Territories," *JAOS*, 1909, 30은 선구적인 연구이다. W. W. Rockhill, "Notes on the Relations and Trade of China with the Eastern Archipelago and the Coast of the Indian Ocean during the 15th Century," *TP*, 1914, 15.; 그것은 Duyvendak에 의해 다듬어졌다. E. H. L. Schwatz, "L'Empire Romain, l'Egypte, et le Commerce Oriental," *AHES / AESC*, 1960, 15(no.1)의 호기심 어린 논문도 보라. tr. F. Hirth & W. W. Rockhill, *Chau Fu-Kua : His Work on the Chinese and Arab Trade in the 12th and 13th Centuries*, entitled Chu-Fan-Chi, St. Petersburg, 1011.; P. Wheatley, "Geographical Notes on some Commodities involved in Sung Maritime Trade," *JRAS / M*, 1959, 32(pt.2).; T. Filesi, *I Viaggi dei Cinesi in Africa nel Medioevo*, Rome, 1961도 보라.

점점 덧붙여지면서 이 나라는 1225년 조여괄(趙汝适)이 쓴 『제번지(諸蕃志)』와 같은 외국에 관한 책들에서도 묘사되었는데, 이 책에서는 필파라(弼琶囉)로 불리고 있다.[335] 이 책은 또한 소말리(Somali) 해안(中理)에 관한 자세한 묘사도 포함하고 있다.[336] 케냐의 말린디(Malindi)가 최초로 건설된 직후였음에 틀림없을 시기의 『신당서(新唐書)』(1060)에는 말린디(磨鄰)라는 도시 국가에 대한 설명이 있는데,[337] 아마 이 도시 국가는 케냐의 해안에 있었을 것이다.[338] 훨씬 더 놀랄만한 일은 조여괄이 층발(層拔)을 기록하고 있는데, 이것은 소말리아의 주바(Juba) 강과 모잠비크 해협 사이의 잔구에바르(Zanguebar) 해안 전체를 지칭하고 있다.[339] 반면에 1178년에 쓰인 『영외대답(嶺外代答)』에서

---

334 4卷, p.2.; 『新唐書』, 卷二十二 下, p.12에 요약되어 있다.; J. J. L. Duyvendak, *China's Discovery of Africa*, Probsthain, London, 1949.

335 卷一, p.25.; 번역은 tr. F. Hirth & W. W. Rockhill, *op. cit.*, p.128.; J. J. L. Duyvendak, *op. cit.*을 참조.

336 卷一, p.26.; 번역은 J. J. L. Duyvendak, *op. cit.*, p.20.; tr. F. Hirth & W. W. Rockhill, *op. cit.*, pp.130 이하를 참조.

337 卷二百二十一 下, p.11.; J. J. L. Duyvendak, *op. cit.*에 번역되어 있다. 初譯은 F. Hirth, *China and Roman Orient*, Kelly & Walsh, Shanghai, 1885, p.61

338 이곳은 사막을 넘어간 곳에 있기 때문에 아직 확인되어 있지 않은 인접국인 老勃薩와 더불어 아라비아령과 비잔틴령의 동서 2,000里에 위치하고 있었다. 두 곳 모두 흑인들이 살고 있었다. Duyvendak의 의견에도 불구하고, J. S. Kirkman은 이 磨鄰의 건조한 기후와 사막이라는 특징이 케냐령 Malindi와 합치되지 않는다는 것을 우리에게 확신시켜 준다. 아마 훨씬 북쪽인 Somalia나 Berbera 연안에 동일한 지명을 가진 다른 곳이 있었을 것이다. 明代에는 케냐령 Malindi가 麻林으로 불리었다. Duyvendak은 또한 Lo Jung-Pang이 주의를 촉구했던 흥미로운 논점도 빠뜨려 버렸다. 『新唐書』의 설명은 763년경 중국의 군인이었던 杜環에 의해 쓰인 『經行記』에서 유래했음이 틀림없다. 그 무렵, 사환은 Talas 강의 전투 이후 11년간 아랍인에게 붙잡혀 있다가 귀국하였다(Joseph Needham, *Science and Civilization in China*, Vol.1, pp.125, 236을 참조). 왜냐하면 동일한 문장이 이 발췌문(『通典』[812년경], 卷一百九十三, p.1041과 『文獻通考』, 卷三百三十九, p.2659, F. Hirth, *op. cit.*, p.84)에 보이기 때문이다. 그러므로 만약 외국인을 혐오하던 이 아프리카인의 고향을 훨씬 명확하게 알 수 있다면, 사환의 기록은 소말리아 연해 지방에 관한 최초의 글이 될 것이고, 『西陽雜俎』보다 1세기 정도 앞선 것일 것이다. 어찌되었든 그렇게 생각할 수 있을 것이다.

339 卷一, p.25, F. Hirth & W. W. Rockhill, *op. cit.*, p.126.『宋史』, 卷四百九十, pp.21, 22에는 이와 같은 지역에 대한 글이 있는데, 1071년과 1083년에 그곳에서 사절이 왔음을 기록하고 있다. 그들은 많은 선물을 가지고 모국으로 돌아갔는데, 그것은 趙汝适이 약 1세기 전에 편찬한

주거비(周去非)는 마다가스카르(崑崙層期)에 대해 상당한 분량으로 묘사하고 있
다.[340] 14세기가 되자, 이 지역들이 널리 알려지게 되었다. 1330년부터 1349
년까지 각지를 널리 여행한 왕대연(汪大淵)은 자신의 저서 『도이지략(島夷志
略)』에서 베르베라(Berbera)와 층요라(層搖羅)로 불리던 잔구에바르 해안
(al-Zanj)뿐만 아니라 모잠비크 해협에 있는 코모로 제도를 포함하여 많은 지
역들을 다루고 있다.[341]

  얼마나 많은 중국의 상인과 선원이 8세기와 14세기 사이에 이 해역을 방문
했는가는 알 수 없다.[342] 지금 언급한 것과 같은 텍스트를 별도로 하면, 중국
의 물품이 동아프리카 연안에서 남북으로 흩어져 나타난다는 무언의 증거가
있을 뿐이다. 그리고 발견되는 물품은 너무 많아서 중개 무역 상인의 손을
거쳐 그곳으로 가져와졌다는 것을 믿기 어려울 정도이다. 그것들을 간단하게
살펴보기 전에, 아라비아어로 쓰인 자료에서 12세기 동아프리카 연안에 중국

책과 『島夷雜志』로 불리는 책에 성명 미상의 저자에 의해 쓰여 있다. 이 책이 전해지고 있
는 것은 『事林廣記』라는 백과사전에 길게 인용되고 있기 때문이다 和田久德(와다 킨토구),
"宋代南海史料としての「島夷雜誌」," 「お茶の水女子大學人文科學紀要」, 1954, 5가 이 텍스트
를 복원하고 있다.

340 卷三, p.6.; 『諸蕃志』, 卷一, p.32, 33에서 (원래의 문장을 바꾸어) 되풀이하여 인용되고 있다.
번역은 J. J. L. Duyvendak, *op. cit.*; F. Hirth & W. W. Rockhill, *op. cit.*, p.149를 참조. (노예가 되었
다고 생각되는) 검은 얼굴의 인종에 대한 용어 崑崙에 관해서는 앞에서 언급하였다.

341 관련된 문장은 모두 W. W. Rockhil, *op. cit.*에 번역되어 있다. 그는 명나라 시대의 수군 서기
관들의 책자에 있는 진술과 그것들을 비교하고 있다.

342 한 사람 덕분에 한 가지 사실이 밝혀졌다. 훨씬 멀리 갔던 학자 李贄가 汪大淵을 만났을
가능성은 대단히 크다. 그는 1337년에 Ormuz에 있었는데, 그곳에서 아랍인 또는 페르시아인
처녀와 결혼하고 이슬람교로 개종하였다. 李贄는 위대한 명나라의 개혁가인 李贄(Joseph
Needham, *Science and Civilization in China*, Vol.1, p.145를 참조 더 상세한 것은 C. O. Hucker, "The
Tung-Lin Movement in the Late Ming Period," Art. in *Chinese Thought and Institution*, ed. J. K. Fairbank,
Univ. Chicago Press, Chicago, 1957, p. (1), p.144.; Joseph Needham, "The Past in China's Present,"
CR / MSU, 1960, 4, p.293.; T. Pokora, "A Pioneer of New Trends of Thought at the End of the Ming
Period : Marginalia on Chu Chhien-Chih's Book on Li Chih," *ARO*, 1961, 29.; O. Franke, "Li Tschi,
ein Beitrag z. Geschichte d. chinesisches geisteskümpfe in 16-Jahrh", *APAW / PH*, 1938, no.10은 오늘
날 표준적인 연구이다)의 선조였다. 李贄의 문중 사람 중에는 鄭和 시대의 항해에 참가한
사람도 있었다.

의 상인이 있었음을 보여주는 긍정적인 증거를 찾아보자. 위대한 시실리아의 지리학자인 아부 아볼라라 알이드리시(Abū' Abolalāh al-Idrisi)는 1154년경에 다음과 같이 기술하였다.[343]

잔지(Zanji) 해안의 반대편에 크고 수많은 섬이 있는 잘레이(Zalej, 또는 Zanej) 제도가 있다. 그곳의 주민은 매우 새까맣고, 그들이 재배하는 모든 것 즉 도라(dhorra), 사탕수수, 장뇌(樟腦) 등은 검다. 이 섬들 중 하나는 셰르부아(Sherbua)이고, 또 다른 한 섬은 알안제비(al-Anjebi)이며, 그곳의 주요 도시는 잔구바르(Zangubar) 언어로 알안푸자(al-Anfuja)라고 불리며, 그곳의 주민은 대부분 무슬림이다. 이 섬은 대단히 인구가 많고, 많은 마을과 많은 수의 가축이 있다. 그곳에서는 쌀이 재배되고 있다. 상거래가 많고, 판매용과 일상에 사용할 모든 종류의 물건들이 들어오는 시장이 있다. 한 때 중국이 반란 때문에 어려움을 당하고 또한 인도에서 독재와 혼란이 견딜 수 없을 정도로 되었을 때, 중국인은 상업의 중심지를 잘레즈(Zalej)와 다른 섬들로 옮겼고, 그 곳 주민들의 공정함과 정직함, 사업에 대한 적성과 관습의 예의바름 때문에 그들과 친밀한 관계를 맺게 되었다. 이 때문에 그 섬은 인구가 매우 많고 외국인들도 자주 방문하는 곳이 되었다.

알이드리시(al-Idrisi)가 염두에 두고 있던 것이 무엇인지 분명하지 않기 때문에 어렴풋이 짐작만 할 수 있을 뿐이다. 그가 언급하고 있는 중국의 반란은 황소(黃巢)의 난(875~884년)이었던 것으로 생각되는데, 왜냐하면 그 난에 의해 광저우(廣州)의 아라비아인 거주 지역이 파괴되었기 때문이다.[344] 그러나

---

343 *Nuzhat al-Mushtāq fi Ikhtirāq al-Afāq*, tr. P. A. Jaubert, *Géographie d'Edrisi*, traduite de l'Arabe en Français, vol.1, Impr. Roy. Paris, 1836, pp.59 이하. tr. R. Dozy & M. J. de Goeje, *Description de l'Afrique et de l'Espagne par Idrisi*, Leiden, 1866보다 더 뛰어난 번역서는 아프리카의 이 지역을 다루고 있지 않다.

344 Shih Yu-Chung, "Some Chinese Rebel Ideologies," *TR*, 1956, 44를 참조.

동아프리카 본토의 문제들은 무역 기지를 중국인 섬으로 이전한 이유로 훨씬 그럴듯해 보인다. 알이드리시의 인도에 대한 언급도 쉽게 이해하기 어렵다. 그럼에도 불구하고, 그가 중국인의 '공장(factory)'에 대해 말한 내용은 매우 정확하기 때문에 그것을 1000년경의 활동에 대한 한 장면으로 받아들 수 있을 것이다. 만약 송나라 시대에 그 해안에 중국인 기지가 하나 있었다고 한다면, 아마 몇 척의 상업용 정크가 중국과 그 기지를 오갔을 것이다. 잘레이(Zalej)나 자네즈(Zanej) 제도가 어디를 가리키는가에 대한 정체성에 대해서는 아마 잔지바르(Zanzibar) 남쪽 150마일 근처의 탄자니아(Tanzania) 해안 앞바다에 있는 마피아스(Mafias)인 것으로 믿어지고 있다.[345]

중국인들이 아프리카에서 얻고자 하는 물건들은 상아, 코뿔소 뿔, 진주, 향기를 내는 물질, 수지(樹脂) 등이었다.[346] 『송사(宋史)』에 기록되어 있는 통계는 이것들의 수입이 1050년부터 1150년 사이에 10배로 증가했음을 보여주고 있다. 반면에 알이드리시는 아덴(그리고 그 해안)이 중국과 인도에서 받아들인 물품들 즉 철, 다마스커스 칼, 사향, 도자기(전형적인 중국의 수출품), 말 안장, '부드럽고 윤기가 나는 직물'(아마 비단을 말할 것이다), 면제품, 알로에, 후추와 님양의 향신료 등에 관해 말하고 있다.[347] 다행히도 그 중 몇 가지는 딱딱한 제품이어서 오늘날까지 남아 있다. 1955년에 휠러(Wheeler)는 다음과 같이 서술하고 있다.[348] "나는 지난 2주 동안 다르에스살람(Dar-es-Salaam)과 킬와

---

345 T. M. Revinton, "Some Notes on the Mafia Island Group," *TNR*, 1936, 1(no.1).

346 J. J. L. Duyvendak, *op. cit.*, p.16과 P. Wheatley, "Geographical Notes on some Commodoties involved in Sung Maritime Trade," *JRAS/M*, 1959, 32(pt.2)의 자세한 연구를 보라.

347 tr. J. A. Jaubert, *op. cit.*, vol.1, p.51. 아프리카 쪽에서 본 중국과 아프리카 사이의 무역에 관한 아주 간단한 서술이 C. E. Fripp, "A Note on Mediaeval Chinese-African Trade," *NADA*, 1940(no.17)에 의해 시도되고 있다. G. A. Wainwright, "Early Foreign Trade in East Africa," *MA*, 1947, 47을 참조. David Livingstone, *Missionary Travels and Researches in South Africa*, London, 1857, p.50은 보츠와나로부터 중국으로의 모피무역에 대해 언급하고 있다. Aden에서 발견된 자기에 대해서는 A. Lane & R. B. Serjeant, "Pottery and Glass Fragments from the Aden Littoral, with Historical Notes," *JRAS*, 1948, 108.; D. B. Doe, "Pottery Sites near Aden," *JRAS*, 1963, 150을 보라.

(Kilwa) 제도 사이에서 본 것만큼 많은 도자기 파편을 본 적이 없다. 문자 그대로 삽으로 퍼 담을 정도로 많은 중국 도자기 파편들이었다. ··· 나는 10세기 이후의 중세에 관한 한 탕가니카(Tanganyika)의 묻혀버린 역사가 중국 도자기에 쓰여 있다고 말해도 된다고 생각한다.”

동아프리카에 대한 고고학적인 연구는 오늘날 순조롭게 진행되고 있고, 일반적인 결론은 아직 임시적인 것일 뿐이다. 그러나 긍정적인 증거들은 이미 놀랄 정도로 많다.[349] 소말리아에서 델라고 곶(Delago)까지 스와힐리(Swahili) 해안 전체에서 '예기치 않은 그리고 믿을 수 없을 정도로 막대한 양의 중국 도자기들이' 발견되어 연구 중이다.[350] 단 한명의 탕가니카 수집가가 마피아스 근처의 루피지(Rufiji) 강과 케냐 국경 사이에 있는 30개 유적에서 400개의 파편을 발견했다.[351] 이 섬들과 그 근처의 킬와에서 휠러 자신도 막대한 양의 도자기 조각들을 보았다. 그러나 그 도자기가 다 깨어져 있었던 것만은 아니다. 완벽한 모양의 도자기들이 모스크와 회반죽으로 된 가옥의 벽속에서 발견되고 있는데, 모스크에 도자기들을 놓아두도록 디자인 된 벽감(壁鑑)이 있었기 때문이다. 잔지바르 섬 반대쪽의 바가모요(Bagamoyo) 근처에 있는 대들보 모

---

348 Sir R. E. M. Wheeler, "Archaeology in East Africa," *TNR*, 1955(no.40), 43.

349 J. S. Kirkman, "The Culture of Kenya Coast in the Later Middle Ages : some Conclusions from Excavations 1948 to 1956," *SAAB*, 1956, II.; Idem, "Azanci Centri," Art. in *Encicleopedia Universale dell'Arte*, Ist. per la Collab. Cult., Venice & Rome, 1958, Vol.2, p.286을 참조.

350 G. Mathew, "Chinese Porcelain in East Africa and on the Coast of South Arabia," *ORA*, 1956, 2. 또 J. S. Kirkman, "Historical Archaeology in Kenya," *ANTJ*, 1957, 37.; Idem, "The Excavations at Kilepwa : an Introduction to the Mediaeval Archaeology of the Kenya Coast," *ANTJ*, 1952, 32.; Idem, *The Arab City of Gedi : Excavations at the Great Mosque*, Oxford, 1954.; Idem, "Excavations at Ras Mkumbuu on the Island of Pemba," *TNR*, 1959, 51.; Idem, "Mnarani of Kilifi : the Mosques and Tombs," *AI / AO*, 1959, 3.; Idem, "Kinuni, an Arab Manor on the Coast of Kenya," *JRAS*, 1957, 145.; G. Mathew, "The Culture of East African Coast in the Seventeenth and Eighteenth Centuries, in the Light of Recent Archaeological Discoveries," *MA*, 1956, 56.; Idem, "The East Coast Cultures," *AFS*, 1958, 2(no.2).; G. S. P. Freeman-Grenville, "Chinese Porcelain in Tanganyika," *TNR*, 1955(no.41), 62.; Idem, "Some Recent Archaeological Work on the East African Coast," *MA*, 1958, 58도 보라.

351 G. S. P. Freeman-Grenville, "Chinese Porcelain in Tanganyika," *TNR*, 1955(no.41), 62.

양의 무덤은 원대(元代)의 해록색(海綠色, sea-green) 그릇으로 장식되어 있었는데,[352] 그것은 정확히 왕대연의 묘사와 동시대의 것이다. 대체로(그리고 아마 예상되고 있었겠지만), 가장 오래된 연대의 도자기는 북부의 대표적인 것들이며, 그곳에서는 송대(宋代)의 청자도 풍부하게 출토되고 있다.[353] 보다 더 남쪽에서의 출토품은 14세기 중엽부터 중국 도자기의 수입이 급격히 증가했음을 보여주고 있으며, 그 이후 명대와 청대의 치세 기간에 해당하는 시대의 도자기는 어떤 것도 나타나지 않고 있다.[354] 아마 이것은 몽골의 침략 때 아바스조 (Abbasid)의 칼리프가 붕괴된 후 중동의 가마(窯)가 쇠퇴하였기 때문일 것이다.[355] 또한 이러한 출토품은 해안 지역에서만 수집된 것이 아니다. 왜냐하면 많은 도자기가 먼 내륙 지역에서도 나타났기 때문이다.[356] 정확하게 어느 정도 남쪽까지 이 영향이 미쳤는가는 아직 결론을 내리기 어렵다. 왜냐하면 모잠비크(Mozambique)에서는 조사 보고가 거의 없기 때문이다. 하지만 최소

---

352 G. Hunter, "A Note on some Tombs at Kaole," *TNR*, 1954(no.37).; J. S. Kirkman, "The Great Pillars of Malindi and Mambrui," *ORA*, 1958(n.s.), 4도 참조

353 13세기의 질 좋은 청자가 Somaliland와 Ethiopia의 경계와 가까운 12개 도시의 폐허에서 아주 많이 발견되었다. 그 도시들은 중세 Adal의 술탄이 통치한 영토였는데, 16세기에 파괴되었다. 이곳은 200마일이나 내륙으로 들어와 있는 곳이다(G. Mathew, "Chinese Porcelain in East Africa and on the Coast of South Arabia," *ORA*, 1956, 2). Malindi 바로 남쪽에 있는 Kilepwa에서도 이러한 종류의 도자기가 Mogadishiu와 같은 년대의 지층에서 발견되고 있다(J. S. Kirkman, "The Excavations at Kilepwa : an Introduction to the Mediaeval Archaeology of the Kenya Coast," *ANTJ*, 1952, 32).

354 G. S. P. Freeman-Grenville, "Chinese Porcelain in Tanganyika," *TNR*, 1955(no.41).; J. S. Kirkman, "The Tomb of the Dated Inscription at Gedi," *RAI / OP*, 1960, no.14는 1399년이라는 비명이 있는 무덤에서 13세기 이후 모든 연대의 것이 포함되고 있고 또한 1325년 이후의 것이 점차 많아지는 중국 도자기의 파편들을 발견하였다(<그림 제982>).

355 Hulāgu Khan은 1258년에 Bagdad를 약탈하였다(Joseph Needham, *Science and Civilization in China*, Vol.1, p.224를 참조).

356 13세기 이후 중국의 도자기가 Rhodesia 남부의 유명한 Zimbabwe의 유적에서 발견되고 있다. D. R. McIver, *Mediaeval Rhodesia*, Macmillan, London, 1906.; G. Carton-Thompson, *The Zimbabwe Culture : Ruins and Reaction*, Oxford, 1931.; F. M. C. Stokes, "Zimbabwe," *GGM*, 1935, 2. 이것은 훨씬 남쪽에 있는 Mozambique 해안에 있는 Sofala와 거의 같은 위도에 있다. 내륙에서의 발견에 대해서는 Basil Davidson, *Old Africa Rediscovered*, Gollancz, London, 1959, p.239도 보라.

한 소팔라까지 이르렀음은 틀림없다.[357] 어찌되었든, 중국의 문화 상품은 스와힐리(Swahili) 문학에서 칭송되고 있다. 18세기 후반에 시인인 알인디샤피(al-Indishāfi)는 몰락하기 이전의 파테(Paté)라는 도시의 부를 다음과 같이 묘사하였다.

> 그들의 잔치가 중국 도자기의 밝은 빛으로 빛나고
> 각 그릇마다 가장 훌륭한 조각이 새겨져 있으며
> 그 한가운데서 크리스탈 주전자가
> 반짝반짝 빛나며 식탁보의 흰 빛을 비추네[358]
> Wapambaye Sini ya Kutuewa
> Na Kula Kikombc Kinakishiwa
> Kati watiziye Kazi ya Kowa
> Katika mapambo yanawiriye

동아프리카 연안 지방에서 또 하나의 중국제 하드웨어(hardware)는 화폐 즉 동전과 동전 창고(coin-hoards)인데, 이것은 매우 매혹적이지만 해석하기가 대단히 어렵다. 케냐와 탄자니아의 해안에서 1800년 이전의 외국 동전이 506개 발견되었는데,[359] 그 중에서 294개가 중국 동전이었다.[360] 게다가 이상하

---

357 14세기의 중국 청자와 후세의 도자기의 출토가 Madagascar에서 보고되고 있다. H. Deschamps, *Histoire de Madagascar*, Berger-Levrault, Paris, 1960.; A. Grandidier & G. Grandidier, *L'Ethnographie de Madagascar*, Paris, 1908, p.14를 참조.

358 G. S. P. Freeman-Grenville, "Chinese Porcelain in Tanganyika," *TNR*, 1935(no.41)에 있는 W. Hichens의 번역문.

359 초보적인 것에 불과하지만, G. S. P. Freeman-Grenville, "East African Coin Finds and their Historical Significance," *JAH*, 1960, 1.; Idem, "Coinage in East Africa before Portuguese Times," *NC*, 1957, 17.; Idem, "Coins from Mogadishiu : 1300 to 1700," *NC*, 1963, 3의 연구 그리고 A. F. P. Hulsewé, "Chinese Coins found in Somaliland," *TP*, 1959, 47에서 채택한 <그림 983>를 보라. G. Mathew, "The Culture of the East African Coast in the Seventeenth and Eighteenth Centuries, in the Light of Recent Archaeological Discoveries," *MA*, 1956, 56을 참조.

360 Gedi에서 발견된 동전은 2개 모두 南宋의 것이다(J. S. Kirkmam, *The Arab City of Gedi :*

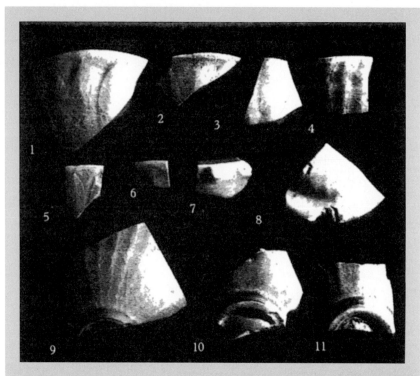

〈그림 982〉 동아프리카 연안에서 발견된 많은 양의 중국 도자기 파편(J. S. Kirkman, "The Tomb of the Dated Inscription at Gedi," *RAI / OP*, 1960, no.14, pl.6). 케냐 해안의 게디(Gedi)에 있는 이슬람교도의 묘에서 발굴된 청자 파편으로 14세기나 그 이전의 것으로 추정된다. 백자와 청백자기(blue-and-white porcelin)도 새로운 지층에서 발견되고 있다.

1, 2. 브라운색   3. 밝은 재색   4, 9. 암록색 연화문 그릇
5. 회녹색(灰綠色)   6. 암녹색   7. 청록색
8, 10. 옅은 기본색(basic tint)   11. 옅은 회녹색(灰綠色)

게도 중국 동전은 대부분 송대(宋代)의 것이었다. 이것은 다른 때보다 이 시기에 무역이 더 성행했음을 의미하는 것이 아니라 단지 아프리카의 상품을

Excavations at the Great Mosque, Oxford, 1954).

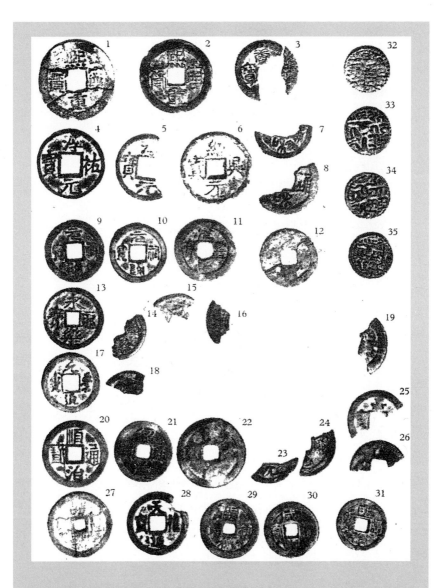

〈그림 983〉동아프리카 해안에서 출토된 중국 동전. A. F. P. Hulsewé, "Chinese Coins found in Somaliland(East Africa)," *TP*, 1959, 47에 의한 collection. nos. 5, 20, 21, 29, 31은 브라와(Brawa) 근처 해안에서, no.16은 메르카(Merca)에서, 나머지는 모가디슈(Mogadishiu)와 그 근처에서 출토되었다.

1, 2 송(宋) 희령(熙寧)년간 1068~1077년(1071년 주조)
3 남당(南唐) (保代, 中興, 交泰年間) 943~961년
4, 5 송(宋) 순우(淳祐)년간 1241~1252년(1249년 주조)
6 송(宋) 소흥(紹興)년간 1131~1162년(1145년 주조)
7, 8 송(宋) 정화(政和)년간 1111~1117년
9, 10 송(宋) 원우(元祐)년간 1086~1093년
11, 17 송(宋) 원풍(元豊)년간 1078~1085년
13, 14 명(明) 영락(永樂)년간 1403~1424년(1408년 이래 주조)
20 청(淸) 순치(順治)년간 1644~1661년
22, 26 송(宋) (建中靖國이나 崇寧年間) 1101~1106년(1101년이나 1102년 주조)
28 송(宋) 천우(天祐)년간 1017~1021년
30 청(淸) 함풍(咸豊)년간 1851~1861년
21, 27, 29, 31 4대의 치세에 걸친 안남(安南)의 19세기 동전
32, 33, 34, 35 12세기와 13세기 실론의 동전 (1153 ~ 1296년)
12, 15, 16, 18, 19, 23, 24, 25 판독이나 연대 측정이 불가능한 것

한동안 물물교환이 아닌 돈으로 구입했음을 의미한다. 가장 초기의 동전은 620년경에 주조된 것이었다. 중국 동전이 들어 있는 중요한 그릇이 잔지바르의 카젱와(Kajengwa)에서 발견되었다. 그 동전은 정착민들이 비축해 놓은 것이었을까 아니면 인도나 중국을 방문한 잔지바르인의 것이었을까? 일반적으로 어부로 살고 있으며 현지어밖에는 할 줄 모르는 중국의 정착민들이 오늘날 소말리아와 케냐 해안의 앞바다에 있는 바준(Bajun) 제도에 존재하고 있는 것으로 보고되고 있다.[361] 북부에서는 당대(唐代)의 동전과 송대(宋代)의 동전(11세기)이 소말리아의 모가디슈와 그 밖의 다른 곳에서 발견되고 있다.[362] 더 많은 발견이 이루어지면 대단한 관심을 끌 수 있을 것 같다. 한편, 동아프리카와 중국의 접촉을 보여주는 다른 많은 증거도 조사되고 있다.[363]

---

361 V. L. Grottanelli, *Pescatori dell'Oceano Indiano*, Cremonese, Rome, 1955.; J. A. G. Elliott, "A Visit to the Bajun Islands," *JAFRS*, 1926, 25를 참조. Paté라는 옛 도시는, 이들 섬들 중 하나에 있었다.
362 U. Monneret de Villard, *Note sulle Influence Asiatic nell'Africa Orientale*, 1938.

이렇게 하여 인도양에 유럽의 선박이 출현하기 전에 중국 무역의 영향이 동아프리카 해안의 나탈(Natal)까지, 좀 더 확실히 하면 잠베지(Zambezi)의 하구까지 미치고 있었다는 것과 그리고 중국 선박이 모잠비크 해협을 항해하고 있었다는 사실이 분명해졌다. 그러나 명나라 함대가 남쪽으로 어디까지 계획적으로 조사했는가는 확실하지 않다. 수군의 서기관들은 모가디슈, 브라와, 말린디에 대해 자세히 언급하고 있다. 또한 알주브(al-Jubh) 즉 죽보(竹步, Jubaland)에 대한 언급도 있다.[364] 『무비지(武備志)』의 해도(海圖)는[365] 마림지(麻林地)로 불리는 항구보다 약간 남쪽에서 끝나고 있는데, 그 북쪽에는 몸바사(Mombasa, 慢八撒)가 기록되어 있다. 이 해안 전체는 나중에 포르투갈인에게 멜린데(Melinde)로 알려졌었는데, 이 해도의 마임지는 현재 케냐의 말린디가 아니라 모잠비크(남위 15°)였을 것이다.[366] 『명사(明史)』에서 걸아마(乞兒麻)라고 지칭되는 곳이 표기되어 있고, 그곳이 잔지바르 남쪽의 킬와(Kilwa, 거의 남위 10°)라고 주장되고 있다.[367] 게다가 정사(正史)에서는 중국에서 가장 먼

---

363 재배 식물의 분포를 예로 들 수 있다. 어떤 중국어 한자가 Rhodedia의 전통적인 아프리카 건축에서 벽장식의 디자인에서 나타나고 있다(R. A. Dart, "A Chinese Character as a Wall Motive in Rhodesia," *SAFJS*, 1939, 36). 그러나 만약 그 한자가 누구나가 생각하고 있듯이 田과 같은 간단한 기하학적인 문양이 아니라면, 훨씬 설득력이 있었을 것이다.

364 『明史』, 卷三百二十六, p.11. W. W. Rockhill, "Notes on the Relations and Trade of China with the Eastern Archipelago and the Coast of the Indian Ocean during the 15th Century," *TP*, 1914, 15를 참조.

365 이 문제에 관해서는 Yusuf Kamal, *Monumenta Cartographica Africae et Aegypti*, vol.4, Privately Published, 1935~9에 특별 기고한 J. J. L. Duyvendak, "Voyages de Tchêng Houo à la Côte Orientale d'Afrique, 1416 à 1433"이 있다. 그러나 이 연구는 내륙으로부터 해안에 이르는 산악 지역의 흥미로운 명칭에는 거의 관심을 보이지 않고 있다. 起荅兒(起哈兒를 지칭하는 것으로 생각된다)는 Chyula 산이고, 老卽剌哈卽剌는 Kenya 산이나 Kilimanjaro 산이었을까?

366 J. V. Mills는 이 지도의 葛荅幹을 Mozambique에서 10마일 북쪽에 있는 Conducia Bay의 Quitangonia로 인식하고 있다.

367 L. Carrington Goodrich, "A Note on Professor Duyvendak's Lectures on China's Discovery of Africa," *BLSOAS*, 1952, 14(no.2)의 출전은 『明史』, 332卷, p.29이다. E. Bretschneider, *Mediaeval Researches from Eastern Asiatic Sources : Fragments* …; vol.2, Tribüner, London, 1888, p.315를 참조. 'Quiloa'를 Kilwa라고 하는 C. E. Fripp, "A Note on Mediaeval Chinese-African Trade," *NADA*, 1940(no.17), 88의 주장은 잘못이며, 문제의 장소는 인도의 Quilon이다.

곳인 두 지명도 거론되고 있는데, 제독(提督, Admiral)이나 몇 명의 좌관(佐官)이 그곳으로 갔지만, 조공 사절을 보내오지 않았다고 쓰여 있다. 그것은 비자(比刺)나 손자(孫刺)를 지칭하고 있었다. 두 곳 모두 아프리카 해안에 있었음이 확실하며, 만약 그렇다면 후자가 소팔라였다는 주장을 받아들이지 않는 한 그곳이 어디인지는 아직 알 수 없다.[368] 아랍의 무역 중심지였으므로 보선(寶船) 전대가 그곳까지 갔을 것 같기는 하지만, 만약 거기까지 갔다면 그 지점은 남위 20°가 된다.[369]

아프리카에 대한 중국인의 초기 지식은 전혀 다른 측면에서도 생각되고 있다. 거의 1세기 전에 로크힐(Rockhill)[370]은 1564년에 간행된 사곽익(史霍翼)의 『여지총도(輿地總圖)』에 남아프리카가 올바른 형태 즉 남쪽으로 돌출한 형태로 보이고 있다는 사실에 감명을 받았다.[371] 그가 잘 알고 있었듯이, 포르투갈인들이 발견하기 이전 유럽의 지도 제작 전통에서는 아프리카가 동쪽으로 솟아있는 형태를 띠고 있었다.[372] 사실 사곽익의 지도는 『광여도(廣輿圖)』라는 비교적 후대의 지도를 바탕으로 제작되었다. 이 『광여도』는 16세기에 간행되었지만, 주사본(朱思本)이라는 훌륭한 지도 제작자가 1312년에 제작하고 몇 년 후에 완성한 지도에서 유래되었다.[373] 훅스(Fuchs)[374]는 주사본이

---

368 『明史』, 326卷, p.14.; P. Pelliot, "Les Grands Voyages Maritimes Chinois au Début du 15e Siècle," *TP*, 1933, 30, pp.326 이하.; Idem, "Notes Aditionelles sur Tcheng Houo et sur ses Voyages," *TP*, 1934, 31, p.285를 보라. 比刺에 대해서는 Lo Jung-Pang, "Chinese Explorations of the Indian Ocean before the Advent of the Portuguese," Unpub. MS가 Zambezi 강 하구의 Zambere 혹은 Lourenço Marques(c, 26° S) 근처에 있는 Delagoa Bay의 Belugaras라는 이름의 도시임을 보이고 있다.

369 『武備志』의 海圖는 동아프리카 해안의 주요 해안 전체에 대해 극지 고도(polar altitude)와 華蓋星의 고도를 기록하고 있다.

370 W. W. Rockhill, "Notes on the Relations and Trade of China with the Eastern Archipekago and the Coast of th e Indian Ocean during the 15th Century," *TP*, 1914, 15.

371 Joseph Needham, *Science and Civilization in China*, Vol.3, p.560을 참조.

372 R. A. Skelton, T. E. Marston & C. D. Painter, *The Vinland Map and Tartar Relation*, Yale Univ. Press, New haven and London, 1965를 참조.

373 남아프리카를 포함한 지도는 <그림 984>에 있다. Joseph Needham, *Science and Civilization in China*, Vol.3, pp.551 이하를 참조. W. Fuchs, *The Mongol Atlas of China by Chu Ssu-Pên and the Kuang*

아프리카를 올바르게 묘사하고 있었음을 입증하고 있다. 당대(唐代) 이후 중국의 스와힐리어권 아프리카(Swahili Africa)와의 교섭이 요약되어 있는 사실만으로도 덧붙일 것이 거의 없을 정도도 아주 훌륭한 지도이다. 그러나 주사본이 아프리카 대륙을 사실대로 그린 유일한 원대(元代)의 지리학자가 아니었으며, 또한 이택민(李澤民)과 불교 승려인 청준(淸濬)도 있었다. 전자는 1325년경에 그리고 후자는 1370년에 활약한 인물이었다. 그들의 세계 지도가 그 세기 말에 조선(朝鮮)에 전달되었을 때, 그 지도들은 지도학자인 이회(李薈)와 천문학자인 권근(權近)에 의해『혼일강리역대국도지도(混一疆理歷代國都之圖)』[375]라는 제목의 멋진 평면도로 결합되었다. 1402년 포르투갈의 카라벨선이 케이프 눈(Cape Nun)을 처음 보기 전에, 이 지도에는 아프리카가 남쪽이 뾰족하게 솟아 있는 정확한 삼각형 모양의 것으로 묘사되었으며 또한 알렉산드리아(Alexandria)를 비롯한 약 35개 지명이 기록되었다.[376] 이 세계 지도(<그림 985>)가 카탈로니아 지도(1375)와 프라 마우로의 지도(1459)보다 훨씬 우수하다는 것은 아마 중국의 학자들이 아랍의 정보 제공자들로부터 얻은 유럽과 아프리카에 대한 지식이 마르코 폴로와 다른 서구 여행객들이 동아시아에서

Yü T'hu, Fu-Jen Univ. Press, Peiping, 1946, p.14에 확인이 되어 있다(아프리카는 朱思本의 지도에 의거한 것이 아니고, 李澤民의 지도에 의해 증보된 것이다).

374 W. Fuchs, *op. cit.*

375 Joseph Needham, *Science and Civilization in China*, Vol.3, pp.554 이하와 Figs 234, 235를 참조. 이것에 관한 중요한 연구는 小川琢治(오가와 다쿠치), "近世西洋交通以前の支那地圖に就て,"「地理學誌」, 1910, 22.; 青山定雄(아오야마 사다오), "古地誌地圖等の調査,"「東方學報」(東京), 1935, 5.; Idem, "元代の地圖について,"「東方學報」(東京), 1938, 8.; Idem, "李朝に於ける二三の朝鮮全圖について,"「東方學報」(東京), 1939, 9.; 海野一隆(우노 가즈다카), "天理圖書館所藏大明國圖について,"「大阪學藝大學紀要」(人文大學), 1958(no.6).; Idem,『東洋地理學史』, 大明堂, 東京, 1959.; 宮崎市定(미야자키 이치사다), "妙心寺麟祥院藏「混一歷代國都疆理地圖」について,"『祥田博士還曆記念書誌學論集』, 京都, 1957에 의해 이루어지고 있다. 천문학에서 權近의 업적에 대해서는 Joseph Needham, *Science and Civilization in China*, Vol.3, p.279와 fig. 107에서 논하였다.

376 탑 모양 Pharos 등대를 나타낸다. 이 지도에서 남아프리카에 대해서는 W. Fuchs, "Was South Africa already known in the 13th Century?," *IM*, 1953, 10을 보라.

가져온 정보보다 훨씬 훌륭하고 풍부했기 때문일 것이다. 사실 중국인들은 1세기나 앞서 있었다.[377] 만약 유럽에서 로렌시아 세계 지도(Laurentian world-map)[378]에 관한 킴블(Kimble)[379]의 해석이 올바르다면, 사람들은 아프리카에 대한 개념이 변화하고 있었음을 알 수 있을 것이다. 이 지도에서는 두 가지 도형이 겹쳐 있다. 하나는 아프리카의 앞쪽이 동쪽을 가리키도록 그려진 중세의 필적으로 되는 윤곽이며, 다른 하나는 그 위에 더해 칠해진 L자 모양의 남쪽을 가리키는 대륙이다.[380] 그는 전자의 연대를 1351년으로 보고 있으며, 후자는 1450년 이후 혹은 1500년 이후에 그 위에 그려진 것으로 가정하고 있다.

이 여담의 초기에는 포르투갈인들이 최초로 희망봉을 왕래했다는 종래의 견해에 만족하고 있었다.[381] 그러나 프라 마우로의 지도는 문맥상 이상한 두 개의 명칭을 포함하고 있다. 그 중 첫 번째 것은 디아브(Diab) 곶 부근의 동아프키라 해안에 있는 명부에 쓰여 있는 다음의 문장이다.

---

377 W. Fuchs, *op. cit.*을 참조. 그러나 중국인들은 이 대륙의 북쪽 돌출 부분을 보여주지 않았다.

378 이것은 Florence에 있는 Laurentian Library 소장의 Medicean Atlas 중의 일부인 Portolano Laurenziano-Gaddiano이다.

379 C. H. Kimble, "The Laurentian World-Map with special reference to its Portrayal of Africa," *IM*, 1935, 1.

380 Fracanzano di Montalboddo에 의해 최초로 인쇄된 아프리카 지도(1508년)는 똑같은 형태를 하고 있고(Anon, *Prince Henry the Navigator and Portuguese Maritime Enterprise : Catalogue of an Exhibition at the British Museum, Sept. to Oct. 1960*, BM, London, 1960, no.41, 및 pl.IIIb를 보라), 남쪽으로의 돌출은 부적절하게 확대되고 있다. 유럽인들은 이 대륙이 주로 동서 방향의 땅덩어리라고 생각한 것에 대해, 중국인은 주로 남북으로 뻗어있다고 생각했다는 것은 흥미롭다.

381 *Herodotos*. IV. 42에 기록되어 있는 Pharaoh Necho II(−609~−594)의 치세 하에서 페니키아인의 periplus를 우리가 받아들이지 않는 한 그리고 현대의 지리학자들도 여전히 그렇게 주장하고 있는 한(예를 들면, F. Debenham, *Discovery and Exploitation : an Atlas-History of Man's Journeys into the Unknown*, Belser, Stuttgart, 1960, p.30), 필자는 Gibbon처럼 그것을 '믿고 싶은 마음'을 가진 적이 없다. G. Germain, "Qu'est-ce que le Périple d'Hannon : Document, Amplification ou Faux Intégral?," *HP*, 1957, 44를 참조.

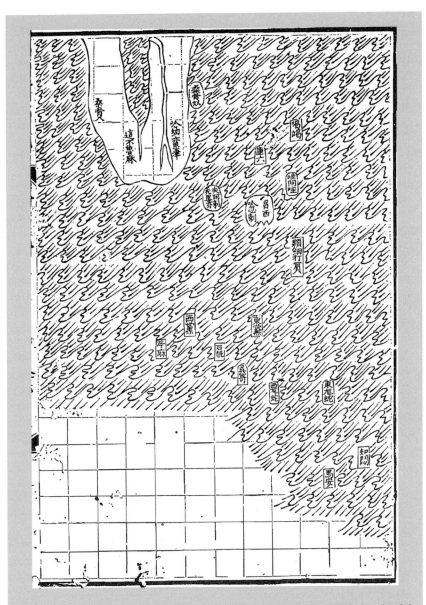

〈그림 984〉 1315년경 주사본(朱思本)의 세계 지도인『광여도(廣輿圖)』에 그려져 있는 아프리카 남부. 1555년 경 처음으로 인쇄(1799년판). 주사본이 살던 시대에 이미 중국인은 아프리카 대륙이 동쪽이 아닌 정남쪽을 향해 솟아있음을 알고 있었다. 대륙의 중앙에 광대한 호수가 보이고

있는 것이 흥미롭다. 아마 중앙아프리카 동부의 거대한 호수 중 하나이거나 그보다 더 많은 호수 (Nyasa 호수, Tanganyika 호수, Victoria 호수 등)를 알고 있었기 때문일 것이다. 高橋正(다카하시 타다시), "東漸せる 中世イスラーム世界圖: 主として 混一彊理歷代國都地圖について," 「龍谷大學論集」, 1963, no.374와 海野一隆(누오 가쯔다카), "「廣輿圖」の資料となった地圖類," 「研究集錄」(大阪大學教養部), 1967, 15가 인정하고 있듯이, 저불노마(這不魯麻, 這不魯哈麻로 표기한 판본도 있다)는 의심할 여지없이 아라비아어의 자벨 알카마르(Jebel al-Qamar) 즉 프톨레마이오스(Ptolemaios)의 몬테스 루나에(Montes Lunae, 月山)를 지칭하고 있다. 아마 현재의 우간다와 콩고의 경계선상에 있는 루웬조리(Ruwenzori) 산이나 북부 탄자니아의 킬리만자로(Kilimanjaro) 산일 가능성도 있다. 그러나 그 크기에도 불구하고, 바수톨란드(Basutoland)의 드라켄즈버그(Drakensberg) 산맥일 가능성은 거의 없다. 동해안 앞바다의 커다란 섬인 상골노(桑骨奴) 즉 글자 그대로 '알잔즈(al-Zanj)의 노예라는 큰 섬은 분명히 잔지바르(Zanzibar)나 마다가스카르(Madagascar)일 것이다(Chang Kuei-Shêng, "A Re-Examination of the Earliest Chinese Map of Africa," PMASAL, 1957(1956), 42). 그러나 대륙의 서쪽에 있는 비슷한 구절인 상골팔(桑骨八)을 콩고(Congo, 포르투갈어로 Songo)로 해석하는 창(Chang)의 주장이 받아들여지지 않으면, 당혹스러워진다. 가장 어려운 것은 북쪽으로 흐르는 큰 강을 따라 쓰여 있는 합납역사진(哈納亦思津)이라는 지명인데, 푸흐스(Fuchs)는 '하나이스(Hanais)의 얕은 여울'(의 단순한 단축형)이라고 주장하고 있다. 창은 보다 설득력이 있는 아라비아어의 알닐 알아즈락(al-Nil al-Azraq) 즉 청나일 강(Blue Nile)을 그리고 다카하기와 우노는 놀랍게도 아라비아어인 카트 알이스티와(Khatt al-istiwā) 즉 적도(赤道)라고 주장하고 있다. 적도는 확실히 빅토리아(Victoria) 호수의 북쪽 호수가를 지나고 있다. 15개의 다른 섬들이 인도양에 있는데, 아마 레위니옹(Réunion), 모리셔스(Mauritius), 세이셸(Seychelles), 몰디브(Maldives) 등인 것 같다. 그러나 중국식 이름은 쉽게 해석할 수가 없다. 창서합필자(昌西哈必刺)를 남극 근처의 케르겔렌(Kerguelen) 제도로 간주하는 Chang Kuei-Shêng의 말을 믿는 사람은 거의 없으며, 그곳으로 정화(鄭和)의 부하(또는 그 어떤 아라비아인)가 갔다는 그의 주장을 수긍하는 사람은 더욱 없다. 이 남극지역에서는 바다가 지나치게 크게 그려져 있으며, 400리(里)의 격자무늬(grid)가 '미지의 토지(terra incognita)'로 표기되어 있는 것이 특징적이다.

1420년경에 인도의[382] 선박과 정크가 디아브(Diab) 곶을 넘어 남녀 (Men-and-Women) 제도 방향으로 나아가다가 곧바로 인도양을 횡단하였으며, 그린(Green) 제도와 흑해를 지나, (그 후) 서쪽으로 항해했다가 이어서 남서쪽으로 40일간 계속 항해했는데, 하늘과 바다 이외에는 아무것도 볼 수

---

382 물론 그에게 중국은 인도제국의 일부인 'extra Gangem'이었다. 정크라는 단어는 원본에 분명히 있다.

〈그림 985〉 조선(朝鮮)의 이회(李薈)와 권근(權近)이 제작한 세계 지도인 『혼일강리역대국도지도(混一疆理歷代國都之圖)』에 나타난 유럽과 북아프리카의 모습. 1402년에 최초로 제작되

었으며, 표제의 끝에 있는 세 글자가 제일 위에 보인다. 이 지도는 당시 중국 문화권의 상당히 진보된 수준의 지리 지식을 보여준다. 왜냐하면 이 지도가 1375년의 카탈로니아(Catalonia) 지도와 1459년의 프라 마우로(Fra Mauro) 지도에서 보이는 동남아시아에 대한 지식보다 유럽과 중동에 대해 훨씬 더 상세한 지식을 보여주고 있기 때문이다(아랍인이 제공하는 정보에 대해 세심하게 주의를 기울였음에 틀림없다). 이 지도에 대해서는 이미 Joseph Needham, *Science and Civilization in China,*, Vol.3, pp.554 이하에서 논한 적이 있으며, 지도의 다른 부분은 〈그림 234〉와 〈그림 235〉에 실려 있다. 그 밖의 다른 모든 경우와 마찬가지로 이보다 앞선 것이 있는데, 그 중에서도 1330년경의 이택민(李澤民) 그리고 1375년경의 승려인 청준(淸濬)이 그린 세계 지도들을 들 수 있다. 그러나 정화(鄭和)의 전성기에 이 지도들을 결합하여 증보한 이회와 권근의 업적은 동아시아의 세계 지도(mappamundi)를 완전히 새로운 수준으로 높였다.

여기에 인용한 것은 교토(京都)의 류코쿠(龍谷) 대학이 소장하고 있는 1502년판 지도를 복사한 것이다(푸나코시 아키오(船越昭生) 박사가 친절하게 보내준 사진). 다른 두 종류도 일본에 보존되고 있다. 하나는 연대를 알 수 없으나 1568년 직후에 조선에서 제작되었을 것으로 추정되는데, 텐리(天理) 대학 도서관에 있다. 다른 하나도 역시 조선에서 제작되었는데, 1592년에 토요토미 히데요시(豊臣秀吉)에게 선물로 보내졌다고 하며 큐슈(九州) 구마모토(熊本)에 위치한 혼묘지(本妙寺)에 소장되어 있다. 이것에 대해서는 海野一隆(우노 가쓰다카), "天理圖書館所藏大明國圖について,"「大阪學藝大學紀要」, 1958, no.6을 보라. 우리는 1964년에 텐리대학이 소장한 것을 연구할 기회를 가졌었다.

이 주요 사본들 외에도 동일한 전통에서 유래하여 후대에 파생된 지도들이 상당히 많다. 그중 하나는 1663년에 제작된 『천하구변만국인적로정전도(天下九邊萬國人跡路程全圖)』인데, 海野一隆(우노 가쓰다카), 『東洋地理學史, 大明堂, 東京, 1959에 실려 있다. 다른 하나인 『여도전도(輿塗全圖)』는 늦어도 18세기 말에 조선에서 제작되었는데, P. Lowell, *Choson, the land of the morning calm; a sketch of Korea*, Trüner, London, n.d.(1888)에 묘사되고 게재되어 있나. 이 무렵까지 물론 예수회 수사들의 사고방식과 명명법이 수용되고 있었지만, 이회와 권근이 공동으로 제작한 지도를 근거로 한 것은 분명하다. 게다가 그들의 업적은 크게 칭송되어 관련된 다른 지도에도 그 이름이 잘못 붙여질 정도였다. 즉 현재 교토의 묘신지(妙心寺)가 소장한 것으로서 1526년에 양자기(楊子器)가 제작한 중국과 조선의 지도(정확한 명칭은 『대명여지도(大明輿地圖)』이다)의 조선판 사본에도 이 명칭이 있다(宮崎市定, "妙心寺麟祥院藏「混一歷代國都圖疆理地圖」について,"『神田博士還曆記念書誌學論集』, 京都, 1957을 보라).

이것을 보면 먼저 지중해를 나타내는 확실한 윤곽선을 보고 놀라게 된다. 이 지도에는 이탈리아, 그리스 반도, 시칠리아, 사르디니아, 팔레스타인과 스페인의 해안, 알미스르(al-Misr. 密思, 이집트)의 알렉산드리아(Alexandria, 阿剌賽伊)에 있던 파로스(Pharos) 등대를 표시한 탑이 있다. 그러나 필사자는 지중해가 바다라는 사실을 확실히 알지 못한 채 그 윤곽선을 강처럼 그렸다. 그렇다고 해도 이것은 몇 개의 하천이 둥근 해자 모양을 하고 있음을 의미한다. 이점은 텐리대학 소장본에도 해당되지만, 이후의 로웰본에서는 지중해가 '地中海로 기록되었을 뿐만 아니라 그림도 그럴듯하다. 그러나 윤곽선은 더 왜곡되어 있다. 이회와 권근이 1402년에 올바르게 그린 것이 분명하다. 왜냐하면 하천을 표시하기 위해 이러한 강의 윤곽선을 만들어낼 수 있는 사람이 아무도 없기 때문이다. 그러나 이후의 몇 세기 동안에는 학자가 불안을 느껴 그러한 오류가 발생했다고 할 수 있다.

나머지에 대해 보면, 아프리카 대륙의 북부가 〈그림 984〉의 남쪽 부분과 겹쳐서 그려져 있다. 왜냐하면 이점에 관해『혼일강리역대국도지도』와『광여도(廣輿圖)』 사이에 큰 차이가 없기 때문이다. 그러나 우리의 지도 제작자는 긴 강의 흐름을 지중해가 아닌 홍해의 상부로 흘러가게 그렸다는 점에서 잘못하고 있다. 이것은 적어도 나일 강을 그린 것으로 추정된다. 만약 나일 강이 중앙의 큰 호수에서 알렉산드리아로 흐르는 짧은 강이라면, 그와 평행되게 흐르는 강을 요셉(Joseph)의 팔로 간주했을 것이다. 사실 이 강은 좌측의 호수를 향해 지류를 흘려보내고 있다. 아랍인이 파이윰(Faiyūm)과 모에리스(Moeris) 호수에 대해 조선인과 중국인에게 그처럼 말했을지도 모른다. 아프리카 옆에서 남쪽을 가리키고 있는 반도는 물론 아라비아 반도이며, 그 동쪽에는 메소포타미아 강이 굴곡이 아주 많은 페르시아 만으로 흐르는 것이 보인다. 인도양의 중앙에 있는 둥근 모양의 큰 섬에는 해도(海島)라고 기록되어 있다.

많은 지명은 대부분 사각형의 틀 안에 쓰여 있다. 그러나 그것들을 해석하기 위한 연구는 충분하게 이루어지지 않았다. 스페인 반도에서는 Hispania(亦思船的那), Barcelona(拜刺細那) 및 Arrangona(他里苦那)의 음역(音譯) 명칭을 볼 수 있다. 한편 텐리대학 소장본에는 프랑스가 Fa-li-hsi-na(al-Afransiyah)로 그리고 독일이 A-lei-man-i-a(al-Lamaniyah)로 기록되어 있다. 류코쿠대학 소장본에는 마르세이유(Marseille)의 위치에 Ma-li-hsi-li-na(麻里昔里那)가 보인다. 이탈리아에는 밀라노(Milano)가 마노(麻魯)로 표현된 것 외에는 쉽게 알아 볼 수 있는 것이 전혀 없다. 영국은 류코쿠대학 소장본에 나타나지 않지만 텐리대학 소장본에는 프랑스와 독일의 앞바다에 곤륜산(崑崙山)으로 표기된 큰 섬이 있는데, 영국제도(British Isles)임이 틀림없다. 흥미롭게도 이후의 로웰본(발트 해가 정확하게 그려져 있다)에는 같은 위치에 두 개의 섬 즉 喎哈剌國과 意尒浪으로 그려져 있다. 그러나 류코쿠대학 소장본이 보여주고 있는 것은 실제로 훨씬 독특하게 스페인 북서해안 앞바다의 아조레스 군도(Azores Is, 雞山)인데, 이곳은 알이드리시(al-Idrisi, 〈그림 239〉를 보라)와 이븐 칼둔(Ibn Khaldūn)에게는 알려지지 않았으며, 1394년 이후 포르투갈인이 처음으로 발견한 섬이다. 이후에 나온 로웰본이 예수회가 전파한 서양의 옛 전설을 수용하여 아프리카 대륙 북서부의 튀어나온 곳 앞에 포츄네이트 제도(Fortunate Isles)를 추가하고 있는 것은 흥미롭다.

유럽의 북부에서 가장 흥미로운 주요 대상은 검은 톱니모양의 원반처럼 보여 신비스럽고, 조선의 한양(漢陽)과 동일한 중요성을 갖고 있으며, 아주 분명하게 석극나(昔克那)로 표기되어 있는 큰 도시이다. 이곳은 부다페스트(Budapest)로 생각되고 또한 그 위치에서 보면 모스크바(Moscow)일 것 같기도 하지만, 당시라면 노브고로드(Novgorod)일 가능성이 더 크다. 카스피 해(Caspi, 久六失)는 보이지만, 흑해는 생략되어 있다. 이탈리아와 그리스 북부 경계에 물결 모양의 빈 공간이 흑해가 아니라고 한다면, 2등급 도시(물결 모양이 없는 검은 원반)는 2개뿐이다. 이 도시들은 고대의 실크로드를 따라 보이는데, 신강(新疆)의 별실팔리(別失八里, Bishbalig)와 카스피 해 서쪽 해안의 독아불니(督阿不你, Derbend)이다. 이 두 곳은 여기에 인용된 지도에서 볼 수 있다. 두 곳 사이에는 불합라(不哈剌, Bokhara)가 있는데 사각 틀 안에 있지는 않다. 또한 불로아(不魯兒, Balkh)도 호수 한복판의 섬으로 그려져 있다.

석극나(昔克那)를 이해하기 위해서는 이 지도가 티무르 랑(Timur Lang, 1336~1405)의 생애 말기에 만들어진 사실을 기억할 필요가 있다. 그는 몽고의 다른 지도자들과 함께 1370년에 티르케스탄(Tirkestan)이나 카자흐스탄(Kazakhstan)에 있는 야크사르(Jaxartes) 강 (Syr Darya) 근처이자 고대 실크로드의 서쪽에 위치한 서양으로 가는 갈레길 중 하나에 있던 시그나크(Sighnaq)로 불리는 도시에 군대를 자주 소집시켰다(H. Hookham, *Tamburlaine the Conquerer*, Hodder & Stoughton, London, 1962, pp.99, 125 이하를 참조). 만약 그것이 맞다면, 석극나는 비시발리크(Bishbaliq)와 데르벤드(Derbend) 서쪽이 아닌 그 도시 들 사이에 있어야 한다. 그러나 물론 필자가 알기로는 어떤 지도 제작자도 아랄(Aral) 해에서 2천 마일 이내에 살지 않았다. 의문은 여전히 남아있는 상태이다.

이상하게도 비잔티움(Byzantium)에 대한 명료한 언급은 하나도 없다. 다마스커스 (Damascus, 都迷失), 시리아(Syria)의 오론테스(Orontes) 강을 따라 있는 하마(Hama, Ho-mi), 모술(Mosul, 麻失里), 메소포타미아의 아파크(Afāq, A-fa, 阿法), 메카(Mecca, 馬喝) 및 또 다른 판에 있는 메디나(Medina, 馬速庫) 등은 충분히 알아볼 수 있으며, 게다가 그 위치도 맞다.

1402년에 제작된 지도 원본의 지명이 어느 곳을 가리키는지는 정확하게 알 수 없다. 왜냐 하면 각 판본마다 변경되어 있기 때문이다. 동아시아의 지명은 왕조의 흥망이 지나치게 빈번 하게 발생했기 때문에 특히 그러했다. 그러나 유럽에 관한 후대의 지식이 증가함에 따라 개정 되는 경우도 있었다. 현재에도 존재하는 모든 판본에 있는 명칭을 식별할 수 있는 카탈로그를 갖는 것이 매우 바람직할 것이다. 그러나 이 작업은 아직 이루어지지 않고 있다. 뿌리 깊은 전통이 곧 드러날 것이다. 일반적인 결론은 동아시아와 서아시아의 항해 민족들끼리 친밀하게 왕래한 결과, 중국인과 조선인이 정화의 시대에 유럽인들이 그들을 알고 있는 것보다 훨씬 자세하게 유럽을 알고 있었다는 것이다.

없었다. 이 선박에 탄 사람의 계산에 의하면, 이 선박은 2,000마일이나 항해하 였다. 그 후 기상 조건이 악화되었기 때문에, 이 선박은 앞에서 말한 디아브 곶으로 70일 만에 돌아왔다. 선원들이 욕구를 충족시키기 위해 상륙했을 때, 그들은 록(roc)으로 불리는 새의 알을 보았다. 그 알의 크기는 암포라(amphora, 양쪽에 손잡이가 달린 항아리)의 볼록한 부분만 하였다. 그 새는 너무 커서 날개를 펼치면 60걸음 정도나 되었다. 이 새는 커다란 다른 짐승뿐만 아니라 코끼리도 쉽게 운반할 수 있을 정도였고, 그곳에 사는 주민들에게는 많은 피해를 주었으며, 대단히 빨리 날 수 있었다.[383]

---

383 ed. Yusuf Kamal, *Monumenta Cartographica Africae et Aegypti*, vol.4. pt.4. Privately published, 1935~9, pp.1409 이하. 모든 사람이 이 지역의 타조 알에 관심을 가지고 있었다. 『嶺外代答』은

그리고 이 지도 제작자는 훨씬 남쪽 부분에 인도양과 대서양의 연속성을 주장하는 한 구절을 다음과 같이 기록하였다.

게다가 나는 믿을만한 사람과 이야기를 해본 적이 있는데, 그는 인도인의 선박을 타고 폭풍우가 몰아치는 40일간 항해한 끝에 인도양을 지나 소팔라 (Sofala) 곶과 그린(Green) 제도를 넘어 다소 남서쪽이나 남쪽으로 간 적이 있다는 것을 확인해 주었다. 그리고 안내자였던 그 선박의 천문학자들이 실시한 계산에 따르면, 그는 2천 마일을 항해한 셈이다. 그리고 우리는 그가 (아프리카의 서해안을 왕복하여) 4천 마일을 항해해 왔다는 사람들(포르투갈 탐험가들을 가리키는데, 프라 마우로는 앞에서 그들의 해도를 사용했다고 말하고 있다)처럼 성실하다고 보아도 좋을 것이다.

이것이 우리가 알고 있는 전부이다. 현창(舷窓, porthole)을 열면, 희망봉을 돌아 흐르는 아굴라스(Agulhas) 해류를 타고 비바람 앞에서 날듯이 나아가는 대양 항해용 정크를 볼 수 있다. 그 후 선장은 남동무역풍을 받아 육지가 보이지 않는 상태에서 서풍과 조류를 이용하여 좀 더 남쪽으로 나아간다. 그리하면 그는 다시 인도양에 돌아왔다고 생각하였다. 그는 인도양에 있는 어떤 폭포에서 자신의 선원이 커다란 새알을 밟았다는 것을 알았다. 이 이야기는 이것으로 끝난다. 그러나 우리는 정화 시대와 (아마도 수세기 이전의) 정크들이 이러한 항해를 할 수 있었다는 것에 대해 어떤 의심도 품을 필요가 없다. 이 견해는 상당히 중요한 한 선원의 의견에 의해 뒷받침되고 있다.[384]

Madagascar 섬에 대해 이렇게 말하였다. "그곳에는 커다란 'phêng(鵬)'이라는 새가 있으며, 그 새가 날면 태양을 가려버릴 정도여서 해시계의 그림자가 바뀐다. 만약 이 새 중 한 마리가 야생 낙타를 보면, 그것을 통째로 삼켜버린다. 그리고 만약 사람이 그 새의 깃털을 발견할 수 있으면, 그 깃대로 빗물통을 만들 수 있다"(卷三, p.6을 참조).; 『諸蕃志』, 卷一, p.32를 참조. Joseph Needham, *Science and Civilization in China*, Vol.2, p.81도 참조.

384 A. Villiers, *The Indian Ocean*, Museum, London, 1952, p.102. 이 단락을 기술한 후 조금 있다가 필자는 기쁘게도 Chang Kuei-Shêng, *Chinese Great Explorers*, Inaug. Diss. Univ. of Michigan, 1955가

또한 베네치아의 수도사가 이 항해가 1420년에 실시되었다고 주장하고 있는 것도 이상하다. 그러나 정화와 그들이 아무런 관계도 없다고 해도, 어떤 의미에서 정화를 중국의 바스코 다 가마(Vasco da Gama)로 불러야 하지 않을까? 정확히 어떤 의미에서 그래야 하는지에 대해서는 조금 더 고찰을 한 후 대답을 찾으려 노력할 것이다.[385]

프라 마우로가 언급한 것처럼, 인도양은 대서양과 연속적으로 이어져 있으며, 도중에 남극 대륙이나 오스트레일리아 대륙이 솟아있지는 않다. 이 점에서 그는 9세기의 이븐 쿠르다비(Ibn Khurdāhbih)부터 11세기의 알비루니(al-Bīrūnī), 그리고 그들의 제자인 마리노 사누토(Marino Sanuto, 1306)까지 아라비아인 지리학자들 사이에 퍼져있던 의견을 따르고 있었을 뿐이다.[386] 게다가 아라비아인들은 남반구가 너무 덥기 때문에 사람들이 그곳에 도착한다 해도 살 수 없을 것이라는 서구인의 의견을 부인하였다. 아라비아의 지리학자들은 서방의 대양(occidental ocean)에 접해 있는 서부의 육지에 대해 잘 알고 있었다. 그들은 그곳을 알부르투칼(al-Burtukāl)이라 부르고 있었고(현재의 오포르토[Oporto]인 포르투스 칼레[Portus Cale]라는 명칭에서 유래), 이슬람교도들이 8세기 초반에 이베리아 반도를 정복할 때 서고트인들(Visigoths)로부터 그

명나라 선박이 Madagascar 섬을 순항한 사실을 고찰하고 있으며, Lo Jung-Pang, "Chinese Explorations of the Indian Ocean before the Advent of the Portuguese," Unpub. MS가 그와는 별도로 Fra Mauro에 관해 같은 해석을 주장하고 있었음을 알게 되었다.

385 袁嘉穀,『滇繹』, 昆明, 1923은 그를 'Columbus와 Magellan과 같은 정도'의 인물로 간주하였다. 그러나 '중국의 Vasco da Gama'는 중국인이 부른 칭호가 아니라 서양의 가장 우수한 지리학자 중 한 사람인 F. Debenham(op. cit., p.121)에 의해 불린 칭호이다. 그렇지만 이 칭호는 일반적으로 널리 인정받고 있는 경향을 보이고 있다. 1964년 6월 27일자의 The Times지 사설은 이렇게 쓰고 있다. "긴 해안선에도 불구하고, 바다 저쪽에 무엇이 있는가를 궁금해 했던 중국인출신 콜럼버스에 대한 기록은 없다."

386 이 문제는 C. Issawi, "Arab Geographers and the Circumnavigation of Africa," OSIS, 1952, 10에 의해 연구되고 있다. al-Idrisi는 남방항로의 존재를 믿지 않았던 소수파 중 한 명이었다. Joseph Needham, Science and Civilization in China, Vol.3의 <그림 239>에 실려 있는 그의 세계지도(1150년 경)를 참조

곳을 빼앗았다.[387] 그러나 알이드리시 시대에 북부의 기독교도 제후들이 포르투갈의 대부분을 재정복하는 데 성공하였고, 1185년까지는 남쪽의 알가르베(Algarve) 지역을 제외한 모든 지역을 소유하게 되었다. 포르투갈을 기독교 국가로 만드는 데 성공한 최후의 전투는 1340년에 발생했지만, 1249년에 이미 이슬람교도들이 이곳에서 추방되었다.

15세기 포르투갈인의 해양 발견과 팽창의 대서사시가 너무나 잘 알려져 있고 또한 아주 많은 책에 묘사되어 있기 때문에, 여기에서 자세히 설명할 필요는 없다.[388] 그러나 같은 시대에 이루어진 중국인의 항해를 설명할 때 비교할 수 있도록 일단 요약해볼 필요가 있다. 15세기 전반기에 포르투갈인들은 아프리카의 서쪽 해안을 따라 내려가고 있었으며, 반면에 중국인들은 최소한 모잠비크에 이르는 최남단까지 동쪽 해안을 조사하고 있었다. 그러나 후반기에 포르투갈인들은 희망봉을 돌아 인도양에 이르는 항로를 발견하였지만, 아라비아인과 아프리카인을 제외하고는 만날 수 없었다. 왜냐하면 중국의 정책 변화로 보선 함대(寶船艦隊)가 철수해버렸기 때문이다.

3) 5번이나 부상을 당한 바다의 왕자(Sea-Prince)

아열대의 고지대인 윈난(雲南) 지역의 햇볕이 잘 드는 기후를 즐기던 정화가 17세의 소년이었을 때, 구세계(Old World)의 다른 끝에 있는 똑같이 아름다운 나라에서 한 소년이 태어났다. 그가 정화와 마찬가지로 역사적으로 중요한 역할을 할 인물이었음을 생각하면 즐거워진다.[389] 역사가들에 의해 항해자

---

387 D. M. Dunlop, "Burtukāl," Art. in *Encyclopaedia of Islam*, p.1338을 참조.

388 E. Prestage, *The Portuguese Pioneers*, Black, London, 1933. 혹은 훨씬 인간적인 J. H. Parry, *Europe and Wider World, 1415 to 1715*, Hutchinson, London, 1949를 예로 들 수 있을 것이다. 그러나 대발견 시대의 가장 우수하고 가장 새로운 연대기는 Damião Peres, *A History of the Portuguese Discoveries*, Lisbon, 1960인데, Henrique 왕자 500주년 기념 때 포르투갈어와 영어로 출판되었다.

(Navigator)로 불리게 될 엔리케(Henry, Dom Henrique)는 정화보다 훨씬 고귀한 아비스(Avis) 가문에서 태어났다. 왜냐하면 그의 아버지가 카스티야(Castile) 왕국의 주권에 대한 위협으로부터 포르투갈을 결정적으로 해방시키고 왕이 된 주앙 1세(João I)였기 때문이다. 이러한 결과를 가져온 알주바로타(Aljubarrota) 전투(1385) 때 포르투갈인들은 영국 궁수들의 도움을 받았고, 다음 해에 주앙 1세는 영국인 존 오브 곤트(John of Gaunt)의 딸이었던 필리파(Philippa of Lancaster)와 결혼했다. '항해자' 엔리케(Dom Henrique the Navigator, 1394~1460)는 그들의 세 번째 아들이었다.[390] 엔리케는 모든 점에서 당시의 보편적인 기사도 정신으로 양육되었지만, 훨씬 독창적인 인물이었다. 즉 그는 선박의 가치를 알고 선박을 조종하여 항해하는 원양 항해자나 어부와 이야기를 나눌 수 있는 왕자, 지식인, 천문학자, 우주지학자(cosmographer) 등과 대화하기를 오랫동안 싫어하지 않는 중세 귀족, 그리고 결국은 세계를 움직일만한 생각을 가졌던 공상가였다. 원인과 동기는 나중에 언급하겠지만, 엔리케 왕자 주위에 있던 사람들은 항해했다가 돌아올 수 있는 곳이 아프리카

---

389 그들이 결코 만나지 못했을 뿐만 아니라 서로 존재조차 몰랐다고 생각하면, 무엇인가 이 상할 것이다. 아마 이 두 사람은 모두 멀리 떨어진 Samarqand에서 활약하고 있던 제3의 인물이자 역시 동시대인이었던 천문학자 Ulüğh Beg 왕자(1393~1449)에 대해서도 몰랐을 것이다 (Aydin Sayili, *Ulüğh Beg ve Semerkanddeki Ilim Faaliyeti Hakkinda Gryasüddin-i Kâşî*, Türk Tarih Kurumu Basmevi, Ankara, 1960을 참조)

390 Dom Henrique 왕자는 많은 전기 작가에게 영감을 주어 읽을 만한 가치가 있는 책을 쓰게 하는 인물이다. R. H. Major, *The Life of Prince Henry of Portugal, surnamed the Navigator*, Asher, London, 1868.; C. R. Beazley, *Prince Henry the Navigator*, Outnam, New York, 1895.; E. Sanceau, *Henry the Navigator*, Hutchinson, London, n.d.(1946)의 전기 소설풍의 해설을 참조. 500주년을 기념하여 믿을만한 텍스트를 포함한 멋진 화집이 ed. F. Marjay, *Dom Henrique the Navigator*, Lisbon, 1960으로 발간되었다. 가장 새로운 전기는 V. Nemésio, *Vida e Obra do Infante Dom Henrique*, Lisbon, 1959이다. Henrique가 대학을 우주지리학자의 양성소로 발전시킨 것은 A. Moreira de Sà, *Infante Dom Henrique e a Universidade*, Lisbon, 1969에 쓰여 있다. Anon, *Prince Henry the Navigator and Portuguese Maritime Enterprise : Catalogue of an Exhibition at the British Museum, Sept. to Oct. 1960*, BM, London, 1960.; Idem, *Exposição Henriquina*, Lisbon, 1960.; ed. Idem, *Henri le Navigateur*, Libon, 1960에 게재되어 있는 Costa Brochado. "La Vie et l'Oeuvre du Prince Henri le Navigateur"를 참조

남쪽에 있다는 아라비아인의 생각을 사실이라고 확신했었음에 틀림없다. 게다가 그들은 15세기의 서구인들이 인도제국은 물론 그보다 더 먼 곳에 대해서조차 알 수 있는 것이라면 모두 알고 있었다. 그들은 아비시니아(Abyssinia)나 중앙아시아에 있을 사제 요한(Prester John)으로부터 도움을 받을 수 있기를 바랐다.[391] 만약 희망봉을 돌 수 있어서 사람들이 남쪽으로 페르시아 만과 홍해에 와서 비단과 향신료를 생산하는 동인도 사람들이나 인도인들과 관계를 확립할 수 있었다면, 이슬람의 위치는 어떻게 되었을까? 아라비아 세계의 옆구리라는 희망봉을 돌아올 수 있었을지 모른다.[392] 이렇게 하여 사그레스 항해학교(School of Sagres)에서 작화(作話)가 성행하자 라고스(Lagos)의 알가르베(Algarve)를 오랫동안 통치하는 동안 항해기획가(navigational planners) 집단이 엔리케 왕자의 주변에 모여들었으며, 또한 사그레스(Sagres) 곶의 과학 성채(scientific citadel)[393]에도 모여들었다. 그들이 모여든 이유는 천지의 모든 힘을

---

391 Joseph Needham, *Science and Civilization in China*, Vol.1, p.133; Joseph Needham, *Science and Civilization in China*, Vol.4, pt.1, p.332를 참조. E. Sanceau, *Portugal in Quest of Prester John*, Hutchinson, London, n.d.(1943)은 그가 Ethiopia를 지목한 것만을 문제로 삼고 있다. 그러나 C. Coimbra, *O Infante e o Objectivo Geográfico dos Descobrimentos*, Lisbon, 1960은 Henrique 왕자의 목적이 그 때에도 이미 정말 인도제도에 도달하는 것이었음을 보여주고 있다.

392 전략적인 측면 이동을 위한 정치적 여행이라는 영원히 되풀이 되는 테마에 대해서는 Joseph Needham, *Science and Civilization in China*, Vol.1, pp.223 이하를 보라.

393 'School of Sagres'는 아마 약간 전설적인 존재인 것 같다. 그러나 1435년 이후 그 자신이 건축한 것이 확실하고 현재의 요새와 같은 것이 근처에 없다고 해도, Henrique 왕자의 궁정이 Lagos와 Sagres 곶 사이의 Raposeira에 있었다는 것과 그가 오랫동안 천문학자, 지리학자, 우주지리학자, 선장 등을 환영했다는 것은 의심할 여지가 없다. Sagres는 유럽 전체에서 가장 흥미로운 곳 중의 하나이다. 필자는 다행스럽게도 1960년에 그곳을 방문할 수 있었다. 오늘날 그곳에서 볼 수 있는 돌로 만든 방위도(stone compass-rose)가 Henrique 왕자 시대의 것인지의 여부는 아직 논쟁 중이다(J. A. Madeira, "Estudo Histórico-Cientifico, sob o aspecto gnomónico … ," In Resumo das communiçōes do Congresso Internacional de História dos Descobrimentos, Lisbon, 1960, p.37을 참조). Madeira는 그 중심에 수직의 gnonom(해시계의 일종)을 세워 일종의 해시계로 사용할 생각이었다고 믿고 있지만, 선박이 상호 방위 기술(相互方位技術)을 이용하여 그 나침반을 검사하고 조정하기 위해 사용한 것이라는 CDR A. E. Fanning, "Note on the use of the compass-rose at Sagres," *JBASA*, 1959, 69의 견해는, 적어도 그럴 듯한 것처럼 보인다. de Zurara는 자신의 연대기에서 선박이 Sagres에서 '방위를 정할 때' 사

이용하여 사라센인의 배후를 치는 방법을 찾아내기 위해서였다. 십자군의 중세적 심성(medieval mentality)으로부터 가능한 모든 지식에 접근하려는 르네상스(Renaissance)로의 참된 전환을 가져온 것은 바로 그들이었다. 남쪽 항로를 찾는 것은 '이교도'에 대한 오랜 기간의 전투에서 기독교 국가의 새로운 비밀 병기였고, 사그레스는 15세기의 로스 알라모스(Los Alamos)였다. 대부분의 경우 '대교주(大敎主, Commander of the Faithful)'는 오늘날 분명히 우월한 것으로 보이는 문명을 향해 나아갔다. 아마 아라비아 세계는 지식을 너무 확신하였기 때문에 천칭 저울의 추가 서서히 기울고 있는 것을 알아차리지 못했을 것이다. 그리고 이슬람 통치자들은 아무도 휘하에 있는 지리학자들의 가르침에 따라 행동할 생각을 하지 않았고, 원정대를 남쪽으로 보내 알잔지(al-Zanj)의 여러 도시에 대한 수비를 강화하려고도 생각하지 않았다. 그리고 남쪽의 중요한 요새에 거대한 요새를 건축하거나 강력한 함대를 파견하는 것도 생각하지 않았다. 그 대신 서아프리카 해안으로의 원정은 아무런 저항 없이 실행되었다. 유럽인의 아메리카 발견이라는 결정적인 사건조차도 그 원정의 부산물에 지나지 않았다.

세우타(Ceuta)에서부터 시작되었다. 아마 아비스 가문은 가장 먼저 모로코(Morocco)의 정복을 생각하고 있었을 것이다. 이찌되었든 지브롤터 해협 바로 건너편에 있는 이 도시는 포르투갈의 선박이 남서해안을 따라 자유로이 왕래하려면 반드시 제압해야만 하는 무어인의 해양세력 중심지(centre of Moore naval strength)였다. 그러므로 이 도시는 1415년에 점령당하고 약탈을 당했는데, 그 해는 정화가 4차 원정을 마치고 귀국한 해였다. 그러나 오르무즈(Ormuz)의 정박지에 있던 정화의 기함에는 이 중요한 사건이 전혀 알려지지 않았음에 틀림없다. 이 도시가 함락된 후, 엔리케 왕자와 그 형제들은 주목할

용한 것이라고 간주하고 있다(tr. C. R. Beazley & E. Prestage, *The Chronicle of the Discovery and Conquest of Huinea*, 2 vols, London, 189609, p.21).

만한 편지를 썼다. 부르봉 공작(Duke of Bourbon)인 존(John)이 양쪽 모두 16명
의 기사와 시종을 데리고 단 한 차례의 전투로 결판내자고 그들에게 도전해왔
던 것이다. 그러나 그들에게는 말을 타고 창시합을 할 만한 시간적 여유가
없었다. 그들은 신의 도움으로 세우타를 얻고 더 나아가 신을 위해 아프리카
의 많은 다른 도시를 얻고 싶다는 내용의 답장을 존에게 보냈다.[394] 아직
십자군 원정이 진행되고 있는 중이었지만, 그들의 태도는 중세와 결별하고
완전히 다른 새로운 세계로의 변화를 상징하고 있었다.[395] 그러나 얻은 것은
이것만이 아니었다. 패리(Parry)는 의미심장하게 다음과 같이 기록하였다. "십
자군 운동은 세우타의 점령에 의해 중세에서 근대적 단계로 이동하였고, 지중
해에서의 이슬람에 대한 전쟁은 기독교와 유럽의 상업 및 무력을 전 세계에
확대하는 전면전으로 바뀌었다."[396]

세우타 사건 이후, 선박들이 거의 매년 대양을 조사하기 위해 파견되었다.
왜냐하면 엔리케가 "카나리(Canary) 제도와 보자도르(Bojador) 곶 너머에 있
는 육지에 대해 알고 싶어 했기 때문인데, 그때까지 그 곶 너머에 있는
땅이 어떠한 곳인지는 책자는 물론 사람들의 기억에도 전혀 알려져 있지
않았다."[397] 처음 10여 년간은 주로 마데이라(Madeira)와 아조레스(Azores) 제
도가 관심의 대상이었지만, 1426년에는 벨로(Frei Gonçalo Velho)가 안티아틀

---

394 Brit. Mus. Add. Ms. 18,840. Anon, *Prince Henry the Navigator and Portuguese Enterprise* … , London, 1960, no.8을 참조.

395 이 시대에 포르투갈의 십자군 정신을 이해하기 위해서는 이베리아 반도 자체에 고도의 문화를 깃고 있으면서 1492년까지 함락되지 않았던 Granada라는 토후국을 비롯한 이슬람 국가들이 있었다는 사실을 기억해야만 한다. 어떤 의미에서는 서아프리카와 남아프리카의 발견은 재정복의 연속일 뿐이었다. 만약 제33장에서 살펴본 증거에 관한 W. Fuchs, "Ein Gesandschaft u. Fu-Lin in chinesischer Wiedergabe aus den Jahren 1314 bis 1320," *OE*, 1959, 6의 해석이 올바르다면, 1317년경에 그라나다로부터 중국으로 사절이 파견되었다.

396 J. H. Parry, *Europe and a Wider World, 1415 to 1715*, Hutchinson, London, 1949, p.11.

397 de Zurara의 연대기.; tr. C. R. Beazley & E. Prestage, *op. cit.*, pp.27, 32.; L. Bourdon, "Introduction à la Traduction du Chronique de Guinée par L. Bourdon & R. Ricard," *MIFAN*, 1960(no.60)을 참조.

라스(Anti-Atlas) 산맥의 연안을 측정했으며 또한 1434년에는 질 에아네스(Gil Eanes)가 보자도르 곶(26°N)을 회항(回航)해 왔다. 그 전년도에는 중국에서 아프리카로 가는 마지막이자 최대 규모의 항해가 준비되었으며, 다음해에 그 원정 함대가 중국으로 돌아왔다. 1444년에는 트리스타웅(Nuno Tristão)이 세네갈 강(Senegal River, 16°N) 입구에 도착하였고, 2년 후에는 페르난데스(Álvaro Fernandes)가 기니(Guinea) 해안(12°N)에 도착하였다. 1453년은 두 가지 사건 때문에 두드려져 보이는데, 하나는 엄청난 타격을 주는 사건이었으며, 다른 하나는 사소한 사건이었다. 전자는 비잔티움(Byzantium)이 투르크인들(Turks)에 의해 함락된 사건이었는데,[398] 이것은 투르크인들이 자신들의 노력이 곧 성과를 냈다는 것을 포르투갈인들에게 보여주려는 것 같았다. 후자는 수사(Cid de Sousa)가 최초의 탐험대를 이끌고 아프리카 해안을 따라 항해하여 주요 교역품을 기니로 운반해 온 사건이었다.[399] 신트라(Pedro de Sintra)가 시에라리온(Sierra Leone, 8°N)에 도착한 직후에 엔리케 왕자는 사망하였다. 그 후 약 10년간의 휴지기(休止期)가 있었지만, 1471년에 산타렘(João de Santarém)이 아산티(Ashanti, 5°N)에 도착하였고,[400] 그로부터 3년 후에는 곤살베스

---

[398] 이것은 또한 항상 Turk과 우호 관계를 유지하려 하고, 중동을 통과하는 아시아와의 통상로가 기독교 국가에 개방되기를 바라고 있던 베네치아인에게도 치명적인 타격이었다.
[399] Dieppe의 프랑스인 선장이 1364년에 서아프리카 해안에 통상 기지를 확립했다고 계속하여 주장하고 있는데(예를 들면 R. de Loture & L. Haffner, La Navigation à travers les Ages : Évolution de la Technique Nautique et de ses Application, Payot, Paris, 1952, pp.65 이하를 보라), 그것에 대한 증거는 보잘 것 없다. M. Visconde de Santarém, Memóira sobre a Prioridade dos Descobrimentos Portugieses na Costa de Africa Ocidental, Maulde & Renou, Paris, 1845는 1세기보다 더 오래 전에 그것을 비판했지만, 누구도 그것을 읽지 않는다(V. Magalhães Godinho, Les Grandes Découvertes, Coimbra, 1953을 참조). de Sousa의 통상을 위한 탐험 직후에 곧 다른 사람들 특히 엔리케 왕자 밑에서 일했던 상선의 베네치아인 선장 Alvise Cá da Mosto와 제노아인인 Antonio Usodimare 등이 뒤를 이었다(E. Prestage, The Portuguese Pioneers, Black, London, 1933. pp.94 이하 참조). 포르투갈인의 발견 역사에 대해서는 Xosta Brochado, Histotiógrafos dos Descobrimentos, Lisbon, 1960을 보라.
[400] 여기에서 포르투갈인은 1482년까지 가장 중요했던 서아프리카의 요새 El-Mina를 완성하였다(Damião Peres, A History of the Portuguese Discoveries, Lisbon, 1960. p.58). 현재 남아 있는 그 유적은 A. W. Lawrence, Trade Castles and Forts of West Africa, Cape, London, 1964에 쓰여 있다.

(Lopo Gonçalves)가 처음으로 로페즈(Lopez) 곶(본서 출판 당시 프랑스령 콩고, 현 가봉. 2°S)에 도착했는데, 이것은 그가 적도를 넘어 항해했음을 의미하였다. 그가 도착한 곳의 위도는 중국인이 남동쪽으로의 항해했을 때 통과한 알주브 (al-Jubh)의 위도와 같았다.

포르투갈과 스페인(서아프리카의 금과 노예에서 생기는 이익에 참여하고 싶어 했다)이 서로에게 해가 되는 다툼을 한 후, 탐험은 훨씬 대규모로 재개되었다. 1482년과 1486년 사이에 디오고 캉(Diogo Cão)은 주목할 만한 항해를 두 차례나 하면서 자신이 방문한 곳에 리스본에서 가지고 간 돌십자가(padrões)를 세워 표시했으며 또한 앙골라(Angola)의 산타 마리아 곶(Cape Sta. Maria, 14°S) 과 다마랄랜드(Damaraland)의 크로스 곶(Cape Cross, 22½°S)을 확정하였다. 이 제 포르투갈인들은 반대편에서 중국인들이 탐험한 한계를 거의 넘어버리게 된 것이다. 마침내 1488년 바르톨로메오 디아스(Bartolomeu Dias)는 역사적인 항해를 하여 희망봉 곶(Cape of Good Hope, 35°S)을 돌면서 가장 남쪽 지점을 아굴리아스 곶(Cape Agulhas)으로 명명하였다. 이제 바스코 다 가마(Vasco da Gama)가 절정의 항해를 할 수 있는 길이 열렸다. 1497년에 리스본을 출발한 그는 다음해 초에 잠베지(Zambezi) 강 입구에서 출항하여 '중국인' 영역 (Chinese area)에 들어간 후, 4월에 말린디(Malindi)에 기항하였다. 그 때는 명나 라 수군이 이 해역에 자주 나타나지 않은지 50년 정도가 지난 시기였다. 그는 말린디에서 당대의 대표적인 아라비아인 수로 안내인 중 한 명이었던 아흐마 드 이븐 마지드(Ahmad ibn Mājid)의 도움을 받는 행운을 얻었는데, 그 수로 안내인은 그 다음 달 그 포르투갈 제독을 인도에 있는 캘리컷(Calicut)으로 안내하였다.[401] 드디어 주사위가 던져졌으며, 이리하여 유럽인들이 선을 위해

---

401 이 항해에 관한 익명의 『항해일지(Roteiro)』가 현존하고 있고, 주석을 붙인 번역서가 tr. E. G. Ravenstein, *A Journal of the First Voyage of Vasco da Gama, 1497 to 1499*, London, 1898로 출판되었 다. Ibn Majid에 관해서는 T. A. Szumowski, *Tres Roteiros Desconhecidos de Ahmad ibn Mājid, o Piloto Arabe de Vasco da Gama*, Lisbon, 1960.; Idem, "An Arab Nautical Encyclopaedia of the 15th Century,"

서든 악을 위해서든 인도양에 출현하게 되었는데, 후자의 성격이 더 강하였다.

그 이후 유럽인의 지리 지식 확대와 탐험이 급격히 진행되었다. 1500년 카브랄(Pedro Alvares Cabral)의 지휘 하에 인도를 향해 항해하던 두 번째 포르투갈 함대는 도중에 브라질(Brazil)에 기항하였으며 또한 동아프리카 해안의 아라비아 도시국가들 특히 소팔라(Sofala)와 킬와(Kilwa)를 자세히 조사하였다. 몇 년 후, 소드레(Vincente Sodré)는 소말리아(Somalia)의 끝에 있는 소코트라(Socotra) 섬에 상륙하였다.[402] 1507년에는 '인도 총독(Governor of India)'이라는 직함이 알부케르케(Alfonso de Albuquerque)에게 주어졌다. 그는 1510년에 비자푸르(Bijapur) 서해안의 고아(Goa)에 있던 아라비아 항구를 점령하였다.[403] 비자푸르는 바흐마니(Bahmani) 왕국이 분열하여 이루어진 몇 개의 데칸 술탄국(Deccan sultanates) 중 하나였었다. 총독이 살아있던 5년 이내에 그곳은 이미 대도시가 되었으며, 1530년 이후에는 포르투갈 왕국의 주요 아시아 기지가 되었다.[404] 유럽의 역사가들은 그를 함대와 항구의 복잡한 관계를 인식했던

Lisbon, 1960,; Costa Brochado, *O Piloto Arabe de Vasco da Gama*, Lisbon, 1959를 보라.

402 거의 변함없이 Sodré가 Socotra를 발견했다고 전해지고 있는데, 이 넌더리나는 유럽 역사가들의 관습은 이제 중단되어야 한다. 포르투갈의 선박은 아라비아인에 의해 식민지화되고 몇 세기 이전에 중국인이 방문하고 있던 섬을 발견할 수 없었다. 명나라 수군의 정크는 확실히 그곳에 갔었으며, 이미 1225년에는 그 섬에 대한 記事가 존재하였다(『諸蕃志』, 卷一, p.27. tr. F. Hirth & W. W. Rockhill, *op. cit.*, pp.131 이하를 참조). 그곳에서 趙汝适은 그곳의 가장 특징적인 수출품으로 dragon's blood(麒麟竭)로 불리는 적색 수지에 대해 주의 깊게 쓰고 있다. 이것은 야자나무 열매(Daemonorhops spp.)와 관목의 열매로 만들어진다. I. H. Burkill, *A Dictionary of the Economic Products of the Malay Peninsula*, vol.1. Crown Agents for the Colonies, London, 1935, pp.747 이하, 857 이하를 보라. 그것은 염료로 사용되었다. 'Sodré의 방문 후 Socotra는 유럽에 알려지게 되었다'고 말할 수 있다.

403 포르투갈인이 만든 현존하는 인도양 해도 중 가장 오래된 것은 이 시대(1509년)의 것이다. 그것에 관해서는 R. Uhden, "The Oldest Portuguese Original Chart of the Indian Ocean, 1509," *IM*, 1939, 3을 보라. 포르투갈 지도학의 일반에 대해서는 A. Cortesâo, *Cartografia Portuguesa Antiga*, Lisbon, 1960을 보라.

404 Goa에 대해서는 Boies Penrose, *Goa-Rainha do Oriente : Goa-Queen of the East*, Comissão Ulytamarina, Lisbon, 1960과 더 대중적인 것으로는 M. Collis, *The Land of the Great Image : Experiences of Friar*

최초의 해군사령관(first sea commander)으로 간주하고 있는데,[405] 어찌되었든 그는 인도양에서 포르투갈의 상비함대(常備艦隊)와 해군 기지가 필요하다는 사실을 확실히 알고 있었다. 중국의 정화와 왕경홍도 이러한 생각을 했었음이 분명해 보이는데, 알부케르케의 생각과는 약간의 차이가 있었다. 정화와 왕경홍은 말라야(Malaya)와 나탈(Natal) 사이의 지역에서 정복 전쟁을 하지 않았고, 따라서 그들이 고국에서 멀리 떨어져 있는 상태에서 선박을 수리하고, 벌어진 틈을 메우며, 심지어 선박을 새로 건조할 때조차도 그 지방 통치자의 협조에 의존할 수 있었다.[406] 고아가 점령되기 바로 전 해에 포르투갈인들이 오래 전부터 집결지(old rallying-point)로 이용하던 말라카(Malacca)를 처음으로 방문 하였다. 포르투갈인들은 말라카로 가는 도중에 니코바르(Nicobar) 제도를 발 견하였고, 1년 후에 그 섬은 총독의 습격을 받아 포르투갈 제국령이 되었다. 마지막으로 이 요약은 두 가지의 특징으로 마무리될 수 있다. 한 가지는 1512

Manrique in Arakan, Faber & Faber, London, 1953을 보라. 포르투갈과 Malabar 연안과의 관계에 대해서는 K. M. Panikkar, *Malabar and the Portuguese, being a History of the Relations of the Portuguese with Malabar from 1500 to 1663*, Taraporevala, Bombay, 1929를 보라. Albuquerque의 정책 중 좋은 면의 하나는 아시아에 있는 포르투갈인 거주지에 일반적으로 피부에 의한 차별이 없었을 뿐만 아니라 포르투갈인과 아라비아인, 인도인, 인도네시아인 처녀들과의 결혼을 장려한 것이었다. 부부에게는 선박과 생계비용 지참금이 주어졌다. ed. A. Baião, *Afonso de Alburquerque Cartas para el-Rei D. Manuel I*, Sá da Costa, Lisbon, 1942. pp.10, 62, 74, 139.; 전체적인 것에 대해서는 G. Freyre, *The Portuguese and the Tropics*, Lisbon, 1961을 참조. 이것은 이러한 문제에 관해 다른 유럽 국가들이 취한 태도와는 놀랄만한 대조를 이루고 있었다.

405 J. H. Parry, *Europe and a Wider World, 1415 to 1715*, Hutchinson, London, 1949, p.41을 예로 들수 있다. 해외 기지를 확보한다는 포르투갈의 정책은 의심할 여지없이 인도양에서 어떠한 유럽인의 활동에 대해서도 적대적이었던 이슬람 무역상의 적대감에 의해 생긴 것이었다. 당연히 이슬람 무역상들은 이탈리아와 다른 유럽 지역의 동방 무역 중개자로서 지위가 위협받고 있음을 느꼈다. 이점에서는 그들이 확실히 옳았지만, 전반적인 상황은 십자군의 직접적인 유산이었다. 동부 지중해 연안에 있는 여러 나라의 타협이 없는 적대감은 이렇게 하여 인도제국 전체에 해가 되는 방향으로 전개되었다.

406 『前聞記』와 같은 어떤 중국의 사료는 鄭和 휘하에서 탐험을 나섰던 寶船艦隊의 승조원들 중에서 목수, 철공(鐵工), 모든 종류의 직인들이 큰 비율을 차지하고 있었다고 생각할 수 있도록 묘사를 하고 있다. P. Pelliot, "Les Grands Voyages Maritime Chinois au Début du 15e Siècle," *TP*, 1933, 30, p.306을 참조

년에 세라웅(Francisco Serrão)이 마침내 '향료제도(spice islands)'에 도착한 후 셀레베스(Celebes)를 넘어 몰루카(Moluccas)까지 탐험하고 티모르(Timor)를 합병한 사실이었는데, 중요한 것은 그가 그렇게 활동할 때 정크를 이용했다는 점이다. 다른 한 가지는 알바레스(Jorge Álvares)가 1513년에 상선을 이끌고 마침내 중국에 왔다는 사실이었다. 그 후 그와 그 부하들은 1521년[407]부터 스페인령이 된 필리핀(Philippines)을 향해 항해할 수 있었다. 그리하여 전 세계가 '하나로 묶이게(bounden in a bond)' 되었고, '4천년의 겨울(four thousand winter)'이 아닌 400년의 겨울이 다시 올바른 상태로 돌린다고 해도, 그 중 많은 결과는 영구적이고 변경할 수 없는 상태가 되었다.[408]

인도양 연안에 중국인이 먼저 출현했다는 사실이 곧 알려졌지만, 유럽에서 잘못 이해되고 있었던 것은 무척 흥미로운 일이다. 『루시아드(Lusiad)』에서 카모엔시(Camões)는 소팔라와 모잠비크 사이에서 살고 있던 아프리카의 문명화된 사람들이 가마의 선박들을 타고 온 포르투갈인들에게 그들이 그 해역에 항해해 온 유일한 밝은 피부색의 사람이 아니라고 말한 사실을 전해주고 있다.[409]

---

407 이것은 물론 Magellan이 최초로 '발견 활동을 한' 해였다. 이 섬들은 '80년대'까지 식민지화가 대규모로 이루어지지 않았다. Angeles Masiá, *Introducción à la Historia de Espagña*, Apolo, Barcelona, 1943, p.583을 참조. 포르투갈인은 1509년에 Malacca에서 중국의 정크들을 보았고, 1517년에 처음으로 廣東에 왔다. Macco는 훨씬 후인 1555년경에 (중국인이 자주 사용하는 표현으로 포르투갈인 '무단거주자'에 의해) 구축되었다. 하지만 문화의 집산지로서 그곳의 중요성은 특히 예수회 수도사들 덕분에 커졌던 것이다(Joseph Needham, *Science and Civilization in China*, Vol.3, pp.437 이하.; Joseph Needham, *Science and Civilization in China*, Vol.4, pt.2, p.436을 참조). C. R. Boxer, *Fidalgos in the Far East*, Nijhoff, The Hague, 1948에 있는 그곳의 생활을 묘사한 설명을 보라.

408 중세 유럽과 아시아의 과학이 하나의 보편적 근대 과학으로 융합하고 있었던 것을 예로 들 수 있다(Joseph Needham, *Science and Civilization in China*, Vol.3, pp.448 이하와 Joseph Needham, "The Roles of Europe and China in the Evolution of Oecumenical Science," *JAHIST*, 1966, 1을 참조).

409 V. 77. tr. Richard Fanshawe, *The Lusiad, or Portugalls Historicall Poem* … , Mosely, London, 1655, p.166.; tr. J. J. Aubertin, *The Lusiads of Camoens*, translated … , vol.1, Kegan Paul, London, 1878, p.279.; tr. W. C. Atkinson, *Camoens' 'The Lusiads'*, Penguin, London, 1952, p.135를 참조. 이 서사시

아라비아어로

(그들은 말을 잘못했지만, 마르틴[Fernand Martyn]은 이해하였다)

그들이 말하는구나, 그처럼 큰 선박을 타고

바다를 이리저리 오간다고.

태양이 뜨는 곳으로부터

대륙의 남쪽 끝까지도, 그리하여

이처럼 모든 것을 가지고 남쪽에서 동쪽으로 돌아온다는구나.

우리처럼, 대낮같이 하얀 피부색을 가진 사람들이.

실제로 이 정보는 인도에서 제공되었다. 바스코 다 가마 함대의 선장 중 한 명이었던 코엘류(Nicolau Coelho)가 리스본으로 돌아온 이후였으나 바스코 다 가마가 아직 도착하기 이전에 그곳에 거주하고 있던 피렌체(Florentine) 상인 세르니기(Girolamo Sernigi)가 이탈리아에 있는 동료에게 보낸 편지에서 그 위대한 항해를 언급하였다. 이 편지에는 '하얀 기독교인들(white Christians)의 선박들'이 그 전 세기에 규칙적으로 말라바르(Malabar) 항구를 방문하고 있었다고 언급되어 있다. 1499년 7월에 그는 다음과 같이 편지를 썼다.

이제 하얀 기독교인들의 선박들이 캘리컷(Chalicut)이라는 도시에 도착한 지 80년 정도가 지났다네. 그들은 독일인처럼 머리가 길고, 입 주변을 제외하고는 콘스탄티노플(Constantinople) 궁정의 신하들과 기사들이 기르는 턱수염을 갖고 있지 않았다는구만. 그들은 동체 갑옷과 헬멧 그리고 얼굴가리개(투구의 面甲)를 착용하였고, 창 끝에 검이 달려있는 무기[410]를 가지고 상륙하였다네. 그들의 선박은 우리가 사용하던 것보다 사거리가 짧은 투석포로 무장하고 있었다네. 그들이 2년마다 20~25척의 선박을 타고 오곤 했었다네. 인도인

는 1556년경 마카오에서 시작되었지만, 1572년까지 출판되지 않았다.

410 분명히 초승달 모양의 창이나 薙刀槍(戟)이다.

정보 제공자들은 그들이 누구인지, 어떤 상품을 이 도시로 가지고 오는지 알지 못하고 있네. 단지 그들이 품질이 대단히 좋은 (비단과 같은) 린넨천과 황동선(黃銅線, brass-wire)을 가지고 있다는 것만 알 수 있었을 뿐이라네. 향신료를 싣고 있는 그들의 선박은 스페인의 선박처럼 4개의 돛대를 가지고 있다네. 만약 그들이 독일인이라면 우리가 그들을 조금이라도 알아차렸을 것 같네. 그곳에 항구를 가지고 있다면, 그들이 러시아인일지도 모른다네. 선장님(da Gama)이 도착하면, 이 사람들이 누구인지 알 수 있을지도 모르겠네. … [411]

이 편지는 1507년 디 몬탈보도(di Montalboddo)에 의해 처음 간행되었다. 세르니기가 상세한 지식을 더 많이 얻었는지 여부가 기록되어 있는 문서가 없다. 그러나 그들이 사용하는 무기의 특징에 대한 설명으로만 본다면, '하얀 기독교도들'이 중국인이었다는 것은 분명하다. 몇몇 사람들이 생각하고 있듯이,[412] 알잔지의 아랍인들이 처음에는 포르투갈인들을 환영했었음에 틀림없다. 왜냐하면 아랍인들은 그들이 중국인이라고 생각했을 것이기 때문이다. 그러나 그들이 프란키스탄(Frankistan)에서 온 기독교인들이라는 것을 알게 되었을 때 적대감을 보이게 되었다. 이것은 슬프고 역설적이기는 하지만, '땅에는 평화를, 인간에게는 선의(善意)를(On earth peace, and goodwill toward men)' 이라는 구호와 관계가 있는 문화에 대한 이야기이다.

---

411 tr. E. G. Ravenstein, *A Journal of the First Voyage of Vasco da Gama, 1497 to 1499*, London, 1898, p.131.

412 tr. W. J. Mickle, *The Lusiad, or the Discovery of India : an Epic Poem*, translated from the Original Portuguese by W. J. M., Jackson & Lister, Oxford, 1776. p.26에 인용되어 있는 Osorius Silvensis, *Epistolae de Rebus Emmanuelis Lusitaniae Regis*, Colon. Agripp, 1574, p.296. 이 흥미로운 문헌들은 Donald Lach 교수와 羅榮邦 박사 덕분이다.

4) 비교와 대조

이제 동양과 서양의 대양 항해자들을 비교하고 대조해보자. 답이 없는 문제들이지만, 대략 항해, 전쟁, 무역, 종교의 순서로 살펴 볼 예정이다. 실제로 지구상에서는 결코 만난 적이 없고 역사 법정에서나 만날 수 있는 양쪽의 선장과 선원들 앞에서처럼 가능한 한 공평하게 이 문제들을 밝혀보려 한다.

본서의 핵심 사항인 항해의 관점에서 보면, 15세기에 중국인이 달성한 것들에 과거부터 있어온 혁명적인 기술적 도약이 포함되어 있지 않았지만, 포르투갈인이 달성한 것에는 훨씬 독창적인 것이 있었음을 알 수 있다. 중국인은 최소한 3세기부터 포앤애프트 러그세일(fore-and-aft lug-sail)을 가지고 있었고, 이미 마르코 폴로와 조여괄이 살았던 시대에 중국 선박은 많은 돛대를 가지고 있었다. 그들이 모잠비크 해협(Mozambique Channel)에서 항해용 나침반을 사용했다고 해도, 선조들이 12세기 초 송나라 수군을 창설한 이후 타이완 해협(Straits of Thaiwan)에서 활동하고 있었던 것에 지나지 않았다.[413] 중국인의 선미타(船尾舵, stern-post rudders)는 타축(舵軸, pintle)과 타 축받이(gudgeon)가 있는 서양의 선박만큼 선체에 튼튼하게 붙어있지는 않았지만, 몇 가지 점에서 대단히 효과적인 것으로서 일찍이 기원후 1세기부터 전해 내려오던 것이었다.[414] 만약 다 가마의 선박들이 정화 함대를 만났다면, 많은 사람들은 함대의 보선(大艑寶船)이 훨씬 크기 때문에 놀랐을 것이다. 왜냐하면 이 함대의 선박 중 많은 수가 대략 1,500톤이었던 것에 비해[415] 바스코의 선박 중에는 300톤

---

[413] 항해용 나침반의 발달에 대한 중국의 공헌은 Joseph Needham, *Science and Civilization in China*, Vol.4, pt.1, pp.249 이하에 쓰여 있다. 이에 대한 요약은 Joseph Needham, "The Chinese Contributions to the Development of the Mariner's Compass," Abstract in *Resumo das Communiçōes do Congresso Internacional de História dos Descobrimentos*, Lisbon, 1960, p.273에서 볼 수 있다.

[414] Joseph Needham, "The Chinese Contributions to Vessel Control," abstract in *Resumo das Communiçōes do Congresso Internacional de História dos Descobrimentos*, Lisbon, 1960에 요약되어 있다.

[415] J. V. Mills, "The Largest Chinese Junk and its Displacement," *MMI*, 1960, 46은 가장 큰 선박의 적재량을 2,500톤으로 계산하였다. 평균 정원은 15세기 전반기에 450명 이하에서 700명 이

을 넘는 것이 없었고, 그 중 몇 척은 훨씬 더 작았기 때문이다.[416] 조선술에서는 중국이 유럽보다 훨씬 앞서 있었던 것이다.[417] 그러나 중국의 선박이 오랜 진화와 발달의 절정기에 있었던 데 비해, 포르투갈의 선박은 대단히 새로운 형태를 보여주고 있다.[418] 14세기 말 유럽의 선박은 스퀘어세일 범장(square-sail rig)만 달고 있었다. 바르카(barca)는 1개의 돛대를 단 30톤 정도의 선박이었고, 돛대가 2개일 때에는 100톤까지도 될 수 있었다. 의심할 여지없이 엔리케 왕자가 보낸 초기의 선박은 이러한 종류의 것이었을 것이다. 그러나 북동 무역풍이 기니 해안에서 돌아올 때면 완전히 역풍으로 변한다는 사실을 안 후, 포르투갈인은 스퀘어세일 범장(square-sail rig)을 버렸으며, 그들의 유명한 카라벨(caravel)선[419]에는 적인 아라비아인들로부터 라틴세일(lateen sail) 형태의 포앤애프트세일(fore-and-aft sail)을 받아들였다. 그럼으로써 그들은 풍상쪽으로 훨씬 가깝게 즉 바람을 안고 항해할 수 있게 되었다. 로페스 드 멘돈사(Lopes de Mendonça)가 기초 작업을 한 후,[420] 지난 반세기 동안 카라벨선이 중요한 발명이었음은 분명해졌다.[421] 정화의 항해 시대가 끝나는 1436년까지

상으로 증가했다(Lo Jung-Pang, "The Decline of the Early Ming Navy," *OE*, 1958, 5.; 管勁承, "鄭和下西洋的船," 「東方雜誌」, 1947, 43(no.1)을 참조.

416 E. Prestage, *The Portuguese Pioneers*, Black, London, 1933, p.250. 중국 선박은 아마 <그림 986>과 <그림 987>에 있는 정크였을 것이지만, 크기는 훨씬 컸다.

417 필자는 因汝康, "再論十七至十九世紀中葉中國帆船業的發展," *LSYC*, 1957, 3(no.12)도 이 점을 강조하고 있는 것을 기쁘게 생각한다.

418 15세기 선박의 설계와 범장에 대한 포르투갈인의 공헌은 Quirino da Fonseca, *Os Navios do Infante Dom Henrique*, Lisbon, 1958이 제공하고 있다.

419 이 말 자체는 아라비아에서 기원한 것으로 전해진다(Quirino da Fonseca, *op. cit.*, p.43). 선체에서 동양의 영향이 보인다고도 주장하고 있다(Amsler, in ed. L. H. Parias, *Histoire Universelle des Explorations*, vol.2, pp.25 이하).

420 Domingo Navarrete, G. la Roërie, Guillén y Tato, Quirino da Fonseca 등의 많은 연구들이 그의 연구를 확인해주고 있다.

421 동시에 포르투갈인이 카라벨을 사용하여 이룰 수 있었던 모든 것이 소형의 대양 항해용 정크에 의해서도 마찬가지로 효과적으로 이루어졌다는 사실은 비교 연구에 의해 분명해진다. 소형 정크의 선원들은 훨씬 더 지루했을 것이고, 항해도 약간 더 길어졌을 것이다.

〈그림 986〉 5개의 돛대가 세워져 있는 북직예(北直隸)의 화물선 그림(Landström)인데, 15세기 대형 대종보선(大踪寶船)의 구조가 어떠한 것이었는가에 관해 약간의 단서를 준다. 또한 〈그림 935〉, 〈그림 936〉, 〈그림 938〉, 〈그림 939〉, 〈그림 1010〉, 〈그림 1027〉, 〈그림 1042〉도 보라.

이 선박들은 돛대를 3개 세웠고, 라틴세일을 달았으며, 평균 50~100톤 사이였다. 그 세기의 나머지 동안, 순풍이 불 때 횡범이 우수하다는 것이 재평가됨으로써 양자를 조합한 선박이 건조되기 시작하였다. 그 결과 1500년경 카라벨라 레돈다(caravela redonda, 최대 200톤)는 앞돛대에 상당히 작은 2개의 스퀘어세일을, 후방에 있는 3개의 돛대에는 라틴세일을 달았다. 반면에 나우 레돈다(nau redonda, 적재량이 거의 비슷하다)는 앞돛대와 주돛대에 복수의 스퀘어세일을 그리고 뒷돛대(mizen mast)에 라틴세일을 달았다. 콜럼버스의 산타마리

〈그림 987〉 5개의 돛대가 있는 웨이하이웨이(威海衛)의 보통 크기 화물선이었던 대박두(大舶頭)가 칭다오(靑島) 근처의 자오저우(膠州灣)로부터 나와 미풍을 받아 항해하고 있는 모습(Waters Collection, National Maritime Museum, Greenwich). 이것도 15세기의 대종보선(大鯮寶船)이 어떠한 선박이었는지를 알 수 있는 단서가 될 수 있다. 〈그림 935〉, 〈그림 936〉, 〈그림 938〉, 〈그림 939〉, 〈그림 1010〉, 〈그림 1027〉, 〈그림 1042〉도 참조. 이 선박의 앞돛대가 우현으로 기울어 세워져 있기 때문에, 이 각도에서는 앞돛의 앞부분 가장자리만 보인다.

아호(*Santa Maria*)는 이와 같은 범장(帆裝)을 하고 있었다.

海船圖

〈그림 988〉 유럽의 선박을 그린 가장 오래된 중국 그림. 예수회 수사 페르디난트 페르비스트 (Ferdinand Verbiest, 南懷仁)가 1672년에 간행한 『곤여도설(坤輿圖說)』에 게재되어 있다. 이 선박은 전장범선(全裝帆船, full-rigged ship)인 것으로 보인다. 미즌마스트(mizen mast)

위에 대단히 경사져 있는 상활(yard)이 보이는데, 화가가 이것을 통해 라틴세일을 나타내려 했던 것 같다. 그렇지만 이것은 당시 이미 시대에 뒤진 것이었다. 즉 16세기의 특징이었던 이 돛이 그 무렵 개프세일(gaff-sail)이나 요트세일(yacht-sail)로 바뀌고 있었으므로, 그는 오래된 스케치를 보고 그렸음에 틀림없다.

『곤여도설(坤輿圖說)』에는 다음과 같이 설명되어 있다. "(서양의) 대양 항해용 선박(海舶)은 폭이 넓고, 커 보인다. 1,000명 이상을 운송할 수 있다. 총 24,000피트 이상의 (캔버스) 천을 필요로 하는 10개 이상의 돛을 가지고 있다. 돛대의 높이는 200피트이고, 철제 닻은 6,350캐티(catties, 약 3.7톤)이고, 삭구(索具)의 중량은 14,300캐티(8.4톤 정도) 이상이다. 더 자세한 기사는 해박설(海舶說)의 마지막 절에서 보인다."

포르투갈인이 처음 인도양에 진입했을 때의 선박보다 이 선박이 훨씬 발달된 형태였음은 주목할 만하다. 그렇지만 이미 당시에도 아마 남아시아의 어떤 선박보다 우수했던 것으로 생각된다. 그리고 30년 후에 유럽과 중국의 해상 교섭이 본격적으로 시작되었을 때까지 두 가지 사건이 일어나고 있었다. 즉 명나라 수군은 선박의 크기와 척수에서 모두 완전히 쇠퇴해버렸다. 그리고 서양의 선박은 새로운 기술에 의해 건조되었고 또한 무엇보다도 르네상스의 자본주의시대 유럽(Renaissance capitalist Europe)의 개량된 함포를 장비하고 있었으므로, 동아시아의 경쟁자들을 점점 능가할 수 있었다. 중국 관료제 사회의 함대가 15세기의 전성기를 두 번 다시 맞이할 수 없었으므로, 그로부터 160년 후 즉 이 그림이 그려진 시대에는 이미 서양의 군함이 우월했던 것은 의심할 여지가 없었고, 실제로 아편전쟁(阿片戰爭)의 시대가 이미 예고되었으며, 아편전쟁 시대는 현대에 이르러서야 끝날 수 있었다.

그러나 포르투갈인이 사용했던 기본적인 발명품들 중 항해용 나침반과 선미타는 훨씬 이전에 중국이 발명한 것이 전파된 것이며,[422] 여러 개의 돛대(多檣)를 이용하는 원리는 아시아 선박의 특징적인 모습이며, 라틴세일은 또한 아라비아로부터 직접 받아들인 것이다. 이러한 점들을 생각할 때, 포르투갈인들의 독창성은 제약을 받을 수밖에 없는 것으로 생각된다. 유럽의 선박을 최초로 시험해본 중국인 선원들의 언급은 전혀 남아있지 않다. 그러나 중국의 조선술이 대부분 변하지 않았다고 해도, 이미 보았듯이, 16세기 중엽 이후에는 형태의 혼합이 약간 보인다. 유럽 선박을 그린 중국의 그림이 비교적 드물

---

[422] 이 두 가지 발명이 지리학상의 위대한 원정에서 한 중요한 역할은 역사가에 의해 되풀이되고 강조되어 왔다. 후술할 J. B. Trend, *Portugal*, Benn, London, 1957의 전형적인 서술을 참조하라.

기 때문에, 페르디난트 페르비스트(Fr. Verbiest) 신부가 자신의 『곤여도설(坤興圖說)』(1672)에 수록한 해박(海舶)의 그림을 <그림 988>로 게재하려 한다.[423]

포르투갈인이 중국인보다도 독창성을 보였던 것으로 생각되는 다른 한 가지가 있었다. 포르투갈인들은 바람과 조류의 현상(régime of winds and currents)을 이해하고 이용했던 것이었다. 아마 포르투갈인들이 자연적인 조건 때문에 훨씬 곤란한 문제에 직면했지만, 그들이 용감하게 그 난제를 풀어나갔다고 하는 것이 옳을 것이다. 왜냐하면 그때까지 탐험된 적이 없었던 대서양이 '항해자들을 거슬러 올라가게 하려고 존재하는 바다(por mares nunca de antes navegados)'로서 가장 적합한 대양이었기 때문이다.[424] 전반적인 상황은 풍향과 조류를 기록한 훌륭한 세계 지도가 있으면 곧 이해될 수 있다(<그림 989>를 참조).[425] 중국인은 훨씬 남쪽으로 거의 마다가스카르 섬까지 갔을 때 계절풍대[426] 즉 그 자신들이 1천년 이상 살아온 해역에서 친숙해져 있던 '정크를

---

423 이 그림은 『圖書集成』, 「考工典」, 卷一百七十八, 造船圖의 마지막 부분에 실려 있다. 1500년 이후의 남아시아의 대양 항해선에 비해 유럽의 대양 항해선이 우수했던 것에 대해서는 후술할 C. M. Cipolla, *Guns and Sails in the Early Phase of European Expansion, 1400 to 1700*, Collins, London, 1965에 대한 우리의 코멘트를 보라.

424 Camoens, Lusiad, I, 1. 물론 세계의 선원들은 유사 이전부터 유리한 바람과 조류에 따라 선박을 움직여왔다. L. Casson, "The Isis and her Voyages," *TAPA*, 1950, 81은 Alexandria로부터 돌아오는 Rome의 곡물선이 서부 이탈리아에 있는 Ostia로 직접 가는 노선을 취하는 대신 돌아오는 길에 Cyprus의 동쪽을 항해하여 Syria 북부 지방에 들르곤 했다. 이와 비슷하게 페루(Peru)의 돛을 단 뗏목은 남쪽으로 갈 때 근해의 해류를 이용했지만, 북쪽으로 향할 때에는 훔볼트 해류(Humboldt Current)를 이용하기 위해 外洋으로 나갔음을 알 수 있다(T. Heyerdahl, *American Indians in the Pacific : the Theory behind the Kon-Tiki Expedition*, Allen & Unwin, London, 1952, p.615와 C. G. Leland, *Fusang : or, the Discovery of America by Chinese Buddhist Priests in the 5th Century*, Trübner, London, 1875, p.71에 있는 B. Kennon 대령을 참조, Mexican-California 해안에 관해서는 후술할 예정이다). 그러나 대서양에서의 포르투갈인의 수로 조사 규모와 그 대담함에 놀라게 될 것이다.

425 A. A. Miller, *Climatology*, 8th ed., Methuen, London, 1953.; H. V. Sverdrup, M. W. Johnson & r. H. Fleming, *The Oceans : their Physics, Chemistry and General Biology*, Prentice-Hall, New York, 1942를 보라. G. R. Williams, "Hydrology," Art. in *Engineering Hydraulics*, ed. H. Rouse, Wiley, New York, 1950을 참조

426 몬순이 강력한 지역은 Malindi의 위도까지가 한계인 것 같다(C. E. Fripp, "A Note on

움직이는 바람(junk-driving winds)'의 영향권 안에 있었다. 그들은 (대체로) 겨울에는 남쪽으로 여름에는 북쪽으로 항해했다.[427] 일단 동인도제도의 좁은 해역을 벗어나면, (만약 캘리컷[Calicut]을 방문할 예정이 아니라면) 수마트라(Sumatra)에서 잔지바르(Zanzibar)로 건너가는 것을 도와줄 북적도해류(北赤道海流, North Equatorial Current)를 만나게 되고, 또한 남쪽을 흐르는 적도반류(赤道反流, Equatorial Counter-current)가 귀국길 항해를 도와주었을 것이다.[428] 그러나 환대하는 경우가 없었던 대서양은 선원들을 그런 식으로 도와준 적이 없었다. 그리고 서쪽으로 항해하려는 시도를 수없이 했었지만,[429] 이 대양을 체계적으로 탐험한 적이 없었다. 먼저 기니(Guinea) 해안이 함정이었던 것으로 판명되었다. 북동무역풍이 선박이 남하하는 것을 도와주고 또한 카나리아 해류(Canaries Current)와 기니 해류(Guinea Current)가 그들을 도와주었기 때문에, 돌아올 때에는 계속 바람 부는 쪽을 향해 지그재그로 항해해야 했다. (질병과 마찬가지로) 이것이 다음과 같은 영국 항해 속담의 기원이 되었을지도 모른다.

Mediaeval Chinese-African Trade," *NADA*, 1949, no.17).

427 J. J. L. Duyvendak, "The True Dates of the Chinese Maritime Expeditions in the early Fifteenth Century," *TP*, 1939, 34, p.358을 참조. Singapore 주변에서는 남서 몬순이 4월부터 10월까지 불고, 북동몬순이 11월부터 3월까지 불어온다. 여름에는 선 스콜(line squalls)이나 수마트라 바람(sumatras)을 가져오고, 겨울에는 매일매일 비가 내리며 구름이 낮게 깔린다. 그것은 한번 읽을 만한 가치가 있는 F. D. Ommaney, *Eastern Windows*, Longmans Green, London, 1960, p.119의 생생한 묘사 그대로이다. 寶船은 5월에 Malacca를 출항하여 고국으로 향한다(『瀛涯勝覽』, pp.36, 37). tr. and annot. a. C. Moule & P. Pelliot, *Marco Polo(1254 to 1325) : The Description of the World*, vol.1, Routledge & Kegan Paul, London, 1957, p.161과 vol.2. p. lxii에 있는 Marco Polo의 기사.; tr. and ed. J. Meskill, *Chhoe Pu's Diary : a Record of Drifting across the Sea*, Univ. Arizona Press, Tuscon, Ariz., 1965, p.47에 있는 崔溥의 의견을 참조하라.

428 Fra Mauro가 전해 들었던 정크는 아마도 그렇게 했을지도 모르지만, 중국 선박이 서쪽으로 흐르는 남적도 해류와 그에 따라 동쪽에서 불어오는 무역풍을 크게 이용했을 것처럼 보이지는 않는다.

429 아라비아인의 지배 하에 있던 Lisbon에서 무어인이 적어도 한 번은 시도했다는 사실이 전해지고 있고, 1291년에는 제노아의 Vivaldi 형제가 있었다. 보통 돌아온 사람은 하나도 없었다. D. M. Dunlop, "The British Isles according to Mediaeval Arabic Authors," *IQ*, 1957, 4를 참조.

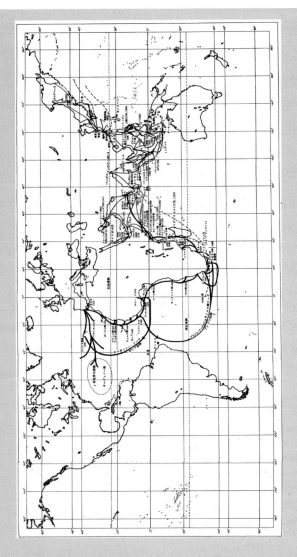

〈그림 989a〉 15세기 중국인과 포르투갈인의 발견과 항해를 비교한 지도. 중국인의 항로는 가는 선으로 또한 포르투갈인의 항로는 굵은 선으로 표시하였다. 점선은 문헌이나 다른 자료를 보고 추측되는 항로를 뜻한다. 중국인에 관해 15세기 이전의 문헌 증거가 있는 경우에는 연대를 ( ) 안에 기록하였다. 이 연대는 적어도 가장 오래된 방문 년도이다. 鄭鶴聲, 『鄭和』, Victory Pub., 重慶, 1945와 Hsing Ta, "A Great Chinese Navigator," *CREC*, 1956, 5(No.7)에 의한 정화의 항해도를 참조, 상세한 것은 본문을 보라.

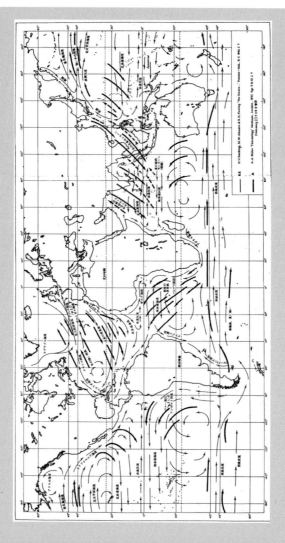

〈그림 989b〉 15세기 중국인과 포르투갈인의 발견과 항해의 기상학적 배경과 해양학적 배경을 보여주는 지도. 주요 바람은 굵은 선으로 또한 주요 해류는 가는 선으로 각각 표시하였다. 바람에 대해서는 A. A. Miller, *Climatology*, 8th ed., Methuen, London, 1953, 항해에 대해서는 H. V. Sverdruo, M. W. Jonson & R. H. Fleming, *The Oceans : their Physics, Chemistry and General Biology*, Prentice-Hall, New York, 1942를 기초로 하였다. 상세한 것은 본문을 보라. Gall의 스테레오 투영법을 이용하였다. 축적은 적도에서 1:40,000,000, 45도 위도에서는 1:2,800,000이다.

조심하라, 베냉 만(Bight of Benin)을 조심하라.
들어가는 사람은 많지만, 나오는 사람은 거의 없는 곳이다.

그러나 포르투갈인은 아조레스(Azores) 제도의 남쪽에 있는 '아열대 무풍지대(Horse Latitudes)'의 북쪽에서 (멕시코만류[Gulf Stream]를 수반하는) 강한 서풍이 분다는 것을 알고 있었다. 이 서풍이 그들을 고국으로 데려다 주었다. 그래서 볼타(Volta) 강가에 세운 요새 겸 해외상관(海外商館)이었던 엘미나(El-Mina)에서 귀국할 때, 그들은 무역풍을 우현에서 받아 대서양의 서쪽으로 멀리 나아가고, 다음으로 북쪽으로 방향을 바꾸어 편서풍을 타고 타구스(Tagus) 강을 목표로 삼아 항해해 갔다. 이 항로는 볼타 다 귀네(Volta da Guiné) 또는 사르가소 아크(Sargasso Arc)로 알려져 있었다(<그림 989>).[430] 주앙 2세(João II, 1481~95년 재위)의 연대기 작가는 궁정에서 발생한 흥미 있는 일들에 대해 언급하고 있다.[431] 궁정의 만찬에서 기니에 갔다 오는 해로에 대해 이야기하게 되었을 때, 유명한 항해가였던 페로(Pero d'Alenquer) 즉 '기니에 대한 최고의 항해자(muito grande piloto de Guiné)'는[432] 횡범을 단 나우선(nau)이 아무리 크더라도 그 선박으로 기니를 무사히 왕복할 수 있다고 자랑하였다. 그러나 왕은 그 선박으로 항해하는 것을 현명하지 않은 행동으로 간주하고서 라틴세일을 단 카라벨만이 왕복 항해를 할 수 있을 것이라고 주장했다. 사실 사르가소 아크는 국가의 비밀 사항이었는데, 포르투갈인은 카라벨의 건조와

---

430 지금까지 과학을 연구하는 역사가로부터 충분한 평가를 받고 있지 못한 포르투갈인의 해양학적 발견에 대한 훌륭한 해설이 Costa Brochado, *The Discovery of the Atlantic*, Lisbon, 1960에 의해 쓰여 있다. <역자주 : 원서의 <그림> 목차(List of Illustrations, p.xxx)에는 'facing page 560'이라고 표기되어 있으나, 이 쪽은 물론 다른 어느 쪽에서도 이 <그림 989a>를 찾을 수 없다. 그런데 이 두 장의 그림이 일역서에 수록되어 있으며(p.170과 p.171사이의 간지), 따라서 이 책에 일역서의 두 그림을 재록하였다.>

431 J. Cortesâo, *A Politaca de Sigilo nos Descobrimentos nos Tempos do Infante Dom Henrique e de Dom Juâo II*, Lisbon, 1960, p.32.; E. Prestage, *The Portuguese Pioneers*, Black, London, 1933, p.201.

432 그는 Vasco da Gama의 기함의 항로 안내인 즉 파일로트(pilot)였다.

조종에 대한 독특한 기술을 보유하고 있었기 때문에 더 중요하였다. 이 선박을 해외에 판매하는 행위가 금지되었기 때문에 다른 나라들은 카라벨을 아주 어렵게 건조하여 항해했다.

포르투갈인들은 아프리카 해안을 따라 내려가는 항로를 발견한 후 정반대의 수로학적 상황에 마주치게 되었다. 북쪽의 벵겔라 해류(Benguela Current)가 그들의 진로와 반대되는 방향으로 흘렀으며, 강력한 남동무역풍도 역시 항해하는 데 방해가 되었다. 그러나 일단 남위 35°선을 넘으면, 여름에는 매우 강력한 극풍(極風, Polar Winds)이 서쪽에서 불어 그들의 항해를 도와주었다. 이렇게 하여 15세기가 끝날 무렵 또 다른 커다란 아크(Arc)가 탐험되었다. 이 아크는 볼타 도 브레질(Volta do Bresil) 즉 브라질 아크(Brazil Arc)나 세인트 로크 곶 아크(Cape St Roque Arc)로 불리었다. 선박은 시에라리온(Sierra Leone) 주변의 아프리카 해안을 떠나 바람을 좌현에서 받으면서 대서양의 먼 곳으로 나아가고, 만약 필요하다면 브라질 곶(Brazilian Cape)의 남쪽에서 육지에 접근하거나 계속 남쪽으로 항해하여 남동무역풍을 받은 후 '울부짖는 40°대(Roaring Forties)'에서 인도양으로 빠져나갔다. 이것이 본래 다 가마와 카브랄(Cabral)이 이용한 항해 방법이었다. 그들이 카라벨이 아닌 바크(barques)로 항해했다는 사실은 훨씬 더 중요하다. 왜냐하면 이것만이 그 이전의 포르투갈 탐험가들이 이 항로를 해도에 기입했다는 것을 의미하기 때문이다.[433] 15세기 포르투갈인들이 당대의 천문항해에서 아라비아인과 중국인의 수준을 어느

---

[433] 이것은 몇 페이지 앞에서 아메리카 대륙의 발견이 아마 '십자군' 항로를 찾기 위한 노력의 부산물이었을 것이라고 말했을 때 갖고 있던 생각이다. 증거에 따르면, 브라질의 발견은 1486년부터 1497년 사이에 이루어졌음에 틀림없다(Costa Brochado, *op. cit.*, pp.55 이하). 1492년 Columbus의 항해는 아마 그 항해가 비밀리에 행해졌으므로 구체적인 기록이 대부분 없어져 버린 일련의 아이템 중 하나인 것처럼 보인다. Duarte Pacheco는 1505년에 책을 썼을 때 이미 Labrador에서 Uruguay까지 세 개의 아메리카가 하나의 대륙이라는 것을 알고 있었다. 따라서 이것은 Columbus 이외의 사라져버린 중요한 정보 자료가 존재했었음을 보여주고 있다(J. Cortesão, *op. cit.*, pp.165 이하). 일찍이 1448년경의 자료에 브라질에 대한 힌트가 있는데, 그것에 관해서는 E. Prestage, *op. cit.*, pp.227 이하를 보라.

정도까지 넘을 수 있었을가는 아주 어려운 질문이며, 이에 대해서는 후에 다시 살펴볼 것이다.

이제 전쟁과 무역을 살펴보려 한다. 여기에서는 중국인의 작전 전체가 외국 항구에 대한 수군의 우호적인 방문이었고 또한 포르투갈인이 수에즈(Suez) 동쪽에서 전면전을 벌였다는 사실이 대조적인 것은 아주 놀랄만하다.[434] 그 전쟁에서 최초의 희생자가 1444년에 이미 발생했다. 포르투갈인들이 몇 명의 주민을 붙잡으려고 한 과정에서 곤살로(Gonçalo de Sintra)와 다른 여섯 명이 모리타니아(Mauretania)의 아르깅 만(Gulf of Arguim)에서 살해당했다.[435] 그러나 포르투갈인이 서아프리카 연안을 남하하고 있는 동안, 그들의 공격적인 행동은 (노예 사냥을 별도로 치면) 비교적 차분하였고, 1500년 이후가 되어서야 비로소 유럽의 해군력이 보유한 능력을 보여주었다. 그때 그들은 동아프리카 의 아라비아인에 이어 인도인과 다른 아시아인에 대해 폭력을 사용하는 전쟁 을 하였다. 인류의 피로 물든 지구의 역사에서 아자니아(Azania) 해안, 잔지 (Zanj) 해안, 스와힐리(Swahili) 해안의 순으로 전개되는 동아프리카 해안 지역 은 분명히 전면전에 접어들었다.[436] 포르투갈인이 오기 이전에는 아라비아인 들의 도시 국가들이 어떠한 방어 시설도 갖추고 있지 않았다.[437] 방어 시설은 아라비아인의 아프리카-인도 무역의 뿌리와 가지를 파괴하는 것이 서양인

---

434 이것은 심리적 측면과 기술적 측면의 두 가지 측면이 있다. C. M. Cipolla, *op. cit.*은 흥미로운 단행본에서 유럽에서 화포 주조술이 빠르게 발달하고 또한 남아시아 민족의 선박보다 형식 면에서 우수한 선박에 그러한 함포를 탑재한 것이 그 문화와 문명의 수준과 관계없이 처음 부터 압도적인 우위를 유럽인에게 제공했다고 주장하고 있다. 확실히 그러했으며, 이것에 의해 현재까지 유럽이 자본주의를 발달시키고 반면에 인도와 중국은 그렇지 못했다고 하는 사실의 다른 측면을 아마 잘 이해할 수 있을 것이다.

435 Damião Peres, *A History of the Portuguese Discoveries*, Lisbon, 1960, p.39.; 번역은 tr. C. R. Beazley & E. Prestage, *The Chronicle of the Discovery and Conquest of Guinea*, London, 1896~9, p.91.

436 C. R. Boxer & C. de Azevedo, *Fort Jesus and the Portuguese in Mombasa, 1593 to 1729*, Hollis & Carter, London, 1960, p.13.

437 J. S. Kirkman, "Historical Archaeology in Kenya," *ANTJ*, 1957, 37.; Idem, "The Excavations at Kilepwa : an Introduction to the Mediaeval Archaeology of the Kenya Coast," *ANTJ*, 1952, 32.

의 불변하는 정책임이 분명하게 되었을 때 나타나기 시작하였다.[438] 당시의 야만적인 공격 즉 1505년 몸바사(Mombasa)의 약탈, 그 다음해의 오자(Oja), 브라와(Brawa), 소코트라(Socotra)에 대한 유린, 1528년의 몸바사에 대한 2차 소각 등을 자세히 언급하는 것은 아마 지루한 일이 될 것이다.[439] 미르 알리 베이(Mir Ali Bey)가 이끄는 투르크군은 그 해안을 탈환하려고 80년대에 두 차례 시도했는데, 모두 실패하였다. 1587년에 파자(Faza), 몸바사 그리고 만다(Manda)는 다시 포르투갈인에 의해 소각되었다. 이에 관한 기록에 의하면, 포르투갈인들은 살아있는 모든 것을 근절시키려고 공격을 되풀이했던 것 같다. 인도에서 또한 인도로 가는 길에도 포르투갈인들은 역시 같은 행동을 하였다. 그들은 아라비아의 순례선과 싸워서 침몰시켰으며, 인도의 모든 도시에서 처형된 이슬람교도의 손발을 불태웠으며, 말라카에서 그들의 동맹자인 자바(Java)의 식민지 수장들을 살해하였고, 오르무즈의 술탄과 관련된 사람들을 시뻘겋게 달군 그릇(red-hot bowls)으로 눈을 멀게 만들었다.[440] 화이트웨이(Whiteway)는 이에 대해 다음과 같이 서술하고 있다. "낮은 계층의 사람들만 잔혹한 행위를 한 것이 아니었다. 예를 들면, 바스코 다 가마, 알메이다(Almeida), 알부케르케 같은 상당한 지위에 있던 사람들도 일련의 공포 정책으로 잔혹 행위를 하였다. 다 가마(와 카브랄)는 무력한 어부를 고문하였다. 알메이다는 호위를 데리고 들어왔던 나이르인(Nair)의 두 눈을 못 쓰게 만들어버렸다. 왜냐하면 그가 자신의 목숨을 뺏을 계획을 세우는 것으로 의심했기 때문이다. 알부케르케는 아라비아 해의 연안에서 자신에게 투항해 온 남자들

---

438 G. Mathew, "Chinese Porcelain in East Africa and on the Coast of South Arabia," *ORA*, 1956, 2.

439 상세한 것은 J. Strandes, *Die Portugiesenzeit von Deutsch- und English-Ostafrika*, Berlin and Leipzig, 1899.; R. Coupland, *East Africa and its Invaders, from the Earliest Times to the Death of Seyyid Said in 1856*, Oxford, 1938.; R. S. Whiteway, *The Rise of Portuguese Power in India, 1497 to 1550*, Constable, London, 1899.; C. R. Boxer & C. de Azevedo, *op. cit.* 등의 연구에서 보기로 하자. Ahmad ibn Mājid가 생애가 마칠 무렵에 서양인을 위해 일한 것을 심하게 후회한 것은 조금도 이상하지 않다.

440 C. Elgood, *A Medical History of Persia and the Eastern Caliphate from the Earliest Times* …, p.384를 참조.

의 손과 여자들의 코를 잘라버렸다. 그는 알메이다의 행위를 본받아 보통 전투 요원이 아닌 불운한 사람의 시체를 가지고 인도의 항구로 입항하는 것을 자신을 결단력 있는 사람으로 보이게 하는 행동으로 생각했던 것이다."[441] 필자는 주저하지 않고 이러한 사실들을 언급하고 있지만, 아시아인이 유럽인보다 훨씬 잔인하고 야만적이라는 편견(아직도 유럽에서 접하게 된다)을 바로잡기 위한 행동을 그들이 한 것만은 확실하다. 당시 서양의 유명한 학자들 중 몇 사람은 이러한 행위를 인정하였다. 주앙(João de Barros)은 다음과 같이 서술하였다.[442]

> 바다 위를 항해하는 모든 사람에게 보편적인 이 권리는 존재하는 것은 사실이고, 우리는 유럽에서 다른 사람들이 우리에 대해 가지고 있는 권리를 인정하고 있다. 그러나 이 권리는 유럽 너머까지는 미치지 않는다. 그러므로 바다의 제왕(lords of the sea)이었던 포르투갈인들이 함대의 무력을 가지고 모든 무어인(Moor)과 이교도들(Gentile)에게 통행 허가증을 가지고 다니도록 강요하면서 위반하면 몰수형이나 사형시키겠다고 협박한 행동은 정당화되고 있다. 무어인들과 사교도들은 모든 인간이 지켜야만 하는 (위반하면 영원히 꺼지지 않는 불에서 고통을 받아야만 하는) 예수 그리스도의 율법 밖에 있는 사람들이다. 만약 그렇게 되어 그 영혼이 구원받지 못한다면, 우리의 육체에 부여되는 법률적 특권은 정당성을 가질 수 있을까? … 이교도들이 이성을 가진 존재이고, 그들이 진정한 신앙인으로 전향할 수 있다는 것도 사실이다. 그러나 그들이 이를 받아들이려는 모습을 아직 보이지 않는다고 한다면, 우리 기독교인들은 그들에게 아무런 의미가 없는 존재일 것이다!

---

441 R. S. Whiteway, *op. cit.*, pp.87, 91 이하, 93, 119, 125, 144, 155, 165에 증거가 나와 있다. 여기에서는 p.22에서 인용하였다. 이 Nair인의 운명은 Fernão Lopes de Castanheda, *História do Descobrimento e Conquista da India pelos Portuguezes*, Lisbon, 1552~61, p.28에 보인다.; K. M. Panikkar, *Malabar and the Portuguses, being a History of the Relations of the Portuguese with Malabar from 1500 to 1663*, Taraporevala, Bombay, 1929, p.51을 참조.
442 *Décades da Asia*, I, i, 6.

이 모든 것과 비교할 만한 것을 중국인이 보여준 적이 있었을까? 우리가 앞에서 보았듯이, "그들은 왕과 지배자에게 선물을 주었고, 종속하기에 대해서는 거부한 사람들은 무력의 과시에 의해 두려움을 느끼게 하였다." 이 언급은 조사가 필요하다. 그러나 모든 탐험 원정에서 중국인이 곤란한 상태에 놓여 싸워야만 했던 경우는 세 번밖에 없었다.[443] 첫 번째는 1406년이었는데, 그 때 상인들을 약탈하고 있던 팔렘방(Palembang)의 부족장 진조의(陳祖義)는 탐험대의 막사를 기습하였다. 그러나 실패한 그는 생포되었으며, 그 결과 난징(南京)에서 처형당했다.[444] 세 번째는 그로부터 7, 8년 후에 발생했는데, 당시 수마트라 북서지방의 왕위를 노리고 있던 소간자(蘇幹剌)가 중국이 준 선물의 분배를 둘러싸고 다투었던 것 같다. 그는 또 정화의 병력에 맞서기 위해 병력을 이용했지만, 람브리(Lambri)에서 패한 후 가족과 함께 생포되었다.[445] 두 번째 경우는 앞의 두 경우보다 훨씬 심각하였다. 1410년에 실론의 왕이었던 아열고나아(亞烈苦奈兒) 즉 알라가코나라(Alagakkonāra, 확실하지는 않지만 아마 Bhuvaneka Bāhu V였을 것이다)[446]가 정화 원정대의 경비병을 오지로

---

443 중국인과 인도양 주변 민족들(Indian Ocean Peoples)과의 분쟁을 보여주는 다른 두 가지 예는 동양의 어떤 사료에도 언급되어 있지 않으므로 여기에서 제외하였다. 1555년의 *Novus Orbis*(p.208)에서 Joseph of Cranganore는 무역 분쟁 때문에 이전에 Calicut에서 심각한 전투가 일어났었고, 그 후 중국인이 Mailapetam으로만 왔다고 보고하고 있다. 또한 *Décades da Asia*(1552), II, ii, 9와 IV, V, 3에서 João de Barros는 중국과의 해전에서 승리한 기념으로 Diu가 Gujerata왕에 의해 세워졌음을 말하고 있다. 이 두 문헌에 대해서는 ed. Sir Henry Yule, *The Book of Ser Marco Polo The Venetian, concerning the kingdoms and Marvels of the East* ……, 1st ed. 1871, vol.2, pp.391 이하의 주석을 보라. 그들의 신뢰성은 평가하기 어렵고, 그것들은 鄭和의 시대보다도 빠른 시기의 사건들을 말하고 있는지도 모른다. 鄭和의 활약을 그것들과 결부시키는 데 긍정적인 역할을 할 만한 요소는 전혀 없다.

444 P. Pelliot, "Les Grands Voyages Maritimes Chinois au Dbut du 15e Siècle," *TP*, 1933, 30, p.274.; Idem, "Notes Additionelles sur Tcheng Houo et sur ses Voyages," *TP*, 1934, 31, p.281을 참조.

445 P. Pelliot, "Les Grands Voyages Maritimes Chinois au Début du 15e Siècle," p.290.; Idem, "Encore à Propos des Voyages de Tcheng Houo," *TP*, 1936, 32, p.214.; J. J. L. Duyvendark, "The True Dates of the Chinese Maritime Expeditions in the Early Fifteenth Century," *TP*, 1939, 34, pp.376 이하를 참조. 蘇幹剌는 陳祖義처럼 南京으로 끌려가 결국 처형되었다.

446 이것은 Joseph Needham, *Science and Civilization in China*, Vol.3, p.358을 정정한 것이지만, 이

유인하여 금과 비단선물을 지나치게 요구하였고, 한편으로는 아마 갈레(Galle)
항이나 베루왈라(Beruwala)에 정박하고 있었을 정화의 선박들을 소각하고 침
몰시키기 위해 군대를 파견하였다. 그러나 정화는 수도를 향해 진격하였고(틀
림없이 코테[Kotte]였을 것이다. 당시까지만 해도 칸디[Kandy]가 아직 건설되지
않았다), 기습하여 왕과 그를 지키던 궁정의 병사들을 생포하였으며, 도중에
신할라족(Sinhalese) 군대를 몰아냈고, 생포한 사람들과 함께 싸우면서 해안으
로 가는 길을 열었다. 난징으로 보내진 죄수들은 그곳에서 따뜻한 대우를
받았으며, 왕의 친척을 계승자로 결정한다고 타협한 후 고국으로 돌아올 수
있었다.[447] 무장한 수군이나 해군은 이렇게 중국인과 포르투갈인을 고찰할

문제는 중국 명칭이 Sinhalese의 역사에서 나타나는 것과 전혀 일치하지 않을 뿐 아니라, 그
들의 인격과 평판도 일치하지 않아 복잡하다. P. Pelliot, "Les Grands Voyages Maritimes Chinois
au Début du 15e Siècle," p.278.; Idem, "Notes Additionelles sur Tcheng Houo et sur ses Voyages,"
p.284.; 徐玉虎, 『鄭和評傳』, 臺北, 1958, p.103 이하.; S. Lévi, "Ceylon et la Chine," *JA*, 1900, 15,
pp.479 이하를 보라. Ceylon에서 발생한 일에 대해서는 여러 가지 설이 있고, 가장 완전하고
흥미로운 것은 『圖書集成』, 「邊裔典」, 卷六十六, pp.2, 10에 수록된 玄奘의 『大唐西域記』에
관한 불교도의 주석이다. 번역은 S. Lévi, *op. cit.*를 참조. 여기에서는 Sinhalese 왕이 힌두교도로
그려지고 있고, 사리에 대한 존경이 충분하지 않은 것에 대해 鄭和가 비난하고 있다. 기적
이 일어나 승선자들은 안전하게 집으로 돌아왔다. 무슨 일이 발생했다고 해도, 인도주의적
인 사신 겸 최고사령관으로서 鄭和의 명성을 떨어뜨리는 것은 없었다.
447 이보다 더 많은 전투 장면을 포함하고 있는 문헌도 있다. 그러나 그것은 사료라고는 할
수 없는 허구의 자료라 할 수 있는 羅懋登의 소설 『西洋記』에서 유래하였다. 따라서 순수주
의자들은 그 자료를 무시하고 있다. 그중의 한 이야기는 Hadhramaut 연안 어딘가에 있는
al-Ahsā에 대한 포격과 함락에 관련된 것이다. J. J. L. Duyvendak, "Desultory Notes on the Hsi
Yang Chi," *TP*, 1953, 42는 襄陽砲라는 언급이 대포를 의미하는 것으로 잘못 받아들이고 있
다. 왜냐하면 뒤에서 보게 되듯이, 이것이 큰 평형추가 달린 투석기를 가리키는 전문 용어
였기 때문이다. 그것이 종종 宋代와 明代의 軍船에 장비되어 있었다고 하는 것은 이미 살펴
보았다. 그럼에도 불구하고 鄭和의 함대가 투석포와 그 밖의 화기로 무장하고 있었다는 그
의 논점은 의심할 여지없이 틀림없고, 14세기 후반의 날짜가 새겨진 중국포가 많이 알려져
있다(George Sarton & L. Carrington Goodrich, "A Chinese Gun of 1378?," *ISIS*, 1944, 35.; L.
Carrington Goodrich, "Firearms among the Chinese : a Supplementary note," *ISIS*, 1948, 39.; L.
Carrington Goodrich & Fêng Chia-shêng, "The Early Development of Firearm in China," *ISIS*, 1946,
36.; Wang Ling, "On the Invention and Use of Gunpowder and Firearms in China," *ISIS*, 1947, 37이
중국무기에서 폭발물의 발달에 대한 가장 좋은 해설서일 것이다). 1332년이라는 날짜가 새
겨져 있는 北京歷史博物館이 소장하고 있는 길이 1피트 2인치의 청동포는 동서양을 불문하

때 매우 다른 의미를 가지고 있었던 것 같다.[448]

무역에 대해서는 그 문제의 속사정에 대한 지식이 대단히 부족한 경우가 흔하다. 중국인과 포르투갈인의 무역이 자국의 경제 시스템의 후원 하에 이루어졌다는 것은 아주 당연한 일이지만, 그들이 실시한 무역의 세부 내용은 매우 달랐다. 더 많은 연구가 필요하기는 하지만, 적어도 포르투갈의 활동이 처음부터 사기업(private enterprise)과 훨씬 더 많이 연관되어 있었던 것만은

고 연도가 기록되어 있는 가장 오래된 금속제 대포이다. 그것의 설명에 대해서는 王榮, "元明火銃的裝置復原,"「文物參考資料」, 1962, no.3을 보라. 그리고 Joseph Needham, *Science and Civilization in China*, Vol.1, p.142를 정정하라.

현재 北京軍史博物館에 소장되어 있는 별개의 대포도 수군용으로 만들어진 것이므로, 여기에서는 특히 흥미롭다. 魯桂珍 박사와 필자는 1958년 南京市博物館에서 이것을 조사한 적이 있었다. 길이는 1피트 5인치이며, 무게는 34.8파운드이고, 구경은 4,34인치이다. 이 대포의 청동 포신에는 다음의 문구가 새겨져 있다. "水軍左衛. 進 시리즈의 제42호. 커다란 사발 크기의 포구를 가진 포. 洪武 5년(1372) 12월 吉日에 寶源局에 의해 주조됨." 南京 부근의 이 해군 기지는 정화 시대에도 여전히 사용되고 있었고, 정화에게 많은 호위함과 그 호위함에 탈 병사들을 제공하였다. 이 投石砲를 의자 모양의 砲車에 달았으며, 조준을 위해 회전할 수 있도록 되어 있었다는 증거가 있다. 마지막으로 1421년이라는 기록이 중국 문자로 쓰여 있는 투석포가 Java에서 발견되었고, 오늘날 Berlin의 Museum f. Völkerkunde에 소장되어 있다(J. R. Partington, *A History of the Greek Fire and Gonpowder*, Heffer, Cambridge, 1960, pp.275 이하.; F. M. Feldhaus, *Die Technik der Vorzeit, der Geschichtlichen Zeit, und der Naturvölker*, Engelmann, Leipzig and Berlin, 1914, col. 424.; Idem, *Die Technik d. Antike du. d. Mittelaer*, Athenaion, Portsdam, 1931, p.59를 참조). 그것은 뚜껑이 있는 점화구가 있다는 점에서 주목할 만한 것이고, 같은 시대의 유럽 사례는 아직 발견되고 있지 않다. 이것의 교훈은 옛 중국의 소설가가 쓴 것을 결코 무시해서는 안 된다는 것이다. 항상 최후로 결정적인 자료를 제공하는 고고학이 그것을 정당화해줄 것 같다. 鄭和의 함대에 火器가 존재하고 있었던 것은 사실이지만, 그것들이 사용되었는지 여부는 별개의 문제이다.

448 M. M. A. Toussiant, *History of the Indian Ocean*, Routledge & Kegan Paul, London,. 1966은 다른 점에서 인도양의 역사에 관한 칭찬할 만한 책인데, 그곳에서 중국인의 활동에 관련하여 다음과 같이 쓰고 있는 것은 거의 믿을 수 없을 정도이다. "중국인을 보면, 그들은 정복과 합병을 이용하여 전진해 나갔다. 중국 병사들은 다른 국가를 점령하였으며, 이렇게 정복된 모든 토지는 중국의 제도, 풍습, 종교, 언어, 문학을 받아들이도록 강요받았다." G. Coedes, *Les États Hindouisés d'Indochine et d'Indonésie*, Boccard, Paris, 1948, pp.64, 66의 잔재를 느끼게 하는 이 언급은 부분적이라고는 해도 4세기부터 12세기 사이 동남아시아에서 힌두 문화의 평화적 침투를 중국과 베트남, 조선, 일본과의 사이에 그가 추정해 놓은 관계와 대비시키기 위한 말이다. 그러한 추정은 그들 지역에서도 정당화되지 않았으며, 15세기의 인도양에서도 전반적으로 전혀 정당화될 수 없었다.

분명하다.[449] 개인의 행운을 보장해준다는 '엘도라도(El-Dorado)'를 찾는 일은 정복자(conquistador)의 마음속에 있는 본질적인 요소였다. 엔리케 왕자가 죽기 전에는 탐험대가 주로 상업 목적으로 서아프리카 연안을 돌아가는 항로를 따라 항해하고 있었다.[450] 그러나 아프리카 탐험이 진행되면 될수록, 탐험대 는 더 멀리 가야만 하였고 또한 최소한 재정적인 자급자족을 할 수 있어야만 했다. 따라서 무역을 위한 모험은 포르투갈 왕실에 의해 장려되고 허가를 받았음에 틀림없지만, 그 뒤에는 국제적인 금융 조직 즉 유럽 전역에서 실제 로 발달한 자본주의가 있었다. 이러한 지원의 역할은 현재 활발하게 연구되고 있다.[451] 이와는 대조적으로 중국의 원정은 유럽에 전혀 알려져 있지 않았던 거대한 봉건관료제 국가(enormous feudal-bureaucratic State)가 보유하고 있던 잘 훈련된 수군의 작전이었다. 그 원동력은 본질적으로 국가에서 비롯되었고, 그들의 교역은 (대규모이기는 했지만) 부수적인 것이었다.[452] 그리고 거래하라

---

449 엔리케 왕자는 Sagres 부근에 상인들의 항구 도시를 세우려고 계획했던 것처럼 보이지만, 실현하지는 못했다(tr. C. R. Beazlley & E. Prestage, *The Chronicle of the Discovery and Conquest of Guinea*, London, 1896~1899, p.21).

450 최초의 '商館(factory)'은 1448년에 Arguim에 설립되었고, 1482년에 유명한 El-Mina de Ouro의 요새 겸 상관이 Ashanti에 있는 Volta 강가에 건립되었다. 이것들은 Mombasa에 있는 Jesus 요 새와 동인도제도의 요새화된 모든 交易所(trading-posts)의 선구자였다.

451 C. Verlinden & L. Heers, "Le Rôle des Capitaux Internationaux dans les Voyages de Découvert au 15e et 16e Siècles," Communication to the Ve Colloque International d'Histoire Maritime, Lisbon, 1960.; Virginia Rau, "Les Marchands-Banquiers Étrangers sous le Régne de Dom João III," Communication to the Ve Colloque International d'Histoire Maritime, Lisbon, 1960.; J. G. da Silva, *L'Appel aux Capitaux Étrangers et le Processus de Formation du Capital Marchand au Portugal du 15e au 17e Siècle*, Communication to the Ve Colloque International d'Histoire Maritime, Lisbon, 1960.; M. Kellenbentz, "La Participation des Capitaux de l'Allemagne Meridionale aux Entreprises Potugaises de Découverte aux Environs de 1500," Communication to the Ve Colloque International d'Histoire Maritime, Lisbon, 1960.; E. Otte, *Une Source Inédite pour l'Histoire de la Première Navigation Américaine : le Registre des Changes de la Casa de la Contratacion*, Communication to the Ve Colloque International d'Histoire Maritime, Lisbon, 1960.

452 童書業, "重論鄭和下西洋事件之貿易性質," 「禹貢」, 1937, 7(no.1).; Lo Jung-Pang, "The Decline of the Early Ming Navy," *OE*, 1958, 5.; idem, *Ships and Shipbuilding in the Early Ming Period*, Unpub. MS.를 참조.

고 권고를 받은 비정규적 상인 겸 선원(irregular merchant-mariners)은 대부분 보잘 것 없는 재산을 보유한 사람들이었다. 일반적으로 중국의 관료 사회는 그들을 관대하게 바라보았다. 그들의 수만이 그 자신들을 중요한 존재로 만들었다. 일반적으로 중국인들이 노예 무역을 한 것은 사실이었다. 중국과 다른 아시아 국가들은 수 세기 동안 흑인 노예를 부리고 있었다.[453] 그러나 그들의 노예제는 기본적으로 가정에서만 유지되었다는 한계가 있었다. 농장 농업 노동(agricultural plantation labor) 특히 신세계의 농장에서는 아프리카인의 이용이 그렇지 않았다. 1481년부터 1641년 사이에 앙골라(Angola)에서만 1,389,000명의 노예가 포르투갈인에 의해 수송되었다고 전해진다.[454] 주라라(de Zurara)가 쓴 연대기를 읽기만 하면, 아프리카 서해안을 따라 내려가는 포르투갈의 원정이 애초부터 노예를 유괴하고 생포하기 위한 침략이었음을 알게 된다.[455] 이것은 중세에 지중해 주변에서 행해진 무어인과 기독교인 사이의 공통된 관습이었는데, 슬프게도 그때까지 그러한 다툼에 전혀 끼어들지 않았던 사람들에게로 확대되어 갔다. 그러나 여기에서는 그 결과에 대해 더 이상 고찰할 수 없다.

이와 같이 중세 때에는 거의 부각되지 않았던 포르투갈이 상업 자본 제국을 형성한 반면, 분명히 미래의 경제(economy of the future)가 아니었던 관료적

---

[453] 이 노예 무역에 관한 훌륭한 요약은 J. J. L. Duyvendak, *China's Discovery of Africa*, Probsthain, London, 1949, p.23에서 보인다. 또 많은 사료가 tr. F. Hirth & W. W. Rockhill, *op. cit.*에서 보인다.
[454] C. St. C. Davidson, "Bridges of Historical Importance," *EN*, 1961, 211, pp.119 이하.
[455] 즉 1433년인데(tr. C. R. Beazley & E. Prestage, *op. cit.*, p.33), 1441년 Antâo Gonçalves가 쓴 포로에 관한 기사를 참조. Henry 왕자가 자기 휘하의 선장들에게 명령하여, 그 나라와 언어에 관해 가능한 한 무엇이나 배운다는 명백한 의도에서 포로를 잡게 했던 것은 사실이다. de Zurara는 1441년에 Morocco인과 Moritania인 가족을 노예로 잡아, 부부, 부모자식 사이를 모두 따로따로 떨어트려 놓았다는 가슴이 찢어지는 글을 썼다. 엔리케 왕자도 그 자리에 있었다. de Zurara는 그들이 기독교인으로 되어가는 것에 기뻐하고 있다. 전체적으로 그들은 상당한 대우를 받은 것처럼 보이고, 곧 빵과 치즈를 먹는 것을 좋아하게 되었다.

봉건주의가 '제국주의를 갖고 있지 않은 제국(empire without imperialism)'의 특징을 중국에게 부여했다는 것은 역설적이다. 그러나 인도양에서 싸운 최초의 포르투갈 상인들을 부당하게 취급하지 않도록 주의해야 한다. 아마도 그들은 다루기 힘든 경제적 필요성이라는 덫에 빠지지 않았을까? 1498년 다 가마가 캘리컷을 최초로 방문하는 과정에서 아주 중요한 사건이 발생하였다. 포르투갈인들이 줄무늬 천, 진홍색 후드(hood), 모자, 산호 목걸이, 손 씻는 그릇, 설탕, 기름, 꿀과 같은 자신들이 가져온 것을 선물했을 때, 왕은 그 물건들을 비웃으며 제독에게 차라리 금을 내놓으라고 충고하였다.[456] 같은 시기에 이미 그곳에 와 있던 이슬람 상인들은 포르투갈인들이 본질적으로 해적이며, 인도인이 원하는 것을 아무 것도 가지고 있지 않고, 인도인들이 가진 것을 얻을 수 없다면 힘으로 빼앗을 준비를 하고 있다는 것을 인도인들에게 확언하였다.[457]

이 장면에는 우리에게 매우 익숙한 내용이 들어 있다. 사실 이것은 시작부터 유럽과 동아시아의 관계에서 특징으로 나타난 무역 불균형(trade imbalance)이었는데, 이 무역 불균형의 기본적인 패턴은 19세기 말 산업 시대(industrial age)까지 이어진다.[458] 대체로 유럽인들은 동양인이 서양의 상품을 원하는 것보다 훨씬 더 많이 아시아의 상품을 원하고 있었고, 그것들을 사기 위해 지불해야 하는 유일한 수단은 귀금속이었다.[459] 이러한 과정은 동서 교역로상

---

456 E. Prestage, *The Portuguese Pioneers*, Black, London, 1933, pp.262 이하는 tr. E. G. Ravenstein, *A Journal of the First Voyage of Vasco da Gama, 1497 to 1499*, London, 1898이 편찬한 저자 미상의 "Roteiro"에 기초를 두고 있다.

457 무어인 상인들은 만약 포르투갈인이 접대를 한다면 '다른 선박들이 머무르지 않을 것이고,' 그리되면 그 나라는 멸망할 것이라고 말했다(이것은 아마 그들 자신의 선박뿐만 아니라 중국인의 선박도 가리키고 있는 것으로 생각된다).

458 Gibbon, *Decline*, vol.1. pp.88 이하를 참조. 이 주제에 대해서는 몇 가지의 훌륭한 연구물이 있다. E. H. Warmington, *The Commerce between the Roman Empire and India*, Cambridge, 1928은 오래되었지만 그래도 훌륭하다. 특히 p.180 이하가 그러하다. F. Braudel, *La Méditerranée et le Monde Méditerranéen à l'Epoque de Philippe II*, Colin, Paris, 1949는 그 제목이 의미하는 것보다 훨씬 폭넓은 계몽적인 설명서이다. 특히 p.361 이하가 그러하다. 전체적인 상황은 V. Purcell, *Gibbon and the Far East*, Unpub. monograph에 의해서도 분석되어 있다. 특히 p.159 이하가 그러하다.

에 있는 많은 곳에서 나타났으며, 물론 중세에는 주로 기독교 국가와 이슬람 국가 사이의 경계 지역이었던 레반트(Levant)에서 먼저 나타났다.[460] 한편 중국인은 아마 무역 불균형에 직면하는 일이 없었을 것이다. 왜냐하면 비단과 칠기(漆器)가 어디에서든 높은 평가를 받았고, 중국인이 사고 싶어 하는 어떤 것과도 교환하는데 대단히 유리하였기 때문이다.[461] 도밍고 나바레테 (Domingo de Navarrete)는 1676년에 간행된 자신의 저서에서 다음과 같이 기술하였다.[462]

---

459 이 역사적인 패턴의 연속성을 보이기 위해서는 70년 내지 110년의 Periplus (W. H. Schoff, *The Periplus of the Erythraenean Sea : Travel and Trade in the Indian Ocean by a Merchant of the First Centurym* translated from the Greek and annoted, etc., Longmans Green, New York, 1912, pp.284 이하.; Joseph Needham, *Science and Civilization in China*, Vol.1, pp.178 이하를 참조)와 1513년경의 Albuquerque의 편지(Fortunato de Almeida, *História de Portugal*, Coimbra, 1925.; Joseph Needham, *Science and Civilization in China*, vol.3, pp.558 이하)에 나타나는 아시아의 상품의 목록을 비교해 보아야 한다. 오늘날 J. Pirenne, "Un Problème-Clef pour la Chronologie de l'Orient : la Date du Périple de la Mer Érythrée," *JA*, 1961, 249는 훨씬 이전에 Reinaud가 시사한 Periplus가 후대인 246년의 것이라는 주장을 하고 있지만, 그 주장은 우리의 논의에 영향을 주지 않는다.

460 16세기에는 양자 사이에 명백한 단절이 있었던 것으로 보인다. 왜냐하면 유럽 내에서는 신용장이 대단히 일반적이고 유효했지만, 이슬람과 아시아의 국가들에서는 통용되지 않았기 때문이다(F. Braudel, *op. cit.*, p.363). 그 나라들은 물론 자체의 시스템을 갖고 있었지만, "파운드화의 통용지역 밖에" 있었다.

461 일련의 동서교역에 관해서는 R. S. Lopez, "The Trade of Mediaeval Europe : the South," Art. in *Cambridge Economic History of Europe*, ed. Postan & E. E. Rich, Cambridge, 1952), p.309를 보라. 그러나 그가 생각하고 있듯이, 중국인이 11세기와 12세기에 아라비아와 동남아시아 국가들과의 교역에서 수입 초과 현상을 보여주었는지에 대해 필자는 대단히 의심스럽게 생각한다. 그는 J. J. L. Duyvendak, *China's Discovery of Africa*, London, 1949, p.16의 문장을(tr. F. Hirth & w. W. Rockhill, *op. cit.*, p.19에서 인용했으며, 출전은 『宋史』, 186卷, p.20과 27) 오해한 것으로 보인다. 그곳에서 '세는 단위'는 상품에 관련된 것일 뿐, 중국인에 의해 지불된 화폐와 귀금속의 무게를 의미하는 것은 아니다. 외국과의 교역에 의해 국가를 부유하게 만드는 발상이 기원전 80년 중국의 문헌에서 보여 대단히 흥미롭다. 『鹽鐵論』(卷二, p.6과 2卷, p.291을 참조)에는 다음과 같이 설명되어 있다. "훌륭한 통치자는 본질적이 아닌 것을 근본적인 것으로 바꾸고, 無에서 有를 창출한다. … 중요하지 않는 물품은 외국을 속이는 수단이며 羌이나 胡의 보물을 꾀어내는 수단이다. 이와 같이, 중국의 평견(平絹) 조각은 匈奴들과 지폐 몇 장의 가치가 있는 물품과 교환할 수 있다. … 외국의 물품은 (이렇게) 우리의 부를 낭비하는 일없이 계속 유입된다. … "tr. E. M. Gale, *Discourses on salt and Iron, a Debate on State Control of Commerce and Industry in Ancient China*, chapters 1-19, Brill, Leiden, 1031, p.14.

나는 가장 놀랄만한 몇 가지 힌트를 주려는 생각을 갖고 있는데, 그 힌트는 신이 인간을 얼마나 관대하게 대해주었는가를 알게 하기에 충분할 것이다. … 신은 인간이 바라는 모든 것을 주고 있다. 그러므로 외국에서 어떤 것도 찾을 필요가 없다. 거기에 간 적이 있는 사람들이 이 진리를 증명할 수 있다.

이 책에서 우리는 유럽과 아시아의 불균형을 이미 두 번이나 살펴보고 있다. 기원전 50년부터 기원후 300년까지의 로마제국 시대에 중국의 비단과 인도의 향신료에 대한 값을 지불하기 위해 금과 은이 유럽으로부터 빠져나갔다.[463] 이 과정은 아시아 전역에 뿌려져 있는 로마의 화폐뿐만 아니라[464] 한

---

462 ed. J. S. Cummins, *The Travels and Controversies of Friar Domingo Navarrete, 1618 to 1686*, vol.1, Cambridge, 1962,. p.137.

463 Joseph Needham, *Science and Civilization in China*, Vol.1, p.109를 보라. 이 문제에 관한 가장 새로운 연구는 E. H. L. Schwartz, "L'Empire Romain, l'Egypte, et le Commerce Oriental," *AHES / AESC*, 1960, 15인데, 대량의 새로운 고고학적 증거에 의해 E. H. Warmington, *The Commerce between the Roman Empire and India*, Cambridge, 1928.; M. P. Charlesworth, *Trade-Routes and Commerce of the Roman Empire*, Cambridge, 1924.; W. H. Schoff, *Parthian Stations by Isidore of Charax : an account of the overland Trade Routes between the Lavant and India in the 1st Century B.C.*, Philadelphia, 1914.; Idem, *Early Communication between China and the Mediterranean*, Philadelphia, 1921.; Idem, *The Periplus of the Erythranean Aea : Travel and Trade in the Indian Ocean by a Merchant of the First Century*, translated from the Greek and annotated, etc., Longmans Green, New York, 1912.; Idem, "Navigation to the Far East under the Roman Empire," *JAOS*, 1917, 37.; Idem, "Some Aapects of the Overland Oriental Trade at the Christian Era," *JAOS*, 1915, 35 등으로 보완될 수 있다. 그러한 증거 중 몇 가지는 Sir R. E. M. Wheeler, "Arikamedu : an Indo-Roman Trading Station on the East Coast of India," *ANI*, 1946(no.2).; Idem, *Rome beyond the Imperial Frontiers*, Bell, London, 1954에도 보인다. 현재 알고 있는 모든 사실은 Plinius(Nat. Hist., VI. x x vi, 101과 XII. xii, 84)의 긴 각주가 붙은 2개의 중요한 문장에 의해 뒷받침되고 있다. 그는 연간 일억 세스테르티우스(sesterces)에 이르는 로마의 화폐가 비단, 향신료, 향료 등의 수입품의 대가로 아라비아, 인도, 중국으로 보내진다고 서술하고 있다(75년경). 그리고 사실 Apicius가 쓴 것으로 되어 있으나 실제로는 35년부터 435년 사이에 편찬된 요리서인 Artis Magiricae의 거의 모든 요리법에는 후추가 포함되어 있다 (Flower & Rosenbaum의 교정을 한 번역을 참조). 이리하여 향신료 무역은 이미 로마시대에 전성기를 맞이하고 있었다. Persius는 다음과 같이 서술하였다(Sat., V, 54년경).
　욕심 많은 상인들은 이익에 끌려 달려간다,
　바짝 마른 인도와 태양이 떠오르는 곳으로.
　그곳에서 매운 후추와 풍요로운 약물을 가져온다.
　그들의 이탈리아 제품이 향료와 교환된다. … (tr. Dryden)

(漢)나라의 금 저장량에서도 살펴볼 수 있다.[465] 거의 2천년 후 중국 남부
지방과의 아편 무역(그리고 그 결과로서 아편전쟁)이 야기한 것은 동인도회사
가[466] 비단, 차, 칠기의 값을 지불하기 위해 유럽의 은이 유출하는 것을 경계
하여 그것들을 대신할 물품을 찾았기 때문이다.[467] 사실 지중해 지역은 2천년
동안 그곳으로 들어오는 모든 금과 은을 끊임없이 동쪽으로 퍼내는 일종의
거대한 펌프 역할을 했다.[468] 알렉산드리아(Alexandria)는 일부를 유리(琉璃)

그리고 그 차액이 귀금속으로 메워지기도 했다.
464 그 배경에 관해서는 A. Piganiol, *Histoire de Rome*, Presses Univ. de France, Paris, 1946, p.389나
H. W. Codrington, *A Short History of Ceylon*, Macmillan, London, 1939, p.32를, 당면한 문제에 관해
서는 Sir R. E. M. Wheeler, *Rome beyond the Imperial Frontiers*, London, 1954와 J. Schwartz, *op. cit.*를
거론하는 것만으로도 충분하다. 물론, 몇 가지의 유럽 제품은 아시아에서 환영을 받았다.
Arikamedu(Virapatnam)의 Arretine에서 구운 도자기와 Begram에서 만든 유리그릇이 그 증거이
다(Joseph Needham, *Science and Civilization in China*, Vol.1, pp.179, 182.; J. Hackin, J. R. Hackin, J.
R. Carl, P. J. & Hamelin, *Nouvelles Recherches Archéologiques à Begram*, 1937, Paris, 1939를 참조).
465 이 문제는 H. H. Dubs, "An Ancient Chinese Stock of Gold," *JEH*, 1942, 2와 Lo Jung-Pang, "The
Han Stock of Gold and what happened to it : a Variation on a Theme by H. H. Dubs," Unpub.
MS에 의해 연구되었다. 신뢰성이 높은 자료(그중에서도 『前漢書』, 99卷 下, p.29. 이에 대한
번역은 tr. H. H. Dubs, *History of the Former Han Dynasty*, by Pan Ku, a Critical Translation with
Annotations, vol.3, Waverly, Baltimore, p.458)는 새로운 황제의 23년도 금 보유고가 4,706,880온
스 이상에 이르고 있었음을 보여주고 있다. 국가 전체에서는 더 많은 보유량이 있었을 것이
다. 123년 漢 武帝는 적어도 1,568,000온스를 보유하고 있었음에 틀림없다(『史記』, 30卷, p.4.
E. Chavannes, *Les Mémoires Historiques de Se-Ma Ts'ien*, vol.3, Leroux, Paris, 1895~1905, p.553). 이것은
그의 군대에게 보수로 준 것이기 때문에 아마 이것의 두, 세 배를 보유하고 있었던 것 같다.
그러나 중세 서유럽의 금 보유량은 약 3,700,000온스였다는 주장이 있으며, 또한 1503년부터
1660년 사이에 아메리카에서 스페인으로 운반된 은의 총량은 5,829,996온스에 불과하였다(S.
B. Hamilton, *American Treasure and the Price Revolution in Spain, 1501 to 1550*, Harvard Univ. Press,
Cambridge, Mass., 1934, p.42). 漢의 금 보유고 중 일부는 시베리아로부터, 일부는 중국 본토의
광맥과 사금 채취장에서 얻은 것인데, 대부분은 특히 비단의 교역에 의해 유럽에서 가져온
것이었다. 王莽이 사망한지 겨우 2, 3년 만에 로마의 Tibeius 황제(14~37년 재위)는 동방으로
의 正金 유출을 최소화하기 위해 비단옷 입는 것을 금지했던 일을 상기할 수 있을 것이다
(Tacitus, Ann. II, 33).
466 여기에서 관련이 있지만 잘 알려져 있지 않은 사실은 1600년에 설립된 Hon. East India
Company가 1581년에 설립된 Levant Company로부터 직접 발전한 회사라는 것이다.
467 Joseph Needham, *Science and Civilization in China*, Vol.4, pt.2, p.600을 보라. 이 사실들은 M. Greenberg,
British Trade and the Opening of China, 1800~1842, Cambridge, 1951에서 잘 설명되고 있다.
468 F. Braudel, *op. cit.*, p.362를 참조. 그리고 어떤 금속도 충분히 공급되지 않았다.

로,[469] 중세의 서유럽은 일부를 노예로, 베네치아(Venice)는 거울로, 그리고 영국은 주석으로 지불했을지 모른다. 그러나 아라비아인, 인도인, 중국인은 항상 모직물[470]이나 포도주와 같은 가장 전형적인 유럽 상품을 거의 눈여겨보지 않았고, 그리하여 물물교환이 끝났을 때 유럽인들에게는 영원히 해결할 수 없을 거대한 액수의 결손이 발생하였다.[471] 그리고 아메리카 대륙이 발견되고 포토시(Potosi) 은광이 개발된 이후에도 아시아의 흡인력은 변함없이 계속되었으며, 이 금속의 대부분은 스페인의 금고를 채우는 대신에 필리핀 제도를 경유하여 서쪽으로 흘러갔던 것이다.[472] 이렇게 하여 역사상 가장 위대한 항해(greatest sea-journeys) 시대의 한 시기에 거의 재기불능이 된 제독 앞에서 레반트 무역(Levantine trade)의 수지 불균형(imbalance)은 고전적인 형태로 정확하게 재현되었다.[473]

15세기 말 포르투갈의 선장들은 무엇을 해야만 했었을까? 우선 십자군

---

469 Begram의 집적소에 관해서는 J. Hackin & J. R. Hackin, *Recherches Archéologiques à Begram, 1937*, Paris, 1939.; J. Hackin, J. R. Hackin et. al, *Nouvelles Recherches Archéologiques à Bergram, 1939~1940*, Paris, 1954를 참조.

470 E. M. Carus-Wilson, "The Woollen Industry," Art. in *Cambridge Economic History of Europe*, Cambridge, 1952를 참조.

471 한마디로 말하면, 아시아는 유럽의 주요 상품들과 다르지 않았다. 乾隆帝는 George III에게 1793년에 다음과 같이 편지를 썼는데, 이것은 자주 인용되고 있다. "기이하고 값 비싼 물품들은 우리에게 흥미가 없습니다. 귀하가 보낸 사절(Lord Macartney)이 알아서 보여줄 수 있는 것처럼, 우리는 (필요한) 모든 것을 갖고 있습니다. 우리는 희귀하고 기발한 물품[즉 노래 부르는 도구(sing-songs)], Joseph Needham, *Science and Civilization in China*, Vol.4, pt.2, pp.522 이하를 참조)에도 별로 값을 매기지 않습니다. 그리고 귀국의 공장들도 필요하지 않습니다. … 그러므로 우리의 산물과 교환하여 오랑캐의 물건을 수입할 필요가 없습니다. 그러나 중국 제국의 차, 비단, 도자기가 유럽 국가들에게 필요하기 때문에, 우리는 귀하가 원하는 것이 공급될 수 있고 또한 귀국이 우리의 善行에 참여할 수 있도록 외국의 창고가 廣東에 건립되는 것을 특별히 호의를 베풀어 허용하는 바입니다."(tr. E. Backhouse & J. O. P. Bland, *Annals and Memoirs of the Court of Peking, Heinemann*, London, 1914, pp.322 이하)

472 이것은 17세기 중엽 페루-볼리비아에서 스페인으로 보냈던 은의 선적을 고갈시키는 많은 요소 중 하나였다. S. B. Hamilton, *American Treasure and the Price Revolution in Spain, 1501 to 1550*, Harvard Univ. Press, 1934, pp.36 이하; F. Braudel, *op. cit.*, p.415를 참조.

473 F. Brandel의 신랄한 문구이다. *Ibid.*, p.371.

전쟁을 제외하고, 향료를 손에 넣어야만 했다. 후추에 대한 유럽인의 수요는 확실했으며, 후추야말로 유럽인들이 정말 필요로 했던 것이고, 따라서 후추무역은 (흔히 일컬어지듯이) '사치품 무역(luxury trade)'[474]이 아니었다. 2세기후에 겨울용 가축 사료가 완벽하게 개발될 때까지는 유럽의 축산업은 매년일과 번식에 필요한 만큼만 가축 수를 유지하고, 나머지는 죽여서 고기를 소금에 절여 보존하는 방식으로 실시되었다.[475] 선박에 실을 수 있을 만큼후추를 싣고 유럽에 돌아와야만 하는 이유는 바로 이것이었다.[476] 포르투갈인

---

[474] H. Pirenne, *Economic and Social History of Mediaeval Europe*, Kegan Paul, london, 1936, p.143.; S. Runciman, "Byzantine Trade and Industry," Art. in *Cambridge Economic History of Europe*, Cambridge, 1952, pp.88, 89.; M. Postan, "The Trade of Mediaeval Europe : the North, " Art. in *Cambridge Economic History of Europe*, Cambridge, 1952, p.169.; R. S. Lopez, "The Trade of Mediaeval Europe : the South," Art. in *Cambridge Economic History of Europe*, Cambridge, 1952, p.261에서 그렇게 이야기되고 있다.

[475] 이러한 상황에 있었던 것은 서양의 중세 농업사를 연구하는 사람들에 의해 모두 인정되고 있다(예를 들면, N. S. B. Gras, *A History of Agriculture in Europe and America*, 2nd. ed., Crofts, New York, 1946, p.15.; T. B. Franklin, *A History of Agriculture*, Bell, London, 1948, pp.48, 121.; E. C. Curwen, *Plough and Pasture*, Cobbett, London, 1946, p.84.; C. Parain, "The Evolution of Agricultural Techniques," Art. in *Cambridge Economic History of Europe*, Cambridge, 1952, pp.123, 127, 132, 153 이하). 필자는 유럽에서 순무(turnips)가 고대부터 이용되었을 가능성이 있다고 본다. 그러나 開放耕地制는 작물의 지나친 획일성을 강요하였고, 일반적으로 그루터기를 가을에 소에게 먹인다는 점에서 계획적인 겨울철 사료 정책과 모순된다는 것을 의미했다. 클로버와 자주개자리(Alfalfa, Joseph Needham, *Science and Civilization in China*, Vol.1, p.175를 참조)는 중동에서 온 '인공적인 풀'이고, 17세기에 서서히 사용되게 되었던 것으로서 평지씨도 소떼가 압착한 기름찌꺼기 사료를 먹게 될 때까지 알려지지 않았지만 마찬가지였다. 옥수수와 감자도 물론 신세계로부터 도입된 것이었다. 이러한 모든 재배식물의 기원에 대해서는 N. I. Vavilov, *The Origin, Variation, Immunity and Breeding of Cultivated Plants : Selected Writings*, Chronica Botanica, Waltham, 1950을, 겨울철 사료의 발달에 대해서는 R. J. Forbes, "Food and Drink," Art. in *A History of Technology*, ed. C. Singer et. al., vol.3, p.1, Oxford, 1957을 보라.

[476] 보통의 사고방식은(예를 들면 E. Prestage, *The Portuguese Pioneers*, Black, London, 1933, p.267.; L. B. Jensen, *Man's Food*, Gerrard, Champaign, III, 1953, pp.85 이하.; Sir Jack Drummond & A. Wilbraham, *The Englishman's Food : Five Centuries of English Diet*, Cape, London, 1939, p.34를 참조) 후추와 그 밖의 향신료는 단순히 상한 고기의 맛을 위장하기 위해 만들어진 식탁용 소스와 조미료였을 뿐이다. 그러나 이 주장으로는 중세 서양이 막대한 양을 수입한 이유를 결코 설명할 수 없을 것이다. 두 가지 예가 있다. 하나는 1504년 5척의 포르투갈 선박이 Calicut으로부터 각각 380톤의 후추를 싣고 Falmouth에 도착하였다(F. Braudel, *op. cit.*, p.422). 또 하나는 같은 시기에 Alexandria로부터 돌아온 Venice의 갤리선 함대가 1,250톤을 가져왔다(F. C. Lane,

들이 후추값을 지불할 수 있는 한, 이제 그 후추는 포르투갈인들의 수중에 있었다. 그리고 기니에서 생산되는 금이 두 번째로 중요했다. 포르투갈은 베네치아처럼 중부 유럽에서 생산되는 금과 은으로 지불할 수 없었으며,[477] 신세계의 부도 아직 이용할 수 없었다. 엔리케 왕자가 그것을 예견했든 못했던 간에, 포르투갈인들은 아르깅(Arguim)에 도착한 1445년경부터 수단(Sudan)의 금을 개발하기 시작하였으며,[478] 이어서 기니 해안이 개발되었다. 그 생산

Venetian Ships and Shipbuilders of the Renaissance, Johns Hopkins Univ. Press, Baltimore, Md., 1934, p.26). 즉 연간 3,100톤이라는 막대한 여러 가지 향신료가 운반되었다는 것이다(F. C. Lane, "Venetian Shipping during the Commercial Revolution," *AHR*, 1933, 38). 그렇기 때문에 전통적인 중국과 이슬람 지역에서 그러했듯이, 후추는 실제로 보존용 고기를 염장하기 위해 소금과 함께 섞여졌다고 생각할 수밖에 없다. 6세기의 농업 경제서인 『齊民要術』, 75卷에서 볼 수 있는 염장한 고기를 만드는 조리법에는 모두 가루로 만든 후추가 들어간다. 또 현재 사용되는 증거를 들어보자. Joseph Needham, *Science and Civilization in China*를 집필하는데 협력해준 魯桂珍 박사는 南京의 40명으로 구성된 대가족 속에서 성장했는데, 어릴 때 쇠고기, 돼지고기, 오리고기가 겨울 초기에 대량으로 저장된 것을 본 기억이 있다고 알려주었다. 그것을 위해 후추와 肉桂 등이 온스 단위가 아니라 파운드 단위로 구입되었다. 소금과 그 ⅓ 무게의 후추를 섞은 혼합물(椒鹽)은 중국 식당에 자주 가는 사람들에게 친숙한 향료이다(Apicius에 있는 芳香鹽의 조합법; tr. B. Flower and E. Rosenbaum, *The Roman Cookerly Book : a critical translation of The Art of Cooking by Apicius, for use in the Study and the Kitchen*, Harrap, London, 1958), p.55를 참조). 鹽藏用으로는 후추가 덜 사용된다. 염장이란 구세계 전체의 중세 음식물 산업에서 전승되고 있던 것으로서 경험을 내세운 심오한 지식 체계의 일부였다고 할 수 있을 것이다. 공기를 이용한 건조 방법을 사용하기 이전에 너무 많은 소금을 사용하면, 고기는 먹기 전에 수분이 너무 빠져버려 맛이 없어지고 영양가도 없어진다. 그러나 소금을 덜 사용하면 맛이 더 나빠진다. 어찌되었든 변질이 진행된다. 적당한 양의 향료가 추가되면, 해로운 영향이 전혀 없이 소금의 사용량을 줄일 수 있었다. 아마도 살균 작업과 지방의 산화 방지 효과뿐만 아니라 자기 분해 효소의 억제 때문이기도 할 것이다. 오늘날의 생화학적 연구는 이러한 견해를 뒷받침해준다. L. B. Jensen, *The Microbiology of Meats*, 3rd ed., Gerrard, Champaign, III, 1954, pp.378 이하.; R. Deans, *The Preservative Action of Spices : a Review of the Literature*, 1945, no.53.; A. H. Webb & F. W. Tanner, "The Effect of Spices and Flacouring Materials on the Growth of Yeasts," *FOODR*, 1945, 10.; J. R. Chipault et al., "The Anti-oxidant Effects of Spices," *FOODR*, 1952, 17을 참조. 물론 중국인도 유럽인과 마찬가지로 후추를 필요로 했지만, 그들은 그것을 문간에 보관하고 있었다.

477 이것에 대해서는 P. Grierson, "La Moneta Veneziana nell'Economia Mediterranea del Trecento e Quattrocento," Art. in *La Civitta Veneziana del Quarttrocento*, p.77, Sansoni, Florence, 1957을 보라. 이 자원은 Saxony, Bohemia, Hungary, Serbia, Transylvania에 있었다.

478 이 'Sudan'은 많은 사람이 생각하는 Nile 강 상류에 위치한 현재 독립한 'Anglo-Egyptian Sudan'을 의미하는 것이 아니라, 북쪽의 Sahara 사막과 남쪽의 Congo 열대우림 사이에 위치한

물은 대부분 포르투갈의 대양 항해 선박을 통해 서쪽으로 흘러가기 시작하였다.[479] 이리하여 그들은 동방 무역에 필요한 귀금속을 확보할 수 있었다.[480] 포르투갈인들은 이 교역에서 아프리카인들을 크게 속이지 않았던 것 같다. 왜냐하면 아시아인들과 달리 아프리카인들이 말, 밀, 포도주, 치즈, 구리제품, 다른 금속제품, 담요, 질긴 천 등을 받으며 기뻐하였기 때문이다.[481] 불행하게도 아프리카의 금은 동방 해역(estern seas)에서 포르투갈인의 야망을 채워주기에 충분하지 않았고, 그러므로 포르투갈인들은 기지의 필요성 때문에 말라카와 같은 해안 지역 항구 도시들의 부를 무력으로 강탈하여 보다 많은 부를 축적하고 싶은 유혹을 갖게 되었다.[482] 그들의 작전은 그들이 아시아 무역에서 얻는 합리적인 몫에 만족하지 않았으며 또한 그들이 무역과 무역 상인을 완전히 지배하는 것을 곧 원하게 되었다는 점에서 비난을 받고 있다.[483] 그러

광대한 사반나 지역 전체를 의미한다(Basil Davidson, *Old Africa Rediscovered*, Gollancz, London, 1959, pp.61 이하 참조).

479 F. Braudel, *op. cit.*, pp.369 이하를 참조. 1510년경 그들은 연간 약 15,000온스를 얻고 있었다. 스페인의 Maghrib과 이슬람의 여러 왕국을 윤택하게 만든 1년 동안 북쪽으로 흘러가는 이 금의 흐름이 전환된 것(E. W. Bovill, *Caravans of the Old Sahara*, Oxford, 1933.; Idem, *The Golden Trade of the Moors*, Oxford, 1958을 참조)은 북아프리카 문화의 대붕괴를 초래하였다. 그것은 또한 육상 루트에 의해 행해지고 있던 프랑스와 이탈리아 그리고 마그리브와 수단과의 통상에 대해서도 굉장한 타격을 주었다. 그 후 대서양에 접해 있지 않은 유럽의 여러 나라에서 금의 부족이 두드러진 것으로 나타나자 독일의 광산업이 크게 번영하였다. 위대한 Agricola(Joseph Needham, *Science and Civilization in China*, Vol.3, p.649)의 과학에 은연중 나타나는 모든 것이 이 광산업에 포함되어 있었다. 그러나 대량의 금은 16세기에 이집트를 통해 투르크의 이슬람 국가로 흘러들어갔다(F. Braudel, *op. cit.*, pp.364 이하를 참조). 그리고 El-Mina는 당시까지 북아프리카와 유럽에 전혀 공급되지 않고 있던 Ashanti에서 풍부하게 생산되는 금을 확보하는 길을 연 것으로 생각된다.

480 그렇지만 반드시 직접적인 것은 아니었다. 왜냐하면 중국인과 동남아시아인이 은을 좋아했고 또한 포르투갈인이 Antwerp에서 양자를 교환하고 있었던 것으로 생각되기 때문이다(F. Braudel, *op. cit.*, p.371에 있는 Magalhâres Godinho).

481 F. Braudel, *op. cit.*, p.370.

482 R. S. Whiteway, *The Rise of the Potuguese Power in India, 1497 to 1550*, Constable, London, 1965, pp.141 이하.

483 이 경우에 포르투갈인은 결코 전면적으로 성공한 것이 아니었으며, 1550년까지 이슬람권의 홍해 루트가 대폭 회복되었다. 그 후 양 루트의 중요도는 향료 시대가 끝날 때까지 불안

나 그것들의 지배는 다른 나라들에 의해 이루어졌는데,[484] 그것도 잠시 동안일 뿐이었다.

동양 선원과 서양 선원의 활동에서 나타나는 마지막 차이는 종교였다. 이 차이는 다행스럽게도 예기치 않게 익살스러운 요소(comic relief)를 제공하고 있다. 한편에서는 모든 것이 정말 엄격하였다. 잘 계획된 선교 활동은 물론 일찍부터 포르투갈인의 탐험과 함께 실시되었다.[485] 서아프리카에서 최초의 미사는 1445년 아르깅에서 폴로노(Polono) 신부에 의해 집전되었다. 그러나 그 세기의 말이 되기도 전에 이슬람교도에 대한 전쟁은 포르투갈인이 일시적으로 동맹을 맺는 것이 좋을 것이라고 생각한 경우를 제외하고 힌두교도와 불교도에 대한 전쟁으로 확대되었다. 1560년에 가톨릭종교재판소(Holy Inquisition)가 고아(Goa)에 설립되었는데, 얼마 가지 않아서 그곳은 유럽에서 보다 더 고약한 평판을 얻었다. 이 종교재판소는 이 제국의 기독교도뿐만 아니라 비기독교도들도 현대의 비밀 경찰이 만들어내는 것과 같은 모든 종류의 공포에 떨도록 만들었다. 그러나 더 지독한 것은 아마 고등종교(high religion)의 이익을 위해 요청하는 것들이었다.[486] 중국 선박에서는 이와 대조적인 양상이 나타났다. 정화와 휘하 사령관들은 성인이었던 공자(孔子)와 노자

정하게 계속 변하였다. F. Braudel, *op. cit.*, pp.421 이하를 참조.

484 포르투갈 제국의 붕괴는 팽창했을 때와 마찬가지로 신속하게 전개되었다. 인도양을 방문한 최초의 홀란드인이었던 Cornelius Houtman은 1596년에 항해 중이었다. 1625년까지는 홀란드인이 인도양의 주인이 되었다. 그들의 승리는 포르투갈인의 모든 노력보다 훨씬 더 치명적인 타격을 Levant의 향료 무역에 주었다. F. Braudel, *op. cit.*, pp.441 이하.; M. Collis, *The Land of Great Image : Experience of Friar Manrique in Arakan*, Faber & Faber, London, 1953, pp.250 이하를 참조.

485 Antonio Brasio, *A Acção Missionária no Perlodo Henriquino*, Lisbon, 1958을 보라. 카나리아 제도 (Canaries)는 1479년에 이미 主敎區 중 하나가 되어 있었다. São Thomé는 1534년까지 管區를 가지고 있었다. '동인도제도의 使徒職'에 관한 Anon, *Prince henry the Navigator and portuguese maritime Enterprise : Catalogue of an Exhibition at the British Museum, Sept. to oct. 1960*, BM, London, 1960, pp.117 이하를 참조.

486 그 밑에서 고통을 받는 사람 특히 프랑스의 의사였던 Charles Dellon, *Relation de l'Inquisition de Goa*, Leiden, 1687의 해설을 읽는 것이 가장 좋다. 그의 이야기는 M. Collis, *The Land of the Great Image : Experiences of Friar Manrique in Arakan*, Faber & Faber, London, 1953에 다시 실려 있다.

(老子)의 기본적인 가르침을 버리지 않고서 '누구에게나 마음에 들도록 행동하였다(all things to all men).' 아라비아에서는 중국인들이 예언자(Prophet)의 말로 대화하고 윈난(雲南)의 모스크를 상기시켰다. 인도에서는 힌두 사원에 제물을 바쳤으며, 실론에서는 불교 유적을 참배하였다.

실론에서는 중국 함대의 지나치게 세련된 태도에 대한 아주 흥미로운 사례를 볼 수 있다. 1911년 갈레(Galle) 시내에서 3가지 언어(중국어, 타밀어, 페르시아어)로 비문이 새겨진 돌비석이 도로 건설 기사에 의해 발굴되었다.[487] 이 비석은 정화의 지휘 하에 이루어진 명나라 수군의 방문을 기념하기 위해 만든 것으로 추정되었는데, 이 추정은 곧 사실로 판명되었다. 비문은 종교와 관련된 선물에 대한 담화문 형식을 띠고 있었다. 비바람에 시달린 정도가 달랐기 때문에 (또는 그러한 상황에서 중국 문자를 해독하기가 보다 쉬웠기 때문에) 중국 문자로 새겨진 비문의 일부가 먼저 해독되었다. 해독된 비문은 다음과 같다.

위대한 명나라 황제는 세계가 존경하는 부처님 앞에서 다음과 같은 자신의 말을 전하기 위해 태감(太監, Grand Eunuchs)인 정화(鄭和), 왕청렴(王淸濂)[488] 등을 파견하였습니다.

우리는 자애롭고 존경하옵는 부처님께 깊이 경의를 표합니다. 부처님의 도와 덕은 모두 이해로 통하고, 그 법은 모든 인간 관계에 널리 퍼져 있으며, 그 엄청난 겁(怯, Kalpa)의 년수(年數)는 강의 모래알 수와 비길 만합니다. 부처님의 지배는 사람을 고귀하게 하고, 마음을 바꿔주며, 사랑의 행위를 유발시키고, (이 눈물로 된 세계의 본성에 대해) 지적인 통찰력을 줍니다. 부처님의 신비스러운 반응은 한이 없습니다! 산이 많은 실론 섬의 절과 사원들은

---

[487] 이 비석은 지금 Colombo Museum에 있고, 그곳에서 필자는 1958년에 그것을 보는 기쁨을 가졌다. E. W. Perera, "The Galle Trilingual Stone," SZ, 1913, 8을 보라.

[488] 이 이름은 분명히 王貴通을 잘못 읽은 것이다. 그는 1407년 占城에 파견된 사절이기도 했다(『明史』, 卷二百二十四, p.4). 山本達郎(야마모토 타쓰로), "鄭和の西征," 「東洋學報」, 1934, 21, no.30과 內勝虎次郎(나이토 토라지로), 『星槎勝覽前集校注』를 근거로 수정하였다.

멀리 남쪽 대양에 걸쳐 있고, 부처님의 기적적인 반응력에 의해 고무되고 계몽됩니다.

최근에 저희는 사절단을 파견하여 우리의 천명(天命)을 여러 외국에 알리고 있습니다(比者遣使詔諭諸番). 하지만 대양에서 항해하는 동안 저희들은 부처님의 크게 자비로우신 보호를 받고 있습니다. 저희들은 재난과 불행을 면하고, 이곳저곳으로 무사히 항해합니다. 부처님의 위대한 덕에 이끌려 그러합니다.

그러므로 의례에 따라 공물을 바치며, 이제 부처님 앞에 금과 은, 금으로 수놓은 보석을 뿌려놓은 것처럼 비단 깃발, 향료, 화병, 겉과 속이 여러 가지 색으로 된 비단, 램프와 촛불 등의 선물을 부처님의 덕을 기리기 위해 놓아두었습니다. 부처님의 광채가 선물을 바친 사람들에게 비추어지기를 비나이다.[489]

　　大明皇帝遣太監鄭和王貴通等　詔告于佛世尊曰
　　　仰惟慈尊　圓明廣大　道臻玄妙　法濟群倫　歷劫沙河　悉歸弘化　能人慧力　妙應無方
　　惟錫蘭山介于海南　言言梵刹　靈盛翕彰
　　　比者遣使詔諭諸番　海島□開　深賴慈祐　人舟安利　來往無虞
　　　永惟大德　禮用報施　謹以金銀織金　紵絲寶旛　香爐花瓶　表裏燈燭等物　布施佛寺
　　以充供養　惟世尊之 (「錫蘭島碑」, 출처 : 徐玉虎, "關子鄭和的幾種刻碑,"「大陸雜誌」, 13-1, 1956)

그리고 이 비문은 선물의 목록을 적어 놓는 것으로 끝을 맺고 있는데, 선물에는 1,000덩어리의 금, 5,000덩어리의 은, 100두루마리의 비단, 2,500근의 향유, 온갖 종류의 금박이 입혀지고 옻칠이 된 청동으로 만든 성직용 장식품 등이 포함되어 있었다. 이것에는 영락 7년 즉 1409년이라는 날짜가 분명하게 들어있다.

(태어날 때는 이슬람 교도였던) 정화가 부처님이나 부처님의 사리에 대해 특

---

489 E. W. Perera, *op. cit.*에 있는 Sir Edw. Backhouse를 보완하고 있다.

별히 헌신한 것은 그와 예하 사령관들이 자신들을 보호해준 데 대한 감사의 표시로서 (불교와 도교의 여신인 천비[天妃]나 마조[媽祖]에 대해) 1432년 푸젠(福建)의 장러(長樂)에 건립한 봉헌석비(奉獻石碑)의 비문으로부터도 잘 알 수 있다.[490] 이것은 칼리프(Caliph)의 지역에서 성행하고 있던 이슬람교와는 분명히 다르다. 그러나 놀랄만한 일이 아직 남아있다. 갈레의 석판이 다른 언어로 동일한 문장이 반복되어 새겨져 있는 로제타석(Rosetta Stone)이 아니라는 점이 입증되었다. 타밀어로 된 비문이 20년 후에 해독되고 번역되었을 때,[491] 중국의 황제가 테나바라이 – 나얀나르(Tenavarai-nāyanār, 신할라어[Sinhalese]로 비슈누[Vishnu]의 화신인 데분다라 데비요[Devundara Deviyo]에 해당)라는 신의 명성을 듣고서 그 신을 기리기 위해 이 비석을 세우게 했다는 사실이 드러나게 되었다. 더욱 놀랍게도 페르시아어로 새겨진 비문은 세 가지 언어 중 가장 손상이 컸지만, 알라와 이슬람교 성인들을 기리기 위해 봉헌되었다는 점을 분명히 보여주고 있었다. 이렇게 세 가지 언어로 된 비문의 내용은 서로 다르지만, 한 가지 사실이 동일하게 포함되어 있었다. 즉 선물의 목록이 정확하게 일치했던 것이다. 따라서 3가지 선물 세트가 해로로 운반되어 이 섬에 존재하고 있던 3가지 종교의 가장 중요한 내표자들에게 건네졌다고 결론을 내리지 않을 수 없었다.

---

490 그 비석에 새겨진 글의 일부에 대한 번역문을 Joseph Needham, *Science and Civilization in China*, Vol.3, pp.557, 558에 실었는데, 전체 번역문은 J. J. L. Duyvendak, *China's discovery of Africa*, Pobsthian, London, 1949.; Idem, "The True dates of the Chinese Maritime Expeditions in the Early Fifteenth Century," *TP*, 1939, 34에 있다. 天妃 즉 하늘의 母后나 수호여신에 대한 선원과 해상여행자의 숭배는 H. Doré, *Recherches sur les Superstitions en Chine*, T'u-Se-Wei Press, Shanghai, 1914~29, vol.11, pp.914 이하에 간결하게 쓰여 있는데, 최근에 李獻璋, "媽祖傳説の原初形態," 「東方宗教」, 1956, no.11.; Idem, "三教搜神大全と天妃娘媽傳を中心とする媽祖傳説の考察," 「東洋學報」*TYG*, 1956, 39.; Idem, "元明の地方志に現われた媽祖傳説の演變," 「東方學」, 1957, 13.; Idem, "琉球蔡姑婆傳説考證:媽祖傳説の開展に關聯して,"「東洋史研究」, 1957, 16.; Idem, "宋廷の封賜から見た媽祖信仰の發達," 「宗教研究」, 1959, 32.; Idem, "清代の媽祖傳説に對する批判的研究:天妃顯聖錄とその流傳を透して," 「東方宗教」, 1958, 13~14의 주제가 되어있다. 天妃의 숭배는 11세기에 시작되었는데, 최근까지 동남부 중국의 연안과 여러 섬에서 볼 수 있다. 鄭和는 틀림없이 불교와 도교에 매료되었을 것이다.

491 S. Paranavitana, "The Tamil Inscription on the Galle Trilingual Slab," *EZ*, 1933, 3.

게다가 갈레의 비문은 그 지역의 어떠한 속임수인 것 같지는 않았다. 왜냐하면 적어도 한 역사가의 분석에 의하면, 중국어 비문은 앞에 언급한 연대(1409년)에 중국에서 새겨졌지만, 비석이 1411년이 되어서야 실론에 세워졌다는 사실을 보여주기 때문이다.[492] 그러한 인도주의적 관용성은 나중에 포르투갈인들이 고아에서 저지른 이교도의 사형(autos-da-fé)과 정말 대조적이다.

역사가 남긴 유쾌한 각주 중 하나는 그 비석이 땅에 묻히기 전에 포르투갈인에 의해 목격되었다고 사실을 알려주고 있다. 예수회 수사인 페르낭(Fernâo de Queiroz)[493]은 다음과 같이 서술하였다. 자기 나라 사람들이 "중국의 왕들이 자기 나라의 문자를 새겨 우상들에 대한 헌신을 보여주기 위해 그곳에 세우도록 명령한 돌기둥(padrões)을 발견하였다."[494]

5) 선장과 왕공이 떠나다

모든 것은 어떻게 끝났을까? 큰 도적이 작은 도적을 잡아먹으러 왔다. 포르투갈이 일시적으로 스페인에 합병되었던 기간 동안 포르투갈 제국은 아무런 피해를 입지 않았지만, 그 기반은 불안정하였다. 포르투갈이 1640년에 원하

---

492 J. J. L. Duyvendak, "The True Dates of the Chinese Maritime Expeditions in the Early Fifteenth Century," *TP*, 1939, 34, pp.369 이하.

493 그 자신이 주목할 만한 역사가인 동시에 인정 있고 관대한 남자였다. 1687년에 완성한 Conquista Temporal e Espiritual de Ceylâo에서, 그는 그 나라에서 포르투갈인의 행동에 대해 얼마나 경악했는가를 서술하였다. 그는 로마가톨릭을 믿는 포르투갈인이 그곳을 지배할 가치가 전혀 없다는 것이 명백해졌으므로, '이단'이었던 홀란드인이 신의 허락을 받아 그곳을 보유하게 된 것이라고 믿었다.

494 tr. S. G. Perera, *The Temporal and Spiritual Conquest of Ceylon*, Richards, Colombo, 1930, vol.1. p.35. Ceylon에서 포르투갈인들과의 행동 비교에 대해서는 *Ibid.*, vol.3, pp.1005 이하를 보라. Dinwiddie 박사가 18세기 말에 기록하고 있듯이, "아무리 중국인이 미신적인 행위를 하려고 하더라도, 그들은 한 가지 합당한 자질은 가지고 있었다. 즉 그들은 결코 종교적인 일에 대해 다른 나라에 간섭하지 않았던 것이다."(W. J. Proudfoot, *Biographical Memoir of James Dinwiddie, LL.D., Astronomer in the British Embassy to China*(1792~4), … , Howell, Liverpool, 1868, p.82)

지 않는 연합을 파기했을 때, 포르투갈의 아시아 지배권 즉 본질적으로 요새
들을 연결하는 하나의 긴 통상 루트를 유지하기에는 너무 늦은 감이 있었다.
이 통상 루트는 몸바사에서 무스카트(Muscat)와 고아로, 이어서 코친(Cochin)
과 콜롬보(Colombo)로, 그곳에서 다시 말라카로, 마지막으로 북쪽으로는 마카
오로 그리고 동쪽으로는 티모르(Timor)로 이어져 있었다. 그들은 충분한 인원
과 군수품을 이미 공급할 수 없었다. 포르투갈의 장거리 해운은 그 부담을
더 이상 이겨낼 수 없었다. 동부의 훌륭한 중심지들이 하나씩 홀란드의 수중
으로 들어갔다. 말라카는 1641년에, 통상망의 중심점이었던 무스카트는 1648
년에, 그리고 콜롬보는 1656년에, 퀼롱(Quilon)은 1661년에, 코친은 1662년에
각각 흘러들어갔다. '동방의 여왕(Rainha do Oriente)'이었던 고아는 쇠퇴해갔
다. 홀란드인은 아시아를 기독교국으로 개종시키려는 야심찬 생각을 갖고
있지 않았고, 사업에만 전념하였다. 그러나 다른 나라들도 역시 보다 교묘한
방식으로 보다 많은 자원을 가지고 그 게임에 참가할 수 있었다. 이리하여
네덜란드 제국(Netherlands empire)은 1위 자리를 먼저 프랑스에, 이어서 영국
에게 넘겨주었다. 현대에 이르러 식민지주의가 쇠퇴하자, 수레 바퀴가 한
바퀴를 완전히 돌아 제자리로 돌아왔으며 또한 소생한 아시아는 많은 국제
회의 석상에서 정당한 자리를 차지하게 되었다.

중국에서 장거리 해운의 쇠퇴는 훨씬 빨리 시작되었다. 포르투갈에서는
처음에 서아프리카의 탐험에 대한 비판이 얼마간 존재했는데, 그러한 비판의
소리는 금, 노예, 기타의 물품이 가져다주는 명백한 이익에 의해 곧 가라앉게
되었다. 중국에서는 비판이 훨씬 많고, 게다가 단호하였다. 시골 지주들을
기반으로 한 유교적 관료주의(Confucian bureaucracy)는 외국과의 교섭을 항상
불신의 눈으로 보는 경향이 있었다. 그들은 외국에 대해 어떠한 관심도 없었
고, 불필요한 사치품만 제공하는 나라로 생각했기 때문이었다. 그러나 국민
정서상 제국의 조정(朝廷)은 유교의 학구적인 금욕이라는 사상을 따라야 했다.
이 금욕이라는 고전적인 동기에 따르면, 불필요한 사치는 크게 잘못된 것이었
다.[495] 게다가 중국의 장인 기질이 만들어낸 멋진 상품들을 포함하여 음식과

의복과 같은 모든 실질적인 필수품을 국내에서 풍부하게 확보할 수 있었으므로, 기이한 보석과 미심쩍어 보이는 다른 물건들을 해외에서 확보하는 데 돈을 쓰는 것이 어떤 이익이 되었겠는가? 올바른 것만 생각하는 관료의 입장에서 보면, 대규모 보선 함대(Grand Fleet of Treasure-ships)는 농민들에게 필요한 수리사업과 농업 재원 조달, 정부 보유 농산물(ever-normal granaries) 등에 사용하는 편이 훨씬 유익한 것으로 생각되는 자금을 낭비하는 것일 뿐이었다. 실제로 유교에서는 정부가 너무 강력해지는 것을 좋아하지 않았다. 왜냐하면 당연한 일이지만 그것이 실제로 태감(Grand Eunuchs)의 권력 강화를 의미했기 때문이다. (서양인의 눈으로 보면 이상하게 보였겠지만) 함대의 제독들이 대부분 환관이었던 것은 우연이 아니었다. 사실 중국의 대항해에 대한 모든 에피소드는 한대(漢代)부터 계속되고 또한 오랫동안 계속되어 온 것으로서 유가(儒家) 관료들과 환관들이 벌이는 일종의 정쟁에 불과하였다.[496] 현대 연구자들은 일반적으로 관료들에게 동조하지만, 적어도 이 경우에 (그리고 아마 이것이 유일한 것은 아니겠지만) 환관들이 중국사에서 중요하고 위대한 시대들을 만든 사람들이었음을 인식해야만 한다.

삭감과 절약의 달인은 하원길(夏原吉)이었는데, 그는 당초 원정대의 재정을 담당하고 있었다. 영락제의 치하에서 수감되어 있었던 그는 1424년 여름 인종(仁宗)이 즉위하자 곧바로 석방되어 함대의 활동을 즉시 중단할 것을 촉구하

---

495 우리는 1368년경 王室天文官(Astronomer-Royal)에 의해 헌상되고 또한 水車式 脫進機나 砂車式 脫進機의 중국식 추진 장치가 붙어있는 멋진 수정시계를 받기를 明 太祖가 거부한 사실을 이러한 사상의 두드러진 실례로 이미 보았다(Joseph Needham, *Science and Civilization in China*, Vol.4, pt.2, p.510.; Joseph Needham, Wang Liang & D. J. de S. Price, *Heavenly Clockwork : the Great Astronomical Clocks of Mediaeval China*, Cambridge, 1960, p.156). "태조는 그것을 쓸모없는 사치품이라고 생각하고 버리게 했다."

496 현재까지 중국 역사에서 환관에 관한 상세한 사회학적 연구는 없지만, 명나라나 그 후기의 다른 정쟁에 관한 기사는 C. O. Hucker, "The Tung-Lin Movement in the Late Ming Period," Art. in *Chinese Thought and Institutions*, ed. J. K. Fairbank, Univ. Chicago Press, Chicago, 1957에서 볼 수 있다.

였다. 그는 "이미 푸젠(福建)과 타이창(太倉)에 닻을 내린 선박이 있다면 곧바로 난징(南京)으로 귀환시키고, 앞으로는 야만국과의 교섭을 위한 대양 항해선의 건조를 모두 중지해야 한다"[497]고 주장했던 것이다. 그러나 우리가 이미 보았던 것처럼 1년이 채 가기도 전에 인종이 사망하였으며, 그의 후계자인 선덕제(宣德帝)는 다른 의견을 가진 황제였다. 그러므로 정화의 마지막 대항해는 무사히 실시될 수 있었다. 그러나 그 후 얼마 안 되어 새 황제가 사망하자 정책이 다시 바뀌었고, 이번에 바뀐 정책은 영원히 변하지 않았다.

정화와 그의 동료들이 황제에게 자신들의 항해에 관한 완벽한 기록을 제출한 것은 틀림없는 사실이다. 그러나 그 세기가 끝나기 전에 그 기록은 해금파(海禁派, anti-maritime party)에 속해있던 유가(儒家)의 광신적 관리들에 의해 불태워지고 파기되었다. 1628년에 편찬된 『객좌췌어(客座贅語)』에서 고기원(顧起元)은 선화(宣化) 연간(1465~1487)에 국가 기록관에서 정화의 서양 세계 탐험에 관한 기록을 조사하라는 명령이 시달되었다고 말하고 있다. 그러나 당시 병부낭중(兵部郎中)이었던 유대하(劉大夏)는 그 내용이 "사람들의 이목에서 나온 증언과는 거리가 먼 이상한 것을 가지고 과장한 것(必多恢詭譎怪遼絶耳目之表者)"이라 생각하고서 그것들을 가져다 불태워버렸다. 게다가 상세한 내용을 쓴 다른 사료에는[498] 유대하의 행위가 2명의 상관인 항충(項忠)과 여자준(余子俊)에 의해 은폐되고 보호되었다고 쓰여 있으므로, 이 사건이 일어난 것은 1477년 전후임에 틀림없다. 당시 변경의 순무(巡撫)에 임명되어 동남아시아에서 중국의 영향력을 회복하려는 정책과 관련하여 정화 시대의 기록을 요구하였던 환관 왕직(汪直)의 계획에 유가 관료들은 강력히 반대하였던 것이다.[499]

---

497 J. J. L. Duyvendak, "The True Dates of the Chinese Maritime Expeditions in the Early Fifteenth Century," *TP*, 1939, 34, pp.388 이하를 보라(『太倉州志』, 卷十六, p.3에서 인용).

498 문헌이나 자세한 설명은 J. J. L. Duyvendak, *op. cit.*, pp.395 이하에서 볼 수 있다. 몇 가지 중요한 기사가 嚴從簡에 의해 공식 기록을 가지고 편찬된 『殊城周咨錄』에 포함되어 있다. 상관이 처분한 서류를 발견할 수 없다는 이유로 하급관리들이 매 맞는 경우도 있었다.

499 이러한 사건들에 대한 J. J. L. Duyvendak의 주장을 모든 사람이 수용하는 것은 아니라고

물론 이것만이 명나라 수군 쇠퇴의 원인이 되었던 것은 아닌데, 이 문제에 대해서는 루어렁팡(羅榮邦)[500]이 훌륭하게 연구하였다. 최소한 그에 못지않게 중요했던 것은 경제적 요인이었다. 정화 시대의 조공 무역 제도가 많은 이익을 가져다주었지만, 그 세기 중엽에 통화 가치가 심각할 정도로 하락하기 시작하여 지폐 가치가 액면가의 0.1%로까지 떨어져버렸다. 만약 장거리 항해가 계속되었다면, 중국은 귀금속을 수출했어야만 할 것이다. 동시에 그 세기 초에 의도했던 바와는 달리 사무역이 증가하였고, 도자기와 새로운 면제품이 남쪽과 서쪽의 항구에서 국내의 필요한 상품과 직접 교환되었다. 또한 기대치 않았던 기술 혁명이 일어났다. 여러 세기 동안 운하 수송과 해상 수송은 선박을 이용하여 곡물을 남쪽에서 북쪽으로 운송하는 본질적인 기능에서 경쟁하고 있었는데, 아마 운하 수송에 유리한 방향으로 흐르고 있었던 것 같다. 기술자인 송례(宋禮)가 대운하의 상단에 있는 급수장치(water-supply)를 완성한 것은 1411년의 일이다. 따라서 대운하는 연중 내내 그 기능을 전면적으로 발휘할 수 있게 되었고, 1415년에는 해상의 곡물 수송선이 사라지는 대신 진선(陳瑄)의 새로운 돛단 바지선들이 수 천 척이나 이용되고 되었다. 따라서 거의 동시에 대양 항해를 할 수 있는 선원의 양성소가 사라졌으며, 대양 항해용 선박의 조선소에는 주문이 거의 없어 조선소를 간신히 유지할 수 있을 정도였다.[501] 군사적인 사건도 영향을 주었다. 북서쪽 국경 부근에서 발생한 심각한 사태가 해양에 대한 모든 주의를 사라지게 만들었으며, 1449년 비참

말하는 것이 공평할 것이다. 『明史』, 182卷, p.14에 의하면, 劉大夏가 (소각한 것이 아니라) 숨겼던 기록은 永樂年間의 安南侵略計劃 ─汪直이 다시 한 번 되풀이되기를 원하였다─ 에 관한 것이며, 鄭和 수군의 원정에 관한 것은 아니었다. 『明史紀事本末』, 22卷, p.15와 37卷, p.71은 이것을 정확히 1480년에 발생한 사건으로 간주하고 있다. 이점에 대해서는 羅榮邦 박사의 도움을 받았다. 그러나 J. J. L. Duyvendak의 주장도 매우 설득력 있다.

500 Lo Jung-Pang, "The Decline of the Early Ming Navy," *OE*, 1958, 5.

501 국내 물가의 상승도 또 모든 조선소의 활동을 마비시킨 중요한 요인이었다. 또 한편으로는 악화된 외화 교환 사정이 수입재의 사용을 방해하였다(Lo Jung-Pang, *Ships and Shipbuilding in the Early Ming Period*, Unpub. MS.).

한 토목전투(土木戰鬪)에서 보선 함대를 억압했던 그 중국 황제가 몽골과 타타르족 군대에 생포되었다.[502] 동시에 동남쪽 해안가 지역으로부터 심각한 인구유출이 전개되어 남송 초기에 어느 정도 강력했던 유입 경향을 역전시켜버렸다. 마지막으로, 형이상학적으로는 극도로 이상주의이고 종교적으로는 불교적이었던[503] 신유교(Neo-Confucianism)의 관습에 얽매였던 견해가 15세기에 발달한 사실도 간과해서는 안 된다. 그 견해는 지리학과 해양 기술(maritime technique)에 대한 관심을 사라지게 했으며, 명대 초기의 왕성한 활력을 내향적인 문화와 정치적 무기력으로 대체해버렸다. 이것은 실제로 과학과 기술의 많은 분야에 심각한 영향을 준 일반적 쇠퇴의 한 측면에 불과했다.[504]

수군은 간단하게 붕괴되었다.[505] 1474년까지는 400척의 주력함대 중 140척의 전선만이 남아 있었다. 1503년까지는 덩저우(登州)의 전대가 100척에서 10척의 소규모로 크게 감축되어버렸다. 전반적으로 탈영이 자주 발생하였으며, 선장(船匠, shipwrights) 집단은 붕괴해버렸다. 16세기에는 해상 활동에 반대하는 사람들이 더 강력한 권력을 갖게 되었다. 아마도 조정 대신들은 대형선박들이 상인들의 개인 수중에 들어감으로써 사회적 동요, 새로운 시야, 변화, 치안의 어려움, 진보 등이 발생하지 않을까 두려워했었던 것 같다.[506]

502 H. Cordier, *Histoire Générale de la Chine*, Geuthner, Paris, 1920, pp.3, 44. 永樂 치세에서조차 북부의 군사 작전 본부에 법정이 없었기 때문에 수군 행정에서 특히 목재 공급 기관에서의 심각한 부패가 발생했다(Lo Jung-Pang, *Ships and Shipbuiliding in the Early Ming Period*, Unpub. MS.).
503 Joseph Needham, *Science and Civilization in China*, Vol.2, pp.509 이하를 참조.
504 Joseph Needham, *Science and Civilization in China*, Vol.3, pp.437, 442, 457을 참조. 그러나 나중에 보게 되겠지만, 생물학과 의학은 그렇지 않았다.
505 이 단락의 상세한 점에 대해서는 鄭鶴聲, 『鄭和』, Victory Pub., 重慶, 1945 및 Lo Jung-Pang, "The Decline of the Early Ming Navy," *OE*, 1958, 5를 근거로 삼았다.
506 실제로 15세기 후반기는 중국의 개인적인 상선 소유자가 일시적으로 증가한 시기였다. 이전에는 정부에서 일하던 船匠이 이러한 작업을 하고 또한 상당한 上船團을 만들었음으로, 16세기 초기까지는 林堯과 같은 부유한 투기가들이 50척이나 되는 대형 대양 항해선을 보유하고 있었다. Lo Jung-Pang, *Ships and Shipbuilding in the Early Ming Period*, Unpub. MS.).; 方楫, "明代海運和造船工業," *WSC*, 1957(no.5)를 참조. 1487년에는 杭州를 통과한 조선의 관리였던 崔溥가 "외국 선박이 빗살처럼 촘촘하게 정박하고," 강에서 다니는 선박의 돛대들이 서 있

아마도 그들은 해안 지방이 외국 세력과 손을 잡을 수 있다고도 생각했을 것이다. 아마도 그들은 해상 수송을 할 때 발생할 수 있는 세곡(稅穀) 손실의 위험을 무릅쓸 필요가 없다고 느꼈을지도 모른다. 어찌되었든, 점차 더 많은 조선소가 문을 닫았으며, 배를 건조하는 장인들은 다른 곳으로 옮겨갔고, 해상 활동은 최대한 억압되었다. 1500년에는 돛대가 3개 이상인 대양 항해용 정크를 건조하는 사람을 사형에 처한다는 칙령이 반포되었다. 1525년의 칙령은 해안 지역 관리들에게 이러한 종류의 선박을 모두 파괴하고, 그 선박을 계속 항해에 이용하는 선원을 체포해도 좋다는 권한을 부여하였다. 1551년의 또 다른 칙령은 많은 돛대가 달린 선박으로 바다에 나가는 행위에 대해 교역을 위한 것이라 하더라도 모두 외국인과 정보를 교환하기 위한 반역죄로 묻겠다는 내용이었다.[507] 이것은 2세기 동안 외국과의 교섭에서 일본을 폐쇄시켰던 일종의 광장공포증적 집단의식(agoraphobic mentality)이었으며, 중국에서는 그것이 일본만큼 만연한 적은 결코 없었지만 위대한 수군의 가능성을 죽음에 이르도록 만들었다.[508] 중국의 해운업은 점차 회복되었고, 그리하여

었다고 서술하였다(tr. & ed. J. Meskill, *Chhoe Pu's Diary : a Record of Drifting across the Sea*, Univ. Arizona Press, Tuscon, 1965, pp.88, 89). 그리고 B. von Wiethof, "On the Structure of the Private Trade with Overseas about 1550," Breukelen, 1962.; Idem, *Die Chinesische Seeverbotspolitik und der Private Überseehandel von 1368 bis 1567*, Wiesbaden, 1963을 보라.

507 이 모든 법령은 『大明會典』에 수록되어 있다. 이 법령은 準政府의 공적인 무역 시스템이라는 이상한 시스템을 방해하지 않았다. 에에 대해서는 바로 위의 각주에서 언급한 B. von Wiethof의 논문과 서적을 보라.

508 중국의 수군력이 대폭 감축되었음을 16세기 유럽이 희미하게나마 알고 있었다는 것은 대단히 흥미로운 점이다. de Mendoza의 ch. 7(tr. & ed. Sir George Thomas Staunton, *J. G. de Mendoza's History of the Great and Mughtie Kingdome of China*, pp.92 이하)은 대부분 이 점에 할애되고 있다. 1588년 그는 다음과 같이 서술하였다. " … 그들(Chinos)은 다른 나라를 정복하기 위해 자기 왕국 밖으로 나가는 것이 많은 백성을 잃게 하고 많은 재보를 지출하게 할 뿐만 아니라 획득한 것을 잃어버리게 하지 않을까 두려워했으며, 이것을 유지하기 위해서는 끊임없는 노력이 필요하다는 것도 경험을 통해 알았다. 그들이 이상한 정복(strange conquest) 즉 鄭和의 원정에 참여하고 있는 동안 숙적인 타타르인과 여러 주변국 국왕들이 문제를 일으키고, 침입해 왔으며, 커다란 재해가 초래되었음을 경험하였다. … (그리고) 그들의 평온함과 이익을 위해서는 다음의 것이 필요하다는 것을 알게 되었다. … 자신의 왕국에서 얻은 것 이외에 멀리

전통적인 조선기술이 대부분 보존될 수 있었다. 그러나 만약 명나라 조정의 근시안적인 육지지향적 관리들(landsmen)이 그 시대에 권력을 장악하지 않았다면, 지난 세기의 40년대에 발생한 아편전쟁(阿片戰爭, Opium Wars) 때 서양의 조선술을 열심히 배웠던 임칙서(林則徐)와 그의 동료인 반사성(潘仕成)에게 어느 정도 다른 상황을 가져다주지는 않았을까.[509] 정말로 16세기가 다 지나가기 전에 그들의 정책은 연안 지방을 왜구(倭寇, Japanese pirates)의 맹렬한 공격에 열어두는 결과를 초래했는데, 그 공격을 대단히 힘들게 격퇴할 수

떨어진 다른 나라에서 얻은 모든 것을 포기하는 것 그리고 이후 어떠한 곳에서도 전쟁을 하지 않는다는 것이 필요하였다. 왜냐하면, 외지에서의 전쟁이 분명히 손해를 가져다주고 또한 그 이익도 의심스럽기 때문이다. … (이렇게 하여 중국 황제는) 외국에 있는 중국 국민으로 하여금 모두 일정기간 내에 고국으로 돌아가라고 엄격한 명령을 시달하였다. … (마찬가지로 신하인 지방 장관들에게) 오늘날까지 琉球島人들처럼 스스로 신하임을 인정하여 황제에게 조공을 바치고 우방국이 되려는 것을 제외하고, 황제의 명으로 (여러 외국에 있는) 영토를 방기하라고 (명령했다). 지금까지 말한 것은 모두 사실이라고 생각된다. 왜냐하면 이에 관한 명백한 자료들을 역사서와 옛 항해서에서 볼 수 있기 때문이다. 따라서 그들은 선박을 타고 중국에서 가장 먼 곳에 이르기까지 모든 곳을 정복하였으며, 인도제국에 이르게 되있다. … 오늘날이 되어서도 필리핀 제도와 Coromande 해안에도 그들의 지배를 보여주는 유적이 남아 있다. … 이러한 유적과 이름의 흔적이 Calicut의 왕국에도 있다. 그 나라의 토착민들이 말하는 바에 따르면, 그곳에는 중국인이 그 나라를 지배하고 있던 무렵 가져온 수많은 나무와 과일이 있다." de Mendoza는 그가 살았던 시기에 중국인 상선 선장이 정부의 허가를 받아 해외무역을 할 수 있고, 또 하고 있다고 덧붙이고 있다. 그가 서술해 놓은 것에 의하면, 3명의 중국 상인이 멕시코에 간 적이 있었으며, 스페인과 유럽의 다른 지역으로도 갔다고 한다. 우리에게 이 흥미로운 문장이 있음을 알려준 Chicago의 Donald Lach 교수는 de Mendoza가 중국인의 해외로부터의 철수에 관해 알고 있었음을 이렇게 강조한 이유가 스페인, 포르투갈, 혹은 다른 유럽 국가가 중국을 정복할 수 있고 또한 바람직하다는 당시 유행 중이던 思潮를 간접적인 비교를 통해 비난하고 싶은 바람이라고 주장하고 있다. 이에 관한 상세한 내용은 후술할 예정이다. 따라서 제국주의가 없는 제국(emoire without imperialism)의 예가 이렇게 유럽인들의 눈앞에 놓여도, 유럽은 그것을 거의 주목하지 않았을 것이다.

[509] Chhen Chhi-Thien, *Lin Tsê-Hsü : Pioneer Promoter of the Adoption of Western Means of Maritime Defense in China*, Dept. of Economics, Yenching Univ., Vetch, Peiping, 1934는 이 시대에 나타난 조선업의 부활에 대해 여러 가지의 사례를 들고 있고, 左宗棠에 대한 별개의 연구인 *Tso Tsung-Tang : Pioneer Promotor of the Modern Dockyard and the Wollen Mill in China*, Yenching Univ., Tetch, Peiping, 1938에서는 福建에서 조선소의 설립에 관해 설명하고 있다. J. L. Rawlinson, *Martin Behaim : his Life and his Globe*, London, 1908.; Anon, *Water-Conservancey in New China*, People's Art. Pub. Ho., Shamhai, 1956을 보라.

있었다.[510] 그 결과 수군력의 증가가 매우 귀중하다는 사실이 그 세기 말에
입증되었는데, 1592년과 1598년 사이의 기간 동안 산둥(山東), 푸젠, 광둥의
함대들이 용감한 조선의 제독(gallant Korean admiral) 이순신(李舜臣, Yi Sunsin)
의 함대와 협력하여 싸워 일본 함대를 몰아내는 데 성공하였다. 그 후 17세기
에 명나라 수군에게 마지막으로 남아 있던 함대는 정성공(鄭成功, 國姓爺)의
지휘 하에 만주군과 그 동맹군인 홀란드군과 싸워 1661년에 홀란드인을 대만
(臺灣)으로부터 추방하였다. 청나라 황제들은 바다에 전혀 관심을 보이지 않았
고, 그들 밑에서 수군은 쇠퇴하였다.

우리는 15세기 중국 관리들이 아주 중요한 역사적 가치가 있는 문서를
어떻게 없애버렸는가를 보아왔다. 구세계의 한쪽에서는 지진(地震)이 똑같은
역할을 하였다. 그러나 1755년 지진에 의한 리스본의 파괴는 15세기 포르투
갈의 지배자들이 계속하여 비밀 정책을 추진하지 않았다면 그렇게 심하게
진행되지 않았을 없었을 것이다. 많은 사람들이 포르투갈의 발견이라고 생각
했던 것과 관련된 많은 문서의 소멸이 근대의 역사가들 사이에서 대단히
안타까운 일로 되어 간주되고 있지만, 비밀주의 정책의 존재를 주장해온 사람
들은 이를 정당화하였던 것처럼 생각된다. 예를 들어, 바르톨로뮤 디아스
(Bartolomeu Dias)가 항해하기 3년 전인 1485년에 포르투갈의 국왕 대리인이
었던 바스코 페르난데스(Vasco Fernandes de Lucena)가 로마에서 '순종의 연설
(speech of obedience)'을 했는데, 그 연설에서 그는 자기나라 사람들이 '아라비
아 만이 시작되는 포로몬토리움 곳(Promontorium Prassum)'과 거의 가까운 곳
까지[511] 즉 인도의 가테스(Gates)까지 갔었다고 주장하였다. 그 이상은 비밀이

---

510 Joseph Needham, *Science and Civilization in China*, Vol.3, p.517을 참조. 倭寇의 침구활동은 1515년
　　부터 심해졌다. 이 시기의 수군에 관해서는 『續文獻通考』, 132卷을 보라.

511 J. Cortesão, *Cartografia e Cartógrafos Portugueses dos Séculos ··· XVe e XVIe*, Seara Nova, Lisbon, p.92.;
　　Costa Brochado, *Q Piloto Arabe de Vasco da Gama*, Lisbon, 1959, pp.98 이하를 보라. 별도의 해석에
　　대해서는 Damião Peres, *A History of the Portuguese Discoveries*, Lisbon, 1960, pp.63 이하를 보라.

드러나지 않았다. 이러한 언급들은 몇몇 카라벨의 선장들이 디아스가 성공하기 몇 년 전에 동아프리카 연안을 항해하고 있었지 않는 한 설명되기 어려운 것이었다. 그와 비슷하게 바스코 다 가마는 소팔라 해안까지 항해하여 간 최초의 유럽인으로 간주되고 있었다. 그러나 몇 년 전에 레닌그라드(Leningrad)에서 아흐마드 이븐 마지드(Ahmad ibn Mājid)의 수로지(水路誌)가 햇볕을 보게 되었을 때, 그는 자신의 책에서 다 가마가 오기 3년 전인 1495년에 소팔라 근처에서 어떤 서양인(포르투갈인 일지도 모른다) 탐험가가 난파당한 적이 있었던 사실을 분명히 말하고 있다.[512] 이리하여 중국과 유럽 사이에는 가장 위대한 수군 시대의 기록이 파괴되었다는 점에서 또 다른 흥미로운 유사성이 존재한다고 할 수 있다.

6) 동기, 의약, 정복

만약에 중국 수군이 붕괴되지 않았다면, 중국인들의 탐험이 계속되었을까라고 질문이 제기될 만하다. 그들이 희망봉을 돌아올 수 있었을까? 아마 그랬을 것이다. 그러나 중국의 동기 중 지리적인 탐험이 최고의 자리를 차지한 적은 없었다.[513] 그들이 추구한 것은 전혀 문명화되지 않은 사람이라고 하더

---

512 Costa Brochado, *op. cit.*, pp.79, 102.

513 아마도 아프리카에 흥미를 가지고 있었다 해도, 그들은 아라비아인에게 그곳을 탐험하게 하는 행동을 의식적으로 실시하였다. 극서지방은 로마제국시대 이후 중국인에게 간접적으로 잘 알려져 있었다. 하지만 그들은 로마제국이 자기들의 문명에 추가하기 위해 해야 할 만큼 가치가 있는 중요한 곳이라고 전혀 생각하지 않았다. F. Debenham, *Discovery and Exploration : an Aatlas-History of Man's Journeys into the Unknown*, Belser, Stuttgart, 1960, p.123에 '아시아에는 탐험의 필요가 거의 없었던 것처럼 보인다'고 기술되어 있는 것은 절반의 진리 중 일부에 불과하다. 중국은 張騫이라는 사람을 통해 유럽이 중국을 발견하기 전에 유럽을 발견하였다. Dom Herique라는 인물에 의해 유럽은 별도의 일을 하는 과정에서 아프리카를 발견하였다. 물론 미지의 세계에 대한 인간의 전망은 르네상스 이후에 급격히 바뀌었다.

라도 외국인과의 문화적인 접촉이었다. 중국인의 항해는 본질적으로 이미 알려진 세계에 대한 예의바르고 체계적인 시찰 여행이었다. 포르투갈인의 주요 동기도 지리적인 탐험이 아니었다. 그들의 남아프리카 연안(또한 실제로는 브라질 연안) 발견은 거의 위대한 시도 중에 생긴 부수적인 업적에 불과하였다. 즉 끊임없는 전쟁의 와중에서 기독교 국가들의 맹주라고 스스로 믿고 있던 한 나라가 인도로 가는 우회로를 발견하여 이슬람 세계를 배후에서 기습하려고 했던 것이다. 연대기 작가인 주라라(de Zurara)는 이것을 엔리케 왕자의 여러 가지 동기를 적은 그의 유명한 리스트에서 4번째에 자리에 위치시키고 있다. 그는 국가의 원조를 받은 우주지적(宇宙誌的) 지식의 추구를 첫 번째 동기로 간주하였으며, 이어서 해운과 상업의 이익을 거론하고 있다.[514] 고디뉴(Magalhães Godinho)와 같은 경제사가는 포르투갈인이 그토록 위대한 활동을 하게 된 다른 이유들을 명백히 밝히고 있다.[515] 상업 활동을 방해하는 경화(硬貨)의 부족이 금에 대한 갈망을 불러 일으켰다. 화폐 가치의 하락이 귀족층으로 하여금 새로운 영토를 원하도록 만들고, 소귀족층(petty aristocracy)의 자제들에게 (다른 수단이 없다면 강탈하여) '사업을 새로 시작하게' 만들었다. 곡물의 부족은 수입의 필요성을 야기했지만, 그에 대한 지불이 곤란하였다. 플랜테이션 경작(plantation culture)은 점점 노예를 필요로 하게 되었으

---

514 tr. C. R. Beazley & E. Prestage, *The Chronicle of the Discovery and Conquest of Guinea*, Murray, London, 1897 and 1901, pp.27 이하를 보라. "왕자는 만약 자신이나 다른 왕자가 그러한 지식을 얻으려 하지 않는다면, 선원과 상인 그 누구도 구태여 그러한 시도를 하지 않을 것이라고 생각하였다. 이익을 얻는다는 확실한 희망이 없는 곳으로 항해하려는 사람은 그 중 한 명도 없다는 것은 분명하다." 열망하던 협력자였던 Prester John<역자주 : 서양 중세에 강력한 기독교 왕국을 건설한 것으로 알려진 전설적인 왕>을 찾으려는 동기 이외에 de Zurara는 정찰이라는 동기, 무어인의 영향력이 남쪽으로 어디까지 미치는가를 알려는 것을 정찰 동기에 덧붙이고 있다. 그가 열거한 5번째의 동기는 선교에 대한 열의였으며, 6번째의 동기는 동기라기보다는 원인이었지만, Henrique 왕자 자신의 고귀한 점성술이었다.

515 V. Magalhães Godinho, *Les Grandes Découvertes*, Coimbra, 1953, pp.41 이하를 보라. Idem, *A Expansão Quatrocentista Portuguesa : Problemas das Origens e da Linha de Evolução*, Testemundo Especial, Lisbon, 1945를 참조.

며, 다른 여러 산업의 확장에도 관심을 갖게 되었다. 예를 들면, 직물 무역은 수지(樹脂)와 염료를 필요로 하였다. 중국 측에서는 폐위된 황제를 찾는 것이 단순한 구실 이상의 것이었는지 확실히 단언하기가 어렵다.[516] 확실한 주요 동기는 멀리 있는 왕공(王公)들로부터 명목상의 충성(그리고 풍부한 교환품)을 얻어 중국의 위신을 과시하는 것이었는데,[517] 이것이야 말로 유가적 관료들이 항해가 그 정도로까지 필요하지 않은 것이라고 간주하게 된 이유였다. 그러나 현재 알고 있는 모든 지식을 종합하여 중국과 포르투갈의 탐색을 비교할 때, 자연산 진귀품, 기이한 보석과 동물 등을 수집한다는 원시과학적 기능이 중국보다 포르투갈에서 더 강했던 것으로 생각된다.[518] 물론 시대가 지나면서 모든 이국 산물에 대한 인문주의적 르네상스의 호기심 자체가 서양에서 강력하게 작용했지만,[519] 그러나 이것은 중국에서도 당나라 때처럼 대단히 강력했던 오랜 전통이었다. 황성증(黃省曾)은 다음과 같이 서술하였다.[520]

사절단은 소용돌이치는 파도와 산처럼 밀려오는 물결 속에서 돛대에 돛을 달고, 노를 저으며, 밧줄로 돛을 펼쳐 느슨하게 했다가 강하게 하면서 수만 리를 항해하였는데, 이곳저곳으로 항해하느라 거의 30년을 보냈다. …
그리고 그 사절은 진주와 보석, 침향과 용연향, 진귀한 동물과 새들—

---

516 중요시되고 있는 의견에 의하면(A. C. Moule & W. P. Yetts, *The Rulers of China, -221 to 1949 : Chronological Tables compiled by A. C. Moule*, with an Introductory Section on the Earliest Rulers, c. 22100 to 1249 by W. P. Yetts, Routledge & Kegan Paul, London, 1957, pp.106 이하), 그는 1402년에 아니면 1423년 이전에 어딘가 모르는 장소에서 사망한 것으로 전해진다. P. Pelliiot, "Notes Additionelles sur Tcheng Houo et sur ses Voyages," *TP*, 1934, 31, pp.303 이하.; J. J. L. Duyvendak, *China's Discovery of Africa*, Probsthain, London, 1949, p.27을 참조

517 이것은 분명히 중국 문명의 특징이었다. 그렇지만 남해 무역을 진흥시키고 방위라는 관점에서 연안과 여러 섬을 조사한다는 종속적인 동기를 잊어서는 안 될 것이다.

518 Queluz에 있는 사자우리와 그리고 Albrecht Dürer가 그린 코뿔소를 상기할 수 있을 것이다.

519 이 문제에 관해서는 E. H. Schafer, *The Golden Peaches of Samarkand : a study of Thang Exotics*, Univ. of Calif. Press, Berkeley and Los Angeles, 1963의 아름다운 저작이 커다란 관심을 받고 있다.

520 『西洋朝貢典錄』, 序, tr. W. F. Mayers, "Chinese Explorations of the Indian Ocean during the 15th century," *CR*, 1875, 3, p.223.

유니콘, 사자, 물총새, 공작, 장뇌와 수지, 장미꽃에서 증류한 에센스(essences)
와 같은 진기한 물품을 산호와 여러 가지 종류의 보석이 박힌 장식품과 함께
선박에 가득 싣고 돌아왔다.

自是雷波巌 奔憧踔楫 掣掣洩洩 浮歷數萬里 往復幾三十年 …
由是明之珠 鴉鶻之石 沈南龍速之香 麟獅子翠之奇 梅腦薇露之珍 珊瑚瑤琨之
美 皆充船而歸 (『西洋朝貢典錄』, 自序)

몇 가지의 물품은 중국 황실에서 특별히 상징적인 가치가 있었다. 예를
들면, 기린(giraffe)은 고대 전설에 따라 완전한 덕을 갖춘 제국의 지배자를
축하하기 위해 자연에서 나타나는 가장 상서로운 징조 중 하나인 신비한
동물 기린(麒麟)과 동일시되었다.[521] 성미가 까다로운 하원길(夏原吉)조차 기린
을 칭찬하였다. 수집은 도처에서 계속되었다.

중국의 보선(寶船)이 그곳에 도착하면(마환[馬歡]이 아라비아에 있는 자파
르[Zafār]에 관한 기사에 서술하였다), 황제의 조서를 읽고 선물을 증정하고
나면, 왕은 휘하의 두목들을 모두 지방으로 보내 사람들로 하여금 향과 알로
에, 몰약, 안식향, 소합향, 여주씨(Momordica seeds, 木鼈子) 등을 마포(麻布),
비단, 도자기 등과 교환하기 위해 가져오게 했다.[522]

中國寶船到彼 開讀賞賜畢 其王差頭目遍諭國人 皆將乳香血竭蘆薈沒藥安息香

---

521 이 에피소드의 상세한 내용에 대해서는 J. J. L. Duyvendak, "The True Dates of the Chinese
Maritime Expeditions in the Early Fifteenth Century," TP, 1939, 34, p.399 이하에 나와 있고, Idem,
China's Discovery of Africa, Probsthain, London, 1949, pp.32 이하에 요약되어 있다.
522 『瀛涯勝覽集』, 「祖法兒」의 항목. J. J. L. Duyvendak, "Ma Huan Re-examined," VKAWA/L,
1933(n.s.), 32, p.59 이하, 11, 60, 74 등을 보라. 타조에 대한 칭찬은 Idem, China's Discovery of
Africa, Probsthain, London, 1949, p.382에서 논의되고, 외국 무역에 관한 永樂帝의 호의적인 견
해는 p.357에 인용되어 있다. 진기한 물품의 탐색에 대해서는 P. Pelliot, "Les Grands Voyages
Maritimes Chinois au Début du 15e Siècle," TP, 1933, 30, p.445를 참조.

蘇合油木別子之類 來換易紵絲磁器等物 (『瀛涯勝覽』, 祖法兒國)

여기에서 우리의 관심을 끄는 것은 하나의 약초인 박과 덩굴식물 (cucurbitaceous vine)인데, 그것은 중국의 의사들이 높이 평가하고 사용해온 약초였다.[523] 정화의 부하들은 의약품을 찾고 있었을까? 원정 함대에는 유능한 의사들이 많이 있었다. 새로운 약을 찾는 것이 중국과 포르투갈 양국의 모험가들이 모험에 나서는데 보통 생각되고 있는 것 이상으로 중요한 동기였는지 여부는 조사할 만한 가치가 있다고 생각된다. 중국에서도 유럽에서도 14세기는 전염병이 대단히 심각하게 창궐하던 시기였다. 악명이 높았던 흑사병이 유럽을 휩쓸었고,[524] 선페스트와 폐페스트를 비롯한 질병들의 유행이 1300년과 1400년 사이에 중국에서 11차례나 있었다.[525] 새롭고 무서운 전염병 때문에 새로운 강력한 약을 발견해야 한다고 생각한 것은 당연한 일이었다.[526] 이전에 알려지지 않은 땅에 대한 대담한 탐험이 실제로 이러한 약을

---

523 G. A. Stuart, *Chinese Materia Medica : Vegetable Kingdom*, extensively revised from Dr. F. Porter Smith's Work, Amer. Prebyt. Mission Press, Shanghai, 1911, p.265.; I. H. Burkill, *A Dictionary of the Economic Products of the Malay Peninsular*, Crown Agents for the Colonies, London, 1935, vol.2, p.146을 보라. 이 종자는 껍질이 녹색이고, 내부가 황색이고, 크고, 기름기가 있는 떡잎 두 가지를 포함하고 있다. 이것들은 종기, 궤양, 상처에 대해 연고 형태로 처방되며, 다른 애착을 가지고 다른 방식으로 사용되기도 한다.

524 J. f. C. Hecker, *The Epidemics of the Middle Ages*, tr. from the German by B. G. Babington, Sydenham Society, London, 1844.; F. H. Garrison, "History of Drainage, Irrigation, Sewage-Disposal, and Water-Supply," *BNYAM*, 1929, 5, p.188. Prince Henry 이전 시대에 포르투갈에서 전염병의 엄청난 효과에 대한 사회적 효과는 V. Nemésio, *Vida e Obra do Infante Dom Henrique*, Lisbon, 1959, p.28에 설명되어 있다.

525 『續文獻通考』, 卷二百二十八.

526 실제로 중국인은 외국의 약물에 대해 끊임없이 흥미를 느끼고 있었다. 질병의 발생률은 수세기에 걸쳐 끊임없이 변동하였고, 새로운 치료법이 항상 필요하게 되었다. 우리는 Joseph Needham, *Science and Civilization in China*의 다른 권에서 10세기 페르시아계의 학자 李珣에 대해 언급했다. 李時珍은 그의 『海藥本草』를 혹은 적어도 그 일부를 이용할 수 있었다. 『宋史』, 「藝文志」(卷二百七, p.23)에 기록되어 있는 『南海藥譜』는 같은 책인데 표제만 달랐는지 모르며, 그렇지 않았는지도 모른다. Joseph Needham, *Science and Civilization in China*, Vol.1에서는 그 저자를 李珣의 동생인 李玹으로 간주하고 있는데, 이것은 정정되어야만 한다.

발견하게 한 것은 잘 알려져 있는 사실이다. 톨루발삼 시럽(syruop of Tolu)과 페루의 발삼(balsam, 향유)이나 살사근(sarsaparilla)이 아니라, 안데스의 인디언들이 코카인을 씹어서 만들어낸 코카 잎사귀 시럽 그리고 무엇보다도 유사시대 이래로 인간을 희생자로 삼았던 가장 지독한 악마의 특효약이었던 기나 / 키나나무(fever-bark tree)의 시럽이 그러하였다.[527] 훌륭한 문헌이 여러 권 있는데, 그 중에서도 두 권이 두드러진다. 한 권은 1563년에 고아(Goa)에서 발간된 가르시아 다 오르타(Garcia da Orta)의 『인도의 약초와 의약에 관한 논의(*Colloquies on the Simples and Drugs of India*)』[528]이고, 다른 한 권은 1565년에 세비야(Seville)에서 별로 흥미를 끌지 못하는 제목으로 출간되었던 니콜라스 모나르데스(Nicholas Monardes)의 『새로 발견된 세계(즉 아메리카)로부터의 희소식(*Joyfull News out of the New-Found World*)』[529]이다. 이에 상응하는 중국의 문헌은 물론 확실히 알려져 있지 않다. 정화시대 이후에 『증류본초(證類本草)』의

---

527 M. L. Duran-Reynals, *The Fever-Bark Tree*, Allen, London, 1947은 키니네의 발견과 사용에 관해 감동적인 역사를 쓰고 있지만, 애석하게도 Zinsser와 같은 최고의 의학역사가 중 몇 명에 대한 애석한 사례처럼, 문서화가 제대로 되어 있지 않다. 1693년, 예수회의 Jean de Fontaney(洪若翰)가 康熙帝에게 키니네를 증정하고, 간헐적인 열병을 치료했던 일을 상기시킨 사건은 흥미롭다(L. Pfister, *Notices Biographiques et Bibliographiques sur les Jésuites de l'Ancienne Mission de Chine(1552 to 1773)*, Mission Press, Shanghai, 1932, p.428). 그렇지만 이것이 중국 약초가 말라리아에 약효가 없었다는 것을 의미하지는 않는다.

528 Garcia da Orta는 Elvas에서 태어난 포르투갈인이었다. 그의 책은 대화 형식으로 되어 있는데, 오늘날에도 여전히 가장 잘 읽히고 있다. Clements Markham이 이 책을 영어로 번역하였다. da Orta가 묘사한 약에는 인도의 대마인 Cannabis, Astropine과 Hyoscyamine를 보유한 산사나무 열매 Datura, Celyon에서 발견되는 Rauwolfia의 변종, 생강 등이 있었다. A. Mieli, *Panorama General de Historia de la Ciencia*, Vol.5 : *La Ciencia del Renacimiento : matemditica y Ciencias Naturales*, Espasa-Calpe, Buenos Aires and Mexico City, 1952, pp.136 이하 참조.

529 Nicholas Monardes는 Seville 출신의 스페인 의사였다. 그는 우황의 진정한 성질을 밝힌 최초의 학자 중 한 명이었다. 그가 기술한 아메리카산 약 중에 Myroxylon에서 채취한 페루산 balsam이 있었다. 그것은 극히 최근까지 위궤양을 치료하는데 사용되었다. 그러나 신세계에서 생산되는 가장 중요한 천연약재 중 브라질산 ipecacuanha와 에콰도르와 페루산 키니네는 다음 세기까지 소개되지 않았다. A. Mieli, *op. cit.*, pp.142 이하.; George Sarton, *The Appreciation of Ancient and Mediaeval Science during the Renaissance(1450 to 1600)*, Univ. of Pensylvania Press, Philadelphia, 1955, p.129를 참조.

마지막 판본이 발간되었다(1468).[530] 그러나 그것은 복간이었으며, 내용이 1249년 판본과 별로 다르지 않았던 것으로 생각된다. 그러나 그 시대에 아라비아의 의약과 치료법에 관한 커다란 관심은 15세기 초에 발간된『회회약방(回回藥方)』을 통해 알 수 있는데, 더욱 흥미로운 점은 그 일부분이 페르시아어로 인쇄되었다는 사실이다. 송대인(朱大仁)[531]은 베이징국립도서관에 있는 유일한 판본을 불행하게도 완성되지는 않았지만 1360년경에 중국어로 번역된 원대(元代)의 아라비아나 페르시아 의사의 저서일 것으로 생각하고 있다. 항해를 통해 얻은 광물 중 몇 가지가 명나라 왕자인 영헌왕(寧獻王, 朱權)이 1421년에 편찬한『경신옥책(庚辛玉冊)』에서 언급되고 있었을 가능성도 충분히 있다. 이 서적은 연금술과 약학을 포함한 금속이나 광물과 관련된 거의 모든 것을 다루고 있다.[532] 항해를 통해 얻는 지식의 혜택을 본 것이 거의 확실한『이역도지(異域圖志)』도 그와 관련이 있다는 것은 이미 언급된 적이 있다. 의약품 전체에 대해서는『본초품휘정요(本草品彙精要)』[533]를 보면 되는데, 이것은 홍치제(弘治帝)의 칙령에 의해 편찬되기 시작했다가 1505년 유문태(劉文泰) 등에 의해 완성되었다. 1485년과 모나르데스(Monardes)의 책이 발간된 1565년 사이에 최소한 3가지의 중요한 중국 의서가 있었으며, 1596년에 이시진(李時珍)의『대약전(大藥典, Great Pharmacopoeia)』즉『본초강목(本草綱目)』[534]이 발간되었다. 신세계의 발견 이후 중국에서 담배와 옥수수와 같은 식물의 급속한

---

530 우리들은 대단히 운 좋게도 Cambridge에 있는 이 희귀본인 명나라 판본의 복사판을 가질 수 있었다. <그림 990>을 보라.
531 朱大仁, "中國和阿拉伯的醫藥交流,"「歷史研究」, 1959(no.1).
532 우리는 몇 년 동안 이 책을 보고 있지만, 아직까지 다 읽지 못했다.
533 G. Bertuccioli, "A Note on Two Ming Manuscripts of the Pên-Tshao Phin-Hui Ching-Yao," JOSHK, 1956, 3을 참조.
534 이 문제와의 관련에서 李時珍의 서적에 서문을 썼던 그의 친구인 王世貞도 鄭和의 항해에 흥미를 가지고 그에 관해 몇 가지 논평을 썼다고 하는 것이 중요할 것이다. 李時珍의 전기에 대해서는 Lu Gwei-Djen, "China's Greatest Naturalist : a Brief Biography of Li Shih-Chen," OHY, 1966, 8을 보라.

확산을 보면, 대항해가 중국에 새로운 악을 가져오지 않았다면 오히려 더 놀라운 일일 것이다.

　이러한 모든 실마리를 함께 엮을 때가 되었다. 소팔라는 해로상에서 리스본과 난징(南京)의 중간쯤 되는 지점에 있었다. 소팔라를 지나 말린디로 오고 있던 최초의 포르투갈 선박들이 그보다 훨씬 많은 수의 선원을 태운 보다 큰 선박들로 구성된 대규모 함대[535](그리고 문명인과 야만인 사이의 적절한 관계에 대해 다른 생각을 가지고 있던 사람들)를 만났더라면, 역사의 진로가 바뀌지 않았을까? 우리가 곧 읽게 될 구절에서 1618년에 장섭(張燮)은 이렇게 서술하고 있다. "미개인들과 접촉할 때, 달팽이의 왼쪽 더듬이를 만지는 것보다 더 두려운 것은 없다. 사람들이 유일하게 걱정하는 것은 그들이 보유하고 있는 바다의 파도를 제압하는 수단이고, 가장 위험한 것은 이익과 수익에 대한 탐욕이다(問蝸左角 亦何有於觸蠻 所可慮者 莫平於海波 而爭利之心爲險耳)." 그리고 실제로 중국인이 재외상관(在外商館)을 하나도 세우지 않고, 어떠한 항구도 요구하지 않으며, 노예를 붙잡아 오지 않고,[536] 정복 활동을 하지 않은 것은[537] 이문화(異文化)에 대한 이처럼 열린 사고방식과 일치하고 있다. 그들이 개종을 강요할 종교를 갖지 않았던 것이 그 문제로부터 생길 수 있는 마찰을 막아주었다. 그들이 행한 모험의 정부주도적 성격은 이기적인 욕망과 그것이 야기할 수 있는 범죄를 억제하는 데 도움을 주었다. 반면에 포르투갈인의 행동은

---

535 여기서 명나라 시대의 훌륭한 질서와 규율을 기억해야만 한다. 명 왕조는 15세기에 아직 쇠퇴하지 않았기 때문에 청나라 말기의 혼란과 서양 열강에 대한 열세한 입장과는 비교할 수 없을 정도였다.

536 애석하게도 모든 아프리카인을 태어나자마자 노예로 만드는 것을 카인의 저주로 간주하려는 논리가 de Zurara 시대에 잘 알려져 있었음은 분명하다(tr. C. R. Beazley & E. Prestage, *The Chronicle of the Discovery and Conquest of Guinea*, London, 1896~1899, p.54).

537 T. Filesi, *I Viaggi dei Cinesi in Africa nel Medioevo*, Rome, 1961. p.42도 이 점을 많이 강조하고 있다.

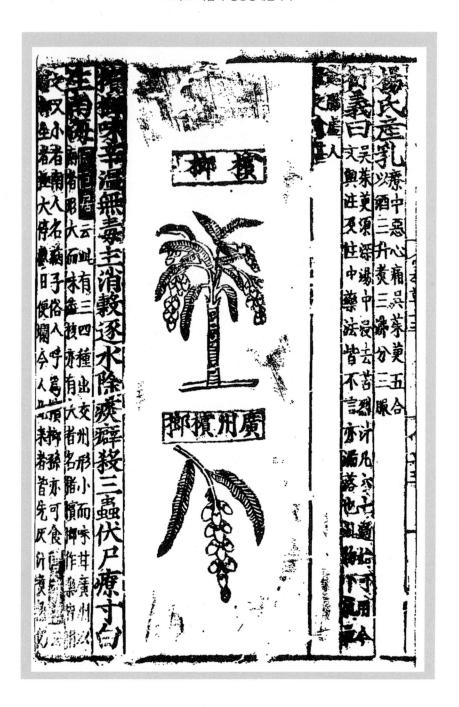

〈그림 990〉 15세기 초 중국인의 발견과 항해에서 자연사의 역할을 보여주고 있는 것으로서 희귀본인 1468년판『증류본초(證類本草)』의 한 페이지. 유용한 외국산 동식물에 대한 관심은 정화 시대에 시작되었던 것이 아니지만, 그 관심이 보선 함대를 출항시킨 강력한 동기 중 하나였던 것은 명백하다. 여기에서는 빈랑(檳榔)나무(Areca Catechu)가 그려져 있는데, 이에 관해서는 G. A. Stuart, *Chinese Materia Medica : Vegetable Kingdom*, extensively revised from Dr. F. Porter Smith's work, Amer. Presbyt. Mission Press, Shanghai, 1911, p.46을 참조하는 것이 좋을 것이다. 위에는 야자나무 전체가 그리고 밑에는 달걀 모양의 하얀 과일이 수 백 개 달린 원추화가 그려져 있는데, 각 열매는 꼬투리 속에 견과와 과육을 포함하고 있다. 그림의 첫번째 줄부터 왼쪽으로 설명되고 있는 것은 형태에 따라 이 산물의 기본적인 특징을 묘사하고 있는데, 주요 내용은 다음과 같다. 이 산물은 씁쓸하고, 거칠거칠하고, 따뜻하고, 강력한 유효 성분을 포함하고 있지 않다. 그것은 여러 질병을 치료하고, 잡다한 질병이 치료되는 것을 돕는다. 이 식물은 남해의 토양에서 자란다. 이어서 초기 작가가 쓴 두 개의 인용문이 기술되어 있다.

십자군 정신의 한 발로였음이 분명하다.[538] 그들은 언제라도 전쟁을 치를 태세가 되어 있었다. 그러나 인도양 연안에 있는 이슬람교도의 상업 국가에 대한 해전이 성지(聖地)를 위한 성전(聖戰, Holy War)의 연장선상에 있었다 하더라도, 그것은 알지 못하는 사이에 약간 다른 방향으로 흘러가고 있었다. 즉 이슬람국의 황금뿐만 아니라 황금에 대한 만족할 줄 모르는 갈망 그리고 (이슬람과 관련이 있든 없든) 모든 아프리카와 아시아 백성들을 지배하고 싶은 과도한 열망으로 방향을 바꾸게 되었다. 또한 과학적인 르네상스가 유럽인들에게 가져다 준 결정적인 무기의 우월성(superiority of armaments)도 역시 작용하기 시작하였고, 그 우월성이 그들로 하여금 구세계와 신세계를 3세기 동안 지배할 수 있게 해주었다. 1685년에 주앙 리베이로(João Ribeiro)라는 선장은

---

538 중국인들이 1세기 정도 오래 끈 종교 전쟁을 한 적이 없다는 것은 중국의 인도주의라는 모자에 붙은 하나의 깃털이라고 할 수 있다. 그러나 漢나라와 匈奴族 이래로 중국인의 서북쪽 유목민에 대한 천년에 걸친 투쟁은 어떤 의미에서 십자군과 나란히 두어도 불공정하지 않을 것이다. 그러나 이 전쟁은 결코 종교상의 광신적인 전쟁이 아니었고, (이 문맥에서는 더욱 중요하지만) 남아시아 국민들에 대한 중국인의 태도에 어떠한 영향도 주지 않았다.

다음과 같이 기술하였다. "희망봉 이래로 우리는 어느 것도 우리의 지배밖에
두려고 하지 않았다. 우리는 소팔라에서 일본에 이르는 5,000리그(leagues,
약 15,000마일) 이상의 방대한 지역을 모두 장악하기를 열망하였다. … 우리
가 점령하지 않았거나 우리에게 복종하기를 바라지 않는 곳은 하나도 없었
다."[539] 그리고 만약 중국이 실제보다 조금이라도 더 약했더라면, 이러한 과도
한 야심은 중국에 대해서도 전혀 관대하지 않도록 만들었을 것이다.[540]

---

539 *Fatalidade Historica da Ilha da Ceilão, bk.* 3, ch. 1에 포함되어 있는 것으로서 유명한 '회반죽을
바르는 사람(white-washer)'에 대한 그의 논박에서 C. R. Boxer, "S. R. Welch and Portuguese in Africa,"
JAH, 1960, 1 55가 인용. Anon, *Prince Henry the Navigator and Portuguese Maritime Enterprise : Catalogue
of an Exhibition at the British Museum,* Sept. to Oct., 1960, BM, London, 1960, no.129를 참조.
540 중국과 포르투갈의 초기 관계조차도 중국의 정복 능력에 대한 평가가 포함되어 있었다는
것은 일반적으로 잘 알려져 있지 않다. 최초의 유럽인 방문객들은 해로로 접근했기 때문에
명나라 수군의 쇠퇴가 가져온 해안 지방의 형편없는 방어 체계를 특히 알아차렸다. 최초의
사절이었던 Tomé Pires는 자신이 중국에 가보기도 전인 1515년에 이렇게 썼다. "그들은 말레
이인과 자바인을 대단히 두려워하므로, 400톤이 되는 우리 선박 1척만 나타나도 廣東을 전
멸시킬 수 있을 것임에 틀림없고, 그것은 중국에 커다란 손실을 안겨줄 것이다. Malacca 총
독이 중국을 우리의 지배하에 두는데 그렇게 많은 병력을 필요로 하지 않을 것임은 거의
틀림없어 보인다. 왜냐하면 그곳 사람들이 매우 허약하고 정복하기 쉽기 때문이다. 그리고
그곳에 가 본 적이 있는 주요 여행객들은 10척의 선박으로 Malacca를 점령한 인도 총독(즉
Albuquerque, R. S. Whiteway, *The Rise of Portuguese Power in India, 1497 to 1550,* Constable, London,
1899, pp.14 이하를 보라)이라면 중국 해안 전체를 점령할 수 있을 것이라고 확신하였다"(tr.
et ed. A Cortesão, *The Suma Oriental of Tomé Pires, an Account of the East from the Red Sea to Japan …
written in … 1512 to 1515 …*, London, 1944, vol.1, p.123). 그러나 Tomé Pires는 대단히 동정적인
성격의 인물로서 약제사이자 인도산 약품의 중매인(Factor of the Drugs of India)이었다. 그의
평가는 그 자신의 운명에 의해 대단히 왜곡되었다. 즉 1517년에 광동에 상륙했을 때, 그의
사절단은 말라카의 함락 소식과 포르투갈 선장들의 연안 불법 행위(특히 Simão de Andrade는
Pires를 맞이하기 위해 파견되었다) 때문에 실패하였고, 그 자신도 감옥에 수감되었다가 조
그마한 중국의 도시로 귀양을 가 중국인 아내의 위안을 받았다가 결국 사망하였다(A.
Cortesão, *op. cit.,* vol.1, pp. xxviii 이하와 lxi 이하). 위에서 말한 불법 행위는 요새를 구축하는
것과 중국인 아이의 유괴 등이었다(A. Cortesão, *op. cit.,* vol.1, p. xxxvi). 광동에 붙잡혀 있던
포르투갈인 죄수들은 계속 음모를 꾸몄으며, 1524년 그 중 한 명인 Cristovão Vieira는 그 곳
지역 전체를 함락시키는 데 겨우 2,500명과 10척이나 15척의 함대만 있으면 된다는 편지를
보냈다(D. Ferguson, "Letters from Portuguese Captives in Canton," IAQ, 1901, 30, pp.29 이하). 반세
기 후인 1576년 필리핀 총독이었던 Francisco de Sande는 공식적으로 중국 정복 계획을 스페
인 국왕에게 제안했지만, 필립 2세는 그것을 거부하였다(E. H. Blair & J. A. Robertson, *The
Philippine Islands, 1493 to 1898,* vol.4, Cleveland, Ohio, 1903, pp.21 이하.; ed. C. R. Boxer, *South China*

in the Sixteenth Century : being the Narratives of Galeote Pereira, Fr. Gaspar da Cruz, O. O., and Fr. Martin de Rada, O.E.S.A., (1550~1575), Haklyut Society, London, 1953, p.1). 1584년 9월 13일 위대한 예수회 수사 Matteo Ricci는 자신과 Ruggieri를 대신하여 필리핀의 회계담당자 즉 왕실 재산 관리인 Juan-Baptista Román에게 한 통의 편지를 보냈다. 이것은 중국에 대한 간결하지만 훌륭한 설명을 해주고 있다(ed. P. T. Venturi, *Opera Storiche del P. Matteo Ricci*, vol.2, giogetti, Macerata, 1911, pp.36 이하에 수록되어 있다). Ricci는 일본 해적에 비해 중국의 분명한 군사적 약세를 언급하고 있다. Román은 편지를 첨부하여 이것을 유럽으로 보냈는데, 거기서 그는 다음과 같이 생각한다고 말하고 있다. "기껏해야 5,000명의 스페인군만 있으면 이 나라는 정복될 것이고, 적어도 전 세계에서 가장 중요한 연해 지방을 정복할 수 있을 것이다. 6척의 갈레온선과 그만한 수의 갤리선만 있으면, 우리는 모든 중국 해안의 지배자가 될 수 있을 것이다. Moluccas까지 이르는 모든 바다와 다도해는 더욱 더 말할 필요도 없다"(F. Colin & P. Pastells, *Labor Evangélica de los Obreros de la Compñia de Jesus en las Islas Filipinas*, vol.3, Barcelona, 1902, pp.448 이하. 英譯文은 tr. & ed. Sir George Stauton, *J. G. Mendoza's History of the Great and Mightie Kingdome of China*, p. lxxx에 있다). 이러한 인용문들은 스페인이 중국에 대한 사절단 파견을 계획하고 있던 때 기술된 것들이다(ed. Pasquale d'Ella, *Fonti Ricciane : Storia dell'Introduzione del Christianesimo in Cina*, vol.1, Libreria dello Stato, Rome, 1942~9, p.216.; Nicholas Trigault, tr. L. J. Gallagher, *China in the 16th Century : the Journals of Matthew Ricci, 1583~1610*, Random House, New York, 1953, pp.170 이하.; F. Colin & P. Pastells, *op. cit.*, vol.2, pp.520 이하를 보라). 중국인과 포르투갈인이 모두 이것을 바라지 않았으므로, 그것은 실천에 옮겨지지 않았다. Román의 비슷한 감정은 위장된 형태이기는 하지만 Ricci가 이 편지를 쓴 다음 해에 로마에서 출판된 Juan Gonzales de Mendoza라는 위대한 책 속에서 찾아볼 수 있다. de Mendoza는 이렇게 쓰고 있다. "이 민족에게 승리하고 이 민족을 정복하기 위해 (신의 가호와 더불어) 어떠한 노력을 해야 좋은가는 여기에서 말하지 않으려 한다. 왜냐하면 그런 것을 여기에서 논하는 것이 적당하지 않고, 그럴만한 사람들에게는 그에 관해 이미 상세히 보고했기 때문이다. 게다가 나의 사명은 전쟁을 발발시키는 것보다는 평화를 중개하는 일이다. 그리고 만약 나의 바람이 이루어진다면, 그것은 마음을 자극하는 검인 하느님의 말씀에 의해서일 것이다. 그리고 그것을 보여주시려는 하느님을 믿는다"(tr. & et. Sir George Stauton, *op. cit.*, p.89). 이렇게하여 Mendoza는 당대의 유럽에 비해 중국의 군사력이 약한 것을 전하고 있는데, 의심할 여지없이 그가 필리핀에서 만났던 아우구스탄티누스파, 프란시스코파, 도미니카파의 수도사들로부터 들었을 것이다. 바로 1세기 후에 예수회 수도사였던 Louis Lecomte는 Furstenberg 추기경에게 이러한 편지를 보냈다. "주교님, 저는 고백합니다. 주민들 스스로가 세상에서 가장 강력하다고 평가하는 모든 도시들을 보았을 때, 만약 창조주께서 우리를 조금만 더 중국에 가깝게 만들어주셨더라면, 루이 대왕이 이 지역을 얼마나 쉽게 복종시킬 수 있을까 생각하면 적지않은 기쁨을 느낍니다. 루이 대왕이 앞에 나선다면 유럽에서 가장 견고한 곳이라해도 며칠밖에 버틸 수 없을 것입니다"(Juan Gonzales de Mendoza, *Historia de las Cosas Mas Notables, Ritos y Costumbres del Gran Reyno de la Chine*, …, Rome, 1585. p.73). 마지막으로 Macartney조차 1794년 침략에 계획을 제안하였다(ed. J. L. Cranmer- Byng, *An Embassy to China : being the Journal kept by Lord Macartney during his Embassy to the Emperor Chhien-Lung, 1793 to 1794*, Longmans, London, 1962, pp.203, 211). 미래에 세계의 문화적 통합에서 중국 문명이 유럽의 무력에 결코 굴복하지 않았던 것이 얼

이미 보았던 것처럼, '포르투갈의 세기(Portuguese Century)'는 동시에 '중국의 세기(Chinese Century)'이기도 했다. 포르투갈의 탐험자나 정복자에 대한 우리의 이중적인 감정은 극복될 수 없다. 그들의 위대하고 용감한 행동은 모두 칭찬을 받을 수밖에 없다. 반면에 아라비아인과 아시아인에 대한 그들의 태도와 정책은 종종 당대의 거칠고 폭력적인 행동 때문에 비난받는다.[541] 그러나 중국의 선원과 선장은 포르투갈 제국의 건설자와 정확히 같은 시대에 살았는데, 중국의 행보는 무력에 의한 것이 아니었다.[542] 알부케르케와 알메이다 같지는 않지만 정말로 위대했던 루스타니아인(Lusitania) 항해자, 지도학자, 천문학자, 박물학자들의 기억을 상기해보자. 동 엔리케(Dom Henrique)의 위상은 전혀 약해지지 않았다. 그는 영감을 주고 사랑 받는 인물로 영원히 남아 있다. 신분이 그보다 낮은 많은 사람도 우리가 보아야 한다. 주앙 페르난데스(João Fernandes)는 모리타니아(Mauretania)의 흑인과 아라비아인과 친하게 지냈으며,[543] 페르낭 쿠에이로즈(Fernão Queiroz)는 자기 나라 사람들이 실론에서 저지른 일에 대해 눈물을 흘렸으며,[544] 토메 피레스(Tomé Pires)는 상냥하지만 불운한 약제사 겸 대사였으며,[545] 세바스티앙 만리케(Sebastião Manrique)는 아우구스티누스파 수도사였지만 아라칸(Arakan) 산으로 추방된 몇 명의 포르투갈 선원을 방문하기 위해 비구니와 함께 황색 승복을 입기를 주저하지 않았다.[546] 그리고 항상 인정받고 있지는 못하지만 자전적인 소설을

마나 다행한 일인지 모르겠다.

541 그것은 그들이 인도양에서 별로 환영받지 못했다는 사실에 의해 확실하게 예리해졌다. 그러나 그들은 敵意를 예상하고 그것을 극복하기 위해 자유로이 사용할 수 있는 모든 세력을 사용할 준비가 되어 있었다.

542 우리는 점성술에서 로마인과 Seres(중국)인 사이의 이상한 차이에 관해 말한 앞의 페이지에 대해 언급하지 않을 수 없다(Joseph Needham, *Science and Civilization in China*, Vol.1, p, 157을 참조).

543 E. Prestage, *The Portuguese Pioneers*, Black, London, 1933, pp.76 이하.

544 tr. S. G. Perera, *The Temporal and Spiritual Conquest of Ceylon*, Richards, Colombo, 1930.

545 tr. & ed. A. Cortesâo, *The Suma Oriental of Tomé Pires, an Account of the East from the Red Sea to Japan … written in … 1512 to 1515*, London, 1944.

546 M. Collis, *The Land of the Great Image : Experiences of Friar Manrique in Arakan*, Faber & Faber, London,

최초로 쓴 페르낭 멘데스 핀토(Fernão Mendes Pinto)의 통찰력도 칭찬할 만하다.[547] 그의 유명한 『편력기(遍歷記, Peregrinaçam)』(1614)는 중국이나 중국 근처를 여행하고 온 다른 초기의 여행객들의 기록처럼 단촐하고 소박한 것이 아니고, 자기나라의 위업을 극적으로 판단한 훌륭한 걸작이라 할 수 있다. 아시아인에 대한 서양인의 태도를 비판한 내용이 그 책 전체에 일관되게 나타나고 있고, 제국주의가 불신심(不信心)에 기인하고 있다는 확신을 저자가 가지고 있었던 것으로 보인다. 이러한 것들이 리스본(Lisboa)을 우리의 불변하는 애정 대상으로 구하기에 충분한 사람들만의 목소리였다.

이제 그만하고 중국인과 포르투갈인에 대한 이야기를 마무리해보자. 동방에서 온 항해자들 즉 중국인은 조용하고 평화적이며, 적대적인 유산에 얽매이지 않았다. (어떤 점에서) 그들은 관대하였고, 어떤 인간의 생활도 위협하지 않았다. 그들은 상대방이 잘난 체 하는 기미가 약간 있더라도 참을성이 많았다. 무장은 했어도 식민지를 정복하지 않았고, 어떠한 요새도 구축하지 않았다. 서방에서 온 항해자들 즉 포르투갈인은 배후에서 숙적을 치고, 동조하지 않는 국가로부터 상업적인 발판을 무리하게 빼앗은 십자군 겸 무역인(crusader-traders)이었다. 그들은 다른 종교에 대해 적대적이었지만, 인종적인 편견으로부터는 상대적으로 자유로웠다. 또한 경제력을 추구하는 데에도 열심이었고, 르네상스의 전파자이기도 했다. 이 극적인 시대에 유럽과 아시아의 모든 해상 접촉에서, 우리의 선조들은 누가 '이교도'인지 확실히 알고 있었다. 오늘날 우리는 양자 중 보다 덜 문명화된 쪽이 이교도라고 생각한다. 그런데 이제 저 커다란 활동의 무대인 인도양을 벗어나 그들이 항해해 갈 수 있었을지 모르는 다른 대륙들의 해역으로 눈을 돌려보자.

1953.

547 M. Collis, *The Grand Peregrination : the Life and Adventures of Fernão Mendes Pinto*, Faber & Faber, London, 1949의 멋진 해석과 요약을 보라.

7) 중국과 오스트레일리아

누가 오스트레일리아 해역을 가장 먼저 항해했을까? 우리는 뉴 사우스 웨일즈(New South Wales)가 1770년에 쿡(Cook) 선장에 의해 명명되었다는 것과 댐피어(Dampier) 선장이 1684년부터 1690년까지 오스트레일리아 대륙의 북서부와 서부 해안 지역을 탐험했다는 사실을 알고 있다. 그 이전에 홀란드인에 의한 일련의 장기 조사(長期調査)가 실시되었다. 1606년에 최초의 접촉이 있었고, 1618년부터 1627년 사이에는 지첸(Zeachen), 에델스(Edels), 뉘츠(Nuyts), 그리고 타스만(Tasman)이 북, 서, 남쪽 해안을 조사하였고, 1665년에는 서부 오스트레일리아가 뉴 홀란드(New Holland)로 명명되었다. 16세기에 대한 인식에는 상당히 의견이 분분하지만, 1522년의 크리스토방 드 멘도사(Cristóvão de Mendonça)나 1525년의 고메스 드 세케이라(Gomes de Sequeira) 중 누군가가 오스트레일리아 대륙에 상륙하여 원주민을 만났을 가능성이 상당히 높다.[548] 1503년이라는 프랑스인의 주장은 훨씬 더 가능성이 적다.[549]

---

548 Damião Peres, *A History of the Portuguese Discoveries*, Lisbon, 1960, pp.120 이하를 보라.

549 Binot de Gonneville에 대해 언급하고 있는 V. Stefánsson & O. R. Wilcox, *Great Adventures and Explorations, from the Earliest Times to the Present, as told by the Explorers themselves* ⋯ , Hale, London, 1947. p.626을 참조. 또 Guillanmele Testu가 1531년에 오스트레일리아를 보았다는 주장이 있다. 그러나 16세기(1536~1550)의 Lusitano-French 지도는 프랑스인이 아니라 중국인의 오스트레일리아에 관한 옛 지식을 보여주고 있다고 해석할 수 있다. 이 지도들에는 대체로 (초기의 것에는 보이지 않지만) 자바 남쪽에 커다란 대륙(Greater Java)이 그려져 있다. 철저하게 연구한 후, G. Collingridge, *The Discovery of Australia : a Critical, Documentary and Historic Investigation concerning the Priority of Discovery in Australasia by Europeans before the Arrival of Lt. James Cook in the Endeavour in the year 1770*, Hayes, Sydney, 1895, p.306은 동인도제도에서 초기의 포르투갈 항해자들이 중국이나 Malaya의 항해 자료를 통해 이 지식을 얻었고, 그것을 프랑스에 전했음에 틀림없다는 결론에 이르렀다. 'Great Java'와 'Lytil Java'의 두 섬에 대한 전설은 훨씬 이전으로 거슬러 올라간다. 왜냐하면 그것이 Marco Polo, ed. Sir Henry Yule, *The Book of Ser Marco Polo The Venetian, concerning the kingdoms and Marvels of the East* ⋯; 1st ed. 1871, vol.2, pp.272, 284뿐만 아니라 그 이후의 여행객인 Odoric, de Conti와 Jordanus Catalanus(tr. Sir Henry Yule. *Mirabilia Descriptio : the Wonders of the East*, London, 1863, pp.30 이하)에게서도 발견되기 때문이다. 1536년 이전에는 이 것들이 유럽의 지도에서 두 개의 큰 섬으로 보인다(G. Collingridge, *The Discovery of Australia : a Critical, Documentary and Historic Investigation* ⋯ , Hayes, Sydney, 1895, pp.26 이하, 44, 106, 120).

그러나 최근에 유럽인보다 앞서 중국인이 이 대륙을 발견했을지도 모른다는 주장이 진지하게 제기되고 있다. 이 주제는 흥미롭다. 왜냐하면 중국인의 발견과 해상 교통이 분명히 확대되었을 남양(南洋, South Seas)의 해역이 대단히 넓기 때문이다. 중국인은 위대한 명나라 탐험 시대뿐만 아니라 적어도 조여괄(趙汝适)이 1225년경에 해상 무역에 관한 고전적인 저서(『諸蕃志』)를 서술한 송대(宋代)로 거슬러 올라가더라도 필리핀,[550] 자바,[551] 발리(Bali),[552] 보르네오, 사라와크(Sarawak),[553] 몰루카(Moluccas), 티모르(Timor)[554] 등과도 상업이나 해운 분야에서 관계를 맺고 있었다. 남해 즉 남양제도(South Sea Islands) 혹은 동인도제도(east indies)와의 교통에 관한 가장 완전한 기록은 아마도 1350년경에 왕대연(汪大淵)이 저술한 『도이지략(島夷志略)』일 것이다. 이 책은 그가 1330년부터 1350년 사이에 그 지역을 여행한 후 모은 기록을 기초로

Lo Jung-Pang, "Chinese Explorations of the Indian Ocean before the Advent of the Portuguese," Unpub. MS가 지적하고 있듯이, 중국의 문헌에도 두 개의 자바(闍婆와 爪哇) 사이에 비슷한 혼선이 있었던 것은 사실이지만, G. Schlegel, "Geographical Notes," TP는 하나가 현대의 자바이고 나머지 하나가 말레이 해안에 있는 어떤 곳이라는 것을 보여주기 위해 많은 증거를 제시하고 있다. 게다가 큰 것인지 작은 것인지 구별되어 있지도 않다. 문제가 복잡하기는 하지만, 중국인이 말하는 자바 중 하나가 오스트레일리아였을지도 모른다는 羅榮邦(Lo Jung-Pang)의 암시는 상당한 관심을 끌고 있다.

550 『諸蕃志』, 卷一, p.36 이하. tr. F. Hirth & W. W. Rockhill, *Chau Fu-Kua : His Work on the Chinese and Arab Trade in the 12th and 13rd centuries*, entitled Chu-Fan-Chi, Imp. Acad. Sci., St Peterburg, 1911, pp.159 이하. B. Laufer, "The Relations of the Chinese to the Philippine Islands," *SMC*, 1907, 50.; S. Wada, "The Philippine Islands as known to the Chinese before the Ming Dynasty," *MRDTB*, 1929, 4.; W. W. Rockhill, "Notes on the Relations and Trade of China with the Eastern Archipelago and the Coast of the indian Ocean during the 15th Century," *TP*, 1914, 15, pp.267 이하를 보라.

551 『諸蕃志』, 卷一, p.10 이하. tr. F. Hirth & W. W. Rockhill, *op. cit.*, pp.75 이하.

552 『諸蕃志』, 卷一, p.13 이하. tr. F. Hirth & W. W. Rockhill, *op. cit.*, pp.84.

553 『諸蕃志』, 卷一, p.34 이하. tr. F. Hirth & W. W. Rockhill, *op. cit.*, pp.155 이하.

554 『島夷志略』(1350), pp.62 이하. W. W. Rockhill, "Notes on the Relations and Trade of China with the Eastern Archipelago and the Coast of the indian Ocean during the 15th Century," *TP*, 1914, 15, pp.257 이하, 259 이하.; 馮承鈞, 『中國南洋交通史』, 商務印書館, 上海, 1937, p.87을 참조. 汪大淵은 14세기 초 상선의 선장이었던 吳宅에 대한 이야기를 서술하고 있는데, 그의 Timor를 향한 불행한 항해는 많은 선원을 잃는 것으로 끝이 났다.

〈그림 991〉 중국 도사(道士)의 상. 높이 약 4인치. 1879년에 오스트레일리아의 포트다윈 (Port Darwin)에서 적어도 200년 이상의 수령을 가진 벵갈고무나무(banyan) 뿌리 사이에서 발견되었다(Fitzgerald 촬영).

하여 서술되었을 것이다. 광범위한 섬나라인 인도네시아에 대한 중국의 영향은 오늘날 대단히 질이 좋고 아름다운 도자기 조각들이 (동아프리카에서처럼) 어느 곳에서나 발견되는 점을 통해서도 알 수 있다.[555]

특히 당나라 시대에 활발했던[556] 보르네오와의 빈번한 교역은 니아(Niah) 동굴의 식용 새집, 긴꼬리꼬뿔새의 상아(hornbill ivory),[557] 코뿔소 뿔[558] 등을 도자기, 구슬, 금속도구 등과 바꾸는 것이었다. 항아리와 같은 훌륭한 당나라 제품들이 보르네오의 여러 지역에서 발견되고 있다는 것은 무역이 정화의 시대보다 훨씬 오래 전부터 이루어지고 있었음을 증명해주고 있다.[559] 그러나 사라와크에서도 정화 시대의 날짜가 새겨져 있는 도자기 조각들이 발견되고 있다.[560] 그리고 아직 발견되지 않은 많은 증거가 남아 있음에 틀림없다.

---

555 Philippines에 대해서는 F. C. Cole & B. Laufer, "Chinese Pottery in the Philippines," *FMNHP/AS*, 1912, no.162를 보라.

556 이것은 T. Harrisson, "New Archaeological and Ethnological Results from the Niah Caves, Sarawak," *MA*, 1959, 59에서 채택한 기사인데, 그곳에 상세하게 쓰여 있다. Domingo de Navarrete는 1657년 Borneo에서 출토되는 다량의 도자기를 주목하였다. ed. J. S. Cunmins, *The Travels and Controversies of Friar Domingo Navarrete*, 1618 to 1686, vol.1, Cambridge, 1962, p.111을 참조.

557 이것은 투구모양의 코뿔새인 Rhinoplax vigil에서 유래한다. 코뿔새의 상아에 새겨진 중국 조각에 대한 흥미로운 기사는 S. van R. Cammann, "Chinese Carvings in Hornbil Ivory," *SMJ*, 1951, 5에 있다.

558 T. Harrisson, *op. cit.*은 이 무역에 관하여 기술되어 있으며, R. Soame Jenyns, "The Chinese Rhinoceros and Chinese Carving in Rhinoceros Horn," *TOCS*, 1954, 29는 그것의 마술적 의료 효과에 대한 오래된 믿음뿐만 아니라 코뿔소 뿔에 새겨진 중국인의 조각에 관해서도 개관하고 있다. 그러나 이 유적에 대한 고전적인 설명은 B. Laufer, "Chinese Clay Figures, pt.1 : Prolegomena on the History of Defensive Armor," *FMNHP/AS*, 1914, 13, no.2를 보라.

559 T. Harrisson, "Some Borneo Ceramic Objects," *SMJ*, 1950, 5.; Idem, "Ceramic penetrating Borneo," *SMJ*, 1955, 6을 보라. 송나라의 도자기에 대해서는 J. L. Noakes, "Celadons of the Sarawak Coast," *SMJ*, 1949, 5.; T. Harrisson, "Some Ceramics excavated in Borneo : with some asides to siam and London," *TOCS*, 1954, 28.; Idem, "Some Ceramic Objects recently acquired for the Sarawak Museum," *SMJ*, 1951, 5.; Idem, "Japan and Borneo : some Ceramic Parallels," *SMJ*, 1957, 8.; M. Sullivan, "Archaeology in the Philippines," *AQ*, 1956, 30.; Idem, "Notes on Chinese Export Wares in Southeast Asia," *TOCS*, 1962.; Idem, "Chinese Export Porcelain in Singapore," *ORA*, 1957, 3.; Idem, "Kendi," *ACASA*, 1957, 11을 보라.

560 J. K. Thien, "Two Kuching jars," *SMJ*, 1949, 5.; J. Pope, "Chinese Characters in Brunai and Sarawak

티모르가 포트다윈(Port Darwin)으로부터 겨우 400마일 지점에 있으므로, 7세기 이후의 어느 때라도 중국 선박이 오스트레일리아 해안의 그 지역을 방문했을 가능성을 생각하지 않을 수 없다.[561] 따라서 피츠제랄드(Fitzgerald)의 새로운 연구[562]에 관심이 가게 되는데, 그는 몇 가지 근거 없는 주장을 나열한 후 포트다윈의 해안에서 높이 4인치 정도의 의심할 여지없는 중국 도사(道士)의 상(<그림 991>을 참조)을 발견한 사실에 주의를 환기시키고 있다. 그것은 사슴을 타고 손에 영원불멸의 복숭아를 들고 있는 불로장수를 상징하는 수노(壽老)에 대한 조각상이었다.[563] 이 조각이 1879년에 도로를 만들기 위해 적어도 200년이나 되는 보리수나무를 뽑았을 때 4피트 깊이의 나무뿌리 사이에서 발견되었다.[564] 발굴했을 때 세월이 흘러 까맣게 되어 있었지만, 그 조각상은 명대나 청대 초기의 양식을 띤 것으로서 정화와 같은 시대의 것으로 간주되었다.[565] 따라서 이 발견은 유럽인이 오스트레일리아를 가장 빨리 발견한 것보다 앞선 시대의 것임이 당연하였다. 그러나 이 조각상이 중국에서 만들어진 것은 분명하지만, 말레이나 순다(Sunda)의 어부들(그들은 모든 동남아시아인들과 마찬가지로 중국에서 만든 제례용 조각상을 보물로 생각했었나)이 아니라 중국 정크의 선원들이 그곳에 남긴 것임을 입증하기는 어렵다. 마카싸르족(Macassarese)과 부기스족(Buginese)은 몬순을 따라 오스트레일리아 해안을 매년 방문하곤 했었다. 그리고 그들이 주기적으로 머물렀다는

Ceramics," *SMJ*, 1958, 8을 보라.

561 724년에 중국에서 천문탐험대가 Sumatra보다 훨씬 남쪽에 있는 남위 15°까지 갔다고 한다.

562 C. P. Fitzgerald, "A Chinese Discovery of Australia?," Art. in *Australia Writes*, p.76, Ed. T. Inglis Moore, Cheshire, Melbourne, 1953.; Idem, "Evidence of a Chinese Discovery of Australia before European Settlement," Paper delivered to the 23rd International Congress of Orientalists, Cambridge, 1954.

563 H. Doré, *Recherches sur les Superstitions en Chine*, Pt.II, vol.11. T'u-Se-Wei Press, Shanghai, 1914~29, pp.966 이하를 보라.

564 chain 측정에 의해 확정되어 오늘날에도 정확히 알아낼 수 있는 이 지점은 Darwin이라는 내륙 항구 주변에 단 2개밖에 없는 민물샘 중 하나와 가깝고, 沙濱(sand beach)이 있는 작은 만으로 내려가는 협곡에 있다.

565 衛聚賢, 『中國人發現澳洲』, Wei-Hsing, 香港, 1960, p.99 이하는 미술사의 증거와 일치한다.

〈그림 992〉 피그미족(Pygmies)의 국가인 소인국(小人國). 1726년에 편찬된 백과사전 『도서 집성(圖書集成)』에서 인용한 것으로서 열대 지방의 소인들을 그린 그림. 그러나 이 그림은 진(秦)과 한(漢) 나라 이후의 중국 문헌에 포함되어 있는 것을 재인용한 것이다.

사실이 쓰여 있는 18세기 이후의 기록이 대단히 많다. 그들은 거북껍데기, 생선, 진주와 같은 천연산물을 음식, 천, 도구 등의 물품과 교환하였다. 이러한 방문은 1907년 오스트레일리아 정부에 의해 차단되었지만, 그 원주민들은 (완전히 정당한 것처럼 보이지는 않지만) 아직도 마치 황금 시대를 회고하듯이 말레이인과 접촉하던 때를 회고하고 있다. 그러나 그 곳에서 중국인들의 모습이 전혀 보이지 않은 것이 아니라는 점은 북쪽에서 온 사람들이 원하는 것 중 가장 중요한 것이 해삼(trepang)이었던 사실로 알 수 있다.[566] 이 수산업은 해삼(Sea-slug 즉 Holothuria edulis와 다른 많은 種과 屬)을 말리거나 훈제하는 것이었는데, 이 상품들은 중국에서 맛있고 끈끈한 수프를 만드는데 사용되었다. 게다가 중국인만이 맹그로브(mangrove) 나무를 태워 건조하고 훈제하는 가공업을 하고 있었다. 따라서 다음과 같은 워슬리(Worsley)의 보고[567]는 대단히 중요하다.[568] 그 보고에는 원주민의 구전(口傳)에 의하면 마카싸르족보다 앞서 바이지니족(Baijini)으로 불리는 피부가 더 희고 선진기술을 지니고 있는 사람들이 왔다는 사실이 기술되어 있었다. 만약 그들이 정말로 중국에서 왔다면,[569] 수노의 조각상은 아마도 그들이 방문했다는 기록일 것이고, 그 가능성이 있는 시대로는 15세기 후반을 생각할 수 있다.

---

566 I. H. Burkill, *A Dictionary of the Economic Products of the Malay Peninsula*, vol.1, Crown Agents for the Colonies, London, 1935, pp.1181 이하를 보라. 그는 말레이인과 교역하던 시대가 끝날 때까지 오스트레일리아의 열대 해안 전체가 해삼 수산업 때문에 혹사당하였다고 말한다. 海蔘湯은 오늘날에도 중국에서 여전히 인기 있는 음식이다.

567 P. M. Worsley, "Early Asian Contacts with Australia," *PP*, 1955(no.7).

568 Baijini는 織機를 가져왔고, 그들이 머무르는 동안 중국적인 특징으로 農耕을 했다. 만약 그들이 원하는 것을 (급수, 해삼과 그 밖의 산물) 얻었다면, 그 이상의 탐험은 해안 주민들의 냉대 때문에 중단하였을 것이다. 특히 아마 선박이 상당히 작았을 것이기 때문에 그러했을 것이다.

569 Baijini가 검은 피부를 가진 원주민과 대조되는 '白人'이나 '하얀 민족(white folk),' 또는 '北人' 즉 북방인(northerners)에서 유래할 수 있었을까? 만약 최초의 해삼 수집인들이 北京에서 準官吏(전통적으로 중국에서는 모든 것의 절반은 공공성을 띠고 있었다)와 함께 남쪽으로 왔다면, '北京人'이었을 가능성도 있다. 피부색에 의한 해석은 앞에서 말한 Malabar 해안에서 '하얀 그리스도인의 선박'에 관한 오해에 비추어볼 때 별로 설득력이 없다.

지금까지 오스트레일리아와의 초기의 접촉에 대한 어떠한 실마리도 중국의 지도에서 얻을 수 없는데, 그것은 아직 진지한 조사가 이루어지지 않았기 때문이다.[570] 발표된 주장들과는 반대로, 1623년에 만들어진 옻칠된 데이비드 지구의(David Globe)에는 뉴기니(New Guinea)와 남극 대륙만이 보인다.[571]

---

570 이 열망이 이상하기는 하지만 흥미로운 衛聚賢, *op. cit.*만으로 충족될 수 없다는 것은 확실하다. 그의 관심은 대단히 이른 시기부터 중국인이 오스트레일리아와 접촉하고 있던 것을 보여주는 데 있다. 이 목적을 위해 그는 고대와 중세의 중국 문헌을 많이 인용하고 있다. 그 문헌들은 오스트레일리아의 원주민, 동물, 식물에 대한 지식을 제공하고 있지만, 결코 결정적인 증거는 나타나지 않고 있다. 예를 들면, 구부러진 나이프를 던지는 것(飛刀)에 관한 六朝時代 이후의 수많은 문장은 부메랑 형태의 무기를 가리키는 것으로 해석되고 있다. 동시에『山海經』의 邛邛 또는『爾雅』와『呂氏春秋』의 蹶 즉 앞쪽은 쥐 같고, 뒷부분은 토끼 같으며, 새끼를 데리고 다니면서 뛰어다니는 동물은 캥거루일 것으로 생각된다. 더 설득력이 있는 것은 衛聚賢이『山海經』이후의 많은 책자에서 거론하고 있는 焦僥國에 대해 주의를 기울이도록 하는데, 그곳 사람들은 키가 겨우 3피트에 불과하다고 쓰여 있다. 그들이 오스트레일리아 원주민을 가리키지 않을 수도 있지만, New Guinea의 피그미를 가리키는 것은 확실한 것으로 보인다. 왜냐하면 焦僥가 본래 '거무스름한 小人'의 의미이며 '侏儒國'이나 '小人國'과 같은 동의어를 가지고 있기 때문이다. 필리핀의 Aëta 피그미는 1225년 '焦僥國'이라고 명백하게 묘사되어 있다(tr. F. Hirth & W. W. Rockhill, *op. cit.*, p.161을 참조). 이 인종들과 관련이 있는 곳은 계절이 반대인 즉 그 곳의 여름이 중국의 겨울에 해당되는 지방이다. 이 기사는 사라져버린 晉(4세기)의『外國圖』에서 처음 나타나는데, 道世가 668년에 편찬한『法苑珠林』에 인용되어 있다. 만약 (그럴 것 같지는 않지만) 그것이 순수하게 宇宙形狀誌的 推論이 아니라면, 그것은 남위 약 30° 지역에서의 체험을 쓴 것임이 틀림없다. 만약 오스트레일리아 남부가 그곳이 아니라면, 남은 유일한 가능성은 아프리카 남부이다. 그런데 이곳은 피그미가 사는 지역을 통과해서 접근할 수 있는 지역이다. 그러므로 638년의『括地志』(第卷六, p, 25를 참조)가 焦僥 피그미가 로마제국의 남쪽(大秦, 第卷一, p.185과 부록을 참조) 즉 아프리카에 산다고 말하고 있는 것은 대단히 흥미롭다. 그곳에는 鶴과의 전투라는 유명한 서구의 우화에 대한 언급이 있다(Joseph Needham, *Science and Civilization in China*, vol.3, p.505).『太平御覽』, 卷七百九十六, p.7과 이 우화에 대해서는 B. Laufer, "Ethonographische Sagen der Chinesen," In Aufsätze z. Kultur u. Sprachgeschichte vornehmlich des Orients Ernst Kuhn gewidmet, Marcus, Breslau, 1916.; F. de Mély, "Le De Monstris Chinois et les Bestiaires Occidentaux," *RA*, 1897, 31를 참조. 삽화는『圖書集成』,「邊裔典」, 卷四十二, p.6에서 보인다(<그림 992>). 이러한 종류의 지식이 고대에 그렇게 멀리까지 전파될 수 있었다는 것이 놀랍다.

571 Matteo Ricci의 1584년과 1600년 중국판 세계 지도도 또한 이것과 마찬가지이다. 전자에는 남쪽에 Magellanica라는 명칭이 붙은 대륙들이 뒤범벅이 되어 있고, 후자에는 New Guinea를 남극 대륙의 岬이라고 했다. ed. Pasquale d'Elia, *Fonti Ricciane : Storia dell'Introduzione del Christianesimo in Cina*, vol.2, Libreria dello Stato, Rome, 1942~9, pp.58, 60.; 衛聚賢『中國人發現澳洲』, p.179를 보라.

오스트레일리아는 실제로 에나멜로 만든 로스도른 지구의(Rosthorn Globe)에 (뉴기니와 Tasmania에 붙어 있기는 하지만) 보이지만, 이것의 제작연도는 1770년 으로 상당히 후대이다. 오스트레일리아가 중국의 지도에서 처음 나타나는 연대 그리고 오스트레일리아가 지리학과 항해에 관련된 책자에서 처음 언급된 것은 흥미로운 문제인데,[572] 더 많은 연구를 하면 반드시 알아낼 수 있을 것이다.

8) 중국과 콜럼버스 이전의 아메리카

5세기에 중국 출신 승려들이 아메리카 대륙을 발견했다는 주장은 현대 중국 학이 부끄러워 낯을 붉혀야만 했던 젊은이의 무분별한 행동 중 하나였다. 늘 그렇듯이, 그 젊은이였던 조지프 드 귀뉴(Joseph de Guignes)는 '괴짜(enfant terrible)'였다. 그는 중국이 고대 이집트의 식민지였음을 1758년에 입증한지[573] 3년 후에 콜럼버스보다 앞선 시대에 중국인이 아메리카의 서해안을 항해했다 는 증거가 있다고 발표하였다. 그는 이것이 토착 멕시코인들을 실제로는 아즈 텍인들(Aztecs)을 그 대륙의 다른 미개인들과 구분하는 기준인 '예의바름 (politesse)'을 해명해준다고 생각하였다. 드 귀뉴는 458년에 중국인들이 부상(扶

---

572 사람들은 1590년의 『咸賓錄』과 1618년의 『東西洋考』를 염두에 두기로 하는데, 두 가지 모 두 앞에서 언급한 적이 있다. J. V. Miss는 전자에 관련된 아무것도 발견하지 못하였다고 (1956년 4월의 사적인 편지를 통해) 알려주었다. 그리고 자세한 연구가 필요한 후자에 관한 유용한 소개를 하고 있는 S. Wada, "The Philippine Islands as known to the Chinese before the Ming Dynasty," *MRDTB*, 1929, 4도 아무런 관련이 없음을 보여주고 있다. 호주 남동쪽에 있던 예수회 수사들에게 전달되었을지도 모르지만, 이것이 중국의 지도학자에게 영향을 끼쳤는 지는 확실하지 않다. 그러나 1744년 陳倫炯의 『海國聞見錄』은 프랑스인이 오스트레일리아 를 처음 보았다는 주장을 지지하는 기사(p.31)를 포함하고 있다. 실제 선원들과 연구만 하는 학자들 사이의 차이가 있음을 중국 문화에서 항상 생각할 수 있다.

573 C. L. Joseph de Guignes, "Idée Générale du Commerce et des Liaisons que les Chinois ont eus avec les Nations Occidentales," *MAI / LTR*, 1784(1793), 46.; Joseph Needham, *Science and Civilization in China*, Vol.1, p.38을 참조.

桑)으로 부르던 알라스카(Alaska)와 캘리포니아(California)로 여행했음을 보여주는 정교하고 아름다운 동판 지도를 첨부하여 동시대인들을 놀라게 하였다.

드 귀뉴가 결론을 끌어냈던 텍스트 자체는 완벽한 것이었다. 『양서(梁書)』[574]의 기본적인 기술은 629년 전후에 쓰였다. 이 자료에는 499년 승려 혜심(慧深)이 도읍에 나타나 자신이 중국 동쪽에 있는 국가인 대한(大漢, 시베리아의 Buriat 지역)으로부터 2만 리나 떨어져 있는 국가인 부상(扶桑)에서 보았던 것을 자세하게 설명했다는 기록이 있다. 그는 흥미로운 나무에 대해 묘사하였다. 그의 묘사에 따르면, 그 나무는 음식으로 먹을 수 있고, 껍질로 천을 만들수 있으며, 필기용 종이로도 사용되었다. 그곳 사람들은 나무로 불안정하게 만든 집에서 사는데, 전쟁을 좋아하지 않으며, 황소와 말을 가지고 있고, 사슴의 젖을 마셨다. 그들 사이에서는 금과 은이 제대로 평가받지 못하고 있으며, 그들이 구리는 가지고 있으나 철은 갖고 있지 않았다. 혜심은 더 나아가 그들의 혼인, 장례, 세금이 없다는 것, 지배자의 예복 색깔의 주기적인 변화를 묘사하였다. 또한 그는 부상 사람들이 전에는 불교의 법에 대해 몰랐다는 것, 458년에 다섯 명의 카슈미르(Kashmiri) 승려가 그곳에 갔다는 것, 그 후 그들의 생활 방식이 많이 향상되었다는 것 등을 덧붙였다. 그는 또한 아마조네스(Amazones, 女國)라는 나라에 대한 설명을 덧붙이고 있는데, 그 나라는 부상을 지나 훨씬 동쪽에 있으며 대단히 멋진 국가라고 설명되었다.[575] 그리고 그 텍스트들은 507년에 복건의 선박이 폭풍우 때문에 태평양 멀리 동쪽에 있는 작은 섬으로 밀려갔는데, 그곳 사람들의 얼굴이 개와 같았고, 작은 콩을

---

574 第卷五十四, p.35 이하. G. Schlegel, "Problèmes Géographiques : les Peuples Étrangers chez les Historiens Chinois : Fu-Sang Kuo," *TP*, 1892, 3에 완전히 번역되어 있다. 이 문장은 『南史』, 卷七十九, pp.7 이하와 『文獻通考』, 卷三百二十七, p.3569에 인용되어 있다. 의심할 여지없이 de Guignes는 그것으로부터 최초로 이 결론을 얻었다. 그것은 또한 갖가지 백과사전들에 생략된 형태로 보인다. 보다 세련되어 언급은 『梁四公記』(695)에서 보인다.

575 『南史』, 卷七十九, p.1에는 520년부터 526년 사이에 1명의 道士가 扶桑에서 중국으로 왔다고 되어 있는데, 아마 이것은 慧深를 가리키고 있을 것이다.

〈그림 993〉 고도의 중앙아메리카 문명의 분포(W. Krickeberg, "Beitrage zur Frage der alten Kulturgeschichtlichen Beziehungen zwischen Nord und Süd-Amerija," *ZFE*, 1934, 66 이후)

주식으로 하여 연명하고 있었다고 결론내리고 있다.[576]

부상은 중국 문헌에서 드 귀뉴가 잘 모르는 오랜 배경을 지니고 있었다. 주대(周代) 말기부터 한대(漢代) 초기의 매력적인 고대 지리학 서적인『산해경(山海經)』에는 10일 주기의 여행에 나서기 전에 멀리 동쪽에서 자라고 있는 부상나무의 가지에 10개의 태양이 걸려 있었다고 쓰여 있다.[577] 『상서대전(尚書大傳)』[578]이나 『해내십주기(海內十洲記)』[579] 같은 한나라의 문헌에도 그와 비슷한 우화들이 자세하게 쓰여 있다. 그러나 이것은 부상이 후대에 실제 장소로 생각되지 않았다는 것을 의미하지는 않는다. 우리는 이미 양나라에서 유리와 수정을 가지고 왔다는 사절들의 이야기를 언급한 적이 있다.[580] 676년에 양형(楊炯)은『혼천

---

576 1492년부터 1502년 사이에 Cuba, Venezuela, Honduras에 갔을 때, Amazons과 Cynocephali에 대한 이야기가 Columbus의 마음속에 있었다는 사실은 흥미롭다(B. Laufer, "Columbus and Cathay : the Meaning of America to the Orientalist," *JAOS*, 1931, 51을 참조). 그 이야기들은 헬레니즘, 인도, 중국의 공통된 전설 중 하나였다. '식인종(cannibal)'은 canis라는 용어 때문에 Carib가 와전된 어형이라고도 말해지고 있다. River Amazon의 어원을 참조

577 卷九, p.3.; 卷十四, p.5 등을 참조. Joseph Needham, *Science and Civilization in China*, Vol.3, <fig. 212>, <fig. 213>, <fig. 228>, <fig. 242>의 '해와 달의 나무(Arbores Solis et Lunae)'를 보라.

578 G. Schlegel, *op. cit.*, p.109를 참조. 表記는 변화하는데, 榑桑을 그 예로 들 수 있다.

579 G. Schlegel, *op. cit.*, pp.118 이하를 참조. 또한『拾遺記』, 卷三, p.2를 보라.

580 Joseph Needham, *Science and Civilization in China*, Vol.4, pt.1, p.114. : 史料는 520년경의 것에 대해 언급한 695년의『梁四公記』이다.『圖書集成』, 「邊裔典」, 卷四十一, pp.3과 4에 수록.

부(渾天賦)』에서 그 지역이 동해(東海, 태평양) 연안의 어딘가에 있다고 서술하였다.[581] 또한 863년에 편찬된 『서양잡조(西洋雜俎)』에는 581년에 어떤 조선인이 태풍 때문에 동쪽에 있는 부상으로 흘러갔다는 기록이 있다.[582] 하지만 그 이야기는 경박하지만, 아이누(Ainu)에 대해 언급하고 있는 것처럼 보인다. 7세기의 천문학자였던 이순풍(李淳風)은 일본이 중국의 동쪽에 있듯이 부상이 일본의 동쪽 어딘가에 있다고 말하였다.[583] 결론적으로 부상이 어디에 있는지 아무도 정확히 알지 못한다. 1892년 쉴레겔(Schlegel)[584]은 가능성이 가장 높은 곳으로 일본 북동쪽의 긴 섬인 캄챠카(Kamchatka) 즉 사할린(樺太)을 들었다.[585] 그밖에도 캄챠카나 쿠릴 열도(Kurils)가 고려되기는 하지만, 현재로서는 그것을 확인할 보다 나은 수단이 없다.

드 귀뉴의 유명한 논문이 불러일으킨 논쟁과 관련된 문헌을 자세하게 설명하는 것은 대단히 쉽지만 그럴 가치가 없다.[586] 그러나 릴랜드(Leland)의 책[587]만큼은 주목할 만한 가치가 있다. 그는 1875년에 드 귀뉴를 변호하였는데, 아메리카 인디안 문명의 여러 특징이 혜심 관련 기사에 있는 각 항목에 상응하는 것임을 보여주려고 최선을 다하였다.[588] 그는 부상나무가 용설란(龍舌蘭)

---

581 이 한 구절은 『玉海』版에는 없지만, 『圖書集成』, 「邊裔典」, 卷三, p.2를 보라.

582 卷十四, p.8.

583 『文獻通考』, 卷三百二十四, p.2547의 주석.

584 G. Schlegel, *op. cit.*

585 후대의 중국 문헌에서 扶桑은 일본 자체를 가리키는 애매한 詩的 用語로서 자주 사용되었다.

586 이미 1831년 J. Klaproth, *Recherches sur le Pays de Fousang*, Paris, 1831은 de Guignes의 주장을 믿을 수 없는 것으로 종결지었다. 10년 후에 Neumann과 Pravey가 그것을 옹호한 것처럼 보이지만, 우리는 그들의 논문을 볼 수 없었다.

587 C. G. Leland, *Fusang : or, the Discovery of America by Chinese Buddhist Priests in the 5th Century*, Trübner, London, 1875.

588 C. G. Leland는 여러 가지 문제에 관한 일반적이면서 대중적인 작가였다. 미국인이었던 그 자신이 사는 대륙의 고고학에 관심을 많이 가지고 있었다. 그의 책은 후에 읽히기보다는 많은 조롱의 대상이 되었다. Cambridge University Library에 소장되어 있는 그의 서적은 85년 동안 아무에게도 읽히지 않은 채 선반에 놓여 있었다. 실제로 그의 서적이 가치 있는 통찰

이고, 마야(Mayas)와 아즈텍(Aztecs)에서 철이 부족했던 것이 분명하고, 암사슴에서 젖을 짜는 모습이 중앙아메리카에서 초기 여행객들에 의해 목격되었고,[589] '작은 콩'이 강낭콩이었음에 틀림없다는 것을 분명하게 지적하였다. 그러나 릴랜드와 그의 동료들이 모든 항목에서 신뢰받지 못 할 수 있지만, 풀리지 않은 잔재 즉 아시아와 아메리카 인디안 문화 사이에 어떠한 연관이 있었다는 것에 대한 함축적인 믿음은 남아 있었다. 그리고 그 믿음은 아직도 존재하고 있다. 그러나 중국학자들은[590] 단념하지 않고 드 귀뉴와 릴랜드에게서 보이는 말도 안 되는 점들을 모두 무자비하게 폭로하였고, 부상에 관한 문제는 제1차 세계대전 때까지 로퍼(Laufer),[591] 코르디에(Cordier)[592] 등과 같은 사람들의 비판에 의해 완전히 맥이 끊어져 버렸다.[593]

력을 결여하고 있는 것은 아니다.

589 C. G. Leland, *op. cit.*, p.154. 근거는 Quiché Mayas족의 성스러운 책 Popul Vuh의 번역서 서문에 있는 E. C. Brasseur de Bourbourg, *Popol Vuh, ou Livre Sacré ··· des Quichés*, Durand, Paris, 1861, p. xi를 이어받은 G. d'Eichthal, "Des Origines Asiatico-Bouddhiques de la Civilization Américaine," *RA*, 1864, 10, p.199였다. 새로운 번역서인 tr. Adrián Recinos, D. Goetz & Sylvanus G. Morley, *Popol Vuh : the Sacred Book of the Ancient Quiché Maya*, Univ. of Oklahoma Press, Norman, Oklahoma, 1949를 참조. Diego de Landa, *Relation des Choses de Yucatan*, vol.1, Genet, Paris, 1928, p.99를 참조.

590 특히 E. Bretschneider, "Über das Land Fu-Sang," *MDGNVO*, 1876, 2.; T. Sampson, "Buddhist Priests in America," *NQCJ*, 1869, 3.

591 B. Laufer, "Optical Lanses," *TP*, 1915, 16, p.198.; Idem, "Columbus and Cathay : the Meaning of America to the Orientalist," *JAOS*, 1931, 51.

592 H. Cordier, *Histoire de Générale de la Chine*, Vol.1, Geuthner, Paris, 1920, pp.558 이하.

593 아마 중요하겠지만 探險文學은 예외로 한다. 왜냐하면 V. Stefánsson & O. R. Wilcox, *Great Adventures and Explorations, from the Earliest Times to the Present, as told by the Explorers themselves ···*, Hale, London, 1947, pp.107이 1947년에 그것을 아주 진지하게 받아들였기 때문이다. 그들이 생각하고 있듯이, 그것은 아마 1725년 Peter the Great가 Kamchatka 동부의 육지를 찾기 위해 Vitus Behring 탐험대를 파견한 이유 중 하나일 것이다(Ibid., pp.443 이하).

　　1958년에 Henriette Mertz가 사적으로 한 권의 책을 출판했는데, 이 책은 (Leland의 저서를 분명히 모른 채) 慧深의 扶桑이 실제로 아메리카 대륙일 뿐만 아니라 '커다란 동해를 가로질러' 있는 것에 관한 (기원전 2250년의) 『山海經』의 기사(卷四, 卷九, 卷十四)가 미국 남부에 있는 지역들을 증명하고 산맥들을 묘사하고 있다고 서술되어 있다. Mertz는 秦나라 시대의 탐험과 '캄차카 해류(Kamchatka Current)'에 대해 알고 있었고, 그녀는 아메리카 인디언의 공예품과 발상이 동아시아와 남아시아의 것들과 '이상할 정도로 닮아있음'에 대해 언급하였

필자는 1947년 11월 유엔 특별기구의 사무국 직원 중 한사람으로서 멕시코에 갔었는데, 두세 달 동안 스페인 문화뿐만 아니라 아메리카 인디언의 문화도 알아볼 수 있는 황금 같은 기회를 가졌다. 나는 알퐁소 카소(Alfonso Caso)와 실바누스 몰리(Sylvanus Morley) 같은 위대한 아메리카 인디언의 제자였던 미구엘 코바루비아스(Miguel Covarrubias) 그리고 줄리안 헉슬리(Julian Huxley)와 함께 수도에서 국립박물관의 멋진 소장품들을 보았다. 그리고 친구이자 거주민 고고학자(resident-archaeologist)인 알베르토 루즈-뢸리에(Alberto Ruz-Lhuillier)가 당시 머무르고 있던 테오티와칸(Teotihuacán)과 소치칼코(Xochicalco)로부터 치첸-이타자(Chichén-Itazá)까지 아즈텍 문명과 마야 문명의 유적들을 방문하였다. 아메리카 연구를 위해 필자의 책장을 조사할 때, 필자는 아시아 문화를 잘 알고 있는 사람이 아시아적인 배경을 가지고 있는 사람에게 줄 수 있는 예리한 지적인 모험심을 생생하게 상기하였다. 이러한 모험이 실제로 기시감(旣視感, déjà vu)의 성격을 약간 지니고 있어서, 필자는 그곳에 머무는 동안 중앙아메리카 고지대 문명과 아시아 동부와 남동부 문명 사이에 있는 뚜렷한 유사성에 깊은 인상을 받았다.[594] 마치 태평양을 가로질러 온 문명에 의해 풍부해지고, 유발되며, 자극받은 것처럼, 중앙아메리카 문명 전체가 대륙의 서부에서 발생했다는 사실이 놀랍지 않은가?[595](<그림

는데, 이 언급은 올바른 것 같다. 그러나 그녀는 태평양을 횡단하는 항해 수단과 가능성을 전혀 언급하지 않고 있다. Quetzalcoatl(아즈텍족의 主神)을 LA 근처에 상륙한 특정 중국인 —의심할 여지없이 慧深을 말한다— 으로 생각하는 것은 대담무쌍한 생각으로 보아도 좋을 것이지만, 일반적으로 제안된 정체성은 상당한 의혹을 불러일으킨다.

　　1961년에 러시아와 중국의 대중 문학에 이 승려가 다시 등장하고, 1962년 1월 29일자의 *The Time*지의 사설에 언급되는 영예도 얻었다(*CKHW Bulletin*, 7 June 1962를 참조).

594 중국과 마야의 유사성은 이미 1933년에 선구자적인 사회주의학자인 Chiang Khang-Hu를 깊게 감명시켰다. 그는 이 유사점에 관해 기사를 썼는데, 많이 알려져 있지는 않다(Chiang Khang-Hu, *On Chinese Studies*, Co. Press, Shanghai, 1934, p.380을 보라).

595 T. Heyerdahl, *American Indians in the Pacific : the Theory behind the Kon-Tiki Expedition*, Allen & Unwin, London, 1952 이후 W. Krickeberg, "Beiträge zur Frage der akten Kuturgeschichtlichen Beziehungen zwischen Nord-und Süd-Amerika," ZFE, 1934, 66으로부터 인용. de Guignes 자신은 훨씬 이전에

993>을 보라). 다음으로 중앙아메리카 인디언이 건축한 사원의 테라스와 기념물의 계단 및 도시의 양식에는 피라미드 모양의 테오칼리(teocalli)가 있기는 하지만, 수평선 모양이 두드러진 점,[596] 하늘을 나는 용의 모티프가 어디에나 존재한다는 점,[597] 두 개의 머리를 가진 뱀,[598] 도철(饕餮)을 닮은 얼굴이 찢어

이것에 대해 언급하였다(Joseph de Guignes, "Recherches sur les Navigations des Chinois du Coté de l'Amérique, et sur Quelques Peuples situés à l'Extremité Orientale de l'Asie," *MAI / LTR*, 1761, 28, p.518.; M. Covarrubias, *The Eagle, the Jaguar, and the Serpent : Indian Art of the Americas - North America*, Knopf, New York, 1954, p.71을 참조.

596 Anon, *Pre-Hispanic Art of Mexico*, Mexico City, 1946, figs. 19, 148, 204.; A. C. Castillo, *Archaeology in Mexico Today*, Petroleos Mexicanos, Mexico City, n.d.(1947), pp.13, 14, 15, 20 및 수록된 사진을 보라. 중국의 건축 양식에서 수평선의 중요성은 앞에서 강조해두었다. teocalli와 중국 문화의 天壇과 地壇의 성스러운 담과 계단 모양의 基壇의 유사성은 凌純聲, "北平的封禪文化," 「中華硏究院民族學硏究所專刊」, 1963(no.16).; Idem, "中國古代社之源流," 「中華硏究院民族學硏究所專刊」, 1964(no.17)에 의해 연구되고 있다.

597 nāgas와 龍의 유사점에 대해서는 Joseph Needham, *Science and Civilization in China*, Vol.3, p.252와 다른 많은 문헌을 참고하라. 아메리칸 인디언의 용에 대해서는 Anon, *Pre-Hispanic Art of Mexico*, Mexico City, 1946, fig 22.; S. G. Morley, *The Ancient Maya*, Stanford Univ. Press, Palo Alto, Calif., 1946, p.215.; G. C. Vaillant, *Aztecs of Mexico : the Origin, Rise and fall of the Aztec Nation*, Doubleday, New York, 1947, pp.52, 57, 175 이하, 182이하, pls. 23, 53.; H. J. Spinden, *Ancient Civilisation of Mexico and Central America*, Amer. Mus. Nat. History, New York, 1946, pp.89 이하, 206.; M. Covarrubias, *Mexico South : the Isthmus of Tehuantepec*, Knopf, New York, 1946, p.130.; Idem, *The Eagle, The Jaguar, and the Serpent : Indian Art of the Americas - North America(Alaska, Canada, the United states)*, Knopf, New York, 1954.; Idem, *Indian Art of Mexico and Central America*, Knopf, New York, 1957.; J. Soustelle, *La Pensée Cosmologique des ancients Mexicains : Representation du Monde et de l'Europe*, Hermann, Paris, 1940, p.47.; E. Noguera, *Guide-Book to the National Museum of Archaeology, History and Ethnology*, Central News, Mexico City, 1938, p.32. 마지막으로 '비교는 … 대단히 곤란하다'고 썼던 G. Combaz, "Masques et Dragons en Asie," *MCB*, 1939, 6, 특히 pp.262 이하를 참조. 고대 중국 문화와 마야 문화에서 보이는 龍王이나 雨神(dragon rain-god)의 숭배와 祈雨祭의 구체적인 세부 사항이 일치하는 것은 劉敦勵, "古代中國與中美馬耶人的祈雨與雨神崇拜," 「中華硏究院民族學硏究所專刊」, 1957, no.4의 철저한 연구에 의해 명백하게 밝혀졌다. Chichén-Itzá 신전에서의 유명한 cenote의 희생은 기원전 5세기 중국에서 河神의 新婦를 희생시키는 것과 본질적으로 같았다(Joseph Needham, *Science and Civilization in China*, Vol.w, p.137을 참조). 만약 중앙아메리카 인디언 문명이 자유롭게 발달하도록 허락되었더라면, Hsimên Pao같은 사람이 등장하여 합리주의의 검을 가지고 종교의 잔인함을 끝낼 수 있었을까?

598 H. J. Spinden, *Ancient Civilisations of Mexico and Central America*, Amer. Mus. Nat. History, New York. 1946, p.98.; G. Combaz, "Masques et Dragons en Asie," *MCB*, 1945, 7. 고대 중국의 무지개의 상징이었던 머리가 두 개 달린 뱀(Joseph Needham, *Science and Civilization in China*, Vo. 3, p.473)은

진 모양의 디자인,[599] 목어(木魚)를 닮은 테포나츨리(teponatzli)의 큰 북,[600] 시
루(飯) 모양을 생각나게 하는 발이 세 개 있는 토기,[601] 테라코타의 여러 가지
상(像)들[602]과 그림이[603] 초(楚)나라와 한(漢)나라의 것과 대단히 유사하다는

5세기 千佛洞 동굴사원에 조각된 것이 Joseph Needham, *Science and Civilization in China*, Vol.1,
, fig. 19에서 보인다. M. Covarrubias, *The Eagle, the Jaguar, and the Serpent : Indian Art of the Americas
- North America*, Knopf, New York, 1954, pp.45, 169.; Idem, *Indian Art of Mexico and Central America*,
Knopf, New York, 1957, pp.176 이하를 참조.

599 Anon, *Pre-Hispanic Art of Mexico*, Mexico City, 1946, fig, 52.; H. J. Spinden, *op. cit.*, pp.167 이하,
223.; L. Adam, "Das problem der asiatisch-altamerikanischen Kuturbeziehungen mit besonderer Berü
cksichtigung der Kunst," *WBLGA*, 1931, 5를 보라. 중국의 圖像學(iconography)에 대한 언급은
Joseph Needham, *Science and Civilization in China*, Vol.2, p.117에서 볼 수 있다. C. Hentze, "La Culte
de l'Ours ou du Tigre et le T'ao-T'ie," Z, 1938, 1.; M. Covarrubias, *The Eagle, the Jaguar, and the
Serpent : Indian Art of the Americas - North America*, pp.31, 35.; Idem, *Indian Art of Mexico and Central
America*, pp.235, 238을 참조.

600 Anon, *op. cit.*, figs, 201, 202, 241, 249, 250.; A. Schaeffner, *Origine des Instruments de Musique*, Payot,
Paris, 1936, pp.72 이하를 보라. 중국 사원의 나무로 된 생선 모양의 大鼓(木魚)에 대해서는
Joseph Needham, *Science and Civilization in China* Vol.4, pt.1, p.149의 각주를 참조

601 Anon, *op. cit.*, figs, 155, 167, 182, 195, 212, 253을 보라. 고대 중국에서 이것에 상응하는 물건
은 Joseph Needham, *Science and Civilization in China*, Vol.1, p.80에서 논하였다. 아메리칸 인디언에
대한 많은 사례는 M. Covarrubias, *The Eagle, the Jaguar, and the Serpent : Indian Art of the Americas
- North America*.; Idem, *Indian Art of Mexico and Central America*.; G. F. Ekholm, "The Possible Chinese
Origin of Teotihuacan Cylindrical Tripod Pottery and Certain Related Traits," Proc. 35th Internat.
Congress of Americanists, Mexico City, 1962에 있다.

602 Anon, *op. cit.*, fig. 216의 몇 개의 무용수 인형을 보라. 멕시코시티의 국립박물관에는 축제를
벌이거나 점치는 놀이를 하고 있는 완벽한 1쌍의 像이 있다. 스타일 측면에서 이 상들은
다른 漢代의 무덤에서 발굴된 것과 雲南에서 최근에 발견된 청동상을 생각나게 한다. 아메
리칸 인디언상들에 관한 풍부한 기록은 앞에서 인용한 M. Covarrubias의 서적 2권에 있다.

603 José Pijoán, *Summa Artis : Historia General del Arte*, vol.1. Espasa-Calpe, Madrid, 1946, pl.XII를 보라.
G. C. Vaillant, *Artists and Craftsmen in Ancient Central America*, Amer. Mus. Nat. Hist., New york, 1935,
p.60은 水野精一(미즈노 세이치),『漢代の繪畵』, 京都, 1957.; 楊宗榮,『戰國繪畵資料』, 古典藝
術出版社, 北京, 1957, 第1図, 第15図.; 常任俠,『漢代繪畵選集』, 朝花美術出版, 北京, 1955, 第
1図, 第4図, 第5図, 第6図.; 商承祚,『長沙出土楚漆器圖錄』, 上海, 1955.; Otto Fischer, *Chinesische
Malerei der Han Dynastie*, Neff, Berlin, 1931에서의 벽화와 옻칠 그림과 비교할 만하다. 또 벽화에
관해서는 M. Covarrubias, *The Eagle, the Jaguar, and the Serpent : Indian Art of the Americas - North
America*. pp.56, 86, 116.; Idem, *Indian Art of Mexico and Central America*, pp.253 이하, 303을 그리고
채색 옻칠 그림에 대해서는 Idem, *The Eagle, the Jaguar, and the Serpent : Indian Art of the Americas
- North America*.(2), pp.56.; Idem, *Indian Art of Mexico and Central America*, p.95를 보라.

것, 깃털로 만들어진 드레스,[604] 마야와 아즈텍의 이중순열로 된 달력들,[605] 표의문자(表意文字),[606] 상징적인 상관관계(색깔, 동물, 나침반 방위, 기타)의 광범 위한 유사성[607]과 우주론적인 전설,[608] 이 모든 것을 결부시키면 아시아 문화

---

604 G. C. Vaillant, *Artists and Craftsmen in Ancient Central America*, pp.66, 72 이하를 참조. Joseph Needham, *Science and Civilization in China*, Vol.1, p.202.; Joseph Needham, *Science and Civilization in China*, Vol.4, pt.1, p.149와 비교해 보라. M. Covarrubias, *The Eagle, the Jaguar, and the Serpent : Indian Art of the Americas - North America*, pp.55, 100을 보라.

605 S. G. Morley, *The Ancient Maya*, Stanford Univ. Press, 1946, pp.269 이하.; Alfonso Caso, *The Religion of the Aztecs*, Editorial Fray B. de Sahagun, Mexico City, n.d.(1947), pp.39 이하.; H. J. Spinden, *Ancient Civilisations of Mexico and Central America*, pp.111 이하.; J. Soustelle, *La Pensée Cosmologique des Anciens Mexicains : Representation du Monde et de l'Europe*, Paris, 1940.; F. Rock, "Kalendarkreise und Kalendarschichten in alten Mexico und Mittelamerika," Art. in W. Schmidt Festschrift, ed. W. Koppers, Vienna, 1928. 중국 문화권과 아메리칸 인디언 문화권 사이에서 여러 가지 循環數列週期의 유사성에 대해서는 이미 얼마간 자세히 적은 적이 있다(Joseph Needham, *Science and Civilization in China*, Vol.3, pp.397, 407). 중국의 60진법과 그 성격에 대해서는 Joseph Needham, *Science and Civilization in China*, Vol.1, p.79.; Vol.2, p.357.; Vol.3, p.82를 보라. 동물주기 즉 12支(Joseph Needham, *Science and Civilization in China*, Vol.3, pp.405 이하), 28宿(Joseph Needham, *Science and Civilization in China*, Vol.3, pp.242 이하) 등에 관한 유사성에 대해서는 활발하게 연구가 진행되고 있다. J. E. S. Thompson, *Maya Hieroglyphic Writing : an Introduction, Washington*, 1950.; D. H. Kelly, *Parallelisms in Astronomy and Calendar Science between Amerindian and Asian Civilisations*, Unpub. material personally discussed, 1956.; Idem, "Calendar Animals and Deities," *SWJA*, 1960, 16.; J. Soustelle, *La Pensée Cosmologique des Anciens Mexicains : Representation du Monde et de l'Europe*, Paris, pp.79 이하.; P. Kirchhoff, *The Diffusion of a Great Religious System from India to Mexico*, Proc. 35th Internat. Congress, of Americanists, Mexico City, 1962를 참조.

606 S. G. Morley, *The Ancient Maya*, pp.260 이하.; J. E. S. Thompson, *Maya Hieroglyphic Writing : an Introduction*, vol.1, p.28 이하 참조.

607 H. J. Spinden, *op. cit.*, pp.126, 231, 234.; J. Soustelle, *op. cit.*, pp.30, 56 이하, 75에서는 방위와 색깔의 결부가 특히 인상적이다(Joseph Needham, *Science and Civilization in China*, Vol.2, pp.261 이하를 참조). 독자는 고대와 중세의 중국사상에서 나타나는 상징적인 상관 관계의 기본적인 중요성에 관해 상기할 필요는 없을 것이다. '陰陽'의 도안에 관해서도 H. J. Spinden, *op. cit.*, p.243과 M. Léon-Portilla, "Philosophy in the Cultures of Ancient Mexico," Art. in *Cross-Cultural Understanding : Epistemology in Anthropology*, ed. F. S. C. Northrop & H. H. Livingston, Harper & Row, New York, 1964를 참조.

608 이에 관해서는 이미 하늘의 테두리와 지구 사이에 있는 틀을 열고 닫는 사례를 보았다 (Joseph Needham, *Science and Civilization in China*, Vol.3, p.215). G. Hatt, "Asiatic Motifs in American folklore," In Singer Presentation Volume, *Science, Medicine and History*, ed. E. A. Underwood, Oxford, 1954.; E. Erkes, "Chinesische-Amerikanische Mythenparallelen," *TP*, 1925, 24를 참조. 그러나 아즈텍 인들도 달나라에 토끼가 있다고 믿었다(J. Soustelle, *op. cit.*, p.15.; Liu Tun-Li, "Rain[-God]

가 아메리카 인디언 문화에 준 문화적 영향에 대한 압도적인 인상을 받을 수 있다.[609] 또한 필자는 분명히 아시아의 영향을 보여주는 게임,[610] 예언(견갑 골에 의한 점성술을 포함),[611] 계산 도구,[612] 예술 양식[613] 등의 분야에서 이전부

Worship [and rain-Making ceremonies] among the Ancient Chinese and the Nahua and maya Indians," *AS / BIE*, 1957(no.4), p.67). Joseph Needham, *Science and Civilization in China*, Vol.3, p.228 등을 참조. 義和兄弟(Joseph Needham, *Science and Civilization in China*, Vol.3, p.188을 보라)와 대단히 가까운 친척들이 마야에도 보인다(Diego de Landa, *Relation des Choses de Yucatan*, Genet, Paris, 1928. vol, 2, p.15). Bernadino de Sahagún, *Historia General de las Cosas de Nueva España*, ed. C. M. de Bustamente, *Mexico City, 1829~30*의 역사와 Adrián Recinos, D. Goetz & Sylvanus G. Morley, *op. cit.*에 있는 Popoi Vuh의 번역을 참조.

609 이러한 진술이 중앙아메리카 高地帶 文化의 독창성을 부정하는 의도로 받아들여져서는 안 된다. 비와 옥수수의 인격화 같은 종교 제도, 잉카 제국에서 대단히 발달되어 있던 사회 조직, 혹은 흑요석(화산유리)의 세공, 백금의 야금, 고무 기술과 같은 독특한 기술 등에서도 그들은 독자적인의 개성을 보였다. 필자는 단지 그것들을 만들도록 도와주었을지도 모르는 아시아로부터의 중요한 영향에 대해서만 말할 뿐이다. (이 문제들의 논리에 대해 필자가 도움을 많이 받은 많은 동료와 Gene Weltfish 교수 같은) 몇몇 아메리카 인디언 전문가들은 특정 문화의 기술 발달이 명백하거나 설명할 수 없는 불연속성을 보일 때만 그 문화에 대한 외적인 영향을 생각해야 한다는 견해를 가지고 있다. 필자는 이것이 너무나 가혹하다고 생각하며, 따라서 서로 다른 문화 사이에 두드러진 유사성이 나타나면 그 유사성에 관심을 기울이는 것이 옳다고 생각한다. (중국보다 늦게 유럽에 생겨난 인쇄술의 발명처럼) 독창적인 발명은 결코 논박될 수 없을 것이지만, 어떤 기술이 다른 문화에서보다 앞서 나타나 오랜 역사를 지니게 된다면, 이를 입증해야 할 책무는 독창적인 발명설을 지지하는 측에 있다고 생각한다. 항상 문화적 전파가 물리적, 지리적으로 가능했다는 것을 그럴만한 개연성을 가지고 보일 수 있는 한에서만, R. von Heine-Geldern, "Traces of Indian and Southeast Asian Hindu-Buddhist Influences in Meso-America," Proc. 35th Internat. Congress of Americanists, Mexico City, 1962, Vol.1, p.47과 Alfonso Caso, *Relations between the Old and New World : a Note on Methodology*, Proc. 35th Internat. Congress of Americanists, Mexico City, 1962의 대조적인 주장을 숙고하지 않으면 안 될 것이다.

610 서양주사위 같은 게임인 Patolli에 관한 고전적인 논문인 E. B. Tylor, "On the Game of Patolli in ancient Mexico and its probable Asiatic Origin," *JRAI*, 1878, 8을 보라. 그것의 아즈텍 형식은 그 이전의 아시아 형식과 대단히 비슷하다.

611 肩胛骨 占에 관해서는 Joseph Needham, *Science and Civilization in China*, Vol.2, pp.347 이하를 보라. Algonquin Indians 사이에 J. M. Cooper, "Northern Algonkian Scrying and Scapulimancy," Art. in W. Schmidt, Festschrift, ed. W. Koppers, Vienna, 1928.; Idem, "Scapulimancy," Art. in Essays in Anthropology Kroeber Presentation Volume, Univ. Calif. Press, Berkeley, 1936이 그것을 발견한 것은 예상 밖의 것이었다.

612 매듭으로 된 끈으로 계산하고 기록하는 것에 관해 가장 유명한 것은 Inca의 quipu인데(L. L. Locke, *The Quipu*, Amer. Mus. Nat. Hist., New York, 1923을 참조), 고대 중국에 이와 비슷한

터 널리 알려져 있던 민족학적 사실도 잘 알고 있었다. 옥비취가 중국인에게 중요했던 만큼이나 아즈텍과 마야인에게도 대단한 보물로 간주되었다는 것[614]은 대단히 기이한 현상이지만, 더욱 이상한 것은 태평양의 양안에서 비취(옥) 구슬이나 매미를 죽은 사람의 입에 넣은 일이 동시에 존재했다는 점이다.[615] 이 모든 문명들에서 죽은 사람을 위한 옥으로 만든 호신부가 생명을

방법이 있었던 것을 보이는 증거도 많이 있다(Joseph Needham, *Science and Civilization in China*, Vol.1, p.164.; Vol.2, pp.100, 327, 556.; Vol.3, pp.69, 95를 참조).

613 Khmer의 예술에 관해서는 Henri Marchal, "Rapprochements entre l'Art Khmer et les Civilisations polynésiennes et pre-colombiennes," *JSA*, 1934, 26. 인도네시아와 인도차이나의 예술에 관해서는 G. d'Eichthal, "Des Origines Asiastico-Bouddhiques de la Civilisation Américaine," RA, 1864, 10.; D. Kreichgauer, "Neue Beziehungen zwischen Amerika und der alten Welt," Art. in W. Schmidt Fesschrift, ed. W. Koppers, Vienna, 1928. 周나라와 아메리카 인디언의 장식에서 나선무늬가 두드러져 보이는 것은 아주 놀랄만하다. M. Covarrubias, *Mexico South : the Isthmus of Tehuantepec*, Knopf, New York, 1946~7, pp.110 이하.; Idem, *The Eagle, the Jaguar, and the Serpent : Indian Art of the Americas - North America*의 부록과 Idem, *Indian Art of Mexico and Central America*의 부록을 참조 인도네시아 에서 볼 수 있는 이와 비슷한 것들은 G. Weltfish, *The Origins of Art {in Amerindian basket-making, weaving and pottery}*, Bobbs-Merrill, Indianapolis and New York, 1953에 거론되어 있다. 그러나 그는 그 유사성이 직물과 바구니 만드는 기술, 특히 납작하고 가는 실로 綾織을 짜는 기술에서 각각 독립적으로 파생된 것일 거라고 믿고 있다.

614 S. G. Morley, *The Ancient Maya*, pp.425 이하, pls. 91~93.; G. C. Vaillant, *Artists and Craftmen in Ancient Central America*, pp.75 이하.; Idem, *Aztects of Mexico : the Origin, Rise and Fall of the Aztec Nation*, p.128, pls. 3, 16.; Anon, *Pre-Hispanic Art of Mexico*, figs. 199, 200.; H. J. Spinden, *Ancient Civilisations of Mexico and Central America*, pp.89, 160, 162, 243.; M. Covarrubias, *Mexico South : the Isthmus of Tehuantepec*, Knopf, new York, 1946~7, pp.107 이하.; Idem, *The Eagle, the Jaguar, and the Serpent : Indian Art of the Americas - North America*의 부록과 Idem, *Indian Art of Mexico and Central America*의 부록을 참조 마오리족이 옥을 좋아한 사실도 기억되어야 한다. F. R. Chapman, "On the Working of Greenstone or Nephrite by the Maoris," TNZI, 1892, 24.; E. Ruff, *Jade of the Maori*, London, 1950.; R. Duff, "The Moa-Hunter Period of Maori Culture," CMB, 1950(no.1)을 참조

615 S. G. Morley, *op. cit.*, p.205.; Alfonso Caso, *Religion of the Aztects*, Mexico City, n.d.(1947), p.38.; M. Covarrubias, *Mexico South : the Isthmus of Tehuantepec*, p.108. 아메리카 인디언의 여러 종족은 주로 입 안에 옥구슬을 넣고 있었지만 또한 옥으로 매미를 조각하여 가지고 다니기도 하였다. Anon, *Pre-Hispanic Art of Mexico*, fig, 244.; Joaé Pijoán, *Summa Artis : Historia General del Arte*, Madrid, 1946~52, vol.10, pl.XI과 fig. 250.; E. Noguera, *Guide-Book to the National Museum of Archaeology, History and Ethnology*, p.39를 참조 이에 상당하는 중국인의 습관에 대해서는 B. Laufer, "Jade : a Study in Chinese Archaeology and Religion," FMNHP / AS, 1912, pp.294 이하.; tr. E. Biot, *Le Tcheou-Li ou Rites des Tcheou*, Imp. Nat., Paris, 1851, vol.1. pp.40, 389.; L. Wieger, *Textes Philisophiques*, Mission

주는 색깔인 적색 진사(辰砂)나 적철광으로 칠해져 있다는 것을 알았을 때,[616] 필자의 놀라움은 확신으로 바뀌었다.

만약 이 확신을 절반이라도 주저하는 마음이 있다고 한다면, 그것은 아메리카 인디언들이 오랜 세월동안 (중앙아메리카 고지대의 토착문화 발달에 어떠한 외부 영향도 인정하지 않는) 먼로 독트린(Monroe Doctrine)을 가지고 있었기 때문이다.[617] 그러나 이 정통성은 20년이 지난 지금도 급속히 사라져가고 있으며, 아시아의 주기적인 영향이 좀 더 일상적인 것이 되는 동시에 더 많이 받아들여지고도 있다. 기원전 7세기와 기원 후 16세기 사이에 즉 콜럼버스 이전의 모든 시기에 아시아인이 때때로 아메리카를 방문하였고 또한 여러 가지 사상과 지식과 함께 다수의 문화적 특징, 예술적 양식 그리고 물질(특히 식물)을 가져왔다는 증거가 많이 모여 있다.[618] 혈액형,[619] 민족식물학(ethno-

---

Press, Hsienhsien, 1929, p.90 등을 참조.

616 M. Covarrubias, *Mexico South : the Isthmus of Tehuantepec*, p.108.; Idem, *The Eagle, the Jaguar, and the Serpent : Indian Art of the Americas - North America*, pp.28, 79, 104.; Idem, *Indian Art of Mexico and Central America*, p.55. 이에 상응하는 중국의 사례는 B. Laufer, "Jade : a Study in Chinese Archaeology and Religion," *FMNHP / AS*, 1912, p.31에 있다. 아즈텍의 사망자 처리에서 빨간 안료를 사용하는 것에 관한 다른 사례는 G. C. Vaillant, *Aztects of Mexico : the Origin, Rise and Fall of the Aztec Nation*, p.37에서 언급되고 있다. 옥 문제에 관한 아메리카 인디언 문화와 중국 문화 사이의 주목할 만한 또 하나의 병행 관계는 광물을 찾는 사람이 옥을 발견하도록 도와주는 '發散物(exhalations)'을 믿는다는 것이다(Joseph Needham, *Science and Civilization in China*, Vol.3, p.677을 참조). 이것은 Bernadino de Sahagún, *Historia General de las Cosas de Neuva España*, vol.11. p.277 이하에 쓰여 있다.; M. Covarrubias, *Mexico South : the Isthmus of Tehuantepec*, p.108.; Idem, *The Eagle, the Jaguar, and the Serpent : Indian Art of the Americas - North America*, p.105를 참조.

617 구석기 시대에 베링 해협을 횡단하여 아시아로부터 이주해온 인종이 아메리카에 살고 있었다는 것은 물론 부인되지 않았다. 왜냐하면 원주민의 '몽골족'적인 특징이 자연인류학에 의해 훨씬 이전에 증명되어 있었기 때문이다. 여기에서의 논의는 지난 3천년 동안의 문화적 영향과만 관련되어 있다.

618 전체적인 개설로서는 R. Von Heine-Geldern, "L'Art pre-bouddhique de la Chine et l'Asie du Sud-Est, et son influence en Océanie," *RAA / AMG*, 1937, 11.; Idem, "Cultural Connection between Asia and Pre-Columbian America," *AN*, 1959, 45.; Idem, "Theoretical Considerations concerning the Problem of pre-Columbian Contacts between the Old World and the New," Proc. Vth Internat. Congr. Anthropl. & Ethnol., Philadelphia, 1956.; Idem, "Das Problem vorkolumbischen Beiziehingen zwischen alter und neuer Welt, und seine Bedeutung für die allgemeine Kulturgeschichte," *AOAW / PH*, 1954,

botany),[620] 민족기생충학(ethno-helminthology)[621]의 현재 연구들이 이러한 가

91.; M. Covarrubias, *The Eagle, the Jaguar, and the Serpent : Indian Art of the Americas - North America.*; ed. M. W. Smith, "Asia and North America : Trans-Pacific Contacts," *AMA*, 1953, 18, no.3, pt.2.; G. F. Ekholm, "Is American Culture Asiatic?," *NH*, 1950, 59.; H. S. Gladwin, *Men out of Asia*, McGraw-Hill, New York, 1947. : Lord Raglan, *How came Civilisation?*, Methuen, London, 1939, pp.154 이하를 보라. 아메리카 인디언 문화의 특징에 관해서는 Diego de Landa, *Relation des Choses de Yucatan*, 1928.; Bernadino de Sahagún, *Historia General de las Cosas de Neuva Esoaña*, 1829~30.; H. J. Spinden, *Ancient Civilisations of Mexico and Central America*, 1946.; S. G. Morley, *The Ancient Maya*, Stanford Univ. Press, 1946.; tr. Adrián Recinos, D. Goetz & Syvanus G. Morley, *Popol Vuh : the Sacred Book of the Ancient Quiché Maya*, 1949.; Alberto Ruz-Lhuillier, *La Civilización de los antiguos Mayas*, Santiago de Cuba, 1957.; P. Armillas, "Teotihuacán, Tula y los Toltecas : las Culturas post-arcaicas y pre-Aztecas del Centro de Mexico - Excavatión y Estudios 1922~1950," *RUNA*, 1950, 3.; G. C. Vaillant, *Aztecs of Mexico : the Origin*, Rise and Fall of the Aztec Nation, 1947도 보라.

619 Diego 혈액형의 항원에 대해서는 M. Layrisse & T. Arendes, "The Diego Blood Factor in Chinese and Japanese," *N*, 1956, 177.; M. Lewis, Hiroko Ayukawa et al., "The Blood-Group Antigen Diego in North American Indians and in Japanese," *N*, 1956, 177을 보라.

620 이 주제는 최근에 R. von Heine-Geldern, "Kulturpflanzengeographie und das Problem vorkolumbische Kuturbeziehungen zwischen alter und neuer Welt," *AN*, 1958, 53과 G. F. Carter, "Plants across the Pacific," Art. in *MSAA*, no.9, suppl. to *AMA*, 1953, 18(no.3)에서 검토되었다. 이 경우 장해가 되는 물건(piéce de résistance)은 전통적인 아메리카 대륙을 원산지로 하는 옥수수이다(Alphonse de Candolle, *The Origin of Cultivated Plants*, Kegan Paul, London, 1884, pp.387 이하.; N. I. Vavilov, *The Origin, Variation, Immunity and Breeding of Cultivated Plants : Selected Writings*, *Chronica Botanica, Waltham*, 1950, p.40). B. Laufer, "The Introduction of Maize into Eastern Asia," Proc. XVth Intrnat. Congr. Americanists, Quebec, 1906와 같은 고전적 논문에서 확립된 통설은 옥수수가 아메리카로부터 (아마 유럽인에 의해) 인도와 버마를 거쳐 중국으로 도입되었고, 아마 직접 연안 지역으로 도입되었던 16세기까지 동아시아에는 알려지지 않았다는 것이다. 이것은 P. C. Mangelsdorf & R. G. Reeves, "The Origin of Corn : I, Pod Corn, the Ancestral Form," *HBML*, 1959, 18.; Idem, "The origin of Corn : III, Modern Races, the Product of Teosinte Introgression," *HBML*, 1959, 18.; Idem, "The Origin of Corn : IV, The Place and Time of Origin," *HBML*, 1959, 18.; R. G. Reeves & P. C. Mangelsdorf, "The Origin of Corn : II, Teosinte, a Hybrid of Corn and Tripsacum," *HBML*, 1959, 18.; Idem, "The Origin of Corn : V, A Critique of Current Theories," *HBML*, 1959, 18.; Oakes Amse, *Economic Annuals and Human Cultures, Botanical Museum*, Harvard Univ., Cambridge, 1939, p.p.92 이하.; Ho Ping-Ti, "The Introduction of American Food Plants into China," *ANN*, 1955, 57 등에 의해 강력하게 지지받고 있다. 그러나 옥수수의 원래 품종이 Assam 지방에 새로 깊이 뿌리내리고 있다는 것은 C. R. Stonor & E. Anderson, "Maize among the Hill Peoples of Assam," *AMBG*, 1949, 36(no.3).; G. Hatt, "The Corn Mother in America and in Indonesia," *AN*, 1951, 46, pp.902 이하에 의해 발견되고 있다. 그들은 옥수수의 원산지가 아시아인지 아니면 콜럼버스시대 이전에 그곳에 이미 도입되어 있었던 것이 틀림없다는 결론을 내렸다. T. Heyerdahl, *American Indians in the Pacific : the Theory behind the Kon-Tiki Expedition*,

능성에 많은 영감을 주고 있는 한편, 야금학,[622] 제지법(製紙法),[623] 종교 예

p.494에 서술되어 있듯이, 그것은 '표류해온 사람과 함께 ⋯ Kuroshio 해류의 남쪽 지류 즉 북태평양 해류를 타고 Oregon이나 California로 퍼져갔던' 것인지도 모른다. 이에 대해 P. C. Mangelsdorf, "Reconstructing the Ancestor of Corn," *ARSI*, 1959, 495.; Idem, "The Mystery of Corn," *SAM*, 1950, 183(no.1)은 멕시코에서 약 8만 년 전의 옥수수 꽃가루 화석을 발견하였다. 한편 P. C. Mangelsdorf & D. L. Oliver, "Whence came Maize to Asia?," *HBML*, 1951, 14는 Assam種과 아메리카種을 교배시킬 수 있었다. 태평양의 어느 쪽에서 최초로 재배되었는지는 아직 밝혀지지 않은 채 남아 있다. 관련 증거들은 아메리카가 먼저라는 주장으로 기울고 있는 것으로 보이는데, 아시아에서 콜럼버스 이전 시대에 재배되고 있었을 가능성이 아직 잘못된 주장이라는 것은 인정되지 않고 있다. 그 밖에 두드러진 예로서 木棉이 있다. J. B. Hutchinson, R. A, Silow & S. G. Stephens, *The Evolution of Gossypium and the Differentiation of the Cultivated Cottons*, Oxfrod, 1947.; J. b. Hutchinson, "The History and Relationships of the World's Cottons," *END*, 1962, 21(no.81)과 C. Sauer, "Cultivated Plants of South and Central America," Art. in *Handbook of South American Indians*, vol.6, Washington, 1950에 의하면, 13개의 염색채를 지닌 구세계의 목면 (Gossypium arboieum)이 어딘가로 이동하여 13개의 조그마한 염색채를 지닌 신세계의 목면(G. Raimondi)과 교배되었으며, 그 결과 크고 작은 것이 각 절반인 26개의 염색체를 지닌 倍數体인 페루의 잉카 목면이 만들어졌음에 틀림없다. 이것도 또한 태평양을 횡단하는 콜럼버스 시대 이전의 항해를 시사하고 있다. G. L. Stebbins, "Origin and Migrations of Cotton," *EM*, 1947, 17은 중국을 중계지로 간주하고 있는데, 만약 가장 오래된 페루 직물의 연대 추정이 정확하다면 이 목면이 기원전 1000년 이전에 전파되었음에 틀림없다. 인간에게 유용한 다수의 다른 직물도 현재 진행중인 논의의 주제에 추가된다. 현재는 아메리카와 폴리네시아의 접촉 증거가 대단히 강력한 것으로 보인다. T. Heyerdahl, "Plant Evidence for Contacts with America before Columbus," *AQ*, 1964, 38에 있는 개관을 보라.

621 십이지장충 감염의 유형 분포에는 민족학적인 의미가 있다. S. T. Darling, "Observations on the Geographical and Ethnological Distribution of Hookworms," *PARA*, 1920, 12.; Idem, "Comparative Helminthology as an aid in the solution of Ethnological Problems," *AJTM*, 1925, 5.; A. C. Soper, "Hsiang-Kuo Ssu : an Imperial Temple of the Northern Sung," *JAOS*, 1948, 68을 참조. 십이지장충 (Ancylostoma duodenale)과 아메리카 십이지장충(Necator americanus)의 복합감염이 중국 문화권과 아메리카 인디언의 양쪽에 존재한다. 따라서 후자가 북위 20°에서 35° 아시아에 기원을 갖고 있든가 아니면 그곳으로부터 온 사람과 접촉하고 있었음에 틀림없다고 주장되고 있다. 그러한 감염 유형은 베링 해협의 추운 지역을 통해 느리게 지속되는 대신 태평양을 횡단한 대양 항해선을 통한 급속한 전파가 있었던 것을 보여주고 있다(T. Heyerdahl, *American Indians in the Pacific : the Theory behind the Kon-Tiki Expedition*, p.508을 참조).

622 R. von Heine-Geldern, "Die asiatische Herkunft d. südamerikanische Metalltechnik," *PAI*, 1954, 5를 보라. 그는 비교하기 위해 나란히 늘어놓고 있는데, 많은 경우에 Joseph Needham, *Science and Civilization in China*, Vol.1, pp.160, 162에서 구세계의 서쪽 끝과 동쪽 끝에서 나온 청동기시대 출토품에서 본 것과 놀라울 정도로 같다는 점이 인상적이다. cire-perdue는 구세계만큼이나 신세계에서도 사용되었다. M. Covarrubias, *The Eagle, the Jaguar, and the Serpent : Indian Art of the Americas - North America*, pp.86, 125, 220.; Idem, Indian Art of Mexico and Central America, pp.90,

술[624]과 건축,[625] '만리장성'과 도로,[626] 음향학,[627] 민속학,[628] 점보는 게임

310을 참조. 콜럼버스 이전의 야금술 일반에 대해서는 P. Rivet & H. Arsendaux, "La Métallurgie en Amérique pre-Columbienne," *TMIE*, 1946, no.39를 참조하는 것이 좋을 것이다.

623 V. W. von Hagen, *The Aztec and Maya Paper-makers*, New york, 1944를 보라.

624 R. von Heine-Geldern, "Cultural Connections between Asia and Pre-Columbian America," *AN*, 1950. 45.; R. v. Heine-Geldern & G. F. Ekholm, "Significant Parallels in the Symbolic Arts of Southern Asia and Middle America," Proc. XXVIIth Internat. Congr. Americanists, vol.1, New York, 1949.; G. F. Ekholm, "A Possible Focus of Asiatic Influence in the late Classic Cultures of Meso-america," Art. in *MSAA*, no.9, suppl. to *AMA*, 1953, 18(no.3).; M. Covarrubias, *The Eagle, the Jaguar, and the Serpent : Indian Art of the Americas - North America.*; Idem, *Indian Art of Mexico and Central America*를 보라. C. Hentze, *Myths et Symboles Lunaires(Chine Ancienne, Civilisations anciennes de l'Asie, Peuples limitrophes du Pacifique*, Antwerp, 1932.; Idem, *Objets Rituals, Croyances et Dieux de la Chine Antique et de l'Amérique*, Antwerp, 1936을 참조. 이와 관련해서는 스웨덴 왕실의 오래된 물건을 저장하는 곳에 서·북부 캐나다 인디언의 유물을 극도로 연상시키는 것으로서 높이 약 7인치의 周나라의 청동제 소형 토템폴(totem pole)이 있는 사실은 흥미롭다.

625 R. von Heine-Geldern, "Weltbild und Bauform in Südostasien," *WBKGA*, 1930, 4.; W. Müller, "Stufenpyramiden in Mexico und kambodscha," *PAI*, 1958, 6.; M. Covarrubias, *The Eagle, the Jaguar, and the Serpent : Indian Art of the Americas - North America.; Idem, Indian Art of Mexico and Central America.*; 凌純聲, "北平的封禪文化,"「中華研究院民族學研究所專刊」, 1963, no.16.; Idem, "中國古代社之源流,"「中華研究院民族學研究所專刊」, 1964, no.17.; Idem, "秦漢時代之時,"「中華研究院民族學研究所專刊」, 1964, no.18.; Idem, "中國的封禪與兩河流域的昆崙文化,"「中華研究院民族學研究所專刊」, 1965, no.19를 보라. 마야인은 조금밖에 사용하지는 않았지만, 진정으로 아치(arch)가 무엇인지에 대해서도 알고 있었던 것처럼 보인다(Harumi Befu & G. F. Ekholm, "The True Arch in pre-Columbian America?," *CURRA*, 1964, 5.; K. Ruppert & J. H. Davison, *Archaeological Reconnaissance in Campeche*, Quintana Roo and Peten, Washington, D.C., 1943).

626 R. Shippee, "the Great Wall of Peru, and other Aerial Photographic Studies by the Shippee - Johnson Peruvian Expedition," *GR*, 1932, 22.; V. W. von Hagen, "America's Oldest Roads : the Highways of the Indians," *SAM*, 1952, 187(no.1).; Idem, Highway of the Sun, Travel Book Club, london, n.d.를 보라. 케이블식 弔橋는 안데스와 티베트 산악 지대에 공통적으로 존재하고 있다.

627 A. Schaeffner, *Origine des Instruments de Musique*, Payot, Paris, 1936, pp.72 이하, 249 이하, 265, 284, 288 이하, 387.; C. Sachs, *The History of Musical Instruments*, New York, 1940, pp.192 이하, 202를 참조. Sachs는 다음과 같이 기술하고 있다. "중국과 남아메리카의 눈금이 있는 플루트와 중국과 남아메리카의 팬파이프(pan-pipe) 사이의 연관성을 부인하기는 매우 어렵다. … 아메리카 이외에서 눈금이 있는 플루트는 몽고를 포함한 극동 지역에 한정되어 있다. … 다른 몇 가지의 공통적인 특징은 현악기가 없다는 점, 징이 박힌 드럼이 보인다는 점, 타악기의 사용 등이다. 몇 가지의 보편적인 악기를 제외하면, 아메리카의 악기와 비슷한 것들이 중국을 포함한 지역, 중국과 인도 사이의 아크(원호) 지역, 말레이 군도와 태평양 제도 사이의 지역에서도 예외 없이 발견되고 있다. 발견 지역의 50% 이상은 버마의 오지와 그 인접 국가들 즉 신석기[와 그 이후] 시대에 침략을 계속한 중국인[즉 夏, 商, 周]에 의해 남쪽으로 밀려난

(divinatory games),[629] 농경법(農耕法),[630] 사회 체제,[631] 의복[632] 등 각 분야에서

현대 중국의 원주민이었다고 생각되는 민족들이다." 다시 말하면 중국학자들이 狄과 戎으로 부르는 사람들에게서 발견되고 있다. 팬파이프에 대해서는 주목할 만한 발견이 E. M. von Hornbostel, "Über ein akustische Kriterium für Kultur-zusammenhänge," ZFE, 1011, 43에 의해 이루어졌는데, 그는 아메리카, 말레이시아, 동아시아에서 팬파이프의 절대 고음과 음계가 놀랄 정도로 일치한다는 사실을 발견하였다. 중국의 팬파이프는 12律인데, 6개는 陽으로, 다른 6개는 陰으로 조정되었다. 그리고 아메리카의 형식도 때로는 긴 코드에 의해 결합된 2개의 틀로 이루어진 남, 녀 2개의 세트로 되어 있는 것이 많다(C. W. Mead, "The Musical Instruments of the Incas," AMNH / AP, 1924, 15, no.3). 마지막으로 중국 문화에서 금속으로 만든 鐘이 대단히 오래되고 중요하다는 점에서 볼 때, 콜럼버스 이전의 아메리카에서도 그러한 종이 보이는 것은 대단히 특징적이라 할 수 있다(M. Covarrubias, Indian Art of Mexico and Central America, pp.99 이하.; E. D. Hurtado & B. Litlehales, "Into the Well of Sacrifice : Return to the Sacred Cenote - a Treasure-Hunt in the Deep Past," NGM, 1961, 120을 참조).

628 J. Soustelle, La pensée Cosmologique des anciens Mexicains : Representation du Monde et de l'Espace, Hermann, Paris, 1940.; G. Hatt, "Asiatic Motifs in American Folklore," In Singer Presentation Volume, Science, Medicine and History, Oxford, 1954.; Idem, "Asiatic Influence in American Folklore," KDVS / HFM, 1949, 31, no.6.; Idem, "The Corn Mother in America and in Indonesia," AN, 1951, 46.; Liu Tun-Li, "Rain[-God] worship [and rain-Making ceremonies] among the Ancient Chinese and the Nahua and Maya Indians," AS / BIE, 1957, no.4를 보라.

629 예를 들면, L. G. Löffler, "Das Zeremonielle Ballspiel im Raum Hinterindiens," PAI, 1955, 6.; A. H. Schroeder, "Ball Courts and Ball Games of Middle America and Arizona," AAAA, 1955, 8과 W. Krickeberg, "Das mittelamerikanische Ballspiel und seine religiöse Symbolik," PAI, 1949, 3을 보라. 중앙아메리카 문화의 가장 주목할 만한 특징 중 하나는 Chichén-Itazá에서 보이는 것처럼 놀라운 건축 양식을 형성하는 궁정에서 행해지던 볼게임(ball game)이었다. 여기에서는 게임을 하는 양쪽이 종교적, 점성술적인 의미를 지니고 있었다. 경쟁은 밤과 낮, 빛과 어둠—실제로는 음과 양—의 경쟁을 상징하였다. 이러한 것들과 고대 중국에서 性別 馬上 창시합과 배우자를 선택하는 축제의 차이는 M. Granet, Fêtes et Chansons de la Chine, Alcan, Paris, 1926에 의해 아주 자세하게 연구되고 있다. Joseph Needham, Science and Civilization in China, Vol.2, p.277을 참조. 젊은 남녀 사이에서 공을 서로 던지는 놀이에 대해서도 자세히 기술되어 있다. 그러나 필자는 Joseph Needham, Science and Civilization in China, Vol.4, pt.1, pp.218 이후에서 고찰한 것으로 6세기 중국에서 발달한 점을 치기 위한 Star-chess와의 관련도 있지 않을까 생각하고 있다.

630 그 실례로 인분을 비료로 사용하는 것(G. C. Vaillant, Aztecs of Mexico : the Origin, Rise and Fall of the Aztec Nation, Doubleday, New York, 1947, p.135)과 언덕을 정교한 계단 모양으로 경작하는 것(M. Covarrubias, The Eagle, the Jaguar, and the Serpent : Indian Art of the Americas - North America, p.65)을 들 수 있다.

631 "잉카의 사회주의적 제국(socialist empire of Incas)"은 항상 중국의 봉건관료제적 사회를 상기시키지 않을까? 사람들은 그 제국에서 의례적으로 쟁기를 사용하는 관습을 발견할지도 모른다. L. Baudin, "L'Emoire Socialiste des Inka," TMIE, 1928, no.5, 특히 p.83.; S. Toscano, Derecho

비교 연구들이 전체적인 모습을 정교하게 다루고 있다.[633] 그리고 16세기 유럽인이 했던 것과 같은 대규모 침략은 아니었지만, 고도의 문화적 배경을 지닌 (틀림없이 여성도 포함한) 소규모 집단들이 때때로 도착하는 모습을 상상해야만 한다.[634]

---

y Organizatión Social de los Aztecas, Mexico City, 1937을 보라.

632 G. C. Vaillant, *Artists and Craftsmen in Ancient Central America*, New York, 1935, pp.8 이하.; Idem, *Aztecs of Mexico : the Origin, Rise and Fall of the Aztec Nation*, Doubleday, New York, 1947, pp.136 이하, pl, 39.; S. G. Morley, *The Ancient Maya*, 1946, p.191 등을 『雲南晉寧石寨山古墳群發掘報告』의 그림과 비교하라. 아시아와 아메리카의 石板, 棒, 板金의 주목할 만한 환태평양 분포도 잊어서는 안 된다. B. Laufer, "Chinese Clay Figures, pt.1 : Prolegomana on the History of Defensive Armor," *FMNHP / AS*, 1914, 13, no.2, pp.258 이하.; M. Covarrubias, *op. cit.*, pp.150, 158 이하, 165를 보라.

633 태평양을 횡단해 왔을 가능성이 있는 여러 특징이 한꺼번에 발견되는 문화적 복합체는 오늘날 인정되고 있다. 에콰도르는 이미 형성기(기원전 2000년)에 신석기 시대의 토기가 같은 시기의 일본 토기와 대단히 유사하기 때문에 초점지역(focal region)인 것으로 생각된다. E. Estrada & C. Evans, "Cultural Development in Ecuador," Art. in *Aboriginal Cultural Development in Latin America : an Interpretative Review*, ed. B. J. Meggers & C. Evans와 J. F. Kidder, *Japan before Buddhism*, Praeger, New York, 1959를 보라. 다음으로 Bahia 문화(-500~500년)에서는 (漢나라 무덤에서처럼) 가옥 모양의 도자기, 목을 편안하게 해주는 베개, 불교의 vajrapariyanka 자리에 앉아 있는 작은 彫刻像, 4개의 직사각형 구멍에 있는 도자기로 된 (漢나라 시대의 인도차이나에서처럼) 繩文 모양의 귀마개, 중앙에 가장 짧은 관이 들어가게 조립된 팬파이프, 중국 방식을 모방한 天秤棒의 증거가 보인다. 게다가 돛을 단 뗏목도 생각할 수 있다. 그에 대한 설명은 E. Estrada & B. J. Meggers, "A Complex of Traits of Probable Trabs-Pacific Origin on the Coast of Ecuador," *AAN*, 1961, 63.; E. Estrada, J. B. Meggers & C. Evans, "Possible Trans-Pacific Contact on the Coast of Ecuador," *S*, 1962, 135에서 보인다. 그런데 그들은 소집단의 문화를 전파하는 사람들이 주기적으로 도착했다는 생각을 받아들이고 있다. 역사상의 사례에서 스페인 정복자들 이전의 흑인들을 지칭하는 이 집단들은 Miguel Cabello de Balboa, *Obras. Ed. J. Jijón y Caamaño*, Quito, 1945, p.133에서 언급되고 있다.

634 Joseph Needham, *Science and Civilization in China*, Vol.1, p.248에서 언급한 것을 참고하라. 물론 아메리카 인디언의 고지대 문화에 대한 연대기는 아직 확정되지 않았다. 이 문제의 현 상황은 M. Covarrubias, *The Eagle, the Jaguar, and the Serpent : Indian Art of the Americas - North America*.; Idem, *Indian Art of Mexico and Central America*에서 살펴 볼 수 있을 것이다. H. J. Spinden, *Ancient Civilisations of Mexico and Central America*, 1946, p.136에 의하면, 마야인의 날짜를 세는 방식인 7번째 박툰(baktun)이 기원전 613년에 시작되었고, 달을 세는 방식은 기원전 580년에 시작되었다. 그러나 Morley에 의해 밝혀진 보다 짧은 타임 스케줄(Thompson-Goodman-Martinez-Hernandez의 상관관계)은 기원전 353년을 선호하고 있다. 비교표는 M. Covarrubias, Indian Art of Mexico and Central America, p.219에서 제공되고 있다. Spinden 체제에 의하면, 가장 오래된

중국학자들이 부상에 대한 논의를 잠재웠을 때, 그들은 돛을 단 뗏목 (sailing-raft)을 고려하지 않고 있었다.[635] 실용적인 기술과 그것의 발달에 관한 무지가 문학사(文學史)의 아킬레스건임이 입증되었다. 게다가 그것들은 헤이 에르달(Heyerdahl) 이전의 시대에 이미 쓰여 있었다. 우리의 사무국이 멕시코 로 파견된 그 해 초, 헤이에르달과 그의 많은 동료들은 폴리네시아인들이 남아메리카로부터 이주해왔다는 것을 증명할 수 있기를 바라면서 페루 해안 에서 라오이아(Raroia) 섬으로 용감하게 항해하였다. 그 섬은 타히티(Tahiti)에 서 그다지 멀지 않은 투아모투(Tuamotu) 군도의 가장 북쪽에 있는 섬들 중의 하나였다. 그들의 선박은 고대 페루의 선박과 가능한 한 가깝도록 발사 목재 로 만든 돛대를 단 뗏목이었다.[636] 이 항해가 성공적으로 이루어질 수 있었던

마야인의 비교표는 60년에 속하지만, 우리가 보다 짧은 타임 스케줄을 사용한다면 320년이 된다(S. G. Morley, *The Ancient Maya*, 1946, pp.47, 284). 그러나 날짜가 기록된 다른 많은 것이 마야지역 밖에서 발견되고 있다. 그 기록들에 의하면, 마야의 연대는 긴 타임 스케줄로서 기원전 287년까지 거슬러 올라간다(M. Covarrubias, *op. cit.*, pp.51, 241). 짧은 타임 스케줄이 우세한 기간도 있었지만, 그 후 방사성 탄소와 그 밖의 측정 결과는 처음에 긴 타임 스케줄 에 유리한 것으로 나타났다(ed. W. C. Bennett, "A Reappraisal of Peruvian Archaeology," *MSAA*, no.4, suppl. to *AMA*, 1948, 13, no.4.; G. R. Willey, "Historical Patterns and Evolution in Native New World Cultures," Art. in Evolution after Darwin, ed. S. Tax, Chicago Univ,. Press, 1960.; M. Covarrubias, *The Eagle, the Jaguar, and the Serpent : Indian Art of the Americas - North America*, p.23.; Idem, *Indian Art of Mexico and Central America*, p.218). 그러나 오늘날에는 다시 어느 정도의 확실 성을 가지고 짧은 타임 스케줄을 지지하는 사람이 많다. M. D. Coe, "Cultural Development in Southeastern Mespamerica," Art. in *Aboriginal Cultural Development in Latin America : an Interpretation Review*, ed. B. J. Meggers & C. Evans.; L. Statterthwaite & E. K. Ralph, "New Radio-carbon Dates and the Maya Correlation Problem," *AMA*, 1960, 26.; G. H. S. Bushnell, "Radio-carbon Dates and New World Chronology," *AQ*, 1961, 35를 참조. 동시에 그것들의 측정 결과는 Toltecs의 초기 도시 문화의 시기가 기원전 800년부터 기원전 400년 사이인 것으로 나타났다. 어찌되었든, 아메리카 인디언의 고지대 문화가 周代의 초기가 아닌 후기 문화로부터 영향 받았음을 인 정할 수 있었다는 점은 어떠한 의심도 있을 수 없다. 상기한 연대는 후에 논의되는 秦·漢代 의 항해 연대와 비교해 볼 때 대단히 흥미가 있다.

635 이것은 앞에서 자세하게 논의했지만, 독자는 우수한 논문인 凌純聲, "臺灣的航海帆筏及其 起源," 「中華研究院民族學研究所專刊」, 1956, no.1을 참고해도 좋을 것이다.

636 T. Heyerdahl, *The Kon-Tiki Expedition : by Raft across the South Seas*, Allen & Unwin, London, 1950을 보라. 다른 논증들은 Galápagos 제도에 관한 T. Heyerdahl & A. Skjölsvoid, "Archaeological

것은 북서쪽으로 흐르는 훔볼트(Humboldt) 해류와 서쪽으로 흐르는 남적도 해류, 그리고 같은 방향으로 부는 남동무역풍 덕택이었다.[637] 폴리네시아인의 기원과 관련된 헤이에르달의 주요 이론[638]은 이것과 관련이 없다. 그 이론은 여전히 언어학적인 측면으로부터 심각한 어려움 때문에 지탄받고 있다.[639] 그러나 폰 하이네-겔데른(von Heine-Geldern)[640]과 같은 최고의 반대자조차도 훨씬 전통적인 비유럽형 선박은 말할 것도 없고 돛을 단 뗏목으로도 태평양을 항해할 수 있다는 것을 인정하여 헤이에르달과 의견을 같이 하고 있다.[641] 돛과 센터보드(下垂龍骨, centre-board)가 있는 발사 목재로 만들어진 돛

Evidence of pre-Spanish visits to the Galápagos Islands," *MSAA*, no.12, suppl. to AMA, 1956, 22, no.2 와 Easter 섬에 관한 T. Heyerdahl, *Aku-Aku : the Secret of Easter Island*, Allen & Unwin, London, 1958 에 있다.

637 이어서 언급하는 것들은 H. V. Sverdrup, M. W. Johnson & R. H. Fleming, *The Oceans : their Physics, Chemistry and General Biology*, Prentice-Hall, New York, 1942, Chart VII에 있는 해류도를 근거로 하고 있다. 또한 민족 이주(ethnic migrations)와 관련한 해류에 관해서는 P. Hambruch의 초기 연구와 O. Sittig, "Über unfreiwillige Wanderungen im Grossen Ozean," *MJPGA*, 1890, 36을 보라. 바람에 관해서는 A. A. Miller, *Climatology*, Mthuen, London, 1953, figs. 9와 10의 지도에 의함.

638 T. Heyerdahl, *American Indians in the Pacific : the Theory behind the Kon-Tiki Expedition*, 1952.; Idem, "The Voyage of the Raft Kon-Tiki," *GJ*, 1950, 115.; Idem, "Voyaging Distance and Voyaging Time in Pacific Migration," *GJ*, 1951, 117.

639 A. S. C. Ross, "Comparative Phililogy and the Kon-Tiki Theory," *N*, 1953, 172를 참조.

640 R. von Heine-Geldern, "Some Problems of Migration in the pacific," *WBKGL*, 1952, 9.; Idem, "Heyerdahl's Hypothesis of Polynesian Migration," *GJ*, 1950, 116.; Idem, "Voyaging Distance and Voyaging Time in Pacific Migration," *GJ*, 1951, 118.

641 19세기에는 동아시아의 정크가 5년에 한번 정도의 비율로 아메리카 해안에 표류해 왔다 (R. v. Heine-Geldern, "Theoretical Considerations concerning the Problem of pre-Columbian Contacts between the Old World and the New," Proc. Vth Internat. Congr. Anthropol. & Ethnol., Philadelphia, 1956). 이에 관해 18세기의 믿을만한 증거도 존재한다(O. Sittig, "Über undreiwillige Wanderungen im Grossen Ozean," *MJPGA*, 1890, 36). 이와 비슷한 사실은 B. Kennon 대령에 의해 보고되고 있다(C. G. Leland, *Fusang : or, the discovery of America by Chinese Buddhist Priests in the 15th Century*, London, 1875, p.77을 참조). 그리고 C. W. Brooks, "A Report on Japanese Vessels Wrecked in the North Pacific Ocean, from the Earliest Records to the Present Time," *PCAS*, 1876, 6과 H. C. Davis, "Records of Japanese Vessels driven upon the Northwest Coast of America," *PAAQS*, 1872, 1의 보고에는 풍부한 데이터가 포함되어 있다. 이 난파선들은 대단히 많았으므로 British Columbia의 인디언에게 鐵과 銅의 주요 공급원이 되었을 정도이다(T. A. Rickard, "The Use of Cooper and Iron by the Indians of British Columbia," *BCHQ*, 1939, 3). 이러한 종류의 사건들

단 뗏목으로 남위 0°에서 25°까지 위도를 따라 동쪽에서 서쪽으로 항해할 수 있었다면, 남중국과 안남형 돛단 뗏목으로 북위 25°에서 45°를 따라 서쪽에서 동쪽으로 항해하는 (혹은 표류하는) 것도 분명히 가능했을 것이다.[642] 왜냐하면 특히 겨울과 이른 봄에 강하게 부는 편서풍뿐만 아니라 동쪽을 향해 흐르는 강력한 쿠로시오(Kuroshio) 해류 그리고 북태평양 해류를 이용할 수 있기 때문이다(<그림 989b>).[643] 그리고 이 계절에는 그 위도에서 예외적

이 일본이 근대 국가로 등장하는데 중요한 역할을 했던 것은 일반적으로 알려져 있지 않다. 1850년대 초 어부였던 나가하마 만주로(長濱萬次郞)는 해류와 태풍 때문에 하와이 수역으로 떠내려갔는데, 그곳에서 미국 선박에 의해 구조되었다. 목사의 도움을 받은 그는 샌프란시스코로 갔으며, 그곳에서 영어를 배우고 나중에 일본으로 다시 돌아왔을 때에는 江戶幕府에서 將軍의 카운슬러가 되었고, Perry 제독의 일본 방문에 이은 개국 초기에 외국 문제에 대해 조언하는 일을 하였다. 우리가 이 이야기를 알게 된 것은 Charles D. Sheldon 박사 덕택이다. 마지막으로 1962년 8월 12일 23세의 일본인이었던 헤리 케니치(堀江謙一)는 19피트의 요트를 타고 단독으로 태평양을 횡단하여 샌프란시스코 만에 도착하였다(V. Birrell, *Transpacific Contacts and Peru*, Proc. 35th Internat. Cogress of Americanists, Mexico City, 1962). 그의 등장은 가장 적절한 순간이었다. 왜냐하면 아메리카를 연구하는 학자들의 국제회의가 태평양 횡단에 의한 접촉 문제를 논의하려던 참이었기 때문이다.

642 T. Heyerdahl, *American Indians in the Pacific : the Theory behind the Kon-Tiki Expedition*, pp.77, 81, 494, 509.; Idem, *Aku-Aku : the Secret of Easter Island*, 1958, p.356을 참조. 모두 태평양 횡단에 의한 동—서간의 전파를 염두에 두고 쓰였다. 이러한 돛단 뗏목에 의한 항해는 오늘날 Liu Tun-Li, "Rain[-God] Worship [and Rain-Making ceremonies] among the Ancient Chinese and the Nahua and Maya Indians," *AS / BIE*, 1957, no.4 등에 의해 일반적으로 받아들여지고 있다. 태평양의 일을 잘 알고 있던 사람들은 훨씬 전부터 뗏목에 의한 항해 가능성에 대해 생각하고 있었다. 예를 들면, 1874년 B. Kennon 대령(C. G. Leland, *Fusang : or, the Discovery of America by Chinese Buddhist Priests in the 15th Century*, 1875, p.74)이 있다. 알류산 열도의 고고학적 '공백'(M. Covarrubias, *The Eagle, the Jaguar, and the Serpent : Indian Art of the Americas - North America*, pp.157, 163을 참조)도 그곳을 경유했을 것이라고 생각되는 해양을 통한 전파의 중요성을 강조하고 있다.

643 해양물리학에 대한 그 이상의 논의는 아메리카를 오고 가는 모든 루트를 고찰한 T. Heyerdahl, "Feasible Ocean Routes to and from the Americas in Pre-Columbian Times," *AMA*, 1963, 28의 개요를 참고하면 된다. 그 개요는 여기에서 표현된 견해를 강력하게 뒷받침하고 있다. 수로학과 기상학 측면에서 태평양의 상황에 대한 기본적인 사실은 적도 북쪽에서 서에서 동으로 전파되고 적도 남쪽에서 동에서 서로 전파된다는 것이다. 이것은 오세아니아를 경유하여 아시아에서 아메리카로 이주하는 것이나 그 루트를 통한 우연한 문화적 영향조차도 추측하는 것으로서 (P. Rivet, *Los Origenes del Hombre Americano*, Mexico City, 1943에서 제기되는 것을 포함한) 모든 이론에 대한 거의 극복할 수 없는 반론인 것으로 생각된다. 이에 대해 중국이 고대 마야의 식민지였다는 1875년의 주장(C. W. Brooks, "Early Migrations - the Ancient

으로 따뜻한 북태평양 기후의 도움도 받았을 것이다.[644]

동쪽으로 흐르는 해류에 대한 지식이 중국과 일본의 문헌에서 얼마나 일찍부터 나타날지 질문해 보는 것은 흥미로운 행동이다. 이 해류 즉 일본 명칭으로 쿠로시오 해류(黑潮)는 아북극해류와 북태평양해류로 나누어진다라고 세계의 지리학 문헌에 표기되어 있지만, 중국에서는 미려(尾閭)나 미려(泥澗)로 호칭되었다. 이미 전국시대에 영속적으로 북동쪽으로 흐르는 이 대량의 멕시코만류(gulf stream)가 잘 알려져 있었던 것으로 생각된다. 왜냐하면 『장자(莊子)』에 다음과 같이 쓰여 있기 때문이다.[645]

하늘 아래 있는 모든 수역에서 대양만큼 큰 것은 없다. 수많은 강들이 쉴 새 없이 바다로 흘러들지만, 바다는 결코 넘치는 일이 없다. 그리고 미려(尾閭)가 (혹은 미려의 흐름이) 그것을 계속 흐르게 하지만 텅 비는 일은 결코 없다. 봄과 가을은 대양에서 아무런 변화도 일어나지 않는다. 대양에는 홍수도 가뭄

Maritime Intercourse of Western Nations before the Christian Era … ," *PCAS*, 1876, 6.; Idem, "The Origin and Exclusive Development of the Chinese Race … ," *PCAS*, 18/6, 6)의 사고방식에 따르려는 사람은 거의 없을 것이다(Joseph Needham, *Science and Civilization in China*, Vol.1, p.38을 참조). R. le B. Bowen, "Eastern Sail Affinities," *ANEPT*, 1953, 13, p.104는 남위 40° 이남의 서쪽으로 흐르는 해류와 편서풍대의 이용을 추정함으로써 남반구 루트를 주장하려고 노력했다. 그러나 그곳의 기온이 여름에도 돛단 뗏목으로 항해하기에는 너무나 춥다는 것은 분명하다. Birrell의 '페루로부터 중국으로'의 전파는 이 난관 때문에 족쇄에 걸린다.

644 A. A. Miller, *Climatology*, Methuen, London, 1953, figs. 1, 2에 나오는 것과 같은 等偏差線圖를 보라. 물론 마음에 그리던 여행이 항상 유쾌했을 것이라고 상상할 필요는 없다. 그리고 중국 문화권의 사람들에게서 볼 수 있는 불굴의 정신을 생각할 수 있다. Lo Hsia-Chien, "The Poon Lin Epic," *CR/BUAC*, 1949와 S. F. Harby, "They Survived at Sea," *NGM*, 1945, 87에 의해 자세히 설명된 것으로서 1942년부터 1943년까지 대서양에서 133일 동안 뗏목을 타고 살아남은 선원인 Phêng Lin의 놀랄만한 이야기를 보라. 북적도 해류와 남적도 해류 사이에서 동쪽을 향해 흐르는 적도의 역류에 대해서는 항해자에게 도움이 된다기보다는 수로학자의 형식론에 불과하다고 생각되기(E. de Bisschop, *Kaimiloa : d'Honolulu à Cannes par l'Austalie et le Cap à bord d'une Double Pirogue Polynésienne*, Paris, 1939를 참조) 때문에, 여기에서는 더 이상 고려하지 않으려 한다. 적도 역류의 가장 중요한 부분 즉 새로 발견된 Cromwell 해류는 실제로 완전히 수면 밑에서 흐르는 해류이다(J. A. Knauss, "The Cromwell Current," *SAM*, 1961, 204, no.4).

645 第十七篇, tr. J. Legge, *The Texts of Taoism*, vol.1, Oxford, 1891, p.375.

도 없다. 대양이 양쯔강이나 황허를 능가하는 것은 양으로도 수로도 표현할
수 없다.

天下之水 莫大於海 萬川歸之 不知何時止而不盈 尾閭泄之 不知何時已而不虛
春秋不變 水旱不知 此其過江河之流 不可爲量數 (『莊子』, 第17, 秋水篇)

　　미려는 '궁극적인 배수구' 또는 '우주의 하수구'[646]라는 의미이고, 그것의
또 다른 용어인 옥초(沃焦)는 '한군데로 모여 쏟아진다'는 의미이다. 사람들은
때때로 그것이 바닷물이 항상 흘러나가는 소용돌이나 심연이 있는 큰 바위였
다고 말했다.[647] 1067년에 사마광(司馬光)은 부상이라는 나라가 미려 해류의
서쪽 즉 이쪽 편에 있다고 확신하였는데, 이것이 후대의 유럽인 중국학자들에
게 큰 영향을 준 것은 사실이다.[648] 미려가 오늘날 우리에게 쿠로시오 해류로
알려져 있는 해류의 고대 명칭이라고 진윤형(陳倫炯)이 1744년에 말했을 때,
그는 여러 세기에 걸친 전통의 대변인과 같았다.[649] 아마 이 밑바닥(심연)의
이야기는 때때로 본토를 향해 항해해 가려던 중국 해안에 사는 선원들의

---

646 두 번째 호칭은 우리를 다른 방향으로 이끌고 갈 가능성이 있다. 왜냐하면 尾閭가 肛門陷
　　(직장과 항문)에 대한 그리고 나중에는 尾骨을 지칭하는 신비적인 (소우주적인) 해부학 전문
　　용어로 사용되었기 때문이다. 전자의 사용은 北京 인근 도교사원인 白雲觀에 새겨진 것으
　　로서 연대 미상의 주목할 만한 도표인 『內經圖』에서 두드러져 보인다. 이것은 탁본뿐만 아
　　니라 두루마리 그림으로도 재생되고 있다. 필자는 1952년에 북경에 있는 Rewi Alley씨의 호
　　의 덕분에 빨간색 위에 하얗게 그려진 탁본을 볼 수 있었다. 소우주적인 하수구에 대한 용
　　어법은 R. A. Stein, "Architecture et Pensée Réligieuse en Extrême-Orient," *AASD*, 1957, 4에 쓰여
　　있는데, 『內經圖』를 전체적으로 취급한 것으로서 유일한 것은 E. Rousselle, *Zur Seelischen Fü*
　　hrung im Taoismus, Darmstadt, 1962.; *Idem*, "Ne Ging Tu, Die Tafel des innern Gewebes, : ein
　　Taoistisches Meditationsbild mit Beschrifttung," *SA*, 1933, 8이다. Joseph Needham, *Science and*
　　*Civilization in China*에서는 후에 다시 언급될 것이다. 하수구로서 尾閭에 대한 기사는 『聖濟總
　　錄』, 卷一百九十一, p.2에 보인다. 이 책은 1111년 관의 허락을 받아 발행된 의학사전이다.
647 위에서 인용한 구절에 대한 당나라 成玄英의 언급을 예로 들 수 있다. 『莊子補正』, 卷六,
　　p.3.
648 『康熙字典』(p.1493), 閭 항목에서 인용한 『五音集韻』.
649 『海國聞見錄』, p.12.

용기를 꺾어버렸다. 그러나 유럽의 선원들도 이와 매우 비슷한 이야기들 때문에 괴롭힘을 당하고 있었다.[650]

허스(Hirth)와 로크힐(Rockhill)[651]이 "태평양에 대양의 바닷물이 흘러들어가는 구멍이 있다는 오래된 관념"이라고 하였듯이, 고대 중국의 해양 문헌을 조사하면 큰 소용돌이에 대한 믿음뿐만 아니라 해류에 관해 많은 이야기들을 모을 수 있다. 주거비(周去非)는 『영외대답(嶺外代答)』에서 저파(闍婆, Java)에 대해 다음과 같이 기술하고 있다. "저파의 동쪽은 대동양해(大東洋海, Great Eastern Ocean Sea)인데, 그곳에서는 물이 아래쪽으로 기울기 시작한다. 여인국 (女人國)이 그곳에 있다. 훨씬 동쪽에는 그곳으로 간 사람들이 돌아오지 못하는 세계로 미려가 흘러들어가는 곳이 있다." 쿠로시오 해류의 시작점을 설명하고 있는 이 인용문은 확실히 맞았다. 비록 자바가 아니라 필리핀이기는 하지만, 아마 '항해자들이 돌아오지 못할 경계'는 그 심연이 아닌 아메리카 대륙이었다. 여인국에 대한 전설에서는 일본을 가리키는 많은 특징이 있다.[652] 1178년 주거비의 언급은 1225년에 조여괄에 의해 다시 인용되었는데,[653] 그는 여인국의 항목에 대한 다음과 같이 덧붙였다. "(여기에서) 물이 계속하여 동쪽으로 흘러가고, 몇 년에 한 번씩 물이 흘러 넘쳐 빠져 나간다."[654] 그러나 송대(宋代)의 선원들이 갖고 있던 생각에 대한 최고의 기사는 『영외대답』에서 볼 수 있다. 주거비는 다음과 같이 쓰고 있다.[655]

650 Lloyd Brown, *The Story of Maps*, Little Brown, Boston, 1949, pp.42, 95.; Costa Brochado, *The Discovery of the Atlantic*, Lisbon, 1960, p.14.; ed. Anon. *Henri le Navigateur*, Lisbon, 1960, p.15, 57을 참조.

651 卷二, p.9.; tr. F. Hirth & W. W. Rockhill, *Chau Fu-Kua : His work on the Chinese and Arab Trade in the 12th and 13th Centuries*, entitled Chu-Fan-Chi, 1911, p.26.

652 G. Schlegel, "Problèmes Géographiques : les Peuples Étrangers chez les Historiens Chinois, Nü-Jen Kuo," *TP*, 1895, 6을 참조.

653 『諸蕃志』, 卷一, p.10.; tr. F. Hirth & W. W. Rockhill, *op. cit.*, pp.75, 79.

654 第1卷, p.33.; tr. F. Hirth & W. W. Rockhill, *op. cit.*, p.151.

655 第1卷, p.13.; tr. F. Hirth & W. W. Rockhill, *op. cit.*, p.185.

하이난(海南) 4개 군(郡)의 남서쪽은 교지해(交阯海, Sea of Tongking)라고 불리는 대해(大海)이다. 그곳에는 하늘로 날아오르는 것 같은 파도와 용솟음치는 파도를 운반하는 3개의 해류(三合流)가 있다. 남쪽으로 흘러가는 것은 다양한 야만국들이 있는 바다와 연결되고, 북쪽으로 흐르는 것은 광둥, 푸젠, 저장 지역 앞으로 흘러간다. 세 번째의 것은 동쪽으로 흘러가 한없이 깊은 대동양(大東洋, Great Eastern Ocean)으로 흘러간다. 그곳을 항해하는 남부의 선박은 이 세 개의 해류를 무릅쓰고 나아가야 한다. 만약 순풍을 받으면 무사하지만, 그 선박들이 위험을 만나게 되면 바람이 없을 때 그곳으로부터 벗어날 수 없어서 해류와 함께 떠돌다 난파될 것이다. 대동양에는 길이 수 천 리에 이르는 모래와 바위로 된 둑이 있고, 근처에는 미려가 있어서 바닷물이 9곳의 지하 세계(九幽)로 흘러 들어간다는 말을 들은 적이 있다. 어떤 대양 항해용 정크가 강한 편서풍에 끌려 대동양의 미려로 떨어지는 바닷물의 으르렁거리는 소리를 들을 수 있는 거리에까지 갔다. 갑자기 강한 동풍이 불어왔고, 그리하여 그 정크선은 구조되었다.

海南四郡之西南 其大海曰交阯洋 中有三合流 波頭潰湧 而分流爲三 其一南流通道于諸蕃國之海也 其一北流 廣東福建江浙之海也 其一東流 入于無際 所謂東大洋海也 南舶往來 必衝三流之中 得風一息可濟 苟入險無風 舟不可出 必瓦解于三流之中 傳聞 東大洋海有長砂石塘 尾閭所洩 淪入九幽 昔嘗有舶舟 爲大西風所引至于東大海 尾閭之聲 震洶無地 俄得大東風以兔 (『嶺外代答』, 卷一)

해류의 구분은 상당히 합리적이었다. 왜냐하면 해안 근처에서는 해류가 홍콩에서 싱가포르를 향하여 흐르지만, 좀 더 밖으로 나아간 남중국해에서는 타이완을 향해 북쪽으로 흐르기 때문이다.[656] 반면에 루손(Luzon)과 타이완의 동쪽에서는 쿠로시오(Kuroshio) 해류가 시작된다. 수천 리에 이르는 모래둑은

---

656 H. V. Sverdrup, M. W. Johnson & R. H. Fleming, *The Oceans : their Physics*, Chemistry and General Biology, 1942, chart Ⅶ를 보라.

〈그림 242〉 동아시아의 종교적 우주 구조학. 18세기 한국 불교계에서 제작한 차륜지도 (wheel- map). 중앙에 곤륜산(崑崙山, 須彌山과 동의어)이 있고, 「사해총도(四海摠圖)」라는 제목이 표기되어 있다. 대양에서 수많은 섬들을 볼 수 있으며, 환상대륙(環狀大陸)에 많은 국가가 표시되어 있다. 동쪽과 서쪽에 2개의 섬이 있는데, 각 섬마다 한 그루의 일월목(日月木) 이 있다. 〈그림 213〉과 〈그림 228〉의 상부의 동쪽에 있는 일월목(Arbores Solis et Lunae) 을 참조. 〈그림 212〉의 같은 위치에 있는 태양도(太陽島, Insula Solis)를 참조. 여기에서 위가 북쪽이며, 중앙의 중앙 평원 즉 중원(中原)의 북쪽에 만리장성(萬里長城)을 지칭하는 선이 황하(黃河)를 가로지르고 있다(H. Cordier, "Description d'un Atlas Sino-Coréen Manuscrit du Musée Britannique," In *Recueil de Voyages et de Documents pour servir à l'Histoire de la Géographie depuis le 13e siècle jusqu'à la fin du 16e : Selection cartographieque*, Leroux, Paris, 1896에서 인용).

처음에는 이상해 보이지만, 이미 본서의 앞책(Vol.3) <그림 242>에서 보았듯이 불교계의 우주지(宇宙誌)에서 자주 언급되는 동심(同心)의 둥근 대륙을 생각하다면 이상하지 않다. 정크에 대한 잘못된 기술은 에드가 알란 포(Edgar Allen Poe)가 1841년에 『큰 소용돌이에 휘말리다(A Descent into the Maelstorm)』를 집필하면서 작품 내용에 포함시킨 바다의 미신이 얼마나 널리 그리고 얼마나 오래 갈 것인지 거의 상상조차 하지 못했다.

285년에 장화(張華)는 다음과 같이 기술하였다. "한(漢) 나라의 대사인 장건(張騫)이 서방의 바다(Western Seas)를 횡단하여 대진(大秦, 로마제국)에 도착하는 데 성공하였다. … 그러나 동해(東海, Eastern Ocean)는 대단히 광대하기 때문에 그곳을 횡단한 사람을 아무도 모른다(漢使張騫渡西海 至大秦 … 東海廣漫 末聞友渡者)."[657] 아마도 이것은 아무도 돌아온 사람이 없었다는 의미일 것이다. 지금 묘사한 수로학적 조건을 감안하면, 어떤 집단의 사람이든 일단 아시아에서 아메리카로 원시적 선박을 타고 떠나면 돌아올 가능성이 거의 없었을 것이라는 결론에 필연적으로 이르게 된다. 왜냐하면 비교적 현대까지 바람과 조류의 법칙성을 일반적으로 이해할 수 없었기 때문이다. 기원전 1000년 전부터 기원 후 1000년까지의 기간 동안 이 항해를 한 많은 사람은 아마 어부나 상인들이었을 것이며, 그들이 우연히 아메리카 대륙으로 문화를 전파했을 것이다. 처음 본 육지에 대한 지식을 갖고 있지 않았지만, 그 어떤 이유 때문에 대항해가 의도적으로 시도되었던 것은 확실하다. 중국인들이 '탐험'하지 않은 사실에 대해 놀라게 되지만, 그러나 그렇게 놀라는 사람은 중국 문헌을 잘 알지 못하는 사람들이다.[658] 본서에서 이 문제를 곧 다시 살펴보겠지만,

---

657 『博物志』, 1卷, p.5. 張騫에 관해서는 Joseph Needham, *Science and Civilization in China*, Vol.1, pp.173 이하를 참조.
658 중국의 海運이 태평양 왕복이 가능한 기술 수준에 발전했을 무렵 이 문명의 農業重視的 特徵이 강해진 것은 사실이다. 아주 북쪽에 있는 섬들은 매력이 없었고, 태평양은 완전히 텅 빈 것처럼 보였다.

돛을 단 뗏목의 기원에 대한 문제는 여전히 남아 있다.[659] 중국과 인도차이나의 해안을 따라 존재하는 고지대 문화가 아메리카에 존재한 어떤 문화보다도 훨씬 오래되었다고 보는 관점을 근거로 돛을 단 뗏목이 중앙아메리카에서 최초로 발생했다고 믿는 것은 거의 추측에 불과할 뿐이다. 돛을 단 뗏목이 이 두 문화권 사이의 가장 오래된 형태의 교통수단이었을 뿐만 아니라 구세계에서 아메리카 인디언에게 보내진 최초의 선물 중 하나였다고 생각하는 것이 더 옳은 것임에 틀림없다.

이 모든 고찰은 태평양에서의 항해에 관해 기술되어 있는 고대 중국 문헌의 평가를 새롭게 하게 한다. 요컨대, 진(秦) 나라에 주목해보자. 당시 중국의 통치자들은 불로장수나 불사를 가져다 줄 약초가 동해(Eastern Ocean)의 섬에서 발견될 것이라고 확신하고 있었다. 기원전 3세기 후반에 많은 선장들이 이 약초를 찾기 위해 파견되었지만, 대개는 성공하지 못하였다. 오늘날까지 전해져오는 유일한 이름은 서불(徐市, 徐福으로도 불린다)뿐이지만, 중국 초기의 해양사에 관심을 가지고 있는 우리로서는[660] 그 선장들의 활동에 대한 전반적인 이야기를 약간 자세하게 살펴볼만한 가치가 있다. 사마천(司馬遷)은 기원전 90년에 완성한 가장 오래된 왕조의 역사서인 위대한『사기(史記)』에서 서불에 대한 이야기를 4번이나 되풀이하고 있는데, 그의 이러한 서술은 우리에게 많은 것을 이야기해주고 있다. 우선 국가적인 봉(封)과 선(禪)의 희생을 서술한 부분에서 그는 이렇게 말하고 있다.[661]

제(齊) (나라의) 위왕(威王, 기원전 378~343년 재위), 선왕(宣王, 기원전

---

659 이 문제에 대해서는 이미 앞에서 토론하였다.

660 이 문제에 대해서는 Joseph Needham, *Science and Civilization in China*, Vol.2, pp.83 이하, 133, 240 이하를 참조.

661 28卷, pp.11 이하.; tr. E. Chavannes, *Les Mémoires Historiques de Se-Ma Ts'ien*, vol.3, Leroux, Paris, 1895~1905, pp.436 이하.; H. H. Dubs, "The Beginnings of Alchemy," *Isis*, 1947, 38, p.66. 이 한 구절은『前漢書』, 卷二十五 上 , p.11에 되풀이되어 있다.

342~324년 재위), 연(燕) (나라)의 소왕(昭王, 기원전 311~279년 재위) 시대부터 펑라이(蓬萊), 팡장(方丈), 잉주(瀛洲)(의 섬)를 찾도록 사람들을 파견하였다. 이 세 개의 신성한 산(섬)들은 인간의 거주지로부터 그리 멀지 않은 보하이(渤海, 黃海의 北直隸灣)의 한가운데에 있다고 보고되고 있다. 그러나 어려움은 그들이 그곳에 거의 도착했다고 생각할 때 바람이 불어와 선박을 밀어내 버리는 데에 있다. 아마 몇 명은 (이 섬들에) 도착하는 데 성공했을 것이다. (하여튼, 보고에 의하면) 많은 선인들(僊)이 그곳에 살고 있으며, 죽음을 막아주는 약(不死之藥)이 그곳에서 발견된다고 한다. 새든 짐승이든 그곳에 사는 생물은 모두 하얗고, 그곳의 궁전과 성문은 금과 은으로 만들어져 있다. 그곳에 도착하기 전 멀리서 보면 구름처럼 보이지만, 그곳에 접근해가면 이 세 개의 성스러운 산(섬)들은 물속으로 가라앉는다고 한다. 그렇지 않으면 바람이 갑자기 불어와 선박을 그 산(섬)으로부터 멀리 떼어 놓는다. 그래서 아무도 실제로 그곳에 도착한 사람은 없다. 그러나 이 시대의 왕들 중 그곳에 가고 싶어 하지 않는 사람은 없다.

제국을 통일한 진 시황이 (동쪽) 바다의 해안으로 왔을 때, 마술사들과 기술에 조예가 있는 사람들이 (그 대양에 있는 육지)에 대한 온갖 종류의 (특별한) 일들에 대해 보고하였다. 황제는 자신이 바다로 나가면 (이 마법의 섬들을 발견하는데) 성공하지 못할지도 모른다고 생각하여, 어떤 사람에게 이 섬들을 찾기 위해 젊은 여성과 남성을 선박에 태우고 출항하라고 명령하였다. 그들의 선박은 대양을 항해하였지만, 얼마 후에 돌아와서 (그 섬들을) 멀리에서 보기는 했지만 (역)풍 때문에 그 섬들에 접근할 수 없었다고 변명하였다.

自威宣燕昭 使人入海求蓬萊方丈瀛洲 此三神者 其傳在渤海中 去人不遠 患且至 則船風引而去 盖嘗有至者 諸僊人及不死之藥皆在焉 其物禽獸盡白 而黃金銀爲宮闕 未至 望之如雲 及到 三神山反居水下 臨之 風飄引去 終莫能至云 世主莫不甘心焉

及至秦始皇帝幷天下 至海上 則方士言之 不可勝數 始皇自以爲至海上而恐不及矣 使人及齋童男女 入海求之 船交海中 皆以風爲解 曰 未能至 望見之焉 (『史記』, 卷二十八, 封禪書)

이 인용문의 분위기는 모두 전설, 도가(道家), 마술, 연금술과 연관되어 있다. 서불(徐市)이라는 이름은 언급되어 있지 않다. 그러나 훨씬 중요한 사실이 뒤에 이어진다. 다음 인용문은 정확히 기원전 219년의 사건을 언급하고 있는 데, 그 때는 진 시황제가 동쪽 해안 지방을 주기적으로 순회하던 중이었다.[662]

이 일(琅邪와 그 밖의 해안에 기념비를 세우는 것)이 있은 후, 제(齊)의 서불 (徐市)과 다른 사람들이 (황제에게) 요청하면서 말하였다. "(동쪽)바다 한가운 데에 마법의 산이 있는 세 개의 섬 즉 펑라이(蓬萊), 팡장(方丈), 잉주(瀛洲)가 있는데, 그곳에는 죽지 않는 사람들이 살고 있습니다. 필요한 정화의식을 치 른 후, (적절한 수의) 젊은 남녀를 데리고 이 섬들을 찾으러 바다로 나가려 하니 하락해주십시오" (황제는 이 청원을 승인하고서) 서불을 파견하였으며, 수 천 명의 젊은 남녀를 데리고 동쪽바다에서 (숨어 살면서) 죽지 않는 사람들 (의 거처)을 찾으러 나가게 했다.

旣已(琅邪의 해안과 그밖의 곳에 頌德碑를 建立하는 것)齊人徐市等上書言 海中有三神山 名曰蓬萊方丈瀛洲僊人居之 請得齋戒與童男女求之 於是遣徐市 發 童男女數千人 入海求僊人 (『史記』, 卷六, 秦始皇本紀)

사람들은 어떤 종류의 선박을 타고 그들이 항해했는지 잘 알게 될 것이고, 돛을 단 뗏목으로 편성된 함대가 사용되었다는 것을 알고도 놀라지 않을 것이다.[663] 이 항해들은 '행운의 섬(Fortunate Isles)'을 찾아 나섰던 극서 지방 으로의 항해와 대비되고 있다. 양쪽 모두 상당한 사실적 증거를 가지고 있었 다. 한쪽에는 일본, 류큐제도, 미크로네시아, 하와이, 아메리카가 있고, 다른 한쪽에는 마데이라 제도, 카나리 제도, 아조레스 제도와 아메리카가 있다.[664]

---

662 『史記』, 卷六, p.18 이하. tr. E. Chavannes, *op. cit.*, vol.2, p.151.
663 기원전 472년 越에서 건조된 함대에 관해서는 앞에서 언급하였다.

이러한 항해는 계속하여 죽을 때까지 진 시황제를 매혹시켰다. 서불의 선박이 어떠한 것이든, 그 항해는 엄청난 비용이 들었고, 기원전 212년에 황제는 별로 얻는 것이 없으면서도 엄청난 경비가 든다고 불평하였다.[665] 다음해에 그는 다시 랑시어(琅邪)에 있었다. 서불과 마술사 즉 '방사들(方士)'이 불사약을 찾는 일을 대충 설명한 후, 그 역사가(사마천)는 계속하여 이렇게 기술하였다.

성공도 하지 못한 채 몇 년이 지났으며 또한 막대한 비용이 들었으므로, (선장들은) 비난받지 않을까 두려워 이야기를 지어낸 이야기를 말하였다. "펑라이(蓬萊)의 약을 얻는 것은 가능한 일이지만, 우리는 항상 커다란 상어 때문에 어려움을 겪고 있으며, 이 때문에 우리는 성공하지 못하고 있습니다. 저희를 훌륭한 궁수(弓手)를 함께 보내시어 이 물고기들이 나타나면 연발식 노(連弩)로 죽일 수 있게 해주시기 바랍니다.",[666]

數歲不得 費多 恐譴及詐曰 蓬萊藥可得 然常爲大鮫魚所苦 故不得至 願請善射 與俱 見則以連弩射之 (『史記』, 卷六, 秦始皇本紀)

이와 관련하여 기이하고 극적인 후일담이 있는데, 진 시황제는 자신이 인간의 얼굴을 한 해신(海神)과 싸우는 꿈을 꾸었고, 그 후 그는 항해에 나선 사람들의 선박을 그 못마땅한 물고기를 죽일 수 있을 만큼 충분히 무장시키라고 명령하였다. 그러는 동안 그는 연발식 노를 가지고 해안을 순찰하게 하였으며, 결국 그는 즈푸산(之罘山)에서 커다란 바다동물을 죽였다. 그 후 그는 곧 병을 얻었고, 기원전 210년 수도로 돌아가던 중 사추(沙丘)에서 사망하였다. 그러나 서불의 행동에 대한 최고의 설명은 사마천이 서술한 회남왕(淮南王)

---

664 이 비교를 최초로 실시한 것은 W. P. Yetts, "Taoist Tales, III : Chhin Shih Huang Ti's Expeditions to Japan," *NCR*, 1920, 2.
665 『史記』, 卷六, p.26. tr. E. Chavannes, *op. cit.*, vol.2. p.180.
666 이것에 관해서는 第30章 i를 보라.

의 전기에서 나타난다. 그곳에서 그는 다음과 같이 덧붙여 말하고 있다.[667]

진 시황제는 서복(徐福)을 마술적인 존재와 이상한 물건을 찾도록 출항시켰다. 그는 돌아왔을 때 다음과 같이 변명하였다. "저는 바다 한가운데서 위대한 마법사를 만났는데, 그는 '서방 황제의 사절이냐?'고 물었습니다. 저는 그렇다고 대답하였습니다. 그는 '무엇 때문에 왔느냐?'고 물었고, 저는 생명을 연장해주고 불로장수를 누릴 수 있는 약(延年益壽藥)을 찾으러왔다고 대답하였습니다. 그는 '너의 진나라 왕이 바치는 물건이 보잘 것 없구나. 따라서 너는 이 약들을 볼 수는 있으나 가지고 갈 수는 없다'고 말하였습니다. 그 후 그는 동남쪽으로 가버렸고, 우리는 펑라이(蓬萊)로 왔습니다. 저는 지성궁(芝成宮)의 문을 보았는데, 그 문 앞에는 하늘을 밝게 비춰주는 녹색의 용 모양을 한 수호신이 있었습니다. 저는 그곳에서 해신에게 두 번 절하고 어떠한 선물을 해야 좋을지 물었습니다. 그는 '출신이 훌륭한 젊은이들을 그들에게 적당한 처녀들과 함께 그리고 모든 일을 맡아줄 일꾼들을 데리고 오라. 그러면 너는 그 약을 갖게 될 것이다'고 말했습니다." 진 시황제는 매우 기뻐하며 3천명의 젊은 청년과 처녀를 서복에게 고르게 하였으며, (충분한 양의) 5곡의 씨앗과 모든 종류의 직인들을 그에게 주었고, 그 후 (그의 함대는 다시) 출항하였다. 서복은 너른 숲과 풍부한 늪지가 있는 비옥하고 평온한 평원을 발견하였음에 틀림없다. 그리고 그곳에서 스스로 왕이 되었고, 어찌되었든 다시는 중국으로 돌아가지 않았다.

(秦始皇帝) 又使徐福入海求神異物 還爲僞辭曰 臣見海中大神 言曰 汝西皇之使 邪 臣答曰 然 汝何求 曰 願請延年益壽藥 神曰 汝秦王之禮簿 得觀而不得取 卽從 臣東南至蓬萊山 芝成宮闕 有使者 銅色而龍形 光上照天 於是臣再拜問曰 宜何資 以獻海神 曰 以令名男子若振 女與百工之事 卽得之矣 秦始皇帝大說 遣振男女三 千人 資之五穀種種百工而行 徐福得平原廣澤 止王不來 (『史記』, 卷百十八, 淮南衡

---

667 『史記』, 卷一百十八, p.11.; tr. E. Chavannes, op. cit., vol.2, pp.152 이하.; W. P. Yetts, op. cit.

山列傳)

이렇게 하여 사마천은 서불이 황제의 도가적 신념에 장단을 맞추었지만, 동쪽으로 멀리 떨어진 곳에 훌륭하고 사람이 살지 않는 땅이 실제로 존재한다는 것을 알고 그곳으로 떠날 계획을 세웠음을 알려주고 있다. 후대의 사람들은 그가 일본에 정착했다고 믿었다. 그리고 서불의 묘비(그곳에서 그렇게 불린다)가 오늘날까지 일본 와카야마현(和歌山縣)의 신궁(新宮)에 있다.[668] 그러나 일본학자들이 모든 시대에 걸쳐 『사기(史記)』에 익숙해 있으므로, 이것은 독자적이고 전통적인 가치가 없다. 고고학적인 증거가 훨씬 신뢰가 간다. 왜냐하면 중국의 영향이 야요이 문화(弥生文化) 중기(기원전 1세기부터 기원 후 1세기까지)의 공예품에 강하게 나타나있기 때문이다.[669] 그럼에도 불구하고 서불의 실종 이야기는 최소한 아메리카 대륙으로의 항해를 내포하고 있을 가능성을 보여주는 것 같다.[670] 그와 그의 부하들이 어디로 갔는가에 대해 우리는 아마

---

668 이곳은 京都와 大板 남쪽 해안에 있다. Tenney L. Davis & Rokuro Nakaseko, "The Tomb of Jofuku or Joshi : the Earliest Alchemist of Historical Record," *AX*, 1937, 1.; Ibid., "The Jofuku Shrine at Shingu, a Monument od Earliest Alchemy," *NU*, 1937, 15, no.3을 보라. 이 문제에 대한 Wei Thing-Sêng의 책은 확보할 수 없었다.

669 J. E. Kidder, *Japan before Buddhism*, Praeger, New York, 1959.; Yü Ying-Shih, *Trade and Expansion in Han China : a Study in the Structure of Sino-Barbarian Economic Relations*, Univ. of Calof. Press, 1967, pp.185 이하를 보라.

670 죽지 않는 사람이나 불로장수의 약을 찾기 위해 秦나라의 始皇帝에 의해 파견된 도교의 명인들에 대한 몇 가지 특별한 기사가 우리에게 전해져 온다. 우리는 이미 기원전 215년에 출항한 燕의 盧生(Joseph Needham, *Science and Civilization in China*, Vol.3, p.56)을 이미 언급한 적이 있다. 같은 해 말기에 다시 3개의 함대가 각각 韓終, 侯公, 石生의 지휘 하에 각각 싣고 출항한 것처럼 보인다. 몇 달 후에 돌아올 때 盧生은 魔術冊을 황제에게 바쳤고, 기원전 212년까지 계속하여 그에게 조언을 했으나, 곧 이 도교의 명인들은 秦始皇帝의 전제적인 통치술에 절망하기 시작하여 사람들이 접근할 수 없는 곳으로 몸을 감추어 버렸다. 그 중 한 사람인 侯工은 기원전 203년에 劉邦이 項羽에게 보낸 사절로서 짧은 기간만 무대에 등장하였지만, 궁정 생활이 태평양만큼이나 공허하다는 것을 안 다른 사람들은 더 이상 사람들에게 모습을 보이지 않았다. 그들에 대해 우리가 알고 있는 것이라고는 司馬遷이 『史記』, 卷六에 기록하고 있는 것뿐이다(tr. E. Chavannes, *op. cit.*, vol.2. pp.164, 167, 176, 180이하, 312 이하를 보라).

알 수 없을 것이다.[671] 그러나 그 정착민들이 무슨 돛을 가지고 있었는지 또는 어떤 수단으로 너른 해역을 지나 항해할 수 있었는지는 전혀 추측할 수 없는 문제가 아니다.

---

671 태평양으로의 탐험 항해는 前漢代 대부분의 기간 동안 계속되었는데, 특히 漢武帝 치하가 널리 알려져 있다. 예를 들면, 연금술사인 李少君은 기원전 133년 궁정에서 호의를 받았지만, 그가 방문했다고 주장하는 섬들의 죽지 않는 사람들과 교류하는데 많은 시간을 보냈다고 한다. 후에 禮部의 수장이 될 온건한 관리였던 寬舒는 같은 해에 蓬萊를 찾는 탐험대를 이끌고 東海로 나갔다. 기원전 113년 구름과 氣를 해석하는 전문가가 선박에 파견되었다. 생각건대, 그들은 마술 궁전을 찾는데 방해가 되는 안개 낀 알류산 열도를 찾고 있었던 것 같다. 동시에 다른 마술사인 欒大(磁氣의 역사에서 중요한 인물, Joseph Needham, *Science and Civilization in China*, Vol.4, pt.1, p.315)는 트럼펫을 불며 다른 탐험을 위해 출항하였지만, 기원전 112년 그는 泰山에 제물을 바칠 것을 선택하여, 승선하지 않았다는 것이 밝혀졌다. 그리고 그의 마술이 실패한 것처럼 보였을 때, 그는 파멸되었다. 기원전 98년에는 모든 항해가 漢나라 궁정과 관료제에 전혀 이익이 되지 않는다는 결론이 내려졌다. 돌아오지 않은 돛단 뗏목과 선박의 비율이 어느 정도였는지는 우리에게 무척 큰 관심 대상이었지만, 관련 기록이 거의 없다.

제6장

선박 조종 I : 항해술

1. 항해술의 3단계

중국 항해술에 대한 설명을 이제 더 이상 미룰 수 없을 것 같다. 우리는 이미 수차례에 걸쳐 이 문제에 대해 접근해왔다. 먼저 제1권에서는 해상 무역로(海上貿易路)를 언급했으며, 제3권에서는 지도(地圖)와 항로(航路)를 다루었고, 제4권 제1편(Vol.4, pt.1)에서는 자기나침반(磁氣羅針盤, magnetic compass)의 역사를 고찰하였고, 마지막으로 포르투갈인과 중국인의 원양 항해(遠洋航海)를 대대적으로 대조하면서 다시 언급하였다.[1] 어쩌면 여러 형태의 선박 조종

---

1 Joseph Needham, *Science and Civilization in China*, Vol.1, p.173 이하.; Joseph Needham, *Science and Civilization in China*, Vol.3, pp.40 이하, 75 이하.; Joseph Needham, *Science and Civilization in China*, Vol.4, pt.1, Sect. 26i.

장치(船舶操縱裝置)가 어떻게 발달해왔는지 먼저 묘사한 후, 이 문제를 언급하는 것이 더 논리적일지도 모른다. 그러나 이 주제가 인간, 항로, 목적지를 포함하고 있는 모든 것이고 또한 중국 해운사와 너무 밀접하게 연관되어 있기 때문에 여기에서 고찰하는 것이 좋을 것 같다. 새로운 자료의 경우에만 관련된 문서를 상세하게 거론할 것이며, 다른 자료에 대해서는 앞에 인용된 문서들을 참조하는 것이 좋을 것 같다.

구세계(Old World)의 서구에서 전개된 항해 방법의 역사에 대한 풍부한 문헌을 요약하거나 압축하는 것은 물론 불가능하다. 그러나 비교의 기준이 충분하기 때문에 이미 알려진 사실들을 몇 가지의 항목으로 요약할 수 있다.[2] 항해술의 역사를 연구하는 사람들은 기존의 시대 구분에 대해 상당한 불만을 갖고 있다. 따라서 여기에서는 그 시대를 1) 원시적 항해 시대(原始的 航海時代, primitive navigation), 2) 정량적 항해 시대(定量的 航海時代, quantitative navigation), 3) 수학적 항해 시대(數學的 航海時代, mathematical navigation)로 구분하려 한다. 필자는 제2기가 1200년경(앞으로 보겠지만, 동아시아에서는 900년경) 지중해에서 시작되었고, 제3기가 1500년이나 그 보다 약간 앞선 시기에 시작되었을 것으로 본다. 이제 각 시기별 특징을 차례로 개관해보자.

원시 시대에 선원들이 천문을 이용한 길잡이 없이 항해했다고는 말할 수

---

2 이러한 연구를 하는데 가장 유용한 서적 중에서 E. G. R. Taylor, *The Mathematical Practitioners of Tudor and Stuart England*, Cambridge, 1954.; Idem, *The Heaven-Finding Art; a History of Navigation from Odysseus to Captain Cook*, Hollis & Carter, London, 1956.; D. W. Waters, *The Art of Navigation in England in Elizabethan and Early Stuart Times*, Hollis & Carter, London, 1958.; G. Ferrand, *Instructions Nautiques et Routiers Arabes et Portugais des 15e et 16e Siècles*, Geuthner, Paris, 1928.; F. Marguet, *Histoire Générale de la Navigation du 15e au 20e siecles*, Soc. d'Ed. Georg. Maritime el Colon, Paris, 1931; J. B. Hewson, *A History of the Practice of Navigation*, Brown & Ferguson, Glasgow, 1951을 들고 싶다. 특히 중요한 위치를 차지하고 있는 이베리아인에 대한 연구는 후술하려고 한다. 발트 해에 관한 흥미롭고 진지한 기록으로서는 W. A. Drapella, *Zegulua -Navigacja- Nautika; ze Studiów and Ksztaltowaniem się Pojęć Morskich, Wiek XVI-XVIII*, Zaklad Imienia Ossolińskich we Wroclawiu, Gdańsk, 1955가 있다.

없다. 왜냐하면 그들이 아주 일찍부터 별과 태양을 보고 타(舵)를 잡았기 때문
이다(달리 말하면, 선박의 방향을 결정하고 있었다).[3] 야간에는 십일성(十一星,
decan-stars)[4]이 뜨거나 남중(南中)에 위치하는 것과 주극성(週極星)을 보고 시간
을 알 수 있었으며, 별들을 돛대나 삭구에 비추어 극의 높이를 대략 계산하는
방식으로 위도를 알 수 있었다.[5] 주간에는 변화하는 황도와 수평선의 관계를
보고 풍배도(風配圖, wind-rose)를 만들 수 있었다.[6] 시간과 거리를 측정하는
방법은 여전히 대단히 조잡했으며, 밤낮을 계산함으로써 지나온 거리를 측정
할 수 있었을 뿐이다. 그러나 고대 항해인들은 관찰력을 갖고 있었다. 그들은
수심을 쟀으며,[7] 해저의 표본물에 주의를 기울였고,[8] 항해에 도움이 되는 바
람과 해류를 표시했고, 수심·정박지·표지물·조류 같은 것들을 초기의
수로지(水路誌)[9]에 기록하였다. 또한 그들은 육지를 찾는 데 새를 이용할 줄도

---

3 이것은 최근에 P. Adam, "Navigation Primitive et Navigation Astronomique," Art. in Proc. 5th International Colloqium of Maritime History, Lisbon, 1960에 의해 충분히 강조되고 있는데, Aratos, Phaenomena, II, pp.31~44에 있는 유명한 구절(이것은 Eudoxus of Cnidus에 기초를 두고 있으며 또한 후에 Strabo도 그러했다)에 의해 충분히 입증되고 있다. 기원전 275년에 집필된 이 서적에 의하면, 그리스인은 Helice(큰곰자리)를 보면서 타를 잡았는데, 페니키아인은 Cynosura(작은곰자리와 그 위성)를 보고 더 정확하게 타를 조종하였다. 이에 대해서는 Joseph Needham, Science and Civilization in China, Vol.3, p.230의 각주에 설명되어 있다. E. G. R. Taylor, The Heaven-Finding Art; a History of Navigation from Odysseus to Captain Cook, Hollis & Carter, London, 1956, p.43을 참조. Odyssey, v. Rieu tr. p.94도 참조.

4 이집트 천문학에서 밝힌 36개의 별자리인데, 黃經이 10도씩 다르다. Joseph Needham, Science and Civilization in China, vol.2, p.356과 Vol.3의 해당 항목을 참조. F. Boll, Sphaera, Teubner, Leipzig, 1904.; A. Bouché-Leclercq, L'Astrplogie Grecque, Leroux, Paris, 1899도 참조.

5 Lucanus, Pharsalia, VIII, p.172 이하.; E. G. R. Taylor, op. cit., p.47을 참조.

6 E. G. R. Taylor, op. cit., p.6을 참조. Joseph Needham, Science and Civilization in China, Vol.3, p.305를 참조.

7 E. O. Reischauer, Ennin's Diary; the Record of a Pilgrimage to China in Search of the Law (the Nittō Guhō Junrei Gyōki), Ronald Press, New York, 1955, p.5에서 838년 일본의 승려 圓仁이 중국 해안을 처음 보았을 때의 기사를 참조.

8 Joseph Needham, Science and Civilization in China, Vol.4, pt.1, pp.279, 284와 『夢梁錄』을 번역한 F. Hirth, "Über den Schiftsverjehr von Kinsay zu Marco Polo's Zelt,"와 "Der Ausdruck So-Fu' 및 "Das Weisse Rhinoceros," Toung Pao, 1894, 5를 참조.

9 Aratos와 동시대 인물인 Rhodes의 Timosthenes(기원전 266년경)를 서술하고 있는 Joseph

알았다.[10] 그들이 해도를 작성했는지는 모르지만, 여하튼 남아 전해져오는 해도는 전혀 없다. 그들이 보유한 기술은 유명한 항해자였던 수파라가 (Supāraga)의 말을 기록한 4세기 인도 문헌에 요약되어 있다.

그는 별이 지나가는 길을 알고 있었기 때문에 항상 방향을 쉽게 잡을 수 있었다. 그는 또한 규칙적으로, 비정상으로 아니면 우연히 나타나는 맑은 날 씨나 나쁜 날씨의 징조들이 어떤 의미를 갖는지도 잘 알고 있었다. 그는 물고 기나 바다의 색깔, 해저의 상태, 새, 산(표지물), 다른 표시 등을 이용하여 해역(regions of the ocean)을 구분하였다.[11]

우리의 상상력에 의하면, 380년부터 780년 사이에 중국의 불교 승려들이 인도를 향해 시도한 모험[12]은 이러한 항해를 통해서 이루어졌을 것이다. 원시 적이기는 하지만, 그러한 항해 기술을 이용하여 이미 대양을 횡단했다는 중요 한 사실을 망각해서는 안 된다.

측정은 두 번째 시대인 정량적 항해 시대의 핵심적인 요소였다. 당시 항해 자들은 새로운 발명품과 측정법을 점차 더 많이 이용했으며, 추측이나 신의 도움에만 의지하여 실시하는 항해를 더 이상 하지 않았을 것이다. 1185년경 이후 지중해에서는 사람들의 관심이 하늘의 관측에서 지상의 관측으로 빠르 게 옮겨갔다. 왜냐하면 나침반의 발명이 알려져 그곳에서 사용되었으며, 그로

Needham, *Science and Civilization in China*, Vol.3, p.532를 참조.

10 이 방법이 기술되어 있는 古代 印度文獻에 대해서는 T. W. Rhys-Davids, "Early Commerce between India and Babylonia," *JRAS*, 1899, 31을 참조. E. G. R. Taylor, *op. cit.*, p.72에도 인용되어 있으며, J. Hornell, "The Role of Birds in Early Navigation," *AQ*, 1946, 20에도 이것이 개관되어 있다.

11 Supāraga는 佛陀의 化身이었다. 그에 대한 출전은 Āryasura의 Jātakamāla이며, 434년 이전에 중국어로 번역되었다. S. Lévi, "Pour l'Histoire du Rāmāyana," *JA*, 1918 (11e sér.), 11, p.86.; G. Ferrand, *Instructions Nautiques et Routiers Arabes et Portugais des 15e et 16e Siècles*, Geuthner, Paris, 1928, Vol.3, p.177에 인용되어 있다.

12 Joseph Needham, *Science and Civilization in China*, Vol.1, pp.207 이하.

인해 선박 조종 기술에서 대단한 혁명이 일어났기 때문이다.[13] 구름이 긴 날이나 폭풍이 부는 날에도 앞으로 나아가는 방법을 알았을 뿐만 아니라 방위각을 정확하게 읽을 수도 있었기 때문에 많은 중요한 발전이 잇달아 이루어졌다. 풍배도도 자연히 점차 더 복잡해졌다. 그러나 앞에서 말한 것처럼, 풍배도는 중심에서 사방으로 뻗어가는 등사곡선(等斜曲線), 즉 항정선(航程線, rhumb-line)이 서로 교차되어 있는 포르톨란(Portolan) 해도에 기재되었다.[14] 그에 대한 최초이면서 동시에 연대가 분명한 사례는 1311년에 비틀리(Beatley) 의 베스콘테(P. Vesconte)에 의해 제작된 해도(Joseph Needham, *Science and Civilization in China*, vol.3, Fig. 219)인데, 지도 제작을 연구하는 역사가들은 보통 그것과 짝을 이루는 것으로 1275년에 제작된 카르타 피사나(Carta Pisana) 의 지도[15]를 들고 있다. 이러한 유형의 해도에 대한 문헌 증거는 프랑스의 성왕 루이(St. Louis)가 애그모르트(Aigues-Mortes)에서 십자군 원정에 나섰던 1270년부터 나타난다.[16] 그 해도들이 사용되기 시작한 때는 아마 13세기 후반이었을 것이다.

---

13 Joseph Needham, *Science and Civilization in China*, Vol.4, pt.1, Sect. 26을 참조. F. C. Lane, "The Economic Meaning of the Invention of the Compass," *AHR*, 1963, 68은 이 혁명이 갖는 경제적 의의를 분석하고 있다.

14 Joseph Needham, *Science and Civilization in China*, Vol.3, pp.532 이후.

15 ed. B. R. Motzo, *Il Compasso da Navigare; Opera Italiana della Metà del Secolo XIII*, Univ. Cagliari, 1947.; E. G. R. Taylor, *op. cit.*, pp.110 이하.; Idem, "Mathematics and the Navigator in the 13th Century," *JIN (U. K.)*, 1960, 13을 참조. L. Bagrow, *Die Geschichte der Kartographie*, Safari, Berlin, 1951, p.49, pl.27은 그것의 연대를 거의 1300년으로 간주하고 있다.

16 E. G. R. Taylor, *The Heaven-Finding Art; a History of Navigation from Odysseus to Captain Cook*, Hollis & Carter, London, 1956, p.109를 보라.

〈그림 219〉 베스콘테(P. Vesconte)가 비즐리(Beazley)에서 1311년에 그린 해도이며, 이는 현존하는 것 중 가장 오래된 포르톨란 해도 중 하나이다. 항정선, 직사각형 격자, 눈금표시가 된 가장자리가 보이며, 상단에는 지도 제작자의 서명과 날짜가 적혀있다. 그림에서 보이는 부분은 레반트(Levante) 지역의 연안이다.

이처럼 방위각과 거리를 이용한 도면들은 정밀도가 새롭게 향상되어 있었다. 특히 시간과 거리를 측정하는 방법을 알고 있었던 것 같다. 그리하여 특정 진로를 항해하는 데 필요한 시간을 더욱 정확하게 측정하는 것이 아주 중요한 것으로 대두되었다. 그러므로 우리는 1310년경부터 'orologes de mer', 1411년부터는 'dyolls', 그리고 1490년부터는 'running-glasses'라는 용어가 종종 나타나는 것에 대해 별로 놀라지 않는다. 이 모든 용어는 당직선원이 (노래를 부르면서) 규칙적으로 돌려놓는 모래시계(hour-glass 즉 sand-glass)를 의미했다.[17] 게다가 항해하는 사람들은 자신이 원래 의도했던 진로와 다르다

---

17 해시계나 물시계가 해상에서 사용될 수 없었기 때문에, 이것을 가장 오래된 시계로 볼 수

고 하더라도 바람을 따르지 않을 수 없었다. 1300년경부터는 새로운 삼각법
(trigonometry 원리)에 의해 (유럽에서) 일련의 방위표(traverse tables)가 작성되었
기 때문에 일정한 시간 안에 예정된 진로로 어느 정도 나아갔는지 혹은 예정
된 진로로 나아가기 위해 얼마나 항해해야 하는지를 쉽게 계산할 수 있었다.[18]
1428년보다 더 일찍 제작된 '마르텔로이오의 표(Toleta de Marteloio)'는 존재
하지 않는다. 그러나 카탈로니아(Catalonia)의 위대한 괴짜 철학자이자 화학자
였던 룰(Raymond Lull)이 1290년에 집필한 저서에 따르면, 바로 그 책이 출판
되던 시대에도 이 표가 발전하고 있었음을 알 수 있다. 더욱이 같은 시대에

있다. 모래시계를 航海器具로 간주한 것에 대한 최초의 논의는 많은 참고 문헌이 수록되어
있는 D. W. Waters, "Early Time and Distance Measurement at Sea," *JIN (U. K.)*, 1955, 8이다. 그는
모래시계가 분명히 포르톨란 해도와 관련이 있기 때문에 틀림없이 13세기에 사용되고 있었
을 것으로 생각하였다. dial이라는 語義가 한동안 의문시된 것은 磁氣羅針盤에 앞서 북유럽
의 方位盤 즉 나무로 만든 風配圖의 존재가 상기되었기 때문이다. 그러나 C. V. Solver, "The
Discovery of an Early Norse Bearing - Dial," *JIN*, 1953, 6, p.294에 의해 발견된 물건은 달리 해석
될 수 있으며, 15세기의 dyoll이 모래시계였다는 G. P. B. Naish, 'The "dyoll" and the bearing
dial,' *JIN*, 1954, 4의 주장이 현재 일반적으로 인정되고 있다. 그에 대한 결정적인 증거는 수
심이 65패덤인 Belle Isle 앞바다의 해저가 smale diale sonde라고 표기되어 있는 영국의 15세기
水路誌일 것이다(Anon, *Sailing Directions for the Circumnavigation of England late 15th Century*, Ed. J.
Gairdner, & E. D. Morgan, Hakluyt Soc., London, 1889, p.21). 14세기에 출현한 새로운 機械時計
에 diale이 붙어있기 때문에(Joseph Needham, *Science and Civilization in China*, Vol.4, pt.1, p.511)
dyoll이라는 표현이 처음 등장한 때가 1411년이었다고 보는 것은 당연하다(Sir Alan Moore,
"Accounts and Inventions of John Starlying [1411]," *MMI*, 1914, 2). 또한 새로 나타난 휴대용 시계
와 그리고 해시계와 나침반을 합친 시계를 그것과 구별할 필요가 있기 때문에, 15세기 말에
명칭이 다시 바뀐 것도 당연하다. 모래시계의 기원에 대해서는 후술하려 한다.

S. B. Drover et al, "Sand-Glass 'Sand'; Historical, Analytical and Practical," *AHOR*, 1960에 포함되
어 있는 흥미로운 논문이 보여주고 있는 것처럼, 17세기 이후의 모래시계에는 모래 대신
아주 잘게 부순 곡물가루가 사용되었다.

18 E. G. R. Taylor, *The Heaven-Finding Art; a History of Navigation from Odysseus to Captain Cook*, Hollis
& Carter, London, 1956, pp.117 이하.; Idem, "Mathematics and the Navigator in the 13th Century,"
JIN, 1960, 13.; D. W. Waters, *The Art of Navigation in England in Elizabethan and Early Stuart Times*,
Hollis & Carter, London, 1958, pp.37 이하.; G. Beaujouan & E. Poulle, "Les Origines de la Navigation
Astronomique aux 14e et 15e Siècles," Art. in Proc. 1st International Colloquium of Maritime History,
Paris, 1956, p.106 등을 참조. 포르톨란 해도, 자기나침반, 모래시계, 그리고 마르텔로이오
(marteloio)는 서로 밀접한 관련이 있는 보완적인 연구물들이다.

리처드(Richard of Wallingford)같은 사람의 작품에서도 삼각법을 볼 수 있다. 이처럼 계산을 할 수 있었던 항해자들은 13세기 후반부터 14세기 초기에 출현한 것으로 보인다. 계산을 가능하게 한 근본적인 요인은 틀림없이 힌두— 아라비아 숫자(Hindu-Arabic numerals)의 대중화였을 것이다. 원래 힌두—아리 비아 숫자 자체는 10세기 말에도 서양에 알려져 있었다. 그러나 힌두—아라 비아 숫자의 대중화는 뱃사람들이 지중해에서 나침반을 처음으로 사용하기 시작한 (12세기 후반) 직후에 이루어졌을 것이다.[19] 이에 대한 가장 오래된 실례는 1253년에 편찬된 이탈리아의 『항해용 나침반(Compasso da Navigare)』이 다. 이 서적은 항해사의 시대 구분 중 제2기에 편찬된 것으로서 현존하는 것 중 가장 오래된 수로지인데, 이 서적은 지중해 전역을 방위—거리 시스템 으로 묘사하고 있다. 이 시스템은 다른 귀중한 수로관련 정보와 함께 포르톨 란 해도에 간략하게 묘사되어 있다.[20]

지금까지의 서술에는 논쟁의 여지가 없다. 그러나 가장 오래 전부터 항해하 던 사람들이 믿었던 천체의 정보를 정량화했던 시대, 즉 새로운 측정 기준을 어떤 실용적인 형태로 천체에까지 사실상 확대했던 시대와 가까워질 때에는 정말 어려운 문제가 대두된다. 동아시아와 남아시아에서 발생한 사건들을 후에 가능한 순서대로 상세하게 설명할 것이다. 그 대신 여기에서는 포르투갈 의 대양 항해인들이 간단하게 만들어진 항해용 원측의(圓測儀, astrolabe)와 사 분의(四分儀, quadrant)를 이용하여 극지의 고도를 정확하게 측정하기 시작한 15세기를 주로 주목할 예정인데, 이것은 활발한 논쟁을 불러일으키는 문제 중 하나이기도 하다.[21]

---

19 Joseph Needham, *Science and Civilization in China*, Vol.3, pp.15, 146; E. G. R. Taylor, *op. cit.*
20 ed. B. R. Motzo, *Il Compasso da Navigare; opera Italiana della Metà del Secolo XIII*, Univ., Cagliari, 1947.; E, G. R. Taylor, *op. cit.*; Idem, "The Oldest Mediterranean Pilot," *JIN*, 1951, 4.; Idem, *The Heaven-Finding Art; a History of Navigation from Odysseus to Captain Cook*, Hollis & Carter, London, 1956을 참조.
21 지난 반세기 동안 항해술에 대한 훌륭한 작업들이 이베리아 역사가들에 의해 진행되어왔다

서양에서 레비 벤 제르손(Levy ben Gerson)에 의해 최초로 묘사된 직각기(直角器, 그리고 <그림 247>에서 볼 수 있는 Jacob의 직각기)[22]는 1321년 이후 이러한 목적으로 사용되었다고 일반적으로 추정되어 왔다. 그러나 그것은 잘못이었다.[23] 포르투갈의 직각기인 발레스틸라(balestilha)는 포르투갈에서 직접 발달된 천문 측정 기구가 아니었을 것이다. 그것은 포르투갈인이 인도양에서 아라비아인들을 만났을 때, 아라비아인이 사용하고 있던 카말(kamāl)을 보고 만들어진 것으로 보인다. 주로 동서 방향으로 항해하던 지중해의 항해자들이 아주 후대에 이르기까지 고도를 측정하지 않았음을 보여주는 증거는 많이

(A. Barbosa, *Novos Subsídios para a Histórica da Ciencia Náutica Portuguesa da Epoca dos Descobrimentos*, Lisbon, 1938.; Adm. Gago Coutinho, *A Náutica dos Descobrimentos; os Descobrimentos Marítimos vistos por um Navegador*, 2 vols. Lisbon, 1951~2.; J. Bensaude, *Histoire de la Science Nautique Portugaise à l'Époque des Grandes Découvertes*; Collection de Documents ··· Kuhn, Munich, 1914~16.; Idem, *L'Astronomie Nautique au Portugal à l'Époque des Grandes Découvertes*, Drechsel, Berne, 1912.; Fontoura da Costa, *La Science Nautique des Portugais à l'Époque des Decouvertes*, Agência Geral das Colonias, Lisbon, 1941.; Idem, *A Marinharia dos Descobrimentos*, Armada, Lisbon, 1933.; S. Garcia Franco, *Historia del Arte y Ciencia de Navegar*, 2 vols, Madrid, 1947). 그런데 그 중 몇 명은 지나친 주장을 하기도 했다. 포르투갈 왕가가 비밀 정책을 추구했다는 이론 때문에 논의가 대단히 어렵지만, 그러나 Durate Leite, "Lendas na Historia da Navehação Astronomica em Portugal," *BIBLOS* (Coimbra), 1950.; Idem, *Historia dos Descobrimentos*, ed. V. Magalhães Godinho, Lisbon, 1958과 A. Teixeira da Mota, "L'Art de Naviguer en Méditerranée du 13e au 17e Siècle et la Création de la Navigation Astronomique dans les Océans," Art. in Proc. 2nd International Colloquium of Maritime History, Paris, 1957과 같은 포르투갈 학자들은 G. Beaujouan, "Science Livresque et Art Nautique au 15e Siècle," Art. in Proc. 5th International Colloquium of Maritime History, Lisbon, 1960처럼 가장 사려깊은 비판자들이다. G. Beaujouan & E. Poulle, "Les Origines de la Navigation Astronomique aux 14e et 15e Siècles," Art. in Proc. 1st International Colloquium of Maritime History, Paris, 1956을 참조 앞서 언급한 이유 때문에, '천문 항법의 기초'가 15세기에 포르투갈인이나 다른 누군가에 의해 마련되었다는 종래의 주장(E. G. R. Taylor, *The Heaven-Finding Art; a History of Navigation from Odysseus to Captain Cook*, Hollis & Carter, London, 1956, p.167)은 현재 인정되지 않고 있다. 그 기초는 고대에 전세계적으로 만들어졌으며, 정량화는 동양과 서양에서 동시에 진행되었다.

22 Joseph Needham, *Science and Civilization in China*, Vol.3, p.573을 참조.

23 현재 알려진 것 중 가장 오래된 직각기는 1571년의 것이다. D. J. de S. Price, "Two Mariner's Astrolabes," *JIN*, 1956, 9를 참조. G. Beaujouan & E. Poulle, *op. cit.*, p.112에서 지적되고 있듯이, 16세기 초 이전에 직각기가 천문 항법에 사용되었다는 설을 뒷받침할만한 문헌은 전혀 없다.

〈그림 247〉 제이콥(Jacob)의 직각기 사용법. 출처 : Oronce Finé, *De Re et Praxi Geometrica* (Paris, 1556).

있다.[24] 현존하는 것 중 가장 오래된 항해용 원측의(seaman's astrolabe)는 1555
년의 것이며,[25] 그림에 적혀있는 가장 오래된 연대도 1525년이다.[26] 그러나
우리는 그것이 1480년부터 사용되었을 것으로 생각할 수 있다.[27] 항해용 사분
의(sea-quadrant)가 1480년 이후에 사용된 사실도 인정하면 좋겠지만,[28] 그 사

---

24 이 증거들은 A. Barbosa, *Novos Subsidios para a Histórica da Ciencia Náutica Portugueuse da Epoca dos Descobrimentos*, Lisbon, 1938.; A. Teixeira da Mota, *op. cit.*에 명확하게 서술되어 있다.

25 1540년에 기록된 천체관측의는 제2차 세계대전까지 Palermo 박물관에 소장되어 있었다. 이 문제 전반에 대해서는 D. W. Waters, "The Sea- or Mariner's Astrolabe," *Revista da Faculdade de Ciências*, Universidade de Coimbra, 1966, 39를 보라.

26 D. J. de S. Price, *op. cit.*; D. W. Waters, *op. cit.*

27 Fontoura da Costa, *La Science Nautique des Portugais à l'Époque des Decouvertes*, Agéncia Geral das Colonias, Lisbon, 1941, p.13.

28 E. G. R. Taylor, "The Navigating Manual of Columbus," *JIN*, 1952, 5.; J. Bensaude, *Histoire de la*

용 시기를 항해왕 엔리케(Prince Henry)의 전성기로까지 소급하는 것은 단순히 추정에 지나지 않을 뿐이며, 또한 일반적으로 인정되고 있는 1460년경이라는 주장도 불확실한 연대이다.[29]

그러나 포르투갈인들이 대서양에서 바람과 조류의 법칙성을 확정하는 데 크게 기여한 것은 누구도 이의를 제기할 수 없을 것이다.[30] 또한 포르투갈인들이 1480년까지 극지의 고도를 상당히 정확하게 관측했으며, 특히 후대에 아프리카 해안 전역에 걸쳐 위도를 측정한 것에도 크게 기여한 사실은 일반적으로 인정되고 있다.[31] 포르투갈인들의 활동에는 주극성에 대한 정밀한 관찰도 포함되었는데, 주극성에 대한 관찰은 '위성의 법칙(Rule of the Guards)'으로 정리되었다.[32] 이미 본 것처럼, 그것은 평행권(平行圈, parallels)과 기후권(氣候圈, climates)에 의한 프톨레미(Ptolemy)의 지도 제작법이 15세기 초에 부활된 것과 궤를 같이 하고 있다.[33] 아마 처음으로 이룩한 것은 앞서 묘사한 것으로서 대서양에서 경험한 항해 아크(sailing arcs)였을 것인데, 이에 대해서는 앞서 묘사한 바 있다. 육지를 전혀 보지 못한 채 이루어지는 이러한 장기간의 항해

Science Nautique Portugaise à l'Époque des Grandes Découvertes; Collection de Documents ⋯ Kuhn, Munich, 1914~16, vol.7을 참조

29 G. Beaujouan, "Science Livresque et Art Nautique au 15e Siècle," Art. in Proc. 5th International Colloquium of Maritime History, Lisbon, 1960,

30 이 문제에 대한 해명은 주로 Adm. Gago Coutinho, A Náutica dos Descobrimentos; os Descobrimentos Maritimos vistos por um Navegador, 2 vols, Lisbon, 1951~2에 의해 이루어졌는데, Costa Brochado, The Discovery of the Atlantic, Lisbon, 1960이 이것을 잘 정리하였다.

31 Damião Peres, A History of the Portuguese Discoveries, Lisbon, 1960.; G. Beaujouan, "Science Livresque et Art Nautique au 15e Siècle," Art. in Proc. 5th International Colloquium of Maritime History, Lisbon, 1960을 참조. 초기의 기구에 관한 관측은 육상에서 상당히 정확하게 진행될 수 있었다. 그러나 해상에서는 정확한 측정이 거의 불가능했다.

32 이것은 '북극성의 법칙(Regiment of the North Star)'을 의미한다. E. G. R. Taylor, The Heaven-Finding Art; a History of Navigation from Odysseus to Captain Cook, Hollis & Carter, London, 1956, pp.47, 130, 146, 163.; Idem, "The Navigating Manual of Columbus," JIN, 1952, 5.; D. W. Waters, The Art of Navigation in England in Elizabethan and Early Stuart Times, Hollis & Carter, London, 1958, pp.43 이하를 참조

33 Joseph Needham, Science and Civilization in China, Vol.3, p.533을 참조

야말로 포르투갈인들에게 포르톨란 방위각보다 더 우수한 방법, 즉 해상에서 위도 측정 방법의 필요성을 절감하게 만들었다.[34] 1440년에 이미 기니 아크 (Guinea arc)가 자주 사용되고 있었던 사실은 그 시기에 항해용 원측의나 사분의가 사용되고 있었다는 사실을 연상하게 하지만, 그것을 뒷받침할 증거는 문헌에도 그리고 고고학에도 전혀 없다.[35] 그러나 그로부터 47년 후에 브라질

---

34 A. Teixeira da Mota, "L'Art de Naviguer en Méditerranée du 13e au 17e Siècle et la Création de la Navigation Astronomique dans les Océans," Art. in Proc. 2nd International Colloquium of Maritime History, Paris, 1957, p.131이 이것을 주장하고 있다. 중간 단계는 고도 항법(高度航法)이었는데, 그것은 어떤 지점에서 극의 고도나 정오의 태양의 고도를 이미 알고 있는 Lisbon의 위도와 비교하는 항법이었다.

35 G. Beaujouan, "Science Livresque et Art Nautique au 15e Siècle," Art. in Proc. 5th International Colloquium of Maritime History, Lisbon, 1960은 종래의 견해(예를 들면, Fontoura da Costa, *La Science Nautique des Portugais à l'Époque des Decouvertes*, Agência Geral das Colonias, Lisbon, 1941, p.12.; E. G. R. Taylor, *The Heaven-Finding Art; a History of Navigation from Odysseus to Captain Cook*, Hollis & Carter, London, 1956, p.159.; D. W. Waters, *The Art of Navigation in England in Elizabethan and Early Stuart Times*, Hollis & Carter, London, 1958, p.46)를 비판하면서 그것이 1480년 이전에 사용되었다는 것에 대한 증거로 3개의 문헌을 철저하게 검토했다. 그 중 하나는 당대의 항해자가 오래된 포르톨란(portolans)을 어떻게 생각하고 있었는지 알기 위한 것이었는데, 이는 대단히 흥미로운 주제였다. Diogo Gomes나 Martin Behaim은 1483년경에 다음과 같이 말했다(누가 기술했는지 의혹이 가기 때문에 이 구절의 연대를 더 이상 소급할 수 없을 것이다). "그곳(기니)을 방문했을 때 나는 사분의를 갖고 있었기 때문에 북극의 고도를 그곳에 표시할 수 있었다. 나는 그것이 지도보다 훨씬 좋다는 것을 알고 있었다. 왜냐하면 계속 가야 할 진로(즉 방위)를 지도에서 확실하게 볼 수 있지만, 일단 잘못 가면 원래의 목적지로 결코 되돌아올 수 없기 때문이다." 위도를 '알고 따라가는 것'이 나침반과 마르텔로이오(marteloio)만을 믿고 항해하는 것보다 훨씬 좋았다. 서양에서는 이러한 항법이 시작되어 그 후 수세기 동안 계속 사용되었다. 그러나 동양에서는 이 항법이 그 이전부터 사용되었다.

G. Beaujouan, *op. cit.*에서 검토된 다른 구절도 서양과 동양의 방식을 통합한 항해 방식에 관한 것이었다. 1455년에 감비아(Gambia) 강의 입구에서 Alvise da Casa Mosto는 남십자성이 '창 하나의 높이'에 있는 것을 보았다. 그가 사분의를 갖고 있지 않았던 것은 분명한 사실이었다. 그 밖에도 이러한 표현이 나타나는 유일한 실례는 베네치아인인 Marco Polo가 1300년경에 실시한 대화였는데, 이 대화는 Pietro d'Abano에 의해 기록되었다. 마르코 폴로는 황새치자리(Doradus)에 있는 마젤란 성운(Magellanic Cloud)의 주요 별인 것으로 간주되는 천체가 남반구의 여러 곳에서 남극 부근으로부터 '창 하나의 높이'에서 보인다고 말했다. 따라서 우리는 그의 말에서 다음과 같은 것을 생각할 수 있을 것 같다. 중국에서는, 천문학자가 자기 나라뿐만 아니라 해외의 많은 장소에서도 천문관측기를 사용하고 있었기 때문에(Joseph Needham, *Science and Civilization in China*, Vol.2, pp.274, 292 이하를 참조), 그것을 알고 있었던

아크(Brazil arc)와 관련하여 그러한 기구가 사용되었던 사실을 감안한다면, 그것도 믿기 어려워진다.[36] 그밖에 15세기 포르투갈 항해자들에 대한 아라비아인의 영향이 어느 정도였는가 하는 문제도 있는데, 아직 답이 나오지 않았다. 지중해 동쪽 끝에서의 접촉을 생각한다면, 이븐 마지드(Ibn Mājid)가 포르투갈인을 만난 최초의 아라비아인 항해자가 아니었던 것은 틀림없는 사실이다.[37] 정말 알기 어려운 문제는 그 세기 초에 포르투갈에 대한 카탈로니아의 영향[38]과 그 세기 중엽에 사그레스 항해학교(School of Sagres)에 대해 이루어진 숙고가 실제로 어떤 것이었는지 아는 것이다. 확실한 것은 15세기 후반기의 항해자와 항해술 교사 중 많은 수가 그 세기 초부터 그 방법을 사용했다는 사실이다. 이와 관련해서는 특히 1455년에 감비아(Gambia)를 항해한 알비세(Alvise da Ca'da Mosto)의 항해[39]가 유명하다. 반면에 북방에서는 1483년에도 여전히 가르시(Pierre Garcie)가 포르톨란 해도조차도 갖고 있지 않았다. 그러나 그는 오늘날 영국 해군의 수로부(水路部)가 발행한 『해군 수로지(*Admiralty Sailing Direction*)』에 나타나는 것과 같은 두드러진 표지물을 스케치하고 또한 밀물과 썰물을 상세하게 알아 표를 작성한 것으로 역사에 이름을 남기고 있다.[40]

중국 항해자가 육지의 여러 곳에 기항할 때마다 천문관측기를 세우고, 그곳에서 별의 고도를 대략 표시했다. 이것은 기구를 갖고 고도를 측정하는 방법 중 생각할 수 있는 가장 간단한 방법이었다.

36 Damião Peres, *A History of the Portuguese Discoveries*, Lisbon, 1960, p.46을 참조.

37 A. Teixeira da Mota, *op. cit.*, pp.133, 135 이하, 140.; Idem, "Méthodes de Navigation et Cartographie Nautique dans l'Océan Indien avant le 16th siècle," *STU*, 1963(no.11), 49.; G. Beaujouan, *op. cit.*; G. Beaujouan & E. Poulle, "Les Origines de la Navigation Astronomique aux 14e et 15e Siècles," Art. in Proc. 1st International Colloquium of Maritime History, Paris, 1956, p.109.; Costa Brochado, *O Piloto Arabe de Vasco da Gama*, Lisbon, 1959, pp.111 이하를 참조.

38 이것은 G. de Reparaz, "Les Sciences géographiques et astronomiques au 14e Siècle dans le Nord-Est de la Péninsule Ibérique et leur Origine," *A / AIHS*, 1948, 3.; Idem, "L'Activité maritime et commerciale du Royaume d'Aragon au 13e Siècle et son influence sur le dévelopement de l'École Cartographie de Majorque," *BH*, 1947, 49에서 주장되었다.

39 ed. G. R. Crone, *The Voyages of Cadamosto*, London, 1937.

이 시기는 항해술 역사의 제2기에서 제3기로의 변화 즉 정량적 항해술에서 수학적 항해술로 넘어가는 때였는데, 르네상스가 막 시작되고 있던 때이기도 했다. 항공 시대와 트랜지스터(transistor) 시대에 그랬던 것처럼, 1500년부터 는 대양 항해자를 위한 새로운 수단이 '새로운 경험 철학'의 풍요 속에서 계속 등장하였다.[41] 먼저 천문학 분야를 보면, 이 때 여러 종류의 표가 많이 작성되었다. 극지의 고도를 계산하기 위한 남중시간(南中時間)의 태양적위표 (太陽赤緯表, noon solar declination tables, 1485년),[42] 4년 주기표(quadrennial tables, 1497년), 남십자성표(Southern Cross tables, 1505년), 별들의 남중표(南中表, star culmination tables, 1514년),[43] 태양의 출몰방위각표(sun amplitude tables, 1595 년),[44] 이러한 표들은 최종적으로 항해력(航海曆, nautical almanac)의 형태로 정

---

40 E. G. R. Taylor, *The Heaven-Finding Art; a History of Navigation from Odysseus to Captain Cook*, Hollis & Carter, London, 1956, pp.168 이하.; D. W. Waters, *The Art of Navigation in England in Elizabethan and Early Stuart Times*, Hollis & Carter, London, 1958, pp.12 이하.; ed. Idem, *The Rutters of the Sea; Sailing Directions of Pierre Garcie*, Yale Univ. Press, New Haven, Conn., 1967.

41 보다 광범위한 연구로는 E. G. R. Taylor, *The Mathematical Practitioners of Tudor and Stuart England*, Cambridge, 1954.; D. W. Waters, *The Art of Navigation in England in Elizabethan and Early Stuart Times*, Hollis & Carter, London, 1958이 있다.

42 '태양의 법칙(Regiment of the Sun)'; J. Bensaude, *Histoire de la Science Nautique Portugaise à l'Époque des Grandes Découvertes*; Collection de Documents … Kuhn, Munich, 1914~16, 1, vols. 1, 2, 3, 5.; Fontoura da Costa, *La Science Nautique des Portugais à l'Époque des Decouvertes*, Agência Geral das Colonias, Lisbon, 1941, pp.18 이하.; E. G. R. Taylor, *The Heaven-Finding Art; a History of Navigation from Odysseus to Captain Cook*, Hollis & Carter, London, 1956, p.165.; M. Mollat, "Soleil et Navigation au Temps des Découvertes," Art. in Le Soleil à la Renaissance; Sicence et Mythes, Presses Univ. de Bruxelles, Brussels, 1965.; R. A. Laguardia Trias, *Comentarios sobre los Origenes de la Navegacion Astronomica*, Madrid, 1959를 보라. 태양 관측은 항해술의 비약적인 발전을 가져왔다. 왜냐하면 aldades로 별을 관측하는 것보다 태양의 그림자 위치를 측정하는 것이 훨씬 더 간단했기 때문이다. 그렇다고 해도 오차가 컸으며, 1538년에 de Castro는 오차를 최소화하기 위해 가능한 한 많은 선원들로 하여금 관측하게 하였다(A. Teixeira da Mota, "L'Art de Naviguer en Méditerranée du 13e au 17e Siècle et la Création de la Navigation Astronomique dans les Océans," Art. in Proc. 2nd International Colloquium of Maritime History, Paris, 1957, p.141 이하를 보라).

43 João de Lisboa의 Libro de Marinharia에 최초의 표가 게재되어 있다. Fontoura da Costa, *La Science Nautique des Portugais à l'Époque des Decouvertes*, Agência Geral das Colonias, Lisbon, 1941, pp.19, 24.

44 이것은 태양이 뜨고 지는 지점의 방위각을 기록한 표로서 Thomas Hariot의 원고에서 볼 수

리되어 출판되었다(1678년경). 이어서 기구도 계속 발전하였다. 초기 형태의
유척형(遊尺型) 눈금이 (1542년에) 나타났고,[45] 데이비스(Davis)의 백스텝
(back-staff)에 의해 직각기(直角器)가 (1594년에) 보완되었으며,[46] 게다가 반사식
육분의(sextant)와 팔분의(八分儀, octant)도 (1731년에) 출현하였다. 기계적으로
정확하게 시간을 재는 정밀시계인 해상용 크로노미터(marine chronometer)는
1530년에 구상된 후 오랜 발달 과정을 거쳐 1760년경에 완성되었는데, 그것
은 경도 측정 방법을 완벽하게 만들었다.[47] 또한 1700년경에 해상용 기압계
(marine barometer)의 생산과 더불어 해상에서 기후를 예측할 수 있게 되었다.
한편, 자기현상(磁氣現狀)에 관한 지식도 꾸준히 증가했다. 유럽인은 15세기
말에 편각(偏角, 지자기의 자장방위각)을 알았으며,[48] 여러 지역의 편각들이 처
음에는 주앙(João de Castro)에 의해 그리고 1535년경부터는 다른 사람들에
의해 기록되기 시작하였다. 곧 이어 1699년에는 할레이(Halley)의 항해에 의
해 편각이 세계의 거의 대부분 지역에서 지도에 표시되었다. 그것은 뱃사람들
에게 중요한 지식이었다. 그러나 편각이 경도 문제를 해결해줄 것이라는 바람
은 환상이라는 것이 입증되었다. 1500년부터는 카르단 매달림장치(Cardan

있다. 특히 이것은 磁氣偏角을 조사하는데 유용하다. D. W. Waters, *The Art of Navigation in England in Elizabethan and Early Stuart Times*, Hollis & Carter, London, 1958, pp.588, 590을 보라. E. G. R. Taylor & D. H. Sadler, "The Doctrine of Nautical Triangles Compendious," *JIN*, 1953, 6을 참조

45 Joseph Needham, *Science and Civilization in China*, Vol.3, p.296을 보라.; E. G. R. Taylor, *The Heaven-Finding Art; a History of Navigation from Odysseus to Captain Cook*, Hollis & Carter, London, 1956, pp.175, 236.; D. W. Waters, *op. cit.*, p.304와 pl.LXXII을 참조. Nunes의 동심원이 최초로 나타났으며, 다음으로 Hommel & Chancellor의 지그재그선이 나타났다.

46 D. W. Waters, *op. cit.*, pp.302 이하와 pl.LXXI; E. G. R. Taylor, *op. cit.*, pp.220, 255.

47 R. T. Gould, *The Marine Chronometer; its History and Development*, Potter, London, 1923.; E. G. R. Taylor, *op. cit.*, pp.204, 260 이하.

48 Joseph Needham, *Science and Civilization in China*, Vol.4, pt.1, p.308.; João de Castro, *Roterio de Lisboã a Goa*, Lisbon, 1882.; Idem, *Primo Roteiro da Costa da India desde Goa até Dio … 1538~1539*, Köpke, Porto, 1843.; Idem, *Roteito em que se contem a viagem que fizeran os Portuguezes no anno de 1541 …*, Paris, 1833.

suspension)가 해상에서 사용되었다.[49] 또한 나침반도 짐벌(gimbals) 즉 나침의를 수평으로 유지하는 장치인 칭평환(秤平環)에 매달리게 되었다. 동시에 선박 속도를 측정하는 분야에서도 대단한 진보가 이루어졌다. 오랫동안 사용되어 온 선박 속도의 측정 방식을 버리고, 그 대신 속도 측정기(log)와 매듭이 지어진 측정용 밧줄(log-line)을 사용하던가(1574년)[50] 아니면 수중의 물체가 선박에 표시된 두 지점을 통과하는 데 필요한 시간을 분시계(分時計)를 이용하여 정확하게 측정하는 방법이 사용되었다.[51] 그리고 18세기에는 연속으로 작동하는 스크류 속도측정기(screw log)가 등장하였다.[52] 마지막으로 항해서, 해도, 지구의 등과 같은 기록 분야에서도 발전이 있었다. 수로지는 유럽인이 인도양에서 경험한 것들로부터 자극을 받아 1500년 이후부터 점점 자세하게 출판되었다. 눈금이 새겨진 자오선을 볼 수 있는 위선 해도(緯線海圖, latitude charts)[53]에

---

49 Joseph Needham, *Science and Civilization in China*, Vol.4, pt.2, pp.228 이하와 Fig. 474를 참조. 이 장치가 도입된 연대는 조금 더 앞당길 수 있 있을지 모른다.

50 특히 D. W. Waters, "The Development of the English and the Dutchman's Log," *JIN*, 1956, 9를 보라. 이때는 최초의 기사가 게재된 William Bourne의 Regiment for the Sea가 출판된 해였다. '시간당 몇 노트(knots)'에 대해서는 D. W. Waters, "Knots per Hour," *MMI*, 1956, 42를 참조.

51 이 방법은 이미 훨씬 전인 15세기 초부터 사용되었을지 모른다. 왜냐하면 F. M. Feldhaus, *Die Technik der Vorzeit, der Geschichtlichen Zeit, und der Naturvölker*, Engelmann, Leipzig and Berlin, 1914, col. 934에서 볼 수 있는 것처럼, Nicholas of Cusa가 그것에 대해 언급하고 있기 때문이다. 그 무렵에는 중국도 역시 이 방식을 채택하고 있었다.

52 Foxon & Russell의 고안(1773년)으로 만들어진 예항측정의(曳航測程儀, perpetual or patent log)를 지칭한다. J. B. Hewson, *A History of the Practice of Navigation*, Brown & Ferguson, Glasgow, 1951, p.166을 참조. [Mark] Col. Beaufoy, "On the Spiral Oar; Observations on the Spiral as a Motive Power to impel Ships through the Water, with Remarks when applied to measure the Velocity of Water and Wind," *TAP*, 1818, 12는 이 착상을 '저명한 Hook 박사'의 것으로 간주했다. Vitruvius, x, ix, 5-7은 선박 속도를 측정하기 위한 작은 외륜(外輪)을 언급하고 있는데, 르네상스 시대에는 이 '해상노정계(海上路程計, sea-hodometer)'가 종종 묘사되었다(Joseph Needham, *Science and Civilization in China*, Vol.4, pt.2, p.413). 1729년의 Saumarez(H. R. Spencer, "Sir Issac Newton on Saumarez' Patent Log," *ANEPT*, 1954, 14를 참조)와 1754년의 Smeaton처럼, 그것은 여러 차례나 실험되었지만, 실용단계에 이르지는 못했다.

53 Fontoura da Costa, *La Science Nautique des Portugais à l'Époque des Decouvertes*, Agência Geral das Colonias, Lisbon, 1941, p.30.; E. G. R. Taylor, *The Heaven-Finding Art; a History of Navigation from Odysseus to Captain Cook*, Hollis & Carter, London, 1956, p.176을 참조. 해리(海里)와 리그(league, 3마일)도 꾸

이어 메르카토르(Mercator)의 투영도가 출현했다. 해도에 그려진 항해 삼각형 (nautical triangle)은 해리오트(Hariot)와 라이트(Wright)의 수정(1599년)을 거쳐 위도, 경도 그리고 방위를 거의 정확하게 표시할 수 있도록 만들어졌다.[54] 대권 항해(大圈航海, great circle sailing)는 1537년부터 누네스(Pedro Nunes)와 다른 많은 사람들에 의해 설명되었다. 이리하여 우리는 19세기에 들어섰으며, 나아가 음향 측심, 선박 무선 통신, 레이더 등의 현대 기술에 이르게 되었다. 중국 항해자들은 세 국면 중 제3기에 속하는 수학적 항해술 시대를 스스로 맞이하지 못했다. 그럼에도 불구하고 그들이 제2기 즉 정량적 항해술의 시대를 유럽인들보다 약 삼백 년 정도 앞서서 맞이했음을 알 수 있다. 그러므로 중국 항해자들도 다음과 같은 찬사를 받을 자격이 있다.

> 만약 항해사들의 고통스러운 노고가
> 그들 나름대로 기술 구사에 의해 사라진다면,
> 그 기술을 처음 찾아내 전혀 모르는 사람을 최초로 지도해준 사람들에게는
> 어떤 명성이 주어져야 하겠는가.[55]

준히 개선되었다. CDR. A. B. Moody, "Early Units of Measurement and the Nautical Mile," *JIN*, 1952, 5; Fontoura da Costa, *op. cit.*, p.31을 참조.

54 A. Clos-Arceduc, "La Génèse de la Projection de Mercator," Art. in Proc. 3rd International Colloquium of Maritime History, p.143.; F. George, "Hariot's Medional Parts," *JIN*, 1956, 1.; E. G. R. Taylor, *op. cit.*, pp.222 이하.; Idem, "John Dee and the Nautical Triangle, 1575," *JIN*, 1955, 8.; E. G. R. Taylor & D. H. Sadler, "The Doctrine of Nautical Triangles Compendious," *JIN*, 1953, 6.; D. W. Waters, "The Sea Chart and the English Colonisation of America," *ANEPT*, 1957, 17.; Idem, *The Art of Navigation in England in Elizabethan and Early Stuart Times*, Hollis & Carter, London, 1958, pp.223 이하와 pls. LIX, LX를 참조. Nunes가 지구상에서 나선형이 되는 것을 명백하게 밝힌 등사곡선, 즉 항정선(航程線)도 '전장위도표(漸長緯度表, Table of Meridional Parts)'의 작성에 의해 직선으로 표시될 수 있었다.

55 Robert Norman의 'Safegarde of Saylers'(1590년)에서 인용. D. W. Waters, *The Art of Navigation in England in Elizabethan and Early Stuart Times*, Hollis & Carter, London, 1958, pp.167 이하를 보라.

2. 동방의 바다에서 별, 나침반, 수로지

중국 선장들(船長, shipmasters)이 육지의 물표가 보이지 않는 곳을 항해할 때 별과 태양을 보고 타를 조종했다는 것은 거의 의심의 여지가 없다. 장형(張衡)은 자신의 『영헌(靈憲)』(118년)에서 그 선장들이 사용했을 점성술에 대해 다음과 같이 기술하였다. "(큰) 별의 수는 2,500개인데, 그밖에도 뱃사람들이 관찰하고 있는 별들이 아주 많다(爲星二千五百, 而海人之占未存焉)."[56] 이 문장에서 '해인(海人)'은 선원 즉 뱃사람을 의미하는 것처럼 보이며, 앞서 이 문장을 번역할 때에도 실제로 그렇게 번역했었다.[57] 여기에서는 지금은 오래 전에 잃어버려 어떤 내용인지 추정하기 어렵지만 깊은 관련이 있는 것으로 생각되는 한 문헌이 문제가 된다. 앞의 인용문에 달린 각주에는 천문학과 점성술에 대한 당대(唐代)의 위대한 서적인 『개원점경(開元占經)』이 『해중점(海中占)』이라는 고대 서적을 간혹 인용하고 있는 사실이 언급되어 있다. 『해중점』이라는 고대 문헌이 존재했던 것은 틀림없는 사실이다. 왜냐하면 1세기 말에 편찬이 완료된 『전한서(前漢書)』의 「예문지(藝文志)」에 대단히 긴 제목이 붙어있으며[58] 또한 유소(劉昭)가 502년경에 『후한서(後漢書)』에 붙인 주에도 그와 비슷한 책 제목이 여러 차례 나타나기 때문이다.[59] 『전한서』의 「예문지」에서 거론되고 있는 서명은 다음과 같다.

---

56 『玉函山房輯佚書』, 卷七十六, p.64. 이 구절을 모두 번역한 것은 Joseph Needham, *Science and Civilization in China*, Vol.3, p.265에 있다. Joseph Needham, *Science and Civilization in China*, Vol.2, p.354와 Vol.3, pp.271 이하를 참조. 고대 중국에서 恒星에 대한 관측은 薄樹人, "中國古代恒星觀測," Khao-Hsüeh Shih Chi-Khan, 1960, I (no.3), p.35를 참조.

57 Joseph Needham, *Science and Civilization in China*, Vol.3, p.265.

58 卷三十, p.42.

59 卷二十一, p.6, 8, 11. 이것은 3세기 말 이전에 司馬彪에 의해 작성되었는데, 6세기 초에 『後漢書』, 「藝文志」, 卷二에 수록되어 있다. 인용문들은 모두 惑星을 이용한 占星術에 관한 것들이다.

『해중성점험(海中星占驗)』

『해중오성경잡사(海中五星經雜事)』

『해중오성순역(海中五星順逆)』

『해중이십팔숙국분(海中二十八宿國分)』

『해중이십팔숙신분(海中二十八宿臣分)』

『해중일월혜홍잡점(海中日月彗虹雜占)』

여기에서 '해중(海中)'은 a) 해외의 다른 나라나 섬에 사는 사람, b) 해외 주민과 대비되는 중국인, c) 중국 연안의 선원이라는 세 가지 의미로 해석되어 왔다. 게다가 이 책들의 주제가 주로 점성술이나 항해술과도 관련이 있었는지 모른다. 첫 번째 해석은 (종종 중국인의 독창성을 의심하는 듯한) 서양의 중국 연구자들이 선호하는 것이다.[60] 두 번째 해석은 17세기에 고염무(顧炎武)가 주장한 것이다.[61] 그는, '중국(中國)'이 일상적인 용어로 사용되고 또한 '해외 (海外)'의 반대어로 '해내(海內)'가 사용되었을 때, '해중(海中)'이라는 용어를 왜 사용했는지에 대해 아무런 설명을 하지 않았다. 그러므로 여기에서는 세 번째 해석이 타당하다는 라오간(勞榦)의 주장[62]을 따르려 한다.[63] 1280년경에 왕응린(王應麟)이라는 대학자도 같은 생각을 하고서 『한예문지고증(漢藝文志考 證)』에 다음과 같이 기록하였다.[64]

---

60 Joseph Needham, *Science and Civilization in China*, Vol.2, p.354.

61 『日知錄』, 卷三十.

62 勞榦, "北魏洛陽城圖的復原," 「國立中央研究院歷史語言研究所集刊」, 1947, 16, 69

63 원래 별이 특정 지역에 미치는 영향을 점치는 地理的 占星術(Joseph Needham, *Science and Civilization in China*, Vol.3, pp.545 이하)과 官僚가 사용하는 점성술이 선원과 관련되어 있었다 는 것은 상당히 기묘한 일이다. 후자의 점성술은 독특한 것으로서 외국이 아니라 중국 자체 에서 비롯된 것으로 보인다.

64 「二十五史補編」, p.1425.

『후한서』, 「천문지」의 주석에 『해중점(海中占)』이라는 책이 인용되어 있다. 『수서(隋書)』, 「천문지」에도 이 책이 『해중성점성도(海中星占星圖)』와 함께 인용되어 있으며, 그 인용문들은 각각 한 권을 이루고 있다. 이러한 것들은 장형(張衡)이 '선원의 관찰'[65]로 불렸던 것이다. 『당서(唐書)』, 「천문지」에는 다음과 같이 서술되어 있다. 개원 12년(724)에 황실 천문관은 자오저우(交州, 현 호치민시)에 가서 태양 그림자의 길이를 측정하라는 명령을 받았다.[66] 그리하여 그는 8월에 바다로 나가 남쪽을 보고서 노인성(老人星, Canopus)[67]이 아주 높이 떠있는 것을 보았다. 그 아래 부분에는 수많은 별들이 큰 별들과 함께 밝게 빛나고 있었다. 그러나 그 별들은 천체 지도에 기록되지 않은 것들이었으며, 그 이름조차도 알려지지 않은 것들이었다.

後漢書天文志注引海中占, 隋志有海中星占星圖, 海中占各一卷, 卽張衡所謂海人之占也, 唐天文志, 開元十二年, 詔太史交州測景, 以八月自海中南望. 老人星殊高, 老人星下, 衆星粲然, 其明大者甚多, 圖所不載, 莫辨其名. (『漢藝文志考證』, 卷九)

『구당서(舊唐書)』에서도 '해중(海中)'이라는 용어를 볼 수 있기 때문에,[68] 그 저자가 10세기에 근거로 삼은 8세기 문헌에서는 이 용어가 분명히 해상에서 별을 관측하는 것을 의미했을 것이다. 그러므로 라오간[69]이 주장한 것처럼, '해중(海中)'이라는 단어가 제목에 들어있는 일련의 서적을 전국시대부터 전한대(前漢代)까지 연(燕)과 제(齊) 두 나라에서 살았던 '방사(方士)'[70]의 저서로

---

65 혹은 '선원들의' '計算'이나 '豫言'이라고도 한다.
66 우리는 Joseph Needham, *Science and Civilization in China*, Vol.4, pt.1, pp.44 이하에서 이와 유사한 이야기를 볼 수 있다.
67 龍骨座(Carinae)의 α星.
68 卷三十五, p.6. 『新唐書』, 卷三十一, p.6에도 약간 요약되어 있다.
69 勞榦, "論漢代之陸運與水運,"「國立中央硏究院歷史語言硏究所專刊」, 1947, 16.
70 이러한 사람들에 대해서는 이미 몇 번이나 언급한 적이 있다. Joseph Needham, *Science and Civilization in China*, Vol.2, pp.240 이하와 Vol.3, p.197, 및 Vol.4, pt.2, p.11을 참조. 또한 중국인

간주해도 크게 틀리지 않을 것이다. 말하자면, 그들은 초기 단계의 중국 항해술에서 실용수학자(mathematical practitioner)였을 것이다. 그들의 기능이 아직 분화되지 않았다는 것은 의심의 여지가 없다. 그들이 서술한 내용을 오늘날 바람과 조류 그리고 최초로 발견되는 육지에 대한 지식, 점성술, 천문학, 천문 항법, 일기예보 등으로 구분하는 것은 불가능할 것이다.[71] (Dee, Hartgill, Goad, Gadburg 등과 같은 많은 사람의 저서에서 볼 수 있는 것처럼,[72] 유럽에서도 이러한 요소가 17세기 말에 이르기까지 완전히 혼동되고 있었음을 생각하면, 그러한 구분은 더욱 더 불가능하게 될 것이다. 어찌되었든, 기원전 215년에 진 시황제가 질문하곤 했던 '입해방사(入海方士)'는 『사기(史記)』에서 무명의 추상적인 존재로 묘사되고 있다.[73] 그러나 그들이 어떤 사람들인지는 대충 알 수 있을 것 같다. 그들의 구체적인 모습은 앞서 설명한 수리기술자(水利技術者)인 왕경(王景)보다 8세대 이전의 인물이었던 왕중(王仲)에게서 나타난다.

이 불사의 섬(不死島)을 찾아 최초로 항해에 나섰을 때, 그들이 한 역할은 앞서 서술한 적이 있다.

71 결국, 安全航海(safe voyage)의 예언이 惑星과 恒星에 기초를 두었거나 혹은 循環恒星의 위치와 관련된 季節風 등의 氣象要因에 기초를 두고 있다고 하더라도, 양자의 구별은 古代 航海者에게도 어려웠을 것이다. 여기에서는 263년에 기록된 測量幾何學에 관한 서적으로서 劉敦의 『海島算經』도 잊어서는 안 된다. Joseph Needham, *Science and Civilization in China*, Vol.3, pp.30 이하.

72 John Dee에 관해서는 E. G. R. Taylor, *The Haven-Finding Art; a History of Navigation from Odysseus to Captain Cook*, Hollis & Carter, London, 1956, pp.195 이하를 참조. George Hartgill에 관해서는 E. G. R. Taylor, *The Mathematical Practitioners of Tudor and Stuart England*, Cambridge, 1954를 참조. 그중에서도 대표적인 John Goad에 관해서는 Lynn Thorndike, *A History of Magic and Experimental Science*, Vol.8, Columbia Univ. Press, New York, 1958, pp.347 이하를 참조. John Gadburg에 관해서는 Lynn Thorndike, *op. cit.*, Vol.8, pp.331을 참조. William Bournesp 관해서는 ed. E. G. R. Taylor, *A Regiment for the Sea, and other Writings on Navigation, by William Bourne of Gravesend, a Gunner(1535 to 1582)*, Cambridge, 1963, pp. xxiii, 325를 참조. 다른 사람에 관해서는 Lynn Thorndike, *op. cit.*, Vol.7, pp.105, 473, 645와 Vol.8, pp.459, 483을 참조.

73 『史記』, 卷二十八, p.12, tr. E. Chavannes, *Les Mémoires Historiques de Se-Ma Ts'ien{Summa Chhien}*, vol.3, Leroux, Paris, 1895~1905, p.438. tr. Burton Watson, "Records of the Grand Historian of China," tr. from the 'Shih Chi' of Ssuma Chhien, vol.2, Columbia Univ. Press, New York, 1961, p.26은 타당하다고 볼 수 없는 분위기를 포함하고 있다.

『후한서』에 의하면,[74] 산둥(山東)에 살고 있던 왕중은 '도술을 좋아하고 천문에도 조예가 깊었기 때문에(好道術明天文)' 기원전 180년경에 여씨(呂氏)의 난이 발발하자 모든 백성을 이끌고 바다로 나가 동쪽에 있는 한국의 낙랑(樂浪)으로 항해하여 산 속에 정착했던 것으로 전해진다.

원시적 항해술 시대의 중국 항해자들은 앞서 언급했던 고대의 모든 항해 보조물을 분명히 이용하고 있었다.[75] 그러나 자기나침반(magnetic compass)을 해상에서 처음으로 사용하여 원시적 항해술 시대의 막을 내린 것도 그들이었다. 정량적 항해술 시대의 도래를 알린 이러한 항해 기술상의 대혁명이 서양보다 거의 1세기나 빠른 1090년에 이미 중국 선박에서 일어나고 있었던 것은 분명한 사실로 입증되고 있다.[76] 그것을 보여주는 최초의 문헌에는 천문항해(天文航海, astronomical navigation)와 측심(測深, soundings)에 관한 구절이 해저 표본 조사에 대한 구절과 함께 내포되어 있다.[77] 유럽에서는 나침반과 관련된 최초의 언급이 12세기에 나타났는데, 그때까지 이와 관련된 중국 문헌은 두 가지가 있다.[78] 두 문헌은 모두 구름이 끼고 태풍이 부는 밤에 나침반의 가치

---

74 卷百六, p.6. 勞幹, "兩漢戶籍與地理之關係,"「國立中央研究院歷史語言研究所專刊」, 1935, 5(no.2), 179로부터 ed. Sun Jen I-Tu & J. de Francis, *Chinese Social History; Translations of Selected Studies*, Amer. Council of Learned Societies, Washington, D.C., 1956, p.95.

75 중국 문화에서 초기 단계의 항해술에 관한 연구가 없다. Joseph de Guignes, "Réflexions géné rales sur les Liaisons et le Commerce des Romains avec les Nations Occidentales," *Mémoires de Litt. tirés des Registres de l'Acad. des Inser. et Belles-Lettres*, 1763(1769), 46은 그리 대단한 가치가 없으며, F. Hirth, "Über den Seeverkehr Chinas im Altertum nach chinesischen Quellen," *GZ*, 1896, 2와 R. Hennig, "Zur Frühgeschichte des Seeverkehrs im indischen Ozean," *MK*, 1919, no.151이라는 오래된 논문들은 通商路를 고찰하고 있다.

76 磁氣現象에 관한 중국인의 지식 전반에 대해서는 Joseph Needham, *Science and Civilization in China*, Vol.4, pt.1, Sect. 26i에 기술하였다. 이것은 Joseph Needham, "The Chinese Contributions to the Development of the Mariner's Compass," Abstract in Resumo das Communivações do Congresso Internacional de História dos Descobrimentos, p.273, Lisbon, 1960과 Actas, Lisbon, 1961, vol.2, p.311 그리고 Scientia, 1961, 96에 요약되어 있다.

77『萍洲可談』, 卷二, p.2. tr. Joseph Needham, *Science and Civilization in China*, Vol.4, pt.1, p.279. 이 선박들은 다른 문화권의 것으로 종종 주장되고 있다. 그러나 그것은 誤譯의 결과인데, 별로 중요하지는 않다.

가 얼마나 큰지 강조하고 있다. 지상의 풍수가들에 의해 오랫동안 사용되어오던 자기나침반이 해상에서 처음 사용된 정확한 연대는 알 수 없다. 그러나 9세기나 10세기 중 어느 한 시기였다고 추정하는 것이 타당한 것처럼 보인다.[79] 마르코 폴로(Marco Polo)의 시대인 13세기 말 이전부터 나침반의 방위가 기록되었으며,[80] 다음 세기인 원말(元末) 이전에는 나침반에 관찬 서적이 편찬되기 시작하였다.[81]

중국에서 해상에서 사용된 나침반은 처음에는 작은 컵 속의 물에 자침을 띄운 부침(浮針)이었을 것으로 생각된다. 그보다 1천 년 전에 최초로 사용된 가장 오래된 나침반은 청동접시 위에서 회전하는 숟가락 모양의 천연자석이었다. 이 두 시기 사이에 접시 위의 숟가락에 의해 작용되는 마찰력은 물에 뜰 수 있고 끝이 뾰족하며 위를 향해 있는 핀으로 균형을 잡은 나뭇조각에 천연자석을 끼워 넣음으로써 해결되었다.[82] 이런 과정을 거쳐 건식나침반(乾式羅針盤, dry-pivot compass)이 발명되었다. 이 간단한 장치는 13세기까지 사용되었던 것처럼 보이지만, (우리가 아는 한) 중국 선원들은 그것을 사용하지 않았다. 왜냐하면 천연자석이 자기유도에 의해 방향을 가리키는 성질이 철이

---

78 특히 그 중 하나(『宣和奉使高麗圖經』, 卷三十四, pp.9, 10)에 항해자가 야간에 별과 큰곰자리를 보고 舵를 잡는다고 기록되어 있는 것(Joseph Needham, *Science and Civilization in China*, Vol.4, pt.1, p.280)은 중요하다. 이 구절은 기원전 3세기의 Aratus가 의미하는 것(Joseph Needham, *Science and Civilization in China*, Vol.3, p.230)이 아니라고 생각된다. 그러나 이것에 의하면, 1124년에 이미 高度測定이 시작되었을지도 모른다. 물론 Aratus에 상응하는 것은 분명히 기원전 120년경의 『淮南子』이다. 그 중 한 구절(第十一篇, p.4)에는 "해상에서 혼란에 빠져 동서를 구분할 수 없을 지경에 이른 사람이라도, 北極星을 보면 곧 방향을 알 수 있다"고 서술되어 있다.

79 왜냐하면 이 두 세기에 磁氣偏角이 상당히 정밀하게 측정되고 있었기 때문이다. 바늘(針)이 사용되기 시작한 후 이러한 측정이 가능해졌다고 생각해도 틀림없을 것 같다.

80 『眞臘風土記』, 卷一, p.1. Joseph Needham, *Science and Civilization in China*, Vol.4, pt.1, pp.255 이하.

81 예를 들면, 『海道針經』, 『鍼位編』, 『粤洋針路記』가 있다. Joseph Needham, *Science and Civilization in China*, Vol.3, p.559와 Vol., 4, pt.1, p.286을 참조.

82 『事林廣記』, 卷十. Joseph Needham, *Science and Civilization in China*, Vol.4, pt.1, pp.255 이하를 참조.

나 동 조각으로 옮겨질 수 있으며[83] 또한 적절하게 고안하여 만들기만 하면 그처럼 작은 조각으로도 물에 뜬다는 것을 그들이 1세기와 6세기 사이에 알았기 때문이다. 이처럼 물에 뜨는 침에 관한 현존하는 가장 오래된 기록은 1044년의 서적에 들어있는데, 자기화된 강철을 얇게 조각내어 '양 끝이 솟아 있는(首尾銳)' 물고기 형태로 만든다고 서술되어 있다.[84] 중국의 항해자들은 대략 1천년 동안 여러 종류의 물에 뜨는 자침을 신뢰하였다. 그러한 자침의 사용에 대해 자세하게 기술되어 있는 문헌은 15세기부터 나타난다.[85] 그러나 16세기에 이르면, 부분적으로 일본인을 중개인으로 삼아 홀란드로부터 영향을 받은[86] 결과 회전식 건식자침(dry-pivoted needle)과 나침카드(compass-card, 이탈리아의 발명품임에 틀림없다)[87]가 중국 선박에서도 사용되기 시작하였다. 그러나 중국의 나침반 제작자는 수평부각(水平俯角)의 변화를 자동적으로 보정하는 아주 정교한 지지(支持) 방법을 채택했으며, 19세기 초에 그것을 본 유럽인들은 감명을 받기까지 했다.

중국 항해술의 역사에서는 1405년부터 1433년까지 정화 제독(鄭和 提督)이 일련의 주목할 만한 해상 원정을 지휘한 사실이 항상 중심에 놓여야 할 것이

---

83 중국에서는 늦어도 기원전 1세기에 질 좋은 鋼鐵을 수중에 넣을 수 있었으며, 5세기까지는 印度産 鋼鐵도 수입되었다. Joseph Needham, *The Development of Iron and Steel Technology in China*, Newcomen Soc., London, 1958을 참조.

84 『武經總要』(前集), 卷十五, p.15.

85 예를 들면, 『順風相送』이 있다. Joseph Needham, *Science and Civilization in China*, Vol.4, pt.1, p.286 과 p.582 이전을 참조.

86 『海國見聞錄』(1744)에는 중국과 홀란드의 항해방법을 간단하게 비교한 구절이 있다.

87 실제로는 風配圖(wind-rose)가 자침에 붙어있다. 王振鐸, "司南指南針與羅經盤(下)," 「中國考古學報」, 1951, 59n.s., 1), p.133을 참조. A. Teixeira da Mota, "Méthodes de Navigation et Cartographie Nautique dans l'Océans Indien avant le 16e siècle," *STU*, 1963(no.11), pp.16, 18에서는 이 나침반만이 '正眞正銘한 羅針盤(boussole authentique véritable boussole)'이었다. 서구의 科學史家가 아시아의 발명과 발견에 대해 종종 보여 온 마지못해하는 태도를 여기에서도 볼 수 있지 않을까? 사람들은 기준이 되는 방식을 인정하고 있다(Joseph Needham, *Science and Civilization in China*, Vol.4, pt.2, p.545). 그들은 유럽 이외에서의 진정한 성과를 결국 인정하지 않을 수 없다고 (스스로 유리하도록) 정의하고 있다.

다. 정말 천만다행으로 포르톨란(portolan)[88]의 특성이 나타나는 당시의 해도가 오늘날까지 남아있다. 여러 유형의 중국 선박과 선단이 이용한 항로를 묘사한 이 해도는 군사 기술과 조선 기술에 관한 17세기 초의 중요한 서적인 『무비지(武備志)』의 마지막 권[89]에 포함되어 있다. 이 해도 중에서 일부[90] 즉 페르시아 만 입구와 홍해 입구를 포함한 인도양을 보여주고 있는 부분은 이미 언급한 적이 있다. 이 해도는 극단적으로 왜곡되어 있지만 체계적으로 표시되어 있으며, 대양을 가로질러 그려진 항로는 오늘날 기선회사(汽船會社)의 항로도를 생각하게 한다. 항로에는 경수(更數, numbers of matches)[91]로 표시된 거리와 함께 상세한 나침반 방위가 동시에 기록되어 있으며 또한 항해 측면에서 연안의 중요한 특징이 대체로 그려져 있다. 방위는 보통 '행정미침(行丁未針, 丁과 未의 중간에 있는 침으로서 眞南南西로 항해하라는 뜻)'[92]이나 '용경

---

88 여기에서는 이 용어를 엄밀하게 전문적인 용도로 사용하고 있지 않다. 왜냐하면 中國 海圖에는 교차하는 航程線과 格子가 없었기 때문이다. A. Teixeira da Mota, *op. cit.*를 참조.

89 卷二百四十. 이 서적은 1621년에 茅元儀에 의해 완성되었으며, 1628년에 皇帝에게 헌상되었다.

90 Joseph Needham, *Science and Civilization in China*, Vol.3, p.560, Fig. 236을 참조.

91 육상에서 일정하지 않은 夜間時間을 가리키는 同意語에 주목하라(Joseph Needham, Wang Ling and D. J. de S. Price, *Heavenly Clockwork; the Great Astronomical Clocks of Mediaeval China*, Cambridge, 1960, p.199를 참조). 航海用 '更'은 不等時가 아니었으며, 時間과 航程에 관해 두 가지로 정의되고 있다. 1更은 보통 12辰刻의 1/10, 즉 현재의 2.4시간이었다. 그러나 분명히 1/12 즉 1辰刻인 것도 있었다. 劉銘恕, "宋代海上通商史雜考" *BCS*, 1945, 5, p.59를 참조. 또한 이것은 중국에서 전통적으로 10진법식 度量衡을 즐겨 사용했다는 것에 대한 한 예이다 (Joseph Needham, *Science and Civilization in China*, Vol.3, pp.82 이하). 1更이 보통 60里와 같다고 기록되어 있는 것도 있다(『西洋朝貢典錄』과 『琉球國志略』 등의 많은 출전과 그리고 『圖書集成』, 「藝術典」, 卷五百三十一, p.9를 참조). 그러나 42里의 경우도 분명히 있다(『閩雜記』, 劉銘恕, *op. cit.*, p.59에 인용된 淸代의 저술). 明代에 1里는 0.348마일이었다(1更이 1辰刻이라면 10.45마일이었다). 만약 後漢과 晉의 1里(0.25마일)가 海上單位로 사용되었다면, 1更은 각각 6.5마일과 7.7마일에 해당하였다. 만약 淸代의 1更(42리)과 같은 시대의 1里(0.357마일)를 적용하면, 각각 6.25마일과 7.5마일이라는 유사한 결과를 얻을 수 있다. 鄭和의 선박의 경우에 6노트에서 10노트 사이의 속력은 상당히 그럴듯한 것으로 보인다(Joseph Needham, *Science and Civilization in China*, Vol.3, p.561).

92 중국 나침반 방위의 구성에 대해서는 Joseph Needham, *Science and Civilization in China*, Vol.4, pt.1, p.298, Table 51을 참조. 全周를 48개로 분할했는데, 각각 7½로 구분되었다.

신침(用庚申針, 庚과 申의 중간에 있는 침으로서 眞西南西로 진로를 잡으라는 뜻)'의 형태로 기록되었다. 한편 '용단곤(用丹坤, 赤坤이나 單坤으로 향하는 것)'은 곤(坤)을 정확하게 가르치는 침 즉 남서방향을 끼고 양측의 3¾도 이내의 방향으로 나아가는 것을 의미하였다.[93] 일반적인 표현은 '방위 X도로 Y경의 시간 동안 항해하라'는 것이었다. 그밖에 모든 항구와 피난처뿐만 아니라 반조(半潮) 때 나타나는 암초와 여울도 기재되어 있다. 항로는 도서 지방의 경우 내외의 두 항로가 그려져 있으며, 때로는 왕선(往船)이나 귀선(歸船) 등을 지정하는 경우도 있다. 이러한 해도와 기사의 정확성은 현대 학자들로부터 많은 주목을 받고 있으며,[94] 또한 지명의 식별도 마찬가지이다.[95] 그 결과, 이 중국 항해자의 기록에서 나타나는 지식과 정확성은 높게 평가되고 있다.[96] 그리고 말레이 반도의 주변을 항해할 때, 그들은 현 싱가포르 메인 해협(Singapore Main Strait)을 통과하였다. 그들의 항해 기량은 포르투갈인이 그 해역을 100년 이상이나 항해한 후 겨우 이 수도를 발견할 수 있었다(혹은 사용하기에 이르렀다)[97]는 사실을 통해서도 대체로 알 수 있을 것이다.

『무비지』의 마지막 권에 대한 관심은 모두 이러한 도식적인 해도만으로

---

93 이 문제에 대해서는 약간 유보해야 하는데, W. Z. Mulder, "The Wu Pei Chih Charts," *TP*, 1944, 37을 참조.

94 J. V. Mills, "Malaya in the Wu Pei Chih Charts," *JRAS / M*, 1937, 15(no.3).; C. O. Blagden, "Notes on Malay History," *JRAS / M*, 1909, no.53을 참조.

95 이 분야의 주요 업적은 G. Phillips, "The Seaports of India and Ceylon, described by Chinese Voyagers of the Fifteenth Century, together with an account of Chinese Navigation … ," *JRAS / NCB*, 1885, 20과 1886, 21이다.

96 때때로 곤혹스럽게 하는 '二重方位'에 대해서는 J. V. Mills, *op. cit.*에 잘 설명되어 있다. 이것은, 우선 제1의 진로를 취한 후, 이어서 중간의 육지 물표가 되는 섬과 지점이 보이면 제2의 진로로 바꾸는 일상적인 방법을 의미할 뿐이다. 또한 그는 현대 지도에 알맞도록 주어진 방위를 기입하고, '방향'을 측정하였다. 15세기 항해자들은 이것에 의해 偏角이 正北에서 대략 5°W인 나침반을 사용하고 있다는 훌륭한 결론을 내릴 수 있었다. Joseph Needham, *Science and Civilization in China*, Vol.4, pt.1, p.310, Table 52.; P. J. Smith & Joseph Needham, "Magnetic Declination in Mediaeval China," *N*, 1967, 214를 참조. 이것은 三重方位로도 알려져 있다.

97 J. J. L. Duyvendak, "Sailing Directions of Chinese Voyages," *TP*, 1938, 34.; J. V. Mills, *op. cit.*를 참조.

사라지지 않는다. 그 책에는 유용한 견성도(牽星圖)가 4장이나 들어있고, 또한 정기적으로 항해할 때마다 단서가 될 수 있는 별의 위치가 정리되어 있다. 아래에 게재한 도표(<그림 994>)는 실론(錫蘭山)과 수마트라(蘇門答剌, Kuala Pasé, 현 Samudra)[98] 사이를 항해할 때 선박을 인도해주는 견성도였다. 중앙에 있는 그림 둘레에 배치된 '견성'[99](目標星)에 관한 주기(注記)는 그들의 방법을 잘 보여주고 있다.[100]

> [상] 북진성(北辰星, 北極星)은 수평선상의 1지(指)에 있다. 화개성(華蓋星)은
> 수평 선상의 8지에 있다.
> [좌] 서북쪽에 포사성(布司星)[101]이 수평선상의 4지에 있다. 서남부에도 같
> 은 별이 같은 고도에 있다.
> [하] 등롱골성(燈籠骨星, 南十字星)[102]은 수평선상의 14½지에 있다. 남문쌍

---

98 북부 해안의 Krueng Pasai 강의 하구에서 5마일 정도 상류에 있다. 이 지명에 대해서는 G. E. Gerini, *Recherches on Ptolemy's Geography of Eastern Asia(Further India and Indo-Malay Peninsula)*, Royal Asiatic Society and Royal Geographical Society, London, 1909, pp.642 이하.; P. Pelliot, 'Encore à Propos des Voyages de Tcheng Houo,' *TP*, 1936, 32, p.214를 참조

99 이 표현은 바이킹의 Leiðarsrjarna와 아주 비슷하다(C. V. Solver, "Leidarsteinn; the Compass of the Vikings," in Old Lore; Miscellany of Orkney, Shetland, Caithness and Sutherland, 1946, 10을 참조).

100 이 항로의 안내에 대해서는 J. V. Mills, "The Voyage from Kuala Pasé [in Sumatra] to Beruwala [in Ceylon]," Unpub. MS.에서 면밀하게 연구되었다.

101 陳遵嬀, 『恒星圖表』, 商務印書館, 上海, 1937.; G. Schlegel, *Uranographie Chinoise*, etc, 2 vols, Brill, Leiden, 1875 등의 별표에서는 이 별자리가 보이지 않는다. 그 명칭은 아마 선원들 사이에서만 사용되었을 것이다. 嚴敦傑, "牽星術; 我國明代航海天文知識一瞥," 『科學史集刊』, 1966, no.9는 마차부자리(馭者座, Auriga)의 α별을 제시하고 있다.

102 예수회 修士들이 올 때까지 중국인들이 南十字星을 알지 못했던 것으로 대개 알려져 있다 (예를 들면, G. Schlegel, *op. cit.*, pp.553, 554). '十字架'의 명칭은 그들에게서 비롯되었던 것이 틀림없으며, 이후 天文學에서 그 명칭으로 통했다. 그러나 '燈籠骨'은 그러한 공식적인 별표에 표기된 적이 없는 선원들의 명칭이었음에 틀림없다. 필자는 중국의 어떠한 古星圖에서도 그리고 15세기부터 오랜 세월에 걸쳐 편찬되어온 百科辭典類(『圖書集成』과 『三才圖會』)에서도 그 명칭을 찾을 수 없었다. 그러나 이 별자리를 알지 못하면, 航海者는 분명히 실제로 한 것과 같은 작업을 결코 할 수 없었을 것이다. 여기에서도 학식이 부족한 職人과 학식이 풍부한 學者의 큰 知識差에 대한 한 실례를 들 수 있다.

성(南門 雙星)[103]은 수평선상의 15지에 있다.

[우] 동북부에 직녀성(織女星)[104]이 수평선상의 11지에 있다.

이 모든 설명은 다음과 같은 사실에 근거하고 있다. 항해자가 북극성[105]과 다른 별의 고도를 측정할 때 사용한 단위는 천문학자가 사용하는 도(度)가 아니라 지(指, 손가락넓이)와 그것을 8등분하거나 4등분한 각(角)[106]이었다. 게다가 북극성이 수평선상의 아주 낮은 위치에 있었으며 또한 때로는 보이지 않는 경우도 있었기 때문에, 항해할 경우에는 화개성[107]을 극지의 표시성으로 사용해야만 했다. 그들은 이 별자리의 고도를 매일 밤 남중 때 측정했었을 것이며, 아마 다른 견성의 고도도 함께 측정했었을 것이다. 『무비지』에 수록되어 있는 해도에는 많은 경우에 화개성의 고도가 기록되어 있다.[108]

15세기 말에 포르투갈인이 극의 고도에 의존했던 것과 마찬가지로, 중국 해역과 인도양을 항해하던 사람들도 같은 행동을 했다는 사실을 아는 것은 흥미로운 문제를 많이 던져준다. 불행하게도 이러한 정량적 대양 항해가 동방

---

103 켄타우루스(Centaurus)의 α², ε, β 그리고 Circinus의 별들.

104 거문고자리(琴座, Lyra)의 α, ε, ζ, 즉 Vega를 포함한 작은 집단. G. Schlegel, *op. cit.*, p.196을 참조

105 당시 北極星이 작은곰자리의 α성이었던 것은 확실하다. G. Schlegel, *op. cit.*, pp.523 이하도 이와 동일하게 기술하고 있지만, 그는 중국의 대다수 古星圖에서 배운 후 북극성을 星座의 한 별로 기술하지 않고, '勾陣'('鉤形의 陣列'이나 '角度 調整者')의 낫 모양 부분으로 둘러싸인 별로 보았다. 그러나 陳遵嬀, *op. cit.*의 별표에서는 이것을 '勾陣'이라고 기술했다. Joseph Needham, *Science and Civilization in China*, Vol.3, p.261, Fig. 97을 참조.

106 '1指 3¾角'과 같은 표현이 나타나는데, 角은 指의 ¼이었을 가능성이 가장 크다. 왜냐하면 指를 충분히 정확하게 16등분하고, 게다가 그것이 실용적으로 사용되었다고 생각하기 어렵기 때문이다. 그리고 3¾角 이상의 수치도 보이지 않는다.

107 카시오페아자리(Cassiopeia)와 기린자리(Camelopardus)에 있는 16개의 별. Joseph Needham, *Science and Civilization in China*, Vol.3, Figs. 99, 106, 107, 108, 109.; G. Schlegel, *op. cit.*, p.533을 참조. Mills는 개인적인 서신에서 표시성으로 사용된 2개의 별 중 하나가 북위 72° 12' 18", 적경 1hr. 59min.의 카시오페아자리의 50일 것이라고 주장했다. 陳遵嬀, *op. cit.*은 이를 華蓋, '杠'部, 5番星으로 인정하고 있다.

108 예를 들면, Maldive 제도와 아프리카 동해안이 그러했다. 그러나 전자는 맞지만, 후자는 틀린 것처럼 보인다(Mills, 개인편지).

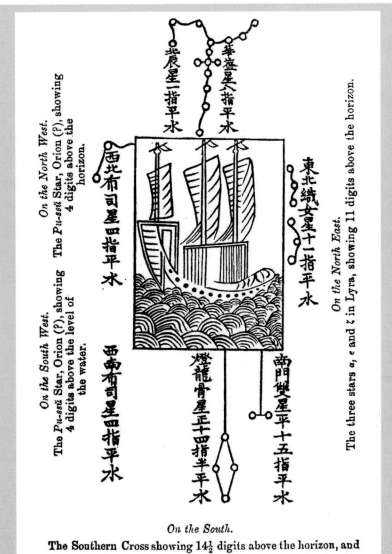

武辰星一指平水

華蓋星六指平水

西北布司星四指平水

On the North West.
The Pu-ssŭ Star, Orion (?), showing 4 digits above the horizon.

On the North West.

東北織女星十一指平水

On the North East.

The three stars α, ε and ζ in Lyra, showing 11 digits above the horizon.

On the South West.
The Pu-ssŭ Star, Orion (?), showing 4 digits above the level of the water.

西南布司星四指平水

燈龍骨星正十四指半平水

南門雙星平十五指平水

On the South.

The Southern Cross showing 14½ digits above the horizon, and the *Nan-mên-shuang-hsing* (Centaurus, α and β) showing 15 digits above the horizon.

〈그림 994〉『무비지(武備志)』의 마지막 권에 수록되어 있는 견성도. 실론과 수마트라 사이를 항해할 때 사용되었다.

의 해역에서 언제부터 실시되었는지 또한 대서양 연안의 유럽인이 서아프리카 연안을 탐험하던 중 그 영향을 어느 정도 받았는지는 오늘날까지 명확하지 않다. 그러나 1498년 여름에 포르투갈인이 이븐 마지드(Ibn Mājid)에게 원측의와 사분의를 보여주었을 때, 그는 전혀 놀라지 않으면서 아라비아에도 동일한 기구들이 있다고 말했다.[109] 반대로 그가 전혀 놀라지 않았던 사실에 포르투갈인이 충격을 받았거나 혹은 그 기구들이 동아시아에서 먼저 사용되고 있었음을 인정하지 않을 수 없었을 것이라고 생각되는 점도 여러 가지 있다.

첫째, 정화 시대(鄭和時代)의 중국인 항해자가 나침반의 방위 외에 등위도항법(等緯度航法)을 알고 있었음에 틀림없다. 예를 들면, 『서양조공전록(西洋朝貢典錄)』에는 실론을 경유하여 벵갈(아마 Chittagong)로부터 몰디브 제도의 말레(Malé)까지 항해한 기사가 있으며, 항해의 각 단계마다 극지의 고도가 기록되어 있다.[110] 극의 고도가 낮아져 1지 3각이 되면, 실론의 어떤 산이 보였을 것이다. 그러나 중국인이 사용한 기구가 어떤 것이었는지는 아직 밝혀지지 않고 있다. 1400년까지 상한의(象限儀, quadrants)를 사용했을 가능성이 크다는 것은 알 수 있을 것이다. 중국에서는 옛날부터 정교한 혼천의(渾天儀, armillary sphere)[111]가 제작되어 왔다. 그러한 관측 장치를 해상에서 사용한 시기는 일행(一行, <역자주 : 수학자이자 천문학자였던 승려>)이 지휘한 자오선호 조사대(子午線弧調査隊)가 인도차이나에서 몽고까지 극지의 고도를 측정한 8세기 초까지 소급된다.[112] 또한 이 시대는 남극에서 거의 20°까지의 별자리들을 지도로

109 G. Ferrand, *Instructions Nautiques et Routiers Arabes et Portugais des 15e et 16e Siècles*, Geuthner, Paris, 1928, p.193, João de Barros, Dec. 1, iv, 6에 의거.; A. Teixeira da Mota, *op. cit.*, p.19도 이와 동일하다.
110 卷二, p.7. 이를 알려준 Mills에게 감사드린다.
111 Joseph Needham, *Science and Civilization in China*, Vol.3, pp.339 이하, Fig. 146을 참조.
112 Joseph Needham, *Science and Civilization in China*, Vol.4, pt.1, pp.45 이하를 참조. 같은 책의 Vol.3, pp.292 이하에도 간단하게 논의되어 있다. 최북단의 관측점에 대해서는 의문점이 있지만, 全長이 2,500km가 넘는 子午線弧에 11개의 관측점이 설치되었다. 불행하게도 당시 사용된 장치에 대한 기록은 전혀 남아있지 않다.

470

그리기 위해 남반구에 탐험대를 파견한 때이기도 하다.[113] 서양에서 사용된
것과 같은 천체관측의는 이미 서술한 이유 때문에[114] 별로 중요하지 않았던
것처럼 보인다. 그러나 지상에서는 회전식 조준의(回轉式 照準儀 : swinging
alidades, <역자주 : 平板測量 때 側線의 방향을 측정하는 기구>)나 또는 중국 고유
의 관측용 튜브[115]가 달린 단순화된 혼천환(渾天環)을 사용했을 것이다. 이
도구들은 언뜻 보기에 원래 간단한 형태의 직각기(直角器)였을 가능성이 큰
것으로 생각된다. 왜냐하면 앞서 명확하게 말한 것처럼,[116] 1321년에 레비
벤 제르손(Levi ben Gerson)이 말한 것보다 3세기나 빠른 1086년에 중국인이
제이콥의 관측의(Jacob's Staff)를 알고 있었으며 또한 중국의 측지사(測地師)들
이 그것을 사용하고 있었기 때문이다. 그렇게 생각하는 것이 아라비아와 인도
의 항해자들이 사용한 방식과도 훨씬 부합되는 것처럼 보이는데, 이에 대해서
는 후술하려고 한다.

　해도(maritime charts)의 문제도 역시 명확하지 않다. 해도가 존재했다는 사
실은 많은 중국 문헌을 통해 알 수 있다. 그러나 '퍼팅어 테이블(Peutinger's
Tables)'을 생각나도록 만드는 도식적인 해도만 오늘날 『무비지』에 남아있을
뿐이다. 그럼에도 불구하고 중국의 정량적 지도 제작법의 전통은 그 뿌리가
유럽보다 훨씬 더 깊었다.[117] 그러므로 눈금 한 개가 100리를 나타내는 훌륭
한 지도가 1137년에 이미 제작되었으며,[118] 또한 가탐(賈耽)이 그와 비슷한

---

113 Joseph Needham, *Science and Civilization in China*, Vol.3, p.274를 참조. 이 원정대는 Java의 남쪽
　　해안에서 관측된 것으로 생각되는데, 약간 더 남쪽으로 항해하여 원래 남쪽 별자리가 보이
　　는 곳까지 갔을지도 모른다.

114 Joseph Needham, *Science and Civilization in China*, Vol.3, pp.375 이하를 참조.

115 Joseph Needham, *Science and Civilization in China*, Vol.3, pp.332, 352, Fig. 146.

116 Joseph Needham, *Science and Civilization in China*, Vol.3, pp.574 이하.

117 늦어도 800년 이후의 중국 지도에서는 십진법의 축척에 의한 格子가 표준 방식이었으며,
　　1100년 이후의 훌륭한 格子圖도 전해지고 있다. 그런데 E. G. R. Taylor, 'Mathematics and the
　　Navigator in the 13th Century,' *JIN*, 1960, 13 등의 서구학자들이 1300년경 지중해의 포르돌란
　　을 왜 '축적이 있는 최초의 지도'로 간주하는지 나는 이해하기 어렵다.

118 Joseph Needham, *Science and Civilization in China*, Vol.3, pp.375 이하.

축적으로 801년에 제작한 훨씬 큰 지도[119]도 그에 못지않았던 것처럼 보인다. 사실 격자의 원리는 3세기의 배수(裴秀)에게까지 소급되며, 유럽의 정량적 지도 제작법과는 다르고, 종교적인 우주형상지학자(宇宙形象誌學者, cosmographers)의 원반 모양 환상을 대신하지도 않았다.[120] 그러므로 11세기 말에 심괄(沈括)이 『몽계필담(夢溪筆談)』에서 2, 3세기 후 지중해에서 그랬던 것처럼 격자가 방위선을 항정선(航程線)과 조합시켰다고 암시하는 것은 아주 흥미로운 현상이다. 그런데 그 지도는 육상용은 물론 해상용도 아니었으며, 또한 현존하지도 않는다.[121] 마지막으로 1569년에 메르카토르(Gerard Mercator)가

---

119 Joseph Needham, *Science and Civilization in China*, Vol.3, p.543.

120 Joseph Needham, *Science and Civilization in China*, Vol.3, pp.528 이하, 538 이하. 우리는 유럽의 지도 제작자가 오랜 전통을 보유한 중국의 格子圖 중에서도 특히 지명 외에는 자연적인 특징에 대해 어떤 상징성도 없는 '蒙古系統'의 격자도로부터 영향을 받았다는 증거도 갖고 있다(Joseph Needham, *Science and Civilization in China*, Vol.3, pp.564 이하). 그것은 14세기 초에 이슬람 교도와 기독교도의 지도 제작자들에게도 영향을 준 것처럼 보이는데, 그 시기가 몽고인과 마르코 폴로의 시대 직후였던 사실이 중요하며, 그 영향에 의해 航程線과 프톨레마이오스의 座標를 조합한 이후의 포르톨란이 출현할 수 있었을 것이다. 그것은 메르카토르(Mercator)에게조차 영향을 준 것처럼 보인다. 동아시아의 지도 제작자가 보유한 지식 수준을 보면, 엔리케 항해왕이 8살이었던 1402년에 朝鮮의 世界地圖製作者는 이베리아 반도의 형상과 여러 유럽 도시의 명칭을 걱정하고 있었다(Joseph Needham, *Science and Civilization in China*, Vol.3, pp.554, <Fig 985>). 당시 기독교권에서는 포르투갈은 물론 어떤 국가의 궁전에서도 朝鮮이 존재한다는 사실조차 몰랐는데, 이것은 놀라운 사실이다.

121 Joseph Needham, *Science and Civilization in China*, Vol.3, pp.576 이하. 이것은 아라비아에 포르톨란이 존재했다는 것과 그것이 중국과 유럽에 어떤 영향을 주었는가하는 문제와 관련이 있는데, 많이 논의되어온 문제이기도 하다(Joseph Needham, *Science and Civilization in China*, Vol.3, pp.533, 561, 564 이하, 587). R. L. Brohier & J. H. O. Paulusz, *Land Maps and Surveys; Descriptive Catalogue of Historical Maps in the Surveyor-General's Office*, Colombo, 2 vols, Ceylon Govt. Press, Colombo, 1950, 1951, pl.LI, p.158은 상당히 후에 나타난 것으로서 航程線과 四角形의 格子가 조합된 몰디브 해도에 대해 기술하고 있으며 또한 그것을 圖示하고 있다. 그것은 증거가 될 수도 있고, 될 수 없을 수도 있다. 이것을 제외하면, 아라비아의 포르톨란 해도는 어떤 것도 조명되지 않았다. A. Teixeira da Mota, *op. cit.*는 중요한 논의를 전개하고 있으며, 아라비아 항해자가 그러한 종류의 해도를 전혀 사용하지 않았다는 사실을 문헌 증거를 통해 논증하였다. 그러나 동시에 그는 아라비아 항해자들이 格子海圖를 보유하고 있었다고 주장했다. 그는 그것이 종종 isba'에 눈금이 그려져 있으며 또한 경우에 따라서는 항구와 토지의 명칭만 기록되어 있을 뿐 地理的 細部描寫가 거의 없는 '蒙古類'의 해도였을 가능성도 있음을 분명히 밝히고 있다.

사용한 투영법이 중요한 발전이었다고 하지만, 그는 천체도 분야에서 소송(蘇頌)이 5세기가량 앞서 있었던 사실을 모르고 있었다.[122] 소송의 별자리 그림에서는 '숙(宿)' 사이의 시권(時圈)이 자오선에 해당하며, 별이 북극과의 거리에 따라 적도의 양측에 원통 모양의 준정사각형 투영법 즉 정원통(正圓筒) 투영법과 유사한 도법으로 묘사되었다. 이처럼 훌륭한 배경을 생각하면, 송·원·명대의 선장들이 사용한 해도가 고고학적 발견에 의해 드러나기를 기대할 수밖에 없다.[123]

앞에서 말한 것처럼, 나침반, 포르톨란 해도, 모래시계, 그리고 마르텔로이오(marteloio)는 상호 보완적이며, 서로 밀접하게 관련되고, 보완적인 일단의 기술을 형성하였다. 경위표(經緯票, traverse tables)에 대해서는 그에 대한 사례가 현재까지 중국의 수로지에 없기 때문에 말하기 어렵다. 시간을 측정하는데 모래를 사용하는 방법은 흥미로운 문제를 내포하고 있다. 왕전두어(王振鐸)[124]는 항해용 나침반의 역사에 관한 논고에서 모래시계를 언급했으며, 16세기 말에 홀란드인들이 포르투갈인들로부터 수중에 넣을 때까지 중국 선박에서는 그것을 알지 못했을 뿐만 아니라 사용한 적도 없었다고 결론을 내렸다.[125]

그러나 그의 논문이 발표된 후, 중국의 기계식 시계 장치의 역사에서 1370년경에 이루어진 중요한 발달에 대해 많은 사실이 명확하게 밝혀졌다. 그

---

122 Joseph Needham, *Science and Civilization in China*, Vol.3, Fig. 104, p.278.

123 지나치게 기대해서는 안 된다. 다른 곳에서 언급한 것처럼, 중국의 造船技術者들은 圖面을 사용하지 않은 채 건조하는 방식을 아주 훌륭하게 구현하였다. 게다가 특히 醫學界에서 두드러졌던 것처럼, 기술적 구상과 기록은 家傳되었다. 또한 정부 기록이 의도적으로 말소된 것에 대해서는 이미 언급한바 있다. 그렇지만 위대한 寶船의 航海者들이 해도를 전혀 사용하지 않았다는 것은 믿을 수 없다. 사실 J. V. Mills는 그들이 소지한 해도가 『武備志』에 수록되어 있는 해도와 비슷하다고 보았다.

124 王振鐸, "司南指南針與羅經盤(下)," 「中國考古學報」, 1951, 5(n.s. 1).

125 Joseph Needham, *Science and Civilization in China*, Vol.4, pt.2, p.509. 우리는 航海用 모래시계를 <그림 995>처럼 묘사한 중국의 그림을 轉載하고 있는데, 그 그림은 지금까지 알 수 있는 것 중 유일한 것이기도 하다. 『琉球國志略』(1757), 圖彙, p.34에 수록되어 있다.

중 하나는 고전적인 수차식(水車式) 시계에 물 대신 모래가 사용되었다는 사실이다.[126] 이 모래시계가 연동형 지동기구(連動形 止動機構, link-work escapement)를 여전히 사용하고 있었는지 그리고 감속용 박동장치(減速用 搏動裝置, reduction gearing)가 모래시계에 도입되었는지 여부는 알 수 없다.

좀 더 최근의 서양 시계들처럼 중국의 시계 장치에는 새로운 어떤 것이 분명히 포함되어 있었는데, 그것은 회전식 지침이 달린 고정된 문자판이었다.[127] 이 새로운 장치는 담희원(詹希元)과 관련이 있었다. 또한 그것이 정화 함대의 대형 선박에 탑재되지 않았을 이유도 전혀 없다(물론 오래된 형태의 수차식 시계를 선박에 탑재하는 것은 무리였다). 어찌되었든, 당시 중국인들은 모래의 흐름을 보고 시간을 측정하는 방법을 알고 있었음에 틀림없다. 그러므로 모래시계가 10세기 크레모나의 류트프란트(Liutprand of Cremona)[128]로부터

---

126 中國 時計裝置의 역사에 대한 내용은 8세기 초에 이루어진 止動機構(escapement)의 발명을 중심으로 서술되었다(Joseph Needham, *Science and Civilization in China*, Vol.4, pt.2, pp.435 이하). Joseph Needham, Wang Ling & D. J. de S. Price, *op. cit.*은 이를 보충하고 또한 몇 가지 사항에 대해서는 좀더 자세하게 서술하고 있다. 모래시계에 대해서도 Joseph Needham, Wang Ling & D. J. de S. Price, *op. cit.*, pp.154 이하.; Joseph Needham, *Science and Civilization in China*, Vol.4, pt.2, pp.509 이하를 참조. 모래가 도입된 주요 이유는 凍結을 방지하기 위해 10세기부터 사용되어온 장치에 驅動式으로 이용된 水銀보다 모래가 훨씬 저렴했기 때문이다.

127 Joseph Needham, *Science and Civilization in China*, Vol.4, pt.2, pp.510 이하를 참조. 15세기 유럽에서 'dial'이라는 용어가 항해용 모래시계를 의미하게 된 경위에 대해서는 이미 언급했지만, 文字板과 모래와의 관련은 14세기 중국의 모래시계와 훨씬 더 밀접했다. 문자판의 역사를 소급해보면, 시계의 역사가 헬레니즘 시대보다 앞서게 된다. 이것은 원래 물에 뜨는 滑車裝置를 이용한 물시계였는데, 水位의 감소에 따라 地平線·子午線·赤道 등을 나타내는 靑銅線網의 배후에 平面的 天體圖를 기록한 원반이 회전하는 장치로 이루어졌다. 그 이전의 시계가 분명히 網狀組織(rete)이 달린 天體觀測儀의 원형이었으며, 또한 비록 고정식이긴 하지만 시계의 문자판도 그것에서 유래한 것으로 일반적으로 인정되고 있다. 또한 詹希元보다 앞선 시대의 중국에서 앞서 말한 시계가 사용되었다는 증거가 있다. 이 문제에 대해서는 전체적으로 Joseph Needham, *Science and Civilization in China*, Vol.3, Pp.376 이하, Vol.4, pt.2, pp.466 이하, 503 이하.; Joseph Needham, Wang Ling & D. J. de S. Price, *op. cit.*, pp.64 이하를 참조.

128 그(922~972)는 Lombard 주교이자 대사였다. 필자는 F. M. Feldhaus, *Die Technik der Vorzeit, der Gschichtlichen Zeit, und der Naturvölker, Englmann*, Leipzig and Berlin, 1914, col. 1222의 "Luitparand of Chartres," fl. 760'에 대한 언급을 이렇게 해석할 수밖에 없었는데, 그 자체는 가능성이 도저히 없는 것을 생각된다.

시작되었다고 보는 서양의 가설은 재검토될 필요가 있으며, 모래시계가 동양에서 유럽으로 전래되지 않았나하는 생각이 든다.[129]

그러나 오랫동안 무시되어온 스펙카르트(Speckhart)의 주장[130]도 다시 검토되어야 할 것이다. 그런데 류밍서(劉銘恕)[131]는 다음과 같은 중요한 논의를 전개하고 있다. 12세기 초 이래로 '경(更)'이 중국인의 항해에 관한 다수의 기사에 언급되어 (혹은 그렇게 기록되어) 있기 때문에,[132] 그것을 측정하는데 모래시계가 필요했음에 틀림없다. 왜냐하면 어떤 형태든 간에 물시계를 해상에서 사용한 것으로는 생각되지 않기 때문이다.[133] 만약 서양에서 사용된 항해용 모래시계의 기원을 12세기 후반기에 베네치아에서 발전한 유리 산업에서 찾으려는 주장[134]이 옳다면, 모래시계와 자기나침반 그리고 선미타(船尾舵)의 조합은 응용과학의 여러 분야에서 나타나는 일단의 동양 기술이 전파된 것에 대한 생생한 사례로 볼 수 있을 것이다. 그런데 이것에 대해서는 중대한

---

129 모래의 흐름을 이용하는 방법에 관해서는 Alexandria의 선례와 비교할 때 부족함이 없다. 예를 들면, Hernon의 자동차와 자동 인형 극장은 큰 탱크에서 모래나 곡물을 유출시켜 부유물이 내려가도록 만든 장치를 보유했다. Joseph Needham, "The Missing Link in Horological History; a Chinese Contribution," Proceedings of the Royal Society (Series A), 1959, 250을 참조.

130 C. Saunier, Die Geschichte d. Zeitmesskunst, 2 vols, Hübner, Bautzen, p.177에 대한 그의 독일어 번역본에 있다. 명기되지 않은 초기의 저자를 참고하고 있는데, Speckhart는 분명히 그 증거를 확인했을 것이다.

131 劉銘恕, "鄭和航海事蹟之再探," 「中國文化研究會刊」, 1943, 3.

132 Joseph Needham, Science and Civilization in China, Vol.4, pt.1, pp.279 이하.

133 그는 '球沈沒 물시계(sinking-bowl clepsydra)'를 예외로 하고 있는데(Joseph Needham, Science and Civilization in China, Vol.3, p.315), 의심스러운 일이다. 동남아시아에서는 이를 위해 코코넛 껍질을 사용한 것처럼 보이는데, 그것이 해상에서도 사용되었는지 여부는 알 수 없다. 淸代의 航海用 모래시계는 琉璃가 아닌 陶器나 磁器로 제작되었고, 중국의 海事文化에서 이러한 도구가 오래 전부터 사용되었다고 생각하게 만든다. 그와 관련된 기사는 『閩雜記』에 있다. 徐益棠, "南宋杭州都市的發展," 「中國文化研究會刊」, 1944, 4는 杭州의 다리에 설치된 望樓에 시계가 있었다고 한 Marco Polo의 이야기를 인용하고 있는데, 원문에는 단지 un horiuolo(ed. A. C. Moule & P. Pelliot, Marco Polo(1254 to 1325); The Description of the World, 2 vols, Routledge, London, 1938, p.332.; A. C. Moule, Quinsai, with other Notes on Marco Polo, Cambridge, 1957, p.23을 참조)만 보이기 때문에 그곳에 물시계가 있었다고 추정할 수 없다.

134 D. W. Waters, "Chinese Junks; the Antung Trader," MMI, 1938, 24.

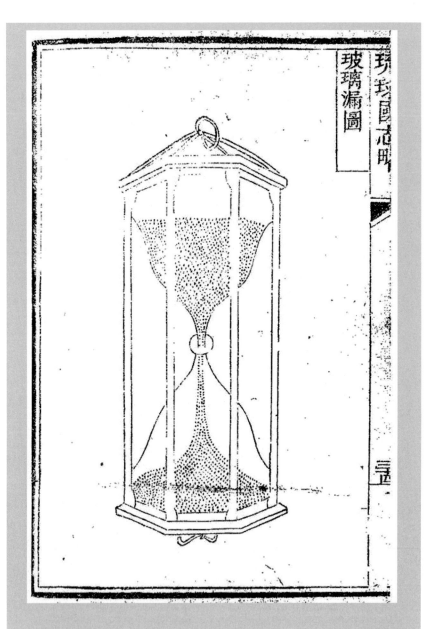

〈그림 995〉 중국에서 사용된 '항해용 모래시계(航海用 玻璃漏, seaman's dyoll).' 1757년에 편찬된
『유구국지략(琉球國志略)』에 수록되어 있다. 16세기 중엽이나 말기 이전에 중국의 선원들이 모래

시계를 사용했는지 여부는 아직 밝혀지지 않았다. 당, 송, 원, 명대에 중국 선원들이 시계로 사용한 도구는 열(熱)－크로노미터(pyro-chronometer)나 연소시계 즉 정성스럽게 제작한 선향(線香)을 태워 시간을 측정하는 시계였을 가능성이 크다고 할 수 있다(S. A. Bedini, "The Scent of Time : a Study of the Use of Fire and Incense for Time Measurement in Oriental Countries," *TAPS*, 1963, 53, pt.5, 1-51과 Idem, "Holy Smoke; Oriental Fire Clocks," *NS*, 1964, 21(no.380)을 참조). 연소시계는 사원과 가옥에서 일반적으로 사용되고 있었으며, 해상에서도 사용하기 편리했을 것으로 생각된다. Joseph Needham, *Science and Civilization in China*, Vol.3, p.330과 Vol.4, pt.2, pp.127, 462, 526을 참조.

반론이 있으며, 별개의 사고방식도 가능하다. 모래시계에는 불어서 제작한 유리가 사용되었다. 이미 말한 것처럼, 불어서 만드는 유리 제조 기술만큼은 완전히 유럽이나 서양의 것으로 생각된다.[135] 류밍서의 주장에 내포된 모순에 대한 진정한 해답은 시간 측정용 선향(線香)이지 않을까 생각된다. 선향을 태우는 행동은 중국의 중세부터 시작되었으며, 나침반이 놓인 사당에서 선향을 피워 거의 충분한 시간을 아주 쉽게 측정할 수 있었을 것으로 생각된다. 이 경우에 해상에서 '경'을 측정하는 데 사용된 연소시계는 정말 실용적이고 신뢰할만한 '원시적 크로노미터(proto-chronometer)'의 역할을 하였다.[136] 그러므로 그것의 정확한 모양에 대한 연구는 베디니(Bedini)의 훌륭한 논고들[137] 이상으로 진행될 필요가 있다. 그러나 선향이 특히 중국의 종교와 문화에서 독특한 것이었기 때문에, 쓸모가 있음을 알았더라도 그 선향을 다른 문화권에 속하는 선원에게까지 확대하기는 어려웠을 것이다.

---

135 Joseph Needham, *Science and Civilization in China*, Vol.4, pt.1, pp.103, 104.

136 Joseph Needham, *Science and Civilization in China*, Vol.3, p.330; Joseph Needham, *Science and Civilization in China*, Vol.4, pt.2, pp.127, 462, 526.

137 S. A. Bedini, "The Scent of Time; a Study of the Use of Fire and Incense for Time Measurement in Oriental Countries," *TAPS*, 1963(n.s.), 53.; Idem, 'Holy Smoke; Oriental Fire Clocks,' *NS*, 1954, 21(no.380).

이제 '지(指)'와 '각(角)'으로 고도를 측정하는 방법으로 되돌아가보자. 이 측정 방법의 주목할 만한 특징은 그것이 인도양의 아라비아인 선장들 사이에서 사용되었던 방식과 실제로 같았다는 점이다. 아라비아인은 1° 36′ 25″에 상당하는 iṣbá[138](손가락 폭을 지칭하는 것으로서 인치를 뜻한다)와 그것을 8등분한 zām[139]으로 고도를 표시하였다. 유럽인들도 주로 『대양(大洋, Muhīt)』이라는 항해 편람[140]을 통해 이전부터 그 방식을 알고 있었다. 이 서적은 터키의 학식 있는 제독이었던 후세인(Sīdī 'Alī Re'is ibn Husain)[141]이 자신의 함대가 괴멸된 후[142] 영웅적으로 귀국 여행을 하던 도중 1533년에 인도의 아흐메다바드(Ahmedabad)에 머물렀을 때 집필한 것이다. 그가 주로 이용했던 자료들이 후에 알려지게 되었는데, 그것은 술레이만(Sullaimān al-Mahrī, 1511년)의 학술 보고서들과 이븐 마지드(Shihāb al-Dīn Ahmad ibn Mājīd)가 1475년경에 집필

---

138 J. von Hammer-Purgstall, "Extracts from the Mohit [Muhīt], a Turkish Work on Navigation in the Indian Seas," *JRAS / B*, 1834, 3, p.770.

139 L. de Saussure, "Commentaire des Instruxtions nautique de Ibn Mājid et Sulaimān al-Mahrī"를 수록한 G. Ferrand, *Instructions Nautiques et Routiers Arabes et Portugais des 15e et 16e Siècles*, Geuthner, Paris, 1928을 참조. 全周는 224iṣbá로 분할되어 있었다.

140 J. Prinsep, "Note [on von Hammer-Purgstall's translations from the Mohit of Sidi 'Ali Reïs]," *JRAS / B*, 1836, 5의 주석이 붙은 J. von Hammer-Purgstail, *op. cit.*에 의해 일부가 번역되었다. tr. M. Bittner, *Die Topographischen Kapitel d. Indischen Seespiegels Mohit; mit einer Einleitung sowie mit 30 Tafeln versehen, von W. Tomaschen*, K. K. Geographischen Gesellschaft, Vienna, 1897과 G. Ferrand, *Relations de Voyages et Textes Géographiques Arabes, Persans et Turcs relatifs à l'Extrême Orient, du 8e au 18e Siècles*, traduits, revus et annotés etc, Leroux, Paris, 1913, vol.2, pp.484 이하에도 번역한 것이 일부 있다.

141 1562년에 사망. Adnan Adivar, "On the Tanksq-nāmah-ī Ilkhān dar Funūn-i'Ulūm-i Khitāi," *ISIS*, 1940, 32, pp.67 이하에 간단한 전기가 있다. 그의 위대한 전임 제독인 Piri Re'is(1554년에 사망, 그의 전기는 pp.59 이하)는 그가 Columbus가 사용한 최초의 지도(1498년) 중 하나를 갖고 있었음을 알려주고 있는데, 이 사실은 P. Kahle, "A Lost Map of Columbus," *GR*, 1933, 23; Idem, *Die verschollene Columbus-Karte von 1498 in einer türkischen Weltkarte von 1513*, Berlin & Leipzig, 1933의 훌륭한 발견에 의해 분명해질 것이다.

142 이에 대한 그의 기사는 tr. H. F. von Diez, *Translation of The Mirror of the Countries in Denkwü edigkeiten von Asien*, vol.2, pp.733 이하와 tr. A. Vambéry, *The Travels and Adventures of the Turkish Admiral Sidi 'Ali Reïs in India, Afghanistan, Central Asia and Persia, 1553 / 1556*, Luzac, London, 1899에 의해 번역되었다.

한 『항해원리지침서(航海原理指針書, *Kitāb al-Fawā'id*)』였다.[143] 이븐 마지드는 1498년에 말린디(Malindi)에서 바스코 다 가마(Vasco da Gama)와 함께 함께 활동한 아랍인 수로 안내인(水路案內人)이었다. 우리는 포르투갈 항해자들이 그러한 방식을 잠시 후에 사용했다는 사실을 알고 있다.[144] 정화가 항해하던 시대에도 이러한 관행이 전면적으로 사용되었던 것처럼 보인다. 그리고 『대양』과 그 자료들에 기록된 측정법과 『무비지』에 수록된 방법을 비교해 보면, 대체로 일치하고 있음을 알 수 있다.[145] 아라비아 방식과 중국 방식의 주요 차이는 적도 부근에서 극을 '대신하는' 표준별이 필요할 경우 아라비아인들이 '송아지(al-Farkadin)'로 부르는 고전적인 '호위성(護衛星 : Guards, 작은곰자리의 β星과 ϒ星)'을 택한 것에 비해[146] 중국인들은 화개성(華蓋星)을 택했다는 점이다. 양자의 적위(赤緯)는 아주 비슷하다. 그러나 적경(赤經)은 거의 정확하게 180°(12시간)가량 떨어져 있다.[147] 아랍인들과 중국인들은 모두 북극성의

---

143 ed. G. Ferrand, *Instruction Nautiques et Routiers Arabes et Portugais des 15e et 16e Siècles*, vol.1 and 2, Geuthner, Paris, 1921~5, 전기는 Idem, *Instruction Nautiques et Routiers Arabes et Portugais des 15e et 16e Siècles*, Vol.3, Geuthner, Paris, 1928, pp.176 이하에 있다. Ferrand의 저서가 출판된 후, 그때까지 알려지지 않았던 아주 중요한 Ibn Mājid의 원고가 T. A. Szumowski, *Tres Roteiros Desconhecidos de Ahmad ibn Mājid, o Piloto Arabe de Vasco da Gama*, Lisbon, 1960.; Idem, "An Arab Nautical Encyclopaedia of the 15th Century [Book of Useful Chapters on the Basic Principles of Sea-faring, by Ahmad ibn Mājid, 1475]," In Rosumo das Communicações do Congresso Internacional de Historia dos Descobrimentos, Lisbon, 1960, p.109로 출판되어 알려졌고, 또한 Costa Brochado, *O Piloto Arabe de Vasco da Gama*, Lisbon, 1959에 의해 널리 알려지게 되었다. G. F. Hourani, *Arab Seafaring in the Indian Ocean in Ancient and Early Mediaeval Times*, Princeton Univ. Press, Princeton, N. J., 1951, pp.107 이하도 참조. 그는 아라비아의 수로지가 보유한 전통이 9세기까지 소급된다고 생각하고 있다.

144 A. Teixeira da Mota, "Méthodes de Navigation et Cartographie Nautique dans l'Océan Indien avant le 16e siècle," *STU*, 1963(no.11), 49, pp.21 이하, 29 이하를 참조. iṣb'는 polegada로 번역되었다.

145 미발표 논문을 근거로 한 J. V. Mills의 개인적인 편지.

146 'Rule'의 아라비아 형태는 L. de Saussure, "Commentaire des Instructions Nautique de Ibn Mājid et Sulaimān al-Mahrī," In G. Ferrand, *Instruction Nautiques et Routiers Arabes et Portugais des 15e et 16e Siècles*, Vol.3, Geuthner, Paris, 1928에 자세하게 서술되어 있다.

147 이것은 아랍인과 중국인이 11년 중 서로 다른 시기에 이러한 南緯 海域을 항해하는데 익숙했었다는 것을 설명해주고 있음이 분명한 것처럼 보인다. 그 후에는 각 집단에 적합한

고도 측정을 더 이상 신뢰할 수 없는 한계에서 북극성의 고도를 손가락 한 개의 넓이로 생각했다. 그 후에는 그들이 북극성으로부터 주극(週極)의 표시성으로 바꾸었다. 이때 북극성 고도의 1지폭(指幅)은 아랍인의 경우에 '송아지'의 8지폭에 그리고 중국인의 경우에 화개성의 8지폭에 각각 상당했다.[148]

남반구를 최초로 방문한 유럽인은 북극성이 보이지 않는 것을 특별히 이상한 현상으로 간주하였다. 1292년에 마르코 폴로가 고국을 향해 항해하고 있었을 때, 북극성이 수마트라에서 보이지 않다가 코모린(Comorin) 곶(북위 8°)에서 다시 나타났던 것으로 전해지고 있다.[149] 그로부터 약 20년 후에 포르데노네(Pordenone)의 오도릭(Odoric)도 동일한 현상을 다음과 같이 기록하고 있다.[150]

방식이 관행이 되었을 것이다. 아마도 중국인은 태풍이 부는 계절을 피했을 것이며, 반면에 아랍인은 몬순 계절을 피했을 것으로 생각된다. 남쪽 열대 지방에서 보면, 화개성은 11월 초의 한밤중에 최고도에 이르기 때문에 8월부터 2월까지 이용할 수 있었으며, 작은곰자리는 5월 초의 한밤중에 최고도에 이르기 때문에 2월부터 8월까지의 시기에 이용할 수 있었을 것이다. 여름이 지난 후에는 태풍이 북쪽으로 진로를 바꾸기 때문에(G. B. Cressey, *China's Geographic Foundation; A Survey of the Land and its People*, McGraw-Hill, New York, 1934, p.67), 중국인에게는 늦가을이나 겨울에 남쪽으로 항해하는 것이 적당했었을 것이다. 한편, 인도양에서는 강력한 남서 몬순(중국 연안에서 훨씬 더 심했다)이 6월 말까지 불지 않았으며, 따라서 인도와 아랍의 항해자들에게는 초봄에 동쪽으로 항해하는 것이 적합했었을 것이다. 이 문제에 대해서는 왕립협회의 회원이었던 고 F. J. M. Stratton 교수의 가르침을 받았다.

148 아랍과 중국의 문헌들에는 많은 장소에서 북극성의 고도를 측정한 결과가 기록되어 있다. 그러나 그 문헌들이 나타난 후부터 북극성의 극거리가 변화했기 때문에, 현대 관측에 의해 확정된 위도와 일치시키기 위해서는 기록된 고도에 적당한 係數를 더해야만 한다. J. Prinsep, "Notes [on von Hammer-Purgstall's translations from the Mohit of Sidi 'Ali Reïs]," *JRAS / B*, 1836, p.444는 그것을 대략 5° 31′로 계산하고 있다. Mills는 『武備志』에 수록된 해도에 나타나는 수치들을 이용하여 그것을 대략 4° 54′로 간주하였다.

149 ed. N. M. Penzer, *The Most Noble and Famous Travels of Marco Polo, together with the Travels of Nicolo de Conti*, edited from the Elizabethan translation of John Frampton(1579) … , Argonaut, London, 1929, pp.103, 112.; ed. A. C. Moule & P. Pelliot, *Marco Polo; The Description of the World*, Vol.1, Routledge, London, 1938, pp.373, 416. 고도에 대한 다른 기록 중 오늘날까지 주석을 달지 않은 것은 Idem, *op. cit.*, pp.417, 419와 Ibid., p.558을 참조.

150 Sir Henry Yule, *Cathay and the Way Thither; being a Collection of Mediaeval Notices of China*, Hakluyt Society Pubs., London, 1913~15, 2nd ed., vol.2, p.146. Jordanus Catalanus에 대해서는 tr. Idem,

이 지역(수마트라)과 많은 인근 지역에서는 선원들의 지침이 되고 있는 것으로서 북쪽에서 움직이지 않고 있는 이른바 북극성으로 불리는 별을 볼 수 없는 경우가 있습니다(Mandeville은 1360년경에 그렇게 기록하였다). 왜냐하면 남쪽에서는 그 별을 볼 수 없기 때문입니다. 그러나 남쪽에는 남극성으로 불리는 다른 별이 있는데, 그 별은 북극성과 정반대편에 위치하고 있습니다. 그곳에서는 그 별이 북반구에서 북극성처럼 뱃사람들을 인도하고 있습니다.[151]

이러한 서양 저술가 중 어느 누구도 아시아 항해인들이 실제로 보면서 항해했던 남쪽 별에 대해 기록을 남기지 않고 있다. 그들은 천문 항해에 깊은 인상을 받은 나머지 그 해역에서 자기나침반이 사용되지 않았다고 생각해버렸다. 1438년경에 중국 해역에 도착했던 니콜로 데 콘티(Nicoló de Conti)는 다음과 같이 말했다.

일반적으로 인도인들은 남극성의 인도를 받아 항해한다. 왜냐하면 그곳에서는 우리가 이용하고 있는 북극성이 좀처럼 보이지 않기 때문이다. 게다가 여러 지점 간의 거리와 항로는 극의 고저를 이용하여 측정되고 있으며, 또한 그들은 이러한 방법으로 자신들이 어디에 위치하고 있는지 알게 된다. 그들은 우리보다 훨씬 더 큰 선박을 건조하고, … [152]

그로부터 20년 후에 프라 마우로(Fra Mauro)는 자신의 지도에 다음과 같은

'Mirabilia Descriptio'; the Wonders of the East, [written 1330 by Jordanus Catalanus, O. P., Bp. of Columbum, i.e. Quilon in India], London, 1863, p.34를 참조.

151 ed. M. Letts, Mandeville's 'Travels'; Texts and Translations, vol.1, Hakluyt Society, London, 1953, p.128.

152 ed. N. M. Penzer, 조지프 and Famous Travels of Marco Polo, together with the Travels of Nicoló de Conti, edited from the Elizabethan translation of Hohn Framption(1579) … , Argonaut, London, 1929, p.140. de Conti와 鄭和가 동시대인이었음을 생각하면, 선박 크기에 관한 그의 기술에 대해 특히 흥미를 가질 수 있다.

정보를 기술해 놓았다. 대양 항해용 정크 2척이 인도양 한가운데에 분명하게 가장 잘 보이도록 그려져 있는데, 바로 그 옆에 두루마리 양식으로 다음과 같은 구절이 기술되어 있다.[153]

그 주변 해역을 항해하는 선박 즉 정크에는 돛대가 최소한 4개 있는데, 그 중 몇 개는 오르내릴 수 있다. 상인들을 위한 선실은 40개부터 60개까지 설치되어 있다. 타는 하나이며, 나침반을 이용하지 않은 채 항해를 한다. 왜냐하면 한 명의 천문관측자가 승선하여 홀로 높은 곳(船尾樓를 지칭)에 서서 천체관측의를 갖고 항해를 지휘하기 때문이다.

그런데 망드빌(Mandeville) 자신은 특별히 언급하지 않았지만, 사후에 그 저서의 삽화가는 남해를 항해하는 선박의 선미루에 천체관측의를 그려 넣었다(1385년경).[154] 프라 마우로의 서술에는 세인의 주의를 끌만한 것이 현재까지 없다. 그러나 그것이 나타난 연도를 생각한다면, 당시 포르투갈에서 이루어진 항해용 천문학의 발달과 특별한 연관성이 있음을 알 수 있다. 아마 그가 정말 의외로 생각했던 것은 카말(kamāl)이었을 것이다.

특히 위에서 열거한 인용문에서 보이는 나침반이라는 주장은 분명히 잘못된 것인데, 테일러(Taylor)는 그러한 오해가 나타나게 된 이유를 잘 설명하고

---

153 ed. Yussuf Kamal, *Monumenta Catographia Africae et Aegyti*, vol.4, pt.4, Privately published, 1935~9, p.1409 혹은 R. Almagià, *Il Mappemonde di Fra Mauro*, 1st. Poligrafico dello stato & Libreria dello Stato, Rome, 1954를 참조.

154 ed. Anon, *Livre des Merveolles (Marco Polo, Odoric de Pordenone, Mandeville, Hayton, etc.)*; Reproduction des 265 Miniatures du MS français 2810 de la Bibliothèque Nationale, vol.1, no.158.; "Livre des Merveilles," Bib. Nat. French MS2810. 이 그림을 다시 수록한 G. Beaujouan & E. Poulle, "Les Origines de la Navigation Astronomique aux 14e et 15e Siècles," Art. in Proc. 1st International Colloquium of Maritime History, Paris, 1956은 그 림에서 묘사되고 있는 것이 천체관측의가 아니라 오히려 항해용 나침반이었다고 주장하고 있는데, 아무튼 그것에는 걸어둘 때 필요한 끈이 달려있었던 것처럼 보인다.

있다.[155] 14세기에 지중해에서 활동하던 항해자들은 나침반에서 눈을 잠시도 떼지 않았으며, 방위와 거리에 따라 진로를 산출하였고, 때때로 조타수에게 명령하였다. 나침반은 아시아 항해자들이 사용하던 유일한 기구였으며, 별을 (아마 태양도[156]) 이용하여 위치를 산출하는 것도 그에 못지않게 중요하였다. 왜냐하면 분명히 아라비아의 전통을 이어받은 항해자가 왕래하던 해역에서 강우량이 비교적 부족하든가 아니면 비가 최소한 일정한 계절에만 내렸고, 맑은 날이 많았으며, 따라서 별을 보고 방향을 결정하는 것이 더 좋았을 뿐만 아니라 정확하기도 했기 때문이다. 동시에 그들의 해역은 남반구와 북반구를 모두 포함하고 있었는데, 천문 항해의 측면에서도 아주 복잡한 양상을 띠었다. 거친 날씨라는 장애물이 없었기 때문에 천연 자석을 항해 지침으로 삼는 방식을 고집할 이유가 없었던 것이다. 천연 자석을 최초로 사용한 중국 북부인들은 분명히 그 방식에 집착했지만, 한자로 표현된 그들의 문장 중에는 서구인들이 이해하거나 평가한 것이 비교적 최근에 이르기까지 없었다.

아라비아의 항해자와 중국의 항해자가 서로 어떻게 영향을 주었는지도 문제이지만,[157] 현재로서는 그 문제에 대답할 수 있는 충분한 지식이 없다. 1400년 이전의 몇 세기 동안에는 그들 사이에 분명히 교류가 있었다. 아라비아의

---

155 E. G. R. Taylor, *The Haven-Finding Art; a History of Navigation from Odysseus to Captain Cook*, Hollis & Carter, London, 1956, p.128. 개인적인 편지에서 부연하여 설명해준 것에 대해 깊이 감사드린다. 이와 비슷한 견해는 전에 G. Ferrand, *Instructions Nautiques et Routiers Arabes et Portugais des 15e et 16e Siècles*, Geuthner, Paris, 1928, p.188에 수록된 L. de Saussure, "L'Origine de la Rose des Vents et l'Invention de la Boussole," *ASPN*, 1923, p.67에 막연하게 서술되어 있다. A. Teixeira da Mota, "Méthode de Navigation et Cartographie Nautique dans l'Océan Indien avant le 16e siècle," *STU*, 1963(no.11), 49, pp.17 이하는 Taylor의 견해를 증거를 제시하면서 지지하고 있다.

156 L. de Saussure, *op. cit.*, p.53를 참조. 그러나 더 많은 문헌과 연구물을 고찰한 A. Teixeira da Mota, *op. cit.*, pp.10, 20은 아라비아 항해자들이 태양의 고도를 측정했었을 가능성이 점점 더 적어진다고 생각하였다.

157 아주 최근에 L. Carrington Goodrich, "Query on the Connection between the Nautical Charts of the Arabs and those of the Chinese before the Days of the Portuguese Navigators," *ISIS*, 1953, 44가 서술하고 있는 것처럼 그러하다.

천문학에서는 고도 측정술이 특히 우수했다.[158] 그러나 보이지 않는 별 대신 주극의 표시성을 사용하는 것은 오히려 중국의 방식이었다.[159] 또한 지(指)와 각(角)을 이용한 측정은 초기의 중국 간행물 중 어떤 것에서도 볼 수 없었지만,[160] 그렇다고 해서 항해자가 일반적으로 그러한 측정술을 사용하지 않았다는 것은 아니다. 왜냐하면 그것을 대개 필사한 그들의 수로지가 나타나고 있었기 때문이다. 게다가 관측자가 지폭(손가락)을 이용하여 측정한다는 내용이 담긴 기사는 아라비아 문화보다 중국 문화에서 훨씬 옛날부터 나타난다. 이미 본 적이 있는[161] 예를 들면, 위(魏)나라 장군이었던 등애(鄧艾)는 군사 지형학에 흥미를 가진 것으로 유명하였다. "그는 높은 산과 넓은 황야를 볼 때마다 항상 부대의 야영지나 요새에 가장 적합한 곳을 찾고 또한 계획을 세우기 위해 (높이와 거리를) 손가락 폭으로 측정하여 견적을 냈다(每見高山大澤 輒規度指畫軍營處所)." 그와 같은 시대의 사람들은 그 사실을 쉽게 웃어넘기고 또한 상당히 박식한 체하는 것으로 생각했다. 그러나 손가락의 폭을 고도 측정용 단위로 사용하는 방식이 아라비아 문화권과 중국 문화권에서 개별적으로 발생한 것으로 간주하는 것도 물론 가능했다.

원대와 명대의 중국 항해자들이 별의 고도를 측정할 때 어떤 도구를 사용했

---

158 Joseph Needham, *Science and Civilization in China*, Vol.3, p.267.

159 Ibid., pp.232 이하.

160 tr. P. Pelliot, *Mémoire sur les Coutumes de Cambodge de Tcheou Ta-Kouan; Version Nouvelle, suivie d'un Commentaire Inachevé*, Maisonneuve, Paris, 1951, p.79는 『武備志』에 수록되어 있는 해도를 제외하고 그 예를 아주 드물게 제시하고 있다. 그러나 黃省曾이 1520년에 집필한 『西洋朝貢典錄』은 별개의 예에 속한다. 또한 J. V. Mills와 같은 근래의 연구자는 특히 『順風相送』 등의 사본에서 더 많은 것을 찾고 있다. 이러한 고도 측정과 관련된 기사가 16세기 이후의 서양 자료에 나타나는 것도 흥미로운 현상이다. Joseph Needham, *Science and Civilization in China*, Vol.4, pt.1, p.225에서 이미 서술되어 있는 것처럼, 1575년에 Augustinus파 수도사인 Martin de Rada가 福建에서 많은 서적을 가져왔는데, 그 중 한 권에 '모든 종류의 造船術 그리고 각 港口의 高度와 그 특징을 비롯한 航海 命令'이 있었다.

161 『太平御覽』, 卷三百三十五, p.2에 있는 것으로서 Joseph Needham, *Science and Civilization in China*, vol.3, pp.571, 572에서 언급했다.

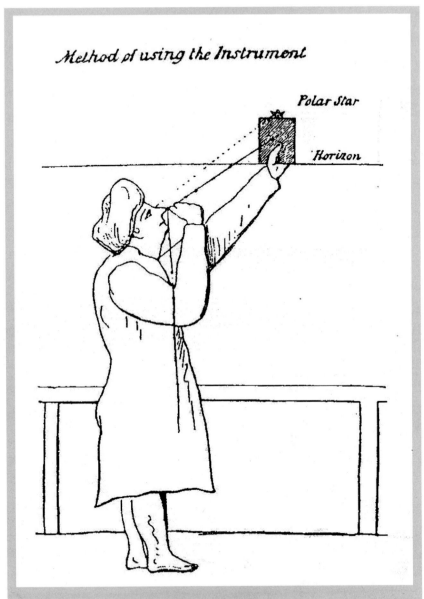

〈그림 996〉 카말(kamāl)을 이용하여 별의 고도를 측정하는 모습(1850년 콘그레브〈Congreve〉 제작)

는지는 오랫동안 수수께끼였다. 그러나 아라비아의 선원들이 사용했던 것들에 대해서는 많은 것이 알려져 있다. 그들이 사용한 것은 모든 형태의 직각기즉 '제이콥의 관측의'였는데, 여기에는 평판(平板) 즉 카말(kamāl)이 포함되어있다(<그림 996>). 카말의 몸통(stock)은 매듭이 달린 줄이었는데,[162] 초기에는 표준 길이[163]의 줄이나 막대가 붙은 9개의 정사각형 판자나 금속판이 한세트였을 것이다. 이러한 기구는 별과 천정(天頂) 사이의 각도가 아니라 별과수평선을 이루는 각도를 측정하는 것이었다. 이것은 아주 어려운 일이었다. 15세기 말에 포르투갈의 항해자들도 한동안 카말을 사용했는데, 그것은 타볼레타(tavoleta)나 발리스티나 도 모우로(balistinha do mouro)로 불렸다.[164] 아라비아의 항해자들이 후에 직각기(cross-staff)를 알빌리스티(al-bilisti)로 불렀던것은[165] 그들이 그것을 서양에서 받아들였다는 점[166]을 분명하게 보여주고있다. 그렇다고 해서 그 기원을 반드시 서양에서 찾아야 한다거나 그들의조상이 그것을 서양에 전했을 가능성을 부인하는 것은 아니다. 왜냐하면 이미여러 차례 말한 것처럼, 프로방스(Provence)에서 발견된 것보다[167] 300년이나

---

162 J. Prinsep, "Note on the Nautical Instruments of the Arabs," *JRAS / B*, 1836, 5와 H. Congreve, "A Brief Notice of some Contrivances practiced by the Native Mariners of the Coromandel Coast, in Navigating, Sailing and Repairing their Vessels," *MJLS*, 1850. 16을 참조. 이 두 가지는 모두 1세기 이상 전에 아라비아의 항해인들과 교류하고 있었다. 이 두 가지는 모두 G. Ferrand, *op. cit.*에 복간되어 있다. de Conti(1440년경)는 Kamāl을 언급한 최초의 서양인이었다. E. R. Kiely, *Surveying Instruments : their History and Classroom Use. Bur. of Publications*, Teachers' Coll., Columbia Univ., New York, 1953을 참조.

163 대개 사람이 팔을 뻗은 길이였다. 알려진 것 중에서 그것을 최초로 기록한 자료는 Muhīt(1544년)에 있다. J. Prinsep, *op. cit.*; Idem, "Note [on von Hammer-Purgstall's translations from the Mohit of Sidi 'Ali Reïs.]," *JRAS / B*, 1836, 5.; P. Kahle, "Nautische Instrumente der Araber im indischen Ozean," Art. in *Oriental Stidies in Honour of Dasturji Sahib Cursetji Pavry*, p.176, Oxford, 1934.; E. R. Kiely, *op. cit.*을 참조.

164 A. Teixeira da Mota, *op. cit.*, pp.21 이하.

165 J. Princep, "Note on the Nautical Instruments of the Arabs," *JRAS / B*, 1836, 5.

166 포르투갈어로는 balhesrilha이고 프랑스어로는 arbalestrille인데, 이 모든 용어는 Low Latin Roman-Greek의 혼합형인 arcuballista에서 파생되었다.

167 Joseph Needham, *Science and Civilization in China*, Vol.3, p.574. 그리고 후에 Ibid., Vol.5에서 중국

더 앞선 11세기에 중국에서 직각기가 존재했었던 증거가 있기 때문이다. 그러므로 15세기에 중국 항해자가 직각기를 사용하고 있었을 가능성이 아주 높다고 말할 수 있다.

그들이 일종의 직각기에 해당되는 카말을 사용한 사실은 얀던지어(嚴敦傑)[168]에 의해 입증되었다. 그는 앞서 인용했을 때 설명이 달려있지 않은 한 구절을 훌륭하게 해석하였다.[169] 그러므로 여기에서는 새로운 해석을 다시 필요로 한다. 이후(李詡, 1505~92)의 『계암노인만필(戒菴老人漫筆)』(1606)에는 다음과 같이 기술되어 있다.

> 쑤저우(蘇州) 지방 마회덕(馬懷德)의 견성판은 모두 12개가 한 조를 이루는데, 그것들은 흑단(黑檀製)으로 만든 것으로서 작은 것으로부터 큰 것에 이르기까지 다양하다. 가장 큰 판의 길이는 7평방인치이다. 각 판에는 일지(一指), 이지(二指) 등과 같이 12개의 지가 작은 글씨로 새겨져 있다. 그것들은 피트가 인치로 나누어지듯이 크기가 순서에 따라 다르다. 그밖에도 크기가 2평방인치인 상아 한 조각이 있는데, 사방이 잘려 있는 그것에는 반지(半指, 즉 二角), 반각(半角), 일각(一角), 삼각(三角)이 표시되어 있다. 이것을 (한 개의 큰 판과 함께) 면전에서 이쪽저쪽으로 돌려가면서 사용한다. 그것들의 길이는 『주비산경(周髀算經)』[170]의 (방법에 따라 직각삼각형을 계산하는데 필요한) 측정방법을 따른 것임에 틀림없다.

> 蘇州馬懷德捧星板一副 十二片 烏木作之 自小漸大 大者長七寸餘 標爲一指二

이 유럽보다 더 일찍 석궁을 사용했으며, 또한 석궁이 두 차례에 걸쳐 서구에 전파되었다고 기술되어 있는 것을 볼 수 있을 것이다.

168 嚴敦傑, "牽星術; 我國明代航海天文知識一瞥," 「科學史集刊」, 1966 (no.9), 77.

169 계산용 막대(算木)에 대해서는 Joseph Needham, *Science and Civilization in China*, Vol.3, p.74를 참조.

170 數學에 대한 중국 최고의 古典에 대해서는 Joseph Needham, *Science and Civilization in China*, Vol.3, pp.19 이하를 참조.

指 以至十二指 俱有細刻 若分寸然 又有象牙一块 長二寸 四角皆缺 上有半指半角
一角三角等字 顚倒相向 蓋周髀算尺也 (『戒菴老人漫筆』, 卷一)

이 경우는 분명히 1조의 흑단으로 만든 표준판(黑檀製 標準板)을 일정한 거리
만큼 눈에서 떼어둔 채 사용하는 것을 의미하는데, 평판 1장과 매듭이 달린
한 개의 끈으로 이루어진 카말을 지칭하는 것은 아니었다.[171] 더 흥미로운
사실은 표준 길이로 사방을 잘게 잘라 상아로 만든 한 개의 미세한 조정판(調
整板)이 붙어있으며 또한 이것을 동시에 사용하여 지(指) 이하의 단수(端數)를
측정했던 행동이었다. 얀던지어의 계산에 의하면, 위에서 언급한 한조의 평판
은 고도 1° 36′에서 18° 56′의 범위에 해당되는데, 1지는 평균 1° 34′ 30″의
차이를 의미했다. 상아로 만든 미세한 조정판에는 반각(半角)이 표시되어 있었
지만, 당시 중국 항해자가 1지를 8각이 아닌 4각으로 간주했던 것은 틀림없는
것 같다.

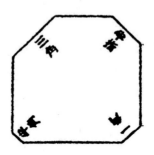

이러한 방식은 이후(李詡)의 시대보다 약간 더 앞선 시기부터 행해지고 있었

---

171 嚴敦傑은 捧星板에 끈이 달려있었는지 여부를 의문시했다.

을까? 이에 대해서 같은 책에 아무 것도 기록되어 있지 않지만, 마회덕(馬懷德)의 이름이 거론되고 있는 것이 흥미롭다. 왜냐하면 같은 이름의 송나라 군 사령관이 1064년경에 활약했었기 때문이다. 그런데 그 사령관이 카이펑(開封) 출신이었고, '실용적인 수학자'는 쑤저우(蘇州) 출신이었다. 따라서 그 사령관을 약간 후대의 인물로 간주하는 것이 좋을 것이다. 그러나 그 때가 송대였는지, 원대였는지, 아니면 명대였는지는 오늘날 알 수 없다.[172] 어찌되었든, 중국의 항해자가 15세기에 그 방식을 따르고 있었던 것은 확실하며, 14세기에도 혹은 13세기에도 그러했을지 모른다.

12세기 초에 중국의 항해자들이 고도를 측정하고 있었다는 사실은 오늘날 분명해지고 있는 것 같다. 1124년판『고려도경(高麗圖經)』은 이미 그러한 사실을 시사하고 있다.[173] 루어렁방(羅榮邦)이『송회요고(宋會要稿)』에서 지적한 구절은 그에 대한 흥미로운 증거인데,[174] 다음과 같은 구절이 같은 책에 들어 있다.

건염 3년(1129)에 감찰어사인 임지평(林之平)은 양쯔강과 해양에 대한 방위를 담당하도록 임명되었으며, 또한 항저우(杭州)에서 타이핑(太平)[175]까지의 관할 지역에서 부하를 임명할 수 있는 권한도 부여받았다. … (임)지평은 대양을 항해할 선박의 필요성을 말하면서 다음과 같이 요청했다. 푸젠과 광둥의 연안에 있는 여러 항구로부터 선박을 징발(하여 개장)하고 … 이 선박들에는 망두(望斗), 화살을 막을 현장(舷牆, 箭隔), 철제 (혹은 철이 붙어 있는) 타격용 무기(鐵撞)를 갖추는 것 외에 투사물(硬彈)과 (그것의) 투사기(石炮), 폭탄(投擲

---

172 그는『疇人傳』에서도 그리고『哲匠錄』에서도 목록을 만들지 않았다.『蘇州府志』는 유일한 희망이겠지만, 그러나 그는 1691년판에서는 목록을 만들지 않았다.

173 Joseph Needham, *Science and Civilization in China*, Vol.4, pt.1, p.280과 p.563.

174 「兵」條, 卷二十九, pp.31, 32. 우리는 이 흥미로운 구절에 대한 지식을 전해준 것에 대해 Lo 박사에게 감사드린다.

175 아마 安徽省에 있는 太平에서 林之平의 임무는 公海와 마찬가지로 宋과 金 사이에 협의된 대부분의 사항을 보호하는 것이었을 것이다.

用 火炮), 불화살(火箭, 오늘날이라면 아마 로켓일 것이다) 등의 무기를 갖추고, 또한 소화설비(防火)를 설치해줄 것.

> (建炎三年) … 監察御使林之平 爲沿海措置防托 並許辟置僚屬所管地分之乎 自杭州至太平州 … 旣而之平言應海船 乞於福建廣東沿海州軍顧募 … 舡合用望斗箭隔鐵橦硬彈石砲火炮火箭及兵器等 兼防火家事之類 (『宋會要輯稿』, 第百八十六冊, 兵條)

이 기사에서 망두(望斗)가 처음 등장하고 있는데, 이 용어는 분명히 큰곰자리(北斗)[176]의 위치와 고도를 측정하기 위한 망통(望筒)을 의미한다. 이와 관련된 것으로는 망통과 경표판(景表版)이 있는데, 그것을 묘사한 <그림 146>은 위의 기사와 시기적으로 아주 가까운 1103년의 『영조법식(營造法式)』[177]에서 인용한 것이다. 그러나 이것에 의하면 망두는 직각기나 카말이었을지도 모른다. 어쨌든 중국 항해자들은 방위의 정량화에 이어 별의 고도도 정량화했었을 것이다.[178]

동방의 해역에서 정량적 항해술의 발달에 관해 현재까지 알고 있는 것을 요약하면, 1050년 이전의 어느 시기에 혹은 가능한 한 최대한으로 소급하여

---

176 중국인이 작은곰자리를 별자리로 보지 않았음을 상기해야 한다(Joseph Needham, *Science and Civilization in China*, Vol.3, p.261).

177 卷二十九, p.2.

178 tr. F. Hirth & W. W. Rockhill, *Chau-Fan-Jua; His work on the Gjiese and Arab Trade in the 12th and 13th Centuries*, entitled 'Chu-Fan-Chi,' Imp. Acad. Sci., St Petersburg, 1911, p.29와 역시 Lo Jung-Pang, "Chinese Explorations of the Indian Ocean before the Advent of the Portuguese," Unpub. MS.도 중국 항해자가 항해용 천체관측의를 사용했다는 기사를 전혀 볼 수 없는 현실에 대해 놀라고 있다. 대개 아라비아 항해자들이 그것을 사용했다는 그들의 설명은 정당한 근거가 부족하며, 천체관측의가 1267년의 과학 사절단에 의해 북경에 도입되었지만 중국의 천문학과는 조화를 이루지 못했으며, 거의 관심도 끌지 못했음을 그들은 알지 못했다(Joseph Needham, *Science and Civilization in China*, Vol.3, pp.374 이하). 하여튼 항해용 천체관측의는 그보다 훨씬 더 간단한 기구였지만, 이미 앞에서 본 것처럼 해상에서 사용하기는 어려웠다.

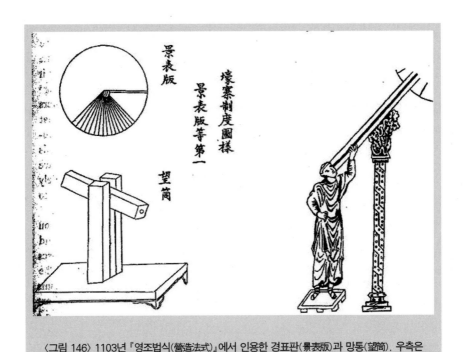

〈그림 146〉 1103년 『영조법식(營造法式)』에서 인용한 경표판(景表版)과 망통(望筒). 우측은 서구의 중세 천문학자가 사용한 사이팅 튜브(sighting-tube).

850년에 항해용 나침반이 중국 선박에 도입된 사실로부터 시작되어야 한다. 그것이 인도양에 어느 정도 확산되었는지는 아직 알려지지 않고 있다. 1300년 이전에 해상에서 기구를 사용하여 별의 고도를 측정했다는 것에 대한 증거는 아라비아와 인도의 항해자들에게서 찾아보기가 거의 어려우며, 단지 중국 항해자들에게서만 아주 약간 존재할 뿐이다.[179] 그러나 『순풍상송(順風相

---

[179] 이 경우에 Marco Polo의 부정적인 기사는 많은 사람에게 설득력이 있다. 그러나 중국인이 상륙하여 해시계의 指示針(gnomons)을 사용했을 가능성이 있음은 이미 지적한 적이 있다. 긍정적인 증거가 존재할 때에는 부정적인 증거를 중요하게 여기는 것이 허용되지 않는다. 아마 中國 航海術에 관한 불리한 견해(ed. J. S. Cummins, *The Travels and Controversies of Friar*

送)』에서 1403년 이후의 '견성도를 비교하여 정정했다(較正 … 牽星圖)'는 기사[180]가 보이기 때문에, 14세기의 아주 이른 시기부터 그것이 발달하고 있었다는 사실을 알 수 있다. 그러므로 대체로 이븐 마지드(Ibn Mājid)가 말린디(Malindi)에서 바스코 다 가마를 만났을 때, '수에즈의 동쪽'에서는 정량 항해가 2, 3세기 전부터 사용되었지만, 서구에서는 그것이 시작된 지 1세기가 아직 되지 못했다고 말한다면, 그것은 진실과 크게 다르지 않을 것이다.

전통적인 항해에 관심을 가진 중국인 집단이 현대에 이르기까지 별의 고도를 측정하는데 얼마나 계속해서 관심을 갖고 있었는지는 <그림 997>을 통해서 잘 알 수 있다.[181] 이 그림은 『정해청지(定海廳志)』에서 인용하였다. 딩하이(定海)는 저장성 앞바다에서 북위 30°의 위치에 있는데, 닝보(寧波)로 통하는 해협과 러강(入江)을 보호하며 또한 저우산(舟山)으로 불리는 큰 섬의 중심 도시였다.[182] 그 지방의 역사 그리고 지리와 관련된 서적 중에서 그 용어가 제목으로 달린 것은 1802년에 간행된 것뿐이었다.[183] 그러나 그것은 틀림없이 1715년 판본을 기초로 했던 것 같다.[184] 이 그림에는 「북극출지도(北極出地圖)」라는 제목이 붙어있으며, 또한 북위 30°에 위치하는 북극과 적도

Domingo Navarrete. 1618 to 1686, 2 vols, Cambridge, 1962, p.111 혹은 ed. J. L. Cranmer-Bying, An Embassy to China; being the Journal kept by Lord Macartney during his Embassy to the Emperor Chhien-Lung, 1793 and 1794, Longmans, London, 1962, pp.81, 275를 참조)가 들어있는 인류학관련 서적을 편찬하는 것도 가능할 것이다. 그러나 각 관찰자가 어떤 것을 느끼는데 실패했다고 하여 그의 기록이 그것의 실재를 보여주는 긍정적인 증거보다 더 중요하다고 할 수 없다.

180 J. J. L. Duyvendak, "Sailing Directions of Chinese Voyages," TP, 1938, 34, p.232를 참조.
181 이 그림은 이상한 방식으로 우리의 주의를 끌었다. 이에 대해서는 Cambridge대학 방사선의 료국의 전문기술인인 P. H. Daniels에게 감사드린다. 인쇄업을 하는 가문에서 태어난 그는 금세기 초에 A. E. Lambden의 부친에 의해 영국에 전해진 중국판본을 Harleston에서 인쇄하는 작업에 부친인 H. G. F. Daniels와 함께 참여했었다. 이 때 인쇄한 것들은 『定海廳志』의 삽화였다. Daniels을 소개해준 B. E. Holmes에게도 감사드린다.
182 中國 外輪船에 관해 언급할 때에도(Joseph Needham, Science and Civilization in China, Vol.4, pt.2, pp.428 이하), 이 섬은 특히 눈에 띠었다.
183 史致馴과 汪洵이 편집했다.
184 이것은 繆燧와 陳于渭에 의해 편찬된 『咸志』였다.

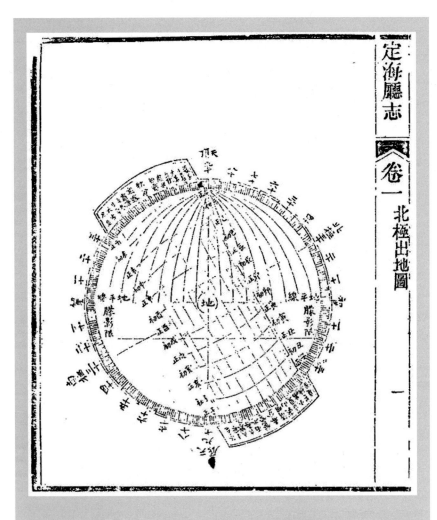

〈그림 997〉「북극출지도(北極出地圖)」라는 제목이 달린 천문 항해학과 관련된 중국의 그림. 『정해청지(定海廳志)』에 수록되어 있는데, 본문의 설명을 참조.

및 적위(赤緯)가 평행되게 무리를 이루도록 천체와 함께 표시되어 있다. 이러한 적위의 평행선들은 여러 계절에 태양의 위치를 표시하고 있는데, 최북단이 하지(夏至)이며 또한 최남단이 동지(冬至)이다.[185] 계절을 보면, 평행선의 양끝

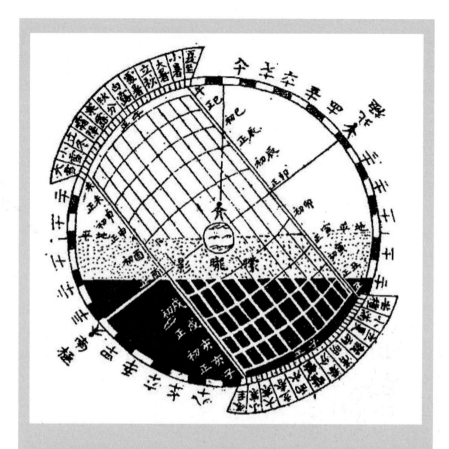

〈그림 998〉 북극출지도(北極出地圖)의 원화(原畵). 천구(天球. 극의 고도가 30°가 아닌 35°이다)에 겹쳐진 적위(赤緯)의 평행선들을 그린 그림이다(1615년에 양마락(陽瑪諾, Emmanuel Diaz)이 집필한 『천문략(天問略)』에 수록). 적위의 평행선과 교차하는 것은 자오선을 지칭하는 타원이다.

에 24절기가 기록되고,[186] 평행선과 교차하는 타원형 자오선의 양끝에는 주야

---

185 이것은 Regiment of the Sun에 포함된 데이터를 도표로 보여주고 있다.

의 12진각(辰刻)이 절반씩 표시되어 있다.[187] 지평선에서 밑으로 약 16°의 위치에서 평행되게 놓인 선은 일출과 일몰 직전의 태양의 위치를 보여주고 있다. 그런데 그 2지경선원(二至經線圓)이 365° 1/4이 아니라 360°로 분할되어 있는 점을 주목해야 한다. 이 점에서 보면, 이 그림은 분명히 그 섬의 향토학자[188]에 의해 고안된 것으로 볼 수 없으며, 예수회에서 그 근원을 찾을 수 있지 않을까 생각한다. 사실 이 도표 중 하나는 『도서집성(圖書集成)』[189]에서 쉽게 발견될 수 있는데, 그 출전은 1615년에 간행된 양마락(陽瑪諾) 즉 엠마누엘 디아즈(Emmanuel Diaz)의 『천문략(天問略)』[190]이다(<그림 998>). 그렇지만 이 두 가지 사이에는 중요한 차이가 있으며, 정해도(定海圖)에서 볼 수 있는 천공(天空)을 표시한 부분에 16개의 4분타원(四分楕圓, quater-ellipse)이 동일 간격으로 묘사되어 있다. 16세기 영국에서도 훨씬 더 간단하지만 아주 유사한 도표가 천문항해학을 설명하는 데 사용되었다.[191] 이처럼 복잡한 정해도는 상당히 어려운 문제를 제기한다.

적위의 평행선들에는 문제가 없었다. 왜냐하면 그것이 천체관측의를 이용한 특수한 투영법 중 하나였기 때문이다. 이 투영법은 디아즈의 저서보다 몇 년 빠른 1611년에 예수회 수사인 사바티노(Sabbatino de Ursis, 熊三技)가 집필한 평면 천체도에 대한 중국어 논고인 『간평의설(簡平儀說)』[192]에서 나타

---

186 Joseph Needham, *Science and Civilization in China*, Vol.3, p.405, Table 35를 참조.

187 Joseph Needham, Wang Liang & D. J. de S. Price, *Heavenly Clockwork; the Great Astronomical Clocks of Mediaeval China*, Cambridge, 1960, pp.200, 202를 참조.

188 불행하게도 그들은 指와 角으로 측정한 고도의 척도를 덧붙이지 않았다.

189 「乾象典」, 卷二, p.18.

190 pp, 48, 50, 52, 57.

191 D. W. Waters, *The Art of Navigation in England in Elizabethan and Early Stuart Times*, Hollis & Carter, London, 1958, p.134.; ed. E. G. R. Taylor, '*A Regiment for the Sea,' and other Writings on Navigation, by William Bourne of Gravesend*, a Gunner, Cambridge, 1963, pp.215 이하를 참조. '冬至와 夏至의 時期에 太陽 出發點의 變化'라는 제목이 달린 그림이 (기이하게도 正史인) 『明史』, 卷三十三, p.28(편찬이 1646년에 시작하여 1736년에 완성되고, 1739년에 출판되었다)에 수록되어 있다.

난다. 회귀선 사이에 그려진 평행선들은 1550년에 후앙 드 로자스 사르미엔
토(Juan de Rojas Sarmiento)가 서술한 천체관측의를 이용한 정투영법(正投影
法)[193]과 같다. 그런데 '일반적인 천체 관측 접시(tympanum)'[194]에서는 스테레
오 투상(投象)에 의해 천구(天球)를 극의 한쪽 끝에서 적도면을 향해 투영한
다.[195] 이러한 방식은 이론적으로 2세기에 출현한 프톨레미(Ptolemy)의 『천구
(天球, Planisphaerium)』에서 유래하는데,[196] 9세기 후기의 것보다 더 오래된 천
체관측의는 남아있지 않다. 그것의 결점은 위도별로 다른 접시 위에 새겨
넣은 성도(星圖, 즉 rete)를 회전시켜야 한다는 것이었다. 그러므로 어느 위도에
서도 중요한 변화 없이 사용할 수 있는 만능의 천체관측의가 당연히 요구되었
는데, 그 해답 중 하나가 로자스(Rojas)의 투영법이었다. 그 투영법은 스테레오
투상이 아니라 정투상(正投象)에 의해 천구를 2지경선면(二至經線面)에 투영하
는 방식이었다. 그리하면, 평행권(平行圈)은 적도와 마찬가지로 직선이 되고
자오권(子午圈)은 반타원형이 각각 된다. 물론 평행선의 간격과 자오선의 간격
은 중심에서 멀면 멀수록 더 좁아져간다. 예수회의 그림(<그림 998>을 참조)

---

192 A. Wylie, *Notes on Chinese Literature*, 1st ed. Shanghai, 1867, p.87.; L. Pfister, *Notices Biographiques et Bibliographiques sur les Jésuites de l'Ancienne Mission de Chine (1552 to 1773)*, 2 vols, Mission Press, Shanghai, 1932, p.65. 두 장의 그림이 그려져 있다. Joseph Needham, *Science and Civilization in China.*, Vol.3, pp.446, 694, 814에서 영역된 책명을 Description of a sample planispere로 정정한 것. 1680년판이 天文博物館에 소장되어 있다. Verbiest의 『諸儀象弁言』(1674)의 <그림 52>; L. Pfister, op. cit, p.359를 참조.

193 Juan de Rojas Sarmiento, *Commentariorum in Astrolabium libri sex.* 이에 대해서는 F. Maddison, "Hugo Helt and the Rojas Astrolabe Projection," *Revista da Faculdade de Ciências*, Universidade de Coimbra, 1966, 39에 상세하게 설명되어 있다. 이 책을 집필할 때, 홀란드인 조수였던 Hugo Jelt가 Rojas 에게 큰 도움을 준 것처럼 보인다. D. W. Waters, "Chinese Junks; the Antung Trader," *MMI*, 1938, 24, pl.XXVII, p.165를 참조.

194 Joseph Needham, *Science and Civilization in China*, Vol.3, pp.375 이하를 참조. 전통적인 중국 천문 학에서는 천체관측의가 전혀 사용되지 않았음을 잊어서는 안 된다.

195 Joseph Needham, *Science and Civilization in China*, Vol.3, Fig. 85를 참조하면, 이하의 서술을 쉽게 이해할 수 있을 것이다.

196 ed. J. L. Heiberg, *Claudii Ptolomaei Opera quae extant Omnia*, 2, vol. Teubner, Leipzig, 1907.

에는 이러한 현상이 명확하게 묘사되어 있으며, 정해도(定海圖, <그림 997>)
에도 그러하다. 그러나 1시간 사이마다 그려진 자오선의 간격은 적위의 평행
선군의 간격만큼이나 잘 그려져 있지 않다. 간격이 균일하지 않은 자오선의
4분타원이 원래 어떻게 되어 있었는지는 1551년에 출판된 페르투스(Pertus
Apianus)의 『우주지(宇宙誌, Cosmographia)』에 수록되어 있는 간단한 형태의 <그
림 999>에서 보는 것과 같았을 것이다.

로자스(Rojas) 자신이 '로자스 투영법'을 창안했다고 주장한 적은 실제로
없었다. 그것은 아주 단순한 것으로서 고대에도 실행되었으며, 특히 비트루비
우스(Vitruvius)가 언급한 아날레마(analemma)식 해시계가 그것에 해당하였
다.[197] 문헌 증거를 고찰하면, 998년경에 아부-알-라이한(Abū-al-Raihān
al-Birūnī)이 동일한 것을 생각하고 있었던 것처럼 보이지만, 자세한 연구가
아직 이루어지지 않고 있다.[198] 게다가 로자스보다 더 오래되고 또한 동일한
정식투상을 이용한 천체관측의가 현존하고 있다. 그리니치(Greenwich)의 국립
해양박물관이 소장하고 있는 1462년도의 훌륭한 천체관측의,[199] 크라코우
(Cracow)의 콜레지움 마이우스(Collegium Maius)에 소장되어 있는 1480년도의
천체관측의[200] 그리고 플로렌스(Florence)에 있는 1483년도의 천체관측의가
바로 그러한 것들이다.

물론 로자스 투영법이 만능이었던 것은 아니다. 가장 유명하고 일반적이었
던 투영법은 1040년경에 활약했던 톨레도(Toledo)의 천문학자 알리(Ali ibn
Khalaf)가 사용한 투영법이었다.[201] '라미나 우니베르살(lamina universal)'은 스

---

197 ed. & tr. F. Granger, *Vistruvius On Architecture, 2 vols, Heinemman*, London, 1934, iv, 7, pl.50.
198 tr. E. Sachau, *The Chronology of Ancient Nations; an English Version of the Arabic Text of the
  'Athär-ul-Bākiya' of al-Bīrūnī*, London, 1879, pp.357 이하.; F. Maddison, *op. cit.*, p.21을 참조.
199 D. J. de S. Price, "The First Scientific Instrument of the Renaissance," *PHY*, 1959, 1.
200 M. Zakrzewska, *Catalogue of Globes in the Jagellonian University Museum*, Inst. Hist. Sci. & Tech., Cracow,
  1965를 참조.
201 Aldo Mieli, *La Science Arabe, et son Rôle dans l'Evolution Scientifique Mondiale*, Brill, Leiden, 1938, p.186

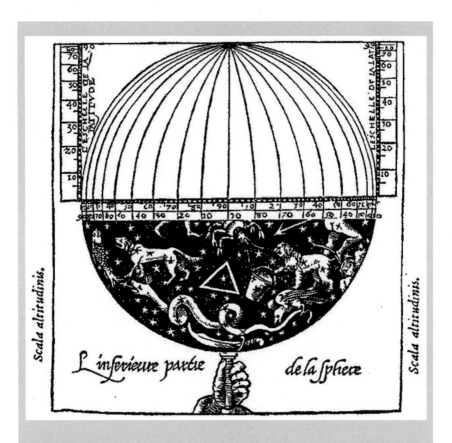

〈그림 999〉 북극출지도(北極出地圖)의 또 다른 원화(原畵).
Petrus Apianus, *Cosmogra phia*(Paris, 1551)에 수록되어 있는 고도의 4분타 원형도.

테레오 투상에 의해 천구를 춘분점에서 2지경선면을 향해 투영한다. 그 결과 평행권과 자오선이 원호(圓弧)가 되며, 각각의 간격은 중심에서 멀어질수록 (로자스 투영법과는 반대로) 넓어진다.[202] 영향력이 컸던 톨레도표(Toledan

───────────────

을 참조

498

Tables)[203]의 제작자이자 대단히 위대한 천문학자였던 알자르칼리(Abū Ishāq al-Zarqālī, Azarquiel이나 Azarchel 혹은 조각가를 의미하는 al-Naqqāsh로 불리었다)[204]는 그보다 조금 뒤에(1070년경) 적도 좌표와 황도 좌표의 기준선망을 조합하여 디자인을 개량했다. 카스티야(Castile)의 왕인 알퐁소(Alfonso) 10세가 1276년경에 편찬한 『천문학 지식의 서(*Libros del Saber de Astronomia*)』의 삽화에 자세히 설명되어 있는 ṣafīha, 즉 접시(açafeha, saphaea)는 바로 이것을 지칭한다.[205]

만약 로자스에게 (따라서 우르시스[Ursis]와 디아즈[Diaz]에게도) 영향을 주었을지 모른다고 하는 것이 문제라면, 특히 saphaea를 언급할 필요도 없었을 것이다. 그러나 saphaea와 정해도의 4분타원 16개의 사이에는 홍미로운 연관성이 있다. 『천문학 지식의 서』의 관련된 부분에 묘사되어 있는 별개의 천체 관측 표면에는 saphaea가 확실하게 새겨져 있다. 그 뒷면에는 그림이 새겨져 있는데, 아직 충분하게 설명되지 않고 있다. 한 개의 사분의에는 각도의 크기를 나타내는 60여 개의 평행선이 동일 간격으로 그려져 있으며,[206] 다른 세 개의 사분의에는 일련의 사분타원이 그려져 있다. 그것은 언뜻 보기에 정투상에 따른 것 같아 보이지만, 간격이 동일하기 때문에 자오권의 정투상도일 수는 없다.[207] 이러한 그림은 『천문학 지식의 서』뿐만 아니라 더 오래 전에

202 ed. M. Rico y Sinobas, '*Libros del Saber de Astronomia' del Rey D. Alfonso X de Castilla*, Vol.3, Aguado, Madrid, 1863~66, pp.1-237, p.10의 對面圖에 있는 Libros del Saber에 있는 묘사를 참조. H. Michel, *Traité de l'Astrolabe*, Gauthier-Vliiars, Paris, 1947, pp.18 이하도 참조.

203 Joseph Needham, *Science and Civilization in China*, Vol.4, pt.2, p.544.

204 Aldo Mieli, *op. cit.*, p.184.; H. Suter, *Die Mathematiker und Astronomen der Araber und ihre Werke*, Tebner, Leipzig, 1900, no.255를 참조.

205 M Rico y Sinobas, *op. cit.*, vol.3, pp.135 이하와 p.148의 대면상을 참조. saphaea에 관해 al-Zarqālī 가 집필한 라틴어 사본 중 하나가 Caius의 대학도서관에 소장되어 있다. Libros del Saber에 관해서는 Joseph Needham, *Science and Civilization in China*, vol.4, pt.2, p.443을 참조.

206 H. Michel. *op. cit.*, p.40을 참조.

207 F. Maddison, *op. cit.*, pp.25 이하의 토론과 M Rico y Sinobas, *op. cit*,. vol.3, p.143, p.149의 반대쪽 을 참조.

무하마드(Muhammad ibn Futūh al-Khamā'irī)가 제작한 1252년의 천체관측의
(24등분할되어 있다)[208]에서도 보인다. 따라서 정해도에 나타나는 동일간격 4
분타원은 후에 예수회가 전파한 것이 아니라 오히려 천문항법을 훨씬 빨리
사용한 중국과 아라비아 선원들이 직접 교류한 결과로 간주하는 견해도 가능
할 것이다. <그림 997>에 보이는 평행선군의 간격은 분명히 균등하지 못하
며(로자스 투영법에서는 당연히 그랬을 것임에 틀림없다), 또한 고도의 타원이
동일 간격인 것은 도법상 이와 모순되기도 한다. 그것은 아마 이슬람의 천체
관측의 제작자이기도 했던 선장과의 아주 오랜 교류를 말해주는 것일 것이다.

중국 항해술에 대한 서술을 마무리하기 전에 두, 세 가지의 대표적인 수로
지나 항해서의 내용을 살펴보는 것도 흥미가 있을 것이다. 우선 『순풍상송(順
風相送)』은 1430년경 즉 정화(鄭和)의 원정 시대 말기에 익명의 선원이 서술한
것이다.[209] 다음으로 『동서양고(東西洋考)』는 에마누엘 디아즈가 『천문략(天問
略)』을 간행한 지 몇 년 후인 1618년에 장섭(張燮)에 의해 정리되었는데, 서양
으로부터 영향을 받은 것으로 보이지는 않는다. 장섭은 앞에서 말한 15세기
의 선장보다 학식이 훨씬 더 풍부한 역사가이자 지리학자였다. 그러나 그
역시 바다를 잘 알고 있었던 것처럼 보이며, 그의 제9권[210]에는 「주사고(舟師
考)」라는 제목이 달려 있다.[211]

208 J. M. Millás Vallicrosa, "Un Ejemplar de "azafea" Arabe de Azarquiel," *AAND*, 1944, 9.

209 Bodleian Library, Oxford, Laud Orient, MS. no.145.; J. J. L. Duyvendak, "Sailing Directions of
Chinese Voyages," *TP*, 1938, 34를 참조. 특히 필자는 J. V. Mills, *Translation of Shun Fêng Hsiang
Sung*, Bodleian Library, Land Orient. MS, no.145. Unpub. MS의 번역 초고를 볼 수 있는 영광을
가졌다. 이것을 E. R. Hughes의 주장을 근거로 15세기의 저서라고 했지만, Ta Hsiang Ta &
E. R. Hughes, "Chinese Books in the Bodleian Library," *BQR*, 1936, 8은 사본 자체를 1567년에서
1619년까지의 시기에 편찬된 것으로 보았다. p.65를 볼 때 長崎에 정착한 프랑스인들이 묘
사되어 있는 것으로 보아 1571년 이후의 기사도 포함되어 있는 것으로 생각된다(Mills로부터
온 개인편지). 그 사본은 16세기 후반보다 더 오래된 것으로 볼 수 없다. 오늘날 그 책은
向達, 『兩種海圖針經』, 中華書局, 北京, 1961에 인용되어 있다.

210 여기에서도 번역 초고(J. V. Mills, *Translation of the ch. 9 of the Tung Hsi Yang Khao*, Unpub. MS.)를
참고하기 바란다.

『순풍상송』의 서문에는 다음과 같은 구절이 있다.[212]

　　지난 시절에 주공(周公)은 나침반의 원리를 발견하고, 그것을 실용화하려고 했다. 옛날부터 오늘날에 이르기까지 몇 세기 동안 이 원리는 더 광범위하게 활용되었다. 그러나 경(更)의 증감과 그 분할을 무시하면, 잘못이 발생할 것이다. 해도는 이러한 방식으로 그려졌는데, 거기에는 항해와 관련된 상세한 내용도 기록되었다.

　　이제 그처럼 오래된 기록은 매년 더 열악한 상태에 놓이게 된다. 또한 문제의 진실이 무엇인지 그 기록들로부터 판단하는 것은 어렵다. 그러므로 만약 후대인이 사본을 만들 때 잘못이 발생하지 않을까하는 두려움이 일어났다. (그 때문에) 여가를 이용하여 매일 계산한 경수(更數)를 비교하고, (각) 항해에 필요한 일자를 조사하며, 다시 경·나침반 방위·산의 형태·바다 상태·만과 섬·여울과 깊은 바다의 존재유무 등에 관한 자료를 수집하여 기록해두었다. 그것들은 난징(南京)의 직할(지방)에서부터 타이창(太倉)에 이르는 모든 장소, 야만적인 국가와 땅이 (존재하는) 샴(Siam) 만, 수마트라 해, 인도양에 관한 자료들이었다. 이 책의 목적은 후대인에게 훌륭한 항해를 할 수 있는 방식과 방법을 전하기 위한 것이다.

　　昔者周公設造指南之法 通自古今 流行久遠 中有山形水勢 抄描圖寫終愌 或更數增減無有之 或籌頭差別之
　　其古本年深破壞 有無難以比對 後人若抄寫從眞本 惟恐愌事 予因假日 將更壽比對 稽巧通行較日 於天朝南京直隷至太倉並夷邦巫里洋等處 更數針路山形水勢 澳嶼淺深 攢寫於後 以此傳好遊者云爾 (『順風相送』)

---

211 후세의 저서 중에는 兪昌曾의 『海防輯要』가 있는데, 그것의 卷十三은 氣象豫測과 觀潮術을 상술하고 있다.

212 『順風相送』, p.4; J. V. Mills, *Translation of Shun Fêng Hsiang Sung, Bodleian Library*, Land Orient. MS, no.145. Unpub. MS.; J. J. L. Duyvendak, *op. cit.*로 이를 보충하라.

우선 이 두 원문의 공통점을 들면, 육지의 물표, 나침반 방위에 의한 일반적인 항해의 방향(洋針路), '탁(托)'으로 표시된 다수의 수심관련 기사가 많다는 점이다. 이어서 목적지를 보면,『동서양고』에는 인도차이나·말레이·샴·자바와 수마트라·보르네오·티모르·몰루카 제도·필리핀 제도가 열거되어 있다. 한편『순풍상송』에는 그보다 훨씬 먼 아덴(Aden)·오르무즈(Ormuz)·인디아·실론 그리고 일본까지 포함되어 있다. 두 책에는 모두 월별 그리고 계절별 바람(逐月風)의 일람(一覽)[213]이 있고, 구름의 모양[214]과 비바람의 움직임 그리고 태양의 빛남과 같은 기상 현상을 보여주는 기후 징후에 관한 주의 사항(占驗)이 풍부하게 들어있다.[215] 또한 일종의 조석표(潮汐表)에는 바다 색과 같은 징후와 해수면에 떠오를 가능성이 있는 물건들까지 상세하게 기록되어 있다. 그리고 출항 시 선장이 낭독했던 제문(祭文)도 기록되어 있다. 이 두 서적은 중점을 둔 곳이 서로 다르다. 무명의 선장은 나침반을 수호하는 성인이나 신령에 대해 관심을 갖고 있었다. 한편, 장섭(張燮)은 천비(天妃)에 대해 즐겨 말하곤 했다. 선원들이 받들었던 여신이었던 천비가 정화와 그 함대의 승조원들로부터 헌신을 받았던 사실에 대해서는 이미 기술한 적이 있다.

15세기의 문헌인『순풍상송』에서만 다룬 문제에는 특별히 흥미를 끄는 특징들이 있다. 부침용(浮針用) 나침반에서 물을 선택하는 방식과 그 나침반에 자침을 띄우는 가장 적합한 방식에 대한 설명이 있다. 24방위가 그려진 3개의 표 외에도, '천궁(天宮)'으로 14방위만 그린 표와 모든 방위를 바람과 연관시켜 그린 표도 있다. 아라비아의 영향을 받았을 것으로 보이지만 흥미로운

---

213 그 달의 특정일에 바다에서 특히 '물결이 인다(水醒)'고 간주되었다.
214 Joseph Needham, *Science and Civilization in China*, Vol.3, p.470.
215 一覽表의 제목에 주의해야 한다. 이러한 非占星術的 性格은 Wm. Bourne(1581)에 필적한다. ed. Taylor, *'A Regiment for the Sea,' and other Writings on Navigation, by William Bourne of Gravesend, a Gunner*, Cambridge, 1963, pp.317, 399 이하를 참조.

것은 관성법(觀星法)이라는 제목이 달린 작은 표이다. 그곳에는 큰곰자리, (중요한) 화개성, 남십자성(燈籠骨), 수평성(水平星, 아마 Canopus였을 것이다)으로 이루어진 4개의 별자리가 출몰하는 지점이 기록되어 있다. 그런데 이 출몰 지점들은 모두 아라비아의 선원들이 사용했던 방위권의 눈금(물론 한자로 기록된 방위표는 결여되어 있다)을 구성하는 요소들이었다.[216] 또한 태양과 달이 12개월 동안 출몰하는 지점들도 보여주고 있으며, 그와 동시에 밤낮의 길이를 시간의 하위단위(分)로 표시한 일람표도 있다.[217] 이어서 태양과 달의 출몰을 기억나게 하는 노래들이 나타나고 있다. 이것은 항해자들이 이 자료들에 대해 얼마나 많이 관심을 기울였는지를 말해주고 있다. 또한 기후를 나타내는 조짐으로서 번개를 기억나게 하는 노래도 있다. 마지막으로 해류와 조류를 확인하거나 경(更)을 계산하는 방식에 대한 항목도 있는데, 부목(浮木, log)으로 선박의 속력을 측정하는 방법도 언급하고 있다.[218]

저자 불명인 『지남정법(指南正法)』도 일종의 수로지이며, 이것은 군사백과사전인 『병검(兵鈴)』의 부록이었는데, 사본만 존재하고 있다.[219] 그 백과사전의 저자는 여번(呂磻)과 노승은(盧承恩)이었으며, 서문에는 1669년이라고 기록되어 있다. 이 책에는 날씨에 대한 지식과 여러 가지의 나침반 방위에

---

216 이것에 대해서는 全方位를 표로 보여주고 있는 L. de Saussure, "L'Origine de la Rose des Vents et l'Invention de la Boussole," *ASPN*, 1923, 5, pp.49 이하를 참조. G. Ferrand, *Instructions Nautiques et Routiers Arabes et Portugais des 15e et 16e Siècles*, Geuthner, Paris, 1928, pp.91 이하에는 그림도 추가로 수록되어 있다. de Saussure는 이 방식이 (磁氣羅針盤이 아직 알려지지 않았던) 8세기경부터 北緯 10°마다 행해졌음에 틀림없다고 생각하고 있다.

217 이것도 역시 아라비아의 영향을 보여주고 있는지 모른다. 그러나 H. Maspero, "Les Instruments Astronomiques ds Chinois au Temps des Han," *MCB*, 1939, 6, pp.283 이하에서 분명히 볼 수 있는 것처럼, 이러한 유형의 方位測定法은 이미 漢代와 隋代에 물시계를 조정하는데 중요했으며, 사실 당시의 石板도 존재하고 있다. Joseph Needham, *Science and Civilization in China*, vol.3, p.306.

218 『明實錄』과 『籌海圖編』, 卷二, p.6도 참조.

219 Bodleian Library, Backhouse Orient, MS. no.578. 우리에게 이것을 알려준 J. V. Mills에게 감사드린다. 현재 이 사본은 向達, 『兩種海道針經』, 中華書局, 北京, 1961에 인쇄되어 있다.

대한 기록이 많이 수록되어 있는데, 그것들에 대한 연구는 아직 이루어지지 않고 있다.[220] 그밖에 별자리 지도(<그림 1000>)가 수록되어 있는 별의 관측에 대한 항목(觀星法)도 있다. 이 그림에는 화개(華蓋, Hua Kai), 견우성(Altair), 직녀성(Vega),[221] 남십자성(Southern Cross), 그리고 카노푸스(Canopus 혹은 Achernar)가 보인다. 또한 그로부터 몇 줄 아래쪽에는 고도가 아닌 출몰점의 방위가 기록되어 있다. 앞에서 언급한 것처럼, 중국 항해자들은 주극성(周極星, circumpolars)을 별개로 하면서 많은 별의 고도를 측정하는 데 익숙해 있었기 때문에 그 별 중에서 적도의 월숙(月宿, lunar mansion)에 위치한 별이 포함되어 있었던 것은 확실하다. 역시 이미 본 것처럼, 실제로 주극성을 적도의 표시 성좌와 연관시키는 것은 중국의 천문학에서 특히 두드러진 방법이었다.[222] 숙을 계산하기만 하면, 야간에 시간을 아는 것은 물론 위도도 간단하게 계산될 수 있었던 것처럼 보인다. 따라서 문헌 연구가 이루어지면, 소쉬르(de Saussure)가 서술하고 검토한 아라비아의 마나질(manāzil) 표[223]처럼 보이지 않는 주극성의 위치와 숙(宿)의 남중(南中)을 연관시킨 항해표를 발견하는 것도 충분히 가능하게 될 것이다.

마지막으로 조석표에 대해 살펴보기로 하자. 현존하는 여러 종류의 중국 수로지에 조석표가 수록되어 있기 때문에, 조석 현상에 대한 사려 깊은 연구는 중국이 유럽보다 앞서 있었다고 볼 수 있다.[224] 오늘날까지 권위 있는

220 연구가 더 진행되면, 아라비아의 tirfāt(表)에 상응하는 중국의 표가 분명해질 것이다. 이 표는 어떤 나침반 방위에서 어느 정도 항해하면 1işba'를 가게 되는지 표시하고 또한 그 거리를 방위별로 표시하였다. G. Ferrand, *op. cit.*, pp.171 이하에 수록된 L. de Saussure, "Commentaire des Instructions Nautique de Ibn Mājid et Sulaimān al-Mahrī," In G. Ferrand, *op. cit.*을 참조. 度로 표시한 이 표에 상당하는 서양의 표에 대해서는 D. W. Waters, *The Art of Navigation in England in Elizabethan and Early Stuart Times*, Hollis & Carter, London, 1958, p.137을 참조.
221 Joseph Needham, *Science and Civilization in China*, Vol.3, p.251 et passim.
222 Joseph Needham, *Science and Civilization in China*, Vol.3, pp.232 이하.
223 L. de Saussure, *op. cit.* in G. Ferrand, *op. cit.*, pp.138 이하에 수록되어 있다.
224 Joseph Needham, *Science and Civilization in China*, Vol.3, pp.483 이하, 특히 p.392도 참조.

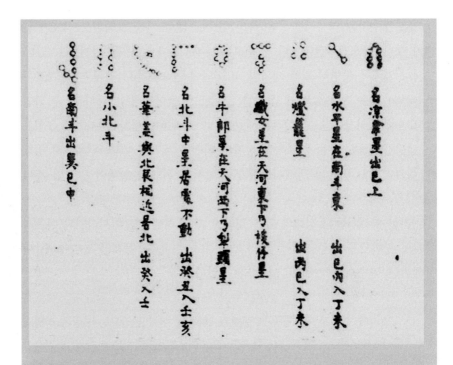

〈그림 1000〉 저자 불명의 수로지 사본인 『지남정법(指南正法)』에 수록되어 있는 항해용 별자리 일람. 오늘날에는 여번(呂磻)과 노승은(盧乘恩)이 편찬한 군사백과사전인 『병검(兵鈴)』(1669)의 부록으로 전해지고 있다.

1) 남두(南斗) = 〔斗〕宿. 궁수(弓手)자리의 별 6개

2) 소북두(小北斗). 嚴敦傑, "牽星術 : 我國明代航海天文知識一瞥,"「科學史集刊」, 1966(no.9), 77에 따르면, 카시오페아자리(Cassipeiae)의 β성. 아라비아의 Naquh.

3) 화개(華蓋). 카시오페아자리와 기린자리(Camelopardus)의 별 16개

4) 북두중성(北斗中星). 선원에 대한 명칭. 아마 태양수(太陽守, Bright guardian) =큰곰자리의 χ성(Ursae Majoris)

5) 견우성(牽牛星). 독수리자리(Aquila)의 견우성(Altair)과 그 주변의 별 2개

6) 직녀성(織女星). 거문고자리(Lyra)의 Vega와 그 주변의 별 2개

7) 등롱성(燈籠星). 남십자성. 남십자성자리(Crux Australis)의 별 4개

8) 수평성(水平星). 아마 Cnopus(龍骨座(Carinae)의 α성. 嚴敦傑, op. cit.에 의하면, 에리다누스자리(Eridanus)의 α성(수위). 아라비아의 Achernar. Ideler, 1, p.233을 참조

9) 양산성(涼傘星). 嚴敦傑, op. cit.에 의하면, 그루이스자리(Gruis)의 α성과 β성. 아라비아의 Hamārein. 혹은 아마 켄타우르스자리(Centauri)의 α, β성(남문).

　이중에서 3개의 별(No.2, 5, 6)을 제외하고, 출몰점은 고도가 아닌 방위로 간주되고 있다.

　출처는 Bodleian Library이 소장하고 있는 사진이다.

것으로 간주되는 역사서들[225]은 특정 항구에 대한 가장 오래된 조석표가 13
세기 초에 발생한 '런던교의 범람(fflod at london brigge)'을 알려주고 있다.
그러나 앞에서 분명히 말한 것처럼, 1026년에 연숙(燕肅)이 집필한『해조도론
(海潮圖論)』에는 닝보(寧波)의 상세한 조석표가 들어있다. 그보다 조금 뒤인
1056년에는 여창명(呂昌明)이 항저우(杭州)의 조석표를 제작했는데, 그 조석표
는 첸탕강(錢塘江)의 둑에 세워진 정자의 벽면에 새겨져 있다. 원대에서 청대
에 이르기까지 중국의 항해자들에게는 이처럼 위대한 전통이 있었던 것이
다.[226]

　이러한 항해자들은 정화와 같은 위대한 제독 하에서도 아시아인과 아프리
카인의 평화로운 교섭을 우선 바라고 있었다. 그것은『동서양고(東西洋考)』의
항해관련 권수의 맺는말에 잘 나타나 있다.

　　필자의 견해에 따르면(라고 張燮은 말한다), 마차를 만드는 사람은 작업장
　에서 일을 한다. 그런데 그들이 공도(公道)에 나갔을 때에는 이미 길에 적응한
　후이다. 훌륭한 선장(sea-captain)도 마찬가지이다. 매미의 날개는 한 장소와
　다른 장소 사이를 구분하지 않지만, 작은 벌레의 껍질조차도 비어있는 광대한
　공간을 측정하게 될 것이다. 만약 야만족의 왕을 무해한 갈매기로 (어떤 나쁜
　의도도 없이) 취급한다면,[227] 그 때에는 파도가 가장 낮은 파곡(波谷)에서 왕자

225 예를 들면, E. G. R. Taylor, *The Haven-Finding Art; a History of Navigation from Odysseus to Captain Cook*, Hollis & Carter, London, 1956, p.136.
226 동아시아 항해술의 역사를 완벽하게 밝히기 위해서는 韓國과 日本의 전통을 연구해야만
한다. 張燮의『東西洋考』와 같은 시대에 출판된 저서로는 田好運의『元和航海書』가 있는데,
그 책에는 二分儀를 비롯한 여러 기구들의 그림이 들어있다. 그 후, 항해자들은 坂部廣胖(사
카베 고한)의『海路安心錄』을 통해 球面三角法을 배웠다. 그러나 불행하게도 이러한 저서들
을 연구할 공간과 시간이 허용되지 않았으며, 1416년에 朝鮮에서 간행된『乘船直指錄』(田村
專之助,『東洋人의 科學과 技術』, 淡路書房新社, 東京, 1958, p.92를 참조)도 아직 보지 못했다.
227 이것은『列子』(卷二, p.16)에 수록된 다음과 같은 이야기를 언급하고 있다. 선원이 갈매기
떼의 한가운데를 헤엄쳐가더라도, 갈매기는 그를 전혀 두려워하지 않았다. 어느 날 그가 아
버지에게 갈매기 한 마리를 잡겠다고 말하자, 갈매기는 그것을 알아차리고 수면에 내려않

(trough-princes)가 그리고 파도가 가장 높은 때인 파정(波頂)에서 바다의 정 (精, crest-sirens)이 바람에 편승하여 그를 어느 곳에라도 데려가 줄 것이다. 참으로 머리에 산과 섬을 모자로 쓰고 있는 큰 바다거북 즉 대해구(大海龜, Atlas-tortoise)는 옥수수를 운반하는 개미와 다르지 않다.[228] 야만적인 사람을 만났을 때, 달팽이 뿔을 만지는 것 정도의 두려움도 없을 것이다. 실제로 걱정할 만한 유일한 것은 바다의 파도를 지배하는 수단이며, 가장 나쁜 위험 은 이익을 탐하는 탐욕심이다.

論曰 造車室中 出而合轍 善舟者亦然 彼夫蜩翼不分 蠡測多合 直狎夷酋爲鷗鳥 而谷王波臣 皆周周所可衝翼而濟也 嗟乎 望巋冠山 元無殊於戴粒 問蝸左角 亦何 有於觸蠻 所可慮者 莫平於海波 而爭利之心爲險耳 (『東西洋考』, 卷九)

3. 지구의와 항해술

현대 정기선(定期船)의 선실에서 지구의를 찾으려 한다면, 지구의가 도서실 의 한 장식물이 되어있음을 알 수 있을 것이다. 아무튼 지구의를 선교(船橋, bridge)에서 발견하는 것을 기대할 수 없는 것은 분명하다. 그런데 지구의가 주목할 만한 항해 기구였던 때가 있었으며, 16세기 후반부터 17세기 초기가 바로 그 시기였다. 이에 대해서는 많은 논고를 볼 수 있는데, 그 중에서 1594 년에 발간된 휴즈(Robert Hues)의 『지구론(地球論, Tratatus de Globis)』이 대표적 인 것이다.[229] 지금까지 지구의를 고찰한 서적이 없기 때문에, 여기에서 이

지 않았다. Trs. L. Wieger, *Taoisme*, Mission Press, Hsienhsien, 1911, p.93.; tr. L. Giles, *Taoist Teachings from the Book of Lieh Tzu*, Murray, London, 1912, p.49.

228 이 구절에는 한 방울의 물속에도 무수한 세계가 존재하며, 우주 저쪽에 있는 우주에서도 무궁무진한 천지가 아주 적은 한 점에 불과하다는 불교의 사고방식이 깔려있다.

229 Ed. & tr. C. R. Markham, *Tractatus de Globis et eorum Usu; a Treatise descriptive of the Globes constructed by Molyneux and published, 1592.*; by Robert Hues, Hakluyt Soc., London, 1889. 지구의의 일반적인

문제를 정리하려고 한다.

지구의가 중국 선박인 정화의 기함에도 있었을 것으로 생각하는 것은 개연성이 아주 적다. 왜냐하면 그러한 유형의 모형들이 중국의 전통에서는 보이지 않기 때문이다. 그러나 이처럼 간단명료하게 말하는데 무리가 있기 때문에 더 많은 설명이 필요하다. 우선 서구에서 어떤 일이 발생했는지부터 살펴보도록 하자. 스트라보(Strabo)의 말을 근거로 할 때, 지구의를 최초로 제작한 사람은 기원전 160년 스토아학파의 철학자였던 크라테스(Crates of Mallos)였던 것으로 일반적으로 전해진다.[230] 그가 제작한 지구의에는 대양에 의해 분리된 4개의 대륙 중 한 개만 oikoumene로 표기되어 있는데, 우리는 여기에서 서양 사상과 동양 사상의 기묘한 평행 현상에 대한 한 실례를 볼 수 있다. 왜냐하면 기원전 290년경에 중국의 추연(騶衍)이 대양에 의해 격리되는 대륙이 총 9개 있다고 언급했기 때문이다.[231]

서양에서는 지구의에 대한 실례를 스트라보 이후에 거의 찾아볼 수 없다. 그러나 이 전통이 틀림없이 아라비아에 전파되었을 것이며, 903년에는 페르시아의 지리학자였던 아마드 이븐 루스타(Ahmad ibn Rustah)가 천구의(天球儀)와 마찬가지로 지구의에 대해서도 훌륭한 논고를 남겼다.[232] 그로부터 몇 세기 후에는 영국인 사크로보스코(Sacrobosco)의 『구론(球論, Tractatus de Sphaera)』(1233년경)처럼 라틴인들도 동일한 것을 말했는데, 이 책은 르네상스까지 인

사용에 대해서는 D. W. Waters, *The Art of Navigation in England in Elizabethan and Early Stuart Times*, Hollis & Carter, London, 1958, pp.145, 189 이하, 207 이하.; J. B. Hewson, *A History of the Practice of Navigation*, Brown & Ferguson, Glasgow, 1951, pp.88 이하.; E. L. Stevenson, *Terrestrial and Celestial Globes; their History and Construction* … , vol.1, Hispanic Soc. Amer., New Haven, 1921. 190 이하를 참조

230 II, V, 10. Crates에 대해서는 George Sarton, *Introduction to the History of Science*, vol.1, Williams & Wilkins, Baltimore, p.185.; E. L. Stevenson, *op. cit.*, vol.1, pp.7 이하를 참조

231 『史記』, 卷七十四. Joseph Needham, *Science and Civilization in China*, Vol.2, p.236.

232 George Sarton, op. cit, vol.1, p.635.; P. K. Hitti, *History of the Arabs*, 4th ed. Macmillan, London, 1949, p.385.

기가 있었다.[233] 그런데 같은 세기인 13세기 후반에 속하는 1267년에는 자말 알딘(Jamāl al-Dīn)이 페르시아의 일한국(Ilkhan)에서 중국 궁정에 대한 과학 협력 사절단을 이끌고 북경에 왔는데, 당시 지구의(혹은 지구의를 그린 그림)를 지참하였다. 『원사(元史)』[234]에는 "나무로 만든 공에다가 7등분된 물을 녹색으로 그리고 강과 호수 등과 함께 3등분된 육지를 흰색으로 각각 표시하였고, 영역의 넓이를 계산하고 도로를 따라 거리를 계산할 수 있도록 작은 사각형들을 표시하였다(其制以木爲圓毬 七分爲水 其色綠 三分爲土地 其色白 畫江河湖海脉給 貫串於其中 畫作小方 幷以計幅圓之廣褁道里之遠近)"라는 구절이 있다. 그러나 이러한 사상이 일반적으로 수용되었던 것은 아니었다.

중국의 전통에서 그것을 수용할 수 있는 여지가 컸음에도 불구하고 왜 그렇게 하지 않았는지를 설명하는 것은 아주 어려운 문제이다. 한대(漢代)의 위대한 우주론자들은 지구가 계란의 노른자처럼 하늘에 떠있으며 또한 지구가 우주에 걸려있는 '탄환처럼 둥글다(圓如彈丸)'라고 반복하여 말하였다.[235] 그로부터 1500년 이후에 웅명우(熊明遇)는 바다를 거꾸로 항해하는 정크의 그림을 천문과 지리에 관한 논고에 그려 넣었는데,[236] 그가 당시 우주론자와 동일한 표현을 하고 있는 것은 중요한 사항이다. 중국의 중세 문화에서는 대지가 둥글다는 생각이 이전보다 훨씬 더[237] 널리 만연되어 있었음을 보여주

---

233 George Sarton, *op. cit.*, vol.2, p.617.; E. L. Stevenson, *op. cit.*, vol.1, p.43.

234 卷四十八, p.12. 페르시아에서 선물로 보낸 이 지구의와 다른 기구 및 그림에 대해서는 Joseph Needham, *Science and Civilization in China*, Vol.3, p.364와 그 참고문헌 중 하나인 W. Hartner, "The Astronomical Instruments of Cha-Ma-Lu-Ting, their Identification, and their Relations to the Instruments of the Observatory of Maragha," *ISIS*, 1950, 41을 참조.

235 120년경의 張衡과 虞聳이 그러한 우주론자의 실례가 될 수 있다. Joseph Needham, *Science and Civilization in China*, Vol.3, p.217 등을 참조.

236 Joseph Needham, *Science and Civilization in China*, Vol.3, Fig. 203, p.499에 수록되어 있는 熊明遇, 『格致草』(1648). 이에 상응하는 일본의 예는 E. Oberhummer, "Alte Globen in Wien," *AAOAW / PH*, 1922, 59, p.108에서 볼 수 있다. 張衡은 「天體圓如彈丸」이라 했으며, 熊明遇는 「地球在 天中圓如彈丸」이라고 했다.

237 예를 들면, 三庸, 『中國地圖史綱』, 北京, 1958, p.72 이하.; 衡聚賢, 『中國人發現澳洲』,

는 증거가 계속 수집되고 있다.

중국의 천문학자들이 수세기에 걸쳐 지구의를 제작해온 것은 실제로 사실이었다. 그러나 그들이 제작해온 지구의는 천체의 크기와 규모를 표시한 것이 아니라 고리 모양의 설명용 구(球)[238]를 핀으로 고정시킨 소형 지구의의 모형이었다. 장형(張衡, 125년)과 육적(陸績, 225년)이 제작한 선구적인 장치가 정확히 어떻게 배치되어 있었는지 알 수 없지만,[239] 260년에 갈형(葛衡)이 혼의(渾儀)의 내부에 지구 모양을 설치했던 것[240]은 분명한 사실이다. 같은 무렵에 윗부분이 평평한 상자 속에 구의(球儀)를 적절한 위치까지 내려 보내 지평을 보는 방법을 왕번(王蕃)이 즐겨 사용했던 것도 확실하다. 그렇지만 590년의 경순(耿詢)에 이르기까지 많은 기구 제작자들[241]이 채택한 것은 갈형의 방법이었다. 그 후 탈진장치(脫進裝置)로 제어하는 태양계의 구의(球儀)가 새로운 시대를 열었는데, 그것에도 땅은 여러 방법으로 표현되어 있다.[242] 그 태양계 구의(球儀) 중 하나는 최소한 현존하고 있다.[243] 그것은 18세기에 조선(朝鮮)에서 제작한 것인데, 내부에 설치된 작은 지구 모형에서 오늘날 지리학을 통해

Wei-Hsing, 香港, 1960을 참조.

238 이것에 관해서는 Joseph Needham, *Science and Civilization in China*, Vol.3, pp.343, 345 이하, 350, 383 이하, 386 등에서 상세하게 언급하였다. 땅의 모형을 장치한 내부의 설명용 고리 모양의 구는 자동으로 회전하는 것처럼 보이는 장치를 갖고 있는데, 이에 대해서는 Joseph Needham, *Science and Civilization in China*, Vol.4, pt.2, pp.481 이하를 참조.

239 陸績에 관해서는 Joseph Needham, Wang Ling & D. J. de S. Price, *Heavenly Clockwork; the Great Astronomical Clocks of Mediaeval China*, Cambridge, 1960, pp.23, 61도 참조.

240 이러한 고대의 지구 모형이 평판이 아닌 것으로 보이는 긍정적인 증거는 없지만, 고전적인 우주론자의 명쾌한 말을 생각하면, 이것은 그럴듯하게 보인다. Joseph Needham, Wang Ling & D. J. de S. Price, *op. cit.*, p.96을 참조.

241 예를 들면, 劉智(274년), 錢樂之(436년), 陶弘景(520년)이 그러하였다.

242 그의 일행과 협력자는 721년에 王蕃의 상자를 선택했는데, 땅의 모형은 張思訓(979년)과 (그리고 분명하게) 王黼(1124년)가 제작한 天文時計에도 달려있었던 것처럼 보인다.

243 Joseph Needham, *Science and Civilization in China*, Vol.3, p.389와 Fig. 179(朝鮮의 崔攸之가 1657년에 제작한 地球儀).; *Ibid.*, Vol.4, pt.2, p.519.; 더 상세한 것은 Cambridge에서 곧 발간할 예정인 Lu, Maddison & Needham의 논고를 참조.

알 수 있는 모든 대륙을 볼 수 있다. 매우 모순되는 현상으로서 중국 문화에는 대형 지구의가 분명히 존재하지 않았지만, 3세기부터는 혼의의 내부에 지구의 모형이 설치되었다. 이러한 방식이 유럽에서 사용된 것은 15세기 말이었다.

마지막으로 현존하는 중국의 지구의 중에서 가장 중요한 두 가지에 대해 고찰하여 보자. 이 지구의들은 모두 르네상스 양식을 띠고 있는데, 유명한 마틴 비하임(Martin Behaim)이 제작한 지구의를 계승한 것처럼 보인다. 마틴 비하임의 지구의는 1492년에 제작된 것으로서 현존하는 지구의 중 가장 오래된 것이다.[244] 그런데 최초의 지구의는 예수회 시대인 1623년에 양마락(陽瑪諾, Emmanuel Diaz)과 용화민(龍華民, Nicholas Longobardi)의 지도로 제작된 채색 지구의였다(<그림 1001>). 이 지구의는 하부의 장식 틀에 2명이 이름이 새겨져 있으며, 오늘날에는 데이비드(David)의 지구의로 알려져 있다.[245] 사진의 중앙에서는 중국을, 아래쪽에서는 말레이 반도와 수마트라 그리고 자바와 보르네오를 볼 수 있다. 일본은 약간 왜곡되어 있으며, 뉴기니는 지나치게 크게 그려져 있다. 물론 오스트레일리아는 그려져 있지 않다.[246] 정교하게 그려진 2개의 뒷돛대(mizen-masts)에 큰 라틴세일을 달고 있는 유럽 선박 2척이 인도양과 태평양에 각각 그려져 있다. 데이비드의 지구의는 예수회와 연관되어 제작된 지구의 중 최초의 것이 아니었다. 왜냐하면 링고주온(Lingozuo

---

244 E. L. Stevenson, *op. cit.*, vol.1, pp.47 이하.; E. G. Ravenstein, *Martin Behaim; his Life and his {terrestrial} Globe*, London, 1908을 참조. 1957년에 魯博士와 함께 Nürnberg의 국립박물관에서 그의 지구의를 본 것은 필자의 큰 기쁨이었다.

245 왜냐하면 이 지구의가 Percuval Davidrud의 개인 수집품에 포함되어 있었기 때문이다. 사진을 게재하도록 허락해 준 것에 대해 감사드린다. 현재는 대영박물관에 전시되어 있으며, H. M. Wallis & E. D. Grinstead, "A Chinese Terrestrial Globe, 1623," *BMQ*, 1963, 25.; H. M. Wallis, "The Influence of Father Ricci on Far Eastern Cartography," *IM*, 1965, 19에 설명되어 있다.

246 그러나 Torres 해협이 그려져 있다는 점에서 이 지구의는 탁월하다. 이 해협은 1607년에 발견되었는데, 1770년이라는 늦은 시기까지 유럽의 지도 제작자 대부분에 의해 무시되고 있었다.

〈그림 179〉 18세기 조선에서 제작된 시계틀에 대한 설명용 혼의(渾儀). 중국과 아라비아의 기계 제작 전통이 많이 결합되어 있다(이 장치는 조선 왕실을 위해 1657년 최유지(崔攸之)가 제작한 것이다).

n)[247]이 1603년에 이미 지구의를 제작했기 때문이다. 그의 지구의는 마테오 리치(Matteo Ricci)가 '아주 멋지다'라고 묘사[248]할 정도로 큰 성공을 거두었는데, 현존하지는 않는 것처럼 보인다.

로스도른(Rosthorn)의 지구의(<그림 1002>)는 모양이 매우 다르다.[249] 그 크기가 아주 작고(직경이 약 1피트), 얇은 은판으로 제작되었으며, 그 은판 위에 새겨진 지도와 글자는 청색과 녹색 그리고 보라색 등으로 선명하게 그려진 후 반투명 칠보로 덮여있다. 그 유래에 대해서는 아무 것도 기록되어 있지 않지만, 그 기재 내용으로 미루어 볼 때 아마 타스만(Tasman)에서 쿡 (Cook)에 이르기까지 즉 1650년부터 1770년까지의 시기 중 어느 한 시기에 제작되었다고 할 수 있다. 그러나 장정부(莊廷敷)의 세계 지도[250]와 비슷한 지명이 여기에 상당히 많이 있는 점으로 볼 때, 이 두 가지가 모두 같은 자료를 이용하여 제작한 것처럼 보인다. 장정부의 세계 지도는 최소한 1800년에야 한 개의 판본이 나왔다. 지명은 남극을 위쪽으로 한 후 읽을 수 있도록 새겨져 있으며, 또한 정치적 경계선 대신에 자오선[251]과 평행권으로 둘러싸인

---

247 Lingzuon은 예수회의 아주 유능한 科學協力者였는데, 李我存이나 李之藻로 널리 알려졌었다.

248 ed. P. T. Venturi, *Opera Storiche del P. Matteo Ricci*, vol.1, Giorgetti, Macerata, 1911, p.396.; ed. Pasquale d'Elia, *Fonti Riiane; Storia dell'Introduzione del Cristianestimo in Cina*, 2, vol.2, Libreria dello Stato, Rome, 1942~9, p.178.

249 Rosthorn 교수가 1902년에 北京에서 구입했으며, 현재는 빈에 위치한 오스트리아 應用技術博物館(H.I. 28769 / GO. 1827)에 소장되어 있다. 이 地球儀를 최초로 묘사한 것은 E. Obernummer, "Alte Globen in Wien," Anzeiger d. Österr. Akad. Wiss., 1922, 59(nos. 19-27), 87이다. 이 책에 수록된 사진에 대해서는 V. Gviessmaier 관장, J. V. Mills와 N. Mikoletzky 박사에게 신세를 졌다. 또한 Mills는 친절하게도 곧 간행될 예정인 중국의 球儀에 관한 연구 자료를 자유롭게 사용하는 것을 허용해주었으며, 또한 Cambridge에 와서 그것에 대해 논의하기까지 했다. 그와 Wallis의 共著가 간행되기만을 기다리고 있다.

250 Royal Georgr. Soc. World / 251, 「大淸統屬職貢萬國經緯地球式」. 이 지구의는 채색되어 있다.

251 本初子午線은 대략 西經 20°의 Canary Islands를 통과하고 있다. 본초자오선의 역사에 대해서는 J. B. Hewson, *A History of the Practice of Navigation*, Brown & Ferguson, Glasgow, 1951, pp.9 이하를 참조. Greenwich를 통과하는 본초자오선은 현재 잘 알려져 있지만, 전 세기의 말이 되어서야 비로소 세계적으로 이용되었다.

대륙의 구역은 여러 색깔로 구분하여 칠해져 있다. 예를 들면 오스트레일리아가 그러하다(<그림 1002>의 우측 하단). 이 대륙은 뉴기니의 태스마니아(Tasmania)로 잘못 연결되어 있으며(<그림 1003>), 여기에서 다음과 같은 이야기를 읽을 수 있다. "서양의 새로운 기록들은 이것이 어느 누구도 살지 않는 완전한 사막 지대이자 큰 대륙인 뉴홀란드(New Holland, 新高阿卽地亞)라고 말하고 있다." 동인도제도도 역시 잘못 그려져 있는데, 왜냐하면 보르네오가 말레아(Malaya) 끝단과 자바 사이에 위치하고 있기 때문인데, 이것은 예수회가 지구의를 제작하는 데 영향을 주지 않았음을 보여주고 있다. 이것은 남해(南海)를 잘 알지 못하는 북중국의 지도 제작자가 작성한 것으로 볼 수 있다. 단지 남극 대륙은 (뉴질랜드와 잘못 연결된 상태로) 그려져 있다. 캘리포니아를 섬으로 표현하고 있는 점으로 미루어 볼 때, 1700년경에 제작되었을지도 모른다. 왜냐하면 파리스(Paris)의 자기 지도(磁氣地圖)가 그렇게 그린 최후의 지도 중 하나이기 때문이다.

중국으로 표시된 부분(<그림 1004>의 상단 북쪽)을 자세히 보면, 북부의 카타이(Cathay, 밝은 색)와 남부의 만지(Manzi, 어두운 색)의 오래된 구분이 이상하게도 이처럼 색깔로 구분되어 있음을 알 수 있다. 황하(黃河)의 굴곡은 충분하게 표현되어 있지만, 그러나 양쯔강(揚子江)은 그렇지 않다. 또한 중국과 몽고는 고비 사막에 의해 명확하게 구분되어 있다. 대륙에서는 산둥(山東)과 간쑤(甘肅)의 지명을 쉽게 볼 수 있으며, 동중국해에서는 쓰시마(對馬島)와 그리고 야에잔(八重山)이 있는 류쿠국(琉球國)이 가장 분명하게 묘사되어 있다. 마지막으로 로스도른 지구의의 흥미로운 특징을 고찰하면, 경도를 30°씩 나누고 또한 각 진각(辰刻)에 중국과 각지의 시차를 기록하고 있는 점이다. 따라서 이 지구의를 정확한 것으로 보기보다는 미술품으로 간주하려는 사람도 있는데, 과학적 중요성이 충분히 존재한다는 것을 부인할 수는 없을 것이다.

〈그림 1001〉 1623년에 예수회의 엠마뉴엘 디아즈(Emmanuel Diaz, 陽瑪諾)와 니콜라스 론고바르디(Nicholas Longobardi, 龍華民)의 지도로 제작된 것으로서 현재 대영박물관에서 소장하고 있으며, 일명 데이비드(David) 지구의로 불리는 중국의 지구의. 제작자들의 이름은 지구의 하단의 장식 틀에 둘러싸인 부분의 서명에 나타난다. 여기에 서명된 내용의 초역은 H. M. Wallis & E. D. Grinsted, "A Chinese Terrestrial Globe, 1623," *BMQ*, 1963, 25, 83에 수록되어 있다. 이 그림에서는 중앙에 중국이 보인다. 그 주변에서는 조선, 일본, 인도차이나, 말레야, 수마트라, 자바, 보르네오, 뉴기니가 보이는데, 오스트레일리아는 보이지 않는다. 좌측 상단에서는 홍해, 아라비아, 페르시아 만, 카스피 해를 식별할 수 있다. 우측 하단에서는 1568년에 멘다냐(Mendaña)가 발견한 솔로몬 제도와 1606년에 퀴로스(Quiros)가 발견한 'Austrialia del Espiritu Santo' 즉 뉴 헤브리지즈(New Hebrides)로 불리는 한 무리의 섬들을 볼 수 있다.

1584년부터 1603년까지의 시기에 마테오 리치(Matteo Ricci, 利瑪竇)는 중국에서 세계 지도를 개정했는데, 이 지구의의 지리에도 그것이 반영되어 있다. 그중에서도 새로 발견된 Torres 해협 ― 유럽에서는 1770년이 되어도 아주 소수의 지도 제작자를 제외하고 아는 사람이 없었다 ― 을 가장 먼저 그리고 뉴기니 섬 동쪽의 육지를 군도(群島)의 모양으로 표시하고 있다. Diaz와 Longobardi 그리고 그들의 협력자는 뉴기니가 하나의 섬이라는 사실을 알고 있었기 때문에 남방의 대륙, 즉 환상의 '마젤라니카(Magellanica)'가 존재한다는 것을 전혀 확신하지 못하고, 이 공간을 끌로 쓰는 부분으로 이용하는 것이 좋다고 생각했을 것이다. 홀란드인에 의한 오스트레일리아 해안의 탐험은 실제로 1606년에 이루어졌으며, 또한 1616년 이후에도 계속 탐험되었는데, 그들은 그러한 사실을 알지 못했다. 그러나 그들은 남극 대륙을 남아메리카에서 상당히 남쪽으로 치우친 곳에 두었기 때문에 1616년의 홀란드인에 의한 케이프혼(Cape Horn)의 발견에 대한 정보를 얻었을 것이다.

이 지구의는 직경이 1피트 11인치이며, 나무로 만들어 채색되어 있고, 축적이 1 : 21,000,000이다. 이 그림에서 보이는 설치 방식은 코페르니쿠스식(傾斜式)인데, 오늘날에는 원래의 프톨레마이오스식(垂直式)으로 설치되어 있다.

〈그림 1002〉 로스도른(Rosthorn) 지구의(Vienna에 있는 오스트리아 응용기술박물관 소장)로 불리는 중국의 지구의. 연기(年紀)는 없지만, 그 기재 내용으로 볼 때 1650~1770년의 시기에 제작된 것으로 생각된다. 직경은 약 1피트이고, 은판으로 제작되었으며, 윤곽과 글씨를 새긴 후 전체를 선명한 반투명 칠보로 붙였다. 남극 주변에는 세계 각지의 시각을 중국식 진각으로 기록했으며 (Joseph Needham, *Science and Civilization in China*, Vol.4, pt.2, pp.439, 461; Joseph Needham, Wang Ling & D. J. de S. Price, *Heavenly Clockwork : the Great Astronimical Clocks of Mediaeval China*, Cambridge, 1960, p.200을 참조), 또한 정치적 경계선 대신 자오선과 평행권으로 에워싼 '방형(方形)'을 다른 색으로 칠하는 방식으로 구분하였다. 예를 들면, 오스트레일리아와 러시아(鄂羅斯國)를 보라.

지명은 남극을 위로 두고 읽도록 새겨져 있으며, 밝은 쪽이 양쯔강 북쪽의 카타이(Cathay)를, 어두운 쪽이 남쪽의 만지(Manzi)를 각각 표시한다. 인도차이나의 위치는 적절하지만, 동인도제도는 잘못 묘사되었다. 수마트라는 지나치게 서쪽에 표시되었으며, 보르네오는 말라야와 자바 사이에 위치해 있고, 뉴기니와 오스트레일리아는 서로 연결되어 있다. 인도 반도는 명확하게 표시되어 있고, 그 동쪽에 벵갈 만(榜葛剌海)의 지명이 보인다. 그것보다 훨씬 왼쪽에서는 인더스 강의 하구, 페르시아 만, 아라비아, 홍해를 식별할 수 있다.

〈그림 1003〉 로스도른(Rosthorn) 지구의의 오스트레일리아 부분. 이 대륙에는 다음과 같은 3가지의 글이 기재되어 있다. 북서부에는 미득사(未得斯, de Witt's land), 북동부에는 바위와 산을 표시한 그림으로 둘러싸인 다문사안(多門斯岸, van Diemen's land)이 그려져 있고, 오스트레일리아는 타스마니아(Tasmania)와 연결되어 있다. 남쪽에는 '서구의 새로운 기록에 따르면, 이것은 신와아즉지아(新窩阿卽地亞, New Holland)로 불리며 사람이 전혀 살지 않는 불모의 대륙이다'라고 기록되어 있다. 북쪽에는 티모르(Timor)와 셀레베스 제도(Celebes)가 크게 묘사되어 있고, 카르펜타리아 만(Gulf of Carpentaria) 안에는 그루트 아이란트(Groote Eylandt)로 불리는 큰 섬이 있다. 엑스마우스 만(Exmouth)과 노스웨스트 갑(North-west Cape) 앞바다에 소시지 모양을 띤 섬은 1609년에 발견된 코코스-킬링 제도(Cocos-Keeling Islands)나 1666년에 처음으로 기록된 크리스마스 섬(Christmas Island)을 표현하고 있는 것처럼 보인다. 퍼스(Perth) 앞바다에는 지극히 큰 섬들이 별도로 그려져 있는데, 로트네스트 섬(Rottnest Island) 주변일지도 모른다. 보르네오의 중앙을 지나는 적도의 북쪽에는 필리핀 제도가 실제보다 더 흩어져있는 무리섬으로 보이며, 우측 하단의 솔로몬 제도 등의 섬들은 모두 지나치게 크게 그려져 있다.

〈그림 1004〉 로스도른(Rosthorn) 지구의의 중국 부분. 이미 말한 것처럼, 양쯔강의 이남과 이북이 어두운 색과 밝은 색으로 나누어 칠해져 있다. 또한 이 그림이 북쪽을 향해 있기 때문에, 모든 지명은 반대 모양으로 기록되어 있다. 북동쪽에서 남서쪽으로 뻗어 있는 광대와 비늘 모양의 띠는 사막으로 기록되어 있는데, 고비사막을 뜻한다. 왼쪽의 밝은 사각형의 가장자리에는 토노번(吐魯番, 新疆省의 Turfan)이라는 지명이 기록되어 있다. 만주의 지명으로는 헤이룽강(黑龍江), 지린(吉林), 목토이백특(木土介伯特, 내몽고의 4개 부족인 사기(四族) 중 하나인 투에르포테(Tu-erh-po-thê)로서 몽고인의 땅이다) 등이 있다. 밝은 색으로 표시된 한반도는 대체로 잘 그려졌지만, 일본은 잘못 그려져 큐슈가 지나치게 북쪽으로 구부러져 있다. 또한 사할린(樺太)은 섬이 아니라 검은 색의 반도로 묘사되어 있다. 조선과 일본 사이에는 쓰시마가 그려져 있으며, 켈파르 섬(Quelpart, 濟州道)이 여러 무명섬들 사이에 그려져 있다. 또한 남쪽에는 동경 130°의 바로 서쪽에 류쿠열도(琉球列島)가 밝은 색으로 그려져 있고, 파도가 이는 바다에는 야에잔(八重山)이라고 표시되어 있다.

중국에서 황하는 ⑦의 유로(流路, 〈그림 859〉)를 따라 화이하(淮可)에서부터 바다로 들어간다. 그러나 오래된 북쪽의 유로도 일부나마 보인다. 고비 사막과 마찬가지로 점점이 비늘 모양으로 표시된 곳은 장성(長城)을 뜻하는데, 그 바로 남쪽에 베이징(京師)이 있다. 양쯔강 북쪽의 밝은 색으로 칠해진 지방에는 산둥, 산시(山西), 산시(陝西), 간쑤라는 성들의 명칭이 기록되어 있다. 그러나 그 남쪽의 여러 성들은 어두운 색으로 칠해져 있기 때문에 전혀 읽을 수 없고, 또한 양쯔강과 화이하에 의해 좁아지고 중간색으로 칠해진 지방에는 지명이 기록되어 있지 않다. 그러나 광둥의 남쪽 해상에는 마카오(澳門), 만리사(萬里沙), 팽(澎)으로 불리

는 섬의 명칭이 보인다. 이 섬은 타이완과 푸젠성 남부 사이의 펑후열도(澎湖諸島) 즉 페스카
도레스 제도(Pescadores Is.)일 것으로 생각되는데, 이 경우에는 타이완 자체까지 포함되었
을지도 모른다. 또한 하이난도(海南島)도 보인다. 이 모든 것들은 이 그림의 바깥쪽에 있는데,
〈그림 1002〉와 〈그림 1003〉에서 겨우 볼 수 있다.

선박 추진

1. 돛 : 포앤애프트 범장(帆裝)의 발달사에서 중국의 위치

1) 개관

돛은 선박이 풍압이나 바람의 흐름에 의해 움직이도록 하기 위해 선박 위에 펼치는 천 조각이라고 정의될 수 있을 것이다. 현재 존재하거나 여러 시대와 장소에서 존재하였던 돛들과 여러 돛들의 결합물들은 그 모양과 그에 딸려 있는 삭구(索具, rigs)가 너무나 다양하고 복잡하여 갈피를 잡지 못하게 할 정도이다. 만약 이것이 단순히 우연하게 나타난 지역적 차이 때문이라면, 일부 사람들의 흥미를 끌 수 있을 것이다. 그러나 어느 계통의 돛이라 하더라도, 돛은 순풍을 받고 항해하는 것만이 아니라 바람을 거슬러 항해하는 것까지도 가능하게 개량되어왔다. 돛만으로 가능한 것은 아니지만, 바람을 거슬러 항해하는 데 효율성이 가장 좋은 각도가 있는데, 오늘날에는 그 효율성이 거의 그 극한 수준까지 이르고 있다.[1] 바람을 거슬러 항해하는 기술의 발달 경과를 간단하게 말하면, 북풍이 불 때에는 옛날에는 남서쪽(SW)으로 항해해 갔는데, 현재는 약간 북쪽으로 치우친 북서쪽(NW by W)으로 즉 옛날에 비해 9포인트(약 100°) 바람을 거슬러 항해하게 되어 있다. 그러나 항해하는 방법이 그렇게 바뀌기까지 3천년의 시간이 필요하였다.

돛의 발달을 이해하기 위해서는 주요 돛 유형을 검토하는 것이 필수적이다.[2] 돛의 종류는 <그림 1005>에 스케치되어 있다. 이 그림에서 굵은 선은 돛대와 원재(圓材, spars)를, 그리고 가는 선은 돛의 가장자리를 나타낸다. 우선, 스퀘어세일(square-sail)이 있음을 알 수 있다. 스퀘어세일은 가장 오래되고, 단순하고, 좌우대칭이고, 활대가 있다. 그러나 시대와 장소에 따라 하활(boom) 이 있는 것도 있고, 없는 것도 있다(A, A'). 스퀘어세일은 항상 돛의 한쪽 면에만 바람을 받는 유일하면서 가장 중요한 종류의 돛이다. 선박의 뒤나 오른쪽(즉 우현 선미쪽)에서 바람을 받을 때는, 돛의 오른쪽 끝(우현측, starboard side)을 전방으로 그리고 왼쪽 끝(좌현측, port side)을 돛대의 후방으로 끌어당 긴다. 바람이 다른쪽 즉 좌현이나 선미쪽(quarter)으로 바뀌거나 선박의 침로 가 바뀌면, 돛의 위치를 정반대로 위치시킨다. 다시 말해서 돛이 바람을 정면 으로 받도록 각도를 잡으면, 바람이 불어오는 쪽의 상활 양쪽 끝(weather yard-arm)이나 앞쪽의 상활 양쪽 끝(forward yard-arm)은 바람 불어가는 쪽의 상활 양쪽 끝(lee yard-arm)이나 뒤쪽의 상활 양쪽 끝(after yard-arm)이 된다.

---

1 세부 항목과 조언과 초고 작성은 Bryan Thwaites 교수의 조언과 도움을 많이 받았다. 그는 현재에도 요트가 역풍으로 항해하는 것을 개선할 수 있을 것으로 생각하고 있다.

2 더 자세한 정보에 대해서는 Sir Alan Moore, "Last Days of Mast and Sail : an Essay in Nautical Comparative Anatomy," Oxford, 1925.; H. Warington Smyth, *Mast and Sail in Europe and Asia*, Blackwood, Edinburgh, 1906.; R. Anderson & R. C. Anderson, *The Sailing Ship; Six Thousand Years of History*, Harrap, London, 1926.; 그리고 R. Gruss, *Petit Dictionnaire de Marine*, Challamel, Paris, 1945.; A. Ansted, *A Dictionary of Sea Terms*, Gill, London, 1898.; Adm. W. H. Smyth, *The Sailor's Word-Book*, blackie, London, 1867의 航海辭典 등을 포함한 다른 서적들을 참조

그러나 대체로 이와 같은 돛의 조작은 곧 한계에 이르게 되었으며, 따라서 모든 문화권의 선원들은 모든 바다에서 선박과 직각이 되도록 돛을 펼친다는 스퀘어세일의 기본 특징에서 어떻게든지 벗어나고자 지속적으로 노력하였다. 범포(帆布)를 선박의 장축(長軸, long-axis)에 따라 즉 종방향으로 고정시킬 수 있는 배열을 고안했을 때, 선원들은 비로소 횡풍(橫風, beam wind)이나 역풍(逆風, contrary wind)을 잘 이용할 수 있지 않을까라고 생각할 수 있었다.[3]

---

3 스퀘어세일은 고대 이집트로부터 Clipper선에 이르기까지 항상 사용되었다. L. Casson, "Fore-and-Aft Sails in the Ancient World," *MMI*, 1956, 42가 말하고 있듯이, "순풍을 받는 항해 특히 원거리 항해에서는 이 돛에 비할 것이 없다. 스퀘어세일은 바람을 완전히 받아 선박을 쾌적하고 안전하게 항해하게 하며, 그리고 돛의 조작은 적은 인원으로 해결된다." 그리고 스퀘어세일을 단 선박은 종범을 단 선박에 비해 돛 면적을 2배나 가질 수 있으며, 이것은 바람이 약할 때 대단히 유리하다. 그리고 활대(yard)와 돛이 바람 때문에 돛대에서 떨어지기 때문에 돛이 끊어지는 경우가 없다. 이러한 점은 George Naish 해군중령이 口頭와 便紙로 재삼 강조한 것이다.

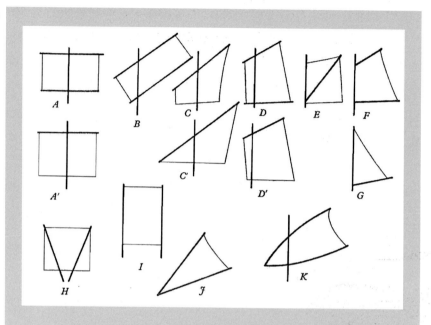

〈그림 1005〉 돛의 주요 유형. 돛대, 상활(yard), 하활(boom), 스프리트(sprits), 개프 (gaffs), 기타는 굵은 선으로 그리고 돛의 가장자리는 가는 선으로 그려져 있다. 돛의 상대적 인 크기는 전혀 고려하지 않고 있다.

> A : 하활이 있는 스퀘어세일(square-sail)
> A′ : 하활이 없는 스퀘어세일(아래 끝이 하활에 고정되어 있지 않음, loose-footed)
> B : 하활이 있는 인도네시아의 경사진 스퀘어세일(canted 'square' sail : 직사각형)
> C : 가장자리가 짧은 라틴세일(lateen-sail)
> C′ : 가장자리가 없는 라틴세일
> D : 돛대의 앞쪽 부분에 상당한 가장자리가 있는 러그세일(lug-sail)
>   (뒷쪽이 앞쪽보다 더 넓은 스퀘어세일)
> D′ : 돛대 앞쪽 부분의 가장자리 부분이 작아진 러그세일
> E : 스프리트세일(sprit-sail)
> F : 개프세일(gaff-sail)이나 요트세일(yacht-sail)
> G : 버뮤다 삼각돛(leg-of-mutton sail)
> H : 인도양의 두 갈래 돛대 스프리트세일(bifid-mast sprit-sail)
> I : 말레이시아의 쌍돛대 스프리트세일(double-mast sprit-sail)
> J : 오세아니아(폴리네시아)의 스프리트세일
> K : 태평양의 하활이 있는 라틴세일(boom-lateen sail)

자세한 설명은 본문을 보라.

완전한 포엔애프트세일(fore-and-aft sail)에 이르기까지 중간 단계를 형성하는 다른 유형들은 어느 것이나 돛대에 대해 비대칭 즉 돛대 좌우의 돛 면적이 똑같지 않다는 점에서 스퀘어세일과는 다르다. 이러한 돛은 돛대를 축으로 하여 회전되고,[4] 바람에 따라 돛의 어느 면에서도 바람을 받을 수 있다.[5] 아딧

---

4 발전이 덜 된 유형에서는 선박이 방향을 바꿀 때마다 돛을 일단 내리거나 올릴 필요가 있다. dipping lugs(<역자 주 : lugsail의 일종이며, 돛을 잡아매는 활대의 앞쪽이 낮게 기울어져 있고, 돛 면적의 4분의 1 정도가 돛대보다 앞쪽에 있는 것>)가 그 예이다. 엄밀한 의미에서 돛이 없는 帆裝도 있지만, 원리적으로는 똑같다.

5 다음의 표현들은 이 항목의 주제에 이미 익숙해 있는 사람들을 주요 대상으로 한 것이다. R. Le B. Bowen, "Eastern Sail Affinities," *ANEPT*, 1953, 13은 최근에 일반적으로 인정되고 있는 주요 돛 유형의 정의와 개념에 대해 이의를 제기하였다. 그는 종범이란 '하나나 여러 개의 상활이 아니라 보통 개프(gaff)나 지삭(stay)에 붙어 있고, 하활이 없는 돛'이라는 *Webster's Dictionary*의 좁은 의미의 정의를 따르려 하고 있다. 따라서 그에게는 러프(luff)의 끝이 돛대에 붙어 있고, 아딧줄(sheet)을 제외하고 아무것도 손대지 않고 침로를 바꿀 수 있는 돛만이 진정한 포앤애프트세일이었다. Bowen은 라틴세일이 (물론 러그세일도) 선박의 세로 방향으로 펼칠 수 있고, 또한 보통 그렇게 펼쳐지고 있는 것을 인정하고 있다. 그러나 그는 라틴세일의 경우 아딧줄이나 다른 어떤 것도 바꾸지 않은 채 바람에 등지면서 돌기 즉 웨어링(wearing)을 할 수 있다고 강조하고 있다. 그리고 그는 라틴세일과 레그세일이 돛을 이동시켜 침로 바꾸기 즉 지빙(gybing)을 하지 않은 채 돛을 가로로 펼쳐 바람이 불어가는 쪽으로 항해할 수 있다는 것과 돛을 돛대의 역풍 방향으로 펼쳐 올리지 않는다는 점에서 오히려 포앤애프트세일과 비슷하다고 말할 수 있다고 보았다. 그러나 그의 정의에 의하면, 상활이 있기 때문에 예를 들면 러그세일을 아딧줄의 조작만으로 침로를 바꿀 수 있기 때문에 포앤애프트세일로 정의될 수 없다는 문제가 발생한다.

우리는 그의 입장을 용인하는 것은 물론 Anderson, Chatterton 등에 대한 그의 비판에도 동조할 수 없다. 포앤애프트세일은 선수미 방향으로 펼쳐져 있어 바람 불어오는 쪽으로 항해하기 때문에 선수미 방향으로 펼친 돛이라는 정의를 따르는 것이 훨씬 좋다. 이 정의에서는 엄밀히 말하면 사각돛인 'Humber Keel'의 돛을 거의 선수미선까지 끌어들일 때 포앤애프트세일로 구분해버리게 된다. 그러나 역사적인 고찰에 영향은 없다. 왜냐하면 이 사례가 대단히 예외적인 것으로서 고대와 중세 때 알려져 있지 않은 와이어 버팀막대(wire stays)와 기계장치에 의해 가능한 생존 방식이기 때문이다. Bowen의 정의는 중국에 관해서는 불충분하다. 중국의 러그세일은 이미 14세기에 Ibn Battûtah가 말하였듯이 아딧줄의 조작만으로 바람 불어오는 쪽을 향해 지그재그로 항해할 수 있었다. 또한 돛이 변형되지 않기 때문에 돛이 돛대의 風上 쪽에 있어도 잘 항해할 수 있었다. Webster의 정의는 단지 후세의 서양 전장범선(全裝帆船, full-rigged ship)에 익숙해져 있는 상황에서 내린 것일 뿐이다. Bowen에 대한 Anderson의 대답에서 볼 수 있듯이, 더 오래된 정의를 따르는 것이 바람직해 보인다. 그 정의에 의하면, 포앤애프트세일은 바람을 한쪽 면으로 받고, 항상 똑같은 가장자리를 바람 불어오는 쪽에 유지한다. H. G. Hasler, "Technology Interesting," *YW*, 1961, 113(no.2624)에는 '중국

줄(sheet) 즉 돛을 끌어당기기도 하고 돛의 각도를 조절하기도 하는 돛 가장자
리 로프의 역할은 이 유형에서 점점 더 중요해진다. 인도네시아의 경사진
돛(canted sail)은 가장 원시적인 유형의 포앤애프트세일인데, B에서 보이듯이
아직 4각형을 이루고 있다.[6] 그 다음 단계는 아라비아 문명의 특유한 삼각돛
인데, 2가지 유형이 있다(C, C'). 하나는 돛의 세로가장자리인 리치(leech)의
반대편에 해당하는 앞쪽 가장자리 즉 러프(luff)가 있는 유형이며,[7] 다른 하나
는 순수하게 삼각형이고 위쪽 끝과 아래쪽 끝이 앞에서 연결되어 있는 유형이
다. 지중해와 인도양의 라틴세일(lateens)에는 하활이 없지만, 남아시아와 태평
양에서는 상활과 하활이 달려 있는 삼각돛을 사용하고 있다(K). 인도네시아,
미크로네시아, 피지 등의 '하활이 달린 태평양형 라틴세일(Pacific boom-
lateens)'은 '오세아니아형 스프리트세일(Oceanic sprit-sail)'의 일종(J)에서 비롯
된 것으로 간주되고 있다. J는 폴리네시아의 고유한 돛인데, 상부 스프리트
(upper sprit)가 뒤로 기울어진 돛대의 역할을 하고 있다.[8] 이 돛은 또 오래된
유형의 범장(帆裝, H)에서 비롯된 것으로 보인다. H는 두 갈래의 돛대(bifid

의 러그세일은 순수한 포앤애프트세일이다'라고 쓰여 있다.
　　그 후에 작성된 R. Le B. Bowen, "The Origins of Fore-and -Aft Rigs," *ANEPT*, 1959, 10은 자신
의 용어를 여전히 유지하고 있다. 그러나 그의 두 논문에는 그 결론에 완전히 동의하지 않
을 수 없을 뿐 아니라 항해 연구의 열성에 감탄하지 않을 수 없을 정도로 많은 양의 돛과
범장과의 발달 관계에 관한 정보가 포함되어 있다.
6 R. Le B. Bowen, "Eastern Sail Affinities," *ANEPT*, 1953, 13, pp.199 이하.; Idem, "The Origins of
Fore-and -Aft Rigs," *ANEPT*, 1959, 10, pp.163, 192, 197에서는 이것이 평형러그(balance lug)임을
보여주고 있다.
7 분명히 포앤애프트세일의 앞쪽 가장자리는 항상 같은 자리이지만, 스퀘어세일의 가장자리
는 돛이 다시 설치될 때마다 항상 바뀐다. 바람 부는 쪽으로 항해할 때에는 스퀘어세일의
어느 한쪽 가장자리도 러프(luff)라고 부르기에 적절하지 않다. R. Le B. Bowen, "Eastern Sail
Affinities," *ANEPT*, 1953, 13, pp.186 이하.; Idem, "The Origins of Fore-and -Aft Rigs," *ANEPT*,
1959, 10, pp.184 이하에서 C형은 라틴세일 모양의 디핑러그(dipping lug)이며, C만이 진정한
라틴세일이다.
8 서양 서적에서 이 帆檣을 처음으로 보여주는 것은 1622년 de Herrera의 Novus Orbis임이 거의
틀림없다.

mast)에 상응하는 2개의 스프리트에 의해 선박과 거의 직각으로 달린 사각형 돛이다. 이러한 방법이라면, 돛을 거의 선수미 방향으로 펼치는 것도 가능할 것이다. 이것이 인도양의 두 갈래 돛대의 '스프리트세일(bifid-mast sprit-sail)'이나 '원(原)오세아니아형 스프리트세일(proto-Oceanic sprit sail)'이며, 나중에 검토하겠지만 돛의 발달에서 중심에 있다. 이 유형이 멀리 떨어진 멜라네시아(Melanesia)의 돛대가 2개인 스프리트세일(double-mast sprit sail, I)과 관련이 있는 것은 틀림없다. I에서 돛은 그 가장자리가 보통 돛대나 스프리트라고 부를 수 있는 원재(圓材, spars)에 매어있다. 남아시아와 태평양의 이러한 범장(帆裝)은 지금까지 돛의 발달을 논하면서 다루지 않았지만, 이제 이것들을 무시하는 것은 불가능하다고 할 수 있다.[9]

더 발달되고 대형 선박에 적합한 돛은 중국 선원들이 선호하는 러그세일이나 이형범(耳型帆, voile aurique)이다. 이 돛은 오래된 스퀘어세일과 경사진 돛에서 발전하였다. 스퀘어세일에서 거의 수평 상태로 놓여 있는 하활과 경사진 돛의 비스듬한 상황이 오늘날까지 남아 있는데, 돛대 앞에 있는 돛의 면적(luff area)은 극히 작다(D, D'). 실제 스프리트세일(E)에서는 아래 기단 부분에서 돌출한 원재가 돛의 뒤쪽 상단(peak)을 지탱하고 있다. 우리에게 잘 알려져 있는 개프세일(gaff-sail, F)이나 요트세일(yacht-sail)은 돛대 상단 가까이에 붙어 있던 하프스프리트(half-sprit) 혹은 개프(gaff) 그리고 러그세일처럼 아래쪽 끝에 있는 하활에 의해 지탱된다. 이 두 가지 유형은 모두 돛이 돛대를 축으로 하여 방향을 바꾸고 돛이 돛대로부터 앞쪽으로 나오지 않으므로 진정한 의미의 포앤애프트세일이라고 부를만하다. 버뮤다 삼각돛(leg-of-mutton sail, G)에 대해서도 똑같이 말할 수 있지만, 기원이 확실치 않은 이 삼각돛은 돛대와

---

9 특히 H. H. Brindley, "Primitive Craft : Evolution or Diffusion?," *MMI*, 1932, 18.; A. C. Haddon & J. Hornell, *Canoes of Oceania*, Bernice P. Bishop Museum, Honolulu, Hawaii, 1936, 2 vols.; R. Le B. Bowen, "Eastern Sail Affinities," *ANEPT*, 1953, 13.; Idem, "The Origins of Fore-and -Aft Rigs," *ANEPT*, 1959, 10의 연구를 보라.

하활 사이에 돛을 펼치게 되어 있다.

　그 밖의 모든 돛도 모두 고심하여 개량되어 온 결과이다. 선수에서 앞으로 돌출한 제1사장(bowsprit)이나 선수제2사장(jib boom)에 다는 선수삼각돛 즉 지브세일(jib-sail)은 돛대의 내측 지주(stays)를 이용하여 지삭에 치는 삼각돛 즉 스테이세일(stays-sail)에서 발달했다.[10] 중간돛대의 돛 즉 탑세일(top-sail)은 원래 돛의 위쪽에 다는 작은 돛이다.[11] 로마 시대의 선박은 4각형으로 된 주돛(mail-sail) 위에 삼각형으로 된 탑세일을 달았다. 16세기부터 유럽 선박의 탑세일은 그 수량과 크기가 계속 증가하여 결국 돛투성이가 되었지만, 각 돛의 높이는 별로 낮추어지지 않았다. 기원전 1세기의 그리스 선원은 아르테몬(artemon)의 형태로 제1사장돛(bow-sprit sail)을 도입했는데, 이것은 앞으로 기운 소형 앞돛대의 선조이다. 마지막으로 종종 언급해 온 것처럼, 르네상스 시대 유럽의 전장범선(全裝帆船, full-rigged ship)에서 전방 돛대들의 많은 스퀘어세일에 뒷돛대의 라틴세일(후에는 개프세일)이 더해졌다. 스퀘어세일은 바람을 따라 갈 때 유리하였고, 라틴세일은 바람을 거슬러 갈 때 유리했다.

　포앤애프트세일에 미치는 바람의 작용에 대해 조금 검토할 필요가 있을 것 같다.[12] 여러 종류의 바람 중에서 돛의 오목하고 측면에 있는 풍상면(風上

---

10 지브세일(jib-sail)이 중국에 없었던 것은 아니지만, Kotak과 Pakhoi라는 남부의 대양 항해용 정크에서 보일 뿐이었다(G. R. G. Worcester, 미발표자료, no., 160). 누름대가 붙어있는데, 그 돛이 외국과 접촉하면서부터 도입된 것은 의심할 여지가 없다. 스테이세일(Stay-sail)은 홍콩의 정크-트롤선에서도 보인다(B. Ward, 개인편지). 그러나 고전적인 중국 돛대에 지삭(stay)도 돛대 밧줄(shroud)도 없었으므로, 이 돛도 지브세일과 같다.

11 <그림 939>를 참조. 安東의 상선에는 탑세일(top-sail)이 달려있다(Waters 해군 중령과 Stunson).

12 이하의 글은 당시 Southampton 대학 Bryan Thwaites 교수의 협조 덕분에 집필할 수 있었다. C. A. Marchaj, *Sailing Theory and Practice*, Dodd Mead, New York, 1964의 서적은 유익하며, 曳航水槽(towing tanks)와 風洞(wind tunnels)에 의한 실험에 관해서는 H. C. Herreshoff, "Hydronynamics and Aerodynamics of the Sailing Yacht," *TSNAMEN*, 1964, 72.; H. C. Herreshoff & J. N. Newman, "The Study of Sailing Yachts," *SAM*, 1966, 215(no.2).; H. C. Herreshoff & J. E. Kerwin, "Sailing Yacht Research," *Y*, 1965, 118(no.1)을 참조.

面, windward)을 강타하는 바람만이 효력을 발휘한다고 생각할 수 있다. 그러나 실제로는 볼록하고 역시 측면의 풍하를 회류(回流)하는 바람이 추진력을 발생시킨다. 왜냐하면 돛의 양면에 대한 대응점들(corresponding points) 사이에서 압력 차이가 발생하여 추진력이 발생하기 때문이다. 이 압력 차이는 바람이 돛과 같이 굽은 장애물에 부딪힐 때 생기는 자연스러운 결과이다.[13] 그러나 돛의 곡률(曲率)은 바람이 하활에 비스듬하게 불어온다는 사실보다 덜 중요하다. 실제로 포앤애프트세일을 하활에 아주 단단하게 고정시켜 구부러지게 함으로써 돛 전체가 가능한 한 평면에 가까워지도록 해야 할지 아니면 뚜렷하게 곡선으로 만들어야 할지에 대해서는 대체로 아직 의견의 일치를 보지 못하고 있다.[14] 돛은 본질적으로 일종의 날개꼴(aerofoil)이다.[15] 돛은 상대적으로 팽팽할 때 효과가 가장 좋다. 헐겁게 불룩해진 돛은 난기류(air turbulence)에 의해 에너지를 손실하게 되며, 완전 평면 상태의 돛은 공기의 흐름이 주는 효과를 차이가 없도록 만든다.[16]

---

13 揚力과 飛行에 대해 가장 중요한 역할을 하는 항공기 날개의 상부 표면에서의 部分眞空과 유사한 것이 있다(Joseph Needham, *Science and Civilization in China*, Vol.4, pt.2, pp.580 이하, 590 이하를 참조). 그러나 양적인 관계는 완전히 다르다.

14 2차원의 돛 즉 러프(luff)와 리치(leech)가 무한히 수직이고 평행 상태로 있는 돛에 대한 이론적 연구에 의하면, 돛을 활짝 폈을 때조차 어느 정도 불룩해질 수 있다는 것이 이점이다. 이것은 Thwaites 교수의 연구 결과이다. 팽팽한 주돛과 둥글게 부푼은 스피네이커(spinnaker)는 이제 물론 최신형 경주용 요트에서 보편적으로 결합되어 있다. 이 항목을 교정하는 도중 이 두 가지 돛을 모두 달고 있는 소버린호(*Sovereign*)의 멋진 사진이 *The Times*(1963년 7월 22일)에 게재되었다. 그러나 실제로는 바람 불어오는 쪽으로 거슬러 올라가는(beating) 때 전자가 주 역할을 하며, 바람 부는 쪽으로 항해할 때에는 후자가 역할을 한다.

15 현재에는 jib-sail의 가장 중요한 기능 중 하나가 항공기 날개의 슬롯(slot)에 해당하는 공간을 만들어 공기를 주돛쪽으로 흐르게 하는 것이라고 알려져 있다(Manfred Curry, *Yacht Racing : the Aerodynamics of Sails, and Racing Tactics*, tr. from the German, Bell, London, 1928, pp.29, 60을 참조).

16 돛을 팽팽하게 펴는 것이 공기역학적으로 유효하다고 생각되고 있다(*Ibid.*, pp.38 이하). American Gloucester사의 스쿠너들(schooners)이 돛을 가능한 한 팽팽하게 펴려고 노력하기 시작한 것은 19세기 중반 이후였다(E. K. Chatterton, *The Ship under Sail*, Fisher Unwin, London, 1926, p.207). 그러나 곧 알게 되겠지만, 중국의 돛자리와 활대가 달린 연범(筵帆, mat-and-batten sail)은 14~15세기에 이미 이 공기역학적인 장점을 이용하고 있었다. 통찰력이

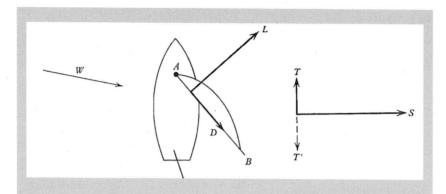

〈그림 1006〉 돛으로 항해하는 선체에 미치는 바람의 작용에 대한 설명도. 설명은 본문을 보라. 여기에서 보이는 것은 거의 옆바람과 포앤애프트세일의 경우이다.

있던 Dinwiddie 박사는 18세기 말에 돛을 팽팽하게 펼치는 행동의 가치를 주목하였다. 그는 "수평의 대나무에 단 (중국의) 돛은 유럽의 돛에 비해 불룩해지지 않는다는 한 가지 이점을 가지고 있다"고 서술하였다(W. J. Proudfoot, *Bibliographical Memoir of James Dinwiddie, LL. D.,* …, Howell, Liverpool, 1868, p.65).

과학적 원리에 기초를 둔 가장 근대적인 요트의 돛 중 어떤 것은 활대(batten)가 부착되어 있는 중국의 여러 개의 아딧줄 장치를 이용하고 있다(Manfred Curry, *op. cit.,* pp.210, 213, 311.; Idem, *Clouds, Wind and Water,* Country Life, London, 1951, pp.85, 89.; Idem, *Wind and Water,* Country Life, London, 1930, pp.70, 77, 83, 95, 100, 110.; P. Budker, "Entretien avec Manfred Curry," *NEPT,* 1949, no.14.; Wells Coates, "Design of a 'wingsail catamaran' with rigid sail," In Designers in Britain, 1, p.241. Wingate, London, 1947.; Idem, "A Wingsail Catamaran," *YM,* 1946, 81 등을 참조). 최초로 활대를 사용한 선박 중 1890년에 Linton Hope가 설계한 경주용 카누욜(canoe yawls)이 있었다(George Naish 해군중령의 서신). 기상 조건에 따라 압력에 의해 조정될 수 있는 부풀린 폐타이어 관(inflatable tyre tubing)으로 활대를 만들기도 했다(故 H. E. Tunnicliffe의 서신). 그러나 현재에는 누름대가 일반적으로 돛의 줄폭 길이가 아니라 리치(leech)의 형태로 규정할 수 있을 만큼 짧다. 이것은 앞에서 말한 소버린호(*Sovereign*)의 사진에서 볼 수 있다.

중국식 누름대가 달린 돛을 최신 요트에 이용한 좋은 예는 1960년 여름 H. G. Hasler 해군중령이 직접 창설한 대서양 단독 횡단 경주에서 그의 요트가 2등을 한 사실에서 볼 수 있다. 그의 제스터호(*Jester*)는 지삭(stay)이 없는 돛대에 5개의 누름대를 넣은 테릴렌(Terylene) 섬유로 만든 러그세일을 달고 있었다. 이 돛은 순수한 중국식 돛이었으며, 약간의 변경은 있지만 고전적인 여러 개의 아딧줄, 상부활대줄(topping lift) 등을 사용하고 있었다.

돛에 작용하는 바람의 힘을 간단히 설명하면 다음과 같다(<그림 1006>을 보라). 바람 W는 임의의 각도로 돛이나 (간단히 말하면) 아래활대 AB를 친다. 앞서 언급한 돛 양면의 압력차는 AB와 직각인 양력 L을 그리고 AB에 평행인 저항력 D를 만든다. L을 D보다 훨씬 크게 하는 것이 공기역학적인 설계의 궁극적인 목표인데, 조선기술자들도 과거 수 세기 동안 무의식중에 비슷한 일을 해왔다. 선박이 바람을 거슬러 항해하는 경우에는 L과 D가 다른 두 개의 구성 요소인 T와 S로 나누어진다. T는 선박으로 하여금 바람을 안고 침로를 따라 앞으로 나아가게 하는 힘이고, S는 선박을 옆으로 가게 하여 바람 부는 쪽으로 밀려가게 하는 힘이다. S에 대응하기 위해서는 선체, 용골, 리보드(leeboard)가 이용된다.[17] 선박이 바람에 너무 가까워지면 D가 커지고 L이 작아지므로, 힘 T는 전방이 아니라 후방을 향해 (T'처럼) 움직이게 되고, 따라서 선박은 앞으로 나아가게 된다. 하활의 길이에 비해 돛의 높이를 크게 하면 L／D의 비율이 커지므로, 돛이 길고 작아지는 역사적 경향을 이해할 수 있다.[18] 또한 하활이 없는 스퀘어세일은 앞쪽으로 팽팽하게 펴질 때조차도 바람 불어오는 쪽으로 쉽게 작동할 수 없을 것이다.[19]

---

17 돛에 작용하는 공기의 전체 힘은 바람의 유입 방향과 직각보다 1~2° 방향으로 즉 5°를 넘지 않을 정도로 뒷방향으로 작용한다. 따라서 이 힘은 선체, 용골 등이 균형을 이루게 하는 커다란 側面成分(large sideways component)과 선박을 전진시키려 하는 작은 前方成分(small forward component)을 갖고 있다.

18 Manfred Curry, *Yacht Racing : the Aerodynamics of Sails, and Racing Tactics*, Bell, London, 1928, pp.34 이하를 참조. 여기에서도 중국인이 경험을 통해 높이 솟은 돛이 유리하다는 것을 오래전에 알 수 있었으며, 많은 유형의 중국 선박이 이런 돛을 특징적으로 갖고 있었음을 알 수 있다(<그림 987>를 참조).

19 그것은 앞쪽 끝 즉 러프(luff)가 고정되어 있지 않기 때문에, 가장자리 근처에 미치는 이처럼 큰 공기 압력을 견딜 수 없다. Humber Keel(Sir Alan Moore, "Last days of Mast and Sail : an Essay in Nautical Comparative Anatomy," Oxford, 1925.; E. W. White, *British Fishing-Boats and Coastal Craft : Pt.I, Historical Survey*, Science Museum, London, 1950, p.18)처럼, 바람을 거슬러 항해할 수 있는 성능 때문에 유명한 스퀘어세일선(Square Sail Ship)이 있었다. deal pilot-gallet(E. W. White, *op. cit.*, p.29)처럼 러그세일이지만 돛대에 대해 좌우 대칭이기 때문에 거의 스퀘어세일이라고 해도 좋은 돛을 단 범선도 있다. 그러나 그 선박들이 성행했던 것은 과거 2세기 동안이다.

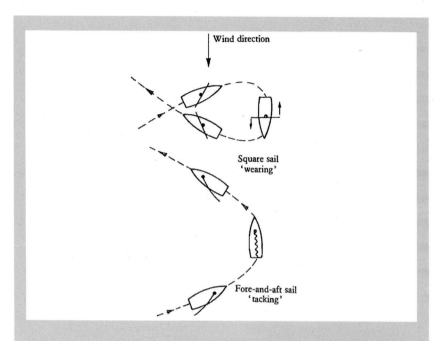

〈그림 1007〉 지그재그로 바람을 안고 가는 태킹(tacking)과 바람을 등지면서 도는 웨어링 (wearing)의 원리를 보여주는 그림. 포앤애프트세일선은 항상 태킹으로 항해하고, 스퀘어세 일선은 웨어링으로 풍상을 향해 나아간다.

다시 말하면 그 돛을 세로 방향으로 끌어당기는 데 다소라도 근대적인 기술을 사용하는 것이 가능한 이후였다. 이와 같이, 앞쪽 가장자리 즉 luff를 고정한다는 것은 완전한 포앤애프트세일의 돛대에 상당한다. 고대 및 중세의 선원들이 stayer shroud(돛대 밧줄이나 導風板)를 장치할 수 있었다고 해도 포앤애프트세일을 펼치는 것은 불가능한 일이었다. 마지막으로, 선체의 형태도 생각해야만 한다. 만약 고대의 사각돛을 이렇게 방향을 바꿀 수 있었다고 해도, 고대의 선체에 바람 부는 쪽으로 흘러가는 것을 막도록 장치된 것은 없었다.

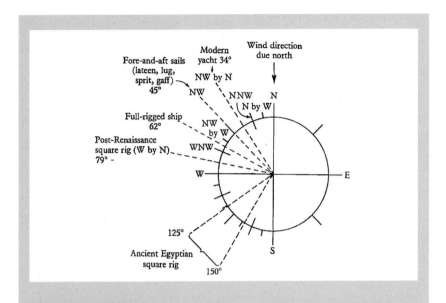

〈그림 1008〉 각종 선박이 풍상을 향해 항해하는 능력. 풍배도(風配圖, wind rose) 위에 여러 각도가 보인다. 비행기의 실속(失速, stalling)과 마찬가지로(Joseph Needham, *Science and Civilization in China*, Vol.4, pt.2, p.592를 참조), 공기역학적인 한계는 30°내외이다. 풍압차 (風壓差, leeway)는 선수 방향과 실제 나아가고 있는 방향의 차이를 뜻한다.

    돛을 사용하기 시작한 초기부터 바람을 향해 곧장 나아갈 수 없었기 때문에, 가능한 한 바람 불어오는 쪽을 향한 침로를 되풀이하여 유지하면서 나아가야 한다는 것은 알려져 있었다. 널리 알려진 것처럼, 이러한 지그재그 이동은 보통 태킹(tacking)으로 불린다. 그러나 선회 이동(movement of turn)은 돛의 유형에 따라 다양하다. 스퀘어세일선은 종종 태킹을 할 수 없었으며, 선미를 바람쪽으로 선회시켜 웨어링을 하지 않을 수 없었다(<그림 1007>를 보라). 라틴세일을 단 범선도 마찬가지인데, 이 경우에는 태킹을 할 때가 있다.[20]

---

20 R. Le B. Bowen, "Arab Dhows of Eastern Arabia," *ANEPT*, 1949, 9의 훌륭한 묘사를 보라.

그렇지만 포앤애프트세일이 발달된 중국 선박의 유형에서는 타(helm)를 간단하게 설치하고, 선수가 바람을 향하게 해야 하며, 돛은 반대쪽으로부터 바람을 받게 될 때까지 느슨하게 걸려 바람에 펄럭이도록 해야 한다. 그 침로가 어디까지 풍상(風上)을 향하는지는 <그림 1008>에서 볼 수 있다. 이집트처럼 고대의 스퀘어리그(square rig)를 한 선박은 옆바람(beam wind)도 완전하게 이용할 수 없었다.[21] 르네상스 이후에는 바람에 대한 스퀘어세일선의 한계가 6~7포인트(70°)였는데, (삼각돛을 포함해서) 포앤애프트세일선은 4포인트 가까이까지 항해할 수 있었다. 현재의 요트에서[22] 4포인트(45°)가량이 충분히 가능하다.[23] 이러한 것을 염두에 두고, 사료와 중국인의 기여도를 살펴보기로 하자.

2) 활대 달린 연범(筵帆)의 공기역학적 특징

가장 특징적인 중국 돛은 균형 잡히고 빳빳한 러그세일이다. <그림 1009a>[24]는 이러한 돛을 분명하게 보여주고 있다. 이것은 북방형 돛이며, 남방형 돛은 뒤쪽 끝 즉 리치(leech)가 둥글다.[25] 이미 인용한 사료에서 보았듯

---

21 R. Le B. Bowen, "Experimental Nautical Research : Third-Millennium B.C. Egyptian Sails," *MMI*, 1959, 45의 경험적인 연구 결과를 따른 것이다.

22 버뮤다 커터(Bermudan cutter) 같은 선박이 그러하다.

23 이것들은 대체로 인정된 추정치들이다.

24 G. R. G. Worcester, *The Junks and Sampans of the Yangtze : a study in Chinese Nautical Research*, vol.1, Introduction and Craft of Estuary and Shanghai Area, Inspectorate-General of Customs, Shanghai, 1947, pp.65, 81 이하와 vol.2, pp.256, 501.; Idem, *Junks and Sampans of the Upper Yangtze*, Inspectorate-General of Customs, Shanghai, 1940, pp.11 이하.; L. Audemard, *Les Jonques Chinoises : II. Construction de la Jonque*, Museum voor land- en Volken-Kunde & Maritiem Museum Prins Hendrik, Rotterdam, 1957, pp.36 이하.; J. Poujade, *La Route des Indes et Ses Navires*, Payot, Paris, 1946, pp.159 이하. H. Warington Smyth, *Mast and Sail in Europe and Asia*, Blackwood, Edinburgh, 1906, p.461은 실제 선원의 관점에서 서술되어 있다. Adm. F. E. Paris, *Essai sur la Construction Navale des Peuples Extra-Européens*, Arthus Bertrand, Paris, n.d.(1841~3), pls, 49~68의 그림도 참조할 만하다.

이, 중국 돛에는 보강하기 위해 대나무로 만든 활대(batten)나 윗가지(條, laths)가 들어 있다. 그 양끝은 상활(yard)로부터 돛 주변의 보강 로프인 볼트로프(bolt-rope)에 고정되어 있으며, 이 로프는 일종의 골조 사다리(skeletal ladder)로서 '돛의 골조(sail-frame)'라고 부를 수 있을 만큼 무게를 지탱한다. 범포(帆布, fabric of the sail)는 이 골조의 둘레와 각 누름대와 결부되어 있어서(<그림 1010>, <그림 1011>) 매우 평평하게 유지되고 있다. 대나무를 엮어 만든 돛(帆)[26]이 널리 이용되고 있었기 때문에 이러한 골조가 필요하게 되었으며, 그 결과 균형을 이룬 러그세일 모양이 생겼다. 이미 검토해 보았듯이, 돛을 팽팽하게 하는 것(tautness)의 공기역학적 중요성은 대단하며, 그러한 디자인은 틀림없이 가볍고 강한 재료를 손쉽게 구할 수 있었기 때문에 가능하게 되었으며, 다른 문화에서는 결코 나타나지 않는다.[27] 이 점에 대해서는 뒤에서 다시 논하려 한다. 활대는 최소한 서로 다른 다섯 가지의 이점을 가지고 있다. 활대는 정확하고 단계적인 축범(縮帆, reefing)을 가능하게 한다. 그것은 즉각적인 돛 접기를 가능하게 하며, 돛 설치 시스템(setting system)이 다른 돛에 비해 튼튼한 천을 필요로 하지 않고, 승조원이 어느 쪽이든 쉽게 접근할 수 있는 사다리 역할을 하고, 무엇보다도 돛이 찢겨지거나 바람에 날아가는 것을 충분히 막아준다. 그러므로 중국의 돛은 절반 정도 구멍이 나도 여전히 바람에 잘 날린다.

---

25 특히 H. Lovegrove, "Junks of the Canton River and the West River System," *MMI*, 1932, 18.; D. W. Waters, "Chinese Junks : the Hangchow Bay Trader and Fisher," *MMI*, 1947, 33을 보라.

26 <그림 939>, <그림 943>, <그림 975>, <그림 977>, <그림 1009b>를 참조.

27 돛을 팽팽하게 하는 것의 필연적인 결과로서 중국에서는 돛을 뱃머리에 매는 돛줄 즉 바우라인(bowlines)을 결코 필요로 하지 않았거나 사용하지 않았다.

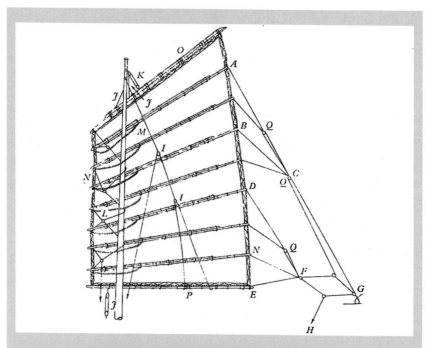

〈그림 1009a〉 중국 선박의 주돛(main-sail)의 개략도(출처 : G. R. G. Worcester, *The Junks and Sampans of the Yangtze : a study in Chinese Nautical Research*, Inspectorate-Gene ral of Customs, Shanghai, 1947~8).

ABDE 여러 개의 아딧줄을 매어 놓은 상황
ABC 아딧줄의 상부 가동 부위(upper flexible section). .
DEF 아딧줄의 하부 가동 부위(lower flexible section)
CG, FG 아딧채(main sheet)
G 갑판 위의 고리가 달린 볼트 즉 링볼트(ring-bolt)
H 아딧채의 조절 부위(feeding part)
I, I 상부 활대줄 즉 토핑리프트(Topping lift)와 빗줄을 끼우는 작은 구멍이 뚫린 길쭉
　　한 나무나 금속판 즉 유프르(euphroes)
J, J 주돛을 올리고 내리는 마룻줄(halyards)
K 주돛의 상활을 매달기 위한 보조 마룻줄
L, L 잡아당기기 위한 활대승강용 고리(hauling parrels)
M, M 활대 승강용 고리(parrel)
N, N 돛의 자유변(free edges)을 따라 있는 보강 빗줄 즉 볼트로프(bolt-ropes)
O 상활(yard)
P 하활(boom)
Q 아딧줄의 유프르(euphrose)

〈그림 1009b〉 인경(麟慶)의 『하공기구도설(河工器具圖說)』(卷四, p.3)에 있는 표준적인 수송용 정크. 중국의 전통화 중 상태가 가장 좋은 것이며, 활대의 배치, 여러 개의 아딧줄과 그 유프로(euphroes), 마룻줄(halyard) 그리고 상부 활대줄(topping lift)이 묘사되어 있다. 보통 선미(오른쪽)가 선수보다 높게 되어 있는데, 여기에서는 권양기(capstan)와 사조묘(四爪錨, grapnel)가 눈에 뜨인다. 또 긴 타 손잡이(long tiller)가 보이기는 하지만, 선미에 보이는 물체는 아마 긴 타의 상부가 아니라 삼판일 것이다. 이러한 유형의 선박에 의한 수송은 하천뿐만 아니라 연안에서도 실시되었을 것이다.

〈그림 1010〉 하선(河船)인 「대박두(大舶頭)」(〈그림 987〉를 참조)의 주돛. 비바람 속에서 산동(山東) 해안 근해까지 항해하는 중이다(Waters Collection. National Maritime Museum, Greenwich). 범장(rig)을 상세히 볼 수 있다. 앞쪽에는 여러 개의 아딧줄(sheet)이 있고, 그 유프로(euphroes) 중 2개가 보인다. 아딧줄은 활대(batten) 뒤쪽에 있고, 그곳에는 돛 가장자리를 따라 볼트로프(bolt rope)가 보인다. 그 저편의 좌우 양현에서는 상부 활대줄(topping lift)용 로프가 3개 보인다(〈그림 1009a〉의 I, I). 그리고 좌현에 치우쳐 있는 2륜 도르래(twofold purchase)와 상부 활대줄의 피드(feed)가 있다. 미릿줄(〈그림 1009a〉의 J, J)은 주돛의 반대쪽에 있다. 그러나 앞돛대의 큰 돛에 달린 4개의 메인시트(main sheet)와 그 밑에 있는 유프로를 향해 모여 있는 방사선 모양의 로프가 좌현 갑판의 밧줄걸이용 막대(belaying cleats)를 향해 이어져 있는 것이 보인다(〈그림 987〉을 참조). 돛의 크기는 그 곳에 있는 3명의 인물을 보고 추측할 수 있다. 미즌마스트(mizen masts)의 미릿줄이 이 사진의 왼쪽 끝을 지나고 있다. 우현에는 구식의 각등(角燈, lantern)이 보인다.

〈그림 1011〉 웨이하이웨이(威海衛)에 입항한 안둥(安東) 화물선에 달린 돛의 뒷면 모습 (Waters Collection, National Maritime Museum, Greenwich). 활대(batten) 기장자리에 달린 여러 개의 아딧줄, 대나무로 만든 보조 활대(auxiliary bamboo batten), 볼트로프 (bolt rope, 〈그림 1009〉의 N. N), 여러 조각을 덧댄 옆에 있는 캔버스 천 등이 확실하게 보인다.

여러 개의 아딧줄 즉 요사(繚絲)도 대단히 흥미로운 장치이다. 각 활대는 로프의 고리와 추에 의해 다른 모든 것들과 연결된다. 그 모든 것들은 도르래를 지칭하는 관렬(關捩)과 유프로(euphroes)[28]를 통해 모여 결국 갑판에 있는 한 개의 메인시트(main sheet)로 이어지며, 이것은 <그림 1009a>에서 볼 수 있는 G이다. 이처럼 돛은 여러 부분(예를 들어 ABC, DEF)으로 구분된다. 아딧줄을 당기는 방식(sheeting)이 아주 다양한 것은 당연하지만, 우스터와 시고(Worcester & Sigaut)는 그 중 많은 것을 설명하고 있다.[29] 활대의 수가 많으면 많을수록 아딧줄의 수도 많아지고, 돛이 팽팽해질수록 돛의 리치(leech) 조절도 더 좋아진다(<그림 1011>, <그림 1014>). 마룻줄을 지칭하는 이람(帷繂, halyards)인 J와 K는 돛대의 꼭대기를 뜻하는 외두(桅頭, masthead)와 활대를 뜻하는 범강(帆杠, yard)의 도르래를 통과한다. 돛은 각 활대에 있는 활대 승강용 고리(parrel) M에 의해 돛대에 고정된다. 또 그림 중 L과 같은 끌어당기는 돛대 활강용 고리(hauling parrel)가 있어서 이것을 도와주고, 돛을 접을 때 돛의 형태를 유지해준다. 돌풍이 불 때에는 마룻줄을 조작할 필요가 있다. 왜냐하면 돛이 두 개의 상부 활대줄을 뜻하는 범강승(帆杠繩, topping lift) 사이로 자연스럽게 내려오고, 가장 아래쪽에 있는 누름대가 있는 부분이 접혀지고, 아딧줄도 자동적으로 접혀져 쉽게 복원할 수 있기 때문이다.[30] 돛이 엉키

---

28 euphroes는 여러 개의 로프를 통과시키기 위해 많은 구멍을 낸 긴 도르래 장치이며, 도르래 그 자체는 아니다. 關捩이라는 흥미로운 용어와 사용 방식이 여러 가지인 기계공학의 표현에 대해서는 Joseph Needham, *Science and Civilization in China*, Vol.4, pt.2, p.485를 보라. 또한 Joseph Needham, Wang Liang & D. J. de S. Price, *Heavenly Clockwork : the Great Astronomical Clocks of Mediaeval China*, Cambridge, 1960, pp.130 이하도 보라. 여기에서는 關捩이 아닌 關板이라고 하는 것이 더 나은 것으로 보인다.

29 G. R. G. Worcester, *The Junks and Sampans of the Upper Yangtze*, Vol.1 : Introduction and Craft of the Estuary and Shanghai Area, Inspectorate-General of Customs, Shanghai, 1947, pp.103 이하. <그림 986>, <그림 987>, <그림 1010>을 참조.

30 『高麗圖經』(1124)에는 "바람의 강약에 따라 돛을 적절하게 (구부려) 접어둔다"고 기술되어 있다. <그림 937>을 참조.

는 경우는 전혀 없다. 오드마르(Audemard)가 강조했듯이, 이 시스템은 "거친 날씨에 항상 위험하게 사람을 높은 곳으로 올려 보내는 것을 피할 수 있다."[31]

스미스(Smyth)는 다음과 같이 기술하고 있다.[32] "이러한 유형의 돛을 다루어본 경험에 대해 말할 수 있는데, 일단 여러 항행 포인트(points of sailing)에서 돛의 균형과 조작법을 배우고 나면 이것만큼 쉬운 돛이 없다고 말할 수 있을 것이다." 또 다른 전문가인 피츠제럴드(Fitzgerald) 해군대령은 중국의 선박을 "세계에서 가장 다루기 쉬운 선박"이라고 말하고 있다. 스미스는 다른 곳에서 다음과 같이 부언하고 있는데, 이 부언은 자주 인용되고 있다.[33] "광활한 내륙 수로뿐만 아니라 파도가 높고 거친 대양에서도 사람과 상품을 운송하는 목적에 (중국의 정크보다) 더 적합하고 더 나은 선박이 있을지 의심스럽다. 그리고 돛의 편평함과 용이한 조작이라는 점에서 중국의 것을 능가하는 범장(帆裝)이 있을 수 없다는 것은 확실하다." 그리고 파리(Paris) 제독은 그 범장을 "가장 뛰어난 중국 발명품 중 하나"라고 말하고 있다. 그와 다른 사람들이 중국의 범장을 비판하는 유일한 내용은 그것이 너무 무거워질 수 있다는 것이다. 이것은 <그림 1012a>와 <그림 1012b>에 있는 「보경구자(寶慶邱子)」의 사진을 보면 사제한 것을 알 수 있을 것이다.[34]

---

31 L. Audemard, *Les Jonques Chinoises : III. Ornementation et Types*, Rotterdam, 1960, p.33. 宋應星의 "脚注"(『天工開物』, 第九, p.2) 중 하나에 강풍이 볼 때 1명의 선원이 도르래 장치로 끌어올리는 것을 보기 위해 일종의 돛대 망루(crowsnest)에 배치되어 있다고 기록되어 있는 것이 사실이지만, 문헌, 도해, 그리고 경험으로 이것을 확인할 만한 것은 전혀 찾을 수 없다.

32 H. Warington Smyth, *op. cit.*, p.465, 1st ed., p.406.

33 *Ibid.*, p.455, 1st. ed., p.397.

34 G. R. G. Worcester, *op. cit.*, vol.1, pl.14, vol.2, pl.199를 참조.

(a)   (b)

〈그림 1012a, b〉 항해 중인 화물선. 후난성(湖南省) 창사(長沙)의 남쪽에 있는 샹탄(湘潭)으로부터 샹강(湘江)까지 걸쳐 있는 큰 다리에서 바라본 장면(필자가 1964년 촬영). 이처럼 스마트하고 완전하게 정비된 강선(江船)은 전장이 약 75피트, 자수(資水)의 지류에 있는 한 도시(현 邵陽)의 이름이 붙어있으며, 그에 대한 설명과 비례 척도는 G. R. G. Worcester, *The Junks and Sampans of the Yangtze : a study in Chinese Nautical Research*, vol.2, Inspecto rate-General of Customs, Shanghai, 1948, p.431, pl.156에 있다. 이 사진에서 여러 가지를 볼 수 있다. 눈에 띄는 균형타(balanced rudder), 여러 개의 아딧줄, 돛을 돛대에 달고 있는 활대 승강용 고리(parrel), 마룻줄, 부차적인 마룻줄(secondary halyard), 상부 활대줄(topping lift)의 로프, 잡아끌기용 고리(hauling parrel, 〈그림 1014〉를 참조), 매트로 지붕을 덮은 화물용 갑판에서 가교 역할을 하는 목재걸이 쇠(lumber irons), 선수 중앙에 있는 구식 권양기(capstan) 등이 있다. 이 권양기는 돛이나 닻을 올리는데 사용된다. 화물의 일부를 이루는 빈 대형 항아리는 대두조림(soya-bean sauces) 즉 장유(醬油)를 넣기 위해 널리 사용되었다.

바로 앞에서 언급했듯이, 양쯔강 남쪽의 모든 중국 선박에서 돛의 꼭대기 (sail-peaks)와 리치(leeches)는 아주 둥글고, 따라서 멋진 사각형 모양(<그림 1005>의 D. D')이 사분원(四分圓, quarter disc)의 부드러운 윤곽을 보이는 경향이 있다. 이러한 경향이 지금까지 이어져 주강(珠江)과 레이저우(雷州) 반도 사이에 있는 양강(陽江)의 어선과 화물선에서는 활대가 포앤애프트세일 가장 자리의 하단에 모여 있어 돛이 우아한 부채꼴 같은 인상을 준다(<그림 1013>). 양강선(陽江船)의 앞돛대에 달린 큰 돛은 주목할 가치가 있는데, 상세한 내용에 대해서는 <그림 1014>에서 볼 수 있다.

중국의 균형 잡힌 러그세일은 인간의 풍력 이용 측면에서 가장 뛰어난 업적에 속한다고 할 수 있다. 발달사에 대해서는 거의 알 수 없지만, 야자나무의 줄기를 계속 엮어서 만든 데에서 유래했다는 설이 있는데, 그렇게 되면 중앙줄기(central stem)나 잎의 주맥(主脈, mid-rib)이 자연적으로 활대 역할을 할 수 있게 된다.[35] 곧 보게 되겠지만, 포앤애프트세일(fore-and-aft)과 관련된 가장 오래된 중국의 문헌도 바로 그러한 엮음을 언급하고 있다. 그러나 러그세일이 중국 선박에서 사용되던 유일한 유형의 돛은 아니었다. 양쯔강 상류에는 스퀘어세일(square-sail)이 존재하고 있다. 그것의 (가벼운 로프를 꿰어서 만든) 보강재는 수평이 아니라 수직으로 설치되어 있고, 돛을 말아 올리는 기술 (roller-reefing technique)이 사용된다.[36] 좁고 긴 천으로 만들어진 스퀘어세일은 첸탕강(錢塘江)에서 사용되고 있다(<그림 971>). 또한 재미있는 것은 진정한 스프리트세일이 중국에도 존재한다는 사실이다(<그림 1015>).[37] 이 돛은 활대가 없으나 수평 방향으로 보강되어 있다는 점에서 유럽식과 다르다. 그리고

---

35 R. Le B. Bowen, "The Origins of Fore-and-Aft Rigs," *ANEPT*, 1959, 19, pp.194 이하.

36 G. R. G. Worcester, *Junks and Sampans of the Upper Yangtze*, Shanghai, 1940, p, 12. 이것은 인도네시아의 경사진 횡범(canted square-sail)과의 연관성을 보여주고 있다.

37 G. R. G. Worcester, *The Junks and Sampans of the Yangtze*, vol.1 : Introduction, and Craft of the Estuary and Shanghai Area, Shanghai, 1947, pp.74, 84, 162.; R. F. Fitch, "Life afloat in China," *NGM*, 1927, 51.

여러 개의 아딧줄 시스템이 사용되고 있으므로, 경사진 지삭(支索, vangs)이 불필요하다.[38] 중국식 스프리트세일에는 쥠줄(brails)이 없다. 왜냐하면 돛이 마룻줄을 들어 올리거나 내리는 방식으로 조작되기 때문이다.[39] 중국에 진정한 스프리트세일이 존재한다는 것은 확실히 아주 흥미로운 사실이다. 비록 역사적인 중요성을 입증할 만한 증거가 아직 부족하기는 하지만, 이 돛은 돛대 앞쪽에 아무것도 없기 때문에 종범의 가장 발달한 형식 중 하나로 이해될 수 있을 것이다.

중국 문화권 밖에서는 활대 달린 연범(mat-and-batten)이 널리 퍼져 있지 않다.[40] 물론 일본에서는 이 돛이 아주 일찍부터 사용되었으며,[41] 그 돛이 일본의 12세기 그림에 매우 분명하게 묘사되어 있다(곧 보게 될 <그림 제1033a>). 그 돛은 또한 몰디브 제도(Maldive Islands)에까지 퍼져 있었는데, 그곳에서는 그 돛을 흔하게 볼 수 있다.[42] 16세기에 포르투갈인은 이 돛의 우수성을 인정하였으며,[43] 우리가 이미 보았듯이 자신들의 범선 로르차(lorcha, <역자주 : 서양식 선체의 중국배>)에 그 돛을 달았다. 그러나 그것이 유럽이나 다른 지역으로 확산되는 데는 약간의 어려움이 있었는데, 그것은 아마도 활대로 이용될 대나무나

---

38 경사진 支索(vangs)은 스프리트(sprit)나 개프(gaff)의 상단에서 舷端(gunwale)까지 연결되는 버팀줄(guys) 즉 로프이다. 그것의 역할은 돛의 정점을 바라는 위치에 유지하는 것이다.

39 쥠줄(brails)은 돛의 뒤쪽 끝 또는 아래쪽 끝으로부터 돛대나 상활 위에 있는 도르래를 통해 끌어당기는 로프이며, 그래서 이 쥠줄은 돛을 걷기 위해 모여지거나 묶여졌다.

40 말하자면, 앞에서 언급했듯이 현대 경주용 요트의 돛에 활대(batten)와 반활대(half-batten)을 채택한 것과 같다.

41 F. P. Purvis, "Ship Construction in Japan," TAS / J, 1919, 47.; F. Elgar, "Japanese Shipping," TJSL, 1895, 3. 그러나 일본인은 이상하게도 높은 횡범(tall square-sail)을 좋아했다. C. Noteboom, Trois Problèmes d'Ethnologie Maritime, Museum voor land- en Voljen-Kunde & Maritiem Museum Prins Hendrik, Rotterdam, 1952를 참조.

42 J. Hornell, "The Origins and Ethnological Significance of Indian Boat Designs," MAS / B, 1920, 7, p.181.; R. Le B. Bowen, "Eastern Sail Affinities," ANEPT, 1953, 13, p.195.

43 ed. C. R. Boxer, South China in the Sixteenth Century : being the Narratives of Galeote Pereira, Fr. Gaspar da Cruz, O.P., and Fr. Martin de Rada, O.E.S.A.(1550~1575), Hakluyt Society, London, 1953, p.294에 있는 de Rada(1575)의 표현을 참조.

〈그림 1013〉 바람이 불지 않아 정지해 있는 양쯔강의 어선용 정크. 극단적일 정도로 둥글게
된 돛의 세로 가장자리(sail leeches)가 보이는데, 이는 중국 남부 연안의 특징이다(Waters
Collection, National Maritime Museum, Greenwich). 상황(yard), 활대(batten), 하활
(boom)은 모두 돛의 바깥가장자리(luff edge) 밑 부분을 향하고 있으며, 그렇기 때문에 러그
세일은 언뜻 보기에 펼친 부채처럼 보인다. 뒷돛대의 돛에서는 여러 개의 아딧줄이 돛의 세로가
장자리보다 약간 앞에 매어있는 것이 보이며, 상부 활대줄(topping lift), 활대 승강용 고리
(parrel), 잡아끌기용 고리(hauling parrel)도 식별할 수 있다. 이 선박이 다른 선박과 다른
점은 돛대의 눈에 띄는 버팀줄(stay)이며, 이는 유럽의 버팀줄 방식을 채택한 것으로 보인다.
어쨌든 태풍이 올 경우에 유용했었을 것이다. 구조를 보면, 선미는 홍콩식 정크(〈그림 1044〉를
참조)의 선미를 생각나게 하며, 외판(strakes)은 끼워잇기(scarf joints)에 의해 선미로 수렴되
며, 선미쪽 트랜섬(after-most transom)은 비교적 작다. 그러나 트랜섬은 돌출한 선미전망대
(stern gallery) 밑에 있는 선미 트랜섬(aft transom)에 의해 숨겨져 있다. 수직타를 위한 큰
구멍이 보이는데, 수직타는 물속에 깊이 들어가 있어 보이지 않는다.

다른 중요한 재료가 없다는 점이었을 것이다. 그러나 1829년에 캘커타(Calcutta)에서 활동하던 영국 증기선 포브스호(Forbes)는 중국식 활대 달린 대형 연범을 달았다.[44] 러그세일의 발명과 전파에 관한 문제는 돛의 모양과 완전히 다른 별개 문제이기 때문에, 여기에서는 후자만을 짧게 검토하려고 한다.

---

44 G. R. G. Worcester, *The Junks and Sampans of the Yangtze* … , vol. I , Introduction, and Craft of the Estuary and Shanghai Area, Inspectorate-General of Customs, Shanghai, 1947, p.69.

〈그림 1014〉 양쯔강의 어선용 정크에 달려있는 앞돛대의 돛(foresail)을 펼치고 있어 범장의 모습을 더욱 분명하게 보여주는 사진(Waters Collection, National Maritime Museum, Greenwich). 돛의 모양과 돛대의 버팀줄은 〈그림 1013〉을 통해 예상되는 그대로인데, 여기에서는 활대가 정상 간격을 유지하도록 여러 개의 방사형 로프로 결합되어 있는 것을 더 잘 알 수 있다. 상부 활대줄 시스템(topping lift system)이 잘 보이며, 4개의 견고한 와이어 활대 승강용 고리도 있기 때문에 종범이 자연스럽게 앞으로 움직이는 것을 막고 있다. 활에서 시작하여 돛대에 몇 차례나 감겨져 있는 견고한 도르래 고릿줄(heavy strop)도 동일한 역할을 하고 있다. 또한 잡아끌기용 고리(hauling parrel)가 복잡하게 달려있는 것을 볼 수 있다(G. R. G. Worcester, *The Junks and Sampans of the Yangtze : a Study in Chinese Nautical Research*, Inspectorate- General of Customs, Shanghai, 1948, p.71을 참조). 이것은 돛을 뒤쪽으로 향하게 하고 균형을 잡게 하는데 유용하다. 이 시스템은 Worcester의 pl.15에 있는 변종 C와 비슷하다. 여러 개의 아딧줄이 물론 숨어 안 보이지만, 겹도르래(復滑車, purchase block)는 그늘에 있는 사람의 배후에서 보인다. 두 번째 인물은 선수에 앉아 있으며, 옆에 도끼형 닻과 꼭대기에 닻장이 있어 닻줄이 얽히지 않는 중국식 닻이 보인다. 뒤에는 주돛이 있으며, 겹쳐진 부분이 없이 웅장하게 돛이 펼쳐져 있다.

〈그림 1015〉 샹강(湘江)에 있는 창사(長沙) 지방의 스프리트세일이 달린 삼판(필자가 1964년에 촬영). G. R. G. Worcester, op. cit., vol.2, p.442, pl.167에 설명과 비례 척도(scale drawing)가 있다. 보면 알 수 있듯이, 아주 작은 돛이라 해도 여러 개의 아딧줄을 가지고 있다.

3) 역사에 나타나는 중국 돛

중국 돛의 역사에 관해 우리가 지금 어떤 자료를 모을 수 있을까? 고대 갑골문자의 범(凡)은 후에 '모두'를 의미하는 글자가 되었고 또한 접두어로는 '일반적으로 말해서'라는 의미로 사용되었는데, 원래의 형태(K625)는 돛을 표시하고 있었다. 이 그래프는 오늘날 오직 멜라네시아(Melanesia)에서만 사용된 것으로 알려진 쌍돛대 스프리트세일(double-mast-sprit-sail)을 보여주고 있음이 틀림없다는 점에서 대단히 흥미롭다(<그림 1005>의 Ⅰ, <그림 1016>을 참조).[45] 아마 이것은 기원전 2000년 후반기의 중국 문화에 미친 동남아시아나 오세아니아적 요소의 영향 중 하나일 것이다.[46] 그것은 중국식 러그세일의 조상이라기보다는 인도네시아의 경사진 스퀘어세일(canted square-sail)에 더 가까울 것 같다. 하지만 중국의 진정한 스프리트세일은 그것의 직계 자손일 것이다. 중국의 평형러그(balance lug)의 기원에 대한 분명한 증거가 없는 것이 사실이지만, 중국 연안에서 규칙적으로 방향을 바꾸는 몬순을 받아 항해하려 한다면, 풍부하고 구하기 쉬운 재료인 대나무를 엮어 만드는 돛을 사용하는 것이 가장 손쉬운 방법이었을 것임을 인정하지 않을 수 없다(<그림 9896>, <그림 1009a>, <그림 1009b>를 참조).

가장 오래된 한대(漢代)의 자료는 '괄석천리(颳蓆千里)' 즉 '연범(筵帆)으로 날아간다'는 표현을 통해 알 수 있듯이 연범을 가리키고 있는 듯하다. 그러나 나중에 통상적으로 쓰이게 된 범(帆)은 후한(後漢) 중기까지 포(布)와 합쳐져 포범(布帆)으로 사용되는 경우가 별로 없었다.[47] 그 단어(帆)를 사용하는 고대

---

45 R. Le B. Bowen, "Eastern Sail Affinities," *ANEPT*, 1953, 13, pp.86 이하, 101, 110.; Idem, "The Origins of Fore-and-Aft Rigs," *ANEPT*, 1959, 19, p.167을 참조.

46 Joseph Needham, *Science and Civilization in China*, vol. Ⅰ. pp.89 이하를 참조.

47 이렇게 보는 것은 Chhen Shih-Hsiang 박사 덕분에 가능하였다. 이 점에 관해 더 연구하는 것이 유익할 것이다. 『全上古三代秦三國六朝文』(後漢條項), 卷十八, p.129.; 『太平御覽』. 卷七百七十一, p.6을 참조.

〈그림 1016〉 파푸아(Papua)의 포트모르즈비(Port Moresby)에서 멜라네시아(Melanesia)
의 쌍돛대 스프리트세일(double-mast-sprit-sail)을 그린 스케치(출처 : R. le B. Bowen,
"Eastern Sail Affinities," ANEPT, 1953, 13과 A. C. Haddon & J. Hornell, Canoes of
Oceania, Bernice P. Bishop Museum, Honolulu, 1936, fig. 132)

의 방식은 바람과 연관성이 있어 보이는데, 예를 들면 2세기의 『설문(說文)』에
서는 범(颿), 6세기의 『옥편(玉篇)』에서는 범(颿)을 볼 수 있다.[48] 100년경에
유희(劉熙)가 편찬한 사전인 『석명(釋名)』에는 돛이 "장막(帳幕)처럼, 바람 불어
오는 쪽을 향하도록 조작하여 선박을 빠르고 가볍게 나아가게 한다(隨風張慢曰
帆 使舟疾汎汎然也)"고 기술되어 있다.[49] 하여튼 4세기 말에는 천으로 된 돛이
관용 선박에 사용되었음이 분명하다. 이것은 화가인 고개지(顧愷之)의 인생
이야기를 통해 알 수 있는데, 그는 그 당시 총독의 전속부관(aid-de-camp)이었
다.[50] 포범(布帆, cloth-sails)은 나중에 사치스럽고, 화려하며, 쾌활한 분위기를
나타내는 시어(詩語)가 되었다. 아마도 연범(筵帆, mat-sail)은 성능과 상관없기

---

48 卷十八, p.56과 卷二十, p.666.

49 卷二十五, 『釋名疏證補』, p.379.

50 『晉書』, 卷二十九, p.21.; tr. Chhen Shih-Hsiang, "Biography of Ku Khai-Chih," Univ. Calif. Press, Berkeley, Calif., 1953, pp.13, 25. 『世說新語』卷三下, p.13b를 참조.

때문에 관용 정크에서 사용하기에는 지나치게 조잡한 것으로 간주되었던 것 같다.[51] 여기에서는 돛의 모양이나 사용된 도르래 장치(tackle)의 종류에 대해 많은 관심을 보이지 않고 있다.

그러나 매우 중요한 3세기 문헌은 도르래 장치에 대해 관심을 보이고 있다. 예를 들면 만진(萬震)이 편찬한 『남주이물지(南州異物志)』에는 다음과 같이 기술되어 있다.[52]

외국인 즉 외성인(外城人)은 선(船)을 박(舶)으로 부른다. 큰 것은 길이가 20장 이상(150피트 이상)이고, 그 중 2장이나 3장(약 15~25피트)은 수면 밖으로 나와 있다. 멀리서 보면 '떠있는 회랑(flying galleries)'을 뜻하는 각도(閣道)[53]처럼 보이는데, 그 선박은 10,000부셸(斛)의 화물과 함께 600~700명을 태우고 다닌다.[54]

外城人名舡曰舡 大者長二十餘丈 高去水三二丈 望之如閣道 載六七百人 物出萬斛 (『太平御覽』, 卷七百六十九, 引南州異物志)

---

51 후세에는 기름먹은 비단으로 만든 돛에 대한 언급이 있다. 徐夢華에 의하면, "61년에 山東 근해를 항해한 金韃靼의 선박은 이러한 돛을 달고 있었는데, 송나라 선박의 로케트와 불화살에 의해 쉽게 불타버렸다고 한다(『三朝北盟會編』, 卷二百三十七, p, 1 이하.; Lo Jung-Pang, *Ships and Shipbuilding in the Early Ming Period*, Unpub. MS에 의해 언급되어 있다).

52 『太平御覽』, 卷七百六十九, p.6과 卷七百七十一, p.5에서 인용. tr. P. Pelliot, "Quelques Textes Chinois concernant l'Indochine Hindouisée," In *Études Asiatiques publíeea à l'Occasion du 25e Anniversaire de l'École Française d'Extrême-Orient*, van Oest, Paris, 1925. 영어 번역과 수정은 필자가 Wang Kung-Wu, "The Nanhai Trade : a Study of Early History of Chinese Trade in the South China Sea," *JRAS / M*, 1958, 31(pt.2), p.38을 보완한 것이다. Pelliot가 자신이 발견한 이 문장의 공학적인 중요성을 인정하지 않았던 것처럼 보이는 것은 주목할 만하다. 그렇지만 나중에 P. Paris, "Quelques Dates pour une Histoire de la Jonque Chinoise," *BEFEO*, 1952, 46과 같은 연구에 의해 인정되었다.

53 秦 始皇帝의 궁전과 같은 궁전에서 존재해온 것으로 나타나는 橋通道(bridge-corridors)나 開放回廊(open galleries)에 대한 언급이다.

54 여기서의 부셸은 260톤 정도를 의미하는 picul과 같다.

국경 밖의 사람들 즉 외요인(外徼人)[55]은 선박의 크기에 따라 때로는 돛을 4개나 다는데, 선수에서 선미로 차례로 달고 다닌다. 그들은 길이가 1장(7½피트) 이상인 노두(盧頭)나무[56]의 잎으로 엮어 용(牖)[57] 모양의 돛을 만든다.

4개의 돛이 직접 앞을 향해 있지는 않지만 경사지게 달려있기 때문에, 그 돛들은 바람을 받기도 하고 분산할 수도 있게 하기 위해[58] 모두 같은 방향으로[59] 고정될 수 있다(其四帆不正前向皆使邪移相聚以取風吹風). (가장 풍상쪽에 있는 돛)[60] 다음(에 있는 돛)은 바람의 힘을 (받아) 차례로 보내며, 그 결과 모든 돛이 바람을 받게 되어 있다(後者激而相射亦並得風力). 바람이 심해지면, 그들(선원)은 상황에 따라 돛의 면적을 줄이거나 늘린다. 이 경사진 범장(帆裝)에서는 돛에서 돛으로 차례로 바람을 보낼 수 있으며, 그렇기 때문에 높은 돛대를 보유해야 하는 걱정을 없애준다. 따라서 (이 선박들은) 강한 바람과 거친 파도를 피하는 것이 아니라 오히려 바람과 파도의 도움을 받아 대단한 속도를 낼 수 있다.

外徼人隨舟大小 或作四帆 前後沓載之 有盧頭木葉 如牖形 長丈餘 織以爲帆

---

55 이 구절은 중요하다. 만약 萬震이 먼 곳에서 온 외국인을 언급하고 싶었다면, 첫 번째 단락의 구절을 사용했을 것이다. 그러나 현재의 廣東省에 해당하는 이 지역은 삼국시대에는 吳나라에 비교적 느슨하게 종속되어 있었고, 安南과 Tongking은 더욱 더 느슨한 관계였다. 그러므로 이것은 아마 인도네시아 사람들이라기보다 오히려 이 연안 지역에서 온 선원들을 가리키는 말이었을 것으로 보인다. 이러한 견해는 『三國志』(吳志), 卷十五, p.9에 있는 呂岱의 인도차이나지역 정복(AD 230)에 관한 기사에서 사용된 용어에 의해 뒷받침되고 있다.
56 현재 정확히 알 수는 없지만, 바구니 만드는 데 사용되는 갈대나 골풀과 비슷할 것이다.
57 이 말은 『康熙字典』에도 없어 불명확하지만, 아마도 일종의 꽃병을 지칭하는 글자일 것이다. 또한 이 글자가 창문의 격자를 지칭할 가능성도 있다.
58 즉 서로 거의 평형이다. 글자 그대로의 뜻은 "그들이 서로 딱 맞게 움직였다"이다.
59 이 저자는 아마 후부선미(aft quarter)에서 불어오는 바람을 이용하여 항해하는 선박을 염두에 두고서 그 방향에서 관찰했던 것 같다. 대부분의 돛이 보이는 이유가 바로 이것이다. 그리고 그는 공기의 흐름이 맨 뒤에 있는 돛으로부터 다른 돛을 향해 옮겨가, 각각에 힘을 미친다고 상상했다.
60 즉 선박의 더 앞쪽에 있는 돛을 지칭한다. 이점에서는 P. Pelliot, *op. cit.*; 馮承鈞, 『中國南洋交通史』, 商務印書館, 上海, 1937, p.19 등이 사용하는 것과는 다른 구두점을 채택한 것처럼 보인다.

其四帆不正前向 皆使耶移 相聚以取風 吹風後者 激而相射 亦並得風力 若急則
隨宜城減之 邪張相取風氣 而無高危之慮 故行不避迅風激波 所以能疾 (『太平御
覽』, 卷七百七十一, 引南州異物志)

이것은 정말 놀라운 구절이다. 그것은 3세기에 광둥 사람이든 안남인이든
간에 남부 사람들이 어떤 종류의 포앤애프트 리그(fore-and-aft rig)에 연범(筵帆,
mat sails)을 단 돛대가 4개 있는 선박을 사용했음을 틀림없이 보여주고 있다.
인도네시아의 경사진 스퀘어세일(canted square-sail)일 가능성이 확실히 배제
된 것은 아니지만, 그것은 여러 개의 돛대가 있는 선박이라[61] 조종하기 어려
웠을 것이므로, 길고 평형 상태의 러그세일이었을 가능성이 훨씬 커 보인다.[62]
저자는 아마 그 범장의 목적에 대해 약간 혼동하고 있는 것 같지만, 돛이
경사지게 펼쳐져 있다는 점을 강조하고 있는 이상, 돛들은 서로 방해하지
않는 형태로 배치되어야만 한다.

저자가 아마도 그 범장의 목적에 대해 약간 혼동한 것 같기는 하지만, 돛이
경사져서 펼쳐져 있다는 것을 강조하는 것은 돛이 서로 방해되지 않도록
배치되어 있었음을 의미한다.

그밖에도 여러 개의 돛대가 있는 선박에 관한 기록은 강태(康泰, 260년경)의
『오시외국전(吳時外國傳)』에서 볼 수 있다. 이 서적의 원본은 없어졌지만, 일부
가 백과사전에 인용되어 있다. 따라서 현재 어딘지 알 수 없지만,[63] 이 자료

---

61 게다가 그러한 실례는 하나도 알려져 있지 않다.
62 R. Le B. Bowen도 같은 의견이다(개인편지). 소형이기는 하지만 이와 비슷한 것으로서 현존
  하는 太湖의 트롤선(trawler, <그림 1017>)은 더욱 흥미롭다(L. Audemard, *Les Jonques Chinoises*
  : *II. Construction de la Jonque*, Rotterdam, 1959, pp.45, 47). 길이가 25피트를 넘지 않지만, 러그세일
  (lug-sail)을 단 돛대가 5개 있으며, 모든 돛이 한 개의 縮帆 로프(reefing-line)에 의해 제어된다.
63 6세기에 편찬된『水經注』의 제1장은 그곳이 섬이었다고 언급하고 있다. 이와 관련된 구절
  을 번역하면서 L. Petech, *Northern India according to the Shui Ching Chu*, 1st. Ital. per il Medio ed
  Estrmo Oriente, Rome, 1950, pp.15, 53은 이 지명을 Ganadvipa로 해석하고 그곳이 말레이시아
  나 인도네시아의 어떤 곳이라고 주장하였다.

〈그림 1017〉 타이호(太湖)에서 운행되는 트롤선(trawler)의 스케치(출처 : L. Audemard, *Les Jonques Chinoises : II. Construction de la Jonque*, Museum voor Land-en Volken-Kunde and Maritiem Museum Prins Hendrik, Rotterdam, 1959). 이 주목할 만한 선박은 길이가 겨우 25피트에 불과하지만, 러그세일을 단 돛대가 5개나 된다.

덕분에 가나조주(加那調州) 해역에서 적어도 7개의 돛을 단 대형 정크를 지칭하는 대박(大舶)이 있었음을 알 수 있다.[64] 이 선박은 시리아(大秦, Syria)를 왕래하는 사람들에 의해 이용되었다.

그 후 여러 세기 동안 돛에 관한 증거는 이미 언급한 바 있다. 628년에 아잔타(Ajanta)의 화가가 부주의하여 중국의 러그세일을 높고 팽팽하게 그리지 않았을 것이라고 생각할 이유는 없다.[65] 보로보두르(Borobodur, 800)와 앙

---

64 『太平御覽』, 卷七十七, p.56. 『釋名疏證補』, 卷二十五, p.380의 설명에도 인용되어 있다.
65 Bowen이 항상 주장하듯이 그러한데, R. Le B. Bowen, "Eastern Sail Affinities," *ANEPT*, 1953, 13, p.194.; Idem, "The Origins of Fore-and-Aft Rigs," *ANEPT*, 1959, 18, p.192를 참조. 또한 이것은 오늘날 錢塘江에서 사용되고 있는 것처럼, 높이가 폭의 3배나 되는 스퀘어세일(square-sail)이다(<그림 971>). 그러나 아잔타 회화에서 볼 수 있는 선박과 같은 돛대가 3개인 선박에는

코르 톰(Angkor Thom, 1185)에서 돛이 돛대 앞에 나와 있지 않기 때문에 스프리트세일인 것처럼 보이지만,[66] 러그세일임은 거의 확실하다. 물론 만진(萬震)과 강태(康泰)의 다장선(多檣船, multiple masts)은 마르코 폴로와 이븐 바투타의 책 속에도 나오고, 또 그것을 기초로 하여 제작된 세계 지도에도 나온다. 중국 선박은 어떤 방향에서 부는 바람이라도 이용할 수 있다(使三面風)[67]고 1090년에 주욱(朱彧)이 말한 것은 주목할 만한 가치가 있다.

1124년경의 『고려도경(高麗圖經)』은 돛과 항해를 상당히 상세하게 기술하고 있다. 서긍(徐兢)은 자신의 일행을 태우고 '외교 사절의 대형 선박'과 동행한 '객주(客舟)'에 대해 다음과 같이 기술하였다.[68]

> 선박이 육지에 접근하여 항구로 들어갈 때(開山入港), 그 선박은 보통 밀물 때 입항하며, 그리고 나서는 모든 선원들이 박자에 맞추어 노래를 부르면서 노를 젓는다. 막대기를 사용하는 사람들이 뛰고 소리치며 온 힘을 다해도, 선박은 순풍을 받아 달릴 때만큼 빠르게 나아갈 수 없다. 주돛대는 100피트, 앞돛대는 80피트이다. 바람이 때맞춰 잘 불어주면, 그들은 순풍용 50폭[69]의 포범(布帆) 즉 포범(布颿)을 올린다. 그러나 바람이 옆에서 불어올 때에는 바람의 방향에 따라 오른쪽 또는 왼쪽으로 연범(筵帆) 즉 이봉(利篷)을 이용한다. 주돛대 위에 10폭의 천으로 제작된 작은 탑세일(top-sail) 즉 소범(小颿)을 덧붙일 때가 있다. 이 돛은 야호범(野狐颿)으로 불리며, 바람이 거의 없는 것처럼 느껴지는 미풍 때 사용된다. 바람이 불어오는 8개의 방향 중에서 거의 정면에

이것이 부적당하지 않았을까?

66 J. Poujade, *La Route des Indes et Ses Navires*, Payot, Paris, 1946, p.256이 제시하고 있다. 그러나 R. Le B. Bowen, *op. cit.*, p.193은 우리의 견해를 선호하고 있다.

67 이 구절은 분명히 바람 근처의 4point 지점까지 항해할 수 있음을 보여주고 있는 것처럼 보인다. 그리고 徐兢의 기술이 분명히 이를 뒷받침하고 있다.

68 卷三十四, p.5를 참조. tr. L. G. Paik, "From Koryu to Kyung by Soh Keung, Imperial Chinese Envoy to Korea in 1124 A.D.," *JRAS / KB*, 1933, 23에서 보충할 수 있다.

69 Lo Jung-Pang, *Ships and Shipbuilding in the Early Ming Period*, Unpub. MS는 幅 돛의 단위로 간주하여 '50개의 돛'으로 해석하고 있지만, 그것은 너무 많아 보인다.

서 불어오는 바람만은 항해에 사용할 수 없다. 선원들은 또한 기둥 끝에 풍향계 역할을 하는 깃털을 단다. 이것은 오양(五兩)[70]으로 불린다. 마음에 드는 바람이 불어오는 경우가 많지 않으므로, 대형 포범(布帆)은 연범(筵帆)만큼 유용하지 않다. 연범을 잘 이용하면 원하는 방향으로 갈 수 있다.

開山入港 隨潮過門 皆鳴艣而行 篙師跳躑號叫 用方甚至 而舟行終 不若駕風之快也 大檣高十丈 頭檣高八丈 風正則張布颿五十幅 稍偏則用利篷 左右翼張以便風勢 大檣之巓 更加小颿十幅 謂之野狐颿 風息則用之 然風有八面 唯當頭不可行 其立竿 以鳥羽候風所向 謂之五兩 大抵難得正風 故布颿之用 不若利篷翕張之能順人意也 (『宣和奉使高麗圖經』, 卷三十四)

이 중요한 구절이 분명히 보여주는 것은 12세기 초기의 한 학자가 팽팽하게 펼친 돛대 달린 연범(筵帆, mat-and-batten sail)의 공기역학적인 성능을 경험을 통해 이해하고 있었으며, 이 돛이 바람을 거스르면서도 사용되고 있었고, 그리고 순풍이 불 때는 천이나 비단으로 만든 돛[71]이 추가되고 있었다는 것이다. 이 조합은 <그림 939>와 그 설명문에서 이미 보았다. 이 당시 (<그림 939>에 있는) 탑세일(top-sail)을 사용하고 있다는 것은 매우 흥미롭지만, 서긍은 또한 중국 사절을 환영하러 나온 고려 '관선(官船)'의 돛에 붙어 있던 분리형 덮개 같은 것에 대해서도 기술하고 있다.[72]

여기에서 인용하고 있는 일련의 텍스트는 인도양 정복을 서술한 16세기 포르투갈 역사가인 데 카스타네다(de Castanheda)의 구절을 이용하면 완전해

---

70 Joseph Needham, *Science and Civilization in China*, Vol.3, p.478을 참조 .

71 이것은 사절단이 승선했던 선박인 神舟의 (자수가 놓인) 돛들을 참조한 것이다. 실제 용어는 錦帆이며, 錦布는 자수가 놓인 천을 의미할 수도 있지만, 그럴 가능성은 거의 없다.

72 卷三十三. p.2. 이 구절은 호기심을 불러일으킨다. 그 돛은 20토막 이상의 천으로 만들어져 있지만, 아래쪽 5토막은 꿰매져 있지 않았다고 한다. 아마도 그는 현재에도 중국에서 볼 수 있는 것과 같은 帆裝을 말하려고 했을 것이다. 그것은 소형이며 경사진 스퀘어세일이 주돛인 러그세일(main lug-sail)에 덧붙이는 것으로 큰 삼각돛인 spinnaker처럼 올리려는 돛이다.

질 것이다.[73] 그는 100년 이상의 기간 동안 금, 은, 대황(大黃), 모든 종류의
비단, 견직물, 도자기, 세공품 등을 선적하고 말라카에 있던 중국의 정크에
대해 언급하였다. 그 정크들은 후추, 인도의 목면, 사프란(saffron), 산호, 진사
(辰砂), 수은, 약, 곡물 등을 싣고 중국으로 돌아갔다.[74]

　　이 지역의 선박은 정크로 불리고 있었는데, 이 정크는 매우 크고, 세계의
다른 어떤 나라의 선박과도 다르다. 왜냐하면 선미와 선수가 같은 모양을
하고 있고, 선수와 타가 선미에 각각 있기 때문이다. 정크는 단 한 개의 돛대만
을 가지고 있는데, 돛도 하나이다.[75] 돛은 작은 갈대로 만든 돛 즉 '벵갈연(筵,
Bengal matting)'은 마치 방추(紡錘, dobadeira)로 지탱되는 것처럼 돛대 주위
에서 움직인다. 이 때문에 정크는 우리 선박과 같이 바람 부는 쪽으로 선박을
돌리는 것과 같은 일을 하지 않는다. 또한 축범(縮帆)할 때에는 돛을 접을
필요가 없다. 왜냐하면 돛이 떨어지면서 하나로 접혀지기 때문이다. 그래서
정크는 항해를 잘 할 수 있고, 우리의 선박보다 더 많은 짐을 싣는다. 그리고
정크는 훨씬 더 튼튼하고, 낙타조차도 운반하기 어려운 커다란 대들보가 선내
에 있다.

　여기에서는 다음과 같은 송응성의 묘사처럼 틀림없이 러그세일을 지칭하
고 있는 것처럼 보인다.[76]

---

73 Fernão Lopes de Castanheda, *História do Descobrimento e Conquista da India pelos Portuguezes*, Lisbon, 1552, 1554, 1561, ch. 112.; G. Ferrand, "Malaka, le Malãyu et Malãyur," *JA*, 1918(11e ser.), 11, 12.; P. Paris, "Quelques Dates pour une Histoire de la Jonque Chinoise," *BEFEO*, 1952, 46을 참조.

74 이 중국 무역은 무역용 정크의 정규 항로와 항구를 보여주는 자바인의 지도에 대해 흥미롭게 설명하고 있는 편지를 통해 1512년 Albuquerque에 의해 포르투갈의 왕 Dom Manuel에게 보고되었다(ed. A. Baião, *Alfonso de Alburquerque Cartas para el-Rei D. Manuel I*, Sá da Costa, Lisbon, 1942, pp.76 이하).

75 De Castanheda나 그의 정보 제공자는 앞돛대와 뒷돛대 빠져있는 정크가 항구에 정박에 있는 모습만을 보았을지도 모른다. 왜냐하면 우리가 알고 있듯이, 많은 수의 돛대가 대양 항해용 정크의 전형적인 특징이기 때문이다.

돛을 뜻하는 풍봉(風篷)의 크기는 선폭에 따라 정해진다.[77] 돛이 지나치게 크면 선박이 위험해지고, 지나치게 작으면 비효율적인 것이 될 것이다. 돛은 대나무의 껍질을 얇고 가늘게 갈라서 엮어 만든다. (이 연[筵]은) (팽팽한) 몇 개의 부분으로 나뉘며, 각 부분마다 대나무쪽(條, batten)을 엮어 만든다. 따라서 돛은 몇 층(疊)으로도 쌓을 수 있고, (상황이나 하활로 접어) 들어 올려질 수 있다. 곡물 수송선에 있는 대형 주돛 즉 중외봉(中桅篷)을 올리는데 10명이 필요하지만, 앞돛대 즉 두봉(頭篷)을 들어 올리는 데에는 2명이면 충분하다. 돛을 올릴 준비를 하기 위해서는 마룻줄 즉 봉삭(篷索)을 돛대 꼭대기에 고정된 1인치 폭의 도르래 즉 관렴(關捩)[78]을 통해 중앙(갑판 위)의 마룻줄 윈치 즉 요간연목(腰間緣木)에 연결한다. (바람의 세기에 따라) 돛의 높이를 조절하는 것은 삼각형의 세 변을 바꾸는 것과 같다(三股交錯而度之). 면적이 같은 부분(葉)[79]이라도 높은 곳은 낮은 곳보다 3배나 더 강한 힘을 받는다. 중요한 것은 바람에 따라 돛을 조절하는 것이다. 순풍이 불어 돛을 맨 꼭대기까지 올렸을 때, 선박은 경주마처럼 빠른 속력으로 움직인다. 그러나 만약 바람이 강해지면, 돛은 (1엽[葉]씩) 순서대로 (스스로의 무게로 눌려) 접힌다. (돌풍이 불 때는 돛을 긴 갈고리로 내려야 할 것이다).[80] 강풍 때는 돛의 하나나 두 부분만을 펼쳐 올린다.

---

76 『天工開物』, 第九, p.36. tr. Ting Wen-Chiang & I. A. Donnelly, "Things Produced by the Works of Nature," *MMI*, 1925, 11.; Sun Jen I-Tu & Sun Hsüeh-Chuan, *Thien Kung Khai Wu, Chinese Technology in the Seventeenth Century*, by Sung Ying-Hsing, Pensylvania State Univ. Press : Univ. Park and London, Penn., 1966에서 보충하라.

77 우리가 본 module과 modulor 비율은 건축을 기술한 부분에 있다.

78 이 전문 용어는 이미 친숙한 것이다. 여러 가지의 관련된 어법과 그 어원에 대한 논의에 대해서는 Joseph Needham, *Science and Civilization in China*, Vol.4, pt.2, p.485와 Joseph Needham, Wang Liang and D. J. de s. Price, *Heavenly Clockwork : the Astronomical Clocks of Mediaeval China*, Cambridge, 1960, pp.103을 참조하라. 중국 선박의 도르래(pulley)와 도르래 장치(pulleyblock)에 대해서는 L. Audemard, *Les Jonques Chinoises : II. Construction de la Jonque*, Rotterdam, 1959, p.50을 참조. 이 장치들의 육상에서의 사용에 대해서는 거의 삽화가 없다. Joseph Needham, *Science and Civilization in China*, Vol.4, pt.2, p.96, fn. (h)를 보라.

79 돛에서 2개의 봉(棒, batten) 사이에 있는 부분.

80 宋應星의 注釋.

凡風篷尺寸 其則一視全舟橫身 過則有患 不及則力軟 凡篷船 其質乃析篾成片 織就 夾維竹條 逐塊摺疊 以俟懸掛 糧船中桅篷 合拼十人力 方克湊頂 頭篷則兩人 帶之有餘 凡度篷索 先係空中寸圓木關捩于桅巓之上 然後帶索腰間 綠木而上 三股 交錯而度之 凡風篷之力 其末一葉敵其本三葉 調勻和暢順風則絶頂張篷 行疫奔馬 若風力洊至 則以次減下 (遇風鼓急不下 以구鉤搭扯) 狂甚則只帶一兩葉而已 (『天 工開物』, 舟車, 第九)

다음으로 정문강(丁文江)과 도넬리(Donnelly)가 생각했던 태킹(tacking)에 대한 구절이 이어진다. 송응성은 그 방식을 실제로 본 적이 있는 것처럼 대단히 확실하게 설명하고 있다. 그러나 문장의 전개를 보면, 그는 선박의 조종 (handling)과 약간 혼동한 것으로 보인다.[81]

옆바람은 창풍(搶風, tacking wind)이라고 불린다.[82] 선박이 해류를 타고 이동할 때는 돛을 올리며, 선박은 (지그재그로) 방향을 바꾸며 나아간다. 동쪽으로 태킹을 할 때 돛의 펼침 방식이 1인치만 차이가 나더라도, 안전 운항을 하던지 아니면 수백 피트를 되돌아가야 하던지 택일해야 할 정도로 차이가

---

81 사람들은 그가 이것을 쓴 것이 1637년 혹은 그보다 조금 빠른 시기이며 또한 17세기 말 Charles 2세가 홀란드로부터 선물을 받을 때까지 영국에는 종범으로 범장된 요트가 없었다는 것을 기억하고 있다(E. K. Chatterton, *The Ship under Sail*, Fisher Unwin, London, 1926.; Idem, *Fore and Aft : the Story of the Fore-and-Aft Rig from the Earliest Times to the Present Day*, Seely Service, London, 1912).

82 宋應星이 바람이 직각으로 불어오는 경우를 내포한 것 같이 표현하고 있지만, 그에게 해상의 지식을 가르친 사람들이 좌우 선수쪽으로부터 불어오는 바람을 말하려 했던 것은 분명하며, 그들의 전문 용어는 정확하게 포앤애프트세일을 이용한 항해(fore-and-aft sailing)를 지칭하고 있다. 태킹(tacking)을 할 때는 선박이 바람에 따라 좌우로 분명히 크게 움직인다. 搶風은 'stealing the wind'(바람을 훔친다)라고 번역할 수 있는데, 실은 오래된 용어이다. 어원학자는 단순한 역풍(逆風, contrary wind)으로 간주하고 있다. 이 바람을 보여주는 가장 오래된 사례는 4세기 庚闡의 「揚都賦」라는 시에서 볼 수 있다. 중국 문화권에서 포앤애프트세일을 이용한 항해의 기원에 대해서는 이 연대가 매우 중요할 수도 있지만, 그러나 이 시에서 선원이 搶風에 낙담하여 선박을 표류하도록 했다는 것은 인정해야만 한다.

발생한다. 선박이 육지에 닿기 전에 타가 완전히 올려지고(捩舵),[83] 돛은 정렬된다(轉篷). 이번에는 선박이 서쪽으로 태킹이 되어 해류와 풍력을 이용하게된다. 파도를 가르며 움직이는 선박은 10리 이상 나아간다. 해류가 없는 호수에서 움직일 때는 같은 방식으로 천천히 나아갈 수 있다. 그러나 역류가 강할때는 전혀 전진할 수 없을 것이다.

凡風縱橫來名曰搶風 順水行舟 則掛篷之玄遊走 或一搶向東 止寸平過 甚至郤退數十丈 未及岸時 捩舵轉篷 一搶向西 借貸水力 兼帶風力軋下 則頃刻十餘里 或湖水平而不流者 亦可緩軋 若上水舟則一步不可行也 (『天工開物』, 舟車, 第九)

같은 세기 말에 예수회의 르콩트(Louis Lecomte)는 다음과 같이 기술하였는데, 이것이 우리가 보는 마지막 실례이다.[84]

높이가 낮은 돛은 매우 두꺼운 매트(mat)로 만들어지고, 이를 보강하기위해 몇 개의 작은 고리로 라스(lath)[85]와 장대(pole)를 2피트마다 돛대에 묶어둔다.[86] 돛의 중앙 부분이 고정되어 있지 않기 때문에, 돛 폭의 3/4은 자유로운상태에 있다.[87] 그 때문에 돛은 바람에 따라 필요한 때면 언제라도 태킹을할 수 있다. 돛의 옆에는 상활(sail-yard)부터 밑까지 얼마간의 거리를 두고수많은 짧은 새끼줄(cord)이 달려 있다. 선박의 방향을 바꿀 때에는 돛 전체를팽팽하게 만드는데, 이것으로 돛을 움직인다.[88]

---

83 이 구절이 11세기에 등장한다는 것만 언급할 것이다.

84 Louis Locomte, *Nouveaux Mémoires sur l'État Présent de la Chine*, Anisson, Paris, 1696, p.231. 지금까지 I. A. Donnelly, "Early Chinese Ships and Trade," *CJ*, 1925, 3만이 Lecomte의 항해관련 문장의 가치를 인정하고 있다.

85 E. Yabrants Ides, *Three Years Travels from Moscow Overland to China* … , Nicholson & Parker, London, 1706, p.66.

86 parrels(승강용 고리).

87 돛이 스퀘어세일이 아니라 러그세일이라는 명백한 표현이다.

88 '조그마한 cord'는 물론 여러 개의 아딧줄(multiple sheets)을 지칭한다.

마지막으로 전문 용어의 세부 사항을 살펴보자. 몇 쪽 앞으로 돌아가, 중국 돛에 관한 설명을 시작할 때 리(帆)를 활대 달린 연범(筵帆) 유형(mat-and-batten type)을 지칭하는 전문 용어로 사용했다. 그러나 이 한자는 대나무(竹)가 아니라 천(巾)이라는 글자를 가지고 있으므로, 누름대(batten)로 보강한 포범(布帆)에만 사용해야 한다고 생각할 수 있다. 정말 올바른 용어는 '죽(竹)'이라는 부수가 들어 있는 '쌍(篷)'이었던 것으로 보인다. 『강희자전(康熙字典)』은 이 글자의 가장 오래된 전거로서 4세기에 심회원(深懷遠)이 편찬한 『남월지(南越志)』를 들고 있다. 또한 이 책에서는 연범(筵帆, mat-sail)을 노두(盧頭)의 잎사귀로 짠 돛이라고 말하고 있다. 블라인드(blind)나 차폐물(天幕)을 의미하지만, 『고려도경(高麗圖經)』[89]에서 볼 수 있는 것처럼 항상 돛을 표현할 때 사용하는 다른 한 글자는 물론 봉(篷)이었는데, 이것에도 대나무(竹) 부수가 들어있다. 마룻줄(halyard)이나 아딧줄(sheets)에 대한 더 오래된 표현으로는 이미 언급한 것들 외에 범견(帆綡)도 있으며, 양신(楊愼)의 『담원제호(譚苑醍醐)』(1510년경)에는 제(齊)나라의 황제용 선박에서 그것들이 초록색 비단으로 만들어졌다고 기록되어 있다.[90]

4) 세계 항해사에서 중국 돛의 위치

이러한 중국인의 발명은 바람을 거슬러 항해하는 문제를 해결하기 위해 세계 각지에서 이루어진 유사한 발전과 어떻게 비교할 수 있을까? 이에 대해서는 <표 72>를 이용하여 가능한 한 간단하게 답하려고 한다. 이 표에서는 돛의 유형이 구세계(Old World)의 보이지 않는 지도를 고려한 것처럼 정렬되

---

89 卷三十四, pp.6, 9, 9, 그리고 卷三十九, pp.2, 4를 예로 들 수 있다.
90 『格致鏡原』, 卷二十八, p.15에서 인용.

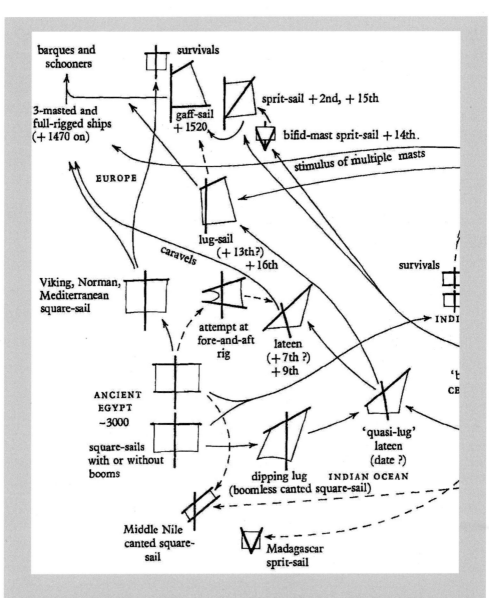

〈표 72〉 돛 유형의 분포와 그 기원의 상관관계에 대한 추정도. 돛대, 상활, 하활, 스프리트, 개프는 굵은 선으로, 돛 가장자리는 점선으로 표시되어 있다. 상대적인 돛 크기를 표시하려는 시도는 없다. 설명은 본문에 있다. 이 도표는 구세계의 지도에 겹쳐 놓은 것으로 생각되어야 한다.

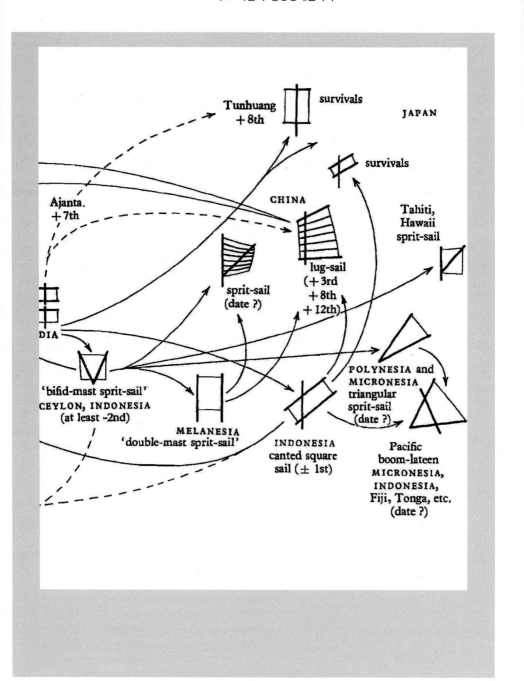

어 있으며, 이 표에 그어져 있는 선들은 유형들의 확산이나 영향력의 전파를 나타내고 있다.[91]

가장 오래된 범선인 고대 이집트의 선박이 스퀘어세일을 달고 있었다는 것은 일반적으로 인정되고 있다.[92] 이것은 아마도 돛의 가장 오래된 기록이라고 알려져 있는 것으로서 기원전 3,000년경 제1왕조기의 토기 파편에 그려져 있는 높은 선수와 선미를 지닌 선박에서 볼 수 있을 것이다.[93] 나일 강 계곡에서는 북쪽에서 남쪽으로 바람이 불기 때문에, 선박은 강물의 흐름을 타고 아래쪽으로 내려가지만, 돌아올 때는 계속하여 바람을 받으며 항해해야 한다.[94] 그래서 역풍을 받으며 항해하는 문제는 오랫동안 발생하지 않았다.

---

91 Sir Grafron Elliott-Smith, "Ships as Evidence of the Migrations of Early Culture," *JMEOS*, 1916, 63이 이 문제에 강박관념을 가질 정도로 몰두한 후 많은 꾸준한 노력이 있었지만, 아직 해야 할 일이 많이 남아 있다. 그러나 적어도 이 분야에서 그의 이집트 편향성만큼 정당성을 찾기는 힘들다.

92 A. Jal, *Archéologie Navale*, vol.1, Arthus Bertrand, Paris, 1840, pp.47 이하.; J. G. Wilkinson, *A Popular Account of the Ancient Egyptians*, vol.1, Murray, London, 1854, pp.412 이하, vol.2. pp.120 이하.; G. C. V. Holmes, *Ancient and Modern Ships*, Chapman & Hall, London, 1906, p.23.; E. K. Chatterton, *The Ship under Sail, Fisher Unwin*, London, 1926, pp.13 이하.; A. Koester, *Schiffahrt und Handelsverkehr des östlichen Mittlmeeres im 3 und 2 Jahrtausend v. Chr.*, Hinrichs, Leipzig, 1924.; C. Boreux, *Études de Nautique Égyptienne*, Instit. Française d'Archéol., Cairo, 1924.; R. le B. Bowen, "Egypt's Earliest Sailing-Ships," *AQ*, 1960, 34.; G. A. Reisner, *Models of Ancient Egyptian Ships and Boats, Cat. Gen. des Antiq. Eg. du Mus. du Caire*, Inst. Fr. d'Archéol. Orient. du Caire, Cairo, 1913, pl.Ⅶ. no.4,841 및 p.28은 대부분의 장비와 함께 아직 보존되고 있는 아름다운 모델을 묘사하고 있다. 사진은 R. J. E. C. Lefebvre des Noëttes, *De la Marine Antique à la Marine Moderne; La Révolution du Gouvernail*, Masson, Paris, 1935, figs. 9, 12, 13a.; F. Moll, *Das Schiff in der bildenden Kunst vom Altertum bis zum Ausgang des Mittelaters*, Schroeder, Bonn, 1929에 있다. 복원한 선박은 G. S. Clowes & C. G. Trew, *The Story of Sail*, Eyre & Spottiswoode, London, 1936, p.51에 있다.

93 Brit. Mus. vase no.35,324.; C. Boreux, *op. cit.*, p.66.; R. le B. Bowen, "Arab Dhows of Eastern Arabia," *ANEPT*, 1949, 9.; Idem, "Egypt's Earliest Sailing-Ships," *AQ*, 1960, 34. 메소포타미아의 Eridu에서 출토된 도자기 모형의 선박은 돛대와 돛의 발명을 4세기 정도 거슬러 올라가게 만든다. 왜냐하면 그 모형의 뱃전에 돛대를 꽂을 한 개의 구멍과 돛대 밧줄을 고정시켰을 두 개의 구멍이 있기 때문이다(S. Lloyd and F. Safar, "Eridu : a Preliminary Communication on the Second Season's Excavations," *SUM*, 1948, 4.; L. Casson, *The Ancient Mariners : Sea-farers and Sea Fighters of the Mediterranean in Ancient Times*, Gollancz, London, 1959, p.2를 참조). 그러나 여기에서 어떠한 돛이 사용되고 있었는가에 대해서는 어떠한 실마리도 없다.

지금부터는 모든 방향으로 확산되어 간 스퀘어세일에 초점을 맞추어 보자. 스퀘어세일은 지중해로 확산되었는데, 그곳에서는 그리스, 로마, 헬레니즘 시대에 스퀘어세일이 보편적이었다.[95] 북쪽에서는 스퀘어세일이 노르만족 (Normans)과 바이킹족(Vikings)의 선박에서 유일한 자동 추진 장치(automotive device)였다.[96] 그리고 인도와 중국을 포함한 아시아 전역에서도 그러했다. 세계의 많은 지역에서 스퀘어세일은 아직도 사용되고 있는데, 영국 험버 강의 용골이 있는 평저선(Humber keels),[97] 도우루 강(Douro)의 (<역자주 : 포트와인을 수송하는 선박인>) 바르코스 라벨루스(barcos rabêlos),[98] 코모 호수(Lake

---

94 G. C. V. Holmes, *Ancient and Modern Ships*, Chapman & Hall, London, 1906, p.23.; E. K. Chatterton, *op. cit.*, p.13.; A. Koester, *Studien z. Geschichte d. antiken Seewesens*, Dieterich, Leipzig, 1934는 이것과의 관련에서 Herodotos II, 96의 애매한 한 구절을 설명할 수 있었다. 북풍이 강하게 불어 나일 강에서 강물의 흐름을 타고 북쪽으로 나아갈 수 없을 경우에는 선박이 강의 흐름을 타고 갈 수 있도록 일종의 닻의 역할을 하는 편평한 판자를 이용했다. 그러한 판자는 르네상스 시대 기술자들이 만든 강을 거슬러 올라가는 외륜선과 연관되어 다시 나타난다(Joseph Needham, *Science and Civilization in China*, Vol.4, pt.2, p.412). F. M. Feldhaus, *Die Technik der Voezeit, der Geschitlichen Zeit, und der Naturvölker*, Engelmann, Leipzig and Berlin, 1914, fig. 611를 참조. 선수가 계속 파도를 맞을 수 있도록 선미에서 돌멩이를 끌기도 했다.

95 C. Torr, *Ancient Ships*, Cambridge, 1894.; A. B. Cook, "Ancient Greek Ships," In *A Companion to Greek Studies*, ed. L. Ehibley, Cambridge, 1905.; W. W. Tarn, "The Roman Navy," In *A Companion to Latin Studies*, ed. J. E. Sandys, Cambridge, 1913.; R. J. E. C. Lefebvre des Noëttes, *De la Marine Antique à la Marine Moderne : La Révolution du Gouvernail*, Masson, Paris, 1935. G. S. Laird Clowes and C. G. Trew, *The Story of Sail*, Eyre & Spottiswoode, London, 1936, pp.55, 59에 재구성되어 있다. G. la Roërie and J. Vivielle, *Navires et Marins, de la Rame à l'Héliæ*, vol.1, Duchartre & van Buggenhoudy, Paris, 1930, pp.48, 52, 54, 77.; L. Casson, *The Ancient Mariners : Sea-farers and Sea Fighters of the Mediterranean in Ancient Times*, Gollancz, London, 1959.; R. le B. Bowen, "The Origins of Fore-and-Aft Rigs," *ANEPT*, 1959, 19.

96 R. Anderson & R. C. Anderson, *The Sailing Ship : Six Thousand Years of History*, Harrap, London, 1926, p.80.; A. Jal, *Archéologie Navale*, vol.1, Arthus Bertrand, Paris, 1840, pp.121 이하. G. S. Laird Clowes and C. G. Trew, *The Story of Sail*, Eyre & Spottiswoode, London, 1936, p.65에 재구성되어 있다.

97 Sir Alan Moore, "Last Days of Mast and Sail : an Essay in Nautical Comparative Anatomy," Oxford, 1925, pp.28 이하.; H. Warington Smyth, *Mast and Sail In Europe and Asia*, Blackwood, Edinburgh, 1906, p.139.; G. S. Laird Clowes and C. G. Trew, *op. cit.*, p.67.

98 O. L. Filgueiras, *Rabões da Esquadra Negra*, Porto, 1956. 중국의 많은 강에서 사용되고 있는 정크처럼, 길이가 선박의 전장과 거의 같은 기다란 船尾大櫂(stern-sweeps)를 조종하기 위한 높은 선교(船橋, steering galleries)가 있는 이 화물선은 유럽의 선박들 중 유일한 예이다.

Como)의 화물선들,[99] 노르웨이의 몇 가지 보트,[100] 인도의 강과[101] 미얀마의 강을[102] 오가는 상당한 크기의 선박들, 그리고 양쯔강(揚子江) 상류와 첸탕강 (錢塘江)의 정크가 그 예들이다.[103]

스퀘어세일선이 비스듬히 불어오는 순풍이나 옆바람을 이용할 수 있었거나 역풍을 거슬러 갈 수 있었는지, 갈 수 있었다면 이용한 방법이 무엇이었는지에 대해서는 약간의 논쟁이 있다.[104] 채터튼(Chatterton)은 바이킹선에게 바람을 거슬러 갈 능력이 '전혀 없었다'고 말하고,[105] 최근에 매우 발달한 범선조차도 순풍에 의존하고 있는 것을 그 예로 들고 있다. 1800년조차도 바이킹선은 때때로 플리머스 만(Plymouth Sound)으로 들어가기 위해 하모즈(Hamo-aze)에서 3개월 동안 기다려야만 했다. 뒷돛대(mizen mast)에 라틴세일(lateen sail)이 도입된 지 오래되었음에도 그러하였다. 홈즈(T. R. Homes)는 로마 선박이 바람을 거슬러 항해할 수 있었다고 주장하지만, 그의 주장은 거의 복잡한 간접자료에 의존하고 있다. 아리스토텔레스(Aristotle)의 『메카니카(Mechanica)』에 흥미로운 한 구절이 있다. 그의 번역에 의하면,[106] 그리스와 로마의 선박은

99 Luciano Petech 교수가 보내온 개인적인 편지.

100 H. Warington Smyth, op. cit., p.50.

101 Ibid., pp.371 이하.; E. K. Chatterton, The Ship under Sail, Fisher Unwin, London, 1926, p.13.; G. S. Laird Clowes and C. G. Trew, op. cit., p.53. Indus 강 상류의 보트들은 고대 이집트의 것과 거의 동일한 비율과 제원의 스퀘어세일들을 달고 있다(H. Warington Smyth, op. cit., p.336).

102 H. Warington Smyth, op. cit., pp.371.; E. K. Chatterton, op. cit., p.13.

103 물론 그것도 다른 돛과의 조합으로 살아남았다. 지금 없어져 가는 중이기는 하지만, 대형 바크형 범선(barques)과 브리갠틴형 범선(brigantines)에서 아직 사용되고 있다. 그리고 Maldive Island의 상선은 미즌마스트의 라틴세일(mizen latéen)이 개프세일(gaff-sail)로 교체된 것을 제외하고 16세기 말 나우 레돈다(nau redonda)의 실제 범장과 크기를 그대로 보존하고 있다(H. Warington Smyth, op. cit., p.369).

104 R. le B. Bowen, "Arab Dhows of Eastern Arabia," ANEPT, 1949, 9.; C. E. Gibson, The Story of the Ship, Schuman, New York, 1948 등을 보라.

105 E. K. Chatterton, op. cit., p.40.

106 D. Verwery, "Could Ancient Ships Work to Windward?," MMI, 1934, 20에 의함. 이 문장의 의미를 이해할 수 있기 위해서는 종래의 모든 문장—간결한 중국 문장으로부터도—보다도 더 많은 말을 [ ]에 넣어 보충할 필요가 있다. C. Torr, Ancient Ships, Cambridge, 1894, p.96을 참조.

여러 가지 방법으로 스퀘어세일을 절반 정도로 접기도 하고, 죄기도 하고, 개기도 하면서 남은 부분을 삼각형과 가까운 모양으로 만들어 약간이나마 바람을 거슬러 항해할 수 있었다.[107] 똑같은 항해를 하는 또 다른 방식을 노르웨이의 조각에서도 볼 수 있다.[108] 그 조각은 바이킹선 스퀘어세일의 아래쪽 끝에 많은 로프가 붙어 있었으며, 이 로프를 이용하여 커튼을 한쪽으로 밀어붙이듯이 돛을 밀어붙였던 사실을 보여주고 있다. 그러한 방식이 라틴세일의 기원 중 하나라고 생각된다. 그러나 그러한 일은 상당히 후대에 발생했고, 초기에는 사람들이 유리한 바람을 기다리는 수밖에 없었다.[109] 이 모든 것은 실제 실험에 의해 명백해진 역사적 문제다. 명백하게 하는 작업은 보웬(Bowen)[110]에 의해 처음 시작되었는데, 고대 이집트 선박에 적용된 스퀘어세일의 위력이 그리 대단치 않았다는 결과가 나왔다. 그러나 이 결과를 더 확실한 것으로 만들려면 선체의 모양을 고려한 추가 실험들이 실시되어야 한다.

스퀘어세일으로부터 가장 먼저 발달한 돛이 경사진 스퀘어세일이라는 것은 거의 의심할 여지가 없다. 경사진 스퀘어세일은 최대한의 돛 면적을 얻기

Mechanina는 아리스토텔레스의 저작의 일부를 포함하고 있는지는 모르지만, 그의 시대의 것은 아니다. 아무리 빨리 잡아도 기원전 250년경이라고 할 수 있을 것이다(George Sarton, *Introduction to the History of Science*, vol.1, Williams & Wilkins, Baltimore, 1927, p.132).

107 로마인들은 돛에 꿰메져 있는 고리(ring)를 통한 죔줄시스템(furling line system)이라는 복잡한 것을 개발해 냈다(J. Poujade, *La Route des Indes et Ses Navires*, Payot, Paris, 1946, pp.125, 130). 이러한 돛을 죄는 고리(brail ring)는 Narbonne에 있는 암석박물관에 있는 로마 선박의 조각에서 매우 분명하게 보인다(E. Espérondieu, *Souvenir du Musée Lapidire de Narbonne*, Commission Archéologique, Narbonne, n.d., pp.37, 40). <표 72>를 참조.

108 C. E. Gibson, *The Story of the Ships*, Schuman, New York, 1948, pl.9와 p.87.

109 만약 순풍이 불어오지 않고 노만으로 계속 나아갈 수 없다면, 할 수 있는 일이 전혀 없었다. R. Carpenter, "On Greek Ships," *AJA*, 1948, 52에 따르면, 이것은 4~6노트의 속도로 흐르고 또한 항상 역풍이 불어오는 Bosphorus 해협에서 고대에 노를 사용할 수 없었던 이유이다. 그곳에서는 기원전 7세기 Ameinocles가 50개의 노를 보유한 長船(long ship) 즉 penteconters의 발명이 이 문제를 해결하였고 또한 Argonauts의 전설을 만들어냈을지 모른다.

110 R. le B. Bowen, "Experimental Nautical Research : Third-Millennium B.C. Egyptian Sails," *MMI*, 1959, 45.

위해 활대 양쪽 끝(yardarm)과 하단부(foot)를 돛대의 한쪽 끝에 맞추게 되어 있다 (<그림 1018>).[111] 보로보두르(Borobodur) 유형에서 볼 수 있는 것처럼(<그림 973>), 이러한 유형은 인도네시아를 대표하는 돛의 유형이다. 그리하여 이 유형의 돛이 8세기 말에 존재했었다는 것은 명백해지지만, 이 유형의 돛이 인도네시아에서 발명된 시기는 그보다 훨씬 오래전인 것으로 생각된다. 그러 나 이와 동일한 돛이 나일 강 중류의 유명한 골조가 없는 보트 즉 나가르 (naggar)와 마르캅(markab)에도 사용되고 있다.[112] 이 모든 경우에 돛의 비율(길 고 좁다)은 고대 이집트 선박에 달려있던 스퀘어세일과 거의 같다. 나가르는 그 직계 후손이거나[113] 아니면 동아프리카에 대한 인도네시아 문화의 영향에 의해 자바인의 발명품이 전파된 결과일 것이다.[114] 그러한 영향은 하드라마우 트(Hadhramaut) 지방에 있는 무칼라(Mukalla)의 어선에 달린 경사진 스퀘어세 일에서도 보이고 있다.[115]

---

111 F. Warington Smyth, *op. cit.*, 1st ed., pp.325, 328, 342.; E. K. Chatterton, *op. cit.*, p.21.; admiral F. E. Paris, *Souvenirs de Marine : Collection de Plans ou Dessins de Navires et de Bateaux Anciens ou Modernes*, Existants ou Disparus, Gauthier-Villars, Paris, pls. 46, 86.; G. S. Laird Clowes and C. G. Trew, *op. cit.*, p.63의 그림을 참조. 그러한 돛은 R. le B. Bowen, "Eastern Sail Affinities," *ANEPT*, 1953, 13, pp.199 이하.; Idem, "The Origins of Fore-and-Aft Rigs," *ANEPT*, 1959, 19, pp.163, 193, 197처럼 직사각형의 평형러그(rectangular balance lug)라고 부를 수 있다. 그것은 인도네시아 외에 인도 차이나에도 있고(J. Poujade, *op. cit.*, pp.149, 150.; J. B. Piétri, *Voiliers d'Indichine*, S.I.L.I., Saigon, 1943), 말라야에도 대단히 많다(G. Hawkins & C. A. Gibson-Hill, Malaya, Govt. Printing Office, Singapore, 1952).

112 J. Hornell, *Water Transport : Origins and Early Evolution*, Cambridge, 1946, p.214.; Idem, "The Frameless Boats of the Middle Nile," *MMI*, 1939, 25.; H. Warington Smyth, *op. cit.*, p.341.; E. K. Chatterton, *Fore and Aft : the Story of the Fore-and-Aft Rig from the Earliest Times to the Present Day*, Seely Service, London, 1912, p.29.

113 J. Hornell, "The Sailing Ship in Ancient Egypt," *AQ*, 1943, 17.

114 Idem, "The Frameless Boats of the Middle Nile," *MMI*, 1939, 25, p.137.; Idem, "Indonesian Influence on East African Culture," *JRAI*, 1934, 64).

115 R. le B. Bowen, "Primitive Watercraft of Arabia," *ANEPT*, 1952, 12(no.3).

〈그림 1018〉 인도네시아의 프라오-마양(prao-mayang). 이 선박의 특징인 경사진 스퀘어 세일(canted square-sail)이 보인다(Paris 제독의 드로잉). 조타용 노에 대해서도 주목하라. 이 그림에서 선박은 최대 강풍을 옆에서 받으며 항해하고 있는 것처럼 보이지만, 깃발의 방향으로 볼 때 각도가 70도 이상이라는 주장은 타당하지 않다. 그럼에도 불구하고 경사진 스퀘어 세일은 포앤애프트세일로 발전하는 첫 단계인 것 같다.

〈그림 1019〉 홍콩(香港) 신지에(新界)의 동쪽에 있는 큰 해협인 투루완(吐路灣)의 어업용 정크. 2장의 일상적인 러그세일에 추가하여 일종의 스피네이커(spinnaker)로서 경사진 스퀘어세일이 사용되고 있다(Waters Collection, National maritime Museum, Greenwich).

가장 두드러진 서양의 포앤애프트세일(fore-and-aft sail)은 라틴세일인데, 이 라틴세일은 이슬람 문화 지역의 특징이다.[116] 이 돛은 두 가지 유형이 존재하는데(<그림 1005>), 하나는 완전한 삼각형의 돛이고 다른 하나는 돛의 앞쪽 가장자리가 조금 남겨져 있는 '유사 러그세일(quasi-lug)'이다. 전자는 지중해에 그리고 후자는 인도양 전역에 분포해 있다.[117] 라틴세일이 역사적으로 언제 출현했는지에 대해서는 많은 자료가 있으며, 880년경 비잔틴의 필사본 원고에 확실하게 묘사되어 있다.[118] 따라서 삼각형 형태의 돛이 지중해에서

---

116 그것의 사용에 대해서는 J. Vence, *Construction et Manoeuvre des Bateaux et Embarcations à Voile Latine*, Challamel, Paris, 1897.; R. le B. Bowen, "Arab Dhows of Eastern Arabia," *ANEPT*, 1949, 9.; Idem, "The Dhow Sailor," *ANEPT*, 1951, 11(no.3).; P. Paris, "Voile Latine? Voile Arabe? Voile Mytéterieuse," *HP*, 1949, 36.; A. Villiers, *Sons of Sindbad : an Account of Sailing with Arabs in their Dhows*, ⋯ , Hodder & Stoughton, London, 1940.; Idem, "Sailing with Sindbad's Sons," *NGM*, 1948, 94에서 잘 설명되고 있다. H. Warington Smyth, *op. cit.*, pp.275 이하.; G. S. Laird Clowes and C. G. Trew, *op. cit.*, p.111. A. Jal, *Archéologie Navale*, vol.2, Arthus Bertrand, Paris, 1840, pp.1 이하에 있는 토론.; Sir Alan Moore, "Last Days of Mast and Sail : an Essay in Nautical Comparative Anatomy," Oxford, 1925, pp.86 이하.; J. Poujade, *La Route des Indes et Ses Navires*, Payot, Paris, 1946, p.141.; G. F. Hourani, *Arab Srafaring in the Indian Ocean in Ancient and Early Mediaeval Times*, Princeton Univ. Press, N.J., 1951, pp.101 이하. 이 용어의 기원은 전혀 알 수 없다. O. Höver, "Das latinsegel - Velum Latinum - Velum Laterale," *AN*, 1957, 52는 그 유래를 velum laterale(횡범)에서 찾으려 하고 있지만, 설득력이 없다.

117 H. Warington Smyth, *op. cit.*, pp.352, 360 이하.; R. le B. Bowen, "Eastern Sail Affinities," *ANEPT*, 1953, 13.; Idem, "The Origins of Fore-and-Aft Rigs," *ANEPT*, 1959, 19. 그러나 이러한 것은 유사 러그세일 유형이 지중해에 전혀 존재하지 않았다는 것을 의미하는 것은 아니다. 만약 그곳에 없었다면, 이베리아의 독특한 풍차(Joseph Needham, *Science and Civilization in China*, Vol.4, pt.2, p.556을 참조)의 돛이 왜 이 형태와 똑같은가를 설명하는 것이 어려울 것이다.

118 St Grogory Nazianzen의 설교서(Bib. Nat. GK, Ms. no 510)에서 H. H. Brindley, "Early Pictures of Latin Sails," *MMI*, 1926, 12에 의해 발견되었다. G. F. Hourani, *Arab Seafaring in the Indian Ocean in Ancient and Early Mediaeval Times*, Princeton Univ. Press, 1951, pls. 5, 6에 훌륭한 복사본이 나와 있다. 남부 팔레스틴의 El-Auja에 무슬림 이전 시기의 황폐화된 교회 곁의 돌벽에 거칠게 그려 놓은 그림이 있다. 이것은 6내지 7세기의 것일지도 모른다(E. H. Palmer, "The Desert of the Tih and the Country of Mohab," *PEFQ*, 1871(n.s.), 1). 그러나 이것은 불분명하지만 라틴세일인 것 같은 돛이 있는 경사진 활대만을 보여주고 있을 뿐이다. G. P. Kaeyl, "The Lateen Sail," *MMI*, 1956, 42는 533년경 Procopios의 De Bello Vardalico, 1. 13, 3에 있는 텍스트를 주목하고 있다. 이것은 지휘관 등을 태운 선박이 돛의 위쪽 1/3을 빨갛게 칠해야 한다고 말하고 있다. 그러나 비판자들은 이것이 오늘날에도 사용되고 있듯이 로마시대의 조그마한 삼각형 탑세

9세기에 일반적으로 사용된 것은 의심할 여지가 없지만, 아마 그보다 몇 세기 전부터 사용되고 있었을 것이다.[119] 2세기나 3세기의 엘레우시스(Eleusis) 무덤에 있는 조각을 근거로 헬레니즘 시대에 라틴세일이 존재했었다는 것을 입증하려는 시도가 행해지고 있지만, 그다지 설득력을 지니고 있지는 않다.[120] 일반적인 관점에서 유사 러그세일 유형의 돛은 좀 더 원시적이거나 두 종류의 돛 사이에서 변천해가는 것으로 보인다. 그리고 만약 라틴세일이 동남아시아의 경사진 횡범으로부터 발생한 것이라고 한다면, 서쪽으로 전파되면서 완전한 삼각형으로 변화해갔다고 생각할 수 있을 것이다.[121]

중요한 전환점은 북유럽의 스퀘어세일이 한 개 이상의 돛대가 있는 선박에서 라틴세일과 결부되었을 때 발생하였다. 라틴세일은 뒷돛대에 걸렸다. 몇몇 사람들은 그러한 과정이 1304년경 바이욘(Bayonne)에서 온 선박이 지중해에 들어갔을 때 시작되었다고 보고 있지만,[122] 적응 과정은 상당히 느렸고, 많은

일(top sail)을 의미하고 있지 않은지 지적하고 있다. 이것들은 tartana의 범장에 있는 것처럼, 18세기까지 계속되었다(J. Poujade, *op. cit.*, p.126). R. H. Dolley, "The Rog of Early Mediaeval Warships," *MMI*, 1949, 35는 즉석에서 만들어진 떠 있는 攻城塔에 대한 묘사에서 904년의 Thessalonica의 포위전 때 아랍 함대에 라틴세일이 존재했던 것으로 추론하고 있다. 이것도 역시 비판을 받았지만, 이 경우는 더 나은 것으로 생각되고, 본질적으로는 훨씬 더 그럴듯하다.

119 사람들은 그 돛의 서쪽으로의 전파가 나일 강과 홍해를 잇는 항해용 운하와 관련이 있는지에 대해 궁금해 한다. 이 고대의 수로는 제2대 정통 칼리프에 의해 복원되어, 643~760년 사이에 다시 사용되었다.

120 L. Casson, "Fore-and-Aft Sails in the Ancient World." *MMI*, 1956, 42는 잘못된 사진을 싣고 있지만, Idem, *The Ancient Mariners : Sea-farers and Sea Fighters of the Mediterranean in Ancient Times*, Gollancz, London, 1959, p.150에서는 Bowen의 개정에 의해 수정되었다. 이 정박해 있는 선박의 활대는 심하게 경사져 있음에 틀림없다. 그러나 그것은 중앙에서 돛대에 부착되어 있고, 돛의 가장 밑 부분이 보이지 않으므로, 그 일부는 접혀져 있을 수도 있다. 따라서 횡범이 의도되었을 수도 있다. 하여튼, 삼각형의 라틴세일을 보여주고 있는 것은 절대 아니다. 왜냐하면 러프(luff)의 선이 부조에 분명히 보이기 때문이다. 필자는 L. Casson, "The Lateen Sail in the Ancient World," *MMI*, 1966, 52에 의해서조차도 아직 확신하지 못하고 있다.

121 이러한 형태의 돛을 조합한 흥미로운 실례를 18세기 말 경 영국 동인도회사의 선장 Thomas Forrest가 2개의 라틴세일과 한 개의 인도네시아식 경사진 돛을 달고 삼각돛대가 있는 갤리선(galley)을 타고 유명한 두 차례의 탐험 여행을 했다는데서 볼 수 있다.

돛대를 가진 중국 정크가 미친 영향력이 결실을 맺은 15세기 후반에야 비로소 일반적으로 받아들여졌다.[123] 콜럼버스의 선박(1492)과 16세기 및 17세기의 세 개의 돛대를 가진 선박들은 모두 뒤쪽에 라틴세일을 달고 있다.[124] 그래서 그 선박은 주돛(main sails)으로 항해하거나 뒷돛(mizen sails)으로 치고 나갈 수 있었다.[125] 1525년경 이러한 유형의 선박은 케임브리지(Cambridge)의

---

122 R. Anderson & R. C. Anderson, *The Sailing Ship : Six Thousand Years of History*, Harrap, London, 1926, p.110. 지리적인 위치 때문에 Basque와 포르투갈 선원들에게 대서양과 지중해에서의 가장 좋은 방법을 결부시키려는 시도는 자연스러운 것이었을 것이다. 1430년경 2개의 스퀘어세일을 단 포르투갈의 바르카(barca)가 아프리카 서해안을 오르내리기에 적합하지 않다고 입증된 경위를 우리는 이미 보았다. 그래서 그것은 2장이나 3장의 라틴세일을 단 카라벨(caravel)로 대체되었고, 1460년까지는 매우 대형화되었다. 1500년까지는 스퀘어세일과 라틴세일을 조합한 nau redonda가 완성되었다. 이 선박은 앞돛대(fore-mast)와 주돛대(main mast)에 스퀘어세일을, 뒷돛대(mizen mast)에만 라틴세일을 달고 있다. 한편 광범위하게 사용되지는 않았지만, 앞돛대에는 스퀘어세일을, 그리고 나머지 2, 3개의 돛대에는 커다란 라틴세일을 단 caravela redonda도 있었다. 포르투갈인의 돛 발달에 대한 자세한 것은 Quirino da Fonseca, *Os Navios do Infante Dom Henrique*, Lisbon, 1958을 보라.

123 A. Jal, *Archéologie Navale*, Arthus Bertrand, Paris, 1840. vol.2, pp.134 이하.; H. H. Brindley, "The Evolution of the Sailing Ship," *PRPSG*, 1926, 54.; E. K. Chatterton, *The Ship under Sail*, Fisher Unwin, London, 1926, pp.56, 66.; Idem, *Sailing Ships, the Story of their Development from the Earliest Times to the Present Day*, London, 1909.; H. Warington Smyth, *op. cit.*, p.279.; C. E. Gibson, *The Story of the Ship*, Schuman. New York, 1948, p.108. E. K. Chatterton, *Ship Models*, Studio, London, 1923, p.16의 스퀘어세일만 달고 있는 12세기 선박의 모형과 pls. 8, 9, 14의 lateen mizen을 달고 있는 1450년 이후 선박의 모형을 참조.

124 E. K. Chatterton, *op. cit.*, pls. 11, 12에 있는 Santa Maria호의 모형.; G. la Raërie & J. Vivielle, *Navires et Marins, de la Rome à l'Hélice*, vol.1. pp.238 이하, 248 이하에 있는 실물 크기의 복원선. G. S. Laird Clowes & C. G. Trew, *The Story of Sail*, Eyre & Spottiswoode, London, 1936은 이와 비슷하게 1577년 Drake의 *Golden Hind*호를 그려 넣었다.

125 이 해석이 제시하고 있는 조건에 대해서는 pp.589, 593을 보라. 아마도 mizen lateen은 원래 연안에서 사용하기 위한 操船用 돛이었을 뿐이다. 돛을 항상 조정하려면 많은 사람이 필요했기 때문에, 스퀘어세일의 범장이 증기선 시대까지 살아남았을 것이다. 대양 항해가들은 항상 순풍을 바랐고, 또 그것을 기다렸다. 무역용 정크선조차도 몬순을 이용했다. 차를 운반하는 클리퍼들이 돛대가 많은 스쿠너의 종범 범장을 했을 수도 있지만, 그렇게 하지 않았다. 왜냐하면 며칠 동안 돛을 교체하지 않고서 순풍을 받아 항해하는 데에는 스퀘어세일보다 우수한 것이 없었기 때문이다. 그러나 이것이 저속일 때 mizen lateen이 선박의 조종을 쉽게 할 수 있게 해주는 커다란 이점이 있다는 것을 부인하는 것은 아니다. 이 각주에 대해서는 George Naish 해군 중령에게서 도움을 받았다.

킹스칼리지 교회(King's College Chapel) 창문의 스테인드글라스에서 볼 수 있다.[126] 클로우스(Clowes)는 다음과 같이 서술하고 있다.[127]

> 1400년 북방의 선박은 전적으로 순풍에만 의존하고 있었고, 역풍에서는 앞으로 나아가는 것이 전혀 불가능하거나 시도된 적조차 없었다. 1500년이 되기 전에 (유럽의) 선박들은 원양 항해가 가능해졌으며, 콜럼부스의 아메리카 발견, 디아즈의 희망봉 회항, 바스코 다 가마의 인도양 항로 개척이라는 결과를 가져왔다. 중국으로부터 항해용 나침반의 도입 등 과학적 진보가 이 항해들을 가능하게 하였지만, 돛대와 돛의 발전이 없었다면 대탐험가라 할지라도 대항해를 할 수 없었을 것이다.

중국의 전형적인 사각형 러그세일과 거의 같은 유형의 돛이 유럽에 존재했는데, 그 돛이 유럽에서 너무나 흔해져서 프랑스의 대서양 해안에서 널리 볼 수 있는 돛이라고 기술한 사람이 있을 정도였다.[128] 또한 영국, 이탈리아, 그리스, 터키 연안에서도 이 돛이 알려져 있다.[129] 그러나 16세기 말 이전에는 이 유형의 돛을 보여주는 증거를 찾을 수 없고, 브린들리(Brindley)가 발견한 최초의 자료는 1586년의 것이었고, 그 이름이 나온 것은 1세기 이후였다.[130]

---

126 K. P. Harrison and R. M. Nance, "The King's College Chapel Window Ship," *MMI*, 1948, 34.

127 G. S. Laird Clowes, *Sailing Ships : their History and Development as illustrated by the Collection of Ship Models in the Science Museum*, Science Museum, London, 1932, p.54.

128 H. Warington Smyth, *op. cit.*, pp.246 이하, 261, 267, 306 이하.; E. K. Chatterton, *Fore and Aft : the Story of the Fore-and-Aft Rig from the Earliest Times to the Present Day*, London, 1912, pp.38 이하.; Sir Alan Moore, "Last Days of Mast and Sail : an Essay in Nautical Comparative Anatomy," Oxford, 1925, pp.206 이하. E. K. Chatterton, *Ship Models*, Studio, London, 1923, pl.137에 있는 모형.

129 H. Warington Smyth, *op. cit.*, pp.98, 134, 188, 196, 207, 319 이하, 329.; E. K. Chatterton, *Fore and Aft : the Story of the Fore-and-Aft Rig from the Earliest Times to the Present Day*, London, 1912, pp.227 이하, 310 이하.

130 H. H. Brindley, "The Evolution of the Sailing Ship," *PRPSG*, 1926, 54.; Sir Alan Moore, "Last Days of Mast and Sail : an Essay in Nautical Comparative Anatomy," Oxford, 1925, p.206.

러그세일의 기원에 대해서는 나중에 다시 한 번 논할 기회가 있을 것이다.

이상하게도 돛이 돛대 앞에 나와 있지 않지만 엄격한 의미에서의 포앤애프트 세일이라 할 수 있는 돛이 예로부터 유럽에 존재하고 있었던 것으로 요즘 알려지고 있다. 이것은 스프리트세일이었다.[131] 스프리트세일에 대한 최초의 삽화는 오랫동안 1416년의 것으로 생각되어 왔다.[132] 그리고 그로부터 수십 년 이후의 자료가 몇 가지 사례를 보여주고 있다.[133] 그러나 현재는 그 앞 세기에 북유럽에서 일종의 스프리트세일이 있었음을 알게 되었고, 무덤의 비석에는 그 돛의 존재 시기가 헬레니즘 시기까지 거슬러 올라갈 수 있는 증거가 있다. 계속 연구하면 밝혀지게 되겠지만, 이에 대한 논의는 뒤에서 할 예정이다.

다음으로 결국 개프세일(gaff-sail)을 살펴볼 차례인데, 이것은 현대 요트의 전형적인 돛으로 우리에게 익숙한 것이다.[134] 개프(gaff)는 반스프리트 (half-sprit)라고도 말해지므로 스프리트세일로부터 유래한 것이라고 일반적으로 생각되고 있는데,[135] 이것은 16세기 초 홀란드에서 나타났으며, 왕정복고

---

131 Sir Alan Moore, *op. cit.*, pp.147 이하에 있는 최고의 논쟁.

132 F. H. Brindley, "Early Sprit-Sails," *MMI*, 1914, 4.; E. K. Chatterton, *The Ship under Sail*, Fisher Unwin, London, 1926, p.165. 이 그림은 H. van Eyck의 Très Belles Heures de Notre Dame에 들어 있다. H. H. Blindley, "Some Notes on Mediaeval Ships," *CAS / PC*, 1916, 21도 보라. 이 원고는 Turin Library의 화재 때 소실되었다.

133 R. M. Nance, "Smack Sails in the Fifteenth Century," *MMI*, 1920, 6은 15세기 말부터 또 다른 예를 들고 있다(MS. Eg. no 1665, BM), pp.165 이하. Amsterdam에 있는 St Elizabeth 전설에 대한 그림에서 1475년경의 것을 볼 수 있다. 우리는 그것을 이미 1459년의 Fra Mauro의 세계지도에서 보았다.

134 Sir Alan Moore, *op. cit.*, pp.167 이하.; R. Anderson & R. C. Anderson, *The Sailing Ship : Six Thousand Years of History*, Harrap, London, 1926, pp.164 이하.; E. K. Chatterton, *The Ship under Sail*, Fisher Unwin, London, 1926, pp.165 이하.

135 Sir Alan Moore, *op. cit.*, p.168.; Sir Alan Moore & G. Carr Laughton, *Discussion on the Origin of Lug-sails in Europe*, in answer to a query by F. K. I, *MMI*, 1923, 9.; R. le B. Bowen, "The Origins of Fore-and-Aft Rigs," *ANEPT*, 1959, 19, pp.161 이하. 그러나 다른 사람들, 예를 들면 C. E. Gibson, *The Story of the Ship*, Schuman, New York, 1948, p.123은 jib-sail이 gaff-sail과 동시에 나타났음을 지적하고 있고, 이러한 점은 두 가지 모두 어떤 의미에서는 수직으로 2개 나누어진 라틴세

시대(Restoration)에는 영국에 널리 전파되었다.[136] 효율성이 점차 더 커진 개프세일은 전장범선(full-rigged ships)의 뒷돛대에 있는 라틴세일을 대신하게 되었고,[137] 더 나아가 우아한 스쿠너가 등장하게 되었다.[138] 개프세일은 아마도 순수하게 유럽인의 발명이었을 것인데, 스프리트세일보다 조작하기 쉽다는 장점이 있었다. 그러나 인도차이나의 일부[139]와 멜라네시아의 보트가 그와 매우 비슷한 돛을 달고 있으므로 유럽인의 발명이라는 주장을 확신할 수는 없다.[140]

이제 미지의 영역으로 감히 돌멩이를 몇 개 던져보는 일만 남았다. 다시 한 번 구세계의 가상 지도에 들어있는 돛의 유형들을 보여주는 <표 72>를 보기로 하자. 우리는 고대 이집트의 스퀘어세일이 모든 방향 즉 북쪽, 북동쪽 그리고 동쪽으로 전파되고 있는 것을 볼 수 있다. 우리는 경사진 스퀘어세일을 인도네시아의 것(아마도 기원전 1세기)으로 그리고 나일 강 중류의 나가르(naggars)를 아프리카 대륙으로의 문화를 역수입한 결과라고 생각할 수 있을

일의 구성 부분이었음을 시사하고 있다. 자세한 것은 G. S. Laird Clowes, *Sailing Ship : their History and Development* ⋯ , Science Museum, London, 1932, p.80을 보라.

136 가장 오래된 그림은 1523년 Stockholm의 포위전을 그린 것이다(R. M. Nance, "Spritsails," *MMI*, 1913, 3. E. K. Chatterton, *Ship Models*, Studio, London, 1923, pl.137.; G. S. Laird Clowes & C. G. Trew, *The Story of Sail*, London, 1936, p.137에 있는 스튜어트 왕가 요트(Stuart Royal Yachts)의 그림과 모형.

137 그러나 몇몇 군함은 오랫동안 계속 선미 부분에 gaff-sail을 단 긴 라틴세일의 상활을 유용한 圓材로 사용하였다. 나일 강 전투에서(1798년) Nelson의 기함도 그러했다.

138 전방 범선 시대에 포앤애프트세일의 원리에 대해 유럽인들이 얼마나 몰랐는가 하는 것은 Charnock가 중국 정크의 범장에 대해서 말했을 때 놀란 사실을 통해 추측할 수 있을 것이다. 그는(Joseph Needham, *Science and Civilization in China*, vol.3, pp.290 이하)에서 "상황은 중앙이 아니라 끝단 가까이에서 돛대와 접촉하게 되어 있다. 돛의 3/4는 아딧줄쪽에 있기 때문에 돛대를 축으로 하여 주위를 회전한다"고 기술하였다. 물론 Charnock는 造船技士였으므로 돛에 대해서도 아주 잘 알고 있었을 것으로 기대할 수 없다.

139 J. Poujade, *La Route des Indes et Ses Navires*, Payot, Paris, 1946, pp.149, 150.; Phan-Tiet의 보트

140 R. le B. Bowen, "Eastern Sail Affinities," *ANEPT*, 1953, 13, pp.205, 208은 개프세일의 갈래진 하활(forked boom)은 Melanesia의 Admiralty Islands를 1616년에 발견했을 때 홀란드인이 그곳에 있던 원형을 본따 만든 것일지도 모른다고 주장하였다.

것이다. 만약 경사진 돛이 동쪽이든 서쪽이든 각 방향에서 라틴세일을 나타나게 했다면, 태평양에서 상활뿐만 아니라 하활도 갖춘 삼각형의 라틴세일이 있었던 것을 설명할 수 있다.[141] 태평양의 삼각형 라틴세일은 마젤란(Magellan)에 의해[142] 1521년에 라드로네스 제도(Ladrone Islands, <역자주 : 일명 盜賊諸島로서 Mariana Islands의 옛 이름>)에서 처음으로 발견되었고, 동쪽에서 생긴 사형범의 자손이다. 그 삼각형의 라틴세일은 서쪽의 자손으로 간주되는[143] 에리트라 아랍인(Erythraean Arab)의 '유사 러그' 라틴세일('quasi-lug' lateen)에

---

141 A. C. Haddon & J. Hornell, *Canoes of Oceania*, Bernice P. Bishop Museum, Honolulu, 1936.; H. H. Brindley, "Primitive Craft : Evolution or Diffusion?," *MMI*, 1932, 18.; B. Malinowski, *Argonauts of the Western Pacific*, London, 1922.; R. le B. Bowen, "Eastern Sail Affinities," *ANEPT*, 1953, 13.; Idem, "The Origins of Fore-and-Aft Rigs," *ANEPT*, 1959, 19. 이것은 자바 해의 prahusk prao라는 선박의 범장이기도 하다. H. Warington Smyth, *op. cit.*, p.414.

142 G. F. Hourani, *Arab Seafaring in the Indian Ocean in the Ancient and Early Mediaeval Times*, Princeton Univ. Press, 1947, p.105. J. Charnock, *An History of Maritime Architecture*, vol.3, Faulder et. al. London, 1800~2, pp.314 이하가 증언하고 있듯이, 18세기 말의 유럽인은 하활이 있는 라틴세일을 단 '날아다니는 것처럼 빠른 proas'를 보고 감탄했다. 그러나 영국인에게는 말할 것도 없이 고전적인 기록이 Adm. G. A. Anson, *A Voyage Round the World in the Years 1740~1744*, Ed. R. Walter, London, 1748, p.339이었다. 그것들의 놀라운 스피드에 대해서는 많은 일화가 있다.

143 J. Poujade, *op. cit.*, pp.145 이하와 pp.157 이하는 라틴세일의 기원에 관한 이러한 생각에 다소 동의하고 있는 것 같다. 한편, R. le B. Bowen, "Eastern Sail Affinities," *ANEPT*, 1953, 13, p.188은 아랍의 라틴세일이 하활이 없는 횡범으로부터 착안되고 러그세일을 거쳐 생겨난 것이라고 믿고 있다. 그 경우, 중간 형태의 것을 찾는 것이 어렵다. R. le B. Bowen, *op. cit.*, p.187은 그것을 인도양 서부의 jib을 단 dipping lug에서 찾을 수 있을 것으로 생각한다. 또한 *Ibid.*, pp.101, 110은 발달했다기보다는 오히려 인도양의 원시 대양용 두갈래 돛대(proto-Oceanic bifid-mast)에 있는 종범으로부터 발달한 것이라고 생각하고 있는데, 이것에 대해서는 곧 경사진 돛의 기원과 관련하여 다시 검토하려 한다. *Ibid.*, pp.87 이하에서는 폴리네시아와 미크로네시아의 삼각형 스프리트세일(triangular sprit-sail)을, 그리고 *Ibid.*, pp.86 이하와 p.101에서는 돛대가 두 개인 멜라네시아의 쌍장 스프리트세일(double-mast sprit sail)을 거쳐 전달되었을 것이라고도 생각하고 있다. 그러나 지금까지 보았듯이 중국 러그세일의 선조라고 생각되는 것 중의 하나인 이처럼 변화된 유형은 볼트(bolt)가 수직으로 설 정도로 기울어진 인도네시아의 직사각형 돛이었을지도 모른다. 멜라네시아의 Bismarck Archipelago에 특유한 고정식 러그세일(standing lug)은 현재에도 거의 수직식 하활, 상활, 짧은 돛대와 함께 남아있지만, 거의 '돛대가 없는' (혹은 '2개의 돛대') 단계로까지 변화하고 있다(*Ibid.*, p.205). 그러나 매력적인 다양성을 지닌 이 분야를 전통적인 용어로 어떻게 분류하려 할지는 흥미로운 일이 아닐 수 없다.

대응할만한 것이다. 물론 이런 방식으로 아랍 라틴세일의 기원을 생각하는 데에는 어려움이 많다. 왜냐하면 거의 모든 아랍 라틴세일에 하활이 없고, 그 세일이 에리트레아(Erythraea)와 인도네시아(Indonesia)의 중간 지역에 해당하는 동인도 해역에서 중요한 문화적 특징으로 보이지도 않기 때문이다. 그러나 적어도 2세기에는 로마제국령 시리아인과 무슬림이 되기 이전의 아랍인, 페르시아인과 인도의 동부 지역(Chryse, Golden Chersonese 등)으로부터 온 선원들이 서로 접촉했었을 가능성도 있다.[144]

이러한 생각을 뒷받침해주고 있는 것은 파리(P. Paris)의 연구인데, 그는 스트라보(Strabo)와 플리니우스(Pliny)의 애매한 두 가지 문구를 흥미롭게 분석하고 있다. 75년경 플리니우스는 타프로바네(Taprobane, <역자주 : Ceylon 섬의 그리스, 라틴어 이름>) 또는 그보다 더 동쪽에 있는 선수미가 솟아 있는 선박에 대해서 알고 있었다.[145] 이 선박들은 인도네시아의 경사진 스퀘어세일이나 인도양의 스프리트세일 또는 태평양의 라틴세일을 가지고 진로를 바꾸는 것이 아니라 역행함으로써 돛의 바람 받는 방향에 따라 침로를 바꾸는 오루와(oruwa)와 같은 선박이었을 수도 있다.[146] 그는 또한 실론(Ceylon)의 야스라도니(yathra dhoni)와 비슷한 것이 틀림없는 선박에 대해서도 언급하고 있다.[147] 스트라보(23년경)의 문구에는 양편에 현외부재(舷外浮材, outriggers)가 있는 보트를 알고 있었다는 것을 보여주는 부분도 있다.[148] 그리고 이 선박들은

---

144 이것은 결국 인도네시아인의 Madagascar의 이주가 시작되던 무렵이었다. G. Ferrand, "Le K'ouen-Louen et les Anciennes Navigations Interocéaniques dans les Mers du sur Sud," *JA*, 1919(11e ser.), 13.

145 Nat. Hist. Ⅵ. ⅹⅹⅳ. 82, 83.

146 J. Charnock, *An History of Marine Architecture*, vol.3, London, p.314.; J. Hornell, "The Fishing and Coastal Craft of Ceylon," *MMI*, 1943. 그 과정에 대한 설명은 R. le B. Bowen, *op. cit.*, pp.115, 190, 209를 보라.

147 J. Hornell, *Water Transport : Origins and Early Evolution*, Cambridge, 1946, p.257.; Idem, "Sea Trade in Early Times," *AQ*, 1941, 15.

148 Georgr. ⅩⅤ, Ⅰ, ⅩⅤ.

인도네시아 문화권으로부터 전래되었음에 틀림없다. 플리니우스의 문구는 타프로바네(여기에서는 아마 Sumatra였을 것이다)에서 온 사절 라키아스 (Rachias)에 관한 묘사가 있는데, 그는 45년경 로마를 여행하여 자국 백성들의 세레스(Seres)와의 통상 활동에 대해 언급했다.[149] 모든 라틴세일이 경사진 스 퀘어세일로부터 유래했다고 믿는데 역사적으로 어려움은 거의 없어 보인 다.[150]

또한 우리는 중국의 평형 러그세일이 경사진 범장에서 발달한 또 다른 것이라고 추측할 수 있다.[151] 그 진화는 우리가 이미 보았듯이 3세기에 발생 하였음에 틀림없다. 이 경우에는 진화 과정을 이해하기가 조금 더 쉬울 것이 다. 게다가 그 흔적이 몇 가지 남아 있기도 하다. 예를 들어서, 첸탄강의 정크 중 일부는 스퀘어세일이기는 하지만, 바람을 거슬러 항해하고 싶을 때는 그 돛을 비스듬하게 매달아 사용한다.[152] 인도네시아와[153] 나일 강 중류[154]에

---

149 Pliny가 여기에서(VI, xxiv, 85 이하) 그들을 月氏와 혼동하여 금발의 푸른 눈을 가진 사람으로 묘사하고 있음을 기억해야 한다. 앞에서 보았듯이, 나중에 月氏와 말레이인들 사이에는 인도의 Kushân 왕조 하에서 통상을 위한 접촉이 있었다. Pliny시대 이후 중국과 Kushân 왕조 와의 외교관계에 대해서는 Joseph Needham, *Science and Civilization in China*, Vol.1, p.206을 참조.
150 만약 naggar의 돛이 이집트인의 독자적인 발명이며 또한 아랍의 라틴세일이 바로 이집트의 돛으로부터 유래했다는 견해를 선호한다면, 태평양의 라틴세일에 대해서는 그것이 독자적인 발명과 수렴 현상이라는 것을 제외하고는 설명할 수 없다. 물론 그 가능성을 배제할 수는 없다.
151 이것은 P. Paris, "Esquisse d'une Ethnographie Navale des Pays Annamites," *BAVH*, 1942(no.4. Oct. and Dec.), 351, p.44의 견해이기도 했다. 여기에서는 R. le B. Bowen, "The Origins of Fore-and-Aft Rigs," *ANEPT*, 1959, 19. pp.192 이하도 중국의 평형 러그세일이 높이가 높은 고대 직사각형 횡범(tall rectangular square-sail)의 자손이라고 아무리 강조해도 지나치지 않다고 주장한다. 그는 다른 곳에서 샴과 인도차이나의 스탠딩러그세일(standing lug)이 인도네시아의 경사진 횡범이나 고대의 평형 러그세일로부터 유래한 흔적을 더듬고 있다. 러그세일이라는 용어에 대해서는 A. Ansted, *A Dictionary of Sea Terms*, Gill, London, 1898, p.168을 보라.
152 G. R. G. Worcester, *The Junks and Sampans of the Yangtze* … , vol.1, Shanghai, 1947, p.67.
153 이 관행이 매우 오래되었다는 사실이 흥미롭다. 왜냐하면 19세기 중엽이후 Cunningham이 롤러 기계 장치(roller mechanism)를 사용하여 '자동으로 접히는 top-sail'의 특허를 얻었기 때문이다(R. St J. Gillespie, "Cunningham's Self-Reefing Topsails," *MMI*, 1945, 31. R. Wailes, *The English Windmill*, Routledge & Kegan Paul, Lonson, 1954, p.94를 참조).

있는 경사진 돛의 두드러진 특징인 롤러리핑(roller-reefing, <역자주 : 돛을 말아서 접는 것>)이 양쯔강 상류에서 운행되는 정크의 스퀘어세일에서도 사용되고 있다.[155] 그리고 중국 보트의 어떤 유형들은 자체의 범장에 추가하여 스피네이커(spinnaker)의 일종으로서 경사진 돛을 달고 다닌다(<그림 1019>).[156]

만약 남방 해역에서 사용되는 돛을 탐구할 충분한 시간이 없다면, 인도네시아와 말레이의 선박을 보여주는 멋진 사진만 보아도 좋을 것이다. 그 사진을 보면 인도네시아의 경사진 범장(canted rig)이 러그세일로 바뀐 것을 거의 눈으로 볼 수 있을 것이다. 따라서 쿠알라 트렝가누(Kuala Trengganu)의 보트를 찍은 사진을 보면,[157] 그 보트는 돛의 아래쪽 끝(tack)이 돛대와 일직선을 이루도록 스퀘어세일을 기울게 설치하고 있다(<그림 1020>). 또한 말레이 반도의 동남부에 있는 켈랜턴(Kelantan)의 프라후 부아탄 바라트(Prahu Buatan barat)도 비슷한 형태의 돛을 가지고 있지만, 하활은 더 이상 활대와 평형을 이루고 있지 않는 것으로 보인다. 다시 말해서 돛의 수직부분 가장자리 끝이 길어지고 있다.[158] 인도차이나 선박의 돛에 정확히 똑같은 일이 나타나고 있음을 푸자드(Poujade)가 작성한 차트에서도 알 수 있다.[159]

---

154 J. Hornell, "The Frameless Boats of the Middle Nile," *MMI*, 1939, 25, p.136.; G. Hawkins & C. A. Gibson-Hill, *Malaya*, Singapore, 1952.; J. Poujade, *La Route des Indes et Ses Navires*, Payot, Paris, 1946, p.126. 적어도 Borobodur 선박을 새긴 조각들 중 하나는 실제로 이러한 절차가 사용되고 있음을 가리키고 있다.

155 G. R. G. Worcester, *Junks and Sampans of the Upper Yangtze*, Shanghai, 1940, p.12.

156 J. E. Spencer, "The Junks of the Yangtze," *ASIA*, 1938, 38도 또한 이 방식을 보여주는 사진을 제공하고 있다.

157 G. Hawkins & C. A. Gibson-Hill, *op. cit.*

158 이 사진과 완벽할 정도로 같은 중국의 것이 W. Forman & B. Forman, *Das Drachenboot*, Artia, Prague, 1960, pls. 145, 210에 의해 간행된 湘江의 러그세일이 달린 선박에 대한 사진에서 보인다.

159 J. Poujade, *op. cit.*, pp.149, 157. C. Nooteboom, *Trois Problèmes d'Ethnologie Maritime*, Rotterdam, 1952를 참조

〈그림 1020〉 말레이의 북동 지방에 있는 쿠알라 트렝가누(Kuala Trengganu)의 소형 어선. 오후에 해풍(海風)을 뒤에서 받으며 항구로 향하고 있다(G. Hawkins & C. A. Gibson-Hill, Malaya, Govt. Printing Office, Singapore, 1952에서 인용). 여기에서는 경사진 스퀘어세 일의 하단이 우현까지 혹은 적어도 선체 중심선상에 놓여 있으며, 러그와 거의 같다.

한 가지 중요한 문제가 유럽의 러거(lugger, <역자주 : 러그세일을 단 돛대가 2, 3개 있는 작은 선박>)에서 나타난다. 만약 정말로 그것이 16세기 말 유럽에서 독자적으로 출현했다면, 그것이 서부 유럽의 해안 지역 전체로 확산되는 속도는 놀라울 정도로 빨랐다. 따라서 그것이 중국의 정크에서 직접 유래되었고, 전래 도중에 활대와 여러 개의 아딧줄이 없어졌을 것이라는 가설은 들어 볼만한 가치가 있다.[160] 마르코 폴로의 출신지인 아드리아 해가[161] 유럽에서 그 범장이 확산된 중심지라는 사실에는 약간의 의심스러운 점이 있다. 두 가지 모두 러거[162]인 트라바콜로(trabaccolo, <그림 1021>)와 브라고찌(braggozzi)가 키오지아(Chioggia)와 같은 베네치아의 항구에서 여전히 지배적이었는데, 2매의 고정된 러그세일(standing lug)[163]과 지브세일(jib)을 가지고 있었다. 더욱 주목할 만한 점은 이 선박에 다른 중국적 특징들이 있는데, 그 특징은 바닥이 매우 편평하다는 것 그리고 용골로부터 상당히 아래로 내려가는 커다란 타가 있다는 것이다. 그리고 수심이 얕은 곳에서는 그 커다란 타를 위로 들어 올릴 수 있었다. 스미스(Smyth)[164]는 "이 선박들은 아름다운 라인과 대단한 힘을 가지고 있고, 외양에서 항해하는 러거 중 세계에서

---

160 H. Warington Smyth, *op. cit.*, p.310에 주목하라. "이탈리아의 전형적인 러그세일은 아드리아 해에서 볼 수 있는데, 적극적인 바닷사람들에 의해 그곳에서 지중해의 구석구석까지 전파되었다. 이 러그세일은 우리가 평형 러그세일이라고 부르는 것인데, 누름대가 없는 중국의 러그세일로서 활대뿐만 아니라 하활도 갖추고, 돛을 올릴 때 tack purchase에 의해 완전히 올렸다." 이 tack purchase의 끝은 luff의 가장자리를 팽팽히 죄기 위해 종범의 앞쪽 하단에 부착시키는 밧줄이나 도르래 장치이다.

161 *Ibid.*, pp.306 이하.; E. K. Chatterton, *Fore and Aft : the Story of the Fore-and-Aft Rig from the Earliest Times to the Present Day*, London, 1909, pp.38 이하.; Sir Alan Moore, "Last Days of Mast and Sail : an Essay in Nautical Comparative Anatomy," Oxford, 1925, p.230.; T. C. Gillmer, "Present-Day Craft and Rigs of the Mediterranean," *ANEPT*, 1941, 1. Marco Polo가 Korcûla에서 태어났다는 말이 있다.

162 그것들은 Turner의 그림에 의해 영원히 남게 되었다. G. la Roërie & J. Vivielle, *Navires et Marins, de la Rame à l'Hélice*, vol.2, Duchrtre & van Buggenhoudt, Paris, 1930, p.196을 참조.

163 중국의 러그세일처럼 항상 하활이 있다.

164 H. Warington Smyth, *op. cit.*, p.313.

〈그림 1021〉 베네치아 해역의 트라바콜로(trabaccolo). 유럽에서 전통적인 러그세일의 범장을 한 가장 훌륭한 예이다(H. Warington Smyth, Mast and Sail in Europe and Asia, Blackwood, Edinburgh, 1906에 있는 스케치). 설명은 본문을 참조하라.

가장 멋진 형태의 선박"이라고 말한다. 그리고 프랑스 모르비앙(Morbihan)의 러거에 대해서 그는[165] "멀리서 보면, 그 돛(높고 직사각형)의 외관이 이상하게도 돛대가 2개인 샤먼(廈門)의 어업용 정크 같은 것으로 보인다"고 말하고 있다. 유럽에서 여러 개의 아딧줄이 나타나는 유일한 예는 터키의 러거이지만, 그 아딧줄이 아딧줄이 아니라 보라인(bowline)으로 사용된다는 사실에서도 또 다른 힌트를 얻을 수 있다.[166] 중국의 활대가 달린 돛(batten-sail)을 단 선박에서는 이러한 보라인이 전혀 필요하지 않았다. 터키의 선박 중에는 삼판처럼

---

165 *Ibid.*, p.267.

166 돛을 바람 불어오는 쪽 끝으로부터 팽팽하게 당기기 위해 앞으로 나와 있는 터키의 복식 보라인(bowlines)에 대해서는 Sir Alan Moore, "Last Days of mast and sail : an Essay in Nautical Comparative Anatomy," Oxford, 1925, p.44를 보라.

선미로부터 양현의 외판이 돌출해 있는 것이 있다.[167] 그러므로 마르코 폴로가 귀국한 지 얼마 후에 유럽인이 중국식 러그세일을 이용했다는 사실을 보여 줄 수 있는 증거가 이상의 것으로부터 나올지 모른다고 추측할 수 있을 것 같다.[168]

또 다른 중요한 문제는 유럽에서 스프리트세일 범장의 기원에 관한 것이다. 이 문제를 논의했던 사람들은 그와 거의 같은 종류의 범장이 중국에도 있었다(<그림 1015>)는 사실에 관심을 기울이지 않았다.[169] 이러한 유형의 돛은 중국에서 널리 분포하고 있으므로 17세기에 유럽에서 중국으로 전해진 것이라고 가볍게 생각할 수 없다. 유럽에서는 스프리트세일이 지중해형 라틴세일에서 유래했다고 추정하지 못하고 있으며 또한 관심을 끌지도 못하고 있다. 왜냐하면 일반적인 발달 원칙에서 볼 때, 스퀘어세일에서 삼각형 돛으로의 축소는 있을 수 없기 때문이다. 더 흥미로운 것은 모든 스프리트세일이 스퀘어세일을 단 인도양의 두 갈래 돛대(bifid-mast)의 스프리트 범장(帆裝, sprit rigs)으로부터 유래했을 가능성이 있다는 것이다.[170] 이와 관련된 수많은 예들이 실론, 마다가스카르 또한 태평양에서 발견되어 왔다.[171] 이 경우에 중국식

---

167 H. Warington Smyth, *op. cit.*, p.327. 그는 1671년의 그림을 보이고 있다.

168 이 부분이 서술된 후 R. le B. Bowen, "Eastern Sail Affinities," *ANEPT*, 1953, 13, pp.192, 205, 208.; Idem, "The Origins of Fore-and-Aft Rigs," *ANEPT*, 1959, 19, pp.192, 198도 같은 결론에 이르고 있다. 그것의 중개자를 생각해내기는 그다지 어렵지 않은데, 아마 터키인이었을 것이다. 1375년의 지도 제작자가 중국의 돛에 매우 특이한 사항이 있다는 것을 알았다는 것을 이미 보았기 때문에, 동시대나 그 이전에 분명하지는 않지만 통찰력이 있는 선원들이 많이 있었을 수도 있다. 또 다른 가능성은 Bowen이 시사하고 있듯이 18세기의 프랑스와 샴의 밀접한 관계이다.

169 G. R. G. Worcester, *The Junks and Sampans of the Yangtze* … , Shanghai, 1947, pp.74, 84, 162. 2권 p.442 기타.; R. F. Fitch, "Life Afloat in China," *NGM*, 1927, 51.

170 즉 Bowen의 용어로 말하자면 'proto-Oceanic sprit-sail'과 이집트와 廣東의 bipod mast는 이상한 기하학적인 대조를 이루고 있다. 그것은 분명히 가장 오래된 횡범(fore-and-aft) 범장 중의 하나이다.

171 그리고 Malabar 해안과 Yemen에서도 그러하였다(Adm. F. E. Paris, *Essai sur la Construction Navale des Peuples Extra-Européens*, Arthus Bertrand, Paris, n.d.(1841~3), pl.16.; J. Hornell, "Balancing Devices

스프리트세일(최초의 출현 연대에 대한 정보가 절실히 요구된다)이 하나의 파생물이라면, 유럽의 것도 또 다른 파생물일 것이다.[172] 이러한 관점에서 볼 때, 브린들리(Brindley)[173]의 발견은 대단히 흥미롭다. 그는 킬(Kiel) 시의 인장(印章, 1365년)에 유럽에서 가장 오래된 스프리트세일이 있다는 것을 알았다. 이 돛은 보통의 돛대가 서 있는 것 이외에 두 갈래의 원재(圓材, bifid spars) 위에 길게 늘어져 있는 횡범이었던 것처럼 보인다(<그림 1022>). 이 돛대는 인도양의 유형에서 볼 수 있는 것과 같은, 상황 하활이 분명히 없다.[174] 게다가 브린들리[175]는 타이티(Tahiti)와 하와이(Hawaii)에서도 두 갈래 돛대의 횡범으로부터 스프리트세일로의 변화가 각각 독자적으로 일어나고 있음을 발견했다. 다시 말하지만 유럽에서 주요 스프리트세일 중 하나가 터키의 것이라는 사실에 중요성이 있을 것 같다.[176] 그러나 그것의 정확한 전파 경로는 알려져 있지 않다.

만일 카슨(Casson)[177]의 확증이 옳다면, 지중해의 돛에 대한 인도의 영향력

---

in Canoes and Sailing Craft," *ETH*, 1945, 1.; H. H. Brindley, "Early Pictures of Lateen Sails," *MMI*, 1926, 12.; G. S. Laird Clowes & C. G. Trew, *The Story of Sail*, London, 1936, p.93.; R. le B. Bowen, "Eastern Sail Affinities," *ANEPT*, 1953, 13.; Idem, "Primitive Watercraft of Arabia," *ANEPT*, 1952, 12(no.3).; Idem, "The Origins of Fore-and-Aft Rigs," *ANEPT*, 1959, 19를 참조).

172 물론 독립적인 기원설에 집착하는 사람도 있다. 예를 들면, Sir Alan Moore, "Last Days of Mast and Sail : an Essay in Nautical Comparative Anatomy," Oxford, 1925, p.146. 또 한 가지 설은 유럽의 sprit-sail이 vargord 혹은 beitiáss라고 불리는 spar와 관련되어 있다고 하는 것으로, 이것은 노르웨이나 영국 Cornwall의 선원들에 의해 원시적인 square-sail이나 lug-sail의 가장자리를 고정시키기 위한 bowline의 대체품으로 사용되었다(G. J. Marcus, "A Note on the Beitiass," *MMI*, 1952, 38.; Sir Alan Moore, *op. cit.*, p.255). 하지만 여기서도 다시 동남아시아에 비슷한 예가 있다(H. Warington Smyth, *op. cit.*, ist ed., p.338.; R. le B. Bowen, "Eastern Sail Affinities," *ANEPT*, 1953, 13, p.204).

173 H. H. Brindley, "Mediaeval Rudders," *MMI*, 1926, 12.

174 G. S. Laird Clowes, "Comment on the Kiel Spritsail," *MMI*, 1927, 13이 Brindley의 해석을 의심하고 있다는 것이 사실이다. 선 중의 어떤 것도 쳐져 있지 않으므로, 그는 이 글이 하나의 활대, 2개의 brace(버팀대 또는 돛줄), 그리고 2개의 sheet를 보이려 한 것일 수도 있다고 생각했다.

175 H. H. Brindley, "Early Pictures of Lateen Sails," *MMI*, 1926, 12.

176 H. Warington Smyth, *op. cit.*, pp.325 이하.

이 브린들리(Brindley)의 인장에
새겨져 있는 선박보다도 천 년
전에 발휘되었을지도 모른다고
해야 할 것 같다. 카슨이 2세기
경 헬레니즘 시기의 4개의 무덤
에 있던 비석 조각에서 중요한
돛들을 발견했는데, 그 돛들은
일종의 스프리트세일처럼 보이
고, 그 중에서 2개는 후대의 정
식 스프리트세일보다 인장에 새
겨져 있는 돛의 유형과 훨씬 더
가까운 것처럼 보인다. 그럼에
도 불구하고 이 주장은 두 가지
경우에 받아들여질 수 있을 것
같다.[178] 하지만 오랜 중간기간

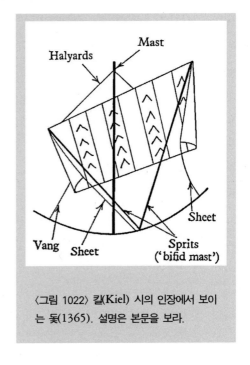

〈그림 1022〉 킬(Kiel) 시의 인장에서 보이
는 돛(1365). 설명은 본문을 보라.

동안 약간의 증거 부족은 이해하기 힘들며, 그리고 2번에 걸친 연속적인 도입

---

177 L. Casson, "Fore-and-Aft Sails in the Ancient World," *MMI*, 1956, 42.

178 tacking에 대해 언급한 헬레니즘 시대의 문헌이 L. Sprague de Camp, "Sailing Close-Hauled,"
ISIS, 1959, 50에 의해 발견되었기 때문에 더욱 더 그러하다. Achilles Tatius의 3세기 말의 소설
인 Lew Kippe and Kleitophon, III, 1에는 "바람에 역행하여 태킹을 함으로써 선박이 바람에
의해 해안으로 밀리지 않도록 하고 있는 한 신출내기 선원에 대한 이야기"가 실려 있다.
이 시도는 실패했지만, 이 묘사는 매우 분명하여 우리를 기쁘게 한다. L. Casson, *The Ancient
Mariners : Sea-farers and Sea Fighters of the Mediterranean in Ancient Times*, Gollancz, London, 1959, p.219
가 그의 4가지 실례에서 돛대가 매우 앞쪽으로 치우쳐 있고, 보통 로마 스퀘어세일선의 위
치와 매우 다르며, 게다가 그의 스프리트세일에서 죔줄(brail)과 고리(ring)가 하나도 보이지
않는다고 지적한 후, 그의 논의가 설득력을 더 많이 얻고 있다. Ostia의 한 조각품에서는 2종
류의 범장이 보이는데, 이 경우에 그 차이가 드러나고 있다. 이것은 A. A. M. van der Heyden
& H. H. Scullard, *Atlas of the Classical World*, Nelson, London, 1959, fig. 308에도 다시 게재되어
있다.

이라는 가설을 부인해버릴 수는 없다.[179] 기술 교류가 존재한 기간만큼 로마와 인도 사이의 왕래가 이루어졌던 것은 틀림없다. 왜냐하면 인도 해안에 무역 기지들이 존재했었다는 사실이 현재 널리 알려져 있기 때문이다.[180] 보웬(Bowen)[181]은 이미 인도양의 두 갈래 돛대 스프리트세일(bifid-mast-sprit-sail)이 로마에서 유래하지 않았을 것이라고 보았다. 왜냐하면 인도양 라틴세일의 앞쪽 가장자리(luff)가 느슨하지만, 유럽인들이 16세기에 다시 인도양에 도달했을 때에는 유럽인의 스프리트세일이 오래전부터 돛대에 고정되어 있었기 때문이다. 보웬[182]은 현재 유럽의 스프리트 세일이 인도양에서 유래한 것이라는 생각을 포기하고 있지만, 인도양 기원설은 돛의 발달 이론에서 핵심이다. 또한 그가 생각하고 있듯이, 인도양형 스프리트세일은 오세아니아의 하활이 있는 라틴세일(boom-lateen)과 삼각형의 스프리트세일의 선조일 뿐만 아니라,[183] 멜라네시아의 돛대가 2개인 스프리트세일(double-mast sprit-sail)의 선조라고 생각되는 것도 당연할 것이다. 이 멜라네시아의 스프리트세일은 언어학적인 증거로 볼 때 고대 중국의 돛과 연관성이 있다고 할 수 있다.

지금까지 언급되지 않은 마지막 종류의 돛이 하나 있다. 이것은 꼭대기가

---

179 Sect. 30e에서 특히 石弓과 관련된 또 다른 예를 볼 수 있다. 또한 馬具를 둘러싼 토론에서 (Joseph Needham, *Science and Civilization in China*, Vol.4, pt.2, pp.315 이하) 헬레니즘 시대에 개량된 마구가 많이 사용되지는 않았지만 실험적으로 사용되고 있음을 보았다.

180 Joseph Needham, *Science and Civilization in China*, Vol.1, pp.177 이하와 더 최근의 것으로서 Sir R. E. M. Wheeler, *Rome beyond the Imperial Frontiers*, Bell, London, 1954.; Idem, *Impact and Imprint : Greeks and Romans beyond the Himalayas*, King's College, Newcastle-on-Tyne, 1959를 참조. 예를 들면, Arikamedu(Virapatnam)의 로마제국령의 시리아 商館은 기원전 50년부터 기원후 200년 사이에 전면적으로 사용되었다. 여기에서는 77년에 Pliny가 전진과 후진이 가능한 선박을 알고 있었다는 것이 매우 중요하다.

181 R. le B. Bowen, "Eastern Sail Affinities," *ANEPT*, 1953, 13.

182 Idem, "The Origins of Fore-and-Aft Rigs," *ANEPT*, 1959, 19.

183 Brindley와 다른 사람들이 주장하고 있듯이, 만약 이 돛이 인도네시아의 경사진 횡범에서 유래했다면, 하활이 있는 태평양식 라틴세일의 앞쪽 끝은 현재처럼 선체에 고정되어 있는 것이 아니라 태크라인(tack-line)에 의해 유지되었을 것이다. R. le B. Bowen, "Eastern Sail Affinities," *ANEPT*, 1953, 13, p.100.

없는 삼각형의 포앤애프트세일(triangular peakless fore-and-aft sail, <그림 1005>의 G)이다. 이것은 경주용 요트에서 사용되고 있기 때문에 근대적인 느낌을 준다. 요트에서 이 돛은 버뮤다 범장(Bermuda rig) 또는 삼각돛 즉 레그오브머튼세일(leg-of-mutton sail)이라고 불린다. 최근에 그것이 널리 사용되는 것은 돛의 앞 끝을 돛대에 부착시킴으로써 돛의 형태가 어그러지지 않고 성능을 발휘할 수 있도록 되었기 때문인데, 이러한 형태의 돛이 지닌 공기역학적 성질은 새 날개의 성질과 비교되고 있다.[184] 그러나 이 삼각형의 돛은 훨씬 더 오래된 것이다. 왜냐하면 그것이 중국 문화권 특히 파리(Paris) 제독과 다른 사람들이 묘사했던 인도차이나 선박들에서 발견되기 때문이다.[185] 여기에서 상활은 돛대에 묶여 뒤쪽으로 구부러진 안테나처럼 똑바로 서있고, 하활은 조그마한 가장자리(luff)의 존재유무에 관계없이 돛대에 묶여 있다. 이 돛은 아랍식 라틴세일을 상활이 돛대와 거의 수직으로 연결될 때까지 돛의 뒤쪽 가장자리까지 수평으로 이동시킨 것으로 생각된다. 그리고 그것이 보통 형태의 고정식 러그세일(standing lug-sail)에서 유래한 것임이 거의 확실하기 때문에,[186] 위의 추측은 올바르다고 할 수 있다. 물론 하활의 존재는 그 기원이 인도네시아의 경사진 스퀘어세일(canted square-sail)임을 보여준다. 그러나 한눈에 보면 인도네시아형을 수직으로 된 앞 가장자리(vertical leading

---

184 Manfred Curry, *Yacht Racing : the Aerodynamics of Sails, and Racing Tactics*, Bell, London, 1928, p.74 등.

185 Adm. F. E. Paris, *Souvenir de Marine : Collection de Plans ou Dessins de Navires et de Bateaux Anciens ou Modernes, Existants ou Disparus*, vols VI, Gauthier-Villars, Paris, 1882-1908, pt.1.; J. B. Piétri, *Voiliers d'Indochine*, S.I.L.I., Saigob, 1943.; J. Poujade, *La Route des Indes et Ses Navires*, Payot, Paris, 1946, pp.149, 150, 157.; P. Paris, "Esquisse d'une Ethnographie Navale des Pays Annamites," *BAVH*, 1942(no.4, Oct. and Dec.), 351, pp.43 이하와 figs. 130, 134, 145, 153, 220 등.

186 R. le B. Bowen, "The Origins of Fore-and-Aft Rigs," *ANEPT*, 1959, 19, p.197을 보라. 그는 흥미로운 중간 형태도 설명하고 있으며, 그 사진은 P. Paris, *op. cit.*, figs. 201, 208에서 볼 수 있다. 위대한 중국식 평형 러그와 결국은 레그오브머튼세일의 최종 형태뿐만 아니라 이러한 고정식 러그(standing lug)와 개프세일(gaff-sail)을 제공하기 위해서는 돛의 가장자리 부분이 점진적으로 확대어야만 했다.

edge)가 있는 삼각돛의 유일한 원조라고는 할 수 없다. 왜냐하면 그것이 적어도 서인도제도(West Indies)와 제네바 호수(Lake of Geneva)라는 또 다른 두 곳의 중심지가 있기 때문이다. 제네바 호수는 라틴세일 분포도의 가장 북쪽에 해당된다.[187] 그리고 그곳에 라틴세일이 레그오브머튼세일로 바뀐 것은 산간 지역에서의 약한 바람을 이용하기에 적합하도록 하기 위한 것이었던 것으로 생각된다.[188] 신세계(서인도와 버뮤다)는 많은 문제를 제공한다. 라틴세일이 그와 관계되어 있을지 모른다. 왜냐하면 프랑스인이 앤틸리스 제도(Antilles)와 캐나다까지 이것을 가져간 것으로 보이기 때문이다.[189] 다른 한편으로 태평양 기원설을 주장할 수도 있다고 생각된다. 왜냐하면 1619년 판 스필베르헨(van Spilbergen)이 페루(Peru)의 원양 항해용 발사(balsa) 뗏목을 그렸는데, 돛대가 없는 삼각형 라틴세일과 비슷한 모양의 돛이 그 그림에 나타나기 때문이다. 보웬은 처음에[190] 그 화가가 하활을 생략했다고 생각했다. 그럴 경우에, 범장은 스프리트세일의 가장자리 쪽이 더 많이 변한 폴리네시아와 미크로네시아의 삼각 스프리트세일이었을 것임에 틀림없다. 그러나 보웬은[191] 그 후 페루

---

187 François Boçion(1828~90년)의 그림을 참조. Manfred Curry, *Wind and Water*, Country Life, London, 1930, p.106.; J. Poujade, *op. cit.*, p.155도 참조 이탈리아의 조선공이 Geneva와 Berne의 도시 국가가 Savoy家와 싸웠을 때 도시 국가 편에 섰던 것으로 알려져 있다. Rhône 강에서는 라틴세일이 Arles보다 더 북쪽으로는 가지 않았다(F. Benoit, "Un Port Fluvial de Cabotage : Arles et l'Ancienne Marine à Voile du Rhône," *AHES / AHS*, 1940, 2.

188 宋應星의 지적을 보라.

189 J. Poujade, *op. cit.*, p.159. H. P. H. P. Pell, "Naval Action on Lake Champlain, 1776," *ANEPT*, 1948, 8에는 1776년의 Lake Champlain의 갤리에 있는 라틴세일의 그림이 실려 있다. E. P. Morris, *The Fore-and-Aft Rig in America*, Yale Univ. Press, New Haven, Conn., 1927, pp.20 이하는 이러한 종류의 돛이 이 시기 이전에 북아메리카에서 이미 보급되어 있었고, 아메리카 해역에서는 일찍이 1629년 늦어도 1671년에 하활이 있는 삼각돛이 있었다는 그림 상의 증거를 들 수 있다고 주장하고 있다. Pell의 그림들과 같은 몇 개의 그림은 긴 라틴세일의 활대를 짧은 돛대에 묶음으로써 활대가 돛대보다 훨씬 높게 수직으로 돌출해가는 변형 과정을 보여주고 있는 듯하다. L. G. C. Laughton, "The Bermuda Rig," *MMI*, 1956, 42를 참조

190 R le B. Bowen, "Eastern Sail Affinities," *ANEPT*, 1953, 13, p.90.

191 Idem, "The Origins of Fore-and-Aft Rigs," *ANEPT*, 1959, 19, p.167.

에서 하활을 사용하지 않았을 것이라고 생각했다.[192] 유럽에서 레그오브머튼세일(버뮤다세일)이 처음으로 나타난 가장 오래된 증거는 1623년 네덜란드에서 나타났기 때문에, 보웬은 페루에서 직접 영향을 받았다고 생각하려 한 것 같다.[193] 결국 유럽에서도 인도차이나에서도 모두 레그오브머튼세일은 인도네시아의 경사진 스퀘어세일이 러그(lug)의 상활과 하활이 돛 가장자리에 묶인 형태로 나타나게 되었을 것이다.[194]

여기에서 살펴보고 있는 복잡한 모든 사실을 요약하기는 어렵다. 그러나 경사진 스퀘어세일이 최초로 발달한 이후, 언제 어디에서인지는 모르지만 최초의 라틴세일 범장이 아소카(Asoka) 왕(기원전 3세기) 시대에 인도양에서 나타났으며 또한 2세기경에 다른 형태로 지중해와 남중국 연안으로 전파된 것은 거의 틀림없는 것 같다.[195] 스프리트세일이 서방에서 잊혀진 것으로 보이지만, 동아시아에서는 높이 솟은 평형 러그세일이 점차 확산되어갔다. 다음으로 7세기 이후 아랍 문화권의 라틴세일이 뒤따랐다. 중세 유럽의 선원들은 이처럼 진보한 기술을 곧 받아들이지는 않았지만, 15세기 포르투갈인이 용감하게 바람의 역방향으로 항해하는 것을 시도했다. 유럽의 러그세일이 중국이나 동남아시아로부터 직접 전해졌는지 어떤지는 입증되어야 할

---

192 어느 경우에나 그는 아시아 또는 오세아니아로부터의 영향을 받은 것으로 생각하고 있었고, 그것이 남태평양을 통해 왔다고 전래되었고 생각하였다. 그러나 북태평양쪽이 가능성이 더 높은 것처럼 보인다.

193 아마도 Pizarro 이후에 스페인을 거쳐 상당히 빨리 홀란드에 도착했을 것이다.

194 물론 Bowen은 신세계에서 고유한 형태의 돛이 오히려 인도양의 두 갈래 돛대 스프리트세일(bifid-mast sprit-sail)에서 유래했을 것이라고 생각하라고 있다.

195 지금까지 보아온 것에 의하면, 이 상황은 이미 회전식 맷돌과 수차에 관해서 보았던 것 즉 그것의 발명이 구세계의 양쪽 끝에서 거의 동시대에 나타나 전파되어가는 모양과 비슷하다(Joseph Needham, *Science and Civilization in China*, Vol.4, pt.2, Section 27을 참조). 그러나 이 경우에 어떠한 중간 지점도 발견되고 있지 않다. 그러나 선원의 기술에 관해서 말하면, 수학, 천문학, 음향학의 중심이 Babylonia에 있었던데 비해, 보급 중심지는 인도 연안이었던 것처럼 생각된다(Joseph Needham, *Science and Civilization in China*, Vol.2, Sects. 14.; Joseph Needham, *Science and Civilization in China*, Vol.3, sects. 20.; Joseph Needham, *Science and Civilization in China*, Vol.4, pt.1, sects. 26을 참조).

여지가 있지만, 그 가능성은 매우 충분하다. 하여튼 바람을 옆에서 받는 것이 훨씬 효율적인 항해를 할 수 있다는 사실을 가장 먼저 알았다는 명예는 인도, 인도네시아, 그리고 특히 중국－타이 문화권(Sino-Thai culture)의 사람들에게 돌아가야 한다.

5) 리보드와 센터보드

포앤애프트세일로 항해할 때(fore-and-aft)에는 선박이 바람불어가는 쪽(leeward)으로 떠내려가는 경향이 두드러지게 발생하는 것 같다. 그 원인에 대해서는 돛을 펼쳐 바람을 옆으로 받으며 항해하는 선박에 작용하는 힘을 논할 때 이미 설명했다. 이러한 경향에 대한 대응 조치는 이 표류를 최소화하도록 선체의 형태를 만드는 것이었다. 여기에서 용골이 있는 서양식 구조는 중국의 바닥이 납작한 상자 모양 구조(平底箱型)에 비해 훨씬 유리한 점이 있다. 그러나 바람 불어가는 쪽으로 떠내려가는 것을 막는 다른 수단으로 선회하는 편평한 판자를 현측에 부착시키거나 선박의 중심선에 있는 통풍용 통을 통해 물속으로 내려 보내는 방법이 있었는데, 그 장치들은 각각 리보드(leeboard)와 센터보드(centre-board)로 알려져 있다.[196]

강에서 사용되는 많은 유형의 중국 선박은 이러한 장치들을 갖추고 있다.[197] 예를 들어 우스터(Worcester)가 서술한[198] 요망선(搖網船)에서는 리보드(leeboard, <역자주 : 腰板이나 腰舵로 번역된다>)가 선체 길이의 1/6 정도이고, 부채꼴 모양을 하고 있다. 광둥 지방의 원양 항해용 트롤선은 독특한 센터보

---

196 S. C. Gilfillan, *Inventing the Ship*, Follet, Chicago, 1935, pp.39 이하를 참조.

197 G. R. G. Worcester, *The Junks and Sampans of the Yangtze* … , vol.2, Shanghai, 1947, p.257.; I. A. Donnelly, "River Craft of the Yangtzekiang," *MMI*, 1924, 10을 참조.

198 G. R. G. Worcester, *op. cit.*, vol.1, p.124.

드(centre-board, <역자주 : 下垂龍骨로 번역되기도 한다>)를 가지고 있다.[199] 18세기 일본인의 그림들은 난징(南京)에서 온 선박에 리보드가 있음을 보여주고 있다.[200] 이미 말한 것처럼, 중국의 모든 선박 중 가장 오래된 원형이라 할 수 있는 타이완의 대나무로 만든 뗏목이 리보드와 센터보드를 모두 가지고 있기 때문에,[201] 중국 문화권이 그것들의 기원이라고 생각하는 데에는 충분한 이유가 있다. 대나무 뗏목에서는 리보드와 센터보드가 중요한 역할을 하고 있고(러그세일과 함께 바람을 거슬러가기 위해 사용되었다), 현재에는 조타용 노도 함께 갖고 있지만, 그것들이 페루의 뗏목에서처럼 타(舵)의 기능을 수행할 수 있었다.[202] 따라서 중국의 조선술이 발달하고, 바닥이 평평한 정크에 고성능 포앤애프트세일 범장(fore-and-aft rigs)을 사용하기 시작했어도 리보드만큼은 그대로 계속 사용했다고 생각할 수 있을 것이다.

그것들에 대한 중세 중국의 문헌은 드물지만, 759년 『태백음경』에 있는 일종의 군함을 지칭하는 해골선(海鶻船)을 설명하고 있는 부분에 상당히 분명한 자료가 있다. 그 전문은 나중에 인용하겠지만,[203] 우리가 보려는 한 구절은 선박의 양현에 새(매나 농병아리) 날개 모양을 한 '떠있는 판자(浮板)'가 붙어 있는데, 그 새 이름을 선박의 이름에 붙였다. 이 판자는 "바람이나 파도가 심할 때조차도 선박이 옆으로 흐르거나 전복되지 않게 도와준다."[204] 저자인

---

199 B. Ward 부인에게서 온 편지.

200 『和漢船用集』, 卷四, p.37, p.38(7장, p.12a를 보라).; 『華夷通商考』, pp.242, 244.

201 가장 크게 보이는 센터보드가 돛대의 바로 앞과 뒤에 삽입되어 있다. 선수와 선미에 있는 두 개의 리보드는 당연하지만 일반적인 의미의 리보드와 다르다. 왜냐하면 그것이 현측이 아니라 현측 근처의 대나무 사이에 꽂혀있기 때문이다.

202 P. Adam & L. Denoix, "Essai sur les Raisons de l'Apparition du Gouvernail d'Etambot," *RHES*, 1962, 40, pp.96 이하를 참조.

203 『太白陰經』, 卷四十, p.106.

204 海鶻船은 『格致鏡原』, 卷二十八, p.10에서도 언급되고 있는데, 그곳에서는 『海物異名記』라는 실전된 서적이 인용되어 있다. 이 책의 저자나 연대를 알 수 없지만, 1136년보다 더 오래되었음에는 틀림없다. 왜냐하면 『類說』에서 발췌된 부분이 있기 때문이다. 그 책이 말하고 있는 것은 월나라 사람이 이 명칭의 군함을 가지고 있는데, 그 군함은 파도 위를 날아가듯

이전(李筌) 자신은 아마 이 장치의 기능을 완전히 이해하지 못했던 것 같다.[205] 하지만 그가 말하고 있는 것은 리보드가 아닌 다른 어떤 것을 언급한다고 할 수 없다.[206] 유럽에서는 아무리 빨라도 1570년 이전에 리보드가 존재했다는 증거가 없으며, 이것 때문에 채터튼(Chatterton)[207]은 리보드가 16세기에 중국 해역으로부터 유럽으로 전래되었다고 추정했다.[208] 리보드가 그 후 포르투갈과 네덜란드의 선박에서 처음으로 나타난 사실은 이 견해를 뒷받침해주고 있다.[209]

이 빨리 질주하며, 침몰하지 않는다는 것이다. 이것은 보통 고대의 越나라 사람들에 대한 언급이라고 생각되고 있지만, 어떤 사람은 10세기 전반의 吳越國을 의미하는 것이 아닌가 하고 생각하기도 한다. 도해상의 전통은 거의 어떠한 도움도 되지 못한다. 물론 1044년의 『武經總要』는 『太白陰經』을 인용하고 있는데, 그곳에는 노의 위치와 거의 같은 곳에 있어서 갑판의 가장자리에 케이블로 부착되어 있는 9개의 圓材를 끌어당기고 있고 또한 돛대가 없이 낮은 격벽이 있는 선박을 보여주는 그림(前集, 卷十一, p.11. L. Audemard, *Les Jonques Chinoises : I. Histoire de la Jonque*, Rotterdam, 1957, p.48에 재인용되어 있다)을 인용한다. 『圖書集成』, 「戎政典」, 卷九十七, p.8에서는 圓材의 수가 6개이고, 선박의 가장자리에 고정된 것처럼 분명히 보인다. 이 그림이 그려질 때 浮板의 본질이 이미 잘못 이해되고 있었음에 틀림없다.

205 이 무렵의 浮板에 대한 또 다른 언급은 일본의 승려인 엔닌(圓仁)의 일기에 나타나고 있다. 그는 838년 처음으로 중국에 왔을 때 자신의 선박을 난파시켰던 폭풍 초기 단계에 '平鐵' 즉 '납작한 쇠'가 떨어져 나갔다고 기록하고 있다(tr. E. O. Reischauer, *Ennin's Diary : the Record of a Pilgrimage to China in Search of the Law*, Ronald Press, New York, 1955, p.4). 번역자는 현측을 보강하는 것이나 보다 설득력은 적지만 선박 鐘으로 사용되던 징이라고 평철을 해석하고 있다. 하지만 그 당시 리보드가 쇠테로 둘러져 있었다면, 그러한 명칭을 얻었을 수도 있고, 그러할 경우 엔닌의 묘사와도 잘 맞는다.

206 물론 羅榮邦 박사(개인 편지)가 믿고 있듯이, 일종의 舷外浮材(outrigger)일 수도 있다. 이것은 이러한 선박들이 전복되지 않는다는 것을 강조하고 있는 텍스트들이 있으므로 충분히 고려해볼 만한 가치가 있다. Borobodur의 조각으로부터 알 수 있듯이, 중세 동남아시아의 매우 큰 선박은 현외부재를 가지고 있었다. 그렇게 해석하기 어려운 것은 현재의 수많은 중국 선박의 디자인 중 이와 비슷한 어떤 것도 찾아볼 수 없다는 것이다. 당대의 대양 항해용 선박이 현외부재와 리보드를 모두 갖고 있었을 가능성이 있을까?

207 E. K. Chatterton, *Fore and Aft : the Story of the Fore-and-Aft Rig from the Earliest Times to the Present Day*, London, 1912.

208 J. Poujade, *op. cit.*, p.243의 각주를 참조. 이 문제는 훨씬 최근에 E. Doran, "The Origin of Leeboards," *MMI*, 1967, 53에 의해 상세히 연구되고 있다. 그의 논문은 여기에서 언급한 문헌에 대한 지식 없이 쓰인 것이지만, 민족학적인 정밀성을 가지고 전파설을 증명하고 있다.

209 유명한 muleta(G. S. Laird Clowes & C. G. Trew, *The Story of Sail*, London, 1936, p.57)와

명대(明代) 후기의 저술가들에게는 리보드가 잘 알려져 있었다. 송응성은 강과 운하의 배에 대해 다음과 같이 서술하였다.[210]

만약 선박이 비교적 길면, 옆바람이 강하게 불어 (바람 불어오는 쪽으로 흘러가는 것을 막는 데에는) (2배 깊이의) 타라면 불충분할 것이다. 그때에는 넓은 판자(偏披水板)를 가능한 한 빨리 물밑으로 내려야 하고, 이것이 (바람)의 영향을 막아줄 것이다.

船身太長 而風力橫動 舵力不甚應手 則急下一偏披水板 以抵其勢 (『天工開物』, 舟車, 第九)

또한 대양을 항해하는 선박에 대해서는 다음과 같이 서술하였다.[211]

선박의 중앙에는 커다란 수평 대들보가 가로로 걸쳐 있으며, 몇 피트 뱃전 밖으로 돌출해 있다. 이것의 목적은 '요타(腰舵, leeboard)'를 내리기 위함이다. 모든 선박은 '요타'를 가지고 있다. '요타'의 형태는 보통 선미 방향타와 다르며, 넓은 판자를 칼 모양으로 만드는 것이 보통이다. 그리고 이것을 물속에

---

barinho(Adm F. E. Paris, *Souvenirs de Marine* … , vols. VI, Gauthier-Villars, Paris, 1882~1908)를 예로 들 수 있다. 유럽에서 처음으로 나타난 것은 Joh Saenredam(1600년)이 그린 Amsterdam 항구의 그림에서라고 한다. E. K. Chatterton, *Ship Models*, London, 1923은 gaffsail과 leeboard가 있는 17세기 네덜란드 요트의 모형을 보여주고 있다. 그러나 이것들의 전파 속도는 느렸다. 1790년에 최신식 선박은 Schanck 해군대령이 해군본부를 위해 3개의 centre-board를 장착시킨 시험용 커터(cutter)였다(J. Charnock, *An History of Marine Architecture*, vol.3, Faulder et. al., London, 1800-2, pp.352 이하). 더 초기의 실험은 1771년에 있었다.

210 『天工開物』, 卷九, p.40. tr. Ting Wen-Chiang & I. A. Donnelly, "Things Produced by the Works of Nature, published 1639, tr. by Dr V. K. Ting," *MMI*, 1925, 11.; Sun Jen I-Tu & Sun Hsüeh-Chuan, *Thien Kung Khai Wu, Chinese Technology in the Seventeenth Century*, by Sung Ying-Hsing, Pensylvania State Univ. Press & Univ. Park and London, 1966에서 보완하라.

211 『天工開物』, 卷九, p.56. tr. Ting Wen-Chiang & I. A. Donnelly, *op. cit.*; Sun Jen I-Tu & Sun Hsüeh-Chuan, *op. cit.*, p.416을 보라.

내리면 회전하지는 않지만 보트에 안정성을 유지해준다. 꼭대기에는 수평 대들보에 손잡이가 붙어있다. 선박이 얕은 수역으로 오면, 이 '요타'는 방향타와 마찬가지로 끌어올려지며, 그 때문에 이러한 이름이 붙어있다.

中腰大橫梁出頭數尺 貫揷腰舵 則皆同也 腰舵非與梢舵形同 乃闊板斲成刀形 揷入水中 亦不振轉 蓋夾衛扶傾之義 其上仍橫柄拴于梁上 而遇淺則提起 有似乎舵 故名腰舵也 (『天工開物』, 舟車, 第九)

이상하게도 여기에서 관련된 부분은 앞에서 인용한 카스탄헤다(Castanheda)로부터 발췌한 구절과 연관된 인용문이다. 그는 1528년부터 1538년 사이에 대해 언급하면서 정크에 있는 2개의 타 중 하나는 선미에 그리고 다른 하나는 선수에 있다고 하였다. 파리(P. Paris)는 카스탄헤다 자신이나 그에게 정보를 주었던 사람이 실제로 본 선박이 광둥의 탕웨이(湯唯)[212]나 안남의 게낭(ghe-nang)과 같은 남쪽 지방의 선박이었을 것이라고 생각하였다. 이 선박들은 올리고 내릴 수 있는 판자(board)를 선수에 가지고[213] 있다. 이 선수의 센터보드[214]는 떨어져서 보면 방향타 같은 인상을 준다.[215] 또한 파리는 리보드와 센터보드가 지중해에서 실제로 알려져 있지 않다는 사실에 중요성을 부여하고 있다.

동일한 목적을 달성하는 또 다른 방법은 비교적 큰 타를 가지고 다니다가

---

212 Paris는 이 단어의 한자를 제시하지 않았으며, 그래서 그런지 아직까지 알려져 있지 않다.

213 P. Paris, "Quelques Dates pour une Histoire de la Jonque Chinoise," *BEFEO*, 1952, 46.; Idem, "Esquisse d'une Ethnographie Navale des Pays Annamites," *BAVH*, 1942(no.4, Oct. and Dec.), 351, p.50 이하, fig. 3, 95, 98, 102, 104, 155 등. ghe-nang에서는 선수의 판이 매우 좁아서 外板의 앞쪽 끝과 함께 선박 모양의 횡단면을 가진 슬로트(slot)를 형성하는데, 그 곳에서 검 모양의 centre-board가 오르내릴 수 있다.

214 그것은 유럽 보트들의 선미 밧줄이나 용골 앞 끝의 板과 같은 용마루가 연장되어 있는 것과 같다. 船首材가 없었기 때문에, 중국에서는 이러한 비대과정은 발생하지 않았다.

215 G. W. Long, "Indochina faces the Dragon," *NGM*, 1952, 102.

바닥이 편평한 선박(平底船)의 바닥 밑까지 내리는 것이다. 푸자드(Poujade)[216]도 정확하게 인정하고 있듯이, 수중 깊숙이 내려져 있다가 얕은 수역을 항해할 때 들어 올릴 수 있는 타가 근세 중국에서 널리 사용되고 있던 (지금도 사용되고 있는) 이유 중 하나는 틀림없이 이것(옆으로 흘러가는 것을 막는 것)이었다[217]. 한국에서 볼 수 있는 극단적인 실례가 <그림 1031>에 나와 있다. 그러나 그렇다고 해서 동아시아의 타를 별도로 치부하거나 일반적인 타의 역사에서 제외시킬 이유가 있는 것은 아니다.[218]

2. 노

1) 노 젓는 방법과 손잡이가 달린 노

패들(paddle)과 노(oar)를 사용하기 시작한 시기는 선사시대로 거슬러 올라가야 하므로, 그에 관한 수많은 용어를 중국어에서 찾아내는 것은 매우 자연스러운 작업이다. 이 용어들의 정확한 의미는 지역에 따라 다르고, 2천 년 전에 사용되었던 의미를 확실히 알기란 어려운 일이다. 아마도 기본적인 글자는 즙(楫), 즙(檝), 즙(艥)이었을 것이다. 이 글자들은 기원전 1000년으로 거슬러

---

216 J. Poujade, *op. cit.*. p.258

217 라틴세일을 단 선박은 전통적으로 보트의 용골보다 더 깊은 타를 가지고 있었다(J. Vence, *Construction et Manoeuvre des Bateaux et Embarcations à Voile Latine*, Challamel, Paris, 1897, pp.31, 97). 그리고 베네치아 주변의 얕은 바다(Venetian lagoon)를 오가는 평저선인 rascona(P. Paris, "Esquisse d'une Ethnographie Navale des Pays Annamites," *BAVH*, 1942(no.4, Oct. and Dec.), p.49, figs. 232, 234; H. Warington Smyth, *op. cit.*, 1st ed., pp.274 이하.; P. Adam & L. Denoix, "Essai sur lea Raisons de l'Apparition du Gouvernail d'Etambot," *RHES*, 1962, 40, p.90)는 센터보드 역할만 하는 깊숙한 방향타를 지니고 있다. 이 때문에 돛대를 이상할 정도로 뒤쪽으로 세워야했고, 그 결과 게와 같은 움직임을 취하게 된다. 그러한 패턴은 Marco Polo의 출신 해역에 중국의 영향이 있었을까 추측하게 하며, 러그세일의 유럽 중심지인 아드리아 해(Adrian Sea)의 옆에서 나타났다.

218 P. Adam & L. Denoix, *op. cit.*가 시도하고 있는 것과 같다.

올라가 『시경(詩經)』과 『서경(書經)』[219]에서 보인다. 舟자와 木자의 부수가 들어가 있는 관련어들은 장(槳), 장(艕), 도(櫂), 도(棹), 도(艪)이다. 의미가 훨씬 분명한 글자는 조타용(操舵用) 노(steering-oar) 혹은 선미 대도(船尾大櫂, stern-sweep)[220]를 의미하는 초(梢)가 있다. 이것은 선미를 나타내는 소(艄)에서 파생된 글자이다. 요(橈)와 노(艣)는 원래 구부러진 목재를 의미하였으며, 따라서 구부러진 프로펠러(propeller) 또는 앞으로 곧 자세히 논의하게 될 각진 노(angle-oar)의 초기 명칭이었을지도 모른다. 이것의 명칭은 오랫동안 중국어 발음으로 루(lu)였는데, 이 글자는 놀랄 정도로 여러 가지 방법 즉 노(櫓), 노(艪), 노(樐), 노(艣), 노(㯭) 등으로 쓰일 수 있다. 마지막으로 (삿대로 움직이는 평저선을 지칭하는) 펀트(punt)나 펀트용 삿대(quant pole)인 고(篙)는 항상 분명히 구분되었다.

중국 선박에서는 갑판실이 항상 선미쪽에 위치해 있었으므로, 노 젓는 사람(櫓手)은 갑판실 앞쪽에 자리 잡았다. 따라서 알려져 있는 것과는 약간 다르게 루(lu)가 선수를 의미하기도 하였다. 예를 들어[221] 『전한서(前漢書)』의 기원전 106년에 대한 기사에는 "한(漢)나라의 무제(武帝)는 1,000리에 걸쳐 강 위에 선박(문자 그대로는 선수와 선미 즉 舳艫)을 띄우게 했다"라는 구절이 있다. 사실 한대(漢代)의 문헌을 자세히 조사하면 항해 관습에 대해 많은 것을 알 수 있다. 따라서 잠팽(岑彭) 장군전에는[222] 33년경 한조(漢朝)의 부흥을 위한 전투에 관해 다음과 같이 기술되어 있다. "수송선에는 6만 명 이상의 노수가 노 작업을 하고 있었다(棹). … 노요(露橈)를 보유한 수 천 척의 보트가 공격하기 위해 달려갔다." 당대(唐代) 이현(李賢)의 주석에 따르면, 노요(露橈)는 노들이 선박

---

219 『太平御覽』, 卷七百七十一, p.26.
220 이 두 가지는 같지 않다. 우리는 操舵用 櫓를 선미 쪽의 패들로 간주하고 있는데, 반면에 선미 대도(stern-sweep)는 보트의 진짜 선미에 장착되어 있다.
221 『前漢書』, 卷六, p.25. 이것은 황제가 악어 사냥에 나선다는 유명한 사건이다.
222 『後漢書』, 卷四十七, p.17.; 『表異錄』, 卷七, p.7에서 인용.

밖에 있으나 노수는 선박 안에 있다는 뜻이었다. 이 설명은 진부하게 들릴 수 있지만, 아마 화살을 막기 위한 조립식 현측판(舷側板)이 있기 때문에 노수가 보이지 않고, 노가 구멍을 통해 나와 있다는 뜻일 것이다(<그림 961>에서 무덤 모형을 보라).[223]

아마 한대(漢代)의 중국 선원들은 오늘날과 마찬가지로 일반적으로 선수를 향해 서서 노를 저었을 것이다. 이것은 고대 이집트에서 매우 흔히 볼 수 있는 모습이었다.[224] 중국에서는 용선(龍船, dragon boat)의 선조에 해당되는 동남아시아의 긴 카누의 노 젓는 방식에서 자연스럽게 유래하였을 것이다.[225] 이 노는 유럽의 노보다 물속에 훨씬 더 깊숙이 들어가고, 노자루(loom)의 한 쪽 끝에 가로로 된 손잡이를 붙인 경우가 많았다. 그림에서 보는 바에 의하면, 이 T자형 손잡이의 기원은 최소한 송대(宋代)로 거슬러 올라간다.[226] 앞을 보고 노를 젓는 방식은 널리 사용되고 있어서 유럽의 특징이라고 할 수는 없지만, 베네치아의 곤돌라, 오스트리아와 헝가리의 호수에서 사용되는 선박들에서 볼 수 있다. 이것에 관한 자세한 조사는 흥미로울 것이다[227].

송대(宋代), 원대(元代) 그리고 명대(明代)에 매우 커다란 선박들은 싣고 있는 노의 순서에 따라 등급이 매겨졌다. 따라서 『몽양록(夢梁錄)』(1275년)은 찬풍(鑽風)으로 불리는 곡물 수송선을 "8개의 노를 가진 크고 작은(大小八櫓)" 유형

---

223 이러한 장비는 『武備志』, 『三才圖會』, 『圖書集成』의 軍船 揷畵에서 볼 수 있다. 노를 위한 구멍은 고대 지중해의 선박과 바이킹선에서 사용되었다. 그것들이 영국의 전통 선박에 남아 있는 것에 대해서는 J. Hornell, "The Significance of the Dual Element in British Fishing-Boat Construction," *FLV*, 1946, 10에 의해 논의되고 있다.

224 R. J. E. C. des Noëttes, *De la Marine Antique à la Marine Moderne : La Révolution du Gouvernail*, Masson, Paris, 1935, fig. 15.; C. Boreux, *Études de Nautique Égyptienne*, Instit. Français d'Archéol. Orient, Cairo, 1924, pp.312, 313을 참조

225 祭禮用 龍船의 탑승자는 항상 노가 아닌 패들을 사용했다. 이 선박들과 가까운 관계에 있는 선박들이 동남 아시아 전역, 예를 들면 Sarawalk와 Siam에서 발견되는데, 제례(祭禮)나 왕실과 관련된 경우가 많다.

226 李成筆의 Strehlneck Collection(Musée Guimet photo no.644213 / 5)을 예로 들 수 있다.

227 J. Poujade, *op. cit.*, p.296을 참조.

으로 나누고 있으며, 또한 6개의 노를 가진 유형도 언급하고 있다.[228] 여기에서 노는 보통의 노가 아니라 다음에 묘사할 노(櫓, oar)와 같은 대형 도(櫂, sweep)였음에 틀림없다. 또한 찬풍은 그 글자의 뜻으로 생각해 볼 때 바람과 싸우며 달릴 수 있는 선박이었을 것이다. 『선화봉사고려도경(宣和奉使高麗圖經)』(1124)은 사절단의 선박이 모두 10개의 노를 싣고 있었음을 밝히면서 다음과 같이 기술하고 있다.

육지에 접근하거나 항구에 들어갈 때와 조류를 이용하여 해협을 통과할 때 선박은 삐걱거리는 노 소리를 내며 나아간다. 선원들은 몸을 앞뒤로 움직이며, 소리치고, 노를 당기지만, 선박은 바람을 받아 항해할 때보다 훨씬 느리게 움직인다.[229]

開山入港 隨潮過門 皆鳴艣而行 篙師跳躑號叫 用力甚至 而舟行終 不若駕風之快也 (『宣和奉使高麗圖經』, 卷三十四)

때때로 노는 외양에서 바람이 전혀 없을 때처럼 선박을 단시간 움직이는데 유효했다. 명나라 원정 때 "중국에서 만 리" 떨어진 곳에서 해적과 싸웠지만, 그 때 중국 함대는 노를 저어 도망가는 데 성공했다는 설명이 있다. 이것은 아마도 노(櫓)의 효율성을 입증하는 자료일 것이다.

2) 스컬링식 추진 기구와 자동반전식 추진 기구

선박의 추진력을 얻는 방법은 일반적인 방법으로 노를 젓는 것 외에 매우

---

228 『夢梁錄』, 卷十二, p.15. 이 鑽風들이 모두 100명 이상을 수송했다고 한다.
229 『宣和奉使高麗圖經』, 卷三十四, p.5. 羅榮邦의 私信을 보라.

편리하게 노를 대부분 선미 쪽에[230] 설치하는 것이다. 그러나 다른 곳에도 설치하고 거의 선축(船軸)에 고정시킨 후 선축의 좌우로 저어 전진하는 방식도 있다. 서양에서는 이 기술이 소형 선박에만 사용되었지만, 중국인들은 그것을 정성들여 개량하여 매우 독창적이고 뛰어난 장치로 만들었다. 율로(yuloh)[231]로 알려진(실제로는 搖槽 즉 '노를 젓다'라는 동사였다) 그 장치는 여러 자료에 종종 설명되어 있으며,[232] 본서에서도 이미 몇 차례인가 언급했다. 그 장치의 뛰어난 점은[233] 다음 세 가지가 특별히 개량되었기 때문이다. (a) 받침대의 구부러지거나 각이 진 중심을 통해 노 자루(loom)나 손잡이(handle)가 갑판에 수평상태로 되어 있다. (b) 받침대가 노에 부착되어 있는 부재(部材)의 구멍과 딱 들어맞는 놋좆핀(thole-pin) 즉 요좌(橈座)[234]나 범프킨(bumkin, <역자주 : 선체 밖으로 돌출한 막대기>)으로 구성되어 있다. (c) 손잡이는 갑판 위의 고정 지점에 짧은 밧줄로 부착되어 있다. 컵앤핀

---

230 이른바 스컬링(sculling)이 조타용 노(steering-oar)에서 유래했다는 것은 억측임이 분명하다.

231 廣東 지방의 방언이다.

232 John Canon Scarth, *Twelve Years in China : the People, the Rebels and the Madarins, by a British Resident*, Edmonston & Douglas, Edinburgh, 1860.; Sir Frederick Maze, "Notes concerning Chinese Junks," *BBMMAG*, 1949, 1.; P. Paris, "Quelques Dates pour une Histoire de la Jonque Chinoise," *BEFEO*, 1952, 46.; G. R. G. Worcester, *Junks and Sampans of the Upper Yangtze* ⋯ , Shanghai, 1940, p.6.; Idem, *The Junks and Sampans of the Yangtze* ⋯ , vol.1, Shanghai, 1947, pp.57 이하.; L. Dimmock, "The Chinese Yuloh," *MMI*, 1954, 40.; B. E. Ward, "The Straight Chinese Yuloh," *MMI*, 1954, 40.; D. W. Waters, "The Straight, and other, Chinese Yulohs," *MMI*, 1955, 41.; L. Audemard, *Les Jonques Chinoises : II. Construction de la Jonque*, Rotterdam, 1959, p.64. <그림 933>의 모형을 참조.

233 4개의 槽가 있는 삼판이 4개의 yulohs가 있는 보트와 경주하여 이겼다.

234 J. Hornell, "The Significance of the Dual Element in British Fishing-Boat Construction," *FLV*, 1946, 10은 아일랜드에서 놋좆핀(thole-pin)과 받침대(blocks)가 있는 노를 발견했다. 유럽의 그 밖의 장소에서는 포르투칼과 마테리아의 어선에서만 그것들을 발견할 수 있었다. 지중해에는 전혀 알려져 있지 않았기 때문에, 16세기 포르투갈인이 그것을 중국으로부터 도입했을 가능성이 있다.

〈그림 1023〉 자동반전식 스컬링 노를 이용하여 움직이는 (아마 광둥 지방의) 소형 선박(Fitch 가 1927년에 촬영). 지렛대 위에서 회전하고 짧은 줄로 갑판에 묶여있는 이 율로의 움직임은 가역성 스크류프로펠러의 움직임과 같다.

시스템(cup-and-pin system)은 자재(自在) 이음(universal joint)에 대한 접근 방식 이다.[235] 스컬링 노(sculling-oar)가 내는 힘의 평행사변형(parallelogram of forces) 을 생각해보면, 요구되는 효율적인 작업 즉 요구되는 추진력을 만들어내는 것은 노를 젓는 동작 중 일부뿐이고, 나머지 부분은 물의 저항을 받지 않도록

---

[235] 발명품을 얻기 위한 중국인의 시험적인 노력 중 하나이다. 다른 것들에 대해서는 이미 카르단 장치(Carden suspension, Joseph Needham, *Science and Civilization in China*, Vol.4, pt.2, pp.231 이하, 235)와 방직기(같은 책, pp.103, 115)와의 관련에서 설명했다. 중국의 항해용 나침반에 서 바늘을 회전시키는 방법(Joseph Needham, *Science and Civilization in China*, Vol.4, pt.1, p.290)을 참조하라.

물의 흐름과 평행되게 노가 움직이는 것을 알 수 있다. 율로(搖櫓)는 손목으로 사용하지 않고 노를 단순히 앞뒤로 밀거나 당기면서 손잡이가 원의 부채꼴 모양을 그리는 것만으로도 추진력을 얻을 수 있다. 반전(反轉) 즉 피더링(feathering)이 필요한 경우에는 로프를 당긴다(<그림 1023>).[236] 전체 과정을 묘사하기는 어렵지만, 노 젓는 모양을 보면 쉽게 이해할 수 있다[237].

율로(yuloh) 시스템이 얼마나 오래되었는지는 확실히 알 수 없지만, 한대(漢代)까지 거슬러 올라갈 것 같다. 노(櫓, lu)라는 말 자체는 한나라 시대의 것이다. 유희(劉熙, 100년경)의 사전인 『석명(釋名)』에는 다음과 같이 서술되어 있다.[238] "(선박의) 현측에 (있는 것을) 노(lu, 櫓)라고 한다. 이제 노는 여(膂, 등뼈)와 관련되어 있다. (따라서) (사람의) 척추의 힘이 사용될 때, 보트가 (앞으로) 움직인다." 이 설명이 자동반전식 추진 노(self- feathering propulsion oar)를 제외하고 있는 것은 아니다. 왜냐하면 중국에서는 선미나 선수 근처에 두 개 이상의 노를 두는 것이 예로부터의 관행이었기 때문이다. 이것은 우스터(Worcester)가 저장성(浙江省) 앙판선(快板船)의 도표에서 보여준 적이 있으며[239], 이미 여러 가지와 관련하여 언급한 적이 있는 1125년의 그림에도 묘사되어 있다(<그림 826>, <그림 976>, <그림 1034>를 보라). 노는 아마도 5세기의 문헌일 것으로 생각되는 『동명기(洞冥記)』에도 다시 나타나고 있다.

요노(搖櫓)가 최초로 나타나는 것은 양웅(揚雄)의 『방언(方言)』인데, 이 책에

---

236 적어도 북쪽에서는 그러하다. 그러나 남쪽에서는 그 움직임이 로프를 움직이지 않고 전적으로 大櫂(sweep)의 손잡이를 조종함으로써 이루어진다(B. Ward의 私信).

237 그러나 그것은 실제보다 더 시행하기 쉬워 보인다. 거기에는 요령이 있다. 노(oar)를 중심축(pivot)에 유지시키는 것은 아무것도 없고, 중심축은 때때로 받침대에 살짝 들어가 있다. Worcester가 말하고 있듯이, 율로(yuloh)의 움직임은 방향을 바꿀 수 있는 스크루 프로펠러의 움직임과 비슷하다. 왕복 회전 운동에 대립하는 것으로서의 연속 회전 운동의 발달에 관한 앞의 토론(Joseph Needham, *Science and Civilization in China*, Vol.4, pt.2, pp.55 이하, 102 이하)과 중국 문화에서 스크류(그리고 p.125의 스크류 프로펠러)에 대한 토론을 참조하라.

238 『釋名』, 卷二十五, p.378.

239 G. R. G. Worcester, *The Junks and Sampans of the Yangtze* … , vol.1, Shanghai, 1947, p.162.

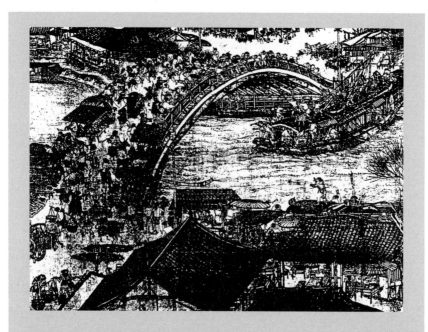

〈그림 826〉 장택단(張擇端)의 1125년 작품.「청명상하도(淸明上河圖)」중 가이펑(開封)의 대교(大橋) 전경(鄭振鐸,『宋張擇端淸明上河圖卷』, 文物出版社, 北京, 1959에서 인용). 우뚝 솟아 있는 다각형 캔틸레버식 건축물이 중국에 남아 있지 않는 것으로 알려져 있지만, 명대(明代) 이전에는 많았던 것으로 보인다. 다리 밑에서 다리 받침대(橋臺)를 따라 예인용 통로가 있음을 볼 수 있다. 강과 가까운 쪽에서는 다리 밑을 막 통과한 대형 바지선에서 선미타를 볼 수 있다.

는 나중에 추가된 부분이 있기 때문에 그것이 기원전 15년의 원 텍스트에 있었는지는 확실히 알 수 없다. 그러나 후한대(後漢代) 이후의 시기는 분명히 아닐 것 같다. 그 구절은 다음과 같다.[240] 도(櫂, oar)를 지탱하는 것은 장(榔)으로 불린다. 장(榔)은 요노(搖櫓)를 위한 작은 나무못 즉 궐(橛)이다. 장둥(江東)

---

240 『方言』, 卷九, p.8a. 되풀이되고 있는 문장은 郭璞이 4세기 초에 달은 註釋에 있다.

사람들은 그것을 외국인을 뜻하는 호인(胡人)이라고 부른다. 도(櫂) 아래에 묶여있는 것은 집(緝)이라고 불린다. 집은 노의 끝에 부착된 밧줄이다. 놋좆핀이나 범프킨에 대한 후대의 용어는 솔(椑)이라고 불리고, 오늘날 선원들은 그것을 노니두(櫓泥頭)라고 말하고 있다. 요노라는 두 글자는 삼국시대의 전투와 관련된 기사 중에 다시 나온다. 오(吳)나라 장군인 여몽(呂蒙)이 촉(蜀)의 관우(關羽)와 싸울 때(219년) 최고의 병사들에게 하얀 옷을 입혀 상인처럼 보이게 하고, 앞뒤로 노를 젓는 상선 즉 구록(艒艦)에 태우는 책략을 사용했다.[241] 이 텍스트는 3세기 말 경의 것으로 생각되므로(그 당시의 많은 문서를 아직 구할 수 있다), 요노라는 전문 용어의 연대에 관한 상당히 확실한 증거이다.

1170년 육유(陸游)는 쓰촨(四川) 지방의 여행 일지에서 다음과 같이 기술하였다.[242] 20일째 되는 날, 그들은 돛대를 떼어내고, 노상(艣牀, oar-stands)을 세웠다. 왜냐하면 배가 협곡을 거슬러 올라갈 때는 돛을 사용하지 않고, 노와 "길이가 1천척이나 되는 것(즉 예인로프)"만을 사용하기 때문이다. 노받침대(yuloh fulcrum)와 노걸이(rowlock)를 구분하는 것은 어렵다.[243] 하지만 아마도 전자를 의미할 것이다. 14세기부터 안휘(顔暉)가 그린 어선 그림에는 노와 그 로프가 분명히 묘사되어 있다.[244] 거의 같은 시대에 대해 이븐 바투타를 위시하여 많은 사람들에 의해 노가 운용되는 모습이 수없이 언급되어 있었다.[245] 1개의 노에 12명 이상이 배치되어 있다는 기사에는 의문이 가지만,[246]

---

241 『三國志』, 卷五十四, p.216.; 『文獻通考』, 卷一百五十八, p.1380.

242 『入蜀記』, 卷五, p.96.

243 앞의 光學 부분에서 받침대 위에서 노의 움직임이 光束에 대해 생각하던 深括에게 어떻게 도움이 되었는지 보았다(Joseph Needham, *Science and Civilization in China*, Vol.4, pt.q, pp.97 이하).

244 ed. Chêng Tê-Khun, *Illustrated Catalogue of an Exhibition of Chinese Paintings from the Mu-Fei Collection*, Fitzwilliam Museum, Cambridge, 1954 p.11에 묘사되어 있다.

245 분명히 Marco Polo는 율로(yuloh)가 아닌 보통의 櫓(oar)에 대해서만 기술하였다.

246 1124년의 『高麗圖經』에는 100피트 길이의 '客舟'가 아마도 한쪽에 5개씩 총 10개의 노(艣) 즉 스컬(sculls)을 갖고 있다고 기술되어 있다. 우리 의견으로는, 여기저기 다른 곳에서 언급되는 '8개의 노를 가진 선박(eight-oared ships)'은 그만큼의 율로(yulohs)를 보유한 선박을 지칭하는 것 같다.

현재에도 비교적 작은 강선(江船)에서 8명이 한 팀이 되어 노를 젓고, 두 명이 양쪽에서 한 명씩 각각 자신들의 등이 수평으로 될 때까지 로프를 힘껏 당기고 있는 일이 매우 흔하다. 노로 3½~4노트의 속력을 유지하는 일은 쉬웠다.

17세기 말에 율로(yuloh)는 르콩트(Lecomte)에게 큰 감명을 주었는데, 그의 언급으로[247] 이 간단한 설명을 맺으려 한다.

이 바크(bark, 범선)는 크기가 엄청날 정도로 큰데도 불구하고, 항상 돛으로 달리거나 밧줄로 예인된다. 그러나 큰 강이나 호수를 가로지를 때에는 그 바크들이 때로는 노(oars)를 사용하기도 한다. 보통의 바크에서는 유럽식으로 노를 젓는 것이 아니라 일종의 긴 노(oar)를 선미(poup)의 한쪽 현 가까이에, 때로는 선수(prow)에 매단다. 사람들은 물고기가 꼬리를 사용하듯이 그것을 당기기도 하고 밀기도 하면서 물 위로 올라오는 일 없이 사용한다. 이 작업 때문에 바크는 계속해서 움직인다. 그러나 이 동작은 절대 방해받지 않는다는 이점이 있고, 이 때문에 노를 물 위로 올려 저을 때의 시간과 노력을 덜게 되고, 아무 소리도 나지 않는다.

율로(yuloh)는 영국 해군에게도 인상을 남겼다. 왜냐하면 우리는 해군성의 문서로부터 1742년에 한 척의 슬루프(sloop)가 '한 세트의 중국식 노(艣, sculs)'를 달고 실험한 것을 알 수 있었기 때문이다.[248] 율로와 비슷한 것이 1790년경 스태너프 백작 3세(third Earl Stanhope)[249]의 항해 관련 발명품들 속에 묘사되

247 Louis Lecomte, *Nouveaux Mémoirs sur l'État présent de la Chine*, Anisson, Paris, 1696, p.234. Peter Osbeck, *A Voyage to China and East Indies*, tr. from the German by John Reinhold Foster, 2 vols., London, 1771, p.191을 참조. Sir George Thomas Staunton, *An Authentic Account of an Embassy from the King of Great Britain to the Emperor of Chine* … , vol.2, Bulmer & Nicol, London, 1797, p.46에는 달밤에 물 위에 흐르는 노래에 맞추어 율로(yulohs)를 젓는다는 멋진 묘사가 있다.

248 Greenwich에 있는 National Maritime Museum의 MSS Collection, letter A / 2316(1742년 1월 17일) 그리고 B / 145(1752년 1월 15일). 이 문서 사본의 발견과 정보에 대해서는 George Naish 해군 중령의 도움을 많이 받았다.

어 있다. 그것은 앰비네비게이터(Ambi-Navigator) 또는 바이브레이터(Vibrator)로 불리었다. 설계 당시에는 그 장치에 증기력을 사용하려 했지만, 성공하지 못했다.[250] 그러다가 1800년에 쇼터(Edward Shorter)는 1회전축의 한 끝에 두 장의 날개를 붙이고, 갑판 위의 수평축과 접합 부분을 만들어, 스컬링하는 노(oar)와 같은 각도로 맞춰 놓은 추진 장치를 만들어냈다.[251] 2년 후, 화물을 가득 실은 해군의 수송선은 8명이 권양기(capstan)를 돌리는 이 장치로 1½노트의 속력을 냈다. 서양의 스크류 추진에 관한 서양에서의 최초 연구와 중국의 율로(yuloh)와의 관계에 관해서는 더 많은 연구가 필요하다. 맥그리거(McGregor)가 보고한 다음과 같은 이상한 이야기는 앞에서 이미 언급한 적이 있다.[252] 그는 "중국의 스크류 프로펠러가 유럽으로 도입되었고, 1780년에 보포이(Beaufoy) 대령이 그것을 보았다"고 말했는데, 베르누이(Bernoulli)가 외륜(外輪, paddle-wheel)보다 스크류가 더 우수할 수 있다는 가능성을 제시한 것은 그로부터 30년 후였다. 초기의 스크류를 이용한 추진 방식의 영향에 율로가 어떤 역할을 했다고 할 수 있을 것이다.

3) 동양과 서양의 인력 이용

선박고고학자들(naval archaeologists)의 저서를 연구하는 학생들은 그리스 갤리와 로마 갤리의 구조에 초점을 둔 약간 지루한 논쟁에 곧 익숙해지게 된다.

---

249 G. Stanhope & G. P. Gooch, *Life of Charles, Third Lord Stanhope*, Longmans Green, London, 1914에서 볼 수 있는 생애.

250 E. Cuff, "The Naval Inventions of Charles, Third Earl Stanhope(1753 to 1816)," *MMI*, 1947, 33에 있는 묘사.

251 A. E. Seaton, *The Screw Propeller, and Other Competing Instruments for Marine Propulsion*, Griffin, London, 1909, ch. 1.

252 Joseph Needham, *Science and Civilization in China*, Vol.4, pt.2, p.125.

논쟁의 초점은 노의 열(banks of oars)에 관한 전문 용어의 해석과 40열로 되어 있는 갤리선의 존재를 어떻게 생각해야 하는가이다.[253] 이것이 우리와 유일하게 연관성을 갖는 것은 그 문제가 중국 문화권에서는 왜 제기된 적이 없는가 하는 것이다. 민속 축제 때 경주용으로만 사용되었던 용선(龍船, dragon-boat)을 제외하고, 다수의 노(oars)를 이용하는 갤리선은 (많은 패들을 이용하는 동남아시아의 긴 카누라는 원형이 분명히 가까이 있었음에도 불구하고) 기록된 역사 전체를 통해 중국 문명과는 완전히 낯선 존재로 남아 있었다.

이것이 중국 선박 조종술의 분명한 우수성을 가리키고 있다고 결론을 내리지 않을 수 없을 것 같다.[254] 동남아시아 해역이 바람을 거슬러 항해하는 데 최초로 성공한 곳이었다고 믿을 수 있는 충분한 이유는 이미 앞에서 언급한 적이 있다. 만약 최초의 러그세일과 스프리트세일이 2세기나 3세기의 것이라면, 그것은 라틴세일보다 4~500년 앞서 있었고,[255] 개프세일보다 700년

---

253 예를 들면, J. Charnock, *An History of Marine Architecture*, vol.1, Faulder et. al., London, 1800-2, pp.44 이하.; A. Jal, *Archéologie Navale*, 2 vols, Arthus Bertrand, paris, 1840.; A. B. Cook, *Zeus*, 3 vols, Cambridge, 1914, 1925, 1940.; C. Torr, *Ancient Ships*, Cambridge, 1894.; R. J. E. C. Lefebvre de Noëttes, *De la Marine Antique à la Marine Moderne : La Révolution du Giuvernail*, Masson, Paris, 1935, pp.35 이하. J. Poujade, *La Route des Indes et Ses Navires*, Payot, Paris, 1946, p.233.; G. la Roërie & J, Vivielle, *Navires et Marins, de la Rome à l'Hélice*, 2 vols, Duchartre & van Buggenhoudt, Paris, 1930.; R. de Loture & L. Haffner, *La Navigation à travers les Ages : Évolution de la Technique Nautique et de Ses Applications*, Payot, Paris, 1952.; F. Moll, *Das Schiff in der bildenden Kunst vom Altertum bis zum Ausgang des Mittelaters*, Schroeder, Bonn, 1929.; W. W. Tarn, *Hellenistic Military and Naval Developments*, Cambridge, 1930, pp.128 이하 등이 있다. 만족스러운 해결은 J. S. Morrison, "The Greek Trireme," *MMI*, 1941, 27.; *Ibid*, "Notes on certain Greek Nautical Terms and on Three Passages in I.G. ii2 1632," *CQ*, 1947, 41.; J. S. Morrison & R. T. Williams, *Greek Oared Ships, −900 to −322*, Cambridge, 1968에서 나타나고 있다.

254 Greece와 Ionia의 항구가 대부분 육지에 둘러싸여 있어 접근하기 어려우므로, 그 주변 해역에서는 현대의 범선에 보조 엔진이 필요한 것처럼 그 당시 노가 필요했었다. 반면에 중국의 항구들은 대부분 강이나 바다의 입구에 있었다. 이러한 차이점은 좀 더 연구할만한 가치가 있을지 모르지만, 나는 그것이 실효가 있을지 의심스럽다.

255 만약 두 갈래 돛대(bifid mast)의 스프리트세일이 인도양에서 그들이 그렇게 보이는 것처럼 오래된 것이라면, 이 숫자는 800 또는 900으로 증가한다. 인도네시아의 경사진 스퀘어세일이 오래되었다는 것도 아마 같은 정도일 것이다.

이상이나 앞선 것이다. 결국 대규모로 인력을 사용하는 목적은 바람이 잔잔할 때 그것을 극복하기 위해서일뿐 아니라 강한 역풍에도 맞서 앞으로 나아가기 위해서였다. 고대의 선원들이 역풍 때 전혀 전진할 수 없는 선박을 가지고 거친 날씨에 바람 부는 방향의 해안 쪽으로 흘려 내려가는 것을 막기 위해 어떠한 노력을 했을 것인가 상상할 수 있다. 활대가 달린 고정식 중국 연범(筵帆, rigid Chinese mat-and-batten sail)의 공기역학적 효율성이 대단히 훌륭하기 때문에 돛 이외의 동력에 의지해야만 하는 경우가 적었을 것임에 틀림없다. 해군의 요구도 그와 다르지 않았다.[256] 중국의 정사(正史)에는 수전(水戰)에 대한 기록이 많이 있다. 돛 이외의 추진력에 관심을 기울였던 중국인들은 (2세기경부터) 교묘한 노 그리고 나서는 (최소한 8세기부터나 그 이전에) 발로 밟아 돌리는 외륜선을 만들어냈는데, 이것은 근대에 이르러서야 인식된 기계적 발명이었다.[257]

전통적인 고대 중국에서 엄청난 규모의 인력이 사용되었다는 사실과 모순 되는 것은 하나도 없다. 모든 선원들이 노를 저었고 또한 다룰 수 있었지만, 그들의 작업이 유럽에서 만연되어 있던 것과 같은 비인간적인 조건에서 행해지지는 않았다. 커다란 강둑에서 예인선 노동자들의 작업은 가혹했지만, 그러나 중국에서는 그들이 노예가 아니었다. 이 장의 다른 곳에서 노(oars와 yulohs를 모두 포함한다)의 수에 의해 명명된 선박의 유형을 자주 언급했다. 노의 수가 매우 많을 때(실제로 많은 선박이 그러했다), 그 장비는 우선 육지로 둘러

---

256 그러나 한 가지 큰 차이가 있었다. 그리스의 선박은 龍骨을 가지고 있어서 그것을 쉽게 앞으로 빼내 衝角을 만들 수 있었고, 따라서 그리스의 군용선은 몇 세기 동안 衝角戰術 (ramming)을 사용하였다. 이것은 단시간에 최대한의 동력을 필요로 하는 전술이었다. 이것에 대해 중국의 軍船은 노를 갖고 있지 않으며, 충각 전술은 특정시대 예를 들면 기원전 5세기 부터 2세기 동안 그리고 12세기의 대형 외륜선(paddle-wheel ship)(Joseph Needham, *Science and Civilization in China*, Vol.4, pt.2, p.420)에서 사용되었을 뿐이다. 게다가 나중에 보게 되듯이, 중국의 수군 장수들은 항상 接近戰보다는 投射用 武器를 이용한 전술을 선호했다.

257 Joseph Needham, *Science and Civilization in China*, Vol.4, pt.2, pp.416 이하.

싸인 수역에서 기동하는 유형과 바람이 전혀 없을 때 급히 필요로 하는 유형
이 있었다.[258] 게다가 여러 가지 종류의 (제독 전용선과 같은) 빠른 관선(官船)과
순시선(巡視船)이 있었는데, 이 선박들은 모두 노로 추진력을 얻었다.[259] 그러
나 그 모든 것을 모두 감안해도 약 2천년 동안 유럽 지중해의 갤리선에서
존재했던 노예출신 노수와 같은 특징은 없었다.

데 노에트(Des Noëttes)는 곧 언급하게 될 선미타의 역사에 대한 연구[260]를
마치면서 그 점에 대해 간단히 언급했는데, 효율적인 마구(馬具)의 역사에
대한 그의 연구[261]와 비교하면서 "노예사의 연구에 대한 공헌"이라는 제목을
부쳤다.[262] 항해사적인 문맥에서 그 관계가 의심스럽고 분명하지 않다는 이유
로 라 로에리(la Roërie)와 같은 비판자는 아테네의 갤리선에서는 조타용 노만
사용되었고 또한 자유시민이 노를 저었던 것에 반해,[263] 17세기의 갤리에서는

---

258 현대의 대형 범선에 있는 操舵用 櫓의 사용.

259 그 실례로 양측에 수 십 개의 노가 있는 蜈蚣船은 매우 빠르고, 『明史』, 卷九十二, p.16과
같은 많은 다른 자료에도 나온다. 1575년경의 『紀效新書』에서 戚繼光은 한쪽에 16개의 노가
있는 八槳船에 관해 묘사하고 있지만, 『武備志』는 한쪽에 4개만 있는 것으로 기술되어 있다
(卷十八, p.21과 卷一百十七, p.5. 전자의 텍스트에서는 엄밀한 의미에서의 櫓(oars)를, 후자에
서는 율로(yulohs)를 의미하고 있는 것으로 추측된다. 같은 이유에서 『武備志』는 蜈蚣船
(centipede boat)에 20~30개가 아니라 9개의 노를 할당하고 있다(卷一百十七, pp.12, 13). 실물
을 묘사한 스케치는 L. Audemard, *Les Jonques Chinoises : III. Ornementation et Types*, Rotterdam, 1960,
pls. 65, 66에서 보인다. 그는 Idem, *Les Jonques Chinoises : I. Histoire de la Jonque*, Rotterdam, 1957,
p.66에서 『圖書集成』, 「戎政典」, 卷九十七, p.20에 있는 八槳船의 삽화를 다시 게재하고 있
다.

260 R. J. E. C. Lefebvre Des Noëttes, *De la Marine Antique à la Marine Moderne : La Révolution du Gouvernail*,
Masson, Paris, 1935.; Idem, "Le Gouvernail : Contribution à l'Histoire de l'Esclavage," *MSAF*, 1932(8e
ser.), 8(78).

261 Joseph Needham, *Science and Civilization in China*, Vol.4, pt.2, pp.304, 329.

262 특히 R. J. E. C. Lefebvre Des Noëttes, *De la Marine Antique à la Marine Moderne : La Révolution
du Gouvernail*, Masson, Paris, 1935, p.110.

263 하여튼 이것은 절반만 진실이었다. J. M. Cook, "Ancient Greek Ships," In *A Companion to Greek
Studies*, ed. L. Whibley, Cambridge, 1905와 R. J. G. Mayor, "Slaves and Slavery in Ancient Greece,"
In In *A Companion to Greek Studies*, ed. L. Whibley, Cambridge, 1905는 그리스와 헬레니즘 시대의
갤리선에서 奴隷 勞動이 종종 이용되었으며, 시대가 진행됨에 따라 점점 더 그렇게 되었다
는 사실을 보여주고 있다. W. W. Tarn, "The Roman Navy," In *A Companion to Latin Studies*, ed.

선미타를 가지고 있었음에도 불구하고 노예 역사상 최악의 조건 하에서 노예가 노를 젓고 있었다고 지적하였다.[264] 그런데 선미타의 등장은 범선의 대형화를 가능케 했지만, 노를 젓는 갤리선과 무자비한 인력의 착취를 결국 사라지게 했다. 물론 다른 요소들도 있었는데, 돛의 높이와 수를 증가시킨 조선술의 진보도 역시 중요했다. 특히 화약의 사용으로 대포가 갤리를 격파할 수 있게 되었지만, 가늘고 긴 갤리에서는 포수들이 요구하는 비교적 안정된 포대(砲臺)를 마련할 수 없었다.[265] 이러한 기술적 발달의 기원을 더듬어 보면, 이 기술이 아마도 또는 확실하게 아시아에서 특히 중국 문화권에서 널리 전파되어 있었음을 보이는 것은 주목할 만한 사실이다. 이러한 실례 중 몇 가지는 이미 언급한 적이 있으며, 나머지 것에 대해서는 머지않아 보게 될 것이다.

J. E. Sandys, Cambridge, 1913에 의하면, 로마의 갤리는 처음에는 동맹군의 인력을 이용했지만, 그 후 점점 노예를 사용하게 되었다. (C. E. Gibson, *The Story of the Ship*, Schuman, New York, 1948, p.60에 기술되어 있듯이) "노예가 자신들이 다루는 도구를 개량하려는데 관심을 갖고 있지 않다는 것"은 그리스-로마 문명에서 바람을 뚫고 가려는 효과적인 수단을 발견하는 데 실패한 사실과 관계가 있는 것처럼 보인다. 그러나 그것은 여기에서 취급하기에는 너무 큰 문제이다.

264 프랑스의 해군 역사가들은 이것을 자세히 연구하고 있다. J. Kaltenbach, *Les Protestants sur les Galéres et dans les Cachots de Marseille de 1545 à 1750*, Église Reformée, Marseille, n.d.(1950?).; M. l'Abbé Garnier, "Galères et Galéasse à la Fin du Moyen Age," Art in Proc. 2nd International Colloquium od Maritime History, p.37, ed. M. Mollat, L. Denoix & O. de Prat, Paris, 1957.; G. la Roërie & J. Vivielle, *Navires et Marins, de la Rome àl'Hélice*, vol.1, Paris, 1930, pp.150 이하.; R. de Loture & L. Haffner, *La Navigation à travers les Ages : Évolution de la Technique Nautique et de ses Applications*, Payot, Paris, 1952, pp.108 이하에서 끔찍한 묘사를 볼 수 있다. 르네상스 시대에는 갤리가 마녀 사냥과 異端審問처럼 등장했다가 사라져갔다. 갤리의 전성기는 15세기부터 17세기 말까지였으며, 1748년에 사라졌다. 갤리는 기본적으로 지중해의 것이고, 파도가 높은 바다와 차가운 기후에서는 적합하지 않아 북유럽에서는 중요한 역할을 하지 못했다. 그러나 그러한 선박들이 중국 문명권에서 나타나지 않은 이유들 속에 날씨를 넣을 수는 없다.

265 G. la Roërie & J. Vivielle, *op. cit.*, vol.1, p.159. Lepanto 해전(1571년)은 노선들끼리의 마지막 주요 해전이었다. 전환점은 1684년에 왔는데, 그 때 프랑스의 선박인 르봉호(*Le Bon*)가 바람이 불지 않은 긴 하루 동안 36척의 스페인 갤리선 공격을 견뎌내고 저녁에 미풍이 불자 도피할 수 있었다(R. de Loture & L. Haffner, *op. cit.*, p.118). c. E. Gibson, "The Ship and Society," MQ, 1947(n.s.), 2를 참조.

제8장

선박 조종 Ⅱ : 조타

1. 개관

바이런의 풀(Byron' Pool) 건너편까지 카누를 타고 노를 저어가는 모든 케임브리지(Cambridge) 대학생들이 알고 있듯이, 가장 간단한 조타장치(steering-gear)는 보트의 선미(가장 편리한 것은 오른쪽 즉 선미의 우현)에 바람직한 각도로 안정되게 설치되어 있는 노나 패들이다. 물의 층류(層流, streamline flow)는 선체에 회전 모먼트(turning moment)를 전달하는 이런 장치를 이용하여 선박의 방향을 바꾸게 한다. 반면에 조타장치의 가장 발달된 형태는 선미재(船尾材, stern-post) 위에서 회전하는 커다란 추진 날개판(vane)인데, 이 날개판은 선교(船橋, bridge)에서 체인을 통해 조작된다. 동력이 이 체인으로 전달되며, 또한 소형 선박에서는 이 체인이 타손잡이(tiller)로 알려져 있는 막대기의 지레장치 역할을 더 효율적으로 대신하게 된다.[1] 서양에서는 방향 제어(direction-control)의 발달 단계를 나타내는 전문 용어를 사용하는 데 어려운 점이 거의 없다.

611

우선 조타용 노나 선미쪽 패들, 때로는 중앙에 고정된 선미쪽 대도(大櫂, sweep)가 사용되었고,[2] 이어서 선미쪽 한 곳에 타 모양의 패들이 영구적으로 놓였으며, 마지막으로 타축(舵軸, pintle)과 축받이(gudgeon)에 부착된 선미타가 나타났다.[3] 1263년 링컨(Lincoln)의 원고에서는 "손잡이가 있는 노를 젓는 선박(navi cum helmerother)"과 "노를 손으로 젓는 선박(navi cum handerother)"에 대한 세금을 구분하고 있는데,[4] 우리는 그것이 의미하는 바를 잘 추측할 수 있다. 그러나 중국의 용어는 훨씬 어렵다. 왜냐하면 우리가 곧 보게 될 것처럼, 사물은 변화할 수 있으나 말은 변하지 않기 때문이다.

고전적인 논문은 선미타의 발명에 대한 데 노에트(des Noëttes)[5]의 논문이다. 그의 설명에 의하면, 조타용 노는 약하기 때문에 13세기 초까지 항해술의 발달을 제한하는 기본적인 요인이 되었으며,[6] 그 이전에는 선박 용량이 50톤

---

1 조타용 노(steering-par)가 단순한 지렛대라는 기계적 특성을 지니고 있는 반면에, 선미타(stern-post rudder)는 본질적으로 크랭크(crank, L자형 핸들)로서 끝 부분이 아니라 중앙부의 축에 회전하도록 부착되었음이 분명하다. 機械運動學(kinematics of machinery)의 용어로 말하면, 접합점(point closure)은 접합선(line closure)으로 교체된다(Joseph Needham, *Science and Civilization in China*, Vol.4, pt.2, p.68). 이것은 안정성이 더 크고 길쭉한 힌지 장치(elongated hinge attachment)를 보유한 훨씬 더 큰 이동식 평면(movable plane surface)이 단일지점 받침대 장치(single point fulcrum attachment)를 갖고서는 생각할 수도 없을 정도의 층류를 유도하도록 설치될 수 있음을 의미한다.

2 대학생들이 알고 있듯이, 조타의 효과는 패들을 선박에서 떼어둘 때 훨씬 더 커진다. 또한 일반적으로 노가 선미에 있다는 점을 제외하면, 패들의 조작은 선박의 중심선에 직각으로 움직이는 보통 노의 조작과 유사하다. 이것이 선체로부터 가능한 한 멀리 물에 넣는 선미대도(船尾大櫂, stern-sweep)의 원리이다(G. S. Laird Clowes, *Sailing Ships : their History and Developments as illustrated by the Collection of Ship Models in the Science Museum*, London, 1932, p.36). 그리고 P. Adam & L. Denoix, "Essai sur les Raisons de l'Apparition du Gouvernail d'Etambot," *RHES*, 1962, 40이 강조하고 있듯이, 조타용 노는 대단히 용도가 다양한 도구였으며, (a) 받침대 위에서 회전하는 대도(大櫂)의 역할, (b) 자체의 축을 이용하여 회전하는 원시적이고 효율이 낮은 타의 역할, (c) 선박에 수직으로 꽂아 리보드(leeboard)의 역할을 한다.

3 이것들은 타의 힌지(hinge, 지지점)를 구성하는 부품의 전통적인 명칭이다.

4 G. la Roërie, "l'Histoire du Gouvernail," *RMA*, 1938(no.219), 309에 인용되어 있는 F. B. Brooks.

5 R. J. E. C. Lefebvre des Noëttes, *De la Marine Antique à la marine Moderne : La Révolution du Gouvernail*, Masson, Paris, 1935.

6 L. Febvre, "Editorial on the Problem of the Invention of the Stern-post Rudder", *AHES*, 1935, 7을

정도로 제한되어 있었다.[7] 그는 기동력이 약하기 때문에 선박의 기동이 느렸다고 주장했다. 또한 그는 악천후에는 어떠한 유형의 조타용 노를 싣더라도 제어가 불가능하고 돛의 조작이 방해받았기 때문에 선박이 즉시 대피할 수 있는 범위 내에서만 항해했을 뿐, 감히 대양에서 항해할 수는 없었다고 주장했다. 데 노에트에 대한 주요 비판자인 라 로에리(la Roërie)[8]는 조타용 노보다 우수한 선미타가 거의 없다고 주장했지만, 항해 전문가들은 거의 만장일치로 그의 주장을 반대하고 있다.[9] 하지만 데 노에트는 분명히 해양인이 아니었기 때문에 그가 받아 마땅한 신망을 얻는 데 실패하는 일이 잦았다.[10]

참조하라.

7 특히 R. J. E. C. Lefebvre des Noëttes, *op. cit.*, pp.48, 58, 69.; Idem, "Le Gouvernail : Contribution à l'Histoire de l'Esclavage," *MSAF*, 1932(8e ser.), 8. 수치가 지나치게 적다는 것이 확인되지만, 이것이 정설로 되어 있다. 이것과는 반대의 극단적인 설도 나오고 있고, 그중에서 L. Casson, "The Isis and her Voyages," *TAPA*, 1950, 81은 2세기의 모든 로마의 곡물선을 1천 톤으로 간주하고 있다. 오늘날 선박고고학(naval archaeology)의 가장 긴급한 과제는 역사시대와 문화에서의 추정 톤수를 체계적으로 정하고 엄밀하게 연구하는 것일 것이다. 분명히 이 문제는 Joseph Needham, *Science and Civilization in China*의 범위를 넘는 것이다.

8 G. la Roërie, "Les Transformations du Gouvernail," *AHES*, 1935, 7.; Idem, "l'Histoire du Gouvernail," *RMA*, 1938(no.219), 309.

9 J. Poujade, *op. cit.*; H. Warington Smyth, *op. cit.*; S. C. Gilfillan, *Inventing the Ship*, Follet, Chicago, 1935.; R. Anderson & R. C. Anderson, *The Sailing Ship : Six Thousand Years of History*, Harrap, London, 1926.; R. de Loture & L. Haffner, *op. cit.*, pp.11, 17, 49를 그 예로 들 수 있다. la Roërie의 설을 지지하는 사람 중에서는 Capt. Carlini, *Le Gouvernail dans l'Antiquité*, 1935가 가장 뛰어나다. P. Adam & L. Denoix, *op. cit.*가 지적하고 있듯이, 그는 조타용 노의 이론적 중요성을 옹호하는데 지나치게 성급했다. 왜냐하면 역사적 사실에 따르면, 조타용 노가 극히 단시일만에 선미타로 교체되었고, 또한 그렇게 된 데에는 그만한 이유가 있었던 것으로 생각되기 때문이다. 그들은 간단한 계산으로 (다른 조건이 같다면) 조타장치를 조작하는데 필요한 힘이 표면적이 적은 조타용 노보다 선미타가 훨씬 크다는 것을 보여주고 있다. 그런데 조타용 노는 보다 자유롭게 움직일 수 있게 부착되어 있기는 하지만, 훨씬 더 부서지기 쉽고, 조작에 상당한 숙련을 필요로 하며, 또한 용도도 비교적 소형 선박으로 한정된다.

10 동아시아의 항해 기술 문제와 관련하여 R. J. E. C. Lefebvre des Noëttes, *op. cit.*와 R. de Loture & L. Haffner, *op. cit.*,가 전혀 믿을 수 없는 연구 결과임을 여기에서 경고해두는 것이 좋을 것 같다(번명의 여지가 더 없다). des Noëttes는 거의 모든 점에서 틀렸다. 즉 그는 (a) van Linschoten의 저서에 있는 상상화를 액면 그대로 받아들여, 포르투갈인이 올 때까지 중국에 타가 없었다, (b) 중국에는 철제 물품들이 초보 수준이었다, (c) 중국 선박은 연안만을 항해했다, (d) 정크는 순풍에서만 항해했다고 주장하고 있다. de Loture & Haffner는 (20년 이후임

그러나 조타용 노는 급류와 육지로 둘러싸인 좁은 해역에서도 효과적이었으며, 그런 까닭에 오늘날의 중국에서도 계속 사용되고 있다. 타가 작동되기 위해서는 선박이 계속 나아가야 한다. 달리 말하면 선박은 상대적으로 주변 해역으로 움직여야만 한다. 왜냐하면 그렇지 않을 경우 선박의 방향을 바꾸는 층류가 존재하지 않기 때문이다. 그러나 급류를 내려갈 때에는 선박이 물과 거의 같은 속도로 움직여야 하고, 그럴 경우에는 긴 선미 대도가 대단히 유리하다. 그 대도는 대단히 길기 때문에 보통의 노와 마찬가지로 층류가 아닌 물의 저항에 대한 반작용에 의해 효력을 발휘한다. 그러한 선미 대도의 지렛대는 받침점의 양 측에서 타의 지렛대보다 훨씬 길다.[11] 그것은 선미에 가로 방향의 큰 움직임을 제공하기 때문에 호수와 항구에 정박하고 있는 선박들을 회전시키는 데 사용된다.[12] 중국의 강을 오가는 수많은 선박의 선미 대도에 대해서는 이미 몇 가지 예를 보아왔다(<그림 826>, <그림 933>, <그림

에도 불구하고) 훨씬 더 잘못 기술했다. (a) 기원전 2698년에 중국인은 자기나침반을 사용하고 있었던 것으로 입증되었다, (b) 기원전 1398년에 환관인 鄭和가 항해하여 Caliofornia에 도착했다, (c) 중국의 정크는 순풍에만 달릴 수 있다, (d) 포르투갈인이 올 때까지 중국 선박에서 사용된 것은 조타용 노뿐이었으며, 그 노를 척당 2개씩 갖고 있는 경우가 종종 있었다, (e) 정크는 바닥이 편평하므로 바람 불어가는 쪽으로 흘러 거의 앞으로 나아갈 수 없었다, (f) 돛에는 (아딧줄 대신에) 여러 개의 보라인(bowline)이 달려 있다, (g) 북방의 정크는 삼각돛을, 남방의 정크는 사각돛을 가지고 있다, 마지막으로 (h) 중국인은 원측의(astrolabe)를 재발명하여 사용했다고 믿고 있었다. 이보다 더 두드러진 오답 모음은 상상하기 어렵다. 그러나 유럽에 관한 한 그들의 책은 건전하고 쓸모가 있다.

11 이 점에서 R. J. E. C. Lefebvre des Noëttes, *op. cit.*, p.43의 증거는 잘못되어 있다. 조타용 노의 경우, 지렛대(lever)가 짧은 조타용 노는 반드시 선내에 있었던 것으로 추정되었다. 그러나 중국의 선미 대도는 선체 밖에 있으며, 선내에 있는 것도 길이가 같거나 거의 같은 경우가 많다. 또 전체 길이가 100피트에 이르는 선미 대도를 비롯하여 많은 예가 G. R. G. Worcester, *Junks and Sampans of the Upper Yangtze*, Shanghai, 1940.; Idem, *Notes on the Crooked-Bow and Crooked-Stem Junks of Szechuan*, Inspectorate General of Customs, Shanghai, 1941.; Idem, *The Junks and Sampans of the Yangtze* …, Shanghai, 1947의 삽화에서 보인다. 그럼에도 불구하고 선미타가 선박의 스케일(scale of the ship)인데 비해, 조타용 노는 아무리 크더라도 항상 본질적으로 인간적인 스케일(human scale)이었다는 des Noëttes의 생각은 기본적으로 올바르다.

12 舵板에 소형 보조 스크류를 붙인 쇠로 된 날도 동일한 효과를 낸다. 이것은 능동타(active rudder)라고 불린다.

953>, <그림 961>).

17세기 말 예수회의 루이 르콩트(Louis Lecomte)에게 깊은 인상을 주었던 중국의 경이로움들 중에서 강을 오가는 정크의 조종술보다 더 큰 것은 없었다. 그는 그것에 대해 다음과 같이 생생한 문장으로 묘사하였다.[13]

급류를 항해하는 중국인의 솜씨는 대단히 멋지고 믿을 수 없을 정도이다. 그들은 어떤 면에서 자연을 굴복시킨다. 그리고 그들은 다른 사람들이 두려움에 떨지 않고서는 감행할 수 없는 곳에서도 어떠한 두려움 없이 항해를 한다. 그러한 곳들은 어느 한 운하에서 다른 운하(몇 가지 연관성에서 볼 때 수문[水門]으로 불린다)로 가기 위해 완력으로만 거슬러 올라가야하는 격류가 아니다. 다시 말하면, 60~80리그(league, <역자주 : 1리그는 3마일>)의 공간을 수없이 많은 바위 사이를 헤치며 흐르고 있는 강에 대해 이야기하려 한다. 이처럼 위험이 크고 찬 물이 흐르는 급류를 내려가 본 적이 없거나 다른 사람들의 보고서만 읽었더라면, 나도 이 말을 쉽게 믿지 못했을 것이다. 정보를 거의 갖고 있지 않은 여행객들이 그 강의 항해에 몸을 맡기는 것은 무모한 행위이다. 그리고 매순간 끊임없이 위험에 노출되고 있는 이러한 항해에 종사하고 있는 선원들에게서는 일종의 광기가 느껴진다.

내가 언급하고 있는 이러한 급류는 이 나라에서 단(湍)으로 불리며, 이 제국의 여러 곳에서 볼 수 있다. 예를 들면, 장시(江西)의 성도(省都)인 난창(南昌)에서 광둥(廣東)으로 여행을 하면, 많이 볼 수 있다. 내가 퐁타네(Fontaney) 신부와 그런 방식으로 처음 여행을 떠났을 때, 선원들이 열심히 노력했으나 강물의 흐름이 너무 빨라 물거품으로 돌아갔다. 선박은 급류에 내팽개쳐졌으며, 구부러진 곳에서는 오랫동안 팽이처럼 돌았다. 그러나 결국 수면 밑에 있어서 보이지 않았던 바위와 심하게 부딪혔기 때문에, 큰 대들보만큼 컸던 타는

---

13 Louis Lecomte, *Nouveaux Mémoires sur l'État présent de la Chine*, Anisson, Paris, 1696, p.234. 중국의 비슷한 기사로서는 『廣東新語』, 卷六, p.12. tr. M. Kaltenmark, "Le Domteur des Flots," *HH*, 1948, 3, p.10이 있다.

유리처럼 깨어져버렸으며, 선박은 급류에 밀려 떠내려가다가 바위 위에 얹힌 채 움직이지 않게 되어 버렸다. 만약 선미가 아니라 현측을 부딪혔다면, 우리는 틀림없이 목숨을 잃었을 것이다. 그런데 이곳은 가장 위험한 장소가 아니었다.

푸젠성(福建省)의 사람들은 광둥(廣東)에서 오든 항저우(杭州)에서 오든 8일이나 10일 동안 계속하여 죽음의 위험에 놓이게 된다. 격류가 계속 흐르고 또한 그 격류가 수없이 많은 바위 꼭대기에서 부서지기 때문에, 선박이 지나갈 만한 통로는 거의 없다. 구부러진 곳, 폭포 그리고 역류가 계속 나타나기 때문에, 선박은 활을 떠난 화살처럼 달린다. 사람들은 항상 암초들과 2피트 거리 안에 있기 때문에 일단 하나를 피하더라도 또 다른 암초나 제3의 암초를 만나게 된다. 선원이 말로 형언할 수 없을 만큼의 노력을 하더라도, 그는 매 순간마다 난파(難破)의 위험에서 벗어날 수 없다.

전 세계에서 중국인을 제외하고 이러한 항해를 계속하여 성공할 수 있는 사람은 없다. 왜냐하면 난파될 위험이 없는 날이 하루도 없기 때문이다. 어디 그 뿐인가, 나는 모든 선박이 사라져버리지 않는 것이 이상하다고 생각한다. 해안으로부터 별로 멀리 떨어지지 않은 곳에서 난파하는 경우는 행운이다. 나도 우연히 그러한 일을 두 차례 경험했지만, 급류의 폭이 보통 대단히 좁기 때문에 그럴 경우에는 급류와 싸워 이길만한 힘이 있으면 도움이 된다. 때로는 선박이 강물의 흐름에 밀려 곧바로 바위 위에 얹히고 승객들과 함께 좌초되어 버린다. 그러나 속도가 훨씬 빠른 소용돌이에 말려들 때에는 선박이 부서져버리고, 탑승자들은 자신들이 어디에 있는지 알 틈도 없이 목숨을 잃게 된다. 또는 때때로 강 가운데에서 정반대 방향으로 흐르는 소용돌이를 내려갈 때, 선박이 갑자기 낙하하여 선수가 물에 박혀 두 번 다시 떠오르지 못하고 순식간에 모습을 감춰버리는 일도 있다. 요컨대 이러한 항해는 대단히 위험한 것이고, 10년 동안 세계에서 가장 위험한 바다를 12,000리 이상 항해해 온 나로서도 10일 동안 이 급류에서 위험한 경우를 수없이 경험했다는 사실을 도저히 받아들이기 어렵다.

그들이 사용하는 바크(barks)는 대단히 얇고 가벼운 목재로 만들어진 것이 특징이다. 선박은 잘 만들어진 격벽에 의해 5, 6개의 구획으로 나뉜다. 그러므로 선박의 어느 한 부분이 바위와 부딪힐 경우 한 구획만 침수되기 때문에 구멍을 메울 시간을 가질 수 있는 여유를 가질 수 있다.

수심이 별로 깊지 않은 곳에서는 선박의 속도를 떨어뜨리기 위해 한 쪽 현에 3명씩 6명의 선원이 긴 스프레트(spret)나 장대(pole)를 바닥까지 서서히 내린다. 그렇게 하는 데에는 한쪽 끝을 배에 고정시키고 다른 쪽 끝을 장대에 감아올리는 가는 로프가 유용하다. 즉 장대가 강 밑을 지나면서 계속 바닥과 마찰하기 때문에 속도가 느려진다. 만약 이 행동을 조심스럽게 하지 않으면, 선박은 너무 빨리 나아가게 될 것이다. 강물의 흐름이 아무리 빠르더라도, 선박은 매우 평탄한 운하를 지나는 것처럼 이렇게 천천히 내려가게 된다. 그러나 강이 구불구불하면, 이러한 주의는 완전히 쓸모가 없어진다. 그럴 경우에 그들이 믿는 것은 선수와 선미에 장착하고, 길이가 40피트나 50피트이며, 노의 형태를 띤 한 개의 타이다.[14] 선원의 기량과 선박의 안전은 모두이 두 개의 큰 노를 조작하는 데 달려있다. 그것을 서로 교묘하게 움직여 선박을 여러 가지 방법으로 선회하게 한다. 그렇게 하여 선박을 전진시키고, 생각하는 방향으로 변침하며, 강물의 흐름을 따라가기도 하고 급류를 거슬러 올라가기도 하며, 좌초하지 않고 암초를 하나하나 피해간다. 또 소용돌이를 내려갈 때에도 정반대 모양으로 들어가는 일이 없다. 그것은 항해술이라기보다도 마치 마술(馬術)이라고 부르는 쪽이 적절한 정도의 것이다. 그러나 말이 조교에 의해 조련되듯이, 이 중국인이 조종하는 선박만큼 잘 조종되는 선박은

---

14 선수의 곡선은 강에서 사용하는 특정 형태의 정크에서 드물지 않다. 예를 들면, G. R. G. Worcester, *Junks and Sampans of the Upper Yangtze*, Shanghai, 1940, pp.44, 54.; Idem, *Notes on the Crooked-Bow and Crooked-Stem Junks of Szechuan*, Shanghai, 1941, p.50.; Idem, *The Junks and Sampans of the Yangtze* …, vol.2, Shanghai, 1947, p.472.; L. Audemard, *Les Jonques Chinoises : Ⅱ. Construction de la Jonque*, Retterdam, 1959, p.67. 또 그것은 1510년경의 王周의 시에도 언급되어 있고, 「淸明上河 圖」에도 묘사되어 있다. 그리고 중국의 전통 선박에서는 이 방식이 타에도 적용되고 있고, 선수와 선미에 타를 장착한 선박의 그림을『龍江船廠志』, 卷二, p.38에서 볼 수 있다. 이것은 外輪船이었던 것으로 생각된다. 왜냐하면 이미 <그림 638>(Joseph Needham, *Science and Civilization in China*, Vol.4, pt.2)에서 설명했듯이, 19세기 초의 중국에서는 이러한 한 개의 타를 장착한 외륜선이 존재했기 때문이다. 어디 그 뿐인가. 이 방식은 오늘날에도 행해지고 있고, 선체의 일부에 선미타를 장착한 特殊船이 적지 않다. <그림 933>을 참조하라.

없을 것이다. 따라서 선박이 난파하는 일이 발생하면, 그것은 기술이 부족해서가 아니라 힘이 부족하기 때문이다. 선박에는 8명 이상을 태우지 않는다. 그러나 만약 15명이 타고 있으면, 강물의 흐름이 아무리 격렬하더라도 조난당하는 일은 없을 것이다. 그러나 사람들이 절대적으로 필요하다고 생각하는 것에 무관심한 것이 아니지만, 생명과 재산의 위험을 무릅쓰고 일하는 경우는 세계에서 특히 중국에서 흔한 일이다.

르콩트의 묘사는 마치 그림과 같아서 현실이라고 생각할 수 없을 정도이다. 그러나 결코 과장된 것이 아니었다. 그것은 오늘날 사람들이 말하고 있는 것으로부터도[15] 그리고 양쯔강 상류의 급류를 거슬러 올라가는 선박을 촬영한 <그림 1024>와 같은 사진과 그림으로부터도 알 수 있다. 어떠한 상황이 보다 효과적인 선박 제어를 추구하려는 인간의 의욕을 북돋우었는가의 여부는 이 그림에서 잘 보인다. 어떤 경우에는 조타용 타로부터 보다 큰 선미 대도로의 발달이 필요했고, 다른 경우에는 선미타의 발명이 필요했다. 선박이 쓰촨(四川)에서 흘러나온 강을 따라 내려가는 모양을 극적으로 표현한 「파선하협도(巴船下峽圖)」(<그림 1025>)는 이숭(李嵩, 1185~1215년 활약)이 그린 것이다. 이 그림의 작성 연대는 그 후에 인용한 증거를 고려하면 흥미를 끌 것이다. 왜냐하면 한 척의 선박이 균형이 맞지 않아 보이는 강력한 타를 달고 있는 것으로 보이기 때문이다. 이 그림을 이해하는 데 유용할 것 같은 기사가 거의 같은 시대의 문헌에 보이는 것도 흥미롭지만, 그 문헌은 선미 대도와 타를 확실히 구분하고 있지 않다. 그것은 1206년경에 조언위(趙彦衛)가 쓴 『운록만초(雲麓漫抄)』의 한 구절이다. 그는 1170년 이후의 사건들에 대해 언급하고 있고, 루이 르콩트와 마찬가지로 저장(浙江)과 푸젠(福建)의 선박이 급류를 내려가는 모양을 장문으로 생생하게 말하고 있다[16]. 강물은 격류처럼

---

15 G. R. G. Worcester, *Notes on the Crooked-Bow and Crooked-Stem Junks of Szechuan*, Shanghai, 1941, p.30을 예로 들 수 있다. 필자도 경험을 갖고 있다.

바위와 여울을 지나 격렬하게 흘러내려간다. 그러므로 그는 선원들이 궁정에서 놀이용 선박과는 전혀 다른 선박 조종 방법을 사용하고 있다고 말하고 있다. 그러고 나서 그는 여러 종류의 노와 삿대 그리고 그것들을 사용할 때의 갖가지 호령과 사용법에 대해서도 묘사하고 있다. 그 중 하나는 창고(搶篙, 즉 "삿대를 올려라!")이다.

〈그림 1024〉 충칭(重慶) 근처 양쯔강 협곡에 있는 한 급류에서 상류로 올라가기 위해 밧줄로 끌고 가는 보트(Ports 촬영, c. 1938)

---

16 『稗海本雲麓漫抄』, 卷三, pp.2 이하.

〈그림 1025〉 이숭(李嵩)이 1200년에 그린 파선하협도(巴船下峽圖). 이것은 명대(明代)의 모사본이다. 선체 바깥쪽의 놋좆핀(outboard thole-pin)과 그것에 걸쳐져 있는 타(slung rudder)가 주목할 만하다.

선박의 꼬리(즉 선미)에 한 개의 구멍이 있다(舟尾有穴). 그리고 창고(搶篙)
라고 소리치면 모든 삿대를 즉시 물에서 들어 올리며, 그동안 승조원 중 한
명은 선미에 돌출한 큰 곤봉 같은 목재(梐)를 서둘러 조작한다. 그렇지 않으면,
그들은 선박이 (만약 바위에 부딪히면) 침몰하지 않을까 두려워할 것이다.
… 강물이 칭티엔(靑田)과 웬샹(溫相) 사이에서 바위를 휘감아 세차게 흘러내
려가기 때문에, 선박은 구부러진 뱀처럼 앞으로 나아가야 한다. 그렇지 않으
면 선박이 산산이 부서져버릴 것이고, 모든 사람이 익사해버릴 것이다. 그러
므로 이 지방에서는 "쇠로 만든 타를 다루는 조타수(鐵梢工)만 있으면 선박을
종이로 만들어도 된다"는 속담이 있다.[17]

舟尾有穴 每諸篙出水 卽一人急用一大木 挺搶船尾 慨恐舟復下也 … 靑田至溫
相 行石中水旣湍急 必欲舟屈曲蛇行以避石 不然碎溺爲害 故土人有紙船鐵梢工之
語 … (『稗海本雲麓漫抄』, 卷三)

조언위(趙彦衛)가 여기에서 묘사하려고 한 것은 정확하게 말하면 주로 선미
에 나 있는 구멍이다. 확실히 로마 선박의 그림에는 뱃전의 현창(舷窓, ports)
구멍을 통해 돌출해 있는 조타용 노를 묘사한 것이 많은데,[18] 현존하는 중국
선박에서는 이러한 배치가 보이지 않으며, 회화나 문헌에도 그에 대한 예가
없다. 이러한 문맥으로 볼 때, 노와 삿대를 위한 구멍은 있을 것 같지 않다.
따라서 조언위가 탔었던 강선(江船)에는 이숭의 그림에서 볼 수 있는 것처럼
선미타가 있었으며 또한 그가 말하는 "돌출한 곤봉과 같은 목재"가 타 손잡이

---

17 이 구절은 쇠로 만든 띠로 타를 강화하는 것이 암시된 언급을 포함하고 있을 수 있다.
18 다음에 바로 나오게 될 C. Daremberg & E. Saglio, *Dictionnaire des Antiques Grecques et Romains*,
Hachette, Paris, 1875에 있는 도해들을 보라. 또한 Capt. Carlini, *Le Gouvernail dans l'Antiquité*,
Communication to the Association Technique Maritime et Aéronautique, 1935, p.31도 보라. La Loërie
는 이 현창에 대해 아주 회의적이다. 그러나 그는 parodos의 선미쪽 구멍(aft opening)을 화가
의 실수로 생각하였다. G. la Loërie, "L'Histoire du Gouvernail," *RMA*, 1938(no.219), 309, pp.39
이하.

(tiller)나 타주(舵柱, rudder-post)였다는 해석이 가장 그럴듯하다.

조타용 노(steering-oar)나 선미 대도stern-sweep)의 제약은 악천후를 만날 수 있는 큰 호수나 바다에서 특히 심각해진다. 어떤 크기의 선박이라 하더라도 큰 호수와 바다를 항해하기 위해서는 아주 상당히 큰 원재(圓材, spar)가 필요했으며, 거친 바다 때문에 이 원재가 파손되면 그 결과는 틀림없이 심각했었을 것이다. 짧지만 무거운 패들을 선미 우현에 부착시키는 것은 다른 선박과 충돌하기 쉽거나 정박 시설과 부딪히기 쉬운 불편한 돌출부가 발생한다는 단점도 있었다. 당대인들이 어떤 생각을 하고 있었는지는 선미측 패들 (quarter paddle)을 보호하기 위해 로마 선박에 독특한 유선형 보호 장지인 파로도스(parodos, <역자주 : 戰船의 양현에 선수에서 선미까지 이어져 있고 舷牆 밖에 있는 외부 통로>)라는 돌출부가 설치되어 있었던 사실을 통해 알 수 있다. 선미측 패들의 중요한 가치는 균형이 잡혀있다는 특징에 있다. 이 패들에는 편평한 노깃(flat blade)이 한쪽에만 있는 것이 아니라 양쪽에 있었으며, 중세 후기에 선미재 타(stern-post rudder)가 보급된 사실을 감안하면 그것이 얼마나 중요한 것이었는지 추측할 수 있다. 앞으로 보겠지만, 중국에서 발달된 선미 타(axial rudder)는 균형 잡힌 형태를 유지하였다.

고찰을 계속 하기에 앞서 여기에서 잠깐 멈추고 중국과 유럽의 선박에 부착된 타가 어떤 유형이었으며 그리고 이것이 전통적인 조선술에서 어떻게 행해지고 있는지에 대해 생각해보자. 고대 서양에서는 조타용 노와 선미측 패들이 여러 종류의 도르래 장치(tackle)[19]에 의해 부착되어 있었으며, 중국에서도 그랬던 것으로 보인다. 왜냐하면 특히 미끄러뜨리듯이 내려 매다는 타 (slung sliding rudder)를 사용하는 지역이 남아있기 때문이다.[20] 사실 중국에서

19 Capt. Carlini, *op. cit.*; G. la Loëri, "Les Transformations du Gouvernail," *AHES*, 1935, 7.; Idem, "l'Histoire du Gouvernail," *RMA*, 1938(no.219), 1을 참조.
20 G. R. G. Worcestor, *Junks and Sampans of the Upper Yangtze*, Shanghai, 1940.; Idem, *The Junks and Sampans of the Yangtze* ···, Shanghai, 1947.; H. Lovegrove, "Junks of the Canton River and the West

는 선체에 타축(舵軸, pintle)[21]을 또는 타에 쇠고리(eyes)나 거전(gudgeon, <역자 주 : 키를 선미재에 부착시키는 금속띠>)[22]을 붙여 타를 회전시켰다는 증거가 전혀 나타나지 않는다. 서양의 선박에서는 일반적으로 타축이 선미재에 평행되게 직립해 있으며, 그곳에서 위쪽으로 그리고 타에는 아래쪽으로 부착되어 있다. 중국에서는 갈고리(hooks)와 쇠고리(eyes)가 사용되지 않았고, 그 대신 오랫동안 타가 주로 나무구멍(jaws)이나 소켓(sockets)으로 선체에 유지되어 왔다. 타가 클 경우에는 수중으로 오르내릴 수 있도록 타의 돌출부 위에 도르래 장치가 달려 있다(<그림 1026>, <그림 1027>). 때때로 가장 큰 유형의 타에서는 가장 아랫부분이 두륵(肚勒, housing-to tackle)에 의해 선수 부분과 연결되어 있기도 했는데, 두륵은 타를 제자리에 유지시켜 주었다.[23] 거전과 같은 부재(gudgeon-like fittings)는 이를테면 주요 타주(舵柱)를 위한 베어링(bearings) 같은 것이 완전히 혹은 반쯤 열려 있지만, 때로는 가공된 목재의 바깥부분에 의해 모두 닫혀있기도 하였다(<그림 1028>을 참조). 따라서 그 부재들은 서양

River System," *MMI*, 1932, 18; D. W. Waters, "Chinese Junks : the Hangchow Bay Trader and Fisher," *MMI*, 1947, 33.; H. H. Underwood, "Korean Boats and Ships," *JRAS / KB*, 1933, 23을 참조.

21 이 단어는 pencil과 penicilin과 같이 해부학에서 유래하였다. "pyntle and gogeon"을 최초로 사용한 시기는 1486년이다.

22 이 용어가 shafting(軸材)의 의미로 처음 사용된 것은 1408년경이며, 1496년에는 이미 "문의 뒤쪽에 붙이거나 문기둥에 붙어있는 축에 의해 고리나 밧줄을 꿰는 쇠고리"를 가리키는 용어가 되었다. 항해 용어로 기록된 최초의 연대는 1588년이다. 그리스어의 gomphos는 볼트나 핀을 의미한다. 경첩의 의미가 암경첩에서 숫경첩으로 바뀐 것은 더 강력한 남성용어의 도입 때문이었을 것이다.

23 이처럼 훌륭한 장치(<그림 939>)는 Worcester, Donnelly, Waters, 또는 다른 현대 관찰자들에 의해 기록된 적이 없었던 것으로 보이지만, 분명히 사라진 것은 아니었다. J. Charnock, *An History of Marine Architecture*, vol.3, Faulder et al., London, 1800-2, pp.290 이하에 그에 관한 언급이 있으며, Maze Collection의 모형선 2척(nos. 1, 11)에서도 그것이 보인다. 肚勒은 일반적으로 선수에서 권양기(windlass)에 의해 단단하게 매어진다. 따라서 권양기가 선수 부분에 명확하게 묘사되어 있는 경우(예를 들어 <그림 1033a>)에는 당연히 닻을 올리기 위한 것으로 간주되지만, 그렇지 않고 오히려 두륵용일 가능성도 있다는 것을 간과해서는 안 될 것이다. 두륵을 선수에 매지 않을 때에는 선미 안쪽의 격벽에 고정된 권양기에 의해 고정될 것이다(<그림 1026>).

선박의 쬠쇠(braces) 즉 고리(eyes)와 거전에 상응하는 것이며, 이때 회전하는 것은 타축(舵軸, pintle)이 아니라 타주(舵柱, rudder-post)였다. 또한 타판(舵板, blade)에 적절한 구멍이 열려 있기 때문에, 필요시 타를 힘껏 내리꽂아도 소켓의 방해를 받지 않았으며,[24] 타는 열려있는 나무 구멍(open jaws) 때문에 오르내려질 수 있었다.

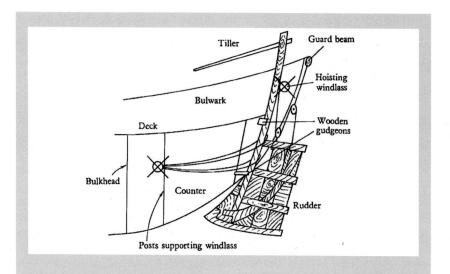

〈그림 1026〉 항저우만(杭州灣) 화물선의 타와 타 손잡이(D. W. Waters, "Chinese Junks : the Hangchow Bay Trader and Fisher," MMI, 1947, 33에 있는 스케치). 설명은 본문을 참조.

---

24 G. R. G. Worcester, *The Junks and Sampans of the Yangtze* ···, vol.1, Shanghai, 1947, pp.106 이하를 보라.

〈그림 1027〉 산터우(汕頭)의 화물선 갑판을 앞에서 바라본 장면(National Maritime Museum, Greenwich의 Waters Collection에서 인용). 전면에 쇠테가 여러 차례 감겨져 있는 타가 매달려 있으며, 이 선박이 항만에 정박 중이기 때문에 이 타를 완전히 물 밖에서 볼 수 있으며 또한 그 타가 선미루(船尾樓, poop)에 넣어져 있는 사실도 알 수 있다.

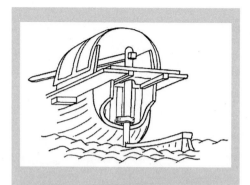

〈그림 1028〉 광동(廣東) 지방 콰일람 정크 (Kwailam junk)의 타와 타 손잡이(H. Lovegrove, "Junks of the Canton River and the West River System," *MMI*, 1932, 18에서 인용한 스케치). 설명은 본문을 참조.

케이블과 나무가 철제 경첩을 대신했음에도 불구하고, 중국의 전통 타에 철이 사용되지 않았다고 생각해서는 안 된다. 왜냐하면 사실 무게가 수 톤이나 나가는 큰 타는 철제 띠나 다른 보강재로 둘러싸여 있었음이 틀림없으며, 오늘날에도 그렇게 둘러싸여 있기 때문이다.[25] 중국의 타는 반드시 선체나 상부 구조물의 가장 뒤쪽에 위치했던 것이 아니라 상당히 앞에 위치한 경우도 때때로 있었으며, 대개는 선체의 타축을 통해 내려지는 경우가 많았다. 중국 정크의 특유한 트랜섬과 격벽 구조(transom-and-bulkhead anatomy)에서는 이것이 쉬운 방법이었다. 이 구조가 수직적인 조타 기구(vertical steering mechanism)의 전체적인 개념과 얼마나 밀접한 관련이 있는지는 결론에서 살펴보게 될 것이다.[26] 중요한 점은 중국의 타가 선박의 크기에 비해 항상 상당히 컸으며, 원칙적으로 수직으로 설치되었으며, 축을 중심으로 회전하였고,

---

25 길이가 36피트 이상인 明代 寶船의 舵軸이 최근 발견되었음을 周世德, "從寶船廠舵杆的鑑定推論鄭和寶船,"「文獻參考資料」, 1962(no.3), 35에 의해 알 수 있다.

26 廣東의 Kwailam 정크에서 타의 부착 방식을 묘사한 H. Lovegrove, "Junks of the Canton River and the West River System," *MMI*, 1932, 18에서 인용한 <그림 1028>을 보면, 그 원형을 즉시 알 수 있다. D. W. Waters, "Chinese Junks : the Hangchow Bay Trader and Fisher," *MMI*, 1947, 33에서 묘사한 杭州灣 화물선의 船尾縱斷圖面에서도 이와 비슷한 방식이 보인다. G. R. G. Worcester, *Junks and Sampans of the Upper Yangtze*, Shanghai, 1940, pp.5 이하.; Idem, *The Junks and Sampans of the Yangtze* …, 3, vol. Shanghai, 1947, pp.144 이하.; L. Audemard, *Les Jonques Chinoises : II. Construction de la Jonque*, Rotterdam, 1959, pp.22 이하도 보라.

한가운데 있었다는 것이다. 이 타는 반드시 선미재가 없는 선미타였다. 이 역설에 대해서도 후에 다시 논하게 될 것이다.

서론을 마무리하기 위해 우리에게 익숙한 두 사람의 언급을 인용하려 한다. 송응성은 『천공개물』에서 다음과 같이 기술하였다.[27]

선박의 본질은 풀이 바람에게 굽히듯이[28] 물을 따르는 것이다. 그러므로 타는 물을 가르고 물에 대해 장벽(障)을 만들도록 제작된다. 따라서 타 자체만으로는 선박의 이동 방향을 결정하지 못한다. 타가 회전하면, 물은 타를 강하게 압박하며, 선박은 그 압박에 반응하게 된다.

타의 치수는 그 밑 부분이 선박(내륙 수송선)의 선저와 같은 수준이다. 만약 그 부분이 1인치라도 더 깊으면, 선체는 여울을 통과하지만 타가 달린 선미는 진흙에 빠져버린다(그래서 선박을 좌초시킨다). 그 때 바람이 거세게 불면 1인치가 더 깊은 나무로 만든 타는 설명할 수 없을 정도로 큰 어려움을 야기한다. 만약 타가 1인치라도 짧으면, 선수를 회전시킬 수 있는 충분한 회전력을 얻지 못하게 될 것이다.

타력에 의해 나뉘고 장벽을 만드는 물은 선수에까지 영향을 준다.[29] 이 상황은 마치 선박을 원하는 방향으로 운반해가는 급류가 선박 밑에 있는 것과 같다. 그러므로 선수에서는 해야 할 일이 아무것도 없다. 이 모든 것은 말로 다 표현할 수 없을 정도로 대단한 것이다.

타는 타축의 꼭대기에 달려있는 손잡이 즉 (선원들의 호칭에 따르면) 관문봉(關門棒)에 의해 조작된다. 선박의 침로를 북쪽으로 돌리기 위해서는 손잡이

---

27 『天工開物』, 卷九, pp.3, 4, tr. Ting Wên-Chang & I. A. Donnelly, "Things Produced by the Works of Nature, published by 1639, translated by Dr V. K. Ting," *MMI*, 1925, 11.; tr. Sun Jen I-Tu & Sun Hsüeh-Chuan, *Thien Kung Khai Wu, Chinese Technology in the Seventeenth Century, by Sung Ying-Hsing*, Pennsylvania State Univ. Press & Univ. Park and London, 1977.

28 오래된 儒敎의 비유. 백성을 풀로, 왕과 관리를 바람으로 비유하고 있다.

29 이 용어에 대해서는 Joseph Needham, *Science and Civilization in China*, Vol.2, pp.89, 282, 304, Vol.4, pt.1, pp.130, 159, 234를 참조. 여기에서 우리는 자연 현상(natural processes)에 대한 중국인의 개념에서 작용과 반작용의 넓은 의미가 여러 방면에서 중요했음을 다시 볼 수 있다.

를 남쪽으로 잡고, 남쪽으로 돌리기 위해서는 손잡이를 북쪽으로 잡는다. ...[30] 타는 (곡물 운반선에서는 길이가 10피트 이상이고 둘레가 3피트 이상인)[31] 곧은 나무로 제작되며, 꼭대기에 손잡이를 달고, 하단의 틈에 도끼 모양의 타판을 끼워 넣는다.[32] 이 타판이 쇠못으로 기둥(post)에 견고하게 고정되며, 타 전체는 기능을 발휘할 수 있도록 선박에 (도르래 장치로) 고정된다. 선미의 끝에는 (조타수를 위해) 솟아있는 부분이 있으며, 이것도 또한 타루(舵樓)로 불린다.[33]

凡船性隨水 若草從風 故制舵障水 使不定向流 舵板一轉 一泓從之

凡舵尺寸 與船腹切齊 若長 一寸 則遇淺之時 船腹已過 其梢尼舵使膠住 設風狂 力勁 則寸木爲難不可言 舵短一寸 則轉運力怯 回頭不捷

凡舵力所障水 相應及船頭而止 其腹底之不 儼若一派急順流 故船頭不約而止 其機妙不可言

舵上所操柄 名關門棒 欲船北則南向振轉 欲船南則北向振轉 … 凡舵用直木一 根 (糧船用者 圍三尺 長丈餘) 爲身 上截衡受棒 下截界開衝口 納板其中如斧形 鐵 釘固栓以障水 梢後隆起處 亦名曰舵樓 (『天工開物』, 舟車, 第九)

이것은 민물에서 일하는 선원의 말이며, 송응성 자신은 종종 포양호(鄱陽湖) 와 대운하(大運河)에서 조타수 옆에 서서 이를 바라보았음에 틀림없다. 그가 층류(層流, streamline flow)를 묘사하려고 한 시도가 특히 흥미롭다. 반세기 후 에 루이 르콩트는 대양을 항해하는 정크에 대해서도 비슷하게 기술하였다.[34]

---

30 이후에는 앞서 살펴본 리보드(leeboard)에 대한 설명이 이어지고 있다.
31 宋應星이 직접 달은 주석이다.
32 그가 균형타(balanced rudder)를 묘사하고 있음에 틀림없다. <그림 1043>을 참조하라.
33 타루에 관해서는 앞에서 설명한 적이 있으며, 뒤에서도 살펴볼 예정이다. "또한"이라는 단 어를 사용한 것은 다른 용어도 사용되고 있기 때문이다.
34 Louis Lecomte, *op. cit.*, pp.230 이하.

그들의 선박(중국 선박)은 모든 등급의 우리 선박과 비슷하다. 그러나 선체의 모양은 그리 세련되어 있지 않다. 그 선박들은 모두 바닥이 평평하다. 선수루(fore-castle)는 선수재(stem)가 생략되어 있어 존재하지 않는다. 선미의 중앙에는 열려있는 부분(開口部)이 있다. 그리고 타는 방에 가두는 것처럼 타판에 의해 파도로부터 보호된다. 이 타는 우리 것보다 훨씬 길고, 선박의 바닥 전체를 지나 선수에까지 이르는 두 개의 케이블에 의해 선미재(stern-post)[35]에 단단하게 고정된다. 또한 타를 세우거나 타를 오르내릴 때 사용하기 위한 또 다른 두 개의 케이블이 있다. 막대기(bar) 즉 손잡이(tiller)는 선박을 움직이는데 필요한 만큼 길다. 조타수는 좌현과 우현에 매어 놓은 로프의 도움을 받는데, 그 로프가 막대기 앞쪽에 감겨 있기 때문에 조타수는 그것을 잡고서 필요에 따라 조이거나 느슨하게 하여 타기(舵機, helm)를 밀거나 멈추게 한다.

따라서 르콩트는 당대의 정크에서 기계적인 보조 조타 수단이 응용되었음을 보여줌으로써 우리에게 도움을 주고 있다.

2. 조타용 노에서 선미타로의 변화 : 서양의 경우

잘(Jal)[36]은 유럽에서 선미재(stern-post)나 선미타(axial rudder)가 13세기 초에 나타났음을 최초로 밝혔다. 그 이전에는 서양에서 선미타의 흔적이 전혀 없다는 것이 그 이후의 모든 후속 연구들에 의해 분명히 밝혀졌다. 대체로 고대 이집트 선박에서는 조타용 패들이 선미에 있었다. 때로는 한쪽 현측에 5개의 패들이 있기도 했는데, 이 경우에는 한 명이 한 개의 패들을 조작하였다.[37]

---

35 물론 그는 오해하고 있다. 선미재가 전혀 없었다.

36 A. Jal, *Archéologie Navale*, 2 vols, Arthus Bertrand, Paris, 1840.

37 C. Boreux, *Études de Nautique Égyptienne*, Instit. Français d'Archéol. Orient, Cairo, 1924, pp.21, 34,

그리고 (후대에 아잔타 벽화의 선박처럼) 뼈대(framework)와 막대기(bar)로 연결된 2개의 선미 패들도 있었던 것 같다.[38] 선미 대도(stern-sweep)도 역시 고대 이집트에 알려져 있었다. 이 선미 대도는 높은 선미의 끝 부분에 고정되었으며, 앞부분 끝에 있는 기둥(post)에 의해 지지되었으며, 조타수가 갑판에 서서 조작할 수 있도록 손잡이(tiller)가 붙어 있었다.[39] 아시리아 왕 세나케리브 (Sennacherib)의 유명한 부조에서 볼 수 있는 기원전 7세기 페니키아나 그리스의 이중갑판선(double-decked ship)에서도 선미의 좌현과 우현에서 조타용 노를 볼 수 있다.[40] 조타용 노가 1개 있는 선박은 에트루리아 무덤의 회화[41]와

160, 162, 260, 272의 반대쪽, 395.; R. J. E. C. Lefebvre des Noëttes, *De la Marine Antique à la Marine Moderne : La Révolution du Gouvernail*, Masson, Paris, 1935, pp.10 이하, figs. 1에서 10까지.; J. G. Wilkinson, *A Popular Account of the Ancient Egyptians*, vol.1, Murray, London, 1854, pp.412, 414.; G. la Roërie, "l'Histoire du Gouvernail," *RMA*, 1938(no.219), 309.

38 F. Moll, *Das Schiff in der bildenden Kunst vom Altertum bis zum Ausgang des Mitteralters*, Schroeder, Bonn, 1929.; R. J. E. C. Lefebvre des Noëttes, *op. cit.*, figs. 13, 16. 마지막 것은 제5왕조의 Memphis 왕에 의해 건조된 것으로서 길이가 60피트인 太陽神 Ra의 석조상을 von Bissing & Borchardt가 복원한 것이다(C. Boreux, *op. cit.*, p.104).

39 R. J. E. C. Lefebvre des Noëttes, *op. cit.*, figs. 13a, 13b.: J. G. Wilkinson, *op. cit.*, vol.2, p.124, figs. 400, 401, p.128, fig. 402.; J. Hornell, *Water Transport : Origins and Early Evolution*, Cambridge, 1946, p.219.; G. A. Reisner, *Models of Ancient Egyptian Ships and Boats, Cat. Gen. des Antiq. Eg. du Mus. du Caire*, 1913, no.4, 951, pl.XXIII.; C. Boreux, *op. cit.*, pp.273, 400. 이러한 유형의 조타장치는 Crealock가 촬영한 Ganges 강의 선박(<그림 1029>)을 비롯한 인도 선박에서도 오늘날 사용되고 있다. 또한 로마제국 하의 갈리아 지방의 비석에서도 보인다(L. Bonnard, *La Navigation Intérieure de la Gaule à l'Époque Gallo-Romane*, Picard, Paris, 1913, fig. 6, p.146.). P. Adam & L. Denoix, "Essai sur les Raisons de l'Apparition du Gouvernail d'Etambot," *RHES*, 1962, 40, p.96은 선박이 앞으로 거의 나가지 못할 때 이러한 조타용 패들을 모두 골조에서 분리하여 독립적인 도(櫂, sweep)로 사용할 수 있었다고 서술하고 있다.

40 R. J. E. C. Lefebvre des Noëttes, *op. cit.*, figs. 23, 24. : C. Daremberg & E. Saglio, *Dictionnaire des Antiques Grecques et Romains*, Hachette, Paris, 1875, fig. 5263.; P. Adam & L. Denoix, *op. cit.*, p.101.

41 R. J. E. C. Lefebvre des Noëttes, *op. cit.*, fig. 29.; R. Bartoccini, *Le Pitture Etrusche di Tarquinia*, Martello, Milan, 1955, pl.V.; R. Bloch, *Etruscan Art*, New York Graphic Society, New York, 1959, pl.48.; A. W. Lawrence, *Trade Castles and Forts of West Africa*, Cape, London, 1964, p.68. 긴 돌출부가 2개 있는 이상한 직사각형형의 물체가 Cerveteri에 있는 기원전 3세기 Etruria의 "부조의 묘(Tomb of Reliefs)"의 기둥에 조각된 채색 부조에서 보인다(M. Pallottino, *La Necropoli di Cerveteri, Libreria dello Stato*, Rome, 1939, p.35.; Idem, *Etruscologia*, Hoepli, Milan, 1947, pl.43.; G. Q. Giglioli, *l'Arte Etrusca*, Treves, Milan, 1935, pls. 342, 343, p.64.). 이것은 돌출해 있는 쇠고리나 거전이 있는

그리스 꽃병의 무늬[42]에서도 볼 수 있다. 그러나 그리스 선박은 조타용 노를 대체로 양현에 한 개씩 보유하고 있었다.[43] 조타용 노는 로마와 헬레니즘 시대의 선박에서도 보편적으로 사용되었으며, 때로는 한 개[44]나 두 개의 조타용 노가 막대기(bar)에 의해 연결되어 있었다.[45] 조타용 노는 도르래 장치에 의해 선미의 적당한 위치에 영구적으로 설치되기 시작했으며, 유선형의 보호막이 도입되었다.[46] 비잔틴 문화에서는 새로운 것이 전혀 발달하지 않았다. 그러나 조타용 노를 최초로 사용한 바이킹의 롱십(longships)은 그것을 중심축(pivot)에 달고[47] 패들을 타 모양으로 만들어 현측에서 움직였다.[48] 몇 개의 선미 현측타(quarter-rudders)가 달려있는 경우도 있었다.[49] 노르만족의 선박도 같은 방법을 계속 사용했지만, 1080년경 바이외(Bayeux)의 벽걸이에서 볼 수 있는 조타용 노는 그 형태가 아주 원시적이었다.[50] 사실 이 상태가 12세기

타로 간주되어 왔다. 그러나 그 모양 때문에 이러한 간주가 불가능하게 되었으며, G. Dennis, *Cities and Cemetries of Etrusca*, vol.1, 3rd ed., Murray, London, 1883, p.254에서 "두 개의 램프 받침과 같이 정체불명의 가구"라고 묘사한 것 이상을 주장할 수 없다.

42 R. J. E. C. Lefebvre des Noëttes, *op. cit.*, figs. 35, 36.; C. Daremberg & E. Saglio, *op. cit.*, figs. 33664, 3665.

43 R. J. E. C. Lefebvre des Noëttes, *op. cit.*, figs. 30, 31, 33, 34, 37, 43.; G. la Roërie & J. Vivielle, *op. cit.*; C. Daremberg & E. Saglio, *op. cit.*, figs. 5265, 5282, 5288.

44 R. J. E. C. Lefebvre des Noëttes, *op. cit.*, figs. 53, 54, 55.; J. Poujade, *op. cit.*, p.133.; C. Daremberg & E. Saglio, *op. cit.*, figs. 33664, 3665. 884, 885, 5271, 5272, 5273, 5274, 5290, 5294.

45 R. J. E. C. Lefebvre des Noëttes, *op. cit.*, fig. 58.

46 R. J. E. C. Lefebvre des Noëttes, *op. cit.*, fig. 56.; Moll, 1.; G. la Roërie, "Les Transformations du Gouvernail," *AHES*, 1935, 7.; Idem, "l'Histoire du Gouvernail," *RMA*, 1938(no.219), 309.; C. Daremberg & E. Saglio, *op. cit.*, figs. 5289, 5291, 5293, 5295. Seyrig, 1에 기술된 121년의 청동제 봉헌물은 크기를 줄여 만든 모형으로 보인다.

47 900년경의 Oseberg선에 조타용 노가 있었다. H. C. Mercer, *Ancient Carpenter's Tools illustrated and explained, together with the Implements of the Lumberman* ···, Bucks County Historical Society, Dileystown, 1929, p.251.; R. J. E. C. Lefebvre des Noëttes, *op. cit.*, fig. 64.; P. Gille, "Les Navires des Vikings," *MC / TC*, 1954, 3을 보라.

48 Rebaek선이 그러하였다. C. V. Sølver, "The Rabaek Rudder," *MMI*, 1946, 32.

49 Nydamtjs과 Gokstad의의 조타 장치에 대해서는 G. la Roërie, "l'Histoire du Gouvernail," *RMA*, 1938(no.219), 309.; G. la Roërie & J. Vivielle, *op. cit.* vol.1, p.177.; P. Gille, "Les Navires des Vikings," *MC / TC*, 1954, 3을 보라.

말까지 계속되었다.[51] 그 후에도 오랫동안 타가 보편적으로 사용되기에 이르렀지만,[52] 화가와 조각가들은 조타용 노를 계속 묘사하였다.[53] 이 시기 동안 조타용 노와 타가 때로는 같은 선박에 공존하기도 했으며, 이 경우 각자 다른 목적으로 유용하게 사용되었다.[54]

손잡이가 달린 선미재 타(stern-post rudder)를 묘사하고 있는 유럽의 자료 중 가장 오래된 것은 브레슬로(Breslau)에 보존되고 있는 라틴어판 묵시록(Apocalypse)에 들어있다. 이것은 데 노에트가 인정하고 있는 것처럼 1242년의 자료이다.[55] 그러나 브린들리[56]는 선미타의 도입 시기를 그보다 훨씬 이전으

---

50 R. J. E. C. Lefebvre des Noëttes, *op. cit.*, fig. 65.

51 9세기 French MS(R. J. E. C. Lefebvre des Noëttes, *op. cit.*, fig. 63)과 12세기 Venetian MS(*Ibid.*, fig. 66)을 예로 들 수 있다.

52 해상에서 선미 대도는 오늘날 유럽의 몇 가지 江船에서 사용되고 있으며, 그중에서 흥미로운 것은 높은 중국식 조타용 船橋가 있는 Douro 강의 barco rabêlo(O. L. Filgueiras, *Rabões da Esquadra Negra*, Porto, 1956을 참조)이다. 또한 Lyons의 전통적인 수상 창시합(water-jousts)에서 사용되는 보트에서는 오늘날에도 조타용 노가 사용되고 있어 흥미롭다. C. Boreux, *op. cit.*, p.206.

53 13세기 후반기 Dover의 인장(R. J. E. C. Lefebvre des Noëttes, *op. cit.*, fig. 67)과 Lat. MS., Bi. Nat. no.8, 846(*Ibid.*, fig. 68).; 14세기에 관해서는 *Ibid.*, figs, 69, 71.; 15세기에 관해서는 *Ibid.*, fig. 71a 를 참조.

54 조타용 노나 선미 대도는 선박이 거의 앞으로 나아가지 못할 때 항구나 강 하구뿐만 아니라 태킹(tacking, <역자주> 뱃머리 돌리기)하면서 정지해버린 해상에서도 도움을 줄 수 있다(G. la Roërie, "Les Transformations du Gouvernail," *AHES*, 1935, 7, p.579.; Capt. Carlini, *Le Gouvernail dans l'Antiquité*, 1935, p.7을 참조). P. Adam & L. Denoix, "Essai sur les Raisons de l'Apparition du Gouvernail d'Etambot," *RHES*, 1962, 40은 조타용 노가 타와 함께 명확하게 묘사되어 있는 15세기의 삽화 3장을 언급하고 있는데, 그 중 2장은 G. la Roërie, "Histoire du Gouvernail," *RMA*, 1938(no.219), figs. 18, 19에서 볼 수 있다. 흔하지는 않지만, 중국에서는 그러한 두 가지의 조합이 옛날부터 사용되고 있었다. *Ibid.*, fig. 20은 (타를 갖고 있지만) 2개의 조타용 노를 저으면서 그물 작업을 하고 있는 타이완 어선의 그림이다. P. Adam & L. Denoix, *op. cit.*에 따르면, 조타용 노가 사라진 것은 타가 출현해서가 아니라 타를 기계로 조작하는 타의 손잡이를 제어하는 레버 즉 위프스태프(whip-staff)와 타륜(wheel)이 도입되었기 때문이라고 한다. 이 주장은 상기한 삽화들이 있어도 사실상 모순적이다. 조타용 노는 1500년경까지 완전히 사라졌지만, 위프스태프가 출현한 것은 1600년이었으며, 타륜을 도입한 것은 1700년 전후였다.

55 R. J. E. C. Lefebvre des Noëttes, *op. cit.*, fig. 75. 이것은 Alwin Schultz, *Das höfische Leben zur Zeit der Minnensigner 12th & 13th cents*, vol.2, Hirzel, Leipzig, 1889, p.335(fig. 149에 재인용되어 있는데, 그는 그 중요성을 지적하지 않고 있다. Alexandri Miniritae *Apocalypsis Explicata*는 이것의 사본이

로 간주하였다. 그가 그렇게 간주한 것은 1200년 무렵부터 사용되기 시작한 입스위치(Ipswich) 인장에 새겨져 있는 선박에서 쇠테를 두른 타를 발견했기 때문이다.[57] 13세기의 많은 인장(예를 들어 Elbing의 인장, 1242년과 1256년의 Wismar 인장, 1280년의 Stubbkjoeping 인장, Haderwyk 인장, 1309년의 Damme 인장)[58]에서도 선미재 타가 있는 선박들이 보인다.[59] 그러나 입스위치 인장에서 볼 수 있는 선박의 선미재 타를 최초의 사례로 간주할 수는 없다. 왜냐하면 벨기에와 영국의 세례반(洗禮盤, fonts)에 새겨진 선박에 선미재 타가 있으며 또한 투르내(Tournai) 출신 직인들이 새긴 이 부조가 1180년대인 것으로 생각되기 때문이다. 이에 대한 가장 훌륭한 두 가지 실례는 제델겜(Zedelghem, <그림 1030>)과 윈체스터(Winchester)에서 볼 수 있다.[60]

다. 필자는 Potthast나 Chevalier에 있는 것을 자세히 검토하지 못했다. Le Mans의 대성당에 있는 Lady Chapel의 스테인드글라스로 장식된 둥근 창에 그려진 선박의 타도 거의 같은 시기의 예이다.

56 H. H. Brindley, "Mediaeval Rudders," *MMI*, 1926, 12.

57 L. Jewitt & W. H. St Hope, *The Corporation Plate and Insignia of Office of the Cities and Towns of England and Wales*, London, 1895, vol.2, p.331을 보라. Lynn White, *Machina ex Deo : Essays in the Dynamism of Western Culture*, M.I.T. Press, Cambridge, Mass., 1968, p.161에 의하면, 이것이 다음 쪽에서 언급하게 될 세례반의 부조(font reliefs)에 새겨진 것은 이 무렵이었다. 사람들은 돌이 단단하기 때문에 당시 보급되어 있던 스타일보다 더 오래된 것으로 생각하였다.

58 1309년은 지중해에서 선미재 타에 대한 자료가 최초로 나타나는 해이다(Chronicle of Villani.; G. la Roërie, *op. cit.*). rudder라는 영어 단어가 최초로 나타나는 것은 1303년이다.

59 이 인장들 속에는 Brindley가 생각한 것처럼 이중타(double rudder) 즉 두 개의 타가 선미쪽 양현에 달려있음을 보여주는 것도 있다. 그러나 (Anderson과 la Roërie 같은) 다른 사람들은 그 인장을 금형 제작상의 실수로 간주하고서 Brindley의 견해에 동조하지 않고 있다. R. J. E. C. Lefebvre des Noëttes, *op. cit.*, figs. 73, 74, 76, 78을 참조. Rhône 강의 바지선에서는 선미 현측타가 다른 모습을 보여주고 있다(F. Benoit, "In Port Fluvial de Cabotage : Arles et l'Ancienne Marine à Voile du Rhône," *AHES / AHS*, 1940, 2).

60 tr. Nancy l. Swann, *Food and Money in Ancient China : the Earliest Economic History of China to +25*, Princeton Univ. Press, Princeton, N.J., 1950.; Eden, 1에 의한 묘사들. Winchester의 세례반에 새겨진 조각의 이야기는 *Legenda Aurea*, vol.2, p.120에 실려 있다. H. H. Brindley, "Some Notes on Mediaeval Ships," *CAS / PC*, 1916, 21.; R. Anderson & R. C. Anderson, *The Sailing Ship : Six Thousand Years of History*, Harrap, London, 1926.; G. la Roërie & J. Vivielle, *op. cit.*, vol.1, p.193을 참조. 전문가 중에는 Winchester의 조각이 선미 현측타보다 더 발전된 조타 장치라고 생각하는 사람도 있다(그 예로 G. S. Laird Clowes, *Sailing Ships : their History and Development as illustrated by the Collection*

〈그림 1029〉 손잡이가 달려 있는 선미 대도. 이것은 고대 이집트 유형이지만, 인도의 갠지스 강에서 여전히 사용되고 있다(W. E. W. Crealock, "A Living Epitome of the Genesis of the Rudder," *ISRM*, 1938, 11에서 인용)

of Ship Models in the Science Museum, London, 1932, p.48을 들 수 있다).

〈그림 1030〉 유럽에서 선미재 타나 선미타가 묘사된 가장 오래된 두 가지 자료 중 하나. 벨기에의 제델겜(Zedelghem)의 세례반에 새겨진 조각으로서 1180년에 제작되었다. 이것은 둔황(敦煌) 벽화의 이야기그림(story-pictures)과 마찬가지로 성인들의 전설을 설명하고 있다.

그 이후에는 타 자체보다도 오히려 조종 장치가 발달하였다.[61] 17세기에 손잡이의 앞쪽 끝 부분에 두 번째 수직 레버(whip-staff으로 불린다)를 붙이는 경우가 흔했다.[62] 이 시스템은 밀라노(Milan)의 세인트 에우스토르지오(St Eustorgio) 성당에 있는 순교자 베드로(St. Peter Martyr) 성지(聖地)에 조각되어 있는 선박[63]에 나타나는 조타용 패들의 끝 부분에 붙어있는 크랭크(crank)로부터 유래했을지 모른다. 그것은 타륜과 가죽으로 만든 손잡이 밧줄(tiller rope of hide, 후에 체인으로 바뀌었다)의 일반적인 도입에 따라 1710년경에 사라져버

---

61 전문 용어에 대해서는 W. A. Drapella, *Ster : ze Studiów nad Ksztaltowaniem się Pojęć Mordkich, Wiek XV-XX*. Zaklad Imienia Ossolińskich we Wroclawiu, Gdańsa, 1955라는 주도면밀한 연구를 보라.

62 G. la Roërie, "Les Transformations du Gouvernail," *AHES*, 1935, 7.; G. S. Laird Clowes, *Sailing Ships : their History and Development as illustrated by the Collection of Ship Models in the Science Museum*, London, 1932, p.79.; G. Halldin & G. Webe, *Statens Sjöhistoriska Museum*, N.M.M., Stickholm, 1952.

63 R. J. E. C. Lefebvre des Noëttes, *op. cit.*, figs. 72, 86. R. Anderson & r. C. Anderson, *The Sailing Ship : Six Thousand Years of History*, Harrap, London, 1926을 참조. 이것은 매달게 되어 있었다.

렸다.[64]

요약하자면, 우리는 선미재 타(stern-post rudder)가 유럽에 도입된 연대를 1180년으로 볼 수 있을 것이다.[65] 중국에서 선미타(axial rudder)가 그보다 훨씬 전부터 사용되고 있었다는 증거는 후에 볼 것이다. 많은 서양 학자들도 (근거는 충분하지 않지만) 이 사실을 알고 있었으며,[66] 판 노우후이스(van Nouhuys)는 「1124년 극동기록(Far Eastern document of 1124)」조차 인용하였다. 그가 언급하고 있는 것이 한국 선박인 것으로 보이지만, 출전을 밝히지 않아 정확한 것을 알 수 없다.[67] 기술사 측면에서 그 문제의 중요성은 의심의 여지가 없다. 그 효과가 얼마나 빨리 나타났는가에 대해서는 13세기 십자군이 초기외는 달리 해상 원정이었던 사실을 통해 알 수 있을 것이다. 그리고 15세기에 아프리카 해안을 돌아오는 대탐험이 시작되었으며, 유럽인에 의한 인도양 지배와 아메리카의 발견이 일어났다. 여기에서 특히 주목할 만한 가치가 있는 것은 유럽

---

64 E. K. Chatterton, *The Ship under Sail*, Fisher Unwin, London, 1926.; R. Anderson & r. C. Anderson, *op. cit.*, p.164.; S. C. Gilfillan, *Inventing the Ships*, Follet, Chicago, 1935, p.70.

65 그보다 더 일찍 선미재 타가 있었다는 증거를 찾으려는 모든 시도는 설득력이 없는 것으로 입증되었다(L. Febvre, "Toujours le Gouvernail," *AHES / MHS*, 1941, 2를 참조). P. Nordmann, "Note sur le Gouvernail Antique," *RPLHA*, 1938, 64와 L. Laurand, "Note sur le Gouvernail Antique," *RPLHA*, 1937, 63에서 논하고 있는 Lucian의 한 구절은 막대기(bar)로 연결된 조타용 이중노(double steering-oar)를 언급하고 있다. 그리고 고대 지중해에서 활동하던 선원의 어휘에 대해서는 E. de St Denis, "Le Gouvernail Antique, Technique et Vocabulaire," *REL*, 1934, 12가 아무런 실마리를 제공하지 못하고 있다. 또한 D. Verway, "An Early Median Rudder and Sprit-Sail?," *MMI*, 1934, 20은 土炭地에서 발굴한 10세기 Saxon족 도자기 중 모형 선박을 설명하고 있다. 이 모형 선박은 안에 구멍이 나있는 특이한 수직 선미재(vertical stern-post)를 가지고 있었다. 그러나 그것을 검토한 선박고고학자들(naval archaeologists)은 그것이 선미타의 증거 자료라는 주장에 동의하지 않고 있다.

66 H. Warington Smyth, *op. cit.*, p.373.; S. C. Gilfillan, *The Sociology of Invention*, Follet, Chicago, 1935.; G. la Roërie, "l'Histoire du Gouvernail," *RMA*, 1938(no.219), 309.; Sir Grafton Elliot-Smith, "Ships as Evidence of the Migrations of Early Culture," *JMEOS*, 1926, 63.; Björn Landström, *The Ship : a Survey of the History of the Ship from the Primitive Raft to the Nuclear-Powered Submarine, with Reconstructions in Words and Pictures*, tr. from Skeppet, by M. Phillips, Allen & Unwin, London, 1961, pp.218 이하를 예로 들 수 있다.

67 D. Verwey, *op. cit.*에 대한 논평.

에서 항해용 나침반에 대한 최초의 자료가 나오자 10년도 되지 않아 선미재 타가 출현했다는 것을 증명하려고 한다는 것이다.[68] 이 사실만으로도 선미재 타가 유럽에서 독자적으로 발달한 것이 아니라 다른 어떤 곳에서 오랜 과정을 거쳐 전래된 것이 아닐까 하는 의문을 갖게 한다.

3. 중국과 선미타

기술적으로 전혀 다른 두 가지 이상의 장치가 수세기에 걸쳐 동일한 용어로 표현되었을 가능성이 크다는 것은 이해하기 어려운 문제이지만, 중국에서 타의 역사는 그 고전적인 한 사례가 될 수 있다. tho 혹은 to(舵, 柁, 柂, 船)가 기원전 3세기에 조타용 노나 조타용 패들의 의미로 사용되었던 것이 확실하며, 13세기에는 선미타(axial rudder)와 선미재 타(stern-post rudder)를 의미하고 있었던 것이 틀림없다. 이미 보아왔듯이, 유럽에서 선미재 타가 출현한 것이 1200년 바로 이전이기 때문에, 중국이 유럽에서 선미재 타가 출현하는데 어떤 공헌을 했는지는 용어를 조사하는 것만으로는 해결할 수 없는 문제이다. 그 용어를 사용한 사람이 실제로 어떤 것을 가리키기 위해 그 용어를 사용했는지 확인할 필요가 있다. 만약 그러한 연구를 지루하다고 생각하는 사람이 있다면, 결론이 있는 후술 부분만 보아도 된다. 이 방법은 불가피하다.

1) 문헌상의 증거

가장 간단한 절차는 연관성이 있는 문헌들을 분류하는 것인데, a) 대부분

---

68 Joseph Needham, *Science and Civilization in China*, Vol.4, pt.1의 Sect. 26i와 Joseph Needham, *Science and Civilization in China*, Vol.4, pt.2, pp.544, 584의 "전파한 사람들(transmission clusters)"을 보라.

조타용 노를 언급했다고 생각되는 초기의 자료, b) tho라는 단어와 관련되어 사용되는 동사, c) 그것의 모양과 길이, d) 그것이 고정되는 방법, e) 그것이 만들어진 재료의 순으로 살펴볼 것이다.

가장 오래된 출전 중 하나는 기원전 120년경 『회남자(淮南子)』임에 틀림없는데, 타(枻)라는 고어에 대해 다음과 같이 기술되어 있다.[69] "그럴 생각이라면, 사람들은 타를 만들기 위해 선박을 부술 수도 작은 종을 만들기 위해 큰 종을 녹여버릴 수도 있다(心所說 毁舟爲枻 心所欲 毁鐘爲鐸)." 다음의 예에서 볼 수 있듯이, 그후에는 tho라는 용어가 대신 사용되고 있다.[70]

『선한서(前漢書)』[71], 기원전 107년 :

"한 무제(漢 武帝)는 천리의 바다에 자기 선박들을 띄웠다(舳艫千里)."

3세기 삼국시대의 주석자였던 이배(李裵)는 이렇게 말한다.

"축(舳)은 치(柂)가 있는 선박의 뒷부분이고, 노(艫)는 도(櫂)가 있는(刺) 선박의 앞부분이다(舳 船後持柂處也 艫 船前頭刺櫂處也)."

기원전 80년 환관(桓寬)의 『염철론(鹽鐵論)』[72] :

---

69 『淮南子』, 卷十七, p.11. 鐘에 대한 기록은 앞서 설명되었다(Joseph Needham, *Science and Civilization in China*, Vol.4, pt.1, pp.170, 204).

70 아니면 더욱 막연한 용어인 舳이 사용되었다.

71 『前漢書』, 卷六, p.25.; 『太平御覽』, 卷七百六十八, p.3.; 『子史精華』, 卷一百五十八, p.12에서 인용. tr. H. H. Dubs, *History of the Former Han Dynasty, by Pan Ku, a Critical Translation with Annotations*, vol.2, Waverly, Baltimore, 1938, p.95를 참조.

72 『鹽鐵論』, 卷二十一, p.7. tr. E. M. Gale, P. A. Boodberg & T. C. Lin, "Discourses on Salt and Iron, Chapters 20~28," *JRAS / NCB*, 1934, 65.

"(보통 사람을 중요한 책임이 있는 자리로 승진시키는 것은) 노나 조타 장치가 없이 강이나 바다를 가로지르기 위해 출항하는 것과 같다. 그러한 선박은 최초의 폭풍을 만나자마자 표류하다가 100길이나 되는 심연 속으로 침몰해버리거나 동쪽 해안도 없는 대양으로 바람에 의해 날아가 버린다(專以 已之遇而荷負巨任 若無 橶舳 濟江海而遭大風 漂汰於百何之淵 東流無崖之川)."[73]

기원전 15년 양웅(揚雄)의 『방언(方言)』[74] :

"선박의 후미는 축(舳)으로 불린다. 축이 물을 제어한다(舡後日舳 好舳 水也)."

(4세기 초의) 곽박(郭璞)이 주석에서 "오늘날 장둥(江東) 사람들은 축(舳)을 축(軸)처럼 발음한다"고 말하였다. (7세기 초의) 안사고(顏師古)는 『전한서』의 구절에 아래의 주석을 달고 있는데, 회전하는 것이라는 생각이 그들의 마음속에 있었다는 것은 거의 분명한 것 같다.

100년 유희(劉熙)의 『석명(釋名)』[75] :

"선박의 꼬리는 치(柂)라고 불린다. 이 치는 끈다는 예(曳)와 같다. (실제로) 선미에서는 끌고 있는 (사람들을) 볼 수 있다. 이것은 선박의 방향을 정하는 것이다. 치의 도움을 받아 선박을 바라는 방향으로 가게 할 수 있으며, 치는 선박을 표류하도록 내버려두지 않는다(舡尾日柂 扡也 在後見扡曳 且弼正舡不使 扡 [戾也])."

---

73 이 마지막 표현은 앞에서 고찰한 중국인에 의한 최초의 태평양 탐험을 생각할 때 특히 흥미롭다.
74 『方言』, 卷九, p.8.; 『太平御覽』, 卷七百七十一, p.4에서 인용.
75 『釋名』, 卷二十五, p.378.; 『太平御覽』, 卷七百七十一, p.4에서 인용.

조일(趙壹, 178년에 활약)이 기술한 「자세질아부(刺世疾邪賦)」[76] :

"그것은 바다를 항해하면서 치를 잃은 선박과 같고, 아니면 사람이 연료를 쌓아둔 것 위에 앉아 그것이 불에 타기를 기다리는 것과 같다(奚異涉海之失柂 坐積薪而 待燃)."

219년 중장통(仲長統)의 시를 인용한 『후한서(後漢書)』[77] :

"(묵상에 잠겨있는) 활력이 내 선박이 되게 하고(元氣爲舟)
(단념의) 미풍이 나의 치가 되게 하라(微風爲柂)."

285년 장화(張華)의 「유선시(遊仙詩)」[78] :

"방황하는 선인이 (결국) 가장 먼 서쪽으로 가면(遊仙迫西極)
약수[79]가 유사 너머에 있네(弱水隔流沙)."
"구름을 누수로 이슬을 그의 치로 삼아(雲榜鼓霧柂)
그의 선박이 나는 듯 파도 위를 미끄러져 가는구나(颰忽陵飛波)."

4세기 초 곽박(郭璞)의 「강부(江賦)」[80] :

" … 파도를 넘고 치를 이용하여(凌波縱波) …"

---

76 『全上古三代秦漢三國六朝文』, 後漢條項, 卷八十二, p.86.
77 『後漢書』, 卷七十九, p.14. tr. E. Balazs, "La Crise Sociale et la Philosophie Politique à la Fin des Han," TP, 1949, 39. 그는 舵(gouvernail)라는 단어를 사용하였다.
78 『太平御覽』, 卷七百七十一, p.4.
79 Joseph Needham, Science and Civilization in China, Vol.3, pp.607 이하를 참조.
80 『全上古三代秦漢三國六朝文』, 晉條項, 卷一百二十, p.36. 이 구절에 대해서는 H. H. Dubs 교수의 도움을 받았다.

4세기 초 『손작자(孫綽子)』[81] :

　　"통제가 없고 원칙이 없는 행동은 치가 없는 선박과 같다(動而不秉不理 若汎
　　舟而 柂也)."

4세기 후반 『손방별전(孫放別傳)』[82] :

　　"존경하는 수공이 학교를 설립했다. 손방은 가장 어렸으며, 소년들이 늘어
　　설 때 항상 가장 뒷자리에 섰다. 수공이 그 이유를 물었을 때, 그는 선박에
　　있는 치를 본 적이 있습니까? 그것은 가장 뒤에 있지만, 그것이 진로를 결정합
　　니다라고 대답하였다(廋公建學 孫君年最幼 入爲學生 班在諸生之後 公問 君何獨
　　居後 答曰 不見舡 柂耶 在後所以正舡)."

　　분명히 이 구절들 중 몇 가지는 기술적인 면에서 도움을 전혀 주지 못한다.
때때로 시인들은 조타 장치의 중요성을 분명하게 인정하고 있지만, 그것을
자세히 묘사하려는 생각이 없었다는 것을 이 구절들은 보여주고 있다. 가장
좋은 실마리는 선미를 뜻하는 축(舳)이라는 글자가 곳에 따라 축(軸)을 의미하
는 동일 어원의 단어와 똑같이 발음되고 있다고 설명한 곽복의 주석이다.
실제로 두 글자는 발음이 같고 부수는 다르다.[83] 이 시점에서 볼 때, 차축(車軸)
과 같이 회전하는 것이 선미에 존재했었던 것은 확실해 보인다. 그러나 그것
이 조타용 노인지, 범프킨(bumpkin)이나 노걸이(rowlock)에서 회전하는 선미

---

81 『玉函山房輯佚書』, 卷七十一, p.11.
82 『晉書』, 「藝文志」에 실려 있지만, 익명이다. 孫放傳은 『晉書』, 卷八十二에 있다. 이 구절은
　　『太平御覽』, 卷七百七十一, p.4와 7세기 虞世南의 『北堂書鈔』에 인용되어 있다.
83 이 부수(K1079)는 의미가 많지만, 그와 관련된 고대 상형문자의 의미에 대해서는 알려져
　　있지 않다. 그러나 본래의 의미가 바뀌지 않는 한, 스파이크가 달린 모자나 헬멧을 의미하
　　는 주(冑)자에서도 나타난다. 이 글자 모양은 소켓(socket)에서 회전하는 스파이크와 같으며
　　샤프트(shaft) 끝의 베어링(bearings)이나 회전축 못(journal)을 의미하는 글자가 되었다.

대도인지, 아니면 회전샤프트나 회전축(rotating shaft or axle)처럼 베어링으로 지탱되는 선미 대도인지 구분하기에는 이것만으로는 충분하지 않다. 다시 말하면(즉 기계적인 용어를 사용하면), 접합점(point-closure)이나 접합선(line-closure)이 무엇인지는 여전히 알 수 없다.[84]

회전 운동(pivot motion)을 묘사하는 단어들을 연구하면, 약간 더 많은 것을 밝힐 수 있을 것이다. 예를 들면 전(轉)은 한 점에서 회전하는 것이 아니라 회전축 주변에서 회전한다는 의미가 강하며, 이 의미는 3세기에 오왕(吳王)이 될 손권(孫權)의 이야기에 이미 나타난다.[85]

손권이 우장(武昌)에 있었을 때, 장안(長安)이라는 새로 만든 대형 선박을 디아오다이(釣臺)에서 시험해보고 있었다. 그 때 바람이 강하게 불었으며, 곡리(谷利)는 조타수에게 (선박을) 판가우(樊口)로 돌릴 것을 요청하였다. 그러나 손권은 루어저우(羅州)로 가라고 했다. 그때 곡리는 단검을 빼어들고 조타수를 향해 번구로 가지 않으면 목을 베겠다고 말했다. 그러자 그는 즉시 방향을 바꾸어(轉柁) 번구로 항해했다.

(孫)權於武昌新裝大船 名爲長安 試泛之釣臺沂 時風大盛 谷利令柁工取樊口 權曰 當張頭取羅州 利拔刀向柁工曰 不取樊口者斬 工卽轉柁入樊口 (『三國志』, 吳書 卷二, 孫權傳, 裴松之注引江表傳)

어쨌든 13세기의 시인 우백생(虞伯生)도 이 동사를 사용했는데, 그는 당시 (1297년) 선미타(axial rudder)를 지칭하는 것과 같은 표현을 정확히 사용하였다.[86] 더 중요한 증거는 매우 급진적인 대재상이었던 왕안석(王安石, 1021~86)

---

84 Joseph Needham, *Science and Civilization in China*, Vol.4, pt.2, p.68을 참조.
85 『三國志』, 卷四十七. 필자가 『吳書』, 卷二, p.18에 인용되어 있는 虞溥의 『江表傳』에서 재인용하고 번역하였다.
86 『筬堂詩話』, p.2에서 인용.

의 「팽려시(彭蠡詩)」[87]에 나타나는데, 그 시에는 "동쪽에서 서쪽으로 타를 바꾸면 1만 척의 선박이 돌아온다(東西捩柁萬舟回)"라는 구절이 있다. 렬(捩)이라는 글자에 축력(軸力, axial force)의 의미가 있다는 사실은 도르래 장치를 뜻하는 관렬(關捩)이라는 17세기 용어는 물론 그보다 훨씬 이전부터 피벗(pivot)을 포함한 여러 가지 공업 기술 용어에서도 렬자가 사용되고 있었다는 사실에 의해서도 분명해진다.[88]

다음으로는 모양과 길이에 대한 내용이다. 5세기 산겸지(山謙之)가 편찬한 『심양기(尋陽記)』는 사라졌지만, 다음 구절은 남아있다.[89]

> 루산(盧山)[90]의 서령(西嶺)에는 달콤한 물로 채워진 샘이 있다. 옛날에 치(柂)가 (이 샘이 흘러 만들어진 호수에서) 나오는 시냇물 위로 떠다니는 것이 보인다는 이유로 사람들은 그곳을 치하계(柂下溪)로 불렀다. 선공(宣公)과 목공(穆公)이 파견한 사람들은 호반에서 한 척의 바닥이 편평한 편(艑)의 잔해를 발견했으며, 이로써 그 이야기가 사실이라는 것을 알 수 있었다.

> 盧山西嶺有甘泉 曾見一柂從山嶺流下此溪中 人號爲柂下溪 宣穆所遣人見山湖中有敗艑 而後柂流下 信其不妄 (『太平御覽』, 卷七百七十一, 舟部四, 柂引, 尋陽記)

이 기사를 주(周)나라 시대의 자료로 간주할 필요는 없지만, 이 기사가 산겸지(山謙之) 시대에 사용된 조타 장치에 대해 말하고 있는 것은 확실하다. 왜냐하면 그 기사가 당시 타와 노를 모양에 의해 충분히 구별할 수 있다는 것을

---

87 『康熙字典』, 捩 項目에서 인용.

88 Joseph Needham, *Science and Civilization in China*, Vol.3, p.314, Vol.4, pt.2, pp.235, 292, 485를 참조. 이 전문 용어들 중 하나를 projecting lug(돌출한 손잡이)로 번역한 생각이 난다. 이것은 tiller에 해당할 것이다.

89 『太平御覽』, 卷七百七十一, p.4b.

90 이 산은 오늘날 牯嶺이라는 휴양지가 있는 鄱陽湖를 내려다보고 있다. 이 모습을 그린 13세기의 걸작이 『中華美術圖集』, 第三十番에 수록되어 있다.

내포하고 있기 때문이다. 따라서 특히 450년경까지는 이 두 가지의 모양이 분명히 달랐다고 할 수 있다.

더 중요한 것은 『관씨지리지몽(管氏地理指蒙)』의 한 구절이다. 세상에서 사라진 이 책은 이미 자기나침반의 역사와 관련하여 언급된 적이 있다.[91] 저자가 3세기의 관로(管輅)라고 알려져 있지만, 그 편찬 년대는 당나라보다 더 빠를 수 없고 9세기 말보다 늦지 않은 것으로 보인다. 저자는 너무 깊지도 얕지도 않은 무덤 깊이를 언급하면서 다음과 같이 말하였다.[92]

만약 머리핀이 과거의 것보다 더 짧다면, 장식되어 있는 끝 부분은 보이지 않을 것이다. 만약 열쇠가 짧다면, 상자의 자물쇠를 확보할 수 없다. 만약 타(柂)가 지나치게 깊으면, (선박이 좌초되거나 바위에 부딪힐 것이기 때문에) 선박의 끝 부분에는 화물을 운반하지 못할 것이다.

淺於股者釵腦之不的 淺於鑰者櫃角之不擒 深於柂者船首之不載 (『古今圖書集成』, 博物彙編, 藝術典, 第六百五十七, 堪輿部彙考七之一, 管氏地理指蒙三, 擬穴)

이것은 틀림없이 확실하다. 왜냐하면 중국의 전통적인 타가 선박 밑바닥으로 내려가 바람 부는 쪽으로 떠내려가지 않도록 조절하는 역할을 하기 때문이다.[93] 더구나 다음 세기에도 타의 길이에 관한 자료가 나타나는데, 담초(譚峭)의 『화서(化書)』(940)에는 다음과 같은 구절이 있다. "1만 부셸(bushels)의 화물을 실은 선박을 조종하는 것은 1심(尋)도 안 되는 나무 한 개로 이루어진다(轉萬斛之舟者 由一尋之木)."[94] 이 나무의 길이는 (중국의 척도로 8피트이나 서양의

---

91 Joseph Needham, *Science and Civilization in China*, Vol.4, pt.1, pp.276, 302, 310을 보라.

92 『圖書集成』, 「藝術典」, 卷六百五十七, 「彙考七」, p.1.

93 게다가 중국의 조타용 노와 선미 대도는 질질 끄는 저항(trailing resistance)만을 제공하며, 이 저항은 물속에 잠긴 물체가 일으키는 것으로서 그 물체를 들어 올릴 수는 없다.

94 『化書』, p.9. 1만 bushel은 700톤에 해당한다.

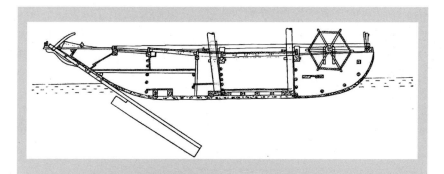

〈그림 1031〉 조선 서해안의 경기도 강화도에 있는 작은 포구에서 건조된 중간 크기(약 57피트)의 전통적인 어선의 종단면도(H. H. Underwood, "Korean Boats and Ships," *JRAS /KB*, 1933, 23, figs. 14, 32에서 인용). 극단적으로 길어 보이는 타는 완전히 내렸을 때 센터보드(centre-board)의 역할을 하면서 상하로 움직인다. 또한 타축(舵軸, post)에는 손잡이를 꽂을 수 있는 일련의 구멍이 있으며, 때에 따라서는 그 구멍이 손잡이의 위치를 바꾸는 데에 사용되었다. 격벽은 2개 있으며, 트랜섬 선수미(transom bow and stern)가 지극히 뭉툭하며, 2개의 돛대에는 중국식 러그세일이 중심선에 맞추어 매우 높게 펼쳐진다. 앵커윈치(anchor winch)의 크기도 눈에 띤다.

척도로 8피트 2인치인) 조타용 노나 선미 대도의 길이로서는 너무 짧지만(江船에서는 보통 50피트 이상이다), 선미타의 길이로서는 매우 적합하다.

   그러나 가장 결정적인 구절은 서긍(徐兢)의 『선화봉사고려도경(宣和奉使高麗圖經)』에 있다. 이것은 1124년에 파견된 중국 사절에 대한 서적으로, 판 노우후이스(van Nouhuys)는 이 서적에 대해 들은 적이 있었을 것이다. 이 서적에는 타를 언급한 기사가 많으며, 특히 타가 부서지는 재난[95]이나 다른 타로 교체하는 행동[96]을 여러 차례 언급하고 있다. 그러나 중요한 구절은 다음과 같다.[97]

---

95 『宣和奉使高麗圖經』, 卷三十四, p.10, 卷三十九, pp.3, 4b, 卷四十, p.2.
96 『宣和奉使高麗圖經』, 卷三十九, p.3.
97 『宣和奉使高麗圖經』, 卷三十四, p.5.

선미에 크고 작은 두 종류의 타(正柂)가 있으며, 물의 깊고 옅음에 따라 큰 타가 작은 타로 아니면 그 반대로 교체된다. 갑판실(膚) 뒤에는 2개의 노(棹)가 위에서 물속으로 내려진다. 이것을 제3의 보조타(三副柂)라 하고, 선박이 대양에서 항해를 시작할 때만 사용된다.[98]

後有正柂 大小二等 隨水淺深更易 當膚之後 從上挿下二棹 謂之三副柂 唯入洋則用之 (『宣和奉使高麗圖經』, 卷三十四, 客舟)

이상과 같은 구절들은 12세기 초 중국 선박[99]에 몇 가지 크기의 선미타(axial rudders)[100]가 있어 상황에 따라 사용되었으며, 그와 동시에 특수 용도로 사용되는 조타용 노도 있었다는 것을 분명하게 보여주고 있다. 이러한 방식은 유럽의 선박에서도 후에 오랫동안 종종 나타났으며,[101] 15세기 페르시아의 그림에도 1개의 선미 현측타(quarter-rudder)와 2개의 조타용 노(steering-oars)가 그려져 있다.[102]

12세기 초 조선의 선박도 선미타를 보유하고 있었던 것 같다. 왜냐하면 사신선단을 맞이하러 나간 연안 경비선(巡船)에 돛대와 갑판이 없었으며, "(선

---

98 이것은 이 노들이 실제로 리보드(leeboards)였음을 제시하고 있다. (때때로 타와 함께 비치되기도 하는) 조타용 보조노(additional steering oar)를 대양에서 사용하는 경우는 없었던 것 같다. 三副柂는 선박이 바람 부는 쪽으로 밀리는 것을 방지하는 용도로 사용되었다.

99 사절들이 탔던 선박은 중국 선박이었으며, 朝鮮人들은 사절단 선박들의 크기를 보고 놀랐던 것으로 전해진다.

100 『宣和奉使高麗圖經』에는 이 타가 선미 현측타(quarter-rudder)가 아닌 선미타(axial rudder)였다는 것을 입증할 수 있는 기사가 없다. 그러나 중국 문헌이나 현존하는 중국 선박에서 그 흔적을 찾을 수 없기 때문에 선미 현측타라고 하기에는 무리가 있는 것으로 보인다. J. Poujade, *La Route des Indes et Ses Navires*, Payot, Paris, 1946, p.259에도 같은 의견이 제시되어 있다.

101 이것을 묘사한 15세기의 훌륭한 2장의 삽화가 G. la Roërie, "l'Histoire du Gouvernail," *RMA*, 1938(no.219), 309 , figs. 18, 19에 게재되어 있다.

102 F. Moll, *Das Schiff in der bildenden Kunst vom Altertum bis zum Ausgang des Mitteralters*, Schroeder, Bonn, 1929.; R. J. E. C. Lefebvre des Noëttes, *De la Marine Antique à la Marine Moderne : La Révolution du Gouvernail*, Masson, Paris, 1935, fig. 93.

미에) (스컬용) 노(艣)와 타(柁)만 있었다(惟設艣柁而已)"고 서긍이 기록하고 있기 때문이다.[103] 만약 타와 노가 다른 것이 아니었다면, 그는 아마 두 가지를 그렇게 동시에 언급하지 않았을 것이다.[104] 수심에 따라 한 개의 타를 다른 타와 교체한다는 묘사의 의미는 오늘날 한국 선박에 장치되어 있는 것처럼 (<그림 1031>)[105] 센터보드(centre-board)의 기능도 발휘하는 매우 긴 타를 보면 즉시 알 수 있을 것이다.

서긍의 『선화봉사고려도경』과 마찬가지로 사실적이고 개인적인 일본 기록 한 가지를 통해서도 그의 기술적인 주장들을 『관씨지리지몽』의 시대로까지 완전히 거슬러 올라갈 수 있다. 이 일본 기록은 일본의 승려인 엔닌(圓仁)이 편찬한 『입당구법순례행기(入唐求法巡禮行記)』이다. 그가 여행한 (때로는 난파를 당한) 대양 항해용 선박에 대해 언급한 것을 보면, 9세기 초에 선미타가 조타용 노와 선미 대도와 함께 사용되고 있었음에 틀림없다.[106] 838년 당나라 조정으로 가는 일본 사절을 따라 중국 연안을 처음으로 밟았을 때, 그는 매우 불운하였다.[107] 강력한 폭풍을 만난 이 선박은 (江蘇省 揚子江 하구의 북쪽에 위치한) 화이난(淮南) 해안의 여울에 얹혔으며, 그곳에서 "타각(柁角)이 두 곳이나 부러졌다(柁角摧折兩度)." 그 직후 타판(舵板)이 진흙 모래에 잠겨버렸기 때문에 승조원들은 선박을 버리고 돛대를 베어버렸다. 이 선박이 그곳에서 해안 쪽으로 표류해 갔으며, 다음날 아침 폭풍이 잠잠해지자 썰물 때문에 선체

---

103 『宣和奉使高麗圖經』, 卷三十三, p.1.

104 이 시기의 또 다른 언급은 『武林舊事』, 卷三, p.4에도 있는데, 여기에는 평평한 바닥과 단순한 구조의 타(柁)를 보유한 작은 선박에 관한 기록이 있다. 여기에서 타(柁)는 아마 타(舵)였을 것이다. 왜냐하면 조타용 노였더라면 선체의 모양과 이렇게 밀접한 관계를 가질 수 없기 때문이다. 이 서적에는 1165년 이후 杭州에서의 생활이 기술되어 있다.

105 H. H. Underwood, "Korean Boats and Ships," *JRAS/KB*, 1933, 23, p.15, Gigs. 13, 14, 32.

106 그가 자세하게 묘사한 구절의 대부분은 일본 선박에 대한 것이다. 그러나 唐과 新羅의 선박도 비슷한 장치를 갖고 있었다고 추측해도 틀리지 않을 것이다.

107 이 구절의 번역문은 tr. E. O. Reischauer, *Ennin's Diary : The Record of a Pilgrimage to China in Search of the Law*, Ronald Press, New York, 1955, p.6에 있다. Idem, *Ennin's Travels in Thang China*, *Ronald Press*, New York, 1955, p.69도 참조.

일부가 손상을 입었다. 이 선박에는 조타용 노가 없었다. 그러나 그로부터 1년 후 엔닌(圓仁)이 일본으로 귀국하는 일본 선박을 타고[108] 산동반도 남쪽 해안을 북쪽이나 북동쪽으로 항해하고 있었을 때의 일기에는 관련 기사가 있다. 그는 839년 "태양이 큰 노(大櫂)의 한가운데로(當大櫂正中)" 지는 것을 보았다고 기록하였다. 그는 곧 이어 달이 "선미타실(stern rudder house) 뒤쪽으로(當艫柂倉之後)" 졌다고 기술하였다.[109] 따라서 타루(舵樓)에서 조작되는 손잡이가 달린 타뿐만 아니라 조타용 보조노도 보유하고 있었던 것으로 보인다. 이것이 유럽과 중국의 중세 선박에서 종종 채택되었음을 우리는 이미 몇 차례 보았다. 마지막으로 2개월 후 엔닌이 산둥의 치산(赤山)에 있는 신라인 사찰에 머물렀을 때, 그가 타고 온 선박이 폭풍을 만나 바람에 의해 바위더미로 밀려나 치판(柂板)이 부서져버렸다(着鹿磯 柂板破却).[110] 따라서 엔닌이 눈으로 직접 목격한 증언(『入唐求法巡禮行記』)은 『관씨지리지몽』과 『화서(化書)』에서 도출한 결론을 생생하게 확인해주고 있다는 것으로 보인다.

　한반도로 간 중국 사절의 기록(『宣和奉使高麗圖經』) 이후의 것으로는 마르코 폴로의 묘사를 들 수 있다. 그는 자신이 본 것을 매우 구체적으로 기술하였다. 앞에서 본 것처럼 그가 언급한 것들에 아주 특별한 것들이 있지만, 그러나 선미타가 유럽에 등장한 것보다 1세기 후에 서술했기 때문에 여기에서 진행

---

108 실은 그는 이 때 일본으로 돌아가지 않았으며, 8년 동안 중국을 순례하였다. 그는 간신히 체류 허가를 받았으며, 따라서 사절은 그를 남겨두고 귀국하였다. 다음 구절은 tr. E. O. Reischauer, *Ennin's Diary : The Record of a Pilgrimage to China in Search of the Law*, Ronald Press, New York, 1955, p.115에 번역되어 있지만, 완벽하게 해석할 수는 없다. 아마 엔닌의 大櫂에 대한 언급은 "그것과 일직선으로(in line with it)" 라는 의미였음에 틀림없을 것이다. <역자주 : 엔닌의 일기 원문에는 장보고의 신라선을 탄 것으로 기록되어 있기 때문에 여기에 일본 선박을 탔다고 기술되어 있는 것은 저자의 오류이다.>

109 艫柂倉은 아마 舳柂倉의 오기일 것이다.

110 tr. E. O. Reischauer, *Ennin's Diary : The Record of a Pilgrimage to China in Search of the Law*, Ronald Press, New York, 1955, p.132. Idem, 3, p.93을 참조. 이와 유사한 재앙은 실패로 끝난 일본 사절의 836년 항해에도 발생하였다. Idem, *Ennin's Travels in Thang China*, Ronald Press, New York, 1955, p.61.

중인 논의와는 관계가 없다.[111] 이제 조타 장치가 어떻게 고정되었으며, 그것이 어떤 재료로 만들어졌는지를 살펴보자.

고야왕(顧野王)이 6세기 중엽(543년경)에 편찬한 『옥편(玉篇)』에는 타(柁)가 "선박의 방향을 제어하는 목재이며, 선미에 설치되어 있다(正船木也 設於船尾)"고 설명되어 있다.[112] 여기에서 '설치한다'라는 동사는 무엇인가를 선미에 항상 비치하는 것을 의미하기 때문에 조타용 노를 묶어둔다는 것 이상의 의미가 있다고 생각된다. 그러나 이것은 힌트를 주고 있을 뿐이기 때문에 앞으로 『당어림(唐語林)』에서 자세히 살펴보아야 할 것 같다. 왜냐하면 이 책이 780년도의 선미 노대(船尾櫓臺, stern gallery)나 선미루 연장 부분(extension of the poop)을 지칭하는 타루(舵樓, rudder-tower)를 언급하고 있기 때문이다.[113] 타루라는 단어는 후에 돌출해 있는 선미루를 가리키게 되지만, 조타수(操舵手)는 (오늘날과 마찬가지로) 타루 안이나 그 위에 서서 손잡이(舵杠, tiller)로 타를 조작하였고, 이 타루에는 타를 오르내릴 수 있는 윈치와 같은 장치가 있었다(<그림 1026>). 현재 알고 있는 범위 내에서는 이것이 타루라는 표현이 최초로 나타나는 자료이다. 이 자료의 중요성은 간과될 수 없다. 왜냐하면 조타용 노의 경우에 타루가 전혀 필요하지 않으며, 실제로 있더라도 방해가 되었을 뿐만 아니라 현재 남아있는 수백 종류의 중국 선박에서 타루가 선미 대도와 그리고 조타용 노와 함께 존재하는 경우가 전혀 없기 때문이다. 이처럼 긴 조타 장치를 보유했을 경우에는 그 장치가 후부 갑판(after part of the deck)을

---

111 그럼에도 불구하고 타를 올리고 내리는 것에 대한 그의 언급은 흥미롭다. 그가 탔던 중국 선단이 동인도제도의 어딘가에 있었을 때 "40마일 정도 되는 이 섬 중앙의 수심은 겨우 4패스(pass)밖에 되지 않으며, 그러므로 대형 선박은 타를 들어올린다. …"고 기술하였다(ed. N. M. Penzer, *The Most Noble and Famous Travels of Marco Polo, together with the Travels of Nicolò de Conti, edited from the Elizabethan translation of Job Frampton* …, Argonaut, London, 1929, p.103).

112 『玉篇』, 卷十二, p.17. 『康熙字典』, 柁項目에서 인용.

113 『唐語林』, 卷八, p.24. 조타장(操舵長, master-helmsmen)을 의미하는 타사(拖師)에 대해서는 737년 당나라의 『水部式』에 언급되어 있다(D. C. Twitchett, "The Fragment of the Thang 'Ordinances of the Department of Waterways' +737 discovered at Tunhuang," *AM*, 1957, 6, p.55).

지나 조타수가 서 있는 일종의 간이 선교(簡易船橋, light bridge)에까지 이르고 있다. 따라서 타루의 존재는 일찍이 8세기에 선미타(axial rudder)가 사용되고 있었다는 유력한 증거가 될 수 있다.

중국의 타가 철제 핀틀(pintles)과 거전(gudgeons)에 의해 선미에 부착된 적이 전혀 없었다는 것은 거의 확실하다. 그러나 그 타가 일찍부터 금속으로 보강되어 있었던 것도 확실하다. 1290년 주밀(周密)이 편찬한『계신잡식(癸辛雜識)』에서 볼 수 있는 두 가지 이야기는 인용할 가치가 있다. 최초의 이야기는 다음과 같다.

이성백(李聲伯)은 이렇게 말하곤 했다. "내가 항해할 때에는 늙은 장만호(張萬戶)를 항상 따랐다. 장자빈(張家濱)에서 옌청(鹽城)까지의 바다에는 18개의 사주(砂洲)가 있다. 만약 대양 항해용 정크가 좌초한다면, 선박을 가볍게 하기 위해 화물 즉 곡물을 바다에 버려야 한다. 그래도 선박이 움직이지 않는다면, 승조원의 목숨을 구하기 위해 목제 뗏목을 준비해야 한다. 왜냐하면 선박이 산산조각이 나면 아무것도 보호할 수 없게 되기 때문이다. 타의 바닥에 있는 가장 좋은 나무는 철릉(鐵陵, iron corner)인 것으로 전해진다. 때로는 친저우(欽州産) 오람목(烏欒木)이 사용되기도 한다. 이 나무의 1합은 은 5백량이다."[114]

李聲伯云 常從老張萬戶入海 自張家濱至鹽城 凡十八沙 凡海舟閣淺沙執 須出米令輕 如更不可動 則便縛排求活 否則舟敗不及事矣 柂梢之木 曰鐵稜 或用烏欒木 出欽州 凡一合直銀五百兩 (『癸辛雜識』, 續集, 卷上)

그가 1291년도의 사건을 언급한 다른 부분에는 다음과 같은 언급이 있다.[115]

---

114 『癸辛雜識』,「續集」, 卷一, p.36.

신묘년에 선위(宣慰, Commissary-General)인 주(朱)씨는 곡물을 도읍으로 수송하고 있었다. … 도중에 강한 폭풍을 만났다. 닻(釘)을 서둘러 내렸지만 곧 유실되어버렸으며, 3, 4개의 철제 소형 닻(錨)도 차례로 부서져버렸다. 타간(柁幹, rudder-post)과 철릉(鐵陵, iron corner)은 '야─야 야─야'하는 소리를 내며 금방이라도 부서져버릴 것 같았다.

辛卯朱宣慰運米入京 … 忽大風怒作 急下釘鐵錨 折其三四 柁幹鐵稜 軋軋有聲 欲折 (『癸辛雜識』, 續集, 卷上)

당시 대장장이(ironmaster)는 필요하다면 핀틀과 거전을 완벽하게 만들 수 있었을 것이다. 그러나 중국 선원들은 항상 안내서대로(in guides) 올리고 내릴 수 있는 타를 선호하였다. 그 이유는 타를 가장 낮은 곳까지 내리면 분명히 바람을 거슬러 항해할 수 있는 선박의 능력을 크게 향상시킬 수 있었기 때문일 것이다.[116] 게다가 계절풍이 부는 악천후에서 항해할 때에는 파도에 의해 타판이 부서지는 것을 막기 위해 타를 내려두는 것이 좋았다. 물론 강 하구나 황해(黃海)처럼 수심이 얕은 해역을 항해하거나 선박을 댈 경우에는 타를 끌어 올려놓는 것이 반드시 필요하였다.

이제 타(柁)의 재료를 살펴보는 것만 남았다. 타를 만들 때 특수한 나무를 이용하는 것은 역사를 멀리 거슬러 올라갈 수 있을 것으로 보인다. 3세기 후반의 것으로 보이는 『삼보황도(三輔皇圖)』에는 다음의 구절이 있다.[117]

어떤 사람이 황제에게 작은 두조(豆槽)를 선물하자 황제는 말했다. 계피나무로 노를, 소나무로 선체를 만들면 선박이 지나치게 무거워진다. 이렇게 만

---

115 *Ibid.*, 卷一, p.41. 이 이야기는 어느 道士와 符籍에 대한 내용이다.
116 J. Poujade, *op. cit.*, p.258.
117 『三輔皇圖』, 卷四, p.414.

든 선박이 어떻게 항해할 수 있겠는가? 그러고 나서 황제는 개오동나무로
선체를 그리고 목련나무로 타를 만들라고 명령하였다.

士人進豆槽 帝曰 桂楫松舟 其猶重朴 況乎此槽可得而乘耶 乃命以文梓爲船 木
蘭爲柁 (『三輔皇圖』, 卷四)

14세기 후반기에 송응성(宋應星)이 타에 사용하는 경질재(硬質材, iron-wood)
에 대해 자세히 말한 적이 있음을 기억할 것이다. 연대로 볼 때 이 두 가지
자료 사이에 주거비(周去非)의 『영외대답(嶺外代答)』이 있다. 여기에는 타를 만
드는데 사용하기 위해 남중국산 특수나무를 많이 찾았다는 기사가 있는데,
그 내용은 다음과 같다.[118]

친저우(欽州) 연안의 산[119]에는 이상한 나무가 있는데, 그 중에서 두 종류가
특별하다. 하나는 자형목(紫荊木)[120]으로 쇠나 돌처럼 단단하고, 색깔은 연지
처럼 빨갛고, 똑바르고, 두 사람이 잡아야 할 만큼 둘레가 크고, 지붕의 대들보
로 사용하면 수 백 년 동안 견딘다. 또 다른 종류는 오람목(烏欖木)이다. 이
나무는 대형 선박의 타를 만들 때 이용된다.[121] 왜냐하면 그것이 타를 만들기
에 세상에서 가장 좋은 나무이기 때문이다. 외국 선박은 큰 집만큼이나 크다.
이 선박은 남해를 수만 리나 항해하며, 한 개의 타에 수천 또는 수백 명의

---

118 『嶺外代答』, 卷六, p.96. tr. F. Hirth & W. W. Rockhill, *Chau Fu-Kua : Hia work on the Chinese and Arab Trade in the 12th and 13th centuries, entitled Vhu-Fan-Chi,* Imp. Acad. Sci., St Petersburg, 1911, p.34를 참조.

119 廣東의 가장 서쪽에 있다.

120 분명히 Cercis sinensis, R380이다. G. A. Stuart, *Chinese Materia Medica : Vegetable Kingdom,* extensively revised from Dr F. Porter Smith's work, Amer. Presbyt. Mission Press, Shanghai, 1911, p.101.; Li Shun-Chhing, *Forest Botany of China,* Com. Press, Shanghai, 1935, p.628.

121 tr. F. Hirth & W. W. Rockhill, *op. cit.*는 柁를 통나무(log)와 목재(timber)로 계속 번역함으로써 혼동을 일으키고 있다. 그러나 최소한 한 가지는 의문시될 수 없는데, 조타 장치용 특수 목재와 연관이 있는 것은 확실하다.

목숨이 달려있다. 타를 만드는 다른 여러 종류의 목재는 길이가 기껏해야 30피트이며, 1만 부셸(bushels)의 화물을 싣는 정크에 사용할 수 있다. 외국 선박들은 그보다 몇 배나 되는 화물을 수송하기 때문에 깊은 바다에서 폭풍을 만나면 둘로 갈라질 수밖에 없다.[122] 그런데 친저우산 목재는 밀도가 촘촘하고, 튼튼하고, 길이가 50피트나 되고,[123] 강풍이나 높은 파도의 영향을 받지 않는다. 그것은 마치 한 올의 비단실로 천균(千鈞)[124]을 들 수 있고, 산사태의 무게를 지탱할 수 있는 것과 같다. 폭풍우가 몰아치는 바다를 건너는 사람들에게는 이 나무가 진정한 보물이다. 친저우에서는 타 제작용 목재 두 개를 수 백 전(錢)으로 살 수 있다. 하지만 광둥과 웬링(溫陵)에서는 그 10배의 가치가 있다. 왜냐하면 나무 길이가 길기 때문에 해상수송이 어려워 필요한 양의 1/10이나 2/10만 그곳에 공급되기 때문이다.

欽州海山有奇材二種 一曰紫荊木 堅類鐵石 色比燕脂 易直合抱以爲棟梁 可數百年 一曰烏婪木 用以爲大船之梅 極天下之妙也 蕃舶大如廣廈 深涉南海 徑數萬里 千百人之命 直寄於一梅 他産之梅 長不過三丈 以之持萬斛之舟 猶可勝其任 以之持數萬斛之蕃舶 卒遇大風於深海 未有不中折者 唯欽産縝理堅密 長幾五丈 雖有惡風怒濤 載然不動 如以一絲引千鈞 於山嶽震頹之地 眞凌波之至寶也 此梅一雙 在欽直錢數百緡 至番禺溫陵 價十倍矣 然得至其地者 亦十之一二 以材長甚難海運 故耳 (『嶺外代答』, 卷六)

오람목[125]은 후대에 사용될 경질목(硬質木, iron-wood) 같은 나무였을 것이다.

---

122 350톤이 약간 넘는다. 몇 배라는 것은 1,500톤 정도를 의미하지 않을지 모르겠다. 1124년의 사신선은 70톤 정도의 곡물을 수송할 수 있었지만, 주로 여객 수송용이었다.
123 아마 이 수치는 조선공에게 도착했을 때의 목재 길이였을 것이며, 완성된 梅의 길이가 아닐 것이다.
124 1鈞은 30catties에 해당한다.
125 정확한 것은 알 수 없다. 그러나 iron-wood로 알려진 열대 수목은 많다. 예를 들면, Casurina equisetifolia, Fagraea gigantea, Instia bakeri, Moba buxifolia, Mesua ferrea가 있다(I. H. Burkill, *A Dictionary of the Economic Products of the Malay Peninsular*, Crown Agents for the Colonies, London, 1935,

그러나 이 구절은 그 나무로 만드는 치(梔)의 종류에 대해 약간 애매한 부분이 있다. 이미 인용한 구절[126]에서 송응성은 남해의 남쪽을 항해하는 선박이 "돛을 펼쳤을 때 마치 하늘에 떠있는 구름 같고(帆若垂天之雲)," 수십 피트나 되는 치를 갖고 있다고 우리에게 말하였다. 그가 이런 식으로 표현한 것은 불운이었다. 왜냐하면 그가 말한 20피트나 30피트의 길이가 상당한 크기의 선미타로서 전혀 과장되지 않은 수치이지만, 친저우나 다른 곳에서 생산된 나무의 길이보다 훨씬 긴 70피트나 80피트를 뜻하는 것으로 말했다면, 그것이 대형 선미 대도일 수밖에 없기 때문이다.

2) 도상학과 고고학의 증거

전적으로 고대와 중세 저자들의 기술을 근거로 한 앞부분의 초고는 1948년에 작성되었다. 그런데 이 초고는 현존하는 그림과 고고학상의 증거에 의해 보완되어야 한다. 그림은 매우 흥미로운 것이나 텍스트보다 훨씬 더 많은 것을 보여주지 못하는 것으로 판명되었다. 그러나 고고학상의 증거는 10년 후에 아주 결정적인 것이 되어 누구도 예상할 수 없을 만큼 다소 완벽하게 많은 문제를 해결해 주었다. 물론 다른 논증 방법들도 충분히 가능한 것으로 보이지만, 단지 추측의 영역으로만 남아 있을 뿐이다.

앞에서 고찰한 것과 같은 방법으로 가장 오래된 시대부터 시작하여 시대를 내려오면서 살펴보자. 유럽에서 선미타(stern-post rudder)가 출현한 것보다 더 늦게 그려졌지만 가장 믿을만한 중국 회화들을 통해 시대를 소급할 수 있다. 그리하면 현미경을 조작할 때처럼 초점을 밑과 위에서 동시에 맞출 수 있다.

---

pp.491, 995, 1243, 1380, 1458을 보라).

126 Borobodur 유형과 같은 말라야 선박(<그림 973>)을 언급하고 있는 것처럼 보이지만, 안남과 남중국의 대양 항해선을 지칭하고 있음에 틀림없다.

〈그림 394〉우랑시(武梁祠)의 부조에 새겨져 있는 기중기 도르래(Wilma. Fairbank, "A Structual Key to han Mural Art," *HJAS*, 1942, 7에서 인용). 진 시황제가 주(周)나라 솥을 복원하려다 실패하는 모습이다. Joseph Needham, *Science and Civilization in China*, vol.4, pt.Ⅱ, p.95

지금까지 보아온 한대(漢代)와 삼국시대(三國時代)의 문헌 구절에 상응하는 금석학 자료들은 물론 분묘 사원(tomb-shirines)에서 쉽게 볼 수 있는 양각 부조(陽刻浮彫)인데, 그 부조에는 조타용 패들이 있는 소형 선박들이 많이 새겨져 있다(그림 394>).[127] 인도네시아의 청동고(靑銅鼓)에 새겨진 크고 작은 선박들

---

[127] Joseph Needham, *Science and Civilization in China*, Vol.4, pt.2, p.94. E. Chavannes, Mission Arché ologique dans la Chine Septentrionale, 2 vols.. Leroux, Paris, 1909~15.; Wilma Fairbank, "A Structural Key to Han Mural Art," *HJAS*, 1842, 7.; R. J. E. C. Lefebvre de Noëttes, *De la Marine Antique à la Marine Moderne : La Révolution du Gouvernail*, Masson, Paris, 1935, figs. 104, 105를 참조.

에는 언제나 조타용 노(steering-oar)가 달려 있었다.[128] 이 자료는 우리를 3세기로 안내한다. 그때부터 당대(唐代) 말까지는 둔황(敦煌) 동굴 사원의 프레스코 벽화(<그림 968>)와 육조(六朝)시대의 석비(石碑, <그림 970>과 <그림 972>)와 같은 불교 도상(圖像)이 묘사된 그림과 조각이 주류를 이룬다. 이 자료들에서도 역시 조타용 노가 계속 나타나는데, 심지어 아주 큰 선박인 경우도 그러하다. 이쯤해서 인도의 영향을 받지 않았을까 하고 생각하는 사람이 나타날지 모른다. 왜냐하면 부풀은 스퀘어세일(square-sail)만 보일 뿐 중국의 활대 달린 연범(筵帆, mat-and-batten sail)이 보이지 않기 때문이다. 그러나 그 돛이 중국의 것이 아니라고 부인할 필요는 없다. 왜냐하면 선미 대도(船尾大櫂, stern sweep)가 중국 선박에서 즉 최소한 강에서 사용하는 선박에서 오늘날에 이르기까지 오랫동안 많이 사용되고 있기 때문이다. 아무튼 이 해역에서 타는 어떤 것도 나타나지 않고 있다.

반대편 지역에서는 어떠했을까? 여기에서는 신빙성 문제 때문에 어려움을 겪는 경우가 있다. 왜냐하면 중국과 일본의 화가들이 그림을 그릴 때 기술과 관련된 세부적인 내용을 충실하게 표현하지 않았으며 또한 현존하고 신빙성 있는 송대(宋代) 회화의 수가 오늘날 아주 적기 때문이다. 그럼에도 불구하고 13세기와 14세기 원대의 회화에는 높게 구부러진 선미 밑에 항상 타가 그려져 있으며, 그 예로 일본 미술사가의 저서에 게재된 왕진붕(王振鵬)의 유명한 그림을 들 수 있다.[129] 일본의 스즈키(鈴木) 콜렉션에는 1180년 이전의 것으로

---

128 J. E. C. Lefebvre de Noëttes, *op. cit.*, fog. 103을 참조.

129 原田淑人(하라다 요시토) & 駒井和愛(고마이 가츠시카), 『支那古器圖考』, vol.2, 東方文化學院, 東京, 1937, pl.III, no.1(『國華』, no.270, pl.III에서 인용). 후기의 실례를 발견하는 것은 이처럼 어렵지 않다. 따라서 1281년의 몽고군 침입을 그린 유명한 「蒙古襲來繪詞」에서는 타루 밑에 타가 있음을 볼 수 있다(<그림 1033b>). 이 그림이 게재되어 있는 F. P. Purvis, "Ship Construction in Japan," *TAS/J*, 1919, 47은 타가 있는 선박의 그림도 언급하고 있는데, 이 그림은 1280년경 일본 전국을 편력하면서 가르침을 준 불교 승려의 선상여행을 묘사한 것이다. 여기에서 인용한 것은 원전이 아니라 18세기 栗田口民部法眼隆光(아와타구치 민부 호겐 다카미쓰)에 의한 복사본이다.

〈그림 1032〉 지삭(支索)으로 고정된 쌍각 범주(雙脚帆柱, bipod-mast)가 있는 강을 오가는 여객선 2척이 저녁 안개 속에서 성벽 밖에 계류하고 있다. 마화지(馬和之)가 1170년에 그린 부채 그림(스즈키[鈴木] Collection, 原田淑人(하라다 요시토) & 駒井和愛(고마이 가츠시카), 『支那古器圖考』, vol.2, 東方文化學院, 東京, 1937, pl.III, no.1에서 재인용). 이 2척의 선박은 균형타를 보여주고 있지만, 왼쪽 선박에서 더 분명하게 보이며, 우측 선박에 보이는 한 묶음의 장대는 아마 현측에 매다는 방현재(防舷材, fender)였을 것이다.

추정되는 송대의 그림이 있는데, 이 그림에는 평형타가 있는 2척의 정크가 멋지게 그려져 있다(<그림 1032>).[130] 중국인이 소장하고 있는 1200년 전후의 송대 회화가 한 점 있는데, 이 그림은 필자 미상의 「강범산시(江帆山市)」이다.[131] 중세의 원작을 모사한 일본의 두루마리 그림도 있는데, 이 그림은 미나모토(源氏)가 타이라(平氏)를 격파한 1185년 단노우라(壇浦) 전투를 묘사한 것이다.[132] 한 척의 대형 군선에는(<그림 11033>) 선미타(axial rudder)뿐만 아니라 활대 승강용 고리(parrel)와 상부 활대줄(topping lift)이 있는 직사각형 러그세일도 분명하게 그려져 있다. 그러나 세부 내용에 대한 신뢰성은 그리 높지 않다.[133]

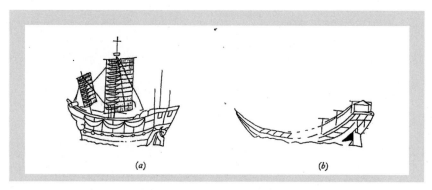

(a)　　　　　　　(b)

---

130 原田淑人(하라다 요시토) & 駒井和愛(고마이 가츠시카), vol.2, pl.IV, no.1(『國華』, no.537, pl.1에서 인용). 이 그림은 馬和之가 그린으로 알려져 있다. 동시대에 馬麟이 그린 훌륭한 그림이 遼寧博物館에 소장되어 있다(楊仁愷 & 董彦明, 『遼寧省博物館藏畫集』, vol.1, 文物出版社, 北京, 1962, pl.60). 양자를 비교해보라.

131 『中華美術圖集』, Chung-Hua Tshung-Shu Committee, 臺北, no.43. 이 그림에는 균형타가 아닌 단순한 타가 그려져 있다.

132 F. P. Purvis, *op. cit.*을 참조.

133 이 그림에 상응하는 것으로는 선미타가 있는 정크를 그린 趙伯駒의 그림을 들 수 있다. 그러나 趙伯駒의 그림은 원대나 명대에 그려진 복사본이다(L. Hájek & W. Forman, *Chinese Art*, Artia, Prague; Spring Books, London, n.d.(1953), pp.176~7).

〈그림 1033〉 a. 단노우라(壇浦) 전투(1185)를 묘사한 두루마리 그림에 묘사되어 있는 대형 군선. 이 두루마리는 16세기 초기에 도사파(土佐波) 화가에 속하는 미쓰노부 우코네노쇼겐(土佐右近衛將監光信, 1434~1525)이 오래된 원본을 모사한 것이며, 시모노세키(下關)의 아카마노미야(赤間) 신궁이 소장하고 있다. 균형이 잡히지 않은 단순한 선미타(axial rudder)뿐만 아니라 활대 승강용 고리(parrel)와 상부 활대줄(topping lift)도 분명하게 그려져 있다. 선수에서 뚜렷하게 보이는 닻 권양기(anchor windlass)도 주목하라.

b. 「몽고습내회사(蒙古襲來繪詞)」(1281)라는 두루마리 그림에 그려진 선박. 이것은 1292년에 다시 제작된 것으로 궁내청 서릉부(宮內廳 書陵部)에서 소장하고 있다. 이 선박은 『몽고습내회사(蒙古襲來繪詞)』(久保田米㣙 編, 1915)의 本三, pp.14, 15에서도 보인다. 돛대가 없는 선박이 몽고군 병사들로 가득 차 있으며, 양현 뱃전 밖의 돌출부에서 두세 명의 선원들이 노를 젓고 있다. 작은 스케치에서는 선체의 접합 부분과 분명하게 분리되어 있지 않지만, 원작에는 삿대(rod)처럼 그려져 있는 균형이 잡히지 않은 타의 겹도르래(復滑車, rudder tackle)에 달려있는 밧줄과 체인이 명확하게 보이는데, 이는 주목할 만하다. 이 스케치는 선수가 사각형이고, 끝 부분이 트랜섬으로 마무리되어 있다.

캄보디아 예술가들이 왕도(王都)였던 앙코르 톰(Angkor Thom)의 벽에 새겨 놓은 중국 선박은 분명히 단노우라 전투와 거의 같은 시기의 선박이기 때문에 의심할 여지없이 훌륭한 증거가 될 것이다. 그런데 불행하게도 이 부조는 세부적인 내용을 확인하기 어려운 것으로 간주되고 있다. 그러나 여기에서 보이는 선박이 중국 상선이라는 것은 (여러 개의 아딧줄이 있는 활대 달린 연범 [筵帆]과 사조묘[四爪錨]와 같은) 많은 특징으로 보아 틀림없지만, 언뜻 보기에 선체 후미에서 선미재에 부착된 선미타(axial stern-post rudder)가 돌고 있는 것처럼 보이며, 선미타는 선미를 따라 앞을 향해 있다(<그림 975>). 이러한 해석을 인정하는 사람이 많지만,[134] 의문을 제기하는 사람도 있다. 그 한 예로, 파리(P. Paris)[135]는 대나무처럼 마디가 있는 기둥이 조각되어 있는 것으로 볼 수 있음을 지적하고서 중국 선박의 현측에 있는 어로용 소형 삼판의 돛대일

---

134 예를 들면, G. Groslier, "La Batellerie Cambodgienne du 8e au 13e siècle de Notre Ère," *RA*, 1917(re ser.), 5.; J. Poujade, *Les Jonques des Chinois du Siam*, Gauthier-Villars, Paris, 1946이 그러하다.

135 P. Paris, "Les Bateaux des Bas-Reliefs Khmers," *BEFEO*, 1941, 41.

것이라는 가설을 제시하였다. 그러나 이 선박은 어선과 전혀 관계가 없는 것이었으며, 부조가 새겨진 돌에도 아무런 손상 흔적이 보이지 않는다.[136] 또한 선미 현측타(quarter rudder)도 존재할 수 없었다. 왜냐하면 그것을 선저보다 더 낮게 내릴 수 없었을 것이며 또한 선미 현측타를 사용한 증거가 동아시아에서 어느 시대에도 나타나지 않기 때문이다.[137] 그것을 진정한 중앙타(median rudder)로 해석하는 것은 일반적으로 타를 선체 깊이보다 더 깊게 내려 센터보드(centre-board)의 기능을 발휘할 수 있게 한다는 사실과 (타를 올리고 내리는) 선미 타루(船尾舵樓, stern gallery)가 그 위에 돌출해 있다는 사실이다. 특히 이러한 것들은 올리고 내리는 중국식 타(slung rudder)의 고유 특징이었으며, 사람들은 갑판 위의 타루 안에 있는 타수의 머리를 내려다 볼 수 있다. 돛이 올려져 있으며, 선박들은 수심이 깊은 항구를 떠나기 위해 닻을 올리고 있다. 그러므로 캄보디아의 석공들이 항해 전문가가 아니기 때문에 중국 상선의 수면 하 선미에 정확하게 무엇이 있는지 잘 몰랐다는 사실을 염두에 두면, 이 부조를 중앙타의 증거로 간주하는데 주저하지 않을 것이다.[138]

다음 자료는 장택단(張擇端)이 1125년경 그린 유명한 두루마리 그림인 「청명상하도(清明上河圖)」[139]인데, 민중의 일상생활과 기술의 상세한 내용이 놀랄 정도로 많이 내포되어 있으며, 균형 잡히고 올리고 내릴 수 있는 많은 타도

---

136 이것은 필자가 1958년에 실제로 현장에서 고찰한 것을 바탕으로 하고 있다.

137 Sumatra의 몇 가지 선박을 제외하면(J. Poujade, *La Route des Indes et Ses Navires*, Payot, Paris, 1946, p.267), 아라비아의 영향을 받은 것으로 생각된다. Poujade는 다른 곳에서 Bayon의 선박 부조의 조종 장치를 quarter rudder로 해석하는 것이 타당하다고 생각하였다.

138 R. J. E. C. Lefebvre des Noëttes, "Le Gouvernail : Contribution à l'Histoire de l'Esclavage," *MSAF*, 1932(8e ser.), 8(78)은 Bayon의 선박과 Bayeux의 테피스트리에 묘사되어 있는 노르만족의 장선(長船, longship)이 서로 아주 가까운 연대를 보여주고 있다고 생각하였다. 후자의 스퀘어세일과 조타용 노는 전자의 포앤애프트세일과 타와는 비교할 수 없을 정도이다. 실제로 전자가 1세기 이후의 것이었다.

139 앞에서 자세히 설명한 적이 있다. A. Waley, "A Chinese Picture," *BUM*, 1917, 30을 참조. 후대의 복사본이 L. Binyon, *The George Eumorphopoulos Collection : Catalogue of the Chinese, Korean and Siamese Paintings*, Benn, London, 1928, pl.XLII에 게재되어 있다. 신뢰성 문제도 이미 언급하였다.

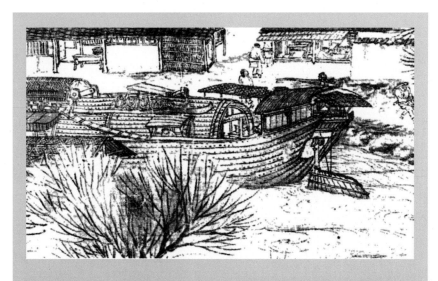

〈그림 1034〉 1125년 장택단(張擇端)이 그린 「청명상하도(淸明上河圖)」에서 볼 수 있는 화물선의 올리고 내리는 균형타 시스템에 대한 상세도

더 할 나위 없이 명확하게 표현되어 있다(<그림 1034>). 이 그림의 제작 연대가 문헌상의 증거 자료인 『선화봉사고려도경』과 거의 같기 때문에, 그림과 문헌에서 서로 확인할 수 있다.[140]

　마지막으로 현존하는 송대의 복사본이 믿을 만하다면, 오대(五代)의 유명한 화가 곽충서(郭忠恕)의 그림에 그려져 있는 균형타(balanced rudder)도 참고할 만하다. 그가 951년에 그린 「설제강행도(雪霽江行圖)」[141]에도 2척의 대형 정크

---

[140] 어쨌든 간에 거의 같은 시기인 12세기 전반기에 蘇東波의 「後赤壁賦」에서 제목을 따온 喬仲常의 그림도 그 예로 들 수 있다. 이 그림은 친구인 시인이 삼각형의 균형타를 단 것이 뚜렷하게 나타나는 선박을 타고 가는 모습을 묘사하고 있다. Crawford Collection 소장. 1965년 London에서 전시된 적이 있다. L. Sickman, M. Loehr, et al., *Chinese Painting and Calligraphy from the Collection of John M. Crawford Jr.*, Victoria and Albert Museum, London, 1965, p.32, no.15를 보라.
[141] 타이완 古宮博物館의 소장품은 伍聯德, 『錦繡中華』, Liang-Yu Book Co., 香港, 1966, p.501에

〈그림 1035〉 고개지(顧愷之)가 380년에 그린 선박 그림이며, 화제는 조식(曹植)이 230년에 지은 「낙신부(洛神賦)」에서 따왔다. 원본은 물론 초기의 모사본도 전혀 남아있지 않다. 이 그림은 워싱턴(Washington)의 프리어미술관(Freer Gallery of Art)이 소장한 송대(宋代, 12세기)의 모사본이다. 선미의 구조물에 대해서는 여러 가지 해석이 가능하며, 고개지 시대에 선미타가 존재했다는 증거로 볼 수 있는지의 여부는 그 자신이 그릴 때나 모사한 화가가 그릴 때 잘못하여 덧붙인 것으로 생각될 수도 있기 때문에 판단하기 어렵다. 그러나 현재 고고학적 증거로 미루어 볼 때 고개지가 선미타를 묘사한 것으로 보아도 좋을 것 같다.

에 균형타가 잘 그려져 있는 것이다.

100년과 950년 사이의 기간에 대한 도해상의 증거는 4세기 후반기의 유명한 화가 고개지(顧愷之)가 그린 그림뿐인데, 이 그림의 제목은 그로부터 150년

게재되어 있다. Kansas City의 Nelson Art Gallery에도 다른 사본이 있다.

전 조식(曹植)의 「낙신부(洛神賦)」[142]에서 따왔다. 이 그림(<그림 1035>)에는 고개지 시대 화법의 특유한 고대 투시도법이 보이며, 현존하는 가장 오래된 사본은 11세기나 12세기의 것으로 추정되는 송대의 사본인 것 같다.[143] 그런데 그림에서 타처럼 보이는 물체가 원래의 그림에 있었던 것으로 믿기는 어렵다. 왜냐하면 그것이 당대(唐代)의 모사본 중 한 점에 그려졌을지 모르는데, 그 유명한 그림이 이 모사본을 통해 후대에 전해진 것으로 보이기 때문이다. 그렇다면 그 물체는 무엇이었을까? 사다리꼴 모양의 선미 구조물은 선내에서 수면 위 높은 곳까지 끌어올려진 선미타처럼 보이며, 그 옆에 비스듬하게 아래쪽으로 돌출해 있는 원재(圓材, spars)는 스컬용 노(sculling-oar)인지 모른다. 아니면, 강을 오르내리는 선박에 아주 적합한 선미 대도(船尾大櫂, stern-sweep)인지 모른다.[144] 그러나 이 그림을 곽박(郭璞)과 손방(孫放)의 시대인 4세기 선미타의 증거로 간주하기에는 약간 당혹스러운 점이 있으며, 과거에도 그렇게 인정한 사람은 거의 없었다.[145]

모든 의문은 1958년 이후에 해소되었다. 왜냐하면 광저우시박물관과 중국 과학원이 광저우시 재건사업의 일환으로 몇 년 전에 발굴을 했는데, 그 과정에서 후한시대(1세기와 2세기)에 이미 선미타가 존재하고 있었다는 사실을

---

142 『全上古三代秦漢三國六朝文』, 三國條項, 卷13, p.2.

143 楊仁愷 & 董彦明, 『遼寧省博物館藏畫集』, 文物出版社, 北京, 1962, vol.1, pl.10과 A. Waley, *An Introduction to the Study of Chinese Painting*, Benn, London, 1923, pp.59 이하를 보라. A. G. Wenley 박사의 호의 덕분에 Washington에 있는 Freer Gallery of Art가 소장하고 있는 복사본을 전재할 수 있었다. M. Sullivan, "Notes on Early Chinese Landscape Painting," *IJAS*, 1955, 18, p.428을 참조.

144 선미에 수직으로 올라간 작은 목재가 櫓나 船尾大櫂가 아니라면, 舵軸(post of rudder)일지 모른다. 만약 원재가 선미 대도가 아니라면, 그것은 오늘날 메이시엔(眉縣) 부근의 객가선 (客家船, Hakka boat)에 있는 비스듬한 기둥을 보고 영감을 받아 그려진 것으로 생각된다. 이 기둥은 강도를 증강시키기 위해 타의 뒷부분과 손잡이 중앙 부분을 연결하는데 이용된다(G. R. G. Worcester, unpublished material, nos. 86, 88, 179). 이러한 둥근 기둥은 홀란드 선박에서도 보인다.

145 G. R. G. Worcester, *The Junks and Sampans of the Yangtze* …, vol.1, Shanghai, 1947, pp.104 이하는 이 그림을 선미타의 증거로 인정하고 있지만, 그 역사적 신빙성에 대해서는 의문을 보이고 있다.

입증할 수 있는 자료가 출토되었기 때문이다. 출토물은 그 이전 시대에 대한 현대의 고고학적 조사를 통해 기원전 4세기부터 기원전 1세기에 이르는 즉 전국시대와 전한시대의 모형선 부장품이었는데, 이 부장품들은 당시 조타용 노가 사용되고 있었음을 분명하게 보여주고 있다<그림 961>). 약 2피트 길이의 명대(明代) 도기선(陶器船)은 당시 현대적인 의장(艤裝)을 갖추고 있었음을 분명하게 보여주고 있다. 이에 대해서는 앞서 언급한 적이 있기 때문에 다시 재론하지 않으려 한다. <그림 965>에서 볼 수 있듯이, 갑판실은 선폭 너비로 설계되었고 또한 양현은 현외보판(舷外步板, poling gallery)으로 둘러싸여 있었던 것 같다.[146] 선미는 선미 격벽의 상당히 뒷부분까지 뻗어 있으며, 선미의 돌출부(실제로는 舵樓)를 형성하고 있다. 돌출부의 바닥은 목재가 열십자 모양으로 배열되어 있으며, 타축(舵軸)은 그 사이를 통해 수면으로 내려진다. 이 모습은 선미에서 촬영한 <그림 1036>에서 특히 잘 보인다. 진정한 타는 바로 여기에서 나타나는데, 예상한 것처럼 사다리꼴이고 조타용 노와 유사성이 전혀 없다.[147] 그러나 이 타가 가장 분명하게 보이는 것은 거의 1천년

---

146 명대의 도기선과 일본의 유명한 右大臣 수가와라 노 미치자네(菅原道眞, 845~903)를 태운 선박(<그림 1038>)은 기이하게도 (특히 위치와 형상이) 비슷한데, 지금까지 지적된 적이 없었던 것으로 생각된다. 수가와라는 동시대인이었던 엔닌(圓仁)보다 젊지만, 고위직에 있었다. F. P. Purvis, "Ship Construction in Japan," *TAS/J*, 1919, 47에 의하면, 여러 차례 모사된 이 두루마리 그림은 현재 수가와라를 학문의 신으로 받드는 교토(京都)의 기타노 텐만구(北野天滿宮) 신사에 소장되어 있다. 1210년경에 제작되어 교토의 고잔지(高山寺)에서 國寶로 소장하고 있는 이와 동일한 그림에서도 이 훌륭한 일본선의 모습이 나타난다(『晉祠風光』, Chin Tzhu Cultural Preservation Bureau, Thaiyuan n.d.[c. 1960], p.37을 보라). 이 그림이 실려 있는 『華嚴宗祖師繪傳』은 유명한 고승이었던 미요에(明惠, 1173~1232)의 제자 에니치보 조닌(惠日坊成忍)이 그린 것으로 생각되는데, 신라에 화엄종을 전한 義湘과 元曉에 대한 이야기를 묘사한 화집이다. 이 그림에서 보이는 선박의 선체와 범장은 Bayon 선박을 생각나게 하며, 선미에는 敦煌 벽화에서 볼 수 있는 탑 모양의 갑판실이 있다. 그러나 기이하게도 타는 廣東에서 출토된 명대 도기선과 유사하다. 이 선박은 義湘을 사랑하여 바다에 몸을 던진 중국의 고귀한 가문출신 아가씨의 영혼이었던 龍에 끌려가고 있다. 특히 曲江의 선박을 조사한 李昭道가 활약한 670년부터 730년 사이의 시기 동안, 일본은 唐代의 회화로부터 영향을 가장 많이 받았기 때문에, 漢代의 조선술 전통이 적어도 가마쿠라(鎌倉) 시대의 초기까지 일본에 존속했었다고 주장해도 무리가 없을 것 같다.

후에 담초(譚峭)가 언급한 "8피트의 목재"이다.[148] 이 자료는 대단히 기쁘게도 타의 어깨 부분에 구멍이 뚫려 있기 때문에 그곳에 타를 매달게 될 겹도르래 (復滑車, tackle)를 부착했었을 것으로 추정할 수 있게 한다.[149] 이 모형이 광둥에서 무역상과 선주를 겸하고 있던 부유한 한나라 사람들을 위해 만들어졌다는 것은 의문의 여지가 없으며, 원래 타를 지탱하는 겹도르래를 모두 갖추고 있었던 것으로 보인다. 그러나 가는 밧줄이 오래 전에 썩어버렸기 때문에, 오늘날에는 타의 부착 방식을 추측만 할 수 있을 뿐이다. 또한 다른 한 구멍이 타축 바로 윗부분에 뚫려 있음을 볼 수 있다. 이 타의 타축 중심선은 타판의 왼쪽으로부터 대략 1/3 지점을 통과하고 있는데, 이로써 이 타가 틀림없이 균형타였을 것으로 생각할 수 있다.[150]

주요 논점에 관한 추론은 이로써 종료되었고, 중앙타가 서기 1세기에 이미 출현했던 사실을 정확하게 알 수 있게 되었다. 그렇다고 해도 자기나침반의 기원을 소급해 보면, 그 기원도 역시 바로 같은 시기로 나타나는 것은 참으로

---

147 包遵彭, 『漢代樓船考』, 國立歷史博物館, 臺北, 1967이 선미타(axial rudder)의 의미를 알지 못했다는 이유로 W. Watson, "A Cycle of Cathay : China, the Civilisation of a Single People," Art. in *The Dawn of Civilisation : the First World Survey of Human Cultures in Early Times*, ed. S. Piggott, Thames & Hudson, London, 1961을 비판하고 있는 것은 옳다. 그런데 그는 조타용 노가 선미 좌현에 있었다는 Watson의 주장을 받아들이고 있다. 이처럼 이상한 현상은 舵樓의 바로 앞쪽에 있는 左舷步板에 긴옷(長衣)을 입고 서있는 인물상을 오인한 데에서 비롯되었을 것이다. 물론 包遵彭과 Watson은 모두 이 선박을 직접 연구하거나 적절한 사진을 구해볼 기회를 갖지 못하였다. 앞서 말했듯이, 타와 조타용 노를 예나 지금이나 함께 설치할 수 없기 때문에, 이 문제는 중요하다고 말할 수밖에 없으며, 따라서 기록을 정직하게 검토해볼 필요가 있다.

148 타의 정확한 형상과 타를 타루에 설치하는 방식에 관해서는 필자가 1958년 廣東博物館에서 그린 그림(<그림 1037 a, b>을 통해 명확하게 알 수 있을 것이다. 그 후, 중국 박물관에서 근무하는 바다를 잘 모르는 육지인들은 종종 선박 모형을 잘못 조립하고 있다. 이런 까닭에 아름다운 사진첩인 『中國 1959』, Peking, 1959, pl.444A에서는 타의 앞뒤가 바뀌어 있으며, 1964년 그 모형이 北京의 歷史博物館에 전시될 때에는 타축이 타루의 갑판이 아닌 후부 난간(after-gallery)의 열린 구멍에서 돌출해 있었다.

149 張擇端의 <그림 1034>를 참조

150 필자가 1958년 魯桂珍 박사와 함께 이 선박을 조사했을 때, 친절하게 도움을 준 광저우시 박물관의 Wang Tsai-Hsin 박사와 그 동료들에게 진심으로 감사를 드린다.

기이한 일다.[151] 선박용 나침반은 훨씬 더 느리게 발달했는데, 두 가지 모두 유럽에서 1천년 후에 출현한 것도 매우 기이하다. 단지 서양에서의 나침반에 관한 최초의 기록이 지중해에서 나타나는 반면, 타의 출현 장소가 북유럽 해역이라는 점만 다를 뿐이다.

〈그림 1036〉 광저우(廣州)에서 출토된 1세기 회색 도기선(陶器船)을 선미에서 바라본 본 모습(廣州市博物館에서 촬영, 〈그림 963〉, 〈그림 964〉, 〈그림 965〉를 참조. 후부 난간(after-gallery) 바닥의 목재들 사이에 선미타(axis rudder)가 설치되어 있는데, 그 타에는 고리걸이용 겹도르래를 위한 구멍이 파여 있다.

---

151 이에 대해서는 Joseph Needham, *Science and Civilization in China*, Vol.4, pt.1, Sect. 26에서 논하였다.

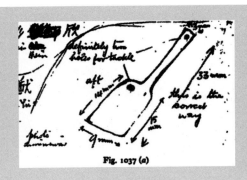

Fig. 1037 (a)

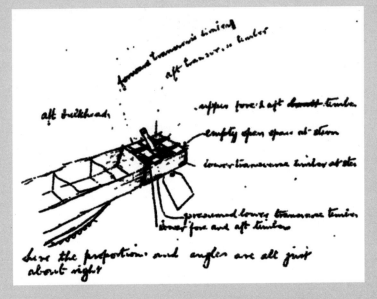

〈그림 1037〉 앞 그림에서 타의 형상과 설치법(출처 : 필자가 1958년 廣州市博物館에서 한 스케치).

    a : 사진을 기초로 한 형상과 상대적인 치수

    b : 타를 타루 안에 설치하는 방법

〈그림 1038〉 900년경 유배를 가는 우대신(右大臣) 수가와라 노 미치자네(菅原道眞)를 태운 선박. 도쿄국립박물관이 소장하고 있는 두루마리 그림에 있다. 수라가와를 학문의 신으로 모시고 있는 교토의 텐만구(北野天滿宮)가 소장하고 있는 후지와라 노 노부자네(藤原信實, 1264년이나 1265년 사망)의 오래된 그림에 대한 모사본인 것으로 전해지고 있다. 전체적인 선체 구조 특히 타의 형상과 위치는 1세기 광둥 모형선을 생각나게 한다. 선원은 중국과는 반대로 외판 밖으로 돌출한 판자 위에서 뒤쪽을 향해 노를 젓고 있다. F. P. Purvis, "Ship Construction in Japan," *TAS/J*, 1919, 47에서 인용.

3) 전파와 기원

선미타의 전파(이것은 명확한 사실이다)[152]에 관해 말할 수 있는 것은 거의 없다. 직관적으로 볼 때, 이러한 종류의 발명품들이 아시아의 남방 해역에서 선원들의 교류를 통해 확산되어 간 것이 확실한 것으로 보인다. 그렇다고 해도 요(遼) 나라를 위해 선박을 건조한 중국 장인이 1120년부터 1160년까지 서요(西遼, Qarā-Khitāi)의 신장(新疆)으로 통상을 하러 온 러시아 상인 겸 조선 공에게 어떤 아이디어를 전했을 가능성이 전혀 없는 것은 아니다. 타가 유럽 문화권에서 최초로 출현한 지역을 이것이 설명할 수 있지만, 오늘날 이를 뒷받침할 수 있는 러시아의 증거는 많이 부족하다.[153] 동시에 이슬람 세계는 항해용 나침반보다 타의 전파 경로에 대해 (비록 아주 많은 것은 아니지만) 더 많은 단서를 제공하고 있다.

---

152 G. la Roërie, "l'Histoire du Gouvernail," *RMA*, 1938(no.219), 309, p.31은 선미타가 유럽보다 1세기 빨리 極東에서 사용되고 있음을 인정하려고 했지만, 특별히 다룰 만한 정도의 연구는 아니다. 서양의 造船關聯 歷史家와 考古學者는 중국의 우위에 대해 더욱 신경을 쓰고서 그 관련성을 부인하려는 경향을 강하게 보일 것이다. 예를 들면, P. Adam & L. Denois, "Essai sur les Raisons de l'Apparition du Gouvernail d'Etambot," *RHES*, 1962, 40은 중국의 선미타가 옛날부터 존재했다는 것을 완전히 인정하면서 그것을 특수한 것 즉 "타-센터보드 (rudder-centreboard)"로 보아야 한다고 주장하였으며, 또한 그것이 서양의 선미타에 영향을 준 것을 은연중에 부인하고 있다. 말할 것도 없이, 필자는 이러한 견해에 찬성하지 않는다. 생각하건대, 이것은 체면을 지키기 위한 행동의 실례인 것 같다. 이에 대해서는 Joseph Needham, *Science and Civilization in China*, Vol.4, pt.2, p.545를 보라.

153 12세기의 동서교류에서 西遼 王國이 유리한 위치에 있었다는 것과 磁氣羅針盤에 대해서는 Joseph Needham, *Science and Civilization in China*, Vol.4, pt.1, p.332를 보라.

〈그림 1039〉 알하리리(al-Harīrī)의 저서 『산문으로 쓴 역사 일화(Maqāmāt)』의 1237년 사본에 그려져 있는 선박(Bibliothèque Nat., Paris, Ar. 5847). 선미재에 설치된 것으로 생각되는 선미타는 일종의 횡방향 제어(lateral control) 방식으로 조종되었을 것이다. 아라비아인이 선미타를 유럽에 전파했다고 생각하는 것은 당연하지만, 이를 입증할 만한 그 당시 즉 12세기의 어떤 삽화도 오늘날까지 발견되지 않고 있다.

〈그림 1040〉 홍콩을 비롯한 중국 남부 항구들의 화물선이나 곡물 수송선(Kensington의 Science Museum이 소장하고 있는 Maze Collection). Anon, "George Ⅲ's Embassy under Chinese Convoy," *ASIA*, 1920, 20, no.3. 타 손잡이를 고정시키기 위한 조타용 도르래 장치(relieving tackle)가 선미에 보인다. 이러한 종류의 선박은 중국식과 유럽식의 혼합형이다. 왜냐하면 이 그림에서 볼 수 있듯이, 용골과 선수재가 있는데 비해, 중국식 의장과 타가 있기 때문이다. 이 선박을 선미쪽에서 바라보면 〈그림 1013〉과 〈그림 1044〉처럼 보일 것이다.

알 하리리(Abū Muhammad al-Qāsim al-Harīrī, 1045~1122)의 『산문으로 쓴 역사 일화(*Maqāmāt*)』[154]에 대한 1237년 바그다드 필사본(Baghdad MS)의 유명한 삽화는 선미타(axial rudder)가 있는 봉합선(縫合船, sewn ship)을 보여주고 있다(<그림 1039>).[155] 타 손잡이의 부착 방식이 어떤 것인지 잘 알 수 없지만, 중세 아시아의 선원들이 타 손잡이를 고정시키기 위해 여러 종류의 조타용 도르래 장치(relieving-tackle)를 사용하고 있었음은 분명하다. 이와 관련된 장치에 대한 묘사는 르콩트(Lecomte)의 인용문에서 이미 살펴보았다. 이 손잡이에 대한 현대 중국의 사례는 중국 남부 지방의 화물선을 좌현 전방에서 촬영한 것으로서 마제 콜렉션(Maze Collection)에 포함되어 있는 사진인데, 이 사진은 타의 손잡이가 조절할 수 있는 밧줄에 의해 단단하게 고정되었음을 보여주고 있다(<그림 1040>을 참조). 한편, 과거 1세기 반 동안 유럽인들은 여러 유형의 아라비아 범선에서 정교한 도르래 장치로 조종되는 타(elaborate tackle-controlled rudder)를 보고 그에 대한 기록을 남겨놓았다.[156] 따라서 985년에 아부 바크르(Abū Bakr al-Bannā' al-Bashārī al-Muqaddasī)[157]가 간행한 『기

---

154 tr. T. Preston, *Makamat, or Historical Anectores, of al-Harīrī of Basra*, Madden & Parker, London, 1850 에 일부가 있다. 이와 대등한 문헌이 John of Montecorvino(ed. Sir Henry Yule, *Cathay and the Way Thiter; being a Collection of Mediaeval Notices of China*, vol.3, Hakluyt Society Pubs., London, 1913~5, p.67을 보라)에 있다. al-Harīrī에 대해서는 Aldo Mieli, *La Science Arabe, et son Rôle dans l'Evolution Scientifique Mondiale*, Brill, Leiden, 1938, p.209를 보라. Buzurj Ibn Shahriyār al-Rāmhurmuzi라는 선장이 953년에 인도의 경이로움을 기술한 서적(Ajā'ib al-Hind)에 매우 비슷한 그림이 들어있다. tr. P. A. van der Lith & L. M. Devic, *Le Livre des Merveilles de l'Inde*, Brill, Leiden, 1883, p.91을 보라.

155 Bib. Nat. Ms. Arabe no.5, 847. E. Blochet, *Mussulman Painting, +12th to +17th Century,* tr. C. M. Binyon, Methuen, London, 1929.; G. F. Hourani, *Arab Seafaring in the Indian Ocean in Ancient and Early Mediaeval Times*, Princeton Univ. Press, 1951, p.98.; R. J. E. C. Lefebvre des Noëttes, *De la Marine Antique à la Marine Moderne : La Révolution du Gouvernail*, Masson, Paris, 1935, fig. 90을 참조.

156 Sir Alan Moore, "Last Days of Mast and Sail : an Essay in Nautical Comparative Anatomy," Oxford, 1925, p.137.; J. Hornell, *Water Transport : Origins and Early Evolution*, Cambridge, 1946, p.239.; F. Moll, "History of the Anchor," *MMI*, 1927, 13.; R. le B. Bowen, "Early Arab Ships and Rudders," *MMI*, 1963, 49를 그 예로 들 수 있다.

157 Aldo Mieli, *op. cit.*, p.115. 동시대인으로서 의학서를 발간한 al-Tamīmī al-Muqaddasī와 혼동하

후 지식의 가장 훌륭한 구분(*Ahsan al-Taqāsīm fi Ma'rifat al-Aqālīm*)』의 한 구절[158]이 특히 흥미로운데, 어려운 홍해(紅海)의 왕래를 기술하고 있는 그 내용은 다음과 같다.

> 알쿨줌(al-Qulzum)으로부터 알자르(al-Jār)까지 해저가 거대한 바위들로 뒤덮여 있기 때문에, 그 해역의 항해는 매우 어려워 낮에만 가능하다. 선장은 가장 높은 곳에서[159] 끊임없이 바다를 주시하고 있다. 그의 좌우에는 한 명의 소년이 각각 서 있다. 바위가 보이면 명령을 수령하고 있던 소년이 곧바로 조타수에게 전달한다. 조타수는 그 소리를 듣자마자 손에 잡고 있던 두 개의 밧줄 중 하나를 방향에 따라 왼쪽이나 오른쪽으로 끌어당긴다. 이렇게 주의하지 않으면, 선박은 바위에 좌초될 위험에 놓일 것이다.[160]

이 구절은 조타용 노에 부착되어 있는 연결용 당김줄(lanyard)을 묘사하고 있는 것으로 간주하기가 불가능하지만, 반대로 아라비아의 해역에서 오늘날까지 사용되고 있는 도르래 장치로 조종되는 선미타(tackle-controlled axis rudder)를 설명하기에는 아주 적절하다.[161] 그러므로 이 중국 발명품이 10세기

지 않아야 한다.

158 Hadi Hasan, *A History of Persian Navigation*, Methuen, London, 1928, p.111도 이 구절을 주목하고 있지만, 그 중요성을 인식하지 못하고 있는 것 같다. al-Idrīsī(1154)에 있는 것과 같은 구절이다. tr. P. A. Jaubert, *Géographie d'Edrisi*, traduite de l'Arabe en Français, 2 vols., Impr. Roy., Paris, 1836, p.135를 참조.

159 그곳은 대형 라틴 세일이 펼쳐져 있는 것으로 보아 돛대 꼭대기의 望樓 즉 見視臺일 것이다.

160 tr. G. S. A. Ranking & R. F. Azoo, *Eng. translation of al-Muqaddasi's Ahsan al-Taqāsīm fi Ma'arifat al-Aqālīm*, Asiatic Society, Calcutta, 1897~1910, p.16.

161 조타용 도르래 장치가 17세기 이전의 유럽 선박에서도 사용되었음을 잊어서는 안 될 것이다(G. S. Laird Clowes, *Sailing Ships : their History and Development as illustrated by the Collection of Ship Models in the Science Museum*, Science Museum, London, 1932, p.79). 또한 Coimbra의 북쪽에 있는 Rio de Aveiro 강의 러거(rugger)처럼 범장한 선박(lug-rigged boats)에는 타에서 선수까지 연결된 밧줄이 있다. 이에 대한 훌륭한 모형이 Lisbon의 민속박물관(Museu de Arte Popular)에 있다.

말 이전에 이미 아라비아 문화권에 도입되었다고 결론을 내려도 좋을 것처럼 보인다. 동쪽 해역에서 아라비아인의 무역에 대해 알고 있는 모든 사실을 근거로 판단할 때, 이것은 특별한 결론이 전혀 아닐 것 같다. 그러나 아라비아에서 북유럽으로의 전파는 언뜻 보기에도 이해하기가 훨씬 어렵다. 제2차 십자군(1145~9) 기간 동안 지중해 선장들보다 관찰력이 더 뛰어나고 빈틈이 없는 북유럽 선장이 있었는지 모른다.[162]

모든 논쟁에도 불구하고, 항해용 나침반에 못지않게 선미타가 대형 선박의 대양 항해에 불가결한 전제 조건이었음은 틀림없다. 선미타가 없었다면, 정량적 항해술과 수학적 항해술의 발전이 완선히 중지되지는 않더라도 상당히 지연되었을 것이다. 선미타가 서양의 역사에서 어떤 역할을 했는지는 이제야 이해되기 시작하고 있지만, 앞에서 실시한 15세기 항해에 관한 언급에 의해서도 어느 정도 분명해질 수 있다.

포르투갈이 이러한 해양 탐사 사업(maritime undertakings)에서 성공한 것은 과학 덕분이었다. 당시 과학은 제대로 발달한 것이 아니었지만, 일련의 선박과 항해에 대한 기술적 개량을 가져다주었다. 가장 중요한 것은 축이 있고 경첩이 달린 타와 항해용 나침반이었다. … 그것들이 없었다면, 포르투갈의 발견이 불가능했다고 감히 말할 수 있다. 그러나 그들의 항해학(nautical science)은 다른 국가에서 이루어진 것을 인지했고 또한 외국 전문가들을 초빙하여 지원하는 일도 기꺼이 실시했기 때문에 첨단 상태를 유지하였다.[163]

또한 고디뉴(Magalhães Godinho)는 다음과 같은 놀라운 구절에서 데 노에트

---

[162] 風車에 대해 유럽에서 가장 오래 된 기록이 1180년대의 것임을 상기해야 할 것 같다(Joseph Needham, *Science and Civilization in China*, Vol.4, pt.2, p.555). 예로부터 십자군이 풍차를 도입했다는 전설이 있었다. 그러나 남유럽에는 풍차가 없었으며, 북유럽에서만 출현하였다.
[163] J. B. Trend, *Portugal*, Benn, London, 1957, p.134.

(des Noëttes)에 대한 중요한 비판을 거부하고 있다.

물론 선미타(stern-post rudder)가 선박의 조종 문제를 모두 해결해주는 것은 아니다. 만약 모두 해결해준다면 놀라운 것이겠지만, …. (서양의) 선박은 톤수가 갑자기 커지진 않았지만, 15세기와 16세기 중엽의 기간 동안 포르투갈 선박의 평균 적재량(average burthens)은 최소한 두 배가 되었다. 그러나 선미타의 결정적인 역할은 실제로 상당히 달랐다. 선미타는 선미 중앙에서 회전함으로써 선박이 거친 날씨에도 항상 일정한 방향으로 바람을 받아 침로를 유지할 수 있게 했다. 그러므로 무역풍대를 우회하여 육지가 전혀 보이지 않는 바다를 항해할 수 있게 되었다. 진실로 중요한 것은 다름이 아니라 대양 항해 자체의 숙달이었다.[164]

트렌드(Trend)와 마찬가지로 노련한 선원이라기보다는 학자에 가까웠던 고디뉴의 언급을 자세하게 부언하면 다음과 같다. 거친 날씨에 침로를 유지한다는 것은 바람을 거슬러 나아가거나 선원들을 피곤하게 만들지 않고 옆바람을 잘 이용하여 한 번에 며칠씩 항해한다는 것을 의미한다. 또한 무역풍대(<그림 989a>를 참조)를 악전고투하면서 나아가거나 단순한 순풍만으로 항해하는 것을 그만두고 크게 우회하는 항해는 선미타 때문에 가능해졌다. 그리하여 중국 해역에서 발명된 선미타는 거친 대서양에서 기능을 최고도로 발휘할 수 있게 되었다.

이제 결론을 말해보자. 선미타의 발명은 주목할 만한 구조적 역설이 내포되어 있다. 선미타가 달린 중국 선박은 선미재가 없다는 특징을 보이고 있다. 고대 이집트와 그리스 그리고 북유럽의 선박들에 대한 그림을 조사하면, 선미가 반드시 흘수선에서 위쪽을 향해 점차 곡선으로 올라가 있었음을 알 수

---

164 V. Magalhães Godinho, *Les Grands Découverts*, Coimbra, 1953, pp.19 이하. 그는 항해용 나침반의 발명과 전파에 대해서도 공정하게 다루었다.

있다. 해부학 용어를 이용하여 말하면, 사실상 경사진 선미재(slanting stern-post)는 선수의 전부 흉골(前部胸骨, anterior sternum)에 상응하는 후부 흉골(後部胸骨, posterior sternum)이라 말할 수 있었으며, 또한 선수재와 마찬가지로 용골을 똑바로 연장한 부재(部材)였다. 그러나 정크에는 어떤 형태의 용골도 없었다. 앞에서 보았듯이, 비교적 평평한 선저는 수밀구획을 형성하는 일련의 격벽에 의해 양 현측으로 이어지며, 선수와 선미가 선수재와 선미재 대신 트랜섬으로 마무리되어 있다. 격벽의 건조는 선미타의 타축(post ot the axial rudder)이 잘 설치될 수 있는 중요한 수직부재(vertical members)를 중국 선장(船匠)에게 제공하였다. 그러나 타의 부착 위치는 필연적으로 선미에 가까운 트랜섬이 아니라 트랜섬 앞에 있는 한, 두 개의 격벽이었다. 이 원리는 가장 작은 범선부터 가장 큰 범선에 이르기까지 적용되었다.[165] 그것은 "숨겨져 있는 선미재(invisible stern-post)"로 부를 수 있을 것이다. 물론 후대에는 타가 여러 유형의 구부러진 선미재에 부합하는 형상으로 제작되었다. 그러나 필자는 초기에 서양에서 타의 발전을 방해한 주요 요소 중 하나가 제작 과정의 어려움이었을 것으로 생각하고 있다.[166] 격벽에 설치된 타축은 중국 선박에 대한 현대 회화뿐만 아니라 송대(宋代)의 회화(<그림 1025>와 <그림 1034>)에서도 분명하게 보인다. 광둥에서 출토된 한대(漢代)의 선박 모형은 이처럼 수직으로 부착하는 방식을 완전하게 보여주지 않고 있으며, 그 이유 중 하나는 타를 거는 방식을 정확하게 알 수 없었기 때문이었을 것이다. 어쨌든 타의 형상만큼은 분명하게 나타난다. 따라서 출현 초기의 선미타 즉 이미 독자적인 형상이 되었지만 아직 수직으로 된 격벽부재에 부착되지 않은 선미타가 다른

---

165 福州의 대양 항해용 정크의 대형 타(<그림 1041>과 <그림 1042>)를 그 실례로 들 수 있는데, G. R. G. Worcester, *The Junks and Sampans of the Yangtze* …, vol.1, Shanghai, 1947, pp.144, 139를 참조.

166 G. la Loërie, "l'Histoire du Gouvernail," *RMA*, 1938(No.219), 309, p.35도 이 점을 이해하였다. 그는 "선미타가 도입되면, 유럽 선박의 선미재가 점차 똑바르게 되어가는 경향이 나타났다"고 각주를 달았다.

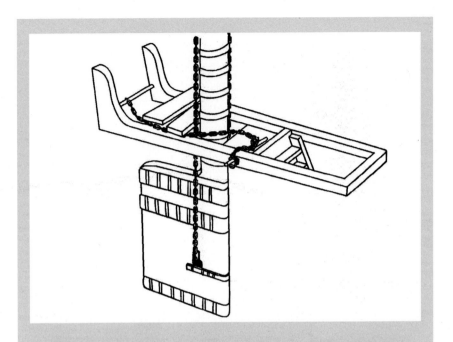

〈그림 1041〉 푸저우(福州)의 목재 수송선인 화비고(花屁股)의 타(G. R. G. Worcester, *The Junks and Sampans of the Yangtze : a study in Chinese Nautical Research*, Shanghai, 1947~8). 〈그림 936〉과 〈그림 1042〉를 참조. 무게가 약 4~8톤이고, 높이가 32½피트이며, 폭은 11½피트이다. 타판의 도르래(滑車, sheave)에 쇠사슬을 통과시킨 후 그 양 끝을 상부의 권양기(windlass)로 감아올리는 방식으로 타를 올렸다 내렸다 한다. 15피트 길이의 타축에는 1피트 간격으로 쇠로 만든 띠가 감겨있다.

한 이유가 될지도 모른다. 그러나 이 광동 선박의 모형이 격벽을 갖추고 있음에도 불구하고 선형이 선수와 선미에서 흘수선을 따라 점차 위로 휘어있어 펀트(punt)를 연상시키고 있는 것은 주목할 만하다.[167] 그리고 수직이면서 뭉툭한 선수와 선미를 보유한 대양 항해용 선박의 형태가 바로 광동의 모형선

---

167 이것은 <그림 1038>의 일본 선박에도 해당된다.

〈그림 1042〉 정박 중인 푸저우(福州)의 목재 수송선 화비고(花屁股)의 선미루에 올려져 있는 견고한 수직타(slung rudder). 그리니치(Greenwich)에 있는 국립해양박물관(National Maritime Museum)의 워터스 콜렉션(Waters Collection). 〈그림 936〉과 〈그림 1041〉을 참조.

형태로부터 발달했을 때에야 비로소 타를 수직으로 부착하게 되었을 것이다. 그렇게 되면, 타를 내린 곳이 센터보드의 기능까지 할 수 있다는 추가 이점이

〈그림 1043〉 마앙자(麻秧子)의 ‘타'(〈그림 932〉, 〈그림 933〉, G. R. G. Worcester, *Junks and Sampans of the Upper Yangyze, Shanghai*, 1940, p.1을 참조). 양쯔강 상류의 조선 소에서 촬영(J. E. Spencer, "The Junks of the Yangtze," ASIA, 1938, 38). 오른쪽 선체 곡선의 아름다운 모습은 "탁월한" 중국식 균형타를 보여주고 있다.

발생했을 것이다. 요컨대, 선미타가 중국 문화권에서 서기가 시작될 무렵에 출현한 것이 틀림없으며, 그 이유도 충분히 추측할 수 있다.

4. 균형타와 유공타

선미타(axial rudder)를 발명한 (이따금 '정적인' 문명으로 잘못 불리고 있는) 문명은 선미타 자체를 훨씬 더 많이 발전시키기도 했다. 균형타(balanced rudder)에 대해서는 이 책에서 종종 언급한 적이 있다. 일반적으로 타에 대해서는 날개 부분이나 평평한 부분 전체가 타축 앞에 있다고 생각하기 쉽다. 그러나 현대의 대형 선박에서는 그와 반대로 평평한 부분의 일부가 타축 앞에 위치하는 타를 보유하고 있는데, 이러한 타는 균형타로 불린다.[168] 그러한 배열은 베어링에 있는 추로 균형을 잡을 뿐만 아니라 타수의 작업과 타수에게 도움이 되는 조타력(steering power)을 쉽게 이용할 수 있게 해주기도 한다. 왜냐하면 타수에게 유리하도록 수압이 앞부분에 가해지기 때문이다. 카를리니(Carlini)와 라 로에리(la Roërie)가 논증하려는 것의 요점은 이처럼 균형 잡힌 구조의 가치였다. 그들은 그 구조를 드러내 보이는 고대의 조타용 노를 보고 찬탄하였으며, 중세 서구의 선미타가 그 구조를 보존하는데 실패했다고 비난하였다. 그들은 이른바 "이국적인 통나무배(exotic pirogues)"에 대해 흥미를 보이지 않았으며, 또한 균형타가 대양 항해에 적합하지 않은 단순한 형태일지라도[169] 강을 오가는 많은 유형의 중국 정크(<그림 1043>)에서 일반적으로 사용되었다는 사실을 몰랐다.[170] 균형타에 대한 문헌을 지금까지 찾아내지 못했더라도, 균형타가 중국 발명품의 초기 단계에서 유래한다는 것은 의심의 여지가 없다. 사실, 그 때 균형 잡힌 선미타가 최초로 출현했던 것으로 보인다. 왜냐하면 선미에 가까운 곳의 격벽이나 그 부근의 한가운데에 수직으로 부착된 조타용 노가 그대로 균형타가 된 것으로 보이기 때문이다.

대체로 유럽인은 주로 대양 항해용 선박에 대해 관심을 갖고 있었을 것이기 때문에 이 원리를 채택하는데 상당히 더디었다. 게다가 철 구조물이 균형타를 완벽하게 (즉 타축의 맨 아래 부분을 축으로 삼음으로써) 유지하는 것이 가능하게 되기까지는 실현 가능성이 거의 없었다.[171] 그러나 효력이 같은 균등타(均等舵, equipollent rudder)가 1790년경 스태너프 경(Lord Stanhope)의 발명품 속에서 보였으며,[172] 1819년에는 셜담(Shuldham)이 실제로 그 문제를 제기하였다. 오

---

168 E. L. Attwood, *The Modern Warship*, CUP, Cambridge, 1913, p.103.

169 G. R. G. Worcester, *op. cit.*를 평가할 때, Waters는 몇 가지의 중국 균형타가 이론적으로 올바른 비율의 10% 이내에 있다고 주장하였다. 현대에는 타판의 약 ⅓이 타축 앞에 있다. 이것은 廣東에서 발굴된 漢代의 明器船에서 보이는 타와 같다.

170 C. Beaton, *Chinese Album*, Batsford, London, 1945, p.14.; G. R. G. Worcester, *op. cit.*, vol.1, p.35를 참조.

171 균형타는 구멍이 없으면 범선의 항해를 방해하기 쉽다.

172 E. Cuff, "The Naval Inventions of Charles, Third Earl Stanhope(1753 to 1816)," *MMI*, 1947, 33.; W. G. Perrin, "The Balanced Rudder," *MMI*, 1926, 12.

늘날과 같은 균형타가 장치되어 있는 최초의 선박은 1843년의 그레이트 브리튼호(*Great Britain*)였다. 형태가 어떤 것이었던지 간에 타를 표현한 유럽의 가장 오래된 두 개의 조각 중 윈체스터(Winchester) 세례반(洗禮盤, font)에 나타나는 것이 균형타인 것으로 보이는 것은 이상하다. 이것이 타의 전파에 대해 어떤 의미를 갖고 있다고 생각할 수 있을까?

균형타는 전통적으로 인도 특히 갠지스(Ganges) 강에서도 사용되고 있다. 그곳에서 울라크(ulakh), 파텔라(patela) 등과 같은 어떤 선박 등급들은 두드러진 삼각형 모양의 타를 장치하고 있다.[173] 그러나 이 삼각타는 완전히 대칭이며 그렇기 때문에 효과가 적고, 그렇기 때문에 중국의 균형타보다 원시적인 형태라고 말할 수 있을 것이다. 이 타에 영향을 준 것이 중국인지 고대 이집트인지 알기 어렵지만, 우선 이상할 정도로 대형화된 조타용 패들로 간주하는 것이 타당하다고 생각한다. 이 타는 대개 수직 상태의 선미 현측타(quarter-rudder)로서 선미 돌출부에 고정되었는데, 선미재에 고정되는 경우가 없었던 사실을 감안하면 더욱 그러하였다고 할 수 있다.[174]

---

[173] J. Hornell, "The Significance of the Dual Element in British Fishing-Boat Construction," *FLV*, 1946, 10, fig. 14b.; Idem, *Water Transport : Origins and Early Evolution*, Cambridge, 1946, p.249, pl.xxix, fig. B.; Idem, "Primitive Types of water Transport in Asia : Distribution and Origins," *JRAS*, 1946, 124, p.138.; W. E. W. Crealock, "A Living Epitome of the Genesis of the Rudder," *ISRM*, 1938, 11.; F. B. Solvyns, *Les Hindous*, vol.3, in 1799, Nicolle, Paris, 1808.; Radhakamud Mukerji, *Indian Shipping : a History of the Sea-Borne Trade and Maritime Activity of the Indians from the Earliest Times*, Longmans Green, Bombay and Calcutta, 1912, pp.235 이하.; R. J. E. C. Lefebvre des Noëttes, *De la Marine Antique à la Marine Moderne : La Révolution du Gouvernail*, Masson, Paris, 1935, fig. 101.; Adm F. E. Paris, *Essai sur la Construction Navale des Peuples Extra-Européens*, Arthus Bertrans, Paris, n.d.(1841~3), p.35를 보라. 이 선박들 중 어떤 것은 아시아에서 유일하게 클링커 이음법을 가용했다는 희귀한 특징을 갖고 있다. 그중 하나를 그린 17세기의 스케치는 T. Bowrey, *A Geographical Account of the Countries round the Bay of Bengal, 1669~1675*, Hakluyt Society, London, 1905에 있다. 이처럼 기이한 선박들의 구체적인 역사는 인도의 技術史家들의 연구를 가치 있게 만들 것이다.

[174] Ganges 강을 왕래하는 선박의 타는 손잡이가 있는 고대 이집트의 선미 현측 조타용 패들을 연상하게 한다(J. Hornell, *Water Transport : Origins and Early Evolution*, Cambridge, 1946, figs. 55, 56). patela의 타가 수직 형태이지만 단단히 고정된 경우가 전혀 없으며 또한 그 타를 단 배에 어울리지 않는 것처럼 보이기 때문에, 중국풍이 보이기도 한다. 그러나 실제로는 그러한

이 모든 중국 발명품들 중에서 특히 주목할 가치가 있는 것은 구멍이 있는 타 즉 유공타(有孔舵, penetrated rudder)일 것이다. 유럽 선원들은 중국 해역을 빈번하게 왕래하게 되었을 때에야 비로소 구멍투성이인 정크의 타를 보고 놀랐다. 그들은 분명히 중국인이 고의로 구멍을 냈다고 믿기가 어려웠다. 구멍들이 다이아몬드 형태의 타판에 있기 때문에 타를 잡았을 때 타판에 가해지는 압력이 줄어들고, 조타가 쉬워지며, 타를 조종할 때 발생하는 난류의 저항도 최소한으로 줄어든다.[175] 그럼에도 불구하고 물이 끈적거리는 액체이기 때문에 타의 효과는 거의 변함이 없다. 파리 제독(Admiral Paris)이 이 방식의 가치를 충분히 인식하고 있다고 볼 수 없지만 언급한 적은 있다. <그림 1044>는 건선거에 상가되어 있는 홍콩의 어선을 선미에서 바라본 모습인데, 유공타를 보여주고 있다.[176] 이 장치는 완전히 경험에 의해 만들어진 것으로 마디가 많은 나무나 파손된 타를 보고 아이디어를 얻었을 것이다. 그러나 도교(道敎)를 믿는 중세의 어느 한 선원이 이 장치 덕분에 조타가 쉬워지고 주행도 좋아진다는 것을 알고 매우 만족하여 무위(無爲)의 원리[177]에 따라 즉 그대로의 상태를 동료에게 똑같이 권했다고 말해도 완전히 공상에 따른 주장이라고만은 할 수 없을 것이다.[178] 유공타는 윈터보섬(Winterbotham)[179]이

목적에 사용되지 않았고, 선박과 무관한 아이디어를 적용한 것으로 보인다.

175 J. Poujade, *La Route des Indes et Ses Navires*, Payot, Paris, 1946, p.258을 참조.

176 R. F. Fitch, "Life Afloat in China," *NGM*, 1927, 51.; R. J. E. C. Lefebvre des Noëttes, *De la Marine Antique à la Marine Moderne : La Révolution du Gouvernail*, Masson, Paris, 1935, fig. 111.; D. W. Waters, "Chinese junks : the Twaqo," *MMI*, 1946, 32.; Anon, Illustrated Catalogue of the Maze Collection of Chinese Junk Models in the Science Museum, London, Pr. pr. Shanghai,; pr. pub., London, 1938, no.3 를 참조

177 Joseph Needham, *Science and Civilization in China*, Vol.2, pp.68 이하.

178 결국 이 원리는 용골의 선수 끝단(gripes)과 용골에도 적용되었다. Maze Collection(Anon, *op. cit.*, no.9)에 포함되어 있는 海南島 정크의 모형을 참조

179 그는 다음과 같이 말했다. "타의 효과에 큰 영향을 주지 않으면서" 타를 힘껏 잡으려 노력하는 것을 최소화시킨다. 왜냐하면 물의 점성 때문에 작은 구멍이 없을 때와 마찬가지로 유선(流線, stream lines)이 흐르기 때문이다." 1959년에 Hubert Scott는 석탄으로 작동되는 Parsons 터빈을 최초로 장착한 어뢰정구축함(torpedo-boat destroyers)의 시험 항해(1901)에 대해

〈그림 1044〉 건선거에 상가된 홍콩 어선의 선미 모습(Waters Collection, National Maritime Museum, Greenwich). 많은 유형의 중국 선박에서 나타나는 특징인 유공타를 볼 수 있다. 인부들의 모습으로 그 크기를 알 수 있으며, 오른쪽에서는 타판을 취환 중인 타를 볼 수 있다.

필자에게 말해주었다. 유선이 너무 강해 30노트 이상의 속력에서는 조타를 조종하기 어려 웠으며, 균형타가 원래 상태로 돌아가지 않아 함정이 계속 그 자리에 돌았다. 유공타가 그 난제를 해결하는 방책이었다.

1901년에 유럽 조선기술자(marine engineers)의 주의를 환기시킨 이후 현 세기의 철선에도 사용되기 시작하였다. 사실 유공타는 항공기 날개의 실속(失速) 방지 구멍(anti-stalling slots)이라는 중요한 발명에도 기여했을지 모른다.[180]

---

180 이에 대해서는 앞에서 이미 논의하였다.

제9장

평시와 전시의 해양 기술

1. 닻, 계류, 선거(船渠), 등(燈)

선사시대부터 사용되어온 중요한 도구였던 닻의 역사에 대해서는 많은 기록이 있다. 고대 이집트에서는 무거운 돌에 나뭇가지를 엮어 갈고리처럼 생긴 닻을 사용했지만,[1] 라텐 시대(La Tène age, <역자 주 : 켈트족의 철기문화시대 BC 7~3세기>)부터는 금속제 갈고리(metal hooks)가 사용되고 있었다.[2] 브린들

---

1 C. Boreux, *Études de Nautique Égyptienne*, Instit. Français d'Archéol. Orient, Cairo, 1924, p.416.; F. Moll, *Das Schiff in der bildenden Kunst vom Altertum bis zum Ausgang des Mitteralters*, Schroeder, Bonn, 1929보다 훨씬 우수한 J. W. van Nouhuys, "The Anchor," *MMI*, 1951, 37.; G. A. Reisner, *Models of Ancient Egyptian Ships and Boats, Cat. Gen. des Antiq. Eg. du Mus. du Caire*, Cairo, 1913이 가장 권위가 있는 연구 결과들이다. 가장 간단하고 오래된 닻으로 구멍이 뚫려있는 돌에 대해서는 Honor Frost, *Under the Mediterranean : Marine Antiquities*, Routledge & Kegan Paul, London, 1963.; Idem, "From Rope to Chain : on the Development of Anchors in the Mediterranean," *MMI*, 1963, 49를 보라.

리(Brindley)는 호머(Homerus)와 동시대인 청동기 시대의 닻을 연구한 결과 기원전 500년경에 지중해의 닻이 많은 경화(硬貨)에 새겨진 그림에서 보듯이 현재와 거의 비슷한 형태였다고 주장하였다.[3] 그러나 그 이전 시기의 닻에는 가로대 즉 닻장(stock)이 없었다. 중국에서도 닻이 같은 형태로 발달했음은 그 명칭을 통해 알 수 있다. 옛날에는 닻을 내리는 행동을 하석(下石)이라 했다.[4] 돌을 붙인 닻은 정(矴)이나 정(碇)으로 표현되었다. 이것은 1~4개의 나뭇가지를 큰 돌에 묶은 닻이었는데,[5] 그 후에도 오래 사용되고 있다. 1185 년 바이욘(Bayon) 정크에서도 이 닻을 볼 수 있다(<그림 975>).[6] 금속제 갈고 리의 사용이 시작되었을 때, 이 단어들은 식물의 싹과 고양이 발톱이라는 아이디어가 금속 라디칼(metal-radical)을 결합시킨 묘(錨)로 대체되었지만, 묘 (錨)는 계속 정(錠)으로 발음되었다. 그러나 정(錠)은 일반적으로 원래 금속 주 괴를 뜻하였다. 묘(錨)라는 단어가 최초로 나타나는 문헌은 543년에 편찬된 『옥편(玉篇)』인 것으로 보인다. 만일 그 보다 훨씬 전에는 금속제 닻이 사용되 지 않았다는 증거로 이 문헌을 간주할 수 있다면, 중국에서는 금속제 닻이

---

2 F. M. Feldhaus, *Die Technik der Vorzeit, der Geschichtlichen Zeit, und der Naturvölker*, Engelmann, Leipzig and Berlin, 1914, col. 930. 스위스의 호수에 있는 주거 문화지의 터에서 발견된 돌과 금속제 닻은 Biel에 있는 박물관에 보관되어 있다.

3 그러나 Odyss, xiii, 77에는 구멍이 나 있는 돌이 언급되어 있다. 이러한 종류의 돌에 대해서는 Honor Frost, *Under the Mediterranean : Marine Antiquities*, Routledge & Kegan Paul, London, 1963, pp.29 이하를 보라.

4 이것은 414년 法顯의 여행기에서도 볼 수 있다. H. H. Brindley, "Chinese Anchors," *MMI*, 1924, 10과 J. W. van Nouhuys, "Chinese Anchors," *MMI*, 1925, 11의 논쟁을 참조. 훌륭한 중국학자가 H. A. Giles, "Chinese Anchors," *MMI*, 1924, 10을 통해 이 논쟁에 참여했음에도, 이 설은 거의 변하지 않고 있다. 사실 그는 Moll을 오해하고 있다.

5 돌로 된 추가 달린 사조묘(四爪錨, grapnel)나 소형 닻(killick)에 대한 옛 기록은 3세기 초 삼 국시대의 黃祖 將軍의 이름과 결부되어 있다. 그러나 G. R. G. Worcester, *The Junks and Sampans of the Yangtze* …, vol.1, Shanghai, 1947, p.97이 제시하고 있는 출처는 정확하지 않으며, 오늘날 에는 그 출처를 발견하지 못하고 잇다.

6 이러한 닻은 같은 세기 초에 출간된 『宣和奉使高麗圖經』(卷三十四, p.46)에도 언급되어 있 다. Bayeus의 테피스트리에 새겨진 당시 노르만 선박에서는 현대 유형의 鐵錨처럼 닻혀 (flukes)가 달린 닻을 볼 수 있는데, 이것은 이러한 형태의 철묘 중 가장 오래된 것이다.

서양보다 늦게 사용되었다고 할 수 있
다.

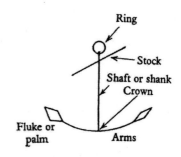

그럼에도 불구하고 중국인은 닻의
발달에 중요한 역할을 하였다. 중국 닻
의 특징은 손도끼 모양인데, 이는 닻머
리(crown) 부분의 호가 직각이나 곡선
의 형태로 갈라지는 대신 닻팔(arms)과
닻채(shaft)가 거의 40도나 그 이하의
예각을 이루고 있음을 뜻한다. 이러한 형태의 닻이 유럽에 알려지지 않았지
만(네미 호수[Lake of Nemi]의 로마시대 신전에서 사용되던 선박의 닻이 이러한
형태였다),[7] 중국인은 닻장을 닻고리(ring) 끝 부분이
아닌 닻머리 근처에 (물론 닻팔과 직각이 되도록) 끼
워 넣었다. 이 형태는 닻을 비스듬하게 놓이도록 만
들어 고리를 걸기 쉽게 하기 위한 것이었는데, 그밖
에 닻줄이 얽히지 않는다는 이점도 있다. 이러한 형
태의 닻이 지닌 우수성은 유럽의 항해 분야 저술가
들에 의해 종종 칭송되었다.[8] 19세기에는 접이식 닻
장(hinged stocks)을 부착한 닻이 여러 차례 발명되었
다. 따라서 댄퍼스 앵커(danforth anchor)와 같은 가

---

7 J. W. van Nouhuys, "The Anchor," *MMI*, 1951, 37, p.37.; G. Moretti, *Il Musseo delle Nave Romane de Nemi*, Libreria dello Stato, Rome, 1940. 이 선박들의 연대가 Caligula 황제시대(AD 37~41)라는 주장은 방사성 탄소 분석에 의해 인정되고 있다(H. Godwin & E. H. Willis, "Cambridge University Natural Radiocarbon Measurements, I," *AJSC*, 1959, 1.; H. Godwin, D. Walker & E. H. Willis, "Radiocarbon dating and Post-Glacial Vegetational History; Scaleby Moss.," *PRSB*, 1957, 147).

8 예를 들면, J. Charnock, *An History of Marine Architecture*, vol.3, Faulder et. al., London, 1800-2, p.297; Adm F. E. Paris, *Essai sur la Construction Navale des Peuples Extra-Européens*, Arthus Bertrand, Paris, n.d.(1841-3), p.74가 있다.

장 최신의 스토클리스(stockless) 앵커들 중 몇 가지는 그리스-로마가 아닌 중국식 형태에 속한다고 할 수 있다.[9] 손도끼 모양의 중국 닻은 푸젠(福建)의 조선관련 문서(<그림 1045>)와 『무비지(武備志)』(<그림 1046>)가 간행된 17세기뿐만 아니라 광둥지방 명기선(明器船, <그림 964>)의 제작년대인 1세기까지로도 소급된다.

양묘기(揚錨機, windlass) 즉 수직으로 설치되어 있는 드럼(drums)[10]은 1124년에 간행된 『선화봉사고려도경』에서 여러 차례 언급되고 있다. 서긍은 조선의 '관선(官船)'에 설치되어 있는 것을 정륜(矴輪)으로[11] 그리고 사신이 타고 있던 중국의 대형 정크에 설치되어 있는 것을 차륜(車輪)으로 기술하였다.[12] 양묘기에 감겨있는 밧줄에 대해서는 가옥의 서까래처럼 굵고 등나무(아니면 포도나무나 덩굴식물) 줄기를 꼬아 만들었으며, 길이가 500피트라고 기술하였다. 이보다 시대가 약간 더 오래된 다른 양묘기를 바이온 정크에서 이미 보기도 했다(<그림 975>). 현대 중국 선원들의 양묘기에 대한 명칭 중에서는 저롱문(猪籠紋)을 언급할 수 있다. 이 명칭은 도르래(pulley)와 드럼에 테두리가 없고 타륜 손잡이의 끝 부분을 튼튼한 노끈으로 연결하여 사용하기 때문에 전체적인 모습이 둥근 바구니처럼 보이는 데에서 유래했음이 분명하다.[13] 양묘기의 드럼은 현대 한국 선박의 사진에서도 보이는데,[14] 대단히 크고 두드러져 보인

---

9 현존하는 전통적인 중국 닻의 형태에 대한 구체적인 사항은 G. R. G. Worcester, *The Junks and Sampans of the Yangtze* …, vol.1, Shanghai, 1947, pp.99 이하와 L. Audemard, *Les Jonques Chinoises : II. Construction de la Jonque*, Rotterdam, 1959, pp.52 이하를 보라. 어떤 닻은 한쪽 닻갈고리(palm)의 넓적한 부분에 고리가 있는데, 이는 닻이 신속하게 기능을 발휘하게 하기 위한 것이다.

10 수직식 설치 방식(vertical mounting)과 수평식 설치 방식(horizontal mounting)의 구별에 대해서는 이미 설명한 적이 있다(Joseph Needham, *Science and Civilization in China*, Vol.4, pt.2). 여기에서는 우리의 견해를 계속 밀어붙이려 한다. 그러나 당연한 일이지만, 선원들은 windlass를 수평식 드럼으로 해석할 것이다.

11 33卷, p.2.

12 34卷, p.4.

13 이것은 항해 기술뿐만 아니라 방직기계와 같은 다른 많은 분야에서도 사용되었던 것으로 보인다(Joseph Needham, *Science and Civilization in China*, Vol.4, pt.2, Fig. 404와 p.103).

다. 그러나 이러한 형태의 드럼 중 가장 큰 것은 양쯔강 하류의 목제 뗏목인 목패(木牌)의 윈치(winch)나 캡스턴(caps tan)에서 볼 수 있다. 이것의 높이는 12피트이고, 쓰촨(四川) 쯔류징(自流井) 지방의 염전에서 사용되는 거대한 권양기(winding-dru ms)와 유사하다. 그것은 뗏목을 요구된 방향으로 유지하기 위해 대형 닻이나 해묘(海錨, sea-anch or)를 끌어올릴 때 사용된다.[15] 서긍은 1124년에 해묘를 유정(遊矴)으로 기술하였는데, 보통의 닻과 동일

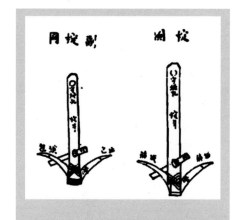

〈그림 1045〉 푸젠(福建) 조선소의 문서에 나타나는 두 가지의 손도끼 모양의 닻. 큰 것(矴)과 작은 것(副矴)이 있었다. 닻팔의 끝 부분은 철이 씌워져 있다.

하다고 잘못 기술하고 있기도 하다. 그러나 그는 해묘를 거친 날씨 때 사용한다는 것을 알고 있었다. 당시의 것은 오늘날과 마찬가지로 틀림없이 커다란 대바구니였을 것이다. 이것을 사용하는데 중국인 선원들보다 더 노련한 선원들은 없을 것이다.[16]

송응성은 하천용 곡물 수송선의 닻에 대해 다름과 같이 기술하고 있다.[17]

---

14 H. H. Underwood, "Korean Boats and Ships," *JRAS / KB*, 1933, 23, p.16, figs. 14, 19, 20, 32. 또한 <그림 1031>을 보라.

15 G. R. G. Worcester, *op. cit.*, vol.2, p.391.

16 *Ibid.*, vol.1, p.103.

17 『天工開物』, 第9卷, p.4. tr. Ting Wên-Chiang & I. A. Donnely, "'Thinhs Produced by the Works of Nature', published 1639, translated by Dr V. K. Ting," *MMI*, 1925, 11.; Sun Jen I-Tu & Sun Hsüeh-Chuan, *'Thien Kung Khai Wu,' Chinese Technology in the Seventeenth Century, by Sung Ying-Hsing,*

〈그림 1046〉『무비지(武備志)』(1628년 인쇄)에 나타나는 손도끼 모양의 닻. 나무로 된 패찰에는 '관선 몇 호의 닻(其號官船艇)'이라고 쓰여 있다.

쇠로 만든 닻은 선박을 계류시키기 위해 물속에 투입하는 것이며, 곡물 수송선은 보통 5, 6개의 닻을 보유하고 있다. 가장 무거운 것은 500근에 이르는데, 간가묘(看家錨)로 부른다. 2개의 소형 닻은 선수에 비치한다. 선박이 하천의 중앙에서 강한 역풍을 만나 앞으로 나아가지 못하고 또한 설상가상으로 선박을 묶어두지 못했을 때 (혹은 해안 근처의 바닥이 모래가 아닌 바위이기 때문에 해안에 접근하지 못하고 수심이 깊은 곳에 닻을 내려야만 했을 때[18]), 고리를 떼어 내버리고 닻을 (신속하게) 바닥으로 떨어뜨린다. 닻줄 즉 계진(繫絆)은 갑판 위의 기둥을 뜻하는 장군주(將軍柱)에 감는다(단단하게 고정시킨다). 닻갈고리가 바닥의 진흙과 모래에 닿았을 때, 그 갈고리는 바닥으로 파고 들어가 단단하게 지탱된다. 간가묘는 위급할 때만 사용한다. 이 닻줄은 그 중요성 때문에 선박 자체 즉 본신(本身)으로 호칭된다. 또한 선박이 다른 선박과 동행하면서 앞의 또 다른 선박이 속도를 늦춰 충돌할 위험이 있을 때에는 선미의 닻을 즉시 바다로 던져 속력

Pennsylvania State Yniv, Press & Univ. Oa가 and London, 1966.
18 이 부분은 宋應星 자신이 달은 注이다.

을 늦춘다. 바람이 약해지면 즉시 윈치(winch) 즉 운차(雲車)로 닻을 감아올린다.

凡鐵錨所以沉水繫舟 一糧船計用五六錨 最雄者曰看家錨 重五百近內外 其餘頭用二枝 梢用二枝 凡中流遇逆風 不可去又不可泊 (或業已近岸 其下有石非沙 亦不可泊 惟打錨深處) 則下錨沉水底 其所繫絆 纏繞將軍柱上 錨爪一遇泥沙 扣底抓住 十分危急 則下看家錨 繫此錨者 名曰本身 蓋重言之也 或同行前舟阻滯 恐我舟順勢急去 有撞傷之禍 則急下梢錨提住 使不迅速流行 風息開舟 則以雲車絞纜 提錨使上 (『天工開物』, 舟車, 第九)

완전히 다른 계류법이 강에서 사용되는 소형 정크와 삼판에서 공통적으로 사용되고 있는 사실이 발견되고 있다. 한 칸 이상의 격실에 통풍용 통이나 원통이 설치되며,[19] 이곳을 통해 추를 부착한 막대를 호수나 강바닥의 진흙 속으로 내린다. 수안(水眼)으로 알려진 이 계류법은 수위가 변해도 그대로 사용할 수 있다는 이점이 있다. 중국에서는 이러한 장대세우기(pole-setting)나 뻘닻(stick-in-the-mud anchor)이 최소한 송대(宋代)까지 소급되는데, 왜냐하면 당시의 회화에서 이를 볼 수 있기 때문이다. 그러나 이 방법은 뉴기니에서 6세기의 홀란드까지 세계 도처에서 옛날부터 사용되었다. 오늘날에도 이와 동일한 원리가 준설선에 사용되고 있다.

중국 역사에서 항구와 도크의 건설과 설계를 연구하려면 별도로 한 장을 만들어야 하겠지만, 중국에서도 서양에서도 이 분야를 연구한 사람이 없기 때문에 설명하기가 어렵다.[20] 그러나 기술적 관심 즉 선박의 건조나 수리를

---

19 D. W. Waters, "Chinese Junks : the Hanchow Bay Trader and Fisher," *MMI*, 1947, 33.; G. R. G. Worcester, *op. cit.*, vol.1, p.98을 보라. 생각하건대, 이 방식이 rudder-trunk의 발명과 관련이 있을 것 같다.

20 그러나 劉銘恕, "宋代海上通商史雜考," 「中國文化研究會刊」, 1945, 5가 宋代의 港灣施設에 대한 약간의 자료를 수집해 놓고 있다.

위한 건선거(乾船渠, dry dock)의 발전에 대한 관심은 뚜렷하게 나타난다. 유럽의 양상은 다소 불분명하다. 다름스타터(Darmstädter)의 연구[21]에 의하면, 영국이나 서양에서 최초의 선거는 헨리 7세(Henry VII)가 1495년 포츠머스(Portsmouth)에 건설한 것이다. 이 선거는 문이 없었으며, 필요에 따라 입구를 말뚝으로 폐쇄할 수 있었다. 한편, 스트라우브(Straub)는 최초의 건선거가 드 벨리도르(de Bélidor) 시대 즉 1710년경에 건설되었다고 주장하였다.[22] 노이부르거(Neuburger), 포브즈(Forbes), 그 밖의 사람들은 최초의 건선거가 알렉산드리아(Alexandria)에 있었으며, 시대가 기원전 3세기로 소급된다고 주장하였지만,[23] 그러나 좀 더 최근에 이루어진 연구[24]는 신증할 수 없다고 주장하였다. 어찌되었든 심괄(沈括)의 자세한 기록[25]은 중국에서 송대에 발명되었다는 주장의 유력한 증거가 될 것이다.

　　송나라 초기(965년경), 양절지방<역자주 : 현재의 浙江省과 江蘇省 남부>은 길이가 20피트 이상인 용선(龍船) 2척을 (궁궐에) 진상하였다. 선상에는 호화로운 방과 살롱이 있는 여러 층의 갑판이 있으며, 궁정의 여러 관료는 언제라도 이 배를 타고 순시할 수 있었다. 세월이 지나 선박이 손상되어 수리가 필요하게 되었지만, 선박이 해상에 있는 한 수리를 할 수 없었다. 그리하여 희녕(熙寧) 년간(1068~77)에 환관 황회신(黃懷信)은 계획을 세워 금명지(金明池)의 북쪽 끝단에서 용선을 넣기에 충분할 정도로 큰 구멍을 파고 말뚝을

21 L. Darmstädter, *Handbuch der Geschichte d. Natur Wissenschaften u. d. Technik*, Springer, Berlin, 1908.
22 H. Straub, *Die Geschichte d. Bauingenieurkunst; ein Überblik von der Antike bis in die Neuzeit*, Birkhäuser, Basel, 1949, p.144.
23 A. Neuburger, *The Technical Arts and Sciences of the Ancients*, Methuen, London, 1930, p.482.; R. J. Forbes, *Man the Maker; a History of Technology and Engineering*, Schuman, New York, 1950, p.68.
24 R. G. Goodchild & R. J. Forbes, "Roads and Land Travel," Art. in A *History of Technology, ed.* C. Singer et al., Oxford, 1956.
25 『夢溪筆談』, 補筆, 卷二, 第19條. 胡道靜, 『夢溪筆談校證』, 第二卷, 上海, 1956, p.954.; Idem, 2, p.313을 참조. 羅榮邦의 협력으로 필자가 번역하였다. 이 구절의 중요성은 顧均正, "中國在十一世紀就出現船塢," *TCKH*, 1962(no.1), 5에 의해 인정되었다.

박은 후 견고한 열십자 들보를 얹었다. 이어서 (입구를 열고) 물을 채워 선박을 들보 위에 놓았다. (그리고 나서는 입구를 막고) 물을 수차(水車)로 빼냈으며,[26] 선박 전체가 물 밖으로 나오게 했다. 수리가 끝나면 물을 다시 가득 채워 선박을 띄웠다. 마지막으로 말뚝과 들보를 제거하고, 큰 구멍 전체를 큰 지붕으로 덮어 격납고(hanger)를 만들었으며, 선박을 비바람으로부터 보호하고 상하지 않게 했다.[27]

國初 兩浙獻龍船 長二十餘丈 上爲宮室層樓 設御榻 以備遊幸 歲久腹敗 欲修治 而水中不可施工 熙寧中 宦官黃懷信獻計 於金明池北鑿大澳 可容龍船 其下置柱 以大木梁其上 乃決水入澳 引船當梁上 卽車出澳中水 船乃笐於空中 完補訖 復以 水浮船 撤去梁柱 以大屋蒙之 遂爲藏船之室 永無暴露之患 (『夢溪筆談』, 補筆談, 卷二)

신종(神宗)의 선거는 헨리 7세의 선거와 마찬가지로 문이 달려 있지 않았지만, 4세기나 앞선 것이었다.

항구, 대피처, 투묘지를 언급할 때면 선박을 유도하기 위한 등대(燈臺)[28] 혹은 등탑(燈塔, 이 용어는 오래된 것 같지 않다)에 대해 한마디 안 할 수 없다. 등대는 고대 유럽의 문헌에 비해 중국 문헌에서 별로 다루어지지 않고 있는 것처럼 보이는데, 이는 해상 교통이 서양에서 더 중요시되었기 때문일 것이다. 봉화(烽火)를 지칭하는 봉수(烽燧)에 대해 백과전서에 집성되어 있는 기사들은 거의 군사용 신호나 공용 신호(governmental signalling)였기 때문에 주로

---

26 동력을 구비한 물방아나 龍骨車.

27 喬維嶽의 貯水池 開門(lock basins)을 참조. 宋代의 저수지 갑문이라는 관점에서 보면, 이 건 선거는 아마 스톱 로그 갑문(stop log gates)을 갖고 있었던 것으로 보인다.

28 R. de Loture & L. Haffner, *La Navigation à travers les Ages : Évolution de la Technique Nautique et de Ses Applications*, Payot, Paris, 1952, pp.25, 55, 276.; E. Allard, *Les Phares : Histoire : Construction : Éclairage*, Rothschild, Paris, 1889.; R. Hennig, "Beutrag z. ält. Gesch. d. Leuchttürme," *BGTI*, 1915, 6을 보라.

구릉이나 성에 있던 정화(灯火)를 의미하였다.[29] 알렉산드리아의 파로스 (Pharos) 등대에 필적할 만한 것은 없다. 이 등대는 기원전 270년 프톨레미 필라델포스(Ptolemy Philadelphos)를 위해 크니두스(Cnidus, <역자주 : 소아시아 서남부 Caria의 고대 도시>)의 소스트라투스(Sostratos)가 건설한 것이었다. 높이 가 아마 150피트였을 것이며, 그 때문에 13세기에도 대부분 남아있었다.[30] 중국에서도 연안이나 호숫가에서 소규모의 등대가 이용되고 있었을 것이지 만, 문헌에서는 보통 외국의 등대를 언급하고 있다. 지리학자였던 가탐(賈耽) 은 785년부터 805년까지의 저서에서 광동과 페르시아 만 사이의 해역에서 활동하는 해적을 언급하면서 페르시아 만 입구 부근의 "라화이(羅和異) 지역민 들이 바다에 장식용 기둥 즉 화표(華表)를 세우고 밤에 그곳에 횃불(炬)을 밝혀 선원들이 길을 헤매지 않도록 하고 있다"고 기술하였다.[31] 1세기 후에 알

29 에를 들면,『太平御覽』,卷三百三十五, p.5 이하를 보다. 그러나 요새가 해안이나 물가에 있 을 경우에는 海運에도 이익이 되었다. 왜냐하면 평시에 한 개의 등을 매일 켜두었다고『太 白陰經』(759)에 기술되어 있기 때문이다. 별 이상이 없을 때에는 매일 밤마다 1개의 등을 켜두었다. 경계를 필요로 할 때에는 2개의 등을 그리고 적의 접근을 알리는 연기나 먼지 등이 피어오를 때에는 3개의 등을 달았으며, 적군을 보았을 때에는 짚단에 불을 붙였다. 만 약 새벽이나 밤에 등이 보이지 않는다면, 파수꾼이 적에게 잡혀 있는 것이 틀림없었다. 1124 년 중국사절단이 조선에 도착한 사실이 烽火臺에 의해 알려졌으며(『宣和奉使高麗圖經』,卷 三十五, p.2), 1562년까지 광동성 서부에서 장쑤성 북부까지 해안선에 최소한 711개의 봉화 대가 있었다(『籌海圖編』,卷三一六). D. Gandar, *Le Canal Impérial : Étude Historique et Descriptive*, T'ou-Sé-wé, Shanghai, 1894, pp.18 이하는 海運뿐만 아니라 높은 波濤도 경고하기 위해 19세기 까지 장쑤성 북부에서 이용되고 있던 인공 구릉의 望樓에 대해 기술하였다. 중국의 해상등 과 해상 신호에 대해서는 S. Rosani, *La Segnalazione Marittima attraverso I Secoli*, Tipografio Stato Maggiore Marins, Rome, 1949에 필적할 만한 논문이 없다. 그러나 수군의 편제, 신호, 전투 태 세에 관한 자료는 兪昌會의『防海輯要』(1822), 第十四卷에 포함되어 있다.

30 J. Forster, "Crosses from the Walls of Zaitun," *JRAS*, 1954, 1; A. Neuburger, *The Technical Arts and Sciences of the Ancients*, Mrthuen, London, 1930, p.245; F. M. Feldhaus, *Die Technik der Vorzeit, der Geschichtlichen Zeit, und der Naturvölker*, Engelmann, Leipzig & Berlin, 1914, col. 624.; de Camp.2 등을 보라.

31『新唐書』,卷四十三中, p.18. tr. F. Hirth & W. W. Rockhill, *Chau Fu-Kua : His work on the Chinese and Arab Trade in the 12th and 13th centuries*, entitled *Chu-Fan-Chi*, St Petersburg, 1911, p.13. 이곳은 Baluchistan(Mekran)의 해안이었던 것으로 보인다.

마수디(미－Mas'ūdī)[32]와 말 무카다시(미－Muqaddasī)[33] 같은 아랍인들의 서적에서도 페르시아 만 등대를 확인할 수 있다. 중국인이 알렉산드리아의 파로스 등대에 대해 1225년에 기술한 것을 읽으면 대단히 흥미로울 것이다.[34]

알렉산드리아라는 나라는 이집트에 속한다. 전설에 의하면, 그 옛날 조갈니 (徂葛尼)[35]라는 이름을 가진 외국인이 해변에 거대한 탑을 세웠다. 탑 밑을 파고 들어가 밖에서 보이지 않는 방을 2개 만들고, 한 방에는 곡물을 그리고 다른 한 방에는 무기를 보관하였다. 탑의 높이는 200피트[36]이며, 4필의 말이 나란히 ⅔ 높이까지 (나선형 경사로를 따라) 올라갈 수 있었다. 탑 밑과 중앙 에는 터널에 의해 큰 강과 이어지는 큰 우물이 있었다. 외적으로부터 이 탑을 지키기 위해 나라 전체가 모든 적에게 맞서 그것을 지켰다. 탑 밑에 2만 명을 배치했기 때문에, 탑을 지키고 출전하는 것이 가능하였다. 꼭대기에는 큰 거 울이 있어 타국의 적선이 공격해오는 것을 미리 알아낼 수 있었고, 병력이 적을 물리칠 준비를 하였다. 그러나 최근에 외국인이 (알렉산드리아로) 와서 탑 밑의 위병소에서 일하고 싶다 하여 청소부로 고용하였다. 몇 년 동안 그를 의심하는 사람이 전혀 없었는데, 그는 어느 날 갑자기 기회를 노려 거울을 바다에 던져버리고 도망갔다.

遏根陀國 勿斯里之屬也 相傳古人異人徂葛尼於瀕海建大塔 下鑿地爲兩屋 塼結 甚密 一窖糧食 一儲器械 塔高二百丈 可通四馬齊驅 而上至三分之二 塔心開大井 結渠透大江 以防他國兵 侵則擧國據塔以拒敵 上下可容二萬人 內居守 而外出戰 其頂上有鏡極大 他國或有兵船侵犯 鏡先照見 卽豫備守禦之計 近年爲外國人投塔

32 tr. C. Barbier de Meynard & P. de Courteille, *Les Prairies d'Or*, vol.1, Paris, 1861~77, p.230.

33 tr. G. S. A. Ranking & R. F. Azoo, Eng. traslation of al-Muqaddasī's Ahsan al-Taqāsīm fī Ma'arifat al-Aqālīm, Calcutta, 1897~1910, p.17.

34 趙汝适, 『諸蕃志』, p.31. tr. F. Hirth & W. W. Rockhill, *op. cit.*, p.146, fig. 985를 참조.

35 아마 Dhū al-Qarnayn(뿔 달린 남자라는 뜻) 즉 Alexander 대왕 자신을 지칭하는 것 같다.

36 丈(10피트)을 尺(1피트)로 수정하였다.

下 執役掃酒 數年人不疑之 忽一得便盜鏡 抛沈海中而去 (『諸蕃志』, 卷上)

　이러한 배경을 감안할 때, 중국의 유명한 등대 중 하나가 광둥의 이슬람 사원의 첨탑이었던 것은 흥미로운 사실이다. 이 등대는 회성사(懷聖寺)의 광탑(光塔)을 지칭하는데, 낙하산과 관련된 탑 꼭대기의 금계(金鷄)를 살펴볼 때 언급한 적이 있다.[37] 이 탑의 구체적인 모습은 19세기 초기의 구지석(仇池石)에 기록되어 있으며,[38] 그 일부는 그보다 훨씬 앞선 1200년경에 저술된 방신유(方信孺)의 『남해백영(南海百詠)』을 근거로 작성되었다. 탑의 높이는 165피트였다. 광탑으로 불린 것은 선박을 유도하기 위해 꼭대기에 불을 켜두었기 때문이었을 것이다. 당나라 때 외국인이 이 탑을 건립했으며,[39] 내부에 나선형 계단이 있다고 기록되어 있다. 매년 5월과 6월에는 아랍인들이 자신들의 대양 항해선을 위해 하구를 바라보려고 이곳에 모였으며, 5월의 모임에서는 탑에 올라가 순풍을 기원하기도 했다. 1468년 순찰사 한옹(韓雍)은 뾰족탑을 수리하고 공식 메시지를 보내게 했는데, 아마 등불을 이용했었을 것이다. 또한 불교 사찰의 탑들도 등대 역할을 하였다. 『항주부지(杭州府志)』에 의하면, 첸탕강(錢塘江) 강변에 위치한 육화탑(六和塔)은 송대 초기부터 야간에 정박지를 찾으려는 선박을 위해 매일 밤마다 불을 켜두었다.[40] 그리하여 중국에서는 적어도 두 가지 종교가 영국의 트리니티하우스형제회(Brethren of Trinity House)에 필적하는 역할을 하였다.

---

37 Joseph Needham, *Science and Civilization in China*, Vol.4, pt.2, p.594를 보라.
38 『羊城古鈔』, 卷三, pp.36, 37과 卷七, p.16.
39 아마 송나라 때로 간주하는 것이 더 타당할 것이다.
40 卷三十五, p.20. 梁思成, "杭州六和塔復原狀計劃,"「中國營造學社彙刊」, 1935, 5(no.3)를 참조. 필자는 1964년 이 지역을 방문했을 때 이 지방 전통이 현재까지 아주 강력하게 명맥을 유지하고 있다는 것을 알 수 있었다. 이 탑은 원래 970년에 9층으로 건립되었지만, 1136년에 7층의 목제 발코니를 달아 13층처럼 보이게 되었으며, 현재의 모습은 바로 이것이다.

2. 예인

중국에서 선박을 끌어 하천을 올라가는 것에 대해서는 앞에서 종종 언급한 적이 있다.[41] 충칭(重慶)의 자링강(嘉陵江)과 같은 쓰촨(四川) 지방의 큰 강 주변에 살았던 적이 있는 사람들에게는 선박을 끌어당기는 인부들의 외침 소리와 그들에게 시간을 알려주는 큰 북소리가 잊기 어려운 추억일 것이다. 양쯔강의 협곡과 아주 가깝게 인접해있는 예행로(曳行路, towing galleries)를 보여주고 있는 <그림 880>에서 보듯이, 중국의 선원들은 자연적인 난관을 극복하였다.[42] 험난한 곳에서는 100명의 인력이 동원되었다. <그림 1047>은 쓰촨에서 소금배(鹽舟)를 끄는 모습을 보여주고 있다. 하규(夏圭, 1180~1230)의 그림은 마르코 폴로의 기록이 나타나기 이전 시대의 선박 예인과 관련된 자료로 많이 이용되고 있으며, 둔황(敦煌)의 벽화(Joseph Needham, *Science and Civilization in China*, Vol.4, pt.2의 <그림 547>)처럼 그보다 훨씬 오래된 그림도 있다. 선박을 끄는 사람들이 사용하는 예인 도구와 논밭에서 일하는 효율적인 가축용 마구의 발달 사이에 어떤 관계가 있을 것 같다는 점을 같은 곳에서 언급한 적이 있다.[43] 선박을 예인할 때(拉縴) 선미 가로보(cross-beam aft)에 고정된 케이블(索)은 돛대를 지나 주철로 만든 개폐식 도르래(snatch-block)를 통과하고 있다. 이 도르래는 돛을 오르내릴 때 사용하는 용총줄(halyards)로 오르내리게 되어 있으며, 보통은 돛대의 ⅓ 높이에 걸려 있고, 다른 선박을 추월할 경우에는 돛대 끝까지 끌어 올린다.[44] 선박을 예인할 때 사용하는 대나무로 만든

---

41 사진은 L. Fessler, et. al., *China*, Time-Life International, Amsterdam, 1968, p.51을 참조.
42 黃河의 三門峽에 있는 선박 예인 인부들의 보도에 관한 자세한 연구가 현재 출판되었다(『三門峽漕運遺跡』).
43 G. R. G. Worcester, *Notes on the Crooked-Bow and Crooked-Stem Junks of Szechuan*, Shanghai, 1941, pp.59 이하는 중국 선원의 結索法 중 선박 예인 인부들이 사용하는 것에 대해 한 장을 할애하고 있는데, 이 장은 흥미롭다. C. W. Ashley, *Book of Knots*, Faber & Faber, London, 1944를 참조.
44 이 모든 것에 상세한 내용에 대해서는 G. R. G. Worcester, *Junks and Sampans og the Upper Yangtze*, Shanghai, 1940, pp.13 이하.; Idem, *Notes on the Crooked-Bow and Crooked-stem Junks of Szechuan*, Vol.1,

〈그림 880〉 양쯔강 협곡의 암벽을 절단하여 만든 것으로서 선박을 예인하는 인부들이 다니는 길. 이창(宜昌) 상류의 풍상협(風箱峽)으로 알려진 협곡이다(촬영 : Popper, RO/109/13). 황하 상류의삼문협(三門峽)과 아주 유사하다.

로프에 대해서는 다른 곳에서 이미 언급하였다. 삼으로 만든 로프가 물에 젖으면 강도가 약 25% 떨어지는데 비해 대나무로 만든 로프는 물에 닿으면 약 20% 올라간다. 푸글－메이어(Fugl-Meyer)의 실험에 의하면, 직경 1½인치

Shanghai, 1941, pp.42, 62 이하와 vol.2, p.296을 보라. 인간이 해안을 따라 선박을 끄는 것은 프랑스에서도 1830년까지 계속되었다. 그러므로 Gallo-Rome의 부조에서 그러한 모습을 보아도 전혀 놀랄 일이 아니다. 그러나 그들도 역시 그물망을 돛대에 부착하는 것을 볼 때 약간 놀라지 않을 수 없을 것이다. F. Benoit, "Un Port Fluvial de Cabotage : Arles et l'Ancienne Marine à Voile du Rhône," *AHES/AHS*, 1940, 2.; L. Bonnard, *La Navigation Intérieure de la Gaule à l'Époque Gallo-Romane*, Picard, Paris, 1913, fig. 18, p.240.; M. Pobé & J. Roubier, *The Art of Roman Gaul : a Thousand Years of Celtic Art and Culture*, Galley, London, 1961, pl.210.

의 로프 무게는 건조한 상태일 때 5톤 정도이지만, 물에 젖었을 때에는 약 6톤의 하중을 견딜 수 있었다.[45]

〈그림 547〉 선박을 상류로 끌고 가는 견인자(牽引者)의 모습. 둔황(敦煌) 천불동(千佛洞) 제322호에 있는 당대(唐代) 초기의 벽화이다. 견인의 효과를 높이기 위해 사람과 말이 함께 동원되기도 하였다.

45 G. R. G. Worcester, *Junks and Sampans of the Upper Yangtze*, Shanghai, 1940, p.15에 있다.

〈그림 1047〉 상류로 예인되고 있는 소금배(鹽船). 출처는 『사천염법지(四川鹽法志)』(卷六, pp.15, 16)이다. 이 그림의 오른쪽 하단에는 소용돌이가 그려져 있는데, 필자는 1943년 삼판을 타고 자딩(嘉定, 樂山)에서 쉬저우(徐州, 宜賓)까지 내려갔을 때 쓰촨의 하천에 그러한 소용돌이가 없다는 사실을 알 수 있었다.

3. 틈새 메우기, 선체 피복, 펌프

수밀상태로 만들기 위해 전통적인 중국 선장(船匠)과 선원이 사용해온 수단은 가끔 언급되어 왔다.[46] 대체로 틈새 메우기를 뜻하는 염선(艌船)을 하는데 이용된 고전적인 혼합 물질은 동백기름(桐油)과 석탄을 섞어 만든 삼부스러기 즉 마사(麻絲)였다. 그 밖에도 오래된 선박의 외판에 새판을 덧붙여 외판을

---

46 L. Audemard, *Les Jonques Chinoises : II. Construction de la Jonque*, Rotterdam, 1959, p.20을 참조

두껍게 만들기도 하였다. 선박에 사용하는 건성 접합제(drying putty)는 소금 작업을 하는 쓰촨의 인부들이 파이프와 용기에 담아 사용한 것과 본래 같았지만, 선박용 최상품은 혼합 비율이 더 복잡했으며, 특히 콩기름을 섞은 사실을 주목해야 한다.[47]

물 이외의 것을 막는 데에는 별도의 방법이 필요하였다.

배좀벌레조개(Toredo) 같은 해충[48]과 부착 생물이 선체에 붙는 것을 막기 위한 선체 피복(被覆, sheating) 그리고 전투 때 적의 공격으로부터 건현(乾舷, upper works)을 보호하기 위한 방어용 구조물은 당연히 함께 존재했다. 그러나 방충용 금속판(metal-plate)은 이 방어용 구조물보다 훨씬 오래전부터 사용되었다. 몰(Moll)은 선박과 건축에서 목재 보호의 역사를 서술하려고 하였다.[49] 리치오 호수(Lake Riccio)에 띄운 트라야누스(Trajanus) 황제의 갤리(Alberti가 기록하였다)와 네미 호수(Lake Nemi)의 신전에서 사용하던 선박에서 볼 수 있는 것처럼,[50] 로마인들이 선저를 납으로 피복하고 있었다는 것은 그의 논문과 다른 자료[51]를 통해 알 수 있다. 그러나 이것은 완전히 예외적인 경우였으며,[52] 중세에는 선저를 피복한 사례가 없다. 1525년경 유럽에서 납을 다시

---

47 980년경 승려 錄贊寧이 저술한 기술서적 『物類相感志』(p.31)에 기술되어 있다. 최근에는 그 것이 李長年, 『中國農學遺産選集豆類』, 中華書局, 上海, 1958, p.76, no.94에 인용되었다.

48 C. E. Lane, *Venetian Ships and Shipbuilders of the Renaissance*, Johns Hopkins Univ. Press, Baltimore, MD, 1934를 보라.

49 F. Moll, "Holtzschütz, seine Entwicklung v. d. Urzeit bis zum Umwandlung des Handwerkes in Fabrikbetrieb," *BGTI*, 1920, 10.

50 G. Moretti, *Il Museo delle Nave Romane di Nemi*, Libreria dello Stato, Rome, 1940.; G. Ucelli di Nemi. "Il Contributo Dato dalla Impresa di Nemi alla Conscenza della Scienza e della Tecnia di Roma," *Art in Nuovi Orientamenti della Scienza*, Rome, 1942.; Idem, *Le Nave di Nemi*, Libreria dello Stato, Rome, 1940.

51 A. Neuberger, *The Technical Arts and Sciences of the Ancients*, Methuen, London, 1930, p.482는 Athenaeus, Deipnosophists, v. 40에 관해 언급하고 있다.

52 그렇지 않으면 그렇게 생각할 수도 있었다. 그러나 잠수부가 Marseille 앞바다에 침몰한 3세 기의 그리스 상선을 조사한 결과에 의하면, 선체(와 분명히 갑판의 일부)가 납을 씌운 청동 못으로 고정시킨 20톤의 鉛版으로 덮여 있었다(J. Y. Cousteau, "Fish-Men discover a

사용하려고 했지만, 이미 말의 털을 끼워 넣어 판을 덮는 방법이 이를 대신하고 있었으며, 1758년 이후에는 납판이 아닌 동판을 사용하기 시작하였다.[53] 줄리앙(Julien)[54]은 4세기 초 중국 문헌에서 정크의 선저를 동으로 피복한 사실을 지적하였다. 예를 들면, 왕가(王嘉)의 『십유기(拾遺記)』에는 전설에 나타나는 성왕(成王) 시대에 연구국(燃丘國)에서 온 사절에 대해 다음과 같이 묘사되어 있다.[55] "사절단은 선저에 동판(또는 청동판)[56]을 부착한 선박을 타고 소용돌이치는 바다를 건너 왔다." 여기에서 생물의 선체 부착을 방지하는 것이 분명하게 언급되었으며, 그 구절은 그러한 생각이 적어도 왕가의 시대에 존재하고 있었음을 입증하고 있는 것으로 보인다. 진(晉)나라의 유흔기(劉欣期)가 편찬한 『교주기(交州記)』에는 월왕(越王)을 위해 건조된 동선(銅船)이나 청동선(青銅船)이 오랫동안 모래에 묵혀 있어 썰물 때 볼 수 있다고 기술되어 있다.[57]

금속 선박(metal boats)에 대한 이야기가 민화와 전설을 모아 놓은 중국 고문헌에 많이 나타난다는 것은 널리 알려져 있는 사실이다.[58] 이 이야기는 특히

2200-year-old Greek Ship," NGM, 1954, 195).

53 J. Charnock, *An History of Marine Architecture*, vol.1, Faulder et al., London, 1800-2, p.101.; *Ibid.*, vol.3, p.201.; R. de Loture & L. Haffner, *La Navigation à travers les Ages : Évolution de la Technique Nautique et de ses Applications*, Payot, Paris, 1952, p.103.; G. S. Laird Clowes, *Sailing Ship : their History and Development as illustrated by the Collection of Ship Models in the Science Museum*, London, 1932, pp.85, 104. 초기의 경우는 아니지만, 19세기 대양 항해용 정크에도 자주 보였다(趙泉澄, "十八世紀呂宋一咾哥航船來華記," YK, 1937, 6(no.11)을 보라). 못의 철과 동이 접촉하는 부분에서는 항상 전기 분해 현상이 문제로 대두되었다.

54 Stanislas Julien, "Notes sur l'Rmploi Militaire des Cerfs-Volants, et sur les Bateaux et Vaisseaux en Fer et en Cuivre, tirées des Livres Chinois," CRAS, 1847, 24.

55 卷二, p.6. 『格致鏡原』, 卷二十八, p.12에서 인용.

56 사용되고 있는 한자는 薄(幕) 혹은 鑄(鍬)이며, 어느 경우에도 금속판이라는 뉘앙스를 띠고 있다. 다른 글자인 橫(梁) 또는 柱)는 그렇지 않다.

57 『後漢書』, 卷三十三, p.16에서 인용. 7세기 말 백과전서인 『初學記』, 卷七, p.3.; 『太平御覽』, 卷七百六十九, p.6.; 『格致鏡原』, 卷二十八, p.12.; 『太平寰宇記』, 卷一百七十一, p.4.; E. H. Schafer, "The Vermilion Bird : Thang Images of the South," Univ. of Calif. Press, Berkeley and Los Angeles, 1967, pp.97 이하를 보라.

58 R. A. Stein, "Le Lin-Yi : sa localisation, sa contribution à la formation du Champa, et ses liens avec la Chine," HH, 1947, 2(nos. 1-3), pp.147 이하.; M. Kaltenmark, "Le Dompteur des Flots," HH, 1948,

남중국과 안남 지방에 많고, 기원후 42~44년의 원정 때 남방을 귀속시킨 한(漢)나라 마원(馬援) 장군의 빛나는 무훈 중 하나로 이야기되고 있다. 사람들이 그 흔적을 볼 수 있는 동선이나 청동선은 제국의 남부 국경임을 알려주는 청동 기둥의 설치, 랜드마크(landmarks)로서 청동 기둥의 주조, 해상 항로를 단축하고 안전하게 하기 위한 운하의 건설 등에 대한 이야기들과 연관되어 있다.[59] 문헌상의 증거는 2~9세기 사이의 모든 기간 동안 존재하며, 단 하나 즉 4세기 초의『십유기』만이 특별히 선저의 동판을 언급하고 있다. 중국학자들이 생각하는 것처럼, 선박을 금속으로 건조한다는 생각은 완전히 마술이나 아이디어에 불과했을 가능성도 당연히 있지만, 그러나 당시 남방의 조선공(造船工)은 대장장이의 협력으로 목재를 보호하기 위해 못을 박아 부착할 수 있을 정도로 얇은 금속판을 만들었을 가능성도 있다. 만약 그렇다면, 동판을 댄 18세기 중국 선박은 옛날부터 시행되었던 것이며, 네미 호수의 조선술이 중국에 전해진 것으로 말할 수 없게 된다. 철선(鐵船)에 관한 자료도 있다. 송대나 그 이전의 것으로 보이는 저자 불명의『화산기(華山記)』에는 산속 호수 주변에 버려진 철선이 기술되어 있다.[60] 이것은 같은 전설이나 기술을 반영하고 있음이 확실하다. 그러나 군용 선박에 철장갑을 입히는 것은 뒤에서 언급하겠지만, 단순히 전설만은 아니었다.

3(nos. 1-2), pp.20 이하, 22 이하, 30, 32 이하.; E. H. Schafer, *op. cit.*, pp.97 이하를 보라.

59 청동선이나 동선을 기술한 텍스트는『水經注』, 卷三十七, pp.6, 7에 인용되어 있는『林邑記』;『太平寰宇記』, 卷一百七十日, p.6에 인용되어 있는『南越志』, 卷六十六, p.7.;『太平寰宇記』, 卷一百六十九, p.4에 인용되어 있는『方輿記』.;『元和郡縣圖志』(814), 卷三十八, p.5 등이 있다.

60『格致鏡原』, 卷二十八, p.12에서 인용. 남부 지방에 대한 허풍스런 이야기들 중 하나는 6세기의『述異記』에 포함되어 있는데, 이것은 滄州의 어느 한 江에 대한 이야기이다. 이 강물에서는 강물의 밀도가 대단히 높아 금속은 물론 돌도 가라앉지 않는다고 한다. 이 강물은 Joseph Needham, *Science and Civilization in China*, Vol.3, p.608에서 살펴본 弱水(weak water)의 정반대이며, 아마 死海의 이야기도 전해졌을 것이다(『格致鏡原』, 卷二十八, p.12에서 인용). 그렇기 때문에 사람들은 강을 건너고 싶을 경우 돌과 철로 선박을 건조하였다.

선박이 물 위에 떠있을 때 선내에 들어오는 물을 배출하는 도구에 대해서는 별로 조사되지 않고 있다. 시라쿠즈(Syracuse)의 히에론(Hieron)이 기원전 225년에 건조한 대형 선박은 배수용으로 1명이 작동시키는 아르키메데스(Archimedes)의 나선형 양수기 즉 코클레아(cochlea)가 설치되었던 것으로 전해진다. 그러나 아테나이오스(Athenaeus)는 이를 믿지 않았던 것으로 보인다.[61]

중국에서는 16세기 말 이후부터 피스톤 펌프(piston pump) 즉 압수기(押水器)가 사용되었지만, 유럽에서는 아주 옛날부터 사용되었다.[62] 그러나 원시 기술 상태(eotechnic conditions)에서는 아마 피스톤 펌프보다 체인 펌프(chain pump, 龍骨車)가 배수하기 쉬웠을 것이다. 사실 당시 서양인들은 중국의 선박에서 이 방법들이 사용되고 있는 것을 보고 경탄했음을 알 수 있다. 최초의 기록은 1556년 수개월 동안 중국에 머무른 포르투갈의 도미니크파 수도사 가스파르 다 크루즈(Gaspar da Cruz)의 진술인데, 그는 "모든 것을 힘보다는 기교로 사용하고 있다"고 언급한 후 다음과 같이 기술하고 있다.[63]

> 선박이 너무 큰 경우는 결코 없으며, 누수가 많이 되는 경우도 결코 없다. 펌프가 멋있게 만들어져 있으며, 한 명이 계단을 올라가듯이 다리를 사용하여 좁은 공간에서 물을 퍼낸다. 이 펌프는 수차(水車, water-wheels)의 방식으로 여러 부품을 조립한 것인데, 늑골과 늑골 사이의 현측에 놓여 있다. 각 부품마다 약 $\frac{2}{3}$야드 길이 나무토막이 1개 있으며, 약 $\frac{1}{3}$은 멋지게 장식되어 있다. 이 나무토막의 한가운데에는 손과 거의 같은 크기의 사각형의 작은 나무판이 붙어있으며, 각 나무토막은 멋있게 구부러진 형태로 연결되어 있다. 이음매는 이 펌프가 훌륭하게 작동할 수 있도록 꼭 맞으며, 각 나무토막에 있는 작은

---

61 Deinosophists, v. 43. C. Torr, *Ancient Ship*, Cambridge, 1894, p.61을 참조.
62 흥미로운 몇 가지의 예외를 제외하고, 중국 기술의 전통에는 액체용 피스톤 펌프가 없었던 것으로 생각된다.
63 ed. C. R. Boxer, *South China in the Sixteenth Century : being the Narratives of Galeote Pereira, Fr. Gaspar da Cruz, O.P., and Fr. Martin de Rada, O.E.S.A.(1550~1575)*, Hakluyt Society, London, 1953, p.121.

나무판보다 폭이 좁고, 모두 같은 형태로 만들어져 있다. 이 펌프는 2개의 작은 판 사이에 많은 물을 담아 끌어올리는 방식을 이용하고 있다.

1585년 드 멘도자(de Mendoza)도 똑같이 찬사를 보냈다.[64]

선박의 펌프는 우리 것과 다르지만, 훨씬 우수하다. 펌프는 여러 개의 부품으로 만들어지며, 물을 퍼 올리는 바퀴(車)가 장치되어 있다. 바퀴는 현측을 따라 설치되어 있으며, 그들은 바퀴를 이용하여 물을 쉽게 퍼 올린다. 물이 그리 많이 새지 않는다고 하는데, 한 명이 작동시켜 15분 만에 대형 선박의 물을 다 퍼낸다. …

그 후 이러한 유형의 펌프는 아이삭 보시우스(Isaac Vossius)의 소개로 널리 알려졌으며,[65] 19세기 초가 되자 주목받기 시작하였다.[66] 이 펌프에 대한 구체적인 설명이 중국 자료에 없기 때문에 어떤 형태의 체인 펌프였는지는 알기 어렵다. 언뜻 보기에 페르시아의 수직 사키아(sāqīyah)가 선박용으로 가장 적합했던 것으로 생각되지만, (그 편집자의 말에 따르면) 다 크루즈의 묘사는 아직 의미를 알 수 없는 부분이 있으나 경사진 중국식 용골차(inclined square-pallet chain pump, Joseph Needham, *Science and Civilization in China*, Vol.4, pt.2, p.339를 보라)를 보여주고 있다. 16세기 중엽 이전까지 중국에서는 이 펌프 덕분에 피스톤 펌프가 없어도 어려움이 없었다.

실제로 이 두 가지 유형의 펌프는 정 반대의 방향으로 전래되었다. 체인

64 Juan Gonzales de Mendoza, *Historia de las Cosas mas Notables, Ritos y Costumbres del Gran Reyno de la China* …, vol.1, Rome, 1585, p.150(tr. Parke).

65 Vossius 1, p.139. "그들(포르투갈인)도 부서지고 침수되었으나 아직 침몰하지 않은 중국 선박 안에서 그것을 관찰하고 있다. 선박의 늑골 부분에 고정시켜 놓은 펌프를 한 명의 남자가 밟아 우리 선박이라면 며칠 동안 빼 내야 할 양의 물을 한 시간 만에 배출한다."(1685)

66 R. M. Davies, *Yunnan, the Link between India and the Yangtze*, vol.3, Cambridge, 1909, p.82.

펌프는 서양 선박에서 사용되었으며, 피스톤 펌프는 중국인들의 관심을 끌었다. 1600년경 랠리 경(Sir Walter Raleigh)은 영국 해군이 도입한 새로운 발명품 목록에 본넷(bonnets, 돛을 이은 부분), 보조돛(studsails), 양묘기(anchor capstans)와 함께 체인 펌프를 기록하였다.[67] 유뱅크(Ewbank)는 그 이후의 문헌을 조사하여 체인 펌프가 17세기 말경에 영국 군함에서 널리 사용되었고, 18세기에 이르러 피스톤 펌프를 대신하게 되었다고 주장하였다.[68]

선박에서 펌프의 다른 한 가지 용도는 적의 화공(火攻)으로 발생한 불을 끄는 것이었다. 이 문제는 앞에서 몇 차례 언급한 적이 있지만, 여기에서 약간 부언해둘 필요가 있다. 본서에서도 군신의 방화 장비에 대한 서술의 한 구절을 1129년의 『송회요고(宋會要稿)』에서 인용한 바 있다. 다른 곳에서는 불화살(火箭)을 막기 위한 젖은 가죽 장막에 대해 언급하기도 했다. 그러나 물을 뿌리는 펌프나 주입기와 같은 장치로 간주하는 자료도 있다. 소천작(蘇天爵)은 1360년경에 편찬된 『국조문류(國朝文類)』에서 송과 원의 야산(崖山) 전투

---

67 J. Charnock, *An History of Marine Architecture*, vol.2, Faulder et al., London, 1800-2, p.68. Raleigh 경은 다음과 같이 기록하였다. "(바다와 항구에서 대형 선박에게 안도감을 많이 주는) 중간돛대(top mast)를 내려놓는 것을 생각해낸 것은 그리 오래되지 않았다. 보통 펌프보다 물을 두 배나 퍼 올릴 수 있는 펌프도 마찬가지이다. 최근에는 본넷(bonnet)과 드래블러(drabler)를 추가하였다. … 권양기(capstone)로 닻을 올리는 것 역시 새로운 것이다." <역자주 : drabler는 drabbler의 고어로서 돛의 이음 부분 즉 bonnet 밑에 면적을 늘려 바람을 많이 받을 수 있도록 덧붙이는 작은 범포이다.>

68 T. Ewbank, *A Descriptive and Historical Account of Hydrauric and Other Machines for Raising Water, Ancient and Modern* …, Scribner, New York, 1842, pp.154 이하. 그럼에도 불구하고 1628년 Stockholm 항에서 침몰한 스웨덴 전장범선 바사호(Vasa)는 피스톤식 펌프를 2개 보유하고 있었다. 이것은 최근에 완료된 침몰선 인양 작업에 의해 거의 완전한 형태로 인양된 선체를 통해 알 수 있었다(B. Howander & H. Akerblad, "Wasavaret i Stockholm," *ARK*, 1962, 62(no.9)를 보라). 전문가들은 그 중 하나가 연발공이치기식 펌프(double-action one)라고 주장한다(C. O. Cederund et al., *The Warship Wasa*, tr. J. Herbert, Stockholm, 1963, p.2.; Cdr. Bengt Ohrelius, *Vasa, the King's Ship*, Cassell, London, 1962, p.111). 그렇다면, 이 사실은 공학의 역사(engineering history)에서 정말 중요한 것이 될 수 있다(Joseph Needham, "The Present History of the Steam Engine," *TNS*, 1964를 참조). 그러나 이 주장이 잘못된 것이었으며, 실제로 이 문제의 장치는 두 개의 실린더가 있는 싱글액션 감압펌프(double-cylinder single-action suctionpump)였다. 이 문제를 해결하는데 Vasa Museum의 Bengt Hallvards와 E. Hamilton의 도움을 받았다.

(1279년 초)에 대해 다음과 같이 기술하였다.[69]

> (몽고의 장수) 장홍범(張弘範)은 해안 포대에서 투석기로 송나라 군선을 공격하라고 낙(樂) 총관(總管)에게 명령했지만, 군선이 견고하여 피해를 입지 않았다. … 그 후 홍범은 수상부족인 단가(蛋家)의 선박을 다수 나포하여 그 선박에 짚을 쌓아 올리고 기름을 쏟아 부은 후, 순풍이 불 때 송나라 함대를 소각하기 위해 화선(火船)으로 공격하였다. 그러나 송나라 선박은 미리 선박에 진흙을 바르고 현측에 많은 물통을 매달고 있었다. 산 같은 지푸라기가 불에 타면서 접근해오자, 그들은 (긴) 갈고리로 지푸라기를 흐트러뜨리고 물을 부어 불을 끄려고 했다. 그리하여 송나라 선박은 무사하였다.

> (張)弘範又命樂總管 自寨以砲擊舅艦 艦堅不動 … 弘範因取烏蛋 載草灌油 乘風縱火 欲焚舅艦 舅豫以泥塗艦 懸水筒無數 火船至 鉤而沃之 竟莫能燬 (『國朝文類』, 卷四十一)

함선이 어떤 구조였는지 잘 알 수 없지만, 상갑판에 수조(水槽)가 있고, 펌프로 물을 끌어 올려 호스와 분무기로 물을 품어냈을 것이다.

4. 잠수와 진주 채취

잠수장치는 어떤 문명에서도 상당히 늦게 출현하는데, 이에 대해서는 이미 한, 두 번 언급한 적이 있다. 여기에서는 고대에 인간이 어느 정도의 수심까지 오랫동안 잠수할 수 있었는지를 기술하는 것도 이상하지 않을 것이다. 중국에서는 이 문제가 진주 채취와 연관되어 있다.[70] 송응성은 『천공개물』(1637)의

---

69 卷四十一, p.19. 羅榮邦의 도움을 받아 필자가 번역하였다.

마지막 권에서[71] 당시 (남해의 외국은 별도로 하고) 하이난도(海南島) 이북에서 서북부에 걸쳐 있는 광둥(廣東) 남부의 레이저우(雷州)와 롄저우(廉州) 부근에서 진주 채취 활동이 성행하고 있으며, 고대 남방민족의 단족(蜑族)[72] 출신인 잠수부들(沒人)이[73] 폭이 넓은 고유 선박을 타고 진주조개의 번식지에서 일하고 있다고 기술하였다. 그들은 바다의 신들(sea-gods)에게 제물을 바친 덕분에 물 속을 볼 수 있는 능력을 얻었고,[74] 상어와 용 즉 위해를 가하는 어류로부터 자신을 지킬 수 있다고 믿었다.[75] 송응성에 의하면, 잠수부는 400~500척의 깊이까지 잠수하였으며, 긴 로프를 허리에 묶었고, 주석 고리로 보강된 구부러진 관을 이용하여 호흡하였으며(以錫造彎環空管), 얼굴에 가죽 마스크를 뒤집어썼다(<그림 1048>). 사태가 악화되면, 줄을 잡아당겨 신호를 보내고 신속하게 감아올리게 하지만, 대부분은 불행하게도 "물고기 밥이 되거나" 겨울에는 수면 위로 올라와 동사하였다. 이러한 어려움들을 덜어주기 위해 송나라의 발명가였던 이초토(李招討)는 일종의 추가 달린 저인망을 고안하였다. 이것은

---

70 그러나 중국 문화권의 북부 즉 일본과 조선의 섬에서는 주로 여성의 전통적인 잠수 활동이 많이 존재하고 있다. 그것은 진주를 채취하는 것이 아니라 해산물을 채취하기 위한 행동이다. 그 여성들의 작업은 최근에 주목을 받고 있다. F. Maraini, *Meeting with Japan*, Hutchunson, London, 1959와 Hong Sukki & H. Rahn, "The Diving Women of Korea and Japan," *SAM*, 1967, 216(no.5)을 보라.

71 卷十八, pp.1 이하.; tr. Sun Jen I-Tu & Sun Hsüeh-Chuan, 'Thien Kung Khai Wu,' *Chinese Technology in the Seventeenth Century*, by *Sung Ying-Hsing*, Pennsylvania State Yniv, Press & Univ. Park and London, 1966, pp.295 이하.

72 아마 廣東과 그 인근 지역의 수없이 많은 수상거주족 蜑家와 동일할 것인데, M. Kaltenmark, "Le Dompteur des Flots," *HH*, 1948, 3(nos. 1-2), p.93을 참조.

73 꽃 人이라고 기록되어 있는 경우가 많다.

74 앞에서 검은 노예를 언급한 부분을 참조. 아마 그들은 말레인이거나 타미르인이었을 것이고, 11세기에는 중국 선박을 물에 띄워 놓은 채로 수리하기 위해 물속에 잠수하였다. 왜냐하면 그들이 잠수하고서도 물체를 잘 볼 수 있었기 때문이다.

75 상어의 위험은 사실 매우 현실적인 것이었음에 틀림없다. 많은 중국 문헌에서 이 위험이 강조되고 있는데, 그 예로 『嶺外代答』(1178), 卷七, pp.66 이하.; E. H. Schafer, "The Pearl Fisheries of Ho-Phu," *JAOS*, 1952, 72, p.164가 있다. 그러나 해파리, 성게, 대합조개도 아시아의 진주 채취인들에게 두려움의 대상이었다. R. le B. Bowen, "Pearl Fisheries of the Persian Gulf," *MEJ*, 1951, April.; Idem, "Marine Industries of Eastern Arabia," *GR*, 1951, July를 참조.

〈그림 1048〉『천공개물(天工開物)』(卷十八, pp.8, 9)의 삽화에서 볼 수 있는 진주 채취 장면. "바다에 잠수하여 진주를 채취하는 잠수부를 위한 선박(沒水採珠船)"이라는 설명문이 있다. 호흡관과 일종의 잠수 마스크를 볼 수 있다. 그러나 이 그림의 명대(明代) 판본에는 후자만 나타난다.

쟁기처럼 쇠갈퀴(iron prongs)와 삼으로 만든 자루가 붙어있었으며, 그 자루의 입구는 굴 같은 것이 들어가도록 벌어져 있었다. 진주를 채취하려면 항해하면서 이것을 끌고 가기만 하면 되었다〈그림 1049〉.[76] 송응성의 시대에는 이 두 가지 방법이 모두 사용되었다. 그는 때때로 수 십 년간 일종의 채취 금지

---

76 1410년경 呂洪因처럼 그것을 개량한 후대인들에 대해서는 자세한 내용을 더 알 수 있다. 『圖書集成』, 「食貨典」, 卷三百二十四, 雜錄, p.4.

底沉芭竹 珠採帆揚

〈그림 1049〉 진주조개를 채취하기 위해 이초토(李招討)가 고안한 망이나 예인망(『天工開物』, 卷十八, pp.9. 10). 오른쪽에는 "진주를 채취하기 위해 돛을 올리다(揚帆採珠)", 왼쪽에는 "바닥에 내릴 수 있게 만든 대나무 예인망(竹芭沉底)"이라고 쓰여 있다.

기간을 정해 진주가 성장할 수 있게 했다고 기술하였다.

　광둥 연안에서 진주 채취의 역사는 샤퍼(Schafer)의 주목할 만한 논문[77]에 개략적으로 서술되어 있으며, 각 시대마다 사용되었던 채취 기술의 일부를 이 논문을 통해 짐작할 수 있다. 진주 산업의 중심지는 랸저우(廉州, 고대명으로 合浦)였으며,[78] 섬으로 둘러싸인 바다에 진주의 석호(潟湖, pearl lagoons)나

---

77 E. H. Schafer, *op. cit.*
78 Schafer는 이 지명을 통해 많은 정보를 얻었다. 그러나 진주 채취에 대한 많은 중국 문헌이 아직 별도로 연구되지 않았으며, 특히 기술적인 관점에서 더욱 그러하다. 이 자료들은 『格

입강(入江, indentations of the sea) 즉 주지(珠池)가 있었으며, 때로는 그 일대 전체가 진주밭으로 불릴 정도로 유명하였다. 이곳의 진주 자원은 기원전 111 년 한 무제(漢武帝)의 군대가 월나라를 방문했을 때에 이미 개발되어 있었으며, 진주의 대량 생산은 『전한서』에 기록되어 있다.[79] 기원전 1세기 말에는 다른 지방에서 온 사람들이 진주 채취로 부자가 되었다.[80] 역대 지방 장관들도 재물을 모았으며, 그 결과 남획으로 진주 자원이 고갈되었다. 150년경 한 명의 현자가 나타나 이 난국을 해결하였다. 이에 대해 『후한서』의 합포 관련 기사에는 다음과 같은 내용이 포함되어 있다.[81]

이 주변에서는 곡물과 과일이 생산되지 않지만, 바다에서 진주를 캘 수 있다. 이곳은 교지(交趾)와 경계를 이루는 곳이며, 곡물상들이 항상 왕래하는 곳이다. 옛날에는 일반적으로 장관이 탐욕스럽고 부패했기 때문에 사람들에게 무제한으로 (진주를) 채취하게 하였다. 그 결과, 진주(조개)는 점차 교지와의 경계 지역으로 이동해버렸다. 때문에 여행객들이 더 이상 오지 않았으며, 물자가 부족해졌고, 빈민들이 노상에서 굶어죽었다. 그러나 맹상(孟嘗)이 취임하면서 그때까지의 폐단을 고치고, 서민들이 다시 행복한 삶을 누리게 하려고 노력하였다. 1년도 지나지 않아 진주(조개)가 이 지역으로 돌아왔으며, 사람들은 일상적인 삶으로 돌아갔고, 장사도 잘 되었다. 이것은 완전히 기적으로 생각되었다.

致鏡原』, 卷三十二, p.11 이하에 있는 구절을 인용하는 것으로부터 시작되었을 것이다.
79 卷二十八下, p.12, 39. 『鹽鐵論』, 卷二, p.2.
80 기원전 30년에 한 관리의 처자식은 남편이 죽은 후 合浦로 이주하여 그곳의 지방 행정 부관장인 王商의 도움을 받아 단시일 내에 진주를 많이 축적하였다(『前漢書』, 卷七十六, p.31.; 『太平御覽』, 卷八百二, pp.8, 9에도 인용되어 있다. tr. A. Pfizmaier, "Beiträge z. Geschichte d. Perlen," *SWAW / PH*, 1867, 57, p.622).
81 卷一百六, p.13.; 『太平御覽』, 卷八百二, p.9에 後漢代의 다른 역사서에서 인용한 비슷한 구절이 있다. tr. E. H. Schafer, *op. cit.*

郡不産穀實 而海出珠寶 與交趾比境 常通商販貨糴糧食 先時宰守並多食穢 詭
人採求不知紀極 珠逐漸徙於交趾郡界 於是行旅不至 人物無資 貧者死餓於道 (孟)
嘗到官 革易前敝 求民病利 曾未踰歲 去珠復還 百姓皆反其業 商貨流通 稱爲神明
(『後漢書』, 卷百六, 孟嘗傳)

따라서 (진주가 모습을 감춘 진짜 이유를 역사가보다 더 잘 알고 있었을) 맹상은
진주 채취의 일시 중지를 명령하였다. 그는 자연과 어업 자원의 보호를 성공
시킨 대표적인 인물로서 아주 뛰어난 사람이었다.[82] 맹상은 중국 관습에 따라
곧 진주 산업의 수호신이 되었으며, 먼 후대에 도필(陶弼, 1017~1080)은 맹상
을 제사지내는 사당에 다음과 같은 글을 새겼다.[83]

그 옛날, 맹 태수는
충성스럽고, 정직하며, 이 먼 해변 지역에 와서
진주조개의 요람을 강탈하지 않아
바다 밑이 다시 돌아온 진주로 가득 차게 하였다.

昔時孟太守 忠信行海隅
不賊蚌蛤胎 水底多還珠 (『輿地紀勝』, 卷百二十, 陶弼題廉州孟太守祠堂)

3세기에 한(漢) 나라가 멸망한 후, 진주의 산지는 오(吳) 나라의 영토가 되었
다. 잠수부들의 작업이 최초로 기술되어 있는 자료는 바로 이 때 나타났다.
만진(萬震)은 『남주이물지(南州異物志)』에서 다음과 같이 기술하였다.[84]

---

82 그의 정책과 완전히 동일한 정책이 晉 나라의 다른 고관인 陶璜에 의해 280년경에 주장되
   었다. 『晉書』, 卷五十七, p.6, tr. E. H. Schafer, op. cit., p.159.; tr. A. Pfizmaier, op. cit., p.627. 이
   구절은 『太平御覽』, 卷八百二, p.11에서도 보인다.
83 『輿地紀勝』, 卷百二十, pp.6 이하에 남아있다. tr. E. H. Schafer, op. cit.
84 『太平御覽』, 卷八百三, p.10에 수록되어 있다. tr. E. H. Schafer, op. cit.; tr. A. Pfizmaier, op. cit.,

합포에는 수영을 아주 잘 해 진주를 채취하기에 적합한 사람들이 있다. 사내아이는 10살 이상이 되면 진주를 채취하기 위해 잠수하는 법을 배운다. 관리는 백성이 (정부를 위해 일하는 것을 제외하고) 진주 채취 작업을 금지시키고 있다. 그러나 솜씨 좋은 도둑들은 바다 밑을 훑고 다니면서 조개를 열어 진주를 채취한 후 입으로 삼키고 돌아왔다.

合浦有民 善游採珠 兒年十餘 便敎入水求珠 官禁民採珠 巧盜者蹲水底 剖蚌得好珠 呑之而出 (『太平御覽』, 卷八百三, 引南州異物志)

따라서 진주를 몰래 채취하는 것은 정부의 금지령과 보조를 맞추어 진행되었다. 실제로 이 지방에는 228년부터 잠시 주관(珠官) 즉 진주 관리관이 근무하는 곳으로 불리었다. 이 명칭은 수 세기가 지난 후에도 존재했으며, 이 용어에서 독특한 지방색을 알아차린 9세기의 시인 육귀몽(陸龜蒙)은 그보다 훨씬 남쪽에 있는 지역에 대해 다음과 같이 묘사하였다.

그곳에서는 많은 사람들이 약초를 팔고 요술을 한다. 관리로는 주관(珠官)이 있고, 봉급을 현금으로 받고 있다.[85]
多藥戶行狂蠱 吏有珠官 出俸錢 (『唐浦里先生文集』, 卷九)

어느 시대나간에 그와 같은 사치품 매매를 적대시하는 유교적 금욕 정책이 궁정에서 득세할 때마다, 진주 산업은 피해를 입었으며, 당나라 시대에도 진주 채취가 종종 금지되었다. 그러나 오대(五代)에 속하는 남한(南漢)의 최후 황제였던 유장(劉鋹)은 그러한 억제에 대해 전혀 신경을 쓰지 않고 란

---

p.653을 참조.

85 『唐浦里先生文集』, 卷九, p.27에서 인용. tr. E. H. Schafer, *op. cit.*, p.27.; Idem, "The Vermilion Bird : Thang Images of the South," Univ. of Calif. Press, Berkeley and Las Angeles, 1967, pp.160 이하를 참조.

저우(廉州) 부근에 한 무리의 병사를 주둔시켜 진주 채취를 훈련시켰다. 이들에 대한 문헌에 의하면,[86] 그들은 돌을 가지고 500척(이것은 과장된 것임에 틀림없다)까지 잠수했기 때문에 점차 익사하거나 상어의 공격을 받아 죽었다고 한다. 그러나 송나라 군대가 971년에 광둥을 정복하자 군대의 사용이 곧 중지되었다.

진주 채취 작업에서 가장 큰 역할을 한 것이 단족(蜑族)이라는 기사가 포함되어 있는 가장 오래된 문헌 중 하나는 1115년에 채조(蔡絛)가 편찬한 『철위산총담(鐵圍山叢談)』이다. 그는 한 구절에서 다음과 같이 말하고 있다. 진주 채취인들은 10척 정도의 선박을 채취 장소에 둥글게 나란히 세우고, 선박 양현에서 계류용 밧줄을 던져 수중의 바위에 매고, 허리에 가는 밧줄을 두른 단족의 잠수부는

> 숨을 깊게 들이쉬고 물 속을 10척에서 100척까지 잠수하며, 계류용 밧줄에서 벗어나 손으로 더듬어 진조조개를 채집한다. 호흡하기가 곧 힘들어지면 허리에 두른 밧줄을 강하게 당기고, 선박에 있던 사람들은 이것을 신호로 밧줄을 당겨 잠수부가 계류용 밧줄을 따라 (가능한 한 신속하게) 수면 위로 올라오게 한다.
>
> 別以小繩繫諸蜑腰 蜑乃閉氣 隨大緪直下數十百丈 捨緪而往採珠母 曾未移時 然氣以迫 則亟憾小繩 繩動船人覺 乃絞取 人緣大緪上出 (『鐵圍山叢談』, 卷六)

이 구절에서 권양기를 사용하고 있었으며 또한 끌어 올릴 때 신속하게 올라올 수 있도록 허리의 밧줄이 계류용 밧줄에 고리로 연결되어 있었다는 것을 알 수 있다. 채조는 사고로 생명이 위험하게 되었을 때 잠수부가 당하는

---

86 『宋史』, 卷四百八十一, p.2.; 『文獻通考』, 卷十八, p.179와 卷二十二, p.220.; 『嶺外代答』, 卷七, p.7 등을 예로 들 수 있다. 자세한 내용에 대해서는 tr. E. H. Schafer, "The Pearl Fisheries of Ho-Phu," *JAOS*, 1952, 72, p.164를 참조.

고통을 그들을 소생시키는 방법과 함께 생생하게 묘사하고 있으며,[87] 진주를 채취하는 사람들이 얼마나 큰 대가를 치러야 하는지 생각해보는 사람이 진주를 좋아하는 사람 중에 거의 없다고 기록하고 있다. 그로부터 60년 후 주거비(周去非)는 『영외대답(嶺外代答)』에서 특히 상어 등에 의한 피해를 그와 비슷하게 언급하면서 강조하였다.[88] 그러나 주거비는 잠수 기술에 대해서는 잠수부와 함께 바구니를 긴 밧줄에 매달아 내리는 것 외에는 특별히 새로운 사실을 말하고 있지 않다. 이것은 천천히 감아올릴 수 있기 때문에 한편으로 안전 장치 역할도 한다. 명나라 시대까지 오랫동안 발전해온 잠수 기술을 개관하여 보자.

『천공개물』에 기록되어 있는 기술은 모두 실현 가능한 것들이며, 실제로 옛날부터 사용되어온 기술이다. 『포박자(抱朴子)』(320)에는 마술적인 처방과 함께 다음과 같은 서술이 포함되어 있다.[89] "길이가 1피트 이상이고 코뿔소의 뿔에 물고기를 조각해 놓은 것의 한쪽 끝을 입에 물고 물속에 들어간다. 물은 사방에서 3피트로 넓어질 것이고, 물속에서도 호흡할 수 있다." 아마 이것은 호흡관에 대한 연금술적인 표현이었을 것이다. 어쨌든, 몇 가지의 호흡관(breathing-tubes)과 잠수종(diving-bells)에 대해서는 아리스토텔레스(Aristotle)[90]

---

87 (현재는 산소 장치를 사용하면 가능하지만,) 감압하기 위해 정지하지 않고 상승할 수 있고 또한 장시간 작업할 수 있는 깊이가 40피트이기 때문에, 고대의 진주 채취는 단시간이지만 그 3배의 깊이까지 더 깊게 잠수했음을 알 수 있다. 따라서 당시 잠수부들은 공기건색증 즉 잠수병과 잠수성 마비로 고통을 받았을 것이다. 주위의 압력이 높으면 혈액이 불활성 가스 특히 질소를 보통 때보다 훨씬 더 많이 용해하며, 압력이 떨어지면 이 가스가 혈액과 신경 계통에서 기포로 분리되어 무서운 결과를 가져다준다. 사태를 고찰하고 추론하는 중국인의 능력은 놀라운 정도였기 때문에 감압하기 위해 정지하는 것이 바람직하다고 청나라 초기의 문헌에 기술되어 있는 것은 별로 놀랄 일이 아니다. 그 필요성은 空氣管(air-pipes)을 도입한 후 분명해졌다.

88 卷七, pp.6 이하, tr. E. H. Schafer, op. cit. 잠수부들은 "종종 입을 크게 벌리고 숨을 들이쉬거나 내쉬고, 놀라운 생물을 만나는 경우도 있다. …" 거대한 대합이었을까? 최악의 물고기는 타이거 피시(tiger-fish) 즉 가시투성이의 판새류였는데, 지금은 확인할 길이 없다.

89 『太平御覽』, 卷八百九十, p.2. 이 텍스트는 葉德輝의 復刻本이 잘못 되어 있기 때문에 『淮南萬畢術』의 덕분인 것으로 간주되고 있다.

와 베게티우스(Vegetius)를 비롯한 고대 학자들이 말하고 있다. 이초토와 동시대인 1190년에 독일에서 창작된 한 시(詩)에도 잠수부의 호흡관이 거론되고 있다.[91] 유럽에서 잠수부에 대한 최초의 그림은 1430년경 무명의 후스파(Hussite) 기술자가 저술한 서적에서 보인다. 이 시대와 송응성 시대의 중간 시기에 레오나르도(Leonardo)가 『코덱스 아틀란티쿠스(Codex Atlanticus)』에서 인도양의 진주 채취인이 사용했던 것 같은 호흡관을 묘사하고 있는 것은 아주 흥미롭다.[92] 그 그림에 의하면, 호흡관에는 물고기를 쫓아내기 위해 가시가 붙어있을 뿐만 아니라 『천공개물』에 기술된 대로 금속제 고리로 보강하여

---

90 *Problemata Physica*, XXXII, 5(960 b 21 이하). *Problemata*는 Aristotle이 쓴 책이 아니라 소요학파 (Peripatetic school)에서 비롯된 것이 분명하며, 기원전 3세기와 기원전 2세기 사이에 편찬되었다(이것은 Joseph Needham, *Science and Civilization in China*, Vol.2, p.166에서 말한 것처럼 『墨子』의 대부분이 墨翟이 아닌 墨家에 의해 기술된 것과 같다). 잠수 기술과 관련된 구절은 후대에 삽입한 것인지 모르지만, 그러나 그렇게 생각하기에는 문체나 문헌 측면에서 타당한 이유가 없다. 의심할 여지없이 Aristotle의 진정한 텍스트인 De Partibus Animalium, II, 1b(658a 9 이하)에 이 기술에 대한 언급이 있다. 그는 코끼리에 대해 다음과 같이 서술하고 있다. "그리고 잠수부들이 때로는 호흡장치를 사용하고, 그것을 통해 수면 위의 공기를 호흡할 수 있으며, 그리하여 바닷물 속에 장시간 머무르는 것과 마찬가지로, 코끼리는 자연으로부터 긴 콧구멍을 부여받았다. …" 이와 같이 볼 때, 적어도 기원전 4세기 그리스인들에게는 일종의 인위적인 수단이 알려져 있었던 것으로 보인다. 그것은 Problemta의 潛水鐘이나 잠수용 헬멧이 아니었지만, 이 도구들은 모두 매우 간단했기 때문에 기원전 2세기로 소급하는 데 주저할 필요가 없는 것으로 보인다. 이 문제를 해명할 수 있도록 도와준 Geoffrey Lloyd에게 감사드린다.

91 F. M. Feldhaus, *Dir Technik der Vorzeit, der Geschichtlichen Zeit, und der Naturvölker*, Engelmann, Leipaig & Berlin, 1914, col. 1119를 보라. 그것은 Salman과 Morolf의 호흡관인데, 그 한 구절은 "관이 작은 선박에 도착하자, 모톨프가 그것으로 숨을 쉬었다(Eyn rore in daz schiffelin ging, da mit Motolf den atem ving)"이다.

92 Folios 7Ra, 333Va와 386Rb. 한 장의 그림이 F. M. Feldhaus, *op. cit.*, col. 1120.; Idem, *Leonardo der Techniker u. Erfinder*, Diederichs, Jena, 1913, pp.135 이하에 게재되어 있다. 또한 g. G. McCurdy, *Human Origins*, vol.2, New York, 1924, pp.162, 215 이하.; ed. G. Ucelli di Nemi, *Le Gallerie di leonardo da Vinci nel Museo Nazionale della Scienza e della Tecnica*, Museo Naz. e. d. Tecn., Milan, 1956, no.78도 보라. Leonardo 자신은 (다른 원고에서) 인도양을 언급하고 있다. 그 시대의 여러 가지 설계가, 예를 들면 Francesco di Giorgio의 설계 같은 것이 S. Brinton, *Francisco di Giorgio Martini of Siena : painter, aculptoe, engineer, civil and military architect.*, Besant, London, 1934, fig. 27에 게재되어 있다.

관이 눌리는 것을 방지할 수 있었다. 그러나 호흡관으로 대기압의 공기를 흡입하는 것은 폐에 수압이 가해지기 때문에 한계가 있었다. 그리하여 호흡관에 공기를 보내는 풀무가 1000년경 수리기술과 관련된 아라비아 서적에 나타나는 것이 눈길을 끌고 있고, 게다가 송대의 중국인이 풀무를 사용했는지 여부를 알 수 있으면 더 흥미로울 것이다.[93] 내쉬고 들이쉬는 2개의 호흡관을 사용하는 것을 최초로 기술한 자료가 유럽인인 보렐리(Borelli)의 저서(1679)에서 나타나며,[94] 할리(Halley)는 1716년에 잠수종에 2개의 호흡관이 붙어있는 모습을 기술하였다. 중국 문헌에는 잠수종에 대한 자료가 없지만,[95] 유럽에서 잠수종을 고안한 것은 예상보다 훨씬 더 오래된 것으로 간주되고 있다. 호흡관이 붙어 있는 것을 포함한 잠수종에 대한 그림은[96] 『알렉산더 로맨스 (Alexander-Romance)』의 14세기와 15세기 사본에서도 나타난다.[97] 모험심이 많았던

---

93 F. Krenkow, "The Construction of Subterranean Water Supplies during the Abbasid Calophate," *TGUOS*, 1951, 13을 보라.

94 현대 심해 잠수부의 장비 중 잠수복에 대해서도 중국에서 선례가 있다. Domingo de Navarrete 는 1665년 겨울에 대운하를 항해하고 있을 때 어부가 얼음처럼 차가운 물 속에 머리까지 넣고 장시간 투망할 수 있도록 가장자리에 모피를 단 가죽 작업복을 보고 큰 감명을 받았다. 노수들도 이러한 잠수복을 노에 달려있는 장갑과 함께 사용하였다. ed. J. S. Cummins, *The Travels and Controversies of Friar Domingo Navarrete, 1618 to 1686*, vol.2, Cambridge, 1962, p.227을 보라.

95 『拾遺記』에 있는 기이한 이야기는 예외이다. 이 책은 370년경 王嘉가 저술한 일종의 奇談集 인데, 卷四, p.6에 아래의 구절이 있다. "秦始皇帝는 영혼과 선인에 대한 이야기를 좋아했다." 당대에 사람들이 宛渠에서 "조개보트(螺舟)"로 왔다. 보트는 나선형 조개 모양을 하고 있었으며, 해저에서 이동하였다. 이 보트가 물속에 들어가도 물이 들어오지 않았다. 이것의 별명은 "파도 밑을 가는 보트(淪波舟)"였다. 이 구절은 『類說』, 卷五, p.19에서도 보인다. 이러한 종류의 자료를 순수한 전설과 "바램을 충족시키는" 것으로 간주해야 좋을지, 아니면 잠수종의 경험을 일부 바탕으로 한 것으로 간주해야 좋을지는 알 수 없다. 아마 더 상세한 증거가 텍스트에서 나올 것이다. 이 구절은 훨씬 전에 *Journal des Débats*와 *Antiquitäten Rundschau* 라는 두 학술지에서 주목을 받았다. 우리는 W. Franke 교수가 자유롭게 이용할 수 있도록 제공해준 고 Friz Jäger 교수의 노트를 보고 이 사실을 알 수 있었다.

96 潛水鐘의 역사는 D. W. Thomson, "Two Thousand Years under Sea : the Story of the Diving Bell," *ANEPT*, 1947, 7에 개관되어 있다.

97 사본은 F. M. Feldhaus, *Die Techmik d. Antike u. d. Mitteralter*, Athenation Potsdam, 1931, pl.IX와 figs. 295, 297.; G. Cary, *The Mediaeval Alexander*, ed. D. J. A. Ross, Cambridge, 1956, pl.VII에 있다.

알렉산더 대왕은 유리로 만든 공 모양의 물체나 원통 속에 들어가 지중해에 깊숙이 들어갔으며, 황후 록산느(Roxana)가 배반하여 밧줄을 놓아버렸음에도 불구하고 무사히 귀환한 것 같다. 알렉산더가 통치하기를 열망했던 아시아, 그중에서도 인도와 중국의 진주산지는 모든 잠수 기술의 발상지였음에 틀림 없다. 잠수의 초기 역사는 이 지역들에서 찾을 수 있을 것이다.[98] 실제로 호흡법의 훈련은 힌두교, 불교, 도교의 명상·신비·비술적 교리와 밀접한 관계가 있으며, 옛날부터 인간의 것이 아닌 자연의 부를 탈취하면서 살아온 잠수부의 호흡법과 긴밀한 관계가 있다는 주장도 그럴듯하다.[99] 특히 그 후손들에 대한 전설 중 하나에 따르면, 불교의 마르샤다르마(marsya-dharma) 즉 물고기 교리(law of the fishes)는 알렉산더에게 실망을 안겨주었다.

세상의 왕후 귀족과 고관 대작은
저주를 받아 모습을 감추고
사나운 물고기가 그들의 귀를 먹어버렸다.[100]

---

*Alexander Romance*에 대해서는 G. Cary, *op. cit.*; Lynn Thorndike, *A History of Magic and Experimental Science*, vol.1, Columbia Univ. Press, New York, 1923, pp.551 이하.; W. W. Tarn, *The Greeks in Bactria and India*, Cambridge, 1951, p.429를 보라. Alexandros 대왕에 대한 전설의 집성은 물론 완전히 고전시대로서 3세기나 4세기에 Alexandria에서 시작된 것으로 보인다. 또한 초기의 번역본은 Callitheres의 유사본(pseudo-Callithenes)으로 알려져 있는데, 왜냐하면 그 중 몇 가지가 Alexander 의 아시아 원정에 동행한 동명의 역사가 Callithenes(기원전 328년 사망)의 것이기 때문이다. 이 이야기의 집성은 그 후에도 추가되었으며, 그 과정에서 많은 Levant와 유럽의 이야기가 포함되었다. 특히 바다 속으로 내려가는 것에 대해서는 G. Cary, *op. cit.*, pp.237, 341을 보라. D. J. A. Ross 박사는 Alexander의 심해 잠수정(bathyscaphe)에 대한 문헌과 도상학을 통한 연구를 약속하였다.

98 Persian Gulf에서의 진주 채취에 대해서는 R. le B. Lefebvre Bowen, "Pearl Fisheries of the Persian Gulf," *MEJ*, 1951, April.; Idem, "Marine Industries of Eastern Arabia," *GR*, 1951, July.; M. Mokri, "La Pêche des Perles dans le Golfe Persique," *JA*, 1960, 248을 보라.

99 P. Diolé, *Promenades d'Archéologie Sous-Marine*, Michel, Paris, 1952. p.264. 또한 Joseph Needham, *Science and Civilization in China*, Vol.2, pp.143 이하도 보라.

100 Joseph Needham, *Science and Civilization in China*, Vol.2, p.102를 참조.

지금까지 광둥의 진주 채취인들이 고대부터 목숨을 걸고 채취해온 자연산 진주를 고찰해왔다. 그러나 양식진주(cultivated pearls)와 인조진주(artificial pearls)도 있었다. 양식진주는 굴이나 대합과 같은 쌍각류(雙殼類, bivalves) 조개에 이물질을 넣어 만드는 것이며, 인조진주는 말 그대로 인간이 만든 것이다. 작은 이물질을 넣었을 때 조개가 분비하는 진주층(眞珠層, nacre)[101]으로 진주를 만들게 하는 양식진주의 발명은 본래 중국인이 발명했던 것으로 보인다.[102] 1825년 그레이(J. E. Gray)는 대영박물관(British Museum)에서 패류를 연구하여 양질의 진주가 바르바라 플리카타(Barbala plitica)라는 껍질에 부착되어 있으며, 이 진주가 작은 진주층 조각을 핵으로 삽입하여 만들어졌음을 확인하였다. 그가 이용한 표본은 중국산이었다. 그 후 그는 작은 조각을 심어 만드는 양식한 진주도 있다는 것을 발표하였다. 30년 후에는 헤이그(Hague)가 후저우(湖州) 양식장에서의 목격담을 말하면서 그곳에서 사람들이 극소형의 불상과 같은 이물질을 담수조개에 넣고 있다고 설명하였다.[103] 그 지방민들은 13세기에 예 젠양(Yeh Jen-Yang)[104]이 그것을 발명했다고 생각하고 있다.

이 방법을 설명하고 있는 시기보다 적어도 2세기가 더 빠른 중국 문헌에도 이와 관련된 기록이 나타난다. 예를 들면, 방원영(龐元英)이 1086년에 편찬한 『문창잡록(文昌雜錄)』을 들 수 있는데, 여기에는 다음과 같은 구절이 있다.[105]

---

101 眞珠層 즉 nacre 혹은 mother-of-pearl은 단백질 조직 즉 콘키올린(conchiollin) 위에 축적된 결정탄소칼슘(crystalline calcium)의 침전물이다. C. Grégoire, "Further Studies on the Structure of the Organic Components in Mpther-of-Pearl, especially in Pelecypods," *BIRSN*, 1960, 36을 참조.

102 여기에서 인용한 보고서는 George Sarton & Joseph Needham, "Who was the Inventor of Pearl Culture?," *ISIS*, 1955, 46으로 발표되었다.

103 D. B. Hague, "On the Natural and Artificial Production of Pearls in China," *JRAS*, 1856, 16. 그 사진들 중 몇 장은 EB, p.422에서도 볼 수 있다.

104 이 인명의 한자를 확인할 수 없다. D. L. McGowan, *Pearls and Pearl-making in China*, 1854를 참조

105 『說郛』, 卷三十一, p.12에 있는 텍스트 이 구절은 『格致鏡原』, 卷三十二, p.12.;『圖書集成』, 「食貨典」, 卷三百二十四, p.4에도 있다.

예부시랑 사공언(謝公言)은 진주 양식법을 고안하였다. 현재 행해지고 있는 방법은 (우선) (진주층의 한 조각으로) "가짜진주"를 만든다. 가장 매끄럽고, 둥글고, 빛나는 것을 고른 후 깨끗한 바닷물 속에 있는 조개를 벌려 그 안에 삽입한다. 깨끗한 바닷물을 항상 교체해주고, 밤에는 조개가 달의 영향을 가장 많이 받게 한다.[106] 그렇게 하면 2년 후에는 완전한 형태의 진주를 얻을 수 있다.

禮部侍郎謝公言 有一養珠法 以今所作假珠 擇光瑩圓潤者 取稍大蚌蛤 以淸水浸之 伺其口開 急以珠投之 頻換淸水 夜置月中 蚌蛤采月華 玩此經兩秋 卽成眞珠矣 (『文昌雜錄』, 卷第一)

이처럼 규산이나 탄산칼슘의 작은 조각과 가루를 삽입하는 것이 인부의 일이었다. 정말 사공언이 발명한 것인지는 확신할 수 없다. 왜냐하면 이 발명의 배경이 될 만한 문장이 그보다 오래된 서적에 있기 때문이다. 895년에 완성된 유순(劉恂)의 『영표록이(嶺表錄異)』는 랸저우 지방의 진주 채취에 대해 간단히 소개하고 있는데, 공업용 진주를 몇 년 자란 큰 조개에서 빼낸다고 언급한 후 다음과 같이 부언하고 있다.[107]

게다가 (어민은) 작은 조개의 살을 채취하고, 대나무살에 꿰어 햇볕에 말린다. 이것을 진주 어미(珠母)라 부른다. (廣西山 건너편의) 용(容)과 계(桂)[108]의

---

106 海洋動物에 대한 달의 영향은 Joseph Needham, *Science and Civilization in China*, Vol.1, p.150.; *Ibid.*, Vol.4, pt.1, pp.31 이하, 90 등을 참조.

107 『說郛』, 卷三十四, pp.23 이하, 『格致鏡原』, 卷三十二, p.12에 있는 텍스트. tr. E. H. Schafer, "The Pearl Fisheries of Ho-Phu," *JAOS*, 1952, 72. Schafer가 全文을 번역한 곳에는 생략된 곳이 약간 있다. 이것은 그가 이 텍스트의 현존하는 모든 판본을 이용하지 않았기 때문에 발생한 현상인 것으로 보인다.

108 판본마다 다르기 때문에 이 해석을 완전히 확신하는 것은 아니다. 容桂率이 진주 채취의 부산물을 이용한 최초의 인물일 가능성도 있다.

사람들은 술자리에서 (손님을) 대접할 때 이것을 즐겨 구어 먹는다. 조갯살 안에는 낟알과 같은 작은 진주가 들어있다. 진주산지의 조개 속에 크기에 따라 진주가 들어있다는 것은 널리 알려져 있다.

又取小蚌肉 貫之以蒦曬乾 謂之珠母 容桂人 率將燒之 以薦酒也 肉中有細珠如 栗 乃知蚌隨小大胎中有珠 (『嶺表錄異』, 卷上)

이것은 9세기에 백합과 굴 같은 판새류(板鰓類) 속에 진주를 키우는 것이 가능하다는 것을 명확히 해주고 있으며, 진주를 만들기 위해 핵을 삽입한다는 아이디어가 제기되어도 이상하지 않다는 것을 알 수 있다. 실제로 특수한 형태의 진주를 헌상했다는 이전의 기록이 있기 때문에, 일부 사람들은 핵을 삽입하는 행동을 하고 있었을 것이다. 예를 들면, 489년의 『남제서(南齊書)』에 는 "월 나라가 (궁정에) 3인치 높이의 불타사유상(佛陀思惟像)의 모습을 한 백진 주를 헌상하였다"는 기록이 있다.[109] 이 진주는 평안을 빌기 위해 선영사(禪靈 寺)로 옮겨졌다. 크기가 약간 과장되었다 해도, 이 헌상품의 모양은 현재 후저 우(湖州)의 관행을 생각나게 한다. 마지막으로 기원전 2세기까지 올라가면, 『회남자(淮南子)』(기원전 120)[110]에서 놀라울 정도로 명확한 기록을 볼 수 있다. "반짝이는 진주는 우리에게 귀중한 것이지만, 조개에게는 병이다(明月之珠蚨之 病而我之利)." 실제로 누군가 손을 댈 때까지 오랜 세월이 흘렀다 해도, 일단 이것이 실시되면 자극을 주어 병이 나게 하려는 생각을 하기까지 그다지 시간이 걸리지 않았음에 틀림없다.

진주 양식에 관한 정보는 18세기 중엽까지 유럽에 전파되었던 것 같다.

---

109 卷十八, p.19, tr. E. H. Schafer, *op. cit.*
110 卷十七, p.12. 여기에서 조개를 지칭하는 용어는 후에 寸蟲類를 지칭하게 되었지만, 그 의 미는 명확하였다. 『康熙字典』의 「眞珠」 항목은 옛날에 龍魚의 뱃속에서 길고 가는 형태의 진주가 발견되었는데, 그것이 아마 조개를 잡아먹었기 때문일 것이라고 기술되어 있다.

위대한 식물학자였던 린네(Linne)는 이 정보를 이용했는데, 그 출처도 알고
있었다.[111] 그는 젊은 시절에 라플란드(Lappland)의 룰레오 호수(Lake Luleå)에
있는 푸르키자우르(Purkijaur)를 여행하던 중 담수(淡水)의 모패(母貝)를 이용한
진주 채취 장면을 보았다. 그로부터 20년 후인 1751년에는 그가 중국의 진주
양식 방법에 대한 자료를 읽었다고 기술하였으며, 그로부터 다시 10년 후에
는 석고나 석탄 조각을 작은 은 조각과 섞어 만든 구슬을 조개에 삽입하는
스웨덴의 진주 양식 방식을 담수 조개에 적용할 수 있음을 실현해 보였다.
그는 이러한 방식으로 만든 진주를 상당히 비싼 가격으로 팔았다.[112] 이 발명
은 일본에서 재발견되고 완성되어 진주 양식을 일종의 대규모 사업으로 만들
었으며, 약 10만 명에게 직업을 제공하였고, 적어도 연간 36톤의 양식진주를
생산하여 650만 파운드 이상을 수출하고 있다.[113] 이 산업의 아버지인 미키모
토 고기치(御木本幸吉)는 1954년에 사망했는데, 그가 상당한 고심 끝에 이 기술
을 사업에 이용하여 성공한 때는 1905년이었다.

  이 기술의 비결은 진주질(眞珠質)을 분비하는 작은 표피 조각을 무기질의
핵과 함께 삽입하여 유연조직(柔軟組織) 속에 폐쇄된 낭(囊)을 형성하게 하는
것이었다. 물론 방원영(龐元英)은 이것을 알지 못했다. 그렇지 않으면 진주
어미를 보유한 패각 안에 삽입한 핵을 덮고 있는 외상피에 반원(半圓) 형태의
진주가 형성되며,[114] 불상 모습을 한 진주는 대부분 이렇게 양식된 것이었다.
현재는 다른 조개에서 채취한 상피가 핵을 감싸는 낭이 되고, 그것이 표피

---

111 적어도 한 가지 전파 수단으로 1734년 北京에서 보내온 예수회전도사의 편지가 알려져
    있다(F. X. d'Entrecolles, *Lettre au Père Duhalde*, 4 Nov. 1734, LEC, vol.22, pp.91 이하).
112 상세한 내용은 편지 원문이 인용되어 있는 Norah Gourlie, *The Prince of Botanists*, London, 1953,
    pp.87, 200, 243에 기술되어 있다.
113 여기에서 사용하고 있는 종류는 Pinctada Martensii이다.
114 그 결과 생긴 평탄한 표면에 대해서는 3세기의 『南方草木狀』에 기록되어 있다. 『太平御覽
    』, 卷八百三, p.10(tr. A. Pfizmaier, "Beträge z. Geschichte d. Perlen," *SWAW / PH*, 1867, 57, p.652)
    을 참조

밑의 조직이나 그 밖의 조직 안에 심은 후, 모패를 7년 동안 양식하는 방법이 사용되고 있다.[115]

마지막으로 주제에서 약간 벗어나지만, 쌍각류의 조개 속에 넣지 않고 완전히 인공적으로 만드는 진주 즉 인조진주의 생산을 논의해보자. 이 기술은 진주 양식 기술처럼 중국 역사에서 오래 전부터 나타난다고 생각할 만한 충분한 이유가 있다. 이 기술은 자연적으로 만들어지는 얼마 되지 않는 진주질의 결정을 분리하여 그것을 유리로 만든 공 모양의 물체의 표면에 견고한 층(層)으로 흡착시키는 것이다. 유럽에서는 파리의 묵주제작자(rosary-maker)인 쟈켕(Jacquin)이 잉어과 물고기 즉 잉어과 경골어류(硬骨魚類, Alburnus lucidus)[116]의 은색비늘로부터 (정말 기이한 명칭이지만) "동양의 정수(essence d'orient)"로 명명된 물질을 제조한 1680년부터 오늘날까지 동일한 방법을 사용하고 있다. 쟈켕이 작은 유리구슬 안에 진주질의 결정을 섞은 진한 액체를 바르고, 백랍(白蠟)으로 빈 공간을 채워 인조진주를 만들었다. 오늘날 이 결정(結晶)은 푸린 염기(鹽基) 구아닌(purine base guanine)으로 만들어진다고 알려져 있으며,[117] 현재도 같은 목적으로 사용되고 있다. 그러나 쟈켕의 행동은 다른

---

115 H. Lyster Jameson, "The Japanese Artificially Induced Pearl," *N*, 1921, 107.; Itsue K. Kawakami, "Studies on Pearl-Sac Formation : I, On the Regeneration and Transplantation of the Mantle Piece in the Pearl Oyster," *MFSKU / E*, 1952, 1.; W. Biedermann, "Physiologie d. Stütz-und Slelett-substanzen," Art. in *Handbuch d. vergl. Physiol.*, ed. H. Einterstein, Vol.3, aect. 1, pt.1, Fischer, Jena, 1914, pp.720 이하를 참조. 板鰓類의 진주 생산에 대한 생리학은 일본에서 광대하게 과학적 연구가 실시되고 있으며, 그 문제에 대한 전문연구소도 있다.

116 argenteum으로 알려져 있는 표피의 은색 부분에 특히 많이 존재하는 홍채세포는 결정이 가득 차 있기 때문에 세포핵이 거의 보이지 않는다. R. F. Fuchs, "Der Farbenwechsel u. d. chromatische Hautfunktion d. Tiere," Art. in *Handbuch d. verg. Physiol.* ed. H. Winterstein, vol.1, sect. 1, pt.2, Fischer, Jena, 1924, pp.1410 이하의 리비유를 보라.

117 최초의 발견은 Barreswil 덕분이었으며, 그 후로 C. Voit, "Ü d. in den Schuppen und d. Schwimmblase von Fischen vorkommenden irisierenden Krystalle," *ZWZ*, 1865, 15와 A. Bethe, "Ü d. Silbersubstanz in d. Haut von Alburnus lucidus," *ZPC*, 1895, 20이 이어진다. F. Oya, "The Chemistry of the 'Pearl-Essence' from the Hair-tail Fish," *BJSSF*, 1954, 19는 Trichiurus haumela의 진피에 있는 광택성 입자에 대한 화학적 고찰 결과를 발표하고 있다. 이 물고기는 일본의 진주생산공장

것을 생각나게 한다. 우리가 고대 중국의 유리(琉璃)와 관련된 어떤 동일한 것을 읽지 않았을까? 실제로 83년 왕충(王衡)의 『논형(論衡)』에는 다음과 같은 구절이 있다.[118]

마찬가지로 어방(魚蚌, 물고기 같은 조개)으로부터 얻을 수 있는 진주는 우공(禹貢)의 청색 느낌이 가미된 옥과 매우 유사하다. 모두 진짜이며, 자연산 이다. 그러나 적당한 시간(즉 가열을 지속할 시간)이 지나면, 자연산처럼 윤기 가 나는 진주가 화학약품(약)으로 만들어진다. 이것은 도가(道家) 학문의 정점 이고, 그 기교의 승리이다.

兼魚蚌之珠 與禹貢璆珠 眞玉珠也 然而隨侯以藥作珠 精耀如眞 道士之教至 知 巧之意加也 (『論衡』, 卷二, 率性篇)[119]

기억해야 할 것이지만, 전문(全文)은 유리 거울과 렌즈를 만드는 법뿐만 아니라 "태양에서 나오는 불(fire from the sun)"로 불을 만드는데 사용되는 연마가 잘 된 청동 거울과 옥의 제조법을 다루고 있다. 따라서 고대의 도가(道 家)도 물고기 껍질에서 구아닌을 채취하여 유리에 발라 인조 진주를 만드는 기술을 알고 있었을 것이다.[120]

현대의 재료는 주로 경골어류(硬骨魚類, teleostean)나 경골어(硬骨魚, bony

에서 眞珠精(pearl-essence)의 주원료가 되고 있다.
118 Joseph Needham, *Science and Civilization in China*, Vol.4, pt.1, p.112.
119 第八篇. tr. A. Forke, Lub-Hêng, *Philisiphical Essays of Wang Chhung*, vol.1, Kellt & Walsh, Shanghai, 1907, pp.377 이하가 이를 보충하고 있다. "적당한 시간의 할당(proper timing)"이라고 번역한 부분을 검토하기 위해서는 이 구절이 모두 번역되어 있는 페이지를 참고해야 한다. 화학 물질로 진주를 만드는 것에 대한 이 결정적인 구절은 종종 인용되고 있다. 예를 들면, 『太平御覽』, 卷八百三, pp.5, 7을 참조.
120 琉璃와 관련된 부분은 4세기의 『廣志』(『玉函山房輯佚書』, 卷七十四, p.38.;『太平御覽』, 卷八百三, p.9, 卷八百九, p.3에 언급되어 있다. "광물성 진주(mineral pearls)"는 광물을 녹여 만든다. 혹자는 그것은 "조정의 구슬(court beads)"이라고 부른다(石珠鑄石爲之一名朝珠).

fishes)이며, 진주와 상어를 연관시킨 중국의 옛 전설은 주목할 가치가 있다. 진대(晉代)의 『교주기(交州記)』는 상어의 등에 온통 진주가 박혀 있는 껍질이 있다고 기술하고 있다.[121] 『비아(埤雅)』(1096)에는 조개의 진주가 복부에 있고, 상어의 진주가 껍질에 있다고 기술하고 있다.[122] 상어인간(鮫人, shark people) 은 바다 속에서 살면서 진주 채취인에게 집을 빌려주고, 때로는 육지에 와 돌아다니며, 자신들의 견주(繭紬, pongee silk)를 판매한다.[123] 그들은 돌아갈 때 진주로 변하는 눈물을 흘리고 돈을 지불한다. 아마 이것은 도가의 연금술 사(鍊金術士)의 손으로 어떤 종류의 물고기가 모습을 바꾼 것이었을 것이다.

5. 충각(衝角)

평시에 해상에서 이루어지는 관행과 반대되는 그 어떤 것이 여전히 남아있 는데, 해군 기술(naval techniques)로 알려져 있는 것이 바로 그것이다. 고대와 중세의 중국 전선(戰船)이 그리스－로마 시대의 고유한 기술이었던 충각 전술 (ramming)을 사용하고 있었는지 여부에 대한 문제는 앞에서 여러 차례 다룬 적이 있다. 선수가 뭉툭하고, 바닥이 편평하며, 앞으로 돌출해 있고, 또한 수면 밑의 날카로운 공격 무기라 할 수 있는 용골이 없었기 때문에, 충각은 중국 선박에 원래 없었던 것처럼 보인다.[124] 그럼에도 불구하고 수면 하에서 적선에 구멍을 내기 위해 한, 두 개의 뾰족한 돌기물(突起物)을 부착하는 것은

---

121 卷一, p.3.

122 卷一, p.7.

123 『博物志』(290), 卷二, p.3.; 『述異記』(6세기 초), 卷二, p.20.; 『洞冥記』(5, 6세기)의 吠勒國관련 기사.; 『博物志』와 『搜神記』(348)부터 인용되어 있는 『太平御覽』, 卷七百九十, p.10, 卷八百 三, pp.7, 8.

124 충각은 다른 곳에서도 사용되었을 것이다. 2개의 부리 즉 二嘴船首(bifed prow)에 대해서는 민족학적 연구서인 C. Noteboom, *Trois Problèmes d'Ethnologie Maritime* (Museum voor Land-en Volken-Kunde & Maritiem Museum Prins Hendrik, Rotterdam, 1952)을 보라.

가능했었을 것이며, 그러한 돌기물이 실제로 사용되었다는 증거도 사실 많이 남아있다.[125] 그러나 중국에서는 이 기술이 고대 지중해에서처럼 중요한 위치를 차지하지 않았던 것처럼 보인다.

고대의 전선 유형 중에서 돌위(突胃 : stomach-striker)로 불리는 배가 있었다. 그에 대한 예는 『월절서(越絶書)』[126]의 한 구절에 나와 있으며, 현재는 백과사전인 『연감유함(淵鑑類函)』[127]과 같은 총서들에만 남아있다.

> 합려(闔閭 : 吳王, 기원전 514~496년 재위)는 오자서(伍子胥)[128]를 인견하고, 수전의 준비 상황을 물었다. 자서는 답했다. "선박의 명칭은 대익(大翼), 소익(小翼), 돌위(突胃),[129] 누선(樓船), 교선(橋船)입니다. 오늘날 수군은 훈련을 할 때 가장 좋은 효과를 거두기 위해 육군의 전술을 사용하고 있습니다. 대익은 육군의 중전차(重戰車)에, 소익은 경전차(輕戰車)에, 돌위는 공성 망치(衝車)에, 누선은 이동식 공격용 탑(行樓車)에, 그리고 교선은 경기병(輕騎兵)에 해당합니다."

> 闔閭見子胥. 敢問船運之備如何. 對曰. (舟+公)名大翼·小翼·突胃·樓舡·橋舡. 今舡軍之教. 比陵軍之法. 乃可用之. 大翼者. 當陵軍之車. 小翼者. 當陵軍之輕車. 突胃者. 當陵軍之衝車. 樓舡者. 當陵軍之行樓車也. 橋舡者. 當陵軍之輕足剽定騎也 (『太平御覽』, 卷七百七十, 引 『越絶書』)

---

125 이에 대해서는 편지를 이용하여 광범위하게 토론한 羅榮邦 박사의 도움을 많이 받았다.
126 袁康이 52년에 출판한 서적이다. 그러나 현존하는 텍스트에는 틀림없이 원전에 없었을 많은 내용이 포함되어 있으며, 백과사전류의 서적들에는 현재 텍스트에 전혀 없는 연대 미상의 단편적인 기사들이 포함되어 있다.
127 卷三百八十六. 그 구절은 『太平御覽』, 卷七百七十과 洪邁가 1200년경에 집필한 『容齋隨筆』, 卷十一에도 인용되어 있다. 이 구절은 羅榮邦의 도움을 받아 저자가 번역하였다.
128 그에 대해서는 Joseph Needham, *Science and Civilization in China*, Vol.4, part I, p.269와 Vol.3, pp.485 이후 등에서 이미 종종 언급하였다.
129 여러 판본들이 突胃(충돌하는 습격 도구)를 여기에서 기록하고 있다. 그에 대한 사례는 아래에서 설명될 것이다.

이러한 유형 중 누선에 대해서는 우리가 이미 잘 알고 있지만, 병사(marines)를 가득 태운 누선이 주 추진력을 얻기 위해 돛을 사용했는지 아니면 노를 사용했는지는 알기 어렵다. 대익과 소익은 분명히 범선이었으며, 교선은 일반적으로 부교(浮橋)로 사용될 수 있는 소형 노선이었을 것이다. 돌위 혹은 돌창(突昌)은 충각을 달은 선박 이외에는 달리 해석하기 어려운 선박이다. 그러나 그 구절에 나와 있는 연대는 그것마저 확신할 수 없도록 만든다.『월절서』에서 발췌한 다른 하나의 문장이 『태평어람』에도 인용되어 있으며,[130] 이미 없어져버린 『오자서수전법(伍子胥水戰法)』에는 그 선박이 대익의 전함으로 묘사되어 있다. 각 선박은 길이가 120척이고 폭이 16척이었다. 각 선박에는 병사 26명, 노수 50명, 선원과 조타수가 선수와 선미에 각 3명씩 타고 있었다. 장교와 사수장(master-archer) 5명과 부사관 4명이 긴 갈고리(長鉤) 4개, 창 4개, 손잡이 달린 도끼 4개를 갖고 그 선박을 지휘하였다. 그리하여 각 선박마다 총 91명이 승선하고 있었다.[131] 마찬가지로 이미 없어져버린 홍매(洪邁)의 『수전병법내경(水戰兵法內經)』에서 발췌한 인용문에도 같은 내용이 들어 있는데,[132] 홍매는 주대(周代)의 선박이 아주 큰 대형선이었음에 틀림없다는 점을 12세기 말에 지적하였다. 그러나 기원전 6세기에 그러했다는 결론은 받아들이기 어렵다. 저자는 이 인용문이 한대(漢代)와 삼국시대(三國時代) 혹은 진대(晉代)의 모습을 설명한 것으로 생각하고 싶다. 여하튼 간에 어떤 종류인지는 몰라도 충각이 달린 선박이 있었음은 분명하다. 그러나 그와 못지않게 중요한 점은 적선을 걸어 잡아당기는 '갈고리(grappling-hooks)'에 대한 언급인데, 이 문제는 우리를 예기치 못한 방향으로 끌고 간다.

충각 전술을 이용하여 교전하는 오랜 전통이 오(吳)와 월(越)의 함대에 있었

---

130 卷三百十五. 지금은 상당히 훼손되어 있지만 그와 유사한 구절이 『墨子』, 卷五十八에 있다. 그러나 원래부터 그 구절이 이 책에 있었다고 생각할 필요는 없다.
131 다른 선내 비축물은 석궁 32자루, 화살 3,300대, 그리고 투구와 갑옷 32벌이었다.
132 위 인용문을 참조

음은 의심의 여지가 없다. 200년경 장제(蔣濟)가 집필했으나 현재는 극히 일부
만 남아있는 『만기론(萬機論)』에는 다음과 글이 있다.[133]

> 오(吳)와 월(越)이 오호(五湖, 현 太湖)에서 싸웠을 때, 그들은 노선을 이용하
> 여 마치 뿔로 하는 것처럼 서로 부딪혔다(相觸). 용감하게 조종되는 선박도
> 겁을 먹었으며, 조종되던 선박이 모두 전복되었고, 뭉툭한 선박과 날카로운
> 선박도 모두 전복해버렸다.

> 吳越爭於五湖. 用舟楫而相觸. 怯勇共覆. 鈍利俱傾 (『太平御覽』, 卷七百六十九,
> 引『萬機論』)

여기에서 설명하고 있는 것은 아마 충각이었을 것이지만, 적선 선체의 수선
밑 부분에 구멍을 낸다는 묘사가 없다. 더 믿을만한 사실은 『후한서(後漢書)
』[134]에서 볼 수 있다. 그것은 후한(後漢) 초기에 공손술(公孫述)이 쓰촨(四川)에
독립적인 왕국을 건설하려고 했던 33년에 발생한 양쯔강(揚子江) 전투에 관한
묘사였다. 그는 임만(任滿), 전융(田戎), 정범(程汎)의 세 장군에게 2, 3만 명의
병력을 이끌고 뗏목으로 강을 내려간 후, 잠팽(岑彭)이 지휘하는 한군(漢軍)을
공격하라고 명령하였다. 그들은 적장 3명을 물리친 후, 진지가 요새처럼 구축
되어 있고 또한 부교를 설치하기에 적당한 곳을 차지하였다. 부교는 강을
막고 있는 방재(防材)와 주변 구릉 위의 요새에 의해 보호되고 있었다. 잠팽이
몇 차례 공격해보았지만 소용이 없었다. 일단 퇴각한 그는 누각이 설치된
선박(樓船), 노를 젓는 공격선(露橈), 충격선(昌突) 수 천 척으로 함대를 편성하

---

133 『太平御覽』, 卷七百六十九. 이 책의 내용은 馬國翰에 의해 『玉函山房輯佚書』, 卷七十三에
최대한 복구되었지만, 이 구절을 누락했음에 틀림없다. 五湖에서의 전투에 대해서는 『國語
』, 卷二十一을 보라.
134 卷四十七.

여 부교를 성공적으로 돌파하고 쓰촨으로 갈 수 있는 길을 열었다. 이현(李賢)은 676년에 집필한 주석에서 격렬하게 충돌(觸)할 수 있는 충각 전술을 사용할 수 있다는 점을 창돌의 이점으로 설명하였다.

여기에서 우리는 기술 용어가 점진적으로 변화하고 있음을 알 수 있다. 보다 초기에 출현한 창돌이나 돌위는 후에 몽충(蒙衝)으로 불리게 될 공격선의 선조였다. 기원후 100년에 집필된 『석명(釋名)』에 이미 다음과 같은 내용이 기록되었다.[135] 외관상으로 길이가 길고 폭이 좁은 선박은 몽충(艨衝)으로 불린다. 이 선박은 (타격을 가하는 충각처럼) 직선으로 돌진한다(以衝突敵船也). 18세기 말경에 왕념손(王念孫)은 230년에 집필된 『광아(廣雅)』에 등장하는 선박명에 대해 긴 주석을 달고 다음과 같이 서술하였다. "차(車)에 충차(衝車)가 있는 것처럼, 선박에도 몽충(蒙衝)이 있다. 왜냐하면 몽(蒙)이 창(昌)과 같은 뜻이고 또한 충(衝)이 돌(突)과 같은 뜻이기 때문이다."[136] 그러나 우리가 곧 보겠지만, 759년에는 몽충이란 용어에서 몽이 (젖은 가죽과 나무판 및 철판 중 어느 것이던 간에) 승무원을 보호하는 장갑을 의미하게 되었으며, 그 대신 충돌로 유도하는 격렬한 움직임이라는 의미는 사라졌다. 따라서 여기에서는 그 단어를 "덮개가 있는 습격선(covered swooper)"으로 번역하려 한다. 이러한 설명은 창이라는 단어가 "돌진하여 충돌한다"와 "모자를 씌우거나 덮는 것"이라는 전혀 다른 두 가지 의미를 갖고 있음을 의미한다. 동습(董襲)이 오(吳)와 위(魏)의 해전에서 명성을 얻었던 208년에 몽충은 흔히 볼 수 있는 선박이 되어 있었다.[137] 그러나 수백 년 동안 군선의 중점이 충각에서 장갑으로 이동했음에도 불구하고, 우리는 이 용어가 그대로 사용되었을 것으로 생각할 수 있다. 왜냐하면 조선공들이 창을 돌진이 아닌 모자의 의미로 사용하고 있었던

---

135 『釋名疏證補』, 卷二十五.

136 『廣雅疏證』, 卷九下.

137 『三國志』, 卷五十五; E. H. Schafer, 'The Vermilion Bird; Thang Images of the South,' Univ. of California Press, Berkeley and Los Angeles, 1967, p.242를 참조.

것처럼 보이기 때문이다. 우리는 이것이 근접전을 뜻하는 등선백병전(登船白兵戰, close-quarters)에서 포격전(projectile warfare)으로 전환하는 일반적인 해전 경향과 얼마나 잘 들어맞는지 중국 해전사를 통해 보게 될 것이다.

초기의 충각에 대한 또 다른 논의가 과선(戈船)이라는 용어에서 발생하지 않을까하는 생각도 든다.[138] 이 선박 명칭은 한대(漢代)에도 자주 나타났는데, 가장 명확한 의미는 (기원전 112년 월[越]에 대한 원정 때처럼) 미늘창(戈槍)을 보유한 병사들을 태우는 선박이다. 그러나 3세기의 주석가였던 장안(張晏)은 수영하는 월군(越軍)과 해양 동물이 선박에 접근하지 못하도록 하기 위해 미늘 창이 선체에 고정되어 있었던 것으로 생각하였다. 7세기 초에 그의 후계자였던 안사고(顔師古)도 같은 의견을 갖고 있었다. 반면에 300년경의 신찬(臣瓚)은 선박마다 방패와 미늘창을 보유한 병사들을 태웠다는 오자서의 설을 따랐다. 송나라 학자였던 송기(宋祁)와 유반(劉攽)도 같은 견해를 갖고 있었다. 유반은 "북부 출신인 안사고가 물에 익숙하지 않기 때문에 선박이 항해하는 방법에 대해 잘 모른다"고 말했다.[139] 필자는 이러한 학자들의 의견을 판정할 생각을 갖고 있지 않다. 그러나 이러한 논의의 배경에 고대의 충각 전술에 대한 기억이 있었지 않았을까하는 생각이 든다.

앞서 말한 것처럼, 중국 선박의 수면 하에 미늘창이나 다른 어떤 날카롭고 뾰족한 부분이 없었던 것은 분명하다.[140] 그러나 이와 관련하여 근대 중국에

---

138 이 선박에 대해서는 다음에 보게 될 것이다.
139 이에 대한 논의는 『前漢書』, 卷六을 보라.
140 그럼에도 불구하고 宋代에 발생한 해전에서 충각 전술의 사례를 찾을 수 있다. 사실 우리 는 이미 그 사례를 살펴보았다. 1134년에 楊幺의 반란군이 사용한 外輪戰船 중 몇 척이 이 충각을 구비하고 있었던 것을 Joseph Needham, *Science and Civilization in China*, Vol.4, part 2, p.420 에서 볼 수 있는데, 그 충각으로 官軍의 많은 선박을 침몰시켰다. 『宋史』, 卷三百六十五를 보라. 또한 p.422에서는 造船工이었던 秦世輔가 1203년에 뱃전을 쇠로 두르고 鋤先(鋤觜)이 있고 네 바퀴가 달린 전선을 건조한 사실도 보았다. 그의 설계에 대해서는 앞으로 더 자세 하게 살펴볼 예정이다. 이러한 종류의 선박 속도는 아마 4노트정도였을 것이며, 뱃전에 주 는 충격은 상당한 무게 때문에 효과적이었을 것이다. 16세기 말이 되어서조차 王鶴鳴은 福

서도 여전히 남아있었던 이취(二嘴) 선수와 선미를 보유한 대단히 특이한 형태의 선박을 생각할 수 있다. 그것은 항저우(杭州) 부근에서 사용되고 있던 삼판이었는데, 그에 대한 기원은 별로 알려져 있지 않다.[141] 이것은 충각과 같은 돌출물이 있었기 때문에 고대 스칸디나비아(Scandinavia)의 선박 그리고 인도네시아− 폴리네시아(Indonesia-Polynesia)의 전통 선박과 닮았으며, 그 배들의 가장 밀접한 관련성은 호넬(Hornell)이 발견한 것들 중 하나일 것이다.[142] 아마 이 삼판은 남방의 중국 문화에 남아 있던 인도네시아적 요소의 흔적이었을 것이다. 그러나 그것은 고대 중국에서 충각이 사용되었음을 보여주는 증거와 관련이 있을지도 모른다.

일반적으로 전국시대(戰國時代)에 충각에 대한 가장 분명한 증거로 남아있는 것처럼 보이는 구절은 오히려 다른 어떤 것을 입증함으로써 다른 방향으로 눈을 돌리게 만든다. 그 중 한 구절은『묵자』에 있다. 이 구절은 유명한 기술자였던 공수반(公輸班)[143]이 기원전 445년에 남쪽으로 와서 초(楚) 나라의 해군을 어떻게 재편성했는지 말해주고 있다.[144]

  이전에 초나라 사람과 월나라 사람들이 양쯔강에서 전투를 하였다. 초나라 군대는 강의 흐름을 이용하여 나아갔지만, 퇴각하고자 할 때에는 그 흐름 방향이 반대가 되어버렸다. 그들은 앞으로 나아갈 때는 좋았지만, 퇴각하려

船(福建의 전선)에 관한 기사에서 그 배가 鋤先(犁)이나 선수에 고정된 예리한 공격 무기로 적의 소형 선박을 침몰시킬 수 있었다고 말했다(『續文獻通考』, 卷百三十二).

141 이 책의 앞부분(p, 389)과 G. R. G. Worcester, *The Junkman Amiles*, Chatto & Windus, London, 1959, p.389를 보라.

142 J. Hornell, *Water Transport; Origins and Early Evolution*, Cambridge, 1946. Rev. M. J. B. Davy, Nature, 1947, 159, 414; P. Paris, *Mededelingen van het Rijksmuseum Voor Volkenkunde*, 1948(no.3), 39.1, pp.22 이하와 이 책, p.389를 보라.

143 Joseph Needham, *Science and Civilization in China*, Vol.4, part 2의 이곳저곳을 보라.

144『墨子』, 第四十九를 참조. Mei Yi-Pao(tr,), *The Ethical and Political Works of Mo Tzu*, Probsthain, London, 1929, pp.254 이하를 보라.

할 때 철수하기가 어렵다는 점을 알았다. 반대로 월나라 군대는 물을 거스르면서 진격해야 했지만, 퇴각할 때에는 물의 흐름을 이용할 수 있었다. 유리한 상황에서 천천히 진격해야 했지만, 불리할 경우 신속하게 퇴각할 수 있었다. 월나라 군대는 바로 이점 때문에 초나라 군대를 크게 격파할 수 있었다.

공수(公輪)는 노(魯) 나라에서 남쪽의 초나라로 온 후 구강(鉤强)으로 불리는 수군 무기를 만들기 시작하였다.[145] (적선이) 퇴각하려 할 때에는 고리(鉤)의 한 부분을 사용하고, (적선이) 다가올 때에는 방현재(防舷材의 한 (부분)을 사용하였다. 이 무기의 길이는 모든 선박의 표준이 되었으며, 따라서 초나라 선박은 모두 표준화되어 있었다. 반면에 월나라 선박은 그렇지 않았다. 초나라 군대는 이러한 장점을 이용하여 월나라 군대를 격파하였다.

공수는 자신의 독창성을 자랑하면서 묵자에게 물었다. "저의 전선은 갈고리-방현재(hook-fender : 한쪽은 당기게 되어 있었고, 다른 한쪽은 밀게 되어 있었다)를 갖고 있습니다. 귀하의 의(義哲學)에도 이러한 장치가 있습니까?" 묵자는 대답하였다. "나의 의(義) 속에 있는 '잡아당기고-충각하는' 장치가 귀하의 전선에 있는 것보다 훨씬 더 나을 것입니다."[146]

　昔者楚人與越人. 舟戰於江. 越人順流而進. 迎流而退. 見利而進. 見不利則其退難. 越人迎流而進. 順流而退. 見利而進. 見不利則其退速. 越人因此若勢. 亟敗楚人.

　公輪子. 自魯南游楚. 爲始爲舟戰之器. 作爲鉤强之備. 退者鉤之. 進者强之. 量其鉤强之長. 而制爲兵. 楚之兵節. 越之兵不節. 楚人因此苦勢. 亟敗楚人.

　公輪子善其巧. 以語子墨子曰. 我舟戰有鉤强. 不知子之義亦有鉤强乎. 子墨子曰. 我義之鉤强. 賢於子舟戰之鉤强 …. (『墨子』,「魯問」, 第四十九)

---

145 이 두 문장을 인용하고 있는 『太平御覽』, 卷三百三十四에는 鉤强 대신 鉤拒라는 용어가 기록되어 있지만, 그 의미는 같다. Mei Yi-Pao와 다른 사람들처럼, 우리는 이 용어들이 2가지 별개의 물체 즉 갈고리와 충각이 아니라 한 의미를 가진 두 단어라는 사실을 알게 될 것이다.

146 墨家에 대해서는 Joseph Needham, *Science and Civilization in China*, Vol.2, pp.165 이하를 보라.

그리고 묵자는 "사랑으로 끌어당기고 존경으로 밀어내는" 것을 설교하였다(대단히 훌륭한 설교였다). 이 이야기 전체는 바로 이것을 말하고 있다. 물론 그것은 기원전 4세기에 발생한 어떤 해전에 대한 타당한 설명으로 간주될 수 없을 것이다. 그러나 정확하게 말하면, 구강은 충각이 아니었다. 그것은 돛대의 밑 부분에서 기중기처럼 회전하는 긴 원형 자재 끝 부분에 부착되어 있던 T자형의 철(미늘창과 그 형태가 비슷하였다)이었던 것으로 생각된다. 그것은 퇴각하는 적선의 갑판에 무겁게 내려져 적선을 원하는 거리에 머물게 하거나,[147] 아니면 접근하는 선박이 일정한 거리를 유지하면서 떨어져 있도록 일정 위치에 내려지기도 했다. 이 두 가지 경우에 적선은 석궁의 가장 적합한 사정거리에 놓일 수 있었다. 이것은 다음 주제와 연관된다.

6. 장갑판과 쇠갈고리(鉤竿) : 포격전 대 등선백병전

만약 우리가 알고 있는 것처럼 선체의 수면 밑 부분을 보호하기 위해 얇은 금속판을 두르는 관행이 지중해 지역처럼 중국에서도 오래 전부터 사용되었고 또한 여기에서 보여주고 있는 것처럼 육전과 해전에서 접근하여 싸우는 백병전(close hand-to-hand combat)보다 정확한 포격이나 사출물을 교환하는 전술이 중국에서 모든 시기에 선호되었다면,[148] 도시의 성벽을 보고 착상한 아이디어를 갖고서 전선의 현장(舷墻, bulwarks)에 성벽(城壁, city-wall) 개념을 적용하여 흘수선 윗부분의 선체에 장갑을 입히는(armour-plating) 관행이 아주

---

147 여기에서 우리의 결론은 C. M. Cipolla, *Guns and Sails in the Early Phase of European Expansion, 1400 to 1700*, Collins, London, 1965의 결론과 크게 다르다. 그러나 Cipolla는 주로 후대에 중국을 방문한 외국인들의 의견을 근거로 하고 있을 뿐, 중국의 고문헌과 고고학의 자료를 이용하지는 않았다.

148 Joseph Needham, *Science and Civilization in China*, p.476에서 본 것처럼, 이러한 분석은 12세기의 한 저술가에 의해 이루어졌다.

오래 전부터 실행되었다고 생각해도 좋을 것이다. 우리가 실제로 발견한 것도 이것이었다. 물론 중세 말의 장갑이 19세기의 장갑을 그대로 가리키는 것은 아니지만, 송대(宋代) 전투용 정크(war-junk)의 상부 구조에 고정되어 있던 얇은 철판은 근대적인 장갑의 정통성 있는 선례로 간주될 수 있을 것이다.[149] 일반적으로 사출 무기(projectile weapons)가 충격 무기(shock weapons)보다 방어 활동을 더 중요한 것으로 만들기 때문에, 장갑의 발명은 아주 자연스러운 현상이었다.[150] 서양인이 보기에 예상 밖의 것일지 모르지만, 장갑하는 데에는 쇠갈고리(grappling-irons) 즉 구간(鉤竿)으로 불리던 별도의 무기가 사용되었다. 쇠갈고리는 적선으로 이동할 수 있도록 디딤판을 놓기 위한 것이 아니었다. 그것은 적선에 구멍을 낼 수 있는 큰 곡괭이 같은 것이었거나 수평 사격(直射)을 할 수 있는 거리에 승조원을 위치하게 하기 위한 꺾쇠(clamps) 같은 것이었다.

전투용 중국 정크의 노수와 선원을 노출시키지 않고 또한 적이 아군 함정의 갑판으로 올라오는 것을 막기 위한 목제 현장(木製 舷墻, wooden bulwarks)에 대해서는 이미 몇 차례 언급한 바 있다.[151] 다음 단계는 당연히 돛대를 세우거

---

149 宋代나 그 이후에 철로 장갑한 선박 중에서 鑄鐵板을 사용한 것이 있었는지 여부는 중요한 질문이다. 당시의 製鐵工業은 그 철판을 충분히 제공할 수 있었다. 실제로 그와 같은 종류의 철판이 11세기에 鐵塔를 제작할 때 상당히 많은 규모로 사용되었으며, 그 중 몇 가지는 현존하고 있다. Joseph Needham, *The Development of Iron and Steel Technology in China*, Newcomen So., London, 1958, p.20과 fig. 34와 35를 보라.

150 여기에서 눈을 돌려 중국 都市城壁의 水門에 철판을 두른 방식을 살펴보자. 1487년 朝鮮人 여행객이었던 崔溥는 寧波에서 그러한 수문을 8개 이상이나 보고 매우 감탄하였다(Jr. Meskill tr. & ed., *Choe Pu's Diary; a Record of Drifting across the Sea {the Phyohae-rok, written in 1488}*, Univ. Arizona Press, Tuscon, 1965, pp.68, 69).

151 pp.407, 447, 621 등에서 언급되었다. 다른 한 실례를 여기에 덧붙일 수 있다. 1130년에 발생한 黃天蕩 戰鬪에서 福建地方의 뱃사람들은 金韃靼(Chin Tartar) 사람들에게 노를 저을 수 있는 구멍이 있는 防禦用 舷墻를 배에 만들 것을 권고하였다. 그리고 송나라 전선들이 움직일 수 없게 되었을 때, 금달단인들의 갤리들이 접근하여 불화살을 쏘았다. 이 작전은 성공하였다. 그러나 그것은 이후 송나라 外輪船이 더 큰 성공을 거둘 수 있게 한 기초가 되었다. 『宋史』, 卷三百六十四; 『文獻通考』, 卷百五十八을 보라. 또한 Joseph Needham, *Science and*

나 빼는데 필요한 구멍을 남겨두고 갑판 전체에 지붕을 씌우는 것이었으며, 그 다음으로는 지붕과 현측을 철판이나 동판으로 덮어 보호하는 것이었다. 이러한 것들은 도요토미 히데요시(豊臣秀吉)가 일으킨 임진왜란(壬辰倭亂, 1592~98) 기간에 조선의 위대한 이순신(李舜臣, Yi Sunsin) 제독의 함대에서 크게 발전하였다.[152] 당시 이순신 제독이 건조한 거북선(Turtle ships, 龜船)[153] 은 제물포(濟物浦, Chemulpo)[154] 해전과 부산만(釜山灣, Fusan Sound) 해전에서 그 효과가 매우 좋다는 것이 입증되었다.[155] 이순신 함대의 전체 모습은 조선의 다른 전선들과 함께 17세기 병풍에 그려져 있다.[156]

거북선에 대한 정확한 아이디어는 얻기 어렵다. 그러나 많은 정보를 주는 자료가 없지 않지만,[157] 언더우드(Underwood)는 정인보(鄭寅普, Cheung Inpo) 등과 같은 한국 학자들의 도움을 받아 거북선을 자세히 연구하였다.[158] 그는 거북선의 길이가 약 110피트이고, 폭이 28피트이며, 선저에서 7.5피트 위에 주갑판이 있다고 결론지었다(<그림 1050>). 노수가 선박 안에 위치해 있었으

Civilization in China, Vol.4, part 2, p.416도 보라,

152 H. H. Underwood, 'Korean Boats and Ships,' *JRKS / KB*, 1933, 23, pp.71 이하; H. B. Hulbert, *History of Korea*, Seoul, 1905, vol.1, pp.349 이하; vol.2, pp.15, 29 이하, 33 이하, 39 이하, 48 이하; C. Osgood, *The Koreans and their Culture*, Ronald, 1New York, 951, pp.198 이하. 李舜臣과 같은 해에 태어난 Drake가 1579년에 필리핀 대신 朝鮮을 방문했더라면, 李舜臣을 만났을지 모른다. 그리고 李舜臣도 Nelson과 마찬가지로 승리로 끝난 決戰 도중 자신의 旗艦에서 전사하였다.

153 정확히 말하면 거북선(tortoise ships)이다.

154 <역자주 : 壬辰倭亂 때 거북선이 최초로 참전한 해전은 泗川海戰(1592. 5. 29)이며, 이후 唐浦海戰, 唐項浦海戰, 安骨浦海戰, 閑山島海戰, 釜山浦海戰 등에서 사용되었다. 그러나 거북선이 임진왜란 동안 濟物浦에서 활동한 적은 없으며, 이순신의 함대는 鳴梁海戰 이후 古群山列島까지만 북상하였다가 다시 高下島로 남진하였다. 그러므로 이 부분은 저자의 오류라 할 수 있다.>

155 F. P. Purvis, "Ship Construction in Japan," *TAS / J*, 1919, 47, 1; Idem, "Japanese Ships of the Past and Present," *TJSL*, 1925, 23, 51과 그의 논문에 대한 토론 및 H. H. Underwood, *op. cit.*을 보라.

156 朝鮮王朝 王室이 소장하고 있다. H. H. Underwood, *op. cit.*의 서문을 보라.

157 이순신과 관련된 자료를 모아 1795년에 편찬한 『李忠武公全書』조차 그러하다.

158 그의 그림 46~49도를 보라. A. von Pawlikowski-Cholewa, *Die Heere des Morgenlandes*, de Gruyter, Berlin, 1940, p.32에 있는 정밀한 그림도 안타깝게도 출전을 제공하지 않고 있다. 李殷相, 『李忠武公一代記』, 서울, 1946을 참조

며, 선체 내부의 중심을 기준으로 양쪽에 여러 창고와 선실이 있었고, 주갑판에는 아무 것도 없었기 때문에 포수와 소총수(musketeers)가 12개의 포문과 22개의 총안(銃眼)을 통해 사격할 수 있었다. 갑판은 경사진 지붕에 의해 보호되었으며, 미닫이 해치였던 지붕에 나있는 구멍은 아마 전투를 하기 전에 닫혔을 것이다. 지붕에는 못이나 칼이 꽂혀 있었다. 지붕이 항상 금속판으로 덮여 있었는데, 이것은 관련된 당대 자료가 없고 17세기 초 이후 조선에서 존재했던 오랜 전통에 의해 입증된다. 거북선은 일본군의 불화살에 의해 한 척도 타지 않았다. 당시의 포탄으로 선체의 벽을 뚫기가 불가능하지는 않았지만 어려웠다는 것은 선체가 장갑이 되어있었음을 말해주고 있다. 한편, 거북선에 동물 모양의 선수상(船首像)이 있었으며 또한 화학기술자가 숨어서 만들어내는 진한 유독가스를 내품는 관이 선수에 있었던 것도 틀림없는 것 같다.[159] 그것의 성분은 일반적으로 유황(硫黃)과 초석(硝石)을 포함한 것으로 추정된다. 1044년의 『무경총요(武經總要)』에서 보는 것처럼, 중국에서는 이 비법이 옛날부터 알려져 있었는데, 그에 대해서는 후에 검토하려 한다. 현측마다 10개의 노가 있었으며, 각 노가 2명의 노수에 의해 저어졌음은 틀림없는 사실이다.[160] 그러나 전투를 시작하거나 항구에 입항할 경우를 제외하고는 보통 러그세일(lug-sail)을 통해 추진력을 확보하였다.

---

159 이 개념은 希臘火焰(Greek Fire)을 실은 비잔틴 선박의 사이펀(siphons)과 놀랄 정도로 비슷하다. 비잔틴의 것과 유사한 또 다른 것이 있는데, 이것은 곧 보게 될 것이다.
160 이것이 1124년 같은 크기의 선박보다 두 배인 점에 주목해야 한다. 사람들은 두 경우에 그것들이 모두 槽였는지를 알고 싶어 할 것이다.

〈그림 1050〉 16세기 마지막 10년 동안 이순신 제독의 조선 수군이 사용한 거북선의 복원 모형. 이 모형은 북경의 중국역사박물관에 진열되어있다(필자가 1964년에 촬영). H. H. Underwood, 'Korean Boats and Ships,' *JRAS/KB*, 1933, 23, figs. 46~49를 참조. 최소한 2개의 돛대가 사용되었다. G. R. G. Worcester, *The Junks and Sampans of the Yangtze; a study in Chinese Nautical Research*, vol.1 : Introduction, and Craft of the Estuary and Shanghai Area, Inspectorate-General of Customs, Shanghai, 1947, p.79에 묘사된 것처럼, 이 돛대는 장갑된 지붕의 중앙에 선수미를 잇는 홈(이 모형에서는 보이지 않는다)을 통해 타격을 가해 내려졌던 것처럼 보인다.

    거북선과 관련하여 아마 가장 흥미로운 특징은 이순신 제독이 충격 전술(衝擊戰術, shock tactics)[161]이 아닌 중국 해전의 포격 전통(砲擊傳統, projectile tradition)을 극단적인 수준으로 끌어올렸다는 사실이다. 거북선의 승조원은 화살, 머스킷 소총탄알, 방화무기로부터 완전히 보호되었을 뿐만 아니라 일본

---

161 그리스의 충각전술(ramming)을 사용했던지 로마의 뱃전오르기(boarding) 전술을 사용했을 것이다. 자세한 설명은 후에 할 것이다.

군이 좋아하던 뱃전오르기 공격(boarding-parties)[162]으로부터도 보호되었다. 그는 선폭을 대단히 좁게 만들어 사격할 수 있는 속력을 낼 수 있게 했으며, 또한 연막 장치의 추가와 놀라운 기동으로 귀중한 우위를 차지하게 하였다. 마지막으로 거북선의 무장은 일본군이 보유한 포와 총을 40 : 1의 비율로 능가했었던 것처럼 보인다. 그러므로 거북선의 전술은 접근하여 뱃전에 오르는 것이 아니라 거리를 두고 포를 발사하는 포격 전술이었다. 연속적인 현측 일제사격(broadsides)을 하기 위해 단종열진(a line-ahead formation)을 펼쳤으며, 적선이 활동 불능 상태가 되었을 경우에만 충각 작전(ramming)을 전개하였다.

같은 시기에 유럽에서도 비슷한 요소들이 비슷하게 발달하고 있었다.[163] 루들로프(J. Rudlov)[164]에 의하면, 1585년 앤트워프(Antwerp)에 대한 포위 공격을 할 때 홀란드인들이 피니스 벨리스함(Finis Bellis)을 철판으로 부분 장갑했지만, 이순신 제독의 거북선과 같은 성공을 거두지는 못했다. 왜냐하면 그 함정이 곧 좌초되어 스페인군에게 나포되었으며, 스페인군도 그 함정을 사용하지 못했기 때문이었다. 루들로프는 튀니스(Tunis)가 찰스 5세(Charles V)에 의해 포위되었을 때 캐랙인 산타 안나호(Santa Anna)를 방화 무기로부터 보호하기 위해 납판(臘板, sheets of lead)을 두르려고 시도했다고 주장하지만, 실제로 그렇게 했던 것처럼 보이지는 않는다. 화약이 있었음에도 불구하고 유럽인이 선박 장갑의 중요성을 안 것은 이상할 정도로 느렸다. 장갑이 선박에 이용되기 위해서는 18세기의 부유포대(浮游砲臺, floating batteries)까지 기다려야만

---

162 Sir George Sansom, *A History of Japan,* vol.2 : *1334 to 1615,* Cresset Press, London, 1958, p.309에 의하면, 도쿠가와(德川) 장군의 냉혹한 선구자였던 오다 노부나가(織田信長)는 1580년경에 철로 장갑한 선박을 시험했지만, 이순신 제독처럼 성공하지는 못했다.

163 Leonardo는 최소한 櫓手를 보호하기 위해 부분적으로 장갑을 한 갤리선을 몇 척 설계하였다. G. Ucelli di Nemi, ed., *Le Gallerie di Leonardo da Vinci nel Museo Nazionale della Scienza e della Tecnia {Milano},* Museo Naz. d. Sci. e. d. Tecn., Milan, 1956, no.5.

164 J. Rudlov, 'Die Einführung d. Panzerung im Kriegsschiffbau und die Entwicklung d. erster Pazerflotten,' *BGTI,* 1910, 2, 1

하였다. 그때 메리맥함(Merrimac)과 모니터함(Monitor) 사이의 유명한 결전은 근대 장갑함의 시대가 도래한 것을 알려주었다.[165]

보다 늦은 1796년까지만 해도 연기를 내뿜는 머리를 두 개 보유한(二嘴船首) 거북선 1척이 전라도 여수(麗水)에 남아있었다. 그러나 이러한 종류의 선박과 그 선박이 사용한 전술은 이순신보다 훨씬 오래 전으로까지, 따라서 유럽에서 그와 비슷한 선박 발달이 있었던 것보다 훨씬 오래 전으로까지 소급하여 더듬어볼 수 있다. 우선 조선의 통치자가 당시 새로운 것으로 생각되었으며 또한 거북선(龜船)으로 불리던 일종의 전선(戰船)을 시찰한 사실을 들 수 있다.[166] 『무비지(武備志)』[167]와 『도서집성(圖書集成)』[168] 등과 같은 17세기와 18세기의 중국 자료는 승조원과 수군을 다양한 수준으로 보호하는 전투용 정크의 그림을 모두 포함하고 있으며, 1044년에 집필된 『무경총요』[169]에도 같은 그림이 그려져 있다. 사실 해전에서 근접전(close combat)보다 사격 전술(projectile tactics, 그리고 그에 따른 방어용 장갑에 대한 욕구)에 대한 선호는 중국의 상황을 조사할 경우 멀리 진대(秦代)와 한대(漢代)의 누선(樓船)에 타고 있던 궁수들로까지 소급될 수 있을 것이다.

그에 관한 그림을 수록하고 있는 텍스트 중 우리가 발견한 가장 오래된 것은 이전(李筌)이 759년에 편찬한 『태백음경(太白陰經)』이다. 이 책에 있는 짧은 설명은 번역할 가치가 있는 것처럼 보인다. 왜냐하면 중국 수군이 건설되던 8세기에 이미 일부 전투용 선박을 지붕으로 완전히 덮었던 경향이 있었으며 또한 그렇게 함으로써 적군이 뱃전에 오르는 것을 막는 동시에 모든 발사 무기도 완전하게 사용할 수 있게 되었기 때문이다. 그는 다음과 같이

---

165 R. W. Daly, *How the 'Merrimac' Won*, Crowell, New York, 1958을 참조.
166 H. H. Underwood, *op. cit.*, p.74를 참조.
167 卷百十六~百十八. 예를 들면, 「鷹船」, 卷百十七이 있다.
168 「戎政典」, 卷九十七.
169 「前集」, 卷十一.

말하고 있다.[170]

탑선(搭船)[171] – 누선(樓船)[172]; 이 선박들은 전열(fighting lines)을 위한 여장(女牆)이 설치된 3층 갑판(樓三重)으로 이루어지며, 돛대에 여러 깃발과 삼각기를 달고 있다. 석궁과 장창을 위한 구멍이 있으며, [현측에는 화재를 막기 위한 펠트(felt)와 가죽(氈革)이 둘러쳐져 있다.][173] 한편 (최상층 갑판에는) 돌을 던지기 위한 투석기를 (전용 장소에) 설치하고 있다(置抛車擂石). 또한 (용기에 넣어 투석기로 발사하기 위한) 용해된 철(을 만드는 장치)이 있다. (현측 전체는) 성루(城壘)처럼 보인다. 진대(晉代)의 도용장군(跳龍將軍) 왕준(王濬)이 오나라를 정복했을 때, 길이가 200보(1,000피트)[174]이고, 그 위에 서까래를 드리우며(flying rafter), 돌출한 회랑(hanging galleries)을 설치하고,[175] 그 위를 마차와 말이 달릴 수 있는[176] 선박을 건조하였다. 그러나 만약 (갑자기)[177] 강풍이 불면, (이러한 선박은) 사람의 힘으로 제어할 수 없기 때문에 [전투와 같은][178] 행동을 하기에 불편했을 것으로 판단된다. 그러나 이러한 선박을 함대에 추가 배치하는 것은 실패가 아니었으며, 적을 제압하는데(以成形勢)[179] 완벽한 역할을 하였다.

덮개를 씌운 습격선(蒙衝)[180]; 이 선박의 뒤쪽은 지붕으로 덮여있고, 코뿔소

---

170 卷四十. 저자가 번역하였다.
171 또는 樓閣戰船.
172 이 첫 번째 단락의 구절은 어느 정도 다양성이 있다는 생각을 갖게 하기 위해 『通典』(812년), 卷百六十, p.16과 9세기 후반의 『圖書集成』, 「戎政典」, 卷九十七의 비슷한 구절들을 통합한 것이다. 『武經總要』의 본문도 역시 추가되고 있다.
173 이 구절은 『武經總要』와 『圖書集成』에만 있다.
174 외관상 거짓말 같은 이 주장에 대한 설명은 장차 간략하게 이루어질 것이다. 『武經總要』는 280년에 발생한 역사적 사건들에 대한 참고가 누락되어 있으며, 100步의 수치가 기술하고 있는 선박들에 관한 것으로 생각하게 만든다.
175 『太白陰經』에만 기록되어 있다.
176 『圖書集成』에 기록되어 있는데, 이 부분을 생략한 이유를 짐작하기 어렵다.
177 『太白陰經』과 『通典』에만 들어 있다.
178 『太白陰經』과 『通典』에만 들어 있다.
179 『通典』에만 들어 있다. 『太白陰經』과 『圖書集成』의 기사는 약간 차이가 있다.

가죽[181]으로 (장갑을 하고) 있다(以犀革蒙覆[182]其背). 양 현측에는 노를 젓기 위한 구멍이 있으며, 마찬가지로 선수와 선미에도 석궁을 발사하기 위한 틈과 창을 사용하기 위한 구멍이 있다. 적병은 (이 선박에) 오를 수 없고(敵不得近), 적에게 상처를 주기 위해 화살과 돌을 던질 수 없다. 대형 선박에는 이 장치를 설치하지 못했다. 왜냐하면 미처 준비하지 못한 적을 갑자기 급습할 수 있기 위해서는 속력이 빠르고 선박 조종이 손쉬워야 했기 때문이다. 따라서 이 선박들(蒙衝)은 (일반적인 의미에서) 전투용 선박이 아니었다.

전투용 정크(戰艦)[183]; 전함은 선체의 옆 부분에 완전한 성벽과 성벽처럼 보이며 반절쯤 되는 방호벽(ramparts)[184]을 동시에 가지고 있고, 그 밑에는 노를 젓기 위한 구멍이 있다. 갑판 가장자리(좌우 양현)에서 5피트 떨어진 곳에 방호벽과 붙어 있는 갑판실(deckhouse)이 있으며, 그 위에도 역시 방호벽이 있다. 이 때문에 전투를 할 수 있는 장소는 두 배로 커진다. (선박의) 위쪽에는 지붕이나 덮개가 없다. 톱니모양의 깃발이 선박 위의 이곳저곳에 위치한 기둥에 걸려 있고, 징과 북도 있다. 이 (전함은) (일반적인 의미에서) (진정한) 전투선이다.

고속선(舟舸); 또 다른 종류의 전투선. 갑판 위에 방호벽이 두 줄로 설치되고, 많은 수의 선원(문자 그대로 노수)과 소수의 병사를 태울 수 있다. 병사는 가장 훌륭하고 용감한 병사들 중에서 선발된다. 이 선박은 (파도 위를) 날아가듯이 앞뒤로 달리고, 적을 불시에 습격할 수 있다. 이 선박은 긴급할 때와 비상사태 때 가장 유용하다.

순시선(巡視船) – 유정(遊艇); 정보 수집에 사용되는 소형 선박. 선체 위에

---

180 습격선(swooper)이라는 단어를 이해하려면 아마 관용이 필요할 것이다. 폭력적이고 돌진하는 것 같이 움직인다는 인상을 번역할 필요가 있다. 이것은 destroyer(구축함)이라는 단어가 해군 용어로 익숙하게 사용되어왔기 때문에 자연스럽게 들리지만, submarine(잠수함)이라는 단어가 견습 해병(apprentice sea-soldier)에 의해 쉽게 이해될 수 없는 것과 같다.
181 고대 중국에서는 장갑(裝甲)을 만드는데 사용된 유명한 재료였다.
182 이 단어가 알을 품고 있는 닭이나 복병을 의미를 갖고 있음을 주의해야 한다.
183 『武經總要』, 卷十一과 『圖書集成』, 「戎政典」, 卷九十七에는 鬪艦으로 표기되어 있다.
184 일종의 銃眼이 있는 방호벽을 의미하는 것으로 생각된다.

방호벽이 없지만, 양 현에 각각 4피트의 노걸이가 있으며, 그 수는 선박의 크기에 따라 달라진다. 앞으로 가든, 멈추든, 혹은 돌아오든, 형태가 어떻게 발전하든 간에 (이 선박의) 속력은 날아가는 것 같다. 그러나 이 선박은 정찰용이며, 전투선은 아니다.[185]

해응(海鷹, 바다의 농병아리) − 해골(海鶻)[186]; 이 선박은 선수가 낮고 선미가 높으며, (선체의) 앞쪽이 작고 뒤쪽은 크다.[187] (바다에서 날아다니고 있는) 송골매(鶻)의 모습과 비슷하다.[188] 갑판 아래의 양 현에는 송골매의 날개모양을 한 부판(浮板, floating-boards)이 있다. (해골)선은 이 부판 덕분에 바람과 파도가 심할 때에도 밀리지 않고 전복되지도 않는다.[189] 마치 성벽에다 그랬던 것처럼, 양 현의 윗부분을 덮어 보호하고 있는 것은 소가죽이다.[190] 이 선박에는 전투선처럼 톱니모양의 깃발, 징 그리고 북이 있다.

樓船 … 船上建樓三重. 列女牆戰格. 樹旗幟. 開窓穿穴. 置砲車. 檑木鐵汁. 狀如城壘. 晉王濬伐吳. 造大船. 長三百步. 上置飛簷. 閣道可奔車馳馬. 忽遇暴風. 人力不能制. 不便于事. 然爲水軍. 不可不設. 以張形勢.

蒙衝. 以犀革蒙覆其背. 兩上開掣棹孔. 前後左右. 開弩窓矛穴. 敵不得近. 矢石不能及. 此不用大船. 務于速進速退. 以乘人之不備. 非戰船也.

戰艦. 船舷上設中牆半身牆. 下開掣棹孔. 舷五尺. 又建棚爲女牆. 重列戰格. 無腹背. 前後左右. 樹牙旗幡幟金鼓. 此戰船也.

---

185 고속선과 순시선의 돛대와 돛을 설명하는 자료는 전혀 없다. 그러나 중국 선박에 대한 지식으로 미루어 볼 때, 순수하게 노만 저어가는 갤리선과 같은 선박을 지칭하는 것으로 보기는 어렵다.
186 문제시 되고 있는 새들에 대해서는 R 258과 R 314를 보라.
187 여기에서 본문이 반대로 되어 있음은 틀림없는 사실이다. 저자는 수정하여 번역하였다.
188 중국 선박의 선체 형태에 대해 앞서 말한 것과 관련하여 이 표현의 중요성을 간과하면 안 될 것이다.
189 이것은 리보드(leeboard)에 대한 중요한 구절이다. 『太白陰經』과 『武經總要』 및 『圖書集成』의 기사들을 종합해보면, 그것은 助其船雖風濤怒漲而無有側傾이 된다. 8세기에 측판이 있었다는 것은 그것의 발명 시기가 중국에서 단연 빨랐음을 말해준다.
190 축축한 소가죽은 불화살을 막는 방어 재료로 이미 널리 알려졌었다.

舟舸. 亦如戰船. 舷上安重牆棹. 卒多戰卒少. 皆猛勇及精銳者充. 往返如飛. 乘人之不及. 兼非常救急之用.

遊艇. 小艇. 用備探候. 無女牆. 舷上槳床. 左右隨艇大小長短. 四尺一床. 計會進止回軍戰陣. 其疾如飛. 虞侯居之. 非戰船也.

海鶻. 頭低尾高. 前大後小. 如鶻之狀. 舷下左右. 置浮板形如翅. 雖風波漲大. 無有傾側. 背上左右. 張生牛皮爲城. 牙旗金鼓. 如戰船之制. (『墨海金壺本神機制敵太白陰經』, 卷四)

이 인용문은 목표물에 대해 신속하게 접근하고, 뱃전에서 사격하며, 다시 물러날 수 있는 "장갑된" 선박들로부터 비롯된 포격전(projectile warfare)의 일반적인 원칙이 최소한 8세기까지 소급될 수 있음을 보여주는 것 같다. 이순신 제독이 건조한 거북선의 직계 조상인 것이 틀림없어 보이는 습격선 즉 몽충(蒙衝)은 엄밀한 의미에서 전투용 선박(fighting-ships)이라고 말할 수 없는 것으로 전해지고 있다. 특히 전투용 정크(combat-junks)가 전투함으로 불리고 있는데, 이것은 독자들이 육상(terra firma)에서 전개되는 접근전(close combat)에 익숙해 있는 상황을 염두에 둔 설명이었던 것처럼 보인다. 그리고 갈고리로 당기거나 뱃전에 오르는 전술이 초기의 중국 수군에서 관행적으로 사용되었다고 결론 짓는 것은 현명하지 못한 것 같다. 실제로 몽충이라는 단어 자체는 그 기원이 적어도 2세기까지 거슬러 올라가는 수군 선박의 명칭이다.[191] 그 후 상갑판(upper deck)을 덮는 경향이 있는 여섯 번째 선박 유형인 해골에도 그 명칭이 사용되는 것으로 나타나는데, 그것은 이 설명으로 미루어 볼 때 마앙자(麻秧子)와 같은 화물선을 개조한 선박이거나 혹은 송대의 회화에 나타나는 일종의

---

191 Joseph Needham, *Science and Civilization in China*, Vol.4, part 2, p.416에서 『宋史』, 卷四十五의 한 구절을 인용한 적이 있는데, 그 구절은 분명히 발로 밟아 작동되는 外輪(paddle-wheel)에 의해 추진력을 얻는 攻擊用 高速舟艇으로 표현하고 있다. 그 작전을 전개한 시기는 418년이었다.

강에서 사용하는 정크였을 것으로 생각된다.[192] 노선으로 알려진 전함에서는 최상갑판에 위치한 사수(射手)를 제외한 대부분의 선원과 병사들이 분명히 보호되고 있었다.

선박 장갑(船舶裝甲, ship-armor)의 일반적인 원칙은 대부분 그러하였다. 그러나 이순신(李舜臣) 제독의 시대보다 훨씬 오래 전에 철판을 둘렀다는 중국 기록이 몇 가지 있다. 하나는 혼란기였던 원대(元代) 말기의 것이다. 1366년에 명승(明昇)은 부친의 뜻을 따라 촉(蜀, 四川地方)을 부흥시킨 후 그 곳의 왕이 되었다. 주원장(朱元璋)은 1370년에 서정군(西征軍)으로 하여금 양쯔강을 따라 명승을 공격하게 하였다. 이에 대해 『명사(明史)』에는 다음과 같이 서술되어 있다.[193]

다음 해에 서정군의 부사령관이었던 요영충(廖永忠)은 촉을 향해 가는 함대의 제독이었던 탕화(湯和)를 따라갔다. 탕화는 본부를 다이시구(大溪口)[194]에 설치하였다. 영충은 먼저 출발하여 구이푸(夔府)[195]에 도착한 후, (四川의) 추흥장군(鄒興將軍) 등이 이끄는 수비군을 물리쳤다. 그 후 그는 계속 진군하여 주탕구완(瞿塘關)에 도착하였다. 그곳은 깎아지른 절벽이 있고 매우 위험한 물도 있었다. 쓰촨군(四川軍)은 (防材로) 쇠사슬(鐵鎖)과 다리(橋)[196]를 설치하

---

192 <그림 933>, <그림 976>, <그림 1032>를 보라. 그러나 Anon, *Illustrated Catalogue of the Maze Collection of Chinese Junk Models in the Science Museum*, London, Pr. pr. Shanghai; pr. pub. London, 1938, pl.10에 있는 汕頭의 세대박이 선박과 같은 종류일 가능성이 더 크다. <그림 939>, <그림 950>, <그림 1023>, <그림 1028>을 보라.

193 卷百二十九.

194 현재 이 지명이 重慶에서 200마일 남쪽에 있는데, 여기에 기록된 곳은 宜昌과 巴東 사이 즉 三峽보다 하류에 위치했을 것이다.

195 현재 巫山과 奉節의 사이에 있다.

196 원문에는 그것이 鐵鎖式 弔橋인 것처럼 되어있지만(그럴 가능성은 충분하다), 『明實錄』, 洪武(太祖)條, 卷六十三은 그 사슬이 방재이며, 3개의 조교가 지휘용으로 설치되었음을 보여주고 있다. "이것들을 양쪽 절벽에 고정시킨 후 평편한 나무판을 깔았는데, 그 위에 수직으로 세운 투석기 기둥(砲石木竿)과 쇠로 만든 총신이 있는 총(鐵銃)을 설치하였다. 양 둑 위에 놓인 다리 양 끝 부분에는 아군에 대항하기 위해 많은 투석기가 놓여 있었다." 쇠사슬

여 어떤 선박도 통과하지 못하게 계곡을 폐쇄해버렸다. 그러므로 영충은 먹을 것과 물을 주고 조그마한 선박에 태워 수 백 명의 병사를 비밀리에 보냈다. 그리하여 그들은 거슬러 올라가 이 방어 시설의 상류에 출현하였다.[197] 쓰촨 지방의 산은 나무가 우거져 있었기 때문에, 그는 부하들에게 초록색 옷과 나뭇잎으로 만든 소매 없는 비옷(蓑衣)을 입으라고 명령하였다. 그들은 이렇게 하여 숲과 바위를 지나 내려갔다. 예정된 장소에 도착했을 때, 정예부대는 묵엽(墨葉)의 선착장을 공격하라는 명령을 받았다. 오경에 수륙 양면에서 총공격이 시작되었다. 철로 덮여 있는 수군 선박의 선수(鐵裏船頭)[198]에 모든 병기(火器)를 준비시켰다. 동이 틀 무렵에야 적군을 발견한 쓰촨군은 최선을 다해 방어했지만, 헛수고였다. 영충이 요지 6곳을 점령했을 때, 그는 주정을 운반하는 지휘관까지 포함한 휘하의 모든 지휘관을 소집하여 공격을 감행하였다. 어떤 사람은 (방어 시설 위를) 공격하고 어떤 사람은 아래를 공격하였으며, 쓰촨군은 대패하고 추흥은 목숨을 잃었다.[199] 3개의 다리가 소각되었고, 모든 쇠사슬이 끊겼다.

明年以征西副將軍. 從湯和帥舟師伐蜀. (湯)和駐大溪口. 永忠先發. 及舊夔府. 破守將鄒典等兵. 進至瞿塘關. 山峻水急. 蜀人設鐵鎖橋. 橫據關口. 舟不得進. 永忠 密遣數百人. 持糇糧水筒. 舁小舟. 踰山渡關. 出其上流. 蜀山多草木. 令將士皆衣青

방재를 사용한 또 다른 사례는 그 전 세기(1225년)에 趙汝适에 의해 기록되었다. 그는 Palembang을 기록한 부분에서 이 장치에 대해 묘사하였다. 그러나 그것은 아마 Johore 해협을 가로지르는데 사용되었을지 모른다(『諸蕃志』, 卷一; F. Hirth & W. W. Rockhill(tr.), *Chau Fu-Kua; His work on the Chinese and Arab Trade in the 12th and 13th centuries, entitled Chu-Fan-Chi*, Imp. Acad. Sci., St. Petersbourg, 1911, p.62; G. N. Steiger et al., *A History of the Orient*, Ginn, New York & Boston, 1926, pp.112 이하를 참조). 중국에서 弔橋와 防材의 설계와 설치는 서로 밀접하게 연관되어 있다.

197 세 번째 설명은 1544년경에 黃標가 집필한 『平夏綠』, 卷八에 있다. 이러한 소규모 주정부대는 배후에서 수류탄과 폭탄(火砲) 및 불창(火槍)이나 짧은 총통(火筒)을 이용하여 방어군을 공격했던 것처럼 보인다.

198 이것은 黃標에 의해 정확하게 확인되었다.

199 黃標에 따르면, 그는 로케트 탄이나 불화살을 맞았다.

蓑衣魚貫. 走崖石間. 度巳至. 帥精銳. 出墨葉渡. 夜五鼓. 分兩軍攻其水陸寨. 水軍
皆以鐵裹船頭. 置火器而前. 黎明蜀人始覺. 盡銳來拒. 永忠巳破其六寨. 會將士.
舁舟出江者. 一時並發. 上下夾攻. 大破之. 鄒典死. 遂焚三橋. 斷橫江鐵索. (『明史
』, 卷百二十九, 廖永忠傳)

그리하여 요영충은 승리하고 구이저우(夔州)로 돌아갈 수 있었다. 이 교전
은 틀림없이 주목할 만한 것이었으며, 패배한 촉군에게도 많은 명예가 돌아가
야 한다. 왜냐하면 비록 패하기는 했지만, 막인수(莫仁壽)와 대수(戴壽)의 지휘
를 받은 쓰촨군이 교묘하고 독창적인 방어술로 잘 방어했기 때문이다.[200] 그
러나 이순신 제독의 해상용(sea-going) 거북선보다 2세기나 앞서서 요영충이
철장갑선(iron-armoured ship)을 사용한 사실도 주목할 가치가 있다.

그러나 1370년에는 그것이 전혀 새로운 것이 아니었다. 남송(南宋)의 해군
이 아주 빨리 발전하고 있었던 1203년, 훌륭한 조선공이었던 진세보(秦世輔)는
치저우(池州)의 조선소에서 해골(海鶻)의 원형을 2척 건조하였다. 이 선박은
외륜 전선(外輪戰船)으로서 현측이 (그리고 아마 그 지붕도) 철판으로 장갑되어
있었다. 갑판은 윗부분을 완전히 덮음으로써 완전하게 보호될 수 있었으며,
양 현에는 석궁·투석기·화창(火槍)·포 등이 배치되었고, 선수에 가래 모양의
충각(spade-shaped ram)이 있었다.[201] 100톤 정도의 짐을 싣고 발로 밟아 작동
되는 2개의 외륜을 갖춘 이 소형 선박은 28명의 승조원을 필요로 했다. 250톤
쯤 되는 선박은 길이가 크게 길지 않았지만, 42명이 작동시키는 4개의 외륜이
설치되어 있었고, 또한 108명의 병사를 태우고 있었다.[202] 외륜은 수선(水線)

---

200 『明實錄』에 있는 설명을 따랐다.
201 H. H. Underwood, *op. cit.*, pp.80 이하를 참조. 이 2척의 巡洋艦(cruisers)을 묘사하고 있는 중요
한 구절은 新樣鐵壁鏵嘴平面海鶻戰船인데, 그 출전은 『宋會要稿』, 冊百四十六(「食貨」, 卷五
十)이다. 여기에는 매우 자세한 설명이 있으며, 이 구절을 발견한 Lo Jung Pang, "China
Paddle-Wheel Boats; the Mechanised Craft used in the Opium War and their Historical Background,"
CHJ / T, 1960(n.s.), 2(no.1), p.199를 보라.

위에 넣어 보호되었다.

이처럼 사격 전투원뿐만 아니라 추진 장치까지 보호하는 것은 장갑의 발달에서 당연하고 논리적인 귀결이었다. 그러나 (스크류 프로펠러가 발명되지 않았기 때문에) 외륜만 장갑되었다. 돛대와 돛 그리고 노출되어 있는 노에 대해서는 장갑을 할 수 없었다. 그러므로 중국 문명에서 외륜과 장갑이 상대적으로 아주 일찍 발달한 것은 상상 이상으로 관련성이 컸었다. 외륜선의 역사는 이미 앞에서 살펴보았다.[203] 그곳에서 인용한 문헌 중 몇 가지는 이러한 추진 방법이 고속 장갑함(fast armoured ship)의 전술에 얼마나 적합했는지 보여주고 있다. 19세기 초에 증기 외륜선이 중국 연안에 처음으로 나타났을 때, 그 선박들은 전술적으로 새로운 것을 전혀 가져다주지 못했으며, 다만 지난 천년 동안 포격전을 즐겨 이용했던 중국 제독들이 꾸어왔던 꿈을 실현시켜주었을 뿐이었다. 진세보의 순양함들이 "새로운 디자인"으로 간주되지만, 그 선박들이 중국 최초의 철체 장갑선이었다고 생각할 만한 이유는 특별히 없다. 그보다 더 오래된 사례가 나타날지 모른다. 그러나 — 추정해 보면 — 상비수군이 창설된 12세기 초보다 빠르지는 않을 것처럼 보인다.[204]

쇠갈고리 즉 구간(鉤竿, grappling-irons)과 관련해서는 사격 전술과 근접전의 뱃전오르기 전술이 서로 모순되는 점을 살펴보아야 한다. 8세기의 『태백음경』에서 볼 수 있는 전선의 묘사가 수군 지식에 대한 후대의 기록에서 어떻게 다루어지고 있는지 살펴보자. 1044년의 『무경총요』에는 보다 더 오래된 자

---

202 진세보의 좀 더 작은 순양함은 엔리케 왕자의 카라벨보다 2배가 더 컸으며 또한 더 큰 순양함의 크기가 Vasco da Gama의 기함과 거의 같았다는 것은 기억할 만한 가치가 있을 것이다. 물론 宋代에 널리 이용되었던 外輪戰船은 주로 江과 湖水에서 사용되었으며, 그러한 곳에서는 대단히 효율적이었다. 이러한 추진 방법은 鐵製 船體와 蒸氣機關이 나타난 후에야 비로소 바다에 적합하게 되었다.

203 Joseph Needham, *Science and Civilization in China*, Vol.4, part 2, p.413.

204 Lo Jung Pang, "The Emergence of China as a Sea-Power during the late Sung and early Yuan Periods," *FEQ*, 1955, 14, 489.

료를 이용하여 전혀 별개이자 주목할 만한 몇 가지의 자료가 추가되어 있다. 누선(樓船)으로 부르는 것이 적절할 것처럼 보이는 오아함(五牙艦 : 5개의 깃발을 단 전선)에 대한 묘사가 순시선 즉 유정(遊艇)의 항목에 추가되어 있다. 그 중 한 구절은 유정에 관한 당대(唐代)의 문장을 인용한 것이며. 그밖에도 『수서(隋書)』의 한 구절도 계속 인용하고 있다.『수서』의 전기(傳記) 관련 부분은 636년에 집필되었는데, 유명한 기술자였던 양소(楊素)[205]가 고조(高祖) 때문에 함대를 건조한 사실과 진(陳)의 운명을 결정한 해전은 그곳에 서술되어 있다.[206]

[개황(開皇) 4년(584년)] 수(隋) 고조(高祖)는 양소(楊素)에게 (최고 사령관의 직위를 주어) 진(陳)을 공격하게 했다. 협곡을 내려가 신저우(信州)에 도착한 그는 [융안(永安)에서] 오아함(五牙艦)으로 불리는 전투용 대형 정크(大艦)를 건조하였다.[207] 이 선박에는 갑판이 5개 있으며, 그 높이는 100피트 이상이었다.[208] 50피트 길이의 박간(拍竿, 문자 그대로 타격용이거나 공격용 무기)이 좌우전후에 설치되었다. (각 선박에 승선하는) 병사의 수는 800명이었고, 많은 깃발을 높이 달았다.

… 이 선박은 적선 옆으로 다가섰을 때 박간을 적선 위에 내려(發拍竿)

---

205 우리는 Joseph Needham, *Science and Civilization in China*, Vol.4, part 2, p.400에서 그를 이미 본 적이 있다. E. Balazs, "Le traité Juridique du Souei-Chou," *TP*, 1954, 42, p.88을 참조.

206 이하의 인용문은『武經總要』(前集), 卷十一(1510년의 明版, 卷十一);『隋書』, 卷四十八;『玉海』(楊素傳의 또 다른 판본을 재현한 것임에 틀림없다), 卷百四十七. 이러한 것들 중에서『隋書』의 원문이 가장 자세한데, 모든 관련 기사가 포함되어 있는 것만은 아니다. 전쟁을 종합적으로 설명하기 위해서는 이 세 가지 원문(그리고 현존하는 다른 원문)을 번역하여 통합해야 할 것이다. 그러나 여기에서는 그럴 필요가 없다. 주로『武經總要』를 따랐으며,『隋書』에서 보충한 것은 [ ]에 넣었다. 저자가 번역한『文獻通考』, 卷百五十八을 참조.

207 여기에서 牙는 분명히 牙旗 즉 톱니바퀴 모양의 혹은 들쭉날쭉한 깃발이나 軍旗를 의미한다. 깃대 끝에 있는 이빨이나 발톱 모양의 형태 때문에 그렇게 불렸다. 기의 가장자리가 톱니바퀴 모양이었던 것이다. <그림 1051>의 선수에서 그러한 깃발 5개를 볼 수 있다.

208 이 높이가 船底에서 甲板까지를 의미하는지 혹은 吃水線에서 檣頭까지를 의미하는지 알 수 없다.

어떤 적선도 조각내버렸다.[209]

또한 황룡선(黃龍船)도 있었다. 각 선박마다 병사가 500명씩 승선했으며,[210] 다른 병사들은 소형 선박 즉 책함(舴艦)에 승선하였다. [(양)소가 함대를 이끌고 협곡을 내려가] 형문(荊門)에 도착하자, 진 나라의 장군이었던 여중숙(呂仲肅)은 그곳에서 [100척 이상의] 선박[과 … 방재]를 가지고 (양)소에게 대항하였다. 그러나 양소는 (쓰촨의) 파(巴)의 만(蠻, 高地人)[211]에게 4척의 오아함을 타고 박간(拍竿)으로 싸우게 하였다.[212] 그들은 진나라 함대의 대형 정크 10척 이상을 파괴시켰으며, 강을 통행할 수 있게 하였다.

(開皇四年) 高祖命楊素伐陳. 自信州下峽. 造大艦. 名五牙. 艦上起樓五層. 高百餘丈. 左右前後. 置六拍竿. 並高五十尺. 容戰士八百人. 旗幟加於上.

… 每迎戰. 敵船若逼. 則發拍竿. 當者舡舫皆碎.

次曰黃龍. 置兵五百人. 自餘平乘舴艦等. 各有差. 軍下至荊門. 陳將呂仲肅. 於州以艦拒素. 素令巴蠻乘五牙四예(舟+曳). 逆戰船近. 以拍竿碎陳十餘艦. 奪江路. (『武經總要』, 卷十一)

---

209 이 문장은 『文獻通考』에만 나타나고 있는데, 우리가 시작한 지점보다 더 앞에 놓여 있으며 또한 楊素의 大形船에 대해 자세하게 설명하고 있다. 『圖書集成』, 「戎政傳」, 卷九十七에는 이것이 모호하게 실려 있다.

210 『隋書』에는 100명으로 기록되어 있다.

211 『隋書』에는 蜑民으로 기록되어 있어 흥미로운데, 아마 숙련된 선원을 지칭할 것이다. 蜑民에 대해서는 앞서 眞珠 採取를 설명할 때 여러 차례 언급하였다. 아마 그들이 巴(四川) 출신이라고 하는 것은 잘못인 것 같다.

212 『隋書』에는 柏檣으로 표기되어 있다. 이것은 타격용 기둥이나 붐(boom)을 지칭했는데, 앞 한자의 부수가 잘못된 것일 뿐 분명히 동일한 것이다.

〈그림 1051〉 수대(隋代)의 오아함(五牙艦). 『수서』(636)에 묘사되어 있으며, 『태백음경』(759)에 있는 전선에 대한 일련의 전통화(傳統畵)와 함께 『무경총요』(1044)에 다시 실렸다. 그러나 관련 기사는 누선(樓船 : 전함, 글자 그대로 누각선)의 항목에 들어가지 않고 유정(遊艇, 순시선)의 항목에 잘못 들어가 있다. 그 때문에 『무경총요』의 청대 판본(여기에 실린 그림)에는 유정이라는 잘못된 화제가 표기되어 있다. 이것은 어느 건축화가의 상상도이지만, 좌현에서 밑으로 내려져 있는 3개의 타격용 무기(striking-arms)나 구멍이 있는 철봉(holing-irons) 혹은 방호용 철봉(防護用 鐵棒 : fending-irons, 拍竿)을 보여준다는 점에서 가치가 있다. 그림 자체는 형편없지만, 긴 막대기 끝에 무겁고 뾰족한 스파이크가 있음을 알 수 있다. 이것은 갑자기 내려져 적선의 목제 선체를 파괴하거나 침몰시키고, 적어도 적선의 갑판을 석궁의 집중사격 가능거리로 유지할 수 있었음에 틀림없다. 이 장치와 그리고 중국 중세의 수군 사령관들이 투사용 도구를 무분별하게 선호했던 것의 관계에 대해서는 본문을 보라. 〈그림 940〉도 참조.

이 타격용 무기는 무엇이었을까? 그것은 길고 무거우며 뾰족한 긴 스파이크(spike)였다. 그것은 당김줄이 있고 쇠를 입힌 데릭 기중기의 돌출된 팔 모양(guy-derrick jibs)의 무기 끝 부분에 직각으로 고정되어 있다가 거의 수직 상태에서 갑자기 적선의 갑판과 선체를 향해 요란한 소리를 내면서 떨어졌던 것 같다. 그것을 설치한 목적은 "끌어당기기 위한" 즉 뱃전에 오를 수 있도록 판자를 제공하는 것이 분명히 아니었다. 그것에 대한 가장 적절한 명칭은 "구멍이 있는 철봉(holing-irons)"일 것이다.[213] 우리는 그것을 비록 보잘것없는 그림이라 하더라도 <그림 1051>[214]에서 볼 수 있으며, 가는 망치처럼 그려

213 L. Audemard, *Les Jonques Chinoises; I. Histoire de la Jonque,* Museum voor-en Volken-Kunde & Maritiem Museum Prins Hendrik, Rotterdam, 1957, pp.34 이하에는 『圖書集成』에서 분리되어 있는 문장을 보고 당황하여 轂竿으로 잘못 표기되어 있다. 轂이라는 글자를 사용한 표현도 몇 가지 있지만, 다른 용어가 더 명확하다. 그가 그것을 서양에서 城門에 대해 사용하곤 했던 공성용 망치(battering-rams)와 비교하고 있는 것은 전혀 맞지 않다.

214 『武經總要』의 두 가지 판본은 삽화가 각각 다르다. 최근에 다시 출판된 1510년의 明代 版本은 1231년의 宋代 版本을 출처로 삼은 것처럼 말해지고 있으며, 14명의 승조원을 가진 순시선으로 생각되는 그림을 제공하고 있다. 그러나 『四庫全書』의 판본은 宮中의 文淵閣에 있는 사본을 기초로 1782년에 만든 것인데, 그곳의 그림에는 五牙艦인데 불구하고 遊艇이

져 있다.[215]

만약 "구멍이 있는 철봉"의 손잡이가 길면 그리고 적병이 그만한 길이의 건널판(gangways)을 미리 갖고 있지 않았다면, 그들은 뱃전에 올라가 공격하고 싶더라도 거리가 팔 길이만큼 떨어진 곳에 머무르게 된다. 그 위치에서는 전선에서 날려 보내는 도구를 이용하여 적을 모두 살해할 수 있다. 이처럼 "상대편 사람들을 떼어 놓는 철제 갈고리" 혹은 "방어용 철봉(fending-irons)"으로 불리는 것에 대해 육유(陸游)는 1190년경에 『노학암필기(老學庵筆記)』에 기록하였다. 그는 약 60년 전에 평등주의를 부르짖고 또한 종상(鍾祥)과 양요(楊幺)가 인솔하는 대규모 농민 폭도들과 관군이 벌인 전투를 묘사하였다. 외륜선이 두드러진 활약을 했던 이 전투의 결말은 이미 외륜을 많이 보유한 전선을 살펴볼 때 언급된 적이 있다.[216] 여기에서는 외륜 이외의 기술에 대해 살펴 볼 필요가 있다. 이에 대해 육유는 다음과 서술하였다.[217]

종상(鍾祥)과 양요(楊幺)[이 지방에서는 幻을 幺로 발음한다] 등과 같은 딩펑(鼎澧) 지방의 반란군은 (洞庭湖에) 외륜선(車船), 노(oars 혹은 yulohs)가 있는 선박(槳船), 범선 즉 해추(海鰍, 글자 그대로 바다뱀장어와 같은 선박)와 같은 전투선들을 보유하고 있었다. 그들의 공격용 무기 중에는 나자(拏子)[보통은 鐃子로 발음한다], 어차(魚叉), 목노아(木老鴉)가 있었다. 요자와 어차는 20피트에서 30피트에 이르는 장대에 손잡이를 붙여 (관군의) 무장병이 가까운 거리로 접근하여 뱃전에 오르는 것을 막았다. 정창우(程昌寓)의 부하들은 카이

라는 화제가 달려있다. 이러한 혼동은 L. Audemard, *op. cit.*에서 발견되는데, 그는 淸代 版本의 『武經總要』와 『圖書集成』만 참고했을 뿐, 明代 版本의 『武經總要』는 참고하지 않았다.

215 앞에서 살펴본 1129년의 본문에는 鐵撞이라는 명칭의 타격용 무기가 나타나고 있다. Joseph Needham, *Science and Civilization in China*, Vol.4, part 2에서 본 것처럼, 552년 梁나라 함대에 拍船(타격용 무기를 보유한 선박)을 갖고 있었기 때문에, 이 도구는 분명히 적어도 6세기 초까지 소급될 수 있다.

216 Joseph Needham, *Science and Civilization in China*, Vol.4, part 2, pp.419 이하.

217 卷一. [ ]은 陸游 자신이 삽입한 주석이다.

주(蔡州) 출신이었는데, 그것들을 다루는 솜씨가 좋아 계속 승리하였다. 목노
아는 "부역(賦役)을 하지 않는 통나무(no corvée log, 不籍木)"로 불렸는데, 단
단하고 무거운 나무로서 3피트가 넘고 양쪽 끝 부분이 날카로웠다. 이것은
군선에 (혹은 양현에) 사용되었으며, 매우 효율적이라는 것이 입증되었다.
…218

鼎澧群盜如鍾祥楊幺 (鄕語謂幻爲幺). 戰舡有車船有槳船有海鰍. 頭軍器有挐子
(其語謂挐爲鐃). 有魚叉有木老鴉. 挐子魚叉. 以竹竿爲柄. 是二三丈. 短兵所不能
敵. 程昌萬部曲. 雖蔡州人. 亦習用挐子等. 遂屢捷. 木老鴉一名不籍木. 取堅重大爲
之. 長繞三尺許. 銳其兩端. 戰船用之. 尤爲便捷 … (『老學庵筆記』, 卷一)

그리고 나서 육유는 석회를 뿌리는 폭탄과 유독탄(有毒彈)을 만드는 방법에
대해 계속해서 말하고 있다.219 그러나 그는 아마 '구멍 있는 철봉'이 더 작아
진 것을 의미한 나자(挐子) 즉 '반죽하는 것'이나 '강타하는 것' 등을 이용하여
적이 불편한 거리에 있도록 하는데 성공했다고 서술하였다. 당대의 다른 한
저자는 반란군의 선박이 '구멍 있는 데릭 기중기(holing-derricks)'로 불리던
것을 보유하고 있었다고 기록하였다. 이구년(李龜年)은 1140년에 서술된 『기
양요본말(記楊幺本末)』에서 다음과 같이 서술하였다.220

반란군의 선박에는 2층이나 3층의 갑판이 있었고, 어떤 선박은 1,000명
이상의 인원을 수송할 수 있었다. 그 선박들은 100피트 이상의 큰 돛대처럼

---

218 다른 곳에서 老鴉로 알려져 있는데도 불구하고 왜 不籍木이라고 하는지는 해결할 수 없는
문제이다. 그러나 그 명칭을 인정할 수는 있다.
219 이것의 계속된 구절은 Joseph Needham, *Science and Civilization in China*, Vol.4, part 2, p.421에
번역되어 있다. 당시 火藥을 사용한 전쟁에 관한 좀 더 자세한 정보는 추후 고찰할 예정이
다.
220 이 구절은 熊克의 『中興小紀』, 卷十三에 남아있다. Lo Jung-Pang, *op. cit.* Joseph Needham,
Science and Civilization in China, Vol.4, part 2, p.420에서 이미 자세하게 인용하였다.

'구멍 있는 데릭 기중기(拍竿)'를 갖추고 있었다. 도르래를 이용하여 큰 바위를 이것 위에 올려놓았다가 관군의 선박이 다가오면 갑자기 바위를 떨어뜨려 그 선박을 부셨다. …

皆兩重或三重. 載千餘人. 又說拍竿. 其制如大桅. 長十餘丈. 上置巨石. 下作轆轤. 貫其顚. 遇官軍船近. 卽倒柏竿擊碎之. (『中興小紀』, 卷十三)

여기에서 수나라의 구멍 있는 철봉에 대해 동일한 기술 용어인 박간(拍竿)이 사용되었음에도 불구하고, 사격 위주로 전투를 하려는 정신 상태(projectile mentality)가 충격용 무기를 사용하려는 생각보다 우위를 차지했으며, 무거운 추를 높은 곳에 있는 기중기 팔을 이용하여 떨어뜨림으로써 적선에 구멍을 내 침몰시키려 했다.[221]

이와 아주 비슷한 장치가 동시에 혹은 약간 일찍 그러나 흔하게 비잔틴 해군에서 사용되었음을 보여주는 기록은 흥미로운 자료이다.[222] 이에 대한 선례는 헬레니즘 시대에 있었으며,[223] 레오나르도 다 빈치도 그와 같은 것을 설계하였다.[224] 그러나 중국의 구간에 걸맞는 것은 로마의 유명한 코르부스

---

221 '타격을 주는 무기(striking-arm)'의 기술적 변종들이 1130년에 발생한 黃天蕩 戰鬪에서 사용되었다. 당시 송나라 장군이었던 韓世忠(Joseph Needham, *Science and Civilization in China*, Vol 4, part 2, pp.418, 421, 432)은 길게 '엮은 철제 케이블'이나 긴 철제 사슬(鐵緶)을 자신의 戰船들에 비치했으며, 끝 부분에 하나 이상의 쇠고리가 더 달려 있었다. 송군은 금나라 선박 옆을 지나갈 때 이것을 투석기처럼 발사하거나 돛대 위에서 적선을 향해 던져 석궁(crossbows)을 쏘려고 하는 적군을 갑판에서 쓸어 떨어뜨렸다(『宋史』, 卷三百六十四와 『文獻通考』, 卷百五十八 등을 보라). 이처럼 강력한 쇠사슬의 성능에 대해서는 아마 『武經總要』(前集), 卷十三에 접근전을 위한 무기로 기록되어 있는 '철채찍(鐵鞭)'과 관련된 기사를 통해 알 수 있을 것이다.
222 L. Casson, *The Ancient Mariners; Sea-farers and Sea Fighters of the Mediterranean in Ancient Times*, Gollancz, London, 1959, p.244
223 기원전 413년의 포위기간 동안 아테네인(Athenians)이 시라쿠스(Syracuse) 선박에 대해 사용한 '돌고래형 추를 단 기중기(dolphin-bearing cranes)'를 설명하고 있는 Thucydides, VII. xli을 보라.
224 G. Ucelli di Nemi, ed., *op. cit.*, no.5를 보라.

(corvus, <역자주 : 까마귀 부리의 뜻>)였으며, 이에 대한 주목할 만한 논문도 있다.[225] 기원전 260년 카르타고(Carthage)와의 전투에서 로마의 전술가들은 정면 충돌(head-on collisions)의 필요성을 받아들이기로 결정했지만, 좀 더 기민한 선박은 도피하고 빠르지 않은 선박이 치명상을 입는 이상한 결과는 피하려 했다. 로마인들은 이를 위해 적선을 아군 선박과 함께 고정시키고 또한 카르타고 선박의 갑판으로 아군 병사를 이동시킴으로써 우세한 입장에서 백병전을 할 수 있는 장치를 고안하였다.[226] 길이가 36피트이고, 폭이 4피트이며, 앞부분에 수많은 쇠못을 붙인 건널판이었던 이 장치는 선수에 설치되고 24피트 높이의 기둥 꼭대기에 도르래를 이용하여 매달아 놓았다가 언제라도 떨어뜨릴 수 있었다. 일단 판자가 적선에 부착되면, 로마 군단 등은 두 명씩 나란히 적의 뱃전에 올라갈 수 있었다. 로마의 단검과 그리고 중국의 석궁(crossbows)과 투석기(catapults)를 비교하면, 해전에 대한 두 개념이 전혀 다르다는 것을 알 수 있다.

여기에서 중국 전선에 투석기(trebuchet)와 투석용 포(mangonel artillery)가 있었는지에 대해 일별해야 할 것 같다.[227] 이것이 8세기에 존재했었음은 몇 쪽 앞에서 이미 『태백음경』의 한 구절(置砲擂石)을 통해 분명히 보았으며, 그 이후의 개설서들도 모두 이를 뒷받침하고 있다. 당시 그리고 『무경총요』가 편찬된 11세기에 투석기는 분명히 고전적인 인력 운용에 의해 운영되었다. 우리가 이것에 대해 보유한 그림은 후대의 것이며, 좌우 평형임을 알 수 있다 (<그림 949>)[228]. 바로 이러한 투석기가 모든 시대에 계속 사용되었던 것은

---

225 H. T. Wallinga, *The Boarding-Bridge of the Romans; its Construction and its Function in the Naval Tactics of the First Punic War*, Wolters, Croningen, 1956.

226 이 장치에 대한 고전적인 설명은 Polybios, I, 22, 3-11에 있다.

227 Joseph Needham, *Science and Civilization in China*, Vol.4, part 2, p.335와 <그림 634>에서 그것들을 이미 보았다. 중국인은 고대 헬레니즘에서 사용된 '비틀기식 사출기(torsion catapults)'를 사용하지 않았다. 그 대신 그들은 두레박 모양 지렛대의 한쪽 끝을 인력을 밧줄을 이용하거나 좌우 평형을 이용하여 갑자기 내림으로써 다른 한쪽에 있는 발사체를 높이 던졌다.

〈그림 634〉 고선(高宣)의 설계를 기초를 하여 (저자가 그린) 송대 다륜식(多輪式) 외륜전정
(外輪戰艇)의 복원도(1135년경). 여기에서 보는 것처럼, 이러한 종류의 선박 중 가장 큰 것은
22개의 외륜(한쪽마다 11개)과 선미외륜거(船尾外輪車)를 가지고 있다. 정크 제작의 특징을
생각해보면, 부수적인 보조돛, 갑판실, 인간이 조작하고 던지는 탄약과 유독연기용 용기 등을
사용하는 수많은 투석기가 부가되어 있다. 장군 깃발이 선미쪽에서 펄럭이고 있으며, 선체
중앙부에 게양된 군기에는 '송나라를 도와 금나라를 멸망시키자'라고 쓰여 있다. 이러한 종류
의 군함은 200~300명의 수부(水夫)를 태웠다. 그림에서는 현측 앞부분에 있던 6개의 외륜을
보여주기 위해 주변의 것들을 떼어낸 상태임을 알 수 있다.

의심의 여지가 없다.

앞에서 언급한 인물 중 한 명을 특기할 필요가 있을 것 같은데, 그는 도룡장
군(跳龍將軍)이다. 280년에 왕준(王濬)이 한 행동은 585년 양소(楊素)가 거둔

---

228 『武經總要』의 明代 版本(1510)에서 인용. 淸代 欽定版의 삽화에는 투석기인지 알아보기 어
렵게 그려져 있으며, 마치 Y자 모양의 기둥 끝에 붙은 깃발처럼 보인다. 『圖書集成』, 「戎政
典」, 卷九十七에 있는 樓船은 좌우평형식 투석기 3개를 상갑판에 갖고 있다. 그러나 그것을
그림 화가는 캘버린(culverins) 포처럼 보이도록 그렸다.

대승의 선례였다. 두 사람은 모두 강력한 함대를 이끌고 서쪽에서 양쯔강으로 내려와 수상과 육상의 방어진을 돌파한 후 왕조를 전복시켰다. 양소는 수(隋)나라 제독으로서 진(陳) 왕조를 복속시켰으며, 왕준은 진(晉)나라 제독으로서 삼국 중 오(吳)나라를 멸망시켰다. 말할 필요도 없이 이 두 사람이 출현한 시기가 300년의 차이가 나는데, 그 선박이 상당히 변하였다. 3세기에는 박간 (拍竿)이나 외륜(外輪)에 대한 자료가 없지만, 그에 못지않은 훌륭한 기술이 있었음을 알 수 있다. 그것은 여러 척의 선체를 이용하여 떠 있는 성채(floating fortresses)를 건조하는 기술이었다. 많은 연구자들을 이것을 보고 당황하였다. 왜냐하면 우리가 이미 보았던 선루(船樓)를 보유한 전선 즉 누선(樓船)에 관한 기사에 이상한 구절이 들어있기 때문이다.[229] 그러나 이 문제는 635년에 완성된 『진서(晉書)』의 왕준전(王濬傳)을 보면 곧 이해될 수 있는데, 그 내용은 다음과 같다.[230]

황제인 (晉의) 무제(武帝)가 오국(吳國)의 정복을 꾀하며, (왕)준에게 전선(으로 구성된 함대)을 건조하게 했다. (왕)준은 여러 척의 선체를 이용하여(大船連舫) 거대하고 떠있는 사각 성채를 만들었다. 그 성채의 각 변은 길이가 120보 (600피트)이고, 2,000명을 태우며, 높은 탑(樓櫓)이 있고, 망을 타고 오갈 수 있을 정도로 두른 목벽(木壁)에는 4개의 문이 설치되어 있었다. 뱃머리에는 강의 정령(精靈)을 위압하는 이상하게 생긴 새와 동물의 장식이 붙어있었다. 노가 많고 선박을 만드는 기술이 뛰어났기 때문에 지금까지 본 적이 없는 것이었다.

(왕)준은 함대와 떠있는 성채를 쓰촨(四川)에서 감나무 재목으로 만들었다.[231] 그리고 (소형) 목재들이 (양쯔)강을 따라 내려왔다. 오의 지안핑(建平)

---

229 『三才圖會』, 「器用」, 卷四는 또 다른 적절한 실례이다. 그리고 이 문제를 해결하도록 유도한 것은 이 원문에 대해 J. V. Mills가 제기한 의문이었다.

230 卷四十二, 著者 譯. 『文獻通考』, 卷百五十八을 참조.

231 R. 188; Li Shun-Chhing, *Forest Botany of China*, Com. Press, Shanghai, 1935, pp.886 이하; 陳嶸,

태수인 오언(吳彦)은 이것을 알아차리고 강에서 목재들을 주워 모으게 한 후 (오의 마지막 황제인) 손호(孫皓)에게 보였으며, 진왕이 분명히 전투 준비를 하고 있었기 때문에 방어군을 서둘러 증강시킬 것을 충고하였다. 그러나 그의 충고는 받아들여지지 않았다.

> 武帝謀伐吳. 詔(王)濬修舟艦. 濬乃作大船連舫. 方百二十步. 受二千餘人. 以木爲城. 記樓櫓. 開四出門. 其上得馳馬來往. 又畵鷁首怪獸於船首. 以懼江神. 舟棹之盛. 自古來有.
>
> (王)濬造船於蜀. 其木柹蔽江而下. 吳建平太守吳彦. 取流柹以呈孫皓曰. 晉必有攻吳之計. 宜增建平兵. 建平不下. 終不敢渡. 皓不從. (『晉書』, 卷四十二, 王濬傳)

나머지 이야기는 『진서』의 다음 쪽들에 기록되어 있다.[232] 진의 육군과 해군은 실제로 대군을 형성하여 양쯔강을 내려왔다. 오의 방어군은 쇠사슬 방재(iron chain booms)를 사용했으며, 공격해오는 선박에 구멍을 내기 위해 얕은 곳에서 타격을 가할 수 있는 10피트 이상의 쇠말뚝(iron-stakes)을 박아 놓았다.[233] 그러나 왕준도 역시 각 변이 100보(500피트) 이상 되는 사각형의 대형 뗏목을 수십 개 만들고, 갑옷을 입고 무기를 들고 있는 것처럼 보이는 인형들을 병사처럼 태웠다. 노련한 선원들이 조종한 이 뗏목들은 쇠말뚝에 부딪혀 부서지기도 하고 또한 그것을 넘어가기도 했다. 그 후 대마씨 기름을 몇 곳에서 물에 붓고 100피트 이상 되는 횃불로 점화하여 쇠사슬 방재를

『中國樹木分類學』, 南京, 1937, pp.975 이하. Diospyros spp.는 견고하고 내구성이 있는 목재로 알려져 있다.

232 전문의 번역은 아직 이루어지지 않았다. *Thien Hsia Monthly*, pp.869 이하를 보라.

233 후자의 방법은 중국의 沿岸防禦戰術에서 흔히 사용되었다. 그에 대한 다른 한 실례는 937년 南漢王과 劉襲의 그리고 반란군 지휘관이었던 吳權 사이에 행해진 해전관련 기사(『五代史記』, 卷六十五, E. H. Schafer, "The History of the Empire of Southern Han according to chapter 65 of the Wu Tai Shih of Puyang Haiu," Art. in *Silver Jubilee Volume of the Zinbun Kagaku Kenkyuso*, Kyoto Univ., 1954, p.357)에 있다.

지탱하고 있던 주정들을 소각하였다. 그 열 때문에 쇠사슬 자체가 녹아내렸으며, 그리하여 선박과 떠있는 성채를 고정시키고 있던 장애물이 모두 사라지게 되었다. 이 거대한 선박은 부유 포대(浮游砲臺, floating battery)로도 불렸을 것이다. 왜냐하면 그 위에 투석기들이 틀림없이 실려 있었기 때문이다. 연결된 선체의 구조에 대해 자세한 내용이 남아있지 않아 유감이지만, 우리는 150피트의 길이를 가진 배 16척 정도를 합친 것으로 추정할 수 있을 것 같다. 이 생각은 부교(浮橋)의 원리에서 자연스럽게 떠오른 것이었다. 부교는 고대 중국에서 많이 사용되었다. 이러한 사실들은 한때 생각했던 것처럼 중국인의 선박이 얼마나 컸었는지에 대해 아무 것도 알려주지 않지만, 널리 사용되고 있던 "포격 전술 위주의 기질(projectile-mindedness)"을 보여주는 또 다른 사례들이다. 만약 오나라와의 국경에 거점이나 포대를 보유하고 있지 않다면, 강력한 거점이나 포대를 만들어 선박에 싣고 적의 한가운데로 내려갈 것이라고 진나라 전략가들은 말했던 것이다.

제10장

결론

항해술에 대한 가장 적절한 마무리는 중국 선박의 특징과 여러 세기에 걸쳐 서양에 미친 영향을 간단하게 표로 정리하는 것이 될 것이다.[1] 중국에서 선체 구조의 기본 원칙이 마디가 있는 대나무를 본뜬 것이었다는 아주 그럴듯한 관점으로부터 시작해보자. 사실, 동아시아의 가장 오래된 선박은 대나무 뗏목(竹筏)이었다. 이것은 A) 평면이 수평사각형(rectangular horizontal plan)이라는 사실에 직접 영향을 주었는데, 다음과 같은 결과는 당연한 것들이라

---

1 R. L. Dickinson, "Sketching Boats on the China Coast," *PCC*, 1931, 7이 이와 비슷한 시도를 하였다. 항해술과 그 전파에 대해서는 이미 앞에서 살펴보았다. Alan Villiers, "Ships through the Ages : a Saga of the Sea," *NGM*, 1963, 123에는 다음과 같이 기술되어 있다. "나는 중국인이 아시아의 모든 선원 중 최고이며, 그들의 정크가 가장 훌륭한 선박이라고 생각한다. 수 백 년보다 더 오래 전부터 대양 항해용 정크는 선체의 손상 부분을 격리시켜 침몰을 방지하는 수밀격벽, 조타를 용이하게 해주는 균형타, 활대(batten)로 펼치는 돛과 같은 유럽 선박이 비교적 최근에 고안한 여러 가지 개량된 기구들을 갖고 있었다."

말할 수 있다.

1) 선수재, 선미재, 용골의 부재,

2) 선체의 변형을 방지하는 격벽의 존재, 그리고 자연스럽게 그로 인해

3) 많은 장점을 지니게 될 수밀구획실(water-tight compartments) 시스템. 이러한 것들은 틀림없이 기원후 2세기경에 사용되었다. 그러나 서양에서는 18세기가 되어서야 이것들을 사용하기 시작하였다. 당시 서양은 이것들의 기원이 동양이라는 것을 인정하였다.

4) 급류와 해상에서 모두 유용한 것으로 밝혀진 자유 충수 구획실(free-flooding compartments). 이것은 유럽에서 전혀 채택되지 않았다.

5) 축타(軸舵, axial rudder)를 접합점(point closure)이 아닌 접합선(line closure)에 부착할 수 있는 수직부재(vertical member)의 존재. D) 1)을 보라.

설계하는 데 반드시 필요하지는 않았던 부가적인 요소들은 다음과 같다.

6) 평저(平底, flat bottom). 이것은 중국에서 여러 세기가 올라가지만, 유럽에서는 어떤 크기의 선박에도 19세기까지 도입되지 않았다.

7) 직사각형의 횡단면(rectangular cross-section). 이것은 중국에서 역시 오래되었지만, 유럽에서는 철강선이 발전할 때까지 역시 채택되지 않았다.

8) 가장 큰 쌍돛대(master-couple)의 위치가 선미에 있다. 이것은 중국의 전통 선박에서 여전히 사용되고 있으며, 오래 된 것이 틀림없지만, 얼마나 오래되었는지는 알 수 없다. 8세기인 당대(唐代)에 널리 통용되었던 것은 틀림없으며, 아마 그보다 더 오래 되었을 것이다. 서양에서는 이러한 범선의 이점이 19세기 말에야 비로소 이해되었다.

추진 방법은 중국이 유럽보다 천 년 이상 앞서 있었다. 먼저 B) 노와 패들부터 살펴보자.

1) 자동반전식 프로펠러(self-feathering propellar)나 스컬링 노(sculling-oar) 즉 요노(搖櫓, yuloh)의 발명. 이것은 중국에서 널리 사용되었지만, 서양은 이를 전혀 받아들이지 않았다.

2) 5세기나 8세기에 발로 밟아 작동되는 외륜선(treadmill-operated paddle wheel boat)의 발명과 송대(宋代, 12세기)에 다수의 외륜(paddle-wheels)과 투석기 (trebuchet artillery)를 보유한 전선의 가장 놀라운 발전. 4세기에 비잔티움(Byzantium)에서 제안되고 14세기와 15세기에 서구에서 논의되었음에도 불구하고, 이 원리는 스페인에서 16세기에 처음 사용될 때까지 실제로 이용되지 않았다.

3) (소형 순시선[small patrol craft]과 패들로 추진되고 의례적인 경주에 사용되는 용선[dragon-boats]을 제외하고) 중국 문명에서는 여러 명의 자유인이든 노예이든 간에 여러 개의 노를 젓는 갤리(galley)가 전혀 없었다. 이것은 상대적으로 돛(sail)과 의장(rig)이 선행 개발된 결과로 일부 간주되어야 한다.

C) 돛과 의장. 여기에서는 몇 가지 요점이 중요하다.

1) 최소한 3세기부터 중국 문화권의 선박에는 여러 개의 돛대가 있었다. 이것은 격벽 구조가 선수미 중심선을 따라 몇 개의 돛대 꽂는 구멍(tabernacle)을 두게 했기 때문에 앞서 언급한 A) 2)의 필연적인 결과일 것이다. 유럽인들은 13세기 이후에 대양 항해용 정크의 크기와 많은 돛대에 깊은 인상을 받았으며, 15세기에 3개의 돛대를 설치하는 시스템을 채택하여 적절한 때 전장범선(全裝帆船, full-rigged ship)을 발전시켰다.

2) 중국인은 돛들이 서로 방해하지 않도록 돛대를 약간 옆으로 세웠다. 현대의 요트 설계사들이 이 방법의 효과를 인정하고 있지만, 유럽에서는 범선 시대 내내 채택되지 않았다. 부채살처럼 경사를 점차 바꾸면서 돛대를 세우는 중국 방식은 세계 어디에서도 사용된 적이 없었다.

3) 대형 선박을 타고 바람이 불어오는 쪽 즉 풍상(風上)을 향해 항해하는 문제를 가장 먼저 해결한 것은 2세기와 3세기의 중국인이거나 중국 문화와 인도 문화의 접촉 지역에 사는 말레이인이나 인도네시아인이었다. 포앤애프트세일(縱帆, fore-and-aft sail)의 발전도 마찬가지였다. 중국의 러그세일(lug sail)은 십중팔구 인도네시아의 경사진 스퀘어세일(橫帆, square-sail)로부터 유래했을 것이며, 간접적으로는 고대 이집트의 횡범으로부터 유래했을 가능성도 있다. 언어학상의 자료에 의하면, 이 돛은 현재 멜라네시아에만 존재하는 것으로 알려진 돛대가 2개인 스프리트세일(double-mast sprit-sail)과 관계가 있으며, 스프리트세일은 인도양의 두 갈래 돛대의 스프리트세일(bifid-mast sprit-sail)에서 발달되었다. 중국 스프리트세일의 기원도 이와 비슷할 것이다. 지중해 해역에서는 같은 시대(2세기와 3세기)에 로마와 인도의 접촉으로 스프리트세일이 출현하였다. 그러나 스프리트세일이 지중해에서 곧바로 사용된 것 같지는 않으며, 15세기 초에 아시아에서 다시 도입되었다. 한편 서양에서는 아랍 문화권 특유의 라틴세일(lateen sail)이 8세기 말부터 지중해에서 지배적이었으며, 15세기 후반기에는 대양 항해용 전장범선에까지 사용되었다. 유럽의 러그세일은 아마 중국의 평형러그(balance lugs)에서 비롯되었을 것이다.

4) 팽팽하게 펼쳐진 날개 모양의 돛 중에서 최초의 것은 한대(漢代)부터 발달된 중국의 연봉범(筵棒帆, mat-and-batten sail)이다. 이 시스템은 여러 개의 아딧줄과 같은 뛰어난 부수적 기술을 많이 포함하고 있다. 서양에서는 이 돛이 범선의 전성기 때 사용된 적이 없었지만, 그 가치가 최근 연구에 의해 확인되었으며, 그 결과 현대의 경주용 요트는 돛을 팽팽하게 하는 활대(棧, battens)와 여러 개의 아딧줄을 포함한 중국식 범장(帆裝, rig)의 주요 요소를 채택하고 있다.

5) A) 1)항의 결과 C) 3)항을 고려할 때, 리보드(側板, leeboard)와 센터보드(下垂龍骨, centre-board)는 중국에서 발달했으며, 아마 고대의 돛을 단 뗏목

에서부터 발달했을 것이고, 당대(唐代) 초기(7세기)에는 틀림없이 사용되었을 것이다. 유럽에서는 이 두 가지가 1천년 후인 16세기 후반에 채택되었다. 중국 문화권의 선원들은 (특히 대형 타가 그 목적으로 사용될 때) 도르래를 이용하여(by tackle), 선회하게 하여(by pivoting), 그리고 홈에 미끄러지게 하여(by sliding in grooves) 돛을 오르내렸다.

선박 조종 부분에서는 D) 타의 발명을 중심으로 한 조타 장치의 위대한 발달이 있었다. 앞서 언급한 A) 5)항을 염두에 두면 다음과 같이 요약할 수 있다.

1) 선미타(axial rudder)와 중앙타(median rudder)의 기본적인 발명. 이 장치는 중국에서 2세기 말(1세기였을지도 모른다)에 개발이 완료되었으며, 이미 달성된 것들이 아니라해도 4세기 말에는 선미에 부착되었다. 이 장치가 유럽에서 최초로 출현한 것은 12세기 말이었다. 조타용 노(steering-oar)와 선미 대도(船尾大櫂, stern-sweep)는 중국 항해술에서 보조적인 위치에 있었지만, 급류에서의 가치와 선박이 거의 정지 상태에 있을 때 기동하는 것 때문에 완전히 사라지지 않았다. 선수 대도(船首大櫂, bow-sweep)도 같은 이유로 남아있다.
2) 유체역학 측면에서 불균형 타보다 훨씬 효율적인 균형 타(balanced rudder)의 발명. 이것은 중국에서 적어도 11세기에 사용되고 있었지만, 유럽에서는 18세기 말에 이르러서야 새롭고 중요한 장치로 간주되었다.
3) 역시 유체역학 측면에서 이점이 많은 유공타(有孔舵, fenestrated rudder)의 추가 발명. 유럽에서는 이것이 철강선 시대에야 비로소 도입되었다.

E) 기타 부수적인 기술 중에서는 다음과 같은 것들이 언급할 가치가 있다.

1) 선체 피복(船體被覆, hull sheathing). 외판(外板)에 다른 한 층의 외판을 덧대

765

는 방식은 중국에서 흔히 사용되고 있었다. 유럽에서는 이 방식이 16세기 이후부터 널리 사용되었다. 실제로 시행되지 않았을지 모르는 동판(銅板, copper plate)으로 피복하는 방식은 중국에서 4세기에 이미 논의되고 있었다. 유럽에서는 헬레니즘 시대에 납(鉛)이 사용되었다. 동양과 서양에서 동판의 실용적인 사용은 18세기에 이르러서야 일반화되었다.

2) 장갑판(裝甲板, armour plating). 모든 시대에 걸쳐 중국의 수군 지휘관들이 적선에 접근하여 뱃전에 오르는 등선백병전(close combat)보다 포격 전술(projectile tactics)을 강력하게 선호했기 때문에, 홀수선 위의 선체와 상부 구조물이 장갑을 두르게 되었다. 이것은 그 후에도 계속되어 16세기에 조선(朝鮮)으로 하여금 뛰어난 업적을 이루게 하였다. 그 무렵 유럽에서도 이와 유사한 발달이 있었지만, 유럽인들이 아시아만큼 열심히 한 것은 아니었다.

3) 엉키지 않고 닻장이 없는 스토크리스 앵커(stockless anchor)의 발달.

4) 아마 16세기에 이루어졌을 연결식 선박이나 결합식 선박의 발명. 유럽에서는 이 방식이 해운 분야에서 흔히 이용되지 않았으며, 그 대신 다른 수송 분야에서 많이 사용되었다.

5) 뛰어난 준설 기술

6) 진주 산업(眞珠産業)에 의해 발달한 잠수 기술

7) 유럽인들이 16세기에 찬탄한 것으로서 체인펌프(chain-pumps)를 이용한 빌지 제거(bilge clearance)의 기술

중국의 조선공과 선원들은 뛰어난 천재성을 갖고 있었다.[2] 중국 선체 구조

---

2 J. Poujade, *La Route des Indes et Ses Navires*, Payot, Paris, 1946, p.296의 내용은 받아들일 수 없는 것으로 보인다. Poujade는 중국 문화권에서 전파되거나 받아들인 항해 기술이 전혀 없었다고 주장하고 있다. 선원들이 외국의 지배를 받는 경우를 제외하면, 선체는 쉽게 바꿀 수 있으나 범장은 결코 바꾸지 않았다는 그의 보수주의적 원칙은 상당히 불편한 것으로 생각된

에 영향을 준 가장 오래된 것 요소에는 고대 이집트 조선술과 유사한 것들이 있다. a) 끝이 네모진 선체, b) 2개의 받침대를 가진 돛대 즉 쌍각범주(雙脚帆柱, bipod mast), c) 용선의 호깅 방지용 트러스(anti-hogging truss), d) 선미 노대(船尾 櫓臺, stern gallery), e) 약간 앞으로 구부러진 선미재, f) 앞을 향한 자세로 노젓 기(facing rowing) 등이 바로 그러하다. 만약 고대 메소포타미아(Mesopotamia)의 해운 분야를 더 많이 알고 있다면 이 유사한 것들 중 몇 가지가 메소포타미아 에서 동서 양 방향으로 확산되었음을 발견할 수 있을지 모른다.[3] 그러나 전체 적으로 보면, 고대 이집트인들은 페니키아인(Phoenicians)을 제외한 초승달 모 양 지역의 어떤 국민들보다 더 현명하고 부지런한 항해인들이었던 것으로 보인다. 페니키아인들은 그보다 훨씬 뒤에 활동하였다. 중국의 관행과 동남아 시아의 관행 사이의 관계에서 가장 중요한 것은 a) 돛과 범장(帆裝)에서의 상호 영향, b) 많은 패들이 설치된 용선, c) 삿대질하는 통로 즉 현측 보판(舷側 步板, poling gangway)이며, 이러한 것들은 현외부재(舷外浮材, out-riggers)와 밀 접환 관련이 있는 것 같다.

지난 2천년 동안 한, 두 가지의 항해술이 아시아에서 유럽으로 전래되지 않은 세기는 거의 없었던 것으로 보인다. 우리가 이 사실을 알아도 해가 되지 않는다. 왜냐하면 비록 시기가 늦었기는 하지만 해상 교역이 시작되어 엄청나 게 발전한 서구의 다도해에서 어린이들이 컸으며, 그곳 출신의 정복자들 (conquistadores)이 세계의 모든 해협과 대양에 대한 탐험을 나섰기 때문이다. 전파 과정은 다음과 같이 개괄할 수 있다.

다. Maldives 제도의 중국식 돛이 이를 반증해주고 있다. R. le B. Lefebvre Bowen, "Eastern Sail Affinities," *ANEPT*, 1953, 13, p.87.; Idem, "Maritime Superstitions of the Arabs," *ANEPT*, 1955, 15, pp.269, 287에서 발표된 이 법칙의 반대 주장도 눈길을 끌지 못한다. Bowen은 돛이 문화의 접촉에 의해 영향을 받기 쉽지만, 선체는 변화에 대해 강하게 저항한다고 기술하였다. 이에 대한 반대의 증거는 서양 선박 유형의 중국 범선 즉 lorcha이다. 그러므로 판단을 보류하고 관련 사례들을 모으는 것이 필요한 것으로 생각된다.

3 coracles이 이에 대한 훌륭한 사례 중 하나이다.

2세기 : 스프리트세일(sprit sail) — 인도에서 로마령 지중해로 전래

8세기 : 라틴세일(lateen sail) — 아랍 문화권에서 비잔티움으로 전래

12세기 말 : 항해용 나침반과 선미타 — 아랍과 십자군의 접촉이나 신강(新疆)에서 서요 (西遼)를 통과하는 육로에 의해 전래

7~15세기 : 틀을 끼운 선체에 외판을 붙이는 것과 반대되는 것으로서 늑재 틀(rib frames)을 미리 만드는 선체 건조법. 아마 격벽 구조에서 유래했을지 모른다.

15세기 : 여러 개의 돛대(중국 정크에서 유래), 스프리트세일(아마 신할라선 [Sinhalese craft]였을 것이다), 라틴세일의 사용. 라틴세일은 먼저 앞 돛대에 달았으며, 이어서 중앙 돛대에 달았고, 다른 돛대에는 스퀘어세일을 달았다.

16세기 : 추가 외판층(外板層)으로 선체를 보호

16세기 후반 : 리보드(側板, leeboard)

18세기 후반 : 수밀 구획(水密區劃, water-tight compartment), 센터보드(下垂龍骨, centre-board), 그리고 선체의 동판 피복이 있었을 것이다.

19세기와 20세기 : 평저(平底, flat bottoms), 단면이 거의 직사각형인 선체, 균형타, 유공타, 엉키지 않는 스토크리스 앵커, 공기역학상으로 효율적인 돛, 비스듬하게 세워진 돛대, 여러 개의 아딧줄, 쌍돛대 (master-couple)를 중심선에서 선미 쪽에 위치시키기

물론 이러한 발달 중 몇 가지는 어느 정도 독립적으로 전개되었을지 모른다. 기술 전파가 있었다고 믿을만한 확실한 증거가 있을 때에는 어떻게 전파되었는지 그 방법을 거의 알지 못한다. 그러나 다른 모든 과학 기술 분야에서처럼, 입증할 의무는 독자적으로 발명되었다고 주장하는 쪽에 있다. 그런데 2개 이상의 문화에서 발견과 발명의 연속적인 출현이 경과하는 시대가 길면 길수록 개별적으로 발명되었음을 입증하는 것은 더 어려워진다. 유럽인이 이용하기 시작하면서부터 거듭 개량된 기술이 많다는 것은 확실하다. 그러나

지금까지 분석해온 결과가 보여주듯이, 유럽의 선박과 항해술 중에서 일반적으로 생각하고 있는 것보다 더 많은 것이 동아시아와 동남아시아의 해양 민족들(sea-going peoples)의 공헌으로 돌려져야 한다. 일반인들이 중국의 선장들(sea-captains)과 그 승조원들을 무분별하게 경시할지 모르지만, 중국의 선원들을 잘 알고 있는 현대인이라면 해상에서의 과거와 현재를 비교한 후 다음과 같은 영국 해양시(sea-poet)의 한 구절을 기꺼이 헌정하려 할 것이다.

> 갤리의 노수들이 때로는 강하게 때로는 약하게 힘을 쓰네,
> 300개의 노가 물을 헤쳐 나가던 곳을 한 쌍의 프로펠러가 지나가버리네.
> 환호하며 맞이하던 신도, 돛을 달고 달리던 선박도 회상조차 할 수 없게 변해버렸구나,
> 허나 강하고 완고한 뱃사람들은 전혀 변하지 않았구나!

아마도 필요한 부분만 바꾸면(mutatis mutandis), 포술사(gunners), 연금술사(spagyrical adepts), 광산업자(miners), 제련사(smelters), 약물화학자(iatrochemists), 시골의 농업마술사(Georgic mages), 지혜와 지식을 보유한 의사(leeches)에게도 같은 말을 할 수 있을지 않았을까? 만약 그러하다면, 다음 권에서는 이를 입증할 수 있는 내용을 보게 될 것이다.

하(夏, Hsia) : 기원전 2000~기원전 1520

상〈은〉(商〈殷〉, Shang〈Yin〉) : 기원전 1520~기원전 1030

주(周, Chou) : 봉건시대
주(周) 전기(Early Chou) : 기원전 1030~기원전 722
   춘추(春秋)시대(Chhun Chhiu) : 기원전 722~기원전 480
   전국(戰國)시대(Chan Kuo : Warring States) : 기원전 480~기원전 221

제1차 통일
   진(秦, Chhin) : 기원전 221~기원전 207
   한(漢, Han)
      전한(前漢) : 전기 또는 서한(西漢) : 기원전 202~기원후 9
      신(新) 공위시대(Hsin interregnum) : 9~23
      후한(後漢) : 후기 또는 동한(東漢) : 25~220
   삼국(三國, San Kuo : Three Kingdoms period) : 221~265

제1차 분열
   촉〈한〉(蜀〈漢〉, Shu〈Han〉) : 221~-264
      위(魏, Wei) : 220~265
      오(吳, Wu) : 222~280

제2차 통일
   진(晉, Chin)
      서진(西晉, Western Chin) : 265~317
      동진(東晉, Eastern Chin) : 317~420
   〈유〉송(〈劉〉宋, 〈Liu〉 : Sung) 420~479

제2차 분열

북조(北朝)와 남조(南朝) : 남북조(南北朝, Nan Pei Chhao)

제(齊, Chi) : 479~502

양(梁, Liang) : 502~557

진(陳, Chen) : 557~589

위(魏)

　　　북〈탁발〉위(北〈拓跋〉魏, Northern 〈Thopa〉 Wei) : 386~535

　　　서〈탁발〉위(西〈拓跋〉魏, Western 〈Thopa〉 Wei) : 535~554

　　　동〈탁발〉위(東〈拓跋〉魏, Eastern 〈Thopa〉 Wei) : 534~543

북제(北齊, Northern Chi) : 550~577

북주〈선비〉(北周〈鮮卑〉, Northern Chou〈Hsienpi〉) : 557~581

제3차 통일

수(隋, Sui) : 581~618

당(唐, Thang) : 618~906

제3차 분할

오대(五代, Wu Tai) : 907~960

　후량(後梁, Later Liang)

　후당〈돌궐〉(後唐〈突厥〉, Later Thang〈Turkic〉)

　후진〈돌궐〉(後晉〈突厥〉, Later Chin〈Turkic〉)

　후한〈돌궐〉(後漢〈突厥〉, Later Han〈Turkic〉)

　후주(後周, Later Chou)

요〈거란달단〉(遼〈契丹韃靼〉, Liao〈Chhitan Tartar) : 907~1125

서요(西遼, West Liao) : 1144~1211

서하(西夏, Hsi Hsia〈Tangut Tibetan〉) : 990~1227

제4차 통일

북송(北宋, Northern Sung) : 960~1126

남송(南宋, Southern Sung) : 1127~1279

금〈여진달단〉(金〈女眞韃靼〉, Chin〈Jurchen Tartar〉) : 1115～1234

원(元, Yuan) : 1260～1368

명(明, Ming) : 1368～1644

청〈만주〉(淸〈滿洲〉, Chhing〈Manchu〉) : 1644～1911

민국(民國, Republic) : 1912　～

주 < >에 부연하여 설명하는 용어가 들어있지 않는 한, 왕조는 순수한 중국계를 뜻한다. 왕조와 독립국가가 중복되어 있기 때문에, 대단히 혼란스러운 시기에 대해서는 L. Wieger, *Textes Historiques*, 2 vols(Ch. and Fr.), Mission Press, Hsienhsien, 1929의 도표가 유용할 것이다. 그러한 시대 중 특히 제2차와 제3차 분열시대에 대한 최고의 입문서는 W. Eberhard, *A History of China from the Earliest Times to the Present Day*, Routledge & Kegan paul, London, 1950이다. 동진(東晉)시대에는 독립국이 북부에 최소한 18개(흉노, 티베트, 선비, 돌궐 등) 있었다. 육조(六朝, Liu chhao)라는 호칭은 문학사가들에 의해 종종 사용되어 왔으며, 이 용어는 3세기 초부터 6세기 말까지 이르는 남방의 왕조 즉 삼국인 오(吳), 진(晉), <유>송(<劉>宋), 제(齊), 양(梁), 진(陳)을 가리킨다. 치세와 통치자의 세부적인 내용에 대해서는 A. C. Moule & W. P. Yettes, *The Rulers of China, -221 to 1949 ; Chronological Tables compiled by A. C. Moule, with an Introductory Section on the Earliest Rulers, c. -2100 to 0249 by W. P. Yettes*, Routledge & Kegan Paul, London, 1957을 보라.

약어

AA	Aribus Asiae
AAA	Archaeologia
AAAA	Archaelogy
AAL / RSM	Atti. d. r. Accad. dei Lincei (Rendiconti, Ser. Morali)
AAN	American Anthropologist
AANTH	Archiv. f. Anthropologie
AAPSS	Annals of the American Academy of Political and Social Sciences
AART	Archives of Asian Art
AAS	Arts Asiatiques (continuation of Revue des Arts Asiatiques)
ABRN	Abr-Nahrain (Annual of Semitic Studies, Universities of Melbourne and Sydney)
ABSA	Annual of the British School at Athens
ACASA	Archives of the Chinese Art. Soc. of America
ACLS	American Council of Learned Societies
AD	Architectural Design
ADAV	Aden Dept. of Antiquities Bulletin
ADVS	Advancement of Science
AEST	Annals de l'Est (Fac. des Lettres, Univ. Nancy)
AFFL	American Forests and Forest Life
AFLB	Annales de la Faculté de Lettres de Bordeaux
AFS	Africa South
AGNT	Achiv. f. d. Gesch. d. Naturwiss. u. d. Technik (con. as AGMNT)
AH	Asian Horizon
AHAW / PH	Abhandlungen d. Heidelberger Akad. Wiss. (Phil.-Hist. Klasse)
AHES	Annales d'Hist. Econ. et Sociale
AHES / AESC	Annales; Economies, Sociétés, Civilisations

AHES / AHS	Annales d'Hist. Sociale
AHES / MHS	Mélanges d'Hist. Sociale
AHOR	Antiquarian Horlogy
AHR	American Historical Review
AI / AO	Ars Orientalis (formerly Ars Islamica)
AIRS	Acta Inst. Rom. Regni Sueciae
AJA	American Journ. Archaeology
AJH	American Journ. Hygienne
AJP	American Journ. Philology
AJSC	American Journ. Science and Arts (Silliman's)
AJTM	American Journ. Tropical Medicine
AKML	Abhandlungen f. d. Kunde des Morgenlandes
AM	Asia Major
AMA	American Antiquity
AMBG	Annals of the Missouri Botanic Garden
AMNH / AP	Anthropological Papers of the American Museum of Natural History (New York)
AMSC	American Scientist
AMSR	American Social. Review
AN	Anthropos
ANEPT	American Neptune
ANI	Ancient India
ANP	Annalen d. Physik
ANTJ	Antiquaries Journal
AOAW / PH	Anzeiger d. Österr. Akad. Wiss. (Wien), (Phil.-Hist. Klasse)
APAW / PH	Abhandlungen d. preuss. Akad. Wiss. Berlin (Phil.-Hist. Klasse)
AQ	Antiquity
AQSU	Antiquity and Survival (Intern. Rev. of Trad. Art and Culture)
AREV	Architectural Review
ARK	Arkitektur (Stockholm)
ARLC / DO	Annual Reports of the Librarian of Congress (Division of

Orientalia)

ARO	Archiv Oriental (Prague)
ARSI	Annual Reports of the Smithsonian Institution
ARUSNM	Annual Reports of the U.S. National Museum
AS / BIE	Bulletin of the Institute of Ethnology, Academia Sincia (Thaiwan)
ASEA	Asiatische Studien : Études Asiatiques
ASIA	Asia
ASIC	Arts and Sciences in China (London)
ASPN	Archives des Sciences Physiques et Naturelles (Geneve)
ASR	Asiatic Review
ASRAB	Annales de la Soc. (Roy.) d'Archéol. (Brussels)
ASURG	Annals of Surgery
AT	Atlantics
AX	Ambix
BEAFO	Bulletin de l'Association Française des Amis de l'Orient
BAMM	Bulletin des Amis du Musée de la Marine (Paris)
BAVH	Bulletin des Amis du Vieux Hué (Indo-Chine)
BBMMAG	Bull. Belfast Municipal Museum and Art Gallery
BBSHS	Bulletin of the British Society for the History of Science
BCGS	Bulletin of the Chinese Geological Society
BCHQ	British Columbia Historical Quarterly
BCIC	Bullettino Civico Instituto Colombiano (Genoa)
BE / AMG	Bibliographie d'Études (Annales du Musée Guimet)
BEFEO	Bulletin de l'École Française de l'Extrême Orient (Hanoi)
BEP	Bulletin des Études Portugaises
BGHD	Bulletin de Géographie Hostor. et Descr.
BGTI	Beiträge z. Gesch. d. Technik u. Industrie (continued as Technik Geschichte –see BGTI/TG)
BGTI / TG	Technik Geschichte
BH	Bulletin Hispanique
BIBLOS	Biblos (Colombra)

BIHM	Bulletin of the (John Hopkins) Institute of the History of Medicine (cont. as Bulletin of the History of Medicine)
BIIEH	Bulletin de l'Inst. Indochinois pour l'Étude de l'Homme
BIRSN	Bulletin de l'Institut Royal des Sciences Naturelles de Belgique
BJPC	British Journal of Psychology
BJSSF	Bulletin of the Japanese Society of Scientific Fisheries
BLSOAS	Bulletin of the London School of Oriental and African Studies
BM	Bibliotheca Mathematica
BMFEA	Bulletin of the Museum of Far Eastern Asiatiques (Stockholm)
BMFJ	Bulletin de la Maison Franco-Japonaise (Tokyo)
BMQ	British Museum Quarterly
BN	Bulletyn Nautologyczny (Gdynia)
BNYAM	Bulletin of the New York Academy of Medicine
BQR	Bodleian (Library) Quarterly Record (Oxford)
BSG	Bulletin de la Société de Géographie (continued as La Géographie)
BIKIY	British Ski Yearbook
BTG	Bläter f. Technikgeschichte (Vienna)
BUA	Bulletin de l'Université de l'Aurore (Shanghai)
BUM	Burlington Magazine
CAMR	Cambridge Review
CAS/PC	Cambridge Antiquarian Society, Proceedings and Communications
CE	Civil Engineering (U.S.A.)
CENAR	Central Asian Review (London)
CET	Ciel et Terre
CEYHJ	Ceylon Historical Journal
CEYJHS	Ceylon Journ. Histor. and Social Studies
CFC	Cahiers Franco-Chinois (Paris)
CHI	Cambridge History of India
CHJ/T	Chhing-Hua (Ts'ing-Hua) Journal of Chinese Studies (New Series, Taiwan)

CINA	Cina (1st. Ital. per il Medio ed Estremo Oriente, Rome)
CJ	China Journal of Science and Arts
CLR	Classical Review
CMB	Canterbury Museum Bulletin (New Zealand)
CMIS	Chinese Miscellany
COMP	Comprendre (Soc. Eu. de Culture, Venice)
CQ	Classical Quarterly
CR	China Review (Hongkong and Shanghai)
CR / BUAC	China Review (British United Aid to China)
CR / MSU	Centennial Review of Arts and Science (Michigan State University)
CRAS	Comptes Rebdus Hebdomadaires de l'Acad. des Sciences (Paris)
CREC	China Reconstructs
CTE	China Trade and Engineering
CUOIP	Chicago Univ. Oriental Institute Pubs.
CUP	Cambridge University Press
CURRA	Current Anthropogy
D	Discovery
DHT	Documents pour l'Histoire des Techniques (Paris)
DSS	Der Schweizer Sladat
DVN	Dan Viet Nam
EA	Eastern Art (Philadelphia)
EAM	East of Asia Magazine
EB	Encyclopedia Britannica
EHOR	Eastern Horizon (Hongkong)
EHR	Economic History Review
EM	Ecological (Oecological) Monographs
EN	Engineer
END	Endeavour
EPJ	Edinburgh Philosophical Journal (continued as ENPJ)
ESC	Engineering Society of China, Papers

779

ETH	Ethnos
EZ	Epigraphica Zeylanica
FEQ	Far Eastern Quarterly (continued as Journal of Asia Studies)
FLF	Folk Life
FLS	Folklore Studies (Peiping)
FLV	Folk-Liv
FMNHP / AS	Field Museum of Natural History (Chicago) Publications : Anthropological Series
FOODR	Food Research
FOODT	Food Technology
G	Geography
GAL	Gallia
GB	Globus
GE	The Guilds Engineer (London)
GGM	Geographical Magazine
GJ	Geographical Journal
GM	Geological Magazine
GR	Geographical Review
GESCI	Graphic Science
GZ	Geographische Seitschrift
HBML	Harvard (University) Botanical Museum Leaflets
HCHTC	新中華雜誌(Hsin Chung-Hua Tsa Chih)
HH	漢學(Han Hiue) : Bulletin du Centre d'Études Sinologiques de Pékin
HJAS	Harvard Journal of Asiatic Studies
HMSO	Her Majesty's Stationery Office
HP	Hespéries (Archives Berbères et Bulletin de l'Institut des Hautes Études Marocaines)
HZ	Horizon (New York)
IAQ	Indian Antiquity
ICE / MP	Institution of Civil Engineers : Minutes of Proceedings
ILN	Illustrated London News

IM	Imago Mundi : Yearbook of Early Cartography
IQ	Islamic Quarterly
ISIS	Isis
ISRM	Indian State Railways Magazine
JA	Journal Asiatique
JAFRS	Journ. African Society
JAH	Journ. African History
JAHIST	Journ. Asian History
JAN	Janus
JAOS	Journal of the American Oriental Society
JAS	Journal of Asian Studies (continuation of Far Eastern Quarterly, FEQ)
JASA	Journ. Assoc. Saimes Architects
JBASA	Journal of the British Astonomical Association
JCUS	Journ. Cuneiform Studies
JDAI / AA	Jahrb. d. deutch. Archäologische Institut (Archäologische Anzeiger)
JEA	Journal of Egyptian Archaeology
JEGP	Journal of English and Germanic Philoligy
JEH	Journal of Economic History
JF	Journ. Forestry (U.S.A.)
JGE	Journ. Gen. Education
JGIS	Journal of the Greater India Society
JGSC	Journal of the Geor. Soc. China
JHI	Journal of the History of Ideas
JHMAS	Journal of the History of Medicine and Allied Sciences
JICE	Journ. Instit. Civil Engineers (U.K.) (continued from PICE)
JIN	Journal of the Institute of Navigation (U.K.)
JJIE	Journ. Junior Instit. Engineers (U.K.)
JMEOS	Journ. Manchester Egyptian and Oreintal Soc.
JMGG	Jahresbericht d. Münchener Georg. Gesellsch.
JOSHK	Journal of Oriental Studies (Hongkong Univ.)

JRAI	Journal of the Royal Anthropological Institute
JRAS / B	Journal of the (Royal) Asiatic Society of Bengal
JRAS / KB	Journal (or Transactions) of the Korean Branch of the Royal Asiatic Society
JRAS / NCB	Journal (or Transactions) of the North China Branch of the Royal Asiatic Society
JRCAS	Journal of the Royal Central Asian Society
JRGS	Journal of the Royal Geographical Society (London)
JRIBA	Journ. Royal Institute of British Architects
JRS	Journal of Roman Studies
JRSA	Journal of the Royal Society of Arts
JSA	Journal de la Société des Americanistes
JSPC	Journ. Social Psychol.
JWCBRS	Journal of the West China Border Research Society
JWH	Journal of World History (UNESCO)
K	Keystone (Association of Building Technicans Journal)
KBJG	Jaerboek v. d. Koninklike Bataviaasch Genootschap van Kusten en Wetenschappen
KDVS / HFM	Kgl. Danske Videnskabernes Selskab (Archaeol.-Kunsthist. Medd.)
KDVS / ARB	Kgl. Danske Videnskabernes Selskab (Hist.-Filol. Medd.)
KU / ARB	Asiatic Research Bulletin (Asiatic Research Centre, Korea Univ., Seoul)
LEC	Letters Édifiantes et Curieuses Ecrites des Missions Étrangères (Paris, 1702 to 1776)
LI	Lister (B.B.C.)
LM	Larousse Mensuel
LN	La Nature
LP	La Pensée
MA	Man
MAAA	Memoirs American Anthropological Association
MAI / LTR	Mémoires de Litt. tirés des Registres de l'Acad. des Insc. et

	Belles-Lettres (Paris)
MAPS	Memoirs of the American Philosophical Society
MAS / B	Memoirs of the Asiatic Society of Bengal
MC / TV	Techniques et Civilisations (前 Métaux et Civilisation)
MCB	Mélanges Chinois et Bouddhiques
MCMG	Mechanics Magazine
MD	MD(Doctor of Medicine), Cultural Journal for Physicians (New York)
MDAI / ATH	Mitteilungen d. deutchen Archäol. Instituts (Athenische Abt.)
MDGNVO	Mitteilungen d. deutchen Gesellsch. f. Natur. u. Volkskunde Ostasiens
MEJ	Middles East Journal
MFSKU / E	Memoirs of the Faculty of Science, Kyushu University, Ser. E (Biology)
MGGMU	Mitteilungen d. geographische Hesellschaft München
MGGW	Mitteilungen d. geographische Gesellschaft Wien
MGSC	Memoirs of the Chinese Survey
MIE	Memoires de l'Institut d'Egypte (Cairo)
MIFAN	Mémoires de l'Institut Français d'Afrique Noire (Dakar)
MIT	Massachusetts Institute of Technology
MJBK	Münchner Jahrb. f. bildenden Kunst
MJLS	Madrs Journ. of Lit. and Sci.
MJPGA	Mitteilungen aus Justus Perthes geor. Anstalt (Petermann's)
MK	Meereskunde (Berlin)
MMI	Mariner's Mirror
MQ	Modern Quarterly
MRDTB	Memoirs of the Research Dept. of Tōyō Bunko (Tokyo)
MRMVK	Medelingen van het Rijksmuseum Voor Volkenkunde
MS	Monumenta Serica
MS / M	Monumenta Serica Monog.
MSAA	Mem. Soc. American Archaeology (supplements to AMA)
MSAF	Mémoires de la Société (Nat.) des Antiquaries de France

MSB	Morskoe Sbornik
MSOS	Mittelungen d. Seminar f. orientalischen Sprachen (Berlin)
MSRGE	Mém. Soc. Roy. Géor. d'Égypte
MUJ	Museum Journal (Philadelphia)
N	Nature
NADA	Annual of the Native Affairs Department, Southern Rhodesia
NAVC	Naval Chronicle
NAVSG	Nouvelles Annales des Voyages et des Sciences Géographiques
NC	Numismatic Chronicle (and Journ. Roy. Numismatic Soc.)
NCR	New China Review
NEPT	Neptunia
NGM	National Geographic Magazine
NH	Natural History
NION	Nederlansch Indë Oud en Nieuw
NMM	National Maritime Museum (Greenwich)
NO	New Orient (Prague)
NQCJ	Notes and Queries on China and Japan
NS	New Scientist
NSEQ	Nankai (Univ.) Social and Economic Quarterly (Tientsien)
NSN	New Statesman and Nation (London)
NU	The Nucleus
NV	The Navy
NVO	Navy Orient (Prague)
NZMW	Meue Zeitschrift f. Missionswissenschaft (Nouvelle Revue de Science Missionnaire)
OAV	Orientalistlisches Archiv (Leipzig)
OAZ	Ostasiatische Zeitschrift
OE	Oriens Extremus (Hamburg)
OL	Old Lore : Mescellany of Orkney, Shetland, Caitness and Sutherland
OLL	Ostasiatischer Lloyd

ORA	Oriental Art
ORE	Oriens Extremus
OSIS	Osiris
OUP	Oxford University Press
PA	Pacific Affairs
PAAQS	Proceedings of the American Antiquarian Society
PAI	Paideuma
PARA	Parasitology
PASCE / JHD	Proc. American Soc. Civil Engineers : Journ. Hydraulics Division
PASCE / JID	Proc. American Soc. Civil Engineers : Journ. Irrigation and Drainage Division
PBA	Proceedings of the British Academy
PC	People's China
PCAS	Proc. California Academy of Sciences
PCC	Proceedings of the Charaka Club
PCPS	Proc. Cambridge Philological Society
PEPQ	Palestine Exploration Fund Quarterly
PGA	Proc. Feologists' Assoc. (U.K.)
PHY	Physics (Florence)
PICE	Proc. Instit. Civil Engineers (U.K.)
PKR	Peking Review
PLS	Proc. Linnean Soc. (London)
PMASAL	Papers of the Michigan Academy of Sci., Arts and Letters
PNHB	Peking Naturtal History Bulletin
PP	Past and Present
PR	Princeton Review
PRGS	Proceedings of the Royal Geographical Society
PROG	Progress (Unilever Journal)
PRPSG	Proceedings of the Royal Philosophical Society of Glasgow
PRSA	Proceedings of the Royal Society (Series A)
PRSB	Proceedings of the Royal Society (Series B)

PRSG	Publicationes de la Real Sociedad Geográfica (Spain)
PTRS	Philosophical Transactions of the Royal Society
QJCA	Quarterly Journal of Current Acquisitions (Library of Congress, Washington)
QSGNM	Quellen u. Studien z. Gescg. d. Naturwiss. u. d. Medizin (Continuation of Archiv. f. Gesch. d. Math., d. Naturwiss, e. d. Technik, AGMNT, formerly Archiv. f. d. Gesch. d. Naturwiss. e. d. Technik, AGNT)
RA	Revue Archéologique
RAA / AMG	Revue des Arts Asiatiques (Annales du Muée Guimet)
RAI / OP	Occasional Papers of the Royal Anthropogical Institute
RBS	Revue Bibliographique de Sinologie
RDI	Rivista d'Ingegneria
REL	Revue des Études Latines
RFCC	Revista da Faculdade de Ciências, Universidade de Coimbra
RGHE	Revue de Géographique Humaine et d'Ethnologie
RGI	Rivista Geografica Italiana
RHES	Revue d'Histoire Écon. et Soc. (continuation of Revue d'Histoire des Doctrines Écon. et Soc.)
RHS	Revue d'Histoire des Sciences (Paris)
RHSID	Revue d'Histoire de la Sidérurgie (Nancy)
RI	Revue Indochinois
RIIA	Royal Institute of International Affairs
RMA	Revue Maritime
RP	Revue Philosophique
RPARA	Rendiconti della Pontif. Accad. Rom. di Archeologia
RPLHA	Revue de Philol., Litt. et Hist. Ancienne
RSO	Rivista di Studien Orientali
RTDA	Report and Trans. of the Devonshire Association for the Advancement of Science, Literature and Art
RUNA	Runa (Archiv para las Ciencias del Hombre), Buenos Aires
S	Sinologica (Basel)

SA	Sinica (originally Chinesusche Blätter f. Wissenschaft u. Kunst)
SAAB	South African Archaeological Bulletin
SACAJ	Journal of the Sino-Austrian Cultural Association
SAE	Saeculum
SAFJS	South African Journal of Science
SAM	Scientific American
SBE	Sacred Books of the East series
SC	Science
SCI	Scientia
SCISA	Scientia Sinica (Peking)
SGN	Scottish Geographical Magazine
SIS	Sino-Indian Studies (Santiniketan)
SM	Scientific Monthly (前 Popular Science Monthly)
SMC	Smithsonian (Institution) Miscellaneous Collections (Quarterly Issue)
SMJ	Sarawack Museum Journal
SP	Speculum
SPAW	Sitzungsberichte d. preuss. Akad. d. Wissenschaft
SPR	Science Progress
SSE	Studia Serica (West China Union University Literary and Historical Journal)
STE	Studia Etruschi
STU	Studia (Lisbon)
SUM	Sumer
SWAW / PH	Sitzungsberichte d. k. Akad. d. Wissenschaften Wien (Vienna) (Phil.-hist.Klasse)
SWJA	Southwestern Journal of Anthropology
SYR	Syria
SZ	Spolia Zeylanica
TAP	Annals of Philosophy (Thomson's)
TAPA	Transactions (and Proceeding) of the American Philological Association

TAPS	Transactions of the American Philosophical Society (cf. MAPS)
TAS/J	Transactions of the Asiatic Society of Japan
TASCE	Transactions of the American Society of Civil Engineers
TCULT	Technology and Culture
TEAC	Transactions of the Engineering Association of Ceylon
TG / K	東方學報, 京都 (Tōhō Gakuhō, Kyōto Kyoto Journal of oriental Studies)
TGUOS	Transactions of the Glasgow University Oriental Society
TH	Thien Hsia Monthly (Shanghai)
TIAU	Transactions of the International Astronomical Union
TIMEN	Transactions of the Institute of Marine Engineers
TINA	Transactions of the Institution of Naval Architects
TJSL	Transactions (and Proceedings) of the Japan Society of London
TMIE	Travaux et Mémoires de l'Inst. d'Ethnologie (Paris)
TNR	Tanganyka Notes and Records
TNS	Transactions of the Newcomen Society
TNZI	Transactions of the New Zealand Inst.
TOCS	Transactions of the Oriental Ceramic Society
TP	通報 (Archives concernant l'Histoire, les Langues, la Gé pgaphie, l'Ethnographie et les Arts de l'Asie Orientale, Leiden)
TRIBA	Transactions, Royal Institute of British Architects
TSE	Trans. Society of Engineers (London)
TSNAMEN	Trans. Society of Naval Architects and Marine Engineers
TYG	東洋學報 (Reports of the Oriental Society of Tokyo)
UAJ	Ural-Altaische Jahrbücher
UC	Ulster Commentary (Govt. Information Service, Belfast)
UIB	University of Illinois Bulletin
UNESCO	United Nations Educational, Scientific and Cultural Organisa tion
VA	Vistas in Astronomy
VAG	Vierteljahrsschrift d. astronimischen Gesellschaft

VGEB	Verhandl. d. Gesellsch. f. Erdkunde (Berlin)
VKAWA/L	Verhandelingen d. Kominkloke Akad. v. Wetenschappen te Amsterdam (Afd. Letterkunde)
VMAWA	Verlagen en Meded. d. Koninklike Akad. v. Wetenschappen te Amsterdam
VS	Variétés Sinologiques
WBKGA	Wiener Beitträge z- Kunst- und Kultur-Gesch. Asiens
WBKGL	Wiener Beiträge z. Kulturgeschichite und Linguistik
WJK	Wiener Jahrb f. Kunstgesch.
WP	Water Power
Y	Yachting
YJBM	Yale Journal of Biology and Medicine
YM	Yachting Monthly
YW	Yachting World
Z	Zalmoxix : Revue des Études Religieuses
ZBW	Zeitschr. f. Bauwesen
ZFE	Zeitschr. f. Ethnol.
ZGEB	Zeitschr. d. Gesellsch. Erdkunde (Berlin)
ZHWK	Zeitschr. f. historische Wappenhunde (continued as Zeitschr. f. hist. Wappen- und Kostumhunde)
ZPC	Zeitschr. f. phydiologischen Chemie
ZWZ	Zeitschr. f. wissenschaftlichen Zoologie

가

793

바

813

815

카

파

829

저자 **조지프 니덤**

영국왕립협회 회원, 이학박사 · 철학박사

1900년 영국 런던 출생

1928년 콘빌앤카이우스 칼리지 생리학과 졸업

1942년 중영과학협력사무소 소장으로 중국 파견

1958년 중국과학원 외국회원

1966년 콘빌앤카이우스 칼리지 학장

1995년 사망

저서 :「화학적 발생학」(1931),「중국과학」(1945),「천문시계」(1986),「천문기록보관실 : 한국의 천문기구와 시계」(1986) 등

역자 **김주식(金州植)**

해군사관학교 졸업, 고려대학교 사학과 졸업(문학사, 석사, 박사)

프랑스 사회과학고등연구소 및 솔본느 대학 연수

전 해군사관학교 교수, 박물관장

전 한국해양전략연구소 해양사분야 선임연구위원

현『해양담론』공동편집위원

현 국립해양박물관 상임이사 겸 운영본부장

저서 :『장보고시대』,『서구해전사』,『이순신, 옥포에서 노량까지』 등

편저 :『실록발췌 수군관련 사료집, 조선시대 수군』 등

역서 :『미친 항해 : 바타비아호 좌초 사건』(마이크 대쉬),『미국 해군 작전의 역사 : 한국전』(James A. Field, Jr.),『영국 해군 지배력의 역사』(Paul M. Kennedy),『미국 해군 100년사』(George W. Baer),『해양력이 역사에 미치는 영향』(A. Th. Mahan) 등

논문 : 해양사 관련 논문 다수

SCIENCE AND CIVILISATION IN CHINA VOLUME 4-Part 3

Copyright © Cambridge University Press 1971

All rights reserved

Korean translation copyright © 2016 by Mun Hyun Publishing

Korean translation rights arranged with Cambridge University Press

through EYA(Eric Yang Agency)

이 책의 한국어판 저작권은 EYA(Eric Yang Agency)를 통한

Cambridge University Press사와의 독점계약으로

한국어 판권을 '문현'(이)가 소유합니다.

저작권법에 의하여 한국 내에서 보호를 받는 저작물이므로

무단전재와 복제를 금합니다.

조지프 니덤의 동양항해선박사

2016년 5월 20일 초판 인쇄
2016년 5월 25일 초판 발행

지은이 조지프 니덤
옮긴이 김 주 식
펴낸이 한 신 규
편 집 김 영 이
펴낸곳 **문현**출판
주 소 05827 서울특별시 송파구 동남로 11길 19(가락동)
전 화 Tel.02-433-0211 Fax.02-443-0212
E-mail mun2009@naver.com
등 록 2009년 2월 24일(제2009-000014호)

ⓒ 김주식, 2016
ⓒ 문현, 2016, printed in Korea

ISBN 978-89-94131-90-0 93910   **정가** 70,000원

* 저자와 출판사의 허락 없이 책의 전부 또는 일부 내용을 사용할 수 없습니다.
* 잘못된 책은 교환해 드립니다.